奥维德诗全集 拉中双语版
OPERA OMNIA P. OVIDII NASONIS

III

变形记
METAMORPHOSES

[古罗马] 奥维德 —— 著
李永毅 —— 译注

中国青年出版社

图书在版编目（CIP）数据

奥维德诗全集：拉中双语版. 3 /（古罗马）奥维德著；李永毅译注. —北京：中国青年出版社，2021.12（2023.6重印）
ISBN 978-7-5153-6527-5

Ⅰ. ①奥… Ⅱ. ①奥… ②李… Ⅲ. ①古典诗歌—诗集—古罗马—拉、汉 Ⅳ. ①I546.22

中国版本图书馆CIP数据核字（2021）第218315号

责任编辑：杜海燕
书籍设计：瞿中华

出版发行：中国青年出版社
社　　址：北京市东城区东四十二条21号
网　　址：www.cyp.com.cn
编辑中心：010-57350503
营销中心：010-57350370
经　　销：新华书店
印　　刷：北京盛通印刷股份有限公司
规　　格：700mm × 1000mm　1/16
印　　张：251
字　　数：3089千字
版　　次：2021年12月北京第1版
印　　次：2023年6月北京第2次印刷
定　　价：780.00元（全五册）

目录

汉译及注释 1

《变形记》第一卷 3-50

《变形记》第二卷 51-100

《变形记》第五卷 187-224

《变形记》第六卷 225-262

《变形记》第七卷 263-308

《变形记》第八卷 309-356

《变形记》第九卷 357-400

《变形记》第十四卷 573-620

《变形记》第十五卷 621-672

汉译及注释

《变形记》

第一卷

METAMORPHOSEON LIBER I

我的心欲吟唱旧形如何化作新体[1]，

诸神，既然形体同样由你们控制[2]，

序曲

1 Hopkinson（2000）认为，作品第 1 行的“新”（nova）既指变形的新奇和突然，也暗示奥维德这首诗处理史诗材料的新方式。

2 第 2 行原文的最后一个词引发了持久的争议，绝大多数抄本都是阴性复数代词 illas（回指第 1 行的 formas，“形状”），只有两个抄本提供了另一种可能，即中性复数代词 illa（回指第 2 行的 coeptis，意为“开始做的事情”或“开始写的作品”）。自 Lejay（1894）提出对传统的质疑，认为 illa 更合理以来，大多数学者（例如 Kenney、Kovacs、Tarrant、Fantham、O'Hara 和 Heath）都接受了 illa 的版本。Kenney（1976）极力主张应该用 illa 替代 illas，认为奥维德的意思是，神不仅改变了“形体”，也改变了他的诗歌。正如卡利马科斯在作品中宣称，他被阿波罗从史诗引向另一种体裁，奥维德原先的想法也被诸神阻止。Kenney 提出，奥维德遵循了古希腊罗马文学中的神灵显现并告诫诗人的传统，mutastis et illa（你们也改变了这些）三个词足以向读者暗示全部的意思；而且，“绵延的长诗”（perpetuum carmen）并非指史诗，而类似卡利马科斯《物因》（*Aitia*）所实践的那种片段连缀形成的长诗（deductum carmen），是对传统史诗的反叛。他相信，第 4 行的 deducite（此处译成“引领”）也遵循了卡利马科斯的诗学，有“精致编织”的含义。但这番论述就连支持 illa 的学者 Kovacs 都认为太牵强。他也深信，illa 从语法、风格和意义都是更好的选择，但提出了另一种解释。他否定了 Kenney 对 deducite 的理解，认为其意思或者是“创作”，或者是“将故事之线从过去带到现在”，或者是“带着诗歌之船平安入港”（如果将第 3 行的 adspirate 理解为字面的“吹气”之意）。Kovacs 还指出，奥维德所言的作品改变指的是体裁的改变，即从奥维德擅长的哀歌体变为史诗体，但这种改变并非通过神灵显形的方式实现。诸神在这里代表命运，他坚信《变形记》是奥维德在公元 8 年被屋大维流放黑海之后才发表的。所以，他最后的结论是，“神改变了作品”的意思就是人生遭遇让诗人改变了作品的体裁。Kovacs 对神灵显形说法的否定是对的，无论在古希腊传统中（比如在诗歌中向赫希俄德显现的缪斯）还是在奥维德自己的

就请赐我灵感，自宇宙邈远的初始
引领这绵延的长诗抵达当今的世纪。[1]
未有海洋、大地和遮覆一切的天空[2]
之前，自然的面目在各处都无不同，
人们称之为混沌：粗朴杂乱的物质[3]

创世

其他作品（比如《情诗集》第一部中的丘比特和第三部中的维纳斯）都是具体的神祇，诸神从不会作为一个整体现身，更不会在如此突兀、如此含混的情形下出现。此外，Lee（1993）指出，将 coeptis 理解为奥维德此前的全部作品，这样的用法在拉丁语中没有先例，这个过去分词（意为“开始”）变来的名词只能指眼下正在做的事或正在写的作品（即《变形记》）。奥维德《情诗集》（*Amores* 1.1）中丘比特虽然将史诗体变成了哀歌体，但那首诗有充分的语境（诗人与小爱神的对话），绝非如此模糊和突然。至于改回 illas 面临的语法质疑（离被修饰词太远）足以用抄本权威相抗衡。针对意义质疑（为什么奥维德说神“同样”改变了事物的形体？），Cole（2008）提出了合理的回答：诗的第 1 行已经包含了“变化”，即诗人决定更换创作的题材（从情爱转向“变形”）；诗人在第 2 行暗示，神不仅造成了自己的改变，也造成了世间形体的改变，所以向他们寻求灵感就是自然的事了。因此，在这里的翻译中，译者选择了 illas 的版本，并接受了 Cole 的解释。

1 Tissol（1997）用大量例子证明，《变形记》中的文字游戏和叙事技巧同样呈现了这部作品最重要的主题：世界的变化和不稳定性。

2 Roberts（2002）指出，虽然古典晚期的基督教诗人不认同奥维德创世之前只有混沌的说法，但他们在创世诗歌中经常参照《变形记》的这一部分。

3 奥维德显然继承了古希腊人的宇宙起源观（尤其是赫希俄德的《神谱》）：从混沌（chaos）到秩序（cosmos）。创世不是希伯来上帝那样无中生有（creatio ex nihilo）的行为，而是让万物摆脱混乱、杂糅的状态，各归其位，各有其形。然而，如 Tarrant（2002）所分析的那样，混沌在奥维德的世界观里不是宇宙演化的一个阶段，而是宇宙内嵌的一个属性，换言之，混沌永远存在，永远威胁着宇宙。《变形记》所强调的变形就是搅乱人、神、禽兽边界的一种现象，这一原则在第十五卷毕达哥拉斯的论述中得到确认：土、火、风、水四大元素始终在争斗，随时在变换位置，无物恒常。第一卷的大洪水、第二卷帕厄同火烧世界的灾难和第五卷提及的巨人族战争都是动摇宇宙秩序的例子。更重要的是，奥维德将混沌变成了一种道德隐喻。书中众多的悲惨故事都以搅乱各种人伦角色的边界为特征，表明人类世界同样无法一劳永逸地归于秩序，时刻笼罩在复归混沌的危险中。

沉沉堆聚，了无生机，万物的始基
挤压在一起，彼此冲突，难缔姻缘。
彼时还没有太阳为世界擎起灯盏[1]，
也没有月亮逐夜修复自己的弯角[2]，
没有地球悬浮在环绕的空气里，依靠
自身的重量保持平衡，海洋的手臂[3]
尚未沿漫长的水滨延伸到大地之极。
虽存在某种陆地、海洋和空气，但是
陆地摇摇欲坠，海洋不可渡，空气
漆黑无光：万物都无法保持其形态，
它们彼此妨碍，因为在一个身体内
寒与热激烈冲撞，湿与干执意为敌，
柔与刚互相抵牾，重与轻争斗不息。
某位神或仁善的自然终结了这场混战[4]，
让大地与天空分离，让水陆停止纠缠，
让滞浊的下层空气远离澄澈的琼宇，

---

1 “太阳”对应的原文是Titan（提坦神），因为最古老的日神许珀里翁（Hyperion）是一位提坦神，所以拉丁语中Titan可用作太阳的别称。

2 “月亮”对应的原文是Phoebe（福柏），月神狄安娜的别称，它和太阳神阿波罗的别称福玻斯（Phoebus）都源于古希腊语phoibos（发光）。关于《变形记》中专有名词的词源，可以参考Michalopoulos（2001）的工具书*Ancient Etymologies in Ovid's Metamorphoses: A Commented Lexicon*。

3 “海洋”对应的原文是Amphitrite（安菲特里忒），她是海王涅普顿的王后，大洋神俄刻阿诺斯（Oceanus）和多丽丝（Doris）的女儿。

4 “自然”对应的原文natura在拉丁语中指包括人类在内的整个物质世界或者支配这个世界的无形力量。这一行的et（和）带有解释的味道，相当于sive（或者说）。所以这一行体现了奥维德对传统有神论的淡漠。

解开桎梏，将元素救出晦暗的牢狱，
令它们各居其位，却谨守和谐之律。
构成天穹的物质是纯火，纤巧飘忽，
倏然飞出，在最高之处建造了宅邸；
稍沉的空气选择了与它相邻的位置；
土比它们致密些，拽着大原子下坠，
因为重量而缩聚一团；环流的海水
占据了最后的空间，紧拥坚实的陆地。
当神灵（不管祂是谁）已然如此归置[1]、
切割了原质，为世界组合出新的分支，
祂先将大地塑造成一个恢宏的球体，
以确保它在任何方向都整饬匀称，
然后又让海水散布四方，令它们
随疾风汹涌起伏，环绕陆地的边界，
接着添上山泉、辽阔的池泽和湖泊，
用两侧竦峙的崖岸约束奔泻的河流——
它们各循其道，部分水被大地吸收[2]，
部分水汇入大洋，融进自由的浩瀚
波涛，不再冲刷河畔，而拍击海岸。
祂随即命令原野铺展，深谷沉陷[3]，
绿叶遮覆森林，山岭拱出巉岩；

1 奥维德或许暗示，假如宇宙是神所造，祂应该高于，至少不同于古希腊罗马神话体系中的那些神。

2 奥维德或许指某些部分在地下奔流的河，《变形记》中提到多条这样的河。

3 “命令”的创世方式类似旧约上帝以言语创造宇宙。

正如穹苍的左右半球各自被两条[1]
环带切分，中央的环带炎热难熬，
神也特意为天球蕴含的地球标出
同样的数字，将它划成五个区域。
中间因为温度而不宜居住，两极
被深雪掩埋：神便在它们之间安置
两块地方，气候温和，寒热相配。
空气悬挂于大地之上，它比土和水
轻盈几分，就同样比火重浊几分。
造物者吩咐雾气和云朵在这里栖身，
相伴的还有将震撼人类心灵的雷霆，
以及随闪电一起卷来严寒的狂风。
世界的建造者也不容许这些风独霸
整个天空，它们在分设的领地管辖
各自的气流，但今日仍难阻止它们
撕裂世界，众兄弟的积怨委实太深[2]。
东风退往黎明的故乡、阿拉伯诸邦、
袒露在破晓金辉之下的波斯山冈；
晚星和那些被落日煨暖的海岸则与
西风为邻；凛冽可怖的北风侵入

1 “左右半球”分别指“南北半球”。古代西方的天文学家将天球分为五个区域，地球的五带与之对应。

2 “众兄弟”指诸位风神，按照赫希俄德的说法，他们都是巨人阿斯特柔斯（Astreus）和黎明女神奥罗拉（Aurora）的儿子。

斯基泰和七星照耀的国度；对峙之地[1]
却受制于南风，墨云深锁，淫雨不已[2]。
神在这一切之上放置了以太，它纯净[3]，
没有重量，不沾染丝毫残留的凡尘。
祂刚为世间诸物设立了确定的边界，
被浓重氤氲压抑太久的星辰立刻
从穹苍各处迸射出它们的璀璨光棱。
为让宇宙诸界都不缺各自的生灵，
星座和神祇的形象占领了昊天的楼宇，
适合居住的海域委身于闪亮的群鱼，

---

1 “斯基泰”（Scythia）在西方古典作家笔下泛指色雷斯以北的广大北方地区。“七星照耀的国度”（Septem triones）也指北方，这个拉丁语说法源自大熊星座的拉丁语名称（Triones）。

2 意大利的南风从地中海上吹来，常造成大量降雨。

3 Feeney（1991）将这一行与维吉尔的《埃涅阿斯纪》中朱庇特用一堆山镇住风的说法（*Aeneid* 1.61）相比，认为奥维德的神缺乏史诗的气魄。但 Wheeler（1995）指出，他没有意识到奥维德在这里还参考了另外一位史诗诗人卢克莱修。奥维德与《物性论》中卢克莱修安置各个元素的顺序一致（*De Rerum Natura* 5.495-501）：“所以，沉重的泥土就这样形成紧密的 / 整体，世界的所有淤泥因为其重量 / 汇于至低处，（且如此形容）沉淀似酒渣。/ 于是大海、空气和蕴含火的以太 / 剔除了杂质，各自获得纯净的身体，/ 彼此轻重不同。其中以太最清澈，/ 也最轻盈，在空气的流风之上飘飞……”奥维德还故意将卢克莱修形容“泥土”的杂质意象用到了最纯净的以太身上，是典型的“在模仿中反对”的手法。维吉尔对埃俄洛斯（Aeolus）风洞的描写也受到《物性论》的影响，卢克莱修在解释闪电成因时提到风被困在“如山的云团”里（6.189-203），分析地震成因时又提到关在地下洞穴里的风（6.535-607），但维吉尔将比喻的云山变成真正的山，并由朱庇特完美控制，和卢克莱修的动荡自然世界相区别，这也是用卢克莱修反卢克莱修。奥维德通过对卢克莱修和维吉尔的双重暗引，修正了维吉尔作品中由神意控制的稳定世界，在《变形记》的宇宙模型中保存了卢克莱修式的不稳定性，体现了这部作品秩序与混沌交织、对峙的张力。

大地接纳走兽，流动的空气迎飞禽。
然而比它们神圣的动物尚未诞生，
具备高贵的智性，足以将其余统率：
人终于出现，无论他是宇宙的主宰
以灵种所造，一心让世界尽善尽美[1]，
还是因为泥土新近与霄汉的以太
分离，多少存有天界亲族的胎元，
伊阿佩托斯之子用雨水使其变软[2]，
捏制成形，以统治万物的神为模板。
别的动物都俯身向下，凝视地面，
他却单独赋予人一张向上的面孔，
令其高昂头颅，仰望星辰和苍穹。
于是，片刻前仍无形象的浑噩泥土
摇身一变，换上了人的陌生身躯。[3]

四个时代

最先萌生的是黄金世代，没有强制，
无需法律，它所行天然符合信义。
刑罚和恐惧都缺席，铜表尚未刻下
警世的严厉条文，求告的人们不害怕[4]

1 这里描述的人类起源也与《圣经》有相似之处。

2 提坦神伊阿佩托斯（Iapetus）的儿子是普罗米修斯（Prometheus）。

3 奥古斯丁对奥维德造人的描写深表赞许，并在《论上帝之城》中引用过（*De Civitate Dei* 22.24）。然而如Segal（1969）所说，奥维德在这里所强调的人的“神性”只是虚笔，很快我们就会看见黑铁时代的人类与兽更接近。

4 古罗马传统是将法律条文刻制在铜表上，一个著名的证物是《十二铜表法》。Knox（1986）和Helzle（1992）认为，5—88行的创世描写主要借鉴了阿波罗尼俄斯（Apollonius Rhodius）长诗《阿尔戈号的远征》中的俄耳甫斯之歌

法官的表情，没有裁决者也安然无扰。
松树尚未在故山遭砍斫，浮于碧涛，
变作舟楫，远赴重洋之外的异域，
凡人不知晓任何水岸，除非在本土。
那时城墙还未有防御的深堑环绕，
亦无或直或曲的铜制喇叭和号角，
不存在头盔和短剑，全然不需要士兵，
各个民族泰然地享受温柔的和平。
大地本身也未被锄头触碰，未受
犁铧伤害，主动地献上一切珍馐，
人们满足于这些自发出产的美食，
在山间枝头采撷草莓和杨梅的果实，
还有山茱萸和挂在荆棘丛中的桑葚，
以及橡子——阔大朱庇特之树的馈赠。

（*Argonautica* 1.496-502）和维吉尔《牧歌》中的西勒诺斯之歌（*Eclogues* 6.31-40）。但上述两篇前人的作品片段纯粹从自然力来解释宇宙的起源，而奥维德却用了"神或仁善的自然"这样模棱两可的说法，并且在具体描述中突出了神力。Wheeler（1995）据此认为，奥维德还有另外的模仿对象，最大的可能是一段在古典时代广为人知的出自荷马的篇章，就是《伊利亚特》中对阿喀琉斯之盾的描写（*Iliad* 18.484-89）。奥维德与荷马的共同点是，都把宇宙视为某位神的作品，都突出了宇宙的空间划分，都将神的创造物视为作品本身的象征（阿喀琉斯之盾象征《伊利亚特》，第一卷的宇宙象征《变形记》）。但奥维德不同于荷马的地方在于，他通过下文巨人族战争、吕卡翁和大洪水的情节，迅速重新引入了混沌，表明自己描绘的这个宇宙不像荷马笔下那样稳定，从而为整部书的变形主题做好了铺垫。我认为，"神或仁善的自然"还是奥维德对前辈诗人卢克莱修的独特回应。《物性论》出现后，奥维德已不可能再写一部以理性解释自然的长诗，从某种意义上说，《变形记》是《物性论》的理性宇宙和《埃涅阿斯纪》史诗神话世界的结合，奥维德不能将神从作品中排除，但又不愿简单回归神话的解释，"神或仁善的自然"则为容纳两种传统都留出了空间。这种调和的努力在本书第十五卷解释奇特自然现象时表现得尤其明显。

春日从不离去，西风温煦柔和，
吹拂没有种子就可以诞生的花朵；
转眼，未曾开垦的田野便长出新苗，
无须休耕的土地上沉甸甸的麦穗闪耀；
牛奶的溪河、琼浆的溪河长流不止，
苍翠的栎树源源渗出金黄的蜂蜜。
萨图尔努斯被逐至幽暗的地府，寰宇[1]
落入朱庇特掌控后，白银世代便接续[2]，
逊于黄金先祖，却胜过黄铜后裔。
朱庇特缩短了古老春天的无尽佳期，
将一年分为四个阶段：冬季、夏季、
反复无常的秋日和短暂难驻的春日。
旱热焚烤的天空第一次变得滚烫
炫目，冰棱第一次悬挂，被寒风捆绑；
人类第一次筑屋而居，此前的住所
只是洞穴、树丛和树皮固定的枝柯；
谷物种子第一次埋进长长的犁沟，
在轭的沉重压迫下，公牛呻吟不休。
排位第三的黄铜世代在其后兴起，

---

1 萨图尔努斯（Saturnus）本是古罗马本土的农业神，后来与古希腊神话中第二代神王、时间神克洛诺斯（Cronus，古希腊语 Kronos）混同，后者是第一代神王、天空神乌拉诺斯（Uranus，古希腊语 Ouranos）与地母盖娅（Gaia）的孩子。古罗马人普遍认为，萨图尔努斯统治的时代是黄金时代。

2 朱庇特（Iuppiter）本是古罗马本土的天空神和雷神，在原始意大利语中意为“天空之父”，是古罗马宗教中最重要的神，后来与古希腊神话中的宙斯（Zeus）混同，后者是克洛诺斯和提坦女神瑞娅（Rhea）的儿子，奥林匹斯诸神的君主。

天性更为悍野，更迷恋残酷的战事，
但免于邪恶；最后的世代从坚铁发源。
在低贱金属统治的时期，各种罪愆[1]
骤然爆发，羞耻、诚实与忠信远遁，
取而代之的全是欺诈、诡计、陷阱、
暴力和决意占有一切的可耻贪欲。
水手开始展开布帆，但尚未谙熟
风的习性，长久在高山挺立的大树
也变为龙骨，跃入未知的波峰波谷。
此前如阳光和空气一般共享的田野
已被谨慎的测量者标出漫长的边界。
人们不仅要富饶的土壤献出谷物
和分内的给养，而且钻入大地的脏腑，
挖出它早已藏匿并且挪移至幽冥
深处的财宝——正是这些助长恶行[2]。
害人的铁和比铁更害人的黄金终见
天日，借助二者之力的战争也露面[3]，
在血腥的手中挥舞铿锵作响的兵器。
劫掠成生计，主人令客人心怀怵惕，
岳父提防女婿，手足之情亦难觅。
丈夫盼妻子早亡，妻子盼丈夫速死，

1 “低贱金属”指铁。

2 “幽冥深处”对应的原文是 Stygiis umbris（斯堤克斯河的阴影），斯堤克斯河（Styx）是冥界五大河之一。

3 “借助二者之力”：铁用于铸造兵器，金用于提供经济支持。

蛇蝎心肠的继母调制蜡黄的毒草汁，
儿子提前向术士查探父亲的寿期[1]。
人伦被碾碎，天神中处女阿斯特莱娅[2]
最晚离去，世间只剩下血腥的残杀。
据说，为了让高邈上界危险如尘寰，

巨人族之战

巨人族一心觊觎神国的统治之权，
将大山层层堆积，直达穹顶的星座。
于是全能的天父降下雷霆，轰裂[3]
奥林匹斯，震落奥萨支撑的佩里昂[4]。
可怕的尸骸枕藉，被庞然巨石埋葬，
世人传言，儿辈的鲜血浸透了大地
母亲，她施法复活这些温热的液体，
因担心自己的孩子留不下任何痕迹[5]，
便将其变成人形。但新的一代后嗣
同样藐视神灵，热衷于野蛮的屠戮，
崇奉暴力：毕竟他们从血里孕育。

---

1 拉丁原文并未点明如何查探，但通常是通过巫术和占卜来提前获知寿命。参考贺拉斯《颂诗集》（*Carmina* 1.11.1-3）。

2 阿斯特莱娅(Astraea)是阿斯特莱俄斯和奥罗拉(一说朱庇特和忒弥斯)的女儿，正义女神，化身处女座（处女座来源的其中一种说法）。

3 “天父”指朱庇特。

4 在巨人族与朱庇特的战争（Gigantomachia）中，巨人奥托斯（Otus）和厄菲阿尔忒斯（Ephialtes）把奥萨山堆在奥林匹斯山上，然后把佩里昂山堆在奥萨山上（三座山的顺序传统上有不同的说法），以便攀上天界。参考荷马《奥德赛》（*Odyssey* 11.315ff.）和维吉尔《农事诗》（*Georgics* 1.280-283）。

5 根据赫希俄德《神谱》（*Theogony*）的说法，这些巨人是乌拉诺斯被儿子克洛诺斯阉割时滴下的血经过地母盖娅孕育所生。

天父从至高之处望见这一切，愤然
长叹，吕卡翁的邪恶宴席又浮现眼前[1]
（这宗新近犯下的罪行罕有人知晓），
他胸中不禁涌起与神王相配的怒涛，
于是传令议事，诸神都不敢迁延。
上界有一条路，澄澈夜空中清晰可见：
因为呈白色，于是被世人形容为牛乳[2]，
它即是诸神去往至尊雷霆神的居处
和王宫的通道。左右两侧阔门大敞，
属于诸位上等神的院落宾客满堂[3]，
天界的平民则居于别处：门第高贵
或权势显赫者皆在此供奉家神的牌位[4]。
若许可僭越的评论，我会断然声称，

1 吕卡翁（Lycaon）是传说中古代阿卡迪亚（Arcadia）的国王，其名字源于古希腊语 lykos（狼）。

2 这条路指银河，古代西方人传说它是通向天界的路。

3 “上等神”指古希腊罗马神话中的十二位主神：朱庇特（Iuppiter）、朱诺（Iuno）、涅普顿（Neptunus）、维斯塔（Vesta）、密涅瓦（Minerva）、刻瑞斯（Ceres）、狄安娜（Diana）、维纳斯（Venus）、马尔斯（Mars）、墨丘利（Mercurius）、伏尔甘（Vulcanus）和阿波罗（Apollo）。

4 Galinsky（1975）指出，天界大神供奉“家神的牌位”（哪些神？）让人诧异。

这里便是宏伟天国的圣所帕拉丁。[1]
言归正题，当众神在大理石宫殿就座，
高踞宝座、手拄象牙权杖的王者
三四次甩动头顶令人生畏的发卷，
大地、海洋和星辰立刻为之震颤。
然后他开启义愤的嘴唇，如此宣布：
“即使在遥远的过去，所有蛇足怪物
都伸出百条手臂，企图将天庭俘虏[2]，
我也未似今天这般为宇宙帝国忧惧。
因为当时的敌人虽凶悍，那场鏖战
却只需对付一支军队，一个祸端；
这次我却要在喧嚣海洋包围的全世界[3]
毁灭人类。我凭在地底奔流、穿越

---

1 古罗马宗教中心本来在卡皮托山（Capitolium），奥古斯都时期转移到了屋大维皇宫所在的帕拉丁山（Palatium），他在上面建了阿波罗神庙和维斯塔神祠。Otis（1970）认为，奥维德将罗马的帕拉丁视为天国宫殿的蓝图，令人震惊。不仅如此，天庭的街景完全复制了古代的罗马，“牛奶路”（中国人所称的“银河”）对应着从圣道（Via Sacra）到帕拉丁山的“神圣斜坡”（Clivus Sacer），在朱庇特官殿召开的诸神议事会对应着在屋大维官邸举行的元老院会议。正如Gildenhard-Zissos（2004）所言，《变形记》绝非到了最后几卷才进入罗马的神话和历史，罗马从书的一开始就存在，并始终在发生影响。

2 这些百手的蛇足怪物显然指 Hecatoncheires（拉丁语 Centimanes，百臂巨人），包括科托斯（Cottus）、布里阿柔斯（Briareus 或 Aegaeon）和古革斯（Gyges 或 Gyas）。按照赫希俄德《神谱》（*Theogony* 671）的主流神话版本，百臂巨人族帮助朱庇特与提坦族作战，并负责看守地府里的提坦战俘。但奥维德和贺拉斯都追随了另一个传统，将他们视为朱庇特的敌人。

3 “海洋”对应的原文是 Nereus（涅柔斯），涅柔斯是最古老的海神之一，是俄刻阿诺斯和忒堤斯（Tethys）的儿子，代指海洋。

斯堤克斯丛林的阴间诸河发誓[1]，
一切手段已用尽，但无法疗治的肢体
只能斩断，以免牵连健康的部分。
我的臣民也包括半神、乡野的仙灵、
宁芙、牧神、萨梯和居于山间的林神[2]，
虽然我们还没有给他们天庭的身份，
但应允许他们在分封的土地上安居。
诸位，你们相信这些小神能无虞，
如果以残忍闻名的吕卡翁给手握雷霆、
统御你们的本王都曾经布下陷阱？”
众神骚动，群情激愤，问究竟是谁
敢犯此弥天大罪——当那群渎神恶匪[3]
极力以恺撒之血淹没罗马的荣名，
人类也是如此，因劫难突然降临

1 在古希腊神话中，诸神凭斯堤克斯河发誓是有效的，不可违背的。

2 “宁芙”（Nymphae）在希腊罗马神话中泛指各种仙女，包括林中仙女（Dryades 或 Hamadryades）、山岭仙女（Oreades）、海洋仙女（Nereides）和水泽仙女（Naiades）等等。“萨梯”（satyri）是半羊半人形的次等神。

3 可能指以布鲁图斯（M. Iunius Brutus）和卡西俄斯（C. Cassius Longinus）为首的刺杀恺撒的人，也可能指在奥古斯都时期企图推翻屋大维的人，因为在拉丁语中，恺撒既是专名，也是皇帝的称号。Gildenhard-Zissos（2004）认为，这里朱庇特和屋大维的类比绝不是随意的。他发现，虽然《变形记》的材料绝大部分取自希腊，但贯穿全诗的一条主题暗线就是解构希腊（尤其是雅典和忒拜）的文化中心地位，突出罗马最终胜出的天命。而且，奥维德始终没有忘记本卷 1—4 行所确立的时间框架（从宇宙之初到自己所处的时代）。所以，即使在叙述“纯粹”希腊的神话和历史时，罗马也始终在场，并未消失。200—205 行的类比就暗示了神话时代与罗马的关联，将罗马视为人类普遍历史的“目的”（telos）。正是这样的前瞻式语言将本书的前两卷和直接呈现罗马世界的最后两卷紧密连接起来。

而万分惊愕，整个世界都陷入恐慌，
臣民显露的忠心，奥古斯都，同样
令你欣悦。朱庇特用言辞和手势止住[1]
纷乱的口舌，于是每位神都沉默不语。
当喧嚷因为敬畏君王的威严而停息，
朱庇特以这些话语再次打破静寂：
“不必担心，此妄人已经遭到报应；
但他犯何罪，受何惩罚，且听我言明。
我已经耳闻这个时代的昭彰恶名，
却不肯相信，于是从奥林匹斯山顶
降下，化作人形，亲自去凡间探察，
发现遍地皆是可怕的罪行，无法
逐一细数，真相甚至令传说赧颜。
我已然穿过野兽肆虐的迈纳卢斯山、
库莱内山和寒凉吕凯俄斯山的松林[2]，
进入阿卡迪亚僭主傲慢的宫廷，
此时即将逝去的暮色正引来暗夜。
我发出神已莅临的信号，民众立刻
开始敬拜，吕卡翁先是嘲笑其虔诚，
然后说：‘我要以显明方式试探这位神

1 Ginsberg（1989）指出，其实这个类比并不完全合适。朱庇特毁灭的那一代人类是全然邪恶的（至少朱庇特如此宣称），屋大维登基之前的罗马却不能如此形容，罗马人更不会将刺杀恺撒的布鲁图斯等人全部视为恶棍。通过类比留下的裂隙，奥维德似乎给读者制造了回顾共和制末期历史的机会。

2 上述地点都在希腊伯罗奔尼撒半岛的阿卡迪亚地区。

是真是假，最终的结论将无可置疑。’
他密谋在当夜趁我酣眠时出其不意
杀死我，这种查验方法最令他沉醉。
他并未就此罢手：用剑割断一位
莫洛西人质的喉咙，接着他将仍然[1]
颤动的部分肢体投进沸水，慢慢
烹煮，另外的部分则置于火上烤炙。[2]
这些菜肴一上桌，我就以烈焰反击，
摧毁其宅邸，埋葬邪恶相若的家神[3]。
他惊惶逃窜，奔入荒寂的野外，尖声
哀嚎，试图说话，却是徒然。他的嘴
集聚了原来的疯狂，嗜杀的习惯也未

1　莫洛西人（Molossi）是聚居在厄庇罗斯（Epirus）附近的一个民族。但注者普遍表示质疑，在这么早的阶段，彼此相距甚远的阿卡迪亚人和莫洛西人怎么可能发生战争？按照通行的神话版本，吕卡翁杀死的是自己的儿子努克提摩斯（Nyctimus）或孙子阿卡斯（Arcas）。

2　Apostol（2014）提醒我们注意吕卡翁和朱庇特身份的某种“同一性”。最明显的一点，朱庇特是天上的王，吕卡翁是阿卡迪亚的王。另外，在阿卡迪亚的朱庇特崇拜中，朱庇特被称为 Zeus lykaios（吕凯俄斯的宙斯），这也指向他们的另一层联系（吕卡翁的名字也与吕凯俄斯山有关）。正因为朱庇特是神王，对于宇宙太重要，不相信突然出现的朱庇特是人的本能反应，作为国王的吕卡翁更觉得验证其真假事关重大，甚至是对朱庇特虔敬的表现。但更大的可能是，吕卡翁已经知道朱庇特是真的（他未必比其他人傻），但决心以法律为借口除掉朱庇特（远在天庭的朱庇特和近在眼前的朱庇特不是一回事），并永久获得原本需要朱庇特授权的权力。随后朱庇特的强力反击（包括大洪水毁灭人类）同样可以理解为朱庇特对自己权力的保护，而非他口中所称的惩罚人类的邪恶。在这样的层面上，朱庇特就成了吕卡翁在天国的镜像，本质并无不同。还有一点很重要，这个邪恶残忍的吕卡翁形象毕竟是叙述者朱庇特塑造出来的，我们无从（诸神也无从）知晓事情的真相。

3　朱庇特惩罚家神（Penates）是因为他们居然庇佑吕卡翁这样邪恶的人。

泯灭，贪欲瞄准羊群，仍爱血腥味；
衣服化作了密毛，手臂化作前腿。
他已变成狼，本来的特征却仍保存：
色泽依然灰白，面目依然狰狞，
眼睛依然放光，仍是暴力的化身。[1]
一家倒下，但不止一家应遭此命运；
全世界都已臣服凶残的复仇女神[2]。
凡人简直是执意为恶，那就让他们
速速领受自找的刑罚，这就是宣判！”

大洪水

部分神高声赞同，煽动朱庇特已然
炽烈的怒火，部分神则以默许履责，
然而他们无不为人类的彻底毁灭
而伤心，念叨失去凡人的大地会是
何等模样，以后谁会在祭坛放置
乳香，难道将万邦交给野兽糟践？
如此议论间，神王命他们切勿慌乱，
诸事他自有安排，承诺将从神奇的
源头造出新人，绝对比旧人优越。[3]

---

1 Ginsberg（1989）指出，邪恶的吕卡翁变狼固然实现了诗歌里的正义，但罗马通过罗慕路斯（Romulus）和雷穆斯（Remus）也与狼的形象建立了密不可分的联系，狼几乎成了罗马的象征。如何理解反面典型的狼与正面典型的狼之间的关系？

2 “复仇女神”对应的原文是 Erinys，这是三位复仇女神的总名，源于古希腊语 eris nou（心灵的冲突）。她们各自的名字是 Alecto（阿列克托）、Tisiphone（提西丰涅）和 Megaera（墨该拉）。

3 Balsley（2011）指出，奥维德描绘的众神会议并不是史诗中的传统场景，通过刻意使用古罗马的法律术语和意象暗示，他把这个场景变成了罗马帝国早期

他已经准备将闪电掷向所有的土地，
却突然害怕神圣的天穹会被如此
众多的火焰点燃，从南极烧至北极。
他又记起命运书预言，终有一日，
海洋、大地和天空的宫殿将遭遇大火[1]，
繁复恢宏的宇宙大厦会面临浩劫。
于是他放下独眼巨人锻造的兵器[2]，
选择另一种惩罚，将人类永葬水底，

的叛国罪审判。吕卡翁对朱庇特的冒犯就如同臣民对屋大维的冒犯，朱庇特既是当事人，又扮演大法官的角色，这让他的叙述可靠性遭到了质疑。本当作为陪审团的众神却唯唯诺诺服从朱庇特，正如奥古斯都时代依附皇权的元老院。Balsley 发现，奥维德在这段文字中提出了三种确立真相的方法：吕卡翁所代表的试验和逻辑、朱庇特所代表的威权和众神所依赖的陈述（言辞）。读者被迫在这三种方法中评估和选择自己信任的一种。

1 塞涅卡在《自然探究》（*Quaestiones Naturales*）中说，世界最后将毁于大火，拉克坦谛（Lactantius）在《神圣原理》（*Divinae Institutiones*）中也称，根据西比尔预言书，宇宙将在大火中毁灭。

2 负责为伏尔甘冶炼武器的三位独眼巨人统称 Cyclopes（库克洛普斯），名字分别是 Brontes（布隆特斯，古希腊语意为“雷霆”）、Steropes（斯特洛佩斯，古希腊语意为“闪电”）和 Acmonides（阿克摩尼底斯，古希腊语意为“砧”）。Cole（2004）认为，《变形记》的时间框架在很大程度上参考了公元前 1 世纪卡斯托尔（Castor of Rhodes）的著作《世代纪》（*Chronologia*，又名 *Chronika*），并融合了瓦罗（Varro）在《论罗马民族》（*De Gente Populi Romani*）中提出的历史框架。瓦罗将人类经历的时间分成三个时期：奥古戈斯（Ogygus）建立忒拜（大约在公元前 22 世纪中期）和大洪水（不是这里的丢卡利昂洪水）之前是史前时期；从大洪水到奥林匹克运动会创立（公元前 8 世纪）是“神话”时期；此后是“历史”时期。《变形记》覆盖的主要时间段是“神话”时期的后三分之二，从伊纳科斯建立阿尔戈（大约公元前 17 世纪末）到罗慕路斯建立罗马（公元前 753 年）。这段时间又被分为两大部分：从伊纳科斯（Inachus）到特洛伊战争（大约公元前 12 世纪早期），在《变形记》中对应于从伊纳科斯到普里阿摩斯（Priamus）的十四代国王；埃涅阿斯（Aeneas）是特洛伊和罗马之间的过渡人物；然后是从特洛伊战争到罗马城建立，对应于从尤卢斯（Iulus）到罗慕路斯（Romulus）的十四代拉丁－罗马国王。

倾泻整个天空储存的滂沱大雨。
朱庇特立即将北风和所有驱散密布
浓云的气流囚进埃俄洛斯的洞室[1]，
单派出南风。南风扇着湿漉漉的翼翅，
阴森的脸孔全然被如漆的黑暗遮覆，
长髯蕴满暴雨，波浪从白发涌出，
云雾盘踞前额，翅膀和衣褶滴着水。
当他用宽阔的手掌挤压悬浮的云堆，
一声巨响，密密的雨柱便从天而降。[2]
朱诺信使伊丽丝身着七彩的华裳[3]，

1　埃俄洛斯（Aeolus）的名字源于古希腊语 aiolos，意为“敏捷的、迅疾的”，在古希腊神话中负责看管风，是希波塔斯（Hippotas 或 Hippotes）之子。但两个埃俄洛斯的混淆始终是困扰《变形记》的一个问题，按照赫希俄德《列女传》（*Ehoiai*，关于此书作者学界有争议）的说法，丢卡利昂和庇拉（见下文）的儿子希伦（Hellēn，希腊因他而得名）的两位儿子多罗斯（Dorus）、埃俄洛斯（Aeolus）和两位孙子亚该俄斯（Achaeus）、伊昂（Ion）分别成了希腊多里亚、埃俄里亚、亚该亚和伊奥尼亚四大族的祖先，《变形记》中提到的众多王室成员都是埃俄洛斯的后代，比如阿塔玛斯（Athamas）、哈尔库俄涅（Halcyone）、西西弗（Sisyphus）等，但奥维德在这些语境中，总是明言或暗示他们是另一位埃俄洛斯（希波塔斯之子）的后代。Cole（2004）认为，奥维德如此处理，是因为他的大洪水情节摧毁了除丢卡利昂夫妇之外的全人类，而且幸存的这对夫妇已经丧失生育能力，只能求助于神谕，最后用石头重新造人，这就抹掉了希伦及其后代存在的可能性。为了避免自己在书中构建的多个王族世系崩塌，奥维德只能将两个埃俄洛斯混同。但即使希波塔斯的儿子埃俄洛斯也仍然源于希伦之子埃俄洛斯，是其孙子（其父希波塔斯是埃俄洛斯的儿子），如果希伦不存在，这位埃俄洛斯也不能存在。因此，唯一的解决办法是将这里的埃俄洛斯仅仅视为神话里的一个传统形象，完全忽略其家族渊源。希腊神话里的另一位埃俄洛斯则是丢卡利昂之孙埃俄洛斯的外孙，海神涅普顿和阿尔涅的儿子，《变形记》里也曾提到。

2　Kenney（1986）指出，自荷马以来，风暴描写已经成为史诗的标准内容之一，这个传统通过维吉尔在拉丁语诗歌中定型。

3　朱诺（Iuno）是萨图尔努斯的长女，朱庇特的姐姐和妻子，对应着古希腊神话

汲来更多的水分，为云阵提供补给。
庄稼被击倒，它们承载着农夫的希冀，
却在哀叹中损毁，虚耗整年的苦辛。
神王的盛怒越出了自己管辖的天庭，
湛蓝的兄长涅普顿也送来波浪支援[1]。
他召集河神赴会。他们一进入宫殿，
海神就宣告："任何长篇大论此时
都多余，只需你们每一位倾尽全力。
打开你们的家门，移除所有的障碍，
让你们的江河摆脱束缚，彻底自在。"
他已下令，众神便返回，大敞泉源，
信马由缰，径直奔向海洋的终点。
涅普顿自己拿起三叉戟，猛击地表[2]，
它一阵剧颤，到处开裂，为水流让道。
洪涛漫出了堤岸，在旷野肆意驰骋，
卷走所有的庄稼、果园、牲口、人、
房屋、神庙和里面供奉的种种圣器。
若任何房舍尚未被如此可怕的祸事
摧毁，侥幸存留，大水终究会盖过
它的屋顶，漩涡将负重的高塔吞没。
洋面与陆地已茫茫一片，抹去界线，

中的赫拉（Hera）。伊丽丝（Iris）是彩虹女神。

1 涅普顿（Neptunus）本是古罗马宗教中的海神和淡水神，后来与古希腊神话中的波塞冬（Poseidon）混同，他是萨图尔努斯的儿子，朱庇特的兄长。

2 三叉戟（tridens）是涅普顿的标志性武器。

无处不是海，但海却没有任何涯岸。
这位占据了小山，那位坐在弯舟里，
如今划桨之处，最近他还在犁地；
有人乘船从上方行经浸没的谷物
和村舍屋顶，有人在榆树之巅捉鱼；
一只铁锚会碰巧嵌进青翠的原野，
弧形的龙骨会从身下的葡萄园划过；
不久前瘦削山羊流连进食的草场
如今是丑陋海豹舒展身体的地方。
仙女惊奇地凝视水下的树丛、城市
和建筑，海豚闯入森林，一路拍击
高挂的枝条，摇撼它们碰撞的橡树。[1]
狼在绵羊间游泳，棕狮随波浪沉浮，
猛虎随波浪沉浮，野猪闪电的力量、
雄鹿敏捷的速度都无法与洪流对抗。
苦苦地搜寻陆地，希望能栖停片刻，
游鸟带着疲惫的羽翼向水中坠落。
毫无羁绊的浩瀚海洋已碾过群山，
陌生的浪涛冲刷着昔日巍峨的峰巅。
绝大多数人被洪水卷走，即使躲过，
他们最终也在漫长的饥馑中殒没。

---

1 奥维德在这里似乎故意和贺拉斯开了一个玩笑，后者在《诗艺》（*Ars Poetica* 29-30）中写道：“渴望给一个题材变出新奇的花样，/ 结果就是海豚进树林，野猪进波浪。”

福基斯分开了阿俄尼亚和埃塔原野[1]，
这曾是一片富饶之地，此时却不过
是海的部分，骤然被辽阔的水面铺满。
一座双顶的高山向上直插霄汉，
名唤帕纳索斯，峰巅已升出云端[2]。
当丢卡利昂与共枕的妻子乘着小船[3]
抵达并逗留此地（因别处皆已隐沦），
他们祭拜了柯瑞基亚众宁芙、众山神[4]
和那时掌管神谕的预言之神忒弥斯[5]。
没有男人比他更仁善，更热爱公义，
亦无任何女人比她更敬畏诸神。
朱庇特望见世界已变成茫茫深溟，
须臾间万千男丁如今只余一人，
须臾间万千妇女也仅一人幸存，

1 福基斯（Phocis）是希腊的一个地区，在科林斯湾边上。阿俄尼亚（Aonia）位于雅典附近的博奥蒂亚地区（Boeotia）。埃塔山脉（Oeta）在希腊帖撒利亚（Thessalia）和埃托利亚（Aetolia）之间。

2 帕纳索斯山（Parnasus）在德尔斐（Delphi）附近，它有两个峰顶，一个叫提科列昂（Tichoreum），是酒神巴克斯的圣地，另一个叫许潘珀昂（Hypampeum），是日神阿波罗和缪斯的圣地。

3 丢卡利昂（Deucalion）的妻子是庇拉（Pyrrha）。普罗米修斯（Prometheus）是丢卡利昂的父亲，厄庇米修斯（Epimetheus）是庇拉的父亲，而普罗米修斯和厄庇米修斯是兄弟，所以庇拉是丢卡利昂的堂妹。普罗米修斯和厄庇米修斯的名字在古希腊语中分别是“事前之见”和“事后之见”的意思。

4 柯瑞基亚众宁芙住在帕纳索斯山的柯瑞基亚（Corycia）洞穴中，相传是河神普利斯托斯（Plistus）的女儿。

5 忒弥斯（Themis）是天空神和大地神的女儿，在阿波罗之前掌管德尔斐神谕。她的名字在古希腊语中表示正义。

夫妻皆纯洁无辜，夫妻皆谦卑虔敬，
便撕开云幕。当北风驱散所有雨云，
大地和天空又坦诚相见，再无遮蔽。
海神怒气也消退，涅普顿放下三叉戟，
安抚水波，又召唤特里同（他立于深海[1]
之上，双肩覆盖着与生俱来的紫贝[2]），
命一身湛蓝的儿子吹奏嘹亮的螺角，
向所有浪涛与江河发出回撤的信号。
于是，海洋信使拿起中空的乐器[3]
（它从最底的螺旋向上扩展，次第
变开阔），当它在海的深心接纳了气息，
声音就响彻朝阳和落日间每片陆地。
那时也如此，特里同因湿髯而沾水的唇
一触碰喇叭，遵令奏出撤退的乐音，
所有海洋和大地的所有江河湖泊
便都听见，且受其节制，不敢逾越。
海已显露岸，丰盈的江河汇入深渊，
陆上的洪流亦消落，山峦渐渐浮现，
大地拱起，水退去，让出更多空间，
经历漫长的时日后，树木仍难遮掩

---

1 希腊神话中有多位叫特里同（Triton）的海神，这位是涅普顿和安菲特里忒的儿子，负责为涅普顿开道。

2 紫贝（murex）是古代产于地中海东岸城市推罗附近海中的一种贝壳，用于制造将衣服染成紫色的珍贵染料。

3 这种乐器拉丁文叫 bucina，是用贝壳做成的号角。

光秃的顶部，枝叶沾着残留的泥浆。
世界回到从前，却变得空空荡荡，
荒凉的大地静寂如坟墓。[1] 丢卡利昂
眼见这一切，潸然泪下，对庇拉凄凉
说道：“妹妹、爱妻、唯一幸存的女人，
共同的祖先、堂亲的血缘还有婚姻
让你我结合，现在危险又增进了亲密，
大地上从东到西，我们两人已经是
全部的居民，大海占据了其余一切。
即使现在，生命是否不再受威胁，
也没有确证，这些云依然让人心惊。
若可怜的你失去我，独自逃脱厄运，
如今会是怎样的感觉？你孤孤单单，
如何承受恐惧？痛苦时谁在你身边？
相信我，爱妻，如果你已经葬身大海，

1　Cole（2004）指出，在古希腊的多数记述中，这次洪水并非毁灭全人类的大洪水，而是局部洪水，一些地区完全没受到影响，其他地区也有人逃到高山上而幸存。奥维德的版本更接近东方的洪水神话（通常只有一家或一对夫妇获救），他也未采用保存在伪阿波罗多洛斯《神话汇编》（*Bibliotheca* 1.7.2-4）中的折中说法——希腊人部分由丢卡利昂夫妇扔出的石头变成，部分从他们的儿子希伦（生于洪水后）繁衍而来。他笔下的庇拉显然已过了生育年龄。因此，必然的推论是，后来的人类或者是石头所变，或者是神或半神（牧神、宁芙、萨梯等）所生。从本卷 192—193 行看，朱庇特用洪水而不是大火摧毁人类，部分是为了保存地上的半神（部分当然是怕引燃天界），Anderson（1989）认为朱庇特不负责任地连带消灭了地上半神的说法是一种误读。Crabbe（1981）认为，甚至丢卡利昂夫妇活下来都是一种偶然，朱庇特事先并无拯救计划，而是事后临时决定如此（324—328 行）。在《神话汇编》（*Bibliotheca* 1.47. 1）中，丢卡利昂的父亲普罗米修斯曾提前让夫妻俩准备一艘船只，以应对即将降临的洪水。

我也会跟随，甘愿与你在海底永埋。
多希望我能拥有父亲的技艺，复兴[1]
世间万族，为造出的泥胎注入灵魂！
可现在，凡人的未来系于你我二人，
天意如此，留我们充当人类的样本。”
他说完，夫妻都默然哭泣。他们决定
向诸神祷告，希望获得神谕的指引，
便相携赶到刻菲索斯河，没丝毫拖延[2]。
水依然浑浊，但已回归旧日的路线。
他们自河中取水，洒在头顶和衣服上[3]，
行完净化礼，然后掉转脚步走向
女神的圣祠[4]。庙宇的屋顶长满苔藓，
已经褪色，祭坛荒冷，无火亦无烟。
两人刚触到台阶，就立刻匍匐于地，
诚惶诚恐地亲吻身下冰凉的岩石，
如此祈求：“倘若正直的祷告能征服
神灵，使他们回心转意，摒弃愤怒，
慈悲的忒弥斯，启示我们，何种技艺
能重造这个族类，请拯救沉沦的人世！”
女神被感动，给出了回答：“离开神庙，

1　此处影射普罗米修斯用泥土造人的故事。

2　刻菲索斯河（Cephisus）发源于帕纳索斯山，在以神谕闻名的德尔斐（Delphi）附近。

3　这是古代进入神庙之前的洁净礼。

4　“女神”指忒弥斯，她是远古的预言神。

遮住你们的头部，解开你们的衣袍[1]，
将伟大母亲的骨头一路往身后抛掷。”
夫妻惊愕了许久，庇拉首先终止
沉默，拒绝遵从女神的命令，并以
颤抖的嘴唇请求她宽恕，因为自己
害怕抛掷尸骸会冒犯母亲的鬼魂。
与此同时，他们一遍遍思索这阴森
晦涩的神谕，各自揣测暗藏的玄机。
最后，普罗米修斯之子用平和的语气[2]
安慰庇拉道：“我若没受智力的蒙蔽
（圣洁的神谕怎会教人行亵渎之事！），
‘伟大母亲’必定指大地，我相信骨头
就是指石块，我们应将它们抛身后。”
虽然妻子被丈夫的这番阐释触动[3]，
怀疑仍与希望交织：两人都不能
信任天界的启示，但尝试一下何妨？
他们走出神祠，蒙住头，松开衣裳，
沿途向身后抛撒石块，如神所命令。
这些顽石（谁相信，若无古代的见证？）
开始丢弃它们原本刚硬的特性，
逐渐变软，然后又换上新的身形。

1 这是古代祭祀时的风俗，或者表示谦卑，或者如普鲁塔克所说，是怕在仪式过程中看见凶兆。

2 普罗米修斯之子即丢卡利昂。

3 “妻子”对应的原文是Titania（提坦后裔），因为她祖父伊阿佩托斯是一位提坦神。

它们转瞬长大，一种更柔和的本质
也随之潜入，依稀透出人形，虽不至
赫然可见，但也像大理石初经打磨，
没有细致的样貌，却有粗疏的轮廓。
然而，它们身上那些富于泥土、
相对湿润的部分变成了肌肉和皮肤；
坚硬且无法弯曲的部分变成了骨骼；
原来的纹脉则变成血脉，名称相若[1]。
借助神力，男人之手扔出的石块
竟然在须臾之间呈现男人的体态，
女人抛掷的石块则促成女人重生。
因此我们是坚忍的族类，能承受艰辛，
从怎样的源头产生，我们给了明证。[2]

新世界

千姿百态的动物却是由大地自行
孕育诞出：残留的积水被太阳之火
彻底烘暖以后，泥浆和潮湿的沼泽
随热气膨胀，万物丰饶多产的种子
受到活土的滋养，便像在母亲子宫里
一般，逐渐成长，获得某种形体。[3]

1　拉丁文中岩石的纹脉和人的血脉都是 vena，所以这一行的拉丁原文说 sub eodem nomine（名字未变），但在中文里，纹脉和血脉不是相同的词，只能说“相若”。

2　Segal（1969）指出，奥维德笔下的第二次造人明显否定了他在描述第一次造人时所称赞的神性。Bauer（1962）认为，石头是《变形记》的核心意象之一，石头变人和人变石头是全书最常见的变形。

3　参考卢克莱修《物性论》（*De Rerum Natura* 5.806-815）对地球早期生命如何诞生的描述。

于是，当分作七脉入海的尼罗河撤离[1]
泛滥的田野，让水流退回古老的河床，
新近留下的淤泥被太阳晒得滚烫，
耕夫翻起土块时便发现许多动物[2]，
其中一些还处于生命的形成之初，
另一些身体不完备，部分器官缺失，
时常在一具躯壳中，这里已有活气，
那里却仍是毫无反应的普通泥土。
因为湿与热恰当混合，这两种元素
就可以暗结珠胎，造出所有活物，
虽然火与水为敌，湿润的热气却孕育
众生，冲突的和谐恰与繁衍最相宜。
所以当洪水新退，覆满泥浆的大地
被太阳的热气穿透，闪烁耀眼的光泽，
它就诞下无数的动物，一些复制了
往昔的形状，一些则是新造的怪种。

阿波罗与皮同

或许它并非情愿，然而你，巨蟒皮同[3]，
也来到世间。新生的人类初见你，恐惧
万分：仿佛整座山峦都不够你盘踞。

1 尼罗河在入海口附近分成了七条河道。

2 425—429 行可与卢克莱修《物性论》中相应段落（*De Rerum Natura* 5.840-844）相对比。

3 杀死巨蟒皮同（Python）是阿波罗（Apollo）最引以为傲的功绩。阿波罗是朱庇特和拉托娜（Latona）的儿子，新一代太阳神，也被视为预言神、文艺神、精通医术和箭术的神。

持弓的阿波罗（此前他只用这样的战具
对付野鹿和疾速奔逃的山羊）几乎
耗空箭囊，射出千矢，才将它屠灭，
从它乌黑的伤口涌出遍地的毒血。
唯恐岁月流逝，此功业被人忘记[1]，
他创立神圣庆典，让竞技者云集于此，
皮提亚之名便是源于被杀的蟒蛇[2]。
无论哪位青年凭拳击、跑步或赛车
力压群雄，都会摘得荣耀的橡叶冠[3]。
那时还没有月桂，双鬓优雅的发卷
福玻斯会随意选择一种树叶来装饰。

阿波罗与达芙妮

日神初恋是珀纽斯女儿达芙妮，这不是[4]

---

1 Jacobson（2007）指出，这句话或许受到了希罗多德《历史》（*Histories*）第一卷序言的影响。

2 古希腊著名的皮提亚运动会在德尔斐附近举行，最初八年举行一次，后改为四年，该传统延续数百年。奥维德说它由阿波罗创立，但公元 2 世纪的保萨尼阿斯（Pausanias）在《科林斯纪》（*Corinthiaca*）里称，它的创始人是狄俄墨得斯（Diomedes），还有人说是欧律洛科斯（Eurylochus）、安菲克提昂（Amphictyon）或阿德拉斯托斯（Adrastus）。

3 这是最初皮提亚运动会优胜者的奖品。

4 珀纽斯（Peneus）是河神，对应的河流在希腊的帖撒利亚（Thessalia），从品多斯山（Pindus）发源。达芙妮（Daphne）是珀纽斯的女儿，其名字在古希腊语中就是"月桂"的意思。达芙妮的故事在《变形记》中非常重要，它开启了一系列神追求人的故事。Nagle（1984）发现，这些故事遵循同一个模式：神的情欲几乎总是造成女人的灾难（或者因为无心的过失，或者因为女神的嫉恨）。Stephens（1958）将这行原文的开头两个词（primus amor）视为整部《变形记》的一个标示语，认为它不只指阿波罗的初恋，也意味着达芙妮的故事是全书众多情爱故事的第一个。奥维德的处女作《情诗集》也是以丘比特与阿波罗的冲突开头（*Amores* 1.1.13-16）。Curran（1978）统计了全书的类似情节，发现《变形记》中有五十余个强奸或企图强奸的故事，它们构成了一个序列。

盲目的运气，而是丘比特的狂怒所致。
新近战胜巨蟒的提洛神正洋洋得意[1]，
蓦然看见小爱神弯弓拉弦的姿势[2]，
奚落道："淘气的男孩，如此强大的武器
你拿着何用？它只适合我这样的肩膀，
我才能精准地射中野兽和敌人，巨蟒
皮同（它藏污纳垢的身躯曾占据许多亩
土地）刚被我杀死，全身插满了箭羽。[3]
至于你，还是老老实实用自己的火炬
点燃莫名的爱焰，别染指我的荣誉！"
维纳斯之子答道："你的弓尽可射其余，
我的弓却只射你，正如所有的动物
都臣服神灵，你也终究不如我风光。"
话音刚落，他拍动翅膀，疾速飞翔，

Parry（1964）和 Davis（1968）对它们进行了共时性的研究，Heath（1991）则对一至三卷中的此类情节进行了历时性的追踪。他发现，所有这些故事都在狩猎和性行为之间建立了关联，故事中的人物、背景、时间都有共性，并且体现出细节不断增殖的演化链条。阿波罗和达芙妮的故事确立了基本模型：狩猎与性行为既相关又对立。杀死皮同的阿波罗可视为猎人，但他又是丘比特的猎物。追逐达芙妮的阿波罗如猎人，但猎物达芙妮拒绝性爱的方式是进入森林，成为猎神狄安娜的追随者——换言之"猎人"。

1 爱琴海上的提洛岛（Delos）是阿波罗和狄安娜（Diana）的出生地，所以阿波罗被称为"提洛神"。

2 小爱神（Amor 或 Cupido）即爱神维纳斯（Venus）的儿子丘比特。

3 在 438—460 行，各种抄本的差异造成了关于皮同性别的疑惑。在以名字称呼它时，抄本都用的是阳性形式，但在以"蟒蛇"（serpens）指代它时，性别却有阴有阳。Hill（1983）解释说，奥维德一直将皮同视为阳性，但后世的抄写员记得拉丁语中 serpens 多数时候被用作阴性名词，所以更改了一些地方，导致了这种混乱。

在帕纳索斯林木葱茏的顶峰停住，
从箭囊取出两支效用相反的羽镞，
一支种下厌恶，另一支催生欲望。
催情之箭镀了金，锋利的尖镞闪着光，
绝情之箭则较钝，头部裹着一层铅。
他用后面这支射中了达芙妮，前面
那支却刺穿阿波罗的骨头，深入骨髓：
一位立刻起痴恋，另一位却憎恶情爱，
流连森林的秘处，沉醉于野兽的狩猎，
几乎成了处女神福柏的完美仿效者[1]，
长发全没有打理，只以束带固定[2]。
许多人恋慕她，却徒然招来她的憎厌，
不堪男子的纠缠，她远遁偏僻的林间，
毫不关心什么是爱情，什么是婚姻[3]。
父亲常念叨："女儿，我的女婿在哪里？"
有时念叨："女儿，你欠我几位小孙子。"
婚礼的火炬如同一宗罪，她向来痛恨[4]，
此时，美丽的面庞浮起羞涩的红晕，
她用温柔的手臂紧搂父亲的颈项，

1 福柏（Phoebe）是月神狄安娜的别称。

2 固定头发的束带（vitta）在古代西方是贞洁品格和自由身份的象征。

3 "婚姻"对应的原文是 Hymen（许门），许门又称许墨奈俄斯（Hymenaeus），是古罗马的婚姻神。

4 用火炬引导迎亲队伍是古罗马风俗。

恳求道："父亲大人，一定要许我永享[1]
处女之身：狄安娜的父亲就曾允诺[2]。"
他没法反对；可是你的美貌却拒绝
你得偿所愿，你的风姿与憧憬为敌。
福玻斯初见达芙妮，便渴望与她亲密，
越渴望越梦想，他被自己的神谕欺骗[3]。
仿佛收割完麦穗，残存的秸秆被点燃，
又像某位行客不小心凑近了火把，
或在破晓时丢下，引着旁边的篱笆，
日神也如此迸出了火焰，整个灵魂
都在燃烧，以痴想喂养无望的爱情。
端详着她的长发，素朴地垂在肩上，
他说："如果梳好会怎样？"他看着闪亮
如星辰的眸子，看着嘴唇（光看他怎会
满足？），顺次赞美她的手指、手背、
手腕和几乎裸露到肩膀的手臂：他相信，
隐藏的部分会更美。她却比轻盈的风
更快地逃离，任凭他呼喊，不肯停留。
"珀纽斯家的宁芙，求你别跑，身后
不是敌人！羊羔如此躲避狼，鹿躲避
雄狮，翅膀颤抖的鸽子躲避鹰，都是

1 Anderson（1995）以达芙妮为例，认为奥维德情爱描写超越前人的一个重要方面就是给了女性角色自己的声音，尤其是拒绝男性的声音。

2 狄安娜是处女神，她的父亲是朱庇特。

3 作为预言神，阿波罗对这段情感的预感却是错的。

为了甩开天敌；我追你却是出于爱。
可怜的我，多怕你摔倒，怕荆棘伤害
你无辜的腿，怕我给你造成痛苦！
这条路崎岖难行，我求你放慢速度，
别如此飞奔，我自己也会慢些追逐。
但你也该问是谁爱上你，不是村夫，
不是牧人，不是衣衫褴褛、看护
牲口的山民。你不知道，冒失的少女，
谁在追你，所以才会逃。德尔斐归我，
克拉洛斯、忒涅多斯、帕塔拉侍奉我[1]，
朱庇特是我父亲。我呈现未来、过去
和现在，歌声和琴音因为我和谐相处。
我的箭百发百中，但有一支箭比我的
更精准，是它射伤我原本空荡的心窝。
是我发明了医术，我被全世界称为
拯救者，植物的药性也都归我主宰。
可是，唉，爱情没有任何灵草能治愈，
帮助别人的技艺对主人却毫无帮助！”
他还想表白，达芙妮已经胆怯地逃离，
抛下阿波罗和他尚未说尽的言辞，
此刻，她仍然很美：风露出她的身体，
迎面的气流吹来，衣裙轻盈地飞起，

1 克拉洛斯（Claros）位于伊奥尼亚，和德尔斐一样，以阿波罗神庙和神谕著名。忒涅多斯（Tenedos）是爱琴海上的一座岛，离特洛伊不远，帕塔拉（Patara）是吕基亚的城市，这两处地方也是阿波罗的圣地。

微风拂动的长发也在她身后飘舞，
奔逃中她更显妩媚。但年轻的神已失去[1]
继续温言抚慰的耐心，情欲不断地
催促他，跟随的步子变得越发急迫。
犹如高卢猎犬在旷野中发现了兔子，
前者为战利品、后者为性命拼尽全力。
猎犬似乎已追上，感觉自己立刻能
擒住对方，伸出的口唇已够到脚踵；
兔子已难以判断，自己是否已被抓，
在凶敌咬上的瞬间勉强逃过尖牙：
两人也因为希望或恐惧而各自飞驰。
但他却紧追不舍，插着爱情的翼翅，
速度更快，让她无喘息之机。他已然
逼近她后背，气息触到颈际的发卷。
一路疾速的逃跑已耗尽她的精力，
她脸色苍白，望着珀纽斯的水波哀泣：
“救救我，父亲，若你真是通灵的河神[2]，

1　阿波罗在文学作品中永远以年轻英俊的面貌出现。

2　原文此处的文本较乱，544行和547行各有两个版本，545行则难以嵌入上下文，所以许多注者都将原来的545行删除，546行调整为545行，544行和547行各取其中一个版本。Anderson（1995）评论道，当达芙妮行使一位女人拒绝的权力时，阿波罗的本来面目立刻暴露出来。在上文的劝说中，他一再声称自己不是追捕猎物的猛兽，但奥维德在这里的比喻恰好说明，对于拒不服从的女性而言，他就是猛兽，他的所谓爱与关心都是假象。Hardie（2002）从体裁研究的角度指出，皮同的故事代表史诗，达芙妮的故事代表爱情哀歌。Francese（2004）则发现了两个故事的有趣联系，阿波罗追逐达芙妮恰好就像皮提亚运动会上的青年为了获得月桂的荣耀奋力奔跑，他相信这是《变形记》的一个模式，解释某物或某事起源的神话在奥维德的叙述中已经提前表现了相关的要素。

毁掉我的美，改变这过于迷人的女儿身！”
祷告的话音未落，昏沉已侵袭肢体：
柔软的乳房瞬间覆盖了一层树皮，
头发化为绿叶，手臂长成了褐枝，
原来的一双捷足化作根，不可挪移，
树冠罩住脸。唯有她的美依然未变。
然而福玻斯仍爱她，右手摸着树干，
他感觉新生的树皮下她的胸膛尚在
悸动，于是将原是手臂的枝条搂入怀，
亲吻这棵树，可是树仍然躲避他的吻[1]。
日神对她说：“既然你不能做我的爱人，
至少你会做我的树。月桂啊，我的头发、
我的琴、我的箭囊永远都是你的家。
你将与罗马统帅相伴，当欢乐的声音[2]
庆祝凯旋，卡皮托山望见盛大的游行。
你也将忠诚守护在奥古斯都的宅邸前，
拱卫悬挂于大门中央的橡树叶环[3]，

1　McDonough（2004）指出，这一行的原文 oscula dat ligno: refugit tamen oscula lignum 从空间排列和声音效果看，与字面的意义正好相反。在诗句的前半段，动词 dat 隔开了“吻”（oscula）和“树”（ligno），但在被动词“躲避”（refugit）隔开的后半段，“吻”（oscula）和“树”（lignum）却彼此相邻，而且读起来连成一体，oscula 轻快的长短短格融入 lignum 缓慢的长长格，似乎暗示达芙妮不再躲避阿波罗。McDonough 提醒读者，《变形记》中这种声音与字面意义相对抗的例子比比皆是。

2　这里的阿波罗俨然已不是希腊神，而是宣扬罗马民族主义、庇护皇族的罗马神。

3　“奥古斯都”（Augustus）是屋大维的封号，意为“神圣者”。橡树叶环是朱庇特的标志，罗马元老院为了感激屋大维拯救国家的功劳，下令在他的帕拉丁

正如我青春的头颅永远长发飘垂，
你也将永享荣耀，叶子永远苍翠。”
阿波罗说完，月桂以它新造的枝柯
表示赞同，仿佛在颔首，树冠摇曳。[1]

朱庇特与伊俄（一）

海摩尼亚有一处幽谷，被陡峭的山林[2]
环抱，名唤坦佩。湍急的珀纽斯流经[3]
此地，它从品多斯山麓发源，一路[4]
白浪飞卷，跌落的瀑布激起水雾，
飘散如云，湿气滋润着森林的顶部，
震耳的喧豗甚至淹没了极远之处。
这里就是珀纽斯河神的家园和圣所，

宅邸门前悬挂橡树叶环。月桂也是其宅邸大门的装饰，参考奥维德《哀歌集》（*Tristia* 3.1.35-48）。Gildenhard-Zissos（2004）指出，通过560—563行对罗马的前瞻，奥维德将一个希腊文化现象——皮提亚运动会——改造成了歌颂罗马权力的文化制度。

1 Ginsberg（1989）提醒我们，达芙妮变成的桂树只是“仿佛在颔首”，“表示赞同”只是阿波罗（和叙述者通过阿波罗）的阐释，树的“语言”本身是暧昧的。读者只是从情理上觉得达芙妮“应该”感到荣耀，同意这样的安排。然而，《变形记》的一个普遍现象是，经历变形的主体性格和信念都不会改变。如果这样，变形前坚决拒绝阿波罗的达芙妮变形后为何会接受他？554—556行似乎也暗示，变成树的她依然畏惧、厌恶阿波罗。达芙妮接受的可能不是阿波罗的爱，而是自己成为罗马公共荣耀的象征。而且作为掌握权力的神，不管达芙妮的意愿如何，阿波罗都执意如此阐释。但无论怎样，这里充满了不确定性。Ginsberg借此说明《变形记》里的一个普遍现象：阐释就是一种“据为己有”的行为，这种强加归根结底是依凭权力，文本本身既不会全然认可，也不会全然拒绝这种阐释所产生的意义。

2 海摩尼亚（Haemonia）是希腊帖撒利亚的别称，因古代国王海蒙（Haemon）而得名。

3 坦佩（Tempe）是帖撒利亚的山谷，因风景优美著称，珀纽斯河流经它，但并不湍急。

4 品多斯山是帖撒利亚边界的一座山。

他栖居于此地一处巉岩形成的洞穴，
向诸河与住在河中的宁芙颁布法令。
本地的河神最先到达，却犹疑不定，
不知该庆贺抑或是安慰这位父亲：
他们包括斯佩基俄斯、厄尼剖斯、
阿皮达诺斯、安弗瑞索斯以及埃阿斯[1]。
很快其他河神也来了，循着各自的
方向，将蜿蜒已久的水流送入海波。
唯有伊纳科斯缺席，藏岩洞深处[2]，
泪水催涨河水，因为失去了爱女
伊俄而悲痛欲绝。[3]他不知她是安好
还是化作了鬼魂，但既然再无法寻到，
只能相信已走失，并担心更坏的结果。
那日，当她从父亲的河边回返，朱庇特
恰巧看见，劝诱道："与神王相配的少女[4]，

---

1 这些都是帖撒利亚地区和附近的河流的名字。

2 伊纳科斯河（Inachus）在伯罗奔尼撒半岛的阿戈利斯（Argolis）地区。Cole（2004）指出，根据奥维德所借鉴的卡斯托尔《世代纪》（*Chronologia*），伊纳科斯是阿戈斯的第一位国王，也属于第二个历史时期（从丢卡利昂洪水到特洛伊战争）的第一代国王之列。

3 伊俄（Io）是河神伊纳科斯的女儿，朱庇特的情人，通过柏罗斯（Belus）和阿革诺耳（Agenor）两位国王成为众多希腊英雄的祖先，她后来也与埃及的伊西斯（Isis）混同，广受敬拜。Wheeler（2000）以达芙妮和伊俄的故事为例，说明《变形记》故事之间的延续性。在这两个故事中都有父亲、女儿和追求者，所以应当一起读。Ziogas（2011）认为，《变形记》中伊俄等众多女性角色的故事参考了赫希俄德《列女传》（*Ehoiai*，关于其作者学术界有争议）。

4 Salzman-Mitchell（2005）探讨了《变形记》中的各种凝视，认为简单地将支配的男性视为凝视的主体、被动的女性视为凝视的对象，远远不能穷竭奥维德

你注定将带给某位男子幸福。何不
走进这片密林的绿荫（他一边用手指）？
太阳这么灼人，正在头顶的位置。
但如果你不敢闯入野兽藏身的地方，
别怕，有神的保护，你在深林也无恙，
况且我并非下等神，而是天庭权杖
握于巨手、能四处掷下闪电的神王。
别逃！”她已经开始飞逃，转眼便摆脱
勒尔纳草场与多林的吕尔刻亚原野[1]，
此时神却用黑云遮住了周围的一切
地方，迫使她停步，夺取了她的贞节。[2]
与此同时，朱诺正俯瞰阿戈斯的中心，
惊奇地看着这些暗如黑夜的流云
出现在朗朗天光下。她觉察它们不是
来自河水，也并非从潮湿的土壤升起，
于是四下搜寻丈夫的影踪。他经常
被抓，她已太熟悉对方偷情的伎俩。
天上没有发现，她自语：“要么我想错，

这部作品的丰富性，《变形记》中的凝视是超越了性别边界的复杂行为，凝视者时常面临权力和角色的逆转。

1 勒尔纳（Lerna）是阿戈斯（Argos）附近的森林和沼泽地区，海格力斯（Hercules，古希腊语 Herakles）曾在此杀死怪物许德拉（Hydra）。吕尔刻亚（Lyrceia）是阿戈利斯的城市，距阿戈斯不远。

2 Heath（1991）指出，与达芙妮的故事相比，伊俄不是猎人，但她和达芙妮一样是处女，被强暴的地点也是森林，但奥维德添加了一个在此后的类似情节中都有的时间元素：正午（592 行）。朱庇特刻意找了不是猎人的猎物，这样她就会害怕野兽，寻求他的保护。

要么他正伤害我。”从高空飞下，降落，
她命令这片黑雾即刻从眼前散开。
朱庇特早已料到妻子必定会跟来，
提前让伊俄变作白色母牛的模样
（此时它仍然很美）：虽然违心赞扬
它的外貌，朱诺却没忘打听，它主人
是谁，又来自何方，装作毫不知情。
朱庇特谎称它生于土中，以免她继续
盘问，朱诺便向他索要牛作为礼物。[1]
他还能如何？交出自己的情妇太残酷，
不交又令人生疑：羞耻心劝他屈服，
爱劝他拒绝。羞耻心几乎被爱攻破，
但若一头牛的薄礼都不给他的姐姐
和妻子，牛的真实身份就可能暴露。
情敌已到手，女神并没有马上解除
全部戒备，唯恐朱庇特将她偷走，
直到最终交托给阿耳戈斯来看守[2]。
阿耳戈斯的头上环绕着一百只亮眼，
在任何时候仅两只休憩，如此轮换，
其余的眼睛严守岗位，继续当值。
无论他如何站立，伊俄都在视线里；
她总在他眼前晃动，即使转身背对她。

1 Salzman-Mitchell（2005）分析道，朱诺对伊俄的凝视表明了女神权力的有限，她无法对抗朱庇特的男性权力，只能欺凌这种权力的牺牲品——伊俄。

2 阿耳戈斯（Argus）是著名的百眼巨人。

白天她可以吃草，等太阳沉落地下，
她就被囚禁，无辜的颈上套着锁链。
伊俄以树叶和苦草为食，难以吞咽，
可怜的她，只能以泥土为床（而且
上面时常不长草），以沙河的脏水解渴！
当她希望伸出手臂，向阿耳戈斯
祈求的时候，她却没有可用的手臂，
她试图哀叹，嘴里却发出牛的哞声，
这声音令她恐惧，恐惧自己的嗓音。
她也会到岸边（那是从前嬉戏的地方），
伊纳科斯河的岸边，结果却不胜惊惶：
倒影中新生的双角让她落荒而逃。
仙女们不知道，就连父亲都不知道
她是谁，她却一直跟随父亲和姐妹，
任她们触摸，偎依她们，听她们赞美。
年迈的伊纳科斯用采来的草叶喂她，
她舔着父亲的手，吻着掌心，流下
难禁的热泪。倘若她还能吐出言语，
就会求救，告诉他自己的名字和遭遇。
她说不出话，却用蹄子在尘土中写字，
讲述她如何改换形状的悲惨故事。
“我太可怜！”伊纳科斯喊道，抱住
雪白母牛的脖子和弯角。她在痛哭，
他也在痛哭：“我太可怜！你就是我找遍
全世界的女儿？没找到你时反而没眼前

这样难受。你一言不发，我徒然对你
说话，你只是从心底发出阵阵叹息，
唯一能做的，就是用哞声回应问题。
不知情的我还布置洞房，筹办婚礼，
还梦想你能先给我女婿，再给我外孙：
可现在你只能做牛的新娘、牛的母亲！
我也不能去觅死，终结这悲惨的折磨，
做神是一种刑罚，死亡的大门已朝我
关闭，我的痛苦将一直绵亘到永久。”
他正悲叹间，百眼的阿耳戈斯已拽走
女儿，从父亲身边押往别处的草场；
巨人自己则爬到一座高山的顶上，
坐在那里，他便可遥望四方的动静。
伊俄遭如此虐待，朱庇特再无法容忍[1]，
他召来自己的儿子（明亮的迈娅星神[2]
所诞），令他夺去阿耳戈斯的性命。
墨丘利迅速穿好带翅的飞鞋，拿起
催眠的强力魔杖，在头顶罩上帽子[3]。
准备停当，朱庇特之子从父亲的天居

---

1 “伊俄”对应的原文是 Phoronidos（主格 Phoronis），意思是“佛洛纽斯（Phoroneus）的妹妹”，佛洛纽斯是伊纳科斯的儿子。

2 墨丘利（Mercurius）是朱庇特和迈娅（Maia）的儿子，掌管商业、旅行、和平、雄辩术、偷盗等，也是诸神的使者。迈娅是擎天神阿特拉斯（Atlas）的女儿，昴星团（Pleiades）七仙女之一。

3 墨丘利的魔杖拉丁文名字是 caduceus，能召集鬼魂，诱发睡眠。他的帽子叫 petasus，是一种宽边帽。

跃向大地。到了凡间，他立刻挪去
帽子，藏好翅膀，只留下手中的魔杖，
扮作牧人，驱赶顺手牵来的母山羊
穿越无路的荒野，一边吹奏芦笛。
新奇的乐音吸引了朱诺狱卒的注意，
阿耳戈斯说：“陌生人，请你和我一起
坐在这块石头上，这里的牧草最茂密，
正好放羊，还适合给牧人遮阳，你看！”
阿特拉斯的外孙坐下来，娓娓而谈，
用闲聊打发流逝的白昼，他又吹奏
芦笛，试图诱使他闭上守望的眼眸。
但巨人仍竭力抵抗温柔的睡眠，虽然
部分眼睛已坠入梦乡，另外的同伴
仍保持警觉。他还问（因为芦笛新近
才发明）这神乐器到底是如何诞生。

潘与绪任克丝

于是墨丘利答道：“在阿卡迪亚的寒凉
群山之间，在诺纳克里斯的仙女之中[1]，
有一位最著名，大家叫她绪任克丝[2]。
她总是躲避那些追求自己的萨梯，
以及幽僻森林和富饶原野上的各路
小神。她崇拜提洛女神，禁绝情欲[3]，

---

1 诺纳克里斯（Nonacris）位于伯罗奔尼撒半岛，既是山名，也是城市名。

2 绪任克丝（Syrinx）的名字在古希腊语中意为“牧人的芦管”。

3 提洛女神指狄安娜，对应的原文是 Ortygiam deam（俄耳堤奎亚女神），俄耳堤奎亚是提洛岛的古名之一，因为那里鹌鹑（古希腊语 ortyges）聚集。

爱好也保持一致；仿效狄安娜的仪容，
她几乎能够以假乱真，若不是她的弓
是山茱萸而非黄金所造，但有人仍会
被外表欺骗。当她从吕凯俄斯山返回，
潘正好看见。戴好尖松叶编成的头冠，
他如此说道……”神继续讲述潘神如何劝，
宁芙如何拒绝，如何在荒僻处奔窜，
如何跑到平静流淌的拉冬河岸边[1]。
这里，河水拦截了她的去路，她只能
祈求众仙女姐妹，改变自己的身形。
潘神以为已抓住绪任克丝的躯体，
却发现只有沼泽的一些芦苇在手里。
他正在那里叹息，芦苇间穿梭的风
吹出了细细的乐声，仿佛谁在哀吟。
新的艺术和甜美的音色让潘神心颤，
他喊道：“我仍然可以这样与你交谈。”
于是神用蜡将参差的芦管粘在一起，
就造出保存了这位少女之名的乐器。[2]
墨丘利还未讲完，忽然发现所有的[3]

---

1 拉冬河（Ladon）位于阿卡迪亚。

2 绪任克丝的故事几乎是伊俄的翻版，连奥维德笔下讲述故事的墨丘利似乎都意识到了这种雷同，迅速略过了必然的细节（仿佛他已经领悟奥维德的故事套路）。但与伊俄不同，绪任克丝是一位猎人，这样猎人的元素重新回到神追求少女的故事序列里。

3 “墨丘利”对应的原文是 Cyllenius（库莱内的神），库莱内山（Cyllene）是墨丘利的出生地。

眼睛都已沉入睡眠，光亮已隐没，
就立即缄口，用手中的魔杖来回轻碰
巨人疲惫的眼睛，使睡意更加昏沉。
趁他打盹之机，神迅速拔出弯剑，
刺入头颈相交的地方，将他从山巅
径直推下，血淋淋的身体染红陡坡。
阿耳戈斯，你的众多星火已熄灭，
你躺在那里，百只眼全被黑夜笼罩。
朱诺将它们收集起来，放在宠物鸟[1]
羽毛上，为它的尾巴缀满晶亮的宝珠。

朱庇特与伊俄（二）

她怒火中烧，未等片刻就猛烈报复，
让复仇女神的恐怖形象萦绕在希腊
情敌的眼前和心底，在她胸中植下
疯狂的冲动，在整个世界惊惶逃窜。
尼罗河，你成了伊俄漫长流浪的终点。
她一到达，就顿然跪倒在你的岸边，
匍匐于地，继而又仰着脖子，怆然
朝星空抬起（还能抬起什么？）她的脸[2]，
仿佛在用呻吟、哭泣、痛苦的呼喊
对着朱庇特哀诉，求他终结这刑罚。
神王用双臂搂住妻子的颈项，恳求她
停止旷日持久的报复：“别再为将来

1　朱诺的宠物鸟是孔雀。

2　因为她此时是牛形。

忧虑，你再也不会因为她受到伤害。”
他命令斯堤克斯河为这番誓言做证。
女神已平息愤怒，伊俄恢复了人形，
变回从前的模样：牛毛从皮肤逃离，
弯角慢慢隐没，眼眸越来越精致，
嘴渐渐收缩，肩膀和手缓缓显露，
蹄子消失，留下五片指甲在原处——
牛的痕迹已荡然无存，她美丽如故。
欣喜地端详重新为自己效劳的双足，
宁芙立起身，但她不敢说话，担心
仍发出牛叫，紧张地吐出荒废的语音。
如今，身着亚麻的无数信众都敬拜[1]
这位神，其子厄帕福斯也终被接纳为[2]
伟大朱庇特的血脉，与母亲在诸国城市
共享祭祀。伙伴帕厄同是日神的子嗣[3]，
年龄和心气都与他相仿。他曾经极力
夸口，不肯认输，吹嘘父亲是福玻斯，

帕厄同

1 “身着亚麻的无数信众”指埃及神伊西斯的崇拜者，因为伊西斯的祭司和信徒都穿着亚麻衣服。在古罗马宗教实践中，伊西斯与伊俄混同。Bass（1977）认为，本卷的747—779行是第二卷帕厄同故事的重要组成部分，它交代了主要情节的动机。

2 按照希罗多德的说法，厄帕福斯（Epaphus）是朱庇特和伊俄的儿子，他就是埃及牛神阿比斯（Apis）。在古希腊神话中，厄帕福斯的女儿利比亚（Libya）产下了埃及国王柏罗斯和腓尼基国王阿革诺耳。

3 帕厄同（Phaeton）是日神赫利俄斯和海洋仙女克吕墨涅（Clymene）的儿子，后者是俄刻阿诺斯和忒堤斯（Tethys）的女儿。奥维德在整部《变形记》里都没有区分赫利俄斯和阿波罗，别称都是太阳、提坦和福玻斯。

厄帕福斯难以忍受，奚落道：“傻瓜，
母亲的话你全信，假父亲也让你翘尾巴！”
帕厄同顿时红了脸，但羞耻抑制了愤恨，
他回家向克吕墨涅转述了同伴的讥讽，
并且说：“母亲，更让你难受的是，狂放
悍勇的我竟只能沉默。如此的诽谤
朝我们扔来，却无法反驳，多么屈辱！
可我如果当真是神的后裔，你就需
为高贵的出身和天界的血缘拿出确证。”
说完，他用手臂搂着母亲的脖颈，
以自己和养父的性命、姐妹的婚礼火炬[1]
为要挟，求母亲给他证明生父的凭据。
无从知晓克吕墨涅是被儿子的劝说
打动，还是痛恨别人对自己的污蔑，
她向天空举起双臂，凝视着太阳，
朗声说：“我以看见、听见我们，光芒
灿烂的这轮金日发誓，孩子，你如今
端详的、统御世界的太阳就是你父亲。
我若有半句假话，就让我永远不能
再见他，让这日光永不再触到我眼睛。
你若想找到父亲的府邸，路途并不远，
他升起的地方与我们的居处几乎相连[2]。

1 “养父”对应的原文是 Merops（墨洛普斯），他是埃塞俄比亚国王，帕厄同名义上的父亲。

2 古罗马人将埃塞俄比亚视为东方的代表。

只要愿意，你就去找他，亲口问明白！”
母亲说完，帕厄同立刻幸福地蹦起来，
在急切的想象中，青年仿佛已摸到穹苍。
他穿过自己生活的埃塞俄比亚和日光
烤炙的印度，很快到达父亲升起的地方。

《变形记》

第二卷

METAMORPHOSEON LIBER II

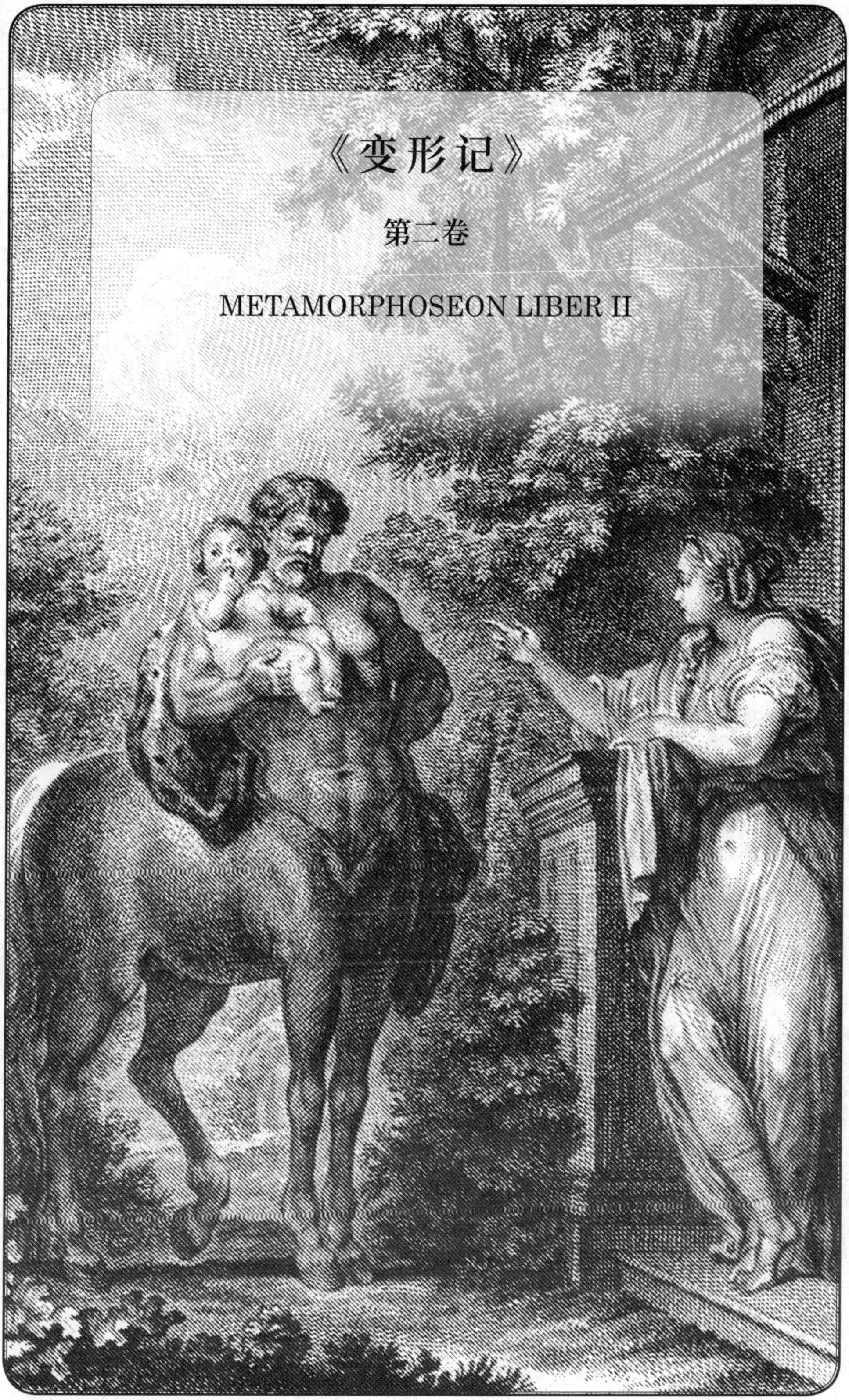

帕厄同

日神的宫殿巍峨矗立在高峻的廊柱上，
黄金熠熠生辉，红宝石似火焰闪亮，
皎洁如雪的象牙覆盖着它的顶部，
宏伟的双扇正门漾动着白银的光缕。
工艺比材质更卓越：伏尔甘亲手在这里[1]
镂刻了浮雕，环抱陆地的海洋、大地、
悬挂地球之上的天穹，尽在其中。
波浪里可见蔚蓝的诸神：吹螺的特里同、
变化多端的普罗透斯、用强劲手臂[2]
按住鲸鱼阔背的埃盖昂，以及多丽丝[3]
和她的女儿们，一些正在泅水嬉乐，
一些坐于岸边晒碧绿的长发，另一些
骑在鱼身上。众仙女外貌彼此相异，

1 伏尔甘（Vulcanus）是古罗马的火神和冶炼之神，对应于古希腊神话中的赫菲斯托斯（Hephaestus）。

2 普罗透斯（Proteus）是以善于变化和预言而著称的海神，他的名字源于古希腊语 prōtos（最初的），所以他是非常古老的神，被荷马称为“海中的老翁”。

3 埃盖昂（Aegaeon）是百臂巨人之一。多丽丝（Doris）是俄刻阿诺斯之女，海神涅柔斯之妻。

却异中显同，正如姐妹应有的样子。
雕刻的大地承载着居民、城市、森林、
野兽、河流，还有宁芙和山野诸神。
海陆上方则镂印了璀璨天宇的模型，
六个星座分别装饰着左右两扇门。[1]
当帕厄同拾级而上，到达此处，迈进
父亲的宫阙（但这份血缘世人却不信），
他随即朝父亲的方向走去，却又远远
停下，因为再靠近，光芒就过于耀眼。
福玻斯身披紫色的长袍，巍然坐在[2]
宝座上，但见它镶满翡翠，流光溢彩。
左右两边侍奉着诸日、诸月、诸年、
诸世纪和依次等距排列的诸时辰；春天
眉目清鲜，站立在一旁，头缠花冠；
夏季赤裸着身体，戴着编织的麦穗环；
秋天的双足沾染了踩出的葡萄汁液，
冰冷冬季的脸庞被蓬乱的白发覆遮。

1　Wheeler（1995）指出，第二卷对日神宫殿大门的描写与第一卷的创世部分相平行，都参照了荷马史诗《伊利亚特》中对火神雕刻的阿喀琉斯之盾的描绘（*Iliad* 18.484-89），都代表了宇宙秩序。本卷后面帕厄同导致的宇宙级火灾则与第一卷的大洪水平行，火灾后朱庇特重新恢复秩序也呼应了第一卷大洪水后重新造人的情节。Rohde（1929）认为，1—18 行对日神宫殿的描写只是为了增加具有史诗色彩的装饰。Bass（1977）则相信，奥维德的措辞已经暗示帕厄同“燃烧”的命运。他将本卷 1—149 行视为帕厄同故事的第二部分，这一部分又可细分为三个小部分：（1）1—48 行，帕厄同眼中的日神官殿和父亲；（2）49—102 行，日神试图阻止帕厄同驾车；（3）103—149 行，帕厄同驾车前日神的反应。

2　这里的“福玻斯”应该指赫利俄斯，不是指阿波罗，但奥维德未作区分。

日神用无所不见的眼睛从宫殿中央
看到年轻人（新奇的景象正让他惊惶），
问道："帕厄同，没有父亲会拒认的孩子，
为何来此？你到我这里，所求何事？"
他回答："无垠世界的普照之光，福玻斯，
我的父亲——如果允许我使用这个词，
克吕墨涅若不是以谎言遮掩错误，
就请赐给我一个确证我出身的信物，
从我的心里彻底清除这份疑虑。"
听完他的话，父亲从自己头上撤去
金辉闪闪的光晕，吩咐他走到面前，
然后抱住他说道："你这样出色，完全
无愧于我的名，克吕墨涅所言也非虚。
为让你安心，无论你向我求任何礼物，
我都会欣然答应。让众神借以起誓、
我却从未目睹的冥河见证此心意！"[1]
话音尚未落，这位青年就向他索取
日神的飞车和驱策飞马一天的特许。
父亲后悔刚才发了誓，三四次摇晃
明亮的头颅，叹道："你的要求太荒唐，
我的承诺太轻率。真希望可以不履行
誓言！告诉你，只有这件事我不肯答应。

---

1 "冥河"指斯堤克斯河，太阳神永远不进入地府。Fulkerson（2006）指出，在《变形记》中阿波罗是最缺乏远见、最冲动、最没有责任感的一位神。Otis（1970）、Fredricks（1977）、Anderson（1997）都认为，阿波罗发誓的行为鲁莽、愚蠢。

但我能劝你放弃。多么危险的愿望！
这礼物太重，你无法承受，你的力量、
你如此稚嫩的年纪都不能与之相称。
你是凡人，你所希冀的却不属于凡人，
因为无知，你选择的目标甚至已超出
天神的能力；他们虽可以随心所欲，
然而除了我，没有神驾驭得了这辆
燃烧的太阳车。即使奥林匹斯的君王，
尽管他可怕的右手能抛掷无情的闪电，
也不能控制它，可谁又能与朱庇特比肩？
开始的路途极陡峭，早晨的飞马虽然
精神抖擞，仍难以应付；中间一段
在天顶，从那里俯瞰海陆，即使我自己
也时常忍不住惊恐，心脏颤抖不已；
最后的旅程如直坠，需要精准的技艺，
就连在下方以波浪迎接我的忒堤斯[1]
也总是害怕我失去控制，摔落水中。
不仅如此，天穹也一刻不停地转动，
牵引高空的星辰在漩涡中飞速运行。
我必须极力对抗，战胜这道战胜
一切的力量，逆着疾驰的宇宙前进。
倘若马车交给你，会怎样？难道你能

1 忒堤斯是天空神和大地神的女儿，俄刻阿诺斯的妻子，这里代指海洋。

抵挡旋转的天极，不被其狂飙劫持？[1]
你或许以为那里有丛林、诸神的城市、
摆满供品的庙宇，可这些全是想象，
整条路上都陷阱密布，野兽游荡[2]。
即使你守住正途，从没被拽入岔道，
你也须面对众多的考验：拦阻的牛角[3]，
海摩尼亚的弓箭，凶狠狮子的大嘴[4]，
还有蝎子弯曲着残忍的臂膀，来回[5]
扫荡，巨蟹则朝另一边弯着尖螯[6]。
你很难驾驭那些马，火焰在胸中燃烧，
从口和鼻孔源源喷出，它们的性子
也暴烈如火。每当它们发起脾气，
就连我都不服从，用脖子猛拽缰绳。
可是孩子，别让我的礼索了你的命，
小心，小心，趁还来得及，改变决定！
你不是要一份确证，好叫世人相信

1　Loos（2008）指出，在 63—75 行，日神分别谈了太阳每日的运行和周年沿着黄道的运行。奥维德基本遵循了公元前 1 世纪希腊天文学家格米诺斯（Geminus）的《星象入门》中的理论（*Isagoge* 12）。“天穹”体现的是以地球为中心的宇宙框架下的天球概念。我们今天所称的恒星、太阳、月亮和五大行星都固着在天球上，随天球运转。

2　“野兽”指黄道十二宫所代表的动物。

3　“牛角”指金牛座（Taurus）。

4　“海摩尼亚的弓箭”影射帖撒利亚的半人马喀戎（Chiron），据说他被置于射手座（Sagittarius）。“狮子”指狮子座（Leo）。

5　“蝎子”指天蝎座（Scorpio）。

6　“巨蟹”指巨蟹座（Cancer）。

我是你父亲吗？我的恐惧就是确证，
这恐惧只能是父亲的恐惧。看我的表情，
我多么希望你这双眼睛能一直透进
胸膛，在里面好好端详父亲的忧心！
最后，你四下看看这繁华世界的一切，
天空、大地、海洋的珍宝如此众多，
你尽可随意挑选，我保证不会阻拦。
唯有这一件不行，要知道，它是灾难，
不是荣耀。你竟把祸殃当成了厚礼。
为何亲热地搂住我颈项，无知的孩子？
相信我，无论什么（斯堤克斯河为证）
我都可以答应你，但你务必要慎重！”
日神苦口相劝，帕厄同却全然拒绝，
继续坚持，热烈地渴望得到太阳车。
父亲最后也只好领着（虽尽力拖延）
年轻人来到伏尔甘赠送的高车前面。
车轴是以黄金制成，辕杆和车轮
镶边也是黄金，辐条则用了白银；
贵橄榄石和各种宝石沿着轭依次排列[1]，
在阳光照耀下反射着绚丽夺目的光泽。
雄心勃勃的帕厄同一边惊叹，一边
欣赏，守望的奥罗拉从明亮的东方忽然

1 贵橄榄石（chrysolithus）是一种宝石，其名字在古希腊语里的意思是“金色的石头”。

打开紫红的大门和摆满玫瑰的中庭。
众星顿时消失，晨星为它们的队形[1]
压阵，最后一个离开天空的军营。
当日神看见大地和整个世界已泛红，
遥远月亮的弯角似乎即将隐没，
传令迅捷的诸时辰给飞马套上车轭。
众女神领命，立刻将这些喷火的神骥
牵出高大的马厩（它们餍足了仙食，
饮足了琼浆），装好叮当作响的辔头。
然后，父亲在儿子的脸上涂抹圣油
（如此他就能忍受熊熊燃烧的火焰），
给他的头发佩戴光晕。日神从心间
涌出忧惧的叹息，预示着痛苦，他说：
“孩子，如果你至少肯听父亲的告诫，
就务必慎用马鞭，而要控制好缰绳。
它们自己会加速，难在遏止其热情。
切勿选直接穿过天球五环的路径[2]，
你的轨道是倾斜的，划出宽阔的弧形，
范围不越出三个环带的边界，所以，
避开南天极和毗邻北风的另一个天极。[3]

---

1 晨星（Lucifer）指早晨的金星。

2 “五环”指黄道和其他划分天球五个分野的平行纬线。

3 Loos（2008）指出，倾斜的黄道连接三个环带的说法反映了公元前 3 世纪希腊诗人阿拉托斯（Aratus）在长诗《物象》（*Phenomena*）中提出的理论。三个环带指天球上与地球赤道和南北回归线相对应的纬线。

朝那边行进，你会看见清楚的车辙。
为了让苍穹和大地能够均匀受热，
不要在低处驱驰，也不要紧贴穹顶。
位置太高，你会点燃天上的神宫；
太低，会烧着大地；中间才能无虞。
别太往右，误入盘曲大龙的区域[1]；
别太往左，贴近星空底部的祭坛[2]；
你要不偏不倚。其余的由‘运气’掌管[3]，
愿她保佑，比你自己更好地看护你！
我说话之际，湿润的夜晚已经触及
西方海岸的终点线，我们不能再耽搁，
时辰在召唤，黑暗已逃散，晨光闪烁。
接过缰绳，或者，如果你还愿改变
心意，就别用我的金车，用我的良言，
趁机会尚在，你还站在坚实的地面，
还没无知地登上断不该奢望的车辕！
你可以安然地观看，让我来照耀世界！”[4]

---

1 根据《牛津拉丁语大词典》，原文的 Anguem 可以指三个星座：巨蛇座（Serpens）或者天龙座（Draco）或者长蛇座（Hydra），绝大多数注者认为奥维德这里指的是天龙座。

2 指天坛座（Ara）。“右”对应于北方，“左”对应于南方。

3 “运气”（Fortuna）在古罗马神话中是一位女神。

4 Fulkerson（2006）指出，虽然阿波罗不能违反誓言，但他完全可以做一些事情来帮助帕厄同，然而他却没有任何行动，只是旁观悲剧的发生。对比本书第三卷塞墨勒故事中朱庇特的表现（289—309 行），至少朱庇特在行动上比阿波罗更有仁慈之心。

年轻的身体已经跃上轻快的马车，
高高站立，欣喜地握住轻快的缰绳，
为这份礼物感谢并非情愿的父亲。[1]
与此同时，日神的四匹飞马——黎明、
烈火、炫光、赤焰的嘶鸣响彻天空[2]，
它们喷着火，四足腾跃，撞击围栏。
忒堤斯不知外孙的宿命，打开门闩[3]，
任由它们在无垠的天宇驰骋。众骥
急切地启程，跃入空气中，奋蹄疾驰，
撕开挡路的云雾，翅膀托举着它们，
很快超过了从相同方向起飞的东风。
可是车太轻，日神的骏马几乎感觉
不到，轭也缺乏惯常承受的负荷。
正如弧形的船，若无恰当的压舱物，
就会镇不住，在海中摇晃，随时倾覆；
甩掉平时的重负，马车也在气流中
颠跃，仿佛无人驾驭，被抛向高空。
驷马一发现异常，就狂奔起来，摒弃
熟悉的路线，也不再保持从前的位次。

1 Bass（1977）将 150—152 行视为故事第二部分向第三部分（153—303 行）的过渡。

2 日神的四匹马分别叫 Eous（对应的古希腊语可译为“黎明”）、Pyrois（对应的古希腊语可译为“赤焰”）、Aethon（对应的古希腊语可译为“炫光”）和 Phlegon（对应的古希腊语可译为“烈火”）。

3 “外孙”指帕厄同。

帕厄同大骇，不知往哪边掉转缰绳，
不知路在哪里，即使知道，也无法掌控。
于是寒冷的众熊第一次被阳光烤烫[1]，
徒劳地试图扎入向它们关闭的海洋；
以前，与冰冻北极毗邻的巨蛇由于[2]
天气严寒，动作迟缓，没有人畏惧，
现在热火却唤醒它体内陌生的躁狂；
人们传说你，牧夫，也被惊动，仓皇
逃走，尽管跑得慢，还受牛车牵绊[3]。
可是当遭逢不幸的帕厄同从天穹之巅
俯视在无限遥远的下方伸展的大地，
他的脸骤然变白，恐惧震撼双膝，
眼睛却因极度的光亮被黑暗吞没。
他已经希望从未碰过父亲的马车，
已经后悔知晓了身世，争到了礼物，
已经愿做墨洛普斯的儿子，却犹如[4]
松木舟被北风狂卷，舵轮无力控制，
水手已绝望，听凭神灵和祷告处置。
他该怎么办？身后已抛下大片天空，
眼前的天空仍难穷尽，他暗自测量，

1 指大熊星座和小熊星座，它们永不沉落，所以说海洋向它们"关闭"。Cole（2004）指出，按照奥维德的神话时间轴，此时这两个星座尚未诞生。

2 指巨蛇座（Serpens）。

3 "牧夫"指牧夫座（Bootes），"牛车"指大熊座，古代西方人认为它形如牛车。

4 参考本书第一卷第763行的注释。

忽而极目远眺西方，那是他命中
不能到达的终点，忽而又回望东方。
他茫然无措地呆立，既不松开也无法
拽紧缰绳，也不知如何呼唤那些马。
惊恐中，他看见天空飘满可怕的图景，
处处浮动着各种巨大野兽的身形。
他路过一处地界，蝎子弯举着两只
螯钳，又向两侧伸出长尾和爪子，
它的肢体横跨了两个星座的疆界[1]。
青年一见它身上渗出浓黑的毒液，
随时用带钩的尾巴制造伤害，就失去
理智，在冰冷透骨的恐惧中甩掉挽具。
掉落的缰绳一触到背脊，四匹飞骏
立刻摆脱轨道，自由自在，去不曾
进入的空域驰骋。无论血气向何处
驱赶，它们都胡乱奔窜，撞击深嵌于
穹宇的星辰，拽马车穿越无路的荒空，
忽而升向天顶，忽而又向下俯冲，
循着壁立的险径奔往大地的近郊。
月神也瞠目结舌，兄长马车的轨道[2]
竟比自己低，云朵被点燃，腾起黑烟；
高处的每一块土地都已着火，深堑

1　天蝎座在射手座和天秤座（Libra）之间。

2　“月神”指塞勒涅（Selene，赫利俄斯的妹妹，月亮的化身）或者狄安娜（阿波罗的妹妹）。

沿地表扩散，水很快蒸发，处处干涸；
青草变灰烬，绿树连同枝叶焚灭，
枯萎的庄稼做了柴薪，为自己火葬。
这些算什么？壮丽的城市和它们的高墙
都沦为废墟，国度和民族被大火抹掉，
只余焦炭。森林与山岭一起燃烧：
阿托斯、奇里基亚的陶鲁斯、提摩罗斯山[1]、
埃塔山都在燃烧，曾遍布泉水的伊达山[2]、
处女缪斯的赫利孔、海摩斯也未能幸免[3]。
埃特纳威势更胜，火焰无限地蔓延，
帕纳索斯山在燃烧，还有埃卢克斯[4]、
钦图斯、俄特里斯、终于无雪的罗多彼[5]、

---

1 阿托斯（Athos 或 Atho）是希腊卡尔齐迪克半岛（Chalcidice）的一座山。陶鲁斯（Taurus）是小亚细亚奇里基亚地区（Cilicia）中部的山脉。提摩罗斯山（Tmolus）在小亚细亚的吕底亚（Lydia）地区。

2 埃塔山（Oeta）在帖撒利亚，因为海格力斯在此自杀而闻名。伊达山（Ida）有两座，一座在克里特岛，一座在特洛伊附近，这里指后面一座。

3 赫利孔山（Helicon）在希腊博奥蒂亚，是缪斯住所。海摩斯山（Haemus）在色雷斯，原文还有定语 nondum Oeagrius，意为“还没有被称为俄阿格罗斯的”，由于译文格律的限制，没有翻译。俄阿格罗斯（Oeagrus）是古希腊神话中著名音乐家、诗人俄耳甫斯（Orpheus）的父亲。

4 原文 Parnasus（帕纳索斯山）还有定语 biceps，意为“双顶的”，由于译文格律的限制，没有翻译。埃卢克斯（Eryx）是西西里西海岸的一座山和一座城的名字，这里有著名的维纳斯神庙。

5 钦图斯山（Cynthus）是月神狄安娜的出生地，在提洛岛上。俄特里斯山（Othrys）在帖撒利亚。罗多彼山（Rhodope）在色雷斯，终年积雪。

米玛斯、丁迪玛、专为圣礼而生的喀泰戎[1]。
斯基泰的严寒无济于事；高加索已变红，
还有奥萨山、品多斯和更伟大的奥林匹斯、
云雾缭绕的亚平宁和巍峨的阿尔卑斯。
这时帕厄同才看见，整个世界都已经
陷入火海，他无法承受如此的高温，
呼吸着炽热的空气，仿佛站在极深的
熔炉旁，甚至他的马车都已经着火。
他也再不能忍受灰烬和四溅的炭块，
此时，他四面都被滚烫的烟雾包围，
漆黑一片，不知道自己在往哪里走，
身在何处，完全是飞马摆布的木偶。
人们相信，埃塞俄比亚民族就是在
此时，因为血蒸至身体表面而变黑；
也是在此时，利比亚的水被热气烤干，
水泽仙女披散着头发，哀悼山泉
和湖泊的死亡：博奥蒂亚怀念狄耳刻，
阿戈斯同样追忆阿密摩涅的水波[2]。

---

1 米玛斯山（Mimas）位于伊奥尼亚地区。丁迪玛（Dindyma）也称丁迪穆斯（Dindymus），在小亚细亚佛里吉亚（Phrygia）地区，是神母库柏勒的圣山。喀泰戎山（Cithaeron）位于博奥蒂亚地区，是酒神巴克斯的圣地。原文的 Mycale（米卡勒山）由于译文格律的限制，没有翻译。

2 由于译文格律的限制，没有翻译原文的 Ephyre Pirenidas，意为“厄菲勒（怀念）皮瑞涅（的水波）”。博奥蒂亚、阿戈斯和厄菲勒（科林斯古名）都在希腊，狄耳刻（Dirce）、阿密摩涅（Amymone）和皮瑞涅（Pyrene）分别是三地的著名泉水，其中第一处是忒拜（Thebes）国王吕科斯（Lycus）妻子狄耳刻所化，第二处是阿戈斯国王达那俄斯（Danaus）之女阿密摩涅所化，第三处则是缪斯的圣泉。

岸滨在遥远之地的江河也难保平安，
塔纳伊斯中央的水流升起了青烟[1]，
还有年迈的珀纽斯、米西亚的卡伊科斯[2]、
伊斯梅诺斯、阿卡迪亚的厄律曼托斯[3]、
注定重燃的克珊托斯河、吕科尔马斯[4]、
以蜿蜒河道为乐的迈安得洛斯，以及
色雷斯的梅拉斯、泰那罗附近的欧罗塔斯[5]。
甚至巴比伦的幼发拉底河、奥隆特斯[6]、
忒尔墨冬、恒河、帕西斯、希斯特也蒙难[7]。
阿尔甫斯在沸腾，斯佩基俄斯的河岸[8]

1 塔纳伊斯河（Tanais）就是今天的顿河，在俄国境内。

2 “米西亚”（Mysia）位于小亚细亚，对应的原文是 Teuthranteus，意为“透忒拉斯的”，透忒拉斯（Teuthras）是米西亚国王。卡伊科斯河（Caicus）在米西亚境内。

3 伊斯梅诺斯河（Ismenus）在希腊博奥蒂亚地区。厄律曼托斯河（Erymanthus）位于阿卡迪亚。

4 克珊托斯河（Xanthus）在特洛伊，因为帕厄同点燃了它，以后它在特洛伊战争中还会被点燃，所以说“注定重燃”。吕科尔马斯（Lycormas）在希腊埃托利亚地区。

5 迈安得洛斯河（Maeander）在佛里吉亚地区，以河道蜿蜒曲折闻名。“色雷斯”对应的原文是 Mygdonius，是 Mygdonia（密格多尼亚，古代色雷斯的一部分）的形容词。梅拉斯河（Melas）在希腊语中意思是“黑色的”。“泰那罗”对应的原文是 Taenarius，是 Taenarus（泰那罗）的形容词，泰那罗在伯罗奔尼撒半岛最南端，古代传说山崖上的一个洞口是地府入口。欧罗塔斯河（Eurotas）就在这一带。

6 奥隆特斯河（Orontes）在小亚细亚著名城市安提阿附近。

7 忒尔墨冬河（Thermodon）在黑海附近亚马逊部族居住的区域。帕西斯河（Phasis）在黑海东北的科尔基斯（Chochis）地区。希斯特（Hister）是多瑙河下游的名称。

8 阿尔甫斯河（Alpheus）和斯佩基俄斯河（Sperchios）都在阿卡迪亚。

在燃烧，塔古斯裹挟的黄金在火中熔化[1]，
还有那些曾经以歌声为迈奥尼亚
扬名的飞鸟也在卡伊斯特河受煎熬[2]。
惊恐万状的尼罗河逃到大地的涯角，
埋住头，直到今日仍隐藏；七个河口
空荡荡，积满尘沙，变成七道谷沟。
赫布罗斯和斯特律蒙河同样已干涸[3]，
莱茵河、罗达努斯和帕杜斯也再无水波[4]，
还有天命所归、统治世界的台伯河。
所有的地面都已崩裂，光线已穿过
深壑，直照进地府，惊吓了冥王夫妇。
海洋亦缩小，刚才的万顷浪涛之处
变成一片旱沙池；深海遮没的山脊
骤然升起，散落的环形岛增添了数字[5]。

---

1 塔古斯河（Tagus）在西班牙，古代以产金闻名。

2 “飞鸟”指天鹅，它们生活在吕底亚的迈奥尼亚（Maeonia，荷马故乡）地区，该地区因迈昂河（Maeon）而得名。卡伊斯特河（Cayster）也在吕底亚。Hinds（1987）和 Keith（1992）都分析过《变形记》中第一次提到天鹅时的文学意蕴。Papaioannou（2004）将全诗七处提到天鹅的片段（2.252-253，2.369-374，2.536-539，5.385-387，7.371-381，12.71-167，14.429-430）串起来考察，发现它们总是与史诗，至少是崇高的传统诗歌样式相联系，是具有元诗意味的符号。

3 赫布罗斯河（Hebrus）是色雷斯的主要河流，注入爱琴海。斯特律蒙河（Strymon）也在色雷斯。原文的形容词 Ismarios 源于 Ismarus（伊斯马洛斯山，在色雷斯境内），代指色雷斯。

4 原文 Hesperiosque amnes 意为“西方的河流”，主要指西班牙、高卢和意大利的河流，因为译文格律限制，这个短语没有翻译。罗达努斯河（Rhodanus）就是今天法国的罗纳河，帕杜斯河（Padus）就是今天意大利的波河。

5 环形岛（Cyclades）是爱琴海上的群岛，环绕提洛岛。

鱼潜入洋底，海豚不再敢像平日那般，
弓着它们的身子，高高地跃出水面；
众多海豹的躯体失去了生命，仰躺着，
漂在水上。涅柔斯、多丽丝和女儿们据说
藏进了洞里，但即使那里也炎热至极。
表情威严的涅普顿三次试图将手臂
伸出海面，三次被炽热的空气逼回。
然而，大地慈母（四面被大海包围[1]，
周遭环绕着海水和不断收缩的泉水，
它们已经躲到母亲幽暗的脏腑内）
虽饱受炙烤，却仰首抬起憔悴的脸，
一边用手遮前额，伴着巨大的震颤
（万物随之摇晃），她猛然沉至比平素
略低的位置，以一种可怕的嗓音哀诉：
“如果我活该如此，你为何不降下雷霆，
众神之主？如果我注定要在火中丧命，
我宁可死于你的火，你灭我，我心甘情愿。
甚至张嘴说出这几句都万分艰难。”
（热浪让她窒息。）“你看我烧焦的头发，
看看我眼里的灰烬，看看脸上的火花！
这就是你的回报，这就是我尽责养育
万物得到的荣誉，奖励我被弯犁鹤锄

1 古罗马神话中的大地慈母（Tellus 或 Ceres）一般被等同于古希腊神话中的谷物神德墨忒耳（Demeter），她是朱庇特的姐姐和情人，生有冥后普洛塞庇娜（Proserpina）。

挖得伤痕累累，一年到头不得安生，
奖励我为牛羊提供叶子，给人类提供
可口的谷物蔬果，还为你献上乳香！
就算我仍然死有余辜，那些波浪、
你的兄长又有什么罪[1]？他掌管的海水
为何要被消减，从天空不断回退？
但如果你安心对兄长、对我如此漠然，
至少该怜悯自己的穹苍，你看看两边，
天极已冒烟，如果它们被火吞噬，
你的宫殿就会塌。你看，阿特拉斯[2]
在挣扎，肩膀已难支撑白热的天穹。
倘若海洋、大地和天庭全部都消熔，
我们就将被扔回古昔的混沌。拯救
火中幸存的一切，保住这个宇宙！”
大地说到这里，便再也无法说下去，
她已不能在酷热空气中多停留须臾，
赶紧缩起头，藏进与鬼魂为邻的洞坑。
大能的天父令众神（尤其是马车的主人）[3]
做证，自己若不加干预，万物将毁于
一场浩劫。然后他登上天界至高处，
他总是在那里为广阔大地铺展云幔，

1 “你的兄长”指涅普顿。

2 阿特拉斯山脉在北非毛里塔尼亚，位于古代西方人已知世界的最西极，所以被他们想象为一位用双肩支撑天空的大力神。

3 “马车的主人”指日神。

在那里掀动雷霆，抛掷飞舞的闪电，
可是现在，他既无乌云将大地遮覆，
也没有可以从天空倾泻而下的暴雨。
他奏响霹雳，右手握住闪电，从耳旁
掷下去，车手连同灵魂一起从车上
跌落，无情的雷火终于将凡火扑灭。
飞马大惊，朝着相反的方向腾跃，
挣脱了项上的轭，抛下断裂的辔头。
这一处躺着缰绳，那一处扔着车轴，
另外的地方狼藉散落着断裂的轮辐，
远远近近都成了马车残片的坟墓。
可是帕厄同金红的头发间火焰熊熊[1]，
他倒着坠下，穿过漫漫无尽的天空，
就像晴朗夜空时不时穿过的星子，
虽然并没下落，看起来却像如此。
在远离故土的地方，宽广的厄里达诺斯[2]
接住了年轻人，为他洗净脸上的烟渍。

---

1 帕厄同（Phaeton）对应的古希腊名字 phaetōn 意思就是“辉煌的”。Galinsky（1975）认为，319—322 行没有描绘帕厄同死亡的实际场景，因而缺乏情感深度。但 Ginsberg（1989）评论道，这里的形容别有深意，针对帕厄同一直在追问的身份问题暗示了答案。虽然日神坚称帕厄同是自己的儿子，但在骨子里，帕厄同毕竟不是他的儿子。见面之时，他已经被父亲的光芒逼退。这里，他与父亲的唯一相似性是燃烧的头发。虽然“星子”的比喻让他仿佛与太阳有了关联，但他只能穿过天空一次，而日神却日复一日运行。但即使古代人也都知道星星“坠落”只是比喻，所以通过这个比喻，帕厄同的死也变得暧昧。

2 厄里达诺斯（Eridanus）是意大利波河在神话中的名字。

赫斯珀里亚的仙女将余焰依然未灭的[1]
身体埋进坟丘，在石碑上刻下挽歌：
“帕厄同于此长眠，曾驾驭父亲的车马，
虽然他不幸殒命，勇气却堪称伟大。”
但是父亲却悲恸难禁，双手掩面，
如果我们相信传说，那么有一天
世界并未有太阳照耀，但火光足以
暂代其职，这算是那场劫难的补益。
然而克吕墨涅诉尽了突遭惨祸时
人们会哭诉的一切，仍旧苦痛如痴，
撕扯自己的乳房，在整个世界浪游，
先搜觅他的肢体，再寻找他的骨头，
却发现他的尸骸埋葬于异国的河岸。
她匍匐在那里，望着石碑，泪水涟涟，
凑近胸怀，去温暖反复念叨的名字。[2]

赫利俄斯的女儿们

赫利俄斯的诸位女儿也为他哀泣[3]，
挥霍无用的眼泪，手掌拍打着胸膛，
日以继夜地呼喊帕厄同（他却再不能

1 赫斯珀里亚（Hesperia）的意思是“西方之地”，这里指意大利。

2 Bass（1977）将304—339行划为故事的第四部分。这样，从第一卷末尾开始到这里的帕厄同情节就呈现出一个均衡的结构：33行、149行、3行（过渡）、151行、36行。他还提出了按照主题来划分的结构，也可看出奥维德构思的精巧：帕厄同身世（1.747-775）、帕厄同寻找父亲之旅（1.776-779）、宫殿描写（2.1-18）、日神的致命诺言（2.40-48）、马车描写（2.107-110）、帕厄同的天空之旅（2.150-303）和帕厄同之死（2.304-366）。

3 赫利俄斯的诸位女儿合称赫利阿迪斯（Heliades）。她们有三位，名字分别是帕厄图萨（Phaethusa）、兰佩提厄（Lampetie）和福柏（Phoebe）。

听见姐妹的悲叹），卧在坟墓的旁边。
月亮四次合拢它的角，四次变圆，
但她们仍遵照习俗（习惯已变成习俗），
继续恸哭。当长姐帕厄图萨意欲
躺下小憩，却突然哀叹，她的双足
已经变僵硬；美丽的兰佩提厄试图
去帮她，脚却突然生根，无法动弹；
另一位姐妹想用手撕扯头发，却发现
拽下的是叶子；这位伤心于树干封牢
双腿，那位的手臂变成长长的枝条。
惊讶之际，树皮已裹住阴部，逐渐
向她们小腹、乳房、肩膀和双手蔓延，
只有嘴尚未覆盖，还能够呼喊母亲。
母亲能如何，除了疯狂地奔跑，趁她们
尚可呼喊的时候，与她们一起呼喊？
她还不甘心，竭力将身体拔出树干，
用双手扯掉柔嫩的树枝，然而鲜血
却颗颗溅落，仿佛伤口正遭受折磨。
“放手，妈妈！”受伤的女儿大声哭泣，
“求你放手，别拽树，树就是我的身体。
只好再见吧！”树皮吞没了最后的话语。[1]
泪水却仍在流淌：琥珀从新枝渗出，
在阳光照耀下凝固，清澈的河水接住

1 她们变成了白杨树（populus）。

它们，运往罗马，成为女人的饰物。
库格诺斯正好目击了这奇异的景象[1]，　　库格诺斯
他从母亲这边与你有血缘，帕厄同，
但在情感上与你更亲近。他已经抛下
王座（他曾是利古里亚各族和繁华
都市的统治者），以哀吟填满青翠河滨
和因为众姊妹加入而得以扩展的森林。
他的声音逐渐变细尖，白色的毛羽
覆盖了头发，一条长颈从胸脯伸出，
已经变红的脚趾连成一片，化作蹼，
两侧生出翅膀，嘴则被钝喙占据。
他变成一种新鸟，不敢信任朱庇特
和天空，因为记得他降下的不义之火；
喜欢池塘和开阔的湖泊，憎恶火，选择
性质正相反的河流作为自己的居所。[2]
与此同时，太阳神正穿着惨淡的丧服，　　太阳神的怨气
全无平素的风采，如同日轮被遮住，
陷入晦暗。他恨光，恨自己，也恨白昼，
执着于连绵的痛苦，痛苦夹杂着怨仇，
不肯为世界效劳。“自时间之初，”他说，
“我就是不得休息的命，承担着苦活，

1　在原文中，库格诺斯（Cygnus）还有同位语 proles Stheneleia（斯忒涅罗斯之子）修饰。斯忒涅罗斯（Sthenelus）是利古里亚（Liguria，阿尔卑斯山南高卢的一部分）的国王。

2　库格诺斯变成了与他同名的天鹅（cygnus）。

从来没有终点，更遑论什么荣誉。
随便换谁，太阳的马车让他去驾驭！
如果没替代，所有的神都承认不行，
就让朱庇特驾车！他握着我的缰绳，
至少就没空摆弄让父亲丧子的闪电。
等他见识了火马的厉害，就会有判断：
驾驭不了它们绝不是该杀的大罪！”[1]
众神围着怒气冲天的日神，谦卑
恳求他，不要执意将整个世界带入
黑暗；朱庇特也为使用雷霆辩护，
一边安抚他，一边添上王者的威胁。
福玻斯命令惊魂未定的疯马集合，
他悲愤难抑，用马刺和鞭子发泄怒气，
重重击打，怪它们害死了自己的儿子。[2]

朱庇特与卡里斯托

大能的天父却忙于巡视神宫的巨墙，
仔细搜寻被火灾毁坏的部分，以防
它们倒塌。他发现城堞因天生坚固
而无恙，又去察看大地和人类的建筑。
可是自己的阿卡迪亚尤其让朱庇特[3]

---

1 Otis（1970）评论说，即使在哀悼时，阿波罗也是一位“愚蠢的父亲”。Galinsky（1975）也说，他的哀悼太极端，无法感动人。

2 Fulkerson（2006）指出，阿波罗从未体现出真正的懊悔之心，除了迁怒和制造更多的伤害，他不知道如何应对自己导致的灾难。在这里，他迁怒于马，迁怒于整个世界，唯独不反省自己。

3 阿卡迪亚是一个朱庇特敬拜中心，所以被朱庇特称为“自己的”。

牵挂，他恢复山泉和怯于奔流的河，
将碧绿的草坪还给大地，将叶子还给
树木，命令受伤的森林重新吐翠。
来回奔忙间，有一位少女令他驻足[1]，
激起的火种点燃骨髓里炽热的情欲。
她无须花费时间梳理羊毛，也无心
变换自己的发式；长袍上一枚别针，
凌乱的长发上一条束带，自在从容，
时而手持轻巧的标枪，时而拿一张弓。
她是福柏的亲兵，迈纳卢斯山没有人[2]
更受女神青睐，但没有宠爱能长存[3]。
此时天上的太阳已经走过半程[4]，
她踏入一片从未遭到砍伐的丛林，
取下肩上的箭囊，松开紧绷的弓，
在绿草遮盖的地面躺下，她的后颈
枕着绘有精美图案的箭囊。朱庇特
发现她气色疲惫，身边又无保护者，

1　“少女”指卡里斯托（Callisto），阿卡迪亚国王吕卡翁的女儿，她的故事在奥维德《岁时记》（*Fasti* 2.153-192）中也有记述。

2　福柏即狄安娜。

3　“女神”对应的原文是 Triviae（主格 Trivia），“特里维娅”（Trivia）字面意思是“三岔路”，是希腊地府神赫卡忒的罗马名字，有时也与狄安娜混同。

4　Segal（1969）认为，奥维德之前的古典作家已经将宁静的田园风光（locus amoenus）变成一种象征，代表着宇宙中和谐的道德秩序，但在奥维德笔下，风景经常是暧昧的、危险的，潜藏着各种暴力，尤其是性暴力，它象征着一个混乱的道德秩序，并为《变形记》提供了一种语气的统一性。但 Anderson（1971）则否认《变形记》中存在系统的象征，指出多样性才是奥维德重要的艺术特征。

自语道：“这次我妻子肯定不会察觉，
就算察觉，除了发脾气，她能奈我何？”
他立刻换上月神狄安娜的外貌和装扮，
喊道：“常陪我左右的处女，你从哪座山
打猎归来？”姑娘迅即从草坪上坐起，
向她致敬：“你好，我的神！依我看，你比
朱庇特伟大，他听见也无妨。”他闻言暗笑，
欣喜于自己比自己受欢迎，以亲吻回报，
但那吻过于热烈，绝不似处女的吻。
她正欲告知刚才狩猎于哪片森林，
他却搂住她，以强迫暴露淫邪的企图。
她的确用尽了女人的力气，苦苦拦阻
（朱诺，你在场多好，就不会那么残忍），
她并非没抵抗，可女孩怎能战胜男人，
谁又能战胜朱庇特？神王凯旋，飞回
天宇，这片知情的森林却令她憎恚。
她几乎忘了带走装着箭矢的绣囊
和挂在树上的弓，离开时满心迷茫。[1]

---

1 Heath（1991）分析说，朱庇特和卡里斯托的情节符合奥维德此前建立的强奸故事套路：她是处女、猎人，空间是森林，时间是正午。这些元素已经预示了她的结局，但奥维德添加了两个新元素。首先这片森林是圣林（“从未遭到砍伐的丛林”），其次事情发生在狩猎间歇。疲倦的卡里斯托取下了弓箭，仿佛取下了对抗性暴力的武器（当然对神是无用的）。另一个重要变化是，狄安娜在书中第一次正式出场，她对卡里斯托遭遇的解读将对第三卷中阿克泰昂（Actaeon）的结局产生重要影响。

这时，狄安娜正在少女簇拥下，穿过[1]
高峻的迈纳卢斯，因杀死野兽而欢悦。
女神瞥见她，就唤她过来，她开始却想
逃走，唯恐这又是朱庇特变出的假象。[2]
但她发现宁芙们正与神一同行路，
便相信不是骗局，加入了她们的队伍。
啊，表情不泄露内心的负罪感多么难！
她目光几乎从不离地，也不似从前，
紧依着女神，或一马当先领着众人，
而是缄着口，绯红见证受伤的羞耻心。
狄安娜若不是处女，早已发现一千条
暗示，宁芙们据说已觉察其中的蹊跷。[3]
月亮的弯角第九次在它的轨道出现，
猎神被兄长的火焰照得分外疲倦[4]，
走进清凉的丛林，茂盛的树木之间
有一道小溪卷着细沙，低声呢喃。
她赞美此处的景致，又轻轻踩了水面，
觉得也不错，就说："这里无人偷看，
何不赤裸身体，在水中畅快地沐浴？"

1 "狄安娜"对应的原文是 Dictynna，这是作为猎神的狄安娜的别名，源于古希腊语 diktys（猎网）。

2 Heath（1991）评论道，仿佛弥散在森林中的性暴力恐惧扭曲了书中女性人物的判断力，此时卡里斯托对狄安娜的误判具备完全的心理真实度。

3 这里奥维德暗示，由于对性事一无所知，狄安娜缺乏对卡里斯托应有的同情。

4 "兄长的火焰"指太阳。

女孩脸红了[1]。所有人都已褪去衣物，
只有她推托。迟疑间，她的长袍已被
扯掉，身体和秘密一起袒露出来。
她惊骇无状，试图用手替腹部遮掩，
钦提娅喊道：“赶紧离开，别污染圣泉！”[2]
并且命令她永远不要再跟随自己。
至尊雷霆神的妻子此前已知晓此事，
但决定等到合适的时候再施以重罚。
现在已不能耽搁，她的情敌已诞下
男婴阿卡斯，朱诺更加愤恨难平。
她的怒火和目光都在她身上锁定：
“你这个淫妇，当然不会独缺这一条，
非要怀孕、分娩，弄得全世界都知晓
我受的羞辱和丈夫朱庇特干的丑事。
你定会付出代价，我要毁掉你的身姿，
谁叫你用它迷惑自己、勾引别人！”
说完，朱诺从正面揪住她头发，一转身
将她狠狠地甩在地上。她伸出手臂

1　“女孩”对应的原文是Parrhasis，意为“帕拉西亚人”，帕拉西亚是阿卡迪亚的一个地区，名字源于帕拉西俄斯（Parrhasius，山名、林名和城市名），后者又源于吕卡翁之子帕拉索斯（Parrhasus）的名字。

2　钦提娅（Cynthia）是月神狄安娜的别名，因为她出生在钦图斯山（Cynthus）。Heath（1991）指出，这个场景的细节非常重要。它具备此前提到的各种元素——处女、狩猎间隙、正午、森林，但又添加了一个元素——沐浴，最后这个元素在第三卷的狄安娜故事中将再次出现。女神对“无人偷看”的强调表明她熟知奥维德笔下神话世界潜藏的危险。正因如此，当她发现卡里斯托怀孕的真相，表现得是如此愤怒而绝情，仿佛她自己受到了性侵犯。

求饶，但粗硬的黑毛却在手臂上耸起；
她的手变曲，长出带着弯钩的爪子，
与脚已无异；她的嘴曾让朱庇特着迷，
现在却变成一张丑陋的血盆大口；
她说话的能力也被剥夺，以免用哀求
打动某位神的心，沙哑的喉咙迸出
愤怒的威胁之音，让听者充满恐惧。
但那颗人心仍在（虽然她已是一头熊），
她没日没夜地呻吟，表达自己的悲痛，
朝着天空和星辰抬起曾是手的前肢，
虽不能言语，却暗叹朱庇特忘恩负义。
多少次，她不敢在荒僻的森林独自休息，
只好游荡在故居前面和昔日的田野里；
多少次，犬群的狂吠吓得她在巉岩间
飞奔，本是猎人，竟害怕猎人而逃窜！
她时常躲避野兽，忘了自己的身份，
在山上看见公熊，她这头母熊会心惊，
她尤其怕狼群，虽然父亲就在其中。[1]
转眼，吕卡翁的外孙阿卡斯已经长成[2]，
快满十五岁，但他不知晓自己的母亲。
当他正追踪野兽，看它们在何处藏身，
带着密网包围厄律曼托斯的森林，

1 因为本书第一卷提到，吕卡翁已变成狼。但 Cole（2004）提醒我们，吕卡翁连同第一代狼已经在大洪水中淹死了。

2 吕卡翁的外孙阿卡斯（Arcas）即是卡里斯托的儿子。

恰巧与母亲相遇。望见阿卡斯，她站定，
仿佛认出了什么。他却往后退，茫然
无知，只是害怕盯着自己的那双眼，
当她试图走得更近些，他立刻拿起
锋利的长矛，准备扎进她的胸膛里。
这时，神王出手阻止，同时挪走了
母子和罪孽，用旋风卷着他们穿过
天宇，并置在夜空，成为相邻的星座。[1]
眼见情敌在群星间闪耀，朱诺怒火
中烧，飞身下到海中，找白发的忒堤斯
和年迈的俄刻阿诺斯——两位深受众神祇
敬重的元老。他们问朱诺来意，她说：
“你们问诸神的王后为什么离开天界，
降临这里？另一位王后已经取代我。
我没有撒谎，不信等天宇被黑夜吞没，
你们就会在穹顶看见我痛苦的来源，
新擢升的星星，就在最高最小的弧圈
环绕天极和宇宙之轴的那个位置。
现在难道还有人不敢伤害我、害怕
冒犯我，既然我的惩罚反会成全她？
看看我成就的伟业！看看我无边的力量！
我不许她做人，她就做神。我就这样

1　母子俩分别变成大熊座（Ursa Maior）和小熊座（Ursa Minor）。变成星座在古希腊神话中等同于封神。

惩罚罪犯，就这样行使我的大权！
让他恢复她原来的形状，去掉野兽的
躯壳，他以前不也曾这样对待伊俄！
既然朱诺已被废，他何不做她的新郎，
让她入我的洞房，还认吕卡翁做岳丈？
可是，如果你们怜悯受羞辱的养女，
就禁止那些熊进入湛蓝的涛波，驱逐
那些因通奸而受赏、升至天界的星星，
别让一位情妇出现在圣洁的水中！”

渡鸦与乌鸦

海神同意了请求。朱诺乘轻车升入
明澈的空气中，驾车的孔雀格外悦目，
它们新近才缀上阿耳戈斯的亮眼；
饶舌的渡鸦，你也是在那时突然[1]

---

1 渡鸦（corvus）是一种全身黑色的大型雀形目鸦属鸟类，俗称为胖头鸟，是雀形目中体形最大的鸟类，共有十二个亚种。通体黑色，并闪紫蓝色金属光泽，尤以两翅最为显著。乌鸦（cornix）全身皆黑，体形稍小。Gildenhard-Zissos（2004）指出，534—835 行可以视为一部微型的《雅典纪》。罗马征服雅典后，雅典仍被普遍视为地中海世界的文化中心（西塞罗、贺拉斯等人也如此认为），但奥维德在《变形记》中却采用了系统的叙事策略来剥夺雅典的这种优越感。这段看似零散随机的文字（534—875 行）以亚历山大诗人卡利马科斯的叙事诗《赫卡勒》（*Hecale*）为蓝本，以流行的雅典创始（ktisis）神话或历史叙述（Atthides）为讽刺对象，暗藏着许多玄机。按照 Loraux（1993）的概括，这类创始神话的共同特点是：通过追溯地点的起源，将雅典的地理分布与神话紧密相连，将它塑造为城邦的象征和公民生活最理想的空间。与此相应，关于雅典的文学化历史记述则如 Leontis（1995）所言，借助传说的力量，确立了雅典领土和历史独一无二的地位，建立了一种“地域伦理”，让地理为雅典优越论的意识形态服务。最让雅典人引以为傲的是，他们与居住的土地有不可分割的联系，他们甚至宣称，自己是唯一没有迁徙过的民族。亚历山大诗人卡利马科斯虽然并不是这种观念的信徒，但他的《赫卡勒》却在一定程度上折射出雅典的地理政治意识。诗中款待忒修斯（Theseus，这位雅典英雄正准备去杀肆虐马拉松一带的牛）的赫卡勒最后化成了以她命名的雅典地点，从而蕴含了雅

长出黑翅膀，而你以前却一片素洁。
这种鸟原是银色，羽毛皓白如雪，
所以它毫无瑕疵，绝不比鸽子逊色，
也不输将会以声音示警、拯救卡皮托
圣山的家禽或者热爱溪流的天鹅。[1]
舌头是它的祸根，是喋喋不休的舌
让它失去了白色，变成乌黑的身体。
在海摩尼亚全境，拉里萨的科洛尼丝[2]
无疑最美。德尔斐的神也对她心仪[3]，
至少她未被发现不忠时是如此。可是

典人扎根于国土的原则。《赫卡勒》的独特之处在于，卡利马科斯嵌入了一段乌鸦讲述的故事（frr. 70-4，Hollis 版本）。奥维德对这部作品的借用和改造详见下文的注释。

1 “家禽”指鹅。公元前 390 年，高卢人攻陷罗马，曼尼乌斯率军退守卡皮托山，敌人夜间偷袭时，养在朱诺神庙的鹅发出警讯，帮助了罗马军队。Gildenhard-Zissos（2004）指出，在《赫卡勒》中，卡利马科斯用天鹅、牛奶和海浪的泡沫来形容渡鸦原来的白（fr. 74.15-17，Hollis 版本），奥维德保留了天鹅，换上了鸽子和鹅，值得注意的是鹅。在一个雅典创始神话中植入罗马元素令人惊异，但它却完美嵌入了第二卷后半部分的“禽鸟”叙事（渡鸦、乌鸦、猫头鹰）。此外，如 Keith（1992）所言，这部分的一个主题是“声音”的不当使用。对渡鸦和乌鸦而言，舌头都是祸根（第 540 行），最终导致了它们的变形，鹅却“以声音示警”，拯救了罗马的卡皮托圣山，没有遭到变形的惩罚。这样，奥维德就在暗中贬雅典、褒罗马。他在“过去”中镶嵌的“将来”在效果上将雅典卫城置换成了罗马的卡皮托堡垒，指向了罗马未来取代希腊的命运。奥维德还可能影射维吉尔《埃涅阿斯纪》（*Aeneid* 8.655-656）中对埃涅阿斯盾牌上银鹅的描写（同样是纪念鹅帮助罗马人击退高卢人）。如果这样，奥维德就延续了本书第一卷和第二卷中隐含的盾牌指涉（此前是暗引伏尔甘制作的阿喀琉斯之盾上的宇宙模型），将罗马的政治地缘统治地位与创世神话中秩序对混沌的胜利联系起来。

2 拉里萨（Larrisa）是帖撒利亚（即海摩尼亚）最主要的城市。科洛尼丝（Coronis）是阿波罗的情人，为他生下了医神埃斯库拉庇乌斯（Aesculapius）。

3 “德尔斐的神”指阿波罗。

福玻斯的宠鸟发现她偷情，急于揭发[1]
隐藏的过错，这位铁石心肠的告密家
立刻往主人身边赶。多嘴的乌鸦拍着[2]
翅膀，紧随它身后，询问所有的细节。
弄清了缘由，它说道：“此行恐怕徒劳[3]
无果，你不要鄙视我这条舌头的预兆。
看我的过去和现在，追问为什么这样，
你就知道，是忠诚害了我。帕拉斯曾将[4]
厄里克托尼俄斯（有父无母的孩子）[5]
装进阿提卡树枝编成的一个箱子里[6]，

---

1 “福玻斯的宠鸟”指渡鸦。

2 Gildenhard-Zissos（2004）指出，在《赫卡勒》中，卡利马科斯是让乌鸦来讲述雅典的创始神话（因为传说乌鸦可以活九辈子，很适合扮演这个角色）。而在奥维德的版本里，乌鸦只是与渡鸦对话的一个角色。更重要的是，《赫卡勒》中乌鸦是在雅典这个地理空间讲述与雅典相关的神话，而这里奥维德有意淡化了空间位置，两只鸟只是在一个未知地点的上空对话。

3 Gildenhard-Zissos 在对比分析之后发现，奥维德的乌鸦叙述故意忽略和扭曲了《赫卡勒》中许多重要细节，比如它没有提发生在此前的密涅瓦（Minerva）和涅普顿对雅典所有权的争夺，没有提在那场争夺中，雅典国王刻克罗普斯（Cecrops）裁决密涅瓦获胜，也没有提此时密涅瓦正在搬山为雅典建造防御工事。它还隐去了提到的所有人物的王族身份，只用“阿提卡”一词暗示了它说的是雅典。这些细节都可理解为奥维德故意让雅典从历史中隐身。

4 帕拉斯（Pallas）是古希腊女神雅典娜（Athena）的别称，雅典娜后来与古罗马本土女神密涅瓦混同。她是智慧神、技艺神，也擅长战斗。

5 密涅瓦一次到火神伏尔甘的冶炼铺取武器，伏尔甘企图强奸她，在争斗中他的精液掉到她腿上。密涅瓦厌恶地将它扔到地上，它却变成了一个婴儿，就是厄里克托尼俄斯（Erichthonius）。厄里克托尼俄斯后来成了雅典国王，他对雅典非常重要，因为他开启了一个无间断世袭的王朝。但这里乌鸦仅仅把他称为“有父无母的孩子”。

6 阿提卡半岛是雅典所在地。

让双身刻克罗普斯的三位女儿保管[1]，
留下命令，她的秘密绝不可查探。
我藏在一棵枝叶浓密的榆树上窥视
她们的举动。其中有两位尽职无欺——
潘德洛索丝和赫尔塞，阿葛劳若丝[2]
笑她们胆小，打开绳结，一个孩子
赫然呈现，身旁还躺着一条长蛇。
我向女神告密，女神却如此回报我：
世人形容我从此失去密涅瓦的庇护，
猫头鹰取代了我的位置。我的遭遇
足以警告众鸟，多嘴会招来重罚。
可当初是她主动来找我，我不曾求她
任何恩宠！这一点你可以问她自己，
无论她多生我的气，都不会否认此事。
我原是待嫁的公主，父亲是福基斯名人[3]
科洛纽斯（我所说无人不晓），众多富绅[4]
都曾拜倒我裙下，所以我不可轻看。
美貌却给我惹祸。某天，我在岸边，

---

1 因为刻克罗普斯出生于埃及，却在雅典做国王，所以希腊人形容他是 diphyēs，意为“两种形状的”（因为他既可视为埃及人，也可视为希腊人）。

2 潘德洛索丝（Pandrosos）、赫尔塞（Herse）和阿葛劳若丝（Aglauros）都是雅典公主。

3 奥维德将雅典的乌鸦挪到了福基斯，再次破坏了雅典与其地理空间密不可分的意识形态神话。

4 从她父亲的名字 Coroneus 可推知，这只乌鸦还是少女时名字也是科洛尼丝（Coronis）。

像平时一样，踩着沙滩，款款散步，
海神看见我就动了淫念，温言软语
哄骗哀求我半晌，仍无用，于是准备
用强力，紧追我不放。奔逃中我已离开
坚实的泥地，在软沙中徒然挣扎扑腾。
我向天神和凡人呼救，求告的声音
却无人听见。一位处女神怜悯处女[1]，
给了我帮助。我的手臂向天空伸出，
它们逐渐变黑，被一层薄羽覆盖；
我竭力从肩上脱掉衣服，它们却已在
皮肤深处扎了根，变成羽毛；我尝试
用手掌拍打赤裸的乳房，却发现自己
如今既没有手掌，也没有赤裸的乳房。
我奔跑，沙子不似刚才，已不再阻挡，
但我正从地面浮起。很快，我已经
升入空中，成为密涅瓦完美的侍从。
可这又有什么用，如果因可怕罪孽
而变成鸟的尼克提莫涅早已取代我？[2]

---

1 这里的处女神指密涅瓦。

2 根据各个神话版本，尼克提莫涅（Nyctimene）被她的父亲莱斯博斯（Lesbos）国王厄波剖斯（Epopeus）强奸或诱奸，深以为耻，逃至森林，只在夜间出来，密涅瓦将她变成了猫头鹰。但在后世的语汇中，Nyctimene 这个词被用来指一类蝙蝠。Gildenhard-Zissos（2004）指出，奥维德借乌鸦的反雅典态度再次贬低了雅典。猫头鹰是密涅瓦的圣鸟，甚至被印在雅典钱币上，但乌鸦却将它描绘得很不堪。在传统神话中，尼克提莫涅被父亲强暴，是受害者，但乌鸦却暗示她是主动引诱的一方。在《赫卡勒》中，猫头鹰是对话的一方，奥维德却让它沦为叙述的一个对象，任由叙述者抹黑，却无法反驳。另外，他也斩断了它

你没有听说，整个莱斯博斯都传得[1]
沸沸扬扬，就是尼克提莫涅玷污了
父亲的床？它虽变成鸟，仍记得那宗罪，
总是避开目光和白昼，将耻辱深藏在
黑暗中，别的鸟都已将它驱逐出青天。”
它说完，渡鸦却答道：“愿你的这番阻拦
报应到你自己身上，我鄙视虚妄的预言。”[2]
它没放弃旅程，向主人报告，曾亲见
科洛尼丝勾搭上一位当地的青年。
阿波罗得知情妇的丑闻，头上的桂冠
和手中的琴拨顿时掉下，神情大变。
满心涌动着报复的愤怒，所以断然
拿起惯用的武器，用尽全力拉满弓，
不可躲闪的羽箭径直射进她的胸，
那个无数次与自己心房偎依的胜处。
她发出一声惨叫，从身上拔出铁镞
（殷红的鲜血淹没了皓白如雪的手臂），
说道：“我早该受到你的惩处，福玻斯，
可你应等我先分娩，如今却一尸两命。”
话于此凝固，她的命和血同时流尽，
死神的寒霜占据了失去灵魂的身体。

与雅典的联系，将尼克提莫涅的故乡挪到了遥远的莱斯博斯岛。

1 莱斯博斯（Lesbos）是爱琴海上的一个岛，诗人萨福和阿尔凯奥斯的故乡。

2 Gildenhard-Zissos（2004）指出，在《赫卡勒》中，乌鸦是以先知（虽然滑稽）的形象出现的，这里渡鸦却轻蔑地否定了它的价值。

情人痛悔于残忍的报复，但已经太迟，
恨自己听信谗言，恨自己怒火妄烧；
恨渡鸦，若没它，便不会被迫知晓
此事，也不会这般痛苦；他恨弓，恨手，
恨手中的莽撞武器，恨箭将她穿透！
他抱着倒地的女人，竭尽全力要征服
命运，可是太晚了，徒有高超的医术。
他看见一切尝试已无效，火葬的柴堆
正搭起，她的身体即将被烈焰合围，
这才从心的最深处发出阵阵哀叹
（因为天神的脸庞不可被泪水沾染），
那情形就好像母牛在一旁眼睁睁看着
人用右手高举起锤子，干净利落地
击中未断奶的小犊，砸碎空洞的头颅。
然而，将无用的香膏倒上她的胸脯，
再次拥抱她，完成本不必举行的仪式
之后，福玻斯却不许自己的骨肉一起
变成灰烬，把胎儿从母亲子宫和火焰中[1]
拽出来，带到双形喀戎居住的岩洞[2]。
至于因为吐真言而期待奖赏的渡鸦，

1 这个胎儿就是医神埃斯库拉庇乌斯。

2 因为喀戎（Chiron）是半人马，所以被称为“双形”。他是最著名的半人马，是包括阿喀琉斯在内的众多希腊英雄的导师。

日神却从此禁止任何白鸟接纳它。[1]

俄库罗厄的预言

此时，半兽正因为得到神裔的养子[2]
而兴奋，与责任相伴的荣誉令他欣喜。
这时，半人马的女儿来了，肩上披垂着
金红的头发，昔日，宁芙卡里克洛
在一条湍急的河边诞下她，给她起名
俄库罗厄。学习父亲的技艺已不能
让她满足，她开始吟唱命运的秘章。
所以，当她的灵魂进入预言的迷狂，
胸中囚禁的神圣灵感如热火烤灼，
她就望着男婴说：“快长大，给整个世界

---

1 Fulkerson（2006）评论道，阿波罗在这个故事中似乎表现出“懊悔”的几个特征：（1）自我仇恨；（2）意识到后果；（3）尝试补救（用医术治科洛尼丝）。然而，他其实并没有从帕厄同的悲剧中学到任何东西，仍然不懂得反省，始终不承认自己才是造成科洛尼丝死亡的罪魁祸首，再次迁怒于别人（渡鸦）。Gildenhard-Zissos（2004）认为，在描绘渡鸦、乌鸦和猫头鹰与神的关系时，奥维德明显借鉴了古罗马所特有的赞助制度。神（阿波罗、密涅瓦）如同恩主，这些鸟如同其门客。

2 “半兽”指喀戎。俄库罗厄（Ocyrhoe）这段情节同样令人惊讶，因为它看似与雅典没有任何关系，在《赫卡勒》中也没有任何对应的部分。但 Gildenhard-Zissos（2004）认为，这部分既体现出奥维德常在大型叙述序列中基于相似性原则替换某项的做法，也延续了上文贬雅典、褒罗马的倾向。俄库罗厄预言的对象是阿波罗之子、后来的医神埃斯库拉庇乌斯。按照这里的时间框架，本该出现的角色是刻克罗普斯之后的下一任雅典国王厄里克托尼俄斯。埃斯库拉庇乌斯能够置换他，是因为两者具有众多的相似性：（1）都是神的后代；（2）都与蛇有关，埃斯库拉庇乌斯常常化身为蛇，厄里克托尼俄斯传说下半身是蛇；（3）都以特殊方式降生，前者是直接从母亲子宫里救出来，后者只有父亲没有母亲；（4）幼时都托养给别人，前者是交给半人马喀戎，后者交给雅典公主；（5）都与一个伟大城市未来的命运相关。最后一点尤其重要，奥维德因为他们的相似而用埃斯库拉庇乌斯替换了厄里克托尼俄斯，但这种替换实质上是用罗马的未来替换了雅典的未来，明显指向本书第十五卷埃斯库拉庇乌斯迁居罗马、罗马成为世界首都的情节。

带来健康的孩子，凡人的身体将时常
因你而保存，掠走的灵魂因你而返乡
（神给你许可），但你终会以此忤逆神[1]，
祖父的电火将阻止你继续炫耀才能[2]，
神会将你变成尸体，但刚才还是尸体，
转眼又成神，你的命运将更新两次。[3]
还有你，亲爱的父亲，如今享不朽，
出生时就已注定生命延续到永久，
你却会渴望死的能力，当你受伤的
身体吸入可怕的蛇血，受尽折磨。
神会给你的不朽之身死亡的特权，
命运三姊妹将斩断你的生命之线。[4]”

---

1 这个预言的应验见本书第十五卷（533—544 行）。埃斯库拉庇乌斯让希波吕托斯（Hippolytus）死而复生，从一位希腊人变成罗马人，更名为维尔比乌斯（Virbius），象征着希腊文明让位于罗马文明。Gildenhard-Zissos（2004）指出，厄里克托尼俄斯和埃斯库拉庇乌斯的差异代表了两种不同的文明：雅典人认为自己与土地之间有不可分离的关系，雅典文明是根植于祖国的原生文明、内生文明，并以此自豪；埃斯库拉庇乌斯和维尔比乌斯（当然还有埃涅阿斯）一样，却是“归化”的罗马神（人），罗马的天命不是固着于一地，而是迁徙者、移民和殖民者，罗马文明是一种融合的文明，更具世界眼光。

2 “祖父”指朱庇特。

3 Barchiesi（1997）从政治角度阐释了这里的预言，认为埃斯库拉庇乌斯可以视为屋大维的先驱。

4 海格力斯去拜访喀戎，喀戎对他的箭很感兴趣，拿过来仔细看，不小心掉在自己的脚上，带着勒尔纳毒蛇血液的箭头刺进肉里，结果喀戎中毒而死。参考奥维德《岁时记》（*Fasti* 5.383-414）。但按照奥维德在这里的说法，喀戎本可以不死，是因为疼痛难忍而求死，并得到了命运女神（Parcae 或 Fata，相当于古希腊神话中的 Moirai）的许可。命运三女神的名字分别是克洛托（Clotho，罗马名字 Nona）、拉刻西斯（Lachesis，罗马名字 Decima）和阿特洛波斯（Atropos，罗马名字 Morta）。

还有一些秘密未揭示，她却从心底[1]
发出长叹，泪水涌出，将双颊濡湿。
她如此说道："命运阻止，我已不能
预言更多，我正在失去我的声音。
这样的技艺没有益处，只为我招致
神的愤怒，我宁可对未来一无所知。
现在，人的形状好像就要离开我，
我开始喜欢吃草，开始渴望在广阔
原野驰骋，变成了母马，与父亲相仿。
可为何是全部？我父亲却有两种形象。"
她翕动嘴唇，但是最后部分的哀诉
已难以听懂，只是一堆混乱的词语；
很快甚至词语都不是，也不像马鸣，
只是马鸣的模仿；再过片刻，才变成
完美的马鸣，她开始在草间移动手臂。
然后，手指聚拢，五片指甲被角质
连成一片，化作轻巧的蹄子。接着，
脸和脖子也拉伸，长长的拖裙化作
尾巴，颈项周围披散的头发变成
右侧的鬃毛。声音和面容也同样发生
变化，惊人的奇迹也给了她新的名字。

1 俄库罗厄因为泄露天机而受到变成马的惩罚。但 Gildenhard-Zissos（2004）认为，她也是因为泄露了奥维德的"天机"而被作者"处死"，因为作为先知，她知悉全部的历史，她若继续预言下去，就会揭示《变形记》的结局，让作品提前结束。从与《赫卡勒》的关系看，俄库罗厄取代了乌鸦的先知角色。

菲吕拉之子痛哭流涕，徒然寻求你[1]，
阿波罗的帮助，因为谁也无法取消
至高朱庇特的命令，即使能够做到，
你也不在场。那时你居住在墨塞尼亚
和厄里斯原野，身上穿着牧人的兽皮褂[2]，
左手拿着普通的木棍，另一只手里
则握着七根参差的芦苇编成的乐器。
传说当爱情占据你的心，芦笛纾缓
忧思时，没人看护的牛群不知不觉间

墨丘利与泄密者

进入皮洛斯的土地。阿特拉斯的外孙[3]
用天生的技艺驱赶它们，藏进了树林。
只有一位当地很著名的老者曾目击
这起盗窃，周围的乡民都称他巴托斯。
他负责照看富翁涅琉斯的林场、草地[4]，
还有一群血统高贵的母马。墨丘利
害怕他，就将他拉到一旁，私下恳求：
“无论你是谁，若有人搜寻这些牲口，
朋友，都请你矢口否认。你不会空手
而归，可以带走一头漂亮的母牛。”
说完就兑现。那人接过牛，如此发誓：

1　菲吕拉（Philyra）之子指喀戎，他是菲吕拉和涅普顿的儿子。

2　墨塞尼亚（Messenia）和厄里斯（Elis）分别在伯罗奔尼撒半岛的西北和西南。

3　伯罗奔尼撒半岛上有三个名叫皮洛斯（Pylos）的城市。“阿特拉斯的外孙”对应的原文是 Atlantide Maia natus（阿特拉斯之女迈娅的儿子）。

4　涅琉斯（Neleus）是皮洛斯国王，涅斯托耳的父亲。

“放心，我不会比那块石头先吐露秘密。”
他边说边指。朱庇特的儿子假装告辞，
很快又变换了外貌和声音回到原地，
说道：“乡下人，如果你见过一些母牛
从这里经过，求你告诉我是谁盗走，
我可以送给你一公一母作为酬金。”
面对翻倍的贿赂，老者立刻动了心：
“应该在那边山麓。”在那边山麓，没错。
墨丘利笑道：“恶棍，你就这样出卖我？
看看我是谁！”说着，就将撒谎的胸膛
变成坚硬的燧石，“告密石”的名称这样
传下来，无辜的石头仍蒙受古老的耻辱。

墨丘利与阿葛劳若丝（一）

手持金杖的神使展开翅膀，从此处
升空，边飞边俯瞰穆尼齐亚的田亩[1]、
密涅瓦钟爱的土地和吕克昂的绿树[2]。
那天碰巧是帕拉斯节日，纯洁的少女[3]
遵照习俗，头顶着献给女神的圣物
（装在鲜花簇拥的竹篮里），去往神祠。

---

1 穆尼齐亚（Munychia）是阿提卡港口的一处海岬。Gildenhard-Zissos（2004）评论道，从这里开始，前文被抑制的雅典地标和雅典色彩终于浮现出来。然而，在这段叙述中，雅典的命运也经历了从繁盛到灾难的逆转。

2 吕克昂（Lyceum）是雅典城北边的一处树林，这里有著名的体育馆，亚里士多德也曾在这里创办著名的学校。但在此处，显然是一个时代错位的指涉。“密涅瓦钟爱”似乎是一个吉祥的开头，但结尾却出乎意料。

3 雅典娜（密涅瓦）的节日叫 Panathenaia，在仲夏举行，四年一次，融合了宗教仪式、体育比赛和文化活动，是古代雅典最重要的节庆。

带翼的墨丘利看她们回返，并不径直[1]
往前飞，而是反复在一处天空盘旋。
就像最迅疾的鸢，发现了牺牲的美餐，
却害怕靠近，因为众多祭司在周遭，
只好画着圈，但也不敢太远离目标，
扇着翅膀，贪婪地绕着梦想打转；
灵巧的墨丘利也是如此在雅典城垣
上方盘绕，一遍遍穿过相同的空间。
正如晨星远远比其他的星辰耀眼，
正如金色的月轮远远比晨星明亮，
赫尔塞的美也绝非其他少女能仰望，
就像游行队伍和熙攘女伴中的宝石。[2]
朱庇特之子被她惊呆，悬停在那里，
情欲已点燃，就像巴勒阿里人抛射的[3]
那种铅弹，在飞行的途中越变越热，
在云层之下溅出了最初没有的火花。
他改变路线，离开天空，朝地面降下，

---

1 根据雅典的传说，墨丘利与刻克罗普斯的某位女儿结合，生下了儿子克卢克斯（Keryx），他成为居住在雅典埃琉西斯的克卢克斯人的祖先。因此，《变形记》的读者预计他对赫尔塞的追求将取得成功，但结局并非如此。Gildenhard-Zissos（2004）指出，奥维德在这里有意戏仿了古希腊新喜剧中年轻男子在宗教节日爱上外出少女的情节。

2 Gildenhard-Zissos（2004）指出，奥维德故意引入了一个时代错位的细节。这三位公主不可能参加这里的游行，因为密涅瓦的这个节日是后来厄里克托尼俄斯创立的。

3 巴勒阿里人（Baleares）是居住在西班牙海岸附近岛屿的古代部族，擅长使用投石机，据说他们射出的铅弹速度极快，能在空气中达到白热状态。

没有改扮，因为对容貌绝对自信，
虽然有资格如此，他仍然仔细雕润：
梳好精致的发式，理好优雅的外衣，
完美地下垂，露出所有的黄金边饰，
让右手紧握召唤和驱赶睡眠的光洁
魔杖，一对翅膀在秀气的足上闪烁。[1]
王宫深处有三间闺房，皆以龟壳
和象牙装饰，潘德洛索丝住在右侧，
阿葛劳若丝在左侧，赫尔塞占据中间。
左边的少女最先注意到墨丘利近前，
鼓起勇气询问这位神的姓名和来意。
阿特拉斯和普勒俄涅的外孙如此[2]
回答："我是为父亲在空中来回穿梭、
传达命令的那位，父亲正是朱庇特。
我不必隐瞒原因，你只需对姐姐保持
忠诚，然后便等着做我孩子的小姨。
我为赫尔塞而来，恋慕者求你成全！"[3]
少女盯着他的眼神与她不久前窥探
金发密涅瓦的绝密隐私时毫无差异，

---

1 Galinsky（1975）评论道，墨丘利对外表的在意激活了读者对罗马爱情哀歌中男主人公形象的联想，并且暗指自己在《爱的艺术》中提出的建议（*Ars Amatoria* 1.269-270, 1.513-514）。

2 普勒俄涅（Pleione）是阿特拉斯的妻子。

3 墨丘利没有遵循《变形记》中神的通例，不是用暴力，而是用劝说来追求情爱，也与罗马爱情哀歌里的角色相一致。阿葛劳若丝也扮演了这类诗歌中的守门人角色。

她为自己的角色索要了许多金子，
与此同时，还强迫墨丘利离开宫殿。
善战女神将愤怒的目光转向她，长叹[1]
数声，仿佛是从骨髓深处喷出来，
引得胸膛和置于勇武胸前的盾牌
也剧烈震颤。密涅瓦记起她亵渎的手
曾揭开自己的秘密，当她拒不遵守
约定，偷看无母而生的火神骨血[2]。
如今她即将赢得姐姐和一位神灵的
欢心，还有贪婪索取的黄金和财富。

“嫉妒”女神居处

女神即刻来到“嫉妒”的肮脏居处[3]，
她的洞沾满黑血，藏身于一条深谷，
终年不见天日，也没有任何风吹拂，
阴暗凄凉，寒冷的空气让人麻木，
永远没有火，永远笼罩着沉沉黑雾。[4]

---

1 “善战女神”指密涅瓦。

2 “火神”对应的原文是 Lemnicolae，意为“住在莱姆诺斯岛的人”，当年伏尔甘因为相貌丑陋，被扔下天界，掉到了莱姆诺斯岛（Lemnos）上。关于“无母而生的火神骨血”，参考本卷第 553 行的注释。

3 “嫉妒”（Invidia）在这里被奥维德处理为一位女神。

4 Bömer（1969）认为，760—764 行的描写不具有寓言特征，但 Dickie（1975）提出了异议。他指出，《变形记》中其他三处对拟人化神灵（“睡眠”“饥饿”和“消息”）住处的描写都紧扣了与神名对应之物的特征，这里也不应该例外。他发现，奥维德的语言概括了古希腊罗马世界对嫉妒的流行认识：（1）嫉妒被视为一种消耗性的疾病，这个比喻最早见于埃斯库罗斯的剧作《阿伽门农》（*Agamemnon*），“黑血”和后文冰融化的比喻都体现了这一点；（2）与（1）相关联，嫉妒如同锈（铁锈、铜锈、农作物的锈病）一样侵蚀和吞噬人（参考第 798 行）；（3）嫉妒在古罗马通常被形容为黑色（黑血、黑雾和后文的黑

令人生畏的女战士到达这里，在门前
止步，她认为进到里面会有失尊严，
只是用长矛的尖头敲了一下门柱。
两叶门摇晃着打开，她看见里面“嫉妒”
正在享用蝰蛇肉（其邪恶性情的养分），
立刻厌恶地挪开了目光。可是主人
迟缓从地上站起，留下未啃完的蛇身，
拖着沉重的步子闷闷不乐地靠近。
当她看见戎装里的女神光彩夺目，
呻吟一声，脸因痛苦的叹息而扭曲。
她气色惨白，全身都瘦得只剩骨头，
目光躲闪，青黑的牙齿积满锈垢，
胆汁让胸口发绿，舌头流淌着毒液，
没有笑容，除非看见别人的灾祸，
也从不睡觉，因为焦虑而日夜难安，
最恨看见别人的成功，一日看见，
便如痨病缠身，她咬噬别人，也咬噬

液、黑色的石像）；（4）古希腊罗马人认为，嫉妒往往发生在地位低的人身上，对象则是地位高的人，所以“嫉妒”的居所在山谷，因为太低，连风都吹不到；（5）嫉妒是一种隐藏的心理，一方面出于羞耻，一方面为了暗算别人，所以奥维德用了“藏”“不见天日”的说法；（6）嫉妒的人始终很痛苦，所以“嫉妒”的居处“阴暗凄凉”；（7）嫉妒的人放弃了竞争，在行动上处于瘫痪状态，所以“嫉妒”的居处“寒冷”，“让人麻木”（最终嫉妒的阿葛劳若丝变成了石头）。

自己，永受酷刑。虽然密涅瓦从心底[1]
憎恶她，还是简短地对她说了几句：
“赶紧去给刻克罗普斯的女儿下毒，
这是命令，我是指阿葛劳若丝。”女神
不再多言，以长矛撑地，逃回了天庭。
“嫉妒”斜着眼睛，望着密涅瓦飞远，
嘟囔了一番，想到女神又将要遂愿，
分外难受。她无奈地拿起浑身缠满
荆棘的棍子，裹上乌云做成的布幔。
无论到哪里，她都会践踏开花的农田，
烧毁青翠的草地，扯断高昂的树冠，
用她的气息污染每一个民族、城市
和家庭。最后她终于瞥见密涅瓦的领地[2]，
和平繁盛，才华和财富在此荟萃，
她难忍泪水，因为没什么值得流泪。
但她进入阿葛劳若丝的闺房以后，
执行了命令：用那双锈迹斑斑的手
碰了她胸膛，在心口塞满带钩的芒刺，
将害人的漆黑毒液吹进她体内，驱至
全身的骨头深处，并喷洒在肺的中间。
她唯恐这些邪恶的种子飘散得太远，

---

1 “密涅瓦”对应的原文是 Tritonia（特里托尼娅），这个名字或者源于克里特语 tritō（意思是“头”，因为她从朱庇特的头部生出来），或者来自利比亚的特里托湖（Trito，据说她在那里出生）。

2 “密涅瓦的领地”指雅典。

又让女孩眼前萦绕着姐姐的画面，
婚姻幸福，有英俊的神与她相伴……
夸张每一个细节。这些念头激起了
隐秘的痛苦，阿葛劳若丝无论昼夜
都饱受折磨，叹息呻吟，在逐渐消耗中
趋于崩溃，犹如冰伤于暗弱的太阳。

墨丘利与阿葛劳若丝（二）

她因为赫尔塞的好运缓缓燃烧，就像
把一堆带刺的野草置于小火之上，
它们不吐出焰苗，却在温热中焚灭。
她经常渴望死，从此不再见到这一切，
经常想在严厉的父亲面前揭发这宗罪。
最后，她决定坐在门槛前，当神再来，
就断然不许他进入。墨丘利苦苦哀求，
用尽温和谦卑的言辞，她却说："住口！
我永远不会从这里挪开，除非你折返。"
"我们都必须守约！"迅疾的墨丘利大喊，
立刻用自己的魔杖开了门。女孩正准备
起身，却发现坐下时尚能弯曲的双腿
已经沉重而麻木，再也无法动弹。
她的确竭力挣扎，想直起整个躯干，
但膝盖已经僵硬，寒气漫过指甲，
血脉失去血液，变得苍白可怕。
正如无药可救的溃疡总是向各处
弥散，不断征服，扩大感染的区域，
死亡的冬寒也逐渐侵入她的心田，

关闭生命的每条路径，阻断气管。
她并未试图说话，即使想说，也没有
声音的通道，岩石已经占据了咽喉。
脸已经凝固，她坐着，一尊无血的雕塑，
石头也并非白色，被她那颗心玷污。

朱庇特与欧罗巴

阿特拉斯的外孙惩罚了她渎神的言辞
和心性，离开这座以帕拉斯命名的城市[1]，
扇动飞鞋的翅膀，升入天空。父亲[2]
叫他到一旁，没透露情欲才是原因，
吩咐他："儿子，你总能完美执行任务。
别耽搁，即刻下界，以你惯常的神速，
从左边仰望你母亲星座的那块土地[3]
就是此行的终点，当地人起的名字
叫西顿[4]。去往海边，你在那里会看到
属于国王的牲口在远处山上吃草[5]。"
他说完，牛群已被赶下山，朝着那片

1 Gildenhard-Zissos（2004）指出，在流行的神话版本中，墨丘利实现了自己的欲望，并且与雅典公主有后。墨丘利将阿葛劳若丝变成石头后，完全可以与赫尔塞同房，但奥维德却没有这样处理，而让他直接离开了雅典。没有同房意味着没有后代，没有后面的世系，奥维德借此象征性地剥夺了雅典的未来。

2 Keith（1992）详细分析了第二卷531—835行的各个神话，指出它们都与真相、谎言和讲述的主题有关，结构非常细致，充满了语言游戏。这行的"父亲"指朱庇特。

3 "你母亲星座"指昴星团。

4 西顿（Sidonis 或 Sidon）是古代地中海东岸的重要城市，当时属于腓尼基。

5 "国王"指阿革诺耳。

海岸而来。显赫国王的公主喜欢[1]
与陪伴的推罗少女在水边流连玩乐。
威仪与情欲总是有冲突，无法和谐
共存于一处。所以众神的父亲和统领
虽用右手挥舞着三舌的电火，虽能
以表情震撼宇宙，却抛下高贵的权杖，
换上公牛的形象，与群牛相依相傍，
哞哞鸣叫，在嫩草上徘徊。它分外悦目：
颜色就像最洁净的雪，从未被脚步
污染，也未被运来雨水的南风融化。
颈背的肌肉隆起，颔垂在胸前悬挂，
角的确很小，你却可以说像手工制作
一样精致，比宝石还要晶莹明澈。
前额没透出戾气，目光丝毫不可怕，
表情宁和。阿革诺耳的女儿很惊讶，
这头牛如此俊美，而且没有威胁。
但它再温柔，最初她还是不敢触摸。
逐渐地，她凑近，将花递到白色的唇边。
恋慕者大喜，吻着她的手，热切期盼
更多的愉悦在后面。它已难忍煎熬：
时而逗弄她，在翠绿的草间四处蹦跳，
时而将雪白的腰身卧在金黄的沙滩上；
慢慢消除了少女的戒备，它又把胸膛

1 “公主”指欧罗巴（Europa 或 Europe）。

贴到她手上摩挲，一会儿又让她抚摸
鲜花环绕的双角。公主甚至勇敢地
骑到这头牛的背上，却不知骑的是谁。[1]
神于是一步步离开平陆，靠近大海，
先将伪装成蹄子的脚放进浅水处，
然后径直向里走，驮着战利品滑入
深阔的中央。少女惊惶地望着身后
退却的岸滩，右手紧抓着牛角，左手
扶着牛背，飘舞的衣裙在风中颤抖。

1　Jacobson（2007）发现，868—869 行戏谑地模仿了《埃涅阿斯纪》第一卷中埃涅阿斯诱奸狄多的情节：（1）两处情节都发生在与腓尼基相关的城市；（2）两位女人都是王族；（3）两次都是神的旨意（分别是朱庇特和维纳斯）；（4）两次都有神协助（分别是墨丘利和丘比特）。在措辞上，奥维德也有意影射了维吉尔。

《变形记》

第三卷

METAMORPHOSEON LIBER III

卡德摩斯建立忒拜

收起公牛的虚假形状，朱庇特已然[1]
坦白真实的身份，到达迪克特乡间[2]，
不知情的父亲却正向卡德摩斯下令[3]，
若无法找回被劫的公主，他就要亡命
外邦。谕旨既充满温情，又过于残忍。
寻遍全世界之后（朱庇特偷藏的情人
谁能发现？），王子便流浪异国，躲避

1 Hardie（1990）认为，《变形记》中的“忒拜纪”（第三卷到第四卷第603行）是一个相对完整的城市创始神话，但在奥维德笔下，忒拜的创立从一开始就注定是悲剧。众多相互关联的忒拜神话被嵌在两次流亡之间，以卡德摩斯从腓尼基流亡开始，他虽然遵照阿波罗神谕建立了忒拜城，却以再次流亡、离开自己缔造的城市告终。Hardie 指出，奥维德受到了欧里庇得斯悲剧《酒神狂女》（*Bacchae*）的深刻影响，在整部“忒拜纪”中都突出了城邦与荒野的对峙，自然所代表的混沌反复诱惑或侵入代表着秩序的城邦，不断制造灾难。Hardie 通过对比奥维德的“忒拜纪”与维吉尔《埃涅阿斯纪》中的建城叙述，发现它们在以下三个方面既平行，也有重大差异：（1）建城传说；（2）城内与城外世界的紧张关系；（3）神的报复和干预作为故事的结构线索。他据此得出结论，奥维德笔下的忒拜与维吉尔笔下的罗马形成了鲜明对照，而且忒拜影射着未来的罗马，所以“忒拜纪”可以视为一部微型的《反埃涅阿斯纪》。古罗马白银时代的两部史诗——卢卡努斯的《内战记》（*Bellum Civile*）和斯塔提乌斯的《忒拜纪》（*Thebaid*）——都受到了奥维德的启发。

2 迪克特山（Dicte）在克里特岛上，是朱庇特长大的地方。

3 卡德摩斯（Cadmus）是阿革诺耳的儿子、欧罗巴的哥哥。

父亲的怒火，最后他去德尔斐，希冀
神谕能指点自己，可以在何处定居。
福玻斯答道：“一头母牛会与你相遇，
在荒凉的田里，它未负轭，未拖过弯犁，
跟着它往前走，你在它躺下休息的草地
建造城墙，赋予它博奥蒂亚的名字[1]。”
刚从附近的山洞往下走，卡德摩斯[2]
就看见一头母牛独自在前面缓行，
颈项上没有任何受过役使的印痕，
便跟在身后，一边迈着沉稳的脚步，
一边在心里默祷，感谢福玻斯引路。
它穿过刻菲索斯浅滩和帕诺佩田野[3]，
停下来，抬起长着高角的美丽前额，
朝天空发出阵阵回荡许久的呼唤，
又回头眺望跟在自己后面的同伴，
缓缓躺下，侧身卧在柔嫩的青草上。
卡德摩斯谢了神，亲吻异国的土壤，
并向素不相识的山岭和原野致敬。
他准备向朱庇特献祭，于是命令仆人

---

1 奥维德暗示，希腊的博奥蒂亚（Boeotia）地区是从古希腊词语 bous（牛）得名。另一种说法是，它源于博奥托斯（Boeotus）的名字，后者是涅普顿和仙女阿尔涅（Arne）的儿子。

2 原文“山洞”（antro）还有修饰语 Castalio，这个形容词来自 Castalius（卡斯塔里俄斯山，在帕纳索斯山底部，德尔斐附近），由于译文格律限制未译。

3 帕诺佩（Panope）是福基斯南部的一个城镇。

从流淌的溪泉里取些用于酹神的水。
有一片古老的森林，从未遭过伐采，
深处有一个洞穴，几乎被树枝密封，
交错咬合的石块形成低矮的拱门，
泉水从这里流出。洞中隐藏着属于
战神的巨龙，金色的头冠格外炫目[1]，
眼睛闪耀着火光，身体胀满毒汁，
晃动着三条舌头，矗立着三排牙齿。
当来自推罗的人们踩着宿命的步子[2]
到达这片丛林，将水罐放到山泉里，
打破寂静，蓝色的巨龙顿然从深洞中
抬起头，发出一串让人胆寒的咝咝声。
水罐从手中掉落，血骤然离开身体，
突如其来的颤抖攫住了惊愕的四肢。
鳞片包裹的巨龙盘曲、扭动，变出
千万个汹涌起伏的绳结和阔大圆弧。
它猛力一弹，傲然耸起过半的身躯，

1 西方古典文化龙蛇不分，到底是龙还是蛇，词语本身没有太大区别，draco 好像是龙，但描写蛇也可用它，反过来 serpens、vipera、colubra、anguis 这些词好像是蛇，但描写龙也可用。在本书的翻译中，体形较大的“蛇”一般翻译成“龙”。欧里庇得斯说，这条龙是受战神马尔斯委派，守护此洞穴和附近的溪流。另一种说法是，它是战神的儿子，名字叫德尔库罗斯（Dercyllus）。Hardie（1990）指出，《埃涅阿斯纪》和《变形记》的第三卷开始，都记述了一位流亡者在全世界寻找一个安身处，那个安身处都应验了神圣的预言，都有动物把守。

2 推罗（Tyrus）是古代腓尼基重要城市，代指腓尼基。

俯瞰整个丛林，庞然的尺寸（你若目睹[1]
其全部）堪比隔开大小熊星座的同类[2]。
它猛攻腓尼基人，意欲抵抗，或准备
逃跑，或因恐惧而瘫痪，结局都无异：
有些被咬死，有些被层层紧缠而窒息，
有些则在它喷出的可怕毒气下丧命。
太阳已升至天顶，只投下很小的阴影，
同伴耽搁这么久，卡德摩斯很诧异，
就循着足印去找寻。他身披一张狮皮，
武器是一支长矛，闪着钢铁的寒光，
还有标枪和胜过任何武器的胆量。
当他走进丛林，看见遍地的尸体，
身形巨大的胜利者犹自弓着身子，
用染血的舌头舔着阴森可怖的伤口。
“忠诚的朋友，我要么为你们的死复仇，
要么陪你们！”他吼道。说完右手举起
一块巨石，用尽全力向凶敌抛掷。
受到这样的碰撞，即使高塔和城墙
都可能摇晃、坍塌，大龙却毫发无伤。
鳞片像盔甲一样保护它，黑色的硬皮
帮助它轻松抵挡了刚才的强力冲击。
可是同一张硬皮却不能战胜标枪，

1 奥维德此处对龙巨大体形的描写似乎与第 91 行矛盾，那里卡德摩斯将龙钉死在一棵橡树上。

2 “同类”指巨蛇座。

它扎中弹性脊柱的中间部分，顽强
挺进，整个钢锋都沉入龙的脏腑。
剧痛的龙暴怒地扭头，在自己的背部
发现了伤口，便咬住陷在那里的异物，
然后朝各个方向奋力拉扯，终于
将它拔除，可是铁尖仍卡在骨中。
它本性狂躁，此时新伤更让它发疯，
怒火难遏，整个喉咙都青筋涨露，
白沫从散发着瘟疫味道的嘴角流出。
鳞片擦刮，大地轰响，它腐臭的呼吸
仿佛来自冥府，染黑污浊的空气。
它忽而盘卷起来，变出巨大的螺旋，
忽而又立起，如一棵直树在空中高悬。
此刻像暴雨唤醒的洪流，它以万钧
之势扑来，用胸膛推倒拦路的森林。
卡德摩斯稍稍避让，用狮皮顶住了
冲劲，长矛护在身前，迫使逼近的
血盆大口回撤。巨龙暴怒，徒劳地
攻击坚硬的钢铁，牙齿在尖锋上闭合。
这时，血开始从它蓄毒的上颚渗出，
不断滴落，地面的绿草都被染污，
但伤仍很轻，因为它一直在后退，
缩回受伤的喉咙，这样矛头就不会
继续推进，不会戳入更深的地方。
阿革诺耳之子紧追不舍，终于将

钢锋深深地扎入喉管：一棵橡树
挡在它身后，木头和颈项都被钉住。
树被大龙的重量压弯，结实的腰身
被它的尾尖抽打，发出痛苦的呻吟。[1]
征服者正在端详被征服之敌的巨躯，
突然听到一个声音（他听得很清楚，
却不知晓它来自何方）：“卡德摩斯，
何必盯着死龙？这就是你将来的样子。”[2]
他大骇，良久发怔，同时失去神智
和血色，恐惧的寒意催动头发竖立。
忽然，青睐英雄的帕拉斯从空中降落，
来到身边，吩咐他翻开地面，撒播
巨龙的牙齿，它们将长成一个民族。
他遵嘱而行，持犁深耕，刨起泥土，

1　Hardie（1990）指出，卡德摩斯在（除了其同伴）无人踏足的森林杀死大龙可以视为努力降伏荒野、建立忒拜城的奠基礼。但荒野从未被降伏，下文的阿克泰昂和那喀索斯都被野外吸引，并丧命于野外，国王彭透斯也被在荒野敬拜酒神的母亲和姨母撕成碎片。卡德摩斯与巨龙的战斗呼应着《埃涅阿斯纪》第八卷埃涅阿斯拜访埃万德（Evander）时，后者讲述的海格力斯与卡库斯（Cacus）的战斗，那段文字出现在维吉尔通过描述埃涅阿斯之盾所呈现的罗马历史中，同样具备某种城市创始神话的色彩。卡德摩斯与海格力斯的相似之处在于：他穿着狮皮，而狮皮是海格力斯的典型装备；他攻击大龙的第一件武器“巨石”也是海格力斯对付卡库斯的武器。对照则在于：海格力斯故事的后面是一段赞美他的颂歌，卡德摩斯胜利后却听到神秘声音的警告，这暗示他的结局将不同于海格力斯和埃涅阿斯。Hardie 认为，奥维德对大龙的描绘还同时借鉴了《埃涅阿斯纪》第二卷特洛伊陷落前袭击拉奥孔父子的那条大蛇的形象（*Aeneid* 2.203ff）。这样《变形记》第三卷的大龙之死既象征着忒拜城的创立，也预示着忒拜城的最终毁灭。

2　参考本书第四卷 571—603 行。

种下女神所说的牙齿——凡人的胚种。
于是（难以置信！）田壤开始萌动，
首先看到长矛的钢尖从沟里探出，
接着便有头盔的彩羽在风中飘舞[1]，
再往后肩膀、胸膛和拿着武器的手臂
也拱破地面，执盾的兵士不断增殖。
正如节庆的剧院，当帷幕拉起，布上
绘制的人像也升起，最先露出脸庞，
然后是其余部分，平稳地移动，渐渐
呈现全身，脚终于立在舞台的下沿。[2]
卡德摩斯大惊，正准备与新敌搏斗，
土中诞生的某位武士喝道："住手！
这是我们的内战，你别卷入。"[3]言毕，
他用剑刺死身边一位同族的兄弟，
自己却被远处飞来的标枪穿透，

---

1 西方古代头盔的尖顶拉丁文叫 conus，装饰着各种颜色的羽毛。

2 古罗马舞台幕布（siparium）升降与现代相反。表演结束时，按罗马规矩要从舞台地下往上升幕，如果人像绣在帷幕上，就会有这样的效果，因为升幕前，幕布位置在舞台之下，观众看不见，所以人像会逐渐显现。从脸开始直到脚，如果脚的位置绘制巧妙，就会正好落在舞台下沿，看起来这些人像就仿佛站在舞台上。奥维德用这个形象来描绘卡德摩斯播下的龙牙从地里长出的武士，他们也是先露头，再露出其余部分。维吉尔《农事诗》（*Georgics* 3.25）有一处旁证，他说舞台幕布上绣着不列颠人的形象，他们举着手臂，好像正在拉升幕布。

3 Wheeler（2002）认为，古罗马白银时代史诗诗人卢卡努斯在这一行里找到了罗马内战的神话母题和原型。奥维德是第一位将这些龙牙战士的争斗称为"内战"（civilibus bellis）的诗人，赋予了这个行为浓重的政治色彩。而且，既然后来的忒拜人都是余下的五位龙牙战士的后代，卡德摩斯杀死战神之龙的行为也类同内战。所以，忒拜城此后不断面临内战有了神话上的"合理性"。

可是杀他的敌人也并未支撑更久，
才吸入片刻活气，转眼却已断气。
疯狂很快蔓延至全体，他们彼此
屠戮，突然的手足变成突然的咒诅。
这些青年的生命注定如此短促，
纷纷扑倒在被鲜血浸暖的母亲身上[1]，
只有五位幸存，其中一位是厄喀昂[2]。
帕拉斯授意他抛下武器，恳求兄弟
互相言和，共同确立了忠诚的情谊。
西顿的异乡人遵照福玻斯神谕修建
新城之时，这些人就是助手和同伴。[3]
忒拜已矗立，卡德摩斯，你虽被放逐，

阿克泰昂与狄安娜

却也有福。你做了战神和爱神的女婿，

1 “母亲”指泥土。

2 除了厄喀昂（Echion）外，其余四位武士的名字是乌丢斯（Udeus）、克托尼俄斯（Chthonius）、许珀瑞诺耳（Hyperenor）和珀洛耳（Pelor）。厄喀昂（Echion）的名字来自古希腊语 echis（蝰蛇）。

3 Eleonora（2007）评论说，卡德摩斯的故事是一种双重的开创行为，既是建立忒拜城，也是开创整部《变形记》僭越与惩罚的传统。他闯入战神圣林的行为已经注定了他变龙的结局和整个家族连绵不绝的悲剧。做神禁止之事必然遭受严酷的报复，是贯穿全书的一个主题。Hardie（1990）指出，忒拜建城依靠了兄弟相残和内战，这预示着其未来将不断被类似的情境困扰。而且，奥维德通过各种意象和语言让忒拜与《埃涅阿斯纪》中的迦太基也发生了关联。这两座城市有诸多相似之处：（1）都由流亡者建立，根都在腓尼基；（2）卡德摩斯和迦太基女王狄多都是阿革诺耳的后代；（3）最终都被一个强大的敌人消灭（忒拜毁于亚历山大帝国，迦太基毁于罗马）。

出身显贵的妻子又为你延续了血脉[1]，
众多的儿辈，还有你所钟爱的孙辈[2]——
就连他们也已经成年。然而人永远
需要等待最后那一天；在死亡之前，
在落葬之前，没有谁能被形容为幸福。[3]
诸般顺遂中，外孙最先带给你痛苦[4]，
卡德摩斯，还有他被迫长出的鹿头，
以及你们，饮尽了主人鲜血的猎狗。
但你若检视，只会发现意外的过失，
却没有邪恶，错误怎可与罪行并提？
那座山散布着各种野兽被屠的血迹，
时值正午，万物都缩紧自己的影子，
太阳与天空两端的距离正好相等，

1 卡德摩斯的妻子哈尔莫尼娅（Harmonia）是战神马尔斯和爱神维纳斯的女儿，另一种说法是，她乃朱庇特和厄勒克特拉（Electra）所生。卡德摩斯和她的婚礼是凡间第一场婚礼，众多天神前来参加。Hardie 提醒我们，哈尔莫尼娅的父母碰巧也是罗马的祖先（维纳斯是埃涅阿斯之母，马尔斯是罗慕路斯之父），忒拜城的背后晃动着罗马的影子。沿着这条线追下去，我们会发现更多罗马与忒拜的平行之处：（1）忒拜建城传说有龙，罗马建城传说有狼；（2）忒拜建城时，龙牙武士手足相残，罗马建城时，罗慕路斯和雷穆斯手足相残；（3）忒拜将被俄狄浦斯的两位儿子引发的内战蹂躏，罗马也将陷入多轮惨烈的内战。

2 根据古代众多作家的说法，卡德摩斯只有一个儿子波吕多若斯（Polydorus），但有四个女儿：奥托诺厄（Autonoe）、伊诺（Ino）、塞墨勒（Semele）和阿高厄（Agave）。他有众多的外孙，最著名的有酒神巴克斯（Bacchus）、国王彭透斯（Pentheus）、阿克泰昂（Actaeon）和梅里凯尔特斯（Melicertes）。

3 这是古希腊著名贤人梭伦（Solon）的说法。

4 “外孙”指阿克泰昂。Hardie（1990）指出，阿克泰昂和后文的那喀索斯、彭透斯、萨尔玛琪斯都以不同形式被象征着无序外部世界的森林和荒野吞噬。“忒拜纪”也体现出《变形记》的一个典型特点：框架和内容的不平衡。框架是建城传说，内部却填塞了大量以森林和荒野为背景的故事。

博奥蒂亚的青年穿过偏僻的森林[1]，
他转向狩猎的伙伴，语气平和地说：
“朋友们，网和矛都已浸满野兽的血，
今天的收获足够啦！等到新的黎明
驾着金黄的马车载回天光，我们
再继续狩猎的行动。现在太阳正好离
东西两边一样远，热气正撕裂大地，
停下手中的活计，收起你们的网。”
大家都听从他的吩咐，不再奔忙。
有一条山谷，长满云杉和尖叶的柏树，
名叫迦尔加菲厄，狄安娜钟爱此处[2]。
在它的深处隐藏着一个林间洞穴，
并非诞生于技艺，而是自然凭借
自己的天才模仿了技艺：轻巧凝灰岩
和生长的浮石被她凿成天然的拱券。
一抹透亮的溪水在右侧淙淙流淌，
汇成碧草环抱的一泓陂池，执掌
森林的女神狩猎倦了，经常在这里
沐浴清澈的活泉，洗濯处女的身体。
这天，她进入洞穴，便将标枪、箭囊
和松了弦的弓交给一位宁芙安放，
一位抱着她脱下的长袍，另外两位

1　“博奥蒂亚”对应的原文是 Hyantius，意为“许安忒斯的”，许安忒斯人是博奥蒂亚人的古名。

2　迦尔加菲厄（Gargaphie）是博奥蒂亚城市博拉泰亚（Plataea）附近的山谷。

为她解开鞋扣。比大家灵巧的忒拜[1]
侍女柯若卡勒将狄安娜披垂的青丝[2]
盘成髻，虽然自己的长发随风飘逸。
涅斐勒、许阿勒、普赛卡斯、菲亚勒、拉尼丝[3]
都负责取水，然后用宽绰的罐子浇洗。
正当女神在熟悉的水潭尽情沐濯，
卡德摩斯的外孙推延了未完的狩猎，
在全然陌生的森林里穿行，忽东忽西，
竟撞到此处：这是命运给他的旨意。
他一踏进泉水浸润的洞穴，众宁芙
就窘迫惊惶，因为看见有男子闯入，
懊丧地拍打赤裸的胸膛，突然的尖叫
响彻整片丛林。她们迅速聚拢到[4]
狄安娜周围，用自己的身体为她遮挡，
但女神比她们都高，仍露着头和颈项。
恰如云朵经常被对面的太阳镀上
华彩，也如破晓时天泛起玫瑰色霞光，

1 “忒拜”对应的原文是 Ismenis，意为“伊斯梅诺斯人”，源于忒拜附近的伊斯梅诺斯河（Ismenus）。

2 “柯若卡勒”（Crocale）可能与古希腊语 kekryphalos（一种束发的头饰）有关。

3 “涅斐勒”（Nephele）源自古希腊语 nephelē（云）；“许阿勒”（Hyale）源自古希腊语 hyalos（玻璃）；“普赛卡斯”（psecas）源自古希腊语 psekas（露水）；“菲亚勒”（Phyale）源自古希腊语 phialē（瓮）；“拉尼丝”（Rhanis）源自古希腊语 rhainō（喷洒）。这些名字都与侍女各自的分工吻合。

4 Salzman-Mitchell（2005）指出，阿克泰昂对狄安娜的凝视遭到了女神的逆转，他并未掌握支配权，反而自己成了被凝视的悲惨景观。

未着寸缕的狄安娜脸上也一片绯红。
她侧着身子（尽管被大群女伴簇拥），
脸庞羞惭地转向背后。她多么希望
与平时一样，自己腰上就挎着箭囊！
她恼恨不已，掬起一捧水，朝男子的脸
泼去，在复仇的溪泉浇到头发的瞬间，
添上了这些话，预告即将发生的灾难[1]：
“现在任凭你夸耀，倘若还可能，看见
我赤身裸体！”她不再浪费威胁的言辞，
在湿淋淋的头上植入一只活鹿的角枝，
让他的脖子伸长，让他的耳朵尖如锥，
双手变成脚，手臂变成纤长的前腿，
给他的身体盖上缀满斑点的毛皮，
再注入胆怯的性情。奥托诺厄之子[2]

1 Hardie（1990）指出，卡德摩斯虽然为奥维德“忒拜纪”提供了叙事框架，但他不是主要的叙事动力，将多个故事贯穿到一起的是神（狄安娜、朱诺、涅墨西斯、巴克斯）的愤怒和报复。奥维德既模仿了维吉尔《埃涅阿斯纪》中类似的结构线索，又做了不少改变。在维吉尔的作品中，朱诺两次寻求惩罚特洛伊人（*Aeneid* 1.34ff. 和 7.286ff.）将全诗分成了均等的两大部分。在“忒拜纪”中，朱诺也出现了两次（一次针对塞墨勒，一次针对伊诺），但她不是唯一惩罚忒拜人的神灵。

2 阿克泰昂是卡德摩斯女儿奥托诺厄和阿里斯泰俄斯（Aristaeus）的儿子。

转身逃跑，被自己如飞的速度吓到。[1]
但当他在水中看见倒影的脸和双角，
却想哀叹："太悲惨！"然而他没听到话，
只听到呻吟——他的新嗓音。眼泪淌下
非他所有的脸颊。只有那颗心未变。
他该怎么办？回家，回到原来的宫殿？
在密林藏身？这边有恐惧，那边有羞耻。
犹豫间，猎犬瞥见他。领头的梅朗坡斯[2]
和伊克诺巴特斯一阵狂吠，发出了指令[3]
（后者是克里特，前者则是斯巴达血统[4]）。
其余的犬只立即冲来，如狂风飞卷——
有潘帕戈斯和其他两只阿卡迪亚犬[5]、

1 Heath（1991）认为，阿克泰昂的故事本身无关性暴力，但只有在《变形记》一至三卷众多强奸故事的框架里才能准确理解。一方面，奥维德在故事发生之前做足了铺垫，让读者充分意识到阿克泰昂的纯洁无辜；另一方面，他又在这个故事里安排了前面强奸情节里的所有元素：处女（宁芙和狄安娜）、猎人（但这次不是性暴力的受害者）、森林、正午、沐浴。然而，狄安娜仿佛一位偏激的读者，执拗地相信这样的组合必然导向性暴力，残酷地惩罚了阿克泰昂。如果把这种误读理解为一种诗学态度，那么奥维德就是提醒我们，先入为主、过分敏感、过度阐释，是读者面对《变形记》时可能遭遇的危险。

2 "梅朗坡斯"（Melampus）可译为"黑足"，源于古希腊语 melas（黑色的）和 pous（脚）。

3 "伊克诺巴特斯"（Ichnobates）可译为"跟踪者"，源于古希腊语 ichnos（脚印）和 bainō（走）。

4 "克里特"对应的原文是 Gnosius，源自克里特首都克诺索斯（Cnosus 或 Gnosus）。

5 "潘帕戈斯"（Pamphagos）可译为"饕餮"，源于古希腊语 pan（全部）和 phagō（吃）。由于译诗格律的限制，这行没有翻译另外两条狗的名字"多尔克俄斯"（Dorceus）和"奥利巴索斯"（Oribasos），前者源于古希腊语 derkō（看），后者源于古希腊语 oros（山）和 bainō（走）。

健壮的涅布罗福诺、莱拉普、凶狠的泰隆[1]、
迅捷的普特莱拉斯、敏锐的阿格勒、悍勇[2]
难敌的许莱俄斯（最近被野猪咬伤）[3]、
狼怀孕生下的纳佩、珀厄梅尼斯（牛羊[4]
由它守护）、带着两只幼崽的哈皮亚[5]、
腰身苗条的拉冬（来自伯罗奔尼撒）[6]、
德洛玛、卡纳刻、斯提克特、底格里斯[7]、
阿尔克、雪白的琉康、漆黑的阿斯波罗斯[8]、
雄健霸气的拉孔、擅长奔跑的阿厄洛[9]、

1 “涅布罗福诺”（Nebrophonos）可译为“鹿杀手”，源于古希腊语 nebros（鹿）和 phoneō（杀死）；“莱拉普”（Laelaps）可译为“旋风”，源于古希腊语 lailaps（旋风）；“泰隆”（Theron）可译为“猎手”，源于古希腊语 thereuō（跟踪、捕猎）。

2 “普特莱拉斯”（Pterelas）源于古希腊语 pteron（翅膀）和 elaunō（驱赶）；“阿格勒”（Agre）源于古希腊语 agra（捕猎）。

3 “许莱俄斯”（Hylaeus）源于古希腊语 hylē（树林）。

4 “纳佩”（Nape）源于古希腊语 napē（森林）；珀厄梅尼斯（Poemenis）源于古希腊语 poimenis（牧羊女）。

5 “哈皮亚”（Harpyia）源于古希腊语 harpyia（鸟身女神）。

6 这条狗的名字来自科林斯海湾附近的拉冬河。

7 “德洛玛”（Dromas）源于古希腊语 dromos（赛马）；“卡纳刻”（Canace）源于古希腊语 kanachē（噪音）；“斯提克特”（Sticte）源于古希腊语 stizō（有斑点）；“底格里斯”（Tigris）意为“老虎”。

8 “阿尔克”（Alce）源于古希腊语 alkē（力量）；“琉康”（Leucon）源于古希腊语 leukos（白色的）；“阿斯波罗斯”（Asbolus）源于古希腊语 asbolos（烟垢）。

9 “拉孔”（Lacon）的名字取自它的家乡拉科尼亚（Laconia，在伯罗奔尼撒半岛）；“阿厄洛”（Aello）源于古希腊语 aella（风暴）。

托俄斯、神速的塞浦路斯犬吕基斯克[1]
（带着兄弟）、黑脸中央有一道白纹的
哈尔帕洛斯、梅拉纽斯和蓬乱的拉刻涅[2]、
克里特父亲和斯巴达母亲诞下的拉布罗[3]
和阿格里奥多兄弟、尖声的许拉克托[4]——
更多的名字不必提。这群狗被猎物引诱，
急切地越过悬崖、磐石、壁立的岩沟，
穿过陡峭无路的地界，紧跟在后面。
他沿着常追捕野兽的小径奔逃——可叹，
如今被自家的猎狗追捕！他真想大喊：
“我是阿克泰昂，你们的主人，仔细看！”
他有心无力，只有吠叫声在空中回荡。
梅兰凯特斯和泰洛达马斯最先抓伤[5]
他的背，俄雷斯特洛福斯咬住肩膀[6]——

1 “托俄斯”（Thous）源于古希腊语 thoos（迅速的）；“吕基斯克”（Lycisce）源于古希腊语 lykos（狼）。

2 “哈尔帕洛斯”（Harpalos）源于古希腊语 harpazō（抢夺）；“梅拉纽斯”（Melaneus）源于古希腊语 melas（黑色的）；“拉刻涅”（Lachne）源于古希腊语 lachnē（头发浓密）。

3 “克里特”对应的原文是 Dictaeo（迪克特的），来自克里特岛的迪克特山（Dicte）。“斯巴达”对应的原文是 Laconide（拉科尼亚的），代指同在伯罗奔尼撒半岛的斯巴达。“拉布罗”（Labros）源于古希腊语 labros（贪婪的）。

4 “阿格里奥多”（Agriodos）源于古希腊语 agrios（野外的）和 odous（牙齿）；“许拉克托”（Hylactor）源于古希腊语 hylakteō（吠叫）。

5 “梅兰凯特斯”（Melanchaetes）源于古希腊语 melas（黑色的）和 chaitē（鬃毛）；“泰洛达马斯”（Therodamas）源于古希腊语 thēr（野兽）和 damaō（征服）。

6 “俄雷斯特洛福斯”（Oresitrophos）源于古希腊语 oros（山）和 trephō（养育）。

它们出发晚了些，但山间捷径帮忙，
反而先赶到。它们合力制伏了主人，
其他同伴涌过来，锋利的牙齿纷纷
扎入肉里，伤口遍体。他不停呻吟，
那声音虽非人声，却也不似鹿鸣，
悲惨的喊叫响彻这些熟悉的山冈。
他跪在那里，如同哀告者，无声的目光
扫过四周，仿佛那是他祈求的手臂。
可无知的同伴却在吆喝，一如平日，
催促发狂的众犬，争先恐后地呼唤
“阿克泰昂！”，仿佛他此刻不在眼前
（听到名字他不禁抬头），并替他遗憾，
没能在这里目睹狩猎的精彩场面。
他希望自己不在，却在，希望旁观，
而不是亲身感受众犬的残酷表演。
它们团团围住他，利齿埋进他身体，
在公鹿的虚幻外表下将主人撕成血泥。
直到残留的生命从无数伤口逃散，
佩戴箭囊的狄安娜才终结这段仇怨。

塞墨勒的故事

人们的评价相反：一些认为女神
过于暴烈，一些称赞她真正守身
如玉，堪称典范，两边都各有理由。
唯独朱庇特的妻子不愿透露她是否

赞成，她更为阿革诺耳的后裔遭难[1]
而欣喜，推罗情敌的同族者已经承担
朱诺对她的愤恨。可是，旧怨未灭，
又添新仇。塞墨勒也怀上神王的骨血，
她忍无可忍，纵情痛骂，滔滔不绝。
“一再大发脾气，又有何用？”她说，
“我必须攻击她本人，我要让她死，如果
我还被称为至尊的朱诺，右手还紧握
闪亮的权杖，还是王后、朱庇特的姐姐
和妻子，至少是姐姐！我猜，以前她不过
满足于偷情，威胁很短暂。可她怀了孕，
就缺一步了！腹中装着那显明的罪证，
她还想拥有我不曾拥有的——通过朱庇特
成为母亲。她如此迷信自己的姿色！
我就用这点来骗她，如果她不沉入冥河[2]，
朱庇特不亲自送她去，我就枉叫朱诺！”
她从宝座上起身，藏在橙黄的云朵中，
来到塞墨勒家里。在收云之前，她变成
一位老妇人，将些许白发种在鬓旁，
给皮肤添上皱纹，屈着腿，踉踉跄跄
往前走，并且没忘换上老妪的声音：

1　因为朱庇特的新欢欧罗巴是阿革诺耳的女儿。

2　这行拉丁语原文中的 faxo 是 fecero（做）的早期形式，相当于将来完成时。

活脱脱就是塞墨勒的奶娘柏罗厄本人[1]。
于是，她们俩开始闲聊，后来便提到
朱庇特，老妇人突然叹道："我真心祈祷
他就是朱庇特，可我总惴惴不安。不乏
骗子盗用神的名，侵入贞洁的床榻。
即使他真是朱庇特也不够：如果真是，
就让他给你爱情的确证，以真实的样子
面对你，与面对高贵的朱诺时完全相同，
让他拥抱你，但需先换上神王的仪容。"
天真的塞墨勒听信了朱诺的这番挑唆，
果然向朱庇特索要礼物，却没提是什么。
神说："随你挑选，我绝对不会拒绝你。
为让你安心，我以斯堤克斯河的名义
发誓，他可是众神恐惧的神中之神[2]。"
见情人如此迁就自己，塞墨勒满心
欢喜（不知厄运将临），说道："我希望
你像朱诺在你们亲密时拥抱你那样，
以真容拥抱我。"神试图捂住她的嘴，
然而太晚了，话已经出口，无可挽回。
他哀叹，因为她无法取消选择，自己
也无法撤回誓言。他只好强忍悲戚，
登上高天，示意跟随他的云层聚拢，

1 在这行原文中，"奶娘"有一个修饰语 Epidauria，意思是"厄庇道鲁斯的"，厄庇道鲁斯是伯罗奔尼撒半岛的著名城市，由于译文格律的限制这个词未翻译。

2 斯堤克斯在这里被视为一位河神。

将它们与雨水、雷声、大风混合，最终
才添上霹雳和无人能够逃脱的电光。
但他仍尽其所能，减缓自己的力量：
此时，他并未携带屠灭百手堤丰时[1]
用过的闪电，那种战具杀气太凌厉；
而选了温和一些的闪电，独眼巨人
没有注入过多的暴戾、火焰和愤恨——
上界称之为二等标枪。他拿起武器，
进入塞墨勒的家。来自天神的冲击
肉身岂能承受？她在彩礼中化成灰。
尚不足月的男婴从母亲子宫取出来[2]，
（若传说可信）被父亲缝进自己大腿里，
稚嫩的胎儿在那里度过了剩余之期。
他还在摇篮之中时，是姨母伊诺偷偷
抚育，然后他被尼萨的众宁芙收留[3]，
藏在洞穴里，她们用牛奶悉心喂养。

忒瑞西阿斯的裁决

当这些事情遵照命运的律令在大地上
发生，两次诞出的巴克斯也安然无恙[4]，
朱庇特碰巧（人们传说）饮醉了琼浆，

1 堤丰（Typhoeus 或 Typhon）是可怕的巨人，企图推翻朱庇特的统治，战败后被压在埃特纳火山下。

2 这个男婴便是酒神巴克斯（Bacchus）。

3 尼萨（Nysa）传说是阿拉伯（或印度）的一座城市（或一座山），这个地名被吸收进了酒神巴克斯的希腊名字狄俄尼索斯（Dionysus）。

4 从母亲子宫出来算一次，从朱庇特大腿中娩出算第二次。

抛下君主的烦忧，与悠闲的朱诺开起
轻松的玩笑。他说："与我们男人相比，
你们女人肯定能得到更多的快乐。"
她否认，夫妻决定找忒瑞西阿斯评说[1]，
因为男女两边的性事他都曾体验过。
某天，他在苍翠的森林里见两条大蛇
正交合，就用手杖敲击，激怒了它们。
奇迹出现了，他从男人变成了女人，
度过了七个春秋。第八年她又邂逅
它们，就说："如果击打你们真的有
改变击打者命运、颠倒处境的魔力，
我就再敲击一回。"她言出行随，迅即
恢复了原先的性别和生来就有的形象。
因此由他来裁决这场滑稽的诉讼：
朱庇特获胜，传说朱诺却莫名震怒，
近乎不可理喻，并且严厉地惩处
忒瑞西阿斯，让他的眼睛永陷暗夜。
可是大能的天父（因为任何神都不可
取消别的神所为）以奖赏减轻了痛苦，
他虽然失去视力，却获得先知的禀赋。
在阿俄尼亚全境，他都享崇高的声名[2]，

1 忒瑞西阿斯（Tiresias）是古希腊神话中著名的先知，这个故事解释了他为何目盲，为何有预言的能力。他参与了忒拜城几代君主的活动。

2 阿俄尼亚（Aonia）是博奥蒂亚境内一个多山的区域，因为海神涅普顿的儿子阿昂（Aon）而得名。

总能给问讯的人们无可指摘的回应。
湛蓝的利里俄珀第一个来检验他的[1]
预言，昔日她曾被蜿蜒的刻菲索斯河
锁在水道中，无法挣脱，遭到强奸。
这位最美的宁芙在足月之后分娩，
产下一名男婴，刚出生就惹人怜爱，
她起名那喀索斯。被问及孩子的将来，
他能否见到垂老之年的遥远岁月，
“若他永远不认识自己”，先知回答说。
占卜师的话似乎一直未应验，但结局、
死亡的方式和怪异的疯症证明它非虚。

那喀索斯与厄科

刻菲索斯的儿子已经长到十六岁，
无论称他为少年还是青年都无碍，
许多少男和许多少女都被他俘虏，
然而（青春的美貌催生出执拗的自负）
没有任何少男或少女令他的心激荡。
某次，他正将惊怯的公鹿赶进猎网，
被喋喋不休的宁芙厄科看见——别人[2]
说话时她不懂沉默，也不会自己先发声。
此时她还有身体，不只是空空的回音，

1　“湛蓝的”这个形容词在古希腊罗马神话中常用来形容海神和河神。利里俄珀（Liriope）是俄刻阿诺斯和忒堤斯的女儿、那喀索斯（Narcissus）之母，她的名字源自古希腊语 leirion（百合）。

2　厄科（Echo）是居住在喀泰戎山（Cithaeron）的山林仙女，其名字源于古希腊语 ēchos（声音）。

但她的语言和现在一样，没别的功用，
话再长，她都只能够重复最后几个词。
这是朱诺的惩罚，因为常在她可以
于山间发现与她丈夫云雨的宁芙时，
厄科就故意拖住女神，用冗长的故事
掩护她们逃走。朱诺识破她伎俩后，
宣布："你的舌头骗了我，我就仅保留
它的一小点用途，仅让你说只言片语。"
威胁立刻成现实，但她仍然能重复
一段话的最后部分，传回听到的几个词。
所以，她看见那喀索斯在偏僻的野地[1]
浪游，一见钟情，就悄悄跟在他身后。
她跟得越久，爱火越旺，越难以忍受，
正如热烈的硫黄，抹在火炬的顶部，
火焰一靠近，就会被引燃，无力抗拒。
多少次，她希望能用甜蜜的言辞呼唤，
能用温柔的倾诉挽留！但自然阻拦，
不许她开始，但至少这点天性不禁止：
她可以等待他说出自己能回应的词。
碰巧与忠实的同伴走散后，男孩问道：
"有没有人在？""在！"厄科答得正巧。
他怔了一下，目光扫视着周围，高声
喊道："过来！"她也报之以同样的邀请。

1 "那喀索斯"（Narcissus）这个名字源自古希腊语动词 narkoō（使麻木、瘫痪）。

他扭头，没看见谁，又问：“为何躲着我？”
传过来的声音也是五个字，不少不多。
被回应的声音迷惑他不肯放弃，又说：
“我们在这儿碰面。”厄科求之不得，
欣喜地答复心中的恋人：“在这儿碰面。”
说完，她真的冲出方才藏身的林间，
试图搂住男孩的颈项，自己的煎熬。
他立刻逃开，大嚷：“放手，不许你拥抱！
我宁可死去，也不会让你恣意享受我！”
她的回答自然是“让你恣意享受我！”
遭到鄙弃后，她躲进密林，用树叶遮住
羞惭的面容，独自在荒凉的洞中隐居。
她的爱仍执着，被拒的痛苦反增顽固，
日夜不眠的相思啃噬着悲惨的身躯，
皮肤日渐憔悴、枯萎，所有的体液
都已散失到空中，只留下声音和骨骼，
然后是声音，骨骼据说变成了岩石。
从此她隐身林中，山间再不见踪迹，
所有人却能听到她：那是活着的声音。[1]

那喀索斯之死

他如此捉弄她，如此捉弄其他山林
和水泽出生的宁芙，还有聚集的青年。
于是，某位遭蔑视的男子伸手向天。

1 Griffin（1977）认为，奥维德将厄科和那喀索斯的故事放在一起表现了他讲故事的天才。Fränkel（1969）如此概括两个角色的关联：“他完全沉溺于自己，无法与别人分享自己；她则完全没有自己可以与别人分享。”

“让他自己爱，让他永不得所爱！”他喊道。
涅墨西斯听见了，赞同这合理的祷告[1]。
有一处洁净的山泉，水闪着银色光泽，
无论牧人、野外的山羊还是其他的
牲口都不曾碰过，没有任何飞禽
走兽搅扰过，树枝都从未坠入波心。
周围都是草地，受近旁的池水滋养，
还有树林，可遮挡烈日，留一份清凉。
狩猎和暑气让那喀索斯觉得困乏，
他被此处的风景和泉水吸引，便躺下，
正准备在池边解渴，另一种焦渴却诞生，
饮水时，他被水中美丽的影像吸引，
爱上空幻的希望，以为它并非空幻。[2]
他惊愕于自己，表情瞬间凝固，脸
一动不动，仿佛帕洛斯大理石的雕像[3]。
他卧在地上，看他的眼睛，双子星一样，
看他的头发，堪与巴克斯、阿波罗媲美，
看他青春的脸颊，象牙般的颈项，还有嘴，

---

1 涅墨西斯（Nemesis）是古希腊神话中的公平和复仇女神，对应的原文是Rhamnusia（拉姆诺斯的女神），因为她在雅典的拉姆诺斯（Rhamnus）有著名的神庙和雕像。

2 Parry（1964）指出，这里的描写暗合《变形记》狩猎与情爱追逐主题的所有要素：猎人形象（那喀索斯）、正午、森林、清澈的水。当这些要素聚齐的时候，在《变形记》的世界里通常都会发生性暴力、死亡或变形。所以这样的环境已经暗示了那喀索斯的悲剧结局。我们还可以补充说，和其他同序列故事的不同之处则在于：那喀索斯既是情爱追逐的狩猎者，也是猎物。

3 帕洛斯（Paros）是爱琴海上的一个岛，在西方古典时代是大理石的主要产地。

精致优雅，雪肤映衬着绯红的羞色：
他恋慕这一切，其实是恋慕自己的一切。
无知地渴求自己，他赞美，却赞美自己，
他追求，却追求自己，自己点燃了自己。
多少次，他徒然亲吻欺骗他的清泉！
多少次，他将手臂探入水中央，只愿
搂住看见的颈项，却根本抓不到自己！
他不知所见为何，但所见却令他痴迷，
错误戏弄着眼睛，却不断怂恿眼睛。
轻信的男孩，何必捕捉逃遁的倒影？
你求的无处存在，一转身，你便失所爱。
你所见不过是物象与水的短暂约会。
它没有实质：你来它就来，你在它就在，
你离开它也离开，如果你还能离开。[1]
吃饭和休息的念头已经消失在远方，
他不肯挪动分毫，躺在幽暗的草地上，
用无法餍足的目光凝视着虚幻的影子——
眼睛是他的祸根。他稍微抬起身体，
对着环立的森林伸出手臂，高喊：
“森林啊，有谁体会过如此残酷的爱恋？
你们最清楚，见证过太多情侣的欢爱。
虽然你们度过了无数漫长的年代，

1 Fränkel（1969）评论道，这里奥维德就像“剧场里一个激动的孩子，想要帮助台上的英雄，大声提醒他，生怕他掉进陷阱”。

可记得从古至今，谁如此慢慢受折磨？
我能看见他，爱慕他，然而看见和爱慕的
却无法拥有：我的爱被可怕的悬疑囚禁！
更让我不甘的是，并没有瀚海、山岭、
遥远的道路、铜门高锁的城墙阻挠，
只有浅水在中间！他自己也渴望拥抱！
每次，我只要让双唇贴近清澈的池水，
他就会努力向上凑过来，嘴对着我的嘴。
他也想我吻他：我们的障碍微不足道。
无论你是谁，过来！最美的男孩，为何要
躲开我，你要去哪里？我的容貌和年纪
难道你还会鄙薄？宁芙们也为我着迷。
你脸上的热情预示着令我心动的希望：
我向你伸出手臂，你立刻欣然效仿；
我笑，你也朝我笑；我流泪，我看到你也
淌下眼泪；我点头，你也点头回应我；
而且，看着你优雅嘴唇的翕动，我猜测，
你说着同样的话，虽然进不了我耳朵。
原来他是我！我终于明白，不会再受骗。
我爱的是自己，自己既点燃又忍受火焰。
怎么办？求爱，还是被求爱？何必继续求？
我所求，无须求：丰盛反让我一无所有。
多么希望我能够摆脱自己的身体！
恋爱者竟然会祈祷：让所爱之人远离！
痛苦正夺走我的力量，我生命的时间

已所剩无几，我的花在春天就被掐断。
死对我不算什么，反而会让我解脱，
唯愿我死后，我爱的这位仍然活着！
然而同心的两人将死在同一颗灵魂里。”[1]
他说完，几欲发狂，又低头看着自己，
涟涟的泪水滴落，池塘漾起水波，
搅乱了倒影。看见它仿佛即将隐没，
他喊道：“你去哪里？留下，别狠心抛弃
依然爱你的人！我触摸不到的东西，
至少允许我看见，供养这可怜的疯病！”
他伤心欲绝，顿然从领口撕开衣襟，
用白如大理石的手掌猛打赤裸的胸膛。
胸膛在拍击之下显出玫瑰般的绯红，
那景象就像有些苹果，部分偏白，
部分偏红，或者像葡萄，还未到采摘
之时，一串串挂在那里，绿中透紫。
当池水恢复清亮，他看见自己的样子，
便再也无法忍受，就如黄蜡遇柔火
熔化，或像早晨的寒霜被太阳的温热
渐渐消融，他也被爱情一天天侵蚀，
一天天消瘦，被隐藏的火焰缓缓舔舐。

1　那喀索斯在池水镜像中认识自己、爱上自己的行为成为许多精神分析学者和解构主义评论者关注的话题。弗洛伊德从中提炼出著名的“自恋”（Narcissism）概念，拉康的镜像理论可以在此找到第一个象征性的例子，Nouvet（1991）、Spivak（1993）和 Gurnham（2004）将他视为沉溺于自我、拒绝与他者发生关联的典型，认为他受到惩罚理所当然。

原来雪白与绯红辉映的肤色，活力，
让厄科见了就魂不守舍的那些特质，
甚至她曾爱过的身体，都不复存在。
当她看见这一切，虽记恨当初的伤害，
却难免心疼。男孩每次悲叹“唉”，
她都会发出回声，反复地念叨“唉”。
当他用双手拍打自己的臂膀，她也会
传回同样的声音，仿佛臂膀也被拍。
他如平素凝视着水面，最后的遗言是
“男孩，你徒然被爱！”周围也如此
回应。他说“永别”，厄科也说“永别”。
他垂下疲倦的头，枕着青翠的草叶，
死亡关闭了崇拜主人之美的眼睛[1]。
虽进了幽冥，他仍会欣赏自己的倒影，
在斯堤克斯的水波中。水泽仙女哀悼他，
在弟弟身上铺好她们剪下的头发[2]，
山林仙女也恸哭，厄科也跟着恸哭。[3]
她们已开始准备柴堆、火把和棺木，
尸体却无处可寻了，只在原地发现

1 “主人”对应的原文 domini（主格 dominus）在古罗马爱情哀歌里也指男性情人。

2 按照古代西方的习俗，女性亲属要剪掉一些头发，放在死者的身上。

3 Griffin（1977）指出，厄科—那喀索斯—厄科的结构安排非常精致。

一朵黄花，簇拥在洁白的叶子中间。[1]

巴克斯与彭透斯

预言应验了，先知在亚该亚所有城市[2]
都获得当然的声誉，其名字远近皆知。
在所有人中唯独轻看众神的彭透斯[3]
鄙视这位老人，嘲笑他占卜的言辞，
奚落他深陷黑暗，遭受失明的厄运。
忒瑞西阿斯摇晃着霜雪侵染的双鬓，
说道："你该多么幸福，倘若也丢失
这眼睛的光，以免看到巴克斯的圣礼！
那天一定会到来，我预言近在咫尺，
新神利柏耳，塞墨勒之子，就会到此[4]。
若不尊崇这位神，不为他建造庙宇，
你的身体将撕成千块，散落各处，
你的血将染污森林、你的母亲和姨母。
这必将发生！因为神灵会遭到你羞辱，

1 那喀索斯变成了与自己同名的水仙花（narcissus）。Gildenhard-Zissos（2000）认为，从这卷诗的忒拜时间框架和内容相似性看，那喀索斯的故事取代了忒拜国王俄狄浦斯（Oedipus）的位置。嵌在故事开头和结尾的盲先知忒瑞西阿斯在俄狄浦斯的悲剧中同样发挥着重要作用，俄狄浦斯如同下文的忒拜国王彭透斯一样轻看过这位先知。"若他永远不认识自己"的神谕也适用于俄狄浦斯。Janan（2009）也认为，那喀索斯的背后是忒拜的俄狄浦斯，两个人的悲剧都围绕着自我认识而展开。Pavlock（2009）则相信，那喀索斯的故事具有诗学意义，他的自恋代表了爱情哀歌体的自我沉溺，他的死亡表明奥维德有意离开这个自己过分擅长的领域。

2 严格地说，亚该亚（Achaia）只是伯罗奔尼撒半岛北部的一部分，但在西方古典诗歌中，经常用来指代整个希腊。

3 彭透斯是卡德摩斯之女阿高厄和龙牙战士厄喀昂的儿子。

4 利柏耳（Liber）本是古罗马宗教中的植物神，后来与古希腊酒神巴克斯混同。

你会哀叹，在黑暗之下我看见太多。”
厄喀昂之子令人赶他走，不许他乱说[1]。
先知的这番话得到验证，无一字落空。
利柏耳降临，田野响彻庆祝的尖叫声，
人们纷纷涌上街，不分贫富贵贱，
不管男女老少，全卷入陌生的庆典。
“巨龙和战神的子孙，怎样的疯狂攫住了[2]
你们的灵魂？”彭透斯喊道，“敲击的铜钹、
弯曲的喇叭，还有这些魔法的欺骗
究竟有多大的力量，竟能让号角、利剑、
和全副武装的大军都无法征服的你们
如此轻易地被女人的喊叫、酒鬼的痴梦、
淫邪的信众和手鼓空荡的响声征服？
我应该佩服你们老人吗？千辛万苦
才在海外的新推罗安顿好放逐的家神[3]，

---

1 “厄喀昂之子”指彭透斯。Hardie（1990）认为，在《变形记》中他的这个身份具有重要的意义，厄喀昂是龙牙种出的武士，所以彭透斯不仅是卡德摩斯的后裔，更是龙的后代，他的存在甚至掌权意味着忒拜建城之初似乎已经驱逐的荒野和混沌仍然强大。

2 “战神的”（Mavortia）源自战神马尔斯的另一个名字 Mavors（马沃尔斯）。彭透斯对忒拜人的定位与外祖父卡德摩斯截然不同，卡德摩斯认为忒拜是腓尼基的延续，彭透斯却将忒拜人称为“巨龙和战神的子孙”，表明他更认可野性的传统。所以悖论出现了，他反对酒神巴克斯崇拜的理由是维护城邦的秩序，然而他的演说和迫害行为却处处体现出他自己的疯狂和心智的失序。他的愤怒呼应着巨龙的愤怒，他感觉自己的王权遭到侵蚀，如同当初大龙觉得自己的领地遭到侵犯。

3 “新推罗”指忒拜，推罗是腓尼基的著名城市，忒拜的创建者卡德摩斯曾是腓尼基王子。

现在却任凭他们沦陷？或佩服你们，
更有锐气的年轻人？你们原本更适合
持长矛而不是藤杖，戴头盔而不是绿叶[1]！
我恳求你们，记住自己发源的族类，
拾起巨龙的勇气，它曾经独力摧毁
众多的敌人！它因守卫泉水而牺牲，
而你们要为自己的荣光奋力争胜！
它让勇者死，你们却要驱逐阴柔者，
捍卫祖先的名誉！如果命运不许可
忒拜长久屹立，我宁愿让冲车和猛士[2]
攻破城墙，让刀剑和战火响彻天际！
那样失败也无罪，人们将追怀我们的
命运，而非掩盖，眼泪不掺杂愧怍。
可现在，一个手无寸铁的男孩却即将
夺取忒拜，他依靠的不是战争、标枪、
骑兵，而是涂没药的发卷、柔嫩的花环、
紫色染料和镶在华美衣服上的金边。
我立刻就要迫使他承认（你们只需
站一边），他的父亲是伪造，圣礼无凭据。
既然阿克里西俄斯敢鄙视虚假的神灵[3]，
在此人到达阿戈斯的时候紧闭大门，

---

1 藤杖（thyrsus）是酒神巴克斯携带的手杖，顶端覆盖着松果或葡萄叶子。

2 冲车（tormenta）是古代西方攻城战使用的大型机械装置，用于破坏城墙。

3 阿克里西俄斯（Acrisius）是阿戈斯国王，阿巴斯（Abas）之子，达那厄（Danae）之父。

难道他能吓倒彭透斯和整个忒拜城？
快去！”（他命令奴仆。）“快去，给我把领头人
套上锁链带过来！即刻去，不许有耽搁！”[1]
外祖父、阿塔玛斯和其他亲友都斥责[2]
他的决定，极力阻止他，却无济于事，
越劝告，他越暴躁，越阻挡，他的怒气
越疯狂，缓和的努力似乎成了煽动：
我曾见一条河，没有任何障碍的地方，
它只是温和地流淌，水声也很轻微；
但每当遇到树干和石块挡道，就会
变湍急，浪花飞溅，阻力反增暴力。
奴仆浑身沾着血回来了，主人问巴克斯
在何处，他们回答说，巴克斯已无踪迹，
“但我们抓到了此人，是他的同伙和祭司。”
犯人已交来，双手绑在身后，他来自
埃特鲁里亚，一路追随圣礼到此。
彭透斯盯着他，双眼因为怒火而狰狞，
对他说道（虽然他恨不得马上施刑）：
“即将丧命的可怜虫，等着示众的恶棍，

1　McNamara（2010）以彭透斯的这段演讲为例，说明《变形记》中的独白从表面上看经常不能推动情节发展，只是推迟高潮的到来，但如果仔细分析，它们却富于戏剧性，以接近戏剧而非史诗的方式驱动着故事。彭透斯的演说虽然不能说服诗内的听众，却以语言从有序到崩溃的过程向诗外的读者戏剧性地呈现了他在愤怒中一步步走向疯狂的过程。

2　“外祖父”指卡德摩斯，阿塔玛斯（Athamas）是卡德摩斯的女婿，娶了伊诺，是彭透斯的姨父。

告诉我，你叫什么名字，父母是何人，
来自哪国，为何参加这种新仪式？”
他毫无惧色，答道：“我叫阿科厄特斯[1]，
故乡是迈奥尼亚，父母都出身下层[2]。
父亲没给我留下农田，让牛来深耕，
也没有产毛的绵羊和其他任何牲口。
他生前不名一文，时常用线和钓钩
欺骗跳跃的鱼儿，再用竹竿拽上岸。
他把本事传给我——他的全部遗产，
说道：‘接过这家当，继承我的手艺。’
临终之际，他留给我的除了几条溪，
再无他物，只有这算是祖传的资财。
我不想毕生都绑在同一块地方，很快
学会如何用右手控制船只的航行，
如何观察昭示降雨的小牝山羊星[3]、
昴星团、毕星团以及大熊星座，留意[4]
风从哪里来，哪些港口适合船暂避。

1 “阿科厄特斯”（Acoetes）源自古希腊语 akoitēs（不眠的、警醒的），这个名字用在引航员或舵手身上很合适。

2 迈奥尼亚（Maeonia）位于小亚细亚的吕底亚（Lydia）地区。

3 小牝山羊星（Capella）即御夫座的 α 星，也叫五车二。原文用 Oleniae 修饰 Capella，或许是因为它的主人来自亚该亚的奥莱诺斯城（Olenus）。阿玛尔泰娅（Amalthea）有时被认为是这只母羊的名字，它曾哺育幼时的朱庇特。

4 这行原文中的 Taygete（塔宇革忒）是昴星团七仙女之一，代表昴星团。根据许基努斯的《故事集》（*Fabulae* 192），毕星团（Hyades）七仙女是多多纳的仙女，抚养了幼时的酒神巴克斯，朱庇特担心她们受朱诺的迫害，将她们变成了天上的星星。

一次我去提洛岛，碰巧折向基俄斯[1]
海岸，于是向右划桨，驶向陆地，
我灵巧一跃，正好落在潮湿的沙滩上。
夜晚将尽时（天空已开始透出红光），
我站起身来，吩咐手下的人去取
淡水，给他们指明了通向溪边的路。
我自己则站上高丘，朝四周察看风向，
然后一边呼喊同伴，一边回船上。
‘我们来了！’大副俄斐尔忒斯说道，
他领着一位男孩正往岸边走，美貌
如少女，他以为这是荒野意外的斩获。
男孩酩酊大醉，已睡着，一颠一簸，
似乎走不动。我检视面容、步态和服饰，
意识到他身上没有任何凡人的痕迹。
我把发现告诉众伙伴：‘我虽不确定
他是哪位神所扮，但我知道他是神。
无论你是谁，请保佑我们，给我们福报，
也请饶恕这些人。’‘别替我们祷告！’
狄克提斯吼道（迅速爬到桅杆顶，
再抓住缆绳滑下，没人比他更胜任），
利比斯、黄发的梅兰托斯（他负责瞭望）、
阿尔喀墨冬都赞同，还有指挥划桨、

1　基俄斯（Chios）是位于爱琴海北部的一个岛。

以呼喊发令和鼓舞士气的厄波剖斯[1]，
其他人都附和。贪欲就是如此偏执。
‘但是，’我说，‘我决不允许这艘船因为
这神圣的货物而遭灾，我有最大的权威。’
言毕我堵住了入口。吕卡巴斯大怒，
众人里他最跋扈（从埃特鲁里亚放逐，
一宗冷血的谋杀招致了这样的严惩）。
我抵挡之际，他年轻的手掐住我喉咙，
猛烈摇晃，我险些被他甩进大海里，
若非惊愕间仍紧紧拽着一根绳子。
这群恶徒都支持其行径，最后巴克斯
（他一直在场）仿佛从睡乡被喧嚷惊起，
酒意已过去，意识正恢复清明，他问：
‘你们干什么，为何这么吵？快说，水手们，
我怎么会到这里？你们要带我去何方？’
‘别害怕，’普罗柔斯说，‘你想去哪个海港，
告诉我们就行，你一定会到达目的地。’
‘那么，’利柏耳道，‘掉转航向，去纳克索斯[2]！
那是我的家，那片土地会欢迎你们。’
这些骗子让海洋和所有的神灵做证，
他们会照办，吩咐我给彩绘的船升帆。
纳克索斯在右边，我将帆升向右边。

1　厄波剖斯是控制划桨节奏的人，古希腊语叫 keleustēs，拉丁语叫 pausarius。

2　纳克索斯（Naxos）是爱琴海环形岛中最大的一个，以酒闻名，也叫迪亚岛（Dia）。

‘疯子，干什么？你犯什么——’俄斐尔忒斯大喊。
每个人都在心里补充：‘邪病？往左转！’
多数人点头暗示我，一些人凑近我耳朵。
我万分惊愕，便说：‘随便换谁来掌舵！’
并断然撒手，不卷入他们罪恶的阴谋。
所有人都在叱骂我，所有人都在诅咒，
其中埃塔利昂冷笑道：‘好像我们的性命
都由你一人掌握！’说完，他抓过舵轮，
掉转航向，背对着纳克索斯往前驶。
这时，神装作刚刚意识到他们的诡计，
从弯曲的船尾眺望前方的海面，带着
哭腔说：‘水手们，这根本不是你们允诺
送我去的海岸，不是我要求的地方。
我为何受这种惩罚？你们脸上真有光，
这么多青年男子欺骗我一个小男孩？’
我早已哭起来，这些恶匪嘲笑我的泪，
他们的桨片更加起劲地在水中划动。
现在，我以他的名向你发誓（诸神中
他离我们最近），我所言句句为真，
虽然难以置信：当时船在海面骤停，
那情形仿佛它已经停在码头的岸上。
众人无比惊异，仍继续猛力挥桨，
张满布帆，希望这两招能助船前行。
常青藤却缠住桨叶，一圈圈盘曲爬升，
将串串沉甸甸的浆果挂上所有的帆。

男孩自己则头戴一顶葡萄的冠冕，
手挥一条覆满藤蔓和绿叶的长矛，
身边环绕众多的老虎、猞猁和花豹——
都是空洞的幻影，却有狰狞的形象。
大家纷纷往海里跳，无论是出于疯狂
还是恐惧。墨冬的身体第一个变黑，
并且变扁，向上拱起弯曲的脊背。
吕卡巴斯对他说：‘你这是变成了什么
怪物？’话未说完，他也已长出巨颚，
鼻子变弯，变硬的皮肤覆盖了鳞片。
利比斯正在极力与顽固的桨纠缠，
却看见自己的手迅速缩小，已经
不再是手，鱼鳍才是恰当的名称。
另一人希望伸出手臂拉盘卷的缆绳，
但已然失去手臂，残缺的弯躯只能
跃入水中。他的尾巴尖形如镰刀，
就像月亮接近半圆时的两个弯角。
他们在四面腾跃，溅起无数水花，
时而浮起，时而又一次沉入水下。
他们嬉戏着，仿佛在舞蹈，恣意摆动
身体，将吸入的海水从阔鼻喷入空中。[1]
刚才船上还载着二十人，转眼已只有
我一人，惊恐的寒意袭来，我身体颤抖，

1　这些水手变成了海豚。

几乎丧失了意识。神的话给我勇气，
‘抛下恐惧，朝迪亚行驶。’到了那里，
我就加入了圣礼，成为巴克斯的信徒。”
“我耐着性子听完你这番冗长的讲述，”
国王说，“只是为了在拖延中消磨愤恨。
来人，直接将他拖下去，好好用酷刑
伺候这身子，然后送进黑暗的地府！”
埃特鲁里亚的阿科厄特斯被拽走，关入
密不透风的囚室。正当狱卒们遵令
准备着夺命的残酷刑架、烙铁和火盆，
据说牢门却自动打开了，锁链自动
从犯人身上滑落，没有任何人触碰。
彭透斯未罢手，不再命令别人，而是[1]
亲自奔向喀泰戎山，那是圣礼专用地[2]，
回荡着酒神狂女们的歌声和尖叫。
正如精力旺盛的骏马嘶鸣，当铜号
吹响战争的警讯，渴盼着冲向沙场，
刺穿天空的长号也让他心神激荡，
怒气因灌入耳朵的喧嚣再次蒸腾。
在大约山腰的位置，边缘环绕着森林，
中央的平地却无树，四面皆可望见。
正当彭透斯亵渎的眼睛在这里窥探

1 “彭透斯”对应的原文是 Echionides（厄喀昂的后裔）。

2 喀泰戎山是博奥蒂亚的一座山，是酒神信徒举行仪式的地方。

圣礼，母亲最先看见他，最先疯狂
冲向他，最先向他抛出攻击的藤杖，
一边大喊："快来，我的两位姐姐[1]！
那只巨大的野猪游荡在我们的田野，
我非杀死它不可。"狂怒的人群朝一人
压过来，全部聚拢，追逐惊恐的国君——
他已经知道惊恐，已不再口出妄言，
已经在谴责自己，已承认自己的过犯。
受了重伤，他大喊："救救我，奥托诺厄
姨母！愿阿克泰昂的鬼魂让你饶过我！"[2]
她不知阿克泰昂是谁，不顾他哀求[3]，
扯掉了右手，伊诺猛然拽断了他左手。
可怜人已没有双臂可以伸给母亲，
只能展示躯干上断肢留下的伤痕。
"你看，母亲！"他说。阿高厄看见，尖声
长号，甩动颈项，乱发也随之舞动，
拧下他的头，用滴血的手指捧住，喊道：
"姐妹们，看啊，这是我们胜利的酬劳！"
高树上那些叶子，秋寒凋伤后已难以
久留，转眼便被风卷走，但他的肢体

1 "两位姐姐"是伊诺和奥托诺厄。

2 奥托诺厄是阿克泰昂的母亲。彭透斯希望奥托诺厄想起儿子的悲惨遭遇，仁慈对待自己。

3 酒神让她们都处于迷狂状态。

被那些遭诅的手撕碎，速度却更快。[1]
受到如此的警示，忒拜人不敢慢待
新的神，虔诚奉献乳香，在祭坛敬拜。

1 彭透斯是卡德摩斯的外孙，巴克斯也是卡德摩斯的外孙，巴克斯借众姨母之手杀死彭透斯相当于内战，呼应着忒拜建城前龙牙战士的“内战”。Janan（2004）提出，与欧里庇得斯的悲剧《酒神狂女》相比，奥维德的彭透斯缺乏悲剧的感染力，但 Maciver（2017）通过与荷马“世代如落叶”的著名比喻和维吉尔的变奏相比较，反驳了这种观点，他相信，彭透斯死亡的这段描写既与维吉尔笔下的图尔努斯（Turnus）形成了复杂的互文关系，也将《变形记》前文中阿克泰昂故事中的主题进一步推进，兼具悲剧和史诗之美。他还认为，彭透斯之死是忒拜命运的重大逆转。在第三卷开头，卡德摩斯以流亡者身份在异域建城，仿佛是埃涅阿斯的化身，然而巴克斯搅乱了他的形象。正如卡德摩斯必须杀死大龙才能建城，巴克斯也必须杀死彭透斯才能建立自己的宗教圣城。卡德摩斯的王位继承者反而像《埃涅阿斯纪》中以本土居民身份抵御外来者埃涅阿斯的图尔努斯，站在了神话和历史的错误一方，注定以悲剧收场。因此，忒拜的创立是失败的。

《变形记》

第四卷

METAMORPHOSEON LIBER IV

闵亚斯的女儿们

但是闵亚斯之女阿尔喀托厄不肯[1]
接受这些新仪式，仍然莽撞地否认
巴克斯乃神王子嗣，姐妹也拒绝礼敬
酒神，同样悖逆。祭司宣布了节庆，
命女仆放下活计，与女主人一起用兽皮
覆盖胸膛，解开束发带，以花环装饰
双鬓，手持绿叶缠绕的藤杖，并预言，
任何人若有冒犯之举，神灵都必然
施以愤怒的报复。妇人与新娘都遵令，
搁起纱线和织篮，暂停当日的女红，
献上乳香，呼喊巴克斯、布洛弥俄斯[2]、
吕埃俄斯、火生者、复诞者、双母之子[3]。
再添上这些名：尼修斯、披发者提俄纽斯[4]、

---

1 闵亚斯(Minyas)是奥尔科美诺斯(Orchomenus)的国王，阿尔喀托厄(Alcithoe)是他的女儿。

2 “布洛弥俄斯”（Bromius）是酒神的别称，源于古希腊语 bremō（喊叫）。

3 “吕埃俄斯”（Lyaeus）意为“解放者”，源于古希腊语 lyō（松开），是酒神的名号之一。关于本行后三个说法，参考本书第三卷 287—312 行的叙述。

4 “尼修斯”(Nyseus)源于酒神长大的地方尼萨(Nysa)；“提俄纽斯”(Thyoneus)可能源于母亲塞墨勒的别名提奥涅（Thyone）或者古希腊语 thyō（献祭）。

列奈俄斯、种植喜庆葡萄的神祇[1]、
尼克特柳斯、埃列琉斯、伊阿科斯[2]、
欧罕以及你，利柏耳，在希腊各族各地[3]
拥有的众多名字。因为你青春永在，
永远是少男，世界公认你俊美的风采
在天界无与伦比，你取下头顶的双角，
容貌就如同少女。你征服了东方，直到
黑肤的印度被遥远恒河隔绝的土地。
可畏之神，你杀了僭妄的彭透斯、手持
双刃斧的吕库古，又将图斯坎恶徒投入[4]
大海中。身披彩辔的猞猁甘受你驾驭，
负轭拉车。狂热的信徒和萨梯追随你，
还有那位醉酒的老者，以手杖撑起
摇晃的身体，勉强在佝偻的驴背坐稳[5]。
无论你到何处，青年的呼喊、女人的叫声、
手掌拍击的腰鼓、铿锵撞击的铜钹、
黄杨长笛的吹奏都彼此交织混合。

---

1 “列奈俄斯”（Lenaeus）源于古希腊语 lēnos（榨酒机）。

2 “尼克特柳斯”（Nyctelius）源于古希腊语 nyx（夜晚）；“埃列琉斯”（Eleleus）源于古希腊语 Eleleu（欢呼声）；“伊阿科斯”（Iacchus）源于古希腊语 iachē（喧闹声）。

3 “欧罕”（Euhan）可能源于古希腊语 Euoi（呼喊声）。

4 吕库古（Lycurgus）是色雷斯埃多尼（Edoni）国王，因为反对酒神，巴克斯让他精神失常，将儿子德律阿斯（Dryas）当作葡萄枝砍死了。参考伪阿波罗多洛斯的《神话汇编》（*Bibliotheca* 3.5.1）。关于“图斯坎恶徒”，参考本书第三卷阿科厄特斯的叙述。

5 指酒神的同伴和导师西勒诺斯（Silenus），这是他的典型形象。

忒拜的女人祈求你温宁和顺的庇护，
虔诚地举行圣礼。唯有闵亚斯之女
执意在家中织布，扰乱节日的规矩[1]，
或者理羊毛，或者捻纱，或者伏于
织机前编织经纬，也强迫女仆忙碌。
其中一位用灵巧的手指牵着线，轻语：
“既然别人都无事，涌向怪异的仪式，
我们却忙于侍奉更好的神灵帕拉斯，
何不聊聊天，减轻这严肃工作的压力？
大家轮流向空闲的耳朵讲一些故事，
消磨过于沉闷的光阴，供彼此娱乐。”
姐妹们赞同她的提议，让她最先说。
她知道太多故事，所以难以选择，
思忖着是否该讲你的经历，巴比伦的
德柯提丝，巴勒斯坦人相信，你长出[2]
鳞片，换了身体，已经在池塘里栖居；
或是讲她的女儿如何获得了翅膀，
如何在白色的高塔里度过最后的时光[3]；

1 “织布”对应的原文是 Minerva（密涅瓦），密涅瓦擅长织布，这里用她的名字代表这门技艺。Salzman-Mitchell（2005）评论说，虽然织布是古代女人的标志性活动，这三位少女所讲的故事从表面上看也代表了传统的道德劝诫，但她们拒绝敬拜巴克斯，坚持织布，本身就是一种挑衅。

2 据古罗马作家琉善的说法，德柯提丝（Dercetis）是巴比伦人敬拜的一位女神，她上身是人形，下身是鱼形。

3 这个故事所指不详。

或那位仙女如何用咒语和强大的药草[1]
将众多青年变成沉默的鱼群，直到
她也遭同样的命运；或者原来结白色
果实的树如何触到血，如今产紫果[2]。
她决定讲最后这个，因为它别具一格，
于是一边用羊毛纺线，一边叙说：

皮拉莫斯和提斯柏

“皮拉莫斯和提斯柏（他是最美的青年，
她在东方的所有女子中最让人爱恋）
比邻而居，他们所在的城市极壮观，
环绕着高墙，相传是塞密拉米丝所建[3]。
咫尺的距离让他们相识，并初涉爱河，
恋情随时间加深，两人本可以结合，
若不是父母阻挠。但他们却无力阻挠
两颗互相俘虏的心灵为彼此燃烧。
没有秘密的信使，只能以暗语交谈，
火越受压抑，压抑的火越炽热难安。
两家的隔墙有一道裂痕，非常细微，
很久以前建造房屋时就已经存在。

1 这位仙女居住在太阳岛上，名叫诺索拉（Nosola），因为她的残忍举动，最后自己也被太阳神变作一条鱼。

2 指桑树。

3 巴比伦是古代世界最壮观的城市之一，据说城墙周长超过 100 公里，高百米，厚达 30 米。塞密拉米丝（Semiramis）是传说中公元前 9 世纪的亚述女王。Cole（2004）指出，《变形记》中提到的三代亚述国王柏罗斯、尼诺斯（Ninus）、塞密拉米丝都出现在奥维德所参照的卡斯托尔著作《世代纪》（*Chronologia*）列出的亚述王室世系中。

漫长的岁月里无人曾留意这个缺陷
（什么爱不会觉察？），你们却最先发现，
并用作通话的密道：情侣温柔的呢喃
总是从这里悄悄穿过，没任何危险。
经常，提斯柏在这里，皮拉莫斯在那里
贴墙而站，轮流捕捉着对方的气息，
他们会埋怨：‘嫉妒的墙啊，为何阻拦
有情人？让我们全身相偎，又有何难？
若这太出格，你敞开，让我们接吻总可以？
我们并非不知道感激，真应该谢谢你，
帮助我们的情话进入期盼的耳中。’
两人从各自这边徒劳地念叨完种种，
夜已近，便互道晚安，各自向爱人
送出无法穿到墙壁另一面的热吻。
翌日的黎明驱走夜晚闪烁的星辰，
太阳用金光炙干覆满寒霜的草坪，
情侣又在老地方相聚，先低声诉说
分离的苦楚，然后决定趁静寂的暗夜，
躲过家人的看守，溜出家门，一旦出门，
他们不只要离开家，也要抛下这座城。
为免错过对方，茫然游荡在野外，
两人约好在尼诺斯陵墓碰面，并藏在 [1]

---

1 尼诺斯是传说中的亚述国王和尼尼微城的创建者，塞密拉米丝是他的王后，并在他死后成为女王。

树下，那是一棵很高的桑树，结满
雪白的果子，靠近一处冷冽的清泉。
计划令他们欣喜，恨天光太慢流逝，
它终于沉入水里，夜色从波中升起。
伶俐的提斯柏转动门枢，潜入黑暗，
骗过身边的仆人，蒙着自己的脸，
跑到了王陵，坐在约定的那棵树下。
爱让她变得勇敢。忽然，刚刚猎杀
公牛的一只母狮走过来，嘴犹滴着血，
准备在附近的那片清泉饮水解渴。
巴比伦的提斯柏借着月光远远望见，
立刻逃进了幽暗的岩洞，浑身发颤。
飞奔中，罩衣从身后滑落，留在原地。
凶猛的狮子饮足了泉水，浇灭了渴意，
正返回森林，碰巧发现无人的薄衫，
就用带血的大嘴将它撕扯了一番。
皮拉莫斯出门稍晚，他在厚土中
看见野兽留下的脚印，一阵惊恐，
脸色惨白。他随即又找到染血的衣服，
叹道：‘一个夜晚毁掉了两位情侣，
而且她比我更值得拥有长寿的福气，
我的灵魂犯了罪。可怜人，是我害了你，
是我怂恿你来这个充满恐惧的地点，
我居然还没有先到！把我的身体扯烂，
用你们残暴的嘴吞掉这可憎的血肉，

来吧，这块巉岩下的所有狮子，动手！
但懦夫才空口求死。’他拾起提斯柏的衣衫，
带到两人曾约定的树下，捧着这件
熟悉的东西一遍遍亲吻，泪水难辍。
‘现在，’他喊道，‘你也不应拒绝我的血。’
他取下腰间的长剑，扎入自己的腹部，
又立刻用垂死之力从温热的伤口拔出。
他仰面倒在地上，血顿然高高迸射，
正如铅材已朽坏，水管乍然破裂[1]，
从嗞嗞作响的细小孔隙中不断喷出
一道道狭长的液柱，猛烈扑向高处。
树的果实溅满了鲜血，白色被裹进
新的一层暗色中，血沿着湿漉漉的根
向上渗透，染紫了悬挂的一颗颗桑葚。
这时她惊魂未定，却又怕情人空等，
便往原处走，眼睛和灵魂四下搜索，
急于告诉他，自己刚逃过多可怕的威胁。
虽然她认出了这个地方和桑树的样子，
见到果实的颜色，她却不能不犹疑。
踌躇间，她忽然瞥见地面血泊中抽搐的
身体，顿时惊退了一步，脸色变得[2]

---

1 根据古罗马建筑学家维特鲁威（M. Vitruvius Pollio）的说法，古罗马城市中已经铺设铅管，运输干净的生活用水。

2 古罗马人习惯用 buxo pallidiora（比黄杨树还苍白）这个说法来形容脸色，译成汉语感觉很怪异，而拉丁语 buxum（黄杨树）这个词本身并没有颜色信息，

煞白，浑身不停地哆嗦，仿佛海面
有微风掠过，水波起伏，上下震颤。
然而片刻后，她发觉这竟是皮拉莫斯，
不禁大声哀哭，拍打无辜的手臂，
撕扯头发。接着她搂住爱人的身体，
泪水落满了伤口，和血混在一起。
她吻着冰凉的脸颊，喊道：‘皮拉莫斯，
到底怎样的灾难从我手中夺走了你？
回答我，皮拉莫斯！是你深爱的提斯柏
在叫你，听见了吗？抬头啊，别不理我！[1]’
听到提斯柏的名字，他抬起被死神沉沉
压住的双目，望了她一眼，又重新合紧。
她看见自己的衣服和空空的象牙剑鞘。
‘是你自己的这双手和你的爱，’她叹道，
‘毁了你，不幸的人！我也有勇敢的手，
我也有爱，我也有力量给自己这伤口。
我会随你去死，我会被称作你悲剧的
肇因和伴侣，原本只有死能够从我
身边抢走你，现在就连它也不可能！
但在一件事上，你们一定要听我们，
我可怜的父亲母亲，他的父亲母亲，
靠忠诚爱情和最后时辰结合的这对人，

不存在汉语这种颜色冲突。所以我忽略了这个比喻。

1 这行原文中的 vultusque attolle iacentis 直译是“抬起你低垂的头”，效果不好，这里的译文稍有发挥。

你们千万别禁止葬在同一座坟里！
树啊，此刻只有一具悲惨的尸体
在你荫翳下，第二具你很快也会遮蔽，
留住我们的血迹，永结深暗的果实，
宜于哀悼，以纪念我们双重的死亡。’
说完，她将剑锋置于胸膛的下方，
决然扑向那仍然沾着温血的尖刃。
她的祈求感动了天神，感动了亲人：
当桑葚熟透，它的颜色果然是紫红，
两人火葬的骨灰安息于同一只瓮中。”[1]

马尔斯与维纳斯

她的故事结束了，片刻后琉科诺厄[2]
接过话茬，姐妹们都敛声听她叙说：
“以光芒统治万物的太阳神同样被爱情[3]
俘虏，就让我们讲讲太阳神的秘闻。
传说他最先看见维纳斯与马尔斯有染[4]，
没错，真相就是被这位神最先发现。

---

1 Anderson（1995）注意到，由于这个故事是一位女性讲述的，提斯柏在故事中的分量比皮拉莫斯重，特别是桑树永久变化前的这段话是她说的，是她促成了这种变化。Anderson 还评论道，皮拉莫斯和提斯柏是整部《变形记》中最能体现男女相悦理想的故事。莎士比亚在《仲夏夜之梦》（*A Midsummer Night's Dream*）的剧中剧里安排了这个故事的戏仿版。

2 琉科诺厄（Leuconoe）是闵亚斯的另一位女儿。

3 这里的太阳神是阿波罗，不是赫利俄斯。

4 维纳斯（Venus）是古罗马宗教的爱神、美神、丰饶神和胜利之神，后来与古希腊神话中的阿佛洛狄忒（Aphrodite）混同，她的拉丁文名字意思是“优雅”。马尔斯（Mars）是古罗马宗教的战神，地位仅次于朱庇特，后来与古希腊宗教中的阿瑞斯（Ares）混同。

他激愤之余，向爱神丈夫、朱诺之子[1]
透露了奸情和他们幽会的地点。理智
和手中正在打造的器具同时被伏尔甘
抛下，他立刻磨制了一套极细的铜链、
铜网和铜绳，这些都足以瞒过目光——
最细的纱线都无法与之媲美，从横梁
高处悬下来的蛛网也只能相形见绌。
他确保它会因最轻的触碰、最小的动作
而启动，然后娴熟地布设在床的周围。
当他的妻子和情夫在同一张睡榻依偎，
就都中了招，被这种新奇的锁链困住，
两具紧紧拥抱的裸体被紧紧绑缚。
火神伏尔甘立刻掀开两扇象牙门[2]，
并唤其他神进来，不能动弹的两位神
深感羞辱，某些轻浮的旁观者却盼望
享受这样的羞辱。众神哄笑，很长
时间，这都是天界津津乐道的故事。
维纳斯记恨日神的出卖，对他施以[3]
报复，既然他伤害自己隐秘的恋情，

1　爱神丈夫、朱诺之子是火神伏尔甘，奥维德将伏尔甘称为“朱诺之子”，或许是暗指他是朱诺单独所生，这是一种流行的说法，另一种说法则认为他是朱庇特和朱诺共同生育的唯一孩子。

2　“伏尔甘”对应的原文是 Lemnius（莱姆诺斯人），参考第二卷第 757 行的注释。

3　“维纳斯”对应的原文是 Cythereia（库泰拉女神），因为她出生在库泰拉岛（Cythera）附近的海域。

她也以爱为武器。如今，许珀里翁
之子，你的俊美仪容、灿烂光芒有何益[1]？
你虽以你的火焰烤炙着万方土地，
自己却被新火烤；你本应注视众生，
那双应环顾宇宙的眼睛却聚焦于一人——
少女琉科托厄。有时你提前在东方
升起，有时你延后落入海中，凝望
流连，不觉间拉长了隆冬白昼的时间；
你经常沦入黑暗，心灵的疾患蔓延
至眼睛，隐没的光线让凡人满心惊惶。
你脸色苍白，并非是靠近大地的月亮
拦在中间，涂染这种色调的是相思。
你此刻只爱她一人，克吕墨涅、罗多斯[2]、
喀耳刻绝美的母亲都无法占据你心田[3]，
克吕提厄也不能（她虽然遭你轻看[4]，
却憧憬与你合欢，仍拥着旧日的伤口）。

---

1 许珀里翁（Hyperion）是十二提坦神之一，天空神和大地神的儿子，有时被视为最古老的太阳神，但更多时候他的儿子赫利俄斯（Helios）才被看作第一代太阳神和太阳的化身。严格地说，许珀里翁之子是赫利俄斯，但奥维德这里显然指的是阿波罗。

2 按照通常的说法，克吕墨涅是老太阳神赫利俄斯的情人。罗多斯（Rhodos）是涅普顿的女儿（有人说母亲是维纳斯），居住在罗多斯岛，她为阿波罗生了七个孩子。

3 一般认为，喀耳刻（Circe）是太阳神赫利俄斯（而非阿波罗）的女儿（关于她的故事，详见本书第十四卷），“绝美的母亲”指柏尔萨（Persa），这一行原文用 Aeaeae（埃亚的）形容喀耳刻，埃亚（Aea）是黑海科尔基斯半岛的一座城市。

4 克吕提厄（Clytie）是琉科托厄（Leucothoe）的妹妹。

因为琉科托厄，群芳都被你抛脑后：
她的母亲是香料之国最美的女人[1]
欧律诺墨，可是当这位女儿长成[2]，
如母亲令众人逊色，她也胜过母亲。
父亲俄耳卡摩斯统治着波斯诸城[3]，
自最初的柏罗斯算起，他是第七代国王[4]。
西方的天空下就是日神驷马的牧场，
它们不吃草，而吃仙食，疲惫的肢体[5]
在每日奔忙后就靠它滋养，恢复体力。
趁马儿在那里享用天膳，‘夜晚’替换[6]
自己的空当，日神潜入渴慕的房间，
变作她母亲欧律诺墨的样子。他看见
十二位侍女正陪在琉科托厄身边，
她在门槛旁转纺锤，牵出光滑的纱线。

1 香料之国指阿拉伯地区。

2 欧律诺墨（Eurynome）是琉科托厄和克吕提厄的母亲，亚述国王俄耳卡摩斯（Orchamus）的妻子，俄刻阿诺斯和忒堤斯的女儿。

3 “波斯”对应的原文有 Achaemenias 修饰，这个形容词来自 Achaemenes（阿契美尼斯，公元前 7 世纪波斯阿契美尼德王朝创始人）。

4 Cole（2004）指出，从《变形记》第一卷可以推知，帕厄同与伊俄之子、伊纳科斯之外孙厄帕福斯同辈。从本卷第 204 行可推知，帕厄同之母克吕墨涅与俄耳卡摩斯之女琉科托厄同辈。所以，俄耳卡摩斯大体与伊纳科斯同时代。伊纳科斯与卡斯托尔在《世代纪》（*Chronologia*）中列出的西库昂（Sicyon）王族世系中第七位国王图里马科斯（Thurimachus）有关联，而后者又是柏罗斯之后的第七代亚述国王。所以奥维德说，“自最初的柏罗斯算起”，俄耳卡摩斯是第七代国王。

5 仙食（ambrosia）是希腊罗马神话中神的食物，仙酿（nectar）则是他们的饮料。

6 这里的“夜晚”指夜神。

这位假冒的母亲吻着爱女，并声言：
‘我有机密的事情。女孩们，赶紧离开，
母亲和女儿要私下谈话，你们别妨碍。’
她们自然都遵命。闺房里再无别人，
神说：‘我就是量度每个漫长年份、
目睹万物、让大地看见万物的那位神，
我就是宇宙之眼。我爱你，相信我。’她大惊，
恐惧之中，卷线杆和纺锤从手里滑落。
害怕更增添她的秀色。他不再耽搁，
变回真实的形象，恢复惯有的光彩，
少女虽然被这突如其来的场面吓坏，
却被他的美征服，没抵抗他的欲焰。
克吕提厄嫉妒她（因为她自己仍然
深深地爱着日神），难忍对情敌的愤恨，
她四处散布通奸的消息，并向父亲
揭发。他凶狠无情，任凭她哀求，任凭她
朝着太阳的金光伸出手臂说‘是他
强迫我，我并非情愿’，仍命人挖掘深坑，
将她残忍地活埋，盖上厚厚的沙坟。
许珀里翁之子用光芒将它驱散，
辟出通道，让你能露出被掩埋的脸，
但你，宁芙，已无法抬起被沉沉泥土
扼杀的头，只剩一具无活气的身躯。
人们说，天马驾驭者自从帕厄同被雷霆
击杀，从未见过比此更痛苦的场景。

他不肯放弃，试图借助日光让肢体
挣脱冰凉的桎梏，重聚生命的热力，
可是，既然命运不允许这样的奇迹，
他只能以芳香的琼浆喷洒尸体和墓地，
哀叹良久，然后说：‘你仍会升上天界。’[1]
话音刚落，被琼浆包裹的躯体立刻
融化，馥郁的汁液随即浸湿了泥壤，
乳香树向下驱动根穿透土块，向上
挺起一根植株，顶破了遮覆的土丘。
可是克吕提厄，虽然爱是痛苦的理由，
痛苦是背叛的借口，却被光明之神
彻底抛弃，再不能与他肌肤相亲。
她疯狂地滥用了爱情，从此郁郁寡欢，
憎恶所有的宁芙，日夜雨宿风餐，
披着凌乱的头发，坐在荒芜的地上。
连续九天，她摒绝一切饭食羹汤，
只喝纯净的露水和流出的泪水，忍饥
挨饿，从不起身，只跟随日轮的轨迹
望着神的脸，朝他转动着自己的脸。
传说她的四肢和泥土长成了一片，
惨白的肤色让植株的部分毫无血色，
另外的部分却泛红，她的面庞变作

1 乳香（tura）是西方古代祭祀时最爱用的香料，通过燃烧产生的香气，琉科托厄仍然可以升入天界。

很像紫罗兰的花朵。虽有根的牵绊[1]，
她始终随太阳旋转，形变，爱却未变。”

萨尔玛琪斯之泉

琉科托厄的故事扣住姐妹的心弦，
一位说这不会发生，一位则声言
诸神无所不能，但巴克斯不在其列。
大家都安静下来，轮到阿尔喀托厄。
她边让梭子穿过悬垂的经线，边说：
“我不提伊达山牧人达芙尼斯著名的[2]
爱情经历，他被恼恨情敌的宁芙
变成石头——恋爱者的痛苦如此残酷；
也不讲从前的希同如何违反自然[3]
法则，时男时女，性别暧昧地变换；
或者曾追随幼年朱庇特的柯尔密斯[4]
如何变钻石，或者库莱特在暴雨后问世[5]，
或变成小花的克洛科斯、斯密拉克丝[6]——

1　根据这一行的描述，虽然这种花绕着太阳旋转的行为很像向日葵，但应该是一种更精致的花。

2　克里特岛和小亚细亚的佛里吉亚都有伊达山。达芙尼斯（Daphnis）是墨丘利之子，传说中田园诗的发明者，一般认为他生活在西西里。一位宁芙爱上了他，他却在醉酒后被国王的女儿诱奸，宁芙出于报复，将他变成石头。

3　不确定这位希同是否是古希腊神话中色雷斯国王希同（Sithon），但情节与奥维德的描述不相符。

4　柯尔密斯（Celmis）是神母库柏勒的祭司，被朱庇特变成钻石（adamas）。

5　库莱特（Curetes）是一群人的统称，他们在朱庇特的摇篮周围披着战甲跳舞，保护幼年时避难于克里特的朱庇特。

6　克洛科斯（Crocus）是一位青年，被变成同名的花（crocus，藏红花）；斯密拉克丝（Smilax）是一位女孩，也被变成同名的花（smilax，菝葜）。

我会奉上一个引人入胜的新故事。
萨尔玛琪斯之泉为何有恶名，它的水
为何会夺走力量，让沐浴者萎靡倦怠，
听我讲。原因隐秘，效果却广为人知。
仙女们在伊达山岩洞之中养育着出自
神使墨丘利和库泰拉女神的一位男婴[1]，
从他脸上能看出母亲和父亲的特征，
因此，他的名也从两位神的名而来[2]。
等到刚满十五岁的时候，他就离开
故土的群山，离开伊达，去未知的地界
浪游。他喜欢见识那些陌生的江河，
因为好奇的欲望，不厌倦旅途的奔波。
他也到过吕基亚的城市和与之毗邻的
卡里亚[3]。就在这里他发现了一处池陂，
清澈见底，并没有喜爱沼泽的芦苇
生长，或者少果的莎草和尖细的灯芯草，
只有透明的池水，但青翠的草坪环绕
它的边缘，这里的植物也四季常绿。
一位宁芙居于此，不擅长狩猎，也不
习惯弯弓，也不会比赛奔跑的速度，

1 “库泰拉女神”指维纳斯。

2 他的名字是赫尔玛佛洛狄托斯（Hermaphroditus），合并了神使墨丘利和美神维纳斯的古希腊语名字赫耳墨斯（Hermes）和阿佛洛狄忒（Aphrodite）。

3 吕基亚（Lycia）是小亚细亚沿海的一个行省，卡里亚（Caria）是与之毗邻的另一个行省。

她是捷足的狄安娜唯一不认识的仙女。
据说姐妹们经常对她说：‘要么拿标枪，
萨尔玛琪斯，要么拿起彩绘的箭囊，
参加艰辛的狩猎，别荒废闲暇的时光！’
然而她既不拿标枪，也不拿彩绘的箭囊，
也不将闲暇的时光用于艰辛的狩猎，
而是忽而在自己的池塘沐浴美丽的
身体，忽而用黄杨木梳打理长发[1]，
端详水波，反复琢磨，什么适合她。
转眼她又已裹上透明的长袍，枕着
柔软的叶子或柔软的草地，怡然安卧。
她也经常采花，碰巧在采花的时候
望见这位青年，立刻想据为己有。
虽然急于靠近他，在靠近之前她没忘
让心情平静下来，检视自己的衣裳，
整理自己的仪容，显出最美的风姿。
然后她如此搭讪：‘年轻人，你完全可以
与神灵相提并论！若是神，你就是丘比特；
若是人，生养你的父母就太有福泽，
你的兄弟太幸运，如果有姐妹的话，
她们也一样，还有哺育你的奶妈。
但你的妻子远比他们都幸福，如果

1 “黄杨木”对应的原文是 Cytoriaco（库托罗斯山的），库托罗斯山（Cytorus）盛产黄杨树。

已有谁与你订婚，如果你愿给谁承诺！
你若有家室，就让我偷尝甜蜜的佳酿；
若没有，就娶我为妻，你我共入洞房。’
仙女缄了口，男孩脸上现一抹红晕
（他未经情爱），但红晕更添他的英俊。
苹果在日光照耀的树上也是这样的
颜色，或者染过的象牙，或者铜钹
徒然喧响助阵时白里透红的月亮[1]。
宁芙一再要求他至少像吻妹妹一样
吻自己，并已然伸手搂他雪白的颈项，
他说：‘住手！非要我躲开你和这个地方？’
萨尔玛琪斯害怕了。‘我把这里让给你。’
说着，她掉转脚步，装出远去的样子，
却不住回头偷看，并藏进一片灌木间，
屈下膝盖，跪在那里。可是他显然
以为没有人窥视，毫无戒心，在草地上
来回徜徉，将脚尖浸入顽皮的细浪，
然后直至踝部，双足都完全淹没。
很快，他被温柔清凉的水波诱惑，
脱掉轻柔的衣服，露出娇嫩的身体。
萨尔玛琪斯不禁大喜，赤裸的美丽
点燃热烈的欲望。宁芙的眼睛也火焰
闪烁，恰似朗朗照耀的太阳在对面

1　古代的一些巫女据说能用咒语将月亮从天上拽下来，挣扎的月亮会“白里透红”。

镜中映射出灿烂的影像。任何耽搁[1]
她都难忍受，她只想立刻就品尝快乐，
她已经渴求拥抱，她已经魂不守舍。
他用空掌拍打自己的身躯，迅速地
跃入池塘中，轮流挥动着双臂游泳，
雪肤在清澈的水中发光，情景就如同
象牙雕像或百合上盖着透明的玻璃罩。
‘我赢了，他已是我的！’仙女大喊，扔掉
所有衣物，纵身扎入水波的中央，
抱住男孩，雨点般亲吻，不顾他反抗，
向下伸出手，抚摸他万般忸怩的胸膛，
忽而从这边，忽而从那边紧贴他身上。
最后，看见他竭力挣扎，意欲逃脱，
就将他完全缠住，正如蛇被鹰捕获[2]，
劫往高空，当它悬垂在那里，会缠住
后者的头和脚，尾巴紧裹张开的翅羽；
或者像藤蔓，总是沿高大的树干蜿蜒，
也像章鱼，在海下抓到猎物，从四面
伸出触手，将它关进一间活牢狱。

---

1 Salzman-Mitchell（2005）指出，萨尔玛琪斯（Salmacis）扮演了典型的男性凝视者的角色，但与那些成功实施强暴行为的男性神不同，她充满情欲的凝视和意图强奸的行为最终却导致了自己身份的解体，成为赫尔玛佛洛狄托斯的一部分。

2 “鹰”在原文中被称为“国王的鸟”（regia ales），因为它是朱庇特的圣鸟。

阿特拉斯的后裔仍不肯将期待的欢愉[1]
赏给宁芙。她用尽力气，几乎全身
都嵌进他的肉里。‘坏男孩，再怎么使劲，
你还是没法逃走。众神，请颁下意旨，
决不许任何时日让他和我彼此分离！’
祷告得到了神的许可：纠缠的肉身
完全合二为一，两人变成了一人。[2]
正如谁在某棵树上嫁接枝条，会目睹
它们长到一起，并共同走向成熟，
他们的身体在执着拥抱中彼此结合，
也不再是两人，但有两个形状，不能说
是男或是女，两者皆非，两者皆是。
当赫尔玛佛洛狄托斯发现这一泓清池
已然将自己从男性变成一半的男性，
身体也失去力量，便伸出双手，用已经
变得阴柔的声音说：‘父亲、母亲，请赐予
继承你们俩名字的孩子这一份礼物，
让进入池塘的男人失去一半的雄性，

1　这位青年（赫尔玛佛洛狄托斯）是墨丘利的儿子，墨丘利是阿特拉斯的外孙，所以他被称为“阿特拉斯的后裔”。

2　Parry（1964）指出，萨尔玛琪斯的故事既延续又逆转了前面各卷中的狩猎与情爱追逐的主题。在此前的故事中，绝大部分是男性神灵扮演狩猎者角色，追逐猎物——宁芙，而这些宁芙多半又是猎神狄安娜的追随者，因而也是猎人。萨尔玛琪斯对狩猎毫无兴趣，但最终还是成为了情爱意义上的猎人，赫尔玛佛洛狄托斯对应于其他故事中的宁芙，成了她的猎物。我们还可以补充说，结局再次逆转，失去独立身份的萨尔玛琪斯被雌雄同体的赫尔玛佛洛狄托斯“捕捉”，仍然沦为猎物。

刚碰到此水就顿然变得阴柔淑静！’
墨丘利和维纳斯都被双身儿子的祷告
打动，在这处山泉中添入不洁的魔药。”

闵亚斯女儿变形

故事讲完了，闵亚斯的众位女儿仍然
在努力干活，漠视神灵，亵渎庆典。
突然之间，无处可见的手鼓发出
刺耳的声音，弯曲的喇叭随即加入，
还有铿锵的铜钹；没药和藏红花香气
四溢；更令人惊奇的是，纱线开始
转绿，悬挂的布匹像常青藤一样长叶；
一些变成葡萄藤，方才的经纬已化作
葡萄的嫩枝，葡萄叶沿纱线不断延伸，
绚丽的紫布与紫色的葡萄交相辉映。
此时白昼已逝去，时辰已晚，既不能
形容为黑暗，也不能说天光依然鲜明，
暧昧的夜色刚刚降临，与余光相伴。
屋舍忽然晃动，滴着油的火炬骤燃，
整座宅邸在彤彤的火焰中灿烂闪耀，
凶猛野兽的幻影浮现，尖厉嚎叫。
姐妹们已经在冒烟的房子里四处躲藏，
忽东忽西，竭力躲避大火和强光，
搜寻避难处之际，她们细小的肢体
罩上了一层膜，两片薄翼裹住了手臂。
黑暗也不许她们知晓自己是如何
失去原来的身形。没有羽毛的举托，

透明的翅膀依然让她们浮在空中。
她们想说话，却只能发出一种微声，
与身体相称，吱吱地窃诉自己的悲情。
她们在房舍而非森林出没，憎恨
光亮，深夜才飞行，由此习惯而得名。[1]
然而，巴克斯的神力已传遍忒拜全境，
养他的姨母逢人便讲述这位新神的[2]
大能，在所有姐妹中唯有她依旧欢乐，
除非偶尔被她们深沉的痛苦感染。
看见她志得意满，与阿塔玛斯的姻缘、
自己的孩子和神圣的养子都让她欣喜，
朱诺难以忍受，思忖道："妾奴的孽子[3]
能够将迈奥尼亚的水手变成鱼，沉入
大海，能够让母亲撕碎儿子的脏腑，
能够给闵亚斯的三位女儿变出怪翅膀，
朱诺就只能忍气吞声，徒然悲伤？
难道就这样了事？我再没别的力量？
巴克斯给了我灵感，向敌人学习何妨？
疯狂是多么可怕，他通过彭透斯的死

伊诺和阿塔玛斯

1 她们变成了蝙蝠，在古希腊语中叫 nycteris，源于 nyx（夜），在拉丁语中叫 vespertilio，源于 vesper（夜）。

2 指抚养巴克斯的伊诺，到目前为止，她自己还未经受痛苦，但她的姐妹都已经遭受诸多灾难，塞墨勒暴死，奥托诺厄的儿子阿克泰昂被猎犬咬死，阿高厄将自己的儿子彭透斯肢解。

3 "妾奴"指死去的塞墨勒，"孽子"指酒神巴克斯。

已彻底展示。为何伊诺就不该如此，
被自己的疯狂驱使，追踵姐妹的榜样？”[1]
有条倾斜的小径，阴郁的紫衫如帷帐，
穿过绝对的静寂，通向地府的深心。
迟滞的冥河呼出雾气，新来的鬼魂
和获得葬礼的幽灵便从这里往下落。[2]
茫茫冬寒统治着周边广大的地界，
陌生的亡灵不知道怎样才能进入
鬼都，黑色迪斯的阴森宫殿在何处[3]。
辽阔的冥城有千条路，门向各面敞开，
正如陆地所有的江河都汇入大海，
此地也容纳一切魂灵，无论多少人
涌入都宽绰，也不会感觉有任何新增。
失血的影子飘荡，没有身体和骨骸，
一些聚集在法庭，一些在冥王的幽宅，
一些依然从事自己在阳间的活计，
另外一些则承受苦刑，痛苦终日。
萨图尔努斯之女任仇恨和愤怒摆布[4]，

1　Hardie（1990）指出，朱诺的两次报复充当了巴克斯故事的框架，分别与他的出生与抚养有关。她惩罚伊诺全家的情节因为纳入了丰富的地府描写，调用了复仇女神，所以成为《变形记》第三卷和第四卷系列复仇故事的高潮。

2　荷马和维吉尔告诉我们，死者必须接受了葬礼才能越过斯堤克斯河，进入冥府，否则只能在河岸边游荡。

3　迪斯（Dis）指冥王普鲁托（Pluto）。普鲁托更古老的名字是哈迪斯（Hades），但后来这个名字成为冥府的代名词。

4　“萨图尔努斯之女”（Saturnia）指朱诺。Jacobson（2007）认为，奥维德的朱

离开天界的居所，屈尊来到此处。
她刚到达，被神圣身体踩踏的门槛
刚发出呻吟，刻耳柏洛斯就抬起三张脸[1]，
同时发出了三重叫声。她召唤“夜晚”[2]
诞下的三姐妹——严酷的神灵，不懂哀怜[3]。
她们坐在以精钢锁闭的地府监牢前，
梳理盘绕在头顶的黑色蝰蛇发卷。
在影影绰绰的暗云间辨认出诸神的王后，
她们即刻起了身。这里的名字叫“诅咒”。
提堤俄斯在此地献出内脏供咬啄[4]，
身体拉伸九尤格；坦塔罗斯，水波[5]
你永远碰不到，头顶的树也永远逃开；

诺下地府向复仇女神求助的情节显然受到了《埃涅阿斯纪》第七卷相似情节的影响。

1 刻耳柏洛斯（Cerberus）是著名的冥犬，传说有三个头。

2 “夜晚”（Nox）是最古老的神灵之一。

3 “三姐妹”指复仇女神（Furores），“夜晚”的女儿。另一种说法见于赫希俄德的《神谱》（*Theogony*）：第一代神王乌拉诺斯被阉割之后，血滴入大地，孕育出了复仇女神和巨人族。Lowe（2008）指出，在维吉尔和奥维德等古罗马诗人的作品中，相对古希腊诗歌而言，复仇女神与抽象的疯狂之间联系更为密切，更像拟人化的特质。《变形记》将其他抽象特质视为神的时候，这些神也和复仇女神一样，体现了与该特质对应的外貌和性格。

4 提堤俄斯（Tityos）是地母之子，他企图强奸拉托娜（Latona），被她的孩子阿波罗和狄安娜杀死（一说被朱庇特的闪电击杀），死后在冥府中天天被秃鹫啄肝，但肝总是重新长出。提堤俄斯体形巨大，尤格（iuger 或 iugerum）是古罗马面积单位，9 尤格大约相当于 36 亩。

5 坦塔罗斯（Tantalos）是朱庇特的儿子，曾经常受邀参加众神的宴会，后来因为侮辱众神，被打入地府，忍受永远的折磨。他受到的诅咒是，水永远在他边上，他却永远喝不到水。

西西弗，你或追或推注定滚回的石块[1]；
伊克西翁转着圈，既跟随又远离自己[2]；
因为敢谋害她们的堂亲，贝里迪斯[3]
周而复始地打水，水却不停地流散。
朱诺以严厉的眼神扫视着所有罪犯，
尤其是伊克西翁，然后目光又转向
西西弗，说道："为何众多的兄弟之中
唯有他忍受永刑，傲慢的阿塔玛斯[4]
却住在豪奢王宫里？他们夫妇俩总是
蔑视我！"她解释了仇恨缘由、此行来意
和她的愿望。她期盼卡德摩斯的王室
消失，阿塔玛斯在疯狂中犯下大罪。
命令、许诺、请求在她的言辞里交汇，
苦苦劝说几位神。听完她的一番话，
提西丰涅晃了晃满头凌乱的白发[5]，
将挡在眼前的群蛇甩回脑后，答应说：
"你没有必要费如此口舌，无论有何

1　西西弗（Sisyphos）是科林斯（Corinthus）的创建者，因为贪婪狡诈，被罚在地府永远推石头上坡。

2　伊克西翁（Ixion）因为弑亲和亵渎神灵，被绑在一个永远旋转的火轮上。

3　"贝里迪斯"（Belides）意为"柏罗斯的后裔"，是达那俄斯女儿的统称，另一个集体名称是"达那伊迪斯"（Danaides），意为"达那俄斯的后裔"，因为这五十位女人的祖父是 Belus（柏罗斯），父亲是 Danaus（达那俄斯）。达那俄斯命令他的五十位女儿在新婚之夜杀死丈夫（也是她们的堂亲），其中四十九位都遵从了，她们在冥府的惩罚是用漏桶不停地打水。

4　阿塔玛斯和西西弗都是埃俄洛斯（丢卡利昂之孙）的儿子。

5　提西丰涅是复仇三女神之一，这里代指所有的复仇女神。

命令，就当作已经完成。赶紧离开
这可憎的国度，回到你在上界的美宅。”
朱诺欣然返家，在踏入天门之前，
陶玛斯之女伊丽丝为她喷水洗浣[1]。
很快，残忍的提西丰涅已拿起滴着
血腥的火把，穿上淌着鲜血的红色
披风，系上盘曲毒蛇做成的腰带，
走出了家门。伴在她左右的是“悲哀”
“恐惧”“惊怖”，还有脸庞抽搐的“疯狂”。[2]
她已经站在入口，阿塔玛斯的门框[3]
传说在震颤，枫木大门的颜色也变白，
太阳也逃离此地。妻子被异象吓坏，
阿塔玛斯也怵惕，两人欲抛家而去，
但阴森的复仇女神迎面堵住了去路，
她伸出蛙蛇一圈圈缠绕的手臂，甩动
自己的头发，受惊的群蛇纷纷发声，
一些卧在她肩上，一些绕胸膛滑行，
咝咝作响，喷射着毒液，吐着舌芯。
然后，她从头发中间扯掉两条蛇，
用制造瘟疫的手朝他们扔来。在伊诺

1 彩虹女神伊丽丝是陶玛斯（Thaumas）和厄勒克特拉的女儿。

2 “悲哀”（Luctus）、“恐惧”（Pavor）、“惊怖”（Terror）和“疯狂”（Insania）在这里都被处理为复仇女神的侍从。

3 “阿塔玛斯”对应的原文是 Aeolii（埃俄洛斯后裔的），这个形容词来自埃俄洛斯（Aeolus），因为阿塔玛斯是埃俄洛斯的儿子。

和阿塔玛斯的怀里蠕动，它们吹出
污浊的毒气，并没给身体留下伤处，
感受可怕攻击的是夫妻二人的灵窍。
女神还带来一种绝世的液体毒药——
冥犬口中的唾沫、怪物许德拉的毒液[1]、
心智阻塞之后的健忘、莫名的幻觉、
罪行、眼泪、疯狂的怒火和屠戮之爱——
全部混合在一起，掺入鲜血，放在
空心的铜锅里烹制，用绿色毒芹茎搅拌。
两人战栗间，她将致疯的毒汁翻转，
倒入他们的胸膛，搅动最深的脏腑。
然后，她反复在空中画圈，挥舞火炬，
让新火迅速跟随已经催生的旧火。
她完成了任务，胜利回到伟大迪斯的[2]
虚幻王国，取下了系在腰间的蛇环。
阿塔玛斯立刻发了疯，在王宫中间
高喊："快来，同伴们，在这森林里张网！
一头带两只幼崽的母狮刚被我撞上。"[3]

1　这一行原文的 Echidnae 本义是"雌性蝰蛇"，实际指海格力斯在勒尔纳沼泽杀死的怪物许德拉（Hydra）。

2　迪斯即普鲁托。

3　母狮和幼崽指他的妻儿。Hardie（1990）指出，阿塔玛斯重复了阿高厄杀死彭透斯之时的狩猎幻觉。事实上，本书第三卷和第四卷中的忒拜人都迷恋狩猎，狩猎几乎成了忒拜人从城市重返荒野的一个隐喻。伊诺的愤怒出逃与《埃涅阿斯纪》第七卷中阿玛塔（Amata，埃涅阿斯妻子拉维妮娅的母亲）的行为相似，两人在疯狂时都喊着"嗷嘎，巴克斯！"

如跟踪野兽，他痴癫地跟踪妻子的脚迹，
抢走在母亲胸前欢笑的勒阿尔科斯
（他伸着稚嫩的手臂），仿佛拽着投石机，
在空中旋转两三圈，对着坚硬的岩石，
凶狠地撞碎了婴孩的骨头。[1] 母亲最终
被激怒，或是因痛苦，或是毒素的作用，
她大声尖叫，披散着头发，癫狂地逃走，
用赤裸的手臂将你，梅里凯尔特斯，紧搂[2]。
她喊着："嗷嘍，巴克斯！"听到巴克斯之名，
朱诺冷笑道："愿养子给你带来好运！"
岸边有一处巨岩，底部被海浪掏空，
为下方的波涛遮挡着雨水，山顶
极陡峭，向前伸出眉额，悬在海上。
伊诺爬上绝壁（疯狂给了她力量），
没任何恐惧和犹豫，带着怀中的负担[3]
跳入了深渊，入水处雪白的浪花飞溅。
可是维纳斯同情无辜外孙女的遭遇[4]，
如此恳求她的伯父："万水的君主，
涅普顿，权力仅次于天界的尊贵神灵，

1 这是奥维德的神话版本，欧里庇得斯说阿塔玛斯在狩猎时杀死了儿子勒阿尔科斯（Learchus）。

2 原文的 Melicerta 是 Melicertes（梅里凯尔特斯）的古希腊语呼格，梅里凯尔特斯是阿塔玛斯夫妇的另一个儿子。

3 "怀中的负担"指梅里凯尔特斯。

4 因为卡德摩斯妻子哈尔莫尼娅是维纳斯的女儿，伊诺是哈尔莫尼娅的女儿，所以伊诺是维纳斯的外孙女。

我所求的确非分，但请垂怜我亲人，
你看见他们在辽阔的伊奥尼亚海颠簸，
请让其成为你的下神！海应当善待我，
想想我曾经是深海中央形成的浪花，
我的希腊名也是源于这一则佳话[1]。”
涅普顿同意了她的祈求，取走母子
身上的凡质，赐以令人敬畏的威仪，
同时改变了他们的名字和形貌，将母亲
称为琉科忒娅，将孩子称为帕莱蒙。[2]
她的西顿侍女们尽其所能跟随她[3]，
只在悬崖的边缘看见她纵身跳下，
毫不怀疑她已经死去，拍打胸膛，
为卡德摩斯家哀恸，撕扯头发和衣裳。
她们也愤怒地谴责女神太不公正，
对情敌太狠心。朱诺实在无法容忍
她们的议论：“说我残忍，我就让你们

1 维纳斯的希腊名字阿佛洛狄忒（Aphrodite）源于 aphros（海里的浪花）。

2 琉科忒娅（Leucothea）字面意思是“白色女神”。帕莱蒙（Palaemon）是在海难中拯救人的神。Hardie（1990）指出，维纳斯为伊诺母子向涅普顿求情的一幕呼应着维吉尔《埃涅阿斯纪》中维纳斯为埃涅阿斯平安渡海而向涅普顿求情的片段（*Aeneid* 5.779ff.），琉科忒娅和帕莱蒙的封神也对应着埃涅阿斯的最终封神。但《变形记》里的结局并不能安慰卡德摩斯（因为他不知情），如下文所述，他也因为这些灾难抛弃了自己建立的忒拜城。这意味着朱诺针对忒拜王室的复仇至少取得了部分的成功，这与特洛伊人在意大利扎根是截然不同的。

3 这里的西顿指忒拜，因为忒拜创立者卡德摩斯是腓尼基人，而西顿是腓尼基城市。

成为残忍的最大见证。”威胁成真。
一位尤其忠心的侍女说：“我要追随
王后跳海。”她正欲行动，已无法挪开
步子，凝固在原处，紧紧贴着巉岩；
另一位试图拍打胸膛，如平时一般，
却感觉尝试举起的手臂已经变僵；
这位的胳膊碰巧已伸到波涛上方，
人变成石头，手仍指向同一片海面；
那位正揪住头发撕扯，你会看见
她插入发间的指头变硬，不再动弹：
每块石像都停在神力袭来的瞬间。
还有人化作鸟，这些昔日的忒拜女人
如今仍乘着翅膀，在附近海面逡巡。

卡德摩斯变龙

阿革诺耳之子不知道女儿和小外孙[1]
已变成海神，他被哀痛、连串的厄运
还有已目睹的太多异象压垮，逃离
亲手创立的城市，仿佛受地域的煞气
而非自己的天命催迫。他和妻子
漂泊多年后抵达伊利里亚的土地[2]。
不堪苦难和年岁的重负，他们回忆着
家族最初的不幸，历数此后的灾劫。
“难道我用长矛刺穿的是一条神龙？”

1　“阿革诺耳之子”指卡德摩斯。

2　伊利里亚（Illyria）在今天的巴尔干半岛西部，阿尔巴尼亚和代尔马提亚之间。

卡德摩斯说，“当我离开西顿，在土中
撒下龙的牙齿——闻所未闻的种子？
若如此精准的怒火表明神复仇的旨意，
我祈求他们把我变成长长的一条龙。”
他说完，腹部果真像龙一样拉长，
感觉已变硬的皮肤开始长出鳞片，
黑色的身体点缀着众多蓝色的斑点，
他向前倒下，伏在胸膛上，双腿合为
一体，逐渐向后缩小成一个尖尾。
手臂仍然在，他伸出仍是手臂的部位，
依然未脱人形的脸颊淌满了泪水。
“过来，快过来，我最可怜的爱妻，”他说，
“趁我还残留些许部分，抚摸我，握着
我的手，趁我还有手，还没完全化作龙。”
他的确想说更多，但舌头突然裂成
两条，他再也无法吐出任何词语，
每当他试图向她发出某种哀诉，
都只能咝咝，自然只留下这种音调。
妻子用手捶打着赤裸的胸膛，喊道：
“卡德摩斯，留下，脱掉这身怪形状。
这是怎么啦？你的脚呢？还有手和肩膀？
肤色、脸庞，我说话的当儿，都去了哪里？
神啊，为何不把我也变成相同的样子？”
她说完，卡德摩斯舔着妻子的脸，
爬进挚爱的胸怀，仿佛一切未变，

拥抱她，缠住自己太过熟悉的颈项。
无论谁在旁（侍从就在）都会惊惶，
她却爱抚着带冠大龙的光滑脖颈——
忽然出现了两条龙，交缠着往前爬行，
直到他们钻进附近的树丛，藏起来。
现在，他们仍不避人类，也不会伤害，
温柔的双龙还记得自己从前的事情。[1]
然而，夫妻两人虽变形，伟大的外孙[2]
却给了他们慰藉，被他击败的印度
敬拜他，亚该亚为他建造了众多庙宇。
唯有同宗的阿巴斯之子阿克里西俄斯[3]
仍然用高墙阻挡他进入自己的阿戈斯，
并且拿起武器对抗这位神，不承认
巴克斯是神王的血脉，他同样不肯相信
珀尔修斯是朱庇特的金雨和达那厄所生。
但是很快（真相的力量如此惊人），
他就后悔自己侮辱了酒神，也拒绝
接纳外孙。如今一位已擢升天界，

珀尔修斯与阿特拉斯

1 Hardie（1990）指出，卡德摩斯夫妇最终变成龙，说明他以为已征服的荒野从未被征服，始终包围并逐渐吞噬着忒拜。

2 “伟大的外孙”指酒神巴克斯。

3 阿克里西俄斯的女儿达那厄（Danae）为朱庇特生下了著名的珀尔修斯（Perseus）。Cole（2004）指出，奥维德和他所参考的卡斯托尔的《世代纪》（*Chronologia*）都让阿戈斯的王室始于伊纳科斯，止于阿克里西俄斯（也可推至其外孙珀尔修斯）。

另一位正带着蛇发女怪的神奇残体[1]，
乘着呼啸的翅膀穿越驯顺的空气。
当这位征服者穿过利比亚沙漠上方，
戈耳工首级的滴滴鲜血从天而降[2]，
地面吸收之后便育出各种毒蛇，
从此，无数长虫就在这一带肆虐。
他在无垠的天空飘荡，被变换的风
裹挟，忽南忽北，仿佛一朵雨云。
从高邈的苍穹俯视下方辽远的大陆，
不知不觉间，他飞越了世界各处：
三次看见冰冷的大熊和巨蟹的螯钳，
时常在西边，时常又被卷到东边。
此刻，天色已晚，他不敢在夜里飞行，
就在阿特拉斯统治的西方国暂停，
打算在这里稍作休息，等晨星唤起
奥罗拉的火，奥罗拉唤起日神的车骑。
身形巨大、超过所有人的阿特拉斯
（伊阿佩托斯之子）就在此，西极的陆地
都归他掌管，还有位于喘息的太阳
神骥下、迎接疲惫战车的这片海洋。

---

1 “蛇发女怪”对应的原文是 viperei monstri（多蛇的怪物），指梅杜萨（Medusa），“神奇残体”指她被珀尔修斯砍下的头，因为看见它的人都会变成石块。

2 戈耳工（Gorgon）是梅杜萨姐妹的统称，其名称源于古希腊语 gorgos（可怕的），她们都是福尔科斯（Phorcus 或 Phorcys）的女儿。除了梅杜萨，还有斯忒诺（Stheno）和欧律阿勒（Euryale）。

他有千群羊、千群牛，都在草场逍遥
游荡，不受任何邻近民族的侵扰；
还有一棵树，闪烁的黄金叶子遮盖着
闪烁的黄金枝条和闪烁的黄金苹果。
“朋友，”珀尔修斯对他说，“如果你尊崇
高贵的出身，不瞒你，朱庇特是我父亲；
如果你敬佩功勋，我也有超凡的功勋。
我只求一餐、一宿而已。”可是主人
想起古老的神谕，忒弥斯曾经警告说：
“阿特拉斯，你树上的黄金终将被抢夺，
朱庇特之子将获得这份战利品和荣光[1]。”
为阻止此事，阿特拉斯用坚固的城墙
围住苹果园，交给一条巨龙看护[2]，
还禁止所有异乡人靠近自己的国土。
对珀尔修斯也一样。“走开，以免到时
你所吹嘘的功勋和朱庇特都救不了你！”
说完他开始动手，试图将青年推出门，
后者却不走，平和的语气已变得强硬。
珀尔修斯见力气落下风（谁能跟阿特拉斯

1 忒弥斯指的是朱庇特的另一位儿子海格力斯。

2 这条龙名叫拉冬（Ladon）。

比力气？），便说：“既然你不屑我的友谊[1]，
那就收下这份礼物吧！”他将脸转向
一边，左手亮出梅杜萨的可怕脸庞。
阿特拉斯虽巨大，仍无法抵挡，变成山[2]。
胡须和头发化作森林，手臂和双肩
化作山脊，原来的头颅化作峰巅，
骨头化作石块。然后，朝各方扩展，
他变得无比雄阔（众神，是你们的旨意），
整个天穹和众多星辰都在此休息。

珀尔修斯与安德罗墨达

埃俄洛斯已将风关进永恒的监狱[3]，
灿烂的晨星已在高空升起，催促
人们开始工作。珀尔修斯将翅膀
重新在自己的双足绑好，腰间插上
弯剑，借踝部的神翼穿过澄澈的天宇。
已经飞越在下方伸展的无数国度，
他望见刻甫斯统治的土地埃塞俄比亚[4]。

---

1 注者和译者对这行的理解争议较大。我认为，parvi（小）是表示价值的属格，tibi 是表示判断者和利害关系的与格，gratia nostra 在拉丁语中比较含混，既可以指“我的恩惠”，也可以指别人对我的恩惠，这里可以理解为“你对我的恩惠”。直译出来有两种可能：（1）既然我的恩惠（好意、友谊）在你眼中不值一提；（2）既然你对我的恩惠（好意、友谊）在你眼中不值一提。第一种可能性更大。但无论哪种，重心都在某种友谊或善意的关系上。

2 即北非西部的阿特拉斯山脉。

3 “埃俄洛斯”对应的原文是 Hippotades（希波塔斯之子），希波塔斯（Hippotas 或 Hippotes）是埃俄洛斯的父亲。关于埃俄洛斯的家族渊源，参考本书第一卷 263 行的注释。

4 刻甫斯（Cepheus）是传说中埃及国王柏罗斯或者腓尼基国王菲尼克斯（Phoenix）的儿子。

那里，不公的阿蒙神下令，安德罗墨达[1]
（虽然无辜）为母亲僭越的舌头赎罪[2]。
她的双臂绑在坚硬的岩石上，若非
轻风拂动她头发，她眼中流着热泪，
阿巴斯的后裔看见她时，就差点以为[3]
这是一座大理石雕像。不自觉燃起
爱火，他目瞪口呆，被她非凡的美丽
俘虏，几乎忘记在空中扇动翼翅。
降落后他说："这样的锁链不该捆着你，
让热切情侣彼此相系的锁链才适宜。[4]
告诉我，这是哪里，你叫什么名字，
为何被绑在此地？"她最初保持沉默，
身为处女，她不敢与男子搭腔，倘若
不是手被捆，她真想遮住自己的羞容，
她只能用眼神和盈眶的泪水表达感情。
被青年一再催问，为免对方觉得她
在隐瞒什么罪过，她方才讲出国家
和自己的名字，以及她母亲如何夸耀
其容貌。话还未说完，波浪突然咆哮，

1 阿蒙神（Ammon）在利比亚沙漠中有神庙，古希腊罗马人一般都将他视为宙斯（朱庇特）。安德罗墨达（Andromeda）是埃塞俄比亚公主。

2 她母亲卡西俄珀（Cassiope）胆敢将自己的美与海神涅柔斯的女儿相提并论。

3 "阿巴斯的后裔"指珀尔修斯。

4 Segal（1971）认为在678—679行，罗马爱情哀歌的优雅和机智侵入了一个典型的英雄时代场景，这样的例子体现了《变形记》与传统史诗在气质上的差异。

一只怪兽已开始逼近，从无垠的深渊
探出头，巨大的胸膛占据辽阔的海面。
少女高声惊叫，痛苦的父亲和母亲
站在身边，两人都伤心，她自然更伤心。
他们并不能帮她，只带来泪水与哀叹
（与场合相称），守在被缚的女儿身边。
陌生人说道："想哭，你们此后可以
哭到永恒，救援的机会却一闪即逝。
如果我愿意娶她，我，珀尔修斯，父亲
是朱庇特，母亲在囚禁中因他的金雨怀孕，
珀尔修斯，蛇发戈耳工的征服者，乘着
颤动的翅膀穿越天空的勇士——我
难道不是你们最理想的女婿？我还能
努力再立一功，只要神与我同心。
若我的勇敢能救她，我唯愿与她相守。"
父母同意了条件（谁还会犹豫？），请求
他出手，并另外允诺以整个王国为嫁妆。
此刻，犹如一艘船疾速驶来，波浪
被尖利的船头撕开，桨手奋力争先，
怪兽用胸膛不断推开海涛，转眼
它距巉岩已只剩巴勒阿里投石机
射出的铅弹能在空中穿行的距离。
青年突然猛一踩地面，高高跃起，
飞入云中。英雄在海面投下影子，
怪兽瞅见影子，便冲它发泄怒火。

正如朱庇特之鸟在空旷平原上发觉[1]
一条蛇在太阳底下晒着铅灰的脊背，
从后面猛扑，为阻止凶狠的嘴扭回，
它用贪婪的利爪嵌入覆鳞的脖子；
珀尔修斯也疾速俯冲，穿过空气，
按住怪兽的背部，伴着它的咆哮，
将利剑没入其右肩，直至剑柄末梢。
它身受重伤，时而将头伸出海面，
时而潜入浪下，时而像狂吠猎犬
围困的凶悍野猪，惊恐无措地兜绕。
借助翅膀，他敏捷地躲开怪兽疯咬，
瞅准其破绽，用弯剑忽而刺中嵌满
空心螺壳的背部，忽而戳伤侧面，
忽而扎向缩成鱼形的尾巴最细处。
怪兽从口中吐出波浪，紫红的血污
与之混合。珀尔修斯的翅膀也因为
海水溅湿而变沉，他不敢继续依赖
飞鞋，正好看见有一块大石，波浪[2]
安静时露出顶部，风急浪高时就隐藏。
他靠在上面，左手抓住岩礁的边缘，
连续三四次挺剑，将怪兽内脏刺穿。
欢呼喝彩声在海岸和上界诸神的宅邸

1 “朱庇特之鸟”指鹰。

2 飞鞋（talaria）是绑在脚踝处的翅膀或者有翅膀的一双鞋，是墨丘利的装备，密涅瓦暂时让珀尔修斯使用。

回荡。卡西俄珀和刻甫斯万分欣喜，
向女婿致敬，称赞他是全家的支柱
和救星。众人解开锁链，少女也加入
欢庆——她是这番恶斗的起因和报酬。
青年用取来的水洗净了得胜的双手，
他担心粗糙的沙子磨损蛇发的头颅，
在地面铺了叶子和海下生长的植物，
才放上福尔科斯之女梅杜萨的脸。
新采的茎株和湿润的木髓生机未断，
夺取了怪物的力量，并在接触中封凝，
枝条和叶子都感到一种陌生的僵硬。
海中仙女们又用更多的植株来尝试
这奇妙的现象，同样的结果令她们惊喜。
当它们育出的种子撒遍大海各处，
就成了今日依然保持其特性的珊瑚[1]，
一碰到空气就会变硬，长于水下时
还是枝条，出了海面却变成岩石。
他用草皮为三位神搭了三座祭坛，
左边给墨丘利，善战处女的在右边，
朱庇特在中间。他向密涅瓦献上母牛，
向飞鞋神献牛犊，公牛则献给众神之首。[2]

---

1 珊瑚的拉丁语叫 curalium，西方古人认为珊瑚是植物，其实它是刺胞动物门珊瑚虫纲海生无脊椎动物。

2 朱庇特是神王，理当接受献祭，密涅瓦是促使珀尔修斯出发去杀梅杜萨的神，并为他提供了引导和保护，墨丘利为他提供了飞鞋，所以珀尔修斯感谢这三位神。

他即刻娶了安德罗墨达，大功得报偿，
嫁妆已多余。许墨奈俄斯和小爱神在前方[1]
挥舞火炬，火焰散发着馥郁的香气。
王宫里挂满花环，竖琴声到处流溢，
还有喇叭声、歌声——快乐心灵的幸福
见证。双扇的大门敞开，豁然呈现出
镀金的中庭，刻甫斯手下的达官显贵
纷纷入座，在华丽的宴席上尽享美味。

珀尔修斯与梅杜萨

等到所有人已餍足佳肴，酣畅的酒意
让心神飘飞，珀尔修斯便开始问起
此地的风土人情。立刻有人做出
回应，介绍刻甫斯国民的情志习俗。
讲完这些，他说：“勇武的珀尔修斯，
现在，求你告诉我，你是以何等血气、
何种手段砍下了那颗蛇发的头颅？”
珀尔修斯说，在寒凉的阿特拉斯山麓[2]，
有一处隐蔽的地方，被坚固的石阵隔绝，
福尔科斯的两位女儿就住在它的[3]
入口处，她们却只能共用一只眼睛。

---

1 许墨奈俄斯是婚神。

2 Myers（1994）以 772—803 行为例，说明奥维德在《变形记》中采用的主要模式借鉴了卡利马科斯的《物因》（*Aitia*），那就是以神话的形式解释众多名称和现象的由来。所以这里他没有直接讲述珀尔修斯最引以为傲的功劳——杀死梅杜萨，而是以转述的方式处理，并引向一个“物因”式的问与答：梅杜萨的头发上为什么缠着蛇？

3 指梅杜萨的姐妹斯忒诺和欧律阿勒。

他用巧计，瞅准两人传递的空当[1]，
悄悄伸手抢到它。然后，穿过遥远
偏僻的险径和乱木丛生的陡峭巉岩，
终于抵达戈耳工居所。他看见原野上、
道路两边遍布着人和野兽的“雕像”，
它们都被梅杜萨的目光变成石块。
然而，他却用左手所持的黄铜盾牌[2]
安然凝视女怪映照出的恐怖面庞。
等梅杜萨及其群蛇都陷入沉沉梦乡，
他砍掉项上的头颅，但从母亲的血中
带翅的珀加索斯兄弟却一起诞生[3]。
青年还讲了漫长旅程的危险经历，
自己从高空俯视过哪些海洋和大地，
又乘着转动的飞鞋到达过哪些星座。
众人正听得入神，他戛然而止。即刻，
某位贵族问道：为何众姐妹唯有她
如此不同，长着与蛇群交错的头发？
客人答道：“既然你提了一个好问题，
我就告诉你答案。她的容貌太美丽，
是众多男子梦寐以求的争夺对象，

1　这时她们谁都看不见。

2　这是密涅瓦自己的盾牌（aegis），借给珀尔修斯使用，作为回报，他砍下的梅杜萨头颅以后就一直镶嵌在这面盾牌上，供女神吓唬敌人。

3　指从梅杜萨血中诞生的珀加索斯（Pegasus）和克律萨俄耳（Chrysaor）这两匹飞马。

而头发就是她身上最惹人迷恋的地方。
我遇到一些人，都说曾经见过其风姿。
传闻海洋的统治者竟在密涅瓦神庙里[1]
玷污了她。帕拉斯扭过头，以盾牌遮住
贞洁的眼睛。她不许事情就此结束，
便将梅杜萨的头发变成丑陋的蛇群。
现在，为了震慑和恐吓自己的敌人，
她仍在胸前放上这些自制的饰品。”

1　“海洋的统治者”指涅普顿。

《变形记》

第五卷

METAMORPHOSEON LIBER V

珀尔修斯的恶战

达那厄之子正在刻甫斯的廷臣中间[1]
讲述这些，一群吵嚷的民众突然
塞满王宫的大厅，他们的喧嚣不像是
庆祝婚礼，而是预告凶残的武力。
你可以将骤然陷入混乱的筵席看作
大海，原本祥和宁静，飓风无情的
暴怒却掀起阵阵狂涛，搅乱一切。
菲纽斯冲在最前面（进攻的鲁莽策划者）[2]，
手中挥舞着一杆铜头的白蜡木长矛。
“看吧，我来为夺妻之恨复仇！”他吼道，
“那对翅膀，还有化作假黄金的朱庇特[3]
都没法救你！”他正欲掷矛，刻甫斯猛喝：
“这是干什么？弟弟，你发什么疯，竟想
犯下此重罪？你就用这样的方式报偿
天大的恩情？这就是拯救公主的酬答？

1 “达那厄之子”指珀尔修斯。

2 菲纽斯（Phineus）是刻甫斯的弟弟，安德罗墨达的未婚夫。

3 “化作假黄金的朱庇特”影射朱庇特化作金雨与达那厄幽会的事。

你若求真相，并不是珀尔修斯夺走她，
而是严厉的海洋女神和长角的阿蒙神，
还有那头远来的海怪，一心要享尽
我亲生骨肉的美餐。你在她等死之时
已经失去她，除非她的死原本就是
你冷酷的心所求，我痛苦，你才会满足！
眼睁睁看着她被绑，你身为叔父、未婚夫，
却任凭她孤立无助，现在你还嫌不够，
居然不能容忍她被另外的男子拯救，
非要夺走这奖赏？如果你看重这奖赏，
当初你就该自己到拴她的岩石去抢。
放手吧，让得到的人拥有承诺和功劳
争来的东西，我因他晚年才有了依靠。
你不是输给他，是输给本已确定的死亡。”
他没有反驳，只是来回地打量国王
和珀尔修斯，不知应该先攻击哪方。
犹豫片刻，他用尽怒气激发的力量，
将长矛向珀尔修斯掷去，却未能投中，
嵌在软垫里。珀尔修斯终于从躺椅上[1]
跃起，拔出长矛，凶狠地扔回去，他本可
扎透敌人的胸膛，若不是菲纽斯躲到了
祭坛后面——它竟耻辱地保护了恶徒！

---

1 这里奥维德将古罗马风俗转移到了埃塞俄比亚。古罗马人进餐时一般都趴伏在长椅上，椅子上铺着软垫。

但长矛并未空掷，在洛托斯前额陷住，
他倒地，武器拽出颅骨后，仍在抽搐，
四周摆放的餐桌溅满了他的血污。
这时，暴民的狂怒终于不可遏止，
纷纷抛掷长矛，有人扬言，刻甫斯
应当和女婿一起死。然而国王已冲出
宫殿的门槛，呼求正义、忠信和佑护
宾客的诸神做证，骚乱违逆其本意。[1]
善战的帕拉斯赶来，用盾牌保卫弟弟[2]，
鼓舞他的勇气。有一位印度人阿提斯，
据说是恒河仙女林奈厄在透亮的水波里
诞下，相貌出众，华丽的服饰更增添
风度。他刚满十六岁，正值青春，身穿
一件紫色的长袍，周围都镶着金边，
胸前挂着镀金的项圈，头发涂满
没药的汁液，还插着一只装饰的梳子。
他虽然擅长投掷标枪，从远处攻击
目标，但弓箭才是他引以为豪的绝技。
他正用手拉坚韧的弓弦，珀尔修斯
从祭坛中间拎起一根冒烟的木柴，
朝他砸去，顿时脸塌陷，头骨崩碎。
见他在血泊中扭动受尽赞美的那张脸，

1　古代人非常重视招待和保护客人，朱庇特尤其是维护待客之道的神。

2　从拥有朱庇特这位共同的父亲看，珀尔修斯是密涅瓦（帕拉斯）的弟弟。

亚述的吕卡巴斯、他最忠诚的伙伴
（从不隐藏对阿提斯发自心底的深情）
不禁高声痛哭，当身负重伤的友人
气息已断，他抓起阿提斯用过的弓弦，
喊道："现在就让你与我捉对恶战，
你不会因为他的死得意太久，这绝非
可炫耀之事，只给你招来仇恨！"他还未
说完，锋利的箭矢已经从弦上腾跃，
虽被避开，仍然射中对方的衣褶。
挥动曾见证梅杜萨之死的那支弯剑[1]，
珀尔修斯刺透了他的胸膛[2]。他死前
却用已然在浓黑暗夜里浮沉的双眼
四下搜寻阿提斯，然后爬到他身边，
将相伴而死的安慰带到幽冥的土地。
这时，色耶尼的福耳巴斯（梅梯昂之子）[3]
和利比亚的安菲墨冬急于加入混战，
地上流淌的温血却太滑，他们猝然
摔倒，欲起身却被剑拦住，安菲墨冬
被刺穿肋骨，福耳巴斯被洞穿喉咙。

1 原文中的 harpen（主格 harpe）是一种弯而短的剑。

2 "珀尔修斯"对应的原文是 Acrisioniades（阿克里西俄斯的后裔）。

3 色耶尼（Syene）是上埃及城市，即今天的阿斯旺，代表了罗马人所知世界的最南端。

面对手持双刃阔斧的厄律托斯[1]，
珀尔修斯并没有以剑攻击，而是
用双手举起一只又大又沉的调酒罐
（上面镂着凸起的浮雕），朝他猛然
砸去。眨眼间厄律托斯口喷血汁，
仰面倒下，垂死的头颅铿然撞地。
然后，他又杀死塞密拉米丝的后裔[2]
波吕代蒙、高加索的阿巴里、吕克托斯[3]、
长发披垂的赫利克斯、菲列古阿斯、
克鲁托斯，践踏着堆聚的残喘之体。
菲纽斯不敢与敌人近身作战，从远处
扔来标枪，伊达斯却成了错误的归宿。
他置身事外，两不相帮，却是徒然，
于是愤怒地盯着残忍的菲纽斯，大喊：
“既然你强迫我选边，那就请你接受
亲手制造的敌人和以伤还伤的复仇！”
从身上拔出标枪，他正欲回敬对方，
却突然瘫倒，身体的血液已经流光。
这时，克吕墨诺斯已杀刻甫斯副手[4]

1 这行原文中 Erytum（厄律托斯）还有同位语 Actoriden（阿克托耳之子），因为译文格律限制未译。

2 关于塞密拉米丝，参考第四卷第 58 行的注释。

3 这行的原文中 Lycetum（吕克托斯）还有修饰语 Sperchioniden（来自斯佩基俄斯河的），因为译文格律限制未译。

4 “副手”对应的原文是 post regem primus，意为“地位仅次于国王的”。

赫狄特斯，普罗托洛耳不敌许普修，
后者被珀尔修斯夺了命[1]。有一位耆老
厄玛提翁，向来敬畏神，信奉公道，
他虽因年纪无法拿武器，却以言辞
战斗，谴责、诅咒这场罪恶的战事。
他颤巍巍扶着祭坛，却被柯若米斯[2]
拔剑砍掉头，它径直滚落坛上，在那里，
半死的舌头仍然叱骂不休，直至
生命在燃烧的火中吐尽最后的活气。
接着，孪生兄弟布罗特阿斯和阿蒙
（无敌的拳击手，倘若剑能被手套战胜）
双双被菲纽斯杀死，然后是刻瑞斯祭司、
双鬓缠绕着白色发带的安庇科斯。
还有你，兰佩提得斯，不适合此种场景，
本从事和平的技艺，边唱边弹齐塔拉琴，
奉国王之召，以歌声为宴会和庆典添乐——
你站在远处，手持与战斗无关的琴拨，
派塔罗斯冷笑道："你去给地府的鬼魂
唱完此曲吧！"然后将剑头刺入他左鬓。
他倒下，仍用将死的手指拨动琴弦，
在触地之前让它们发出如歌的哀叹。
吕科尔马斯大怒，不许他白白牺牲，

1 "珀尔修斯"对应的原文是Lyncides，意为"林叩斯的后裔"，因为珀尔修斯是阿克里西俄斯的外孙，而阿克里西俄斯是林叩斯的孙子。

2 在古代西方，神庙和祭坛都是庇护所。

从右边门柱扯下一条结实的木棍，
猛击派塔罗斯，砸断了他的颈骨，
后者俯身仆地，如同被宰的牲畜。
利比亚的珀拉特斯试图如法炮制[1]，
正在左边门柱上使劲，科里托斯[2]
却用矛将他的右手和木头钉在一起，
阿巴斯趁机刺穿他胁部，他并未倒地，
手紧攥门柱，奄奄一息，在半空悬挂。
追随珀尔修斯的梅兰纽斯也被杀，
还有纳撒蒙部落最富有的多茹拉斯[3]
（没有人占据比多茹拉斯更广的土地，
也没人像他那样，积攒了无数堆乳香），
掷来的铁枪斜插在他最致命的地方——
阴部。巴克特里亚的哈尔库俄纽斯造成[4]
此重伤，他看见多茹拉斯断气丧魂，
翻起眼珠，笑道："你土地虽多，也只能
取走脚下这一片！"说完不再理死人。
珀尔修斯为朋友报仇，从尚温的伤口

1 "利比亚"对应的原文是 Cinyphius，这个形容词源于利比亚的齐努普斯河（Cinyps）。

2 这行的原文中 Corythi（科里托斯）还有同位语 Marmaridae（马尔马里卡人）修饰，由于译文格律限制未译。马尔马里卡（Marmarica）是古代利比亚的一个滨海地区，在今天的利比亚和埃及边境地带。

3 纳撒蒙人（Nasamones）是古代利比亚的一个部落，住在西尔特斯（Syrtes）流沙附近。

4 巴克特里亚（Bactria）是希腊人在中亚建立的王国，中国史书称为大夏。

扯出长矛，武器从鼻子插入，穿透
敌人的喉咙，在两头各露一段。趁运气
仍在，他击倒克吕提俄斯和克拉尼斯
（同母的兄弟），两人伤在不同的部位：
白蜡木长矛瞄准克吕提俄斯的双腿，
一齐扎穿，克拉尼斯被标枪封住口。
孟迭斯的凯拉冬也倒下，还有阿斯特柔[1]
（母亲是巴勒斯坦人，父亲难以确知）、
埃提翁（往日能睿智地预见未来，今日
被错误的征兆欺骗）、托阿克特斯（国王
侍从）和阿古尔特斯（因弑父恶名远扬）。
他已然力竭，但厮杀远未终结：所有人都想
消灭他一人。同谋者的队伍在四面八方
为挑衅功德和信义的邪恶声索而攻击。
他这边，徒然忠诚的岳父、新婚的妻子
还有岳母在助阵，尖叫声响彻大厅，
但兵器碰撞声、伤者呻吟却占了上风，
贝罗娜一边以鲜血污染、淹没家神[2]，
一边重启战端，将众人卷入战阵。
菲纽斯和他的千名拥趸将珀尔修斯
重重包围，两侧飞来的标枪比冬日
冰雹还密集，掠过耳朵，掠过眼睛。

1 孟迭斯（Mendes）是尼罗河口附近的一个埃及城市。

2 贝罗娜（Bellona）是古罗马的女战神。

他见状用肩膀抵住一根大石柱，保证
背后的安全，面向身前敌人的阵列，
承受其进攻。来自科阿尼的莫尔剖从左侧[1]
逼来，纳巴泰伊的厄肯蒙从右侧冲锋[2]。
犹如饥饿驱策的老虎，听到从不同
山谷中传来两队公牛的哞哞叫声，
不知先扑向哪边，但哪边都让它激动，
珀尔修斯也犹豫，应向左还是向右。
他刺穿莫尔剖大腿，击退他，见其逃走
便不再追击；厄肯蒙也没给喘息的时间，
发疯地攻击，希望深深地刺入他喉管，
用尽全力胡乱地砍削，结果手中剑
在一根石柱的边缘撞断，剑锋的残片
反弹回来，正好嵌进了主人的喉咙。
然而这一处伤情不足以让他毙命，
珀尔修斯又用墨丘利的弯剑补刺[3]，
他浑身颤抖，徒然伸出无助的手臂。
但眼见勇力难敌人数，珀尔修斯
便喊道："既然你们自己非苦苦相逼，

---

1 这一行抄本中的 Chaonius（卡俄尼亚的）可能是 Choanius（科阿尼的）之误，卡俄尼亚是厄庇罗斯（在今天的阿尔巴尼亚境内）的一个多山区域，科阿尼人（Choanii）是阿拉伯附近的部落，更适合在这里出现（除珀尔修斯外，其他参战的人都来自中东和中亚）。

2 纳巴泰伊人（Nabataei）是阿拉伯的一个民族。

3 珀尔修斯使用的弯剑和飞鞋一样，也是墨丘利的装备，"墨丘利的"对应的原文是 Cyllenide（库莱内的），源自墨丘利出生地库莱内山。

我只好向敌人求援[1]。赶紧转过头去，
如果有朋友在此！”他拿出戈耳工的头颅。
“去找别人表演你的奇迹吧，别找我！”
忒斯克罗斯说。他正举手，欲扔出致命的
标枪，却变成大理石雕像，保持其姿势。
身旁的安庇科斯也对准珀尔修斯，
刺向充满勇气的胸膛，但右手在空中
已经凝固，不能向任何一边转动。
可是尼娄斯（他四处招摇，称自己是七脉[2]
尼罗河的后裔，还有一块镶金银的盾牌，
在上面镂刻了这条大河的七条水道）
却说：“珀尔修斯，看我的祖先多荣耀！
死在我手下，你到了沉默鬼魂的国度
也应该感到安慰。”最后几个词已噎住，
没法发出声音，半张的嘴唇显然要
接着说下去，却无法保持言语的通道。
埃卢克斯呵斥他们：“是怯懦而不是
戈耳工的效力让你们瘫痪，和我一起
冲上去，将挥舞魔法武器的青年掀翻！”
他正要往前，脚步却被大地阻拦，
变成了一尊无声的石像，仍手持武器。
这些人都理当遭此惩罚，但阿孔透斯

1 “敌人”指梅杜萨。

2 尼娄斯（Nileus）的名字是尼罗河（Nilus）的形容词。

（珀尔修斯的一位追随者）正为他拼斗，
看见梅杜萨，也不幸化作坚硬的石头。
阿斯提阿格斯以为他仍然活着，手提
长剑刺去，尖厉的撞击声却铿然响起。
诧异间，同样的性质也在他自己身上
蔓延，惊奇的表情凝固于大理石脸庞。
列举那些平民的名字会过于沉闷，
总之仍有两百具身体在厮杀后幸存——
看见戈耳工，两百具身体瞬间僵硬。
菲纽斯终于后悔策动这不义的战争，
但他该如何？他望着石像的各种样子，
认出自己的朋友，呼喊每人的名字，
求他们帮助。他仍不相信，伸手触摸
近旁的身体：都是大理石。于是他转过
眼睛，斜伸着臂膀，以忏悔的手哀求：
“珀尔修斯，你赢了！挪走这怪物，挪走
梅杜萨（不管她是谁）制造石头的脸，
求你挪走！并非仇恨或对王国的贪恋
推我进战阵，我是为妻子才拿起武器。
你因为功劳而占优，我却先定下婚期。
我甘愿退出。至勇之人，我什么都不求，
除了这条命，其余一切皆归你所有。”
他如此乞求，却不敢与所求之人对视，
珀尔修斯答道：“胆小如鼠的菲纽斯，
我能给你的东西——懦夫眼中的大礼，

别害怕，一定会给你。你不会伤于武器，
我还会让你成为一座永恒的纪念碑，
长久矗立在我岳父家里，供人膜拜，
我妻子也能欣慰地凝视未婚夫的雕像。”
说完，朝菲纽斯颤抖的脸躲藏的方向，
他迅速转动福尔科斯女儿的面庞。
菲纽斯试图让眼睛闪避，但他的颈项
已经变僵，眼里的泪水也化作硬石，
然而他惊怯的神情、哀求的嘴脸业已
凝固，连同低垂的手和负罪的姿势。[1]
珀尔修斯偕妻子进入先祖的城市，
凯旋之后，他为无辜的母亲复仇，
进攻普罗托斯，因为他用武力驱走[2]
兄长阿克里西俄斯，霸占了要塞。
但无论借助兵甲还是篡夺的堡垒，
他都未击败蛇发女怪的凶狠目光。
然而你，弹丸之地塞里福斯的国王[3]，
珀尔修斯的灾难和久经考验的勇气

1 Segal（1971）认为，从本卷 1—235 行和第十二卷的半人马之战可看出奥维德与传统史诗诗人的重大区别。荷马和维吉尔非常严肃地对待作品中受难者的痛苦和尊严，极少加入调侃和戏谑的成分。奥维德笔下的战斗场面虽然血腥，却没有悲剧感，反而时时有喜剧感和荒诞感。

2 普罗托斯（Proetus）是珀尔修斯外祖父阿克里西俄斯的弟弟。

3 塞里福斯岛（Seriphus）的国王是波吕得克忒斯（Polydectes）。他的弟弟狄克堤斯（Dictys）收留了逃难的达那厄和珀尔修斯。他爱上了达那厄，为了除掉碍手碍脚的珀尔修斯，设计迫使后者答应去取梅杜萨的头颅。

却全然没能触动你的心，你仍然执意
与他为敌，不义的仇恨永不知节制。
你诋毁他的声誉，宣称梅杜萨之死
纯属杜撰。“我给你凭据，证明真相。
大家转头！”珀尔修斯说。国王的面庞
顿失血色，被梅杜萨的脸变成顽石。

密涅瓦拜访缪斯

密涅瓦一直陪伴着金雨孕育的弟弟[1]，
此时，她终于升入环绕的云中，告别
塞里福斯。库特诺和古阿若双岛从右侧[2]
退去，在海面看似最窄的地方，她奔向
忒拜和缪斯所在的赫利孔。等降落山上，
她站在那里，对博学的诸位姐妹如此说：
“一处新泉的消息已经传进我耳朵[3]，
据说是梅杜萨的飞马用坚硬的蹄子踩出。
我就是为此而来，想亲见这奇妙之物；
它从母亲的血中诞生，我已经目睹。”
乌拉尼娅答道：“无论你莅临此蜗居[4]

---

1 Clauss（1989）指出，本卷后半部分和下卷前半部分由一系列神惩罚人僭越行为的故事组成，这些故事都以比赛的形式展开：（1）凡人九姐妹与缪斯的歌唱比赛（5.250-678）；（2）阿拉克涅与密涅瓦的纺织比赛（6.1-145）；（3）尼俄柏与拉托娜的生育比赛（6.146-312）；（4）吕基亚农民与拉托娜对水源的争夺（6.313-381）；（5）玛绪阿斯与阿波罗的音乐比赛（6.382-400）。

2 库特诺（Cythnus）和古阿若（Gyarus）都属于爱琴海上的环形群岛（Cyclades）。

3 “新泉”指赫利孔山上的希波克林泉（Hippocrene，古希腊语意为“马泉”）。

4 乌拉尼娅（Urania）的名字源自古希腊语 ouranos（天空），是九位缪斯神之一，掌管天文。

是为什么，女神，我们都热忱欢迎你。
不过，传言非虚，的确是珀加索斯
踩出此泉。”她将帕拉斯领到圣水边。
女神长久地叹赏马蹄踏出的灵泉，
然后又四下浏览古老的幽谷、森林、
洞穴，还有缀满无数花朵的草坪，
赞美诸缪斯不仅志趣幸福，居所[1]
也同样幸福。其中一位姐妹回答说：

庇勒纽斯

“若不是因为勇武而喜欢更大的挑战，
你完全可以成为我们这圈子的一员。
诚如所言，我们的志趣和居所都值得
羡慕，若能有平安，我们的好运就无缺。
然而（罪恶总无法禁绝）事事都惊骇
我们的处女心，恐怖的庇勒纽斯就在[2]
眼前晃动，到此刻我仍然心惊胆战。
这位凶徒率领色雷斯的军队攻占
道里斯和福基斯土地，非法窃取政权[3]。
我们去帕纳索斯的庙宇，被他看见，
他装出一副毕恭毕敬侍奉神的表情。

1　“诸缪斯”对应的原文是 Mnemonidas，意为“记忆的女儿”，这个词源于古希腊语 mnēmōn（记得），九位缪斯都是记忆女神谟涅摩绪涅（Mnemosyne）和朱庇特的女儿。

2　庇勒纽斯（Pyreneus）是色雷斯国王。

3　福基斯（Phocis）是希腊中部包括德尔斐在内的一个地区，道里斯（Daulis）是福基斯的一个城市。

‘诸位缪斯留步，’他说（已认出我们），
‘别推辞，请到我家中暂避，天气太恶劣。’
（正下着大雨。）‘有时神灵驻足的房舍
比这还寒酸呢。’因为邀请，也因为风雨，
我们同意了，走进此人府邸的前部。
后来雨终于停止，南风被北风征服，
天空重现澄澈，墨云迅速地逃去。
我们想离开，庇勒纽斯却封住庭院，
欲行不轨，我们振翅飞走才幸免。
他站在高峻的楼顶，仿佛要继续追赶。
‘你们去哪里，我也去哪里！’他纵声大喊，
不顾一切地从巍然耸立的塔尖跳下，
脸直接触地，头骨块块崩裂，刹那
死于非命，邪恶的污血染红了泥壤。”[1]

庇厄罗斯的女儿们

缪斯正说话，空气中似有羽翼扇动，
高处的树枝上仿佛谁在问候她们。
如此清楚的话语来自何处的舌唇？
密涅瓦不禁抬头搜寻，以为有人[2]，
却发现是鸟，九只喜鹊，悲叹着命运，
栖落在枝头——它们能模仿各种声音。

1 Johnson（1996）认为，《变形记》第五卷从 250 行开始到结束都是围绕性暴力和政治暴力（隐含）的主题展开。上至女神，下至女人，都是性暴力或权力的牺牲品，至少受到其威胁。在这个框架内，庇勒纽斯企图强暴缪斯的故事才不显得怪诞。

2 “密涅瓦”对应的原文是 love nata（朱庇特之女）。

她正惊讶，缪斯神说道：“她们最近
在一场比赛中失败，才添了鸟的数字。
她们的父亲是佩拉的地主庇厄罗斯[1]，
母亲是派奥尼亚的欧伊珀[2]。她曾九次
分娩，九次呼求大神卢契娜的名字[3]。
愚蠢的女儿们因为九的数字而得意[4]，
穿过海摩尼亚和亚该亚的众多城市，
来到这里，以如此的话语发出挑衅：
‘别再用空洞的魅惑欺骗无知庸民，
你们若有点自信，就来与我们比试，
泰斯庇埃的女神们[5]！无论歌声或技艺
我们都会赢，而且我们的人数也相等。
你们输，就离开阿伽尼珀和希波克林[6]；
我们败，就让出厄玛提亚平原，直至[7]
披雪的派奥尼亚。宁芙们正可评议！’

---

1 佩拉（Pella）是马其顿的一个城市，亚历山大大帝的出生地。

2 派奥尼亚（Paeonia）是马其顿一个多山的地区。

3 卢契娜（Lucina）是掌管分娩的女神，经常与朱诺或狄安娜等同。

4 因为她们是九个，缪斯神也是九个。

5 “泰斯庇埃的女神们”指缪斯，因为泰斯庇埃（Thespiae）是位于缪斯居住地赫利孔山东南的城市。

6 阿伽尼珀（Aganippe）和希波克林（Hippocrene）都是赫利孔山上的圣泉。

7 厄玛提亚（Emathia）是马其顿王国早期的六个行省之一。Johnson（1997）提醒我们注意，无论九姐妹还是缪斯，都将领土作为这场比赛的赌注，从而激活了罗马开疆拓土的联想，并与后文维纳斯政治色彩极强的演说（365—379行）相呼应。

与她们竞赛太耻辱，但若退让就更是
一种耻辱。选出的宁芙以江河的名义
发了誓，坐在天然活石充当的凳子上。
没有抓阄，提议比赛的少女先出场。
她吟唱天界的激烈战争，却无端赞美[1]
巨人族，极力贬低诸位大神的行为：
从大地深处诞生的堤丰究竟如何[2]
令天神恐惧，他们如何全部仓皇地
逃窜，最后疲惫不堪地奔入埃及，
在分成七脉入海的尼罗河边上喘息。
她还声称，地生的堤丰尾随到此处，
诸神只好变化了形状，躲避追捕：
‘朱庇特变成领头的公羊，所以直到
今天，利比亚的阿蒙神头上仍然长角[3]；
阿波罗化身渡鸦，巴克斯化身山羊[4]，
狄安娜变猫，朱诺换上白母牛的形状[5]，

---

1 值得注意的是，这场比赛中人之歌的主题是权力争夺（巨人族与奥林匹亚诸神的战争），神之歌的主题同样被置于权力争夺的框架内（维纳斯试图在冥府拓展自己的权力）。

2 堤丰的母亲是地母盖娅（Gaia），父亲是塔尔塔洛斯（Tartarus）。

3 阿蒙神被古希腊罗马人等同于宙斯（朱庇特）。

4 “阿波罗”对应的原文是 Delius（提洛神），“巴克斯”对应的原文是 proles Semeleia（塞墨勒之子）。

5 “狄安娜”对应的原文是 soror Phoebi（福玻斯的妹妹），“朱诺”对应的原文是 Saturnia（萨图尔努斯之女）。

鱼身遮住维纳斯，朱鹭隐藏墨丘利[1]。’
她伴着齐塔拉琴声，一直唱到这里。
然后该我们回应——但也许你没兴致[2]
也没空闲听我们那些歌曲的主题。”
“别犹豫，把歌的内容从头讲给我听。”
帕拉斯边说边在怡人的树荫里坐定。
缪斯回忆道：“我们选一位与她争胜。

卡利俄柏之歌

卡利俄柏站起身，头发束好常青藤[3]，
拇指试探地拨了几下低沉的琴弦，
然后伴着颤动的乐音唱这样的诗篇：

刻瑞斯颂

‘刻瑞斯最先用弯曲的犁头翻起土壤[4]，
最先给世界送上谷物和可口的食粮，
最先颁布法律：刻瑞斯惠赐这一切。
她理当被我颂赞，唯愿我的歌不辱没

---

1 维纳斯和丘比特被双鱼拯救的故事见于奥维德《岁时记》（*Fasti* 2.459-472）。

2 “我们”对应的原文是 Aonides（阿俄尼亚人），这个词源于阿俄尼亚（Aonia），这是缪斯所在的博奥蒂亚一个多山的地区。

3 卡利俄柏（Calliope）是掌管史诗的缪斯。

4 Heinze（1960）和 Hinds（1987）等学者都详细考察了卡利俄柏之歌的形式特征和意义内涵，Johnson（1996）则最先意识到这个段落强烈的政治色彩——对性暴力和军事征服的双重批判。这首歌的核心内容是刻瑞斯女儿普洛塞庇娜（Proserpina）被冥王劫入地府以及与母亲团圆的故事。虽然奥维德的版本受到了佚名作品《献给德墨忒耳的颂歌》（*Homeric Hymn to Demeter*）的影响，但他在这里的处理与那篇作品和自己的《岁时记》（*Fasti* 4.425-620）都有不同。在《颂歌》里，冥王劫夺刻瑞斯之女的幕后怂恿者是宙斯（朱庇特）；在《岁时记》里，是普鲁托自己做出决定；而在这段文字里，他成了维纳斯母子的牺牲品，身不由己。Johnson 认为，这个改动非常关键，号称是罗马皇族祖先的维纳斯被奥维德塑造成不择手段扩大自己“帝国”的野心家，其效果是将性压迫和罗马帝国的强权扩张合二为一。

这位女神！但女神必定配得上我的歌。
三角岛的辽阔土地沉沉盖住巨人的[1]
肢体，庞大的重量镇着下面的堤丰，
因为他竟有觊觎天界神宫的野心。
他仍在挣扎使劲，时常想重新立起，
但右手被朝向大陆的佩洛鲁斯抑制，
帕库努岬压住左手，利吕拜昂岬[2]
压住腿，埃特纳压住头颅。堤丰在山下
仰躺，抛出沙砾，凶狠地喷出火焰。
他经常用尽气力，要掀翻泥土的重担，
甩掉身上的城镇和宏伟的山岭。
于是大地震颤，幽都之主都惶恐，
害怕它开裂，形成宽阔的坑堑，漏进
阳间的天光，吓坏战战兢兢的鬼魂。
担心这样的灾难，冥王已离开阴暗的
宫殿，乘着深黑驷马拉动的战车，
巡视西西里全岛，仔细检查地基。
已反复确认所有地方都安然无事，
才放下恐惧。坐在自家山上的维纳斯[3]

普洛塞庇娜被劫

1 “三角岛”（Trinacria）指西西里岛，因为它的轮廓有三个尖角。

2 佩洛鲁斯（Pelorus）、帕库努（Pachynus）和利吕拜昂（Lilybaeum）是构成西西里岛三个尖角的三处海岬，其中佩洛鲁斯朝向意大利半岛，所以原文中用 Ausonio（奥索尼亚的）形容，奥索尼亚是意大利古名。帕库努朝向希腊，利吕拜昂朝向非洲。

3 “自家山”指位于西西里岛西海岸的埃卢克斯山（Eryx），维纳斯之子、西西里早期国王埃卢克斯在这里为她建了一座辉煌的神庙。“维纳斯”对应的原文是

看见他四处游荡，就搂住带翼的儿子，
说道：“我的武器，我的手，力量的源泉，
儿子丘比特，拿起你战胜所有人的弓弦，
瞄准那位神的胸膛，射出迅疾的羽箭——
三重帝国的最后部分就是他掌管[1]。
你征服天神，朱庇特也不例外，降伏
海中的诸神，包括统治海神的君主，
为何地府可逃脱？为何不拓展你和
母亲的领土？这可是三分之一的世界！
然而在天庭，我们却长久忍受众神的
鄙视，我和你的权力都在不断削弱[2]。
你没看见帕拉斯和只会扔标枪的狄安娜
已经弃绝我？刻瑞斯的女儿也不会出嫁[3]，
如果我们俩容忍：这就是她的憧憬。

Erycina（埃卢克斯神）。在伪阿波罗多洛斯（Apollodorus）的版本里，此事发生在伯罗奔尼撒半岛的赫尔密俄涅（Hermione）。Johnson（1996）指出，奥维德将故事锁定在西西里，并且把维纳斯塑造为一位西西里的神，是别有深意的。他影射了西塞罗的著名演说《反维瑞斯》（*In Verrem*）。西塞罗在演说中揭露西西里总督维瑞斯横征暴敛，甚至让维纳斯神庙人员充当起征税人，还抢走了刻瑞斯神庙中的女神金像。西塞罗将这一点视为维瑞斯最大的罪行，并形容说，“西西里人是如此痛苦，仿佛维瑞斯就是第二位普鲁托，他抢走的不是刻瑞斯，而是普洛塞庇娜”（2.4.111）。通过这样的暗中置换，奥维德让迫使普鲁托劫夺普洛塞庇娜的维纳斯变成了维瑞斯一样的恶棍。

1 三重帝国指朱庇特掌管的天界、涅普顿掌管的海洋和普鲁托掌管的冥府。

2 “你的”对应的原文是 Amoris（阿莫尔的），拉丁语 Amor 意为“爱”，是小爱神丘比特的别名。

3 密涅瓦、狄安娜、普洛塞庇娜（包括吟唱这首歌的缪斯）这些女神之所以成为维纳斯帝国的敌人，是因为她们或者选择独身，或者希望自己选择伴侣，这种性的自决权阻碍了维纳斯和丘比特以暴力（丘比特的箭）维系的独裁统治。

倘若你还以我们的王国为荣，就促成
她和伯父的婚姻！”她如此劝诱。[1] 小爱神
解开箭囊，从千支箭矢中遵母亲之令
只选了一支，却绝非等闲，箭镞最尖，
飞行时不偏不倚，完全听命于弓弦。
他抵着膝盖，将坚韧的弓渐渐拉满，
带钩的箭射出去，扎进迪斯的心间[2]。
距恒纳城墙不远，有一处深邃的湖泊[3]，
叫珀尔古斯，轻快奔流的卡伊斯特河[4]
都不曾听到比这里更多的天鹅歌声。
湖的每一边都延伸着花环般的森林，
树叶密如帷帐，遮住了灼人的阳光。
枝条洒清凉，湿润的地面紫花盛放，
这里春日永驻。普洛塞庇娜正游乐[5]，
在林间采撷紫罗兰或素洁的百合，
带着少女的热切，盈满胸怀和竹篮，

---

1 Johnson（1996）认为，虽然将维纳斯塑造为一位野心勃勃的帝国征服者乍看令人惊异，但并不奇怪，毕竟维纳斯是罗马皇族宣称的祖先，也被视为整个罗马民族的祖先，在奥古斯都时期的宗教体系中也占着举足轻重的位置。此外，将爱欲比作战争，也是奥维德从创作生涯初期就一直坚持的策略。Stephens（1958）则从哲学角度来看这段话，觉得它体现了俄耳甫斯主义（包括毕达哥拉斯和恩培多克勒）的思想，爱是创造宇宙和推动变化的主要力量。

2 迪斯即普鲁托。

3 恒纳（Henna 或 Enna）是位于西西里正中的一座城市，是谷神刻瑞斯的敬拜中心。

4 关于卡伊斯特河，参考第二卷第 253 行的注释。

5 在《岁时记》里，奥维德用的是普洛塞庇娜的希腊名字珀尔塞福涅（Persephone）。

力争花朵的数量超过自己的同伴——
迪斯却看见、爱上、抢走她，全在瞬间。
情欲的速度快如闪电。女神被吓瘫，
悲戚的嘴唇呼唤母亲和同伴，但更多
是母亲。她的衣裳顶部已经被撕裂，
采来的鲜花纷纷从松开的长袍掉落——
在青涩的年纪她竟是如此天真无邪，
这细微的损失也刺痛那颗处女的心。
劫掠者驱赶着马车，唤着每匹马的名，
催促其前行，在它们的颈背和鬃毛上
奋力甩动着颜色暗黑如夜的缰绳。
他穿过众多深泽和帕里库斯湖（硫黄[1]
气味弥漫，从地下的裂缝涌出沸汤），
还有巴齐亚代家（来自双海的科林斯）[2]
当初在大小港口间创建城市的地址[3]。
在库阿涅和皮萨的阿瑞图萨中间，有处[4]

库阿涅化湖

1 帕里库斯（Palicus）硫黄池即今天的纳弗提亚湖（Lago di Naftia），以硫黄蒸汽和喷泉闻名。传说帕里库斯是一对同名兄弟，朱庇特和宁芙塔列娅（Thalea）的儿子，名字可能源于古希腊语 palin hikesthai，意为“第二次来临（重生）”。塔列娅为了避免孩子遭到朱诺伤害，怀孕时祈求大地裂开，将她藏起来。两兄弟成熟后，从西西里地下迸出来，形成了两个相邻的小湖。

2 巴齐亚代（Bacchiadae）是科林斯王族，其中的阿尔齐亚斯（Archias）被放逐后在西西里创建了著名城市叙拉古（Syracusae）。科林斯地峡左连伊奥尼亚海，右连爱琴海，所以科林斯总被形容为“双海”（bimaris）。

3 “城市”指叙拉古，它有大小两个港口。

4 库阿涅（Cyane）是西西里的一处泉水，按奥维德的说法，是西西里宁芙库阿涅所化。关于阿瑞图萨（Arethusa），参考本卷 489—508 行和 577—641 行，皮萨城在她的故乡厄里斯地区（Elis，伯罗奔尼撒半岛西北部）。

水面，被几乎合拢的崖岸从两边抱住。
西西里最著名的宁芙库阿涅就是在此
（这片湖泊的名字发源于她的名字）
从水中站起（大半的上身露在外面），
认出了冥王。“不许你们再往前！”她高喊，
“刻瑞斯不愿，你就做不成女婿。你只能
求亲，绝不能抢婚。但若可同时议论
小事与大事，我就以阿纳匹斯为例[1]。
他娶我是靠言辞，不像你依凭暴力。”[2]
她说完，向两旁伸出手，拦住他去路。
萨图尔努斯之子已按捺不住愤怒[3]，
策马向前，用强健的臂膀猛地掷出
王室的权杖，径直扎入湖水的底部。[4]
受到重击的地面立刻接通了幽冥，
迎接飞降的马车进入张开的巨坑。
库阿涅既为女神被劫走，也为自己的
权利遭践踏而伤心，在心中默默埋着
无法安慰的伤痛，全身溶化成眼泪。

---

1 阿纳匹斯（Anapis 或者 Anapus）是叙拉古附近的一条河，这里被视为河神。

2 Johnson（1996）强调了库阿涅对于本卷主题的重要性。从她阻拦普鲁托的话可以看出，她坚决支持性的自决权，是维纳斯强权（这里借助普鲁托实施）的反对者。

3 “萨图尔努斯之子”指普鲁托。

4 Segal（1969）指出，普鲁托扎穿湖水并通过的行为象征着性暴力，与他劫走普洛塞庇娜的暴行相呼应。Otis（1970）补充道，他迫使库阿涅化湖，消灭了罪行的又一位证人。

不久前她还是神灵，守护着这片湖水，
现在却融入其中。你看见她肢体变软，
骨头变得有弹性，指甲也慢慢塌陷，
全身细微的末端都开始变成液体，
湛蓝的头发、手指、腿和足都是如此，
因为这些纤长的部分都容易化作
冰凉的水。然后肩膀、背部、两胁、
乳房都逐渐消失，变成涓涓的细流。
最后，纯水向已经变质的血脉渗透，
取代了活血，没任何部分还能握住。

刻瑞斯寻女（一）

与此同时，惊恐的母亲正在寻爱女，
徒劳地走遍每片海洋，每块大陆。
长发被露水沾湿的奥罗拉不曾目睹
她停下休息，晚星也一样[1]。她用双手
在埃特纳点燃熊熊的松木火把，不逗留
片刻，擎着它们穿行于浓霜的黑暗。
当星辰在温慈天光里再次隐没，她仍然
在寻找女儿，从太阳东升到太阳西沉。

蝾螈的故事

旅途奔波，她又累又渴，嘴唇却不曾
触碰过任何泉水，这时她突然看见
一间茅屋，便去敲简陋的小门。里面
走出一位老妇人，见女神求水，就拿来[2]

1 晚星（vesper）指黄昏时的金星。

2 根据不同的神话版本，这位老妇人的名字是鲍波（Baubo）或者密斯玛（Misma）或者梅塔尼拉（Metanira）。

一种甜饮，顶上漂着些烤干的大麦[1]。
她正喝的时候，一个粗野放肆的小童
站到她面前，嘲笑她太贪婪，不顾体统。
女神大怒，拿起还没有喝完的部分——
液体连同大麦粒——直接泼了他一身。
脸上的污渍化作斑点，方才的手臂
化作两条腿，尾巴又添给改变的肢体，
身形缩得很小，伤害的力量已无几，
他的尺寸甚至比不上一只小蜥蜴。[2]
惊愕的老妪流着泪，试图去碰这奇异的
东西，他却逃开，寻找藏身处。他形色
与名字相符，缀满各种星状的斑点。[3]

刻瑞斯寻女（二）

若列举女神搜寻过哪些海陆，显然
太冗长，但在搜寻者看来，世界却太小。
她回到西西里，路上仍不忘四处寻找，
也遇见库阿涅。若非宁芙已经变化，
她定会讲明一切，但她虽渴望说话，
却失去口舌，也没有别的办法言语。
然而她仍提供了显明无疑的证物——

---

1 公元 4 世纪的阿诺比乌（Arnobius）说这种混合酒叫 cinnus，由烤过的大麦粒、蜂蜜、葡萄酒混合而成，上面漂着一些花草。

2 他变成了蝾螈（stellio）。

3 奥维德暗示，蝾螈（stellio）一词源于拉丁语 stella（星星）。刻瑞斯在这个神话版本里的表现可称得上是忘恩负义，与《岁时记》里截然不同，但在本卷的大框架下却显得很合适，因为它同样体现了神任意实施暴力的嘴脸。

珀尔塞福涅的腰带（母亲太熟悉），它偶然[1]
坠入这里的圣泉中，依旧漂浮在水面。
一认出此物，仿佛终于意识到爱女
被劫，她开始撕扯凌乱的头发，反复
用手掌拍打自己的胸膛。她尚不清楚
女儿在哪里，却高声叱责所有的国度，
说它们不知感恩，不配她馈赠的谷物，
尤其怨恨西西里，因为她就是在此处
发现罪证。所以，她立刻以残忍之手
击碎翻土的犁铧，盛怒之下，将耕牛
和农夫一并处死，命令田野必背叛
人类的希冀与辛劳，让种子全部朽烂。
这片土地向来以富饶而享誉世界，
现在却名不副实。秧苗初生就夭折，
有时毁于淫雨，有时又毁于烈日，
星座和大风会伤它，贪婪的鸟会啄食
播下的种子。毒麦、蒺藜和无法消灭的
各种杂草又会窒息小麦的茎和叶。
这时阿尔甫斯的妻子从厄里斯的水波里[2]
抬起头，将前额湿淋淋的头发捋向耳际，
说道："踏遍世界寻找女儿的母亲，

1 这里奥维德用的是普洛塞庇娜的希腊名字。腰带（zona）在古代西方是处女贞节的标志，刻瑞斯找到腰带，暗示女儿已经被普鲁托强暴。

2 阿尔甫斯（Alpheus）是厄里斯的一条河，这里被视为河神，他的妻子是宁芙阿瑞图萨，所以在这一行阿瑞图萨被称为"阿尔甫斯家的"（Alpheias）。

也是谷物的母亲，停止这一切苦辛，
也别向忠诚于你的土地倾泻愤怒！
它全然无辜，被迫为劫掠让开道路。
我并非为家乡求情，此地与我无关联，
皮萨是我的故土，厄里斯是我的起点。
我只是一位异乡人，但比起其他土地，
我最喜欢它。现在阿瑞图萨已在此
安居，以此为家。保住它，慈悲的女神！
我为何从故乡穿越辽阔大海的深心[1]
被卷到俄耳堤奎亚，会有合适的时机[2]
向你讲述——等到你挪去心头的忧思[3]，
展露欢快的面容。通融的大地为我
提供了道路，经过它底部的众多洞穴，
我在这里再抬头，见到了久违的星光。
当我在地下沿着斯堤克斯河流淌，
亲眼见到你的普洛塞庇娜在那里[4]。
她的确很悲伤，表情也仍然透着惊惕，
但她已经是王后，已经是幽都最尊贵的
女人，与地府之王共同执掌冥界。”
听闻此言，母亲怔住了，呆如石像，

1 她的故乡在阿卡迪亚。

2 这里的俄耳堤奎亚不是提洛岛的古名，而是西西里叙拉古的一个岛。

3 阿瑞图萨讲述阿尔甫斯追求她的故事见本卷 577—641 行。

4 在奥维德《岁时记》第四卷中，见证普洛塞庇娜被劫的不是阿瑞图萨，而是太阳。

又似遭雷击，良久不动。深沉的迷惘
终于被深沉的痛苦驱走，她登上战车，
飞向天穹。到了那里，她满脸云遮，
披头散发，愤怒地站在神王的面前。
“朱庇特，我来是为我的骨肉申冤，
她也是你的骨肉。如果你不在意母亲，
总该念父女之情，别因为是我怀孕
生下她，就对她置之不理，不加看顾。
你看，我找了这么久，终于找到爱女——
如果确信已失去，如果只知道踪迹，
就叫作找到。我可以容忍劫人之事，
只要他将女儿还给我！你女儿怎能
与强盗结婚，就算我不是她的母亲？”
朱庇特答道：“女儿的确是你我共同的
承诺和责任。但你只要愿意给结果
一个恰当的名分，此事就并非伤害，
而是爱情的举动。倘若你许可，这位
女婿也足够体面。什么都没有，他也是
朱庇特兄长！何况他应有尽有，除运气[1]
逊于我，什么都不逊色！但如果你只想
拆开他们，那就让普洛塞庇娜回天上，
但有一个条件：她还没尝过地府的

1 “运气”对应的原文是 sorte，这个词的原意是抓阄。朱庇特、涅普顿和普鲁托三位神中，朱庇特年纪最小，在战胜提坦神、瓜分宇宙时，他们抓阄决定各自的疆域。所以，朱庇特成为天国统治者只是运气比普鲁托好。

任何食物。这是命运定下的条约。[1]”
他如此劝诫，谷神仍执意带走爱女。

阿斯卡拉颇斯的变形

但命运却不允许，因为禁食的规矩
已被打破：在雅致的花园漫步，天真的
少女从弯垂的枝条上摘了一枚石榴果，
剥开浅黄的皮，咀嚼了里面的七粒籽[2]。
所有人之中，单单阿斯卡拉颇斯目击[3]
这一幕（据说是奥尔弗涅，阿韦尔诺湖[4]
颇有名气的宁芙，昔日在阴暗的冥府
森林中为她的阿刻戎诞下了这位孩子），
他透露了秘密，残忍剥夺她的归期。
幽冥的王后悲怒交加，将告密者变成[5]

1　西方古代的诗人称，冥府有一个规矩，如果在那里进食，就再不能离开。在托名荷马的《献给德墨忒耳的颂歌》里，普鲁托故意引诱珀尔塞福涅吃石榴籽，以便自己能施行这条法律。

2　奥维德在《岁时记》（*Fasti* 4.608）里说，她吃了三粒石榴籽。

3　阿斯卡拉颇斯（Ascalaphus）是冥府河神阿刻戎（Acheron）与宁芙奥尔弗涅（Orphne）的儿子。他因为向冥王报告普洛塞庇娜吃石榴籽的事，被刻瑞斯压在大石下，后来被海格力斯救走，她又将他变成一只猫头鹰。Myers（1992）指出，在上文蝾螈故事的希腊原版中，小男孩的名字是 Askalabos，在古希腊语里就是“蜥蜴”的意思，而这里的阿斯卡拉颇斯名字与之相近。奥维德经常在诗歌里遗漏一些信息，考验读者的神话知识。此外，抹掉上一个故事中的古希腊名字，代之以拉丁语的“蝾螈”，也是为了用一个拉丁语起源故事与这里的古希腊语起源故事相平衡。

4　阿韦尔诺湖（Avernus）在那不勒斯附近，字面意思是“鸟无迹”，古时人们传说这里是地府入口。

5　“幽冥”对应的原文是 Erebi，主格 Erebus（厄瑞波斯），厄瑞波斯是黑暗的化身，最古老的神祇之一，这里代指地府。

遭诅的飞禽，在泼洒火河之水的头上[1]
造出鸟喙、羽毛和一双硕大的眼睛。[2]
他失去自己的形体，裹着棕色的翅膀，
头变得更大，长长的指甲向内弯曲，
沿着迟钝的双臂长出的羽翼几乎
无法扇动。他变成宣告厄运的秽鸟，
一只懒惰的猫头鹰，世人憎恶的凶兆。
可是这位饶舌的告密者遭到此报应，

塞壬的由来

是罪有应得——阿刻罗俄斯的女儿，你们[3]
为何也有鸟的足和羽毛，脸庞却如旧？
是否因为，普洛塞庇娜采春花的时候，
多才的塞壬，你们正好陪伴她身旁？
你们寻遍了世间土地，却徒劳无功，
为了让大海也知晓你们的忧心，立刻
祈求自己能乘着双翼，在海上穿梭。
诸神欣然应许了祷告，你们目睹
自己的手臂忽然长出金黄的翅羽。
然而，因担心你们天生的悦耳歌喉

1 “火河”对应的原文是Phlegethontide，这个形容词源于Phlegethon（佛勒革同河），它是冥界五大河之一，意为“火焰之河”。

2 阿斯卡拉颇斯的故事表明，本卷中的神灵受害者（刻瑞斯、普洛塞庇娜和下文的缪斯）同时也是加害者。

3 阿刻罗俄斯（Achelous）最初是天下河流的总神，后来成为希腊的一位河神，因为阿刻罗俄斯河是希腊最大的河流，所以他仍是诸河神之首。“阿刻罗俄斯的女儿”（Acheloides）指善于歌唱的诸位塞壬（Sirenes），传说她们是阿刻罗俄斯和某位缪斯神的孩子。

和超凡的语言禀赋失去辅佐的舌头，
少女的面容和人类的声音仍然未变。

朱庇特的调停

可是朱庇特在兄长和伤心的姐姐之间
调停，最终为他们平分了流年的光阴：
普洛塞庇娜，两大王国共同的女神，
如今与母亲和丈夫分别度过六个月。
她的心境和表情顿然改变，先前眉额
即使对着普鲁托也紧锁愁容，转瞬
已洋溢着欢乐，犹如太阳原本被雨云
遮掩，待到它们逃散，又重新出现。

阿瑞图萨的经历

温慈的刻瑞斯重获女儿，轻松悠闲，
问阿瑞图萨："你为何离家，为何成圣泉？"
水波沉默片刻，女神从深池中倏然
探出脸庞，用手擦干青翠的发丝，
开始讲厄里斯河神昔日的爱情故事[1]。
"我原是住在亚该亚的一位宁芙，"她说，
"没有谁比我更喜欢在各处树林出没，
也没任何人比我更热衷于布设猎网。
虽然我从未刻意以相貌追逐声望，
体形也并非娇弱，却仍有美女之名。
然而，众人称誉的外表却让我烦心，
就像乡下女，别人引以为荣的魅惑

1　"厄里斯河神"指阿尔甫斯。阿尔甫斯河源于阿卡迪亚，根据奥维德的讲述，他追逐阿瑞图萨一直到了西西里。

我却觉羞惭，认为悦目是一种罪过。
记得那天我倦了，从斯廷法洛斯森林[1]
回家，天气很热，酷暑因行路更难忍。
我找到一条河，没有漩涡，没有声音，
清澈见底，隔着深水都可以数清
下面的卵石，你几乎觉得它并未流淌。
河水滋育了众多银灰的白柳和白杨[2]，
它们沿倾斜的堤岸自发献上阴凉。
来到河边，我先将双足浸入水中，
然后没到膝盖，犹嫌不过瘾，就脱去
柔软的衣服，将它们搭上弯曲的柳树，
赤身潜入水里。我拍水，划水，以千种
方式滑行，挥动手臂，欢快地游泳。
突然觉察从河心的水下传来怪响，
我大惊，迅速起身，站到邻近的岸上。
‘你急着去哪里，阿瑞图萨？’阿尔甫斯
从河里问道，沙哑的声音又问了第二次。
我一丝不挂地逃走，因为我的衣裳
在对岸。他更急切地追我，欲焰更旺，
因为我裸体，在他看来更少了障碍。
就这样我在前猛跑，他则在后疯追，
如鸽子拍打慌乱的翅膀，躲避老鹰，

1 斯廷法洛斯（Stymphalus）在厄里斯附近，是一座城市、一条河和一座山的名字。

2 白柳（salix alba）不是一般的柳树，叶子的颜色偏白。

如老鹰在慌乱的鸽子身后竭力逼近。
经过俄耳科墨诺斯、库莱内、普索菲斯[1]、
迈纳卢斯山、寒凉的厄律曼托斯、厄里斯[2]，
我一直领先，他的速度一直不如我。
但是我的体力不如他，已很难跑得
更远，而他却能忍受漫长的艰辛。
然而我仍在原野、树木覆盖的山岭、
巉岩、悬崖和无路可走的地方飞奔。
太阳在身后，我看见一道狭长的阴影
在脚前移动——除非恐惧导致了幻觉；
但至少他的足音令我惊颤，沉重的
喘息已经开始吹动头上的束发带。
我已经累垮，喊道：‘我被追上了，赶快
救你的侍女，狄安娜！你时常让我保管
你的弯弓，还有装入绣囊的羽箭。’
女神被祷告打动，从浓云中摘下一朵，
罩在我身上。河神四下搜寻，未察觉
我藏在黑暗中，茫然地绕着空云转圈，
两次无意中经过神隐匿我的地点，
两次唤道：‘阿瑞图萨！阿瑞图萨！’
那时，可怜的我是什么心情？不恰恰

1　俄耳科墨诺斯（Orchomenus）和普索菲斯（Psophis）都是阿卡迪亚的城市，库莱内是阿卡迪亚的山。

2　迈纳卢斯山、厄律曼托斯和厄里斯分别是阿卡迪亚的山、河和城市（也是地区名）。

像羊羔，听见高高的羊圈外群狼嘶吼？
或者像兔子，躲在荆棘中，发现众狗
敌意的口鼻，全身不敢有半点动静？
但他没有离开，因为他看见我的脚印
到此便消失。他守着这朵云，这个位置。
冰凉的汗水占据了我被围困的肢体，
湛蓝的液珠从我的全身涔涔落下，
无论往哪边挪步，哪边都变出水洼，
头发也滴着水，比我讲述还短的时间内，
我已经化作一条溪。但他认出所爱
就在水中，就抛掉人的形象，变回
他本来的河神之体，要与我相合相偎。
狄安娜震裂地面，我坠下，经黑暗的洞穴[1]
流到俄耳堤奎亚。我爱它，因它有女神的
名字，也是它最先迎接我回到阳界。”[2]

特里普托勒摩斯

阿瑞图萨已讲完，丰饶女神给战车
套上两条龙，在它们嘴上安好缰绳，
然后穿过穹苍和大地之间的天空，
驾着轻巧的龙车来到帕拉斯的城市[3]。

1 “狄安娜”对应的原文是 Delia（提洛女神）。

2 俄耳堤奎亚既是西西里一个岛的名字，也是爱琴海提洛岛的别名、狄安娜的别称。Johnson（1996）点明了阿瑞图萨故事在本卷中的意义：强化了维纳斯操纵和怂恿性暴力的罪证。

3 “帕拉斯的”对应的原文是 Tritonida（特里托尼娅的），特里托尼娅和帕拉斯都是密涅瓦的别名。

她将种子托付给特里普托勒摩斯[1]，
命令他分别在新垦和复耕的土地播下。
这位青年从高空飞越欧罗巴和亚细亚[2]
广大的疆域，然后抵达斯基泰的海岸。
林科斯统治着那里，他走进国王的宫殿。
被问及此行的起点和来意，他的家园
和名字，他答道："我的祖国是著名的雅典，
我叫特里普托勒摩斯，我既没有渡海，
也未曾步行，是天空的道路向我敞开。
我带了刻瑞斯的礼物，播于广袤的田亩，
它们就会生长出庄稼和可口的食物。"
野蛮人嫉妒他，为了窃取发明者的荣光[3]，
假意热情接待他，趁客人深陷梦乡，
却拔剑攻击。眼看胸膛就要被刺穿，
刻瑞斯却将他变作猞猁，并命令青年[4]

1 特里普托勒摩斯（Triptolemus）是埃琉西斯国王凯琉斯（Celeus）的儿子，谷神刻瑞斯传给他农业的技艺，为了方便他在世界各地传播耕种知识，还把自己的车驾送给他。

2 "亚细亚"指小亚细亚。

3 野蛮人（Barbarus）这里指斯基泰人，古希腊和古罗马人将他们之外的一切民族都称为"野蛮人"。

4 林科斯变成猞猁是自然的，因为他的名字（Lyncus）就像猞猁名称（lynx）的阳性形式。

驾着神龙，再次驱车奔驰于高天。’[1]
我们中居首的这位唱完博学的诗篇[2]，
宁芙们一致宣称，住在赫利孔的女神
才是最终的胜者。失败的九姐妹不甘心，

九姐妹变喜鹊

口吐恶言。我嚷道：‘既然你们不觉得
以挑战冒犯我们是大错，本已犯了错，
还妄加辱骂，既然我们的忍耐有限度，
现在就只好痛快地泄愤，痛快地报复！’
九姐妹一阵讪笑，鄙视威胁的言辞[3]，
她们试图回嘴，大声喊叫着，举起
僭越的手来攻击，却发现自己的指甲
正长出羽毛，双臂逐渐隐没翅膀下，
还看见彼此的脸上萌生出坚硬的喙，
森林里面又添了一种陌生的鸟类。
她们想拍打胸膛，挥舞的臂膀却产生
浮力：丛林的耻辱——喜鹊在半空悬停[4]。

1　特里普托勒摩斯的故事表现了人间统治者的暴力，与本卷中神的暴力构成了对称关系。卡利俄柏的歌是对性暴力的控诉，作为处女神，九缪斯和密涅瓦一起站在了维纳斯的对立面。

2　“居首的”指代表诸位缪斯演唱的卡利俄柏。

3　“九姐妹”对应的原文是 Emathides（厄玛提亚的女人们）。

4　喜鹊在拉丁语里叫 pica。

虽然变成鸟，她们当初的口才也还在，
还有沙哑的聒噪、对闲谈的无限热爱。”[1]

1　这个作为第五卷尾声的故事再次凸显了权力的主题。虽然在性的问题上，缪斯和维纳斯是敌对的，但她们在使用权力、征服异己的方面立场是一致的。Johnson（1996）指出，维纳斯的武器是强奸，缪斯反抗的武器是揭露其罪恶的歌，但在面对自己的竞争者时，她们却剥夺了对方的武器——歌，成了与维纳斯一样的迫害者。Johnson 总结说，奥维德在第五卷里通过复杂的结构塑造了两大对立的阵营：一边是神和人的处女，另一边是维纳斯、丘比特和他们所代表的性暴力和帝国征服（但在后一点上，处女神也成了人的对立面）。九姐妹变喜鹊的故事既能嵌入这个框架，又为下一卷密涅瓦迫害竞争者的故事起到了过渡作用。

《变形记》

第六卷

METAMORPHOSEON LIBER VI

阿拉克涅的比赛

特里托尼娅聆听了缪斯的这番讲述[1]，
欣赏她们的诗歌，也认可她们的愤怒[2]。
“赞美远不够，”她自语，“我不仅要人赞美，
还会以惩罚阻止人冒犯自己的神威。”
她开始考虑阿拉克涅的覆灭，因为[3]
此人宣称，她织布的技艺绝不会输给
自己。她出名并非因为出生地或身份，
而是凭本领。父亲伊德蒙居于科洛封[4]，
常用弗凯亚的紫液浸染吸水的毛纱[5]；
母亲已过世，但她也来自平民之家，
和丈夫一样卑微。但女儿借助才能，

1　特里托尼娅即密涅瓦。

2　这行原文中的 Aonidum（阿俄尼亚居民）指九缪斯。

3　这行原文的 Arachnes（阿拉克涅的）还有修饰语 Maeoniae（迈奥尼亚的），因译文格律限制未译。阿拉克涅（Arachne）对应的古希腊语 Arachnē 是“蛛网”的意思。

4　科洛封（Colophon）是小亚细亚吕底亚地区的一座富庶城市，因阿波罗神谕而著名。

5　弗凯亚（Phocaea）是伊奥尼亚的一座城市，以出产紫色染料闻名。

已在吕底亚诸城赢得光荣的名声[1]，
尽管她出身寒门，住在不起眼的小镇[2]。
宁芙们时常离开提摩罗斯的树林[3]，
只为前来，亲眼见识她高超的新作，
帕克托洛斯的仙女也抛下家园的水波[4]。
她们不仅喜欢品鉴已织好的衣料，
也爱观看她干活（动作优雅而灵巧），
无论是将粗糙的羊毛绕成新的线球，
还是用手指捻压，还是让羊毛变柔——
轻轻拽出，慢慢拉长，细薄如云——
还是用敏捷的拇指转动光滑的纱锭，
抑或拿细针刺绣：显然得帕拉斯真传。
但她却否认，师父的大名令她憎厌[5]。
“让她和我比！”她说，“我若败，任凭处罚。”
帕拉斯变作老妪，在两鬓添上霜发，
装出步履蹒跚的样子，拄一根拐杖。
她如此开口：“老年并非全部是灾殃，
事事需躲避：至少经验是迟暮的财富。
别鄙薄我的劝告。无论你如何追逐
纺织技艺的声名，都只能在凡人中间。

1 在波斯帝国崛起之前，吕底亚曾是一个强大的王国。

2 小镇名为许派裴（Hypaepae），由于译文格律限制，此处未译。

3 提摩罗斯（Timolus 或 Tmolus）是吕底亚的一座山。

4 帕克托洛斯（Pactolus）是吕底亚的一条河，以产金闻名。

5 称密涅瓦是“师父”，是因为她是掌管人类技艺的女神。

向神认输吧，莽撞的少女，心怀恭谦，
乞求她宽恕，她必原谅乞求者的过犯。”
对方怨愤地盯着她，扔下未织完的纱线，
几乎忍不住要动手，脸上满是怒气，
以如此的话语回击乔装改扮的帕拉斯：
“你到这里来，却毫无智慧，被漫长年纪
耗尽，活得太久真是悲剧。你若有儿媳
或女儿，让她们去听你的愚蠢见解！
我对自己有足够的认识，别以为告诫我
能产生什么效果，我的判断不会改。
她为何不亲自出现？为何不肯来比赛？”
女神说：“她来了！”然后抛掉老妪的面目，
变回帕拉斯的真容。密格多尼亚的妇女[1]
和宁芙纷纷敬拜神，唯少女未被神震慑。
她的脸却还是红了，不由自主的赧色
乍然浮现，又转瞬消失，正如天空
在最初破晓之时经常染一层紫红，
片刻以后等太阳升起，就泛出白光。
她不肯罢手，觊觎虚妄的胜利，冲向
自己的毁灭：朱庇特之女也没有拒绝，
不再规劝，亦不再推延这一场对决。
双方都没有耽搁，迅速选定了位置，
搭好了织机，精细的纱线也已张起。

1 这里的密格多尼亚（Mygdonia）是佛里吉亚的一个地区，居民以色雷斯人为主。

经线套在机梁上，机杼分开了经线，
伴着手指的舞蹈，尖头的梭子往返，
将纬线穿入其中，每当与经线交会，
弹跃机杼的筘齿就敲击，将它推到位。
两位都奋力争先，衣裳高束于胸前，
挥动娴熟的手臂，热情驱散了疲倦。
两边都织入推罗铜罐中染过的紫纱，
还有各种微妙的色调，差别难觉察。
就像彩虹的巨拱，通过雨水折射的
阳光，时常将一带天空抹上彩色，
虽然其中有千种不同的颜色闪烁，
它们之间的过渡却非眼睛能捕捉：
相邻处似乎一样，两端却截然不同。
柔韧的金色也如此与这些纱线相融，
将古老的故事栩栩带到布匹上面。
帕拉斯绘制了雅典卫城的马尔斯之岩[1]
以及关于此地名称的古老争论。
十二位天神端坐高处，威风凛凛[2]，
朱庇特居于中央。每位神都被她画成

1 这里，奥维德混淆了雅典卫城（Acropolis）和马尔斯之岩（Areopagus，在雅典卫城西北）的位置，他形容前者为 Cecropia arce，意为“刻克罗普斯的堡垒”，因为雅典卫城是刻克罗普斯所建；形容后者为 scopulum Mavortis，意为“马沃尔斯（马尔斯别名）的巉岩”。在古典时代，马尔斯之岩用于审判故意杀人罪、伤害罪以及与宗教相关的案子，因为据说马尔斯（希腊名阿瑞斯）曾因为杀害涅普顿（波塞冬）的儿子哈利罗提奥斯（Halirrhothius）而在此接受诸神的审判。

2 指古希腊罗马神话的十二位主神。

应有的样貌，朱庇特的形象恰似国君。
她画了涅普顿，站在那里，手持三叉戟[1]
猛击坚硬的崖壁，从其伤口中涌起
澎湃的海水，他据此声称拥有该城堡。
可是她为自己画了圆盾、锋利的长矛
和头盔，在胸前添上防身的梅杜萨铠甲，
她呈现的自己以矛戳地，从裂缝中萌发
一枝浅绿的橄榄树，已经结出果实，
众神都惊叹——胜利就是作品的主题。
然而，她为了让挑战声名的对手看到
先例能明白，疯狂的挑衅有怎样的恶报，
在四个角落增加了四场竞赛的场面，
都以鲜明的颜色和缩微的构图展现。
一隅画着色雷斯地区的罗多彼和海摩斯，
它们如今是寒冷的山岭，古昔却曾是
胆敢将至高神的名字窃为己用的凡人。[2]
另一边描绘了矮人族王后的悲惨命运[3]，
她在一场比试中失败，朱诺命令她
变成鹤，并且对自己的臣民发动征伐。

---

1 这里和后面一段的文字中 facit（做）都是指画或绣。

2 海摩斯（Haemus）和罗多彼（Rhodope）分别是色雷斯国王和王后，因为自比朱庇特和朱诺，被变成同名的两座山。

3 矮人族（Pygmaei）传说生活在北非，身长一呎半，经常与鹤争斗，参考《伊利亚特》（*Iliad* 3.3）。他们的王后是格拉涅（Gerane）或者庇加丝（Pygas），她被臣民当作神一样崇拜，虚荣心膨胀，开始鄙视朱诺和狄安娜等女神，被变成一只鹤——矮人族的死敌。

帕拉斯也画了安提戈涅，她曾狂妄地[1]
与神王朱庇特的配偶争斗，被王后化作
一只鸟，无论伊利昂还是拉俄墨冬
（她父亲）都无法阻止她长出翅膀，变成
白鹳，用聒噪的长喙不停赞美自己。
剩下的一隅呈现了孤独的喀倪剌斯[2]，
他抱着神庙的台阶——众位女儿的身体，
匍匐在冰凉石头上，仿佛正痛哭流涕。
女神在最外面点缀和平的橄榄，充任
边框，以她的圣树结束了这幅作品。
阿拉克涅描绘了被公牛形象欺骗的[3]
欧罗巴，图中的公牛和大海逼真鲜活。
少女似乎正望向抛在身后的大陆，
高声呼喊自己的同伴，害怕沾触
周围涌来的波浪，缩回惊怯的双足。
她还画了阿斯忒里娅，被恶鹰抓住[4]；

1　这位安提戈涅（Antigone）不是俄狄浦斯的女儿，而是特洛伊国王拉俄墨冬（Laomedon）的女儿，头发尤其美丽，她常夸自己像朱诺，结果头发被这位女神变成蛇，其他神同情她，将她化作一只鹳。

2　喀倪剌斯（Cinyras）除了穆拉（Myrrha）这位化作没药树的女儿外，还有多位女儿，都相貌出众。她们自认为容颜胜过了朱诺，结果被嫉妒的女神变成神庙的台阶，喀倪剌斯也被变成石头。

3　“阿拉克涅”对应的原文是 Maeonis（迈奥尼亚人）。

4　阿斯忒里娅（Asteria 或 Asterie）是提坦神科俄斯（Coeus）和福柏（Phoebe，不是月神狄安娜，而是提坦神）的女儿，被朱庇特化作鹰强暴。她是毁灭神珀耳塞斯（Perses）的妻子和巫术神赫卡忒（Hecate）的母亲。

还有仰卧的丽达，覆着天鹅的羽翼[1]。
她也再现了朱庇特怎样化身萨梯，
让尼克透斯的女儿怀上双胞胎；如何[2]
乔装安菲特律翁，占有阿尔克梅涅[3]；
化为金幽会达那厄，变成火亲近埃吉娜[4]；
谟涅摩绪涅被牧人、德奥伊被花蛇欺诈[5]。
涅普顿，你也在画中，以凶猛公牛的样子
与阿尔涅躺在一起；你扮作厄尼剖斯[6]，

1 丽达（Leda）是斯巴达国王廷达瑞俄斯（Tyndareus）的妻子，被朱庇特化身天鹅强奸，生下两只蛋，从中孵出了水手保护神珀鲁克斯（Pollux）和卡斯托尔（Castor）以及两位著名的女人——墨涅拉俄斯（Menelaus）之妻海伦（Helene）和阿伽门农（Agamemnon）之妻克吕泰墨斯特拉（Clytemnestra）。

2 尼克透斯（Nycteus）是博奥蒂亚国王，他的女儿是安提俄珀（Antiope），被朱庇特乔装萨梯奸污，后来生下泽托斯（Zethus）和安菲翁（Amphion）两个儿子。

3 阿尔克梅涅（Alcmene）对应的原文是 Tirynthia，意为“提林斯的女人”，因为她生活在伯罗奔尼撒半岛的提林斯（Tiryns）。安菲特律翁（Amphitryon）是提林斯国王、阿尔克梅涅的丈夫。朱庇特化身安菲特律翁与她幽会，儿子就是大名鼎鼎的海格力斯（Hercules）。

4 “埃吉娜”对应的原文是 Asopida，意为“阿索坡斯的女儿”，埃吉娜是博奥蒂亚国王阿索坡斯（Asopus）的女儿，朱庇特变成火与她相会。

5 记忆女神谟涅摩绪涅被朱庇特乔装牧人诱奸；德奥伊（Deois）意为“德奥之女”，即普洛塞庇娜，因为她的母亲刻瑞斯别名德奥（dēō），在古希腊语中是“我寻找”之意。她在天下苦寻被普鲁托劫走的女儿（参考本书上一卷），成为她被世人记住的形象。这里奥维德似乎暗示，普鲁托化身一条花蛇亲近她。

6 原文 virgine Aeolia（埃俄洛斯的女儿）指阿尔涅（Arne）或卡那刻（Canace），前者为涅普顿生下了一个儿子，也叫埃俄洛斯，后者为涅普顿生下了阿罗欧斯（Aloeus）。厄尼剖斯（Enipeus）是帖撒利亚的河神，涅普顿扮作他，强暴了阿罗欧斯之妻伊菲莫代娅（Iphimedeia），后者生下了“一对儿子”——巨人奥托斯（Otus）和厄菲阿尔忒斯（Ephialtes），他们被合称为 Aloidae，意为“阿罗欧斯之子”。

收获一对儿子，变公羊欺骗忒奥芬[1]；
温慈的谷物神，金发刻瑞斯，他变马身[2]
与你交合；化成鸟强暴你，飞马的蛇发
母亲；他又变海豚，将梅兰托压于身下[3]。
她为所有的故事都配上恰当的形象
和背景。福玻斯也在，一副村民扮相，
时而戴着鹰的羽毛，时而披狮皮，
还有他假扮牧人引诱伊瑟的样子[4]。
还有利柏耳变葡萄，将厄里戈涅欺蒙[5]，
萨图尔努斯化作马，造出双形的喀戎。[6]
这件织物的最外面是一圈精致的边纹，
编缀了盛开的花朵和缠绕其间的常青藤。

---

1 “忒奥芬”（Theophane）对应的原文是 Bisaltida，意为“毕萨尔提斯之女”，涅普顿将她变作母羊，自己变成公羊，其结晶是一只有金羊毛的羊，这只羊将阿塔玛斯之子佛里克索斯（Phrixus）驮到了科尔基斯，金羊毛也留在那里，直到伊阿宋乘船去取。

2 涅普顿变作马与谷神刻瑞斯交合，后者生下了一匹叫阿里昂（Arion）的马。

3 “飞马的蛇发母亲”指梅杜萨，飞马珀加索斯从她的血中诞生，此前她被涅普顿奸污，参考本书第四卷 797—801 行。梅兰托是海神普罗透斯（一说丢卡利昂）的女儿，被涅普顿化作海豚强奸后生下了德尔福斯（Delphus）。

4 伊瑟（Isse）是莱斯博斯人（一说欧卑亚人），父亲是玛卡柔斯（Macareus）。

5 利柏耳即酒神巴克斯，厄里戈涅（Erigone）是伊卡里俄斯（Icarius）之女。父亲死后，她因悲伤而死，酒神怜悯他们，将伊卡里俄斯变成猎户座，将女儿变成处女座（Virgo）。参考许基努斯《故事集》（*Fabulae* 130）。奥维德的故事不知出处为何。

6 萨图尔努斯化作马奸污了大洋神俄刻阿诺斯的女儿菲吕拉（Philyra 或者 Phillyra），后者生下了半人马喀戎。阿拉克涅绣的图充分揭露了神的淫邪和奸诈。Salzman-Mitchell（2005）认为，与更为传统的闵亚斯女儿们相比，阿拉克涅的织布行为带有更强烈的反叛性和表达女性视角的能力。

无论帕拉斯还是“嫉妒”都无法挑剔[1]
她的作品。金发处女神愤恨不已，
撕碎了这张绣满天神秽行的布匹，
手中正拿着库托罗斯山的黄杨梭子，
她便拿起它，三四次猛击对方的前额[2]。
不幸的少女难忍羞辱，用一根绳索
套紧了脖子。帕拉斯怜悯上吊之人，
托起她，说道：“别死，吊着活下去，恶棍！
为让你永远忧虑未来，同样的严刑
将判给你的后代，直至最后的子孙！”
她转身离去之时，给少女洒了乌头的[3]
汁液，长发一碰到可怕的毒剂，立刻
掉落于地，还有她的鼻子和耳朵。
头变得极小，她的全身也急剧收缩，
纤细的手指依附在两旁，用作新的腿，
腹部占据了剩下的空间，却从其内
送出丝。她成了蜘蛛，继续纺织的活计。[4]

尼俄柏的悲剧

整个吕底亚都沸腾了，佛里吉亚各地

1 “嫉妒”指嫉妒女神利沃尔（Livor）。

2 “对方的”对应的原文是 Idmoniae Arachnes，意为“伊德蒙的阿拉克涅的”，伊德蒙是她父亲的名字，前文已经出现过。

3 “乌头的”对应的原文是 Hecateidos herbae（赫卡忒的草）。乌头（aconitum）是毒草，其毒素在西方古代常被用来制造毒箭。赫卡忒是掌管巫术的神，熟谙毒草功效。

4 Pavlock（2009）认为，阿拉克涅是奥维德诗学的代言人，她的作品体现了《变形记》的美学，而密涅瓦则象征着以维吉尔为代表的传统史诗美学。

传遍此消息，为广阔世界提供了谈资。
尼俄柏在婚前就已与阿拉克涅相识[1]，
那时她住在迈奥尼亚和希菲洛斯[2]。
然而，同乡人受罚并未让她警惕，
从此向天神示弱，摒弃狂妄的言辞。
许多事令她骄傲，但无论丈夫的技艺、
双方的门第和一个强盛王国的统治
（虽然她喜欢这一切）都不如她的孩子
这般让她陶醉。她原本可以被称为
最幸福的母亲，倘若她不曾以此自吹。
忒瑞西阿斯的女儿曼托已预知将来[3]，
被神圣的冲动驱策，曾在街市上公开
宣告："伊斯梅诺斯的女人，全部去神庙[4]，
向拉托娜和她的两个孩子献上祷告
和虔诚的乳香，头发也缠上月桂！
拉托娜命我如此说。"大家都遵令，忒拜
妇女果然在双鬓装饰桂树的叶冠，
伴着祈求，将乳香奉上神圣的祭坛。
这时，尼俄柏在大群侍从簇拥下走来，

1　这是很可能的，因为尼俄柏（Niobe）的父亲坦塔罗斯曾统治佛里吉亚和吕底亚。尼俄柏是忒拜国王安菲翁（Amphion）的妻子。

2　希菲洛斯（Siphylus）是吕底亚的城市名（也是山名）。

3　曼托（Manto）的名字与古希腊语 mantis（先知）有关，她是先知忒瑞西阿斯的女儿，也是另一位先知莫普索斯（Mopsus）的母亲。

4　伊斯梅诺斯是忒拜附近的一条河，代指忒拜。

缀金丝的佛里吉亚长袍让她分外
惹眼，虽显怒容，仍然美丽。她晃动
优雅的脸庞和垂肩的长发，然后站定。
她以高傲的眼神环视众人，朗声说：
“怎样的疯狂将耳闻的神灵置于眼见的
之上？为何拉托娜在祭坛受到礼敬，
我的神性却没有应得的乳香？我父亲
是唯一能靠近上神餐桌的坦塔罗斯[1]，
我母亲是昴星团仙女。伟大的阿特拉斯[2]
是我外祖父，他颈上扛着宏伟的苍穹；
朱庇特是我祖父，同样也是我公公[3]。
佛里吉亚各族敬畏我，卡德摩斯的
王宫尊我为女主人，丈夫竖琴的音乐
建造了城墙，忒拜归我们夫妻掌握[4]。
无论我将目光转向宫殿的哪个角落，
都看到无尽的财富，再添上堪与女神
媲美的这张脸，还有七男七女，青春
正盛，很快我就会招来儿媳和女婿。
现在任凭你们问，我骄傲可有依据？

---

1 坦塔罗斯是朱庇特和宁芙普鲁托（Plouto）的儿子，曾经受朱庇特欢迎，进入天界，与诸神共享盛宴，后因罪被罚入冥府最深处。

2 尼俄柏母亲塔宇革忒（Taygete）是昴星团七仙女之一，也是阿特拉斯的女儿。

3 朱庇特是尼俄柏父亲坦塔罗斯的父亲，所以是她祖父，但他也是她丈夫安菲翁（Amphion）的父亲，所以也是她公公。

4 安菲翁擅长弹奏里拉琴，传说在他的音乐魔力感召下，石头自动移动，建成了忒拜城。

然后随你们把我摆在拉托娜后面——
无名科俄斯造出的提坦女，当初她分娩[1]，
广阔的大地居然不给她一寸容身处！
你们这位神被天空、大地和海洋坚拒，
被世界放逐，直到提洛岛怜悯流浪者。
‘你在地上，’她说，‘我在海上漂泊。’
于是给了拉托娜暂时的栖息地。她在此
诞下两小孩，不过是我的七分之一。
我幸福（谁能否认？），也将一直幸福
（谁又能怀疑？），富足确保我平安无虞。
时运女神的力量早已伤害不到我，
她夺走再多东西，留下的都会更多。
我的福气已经超越了恐惧。即使
众多的后嗣可能遭受到一些损失，
我也不会像拉托娜那样，只有两个
孩子。这个数字与无后有何分别？
走吧，摘掉发间的桂叶，你们已祭祀
太久！”众人取下头饰，中止了圣礼，
但他们仍在心里默默敬拜着女神。
拉托娜怒火中烧，她站在钦图斯山顶，
对自己的一双子女愤然说了这番话：
“看看你们的母亲！我骄傲，是因为生下

1 “提坦女”（Titanida）指拉托娜，她为朱庇特生下了阿波罗和狄安娜。在她怀孕期间，嫉妒的朱诺派出巨蟒皮同追杀她，最后她逃到提洛岛，受到庇护。她父亲科俄斯是十二提坦神之一，绝非尼俄柏所说的“无名”。

你们，在女神之中也唯独臣服于朱诺，
现在却有人不信我是神，而且要禁绝
我世世代代的祭祀——除非你们肯干预。
不止这一点伤我心。坦塔罗斯之女
给亵渎的举动添上恶言，竟敢说你们
不如她的孩子，还骂我无后（愿报应
在她身上！），此毒妇真有其父的舌头[1]！”
拉托娜讲完这些，正准备祷告祈求。
“别抱怨，”福玻斯说道，“徒然推迟惩罚。”
福柏也附和。两位神迅即从天空降下，
身上裹着云，到达卡德摩斯的城垣。
忒拜高墙外有一片极其开阔的平原，
每日被车马践踏，无数的车轮和马蹄
早已将下面的土块踩成软泥。这里，
安菲翁七位儿子中有几位正在训练
烈马，他们坐定，紧按马背的彩鞍
（用推罗贝液染过），手握镶金的锦辔。
其中伊斯梅诺斯（尼俄柏怀上的第一位
孩子）引导他的马沿完美的圆圈行进，
以衔铁用力扼住它吐着白沫的口唇——
“啊，我惨了！”他大喊，一支箭已经陷没
他心口，缰绳渐渐从垂死的手中滑落，

1　坦塔罗斯将自己的儿子佩洛普斯切碎，煮给奥林匹斯诸神吃，还曾多次侮辱众神。

身子在马的右肩上慢慢倒向一侧。
旁边的西庇洛斯听到空气中弓弦的
声响，纵马前奔，就像领航员看见
黑云，预感到暴雨，张开每一片布帆，
不让一丝风白白漏掉，全力疾冲。
他松开缰绳，但不可逃脱的箭追踪
其后，射进颈背的顶部，尾羽颤动，
赤裸的铁镞已从前面洞穿了喉咙。
他前倾的身体翻过飞驰的马腿和马鬃，
无助地滚落，温热的血将地面染红。
不幸的派迪莫斯和继承外祖父之名的
坦塔罗斯当惯常的骑马练习终结，
已经切换到抹油摔跤的年轻运动[1]，
此时他们两人正贴身肉搏，胸膛
抵着胸膛，紧绷着肌肉，全力以赴，
仿佛已经合体，却被箭一并钉住。
他们同时惨叫，肢体同时因剧痛
而扭曲，倒向地面，同时躺着，转动
临终的眼珠，同时呼出最后一口气。
阿尔菲诺耳看见了，拍抓胸膛痛惜，
飞奔过去，将冰凉的身躯抱入怀里，
却在挚爱的举动中丧命，因为福玻斯

1　从事摔跤运动时，浑身抹油是古希腊的传统，所以拉丁语总爱用 nitidus（闪亮的）形容摔跤。

用致命铁箭刺入了他的胸膛深处。
拔箭的时候，肺的一部分也随尖镞
拖拽出来，鲜血狂喷，魂魄四散。
然而长发的达玛西克同却并非一箭
毙命。他先被射中小腿开始的地方，
就是膝关节肌腱中间的柔软空当，
他正试图用手拽出这凶残的武器，
另一支飞箭除了尾羽，全没入喉咙里。
箭被血猛然喷出，血自己也射入高空，
奔跃到远处，仿佛在风中凿出一个洞。
最后一位，伊利奥纽斯，徒然举起
双臂，向天祷告："你们所有的神祇"
（他并不知道其实不必向所有神祈求），
"饶过我！"执弓者心动，可箭已经离手，
无法回头，但是他死于最轻的伤口，
这支箭未尽全力，他的心并未穿透。[1]
厄运的消息、民众的痛苦、家人的眼泪
让母亲知晓了这场突如其来的大灾，
她惊讶这样的事情竟能发生，痛恨
天神肆意妄为，握有无限制的权柄。
父亲安菲翁已经拔剑刺穿了胸膛，
以死终结自己的生命和不堪的悲伤。

1 Anderson（1972）指出，如果阿波罗真正被祷告打动，就应当停止杀戮，伤口是轻是重没有任何意义。伊利奥纽斯的结局未变，证明阿波罗不是残忍，就是鲁莽，两者都是他一贯的作风。

可叹！这位尼俄柏不再是那位尼俄柏，
她驱走敬拜拉托娜的人们不过片刻，
那时她昂首从城市中间走过，被臣民
羡慕，如今却连敌人也心生怜悯。
她躺在冰冷的尸体堆里，顾不上区分，
狂乱地为每位儿子分发最后的吻。
然后，她朝着天空抬起发青的臂膀，
喊道：“尽情享用吧，残忍的拉托娜，享用
我的痛苦，让你的胸膛、你无情的心
饕餮我的悲哀！我已经失去七条命。
得意吧，为你可憎的胜利趾高气扬！
可是你胜利了吗？我悲惨你幸福又何妨？
死了这么多，我剩下的孩子仍然比你多！”
她说完，张弓拨弦的声音已入耳朵，
所有人都恐惧不已，除了尼俄柏，灾难
为她注入了胆气。七姐妹身着黑衫，
披散着头发，站在兄弟的棺架前面。
其中一位正拔出陷在内脏中的箭，
她很快倒下，临死前脸枕在兄弟身上。
另一位意欲劝慰可怜的母亲，话声
却骤然停止，因无影之伤蜷曲了身体，
她紧闭双唇，直至喷出最后的气息。
这位竭力躲避，仍死掉，那位则倒在
姐妹身上；这位藏起来，那位惊骇。
转眼六位已殒命，各自受不同的伤，

只剩下最后一位，母亲用全部衣裳、
全部身体护住她，高喊："留下最小的
一个！这么多孩子我只求留最小的一个！"
她求的时候，所求的女儿也被杀。瘫在
原地，被儿子、女儿和丈夫的尸体包围，
她因苦难而变僵：头发不随风而动，
面容没有丝毫的血色，凝滞的眼睛
立于凄苦的脸颊上，表情失尽了活气。
舌头也已经与变硬的腭冻结在一起，
血脉彻底堵塞，停止了一切流动，
颈项不能弯曲，手臂不能扬，脚不能
行走，就连内脏也已经变成石头。
但她仍在哭，猛烈的旋风将她卷走，
送回故土。她被放置于山巅，仍在[1]
哭泣，直到今天大理石还会淌泪。

青蛙的故事

如此展示的神怒当然震慑了每一位
男人和女人，他们更加热情地膜拜
这位诞下了两位神灵的伟大女神。
眼下的情形让人联想起昔日的旧闻，
其中一位说道："在富饶吕基亚的田亩，
也曾有农夫侮辱女神，遭到了报复。
因这些都是小民，消息流传并不广，

1 这座山叫西庇罗斯山（Sipylus），在博奥蒂亚地区，山顶有一块岩石像痛苦的女人。

但也是奇事。我曾亲眼见到那池塘——
神迹的遗址。我父亲已经老迈，难以
忍受旅途的颠簸，吩咐我去那片土地
挑几头好牛带回来，并给我安排了一名
土著的向导。我和他一起正穿过草场，
却看见一处古老的祭坛矗立在湖心，
被飘摇的芦苇环绕，积满黑色的灰烬。
向导站定，惊惶地低语：‘求您保佑。’
‘求您保佑。’我也学着他，小声祈求。
但我忍不住问他，这座祭坛是属于
仙女、牧神或当地某位神，他如此回复：
‘年轻人，这可不是普通山神的圣所，
拥有它的神曾经被天国的王后从世界
彻底放逐，只有小小的提洛岛，自己
也漂泊，在她哀求下，给了她栖身之地。
在那里，拉托娜倚着一棵棕榈和一棵
橄榄树，诞下双胞胎，不顾正室的怒火[1]。
传说刚分娩的她为躲避朱诺的愤恨，
从岛上逃出，怀抱两个孩子，两位神。
她长久奔波，疲惫不堪，到了吕基亚
（古昔酷日炙烤大地，它育出喀迈拉[2]），

1 “橄榄树”对应的原文是 Palladis arbore，意为“帕拉斯之树”，因为橄榄是密涅瓦的圣树。“正室”对应的原文是 noverca，直译为“继母”，指朱诺，但如此翻译在汉语中显得莫名其妙。

2 喀迈拉（Chimaera）是会喷火的女妖，狮头、羊身、蛇尾。

此时，她因为暑热已经焦渴若炽，
贪婪吃奶的孩子也耗尽她的乳汁。
她碰巧在谷底看见一处不大的池沼，
农夫们正在那里采集灌木的枝条，
还有灯芯草和喜欢在水泽生长的莎草。
拉托娜靠近池塘，屈下膝盖，跪倒[1]
在地，正欲痛饮这清凉之水解渴。
这群乡民阻拦她，女神如此反驳：
“为何不许我喝水？水人人都可享受。
自然并未让阳光、空气和温柔的溪流
成为任何人的私产。这本是公共的资源，
我却谦卑地求你们给我。我并未打算
在这里沐浴，洗濯倦怠的身体，只不过
想解渴而已。我说话的嘴早已干涸，
喉咙已嘶哑，几乎挤不出任何声音。
一口水对我就如同琼浆，我可以承认，
你们给我水，我也一并接过了生命。
愿从我怀中伸出小胳膊的孩子也能
打动你们。”他们恰好也伸着小胳膊。
谁不会感动于女神这番温情的劝说?
然而，他们仍然拒绝，而且威胁她，
强迫她离开，甚至还以恶言辱骂。
还嫌这不够，他们又用手脚弄脏了

1　“拉托娜”对应的原文是 Titania（提坦女）。

池水，然后充满轻蔑地来回跳跃，
故意从湖的最深处搅起柔软的淤土。
愤怒推延了渴意，科俄斯之女不复[1]
恳求这些恶人，也不再容忍自己
说有损神威的话。手掌向星辰举起，
她喊道：“让你们永远活在这个池塘！”
女神的愿望成真。他们喜欢在水中
生活，时而将整个身子扎入池底，
时而探出头，时而在水面自在游弋，
经常坐在池塘的岸边，经常又跃回
清凉的湖里。即使现在他们仍爱
舞动可憎的舌头，毫无羞耻地争斗，
虽然在水下，但也喜用秽语诅咒。
他们的声音沙哑，脖子臃肿鼓胀，
因为经常辱骂，上下颚越拉越长。
背与头直接相连，仿佛颈项被砍斫，
脊梁呈绿色，肚子（最大的部分）是白色。
这些新造的青蛙就在泥水中蹦跳。’”

玛绪阿斯与阿波罗

不知名的人讲完吕基亚民众遭到
毁灭的故事，另一人回忆起那位萨梯[2]——
他在演奏芦管的比试中失败，被福玻斯
重重惩罚。“你为何要将我剥开？”他大叫，

---

1 “科俄斯之女”即拉托娜。

2 这位萨梯是玛绪阿斯（Marsyas），他因为傲慢地向阿波罗挑战音乐技艺，比赛失败后被阿波罗活活剥了皮。

“啊——我悔改！啊——笛子根本不重要！”
他不停嘶喊，皮却从肢体表面扯掉，
全身都变成巨大的伤口，血到处涌冒，
肌腱显露出来，血管失去皮肤的遮覆，
不停地颤动，你可以数清弹跃的脏腑
和挂在胸腔中的肺，在光里近乎透明。
当地的农夫、各处森林的神灵、牧神、
萨梯兄弟、他仍然挚爱的奥林珀斯[1]、
众宁芙都为他洒泪，所有在这些山里
放牧绵羊和长角公牛的人们也如此。
丰饶的大地因为溅落的泪水而变湿，
它将这些一滴滴吸入最深处的岩层，
变成泉水，然后送进空荡的风中，
佛里吉亚全境最清澈的玛绪阿斯河
从这里沿倾斜的堤岸汇入大海的涛波。

佩洛普斯的复原

民众很快从这样的故事回到现实，
哀悼安菲翁的死和整个家族的消逝。
他们都怨恨尼俄柏，据说那时唯有
佩洛普斯祭奠她[2]。当他从胸前挪走
蔽体的衣服，就露出左肩的象牙假肢。
出生时，这只肩膀和右肩颜色一致，
也是肉质。到后来他被父亲分尸，

1 奥林珀斯（Olympus）也是一位萨梯，他是玛绪阿斯的学生、佛里吉亚的著名笛手。

2 佩洛普斯（Pelops）是坦塔罗斯的儿子，尼俄柏的兄长，阿伽门农的祖父。

传闻神将其重新缝合，其余的残体
未丢，喉咙到上臂之间的部分却遗失，
于是将象牙嵌入无法复原的位置，
借助此手段，佩洛普斯终于变完整。

普洛克涅姐妹

周边的贵族聚集到一起，邻近的诸城
纷纷请求各自的国王前去，以表示
同情：阿戈斯、斯巴达、伯罗奔尼撒的迈锡尼[1]、
卡吕冬（那时尚未遭无情的狄安娜仇视）[2]、
富饶的奥尔科梅诺、以铜闻名的科林斯[3]、
凶悍的墨塞涅、帕特莱、卑微的克列奥奈[4]、
涅琉斯的皮洛斯、特洛曾（庇透斯还未登位）[5]、
所有被双海间地峡阻隔的其他城市
以及更远的、能够从地峡望见的城市[6]。
谁能相信——唯独雅典无任何动作。
战火阻止了人道，蛮族的军队渡过

1　迈锡尼（Mycenae）在伯罗奔尼撒半岛东北部。

2　卡吕冬（Calydon）是埃托利亚的城市，后来因为众英雄到此围猎野猪而闻名，关于“狄安娜的仇视”和野猪之战，参考本书第八卷 270—444 行。

3　奥尔科梅诺（Orchomenos）是博奥蒂亚的一座城市，帖撒利亚也有一座同名城市。据记载，科林斯被罗马征服后，才以铜闻名（因为无数铜像被罗马军队焚烧）。

4　墨塞涅（Messene）是伯罗奔尼撒半岛上的城市，帕特莱（Patrae）是亚该亚地区的古城，克列奥奈（Cleonae）是阿戈利斯的城市。

5　伯罗奔尼撒半岛上有三个名叫皮洛斯的城市，其中一个的国王是涅琉斯。特洛曾（Troezen）是伯罗奔尼撒半岛上的城市，庇透斯（Pittheus）后来在这里做王。

6　指科林斯地峡（双海间地峡）以北的其他城市。

大海，让莫普索斯的城市陷入恐慌[1]。
色雷斯的特柔斯率领援军驱走了敌将[2]，
凭借此次胜利赢得了荣耀的名声。
潘迪翁让他与普洛克涅联姻，不仅[3]
看重其财富和众多追随者，还因为他是
伟大战神的后裔，然而这一场婚礼[4]
婚姻神朱诺、许门和美惠神都未参加[5]。
是复仇女神手持从葬礼抢来的火把[6]，
是复仇女神准备婚床，是不祥的猫头鹰
阴沉地守护宫殿，坐在洞房的屋顶。
普洛克涅和特柔斯伴着此凶兆成亲，
伴着此凶兆生子。色雷斯自然为他们
庆贺，他们也向神致谢，并且宣布

1 莫普索斯（Mopsus）是传说中古代雅典的国王，所以雅典有一个古称是 Mopsopia（莫普索匹亚），这行原文中的形容词 Mopsopios 直接源于这个名称。

2 特柔斯（Tereus）是色雷斯国王，因为下文这个故事而被后世记住。

3 潘迪翁（Pandion）是当时的雅典国王，普洛克涅（Procne 或 Progne）和菲洛墨拉（Philomela）的父亲。Cole（2004）指出，卡斯托尔的著作《世代纪》中列出了十四代阿戈斯国王，奥维德只列了十代，但在后面续了四代雅典国王：潘迪翁、厄瑞克透斯（Erechtheus）、埃勾斯（Aegeus）和忒修斯（Theseus）。他省略了中间的两代雅典国王，凑成了十四代，以与后面十四位拉丁－罗马国王相平衡。

4 战神的另一个名号是“行军神”（Gradivus），原文用的就是其夺格形式。特柔斯是马尔斯和仙女比斯托尼丝（Bistonis）的儿子。

5 美惠神（Gratiae）是维纳斯的三位侍从，名字分别是阿格莱娅（Aglaia，意为“光华”）、塔利娅（Thalia，意为“盛开”）和欧芙洛绪涅（Euphrosyne，意为“欢乐”）。

6 “复仇女神”对应的原文是 Eumenides，这也是复仇女神的名称。

潘迪翁女儿嫁给这位著名君主
和伊提斯诞生之日都成为公共节日。
但祸福总隐藏太深！眼看流年飞逝，
季节随太阳轮回，第五个秋天已过，
普洛克涅温言对丈夫说："如果你觉得
还算喜欢我，或者放我去见妹妹，
或者请妹妹来这里！待几天就回，
你让父亲放心。这就是大礼一件，
我若能见到妹妹。"他即刻下令开船
入海，划桨扬帆，刻克罗普斯的港湾[1]
已然抵达，他便在庇莱欧斯靠岸[2]。
刚有机会与岳父见面，右手就握住
右手，他们就开始寒暄，互相祝福。
他告知此行的来意，转达妻子的心愿，
承诺会很快将内娣送回父亲身边。
这时，身着华服的菲洛墨拉出现了，
容貌比衣物更美，就像我们常听说
徜徉于郊野的水泽仙女和山林仙女——
如果给她们配上相似的首饰和衣物。
一看见这位少女，特柔斯就开始燃烧，
就像谁在已经泛白的麦穗下点起火苗，
或者焚烧叶子和一垛垛堆起的干草。

1　指雅典，刻克罗普斯是古代雅典的国王。

2　庇莱欧斯（Piraeus）是雅典的港口。

她的美令人心颤，但天生的淫欲也搅扰
不宁——那一带的民族都有放纵的本性，
他则同时因为民族和自己的缺陷而躁狂。
冲动袭来，他真想贿赂照料她的侍女，
收买忠诚的奶娘，送给她贵重的礼物，
不惜掏空自己的王国来反复劝诱，
或者抢走她，以残酷的战争据为己有。
被脱缰的情欲控制，他没有什么事情
不敢做，胸中的火焰也已经难以囚禁。
他无法忍受拖延，再次急切地提起
普洛克涅的吩咐，以掩藏自己的心意。
欲火让他变得雄辩，每当他表现得
太热情，他就说这话出自普洛克涅。
他涕泪涟涟，仿佛这也是妻子的命令。
天神啊，凡人的内心装着多少沉沉
黑暗！特柔斯为罪孽使尽浑身解数，
却被看成有情义，恶行反收获赞誉。
菲洛墨拉竟也愿如此！她亲密地拥着
父亲的肩膀，求他允许自己与姐姐
相聚，以自己的福祉（可叹！）催促劝告。
特柔斯望着她，在凝视中想象与她拥抱，
看见她的吻和落在父亲颈项上的臂膀，
他全部印入心底，怂恿、煽动、喂养
疯狂的欲望。每当她拥抱父亲，他就想
变成她父亲，即使他真是，淫念也一样。

父亲被两人的祈求打动。她兴高采烈，
向父亲致谢，不幸地以为，这是两人的
成功，却不知这会导致两人的毁灭。
此时，福玻斯一天的工作接近终结，
天马已驰入奥林匹斯下降的轨道，
桌上摆满金盏的美酒和王室的佳肴。
宴饮之后，大家都享受平静的睡眠。
可是色雷斯的国王虽已回房，却仍然[1]
为她痴狂，追忆她的姿容、仪态和手臂，
想象他觊觎却未曾目睹的珍宝，自己
催动自己的火焰，焦躁地辗转反侧。
天已亮，特柔斯即将动身，潘迪翁拽着
他的手，流着泪将同行的女儿托付于他。
“亲爱的女婿，既然这出于亲情的牵挂，
既然姐妹俩，还有你特柔斯，都希望如此，
我就将女儿交给你，以忠诚、姻亲之谊
和天神的名义请求你，给她父亲的关怀，
并且将我这忧惧残年最甜蜜的安慰
尽快送回来（任何耽搁都无比漫长）。
你也要赶紧返家（你姐姐嫁到远方，
我已很难过），菲洛墨拉，若你还爱我。”
他一边嘱咐，一边与自己的女儿吻别，

1 “色雷斯的”对应的原文是 Odrysius（奥德鲁塞人的），这个形容词源自色雷斯民族奥德鲁塞人（Odrysae）。

说着这些话，慈爱的眼泪不住地掉落。
他要求他们伸出右手作为守诺的
凭证，将两只手连在一起，不忘叮咛
替自己问候远在异乡的女儿和外孙，
然后几乎哽咽，艰难地说出再见，
内心不祥的预感让他一阵阵发颤。
菲洛墨拉已登上彩绘的大船，桨片
划过海波，陆地渐渐地抛在后面，
他嚷道："我赢了！我想要的人与我同行！"
这个野蛮人兴奋不已，片刻都不肯[1]
放下邪念，目光始终牢牢锁在她
身上，正如老鹰已用弯曲的利爪
抓来一只野兔，关在高悬的巢中：
俘虏无法逃，掠食者紧盯自己的奖赏。
航程已结束，他们离开疲惫的舟楫，
踏入他的国度。菲洛墨拉被特柔斯
拽进隐藏在古老森林中的一处高城，
囚禁在里面。她脸色惨白，战战兢兢，
流着眼泪，反复问姐姐在哪里。他却
坦承了罪恶的用心，强暴了孤立无援的
处女。她徒然呼救，时而喊父亲的名，
时而喊姐姐，尤其祈求伟大的神灵。
她战栗如一只羊羔，已摆脱灰狼之口，

1　特柔斯不是希腊人，所以被称为"野蛮人"。

仍陷于惊恐，不敢确定是否已得救；
又好像鸽子，羽毛浸满自己的鲜血，
生怕方才的贪婪利爪再一次劫掠。
很快，当意识恢复清明，她撕扯乱发，
仿佛一位哀悼者，臂膀在胸膛拍打，
她伸出手掌，哀叹："丧德败伦的野蛮人！
残忍的怪物！没什么能够打动你，无论
父亲的命令，他温情的眼泪，姐姐的关爱，
我的处女身，还是婚姻的神圣纽带！
你搅乱了一切，我成姐姐的妾奴，你成
我俩的丈夫，普洛克涅成我的敌人！
奸诈的恶徒，你何不作恶到底，连性命
也夺走？真希望你在犯下奸情前就已经
杀了我！那样我至少还有清白的鬼魂。
但如果天神见证了这一切，如果神灵
非虚言，如果不是万事都随我毁灭，
你迟早要遭到我的报复。我会弃绝
羞耻，公开你的罪行；如果有机会，
我会去民众中间；如果你把我关在
林间，我就向树木呐喊，让岩石落泪。
天穹终将听闻，如果神真的存在。"
她的这番话激怒了残酷的国王，但惊恐
甚至超过了恼恨，被两种情绪怂恿，
他从挂在腰间的剑鞘中拔出剑，猛揪
她头发，然后将她的手臂扭到身后，

套上了锁链。菲洛墨拉已伸出颈项，
看到剑，她以为看到痛快赴死的希望。
他用镊子夹住她舌头（始终在谴责，
呼喊父亲的名字，竭力说话），冷血地
一剑割掉。但舌根仍然震颤不停，
舌尖也在黑色的泥土上嗫嚅，抖动
（正如已经被斩断的蛇尾依然能动弹），
痉挛着，在临死之际寻到主人的脚边。
据说（我不敢相信）犯下如此骇人的
罪行后，他还时常在残躯上发泄欲火。
他甚至还敢坦然地回到妻子身旁。
普洛克涅看到他，问妹妹如何，他假装
长叹数声，杜撰了故事，称她已死亡，
眼泪让虚构更真实。普洛克涅从肩上
一把扯掉镶宽阔金边的绚丽长裳，
换了黑色的丧服，给她立了衣冠冢，
为并不存在的鬼魂行了净化礼，悲悯
妹妹不应以这种方式悲悯的命运。
一年已过去，太阳已走完十二个星座。
菲洛墨拉能怎样？守卫阻止她逃脱，
行宫的城墙坚固，以厚实的岩石筑成，
喑哑的嘴无法揭露罪。但痛苦会发明
奇思，悲惨的处境催生高超的技术。

她在织机上搭好蛮族式样的织物[1]，
以白线为背景巧妙嵌入紫色的秘符，
暗示了恶行，完工后找来一位侍女，
以手势请她交给女主人。她不负嘱托，
找到普洛克涅，不知晓里面是什么。
残暴国王的妻子摊开这块布，读出
妹妹在其中秘密讲述的可怜遭遇，
却一言不发（令人惊叹！）：痛苦噎住了
喉咙，舌头找不到足以表达愤怒的
语言，也没有空闲哭泣，径直冲出去，
一心想象着搅乱正邪之分的报复。
已到了色雷斯妇女三年一度欢庆[2]
酒神节的时间，圣礼是在晚上举行。
入夜的罗多彼回荡着铜钹尖厉的声音，
于是王后在夜里离开了宫殿，遵循
仪式的要求，准备了狂欢的全套服装：
头顶缠着葡萄藤，身体左边披一张
鹿皮，肩膀上扛着一支轻巧的长矛[3]。
表情狰狞的普洛克涅在森林中飞跑，

---

1 可能是佛里吉亚的式样，那里以纺织的技艺闻名。Salzman-Mitchell（2005）指出，菲洛墨拉织布的行为可以与阿拉克涅相比，都是让女性摆脱沉默和被命运主宰的反抗方式。

2 “色雷斯”对应的原文是 Sithoniae（西托尼伊人的），西托尼伊人（Sithonii）是色雷斯的一个民族。这个节日叫“三年节”（Trieterica），用于庆祝酒神的印度远征。

3 这种鹿皮叫 nebrides，是酒神敬拜者举行狂欢仪式时披在身上的。

一大群女伴跟随。仇恨的狂怒在驱策，
她却装出酒神的疯癫。终于来到了
偏僻的囚牢，她高声尖叫，撞开大门，
拽住妹妹，又给她套上敬拜酒神
所需的服饰，以常青藤叶遮住面容，
将惊愕不已的她带进了自己的寝宫。
当菲洛墨拉发现置身该诅咒的宅院，
不幸的女人脸色乍变，浑身惊颤。
到了安全处，普洛克涅除去圣礼装，
露出可怜的妹妹被羞惭笼罩的脸庞，
紧紧搂住她。她却无法抬起眼睛，
与姐姐对视，觉得顶替了她的身份。
她低头盯着地面，真想发誓，请神灵
做证，自己的耻辱源于强加的暴行，
但她没有声音，只有手。普洛克涅
抑制不住燃烧的愤怒，止住妹妹的
哭泣，说道："现在泪水已无济于事，
必须用剑，用某种比剑更强大的武器
（如果你有）。妹妹，什么罪我都敢犯！
等我一把火烧光这座豪华的宫殿，
我要么把诡计多端的特柔斯扔进火里，
要么割他的舌头、眼睛或者夺去你
贞操的肮脏东西，或者以千刀万剐
结果他罪恶的灵魂。惊人举动在筹划
之中，但我还没有确定。"她正说着，

伊堤斯来找母亲。看到孩子，她有了
灵感。她用充满怨毒的眼睛看着他。
“你真的太像父亲！”她只抛下一句话，
可怕的念头已成形，愤怒无声地翻腾。
然而当儿子贴到她身边，问候母亲，
用稚嫩的手臂将她的脖子拉向自己，
亲吻和呢喃夹杂，天真地表达爱意，
她的心却被打动，怒气已消去大半，
不由自主涌出的泪水沾湿了双眼。
但她意识到过分的母性让意志瘫痪，
马上将目光从儿子转向妹妹的脸。
来回端详着他们，她心想：“为何他能够
温言软语，她却被割舌，只能缄口？
他叫我母亲，她为何不肯叫我姐姐？
潘迪翁的女儿，看看你丈夫是什么货色！
太堕落！特柔斯的妻子顾亲情就是邪恶！”
她不再迟疑，拽着伊堤斯，就像恒河的
猛虎拖着未断乳的小鹿从暗林穿过。
当他们到达宏伟行宫的幽深角落，
伊堤斯伸出手，已然明白此行的用意，
大喊，“母亲，母亲！”，想要搂住她脖子。
普洛克涅的利剑从侧面刺中他胸部，
甚至没有转过脸。一处伤已足以夺去
孩子的性命，菲洛墨拉又割断喉管。
她们将仍然抽搐、仍然有生命的温暖

肢体切碎，一部分扔进铜锅里烹煮，
一部分烤成肉串，暗室里淌满血污。
妻子将菜肴端给不知情的特柔斯，谎称
按照故乡的宗教仪式，唯丈夫一人
可以享用，然后撤走了所有的仆从。
特柔斯独自高坐在祖先留下的宝座上，
尽情将自己的骨肉塞入自己的腹中。
他心灵如此昏蒙。“去叫伊堤斯。”他大嚷。
普洛克涅已无法抑制残忍的快乐，
急于站出来宣告她精心设计的惨祸。
“你叫的人在你的里面。”她说。他环视
四周，问他在哪里，再次唤他的名字。
从疯狂的谋杀归来，菲洛墨拉披散着
头发，蹦到前面，将伊堤斯溅满鲜血的
脑袋朝父亲脸上扔去。她从未像此刻
这般想说话，用生动的言辞表达喜悦。
色雷斯君主大叫一声，推倒餐台，
从斯堤克斯河谷召来蛇发的姐妹[1]。
他时而渴望（如果可能）裂开胸膛，
掏出可怕的晚餐和埋入胃中的内脏，
时而哭泣，称自己是儿子的悲惨坟墓，
最后他拔出剑，追赶两位潘迪翁之女。

1 “蛇发的姐妹”指复仇女神。

你会觉得雅典的两少女挥舞着翅膀[1]：
的确有翅膀！其中一位朝森林飞翔，
一位在屋檐下筑巢。[2]今日她们的胸前
仍留着谋杀的印记，羽毛的血痕也可见。
他因为悲痛和复仇的欲望而飞速奔跑，
变成了一只鸟，头顶竖立着一排羽毛，
奇长的嘴喙突出，取代了原来的长剑，
名字叫戴胜，表情仿佛随时要争战[3]。
这场灾难重创了风烛残年的潘迪翁，
哀伤将他提前送入了鬼魂的幽冥。[4]

俄瑞提伊娅被劫

厄瑞克透斯继承了权杖和王国的统治[5]，
他以正义著称，也拥有强大的武力。

---

1 “雅典的两少女”对应的原文是 Cecropidum（刻克罗普斯之城的女人）。

2 普洛克涅变成了燕子，菲洛墨拉变成了夜莺。

3 戴胜在拉丁语里叫 epops。

4 Jacobsen（1984）概括了菲洛墨拉故事与达芙妮故事的平行之处：（1）故事的开头都有失败或悲剧的预兆（丘比特的愤怒和复仇女神参加的不祥婚礼）；（2）达芙妮和菲洛墨拉的美貌都催生了男性的情欲；（3）两位女子劝说父亲的情节都展现了她们的天真无邪；（4）两位男性都被激烈的情欲控制，奥维德都用火来比喻其情欲；（5）两位女性都被比作羊羔和鸽子；（6）两位女性在危急时刻都呼喊父亲；（7）两个故事的背景都是凯旋（阿波罗杀死皮同，特柔斯征服侵略雅典的军队）。但二者也有明显的差异：（1）阿波罗的情欲被比作无害的火，特柔斯的情欲被比作毁灭一切的大火；（2）达芙妮的父亲是河神，能够帮助她，菲洛墨拉的父亲却是凡人，无能为力；（3）达芙妮故事的基调近于哀歌体裁，菲洛墨拉故事的基调近于悲剧体裁。这个故事对后世影响很大，莎士比亚的剧作《提图斯·安德罗尼库斯》（*Titus Andronicus*）就明显受到了它的启发。

5 雅典传说中有两位名叫厄瑞克透斯的国王，一位在潘迪翁之前，一位在他之后，是他的儿子。

膝下有四位儿子和四位女儿，两位[1]
美貌相若，其中的普罗克里丝嫁给
埃俄洛斯的后代刻帕罗斯，缔结了[2]
良缘。北风神因为特柔斯和色雷斯的罪恶[3]
受牵连，长久未赢得心爱的俄瑞堤伊娅。
求婚时，他宁愿诉诸恳求而非强压。
可是见恳求毫无效果，他勃然大怒
（这才是北风最常见也最自然的情绪）。
“活该！”他吼道，“谁让我放弃我的武器，
放弃凶狠、力量、愤恨和跋扈的脾气，
非要求助于恳求，折损自己的威风？
暴力才适合我，我用暴力驱散阴云，
用暴力搅动海洋，刮倒盘曲的橡树，
将雪挤成凝块，以冰雹抽打大陆；
当我在开阔的天空（那就是我的战场）
与众位兄弟遭遇，争斗会近于疯狂，
天宇因为我们的碰撞而炸出雷霆，
火花四溅，纷纷蹦出空荡的云层；
同样，当我钻入大地之下的孔穴，

1 在通常的神话版本中，厄瑞克透斯有六位女儿，名字分别是普罗特戈内娅（Protogeneia）、潘朵拉（Pandora）、普罗克里丝（Procris）、克鲁萨（Creusa）、俄瑞堤伊娅（Orithyia）和克托尼娅（Chthonia）。

2 刻帕罗斯（Cephalus）是埃俄洛斯的孙子、德伊俄纽斯（Deioneus）的儿子，他的故事见本书下一卷。奥维德在《爱的艺术》（*Ars Amatoria* 3.725）中称他是墨丘利的儿子。

3 北风神名叫玻瑞阿斯（Boreas）。

愤怒中低俯脊背，被最深的岩洞压迫，
我会搅动鬼魂，让整个世界颤抖。
这才是我追求婚姻的手段，不该请求，
而该直接让厄瑞克透斯成为岳父。”
玻瑞阿斯说了这些或类似的狂语，
就扇动翅膀，大地各处都感觉震荡，
浩瀚的海面也顿时涌起一排排波浪。
他给群山的巅峰罩上灰蒙蒙的披风，
然后掠过地面，以黑雾裹住因惊恐
而战栗的俄瑞堤伊娅，用棕色翅膀搂紧。
飞行之际，他的欲火燃烧得更旺盛，
劫掠者没有放慢空中之旅的速度，
直到他抵达齐科涅斯人的城市和国土[1]。
雅典少女在那里与寒冷的君主成婚[2]，
并且诞下一对双胞胎，他们两人
容貌与母亲相像，但翅膀却继承父亲。
然而人们说，翅膀并非与身体同生，
在金色头发的下面长出金色髭须前，
卡莱斯和泽特斯度过了没有羽毛的童年[3]。
后来，等翅膀像鸟一样长出，包住
身体两侧，脸颊也同时被金须遮覆。

---

1 齐科涅斯人（Cicones）是色雷斯的一个民族。

2 “雅典少女”对应的原文是 Actaea（阿克忒人），阿克忒（Acte）指雅典附近的阿提卡海岸。“寒冷的君主”指北风神。

3 卡莱斯（Calais）和泽特斯（Zetes）兄弟以会飞闻名。

于是，当少年时代让位于青春，他们
便为寻找金灿灿的羊毛，与帖撒利亚人[1]
同坐第一艘大船，穿越未知的海程[2]。

1 “帖撒利亚人”对应的原文是 Minyis（闵亚斯人），闵亚斯（Minyas）是帖撒利亚的国王。关于金羊毛，参考本卷第 117 行的注释。

2 寻找金羊毛的阿尔戈号常被视为人类的第一艘海船。

《变形记》

第七卷

METAMORPHOSEON LIBER VII

美狄亚与伊阿宋

帖撒利亚人正乘着帕加塞松木船穿越[1]
大海。他们已见过菲纽斯，在漫漫黑夜[2]
苟延虚弱的残年。北风神的孪生青年
帮可怜的老者摆脱了哈耳庇埃的纠缠。[3]
在著名的伊阿宋带领下忍受众多困厄[4]，
大家终于抵达浑浊湍急的帕西斯河[5]。
当他们向国王索要佛里克索斯的宝物[6]，

---

1 "帖撒利亚人"对应的原文是 Minyae（闵亚斯人），这里特指乘坐阿尔戈号去黑海之滨国度科尔基斯寻找金羊毛的众英雄，他们并非全部来自帖撒利亚，但领头人伊阿宋是帖撒利亚人，船也在帖撒利亚的佩里昂山制造，并从帖撒利亚的港口帕加塞（Pagasae）出发。

2 菲纽斯（Phineus）是色雷斯（一说阿卡迪亚）的一位国王，阿尔戈号上的盲人先知。

3 菲纽斯的两个儿子都是前妻所生，在后妻的欺骗下，他弄瞎了他们的眼睛。为了惩罚他，朱诺派出鸟身女神哈耳庇埃（Harpyiae）去污染他的食物，"北风神的孪生青年"——卡莱斯和泽特斯帮助他摆脱了纠缠。

4 伊阿宋（Iason）是埃宋之子，受到伊俄尔科斯（Iolcos）国王、叔父珀利阿斯（Pelias）迫害，后来成为半人马喀戎的学生和阿尔戈号远征的召集人。

5 帕西斯河在科尔基斯境内。

6 "佛里克索斯的宝物"即是金羊毛。

对方规定了可怕的条件、艰巨的任务[1]。
埃厄忒斯之女却燃起炽烈的爱欲[2]，
她挣扎良久，却发现无法用理智征服
这种疯病。“美狄亚，你的反抗有何益？
不知哪位神在作对，”她自语，“这若不是
所谓爱或与爱相近的东西，就难以理解。
我为何觉得父亲的命令太过严苛？
但它真的太严苛！我不过刚刚见到他，
为何担心他会死？为何要如此害怕？
震落这些在少女心中孕育的火焰，
尽你所能，可怜虫！我若能，就不痴癫。
可陌生的力量强行拽着我，这边是欲望，
那边是理智。我明明赞同正确的一方，
却追随错误的一方！你身为公主，为何
迷恋异乡人，梦想遥远异域的婚约？
这片土地也能赐给你爱人。他是活，
还是死，都在神手里。还是活吧！抛却
爱情，我仍可以祷告。伊阿宋犯了何罪？
除非天性残忍，谁不会被他的年岁、
门第和勇气打动？即使这些都欠缺，谁能
不倾慕他俊美的容貌？至少我已经动心。

---

1 伊阿宋必须完成三项任务：一是迫使火牛耕田；二是在地里播撒龙牙种子；三是打败看守金羊毛的巨龙。

2 “埃厄忒斯之女”指美狄亚（Medea），埃厄忒斯（Aeetes）是科尔基斯的国王，其名字源于古希腊语 aietos（鹰）。

然而我若不帮他，他就会遭火牛喷身，
并且与自己种下、从地里萌生的敌人
搏斗，或成为贪婪巨龙的血腥战利品。
如果我允许这一切发生，就必须承认，
我是母虎的孩子，心中塞满了铁石[1]。
为何我不干脆看他死，用这样的景致
玷污我的眼？为何不怂恿牛向他进攻，
还有地生的猛士和永远不眠的大龙？
愿神有更好的旨意。但祷告求不来善果，
我必须行动。但真要背叛父亲的王国，
帮助和拯救一个不知底细的陌生人，
他一旦脱险，就可能抛下我，扬帆返程，
成为别人的丈夫，只留下美狄亚受罚？
如果他负心，将我置于另一人之下，
就让他死吧！可是不！他那诚挚的表情，
他那高贵的灵魂，他那优雅的身形，
告诉我，他不会欺骗，不会忘记我的恩。
而且，他会先发誓，我会让众神见证
我们的盟约。何必无端担心？别迟疑，
立刻行动！伊阿宋一定会永远感激你，
在庄严婚礼中娶你为妻，在希腊全境[2]，

---

1 这是古代西方形容人残忍的典型说法。

2 “希腊”对应的原文是 Pelasgas，这个形容词源于 Pelasgia（珀拉斯吉亚），是伯罗奔尼撒半岛的古称，因为据说希腊最早的居民是珀拉斯吉人（Pelasgi）。这个词常用来指代整个希腊。

妇女们将云集，赞美你的拯救之功。
难道就这样乘船远去，离开姐姐[1]、
弟弟、父亲、神祇和生我养我的故国[2]？
我父亲的确残暴，我家乡的确野蛮[3]，
弟弟仍然是孩子，姐姐站在我一边，
最强大的神在我心里。我并非抛下
而是追求伟大的东西：成为亚该亚
青年光荣的拯救者，见识更好的世界，
目睹在这里都闻名的城市，领略那里的
文化艺术，陪伴伊阿宋——为了他我甘愿
用天下的一切去交换，有了与他的姻缘，
我就是诸神的宠儿，我的头会触到星星！
为何说我不知晓什么山在大海深心[4]
升起，还有威胁舟船的卡律布狄斯[5]
（时而吸入时而又吐出海水），以及
腰缠凶犬的斯库拉（在西西里海中吠叫）[6]？

---

1 美狄亚的姐姐是卡尔基俄佩（Chalciope），她和逃到科尔基斯的佛里克索斯结了婚。

2 美狄亚的弟弟是阿布绪托斯（Absyrtus），他后来被美狄亚杀死并分尸，参考奥维德《哀歌集》（*Tristia* 3.9）。

3 这是从希腊人的角度说的，在希腊人眼中，所有非希腊人都是野蛮人。

4 这些山指辛普列加达（Symplegadae，在古希腊语中意为“碰撞到一起”），是黑海入口的两处相对的巨岩，传说会移动位置，挤碎经过的船只。

5 卡律布狄斯（Charybdis）是古希腊神话中的海妖，据说一天三次吸入再吐出大量海水，无数水手葬身她口中。理性的解释是，这是一个漩涡。

6 斯库拉（Scylla）是西西里海域的六头长颈食人女妖，小腹长着一圈吠叫的狗，参考《奥德赛》（*Odyssey* 12.73-126），也可参考本书第十四卷 55—74 行。

只要拥着我所爱，偎依在伊阿宋怀抱，
我就能漂洋过海：搂着他我无所畏惧，
如果我害怕什么，也只是为了我丈夫。
可是，这真是婚姻？真给你的罪添一个
诱人的名字，美狄亚？想想吧，你要做的
是多么悖逆！趁你还能够，远离邪行！”
此时矗立在她眼前的是美德、亲情
和羞耻心，丘比特已被击败，准备逃窜。
她正前往赫卡忒的一处古老祭坛，
它藏在浓密树荫和隐秘森林的深处，
决心已下定，爱欲已被遏制，已平复，
但当她看见伊阿宋，熄灭的火焰又重燃，
双颊泛起了红晕，面容刹那变灿烂。
正如经常从风中吸收助力的火花，
原本奄奄一息，藏在覆盖的灰烬下，
转眼就生长，苏醒，如原来一般昂扬，
她已经衰退、已经瘫软的爱情也这样，
刚瞥见青年，就为其容颜再次燃烧。
偏偏就在这一天，埃宋之子的美貌
更胜过平日，所以应当原谅她动情。
她凝视着他，目不转睛，仿佛是初逢，
越看越魂不守舍，甚至觉得那并非
凡人的面容，无法扭头，无法离开。
可是当异乡人开始说话，握住她右手，
谦卑地请求她给予帮助，并承诺相守

终生的时候，她眼泪夺眶而出，对他说：
“我知道自己怎么做。不是对真相的疑惑，
而是爱困住了我。我一定会设法救你，
但你要兑现诺言！”他以三形神的名义[1]
发下重誓，还加上那片丛林的神灵、
俯瞰一切的太阳（未来岳父的父亲）[2]、
他自己的未来和即将经历的巨大危险。
获得信任后，他立刻接过魔药（已事先
加咒），学会了用法，欣悦地回到住地。
翌日的黎明已驱散所有闪耀的星子，
人们都聚集到战神马尔斯的神圣原野，
站在山脊上观看。国王肃坐在人群的
中间，身披紫袍，手执醒目的象牙杖。
这时，铜蹄的群牛来了，精钢的鼻腔
喷着火焰，青草一碰到它们的热风，
就立刻燃烧。就像冶坊中烈火熊熊，
咆哮不停，或像炼窑里熔化的石灰岩
因浇上清水而激烈沸腾，禁闭的火焰
在这些铜牛的胸中滚动，灼烧着喉咙，
也发出阵阵轰鸣。然而伊阿宋却主动
拦截它们。凶猛的公牛直奔他的脸
而来，表情狰狞，弯角还套着铁尖，

1　“三形神”指赫卡忒，因为她同时是天上的卢娜（Luna，月神）、地上的狄安娜（Diana，猎神、林神、妇女的守护神）和地府的赫卡忒（Hecate，魔法神）。

2　埃厄忒斯的父亲是太阳神赫利俄斯。

分叉的蹄子搅起漫天的尘土，吼声
充塞整片平原，黑色的烟雾升腾。
帖撒利亚人已经吓僵，伊阿宋却紧靠
它们，感觉不到火苗（魔药的奇效），
他甚至用右手勇敢触摸柔软的垂肉，
套上轭，强迫它们拖着沉重的犁头，
以铁铧切开此前从未被耕作的荒地[1]。
科尔基斯人震惊了，帖撒利亚人一齐
欢呼助威。然后他从铜头盔中取出
龙的牙齿，将它们撒入翻过的泥土[2]。
事先浸泡了强力毒药的大地让种子
变软，龙齿膨胀，变成全新的身体。
正如胎儿在母亲的子宫里获得人形，
每个器官在里面渐渐发育，长成，
直到瓜熟蒂落才进入共同的空气，
这些人形生命也同样在大地脏腑里
孕育完全，才在富饶的平原上立起。
更神奇的是，他们诞生时便手握武器。
帖撒利亚人看见他们已做好准备，
要将锋利的长矛掷向伊阿宋的脑袋，
他们恐惧地低下头，士气也猛然沉陷。
美狄亚也惊骇，虽然已施法护他周全；

1　因为这头牛是战神的圣牛，所以从未耕过地。

2　这些牙齿来自卡德摩斯当年杀死的那条龙，是马尔斯和密涅瓦送给埃厄忒斯的礼物。

当她看见如此多的敌人扑向他一人，
脸骤然煞白，瘫坐于地，浑身冰冷。
她唯恐给他的药草效力不够，又念起
辅助的咒语，召唤秘密的法术来应急。
他朝敌阵中扔去一块沉重的岩石，
将针对自己的战斗引向了那些甲士。
大地育出的兄弟死于相互的砍斫，
在一场内战中殒命。[1] 亚该亚观众祝贺
胜利之人，激动地拥抱他，围在他身边。
蛮族的少女，你也想搂住获胜的青年，
荣誉不许你如此。你本有可能抱住他，
但你忍住了，败坏了名声，岂不可怕？
你能做的，是怀着爱意默默地欢庆，
感谢咒语，感谢发明咒语的神灵。
接下来需用魔药催眠警醒的巨龙，
头冠、三条舌和獠牙让它分外威风，
就是这恐怖的卫兵看守树上的金羊毛。
朝它抛撒了浸润过勒忒河水的药草[2]，
伊阿宋又念了三遍诱发酣眠的咒语
（它的效力足以平复狂暴的大海，止住
喧腾的河流），睡意终于第一次潜行到

1 Wheeler（2002）提醒我们，奥维德在这里再次使用了“内战”的提法形容这些“大地育出的兄弟”的相互争斗，呼应了第三卷卡德摩斯种龙牙的情节。

2 勒忒河（Lethe）是冥府五大河之一，亡魂饮此水就会忘记人间事，也被译作“忘川”。

那对眼睛里，他拿到金色战利品，骄傲
返程，带着礼物赐予者——另一份奖赏，
他的新娘——昂然回到伊俄尔科斯港[1]。

埃宋重获青春

海摩尼亚的母亲们和年迈的父亲们为平安
归来的儿子带来了礼物，祭坛的火焰
熔化堆满的乳香，角上镀金的牺牲
被宰杀还愿。但欢庆人群中没有埃宋，
他已被衰老的年纪耗尽，濒临死亡。
伊阿宋如此请求："爱妻，我承认我的安康
是你的恩赐。虽然你已经给了我所有，
你为我所做的种种也远远超出我所求，
但如果你能办到（咒语有什么办不到？），
就减去我的寿数，添给我父亲，可好？"
他抑制不住眼泪。被他的孝心感动，
她却想起了自己的父亲被遗弃家中，
但她不肯承认这样的感情，对他说：
"夫君，你这是说什么亵渎的话？我怎么
可能把你的一部分生命转移给别人？
赫卡忒不会允许，你所求也并非公正，
但我要尝试给你更大的礼物，伊阿宋。
我会努力用技艺来延长公公的寿命，
而不是靠你的年岁。唯愿三形的女神
倾力相助，促成这件惊天的事情。"

1 伊俄尔科斯是伊阿宋故乡。

还缺三个晚上，月亮的弯角就要
合拢，变完美的圆。等到满月照耀[1]，
丰盈的光轮凝视着大地，美狄亚走出
家门，穿上未系带的随风飘舞的衣服，
赤着脚，没有装饰的头发披垂肩上。
无人陪伴，她在午夜的静默中游荡，
到了荒野中。深沉的睡眠松开了凡人、
飞禽和走兽的桎梏，树篱悄然无声，
枝叶没分毫颤动，带露的空气幽寂，
唯有星星在闪烁。她向天伸出手臂，
三次原地转圈，三次用河水洒浇
自己的头发，三次张嘴发出长啸。
她屈膝跪在坚硬的地上，念念有词：
“最忠于秘术的夜神，你们，与月亮一起
接替白昼阳光的金色星辰，还有你，
三重脸孔的赫卡忒——你洞悉我的心机，
热情襄助一切咒语和巫师的技艺，
还有你，为巫师培育强力药草的大地，
你们，空气、风、山岭、河流、湖泊，
还有所有森林和夜晚的神祇，请助我！
借你们之力，我能够驱使江河从惊愕的
堤岸间流回源头，能够以咒语逼迫
怒海安宁，静海翻腾，能够驱散云，

1　古代西方人相信，满月有特殊的魔力。

又让云聚拢，平息狂风又召来狂风，
我以祷辞和咒语击碎蝰蛇的喉管，
从底部连根拔起橡树和生长的巨岩，
我移动森林，遵我之令，群山震颤，
大地呻吟，鬼魂从坟墓纷纷逃窜。
甚至你，月亮，我都能拽下，虽然铜锣[1]
减轻了你的痛苦。就连祖父的马车[2]
也因咒语而变色，奥罗拉也怕我用毒。
你们为我压制了公牛的火焰，让从不
负重的脖颈垂下，无奈地接受弯犁；
你们在龙生的武士间挑起惨烈的战事，
让未曾尝过睡眠的守卫沉入梦乡，
骗过保护者，将黄金送回希腊的城邦。
现在我需要一些汁液，通过它们，
老年能重回青春，收复最初的光阴。
你们会给我！因为星辰并非徒然
闪烁，带翅飞龙的战车并非徒然
来到我身边。”一辆战车已从天而降。
当她登上车，抚摸套上辔头的龙颈，
用双手甩动轻巧的缰绳，立刻升上
天空。她俯瞰帖撒利亚的坦佩，拨动

---

1 原文“铜”（aera）前面还有修饰语 Temesaea，意为“特墨萨的”，特墨萨（Temesa）是意大利重要的铜产地，塞浦路斯的同名地方也以铜闻名。这个词因为译文格律限制未译。

2 “祖父”指太阳神赫利俄斯。

龙头，让战车驶向她心里确定的地方。
她察看奥萨、俄特里斯、高峻的佩里昂、
品多斯和更巍峨的奥林匹斯生长的草卉[1]，
发现中意的，有些从根部整体采摘，
有些用青铜镰刀的弯刃割掉枝叶[2]。
阿皮达诺斯河畔的许多草也令她喜悦[3]，
还有安弗瑞索斯。厄尼剖斯，你也
难逃，珀纽斯以及斯佩基俄斯的水波、
博贝伊长满灯芯草的湖岸同样有珍宝[4]。
她还在欧卑亚的安泰东采了延命之草[5]，
此物还没有因格劳科斯变身而扬名[6]。
一连九天九夜，她借助龙的翅膀[7]，
乘着战车巡访了世界各处的原野。
当她返回，龙尚未进食，只吸了这些
植物的气味，就已经蜕掉衰老的皮肤。
到达时，她站在门槛之外，没有进屋，
直接站在天空下，避开丈夫的亲热，

---

1 这些都是著名的高山，其中俄特里斯山在帖撒利亚。

2 在西方古代，铁镰刀是实用工具，铜镰刀则是巫术工具。

3 阿皮达诺斯河（Apidanus）是帖撒利亚的一条河，它和厄尼剖斯河（Enipeus）汇合后，注入珀纽斯河。

4 博贝伊（Boebeis）是帖撒利亚的一个湖。

5 安泰东（Anthedon）是欧卑亚的一个城镇。

6 格劳科斯（Glaucus）原是安泰东的渔夫，因为误食这种草，变成了海神，他的变形故事见本书第十三卷 917—963 行。

7 数字三和九在巫术中有神秘的力量。

用草皮搭了两座祭坛，右边一座
献给赫卡忒，左边一座则献给赫柏[1]。
她在祭坛边围上野林摘来的枝叶[2]，
在附近的地里挖了两条壕沟，完成
仪式后，将刀插进一只黑羊的喉咙，
用它的鲜血洒遍豁然大敞的土堑。
接着，她在里面倒上清酒数碗，
再另外倒上数碗温热的牛奶，一边
念着祷辞，向大地的神灵发出召唤[3]，
祈求鬼魂的君主和他劫掠的王后，
不要急于将衰老肢体的生命偷走。
当他们已被祷告和冗长的低语劝服，
她吩咐将埃宋枯竭的身躯抬出房屋，
用咒语送老人进入沉沉的睡眠，然后
让他躺在铺好的药草上，仿佛已死透。
她命令埃宋之子和所有仆从都远离，
警告切不可以亵渎之眼窥探秘仪。
他们遵嘱四散，美狄亚头发散乱，
如酒神狂女，在燃烧的祭坛边绕圈，

---

1 “赫柏”对应的原文是（Iuventae，主格 Iuventas），意为“青春”，指古希腊神话中的青春女神赫柏（Hebe），hēbē 在古希腊语中也是“青春”的意思。

2 “枝叶”的原文 verbenis 在拉丁文中指用于祭祀的植物，或者戴在头上做花环或叶环，或者由祷告者手持，或者置于祭坛上。

3 “大地的神灵”主要指普鲁托和普洛塞庇娜夫妇，即“鬼魂的君主和他劫掠的王后”。

将切成多块的木柴没入暗黑的血堑，
等沾满血污，再于两座祭坛上点燃。
她三次用火，三次用水，三次用硫黄
净化老者，与此同时，强力的配方
在铜锅中沸腾，不断涌起白色的泡沫。
汤里煮着她从海摩尼亚山谷采撷的
植物根、种子、花朵和各种可怕的果汁。
她还添上了从东方尽头捡来的碎石
和大洋退潮之时海波冲刷的沙子；
她又补充了半夜月光下搜集的霜粒，
鸣枭恶名昭彰的翅膀连同其腐肉[1]，
还有暧昧狼人的尸块（它惯于从野兽
化作人形）。魔药中也不缺齐努普斯
细长水蛇蜕掉的布满鳞片的旧皮[2]，
一头长寿公鹿的肝脏，再添上一只
乌鸦的蛋和脑袋（已活过九代的年纪）[3]。
用这些和其他千种无名的原料，美狄亚[4]
最终完成了凡人所不敢梦想的计划。
然后，她手持干枯已久的多产橄榄枝，

1　鸣枭（strix）的名字来自希腊语动词 strizō（尖叫），根据奥维德在《岁时记》（*Fasti* 6.131-140）中的描述，它们非常像吸血蝙蝠（vespertilio vampyrus）。

2　齐努普斯河（Cinyps）在利比亚，那里生活着名为 chelydrus（意为“龟蛇”）的剧毒水蛇。

3　古代西方传说，雄鹿能活人的四辈子，乌鸦能活人的九辈子。

4　“美狄亚”对应的原文是 barbara（蛮族女人）。

搅动它们，混合最上与最下的物质。
这时，在滚烫铜锅中转动的老枝竟然
变回了绿色，并且很快被叶子覆满，
眨眼之间，它就结出了累累的果实。
而且无论火将锅中的泡沫喷向哪里，
炽热的液珠甫一溅落，地面的泥土
便生出绿色，鲜花和嫩草立刻涌出。
看见此景，美狄亚迅即拔剑，划开
老人的喉咙，任随原来的血流出来，
再灌入药汁。埃宋刚通过嘴和伤口
吸收灵液，原来的霜雪就已经遁走，
长髯和头发顿然覆盖了一层青黑，
羸弱消失了，苍白和朽败不复存在，
枯瘪的皱纹重新长出新鲜的表皮，
肢体也充满活力。埃宋万分惊奇，
记得这样的感觉已属于四十年前。
利柏耳在高空看到如此奇妙的变幻，
于是意识到自己的乳娘也可以重拾[1]
青春，就向美狄亚索要了这份厚礼。
为继续施展诡计，巫女假装与丈夫[2]

珀利阿斯惨死

1 酒神的乳娘有多位，合称“尼萨众仙女”（Nyseides），但在《岁时记》第五卷中，她们被称为“毕星团仙女”（Hyades），也有说法她们来自多多纳，所以合称“多多纳众仙女”（Dodonides）。

2 “巫女”对应的原文是 Phasias（帕西斯女人），指来自科尔基斯的美狄亚。

闹翻，逃到珀利阿斯的门前求助。[1]
因为他也已经老迈不堪，女儿们
就收留了她。很快，狡诈的科尔基斯人[2]
就通过欺骗的友情赢得她们的信任。
她声称自己最大的成就便是驱尽
埃宋的衰朽，绘声绘色详述此故事，
诱使珀利阿斯的女儿们萌生了希冀：
父亲也能靠同样的法术返老还童。
她们请求她，一再让她说期待的报偿。
开始她沉默了片刻，仿佛难下决定，
故作严肃，让她们的心悬在半空。
最后她终于答应，吩咐道：“为让你们
更相信我的能力，请把羊群中年龄
最大的一只带来，我的药会帮它变羊羔。”
被无数年月耗尽的老羊迅即被带到
面前，它的双角已弯至干瘪的耳畔，
枯萎的喉咙被海摩尼亚的刀扎穿，
铁刀上沾着零星的血迹。巫女将羊的
身体和强大的毒液一起扔进铜锅：
魔药缩小了它的四肢，烧去了双角，
积累的年岁也与双角一起焚掉，
从铜锅中间传来一声稚嫩的羊叫，

1 珀利阿斯将本该继位的兄长埃宋囚禁起来，自己登基做王，也曾迫害伊阿宋，所以美狄亚要报复他。

2 科尔基斯人还是指美狄亚。

她们正惊诧，羊羔已跃出，活蹦乱跳，
欢快地离去，搜寻可以充饥的乳汁。
珀利阿斯的女儿们看呆了，承诺之事
得到了应验，她们越发急切地恳求。
福玻斯已三次卸下沉水天马的辔头[1]，
到了第四个晚上，明亮的星辰正闪耀，
埃厄忒斯狡诈的女儿在熊熊的火苗
之上烧起清水，放入无药效的草卉。
国王和卫兵的身体都已经完全放开，
陷入沉沉的梦乡，仿佛死了一样，
这都借助于她的咒语和魔舌的力量。
女儿们遵嘱和美狄亚一起跨进门槛，
围在床前。她催促：“为何还在拖延，
还不行动？拔出剑，放尽衰老的血，
我才能往清空的脉管注入年轻的血。
你们现在掌握着父亲的生死和寿命。
如果你们有孝心，也不想希望落空，
就履行对他的责任，用锋刃驱走衰老的
年纪，把剑扎进去，放出他的污血！”
在她怂恿下，每位孝女都争先行凶，
为了不犯罪而犯下罪孽。但她们之中
谁也无法忍受这场景。扭过脸，转过

1 “水”对应的原文是 Hibero flumine（伊波罗斯河），伊比利亚（Iberia，今天的西班牙）的名字就从它变来。但按照史诗的常规描写，到了晚上，日神阿波罗的车驾应当沉入海中，而非河中。

目光，用残酷的右手一阵胡乱地砍斫。
血淋淋的国王一半的身子已成肉泥，
却用肘部强撑着，试图从床上坐起。
在剑林中间伸出苍白的手臂，他问道：
“这是干什么，女儿们？为何动武，索要
父亲的性命？”她们抛下勇气，抛下剑。
他还想说话，却被美狄亚割断喉管，
遍体鳞伤的身体浸入沸腾的铜锅中。

美狄亚逃跑

若非乘着龙车升上了天空，她一定
会遭受惩罚。她逃至高处，飘浮经过
林木茂盛的佩里昂，喀戎的居所，经过[1]
俄特里斯（因克兰波斯的变化而闻名[2]，
古昔，他在宁芙的帮助下，乘翅翼飞升，
那时，沉重的大地被茫茫大海覆盖，
他却没丧命，逃脱了丢卡利昂的洪水）。
左边，她已经远离埃俄里亚的皮塔涅[3]
和石头雕成的巨龙形象，以及伊达山的[4]
树林（利柏耳为了掩盖儿子的偷盗，

---

1 半人马喀戎居住在佩里昂山，并在这里培养教育了众多希腊英雄。

2 根据古代文法家安托尼努斯(Antoninus Liberalis)的说法，克兰波斯(Cerambus)的名字应当是特兰波斯(Terambus)，他住在佩里昂山脚下，因为与宁芙们结仇，被变作甲虫（scarabaeus），在丢卡利昂大洪水期间，飞到了帕纳索斯山顶上，所以躲过了那次灾难。

3 皮塔涅（Pitane）是小亚细亚西部沿海埃俄里亚（Aeolia）地区的一座城镇。

4 巨龙变石头的故事所指不详，或许影射本书第十一卷 54—60 行中试图袭击俄耳甫斯（Orpheus）残体的那条蛇。这行的伊达山在佛里吉亚，不在克里特。

将作为赃物的公牛变成了鹿的样貌）[1]；
还有科里托斯父亲在沙下埋葬的墓穴[2]，
以及迈拉被自己的吠声惊吓的原野[3]；
也经过欧律庇洛斯的城市（科斯的妇女[4]
在那里长出牛角，当海格力斯的牲畜
离开）、福玻斯的罗多斯圣岛和雅吕索斯[5]
（该城特尔基内人的目光将一切腐蚀，
切齿痛恨的朱庇特把他们扔进了海中）[6]。
她还路过刻阿岛古老的卡尔泰亚城[7]

---

1 酒神巴克斯和阿里阿德涅（Ariadne）所生的儿子提俄纽斯（Thyoneus）偷了一位佛里吉亚牧人的牛，被主人追赶，巴克斯为了掩护他，将牛变成鹿，将儿子装扮成猎人。

2 科里托斯（Corythus）的父亲是特洛伊王子帕里斯，母亲是其原配夫人俄诺涅（Oenone）。据说帕里斯死后葬在特洛伊附近的小镇克布列纳（Cebrena）。

3 迈拉（Maera）是伊卡里俄斯的狗，主人被一群喝醉的牧人杀死后，它回到家里拽着他女儿厄里戈涅的衣服到了现场。女儿因悲伤而死，迈拉也绝食而死，酒神将它变成了小犬星（Canicula）。但这个故事发生在阿提卡，而非小亚细亚，所以奥维德可能影射我们不知道的某个典故，可能有一位名叫迈拉的女人变成了狗，“惊吓”尤其能证明这一点，狗不大可能对自己的吠声感到害怕。联系到本书第十三卷第 406 行的情节，Maera 或许是 Hecuba（赫库芭）之误。

4 欧律庇洛斯（Eurypylus）是科斯岛（Cos，在爱琴海上）的国王。当地妇女因为看见海格力斯将牲畜赶来，非常不满，辱骂这位神，被朱诺变成母牛。另一个版本是，她们炫耀自己的美超越维纳斯，被美神变成牛。海格力斯曾经攻打科斯岛，杀死欧律庇洛斯，劫走他的女儿卡尔基俄佩（Chalciope）。

5 罗多斯（Rhodos）是日神的圣岛，据说阳光须臾不离开这个岛。雅吕索斯（Ialysus）是日神儿子雅吕索斯在此岛建立的古城。

6 特尔基内人（Telchines）是罗多斯的祭司家族，以魔法闻名。西方古人相信，会魔法的人能以目光伤人。“海”对应的原文是 fraternis undis（兄长的波浪），因为海神涅普顿是朱庇特的兄长。

7 刻阿岛（Cea）是爱琴海上的一个岛（今天叫 Zia），卡尔泰亚（Carthaea）是岛上的一座城市。

（那里的阿尔基达玛斯注定会惊奇，
女儿的身体怎能变出温柔的鸽子？）[1]。
然后，她看见许里厄湖和库格诺斯的坦佩[2]，
突然诞生的天鹅让它们闻名。因为
菲利俄斯应男孩的央求，将驯服的鸟[3]
和猛狮送给他。后来又依约制伏一头
公牛，但自己的爱意屡遭轻看，愤怒
之下，他拒绝给男孩这份最后的礼物。
对方愤然道："你会后悔的！"说完从绝壁
纵身跳下。所有人都以为他已经摔死，
他却变成天鹅，悬浮在雪白的翅膀上。
可是母亲许里厄不知道他获救，悲伤
涕泣，最终化作了以她命名的湖泊。
普琉隆与两地相邻，奥菲俄斯女儿康柏[4]
曾在此以颤抖的翅膀摆脱众子的砍杀。

---

1 阿尔基达玛斯（Alcidamas）曾答应将女儿克特叙拉（Ctesylla）许配给雅典青年赫尔墨卡瑞斯（Hermochares），后来却反悔，阿尔基达玛斯在神的帮助下，诱奸了克特叙拉，并导致她难产而死，最后神把她变成了一只鸽子。

2 许里厄（Hyrie）是库格诺斯（Cycnus）的母亲，她儿子变天鹅、她自己变成湖的故事见下文。这里的坦佩不是帖撒利亚的山谷，而是博奥蒂亚地区的山谷。

3 这位库格诺斯是阿波罗的儿子，不是本书第二卷中（367—380 行）变天鹅的帕厄同的远亲。他给自己的男性情人菲利俄斯（Phyllius）提出了三项要求：（1）赤手空拳杀死一只狮子；（2）活捉吃人的秃鹫；（3）从野牛群中带走一头牛。

4 普琉隆（Pleuron）是埃托利亚的一座城市，但它离许里厄湖较远，有注者认为 Pleuron 是 Brauron（布劳隆，阿提卡半岛的一个村庄）之误。康柏（Combe）是奥菲俄斯（Ophius）的女儿，此处故事的详情难以知晓。

然后美狄亚路过勒托的卡劳瑞亚[1]
（它曾见国王和妻子一起变成飞鸟）[2]。
右边是库莱内，梅内弗戎终将学野兽，
在这座山间与自己的母亲共享欢爱[3]。
更远处，美狄亚看到刻菲索斯正为
被阿波罗变成臃肿海豹的外孙流泪[4]，
还有欧墨洛斯的家（他痛惜儿子失坠）[5]。
她乘着龙翼，终于抵达庇莱内圣泉
所在的科林斯。根据这里的古老传言，
最初的居民从雨后蘑菇获得了身体。[6]
可是当新娘丧命于科尔基斯的毒汁[7]，
两边的海水也目睹王宫燃起的烈火[8]，

---

1 卡劳瑞亚岛（Calaurea）位于克里特岛和伯罗奔尼撒半岛之间，是女神勒托（Leto，即拉托娜）的居处。

2 这个故事没有别的记载。

3 梅内弗戎（Menephron）与自己的母亲布利阿丝（Blias）和女儿库莱内（Cyllene）有乱伦行为。

4 河神刻菲索斯的外孙因何被阿波罗变成海豹，没有相关记载。

5 欧墨洛斯（Eumelus）是帕特莱国王。特里普托勒摩斯（Triptolemus）乘坐飞车拜访他期间，他的儿子安忒阿斯（Antheas）偷偷驾车，从空中掉下摔死。

6 科林斯的居民传说是从蘑菇变来的，“科林斯”对应的原文是 Ephyren（主格 Ephyre，厄菲勒），这个别名源于曾在这里居住的海神涅普顿的女儿厄菲勒。庇莱内（Pirene）是科林斯的著名泉水，传说是飞马珀加索斯踩出来的，也是缪斯的圣泉。

7 “新娘”指与伊阿宋结婚的科林斯公主，她被美狄亚赠送的毒衣烧死。

8 “两边的海水”暗指科林斯双面临海，美狄亚也烧毁了科林斯王宫。

她邪恶的剑却被儿子的鲜血淹没[1]。

美狄亚与忒修斯

野蛮复仇的母亲为了躲避伊阿宋
追杀，驾着提坦龙从这里升入空中[2]，
进入帕拉斯的城市（它曾目睹你，正直的
菲涅，还有你，年老的珀利帕斯，相携
飞翔，波吕佩蒙的孙女也长出翼翅）[3]。
埃勾斯收留了她（此生唯一的错事）[4]，
尽心款待还不够，他竟然娶她为妻。
忒修斯已来，但父亲不知晓这位儿子[5]，
他靠着勇敢，恢复了科林斯地峡的安宁[6]。
为了除掉他，美狄亚在酒中混合了一种[7]
她从斯基泰海岸带来的剧毒乌头，

1　为了报复伊阿宋，美狄亚杀死了她为伊阿宋生的两个儿子。

2　为她驾车的龙被称为“提坦龙”，是因为它们是祖父太阳神赫利俄斯送给她的，而太阳常被称为提坦。品达却认为，这些龙是从提坦神的血变来的。

3　珀利帕斯（Periphas）是远古的阿提卡国王，因为正直公义被人们比作朱庇特，愤怒的朱庇特打算用雷霆消灭其全家，被阿波罗劝阻，他转而将珀利帕斯变作鹰，王后菲涅（Phene）变作秃鹫。波吕佩蒙（Polypemon）的孙女是阿尔库俄涅（Alcyone），因为不贞被父亲斯喀戎（Sciron）扔下悬崖，但未死，变作翡翠鸟（halcyon）。

4　埃勾斯是雅典国王，忒修斯父亲，一生行事公正，但晚年收留美狄亚，并娶她为妻，是一大错误。

5　埃勾斯一直无子，但他曾到庇透斯统治的特洛曾与国王女儿埃特拉（Aethra）秘密成婚。他很快返回雅典，不知道埃特拉为他生下了忒修斯。但她一直对外宣称忒修斯是海神涅普顿的儿子。忒修斯长大后，母亲让他回雅典认父。此时埃勾斯仍不知自己有儿子，他与美狄亚结婚也是为了有继承人。

6　详情可参考本卷 433 行开始的赞歌。

7　美狄亚意欲除掉忒修斯，是因为她认出了其真实身份，并希望自己和埃勾斯的儿子美多斯（Medus）继承王位。

人们说，它来自厄喀德那诞下的狗[1]。
有一座漆黑的洞穴，入口极为阴暗[2]，
路通向地府，海格力斯用精钢铁链[3]
拖着冥犬从这里往上走。它拼命抵抗，
将眼睛斜转，避开白昼和耀眼的阳光。
几乎爆炸的愤怒催动着刻耳柏洛斯，
它放开嗓子，三重的吠叫响彻空气，
白花花的唾沫在青翠原野上纷纷溅落。
人们相信，它们凝结之后从丰饶的
土壤吸收了营养，获得伤人的力量。
因为它们看似直接在硬石间生长，
乡民称之为“无土”[4]。中了妻子的诡计，
埃勾斯将毒药递给儿子，仿佛对仇敌。
忒修斯毫不知情，用右手接过酒觞，
父亲却蓦然发现他的象牙剑鞘上[5]
印着族徽，赶紧击飞了唇边的夺命物。

1 厄喀德那（Echidna）是半人半蛇的怪物，她和巨人堤丰生下了许多怪物，包括许德拉和这里提到的冥犬刻耳柏洛斯。出于节奏的限制和押韵的考虑，原文中的 dentibus（牙齿）未译。

2 这个洞名叫 Acherusia，在黑海之滨的城市赫拉克列亚（Heraclea）附近，据说是冥府入口。

3 “海格力斯”对应的原文是 Tirynthius heros（提林斯的英雄），因为他在提林斯长大。

4 奥维德暗示，乌头的名字（aconitum，古希腊语 akoniton）来自古希腊语 akonitos（没有覆盖土的）。

5 埃勾斯当年离开特洛曾时，告诉怀孕的埃特拉，他将自己的宝剑和鞋藏在大石之下了，如果她生的是儿子，等他长大后就让他挪开石头，取出东西，来找自己。

美狄亚念咒卷起云雾，逃离了死路。
儿子终平安无事，埃勾斯固然欣悦，
却也恐惧，如此邪恶的企图竟险些
得逞，酿成大祸。于是他点燃香火，
向诸神献上丰厚的礼物；公牛角缠着
彩带，健硕的颈项伸向祭司的斧钺。
据说厄瑞克透斯之国从不曾经历过[1]
更加幸福的日子。贵族和平民一起
欢庆，美酒激发了灵感，他们如此
吟唱："你，伟大的忒修斯，因为杀死
来自克里特的公牛，赢得马拉松的敬意[2]；
柯若密昂的农夫能够无忧地耕地[3]，
应感谢你的功劳；厄庇道鲁斯看见你[4]
击倒伏尔甘持棒的儿子；刻菲索斯河
岸边，你铲除残忍的普洛克鲁斯特斯[5]；

---

1 厄瑞克透斯之国即雅典。

2 美狄亚在试图用毒药杀死忒修斯之前，曾让忒修斯去对付马拉松的野牛，想以这种方式除掉他。这头牛原是海格力斯从克里特岛捉来，奉欧律斯透斯（Eurystheus）之命放掉的，它在马拉松一带横行无忌，成了一大祸害。忒修斯将它捕获，带回雅典，后来又将它宰杀，献祭给阿波罗。但很多神话版本认为此事发生在忒修斯与埃勾斯相认之后。亚历山大诗人卡利马科斯的长诗《赫卡勒》（*Hecale*）就是以忒修斯和马拉松野牛的对战为题材的。

3 柯若密昂（Cromyon）在科林斯附近，忒修斯在此除掉了一头在田野肆虐的巨大野猪。

4 在伯罗奔尼撒的厄庇道鲁斯，忒修斯杀死了手持大棒的强盗珀里斐忒斯（Periphetes），他是火神伏尔甘的儿子。

5 强盗普洛克鲁斯特斯（Procrustes）在阿提卡半岛的埃琉西斯（Eleusis）附近活动，他根据床的长度强行削短或拉长俘虏的身体，后被忒修斯杀死。

谷神的埃琉西斯目睹科尔库昂的消失[1]；
辛尼斯也已灭亡，他滥用其惊人膂力，
能够折弯巨木，常将松树从高空
拽向地面，把人的身体弹射到远方。[2]
斯喀戎被制伏，通往墨伽拉和勒列克斯[3]
城墙的道路已畅通无阻，无论大地
还是江海都拒收此恶匪散落的骨骼，
它们被到处抛掷，据说漫长的岁月
将其变作了硬石，仍存斯喀戎的名字。
若我们愿意逐一数你的功勋和年纪，
功勋会超过年纪。最勇敢的人，我们
献上公共的祝愿，向你饮酒致敬！”
王宫里回荡着民众的赞美和祈祷之声，
整座城市都没有任何哀伤的场景。

米诺斯的战争威胁

然而埃勾斯（世上永远没有纯粹的
欢愉，忧虑总会闯入我们的快乐）

1　埃琉西斯（Eleusis）的名称在古希腊语中意为“到达”，因为这是刻瑞斯初次踏足希腊的地方，此处敬拜刻瑞斯的风气很盛，所以奥维德称它为“谷神的”。科尔库昂（Cercyon）总是强迫过路人与自己摔跤，拒绝者或失败者都被他杀死。忒修斯在比赛中击败他之后，除掉了他。

2　阿提卡强盗辛尼斯（Sinis）以 440—442 行描绘的方式杀人，被忒修斯用铁棍打死。奥维德在《伊比斯》（*Ibis* 409）中也提到他。

3　斯喀戎（Sciron）是墨伽拉附近的强盗，他坐在岩石上，强迫过路人给他洗脚，并将他们踢入大海，让一只乌龟吃掉。忒修斯以其人之道还治其人之身，除掉了他。墨伽拉（Megara）又名阿尔卡托埃（Alcathoe），后者是这行原文出现的名称，由勒列克斯（Lelex）所建立，最早居住在这里的居民被称为勒列格斯人（Leleges）。

虽重获爱子，却不能安然享受团圆，
米诺斯正在备战，他的兵士和战舰[1]
固然强大，最强大的却是父亲的怨愤，
他要以武力为死去的儿子报仇雪恨[2]。
但在战前他获得了援军，并率领舰队
（世人公认的劲旅）飞速穿过大海。
与他结盟的有阿纳菲和阿斯图帕莱亚王国[3]
（前者靠承诺引诱，后者以战端胁迫）、
低洼的密科诺斯、多白土的齐莫罗斯[4]、
开满百里香的叙若斯、平坦的塞里福斯[5]、
大理石遍地的帕洛斯，还有邪恶的阿尔涅[6]
背叛的地方（她收取了自己贪婪索求的

---

1 荷马、希罗多德等多数古代作家倾向于认为只有一位米诺斯（Minos），当代多数学者认为有两位米诺斯，都是克里特国王，第一位是朱庇特和欧罗巴之子，死后成为地府法官；第二位是前者的孙子，帕西法厄的丈夫，阿里阿德涅、淮德拉（Phaedra）、安德罗杰俄斯（Androgeos）和丢卡利昂（不是大洪水那位）的父亲，他在位时修建了迷宫。

2 关于米诺斯之子安德罗杰俄斯的死因，神话中有多种说法，其中两种与雅典国王埃勾斯有关，一种是他派安德罗杰俄斯去对付马拉松野牛，后者被野牛杀死；另一种是埃勾斯怕安德罗杰俄斯支持自己的王位竞争者，抢先杀害了他。无论怎样，米诺斯认定是埃勾斯害死了自己的儿子。

3 阿纳菲（Anaphe）和阿斯图帕莱亚（Astypalaea）都是爱琴海上的岛屿。

4 密科诺斯（Myconus）和齐莫罗斯（Cimolus）都是爱琴海上的岛屿。前者并不“低洼”，其实多山。后者出产一种灰白的土壤，有治疗和洁净的功效。

5 叙若斯（Syros）和塞里福斯也是爱琴海上的岛屿，后者并不“平坦”，奥维德提到的这些岛都崎岖多山。

6 阿尔涅（Arne）所指不详，原文用 Sithonis（西托尼伊人，即色雷斯人）形容她显然有问题，因为上下文出现的岛屿都在爱琴海上，所以古典学者 Heinsius 提出，这个词可能是 Siphnon 或 Cythnon（二者都是希腊岛屿）之误。

金子，被神变作鸟，黄金仍是其最爱，
一只黑足的寒鸦，浑身被黑羽遮盖）。
但俄里阿洛斯、迪底梅、特诺斯、安德罗斯、
古阿若和盛产光洁橄榄的珀帕里索斯[1]
未加入克里特舰队[2]。米诺斯于是驶入
左边的奥诺皮亚——埃阿科斯的国度[3]：
古人称之为奥诺皮亚，为纪念母亲，
埃阿科斯为其定下埃吉娜的新名。
民众都蜂拥而至，想见到声望如此
显赫的人物，国王的长子特拉蒙、次子
佩琉斯、三子福科斯全部前来迎接。
就连年老体衰的埃阿科斯也不缺
（虽步履沉重），问他此行的来意为何。
被触到父亲的伤痛，百座城市的统治者
长叹一声，如此回答主人的问询：
“我请求你为我的儿子拿起刀兵，
参加这亲情之战，我要他的魂得安宁。”

---

1 俄里阿洛斯（Oliaros）是环形岛之一，由西顿人控制；迪底梅（Didyme）是叙若斯（Syros）附近的小岛；特诺斯（Tenos）和安德罗斯（Andros）在密科诺斯西北，前者以涅普顿神庙闻名；古阿若（Gyaros）也是环形岛之一，后来成为古罗马关押犯人的地方；珀帕里索斯（Peparethos）是帖撒利亚附近的岛屿。

2 “克里特”对应的原文是 Gnosiacas，这个形容词来自克里特首都克诺索斯（Gnosus）。

3 奥诺皮亚（Oenopia）是埃吉娜岛的古名，由埃阿科斯（Aeacus）统治。埃阿科斯是朱庇特和埃吉娜（Aegina）的儿子，后者是河神阿索坡斯的女儿。

阿索坡斯的外孙说："不必求了，我的城[1]
无法做此事，没有哪片土地与雅典的
情谊比这里更深。我们之间有条约。"
米诺斯失望地离开。"条约会让你损失
惨重！"他相信威胁强过真正的战事，
没必要在那里提前损耗自己的力量。
克里特的舰队还能从奥诺皮亚城墙[2]

刻帕罗斯结盟

望见，一艘满帆的阿提卡船只已出现，
迅速靠近，并进入友好城邦的港湾，
船上载着刻帕罗斯和国家的命令。
虽然很久未见，埃阿科斯的儿子们
仍立刻认出了他，伸出右手欢迎，
带他去父亲的王宫。令人瞩目的英雄
依然保留着当年英俊姿容的痕迹，
他走进大门，手持一根祖国的橄榄枝，
作为长者，他左右陪伴着两位年轻人，
克吕托斯和布腾，帕拉斯是他们的父亲[3]。
在开始的各种寒暄之后，刻帕罗斯
转达了雅典民族的讯息，请求支持，

---

1 "阿索坡斯的外孙"指埃阿科斯。

2 "克里特的"对应的原文是 Lyctia，这个形容词源于克里特的城市名吕克托斯（Lyctus）。

3 这位帕拉斯是雅典国王潘迪翁二世（不是普洛克涅的父亲，而是埃勾斯的父亲）的儿子，由此推知，克吕托斯（Clytus）和布腾（Buten）是埃勾斯的侄子，但这两位似乎是奥维德虚构出来的。

并援引双方的条约，重申祖辈的联盟，
强调米诺斯征服整个亚该亚的野心。
他以雄辩的演说来襄助肩负的任务，
埃阿科斯左手拄着权杖柄，答复：
“雅典人，不必求援助，直接拿去就是，
毫无疑问，这个岛的所有资源，都可以
当作你们的，还有我的国能提供的用度。
我不缺战力，自保和御敌都绰绰有余。
感谢神，这是繁荣的时代，没理由拒绝。”
“那就如此办，”刻帕罗斯说，“祝愿你的国
人丁兴旺！事实上，我刚来就非常高兴，
因为迎候我的全都是英俊的后生。
不过，我也很想念许多没来的故人，
我记得上次到这座城市时见过他们。”

埃吉娜的瘟疫

国王哀叹了一声，用伤感的语调说道：
“此事有悲惨的开头，幸亏结局尚好。
我真希望可以不用从最初讲起！
但还是按顺序来吧，我就坦白告诉你：
你记得并寻觅的人都已是骨骸和灰烬，
和他们一起死去的还有我多少的臣民！
因这里以她的情敌命名，朱诺就疯狂[4]
报复，将可怕的瘟疫降在民众身上。

1 “情敌”指埃阿科斯的母亲埃吉娜。

我们以为如此的惨祸仍源于自然[1]，
只是查不到原因，就以医术来对战，
但它太强大，一切努力最终都告负。
开始的时候，天空以浓重的毒氲盖住
大地，将迟滞沉闷的热气困在云间，
月亮四次将两只弯角连成一片，
四次从圆轮逐渐亏耗，消散光芒，
灼热的南风一直吹送致命的气浪。
显而易见，污染也进入了山泉和湖泊，
数不清的蛇在无人耕种的土地上出没、
游荡，用它们的毒液败坏各处的江河。
疫病的威力最先表现为动物的亡殁，
犬、鸟、绵羊、牛群、野兽纷纷丧命。
不幸的农夫惊诧地看见，正在翻耕
土地时，强壮的牛暴死在犁沟之中；
聚在一起的绵羊发出虚弱的咩声，
毛自动掉落，它们的身体也逐渐销蚀；
曾充满生机、在赛场赢得大名的良骥
也失去争胜的能力，忘记旧日的荣誉，
躲在马厩里呻吟，终将在屈辱中死去；
野猪没心思发怒，母鹿也不再信任
自己的速度，熊也不侵犯健硕的牲畜。

1 奥维德这段瘟疫描写明显模仿了卢克莱修《物性论》（*De Rerum Natura* 6.1138-1286）中对雅典瘟疫的记述。

倦怠统治了一切，林间、地里、路上
可憎的尸体横陈，臭气弥漫在空中。
奇怪的现象是，狗、灰狼和掠食的禽鸟
都不肯触碰它们，肉身就如此烂掉，
通过有害的气息将毒素扩散到远方。
瘟疫传到可怜的农夫身上时，力量
更猛烈，宏伟的城墙之内都被它掌控。
最开始脏腑如焚，病人的皮肤发红，
呼吸艰难，表明体内有热火；舌头
粗糙，因火而肿胀，被呼吸炙烤的口
大张着，靠喘息竭力吸入沉闷的空气。
他们不能忍受床和任何的衣物蔽体，
而是用变硬的胸脯紧贴大地，即便
如此，身体也不会变凉，反煨热地面。
无人能控制瘟疫，残忍的疾病同样
侵袭了医生，技艺却是自己的致命伤：
谁离病人越近，照顾他们越尽心，
就越早滑向死亡。当治愈的希望散尽，
看见坟墓是疾病的确定终点，人们
就自暴自弃，什么有用，已不再关心——
的确没什么有用。顾不得羞耻，男男
女女都躺在泉水、河流和宽井旁边，
然而在生命终结前，饮水浇不灭干渴。
许多人病势太重，再也站不起，直接
死在池中，别人却继续喝那里的水。

这些可怜人是如此憎厌床铺，他们会
决然跳下来，如果体力不足以站立，
就在地面滚动身体，每个人都各自
逃离自己的住所，仿佛家就是坟墓，
病因既不可知，这个小地方就遭咒诅。
你会看见半死的人们在路边徘徊
（只要还有力气站），其他人哭着躺在
地上，在临死之际翻动疲惫的眼珠。
也有人朝着悬垂天空的星辰伸出
手臂，在死神抓住他们的地方断气。
我那时的感受如何？难道不应该如此，
痛恨生命，只求和朋友在阴间相伴？
我无论将目光转向哪里，哪里都一片
枕藉的尸体，就像熟透的苹果或者
橡实，当枝条剧烈摇晃，便纷纷坠落。
你对面的神庙高立在长长的台阶之上
（朱庇特圣殿）：谁不曾在祭坛敬献乳香，
可是有何用？多少次丈夫为妻子祈求，
父亲为儿子祷告，在他说话的时候，
生命就终结在无法被人打动的祭坛前，
甚至手中都还有部分乳香没有燃完！
多少次公牛被带到神庙，当祭司颂念
祝语，把纯粹的葡萄酒浇在它们角间，
还未等斧头砍来，它们就轰然倒地！
当我为自己、为国家、为三个儿子

向朱庇特祷告，牺牲发出不祥的叫声，
没遭到任何攻击就突然瘫倒，撞上
下面的刀，扎破身体，只沾上一点血。
染病的肠子也无法呈现预言的线索
和神的告诫，悲惨的瘟疫已穿透脏腑。
我曾见尸体就扔在神庙外，甚至香炉
前面，这只会让诸神更加憎恶死亡。[1]
一些人用绳索终结生命，用死抵挡
对死的恐惧，主动邀请迫近的毁灭。
亡人的尸体不举行任何仪式就直接
运出去，送葬的队伍城门无法容纳：
它们或堆放在地上，或者即刻火化，
草草了事。这时没有对死者的尊重，
大家为柴堆和火葬的材料彼此争抢。
没人为死者哭泣，儿子、丈夫、青年、
老年的灵魂未经哀悼，到处盘桓，
也没有建坟的空间和足够点火的树。
被旋风般的巨大灾难震撼，我哀诉：
‘朱庇特！如果传言不虚，你的确曾与
阿索坡斯的女儿埃吉娜共赴云雨，
伟大的父亲，你也不耻于认我为子，
要么恢复我的国，要么也葬我在坟里！’
他用闪电和吉祥的雷声给出信号。

1 神憎恶尸体。

‘我接受兆象，’我说，‘但愿这些是吉兆，
表明了你的善意。我就以它们为凭据。’
碰巧我近旁长着一棵朱庇特的圣树[1]，
种子来自多多纳，枝条伸展到远处[2]，
我在此看见一长列蚂蚁正采集谷物，
用它们的小嘴衔着沉重的收获，在长满
皱纹的树皮上行进，队形丝毫不乱。
我惊叹它们的数量，就说：‘仁慈的父亲，
请赐我这么多民众，充实我空虚的城！’
高大的橡树震颤，没有风，枝柯却在动，
发出声音。我四肢战栗，头发因惊恐
而根根竖立，但我亲吻大地，亲吻
橡树，那时我不敢奢望什么，我承认，
但我仍怀着希望，珍惜着美好的心愿。
夜晚降临，饱经忧患的身体被睡眠
占据。同一棵橡树似乎就在我眼前，
仍有那么多枝条，那么多蚂蚁仍然
附在枝条上。它像白天一样颤动，
将运送谷物的队伍摇落到下面田野中。
突然间，它们似乎越变越大，并且
从地上站起，躯体昂然挺立，原来的
瘦削不见了，脚的数目减少了，黑色

1 指橡树。

2 多多纳（Dodona）是朱庇特神庙和神谕所在地，地名源于朱庇特和欧罗巴的女儿多多涅（Dodone），据说那里生长的橡树和栖息的鸽子能传达神意。

消失了，肢体已经和人形毫无差别。
一觉醒来，我谴责梦境只是幻象，
抱怨神也没有帮助。可是我听到宫墙
之内喧嚷不止，似乎是人的说话声——
这对我早已陌生。我正怀疑梦未醒，
特拉蒙匆匆打开房门，冲到面前：
‘父亲，超出了你的希望，实在太奇幻！
快出来看啊！’我出门，看见自己在梦里
刚刚见到的那些人，每位我都能辨识。
他们朝我走过来，行觐见国王之礼。
我向朱庇特还愿，将失去主人的土地
和整个城市分给新近造出的居民。
为了纪念其源头，我称他们为‘蚁人’[1]。
你已经见过这些人，他们从前的习性
如今仍保留，非常节俭，能忍受艰辛，
执着于利益，获得的东西总会储存。
他们的年龄和心气都相仿，等送你幸运
降临的东风——”（他的船乘东风而来。）“变成
南风，他们立刻会跟随你投入战争。”

刻帕罗斯与普罗克里丝

聊着这些和别的故事，漫长的白天
不觉度过，黄昏的时光举行欢宴，
夜晚则睡眠。等金色的太阳射出光芒，
东风仍未停止，耽误了帆船的归程。

1　“蚁人”（Myrmidones）的说法源于古希腊语 myrmēx（蚂蚁）。

帕拉斯的儿子们来找年长的刻帕罗斯[1]，
然后三个人一道去宫殿向国王致礼，
可是埃阿科斯的睡意仍然昏沉。
王子福科斯站在门槛处迎接他们，
因为特拉蒙和佩琉斯正忙于招募士兵。
福科斯将雅典客人领进王宫的内庭——
精美幽深的房间，陪坐在他们身边。
他注意到刻帕罗斯手中握着一杆[2]
标枪，枪头是黄金，枪身木料却未知。
与对方闲谈了一些无关紧要的事。
“我热爱森林，”他说，“喜欢追捕野兽，
可是你手中的标枪究竟用什么木头
削成，我还是不确定。若是白蜡木，颜色
应是棕黄；若是山茱萸，应该多树节。
不知道是什么材料制作。不过，我从未
目睹过任何标枪比你的这杆更美。”
其中一位雅典的兄弟答道：“比起[3]
它的外观，你会更叹服它的威力。
它瞄准什么，必定会击中，不受运气
控制，还能沾着血自行回到你手里。”

---

1 “帕拉斯的儿子们”指前文提到的克吕托斯和布腾。

2 “刻帕罗斯”对应的原文是 Aeoliden（埃俄洛斯的后裔），显然在这里奥维德是把他当作埃俄洛斯的孙子。

3 “雅典的”对应的原文是 Actaeis（阿克忒的）。

于是，涅柔斯的外孙询问了各种细节[1]：
它为何如此，从何而来，谁是赠予者？
刻帕罗斯回答了这些问题，却未提
获得此礼物的代价，因为他觉得羞耻。[2]
忆起丧妻的痛苦，他终于流着眼泪说：
“女神的儿子，这武器（谁相信？）只能让我
流泪，长久都会如此，若命运允许我
长久地活着。我和我的妻都被它毁灭，
我多么希望永远不曾收到这份礼！
她叫普罗克里丝，如果你碰巧更熟悉
被劫的俄瑞提伊娅的名字，她就是其姐。[3]
若比较她们的容貌和品行，这位更适合
被人抢夺。厄瑞克透斯让我们联姻，
她与我情投意合，我的确是幸福之人——
神却不愿意，否则现在我或许仍如此。
那是举行完婚礼的第二月，我正在布置
猎网，准备捕捉长角的野鹿。从永远
开满鲜花的许梅托斯山的巍峨峰巅[4]，
黎明女神奥罗拉驱散黑暗，看见我，

1　“涅柔斯的外孙”指福科斯，他是埃阿科斯和涅柔斯之女普萨玛忒（Psamathe）的儿子。

2　关于刻帕罗斯为何觉得羞耻，获得标枪的代价是什么，参考下文第 751 行的注释。

3　关于普罗克里丝和俄瑞提伊娅，参考本书第六卷 677—683 行。

4　许梅托斯山（Hymettus）在雅典附近，以产蜂蜜闻名。

违逆我的意志，掳走我。愿女神允许我
说出实话：虽然她脸如玫瑰，很好看，
虽然白昼和夜晚的边界归她掌管，
虽然她有琼浆滋育，我仍爱普罗克里丝，
普罗克里丝永在我心中，在我嘴里。
我向女神反复讲婚姻的神圣纽带、
初次云雨的快乐和被迫抛下的欢爱。
她生气了，说道：‘别再抱怨，不识抬举！
守着普罗克里丝吧！但我的预言若不虚，
你会后悔拥有她。’神愤然将我还给她。
返家的路上，我反复思量奥罗拉的话，
忽然间恐惧起来，担心我妻子没能
谨守婚姻的契约。她的美貌和青春
让我心生顾虑，品行却不容我怀疑。
可是我已经离开家，而且我离家之时
已见到坏例子，而且恋人总患得患失。
我决定查探她是否贞洁，并以厚礼
考验其忠诚。奥罗拉怂恿我的害怕，
改换了我的外形（我似乎感觉到变化）。
我在无人知晓的情况下回到雅典[1]，
走进家门，没找到任何罪证和疑点，
只能感觉到为主人被劫而担忧的气息。
使了一千条诡计我才接近我妻子。

1 这行原文中的“雅典”有修饰语 Palladias（帕拉斯的），因为译文格律限制未译。

看见她，我大为惊愕，险些放弃验证
忠心的计划。我几乎忍不住吐露实情，
忍不住，像我应该的那样，搂住她亲吻。
她面容黯然（即使她伤心之时也没人
能比她更美），因为思念被夺走的丈夫
而痛苦不已。福科斯，想象一下，痛苦
都只能为之增色的美是怎样的美！
我何必讲述，她贞洁的品德如何一再
拒绝我淫邪的提议，她如何反复宣示，
‘我的欢愉只留给一人，无论他在哪里’？
只要不是疯子，谁不会觉得这样的
试验已足够？可是我不满足，执意要毁灭
自己。我许诺给她许多钱，换一个良宵，
并且不断地加码，终于迫使她动摇。
可悲的胜利者大喊：‘看啊，伪装的淫贼
其实是你的丈夫！我见证了你的虚伪！’
她什么都没说，被无声的羞耻完全震慑，
逃出了家门，邪恶的丈夫紧追不舍。
她因此憎恶我，痛恨天下所有的男人，
在山间游荡，追随狄安娜，远离俗尘。
被遗弃的我却被更猛烈的爱火咬啮
骨髓，我乞求原谅，承认自己的罪孽，
声称自己若面对礼物，若礼物也如此
丰盛，必会与她当时一样，难以抵制。

我忏悔之后，她先为受伤的羞耻心复仇[1]，
才与我和解，共度岁月，甜蜜相守。
仿佛她自己只是小礼物，她还送给我
一条猎犬，是钦提娅女神亲自赠她的[2]。
狄安娜当时说：‘它的速度超过一切狗。’
她也给了我一杆标枪，就在我手头。
你问，另外一件礼物的遭遇如何？
听我讲，这件新奇的事会让你惊愕。
拉伊俄斯的儿子破解了前人不曾[3]
读懂的诗句，神秘的怪物先知也已经
躺在悬崖下，不再记得自己的谜题。[4]

1　按照许基努斯《故事集》中的版本（*Fabulae* 189），她逃到克里特，狄安娜赠给她下文提到的标枪和猎犬。而综合伪阿波罗多洛斯（Apollodorus）在《神话汇编》（*Bibliotheca*）中的多处记述，她逃到克里特后，与米诺斯亲近，米诺斯送给她这两样礼物。她回到家乡，乔装成年轻的男猎人，向丈夫展示礼物的妙处，丈夫想得到它们，她提出以交欢为条件。丈夫刚同意，她就现出本来面目。Segal（1978）认为，奥维德隐去了原来故事的同性恋情节，但 Tarrant（1995）相信并非如此，奥维德让刻帕罗斯从故事的参与者变成讲述者，他自然不愿提及让自己觉得羞耻的事情。但奥维德已经给知情的读者足够的暗示。第 688 行的“羞耻”已经隐约指向另外的神话版本。这里“为受伤的羞耻心复仇”的说法虽未点明具体的手段，但联想到此前刻帕罗斯对她的试验，即使不知情的读者或许也能猜到几分。刻帕罗斯在叙述中的掩饰甚至让我们怀疑他在回忆与奥罗拉相处的细节时是否诚实。

2　钦提娅女神即狄安娜。

3　拉伊俄斯（Laius）的儿子是俄狄浦斯（Oedipus）。

4　怪物先知指人面、鸟翼、狮身的斯芬克斯（Sphinx），她也是蛇身女怪厄喀德那和巨人堤丰的孩子。斯芬克斯的谜是：“什么东西早上四条腿走路，中午两条腿走路，晚上三条腿走路？”未能给出答案的人都被她杀死，只有俄狄浦斯破解了这个谜。事见索福克勒斯的《俄狄浦斯王》（*Oedipus Tyrannos*）。

仁慈的忒弥斯自然不允许就此了事[1]，
立刻又派出第二只害兽与忒拜为敌。
许多乡民和他们的牛羊都因它而死，
变成腹中餐。附近的青年纷纷赶去，
我们在广阔的田野圈起猎网围捕。
然而猎网被敏捷的怪兽轻巧地跃过，
最高的线绳也无用，没能将它拦截。
于是我们松开猎犬的绳子，但它轻松
摆脱追踪，像一只鸟儿，将狗群戏弄。
这时，所有的同伴都要求我派出'旋风'[2]
（赠犬的名字），它此前已用脖子猛拱
束缚的绳索，奋力挣扎，想自由奔逐。
刚一离开手，我们就不知它去了何处，
温暖的尘土上印着它的脚迹，它自己
却已经从眼中卷走，无论标枪还是
从旋转投石机发射的子弹，抑或克里特[3]
弓弦射出的轻箭都比不上它的迅捷。
平原中央有一座俯瞰周围的小山，
我登上顶部，看到了一幕追猎的奇观。
那只怪兽忽而像被抓住，忽而像恰好[4]

1　忒弥斯在博奥蒂亚有一处古老的神谕。

2　这条狗的名字（Laelaps）来自古希腊语 lailaps（旋风）。

3　"克里特"对应的原文是 Gortyniaco，这个形容词源于克里特的城市名戈尔提纳（Gortyna）。

4　伪阿波罗多洛斯说这只动物是一条狐狸。

躲过‘旋风’的牙齿；它从不选择直道，
奔向远处，而是狡猾与追逐者斗智，
转着圈，让它咬不到，也难以发挥冲力。
‘旋风’逼近它，紧跟它，仿佛已经抓到，
却并未抓到，只徒然向周围的空气撕咬。
我决定求助于那杆标枪，正用右手
寻找平衡，正试图将手指放进绳套，
当我挪开的目光回到原来的地方，
却惊奇地发现两尊大理石在原野中央：
一尊像在逃跑，另一尊吠叫着追赶。
无疑是某位神决定这场速度的挑战
不能有胜者，如果真有神关注他们。”
他讲到这里，沉默了。“可是标枪究竟
有何罪？”福科斯问道。于是他如此答复：
“福科斯，我的欢乐后面是我的痛苦。
让我先说欢乐吧。回忆幸福的时光
多令人欣喜！最初的几年，我理所应当
以我的妻子为福气，她也以丈夫为福气，
彼此的关怀和爱意让我们紧紧相依。
她断然不会放弃我，即使朱庇特求爱，
也没女人能俘虏我，即使维纳斯亲自来。
我们的胸中燃烧着同样热烈的火焰。
当初日的光芒击中群山之巅，我习惯
怀着年轻的激情到森林之中去狩猎，
但是我既不让仆人、马匹或者嗅觉

敏锐的犬只跟随，也不带多结的网罗，
有了标枪便无忧。等到右手已收获
足够的猎物，我就寻找凉爽的树荫
以及从幽冷山谷里面吹来的清风。
温柔的清风是我的追求，当酷热难耐，
我期待清风，它纾缓我的劳累和倦怠。
‘风啊，你快来，’我记得自己常这样呼唤，
‘给我快乐，钻入我怀里，我的心肝，
和平时一样，驱除这让我燃烧的热火。’
或许我还添加了（命运如此驱策我）
更多亲昵的说法。‘你是我最大的快乐，’
我常说，‘你恢复我的精力，给我慰藉，
你让我更加爱恋森林和荒寂之地，
我的脸永远会渴求你那甜美的气息。’
这些暧昧的话语被某位偷听者误解，
以为我反复念叨的‘风’是某位宁芙的
名字，武断地相信她就是我的情人。
冒失的泄密者为了一宗想象的绯闻，
立刻将此事偷偷告知普罗克里丝。
爱是轻信的东西。我听说，意外的打击
竟然让她晕倒了，良久以后才醒来。
她说自己太可怜，被残酷的命运伤害，

谴责我不忠。她因为一个空洞的指控[1]
而激动，而恐惧，恐惧没有身体的名，
仿佛有真正的情敌而痛苦，而终日悲伤。
但她也经常怀疑，最苦闷之时也希望
自己受了骗，不相信消息，若不能亲见，
便不肯贸然谴责自己丈夫的背叛。
第二天黎明的天光已经驱走黑暗，
我又去林间打猎，得手之后，在草间
喊道：‘风，来吧，治愈我的疼痛！’
说话之际，我似乎忽然听到某种
异样的呻吟声，但我又喊：‘来吧，宝贝！’
落叶又一次发出窸窣的声响，我以为
是野兽在动，就扔出投枪，它凌空飞去，
却刺中普罗克里丝，她伤在胸口，惊呼：
‘我惨了！’当我辨认出爱妻的声音，迅即
发疯似的朝着她飞跑。她奄奄一息，
散乱的衣裳上溅满了鲜血，正从伤口
拔出她送我的礼物（这让我如何承受）。
我用温柔的手臂扶起她宝贵的身躯
（比我自己还宝贵），扯破胸前的衣服，
为她包扎残忍的伤口，试图止住血，
祈求她别抛下我，别让我背负这罪恶。

1　或许“风”（Aura）让她觉得这位想象中的女人与情敌黎明女神奥罗拉（Aurora）有关。

力气即将耗尽，死迫在眉睫，她强迫
自己说出这些话：‘凭着婚姻的盟约，
凭着天上的诸神和我自己的神灵，
凭着我为你做的一切，凭着这死因——
那就是我垂死之际仍然不变的爱情，
我请求你别让“风”与你永结同心。’
这时我才意识误会竟源于这名字，
赶紧澄清。可如今澄清又有何益？
她倒在怀中，微弱的体力随血流逝。
她还能睁眼的时候，一直看着我，凝视
我的脸，在我唇间呼出她可怜的灵魂。
不过，她死时似乎没忧虑，面容平静。”
刻帕罗斯流着泪讲述，听者也涕泣。
这时，埃阿科斯进来了，带着儿子
和兵甲威壮的新兵，交给刻帕罗斯。

《变形记》

第八卷

METAMORPHOSEON LIBER VIII

尼索斯与斯库拉

晨星已揭开明亮的白昼，驱散夜晚，
东风的势力逐渐消落，湿润的云团
升起，温和的南风正好送刻帕罗斯[1]
和埃阿科斯的军队去雅典[2]。好风助力，
一路顺遂，他们提前抵达了港湾。
这时米诺斯正蹂躏勒列克斯的海岸[3]，
此前他曾在尼索斯占据的阿尔卡托埃[4]
试验过自己的战力[5]。有一绺紫发格外
醒目，在国王头顶正中，附着于白如
霜雪的头发间，守护这个强大的国度。
升起的月亮第六次亮出它的弯钩，

---

1 埃吉娜在西南，雅典在东北。

2 这行原文中的 redeuntibus（返回）一词不太恰当，刻帕罗斯是回雅典，但埃阿科斯招募的军队是去支援雅典，所以我翻译成“去雅典”。

3 即墨伽拉，尼索斯（Nisus）是它的国王。

4 墨伽拉的别名阿尔卡托埃（Alcathoe）取自它的重建者阿尔卡托俄斯（Alcathous）。

5 “战力”对应的原文是 vires Mavortis（马沃尔斯的力量）。

战争的结局仍充满悬念，“胜利”长久[1]
盘旋在两军之间，扇着犹疑的翅膀。
有一座王家高塔，建在一些音乐墙
之上，据说勒托的儿子曾将里拉琴[2]
放于此处，声音便在石头中留存。
尼索斯的女儿时常登上这里的塔顶[3]，
在和平时期，会用小石子敲击石墙，
聆听乐音。当战争降临，她也经常
从这里远眺沙场上残酷的刀光剑影。
因为战事的绵延，她已经熟悉敌方
将领的名字、武器、坐骑、装束和箭囊[4]。
她尤其熟悉欧罗巴之子的容貌，不只是[5]
熟悉，甚至是痴迷。在她看来，米诺斯
若戴着饰有长羽的头盔，那么戴头盔
就最显英俊；如果他碰巧手持寒辉
闪烁的铜盾，铜盾就是他最美的道具；
他手臂后引，掷出坚韧的标枪，少女
就称赞他的技巧与力量完美融合；

1　“胜利”（Victoria）这里以女神的形象出现。

2　勒托的儿子指阿波罗，传说阿尔卡托俄斯重建墨伽拉时，得到过阿波罗的帮助。里拉琴是一种 U 形的弹奏乐器。

3　尼索斯的女儿叫斯库拉（不是那位著名的女妖）。

4　这行原文的“箭囊”（pharetras）前有修饰语 Cydonaeas，这个形容词来自克里特城市名库冬（Cydon），因译文格律限制未译。

5　“欧罗巴之子”指米诺斯。

他搭好羽箭，拉开阔弓，她就发誓说，
福玻斯也是如此站立，如此拿着箭。
但当他取下青铜的头盔，露出那张脸，
身披紫袍，手按铺彩绘鞍鞯的马背，
控制着流沫的衔铁，骑着白马奔来，
国王的女儿就全然不能自已，仿佛
心智癫狂。她说他触碰的标枪太幸福，
他用手扼住的缰绳太幸福，诸如此类。
若可能，她真想踩着少女的脚步，冲开
敌军的阵列，她真想就从这高塔之巅
将自己的身体抛入克里特队伍的营盘，
或者向敌人敞开青铜加固的城门，
或者做米诺斯希望的任何一件事情。
她茫然呆坐，望着迪克特国王的帐篷[1]。
“不知道，”她说，“我该为这场悲惨的战争
高兴还是伤心：伤心，因为所爱是仇敌；
但若没有这场仗，我怎能与他相识？
然而让我做人质，他或许能停止刀兵，
他可以娶我为伴侣，以我为和平的保证。
最美的国王，生你的女人如果容貌
与你相似，神的爱就理应为她燃烧[2]。
我会有三倍的幸福，倘若能乘着翅膀，

1　迪克特代指克里特。

2　“女人”和“神”分别指欧罗巴和朱庇特。

穿越空气，降落在克里特国王的营帐，
吐露我炽烈的爱情，亲口问他想要
怎样的嫁妆！唯愿别索求父亲的城堡！
因为我宁可毁掉憧憬的姻缘，也不肯
以背叛达成心愿！虽然被仁慈的敌人
征服，对于许多人而言经常是好事。
为被杀的儿子而战，他并不缺乏正义[1]，
他有强大的理由，更有强大的兵力。
我想，我们会战败。若结局注定如此，
为何是他的军队，而不是我的爱，打开
城墙？最好没有屠杀和漫长的对垒，
他无须以自己流血为代价就能获胜。
那样我至少不用怕，米诺斯，谁在无意中
刺伤你胸膛！是啊，谁心肠如此坚硬，
敢将残忍的长矛扎向你，若非不知情？
这个方案最好，就这样，把祖国当作
嫁妆，和我一起交给他，结束战火。
可光有想法还不够！卫兵守着入口，
城门的钥匙在父亲手里——这叫我发愁！
我唯独害怕他，唯独他挡住了我的愿望。
众神啊，让我没有父亲！每个人事实上
都是他的神，运气憎恶怯懦的祷告。
换一位女人，若心中有这样的爱火燃烧，

1　参考本书第七卷第 458 行的注释。

无论什么挡了道，早就会欣然毁灭！
为何我不能比别人更勇敢？我也能穿过
火阵剑林！但我不用面对火，面对剑，
眼前的事情只需要父亲的一绺发卷，
它在我心中比黄金还珍贵，紫色的宝藏
将给我幸福，将为我实现我的梦想！”
她说着这些，最有效力的解忧者夜晚
已经来临，蔓延的黑暗为她壮了胆。
到了就寝的时间，心灵因白昼的烦虑
而倦怠，此时被睡眠占据，她悄悄潜入
尼索斯的卧室（罪孽！），女儿竟夺走父亲
护命的发卷，并将霸占的邪恶战利品、
可耻的收获带在身上，从城门出去，
穿过敌人的阵列（她深信敌人会赞许），
径直找国王。她向惊愕的米诺斯宣布：
“是爱让我犯了罪。我乃尼索斯之女
斯库拉，我将自己的国与家交到你手中，
不求报偿，除了你。收下这爱的见证，
这绺紫发，别以为我给的仅仅是发绺，
它是我父亲的性命！”她用渎神的右手
递出礼物，米诺斯却拒绝接受，看见
如此悖逆人伦的场景，他不禁骇然。
“愿众神将你，”他喊道，“我们时代的耻辱，
逐出世界，愿海陆都没有你栖身之处！

至少我绝不会容忍像你这样的怪物[1]
踏足克里特，朱庇特的摇篮，我的国度！”
这位最公正的立法者为征服的敌人制定[2]
法律之后，就命令舰队解开缆绳，
吩咐桨手就位，启动铜头的战船。
斯库拉发现舰只已驶入茫茫海面，
国王也没有对她的罪行有任何奖赏，
她苦苦哀求仍无效，不禁怒火万丈，
伸出手臂，披散着头发，几欲发狂。
“你逃向哪里？抛下成全你的人，”她大嚷，
“我可是将你置于祖国和父亲之前！
狠心者，你逃向哪里？你获胜是我的罪愆，
也是我的功劳。难道我给你的厚礼、
我的爱都不能感动你，还有我所有希冀
系于你一人的事实？你弃我，我能去何处？
回祖国？它已经沦陷。就算它完好如初，
它也向我这个叛徒关闭。回父亲面前？
我向你出卖他！民众都恨我，理所当然，
邻国都害怕我的榜样。被世界流放，
我成了孤儿，只有克里特是唯一希望！
如果你也拒绝我，忘恩的人，抛下我，
你的母亲就不是欧罗巴，而是严酷的

---

1 Boyd（2006）指出，下文斯库拉的话（132—133 行）表明这是谎言，米诺斯在自己统治的克里特岛上就容忍了“怪物”的存在。

2 米诺斯没有理会斯库拉，继续进攻并夺取了墨伽拉。

流沙、凶猛的老虎和恐怖的卡律布狄斯[1]！
你也不是朱庇特的儿子，母亲也不是
被公牛的幻象欺骗，你的诞生是杜撰，
你的父亲是一头真正的公牛，野蛮
冷漠，从不曾爱过母牛。请你惩罚我，
父亲！庆祝我的灾难吧，刚被我出卖的
城墙！我承认罪有应得，活该偿命。
宁可让那些因为我作恶而受难的臣民
杀死我！为何偏偏是靠它得胜的你
追究这宗罪？对于祖国和父亲是不义，
对于你却是忠诚。她的确和你般配[2]，
化身为木头，引诱凶悍的公牛欢爱，
怀上半人半兽的怪胎。[3]我的这些话
是否进了你耳朵？还是被同样吹刮
你舰船的那些风卷向远方，无情的人？
终于明白了！难怪帕西法厄认定
你不如公牛，因为你的本性更残忍。
我太悲惨！他已经下令加速航行，

1　“流沙”对应的原文是 Syrtis（西尔特斯），关于西尔特斯有两种说法，它或者指北非海岸附近险滩密布的两个海湾（大西尔特斯和小西尔特斯，今日的西德拉湾和卡贝斯湾），或者指更靠近内陆的流沙肆虐的荒原。“凶猛的”对应的原文是 Armeniae（亚美尼亚的），“恐怖的”对应的原文是 austroque agitata（南风搅动的）。由于格律的限制，译文采用了更节省顿数的说法。

2　“她”指米诺斯的王后帕西法厄。

3　米诺斯在与兄弟争夺王位的过程中，祈求海神涅普顿送给他一头雪白的公牛以示支持，并承诺将它献祭给涅普顿，但他后来却舍不得杀牛。作为惩罚，海神让他的妻子帕西法厄（Pasiphae）爱上了这头牛，并生下了牛头怪米诺陶。

桨激起水声，我和我的土地渐消失。
你不会得逞，你徒然想忘掉我的功绩。
我会强行跟着你，拽着弯曲的船尾，
让船拖着我渡海！”说完她纵身入水，
跟在船后面，欲望给了她惊人的力量，
不受欢迎的同行者黏附在克里特战舰上。
父亲看见她（他此刻正在空中悬停，
不久前他变成了一只翅膀棕黄的鱼鹰），
立即冲过去，只想用尖喙将她撕碎。
惊恐中她从船尾撒手，跌落下来，
但轻盈的空气似乎托住她，不让触海。
不是空气，是羽翼，她已化作鸟，名为
“割鸟”，只因她曾割下父亲的发卷[1]。

米诺斯与阿里阿德涅

米诺斯一下船，回到库莱特的海岸[2]，
就宰杀一百头公牛，向朱庇特献祭还愿，
各种战利品高挂，装饰着他的宫殿。
但家族的恶名已滋长，王后可耻的通奸
因双形怪兽的罕见样貌而广为流传。[3]
米诺斯决定让这个耻辱从家中消失，
将它关进难找到出口的繁复迷宫里[4]。

---

1 “割鸟”（Ciris）的名字源于古希腊语 keirō，意思是“切、割”。“割鸟”是什么鸟，后人有争议，有人说是鹰，有人说是云雀，有人说是山鹑。

2 “库莱特的海岸”指克里特，参考本书第四卷第 282 行的注释。

3 参考上文第 133 行的注释。

4 这座最著名的迷宫叫 labyrinthus，位于克里特首都克诺索斯。

以建筑天才而享有盛名的代达罗斯[1]
负责设计，他抹去一切区别的印记，
借各种缠绕纷纭的通道迷惑视线。
正如迈安得洛斯在佛里吉亚平原[2]
游戏，暧昧曲折的河道往返穿梭，
自己与自己相遇，看见后续的清波，
时而朝着源头，时而又朝着大海，
驱动着犹疑的水流；代达罗斯也是在
蜿蜒中布下无数的路径，就连他自己
都很难回到门槛。技艺的骗术竟若此！[3]

---

1 代达罗斯（Daedalus）是古希腊神话中最负盛名的巧匠。

2 迈安得洛斯河以水道曲折闻名，英文动词 meander（蜿蜒）就从它变来。

3 Pavlock（1998）认为，代达罗斯是本书第八卷的关键人物，并且在《变形记》中居于中枢地位，因为相对于前七卷的神话，书的后半部分更接近传统史诗的题材。奥维德的安排与维吉尔相似，后者在《埃涅阿斯纪》中央位置的第六卷通过阿波罗神庙大门镂刻的画概述了代达罗斯的故事。在两部作品中，代达罗斯都被视为诗人的象征，迷宫成为各自作品的象征。Pavlock 注意到，维吉尔的词源游戏将“迷宫”（labyrinthus）和“劳作、任务”（名词 labor）相联系，重申了经典史诗的写法：厚重的分量、艰辛的劳动和对传统的虔敬，并指向主人公埃涅阿斯最终建立罗马的功业。奥维德却以戏谑的态度将“迷宫”（labyrinthus）和“流动”（动词 labor）相联系，突出《变形记》如江河（尤其如迈安得洛斯河）一般变化流动的特征。因此，和维吉尔的对应段落一样，160—168 行有元诗的色彩，蕴含着奥维德对诗歌的见解。他也影射了普洛佩提乌斯（Propertius）《哀歌集》中的迈安得洛斯河（*Elegiae* 2.34），但普洛佩提乌斯是用这条河的形象启示哀歌体的写作，奥维德却借它的形象表达更为丰富的内涵。《变形记》故事之间令人惊讶的切换，看似循环往复又绝非重复的微观结构，的确在迈安得洛斯河身上找到了合适的比喻。通过抹掉河与河神的界线，奥维德突出了自己诗作的游戏性。“游戏”（lusus）如 Lyne（1984）所言，是奥维德所继承的亚历山大诗派美学的关键词，意味着在作品中纳入更多“轻松”的题材并且时常戏仿“严肃”的题材。liquidus（清澈）对应的古希腊语 katharos 也常被卡利马科斯用来形容自己比传统史诗规模更小但更加优雅精致的作品。Clarkson（2013）发现，英国诗人华兹华斯在长诗《序曲》（*The Prelude* 9.1-9）中曾借用

米诺斯将公牛和青年的双重身体锁入[1]
这里，两次吞噬阿提卡人牲的怪物
最终被九年一选的第三轮祭品降伏。[2]
前人从不曾返归的隐秘入口借助
少女的计谋，通过回卷的线轴被发现。[3]
埃勾斯之子抢走阿里阿德涅，转眼
已驶向迪亚岛，却在那片海岸残忍
遗弃了伴侣。她无助哀叹，然而酒神
送来帮助和爱情。一心让永恒的星座
给妻子荣名，利柏耳将她的冠冕送上了
天宇。它在缥缈空气里飞行，途中
镶嵌的宝石逐渐化作闪耀的火种，
固定在自己的位置上，依然形如头冠，
位于下跪的海格力斯和蛇夫之间。[4]

奥维德的迈安得洛斯河意象来表现人的回忆和对过去的重新认识。Boyd（2006）认为，奥维德在这里同时呈现了代达罗斯作为迷宫设计者的外部视角和作为体验者的内部视角。他觉得，这象征着《变形记》读者的双重定位和双重感受。

1 因为米诺陶一半是人，一半是牛。

2 米诺斯儿子安德罗杰俄斯被雅典国王埃勾斯所害，雅典因此招致了瘟疫的惩罚，为了避免厄运，雅典人每九年选出七对童男童女，奉献给克里特迷宫里的米诺陶做祭品。忒修斯为了拯救童男童女，自告奋勇来到克里特岛，进入迷宫与米诺陶作战。“九年一选的第三轮祭品”就是忒修斯。

3 米诺斯的女儿阿里阿德涅对忒修斯一见钟情，给了他一个线轴，以使他在迷宫中不迷路。

4 忒修斯杀死牛头怪后，阿里阿德涅与他私奔，但在迪亚岛（即纳克索斯岛）被他遗弃，后来酒神巴克斯与阿里阿德涅结婚。传说北冕座（Corona Borealis）是巴克斯赠给她的礼物，在武仙座（Hercules）和蛇夫座（Ophiuchus）之间，所以奥维德形容“冠冕”在“下跪的海格力斯和蛇夫之间”。参考《岁时记》（*Fasti* 3.459-516）的故事。

此时，代达罗斯越发地憎恶克里特
和漫长的淹留，对故土的思念日益浓烈[1]，
但他却被海囚禁。“他尽可阻断平陆[2]
与海洋，但天空至少敞开。我们由此去！
其他任米诺斯占据，空气不归他统治。”
说完，他开始琢磨一种未知的技艺，
反叛自然的法则：将羽毛依序排列，
从最短的那根开始，按长度次第相接，
仿佛倾斜着生长，乡野的老式芦笛
也如此，高低不一的苇管前后相继；
然后他用线串起羽毛中部，根部
则用蜡粘住，再给它们温和的曲度，
以模仿真实的鸟翼。[3]伊卡洛斯就站在
父亲旁边，不知触碰着自己的祸害，
笑容灿烂，忽而去抓在风中飘荡的
羽毛，忽而用拇指将金黄的蜡揉捏，
用他的顽皮游戏一再地耽搁父亲
神奇的创作。[4]等作品终于大功告成，

1 代达罗斯是雅典人，因为杀害外甥而被放逐（见本卷 236—259 行），米诺斯不让他返乡。

2 第二个“他”指米诺斯。

3 如 Pavlock（1998）所说，在《变形记》的框架中，代达罗斯的做法具有反讽味道，因为他只是“模仿”自然，模仿鸟的翅膀，并不能实现真正的变形，因而埋下了儿子坠亡的祸根。

4 伊卡洛斯的“游戏”（lusus）与父亲的“创作”（labor）形成对照，说明他并不懂得飞行的严肃性，这也是他坠亡的主观原因。

这位巧匠用两只翅膀小心地平衡
自己的身体，在他拍击的空气中悬停。
他教诲儿子："提醒你，要在中间的轨道
飞行，伊卡洛斯，以免飞太低，波涛
沾湿，让翅膀变沉，太高，又怕太阳烤，
在中间正好。我不许你看牧夫，也不要
看大熊，或者奥里昂那柄拔出的长剑[1]。
盯紧我的方向！"[2]他一边讲飞行的箴言，
一边在儿子的肩头装上陌生的翅膀。
说着话，干着活，泪水濡湿老人的脸庞，
双手也不停颤抖。他吻自己的儿子，
那是永不会重复的亲吻。他振翅升起，
在前面领路，为同伴担忧。犹如大鸟[3]，
带着稚嫩的雏鸟第一次飞出高巢，
他鼓励少年跟随，传授致命的绝技，
扇动自己的翅膀，也回看儿子的羽翼。
某位晃动着长竿钓鱼的人，或倚着
木棍的牧人，也可能是撑着锄把的耕者，

---

1 大熊座（Helicen，主格 Helice）之名来自希腊语 helissō（旋转），因为大熊星座是围绕北天极旋转的。奥里昂（Orion）指猎户座。

2 代达罗斯对伊卡洛斯的提醒与本书第二卷阿波罗对帕厄同的劝告有相似性，特别是强调选择"中间"高度。Pavlock（1998）对比了这段话和奥维德在《爱的艺术》中的代达罗斯神话版本（*Ars Amatoria* 2.22-98），发现这里的形象更负面，缺乏对神的虔敬，他对所有星座的忽视也表明了盲目的自负。

3 这里的意象与下文珀尔迪克斯（Perdix）的故事有对话关系，这里伊卡洛斯只是像雏鸟，下文的珀尔迪克斯却真正变成了鸟。

惊奇地望见他们，相信能如此穿越
天空的必定是神。此时，左边是朱诺
圣地萨摩斯（提洛和帕洛斯早已路过）[1]，
右边是勒宾托斯和盛产蜂蜜的卡林涅[2]，
男孩开始陶醉于这种勇敢的飞翔，
抛下了父亲，满怀升向天穹的欲望，
越飞越高。离炽烈的太阳过近，固定
翅膀的香蜡渐渐地变软，很快已经
熔化，伊卡洛斯挥舞着赤裸的手臂，
没有了翅膀，再也不能捕捉空气，
那张反复呼唤着父亲的嘴也沉入
湛蓝的海水，它的名就是他的命赠予[3]。
可是不幸的父亲（不再是父亲）仍在喊[4]：
“伊卡洛斯，在哪里？哪里才能寻见？
伊卡洛斯！”他瞥见波浪之中的翼翅，
诅咒自己的技艺，埋葬了儿子的尸体，
这片土地从此以坟中的死者命名。[5]

---

1 萨摩斯岛（Samos）在小亚细亚西海岸附近，是朱诺的出生地，也是她与朱庇特成亲的地方，岛上有她的神庙。

2 勒宾托斯（Lebinthos）和卡林涅（Calymne）都是爱琴海上的岛屿。

3 即伊卡利亚海（Icarium Mare），萨摩斯岛西南还有一个伊卡利亚岛。

4 Galinsky（1975）认为，这一行的文字游戏摧毁了“感染力”。但 Cunningham（1976）反驳说，幽默、机智和感染力能够在奥维德的诗句里共存。

5 Davisson（1997）评论说，代达罗斯是失败的匠人，因为“他既造不出绝对可靠的发明，也不能控制儿子的冲动”。Hoefmans（1994）却认为，在这一段没有神灵干预的故事里，代达罗斯体现了模仿自然的才华。Pavlock（1998）觉得，维吉尔的版本体现了诗人与代达罗斯这位父亲的情感认同，奥维德的版

当他将可怜孩子的身躯置于坟中，
泥泞的沟渠里一只聒噪的山鹑正凝望[1]，
吟唱着透露喜悦的曲调，拍打着翅膀。
这是仅有的样品，此前不曾见，新近
才出现，永久见证代达罗斯的罪行。
不知晓命运，他的姐姐将儿子交给
弟弟，在他手下学艺。刚满十二岁，
这位小男孩有一颗善于学习的心灵。
观察到鱼身中央的脊梁，他甚至就能
汲取灵感，在铁的边缘切出一列
连续的利齿，从而成为锯子的发明者。
也是他首先用一个关节连接两只
铁臂，并且让它们保持不变的距离，
这样一只固定，另一只就能画出圆。[2]
代达罗斯嫉妒他，将他从密涅瓦圣殿[3]
径直扔下，谎称他失足，可是帕拉斯
欣赏天才，在半空中接住这个孩子，

本却刻意保持了一种距离。Hollis（1970）认为，伊卡洛斯的故事中没有变形，Anderson（1977）也说，唯一勉强可称为变形的是代达罗斯和伊卡洛斯扮作鸟的行为。Loos（2006）则认为，《变形记》中存在伊卡洛斯变成牧夫座的暗示，参考本书第十卷第451行的注释。

1 山鹑（拉丁语和古希腊语都是 perdix）的名字来自代达罗斯外甥珀尔迪克斯（Perdix）。

2 Pavlock（1998）指出，在这个故事里，珀尔迪克斯是比代达罗斯更高明的匠人，他不只是模仿，而是创造。

3 “密涅瓦圣殿”指雅典卫城的密涅瓦（雅典娜）神庙。密涅瓦是技艺之神，代达罗斯最不应该在她的神庙犯罪。

给他裹上羽翼，将他变成一只鸟。
原来心灵的敏捷转移到他的双脚
和翅膀，他的名字仍和从前相同。
然而这只鸟不会让身体高翔于空中，
也不会将巢筑在树枝和树冠上面，
只贴近地表飞行，在树篱中间产蛋，
它记得当初的坠落，所以畏惧高处。[1]
疲惫的代达罗斯已被埃特纳的岛屿[2]
收留，科卡洛斯为他拿起了武器[3]，
仁心受世人称赞。因为忒修斯的功绩，
雅典也已经停止缴纳悲惨的贡品[4]。
神庙挂满了花环，善战的密涅瓦女神、
朱庇特和其他神祇都受到邀请，人们
献上牺牲和礼物，以丰盛的香料致敬。
消息不胫而走，忒修斯的大名响彻
阿戈斯所有城市，富庶亚该亚各国

---

1 Tissol（1997）将珀尔迪克斯的故事视为奥维德“叙事断裂”技巧的一个典型例子，读者在上一个故事里正为代达罗斯丧子的痛苦而同情他，这个故事却让他们看到代达罗斯是个冷血的嫉妒者、谋杀者。Tissol 认为这种人物形象的急剧变化也是一种“变形”。Pavlock（1998）看出了奥维德的另一层反讽。珀尔迪克斯变成的山鹑既不能飞高，也脱离了地面，恰好遵循了代达罗斯对儿子所说的“中间”道路。然而相对于他从前的天才，这种状态是巨大的浪费。作为诗学比喻，奥维德暗示，他并不完全赞同亚历山大诗派，在《变形记》中他更像伊卡洛斯，有挑战史诗高度的雄心。

2 埃特纳火山位于西西里岛上。

3 科卡洛斯（Cocalus）是西西里国王，热情接待了代达罗斯，并保护他免遭克里特国王米诺斯的惩罚。

4 “悲惨的贡品”参考前文第 171 行的注释。

遇到巨大的危险，都寻求他的支持。

卡吕冬的狩猎

卡吕冬也一样，尽管有墨勒阿革洛斯[1]，
仍然焦急地请他援助。祸患起源于
一头野猪——狄安娜蓄意复仇的工具。
世人说国王俄纽斯为了求得丰收，
将初收的庄稼献给刻瑞斯，将自己的酒
献给巴克斯，将橄榄油献给金发密涅瓦[2]。
从乡野小神到天界大神，敬拜的荣华
遍及——据说唯有拉托娜之女被忽略[3]，
祭坛看不到信徒和香火，一片冷落。
神也会愤怒。“我绝对不会忍气吞声，
受此大辱，若不反击，必被人嚼舌根！”
遭轻慢的女神即刻向卡吕冬原野派出
野猪，厄庇罗斯草场的公牛身躯[4]
也不比它大，西西里公牛甚至比它小。
它的眼闪烁血与火，脖颈又硬又高，
鬃毛耸立，仿佛一排排坚挺的长枪。[5]
伴着嘶吼，沸腾的唾液从宽阔的肩膀

1 墨勒阿革洛斯（Meleager）是卡吕冬国王俄纽斯（Oeneus）的儿子，古希腊著名的勇士。

2 “巴克斯”对应的原文是 Lyaeo（吕埃俄斯，酒神别称）。是密涅瓦教会人们榨橄榄油的技艺。

3 “拉托娜之女”指狄安娜。

4 厄庇罗斯大致在今天的阿尔巴尼亚一带，以体形大的牛著称。

5 抄本的第 285 行和第 286 行有一行是多余的，我选择了第 285 行。

淌下来，它的獠牙堪与象牙相抗衡。
嘴里喷出闪电，呼吸将树叶焚尽。
它时而肆意蹂躏正长叶抽苗的庄稼，
时而让某位农夫痛哭流涕，糟蹋
承载希冀的成熟麦穗。打谷场和粮仓
都徒然等待原本十拿九稳的收成。
沉甸甸的葡萄和长长的藤蔓满地狼藉，
还有橄榄的果实和四季常青的橄榄枝。
它同样攻击羊群，牧人和狗都无法
抵御，凶猛的公牛也不能保护全家。
人们纷纷逃散，只有在城墙之内
才觉安全，直到墨勒阿革洛斯和一队
精锐的青年为了追求荣名而聚集：
丽达的孪生子，他们的名声分别来自[1]
拳击和马术；伊阿宋，首艘海船的建造者；
忒修斯和庇里托俄斯，友情默契和谐[2]；
忒斯提俄斯的两位儿子；捷足的伊达斯[3]

1 “丽达的孪生子”指珀鲁克斯和卡斯托尔，珀鲁克斯擅长格斗，卡斯托尔精于马术。原文的 caestibus（主格 caestus）是古代拳击手用的坚固手套。

2 庇里托俄斯（Pirithous）是伊克西翁和拉里萨（Larissa）的儿子，忒修斯的挚友。两人之间的友谊是古代西方表现友谊的经典例子。

3 忒斯提俄斯（Thestius）是埃托利亚的国王，阿尔泰娅（Althaea）的父亲，墨勒阿革洛斯的外祖父，他的两位儿子（也是墨勒阿革洛斯的舅舅）是托克西俄斯（Toxeus）和普勒克西玻斯（Plexippus），所以原文称他们为 Thestiadae（忒斯提俄斯的后裔）。伊达斯（Idas）和林叩斯（Lynceus）都是阿帕柔斯（Aphareus）的儿子，所以原文称他们为 prolesque Aphareia（阿帕柔斯之子）。

和林叩斯；已经不再是女子之身的凯纽斯[1]；
勇猛的琉基玻斯；擅长标枪的阿卡斯托斯[2]；
希波托俄斯、德律阿斯、菲尼克斯[3]；
阿克托耳的一对儿子；还有费琉斯[4]。
特拉蒙和伟大阿喀琉斯的父亲未缺席[5]，
菲瑞斯之子和博奥蒂亚的伊俄劳斯[6]、
活跃的欧律提昂、善跑的厄喀昂也如此[7]，

1 凯纽斯（Caeneus）原名凯尼丝（Caenis），是帖撒利亚的貌美女子，后来被涅普顿变成男子，改名凯纽斯。他的故事见本书第十二卷 189—207 行。

2 琉基玻斯（Leucippus）是阿帕柔斯的兄弟，他的两位女儿遭到卡斯托尔和珀鲁克斯劫夺，此事成为画家鲁本斯一幅名画的题材。阿卡斯托斯（Acastus）是伊俄尔科斯国王珀利阿斯的儿子。

3 希波托俄斯（Hippothous）是三形怪物革律翁（Geryon）或者恶棍科尔库昂（Cercyon）的儿子。德律阿斯（Dryas）是战神马尔斯（一说伊阿佩托斯）的儿子。根据伪阿波罗多洛斯的《神话汇编》（*Bibliotheca* 3.13.8）的说法，多罗佩斯人菲尼克斯（Phoenix）在母亲怂恿下诱奸了父亲阿闵托耳（Amyntor）的小妾，被父亲诅咒，失去了视力。后来逃到佩琉斯的宫廷，受委托教育阿喀琉斯（Achilles）。

4 阿克托耳（Actor）的一对儿子是欧律托斯（Eurytus）和克忒阿托斯（Cteatus），他们后来都被海格力斯杀死。费琉斯(Phyleus)是厄里斯国王奥革阿斯(Augeas)的儿子，海格力斯曾经清扫这位国王的马厩。

5 “伟大阿喀琉斯的父亲”指佩琉斯（Peleus）。特拉蒙（Telamon）和他都是埃阿科斯的儿子。

6 菲瑞斯（Pheres）之子是阿德墨托斯（Admetus），斐莱（Pherae）国王。博奥蒂亚人伊俄劳斯（Iolaus）后来曾协助海格力斯杀死许德拉。

7 欧律提昂（Eurytion）是伊洛斯（Irus）之子，曾参加阿尔戈号远征。厄喀昂（不是忒拜那位龙牙长出的勇士）是墨丘利和宁芙安提阿内拉（Antianeira）的儿子，以善于奔跑著名。

还有勒列克斯、帕诺佩俄斯、许琉斯[1]、
希帕索斯、涅斯托耳（还是青春的年纪）[2]、
希波科昂从阿穆克莱派出的众勇士[3]、
拉厄耳忒斯、帕拉西亚的安凯俄斯[4]、
睿智的莫普索斯、安菲阿剌俄斯（尚未遭[5]
妻子谋害）、阿塔兰忒（帖该亚的荣耀）[6]。
她的长袍领口用一颗光洁的铜扣
固定，长发盘成单髻，简洁而雅秀，
象牙箭囊挂在左肩上，伴着她走动

1　勒列克斯是墨伽拉建立者。帕诺佩俄斯（Panopeus）是福科斯（Phocus）的儿子，建立了帕诺派亚城（Panopaea）。许琉斯（Hyleus）因为企图非礼参与卡吕冬狩猎的美女阿塔兰忒（Atalante 或 Atalanta）而被杀。

2　希帕索斯（Hippasus）是欧律托斯的儿子。涅斯托耳（Nestor）以长寿闻名，这时还年轻。

3　希波科昂（Hippocoon）来自阿穆克莱（Amyclae，拉科尼亚城市）。

4　拉厄耳忒斯（Laertes）是伊塔卡国王尤利西斯（Ulysses）的父亲，所以在原文中被称为 Penelopae socer（珀涅罗珀的公公）。安凯俄斯（Ancaeus）是阿卡迪亚国王吕库古（Lycurgus）的儿子，帕拉西亚（Parrhasia）是阿卡迪亚的一个城镇。

5　莫普索斯（Mopsus，不是那位雅典国王）是一位先知，所以被称为“睿智的”，他是安庇科斯（Ampycus）之子，所以在原文中被称为 Ampycides。安菲阿剌俄斯（Amphiaraus）是亚该亚国王俄克琉斯（Oeclides 或 Oecles）的儿子，所以在原文中被称为 Oeclides。他是七将攻忒拜中的一位将领，其实他早已预见到自己的死亡，所以躲了起来，但他的妻子厄里费勒（Eriphyle）以贪财不忠闻名，被一条项链收买，明知丈夫攻打忒拜必死无疑，仍胁迫他参战。最后他的战车被开裂的大地吞没。

6　“阿塔兰忒”对应的原文是 decus Tegeaea Lycaei，意思是“帖该亚少女、吕凯俄斯的荣耀”，帖该亚是阿卡迪亚的一个城市，吕凯俄斯（Lycaeus）是阿卡迪亚的一座山。这里为了方便读者的理解，译文做了简化。阿塔兰忒是吕库古之子雅西俄斯（Iasius 或 Iasus）的女儿。有人认为，《变形记》第十卷的阿塔兰忒是另外一个人，父亲是博奥蒂亚国王斯科俄纽斯（Schoeneus）。

发出碰撞之声，她左手握着一张弓。
无论从服饰还是面容看，你都可以说，
她完美平衡了男孩的英武和少女的婉约。
一眼见到她，卡吕冬的英雄便为之倾倒[1]
（可是神反对），他感觉体内潜藏的焰苗
向上涌，叹道：“若有男人能被她看中，
就真是幸福！”场合与矜持的品性都不容
他多说，迫在眉睫的是这场艰巨的较量。
一片从未砍伐的茂盛森林从平原上
升起，俯瞰周围缓缓倾斜的土地。
众英雄来到这里，有的忙着布置
猎网，有的解开拴狗绳，有的循着
脚印往前走，急于遭遇和挑战威胁。
有一条空荡的山谷，雨水常汇成小河，
从这里流出，谷口底部覆盖着柔韧的
柳树、轻巧的莎草、喜爱沼泽的灯芯草、
杂乱的杞柳、长茎芦苇和低矮的苇苗。
野猪从这里惊起，向敌人中间猛然
扑去，就像云层撞击震落的闪电。
它所过之处，灌木被踏平，大树倒落，
发出巨响，青年们大声呐喊，手握
长矛，挡在前面，摇晃宽阔的铁头。
它疯狂冲向犬群，吠叫着挡路的猎狗

1　“卡吕冬的英雄”指墨勒阿革洛斯。

都被它驱散，从侧面击伤，狠狠甩开。
厄喀昂的臂膀扔出第一支长矛，却并未
击中，只浅浅插入一棵枫树的身躯；
第二支，若不是投掷之时用力过度，
似乎本可以扎到武器瞄准的背脊，
却飞太远，它是帕加塞的伊阿宋所掷。
“福玻斯，”莫普索斯说，“念我一直敬拜你[1]，
成全我，让我的武器精准到达目的地！”
神尽其所能应许了祷告，野猪被击中，
却没有受伤，狄安娜事先从飞翔的投枪
取下了铁头，飞至目标时已只剩矛杆。
野猪勃然大怒，猛烈燃烧如闪电，
火焰从它的双眼中跃出，也从胸膛里
呼出，正如绷紧的绳索发射的飞石，
无论攻击城墙还是装满士兵的高塔，
凶猛的野猪也以坚决的冲锋袭杀
众青年，撞倒防守右翼的欧帕拉摩斯
和珀拉工两人，同伴赶紧将他们转移[2]。
可是希波科昂的儿子厄耐希摩斯
未能逃脱致命伤，惊惶中欲转身之时，
他被咬伤膝盖，肌腱在身下瘫软。
涅斯托耳也险些在特洛伊战争之前

1 “莫普索斯”对应的原文是 Ampycides（安庇科斯之子）。

2 关于欧帕拉摩斯（Hippalmos）和珀拉工（Pelagon）两人，别处无记载，后者可能来自马其顿北部的珀拉哥尼亚（Pelagonia）。

就丧命，若非他借助插地长矛的支撑，
奋力跳上了长在身旁的一棵树，最终
脱险，从安全的位置俯瞰甩掉的强敌。
它借橡树躯干磨砺獠牙后，站在那里，
决意毁灭他们。它信任已复原的装备，
用弯曲的利齿戳伤了希帕索斯的大腿[1]。
可是，还未变成双子座的孪生兄弟[2]
都骑在比雪还皎洁的白马上，所以
分外醒目，两人在空中各自持稳
标枪，然后挥动手臂，送它们飞行。
他们本可以刺伤多鬃的怪兽，若不是
它藏进标枪和马匹都无法进入的密林里。
特拉蒙紧随它，立功心切，不够谨慎，
向前猛然摔出去，因为脚绊到树根。
佩琉斯正扶他起来，阿塔兰忒将一支
快箭搭在弦上，一弯弓，它已经飞驰。
箭嵌在野猪的耳朵下，刮掉皮肤表层，
渗出的少许鲜血将它的硬毛染红。
她成功命中目标，却不如墨勒阿革洛斯
兴奋，后者或许最先注意到此事，
最先把怪兽身上的血迹指给同伴看，
并且对她说：“你理应为勇敢收获称赞。”

---

1 “希帕索斯”对应的原文是 Eurytidae（欧律托斯之子）。

2 指卡斯托尔和珀鲁克斯，他们后来变成双子座（Gemini），详见奥维德《岁时记》（*Fasti* 5.699-720）。

男人们顿觉羞惭，互相勉励，用喊叫
鼓舞士气，争先恐后地扔出长矛。
太多的武器反而无效果，彼此阻挡。
手持双刃斧的安凯俄斯疯狂地冲向[1]
自己的毁灭。“年轻人看好，男人的武器
终归比女人强，”他说，“让我来完成奇迹！
虽然狄安娜正以自己的弓箭保护它，
我还是会用右手杀死它，无视狄安娜。”
他自信满满地说着这番吹嘘的狂言，
双手奋力举起那柄双刃斧，脚尖
踮在地上，傲然站立。野猪猛然
攫住鲁莽者，选择最近的死亡路线，
一对獠牙直取他小腹靠上的部分。
安凯俄斯倒下了，大量的鲜血外喷，
团状的肠子滚落，血泊浸透了土地。
伊克西翁之子庇里托俄斯正径直
朝强敌冲去，健壮的右手挥舞长矛，
忒修斯大喊：“别靠近，胜过我自己的珍宝[2]，
我灵魂的另一半，停下！勇者未必要贴身
近战，安凯俄斯就是冒进的牺牲品。”
说完，他掷出山茱萸木柄的铜头长枪，
他瞄得很准，本可以达成自己的愿望，

1　“安凯俄斯”对应的原文是 Arcas（阿卡迪亚人）。

2　“忒修斯”对应的原文是 Aegides（埃勾斯之子）。

却受阻于一棵山毛榉的浓密树枝。
埃宋之子也投出标枪，却不巧偏离[1]
目标，扎死一只无辜的猎犬，射穿
其侧腰，将它的身子牢牢钉在地面。
墨勒阿革洛斯的运气则不同，扔出两支
长矛，一支插地，一支正中背脊。
趁它发狂，趁它转着圈，嗞嗞地喷出
唾沫和不断外涌的鲜血，无丝毫耽误，
伤口的制造者冲向前，挑起它的愤怒，
将闪亮的长枪埋入野猪肩膀的深处。
同伴们发出鼓励的呐喊，表达喜悦，
争相用他们的右手握住这位胜利者，
惊奇地看着巨大的怪物倒在原地，
占据宽阔的空间，仍不敢确定可以
安然摸它，但都让各自的武器蘸了血。
墨勒阿革洛斯却踩着它致命的头，说：
“阿卡迪亚少女，拿走属于我的奖赏[2]，
你和我共同分享我的这一份荣光。”
他立刻将布满鬃毛的皮和长着巨大
獠牙的野猪脑袋作为战利品送给她。
礼物和礼物的赠予者都让她真心喜欢，
其他人却都嫉妒她，大家全有怨言。

---

1 “埃宋之子”指伊阿宋。

2 “阿卡迪亚少女”对应的原文是 Nonacria（诺纳克里斯人），诺纳克里斯（Nonacris）是阿卡迪亚的城市。

忒斯提俄斯的两位儿子伸出手臂，
高声嚷道："女人，放下手里的东西，
别霸占属于我们的荣誉，也别被你的美
迷了眼，以为送你礼物的恋慕者真会
帮你！"他们夺走了礼物和礼物的处置权。
马尔斯的儿子不能容忍，怒气冲天[1]。
"抢劫别人荣誉的家伙，"他吼道，"你们
要明白行动和威胁太不一样！"根本
无防备的普勒克西玻斯被弑亲的剑刺透[2]
心口，托克西俄斯既想为弟弟报仇，
又害怕遭到弟弟的命运，犹豫不决，
对方却没让他迟疑太久，武器仍带着
前一位死者的温度，又被新的血煨热。

墨勒阿革洛斯之死

阿尔泰娅在神庙献礼，为儿子庆贺，
突然看见人们抬回两兄弟的尸体，
她拍打胸膛，悲哀的哭声响彻城市，
脱掉镶金的华袍，换上黑色的丧服。
可是听闻了谁是凶手，所有的痛苦
都暂时搁置，从眼泪变成复仇的渴念。
有一根木条，在忒斯提俄斯的女儿分娩[3]
之日，被三位命运女神放入火焰，

---

1 "马尔斯的儿子"（Mavortius）指墨勒阿革洛斯，根据许基努斯的神话版本，他并非俄纽斯的儿子，而是母亲阿尔泰娅和战神马尔斯的儿子。

2 "弑亲的剑"（nefando ferro）：因为普勒克西玻斯是墨勒阿革洛斯的舅舅。

3 忒斯提俄斯的女儿就是阿尔泰娅。

她们用拇指捏着正编织的人生纱线，
宣布："新生的孩子，我们给你和这根
木头相等的寿命。"念完咒语，她们
就匆匆离开，母亲赶紧从火中抓起
仍在燃烧的木条，用流水将它浇熄。
很久以来，它都藏在最深的密室里，
它如此保存，年轻人，你的性命才维系。
母亲取出它，吩咐仆人用木柴生火，
准备停当，便要用敌意的火焰焚灭。
然后，她四次试图将木条放入火中，
又四次中止：母亲和姐姐在搏斗，两种
身份朝不同的方向撕扯她的一颗心。
一会儿脸色惨白，害怕将发生的罪行，
一会儿怒气翻腾，双眼闪烁着红光，
时而决意做任何残酷之事，脸庞
阴森狰狞，时而看似充满了怜爱。
当灵魂炽热的仇恨已然蒸干泪水，
却仍有泪水从不知何处涌出，就像船，
被风卷向一边，被潮水冲向另一边，
感受着双重力量，犹疑中同时服从，
阿尔泰娅也如此挣扎在矛盾的情感中，
刚刚放下愤怒，又重新将它唤醒。
然而，姐姐的力量开始压倒母亲，

为了用鲜血安抚血亲的亡灵，她以[1]
绝情表达亲情。在毁灭的火烧旺之际，
她说："就让这柴堆烧尽我的骨肉！"
残忍的手中握着那根致命的木头，
女人凄惨地站在葬礼的祭坛前面[2]。
"欧墨尼得丝，你们三位复仇神，"她喊[3]，
"请将你们的脸转向这疯狂的仪式。
我既在复仇，也在犯罪，死必须以死
救赎，恶必须添上恶，尸骨添上尸骨。
让连绵的灾祸灭掉这个渎神的家族！
难道让俄纽斯幸福享受儿子的荣名，
忒斯提俄斯却失去孩子[4]？毋宁让你们
都哀悼！唯愿你们，弟弟新变的魂灵，
能感念我的诚心，接受这份以沉重
代价、以我子宫血祭换来的供品[5]。

1　Hollis（1970）认为，这一行的"鲜血"（sanguis）和"血亲"（consanguineas）是无意义的文字游戏，Gilchrist（1989）于是提出，sanguis 在此处的意思是"后代、孩子"，并援引了维吉尔《埃涅阿斯纪》（*Aeneid* 6.835）和贺拉斯《颂诗集》（*Carmina* 3.27.65）的例子。但我觉得没有必要，"鲜血"的意思在这里很合适。按照古罗马人的生死观，亡灵必须得到安抚，否则活着的人将遭灾。既然阿尔泰娅的弟弟被墨勒阿革洛斯杀死，用他的血来安抚就是最好的选择。

2　"葬礼的祭坛"（sepulcrales aras）指火葬的柴堆，堆在形如祭坛的方台上。奥维德在《哀歌集》（*Tristia* 3.13.21）中称之为 funeris ara。

3　欧墨尼得丝（Eumenides）是复仇女神的别名，在古希腊语中的意思是"仁慈女神"，这是复仇女神的委婉语，因为古希腊人觉得直接提她们的名字不吉利。

4　前文的注释已经说明，俄纽斯是墨勒阿革洛斯（真实或名义上的）的父亲，忒斯提俄斯是他的外祖父，也是他两位舅舅的父亲。

5　供品（inferiae）是古罗马人献给死者亡灵的祭品。

可怜，我往哪边走？弟弟们，原谅母亲！
我的手一再动摇。我承认有充分的理由
让他死，可是我怎能自己痛下杀手？
但他就这样不受惩罚地活着，得意地
吹嘘自己的成功，还继承卡吕冬的王座，
你们却沦为一撮骨灰和冰冷的幽灵？
我绝对不能容忍。让这个恶人连同
父亲的希望、王权和祖国一起消逝[1]！
可是母亲的感情、天然的慈爱在哪里？
我漫漫十月忍受的疼痛又在哪里？
我宁愿你生下就在当初的火中烧死！
那样我反倒能承受。你靠我才得以存活，
如今却自寻死路。收下这恶行的苦果，
把两次赐你的性命（生一次，从火里抢出
木条一次）还给我，或让我与弟弟同墓！
我想做却做不到。怎么办？忽而眼前
是弟弟的伤口和这场可怕屠杀的画面，
忽而母爱和母亲之名又击碎了决心。
我好惨！虽是痛苦的胜利，但一定要胜，
弟弟们，只要我能尽此心抚慰你们，
并且随你们而去！”说完，她转过眼睛，
用颤抖的右手将催命木条扔进火中。
它发出一声惨叫，也可能只是幻听，

1　“父亲的希望”：因为墨勒阿革洛斯是卡吕冬王位继承人。

火焰无奈地将它包围，慢慢地吞噬。
远处的墨勒阿革洛斯感到火焰的效力[1]，
却不明就里，只觉隐形的烈火在内脏中
燃烧，却拼尽全力，勇敢忍受剧痛。
没有流血就如此屈辱地倒下，他引以
为恨，说安凯俄斯的惨死反而是福气。
呻吟着，他在临终前呼喊外祖父、父亲、
兄弟、深情的姐妹、相伴枕席的爱人[2]，
或许也包括母亲。火势和折磨一起
变猛烈，又一起平静：两者一起消失，
他的魂魄渐渐地融入缥缈的空气，
通红的木炭渐渐地埋进白色余烬里。
这座高傲的城市已沉沦。老少皆哀恸，
贵贱皆悲叹，欧厄诺斯河边的卡吕冬[3]
妇女纷纷撕扯着头发，拍打着胸膛。
父亲瘫倒在地上，尘土染污了脸庞
和霜鬓，他大声叱责自己漫长的生命；
而母亲知晓自己犯下了骇人的罪行，
亲手实施惩罚，以利剑将脏腑穿透[4]。

---

1 Tissol（1997）指出，在描绘墨勒阿革洛斯的死亡时，奥维德在语言层面几乎让他变成了木条。

2 根据不同的神话版本，墨勒阿革洛斯的妻子叫克里奥帕特拉（Cleapatra）或者阿尔库俄涅（Alcyone）。

3 欧厄诺斯河（Euenus）在埃托利亚境内，也叫吕科尔马斯河（Lycormas）。

4 在许基努斯的版本中，她是上吊自杀。

即使某位神给我百张嘴、百条舌头，
加上丰沛的天才和整座赫利孔的灵感[1]，
我仍不可能尽述可怜姐妹的悲叹。
她们顾不得体统，捶打着发青的胸膛，
还未落葬时，一遍又一遍拥抱尸体，
反复亲吻他，亲吻停放在身旁的棺材；
变成灰，她们又捧起骨灰，贴到心怀；
最后，她们匍匐在坟墓周围，搂紧
刻于碑石的名字，泪水淹没他的名。
帕尔塔昂家受尽了磨难，狄安娜终于[2]
心满意足，除了阿尔克梅涅的媳妇[3]
和戈尔格，她让每一位的身体都升入[4]
高处，让他们的手臂伸出长长的翅羽，
让嘴变坚硬，如此化身后，送入空中[5]。

阿刻罗俄斯的款待

与此同时，忒修斯完成了合作的事功[6]，
启程返回厄瑞克透斯和密涅瓦的城市[7]。

---

1 赫利孔代指缪斯。

2 帕尔塔昂（Parthaon）是墨勒阿革洛斯的祖父，俄纽斯的父亲。

3 阿尔克梅涅的媳妇就是海格力斯的妻子德伊阿尼拉（Deianira），她是俄纽斯的女儿。

4 戈尔格（Gorge）也是俄纽斯的女儿，她嫁给了安德莱蒙（Andraemon），后者继承了岳父俄纽斯的王位。

5 她们变成了珍珠鸡（Meleagrides）。

6 指合力捕杀卡吕冬野猪的事。

7 “密涅瓦的”对应的原文是 Tritonidos（特里托尼娅的）。

路上却遇阻耽误了时间，阿刻罗俄斯[1]
因暴雨猛涨，他说：“到我屋檐下暂避，
闻名的雅典人，别贸然涉水，它太湍急。
激流常裹挟粗壮的大树，咆哮着卷动
挡道的巨石。我曾见岸边高耸的牛棚
连同牲畜一起被冲走，无论牛怎样
健壮，马怎样迅捷，那时都没有用场。
山雪消融之时，许多年轻人的身体
也被漩涡吞没，无法与洪流为敌。
还是休息更安全，直到河水退回
惯常的界线，河床的径流变得细微。”
忒修斯赞许地说：“阿刻罗俄斯，我接受
你的邀请和建议。”他果然遵嘱停留。
河神宅邸由多孔的浮石和粗糙的凝灰岩
筑成，潮湿的地面长着柔软的苔藓，
牡蛎和紫贝交替，镶嵌在天花板上。
这时，太阳已走完三分之二的日长，
忒修斯和捕猎野猪的同伴都卧于长椅，
一边是庇里托俄斯，一边是勒列克斯[2]
（特洛曾的英雄，双鬓已有少许白发），

1　关于河神阿刻罗俄斯，参考本书第五卷第552行的注释。

2　“庇里托俄斯”对应的原文是 Ixionides（伊克西翁之子）。勒列克斯曾与特洛曾国王庇透斯住在一起，所以这里称他为“特洛曾的英雄”。

宁芙变海岛

还有一些客人，是这位阿卡纳尼亚[1]
河神特意邀请，来陪伴他钦慕的贵宾。
赤足的众宁芙立刻在桌上摆满菜品，
等客人用完餐，又用嵌着宝石的杯子
端来美酒。这时候，威名遐迩的勇士[2]
望着在眼前铺展的大海，问道：“这是
何地？”（他伸出手指。）“那个岛屿的名字
请你告诉我，不过，它好像不止一座岛。”
河神回答：“你所见的确不是一座岛，
而是相邻的五座，边界因距离而隐去。
别以为只有狄安娜受轻蔑才会报复——
这些原本是水泽仙女，当时她们
杀了十头牛，邀请了所有乡野的神
参加欢庆。她们领舞时唯独忘了我，
我怒不可遏，水量暴涨，到达最盛的
程度，我的愤恨和洪流一样可怕，
让森林从森林撕裂，田野从田野崩塌，
将土地和终于记起我的宁芙们一起
卷进了大海。此前连成一片的土地
被我的水流和海水分成你所见的五份，

1　阿卡纳尼亚（Acarnania）是希腊最西边的一个行省，也是阿刻罗俄斯河的发源地。

2　“勇士”指忒修斯。

成为群岛，厄喀那得斯是它们的名[1]。
但你看，那里还有一座岛，距离最远，
水手称之为珀里墨勒，是我所喜欢[2]，
我爱过这位少女，夺走了她的贞操。
希波达马斯无法容忍，在女儿将要
分娩之时，将她从悬崖推入海里。
我托起挣扎的身体。‘手持三叉戟、统治
流水的神，’我祷告，‘你的权力仅次于[3]
天界，我们圣河都奔向你，以你为归宿，
涅普顿，请莅临此处，垂听我的心声！
我救起的人曾受我伤害。倘若她父亲
希波达马斯仁慈宽厚，至少不冷酷，
他就应当怜悯她，饶恕我。求你帮助[4]，
涅普顿，为这位被父亲无情沉海的姑娘
赐一处地方，或让她自己变一处地方。
即使这样，我也会拥抱她。’海王颔首，
撼动所有的海水，赞同我的祈求。
宁芙震恐，但仍往前游。她泅水之时，

---

1 厄喀那得斯（Echinades）的名字意为“厄喀诺斯的女子”，厄喀诺斯是阿卡纳尼亚的一座城市。这五个小岛在阿卡纳尼亚西海岸附近。

2 在伪阿波罗多洛斯的版本里，阿刻罗俄斯的妻子叫珀里墨得（Perimede），不是珀里墨勒（Perimele），希波达马斯（Hippodamas）不是她父亲，而是她和阿刻罗俄斯的儿子。

3 “神”指涅普顿。

4 抄本中还有 600b 行，结尾与 601 行重复，多数学者认为奥维德为一行写了 600a 和 600b 两个版本。这里我选择了效果更好的 600a 行。

我触到她的乳房，它传来一阵阵战栗。
抚摸的时候，我感觉她的整个身躯
都在变硬，泥土生长，将胸膛遮覆。
我说话之际，浮动的身体被新的土地
包围，沉沉的岛屿压住变化的四肢。”

鲍齐丝与腓列蒙

河神于此沉默了。众人被奇妙的故事
打动，伊克西翁之子却笑他们幼稚，
他向来鄙视神灵，性情也狂傲，他说：
“你的故事是虚构，阿刻罗俄斯，如果
神随意予取形状，你就夸大了其能力。”
大家都愕然，不赞同他的这种说辞，
众人中勒列克斯年龄和见识最老成，
他如此回答：“天界的力量确实无穷，
没有边界，神想做什么，就必能实现。
为打消你的怀疑，在佛里吉亚山间，
有一棵橡树紧邻菩提树，被矮墙环绕，
这里我曾经亲见，因为庇透斯派我到
他父亲佩洛普斯往日统治的国度[1]。
不远处有片池塘，原是可居住的旱土，

1 佩洛普斯曾经是佛里吉亚的国王，后来到了希腊，做了皮萨的国王。原来的皮萨国王俄诺马俄斯（Oenomaus）通过马车比赛来选择女婿。佩洛普斯以半个王国的允诺收买了国王的手下米尔提罗斯（Myrtilus），让他在国王的马车上做手脚，好让自己在比赛中胜出，从而获得与公主希波达米娅（Hippodamia）结婚的权利。结果国王在比赛中被马车抛出摔死，佩洛普斯得以和公主成亲，并继承王位，但他却食言，不仅没将王国分一半给米尔提罗斯，反而将他推入海中淹死。

现在却挤满鸬鹚和喜好沼泽的蹼鸡。
朱庇特曾化身凡人来此，还有墨丘利[1]，
和父亲一起，手持金杖，藏好飞鞋[2]。
他们到一千户人家投宿，请求过夜，
一千户人家都紧闭大门，只一户接待，
一所小房子，屋顶用茅草和芦苇遮盖。
虔敬的老妪鲍齐丝和同样老迈的腓列蒙[3]

---

1 “墨丘利”的原文是 Atlantiades（阿特拉斯的后裔）。

2 杖和飞鞋是墨丘利的典型装备。

3 关于鲍齐丝（Baucis）和腓列蒙（Philemon），别处无记载。Jones（1994）通过分析认为，这个故事发生的地点是传说中坦塔罗斯和佩洛普斯的家乡西庇罗斯山。Gildenhard-Zissos（2004）指出，这段文字几乎居于全诗的中心，具有重要的结构作用。它明显呼应本书的第一卷，两处情节都包含如下要素：（1）神乔装到人间寻求住宿，试探人的道德；（2）人普遍邪恶，除了一对老夫妇；（3）人遭受洪水惩罚，只有这对夫妇幸存。值得注意的是，故事的讲述者是勒列克斯，讲述的动机是反驳庇里托俄斯对神迹的怀疑（614—615 行）。对于以变形为主题的《变形记》而言，庇里托俄斯的怀疑和勒列克斯的反驳都有元诗的意义，分别是对整部长诗价值的怀疑和捍卫（当然奥维德可能加入了戏谑的味道）。另外，奥维德受亚历山大诗人卡利马科斯《赫卡勒》（*Hecale*）的影响，特别爱写好客的题材，《岁时记》中就有多处类似的段落（例如 4.508-560 和 5.499-534）。Hollis（1990）指出，虽然《赫卡勒》只留下一些片段，但足以证明奥维德受其影响甚大。Gildenhard-Zissos 详细分析了奥维德对《赫卡勒》的借用和改变。腓列蒙夫妇款待朱庇特和墨丘利重演了赫卡勒接待忒修斯的情节，都突出了地位卑下和高贵的对照，最后主人公都变成了环境的一部分。但忒修斯这位雅典英雄却从卡利马科斯故事的主角沦为了奥维德故事的一个听者，这并非偶然，如 Mack（1988）所言，《变形记》第七卷和第八卷提到的许多神话都围绕忒修斯展开，奥维德却故意以碎片化和间接的方式处理。从互文的角度看，让忒修斯听一则从以他为主角的长诗获取了灵感的故事，简直是一种羞辱。但 Gildenhard-Zissos 认为，这其实是延续了本书第二卷对雅典及其英雄的边缘化策略。腓列蒙故事的空间处理也体现了这一点，从希腊的阿提卡转移到了罗马祖先生活的佛里吉亚，这对夫妇的形象也如同虔敬朴实的老派罗马农民（完全符合屋大维所宣扬的传统价值观）。这段文字还与维吉尔《埃涅阿斯纪》第八卷中埃万德接待埃涅阿斯的情节相似。借助这层关系和有意安置的细节，奥维德突出了奥古斯都文学中广泛存在的两个主题：（1）“道德坚忍”

住在这里，他们年轻时就在此成婚，
一生都在此度过，因为甘于贫困，
并不觉得辛苦，也从没心怀怨恨。
完全无分别，无论你找主人或仆人，
整个家只有两口，他们既发令也遵命。
所以，当两位天神到达这所农舍，
低下头颅，从低矮局促的门柱间穿过，
老头就摆好凳子，请他们放松肢体，
殷勤的鲍齐丝还特意铺上一块粗呢，
又搅动炉膛中依然温热的木炭，唤起
昨夜残留的火，添上树叶和干树皮，
小心呵护，用年老的呼吸吹亮焰苗。
她从屋子里取来成捆的木柴和枝条，
将它们砍细，放到一只小铜锅下面，
拿出蔬菜（丈夫采自湿润的菜园），
斫掉外面的叶子。腓列蒙则用木叉
取下一条熏肉（在黑黢黢的房梁悬挂），
从珍藏太久的里脊中间切掉一小块，
然后为将这块肉泡软，就放入沸水。
在此过程中，他们用闲谈打发时光，
不让客人觉难挨。有一只山毛榉浴桶，

是罗马帝国强盛的根基；（2）罗马从卑微的村庄变成了世界的首都（在这则故事里，鲍齐丝和腓列蒙的简陋房舍被朱庇特变成富丽堂皇的神庙）。奥维德再次使用移花接木的手段，在一个希腊背景的传说里淡化了希腊，突出了罗马的文化天命。

用结实的把手挂在钉子上，他们拿它
装满热水，让客人泡身，解除疲乏。
在床的中间（床架和床脚都是柳木）
铺着柔软莎草做成的床垫，夫妇
又在床垫上盖了只有在节庆的时间
才用的被单，即使这些也粗旧不堪，
不过与柳木床搭配，倒也勉强相称。[1]
两位神就躺在上面。老妇束着围裙，
颤巍巍布置桌子，但桌子有条腿太短，
垫了碎陶片才稳住。等到倾斜的桌面
终于变平，她用绿薄荷擦去污渍。
端来的既有纯洁密涅瓦的双色果实[2]，
也有用酒糟保存的秋天采摘的山茱萸，
还有菊苣、萝卜、大块凝结的牛乳
和在余烬中慢慢翻转烤熟的鸡蛋，
都盛在陶碗里。吃完这些，摆上酒盏，
也是用陶土制成，还有山毛榉做的
酒杯，凹陷的地方则用黄蜡涂抹。
停顿了片刻，火上的食物冒着热气，
没有窖藏太久的葡萄酒端上桌子，

1 Leigh（2002）指出，奥维德在655—670行的描写或许有意让古罗马读者想到他们的“遮床节”（lectisternium），这个名字源于lectum（床）和sternere（遮盖）。这是古罗马求神赐福的一个节日，人们将神像放在软床上，为它们盖上帷布，仿佛神和人一起生活一样。

2 “密涅瓦的双色果实”指橄榄。

然后又暂时挪开，等待第二道菜肴。
这次有坚果、无花果（混着皱缩的椰枣）、
李子、用宽阔篮子盛放的芳香苹果、
从紫色藤蔓采集的葡萄，正中还放着
一个明亮的蜂巢。[1] 更重要的是，主人
充满热忱，没丝毫冷淡和吝啬的表情。
与此同时，每次酒盏饮尽后，都能够
自动填满，看着魔幻般增加的葡萄酒，
鲍齐丝和腓列蒙都为这奇迹惊惧颤抖，
他们朝天空翻起手掌，祷告祈求，
望神原谅仓促间准备的寒酸食物。
有一只大鹅负责看守他们的小屋，
主人打算为做客的神祇将它宰掉，
它扑扇翅膀，跑得快，两位老人腿脚
不便，总也抓不住，最后它似乎逃到
神灵处避难。两位神不许夫妇动刀，
说道：‘我们是神，这片不敬神的地域
将遭到应有的惩罚，你们却可以免于
这场灾祸。只是你们要离开住所，
跟随我们的脚步，一起去山顶暂躲。’
他们都遵从神的命令，拄着拐棍，
艰难地沿着长长的斜坡往上行进。

1　古罗马人用餐大体分三步，第一步是上开胃的食物，叫 gustatio（品尝），第二步是上主菜，叫 mensa prima（第一桌），第三步是上水果甜点，叫 mensa secunda（第二桌）。

此时，人和神一行离山顶已经只余
一箭之地，他们转头望去，到处
都成了茫茫沼泽，唯有那间房仍在。
夫妇正惊叹，正为同乡的命运伤怀，
他们的老房子，原本几乎装不下两人，
变成了一座神庙，石柱取代了木檩，
茅草变得金黄，地面铺上大理石，
屋顶似乎镀了金，大门有了雕饰。
萨图尔努斯之子语气和蔼地询问：
‘正直的老者，与正直丈夫相配的女人，
说吧，你们想要什么？’与妻子交谈
几句，腓列蒙向神吐露了共同的心愿：
‘我们都想做祭司，照看你们的神祠，
还有，既然我们一生都和谐如意，
愿我们在相同的时辰死去，永远别让
我见到妻子的坟丘，也别让我被她埋葬。’
他们的梦想实现了：寿数尚存之时，
两人守护着神庙，当年岁耗尽生机，
夫妻碰巧站在神圣的台阶前，讲述
此地的遭遇。鲍齐丝看见腓列蒙长出
绿叶，腓列蒙也看见鲍齐丝长出绿叶。
转眼两张脸已经被两顶树冠盖过，
趁还能说话，他们同时喊道：‘永别了，
我的另一半！’两人的面容同时隐没，

被枝条封住。至今当地的比提尼亚人[1]
还给异客看从两具人身变成的树身。
这些是可靠的老者（他们没任何理由
欺骗）讲给我听的，我还看见枝头
挂着花环，我自己也添了花环致拜：
‘让神爱之人成神，让爱神之人被爱。’”[2]

厄律西克同与梅斯特拉

他于此停住，故事和讲述者都打动众人，
尤其是忒修斯，还想听到更多神灵
所行的奇迹。卡吕冬的河神倚着肘部，
对他说道：“勇敢的英雄，某些人与物
一旦变形，就会以新的形体存在，
某些生灵却有权变出更多的形态，
比如你，拥陆之海的居民，普罗透斯。[3]
人们有时看见你是青年，有时是狮子；
此刻是凶猛的野猪，下刻又是毒蛇，

1 “比提尼亚人”对应的原文是 Thyneius incola（提尼亚的居民）。比提尼亚（Bithynia）是小亚细亚的行省，古名提尼亚（Thynia）。

2 Hollis（1970）在这个故事中发现了众多宗教传说的元素：（1）围墙里的圣树；（2）神灵来到尘世，试验人们的道德；（3）在日常环境中接待神；（4）神让食物反复变得充盈；（5）洪水惩罚人类，只有一对夫妇获救；（6）好客和虔敬获得报答。Riley（1905）则发现，腓列蒙夫妇接待朱庇特的故事与《旧约》中亚伯拉罕夫妇接待天使的故事（*Genesis* 18-19）有诸多相似之处：（1）都是一对夫妇盛情款待乔装的非人类访客；（2）夫妇年纪都很大，都没有孩子；（3）夫妇都参与做饭；（4）情节都不乏幽默；（5）故事中都出现了圣树。

3 Fantham（1993）指出，除了这里提到的普罗透斯，《变形记》中还有三个角色具备任意变形的能力，他们与人和只能在特定场合下变形的神都不同。这三个角色是本卷的梅斯特拉、第十一卷的忒提斯和第十四卷的维尔图努斯（Vertumnus）。

无人敢碰；有时你长角，与公牛无分别，
经常又变作一块石头，或者一棵树；
时而你模仿流水的样子，将身体藏入
一条河，时而化成火，与水正好相斥。
厄律西克同的女儿（奥托吕科斯的妻子）[1]
也有此特权。她的父亲向来都鄙视
神灵的尊严，从不在祭坛焚香献礼。
据说他甚至持斧头闯进刻瑞斯的圣林，
用它的铁刃亵渎了自古以来的安宁。
那里屹立着一棵高寿的巨大橡树，
已单独成林，腰身四周悬挂着无数
彩带、字板和花环，见证应验的祷告。[2]
仙女经常在此树下领跳节日的舞蹈，
经常依次手挽手，连成一圈，绕着
粗阔的树身，橡树的周长竟然超过
十五条手臂。其他树木都相形见绌，
如草之于森林，只能仰望其高度。
特里俄帕斯的儿子却并未因此收住[3]
杀心，他命令仆人砍倒这棵圣树，
见他们犹豫，不敢领命，这位恶徒

1 厄律西克同（Erysichthon）是帖撒利亚国王特里俄帕斯（Triopas）的儿子。他的女儿叫梅斯特拉（Mestra），是奥托吕科斯（Autolycus）的妻子。她变形的能力见下文 871—874 行的记述。

2 这是西方古代广为流传的祈愿风俗。

3 “特里俄帕斯的儿子”指厄律西克同。

从一人手中夺过斧头，狂妄地宣布：
‘别说只是女神喜爱的一棵树，即使
是女神自己，我也要茂盛的树冠触地！’
他说完，举起武器，已经从侧面瞄准，
刻瑞斯的橡树浑身颤抖，发出呻吟[1]，
绿色的叶子和橡实都即刻开始变白，
长长的枝条也同样被一层白色覆盖。
当他渎神的手在树身上划出伤口，
裂开的树皮就有真正的血往外流，
正如一头牛，体形巨大的牺牲，在祭坛
前面倒下，割断的喉咙鲜血四溅。
大家都深感震惊，甚至有一人试图
阻拦邪恶的行为，扼住残忍的双刃斧。
帖撒利亚人瞪着他：‘取走虔诚的奖赏！’[2]
边说边将斧头从橡树转到他身上，
斫下他的头，然后转身继续砍树。
这时从树的中间传来这样的话语：
‘我是刻瑞斯宠爱的宁芙，就活在树里[3]，
现在即将死去，但我预言，我虽死，
却将得安慰，你的报应已近在咫尺！’
他仍然不停止行凶，树遭受无数次攻击，

---

1 “刻瑞斯的”对应的原文是 Deoia（德奥的），德奥是刻瑞斯的别名，参考本书第六卷 114 行的注释。

2 “帖撒利亚人”指厄律西克同。

3 她是林木仙女（Hamadryas），寿命与栖身的树同长。

又被绳猛力拖拽，终于难再支持，
一大片森林也随其重量轰然倒地。
所有的仙女姐妹为自己和森林的损失
惊骇万分，满怀悲痛，穿着丧衣，
去找刻瑞斯，求她惩罚厄律西克同。
最美的女神同意了，她一颔首，便摇动
地里所有挂满了沉甸甸麦穗的庄稼，
并为他设计了一种令人怜悯的惩罚
（然而他罪行昭彰，已不会有人怜悯）——
任其被可怕的‘饥饿’摧残。但由于她不能[1]
亲自见那位女神（命运永远不允许刻瑞斯
和‘饥饿’碰面），她便招来山林神祇——
一位乡间的俄瑞阿斯，如此吩咐[2]：
‘在斯基泰极远之处，有片冰封的区域，
土地凄凉贫瘠，没有蔬果，没有树，
“寒冷”“苍白”和“颤抖”都在那里居住[3]，
还有枯瘦的“饥饿”。命令她藏进这位
渎神者罪恶的胸膛里，别让食物的丰沛
满足她，让她在此对抗中永远超过我。
为免太长的路程吓住你，接过我的车，
接过我的龙，你可以在高空驾驭它们。’

1　“饥饿”（Fames）在这里以女神的面目存在。

2　俄瑞阿斯（oreas）是山林仙女的统称。

3　“寒冷”（Frigus）、“苍白”（Pallor）和“颤抖”（Tremor）都被视为神。

然后将龙车交给她。她乘车在天上穿行，
到达斯基泰，在一处陡峭的山顶（世人
称为高加索），她卸下龙的轭，四下搜寻
‘饥饿’，看见她正在布满石头的荒野，
用指甲和牙齿拔起稀稀落落的草叶。
她头发蓬乱，眼窝凹陷，双颊苍白，
唇肮脏且无血色，嘴里堆聚着污秽，
皮肤干硬，透过它可以看到脏腑，
从弯曲的阴部下面突起枯干的髋骨，
没有肚子，只有肚子的位置。胸膛
几乎要掉落，勉强挂在脊柱的架子上。
羸瘦让关节显得夸张，膝盖如双球
向外鼓起，膨胀的脚踝仿佛是肿瘤。
俄瑞阿斯从远处望见她（因为不敢
靠近），传达完谷神命令就不再迁延。
虽然相距甚远，虽然只停留片刻，
她似乎已经觉得饿，赶紧掉转龙车，
在空中调整缰绳，向海摩尼亚回驰。
‘饥饿’遵从刻瑞斯的命令（虽然她总是
与她作对），乘风穿过天空，降落在
女神指定的家里，立刻潜入这位
渎神者的卧室，用枯槁手臂搂住深陷
睡眠的厄律西克同（当时正是夜晚），
将自己化作气息，吹他的喉咙、胸脯
和嘴唇，将饥饿注入空虚血管的各处。

执行完任务，她就离开丰饶的世界，
回到贫乏的住所和向来熟稔的洞穴。
温柔的睡眠仍在用宁谧的翅膀抚慰
厄律西克同：他在梦境中追逐美味，
上下颚徒然挪动，牙齿对牙齿空嚼，
用虚幻的佳肴欺骗、戏弄自己的食道，
腹中依然空空，只吞下缥缈的风。
可是当他醒来，食欲就变得疯狂，
统治着饕餮的嘴和无涯无底的胃肠。
他迫不及待地要求海陆空出产的各种
食物，餐桌已摆满，他仍旧抱怨饥饿，
在盛宴中渴望另外的盛宴。足以让众多
城市和整个民族吃饱的东西，一个人
却不够，他送进肚中越多，欲望越难忍。
正如海洋接纳陆地上所有的江河，
却从不满足，饮干遥远国度的水波，
又如掠夺成性的火焰永远不拒绝
燃料，吞噬无数的木块，喂它越多
薪柴，它的胃口就会变得越贪婪，
恶徒厄律西克同的大嘴也是这般
来者不拒，无休无止，一切食物
都是食物的诱因，他腹中始终空虚。
他已经因为饥饿和食欲的深渊耗尽
祖上的遗产，但可怕的怪病丝毫不曾
减弱，食道中无法熄灭的火焰也依然

炽烈。最终所有的家业都已败散，
只剩下一位女儿（他却不配做父亲）。
穷困中她也被卖掉。出身高贵，她不能
忍受做奴隶，伸出手向身旁大海祈求：
‘让我摆脱主子吧，海神，是你夺走
我宝贵的贞操。’涅普顿曾经占有她，所以
没有拒绝其祷告。虽然追她的主子[1]
刚刚见过她，海神却将她变作男人，
并配上装备和服饰，与寻常渔夫相称。
主子盯着她，问道：‘将青铜钓钩藏在
诱饵里、手持长竿垂钓的渔夫，愿大海
风平浪静，愿水中的鱼儿都肯相信你，
愿你只在有收获的时候才觉察到钩子[2]——
我方才还见她穿着劣质衣服，披散着
头发站在这岸上（我看得分外真切），
告诉我，她在哪里？这儿不再有足印。’
她发现神的善意已生效，欣悦于此人
向自己问询自己，于是她答道：‘原谅我，
无论你是谁，我的目光从未离开过
这片水域，钓鱼占据了我全部心思。
你若不信，我就以海神的名义发誓
（愿他庇佑这个行当），这岸上除了我，

1 指她的买主。

2 这种吉利的祷告是一种交换，好让对方帮忙。

刚才没有任何男人或女人站着。’
主子受了骗，信了她的话，沿着沙砾
离开了，她又恢复了自己本来的样子。
可是当父亲发现她有可变化的身体，
就经常将女儿卖给其他奴隶主，她有时
变成马，有时变成鸟、牛或者鹿逃离，
给贪婪的父亲提供了一种欺诈的生计。
然而，狂暴的饥饿将所有财物都败光，
并且给沉重的顽疾添加了新的食粮，
他开始啃咬自己，撕裂自己的四肢，
悲惨地通过消耗身体来喂养身体。[1]
何必总是谈别人？我自己也有反复
变形的能力，只不过变化有限定的数目。
我有时是现在这般，有时化作蛇盘绕，
有时我领着一群牛，长出威武的双角——
我曾经有双角。如今一只角已经缺失，
如你所见。”说完他发出几声叹息。

1　Otis（1970）认为，厄律西克同的故事和前面腓列蒙夫妇的故事在《变形记》的中间位置构成了关于神义论（theodicy）的对照情节：前者因为亵渎神灵受惩罚，后者因为虔敬受到奖赏。

《变形记》

第九卷

METAMORPHOSEON LIBER IX

阿刻罗俄斯与海格力斯

涅普顿的孙子问他为何叹息，前额[1]
为何残缺，卡吕冬的河神如此对他说
（事先为原本无装饰的头发缠上了芦苇）：
“你所询之事太难堪，谁在角逐中失败，
还愿意谈论它？不过我还是从头讲起。
参与竞争就光荣，失败也并不羞耻，
胜利者如此卓越，也是我莫大的慰藉。
如果德伊阿尼拉的名字终于传进了
你的耳朵，那么告诉你，她曾是最美的
少女，令众多仰慕者渴望，并彼此争夺。
我与他们一起去拜望未来的岳父[2]。
‘帕尔塔昂之子，’我说，‘让我做女婿。’[3]
海格力斯也提出要求，其他人则退避。
他夸耀父亲朱庇特，夸耀自己的功绩

1 “涅普顿的孙子”指忒修斯，他父亲埃勾斯是涅普顿的儿子。

2 德伊阿尼拉的父亲是卡吕冬国王俄纽斯。

3 俄纽斯的父亲是帕尔塔昂，但荷马说他的父亲是波尔透斯（Portheus）。

以及遵嫡母之命完成的许多难事[1]。
我却反驳：‘神向人让步太不成样子。’
（那时他还不是神。）‘你看，我是百河[2]
之主，我蜿蜒的河道也流经你的王国，
我并非来自异域、不知底细的女婿，
而会是你的臣民，并且融入此国度。
只是别因为没有神后朱诺憎恨我，
没有众多苦役惩罚我，就另眼看我！
至于你，既然你吹嘘阿尔克梅涅是母亲，
那么或者朱庇特是杜撰，或者真父亲[3]
和母亲通奸，需要一个名字来顶替。
选吧，朱庇特是假，或者你是私生子？’
我说这番话的时候，他已经眼露凶光
瞪着我，点燃的愤怒几乎要喷出胸膛[4]，
他只说：‘我的右手比舌头更有力量！
我唯愿以战斗取胜，任凭你以言辞逞强。’
他朝我恶狠狠冲来。方才夸完口，屈服

---

1 “嫡母”指朱诺，对应的原文是 noverca（继母），但中文“继母”不能准确表示海格力斯和朱诺的关系。“难事”主要指海格力斯完成的十二件了不起的任务。

2 海格力斯成神是在他死后，他惨死并封神的经过见本卷 155—272 行。“你”指俄纽斯。

3 “真父亲”指阿尔克梅涅的丈夫、提林斯国王安菲特律翁。阿刻罗俄斯称，朱庇特不是海格力斯的父亲，安菲特律翁才是，朱庇特只是唬人的说法；另一种可能是，阿尔克梅涅与人通奸，生下海格力斯，拿朱庇特做挡箭牌。

4 Jacobson（2007）指出，赫拉克勒斯（海格力斯）被斯多葛学派尊为忍受苦难和自我控制的典范，阿刻罗俄斯的回忆否定了这一点。

太丢脸，我扔掉披着的绿色外套，伸出
臂膀抵挡，双手握成拳，护在胸前，
做出防御的姿势，全身都准备作战。
他弯起手掌，掬起尘土，撒在我身上，
而他自己也因为沾满沙子而变黄。[1]
他时而瞄准颈项，时而瞄准跃动的
双腿，至少看似如此，从各方攻击我。
有庞然的体形保护，他的努力皆徒劳，
正如一座山，虽然海浪伴着喧嚣
猛撞，却因为自身的重量岿然不动。
我们稍稍后撤，又重新贴身相争。
双方都稳稳站着，决心不让一寸，
脚抵着脚，我的整个胸膛都前倾，
手指抗衡着手指，额头顶着额头。
正如我曾见过的那些强壮公牛，
为了抢到整个草场最美的配偶
而奋力搏斗，旁观的群牛怵惕颤抖，
不知道如此庞大的帝国将由谁执掌。
海格力斯三次试图将我紧抵的胸膛
从自己身上甩掉，却没成功，第四次
他挣脱我的纠缠，松开紧扣的手臂，
顺势猛力一推（我决意承认真相），

---

1 古希腊人摔跤的习惯是在全身抹油之后，再撒上沙子或尘土，好让对手容易抓稳自己的身体。

让我整个翻转，沉沉地粘在我背上。
你们若信我（捏造事实也不能给我
带来光荣），我当时就像被一座山压迫。
然而，我艰难地将淌满汗水的臂膀挤进
中间，艰难地冲破他对身体的囚禁。
他紧追喘气的我，不许我恢复体力，
然后扼住我脖子。我终于挺不住，双膝
一软，跪倒在地上，嘴被迫吃进沙土。
力量不如他，我转而求助于自己的法术，
变作一条长蛇，从英雄的手中溜出。
当我将身体盘成许多蜿蜒的圆弧，
又射出分叉的芯子，发出可怕嗞嗞声，
海格力斯却对我的技艺冷嘲热讽。
‘我早在摇篮里就是对付蛇的专家[1]，’
他说，‘虽然你阿刻罗俄斯比其他蛇强大，
但你是勒尔纳的厄喀德那的多少分之一[2]？
它的伤口仿佛子宫，越受伤越繁殖，
我砍掉百头中任何一颗都是害自己，
两颗头继承一颗头，颈项越战越无敌。
尽管它从屠戮中源源萌生新的蛇枝，

1 海格力斯还在摇篮里的时候，朱诺派了两条蛇去杀他，却被他掐死。

2 “勒尔纳的厄喀德那”指怪物许德拉（Hydra），它是厄喀德那的孩子。

在灾难中壮大，我仍然将它制伏、杀死。[1]
你觉得你结局如何，一条假蛇而已，
舞着借来的武器，藏在求来的伪装里？’
说完，他用手指紧掐我脖子的上部，
我仿佛喉咙被钳子死死夹着，几乎
窒息，竭力突破手指对气管的围攻。
如此战败后，我还有第三种形式未用——
凶猛的公牛。变成牛身，我重上战场。
我冲锋之时，他从左边抱住我颈项，
顺势跟着我前行，按住硬角，撞向
地面，迫使我瘫倒，陷在厚沙之中。
这还不够，他右手握着坚固的牛角，
无情地掰断，从我残损的前额扯掉。
仙女们用它盛满香花和水果，我的角
成了圣物，让慷慨的丰饶神更加丰饶。”[2]
他说完，一位宁芙束着腰，狄安娜一般
（这是他的侍女），长发披垂在双肩，
走进来，用最丰盛的牛角盛着整个
秋天的收获和作为第二道食物的甜果[3]。
晨光来临，初升的太阳照在山巅，

---

1 许德拉的每颗头一被砍下，就会长出两颗头。海格力斯的侄儿伊俄劳斯在他砍下每颗头后，立刻用烙铁封住颈上的伤口，制止生长，于是海格力斯顺利杀死了它。这条蛇究竟有多少颗头，有很多说法，包括七、九、五十和一百。

2 这里奥维德对丰饶角来历的解释不同于《岁时记》（*Fasti* 5.121-128）。

3 参考第八卷第 677 行的注释。

众青年告辞，并未等到河水完全
恢复平静，所有洪流都退却就匆忙
动身。阿刻罗俄斯将他乡野的脸庞
和失去牛角的头颅藏在波浪下面。
然而，唯有这一种损失伤害其尊严，
除此外他都无恙，而且头上的残缺
他也可以用柳枝或芦苇轻易藏遮。
可是悍勇的涅索斯，你却为追求同一位[1]
少女毁灭了自己，被飞箭射穿脊背。
朱庇特之子携新婚的娇妻正返回故乡[2]，
途中却被湍急的欧厄诺斯河阻挡。
冬季的暴雨让河水怒涨，远远超过
平日，无数的漩涡翻卷，无法穿越。
他自己并不恐惧，却为妻子担忧，
强壮的涅索斯走来，他熟悉这片渡口，
说道："我可以帮她平安到达对岸，
海格力斯，你奋力游泳，其余不必管。"
阿俄尼亚人将卡吕冬少女托付给他[3]，
她却满脸惊惶，河与人都叫她害怕。
英雄毫不犹豫地背起狮皮和箭囊
（大棒和弯弓被提前扔到对面的岸上）。

涅索斯之死

1 涅索斯（Nessus）是半人马。

2 "朱庇特之子"指海格力斯，"娇妻"指德伊阿尼拉，她的名字在古希腊语中并不吉利，意思是"毁灭丈夫"。

3 "阿俄尼亚人"指海格力斯，"卡吕冬少女"指德伊阿尼拉。

“我既已开始渡河，就必定把它征服！”
他说着径直入了水，并未去试探哪处
洪流最和缓，不屑依赖河水得周全。
他到达对岸，拾起抛掷的弓，忽然
听到妻子的声音。涅索斯正准备骗跑
他交托的珍宝。“恶棍，别迷信你的腿脚！
你这是赶往哪里？双形怪物涅索斯，
我在叫你呢。听好了，别抢我的东西！
即使你对我没丝毫敬畏，有父亲的轮子[1]
为先例，你总该知道抑制淫邪的心思。
而且你逃不掉，无论多信任你的马力——
我会用伤口而不是用脚追上你。”事实
印证了他的话，飞箭穿透远去的背部，
弯曲的铁镞突破了他的前胸。拔出
羽箭时，鲜血从两端伤口同时喷溢，
与来自勒尔纳的毒液混在一起[2]。涅索斯
接住毒血，自语：“我虽死，却不会白死。”
他将浸染了这温血的衣服作为厚礼，

1　“父亲的轮子”影射涅索斯父亲伊克西翁在冥府所受的惩罚。伊克西翁是拉庇泰（Lapithae）国王，他未能按照诺言支付彩礼，岳父出于报复偷了他的几匹马，他邀请岳父赴宴，将他推到火床上烧死。由于他是第一位弑亲者，被所有的人抛弃，朱庇特怜悯他，请他到奥林匹斯山，他又对朱诺动了淫心，朱庇特造了一朵朱诺形状的云，他竟与这朵云发生了关系，云生出了肯陶洛斯（Centauros），后者与佩里昂山上的母马交配，成为半人马族（包括涅索斯）的祖先。伊克西翁不仅犯了弑亲大罪，而且违反了做客之道，亵渎神灵，不可饶恕，朱庇特让墨丘利把他绑在一个永远旋转的火轮上。

2　箭头的毒液来自勒尔纳怪物许德拉的血。

谎称它能催动爱，送给劫掠的女人。

海格力斯受难

又过了许久，伟大海格力斯的功勋
遍及全世界，也终于耗尽嫡母的仇恨。
征服俄卡利亚后，他正准备向刻奈恩[1]
朱庇特还愿，德伊阿尼拉，饶舌的“传言”
突然跑到你耳边（它喜欢为真实的事件
添加虚假的细节，靠谎言不断增殖），
称安菲特律翁之子对伊俄勒动了心思。
痴情的妻子相信了，被意外的绯闻吓住。
最开始泪水滔滔，可怜的女人以痛哭
发泄自己的悲伤，但很快她却自问：
“我为何要哭？情敌会为这些泪欢欣。
既然她很快就来，我必须赶紧行动，
趁还有时间，她还未占据我的婚床。
抱怨，还是沉默？回卡吕冬，还是留下？
离开这住所，还是起码在门口拦住她？
墨勒阿革洛斯，别忘了我是你的姐姐，
倘若我决意犯罪，杀死情敌，向世界
证明受伤害的女人多么可怕，会如何？”
她的心在不同路径间游移，最后的选择
是送出那件浸染涅索斯毒血的外衣，
为海格力斯衰退的爱情注入生机。

1　“朱庇特”被“刻奈恩”修饰，是因为海格力斯在欧卑亚的刻奈恩（Cenaeum）海岬为朱庇特建了一座祭坛。他在那里杀死了俄卡利亚（Oechalia）国王欧律托斯，劫走了他的女儿伊俄勒（Iole）。

可怜的女人不明白亲手交付的是自己
未来的痛苦，温言请求不知情的利卡斯[1]，
将这份礼物带给丈夫。他天真地答应，
将勒尔纳毒衣披上海格力斯的肩膀。
后者正在升起的火焰上焚香祈祷，
从碗中向大理石祭坛倾倒葡萄美酒。
毒药开始生效，火焰更释放其活力，
它快速游走，蔓延到他的全部肢体。
最开始，他以惯有的勇敢抑制住呻吟，
当剧痛超过忍耐的极限，他忍无可忍，
推开祭坛，叫喊声响彻埃塔的林间。
他不再耽搁，试图扯掉致命的衣衫，
但布和皮肤总一起撕下，讲起来令人
惊怖，它要么死活拽不掉，紧粘肉身，
要么离身，却露出血淋淋的四肢和巨骨。
血嗞嗞作响，就像红热的金属板没入
一池凉水，在炽热毒液中不断翻腾。
折磨无极限：贪婪的火焰舔舐着内脏，
暗绿的汗水从他的全身各处流出来；
烧过的肌腱发出开裂声，骨髓也在
隐藏的剧毒中消融。朝星空举起手掌，
他喊道："朱诺，享用我的痛苦和灭亡，
享用吧！残忍的女神，从高空欣赏这惨祸，

1　利卡斯（Lichas）是海格力斯的侍从。

餍足你无情的心！或者，如果我值得
仇敌怜悯（你就是仇敌），取走这条命，
这颗受折磨、遭憎恨、为苦难而生的灵魂！
死对我是恩赐，嫡母理应给我这礼物。
是为此，我才制伏用异乡人之血亵渎
神庙的布西里斯，阻止残暴的安泰俄斯[1]
向地母汲取力量，无惧刻耳柏洛斯[2]
和那位伊比利亚牧人的三重身体[3]？
手啊，你们按住壮牛的犄角也为此[4]？
厄里斯、斯廷法洛斯湖和帕尔特尼俄斯山[5]
留下你们的功绩，借你们的勇力，镶嵌

---

1 布西里斯（Busiris）是埃及国王，他将异乡人作为牺牲杀死，后被海格力斯除掉。安泰俄斯（Antaeus）是地母盖娅（Gaia）的儿子，所以一接触到地面，立刻变得力大无穷，海格力斯意识到这一点后，将他举在空中掐死。

2 关于海格力斯闯入地府，绑缚冥犬刻耳柏洛斯的故事，参考本书第七卷 409—415 行。

3 “伊比利亚牧人”指革律翁，埃斯库罗斯剧作《阿伽门农》（*Agamemnon*）中说他有三具身体，赫希俄德《神谱》（*Theogeny*）中说他是一个身子三个头。海格力斯在伊比利亚（今天的西班牙）厄律提亚岛（Erythea）消灭了他，夺了他的牲畜。

4 “壮牛”指海格力斯捕捉的克里特公牛，他遵欧律斯透斯之命将它带到提林斯，后来它逃脱，成为肆虐马拉松的公牛。参考伪阿波罗多洛斯的《神话汇编》（*Bibliotheca* 2.5.7）。

5 海格力斯为厄里斯国王奥革阿斯清扫马厩后，对方违背承诺，拒绝支付报酬，后来海格力斯洗劫了厄里斯，杀死了国王和他的儿子们，参考《神话汇编》（*Bibliotheca* 2.5.5）。他曾在斯廷法洛斯湖（Stymphalus）杀死大鸟，参考《神话汇编》（*Bibliotheca* 2.5.6）。在帕尔特尼俄斯山（Parthenius，意为“处女山”，在阿卡迪亚境内）林间，他抓住了狄安娜长着金角的野鹿，参考《神话汇编》（*Bibliotheca* 2.5.3）。

忒尔墨冬黄金的腰带和不眠大龙
看护的苹果被劫走，理由也无不同[1]？
半人马大军和肆虐阿卡迪亚的野猪[2]
无法对抗我，头越砍越长、不断变出
双倍力量的许德拉莫奈我何，也为此？
还有，看见色雷斯的骏马以人血为食，
马厩里堆满死人的残肢，我将它们
全都推倒，将主人和马匹全部杀尽？[3]
是这双臂膀让尼米亚巨狮变成巨尸[4]，
是这副颈项扛天空[5]。残忍的朱庇特之妻
已厌倦给我命令，我却未厌倦执行。
但新的灾难已降临，无论勇气、甲兵
还是膂力都无法抵抗，饕餮的火焰
正窜入我肺部深处，以我全身为盛宴。

---

1 “镶嵌忒尔墨冬黄金的腰带”指亚马逊女王希波吕塔（Hippolyta）的腰带，欧律斯透斯命令海格力斯取来这条腰带，忒尔墨冬（Thermodon）是亚马逊部族聚居地的一条河。参考《神话汇编》（*Bibliotheca* 2.5.9）。“不眠大龙看护的苹果”指阿特拉斯果园里的金苹果，海格力斯曾摘走这里的苹果，参考《神话汇编》（*Bibliotheca* 2.5.11）。

2 海格力斯在追赶厄律曼托斯山的野猪时，曾与半人马族有过一战，参考《神话汇编》（*Bibliotheca* 2.5.4）。

3 色雷斯国王狄俄墨得斯（Diomedes）养有四匹吃人肉的母马，海格力斯杀死了他，参考《神话汇编》（*Bibliotheca* 2.5.8）。

4 尼米亚（Nemea）是阿戈利斯的一座城市，这里有一头刀枪不入的巨狮，海格力斯扼死了它，参考《神话汇编》（*Bibliotheca* 2.5.1）。

5 海格力斯曾经帮阿特拉斯扛过一会儿天空。

欧律斯透斯却活得很好[1]！谁能相信
神灵真存在？”他被剧痛摧虐，在高峻
埃塔山间跌跌撞撞，如一头公牛，
身上扎着猎矛，而攻击者早已逃走。
你会看见他时而呻吟，时而惨叫，
时而想竭力撕碎身上所有的衣袍，
推倒大树，向群山发泄他的恨意，
时而向父亲所在的天空伸出手臂[2]。

利卡斯变形

忽然，他发现利卡斯战栗地藏在一处
凹岩下，痛苦不由得聚拢所有的狂怒。
“利卡斯，”他说，“是你给我致命的礼物，
是你打算害死我，是不是？”他颤抖惊怖，
脸色惨白，只胆怯地嘟囔出几句辩白。
他边说边试图搂住海格力斯的膝盖，
后者却一把抓住他，在空中转动三四圈，
以胜过投石机的力量扔进欧卑亚的波澜[3]，
他尚在空中穿行时身体就已经变硬。
正如人们说雨水会在寒风中冻凝，
然后变成雪，旋转的雪花不断聚凑，
柔软的身体最后聚合成众多雹球[4]，

1 欧律斯透斯是直接给海格力斯下令完成各种任务的人，但背后主使是朱诺。

2 “父亲”指朱庇特。

3 欧卑亚（Euboea）是爱琴海上的一个岛。

4 奥维德似乎认为，雪是雨和冰雹的中间状态。

古代的传言也宣称，被强大的手臂掷出，
他穿过空气，因为恐惧而失血，身躯
已不剩任何水分，变成了干硬的燧石。
直到今天，欧卑亚的海中仍然耸立
一小块岩礁，依稀保持着人的痕迹，
仿佛依旧有知觉，水手称其为利卡斯，
都不敢踏足。可是你，朱庇特的著名后裔[1]，

海格力斯封神

砍掉了高峻埃塔山生长的大树，搭起
一大座柴堆，吩咐波亚斯之子取走弓[2]、
宽绰的箭囊和终将再次拜访伊利昂
王国的飞矢[3]。他帮助你在柴堆下点燃
火焰。当烈火逐渐往葬礼的树木蔓延，
你将尼米亚的狮皮铺在它们顶上，
安详地躺好，头枕着永不离身的大棒，
表情欣然，仿佛一位宾客头缠着
花冠，在斟满美酒的杯盏之间静卧。
火势越来越猛烈，在各方扩散呼啸，
逼近超然的身体和鄙视它的这位英豪。
天上的众神都为大地的守护者忧心[4]，

1　指海格力斯。

2　莫里卑亚(Moliboea)国王波亚斯(Poeas)的儿子是菲罗克忒特斯(Philoctetes)。

3　神谕说，除非将海格力斯的弓箭带去，否则特洛伊将永远无法攻取。所以后来希腊联军远征特洛伊、久攻不下时，专门派尤利西斯去请菲罗克忒特斯赴特洛伊，参考本书第十三卷313—334行。

4　“大地的守护者”指海格力斯，因为他除掉了许多肆虐海陆的怪物猛兽。

朱庇特觉察到这一点，便以欢快的口吻
告诉大家："你们的害怕反让我欣喜，
各位天神，我满心欢悦地祝贺我自己，
因为我是你们的君主和父亲，而你们
既懂得感恩，对我的子嗣又如此温情。
尽管你们是向他非凡的功业致敬，
我仍然感激。不过，你们忠诚的心灵
别白白恐惧，埃塔山的火焰算不了什么！
他征服了一切，也将征服这眼前的火，
只有来自他母亲的部分才会感觉到
火的力量，我赋予的部分却不受侵扰，
永久远离死，任何火焰都不能摧毁。
当它与大地断绝，我将在天界迎回
新的海格力斯。我相信所有神都会
乐见此事。如果，我是说如果，有谁
不愿他成神，不愿他享受这样的光荣，
她也应知道他完全有资格，也只能赞同。[1]"
众神都点头，连他的王后似乎都不觉
这番话难以忍受，她露出不悦的神色，
只因为在最后那句里她被单独针对。
此时，火可以吞噬的任何部分都已被
伏尔甘带走，留下的海格力斯形象[2]

1 朱庇特显然在影射朱诺。

2 "伏尔甘"对应的原文是 Mulciber（穆尔齐贝，意为"软化者"），这是他的别称之一，因为他能用火通过冶炼让金属变软。

已难以辨认，母亲的容貌无影无踪，
唯有朱庇特赐给他的特征依然留存。
正如新蛇将旧皮和衰老的年纪一并
抛却，新鳞片闪闪发光，重现生机，
当这位提林斯人摆脱尘世的肢体[1]，
也因不朽的部分更活力洋溢，更显
高贵，并获得与神相配的威仪与尊严。
大能的父亲以飞云包裹他，将他卷入
驷马之车，送上群星闪烁的天宇。

阿尔克梅涅的故事

阿特拉斯感觉到新重量，欧律斯透斯[2]
却余怒未消，野蛮地将对父亲的恨意
发泄到后代身上[3]。但长久被忧思困扰的
阿尔克梅涅如今可以向伊俄勒诉说[4]
老年的烦心事，回顾儿子的辉煌功勋
和自己经历的不幸。遵海格力斯之命，
许罗斯迎娶了这位少女，并真心爱慕[5]，

1 “提林斯人”指海格力斯。

2 原文中欧律斯透斯（Eurystheus）还有修饰语 Stheneleius，意为“斯特涅洛斯之子”，迈锡尼国王斯特涅洛斯（Sthenelus）是他的父亲。参考许基努斯《故事集》（*Fabulae* 244）。

3 “后代”指海格力斯的后代。

4 海格力斯的母亲阿尔克梅涅是提林斯人，在阿戈利斯地区，所以原文有修饰语 Argolis（阿戈利斯的），因为译文格律限制未译。关于伊俄勒，参考本卷第 136 行的注释。

5 许罗斯（Hyllus）是海格力斯和德伊阿尼拉的儿子，遵父亲遗命，娶了伊俄勒。

让她怀上出身高贵的子嗣。祖婆母[1]
如此对她说：“愿众神至少能够善待你，
当时辰到了，你呼喊伊利图伊娅（她统治[2]
惊恐中分娩的女人），他们能缩短过程——
因为朱诺的缘故，她对我格外残忍。[3]
在注定多难的海格力斯将诞生人世，
沉沉的太阳盘踞在第十个星座之际，
我的子宫因胎儿而膨胀，腹中之物
如此巨大，可轻易判断隐藏的重负
乃是朱庇特种下的果实。我已经难以
再忍受阵痛，甚至我现在说起此事，
肢体都发冷发颤，痛苦随回忆重生。
整整七天七夜，我遭受厄运的酷刑，
筋疲力尽，向天空伸出手臂，高声
祈求卢契娜和两位执掌生育的守护神[4]。
她确实来了，事先却被收买，意欲
将我的性命献给复仇的朱诺做礼物。
当她听见我呻吟，就坐在门前那座

---

1 “祖婆母”指阿尔克梅涅。

2 关于女神伊利图伊娅（Ilithyia），有人认为是朱庇特和朱诺的女儿，有人则认为她就是掌管分娩的卢契娜（朱诺或狄安娜）。

3 Anderson（1972）注意到，奥维德对海格力斯死亡和阿尔克梅涅分娩的两段描写有很多平行之处：两人都忍受了剧痛，都向天呼吁，都被朱诺折磨，都经历了 labores（这个词对于儿子意味着艰巨的任务，对于母亲意味着阵痛），都有 gravitas（这个词对于儿子意味着获得了神的重量，对于母亲意味着身孕）。

4 这两位守护神叫 Nixi，意为“使劲、挣扎”。

祭坛中央，右膝盘在左膝上，交错
两边的手指，形如一把梳子，以此
延迟降生的时间，她还默念着咒词，
用这些魔语阻碍已经启动的分娩。
我竭力挣扎，徒然谴责朱庇特的漠然，
疯狂中一心求死，哀叹的言辞足以
打动冥顽的燧石。忒拜的妇女服侍[1]
在身旁，向神祷告，为痛苦的我鼓气。
其中有一位金发的侍女加兰提丝[2]，
出身贫寒，但办事勤勉可靠，因忠心
深受我喜爱。她觉察敌对的朱诺可能
在施展什么伎俩。因为经常出入
房门，她看见女神坐在祭坛上，膝部
撑着双臂，十指相扣，就说道：‘不论
你是谁，此时都应祝贺我家女主人！
阿尔克梅涅已经生产，遂了她心意[3]。’
掌管分娩的女神大惊，猛然跃起，
松开双手，手一松，我立刻脱离煎熬。
传言加兰提丝因为神上当而发笑，
残忍的女神揪住她头发，拖着她前行，
她试图从地上站起，却被神压住，不能

1 “忒拜的”对应的原文是 Cadmeides，意为“卡德摩斯的”，因为忒拜建立者是卡德摩斯。

2 加兰提丝（Galanthis）因为护主，被伊利图伊娅变成黄鼠狼（一说猫）。

3 这行原文中的修饰语 Argolis（阿戈利斯的）因为译文格律限制未译。

动弹，神还将她的手臂变成前腿。
她仍如从前一样活跃，毛发也未
失去原来的颜色，只是形状已改变。
由于她是用撒谎的嘴唇帮助我分娩，
所以从口中产崽，并依旧在我家出没。[1]”
想起旧日的女仆，她不禁发出伤感的
叹息。看见她难过，孙媳如此安慰她[2]：

德瑞俄珀变形

“可是祖母，毕竟是某位外人的变化
让你惋惜，若我给你讲姐姐的奇遇，
又应当如何反应？虽然眼泪和痛苦
阻止我开口。德瑞俄珀是母亲的独女[3]
（我是父亲和后妻所生），以美貌享誉[4]
俄卡利亚。拥有德尔斐和提洛的神[5]
最先以暴力夺走姐姐的处女之身，
安德莱蒙后来娶了她，被世人艳羡[6]。
有一处湖泊，倾斜的边界仿佛海岸，
最高的地方长着一圈桃金娘树丛。
德瑞俄珀来到这里，不知晓宿命，

1 很多种类的母兽喜欢用嘴叼着幼崽，所以古人有此误解。

2 这行原文的 nurus 不是指儿媳，而是指孙媳。

3 德瑞俄珀（Dryope）是俄卡利亚国王欧律托斯和前妻的独女。

4 “后妻”指庇隆（Pylon）的女儿安提俄珀（Antiope）。

5 指阿波罗。

6 这位安德莱蒙（Andraemon）不是俄纽斯的女婿，而是俄克绪洛斯（Oxylus）的儿子。

更令你愤懑的是，她此行是向宁芙
献上花环。她怀抱甜蜜的负担——不足
周岁的男婴，正以温暖的奶喂他。
离湖不远处，开着许多明艳的水莲花[1]，
堪与推罗的色彩争胜，预示着果实。
德瑞俄珀采撷了一些，希望给孩子
当玩物，我也正准备仿效她的做法
（我也在现场），却看见摘下的花淌下
殷红的血，枝条也在惊恐地战栗。
乡民们如今讲述（可是消息已太迟），
宁芙洛提丝在逃避普里阿波斯的淫欲时，
躲进花里，变换了形貌，却保留名字[2]。
我姐姐毫不知情，敬拜完宁芙，她在
极度慌乱中试图往回走，想赶紧离开，
却发现双足已生根。她竭力挣扎，却只能
挪动自己的上半身，树皮从脚底向上
生长，逐渐覆盖了她的全部腰胯。
她看见这一切，使劲用手去撕扯长发，
却满手都是叶子：头已是叶子的领地。
但婴儿安菲索斯（外祖父欧律托斯

1 水莲花（lotos）并非莲花，而是古希腊神话中一种能用其果实引发甜美困倦感的植物。按照奥维德的说法，它是宁芙洛提丝（Lotis）为了躲避乡野守护神普里阿波斯（Priapus）追逐而变的。这个故事可参考奥维德《岁时记》（*Fasti* 1.393-440）。

2 花的名字与宁芙的名字很相似。

给他起的这个名）感觉到母亲的乳房
正变硬，洁白的奶汁也不再往外流淌。
我就在旁边，看见残酷的命运吞噬你，
姐姐，却没法救你，但我仍尽我全力，
抱住树干和枝条，拖缓它们的蔓延，
说实话，我真愿一起埋在树皮下面。
这时，丈夫安德莱蒙和不幸的父亲前来[1]
寻找德瑞俄珀，我只好将莲花指给
他们看。两人亲吻着依然温热的植物，
匍匐在地上，偎依着属于他们的根须。
亲爱的姐姐现在只有脸不是树，她的
眼泪在可怜身体变成的叶子上滴落。
趁自己的口唇还未封锁话音的通途，
她向空气倾吐着这样的哀伤之语：
‘你们若相信可怜人，我凭神起誓，不该
遭此可怕的惩罚，不该无辜受伤害。
我一生品行纯洁——如果我撒谎，就咒我
枯萎，叶子被斧头砍光，被大火吞没！
请把孩子从母亲的枝条间抱走，交给
乳娘，要让他经常在我的树下吃奶，
在我的树下玩耍。等到他能够说话了，
要让他向母亲致敬，并用悲伤的声音说：
“我的母亲就在这张树皮下掩埋。”

1　“父亲”指欧律托斯。

但要让他怕池塘，也别从树上采摘
花朵，相信灌木都是女神的化身。
永别了，亲爱的夫君、妹妹，还有父亲！
你们若还顾念我，请保护我的枝叶，
让它们免受利刀砍削、牛羊咬啮。
既然神已经不许我朝你们弯腰，就请
你们凑近身体，让我能亲吻你们，
趁还有机会如此，快抱起我的儿子！
我没法再说更多，因为柔软的树皮
正沿着白皙的颈项往上爬，即将盖住
我的头顶。从眼前挪开手！无须帮助，
就让树皮合拢，遮掩我垂死的眼睛。[1]’
她说完，人的生命也一并终结，变形
许久之后，她的新枝条仍留有温度。”

天界的命运之争

正当伊俄勒讲述这令人惊奇的遭遇，
阿尔克梅涅（尽管自己也涕泣）用手指
为她拭眼泪，一件怪事却忽然遏止
两人的悲伤。深幽的门口站着一位
青年，几乎像孩子，隐微的绒毛覆盖
双颊，脸复归青春，竟是伊俄劳斯[2]。
朱诺的女儿赫柏经不住丈夫的屡次[3]

1　按古代西方习俗，死人在最后一刻需要至亲为他们合上眼皮。

2　伊俄劳斯（Iolaus）的父亲伊菲克勒斯（Iphicles）是海格力斯母亲阿尔克梅涅和名义上的父亲安菲特律翁的儿子，所以他是海格力斯的侄儿。

3　青春女神赫柏的丈夫是封神的海格力斯，她让伊俄劳斯重获青春。

央求，赐给他这份礼物。她正准备
发誓从此再不给任何人这样的恩惠，
忒弥斯拦住她说："因为如今的忒拜
深陷内讧，除了朱庇特，没有谁能击败[1]
卡帕纽斯，那两位兄弟将互相伤害[2]，
活着的先知将看见脚下的大地裂开[3]，
吞没自己的鬼魂。儿子将杀死母亲，
为父亲报仇，行为邪恶却充满孝心[4]，
被罪行震撼，他将失去理智和家园，
被复仇女神的脸孔和母亲的幽灵追赶，
直到妻子向他索求致命的金项链，
亲族的身体都被菲勾斯的剑刺穿。
最后，阿刻罗俄斯之女卡利洛俄
将为幼子们即刻成年而乞求朱庇特，
以免他们的父亲虽得胜，被杀的耻辱
却长久难雪，被这位继女和儿媳劝服，

1 "忒拜的内讧"指俄狄浦斯和约卡斯塔（Iocasta）的儿子波吕尼刻斯（Polynices）与厄忒俄克勒斯（Eteocles）的自相残杀。他们在父亲死后决定轮流执掌忒拜城，但后来厄忒俄克勒斯拒绝分权，波吕尼刻斯出走后组织一支军队，由七位大将率领，进攻忒拜。厄忒俄克勒斯派出包括自己在内的七位将领守卫七座城门，他正好与波吕尼刻斯对阵，在战斗中杀死了他，应验了父亲临终的诅咒。

2 卡帕纽斯（Capaneus）是进攻忒拜的七位将领之一，他在攻城时夸口朱庇特都无法阻止他，立刻被朱庇特的雷霆击中。"那两位兄弟"指波吕尼刻斯和厄忒俄克勒斯。

3 "先知"指安菲阿剌俄斯，参考本书第八卷第316行的注释。

4 "儿子"指安菲阿剌俄斯的儿子阿尔克迈昂（Alcmaeon），他为父亲报仇，杀死了母亲厄里费勒。

神王将允许稚弱的孩子们变成青年。”[1]
当先知先觉的忒弥斯说出这番预言，
天界众神都议论纷纷，群情汹涌，
他们嘟囔说，为何其他人就不能享用
同样的特权？奥罗拉抱怨配偶已龙钟[2]
老迈，温和的刻瑞斯哀叹伊阿西翁[3]
鬓发皆白，伏尔甘要厄里克托尼俄斯[4]
再活一次，维纳斯也因对将来的忧思
而提出，应当为安喀塞斯恢复青春[5]。

---

1 忒弥斯的预言浓缩了阿尔克迈昂此后的复杂遭遇。因为弑母大罪，他被复仇女神追赶，逃到阿卡迪亚，被普索菲斯（Psophis）国王菲勾斯（Phegeus）收留，并娶了他女儿阿尔西诺厄（Arsinoe），他把当年波吕尼刻斯贿赂母亲的金项链（即 411 行“致命的金项链”）给了她。当神谕说他必须找到一处以前不存在的土地时，他又去往阿刻罗俄斯河口新形成的三角洲，在那里娶了河神女儿卡利洛俄（Callirrhoe）。卡利洛俄听说了金项链的事，向他索要。他便回到普索菲斯，编了一个理由找菲勾斯要回金项链，但菲勾斯发现了真相，让儿子们杀死了阿尔克迈昂。卡利洛俄向天神祷告，请求让自己的儿子们即刻成年，为父亲报仇。第 415 行“得胜”暗指阿尔克迈昂参加了为七将复仇、再次攻打忒拜的远征。参考伪阿波罗多洛斯的《神话汇编》（*Bibliotheca* 3.7.5ff）。第 416 行的“继女和儿媳”都指赫柏。“继女”的说法是因为她只是朱诺的女儿，从朱庇特角度可以说是“继女”；“儿媳”的说法是因为她是海格力斯的妻子。

2 奥罗拉对应的原文是 Pallantias（帕拉斯之女），因为她是提坦神帕拉斯的女儿，“配偶”指特洛伊国王拉俄墨冬之子提托诺斯（Tithonus）。当初她只向朱庇特请求给他永恒的生命，却忘了索要青春，所以提托诺斯只能在永久的衰老中活下去。

3 伊阿西翁（Iasion）是朱庇特和阿特拉斯之女厄勒克特拉的孩子。谷神刻瑞斯在卡德摩斯的婚礼上，引诱伊阿西翁野合，朱庇特发现后，用雷霆击杀了伊阿西翁（荷马和赫希俄德等人的说法），但奥维德这里的说法表明，他没有死。

4 关于厄里克托尼俄斯，参考本书第二卷第 553 行的注释。

5 安喀塞斯（Anchises）是特洛伊国王喀皮斯（Capys）的儿子、维纳斯的情人、罗马先祖埃涅阿斯（Aeneas）的父亲。

每位神都有钟爱的人选，利益之争
愈演愈烈，直到朱庇特张口发声：
“你们对我的权威可有尊重？你们
想要干什么？你们谁觉得自己的力量
能盖过命运？伊俄劳斯重新还阳，
是凭借命运，卡利洛俄的儿子转眼
长大，也是靠命运，而非野心和血战。
你们也应该平静地接受这样的局面，
就连我也被命运统治，我若能扭转
它们，我的埃阿科斯就不会被时光
压弯身子，拉达曼托斯就能够永享[1]
韶华，米诺斯也不会因悲惨老年的重压
而遭人鄙视，不复像从前睥睨天下。”
朱庇特的话说服了众神，当他们看见
拉达曼托斯、埃阿科斯和米诺斯已然
垂暮，都不复抱怨。最后这位盛年时
曾让众多强国震慑于自己的名字，
可是等年老体衰，他却怕福玻斯之子
米勒托斯（骄傲于青春的膂力和家世）[2]，
分明担心他觊觎自己的王座，却没有
胆量将潜在的敌人从祖先的土地赶走。

毕布利丝和卡乌诺斯

1 拉达曼托斯（Rhadamanthus）是朱庇特和欧罗巴的儿子，米诺斯的弟弟，生前当过克里特国王，死后在冥府担任法官。

2 “米勒托斯”（Miletus）在原文中还有一个修饰语 Deioniden，意为“德伊俄涅之子”，德伊俄涅是阿波罗的情人。

你是全然自愿地离开，米勒托斯，
乘坐快船穿越爱琴海，在亚细亚土地
修筑高墙，创立了与你同名的城市[1]。
在此处，库阿妮叶（九曲的迈安得洛斯[2]
河神之女）沿父亲蜿蜒的水波散步，
突然被你占有，这位惊艳的美女
诞下龙凤胎毕布利丝和卡乌诺斯。
毕布利丝的遭遇警示少女们，不可以
痴恋不该爱的人：她爱上自己的弟弟[3]，
不是姐姐那种爱，而是有悖于伦理。
最初，她全然不理解这种火焰的性质，
也不觉得频繁地与弟弟接吻、用手臂
紧搂弟弟的颈项是一种过失，长久地
被这种天然亲情的假象欺骗和迷惑。
这种爱越发偏向，她必须精心打扮
才肯去见他，急于展现最美的容颜，
而且嫉妒他身边姿色更炫目的女伴。
但是她尚未洞悉自己，虽有此欲念，
却没有明确的盼望，可内心仍搅扰不宁。

---

1 传说米勒托斯建立了小亚细亚的著名城市米利都（Miletus）。

2 库阿妮叶（Cyanee）是河神迈安得洛斯的女儿，为米勒托斯诞下了毕布利丝（Byblis）和卡乌诺斯（Caunus）。

3 这行原文中“弟弟”（fratris）还有一个修饰语 Apollinei（属于阿波罗的），因为他是阿波罗的孙子。这个词由于译文格律的限制未译。

她已经称他为郎君，已憎恶血缘之名[1]，
更愿意他喊毕布利丝，而不是姐姐。
然而，醒着的时候她还怯于让不洁的
想法进入她心里，等酣眠解除戒惧，
她经常梦见欢爱的场景，似乎身躯
与弟弟相合，深觉羞惭，虽然在梦里。
睡意已远遁，她沉默良久，回想休憩
之时感知的幻象，犹疑不定地对自己说：
“可怜的我！这静夜的图景意味着什么？
这并非我的本意！我为何做这样的梦？
他确实俊美，甚至愉悦厌恶者的眼睛，
我也喜欢他，他若非弟弟，我就可以爱，
而且他堪称佳偶。做姐姐是一种伤害！
只要醒着时我不去尝试此种事情，
何不让夜晚经常带回相似的梦境？
梦没人知道，却有几乎真实的快乐。
啊，甜美的维纳斯，乘翅飞翔的丘比特，
那滋味真让人陶醉！那快感多么显明！
我躺在那里，整个骨髓都已经消融！
连回味都销魂！虽然它是那么地短暂，
夜匆匆离去，嫉妒我们未尝尽的试验。

1　学术界通行的看法是，这里的 dominus 对应于古罗马爱情哀歌中的 domina（对女性情人的称呼）。但 Knox（1984）不同意这种理解，因为这时毕布利丝还没弄清自己对弟弟的情感究竟是什么性质，而且在拉丁语中 dominus 可以是一个普通的、毫无色彩的礼貌称谓，可以用在家庭成员身上，他引用了塞涅卡《道德书简》（*Epistulae Morales* 104.1）中的例子。

我若能变换名字，与你结合，我会是
你父亲多么幸福的儿媳，卡乌诺斯！
你也会是我父亲多么幸福的女婿！
愿诸神让我们共享所有，除了先祖，
我希望你来自一个比我高贵的家庭！
最美的，你将与某位陌生的女子成婚，
而对于不幸诞生于相同父母的我而言，
你只能是弟弟，我们共有的只是羁绊。
既如此，梦见这些对我有什么用场？
幻梦有多少分量？幻梦可曾有分量？
神比人幸运——神曾经娶过自己的姐妹。
萨图尔努斯与血缘相同的奥普斯婚配[1]，
俄刻阿诺斯娶忒堤斯，朱庇特娶朱诺。
天神当然有特权！我为何企图以天界
迥然不同的约法来衡量人世的习俗？
或者从我心里驱逐这被禁的爱欲，
或者，我若做不到，祈求我能先殒没，
当我在床上咽气，弟弟能够来吻我！
再说，此事需要双方都情愿才成——
倘若我喜欢，他却觉得这是罪行？
但埃俄洛斯的儿子不忌讳姐妹的卧室。[2]

1 奥普斯（Ops）是第二代神王萨图尔努斯的妻子和姐姐（或妹妹），也叫瑞娅（Rhea）或库柏勒（Cybele）。

2 这位埃俄洛斯是丢卡利昂之孙埃俄洛斯的外孙，海神涅普顿和阿尔涅的儿子，他让自己的六个儿子与自己的六个女儿结婚。

可我从哪里得知？为何引这些先例？
我要去何方？淫邪的火焰，你们走开，
别让弟弟被我爱，除非像姐姐那样爱。
然而，如果他已经事先对我动了心，
或许我可以帮助他放纵一下热情。
那么，我去追求他（他若曾求我，我必定
不会拒绝）？你能说出口？你能坦承？
我能，爱会迫使我。如果羞耻心让我
无法启齿，密信会透露隐藏的火。”
她满意这个想法，坚定了动摇的意志，
侧躺在床上，用左肘撑着身体，暗思：
“他会读到的，让我表白疯狂的爱恋。
可怜！我滑向哪里？心燃起怎样的烈焰？”
用颤抖的手，她准备写下冥思的文字：
左手持着空白的蜡板，右手握铁笔[1]。
动笔了，她又迟疑；写了，又谴责所写；
标记某处又抹去，修改、挑剔、认可；
一会儿放下蜡板，一会儿重新拿起。
自己要什么，她不知；即将确定的措辞，
她总是憎厌；脸上混杂着冲动与愧怍。
“姐姐”已写好，她又决定抹掉“姐姐”，
在划掉字迹的蜡上刻镂以下这些话：
“爱你的女人祝你安好——你若不给她，

1　这是典型的古罗马书写习惯，被奥维德移植到古希腊的神话时代。

她就将没有安好。说出名字太羞耻！
你若问我的心愿——我希望匿名为自己
争取机会，我不想以毕布利丝的身份
向你表白，除非先确知梦想能成真。
你可能已经发现我受伤之心的迹象：
肤色和面容苍白而憔悴，眼睛时常
流泪，似乎总是无缘无故地叹息，
反复拥抱你，我的吻（你或许曾经留意）
感觉起来不会是姐姐给弟弟的问候。
然而我自己——尽管灵魂已经被伤透，
尽管里面的火燃烧如狂，用尽了手段
（神灵做证），要让自己不再疯癫，
悲惨的我竭力想逃脱丘比特的残酷
武器，我忍受的痛苦远超你想象少女
能够忍受的痛苦。但我终于被征服，
只能坦白，并忐忑地寻求你的帮助。
爱你的我唯有你一人能拯救或摧毁。
就这两条路，你选吧。向你哀告的并非
敌人，而是与你太亲近，却希望更亲近，
渴盼以更密切的纽带与你相连的人。
让老人去熟悉法律，去讨论什么可行，
什么是禁忌，去探究区分烦琐的条文，
我们的年龄更适合不计一切的爱情！
我们还不知什么可行，所以相信
一切皆可行，追随伟大神灵的做法。

没有严厉的父亲、名声的顾忌和害怕
阻挡我们：只要去掉害怕的根源！
姐弟情可以掩护我们甜蜜的合欢，
而且我拥有与你私密交谈的自由，
你和我甚至能在众人前亲吻紧搂。
所缺的只有一小点：怜悯向你坦白的
爱人！若非情不自禁，她绝不会诉说。
别让你作为死因刻在我的墓碑上。”[1]
她用蜡板刻满这些话，最后的一行
甚至贴着边缘，然而却注定失望。
即刻，她又为自己的罪证盖好印章，
因为舌头发干，只好以泪水蘸润，
然后羞惭地唤来一位侍从，满心
忐忑，温和地说：“忠仆，这封信请你
带给我的——”（停顿许久才添上）“弟弟。”
当她交托时，蜡板突然从手中坠地，
虽然被凶兆惊吓，她并未罢休。信使
找到合适的机会，传递了秘密的文字。

1　Westerhold（2018）详细分析了这封信，因为它非常重要，是《变形记》中唯一以女性口吻书写的完整段落，它明显延续了奥维德早期以女性角度书写的书信体诗歌《女杰书简》（*Heroides*）的写法。她认同 Harvey（1992）对那部诗集的评价，相信这类写作不能等价于真正的女性书写，而是男性作家的一种“易装腹语术”（transvestite ventriloquism）。Westerhold 将这封信与古罗马唯一现存的女诗人 Sulcipia（关于这是否是一位女性的真名，学界有争议）的作品相比较，认为 Sulcipia 的诗代表了真实的女性声音，而毕布利丝的作品（虽然嵌在史诗体裁中，其实属于爱情哀歌体传统）则体现了女性欲望与古罗马女性美德定义（pudicitia）之间的冲突，证明了男性价值观的侵入。

迈安得洛斯的外孙又惊又怒，未及[1]
读完，就愤然将收到的蜡板扔到一边，
他几乎想狠狠掐住惊恐仆人的喉管，
吼道：“你这不伦禁恋的皮条客，快滚，
趁你还能滚！若不是我的名声也会因
你的死而败坏，你早已经丧命于此。”
他仓皇逃走，向女主人报告卡乌诺斯
凶悍的威胁。毕布利丝，你听闻被拒，
神色惨然惊恐，全身如冰寒封堵，
当你恢复意识，又陷入激烈的情绪，
舌头艰难地向空气倾诉这样的话语：
“我活该！我为何非要如此莽撞地透露
伤心的秘密？为何如此急切地诉诸
文字，在信里坦白本该隐藏的东西？
我应当提前用一些暧昧的暗示去窥视
他真实的想法。为免他拒绝跟随，只应
张开我部分的帆，仔细探测风究竟
如何刮，好安然在海上航行。可是如今，
我不曾试验，就让布帆鼓满了劲风。
结果我撞上巨岩，我倾覆，被整个海洋
埋葬，我的船帆再没有撤退的希望。
再说，我决定放纵情感，吩咐仆人
送信的时候，难道没确定的征兆示警？

1 “迈安得洛斯的外孙”指卡乌诺斯。

蜡板跌落，不也让我的希望坠地？
难道我不应改变日子或全部的心思，
当然最好是日子？某位神亲自提醒，
给了我无误的信号，只要我当时没疯。
不，我应该当面表白，而不能信任
文字，我该用自己来揭示我的激情！
那样他就会看见眼泪和痴爱的神色，
而且不像信，我可以无穷无尽地诉说。
我可以用手臂紧搂他万般不愿的颈项，
若被拒，我可以装出油尽灯枯的模样，
拽住他的脚，匍匐着乞求他给我活路。
我可以用尽这些手段，如果他太顽固，
每一种都无法奏效，合用却可能打动他。
又或许我派的仆人在某个方面犯了傻：
没在合适的时候去，没选对恰当的机会，
没看他是否有杂事缠身，心是否自在。
这些害了我，因为他并非猛虎的孩子，
胸膛里也没有装着什么坚铁、燧石
和精钢，他也从未吮吸过母狮的乳汁。
他的心必定能攻克！必须再尝试，既然已
开始，便不能松懈，只要我一息尚存。
最好的选择（倘若我可以勾销所行）
是不曾开始，次好的选择是有始有终。
即使我放弃自己的心愿，他也不可能
不时刻记得我已经做出的大胆举动。

我如果退缩，反而显得我轻浮薄情，
甚至是刻意引诱，为他布下陷阱；
至少，他会觉得我不是被强大的爱神
催迫并焚烧胸膛，而是被淫欲征服！
总之，我已经无法收回我犯下的罪辜，
已经写信追求他，心愿已经被玷污，
即使收手，也不再被看作纯洁的少女。
剩下的更多是盼望，名声已不必担忧。”
她如此思忖，虽然后悔试探他，却又
难忍试探（动摇的灵魂如此分裂），
不顾及分寸，却总是悲惨地遭到斥责。
纠缠无休止，他很快逃离祖国和羞耻，
在异乡的土地创立了一座新的城市[1]。
可是人们说，米勒托斯的女儿因悲伤
过度而失去理智，撕碎了胸前的衣裳，
疯狂地拍打自己的手臂，在众人面前
失魂落魄地宣扬她悖逆伦理的欲念。
绝望之下，她抛弃故土和憎恶的家神，
追随弟弟自我放逐的脚步而远遁。
正如伊斯马洛斯的敬拜者，被你的藤杖[2]
鼓动，巴克斯，为三年一度的节庆疯狂，

1 卡乌诺斯建立了一座与他同名的城市，位于小亚细亚的卡里亚（Caria）行省。

2 “伊斯马洛斯的敬拜者”指酒神的敬拜者，伊斯马洛斯（Ismarus）是酒神崇拜中心色雷斯的一座山。

布巴索斯妇女们见到的毕布利丝[1]
也如此在辽阔原野上号叫。离开这里，
她又茫然穿过卡里亚、勒列格斯、吕基亚[2]。
此时她已经抛下克拉戈斯、里密拉[3]、
克珊托斯河和喀迈拉（它中间喷火，胸膛
和头部是母狮，尾巴如蛇）居住的山冈[4]：
你没能走出森林，毕布利丝，追寻他
已让你疲惫不堪，你瘫倒在那里，长发
披散于硬实的地面，脸庞埋在落叶里。
勒列格斯的宁芙常试图用温柔的手臂
扶她起身，时常劝诫她遏止其爱火，
并且安慰她，然而她的心仿佛已闭锁。
毕布利丝沉默地躺着，指甲紧抠着
翠绿的草叶，泪水浇灌，长流如河。
传说仙女们在下面安放了池子，
它永不干涸，她们可有更好的赠礼？
立刻，犹如漆液从割开的树皮，又如
黏稠的沥青从仿佛怀孕的大地渗出，
又如重回的西风温柔吹拂时，因严冬

1 布巴索斯（Bubasus）是小亚细亚卡里亚行省的一座城市。

2 勒列格斯人（Leleges）是卡里亚一个好战的民族，据说从希腊本土移居而来，其名称来自古希腊语 lelegmenoi（聚集的），原文中的修饰语 armiferos（拿着武器的）因为译文格律限制未译。

3 克拉戈斯（Cragos）是吕基亚的一座山，里密拉（Limyre 或 Limyra）是吕基亚一条河和一座城的名字。

4 从本书第六卷 339—340 行可知，喀迈拉居住在吕基亚。

而凝固的水在阳光照射下全然消融，
福玻斯的这位后裔也随眼泪流逝[1]，
化作泉水，它至今仍在那些山谷里，
保存女主人的名字，在幽暗橡树下呢喃。[2]

伊菲斯与伊西斯

这宗奇事的消息或许本可以传遍
克里特的百座城市，若非当地最近
也出了自己的异闻，就是伊菲斯的变形[3]。
在邻近国都克诺索斯的淮斯托斯[4]，
曾经有一位籍籍无名的里格多斯[5]，
他是自由人，却出身平民，地位
卑下，财产也不多，但德行无亏，
值得信任。等妻子怀孕，分娩之期

1　“福玻斯的这位后裔”指毕布利丝，因为她父亲是阿波罗之子。

2　Griffin（1977）认为，在西方古典文学中，对一位在疯狂边缘的女性进行心理刻画，没有哪部作品超过奥维德的毕布利丝故事。

3　伊菲斯（Iphis）从女人变成男人的故事见下文。奥维德故事的蓝本是安托尼努斯（Antoninus Liberalis）记载的一个故事，地点一样，但人物名称不同，出现的神不同（从勒托变成了伊西斯），另外没有伊菲斯结婚的情节。原本中的女孩叫 Leucippus（琉基玻斯，男孩名），对应的古希腊语 Leukippos 意思是“白马”，奥维德将它改成了 Iphis。Wheeler（1997）仔细分析了这个名字的意义。Iphis 是个男女通用的名字，源于古希腊语 is 的工具格 iphi，意思是“力量”，可以翻成拉丁语 vis，vis 在古代拉丁语的词源讨论中经常与 vir（男人）相联系。vis 既可以指力量、暴力，也可以指男性的力量，非常适合故事主人公暧昧的身份，预先暗示了她最终变成男人的可能性，也以一种隐晦的方式蕴含了生殖器变化的情节。

4　淮斯托斯（Phaestus 或 Phaestum）是克里特的城市。

5　在安托尼努斯的版本中，父亲的名字是 Lamprus（兰普洛斯），对应的古希腊语 lampros 意思是“闪耀的”。奥维德改成了 Ligdus（里格多斯），可能源于古希腊语 ligdos，指陶匠用的黏土模子，暗示他可能是陶匠。他们一家所在的克里特岛的名字也来自 crētē（陶土）。

临近时，他在耳边如此透露心事：
“我有两桩祈愿，一愿你别太受罪，
二愿你诞下男孩。女孩是一种累赘，
我们没财力抚养[1]。所以（我讨厌这结局），
如果你不巧生了女婴（我不忍吩咐——
亲情啊，请你原谅我），你就把她杀死。”
他刚说完，两人的脸颊已淌满了泪滴，
无论是叮嘱还是接受叮嘱的一方。
但特勒图萨不停劝丈夫，别将希望[2]
置于如此狭隘的范围里，却无济于事，
里格多斯的决心没有动摇。此时，
腹中胎儿已成熟，她难以承受其重量。
某天半夜，她在梦中见到了异象，
在神圣庄严的队列簇拥下，似乎伊俄[3]
就站在她床前：女神的前额印着新月
弯角的图案，鬓缠金闪闪的麦穗，头顶

1 “我们没财力抚养”对应的原文 vires fortuna negat 含义暧昧，这是其中一种理解，另一种理解是“女孩没有男性的能力”（无法生出家族继承人）。这样 vires 也与伊菲斯（Iphis）的名字有关。

2 在安托尼努斯的版本中，母亲的名字是 Galataea（加拉泰娅），意为“奶一样白”，奥维德改成了 Telethusa（特勒图萨），两个名字在拉丁语诗歌中音律效果相等，新名字与古希腊语 teletē（入教仪式）有关，她也的确成了伊西斯的信徒。

3 “伊俄”对应的原文是 Inachis，意为“伊纳科斯之女”，因为她是河神伊纳科斯的女儿。伊西斯本是埃及神，但在古希腊和古罗马宗教实践中，伊西斯与伊俄被混同。

王座。胡狼头的阿努比斯与她同行[1]，
还有神圣的布巴斯提斯和多彩的阿比斯[2]，
缄默的、以手指禁止发声的哈波克拉底[3]；
也有西斯铃、永被搜寻的奥西里斯[4]
和来自异域的蛇（充满催眠的毒汁）[5]。
她仿佛从梦中醒来，清晰地看见这一切，
女神对她说："特勒图萨，我的追随者，
抛却沉重的忧烦，无视丈夫的命令，
待到卢契娜卸下胎儿，别犹豫，无论
男女，你都要养大。我是心善的女神，
求我，我就会施援。你不会抱怨礼敬
薄情的神灵。"授意后神就离开了闺房。
特勒图萨欣喜地起床，虔诚地向穹苍[6]
举起纯洁的双手，祈愿所见能成真。
当阵痛加剧，重负摆脱子宫的囚禁，

1 阿努比斯（Anubis）也是埃及神，人身胡狼头，所以原文用 latrator（吠叫者）形容他。

2 布巴斯提斯（Bubastis）也是埃及神，头部是猫或狮子，也叫巴斯特（Bast）。阿比斯（Apis）是埃及的牛神。

3 哈波克拉底（Harpocrates）原是埃及神，后被引入古希腊和古罗马。他的形象是一个把手指放在嘴唇上的小男孩。

4 西斯铃（sistrum）是古埃及人的一种手摇的宗教乐器，主要用在伊西斯女神的敬拜仪式上。古埃及神奥西里斯（Osiris）被弟弟赛特（Sete）切成了十四块，妻子伊西斯只找回十三块，所以他无法继续活在阳间，后来成为冥界主宰。所有这些埃及神都被奥维德塑造为伊西斯的侍从。

5 "异域的蛇"很可能指埃及的角蝰。

6 "特勒图萨"对应的原文是 Cressa（克里特女人）。

一位女婴降世，父亲却并不知晓。
母亲谎称是男孩，吩咐奴仆们照料，
众人都没有怀疑，唯乳母了解内情。
父亲还了愿，为孩子起了祖父的名：
祖父名叫伊菲斯，这让母亲很喜欢，
因为它男女通用，起此名不算欺骗。
出于母爱的诳语一直没有被戳穿：
女孩的装扮与男孩无异，她的那张脸，
无论给男孩还是女孩，都同样俊美。
伊菲斯，父亲等到你已经年满十三岁，
定了一门亲事，要你娶金发的伊安忒，
她天生丽质，是淮斯托斯最受赞美的
少女，母亲是生于克里特的忒里斯特丝。
双方的年齿相若，容貌相配，老师
相同，一起学习孩童的入门知识。
爱情因而萌生在两人青涩的心里，
她们的渴盼一样，憧憬却迥然相异：
伊安忒期待着结合与约好的婚礼佳期，
深信她眼中的这位青年将成为夫君；
伊菲斯却知道这段爱注定无果，绝境
更煽动爱火，少女为另一位少女痴狂。
她难忍眼泪，感叹道："我会怎样收场？
这无人曾经体味、怪诞而陌生的欲火
紧紧攫住了我！如果神愿意放过我，
他们早该放过我；但他们若想毁掉我，

至少该降下人类共有的、自然的折磨!
母马不会恋母马，母牛不会爱母牛，
公羊和公鹿才能让母羊和母鹿追求;
鸟也是如此交配，世上的动物之中
从没有一只母兽对母兽情有独钟。
真希望我不是女人!但克里特并非所有
事情都离奇——太阳神之女爱上公牛[1],
毕竟是雌雄相合——我的恋情更出格，
若我肯承认真相。然而她终归满足了
欲望，使用小伎俩，化作母牛的形状，
享受了公牛，她的情夫是被骗的一方。
即使全世界的机巧全都在此处交会，
即使代达罗斯本人乘蜡翼飞回来，
他能怎么办?难道以高超的技术将我
由女变成男?或者能让你变身，伊安忒?
为何不坚固你的心，恢复理智，伊菲斯，
摒弃这毫无道理、愚蠢透顶的爱意?
想想你生来是什么(除非你连自己都欺诳),
像女人那样去爱，追逐合法的对象。
是希望催生爱情，是希望滋养爱情，
此事却无望。没有守卫，没有警醒
看护的丈夫，没有严厉的父亲阻挡你
与她亲密地相拥，她自己也不会拒斥,

1　“太阳神之女”指帕西法厄，“公牛”指米诺陶的父亲。

但你仍无法享有她，就算用尽手段[1]，
神人都为你尽力，你也与幸福无缘。
即使现在，我的愿望也没有受挫，
神仁慈待我，给了他们所能的一切，
我所愿也是父亲、她和她父亲所愿，
唯有自然，比这些都强大的自然不愿，
唯有它伤害我。看啊，盼望的时刻将至，
婚期在眼前，伊安忒将成为我的妻子——
但我得不到，我会在水中央忍受焦渴。
为何要参加这场仪式，掌管婚姻的
朱诺和许门，这里无新郎，都是新娘[2]？”
说完她便沉默了，另一位少女也同样
急切，祈祷你，许门，能够迅速来此。
她所求是特勒图萨所惧，后者总推迟
日子，又装病继续迁延，并常以兆头
和异象作为借口。但她已耗尽所有
理由，一再耽搁的婚礼已无可回避，
只剩一天的时间。可是她却从自己
和女儿头上取下束带，披散着长发，
匍匐着，搂住身前的祭坛，如此说话：

1 “享有”（potiunda）指性的占有，也暗指 Iphis 的名字。

2 “许门”对应的原文是呼格 Hymenaee（许墨奈俄斯），后者是婚神许门的另一个名字。

“居住在帕莱托尼昂、马勒奥提克土地[1]、
帕洛斯和分作七脉入海的尼罗河的伊西斯[2]，
我祈求你的帮助，请医治我的恐惧！
我曾见过你，女神，见过你和这些器具，
这一切我都认识，乐声、侍从、火炬……
我记得西斯铃，在心中铭记你的吩咐。
她如今能够见到光，我能够不受惩罚，
都多亏你的主意和恩赐，怜悯我们俩，
请施以援手！”眼泪紧随着祈祷流淌，
女神似乎移动了祭坛（这并非幻象），
庙宇的大门震动，前额的角痕像月亮[3]
一样闪耀，清脆的西斯铃发出声响。
母亲离开神庙时虽然没摆脱隐忧，
却为吉兆而欣悦，伊菲斯跟在身后，
迈出的步子比平素更大，皓白的脸色
略微暗了些，劲道增加了，显出鲜明的[4]
轮廓，披在肩头的长发也已经变短，
他的力量也超过了女性。因为从前
你是女孩，现在是男孩。向神庙献礼，
庆祝吧，别再害怕！两人的确献了礼，

1 帕莱托尼昂（Paraetonium）是利比亚的一个城市。马勒奥提克湖（Mareotidis lacus）是埃及亚历山大城附近的湖泊。

2 帕洛斯（Pharos）是亚历山大城附近的一个岛，岛上有古代最著名的灯塔。

3 伊西斯经常以母牛的形象接受敬拜。

4 “劲道增加了”（vires augentur）也可理解为出现男性性器官的隐晦说法。

并且在供品下添了一行简短的铭文：
“男孩伊菲斯为女孩伊菲斯还愿谢神。”
翌日，等太阳的光芒照亮整个世界，
维纳斯、朱诺和许门在婚礼之火会合，
男孩伊菲斯终于得到心爱的伊安忒。[1]

1 “得到”（potitur）再次暗示性行为的实现，意味着伊菲斯的名与实终于相符。Holzberg（1998）认为，本卷的结尾更像是喜剧的完美结局，不像奥维德的通常写法。在《变形记》别的地方，他都把故事的结局挪到下一卷的开头。

《变形记》

第十卷

METAMORPHOSEON LIBER X

俄耳甫斯与欧律狄刻

身披橘红长袍的婚神，从那里越过[1]
无垠的天宇，飞到齐科涅斯人的地界[2]；
俄耳甫斯正在呼唤他，却是徒然[3]：
他确实到场，但没带来仪礼的祝言、
欢乐的神情或者任何吉祥的预示，
手中的火把无论怎样晃动也无力

---

1 Stephens（1958）认为，俄耳甫斯在《变形记》的结构和思想方面都起到了枢纽作用。在结构上，俄耳甫斯的经历和他吟唱的故事占了一卷多的篇幅，而且位于全诗的关键转折部分，即从纯神话领域过渡到历史与神话混杂的特洛伊战争和罗马建国的记述。俄耳甫斯之歌从某种意义上是神话部分的终结，它再次确认了情爱的统治地位。不仅如此，俄耳甫斯与古希腊的俄耳甫斯秘仪和以他命名的宗教（Orphism）密切相关，该宗教认为爱神（Eros 或者 Phanes）是宇宙的最高神和最古老的神、万物的造物主，祂对应于恩培多克勒体系中的菲洛特丝（Philotes）。因此，俄耳甫斯在《变形记》中连接着第一卷体现的恩培多克勒思想与第十五卷概括的毕达哥拉斯思想。

2 齐科涅斯人生活在色雷斯。

3 相对于其他希腊神话中的人物，俄耳甫斯（Orpheus）出现的时间较晚，荷马史诗和赫希俄德的《神谱》（*Theogony*）均未提及他的名字。大约到了公元前 6—公元前 5 世纪，文献中才有相关记载。伊比科斯（Ibycus）和品达都知道他，后者还把他称为“诗歌之父”。根据最通行的说法，俄耳甫斯的父亲是色雷斯国王俄阿格罗斯（Oeagrus），母亲是缪斯神卡利俄柏。日神阿波罗教会他音乐，并把竖琴赠给了他。他也出现在伊阿宋寻找金羊毛的神话里，他的音乐盖过了女妖塞壬的致命歌声，也迷住了看守金羊毛的大蟒。维吉尔的《农事诗》（*Georgics* 4.453-558）用了上百行来讲述俄耳甫斯的故事，奠定了俄耳甫斯神话的基本面貌。

燃起明焰，嗞嗞吐着催泪的黑雾。
结局比兆象还要沉重：被水泽仙女
簇拥的新娘正在草地徜徉的时刻，
突然被毒蛇咬中脚踝，即刻殒没[1]。
罗多彼的诗人向上界的诸神诉尽[2]
悲恸，决意犯险去感化地府的幽魂，
他进入泰那罗大门，去往斯堤克斯[3]，
穿过已享受葬礼的幽灵和飘忽的影子，
来到冥后和统治这阴森国度的冥王
面前，一边拨动琴弦，一边如此唱：
“你们啊，掌管地下世界的两位神祇，
我们所有凡人都终将返回这里。
若可以去掉欺诈舌头的迷惑言辞，
坦然地说出真话，那么我此行不是
窥探你们幽暗的秘府，也非为绑缚
颈缠毒蛇、有三重头颅的梅杜萨怪物[4]。

1 “新娘”指欧律狄刻（Eurydice）。按照维吉尔的说法，她是在躲避阿里斯塔欧斯（Aristaeus）追逐的时候，不小心被蛇咬了脚踝，中毒身亡。

2 “罗多彼”代指色雷斯，因为它是色雷斯境内的一座山。

3 泰那罗（Taenarus）山谷在伯罗奔尼撒半岛最南端，古代传说山谷里的一个洞口是地府入口。

4 “梅杜萨怪物”（Medusaei monstri）指冥犬刻耳柏洛斯，因为它和梅杜萨具有相同的魔力，通过凝视将对方变成石头，参考下文65—67行。俄耳甫斯影射的是海格力斯闯入冥府并绑走冥犬的事。另外一种解释是：根据赫希俄德《神谱》的一种理解，梅杜萨的血所生的飞马克律萨俄耳和大洋神之女卡利洛俄（Callirrhoe）生下了厄喀德那，而厄喀德那是刻耳柏洛斯的母亲，这样冥犬就是梅杜萨的曾外孙，Medusaei的意思就不是“像梅杜萨”，而是“梅杜萨后代”。

我是为了我的妻，一条蛇被她踩踏，
毒液在体内蔓延，毁灭了青春年华。
我也希望能默默忍受，曾反复尝试：
但爱神胜利了，他在上界尽人皆知[1]。
他在这里的权柄我不确定，但我想
也一样：从前抢婚的传说若非虚妄[2]，
你们俩也是爱神撮合。让可怖的冥城、
无边的混沌和静默广袤的国度做证，
求你们再编织欧律狄刻短促的命运！
所有人都属于你们，即使在人间多驻停
片刻，我们也迟早赶往同一个栖身处。
人人的旅程都朝向这里——最后的归宿，
你们对人类拥有的统治权也绵延无尽。
她也是，当她度过了指定的成熟年龄，
仍将归你们所有：我只求赏赐使用权。
但命运女神若拒绝赦免我的妻，我断然
不会回去。庆祝吧，为我们的两具尸体！”[3]
他就这样抚弄着琴弦，念着唱词，

1 “爱神”（Amor）指小爱神丘比特，代指爱情。

2 “抢婚的传说”参考本书第五卷 391—437 行。

3 俄耳甫斯劝说冥王的话明显戏仿了古罗马演讲术。这里的俄耳甫斯几乎是个律师，他对冥王夫妇可谓软硬兼施。首先申明自己不像海格力斯，不是来地府搞破坏的；其次抬出爱神，说明自己是身不由己的；然后顺带揭了一下冥王当年抢妻的家丑；再然后是一段类似经济诉讼的讨价还价；最后是以自己的死相要挟。一个悲剧性的神话就这样被赋予了喜剧效果。在这样的语境下，下文描写地府幽灵被俄耳甫斯歌声感动的话就成了虚笔：与其说冥王屈服是因为抗拒不了他的音乐，不如说是被他的辩论术堵住了嘴。

失血的鬼魂都潸然泪下，坦塔罗斯
不再抓后退的水波，伊克西翁的轮子
停止，飞鸟不啄食肝脏，柏罗斯的后代
忘了盛水罐，西西弗也坐于石上发呆。[1]
据说复仇女神也被他的哀歌征服，
双颊第一次挂满泪水，冥后和统御
下界的冥王也失去拒绝的勇气，他们
叫来了欧律狄刻：她是新到的鬼魂，
因为伤口尚没有愈合，步履蹒跚。
俄耳甫斯接过她，也接受冥王的条件：
在到达阿韦尔诺山谷之前，绝不能[2]
回头看她，否则这许诺就会落空。
返归阳间的小径锁在深沉的静默中，
陡峭，幽昧阴暗，弥漫的雾气浓重。
他们离地面已经不远了，痴情的男人
担心妻子没有跟上来，急于确认，
回头看了她一眼——她立刻倒飞而去。
不幸的女人伸出双手，想让他抓住，
想抓住丈夫，却只能抓住飘过的风。
她再次坠入死亡，却无法埋怨情郎，
是啊，难道埋怨他对自己爱得太深？
她只能最后说一次“再见”（她的声音

1 关于坦塔罗斯、伊克西翁、提堤俄斯（“飞鸟不啄食肝脏”）、柏罗斯的后代、西西弗，参考本书第四卷457—463行的正文和注释。

2 关于阿韦尔诺山谷，参考本书第五卷第539行的注释。

他已难听见），就被卷回原来的地方。[1]
这双重死亡令俄耳甫斯惊愕，就像
那人颤抖着，看见三头的冥犬被锁链
套住中间的颈项，“恐惧”比本性更先
将他抛舍，长出的石头侵占了身躯[2]；
或是像奥伦索斯，揽过妻子的罪辜，
愿意承担惩罚，还有你，不幸的勒泰娅
因美貌而自负：如今泉水遍布的伊达
支撑着你们依偎的胸膛化成的巉岩。[3]
俄耳甫斯徒然地哀求，想再次横穿
冥河，却遭卡隆阻拦[4]。但他在岸边
穿着秽服，不吃不喝，枯坐了七天。
沮丧、心灵的痛苦和泪水是他的食物。

1　Anderson（1995）认为，俄耳甫斯在这个故事中并未真正表现出对妻子的爱，否则就不会莽撞地违背约定的条件，造成妻子二度死亡。他还注意到，在整个故事里，欧律狄刻除了说一声“再见”，始终保持沉默，我们无从知晓她对丈夫的真实情感和态度。

2　西方古代有一个传说：当海格力斯将冥犬拽出地府的时候，有个人（名字不详）躲在附近洞穴偷窥。他一看到冥犬，就变成了石头。公元 10 世纪的希腊语百科全书作者苏伊达斯（Suidas）说，这块石头在他的时代还存在。

3　这位奥伦索斯（Olenus）可能不是火神伏尔甘的同名儿子。他住在伊达山上，妻子勒泰娅（Lethaea）夸口自己比女神美，被化作石头，他本可逃过这命运，但选择与妻子一起承担罪责，也变成石头。Heath（1995）认为，64—71 行的两个类比表明了俄耳甫斯作为艺术家和丈夫的双重失败，揭穿了奥维德自己制造的爱情幻象：他既不能让自己的音乐和劝服艺术像海格力斯那样真正击败地府，也不能像奥伦索斯那样，勇敢地与妻子在地府相守。我们还可补充一句：他独自回到阳间，证明 38—39 行与妻子同死的决心是假的。能够用歌声赋予石头以生命的俄耳甫斯此刻却被形容为“惊愕”如石，无疑是一种反讽。

4　卡隆（Charon）是冥界斯堤克斯河和阿刻戎河的摆渡人。

他只能抱怨厄瑞波斯神祇的残酷[1]，
回到高峻的罗多彼和北风催迫的海摩斯。
太阳已三次经过一年终极的标志——
海洋的双鱼座，俄耳甫斯躲避与任何[2]
女人亲近，或者是因为此前的灾厄，
或者是因为曾许下诺言。许多女人
却渴望与诗人结合，许多因被拒而伤心。
他最先教会色雷斯居民如何将欲念
转移到娇嫩的少男身上，在成年之前[3]
享受他们短暂的早春和最初的蓓蕾。[4]
有一座小山，山上有一片平坦的所在，

1 关于厄瑞波斯，参考本书第五卷第 543 行的注释。

2 双鱼座（Pisces）是黄道十二宫的最后一个星座。

3 Ziogas（2016）提醒我们注意 84—85 行奥维德语言的法律色彩。他将俄耳甫斯称为 auctor（作者、开创者），这个词在拉丁语中经常也有“立法者”的意思，例如在本书第十五卷第 833 行奥维德就把屋大维形容为“最公正的立法者”（iustissimus auctor）。贺拉斯在《诗艺》中也将诗人俄耳甫斯和安菲翁视为立法者，称他们“区分 / 公共事务与私人事务，世俗与神圣，/ 禁止淫邪的性关系，给已婚者制定规章，/ 建立城镇，把法律条文刻在木板上”（*Ars Poetica* 396-399）。“转移”（transferre）也是古罗马的法律术语，常指财产或权利的转移。Balsley（2010）也认为，奥维德在《变形记》里对屋大维统治下的法律做出了回应。因此，从某种意义上说，对异性恋已经绝望的俄耳甫斯此处是在为同性恋立法，因而与色雷斯妇女产生了尖锐冲突。Ziogas 在这里面看到了奥维德与俄耳甫斯的相似：奥维德遭到屋大维放逐，部分也是由于他用《爱的艺术》等作品挑衅屋大维规范婚姻的《关于各阶层婚姻之尤利亚法》和《关于遏制通奸之尤利亚法》。

4 Holzberg（2001）认为，对比奥维德的故事版本和维吉尔《农事诗》中的“原本”，可以看出，奥维德系统化地抹掉了维吉尔作品中的煽情成分，而透出某种讽刺色彩。例如，维吉尔笔下的俄耳甫斯在二度丧妻后哀悼了七个月，奥维德却将时间缩短为七天，然后这位色雷斯诗人就转向了同性恋。

这里覆盖着青翠的草地，但是原本
没有树荫，当血脉源于神灵的诗人
在此处坐下，拨动琴弦，弹奏旋律，
绿荫立刻出现：有厄庇罗斯的橡树[1]、
帕厄同姐妹的白杨、枝干高大的七叶树[2]、
温婉的椴树、山毛榉、处女达芙妮的月桂树[3]、
易折的榛树、常用来制作矛身的白蜡树、
光滑无结的云杉、被坚果压弯的栎树、
怡人的梧桐、色彩缤纷的枫树、在江河
岸边生长的垂柳、喜欢在水中生长的
莲花、四季不凋的黄杨、苗条的柽树[4]、
双色的香桃木和结着蓝色浆果的荚蒾木[5]。
你们也来了，有弯曲触手的常青藤，连同
长满卷须的葡萄藤、榆树（以藤条为衣裳）、
水曲柳、漆树、悬挂红彤彤果实的草莓树、
柔韧的棕榈树（它们是属于胜利者的荣誉）[6]，

---

1 “厄庇罗斯的橡树”对应的原文是 Chaonis arbor（卡俄尼亚的树），卡俄尼亚是厄庇罗斯的一个地区，以橡树闻名。

2 “帕厄同姐妹的白杨”对应的原文是 nemus Heliadum（赫利俄斯女儿们的树林），因为她们在帕厄同死后，悲伤过度变成了白杨林。参考本书第二卷 340—366 行。七叶树（aesculus）是落叶乔木，可高达 25 米。

3 “处女达芙妮的”对应的原文是 innuba（未婚的），称月桂树“未婚”是因为它是达芙妮所变，而她拒绝了阿波罗的求爱。参考本书第一卷 450—567 行。

4 莲花（lotos）指西方神话中的莲花，不是荷花。柽树也叫红柳。

5 香桃木也叫桃金娘，荚蒾木是地中海沿岸常见的一种树。

6 因为棕榈极其坚韧，很难被折断，所以被西方古人当作胜利的象征。

还有树身无叶、树顶却浓密的松树[1]——
库柏勒的最爱，因为阿蒂斯追随神母，
以人形与之交换，血肉在木头中凝固[2]。

库帕里索斯

在众树之中有一棵形如圆锥的柏树[3]，
如今是树，从前是深受恋慕的青年，
爱他的那位神精于琴弦，也擅长弓弦[4]。
有一只巨鹿，被居于卡尔泰亚的宁芙[5]
视为圣物，高大的角枝伸展到远处，
俨然给自己的头颅提供了深幽的阴凉；
它的角闪耀着黄金，在它光滑的脖子上
套着嵌宝石的项圈，一直垂到肩膀；
小绳固定的一颗银球在前额摇晃，
自出生之时就与它相伴；脑袋的两侧，
双耳各自悬挂着珍珠，熠熠闪烁。
它无所畏惧，将天然的羞怯抛掷一旁，
时常造访人们的住宅，伸出颈项，
任凭抚摸，哪怕它并不认识他们。

---

1 因为松树底部不长叶，只在顶部长叶，拉丁语常用 succinta（束腰的）形容它。

2 阿蒂斯（Attis）是佛里吉亚的植物神，在通常的传说中也常被视为神母库柏勒的配偶或祭司。卡图卢斯《歌集》第六十三首叙述他在狂乱状态中阉割了自己，被库柏勒强留在身边。在奥维德《岁时记》（*Fasti* 4.223-244）中，他因为违背向库柏勒许下的守身如玉的誓言，被女神逼疯后自宫。这里，奥维德说他变成了库柏勒的圣树——松树。也有人说他的血变成了紫罗兰。

3 “圆锥”对应的原文是 metas（主格 metae），古罗马的赛车场中央是一条纵向的矮墙（spina），矮墙尽头有三个圆锥形的木柱（metae），标志车手拐弯的地方。

4 指阿波罗。

5 关于卡尔泰亚，参考本书第七卷第 368 行的注释。

但你，库帕里索斯，凯亚最俊美的后生[1]，
比别人都更钟爱它。你总是带着这只鹿
去新的草场，与它在清澈的泉边驻足，
你时而编织绚丽的花环，装饰它的角，
时而骑在它背上，用紫色的缰辔引导
它温驯的口唇，欣欣然在此处彼处游乐。
那是夏季的一个正午，喜爱海岸的
巨蟹伸出的螯爪被阳光晒得滚烫[2]，
这只鹿倦了，摊开身体，躺在草地上，
尽情享受着浓密树荫奉献的清凉。
库帕里索斯不小心用一杆锋利的标枪
将它刺穿，看见鹿遭重创，已无生机，
他决心以死相殉。什么安慰的道理
福玻斯不曾说？苦劝他不可过度伤心，
要有节制。但他仍不住悲叹，求天神
给他最后的恩赐：让自己永远哀悼。
很快，他的血已在无休的哭泣中损耗，
他的肢体已开始呈现出一种绿色，

---

1 库帕里索斯（Cyparissus）就是上文提到的“青年”，他的名字在拉丁语中就是“柏树”（也可拼作 cupressus）的意思。Fulkerson（2006）认为，库帕里索斯面对过失坚决殉身补偿的态度与下文许阿钦托斯故事中阿波罗的行为构成了鲜明对照，体现了人的懊悔与神的懊悔之差异。人的懊悔更具道德性，库帕里索斯承担了完全的责任，而懊悔的神却并非真心懊悔，拒绝承担责任，阿波罗甚至无法理解库帕里索斯的行为。这也印证了 Otis（1970）所说的《变形记》的一个总主题，那就是“质疑神灵的道德”，在这本书里，至少就道德而言，神不仅不高于人，时常还低于人。

2 指巨蟹座（Cancer）。

从雪白额头披垂下来的头发，片刻
之后就变成耸立的树冠——他已然僵硬，
尖尖的顶部向上凝望着众星的天穹。
阿波罗惋惜不已，叹道："我会祭奠你，
你也会祭奠所有人，参加所有的葬仪。"[1]

俄耳甫斯之歌

俄耳甫斯引来了这众多树木，并且
在汇聚于此的走兽飞禽中间安坐，
当他用拇指拨动琴弦，依次试验，
凭耳朵判断，这些不同的乐音依然
彼此和谐，他就朗声唱出这首歌：

序诗

"缪斯母亲，赐给我灵感，让我从朱庇特
（万物的主宰）唱起。我以前经常颂赞
朱庇特的大能，曾以庄严的曲调咏叹
巨人族和抛掷于弗勒格拉的胜利雷霆[2]。
如今我需要温柔的里拉琴，请让我歌吟
天神钟情的青年、被炽热禁恋惊吓的
少女（她们为自己的欲念咽下了苦果）。

盖尼米得

神王曾经被佛里吉亚的盖尼米得[3]
勾了魂，朱庇特为他宁愿不做朱庇特，

1 奥维德以此解释罗马人葬礼和墓地用柏树的习俗。大普林尼的解释则是，柏树是冥王普鲁托的圣树。瓦罗说，用柏树是为了除掉尸体和墓地的气味。

2 弗勒格拉（Phlegra）是马其顿的一个地方，传说巨人族与诸神争战时，被朱庇特的闪电击杀于此。

3 盖尼米得（Ganymede）是特洛伊王子，以俊美著称，被朱庇特抢去做情人和斟酒者。

而化身为他物。但他不肯屈尊变成
任何凡鸟，除了能承受其闪电的鹰。
他毫不耽搁，以欺骗的翅膀划破空气，
劫走了特洛伊少男，他直到现在仍违逆
朱诺的意愿，为神王调制和端送琼浆。
许阿钦托斯，日神本也会置你于穹苍[1]，　　许阿钦托斯
倘若严酷的命运能给他足够的时间。
但你仍获得了某种永恒，每当春天
驱走了冬天，水中的双鱼被白羊替代，
你就会受到召唤，在翠绿的草地上盛开。[2]
我父亲爱你胜过所有人，守护的神灵[3]
曾为你离开德尔斐（它位于世界的中心）[4]，
在欧罗塔斯和没有围墙保护的斯巴达[5]
流连。齐塔拉的音乐和弓箭都被他抛下[6]，

1　许阿钦托斯（Hyacinthos）是斯巴达的王子，但父亲是谁有多种说法，在奥维德这段文字中，就出现了两个版本。在这一行里他被称为 Amyclide（阿穆克洛斯之子，这是伪阿波罗多洛斯的说法），阿穆克洛斯（Amyclus 或 Amyclas）是斯巴达的国王，阿穆克莱城（Amyclae）的建立者。另一种说法见下文 196 行的注释。

2　他变成了同名的花——风信子（hyacinthus，古希腊语 hyacinthos）。

3　“我父亲”指阿波罗，这是关于俄耳甫斯父亲的另一种说法。

4　德尔斐位于帕纳索斯山脊，西方古人称之为“世界的肚脐”，据说朱庇特曾经在世界的两极放出两只鹰（或鸽子）来测量大地的中点，结果发现它们在德尔斐会合了。

5　欧罗塔斯河在伯罗奔尼撒半岛南部。斯巴达没有城墙，因为传说中的斯巴达立法者吕库古（Lycurgus）认为，勇敢和爱国精神才是最可靠的防御。

6　“齐塔拉”即齐塔拉琴。

他甚至忘记了身份，甘愿为他扛猎网，
牵猎犬，陪他翻越艰险难行的山冈，
长久的亲密相伴催旺了他的爱焰。
太阳此刻几乎在来夜和去夜的中间，
与两边的距离大体相等。他们脱掉
累赘的衣物，黏稠橄榄油在身上闪耀，
拿起宽阔的铁饼，开始比赛投掷[1]。
福玻斯先握稳重物，猛然扔入空气，
它虽然分量很沉，却穿透前方的云团，
过了许久，才重新落回结实的地面，
展示出日神与力量结合的卓越技能。
莽撞的斯巴达少年立刻冲上去捡铁饼[2]，
顾不得危险，只愿早试身手，不曾想
坚硬的地面却将它弹起来，正好击伤
你的脸，许阿钦托斯。神的脸色也如你，
顿然变得煞白，他抱住瘫倒的身体，
时而温暖你，时而为可怕的伤口止血，
时而用药草疗治，想维系流逝的魂魄。
技艺已无能为力，伤已经无可回天。
正如某人在精心灌溉的花园里掰断
金色香蕊林立的紫罗兰、百合或罂粟，

1　古代的铁饼用铁或铜制成，一般直径为 10—12 英寸。

2　“斯巴达少年”对应的原文是 Taenarides（泰那罗人）。在《变形记》中，奥维德说许阿钦托斯是斯巴达人，但在《岁时记》（*Fasti* 5.223）里却说他出生于拉科尼亚的忒拉普奈（Therapnae）。

它们就枯萎，骤然垂下沉重的头颅，
不能支撑自己，耷拉着望向泥壤，
他临死的脸颊也毫无生气，倦怠颓唐，
脖子都成了负担，斜斜地倚着肩膀。
‘许阿钦托斯，你已倒下，青春的时光[1]
已被劫走，’日神说，‘你的伤都是我的罪，
你让我痛苦，让我自责，你的死是因为
我的右手。是我造成了你的毁灭。
然而，我错在哪里？除非与你嬉乐
可以叫作错，除非爱你可以叫作错。[2]
我宁可为你付出我的命，或与你相携
而死！但既然命运的法则阻止我们，
你就将永远陪着我，在我口唇间永存。
我弹奏的竖琴，我的诗歌将会赞美你，
你将是一种新花，印上的文字会模拟
我的哀叹，未来还将有勇敢的英雄
与你结缘，同样的花瓣也纪念他的名[3]。’
正当阿波罗预言的舌头说着这些——
看啊，流在地面、染红了野草的血

1 这一行“许阿钦托斯”对应的原文是 Oebalide（俄巴罗斯之子），这是许基努斯的说法。

2 虽然这次阿波罗的确是无意中导致许阿钦托斯的死，但他推脱罪责的态度与往日一样。

3 指特洛伊战争中的希腊英雄埃阿斯（Aias）。关于他的血变风信子的故事，参考本书第十三卷 384—398 行。

已不再是血，一朵花升起，比推罗紫衣
更鲜艳，外观几乎与百合无异，只是
它颜色紫红，而百合的颜色却似白银。
福玻斯仍嫌不够（此荣耀来自日神），
亲手在花瓣上书写哀辞，于是这种花
就印有伤心的文字和适合葬礼的话[1]。
斯巴达以生养许阿钦托斯为荣，如今
仍在纪念他，仍沿袭祖辈的盛大游行，
庆祝属于许阿钦托斯的年度节日。[2]

塞浦路斯的罪孽

但你若询问盛产金属的阿玛托斯[3]，
是否以普罗珀厄托斯的女儿们为荣[4]，
它定会表示厌弃，也憎恶昔日头顶
双角的丑陋族类（所以得名‘长角男’[5]）。

---

1 “伤心的文字和适合葬礼的话”是字母 AI，这在古希腊语里是表示哀叹的话，恰好也是埃阿斯名字的前两个字母。

2 许阿钦托斯的节日叫 Hyacinthia，古典时代每年都在阿穆克莱举行，每次持续三天。Miller（1998）指出，这个故事在措辞方面与科洛尼丝故事的相似性表明，二者可以比照阅读。Galinsky（1975）认为，奥维德在许阿钦托斯的故事里没有使用太多的语言游戏，所以这一段文字很有感染力。Miller（1998）解释说，倡导同性恋的俄耳甫斯作为这个故事的讲述人，为许阿钦托斯情节提供了一个同情的框架，所以这里的哀伤之情应当是真挚的。Fulkerson（2006）评论道，尽管如此，与对达芙妮的补偿相比（月桂是阿波罗的随身装饰），阿波罗对许阿钦托斯的补偿（将他变成风信子，创立一种敬拜）个人色彩却很淡漠。

3 阿玛托斯（Amathus）是塞浦路斯的一座城市，维纳斯圣所，以矿业闻名。

4 普罗珀厄托斯（Propoetus）的女儿们合称普罗珀厄提蒂斯（Propoetides），是塞浦路斯人。

5 “长角男”对应的原文是 Cerastae（古希腊语 Cerastai），原意为“角蝰”。

这些人宅前立着‘好客朱庇特’的祭坛[1]——
恐怖的罪恶之地。来访者看见它溅满
鲜血，会相信他们在此献祭的当然
是阿玛托斯的小羊和尚未断奶的牛犊，
其实是异乡人被屠！温慈的维纳斯震怒于
这渎神的仪式，准备抛弃自己的城市
和塞浦路斯的土地[2]。‘但这些美丽的景致，
我的这些城市又犯了何罪？’她感慨，
‘毋宁让这个可憎的族类单独受制裁，
或死或放逐，或二者之间的某种惩罚。
除了改变其形状，可还有更恰当的代价？’
她正思量该如何操作，目光恰落在
他们的犄角上，便想到这些无须更改，
于是将壮阔的身躯变成凶猛的公牛。
普罗珀厄托斯淫邪的女儿却胆敢矢口
否认维纳斯是神，相传因为爱神的
报复，她们最先出售身体与美色[3]；
当羞耻心已然逃遁，脸上的血已凝滞，
稍作处理，她们就被化作了岩石。

---

1 “好客朱庇特”（Iuppiter Hospes）翻译的是古希腊语（Zeus Xenios），朱庇特（宙斯）也是旅行者的保护神。

2 “塞浦路斯的”对应的原文是 Ophiusia，这个形容词来自 Ophiusa（奥菲乌萨），塞浦路斯的古名。

3 古时的塞浦路斯女人在性道德方面极为随便，维纳斯神庙甚至是卖淫的场所。

皮格马利翁目睹了她们放纵的生活[1]，
惊骇于自然竟让女性的心灵盛放了
几乎满溢的恶德，便决定独身，不肯
娶妻，长久拒绝与女人同床共枕。
与此同时，他以精妙绝伦的技艺
将雪白的象牙雕成一座人像，美丽
超越所有女子，并爱上自己的杰作。
它的外观似真实的处女，你会感觉
她充满活气，愿意被亲近，只是太矜持：
技艺完美地隐藏在技艺里。模拟的躯体
让皮格马利翁赞叹，点燃他心底的火种。
他经常用双手抚摸作品，试探它究竟
是肉身还是象牙，总不肯承认是象牙。
他吻她，想象她回吻，和她说话，抱着她，

1 皮格马利翁（Pygmalion）是塞浦路斯的国王和雕塑家。这个故事的原型可能来自公元前 3 世纪亚历山大的散文作家菲洛斯特法诺斯（Philostephanus）失传的《塞浦路斯记》（*De Cypro*），但后来的两位基督教作家提到了传说的原貌：皮格马利翁爱上了别人雕刻的一具维纳斯塑像，并经常与之交合。奥维德的处理有几点非常关键：（1）雕塑是一位少女，不是维纳斯；（2）皮格马利翁自己就是雕刻者；（3）雕塑最终变成活人。另外，奥维德特别强调其质地是象牙。象牙不同于大理石，用象牙造一位真人大小的雕塑，必然需要拼装组合多块象牙。Salzman-Mitchell（2008）认为，上述四点为奥维德利用这个故事表达艺术创作的主题奠定了基础，让皮格马利翁成了艺术家的原型。Bauer（1962）指出，用碎片组合成整体恰好是《变形记》的宏观创作手法。从《牛津拉丁语词典》可知，拉丁语词语“艺术”（ars）和“肢体”（artus）都起源于原始印欧语 ar-（连接）。Sharrock（1991）相信，皮格马利翁的少女雕像可以视为爱情诗歌的写作材料，整个段落象征着古罗马爱情哀歌体的写作。Salzman-Mitchell 还特别引用了奥维德《情诗集》（*Amores* 1.5.19-24）中的例子，指出奥维德在那里用文字所做的事与皮格马利翁异曲同工：用各个部分创造出科琳娜（Corinna）完美无缺的身体。

相信触碰的手指会陷进她的肢体中，
害怕不小心在她的身上留下瘀青；
时而说温柔的情话，时而给她带来
少女喜欢的礼物——贝壳、光滑的石块、
娇弱的飞鸟、似乎有千种颜色的花朵、
百合、彩球、从树上滴落的晶莹琥珀[1]；
还给她全身穿上衣服，为她的手指
戴上钻石，在颈上装饰长长的链子，
双耳挂着珍珠，胸前也垂着金环——
一切都适合她，她的美不因遮盖而减。
他让她卧于铺着西顿紫褥的床榻上，
称她为共眠的伴侣，为她休憩的颈项
准备了柔软的羽枕，仿佛她能够觉知。
整个塞浦路斯都隆重庆祝的维纳斯
节日到来了，展开的双角缀着黄金，
雪白脖颈的母牛纷纷在斧钺下殒命，
乳香也为神点燃。皮格马利翁礼敬
已毕，站在祭坛前怯声说：‘神啊，若你们
能成全万事，我祈求我的妻（他不敢说出
“就是这象牙少女”）如我的象牙雕塑。’
金色的维纳斯就在自己的节日现场，
明白祷告的意思，给出了赞许的兆象：

---

1 “琥珀”对应的原文是 Heliadum lacrimas（赫利俄斯女儿们的眼泪），参考本书第二卷 340—366 行。

火三次变亮，焰苗三次高腾入空中。
一回家，他就直奔心爱的雕塑新娘，
躺在床上亲吻她：她似乎有了温度。
他再次吻她，也用手抚摸她的胸脯：
按住的象牙已变得柔软，不再硬实，
顺手指凹沉，犹如许梅托斯山的蜂蜜
被暖阳晒化，在拇指塑造下轻易地
变化出许多形状，越捏仿佛越配合。
他又惊，又疑，又喜，又怕空欢欣一场，
一次又一次去触摸爱恋梦想的对象。[1]
是真的身体：手能感觉到血管的搏动。
皮格马利翁这才用最热烈的词句称颂[2]
维纳斯的恩情，他的嘴唇也终于贴紧
不再是石头的嘴唇。少女感觉到亲吻，
面露羞色，胆怯地抬眼，望向天光，

1 Heath（1995）指出，皮格马利翁的惊愕与俄耳甫斯的惊愕形成了对比，后者是希望被残忍掐灭时的惊愕，前者却是愿望成真时难以置信的惊愕。从叙事的角度看，皮格马利翁圆满的故事是俄耳甫斯的“愿望实现”，然而这只是后者想象和讲述的一个故事，对俄耳甫斯而言，它属于自己的“神话”世界，而在《变形记》的“现实”世界里，艺术既不能让石头变成活物，也不能征服死，俄耳甫斯必定失去欧律狄刻，也终将被色雷斯女人撕成碎片，他与妻子团圆的唯一方式是自己也死去（见下卷开头）。

2 “皮格马利翁”对应的原文是（Paphius heros），意为“帕福斯人”，帕福斯（Paphos）是塞浦路斯的城市，所在的岛也叫帕福斯。

在这一瞬间同时看见了情人和穹苍。[1]
女神参加了亲自促成的婚礼，转眼
月亮的弯角已经九次合拢成一个圆，
新妇诞下帕福斯，岛因他而有了名字。
其子喀倪剌斯倘若从不曾有后裔[2]，
或许原本可算作一位有福气的人。[3]

---

1 很多女性主义者对这个故事不以为然，她们注意到这位少女既没有名字，也没有声音，只是情欲的被动接受者，是否喜欢皮格马利翁也无从知晓。Sharrock（1991）将她称为“女性产品”（womanufacture）。Anderson（1995）指出，从叙事学角度看，让已经极度厌恶女性、贬低女性的俄耳甫斯来讲述这个“完美”女性的故事，本身就是一种反讽，而且甘愿被永久占有就是“完美”定义的核心部分。Bruzzone（2012）认为，皮格马利翁憎恶女性的态度并不代表奥维德的观点，甚至是诗人批判的靶子。她发现，皮格马利翁的态度影射了欧里庇得斯悲剧《希波吕托斯》（*Hippolytus*）中的男主人公，希波吕托斯是狄安娜的忠实追随者，他曾将娶妻比作娶一座雕像，而且他和皮格马利翁是古希腊罗马文学中罕见的坚持独身的成年男子。作为叙述者的俄耳甫斯并不理解自己故事的内涵，因为他已经执拗地相信女人道德败坏。皮格马利翁和那喀索斯一样，都是极度自恋者，奥维德的用意不是树立一种理想，而是借他的形象警示世人。Bauer（1962）发现，皮格马利翁的故事在《变形记》中处于核心地位，它是石头变形、爱情和艺术三大主题的交汇，而且它前面的诗有 7377 行，后面的诗有 4554 行，除掉故事本身的 55 行，7377 行恰好是全诗的黄金分割点（0.618），这体现了毕达哥拉斯思想对他的影响，也与古希腊人体雕塑的艺术标准一致。后来莎士比亚的《冬天的故事》（*The Winter's Tale*）和萧伯纳的《皮格马利翁》（*Pygmalion*）都巧妙地借用了皮格马利翁的故事内核。

2 关于喀倪剌斯（Cinyras）的家世，有很多不同的说法，许基努斯和奥维德说他是帕福斯之子、皮格马利翁之孙。他的名字源于古希腊语 kinuromai（我悲叹）。

3 Ziogas（2016）认为，俄耳甫斯关于喀倪剌斯的这两句感慨有多重意蕴。首先，它透露了失去爱妻之后俄耳甫斯的同性恋倾向（他转向同性恋可以解读为拒绝繁衍后代的态度）。其次，奥维德可能借俄耳甫斯之口与屋大维的官方立场作对。公元前 18 年，在屋大维的努力下，罗马元老院通过了鼓励生育的《关于各阶层婚姻之尤利亚法》，拒绝婚姻和生育成为帝国着力惩罚的行为。最后，奥维德可能在暗中讽刺这位罗马皇帝，因为屋大维一生都因唯一的女儿大尤利娅和外孙女小尤利娅的性丑闻而痛苦，遵照自己推动元老院通过的《关于遏制通奸之尤利亚法》的规定，他被迫先后流放她们。据苏埃托尼乌斯的传记说，屋大维经常说，“真希望我从未结婚，死的时候没有孩子”（*Augustus* 65.4）。因此，

我要讲可怕的故事。世间的女儿与父亲，
快躲开！若我的诗句愉悦了你们的心，
别相信我的记述，别相信此事曾发生；
倘若非相信，就也请相信报应是真。[1]
但如果自然似乎允许了这样的罪行[2]，
我应当祝贺色雷斯的人们和我的祖国[3]，
祝贺这方乡土，因为它远离诞生了
此等乱伦之举的地域。且让白豆蔻、
肉桂、郁金、从树上渗出的乳香，还有[4]
其他的花卉在潘凯亚蓬勃生长，只要它[5]

俄耳甫斯的感慨也适用于屋大维。我们甚至可以把俄耳甫斯看成奥古斯都时代的政治反对派。在拥有巨大地产的罗马人看来，增加子女、扩大家庭规模无非是增加生活成本，对《尤利亚法》颇有非议。在持续的抗议下，公元 9 年，屋大维被迫用一个软弱得多的法律替换了原来的《尤利亚法》。在此之前，罗马的骑士阶层曾多次示威（甚至当着皇帝的面）。

1 Ziogas 指出，俄耳甫斯在讲述穆拉故事之前的这四句警告（300—303 行）明显呼应着奥维德《爱的艺术》开头（*Ars Amatoria* 1.30-34）对罗马贞洁女人的警告（让她们不要往下读）。两处奥维德都言不由衷，两处都为后面颠覆性的描述做了铺垫。更值得注意的是奥维德表述的方式，它恰好颠倒了古罗马法庭上宣誓自己只说真话的证词。

2 Reed（2013）指出，这行诗的原文 Si tamen admissum sinit hoc natura videri 可以有两种理解，如果把 admissum 看成名词（罪错），这句话的意思就是“如果自然允许这宗罪显现出来”；如果它是分词（允许），就可以翻成此处的译文。

3 “祖国”指俄耳甫斯的祖国色雷斯。

4 郁金是一种香料，也叫蓬莪术。

5 潘凯亚（Panchaia）是传说中古代阿拉伯的一个岛屿，盛产没药（murra）和宝石。喀倪剌斯和穆拉就生活在这里。

也出产没药：新树岂能补偿这代价[1]？
丘比特坚决否认你伤于他的箭矢，
穆拉，他不容自己的火炬蒙受羞耻[2]；
是某位复仇女神用地府的柴薪和肿胀的
蝰蛇点燃了你的欲火。恨父母是罪过，
但这样的爱是比恨更大的罪——四面
都有贵胄恋慕你，整个东方的青年
为你的闺房而彼此争斗。从他们中间
选一人，穆拉，只要他不是众人的一员[3]！
她的确深感愧怍，与可憎的情欲相搏，
不停问自己：‘我到底想什么？我在做什么？[4]
众神、亲情和父母的神圣权利，求你们
阻止这宗罪，别让我做出这样的恶行，
如果它真的是恶行。但血缘似乎拒绝
谴责这样的恋情，其他动物的交合
都没有禁忌，母牛并不以父亲求欢
为耻辱，公马也与自己的女儿结姻缘，

1　穆拉（Myrrha）与没药同名（murrha 或 murra，古希腊字母转写成拉丁字母时 y 和 u 等价）。奥维德的意思是：虽然没药是珍贵的香料，但没有必要为了它而付出如此惨重的伦理代价。

2　Ziogas（2016）评论道，丘比特此处的语言也像古罗马法庭上的证词，他否认自己有罪，但奥维德在后文第 524 行暗示，丘比特做的是伪证。而且从第十卷的大框架看，维纳斯和丘比特是所有这些情爱故事背后的操纵力量。

3　“他”指穆拉的父亲喀倪剌斯。

4　Ziogas 提醒我们，320—355 行穆拉的独白特别像古罗马学童的辩论练习（suasoria 或 controversia），这种练习是为他们以后的法庭辩论作准备。

雄山羊在它的孩子中觅偶，雌鸟也与
以种子赐自己生命的雄鸟配对繁育。[1]
可以如此的物种多幸福！烦琐的人世
创制了狭隘的法律，天性容忍的事
嫉妒的条文却禁止。然而传说在某些
民族中，儿子能够娶母亲，女儿也可
嫁父亲，双重的爱加深了彼此的情分。[2]
可怜的我，却无福在那样的国度出生，
被不幸的地点伤害！为何还纠缠不清？
被禁的念头，走开！他是值得爱的人，
但只能当作父亲爱——我如果不是伟大的
喀倪剌斯的女儿，我就能与他共卧。
可现在，因为他属于我，所以不能属于我，
亲近反成了诅咒。去异乡是否能解脱？
我当然愿意远遁，飞出故土的牢狱，
只要能逃离罪。但我是悲惨欲念的俘虏，
总想在身边看着他，摸着他，与他絮语，
亲吻他，倘若其他举动都不被允许——

1 这里穆拉的自我辩护让人联想起索福克勒斯剧作《安提戈涅》（*Antigone*）中女主人公的论证。后者违背国王禁令，为自己死去的弟弟下葬，理由也是天道高于人道，自然之法高于人之法。只是穆拉所辩护的行为更惊世骇俗。Ziogas（2016）指出，这段话的法律色彩也很强烈。Segal（1969）敏锐地指出，同样是深陷乱伦情欲的少女，这里穆拉是以动物为乱伦辩护，第九卷的毕布利丝却是援引神的乱伦先例。相似处境的置换暗示，神与兽的界限是可疑的。

2 或许影射波斯民族，这是古希腊流行的说法（特别是儿子娶母亲），参考欧里庇得斯的剧作《安德洛玛刻》（*Andromache* 173ff.）和斯特拉波的《地理学》（*Geographica* XV. P. 735）。

你还能希望什么举动，悖逆的少女，
没看见自己搅乱了多少规则和称呼？
难道你要做母亲的情敌、父亲的侍妾？
让人说你是弟弟的母亲、儿子的姐姐？[1]
你不害怕以黑蛇为头发的那三位女神[2]，
负罪的灵魂会看见她们冲脸颊和眼睛
挥舞无情的火把？可是你，趁身体还未曾
犯罪，也不要在心里犯罪，千万不能
以被禁的淫行玷污强力自然的契约。
就算你有心，情势也不许。他谨守道德，
从无逾越——多希望他心里也如此饥渴！’
她自语，喀倪剌斯看到众多的求婚者
都出身高贵，不知该如何处理，就对她
念出所有的名字，问她愿嫁入谁家。
起初她只是沉默，紧盯父亲的脸庞，
心里一片翻腾，不由得热泪盈眶。
喀倪剌斯以为这无非是少女的怯惧，
劝她别哭，为她拭泪，又以吻安抚。
这些亲昵的表示让穆拉狂喜，父亲问
她想要怎样的丈夫，她答道：‘像你就行。’
他没理解其深意，反而称赞她：‘愿你
永远这么孝顺。’听到‘孝顺’这个词，

1 这些混乱的称谓强化了《变形记》道德混沌的主题。

2 指复仇女神，她们尤其爱惩罚弑亲和乱伦行为。

心中充满负罪感的少女顿然低下头。
已午夜，睡眠舒缓人们的身体，驱走
忧虑，可是她却没有合眼，狂野的欲求
啃噬她，脑海中旋转着那些疯狂的念头。
她时而绝望，时而又想去尝试，既愧怍，
又渴盼，找不到解决的办法。犹如某棵
大树被斧钺砍伤，正等待最后的一击，
不知会倒向哪边，哪边都令人怵惕，
她的心也被相互矛盾的冲动逼到崩溃
边缘，忽而向这方，忽而向那方倾颓，
除非死，她的爱永远没有极限和停歇：
她选择了死，直起身，决定上吊自绝。
取下腰带，系在门柱的顶部，她说：
‘永别了，喀倪刺斯，你要明白我为何
不肯活。’苍白的颈项眼看要钻入绳箍。
传言称，她的喃喃低语被忠诚的乳母[1]
听到（她正守候在养女闺房的门槛处）。
老妪站起来，打开门，发现觅死的工具
赫然在目，她一边大声喊叫，一边
捶打胸膛，撕裂衣服，将绳索从颈畔
拽下，扯成碎片。她这才有时间痛哭，
这才搂住少女，问为什么自寻死路。
后者一言不发，呆呆地凝视着地面，

1 她的乳母叫希波吕忒（Hippolyte）。

痛心被阻拦，后悔没更早动手了断。
妇人不放弃，披散着白发，袒露枯瘪的
乳房，以摇篮和乳汁的名义苦苦劝诫，
让她把伤心的秘密告诉自己。她扭头
长叹一声，乳母却执意要探明缘由，
而且不只承诺了忠诚。‘讲出来，’她说，
‘请让我给你帮助。我虽老，却不懒惰。
如果是疯病，我能用巫辞和药草医治；
如果有人下了咒，我将以魔法消弭；
如果神灵发怒，也能靠祭祀来抚平。
还能有什么？无疑，你的运气和家境
都很好，将来也如此，父母也都在世。’
她提到父亲，穆拉的胸中不禁涌起
一连串哀吟。乳母仍未觉察她心里
有不伦的欲念，但也预感到这是情事。
她不肯罢休，恳求穆拉，无论是什么，
务必告诉她。让哭泣的少女偎在衰老的
膝盖上，她用孱弱的手臂搂着这孩子，
说道：‘我猜到你在恋爱！别怕，我和你
站在一起，我定会帮你，你父亲不会
知晓。’少女发疯般从她的身边跳开，
脸贴着床说：‘走吧，我求你，不要碰我
悲惨的羞耻。’（她仍然坚持）‘走吧，否则
就别问我伤心的原因：你非想知道的是罪！’
老妪大恐，伸出手（因为年纪和惊骇

而哆嗦），犹如哀告者跪在养女脚前，
一会儿安慰她，一会儿吓唬她继续隐瞒
有什么后果，威胁向父母揭发她上吊
自杀，又保证如若坦白，必为她效劳。
她抬头，涌出的泪水沾湿了乳母的胸怀。
少女一再想吐露自己的秘密，却一再
咽下了话语，用衣服遮住羞惭的脸颊，
喃喃道：‘你的丈夫多值得羡慕，妈妈[1]！’
说完便叹息。乳母的身体和骨头顿感
冰凉（她终于明白），一阵哆嗦，铺满
霜雪的头顶每一根白发都悚然立起，
她说了许多话，竭力劝诫少女放弃
可怕的欲念。少女明白她的话有道理，
但如果不能如愿，她已经决意去死。
　‘活下去，’老妇说，‘你会拥有你的——’（不敢
往下说‘父亲’。）然后以神的名许下誓言。[2]
虔敬的妇女正庆祝刻瑞斯的年度节日[3]，

1　根据奥维德的说法，穆拉的母亲是肯克瑞伊丝（Cenchreis），伪阿波罗多洛斯说她叫梅塔尔墨（Metharme）。

2　Ziogas（2016）指出，“拥有父亲”的说法暗示穆拉不仅要占有父亲的身体，还要夺取父亲的家庭管辖权（patria potestas）。在古罗马，父亲拥有对家庭成员的绝对权力，女儿出嫁更是完全由父亲决定，穆拉的性自决权等于取消了父亲的权力。如果考虑到故事叙述者俄耳甫斯此时对待女人的态度，这个故事便会产生一种仇视女性的解读可能。仿佛他在警告罗马人，如果给予女人性方面的自由，罗马男权社会的根基就会被侵蚀。

3　这个节日叫 Thesmophoria，是献给谷神刻瑞斯和她女儿普洛塞庇娜的，雅典等很多城市会在每年秋末丰收之际举行庆祝活动。

她们在这天都会以雪白的衣裳遮体，
用麦穗编成花环，作为初果献给神，
一连九夜，她们都必须远离男人，
避免房事。国王的妻子肯克瑞伊丝
也与众女人一起，参加神秘的仪式。
趁喀倪剌斯没有合法的妻子可亲近，
过分热心的乳母发现他已喝得酩酊，
便透露有人暗恋他，只是杜撰了名字，
并极力夸赞其美貌。他问对方的年纪，
她说：‘与穆拉相仿。’国王命她带此女
进宫。‘孩子，庆祝吧！’她一回房就欢呼，
‘我们胜利了！’女孩却并非全然高兴，
充满不祥预感的胸膛也涌动着悲情，
但她还是有欣喜——内心就如此分裂。
转眼已万籁俱寂，牧夫已掉转马车[1]，
将倾斜的辕杆对准大熊星座的中央。
她出发去做不伦之事。金黄的月亮
从天空逃遁，黑云覆住了躲闪的星子，
夜漆黑一片。你最先掩面，伊卡洛斯，
还有你，因挚爱父亲而封神的厄里戈涅。[2]

1　古代西方人认为大熊星座（Triones）形如一辆马车或牛车，牧夫座（Bootes）就像驾车的人。

2　这里的伊卡洛斯（Icarus）不是代达罗斯的儿子，而是牧夫座所代表的伊卡洛斯（也叫伊卡里俄斯）。根据许基努斯《故事集》（*Fabulae* 130），伊卡里俄斯因为善待酒神，酒神送给他一些酒。伊卡里俄斯把酒分给牧人，牧人喝醉后以为他下了毒，于是将他杀死。女儿厄里戈涅在父亲坟头自缢身亡，后来成

她三次因为绊脚的预兆而迟疑，阴郁的
鸣枭三次以恐怖的叫声向她发警讯，
她仍然往前，浓密的夜色钝化了羞耻心，
左手拽乳母的手，另一只手探入黑暗，
摸索着寻路。此刻她已到卧室的门槛，
已经推开门，被老妪领到里面，可是
她的双膝因胫骨瘫软而打战，活气
和血色从脸上隐形，挪动时满心茫然。
越接近实现淫邪的梦想，她越觉胆寒，
后悔太莽撞，盼着能悄无声息地回返。
她犹豫拖延，老妇人却牵着她向前，
将她送到高高的床榻边，说：'喀倪剌斯，
享用吧，她是你的了。'遭诅的身体将合一。[1]
父亲把自己的骨肉抱上被污染的枕席，
宽慰处女的恐惧，鼓励逃避的孩子。

为处女座。古人认为，成为星辰等同于封神。厄里戈涅对伊卡洛斯的正常感情与穆拉对父亲的反常感情形成了对照。但 Loos（2006）指出，西方古代作家经常将伊卡洛斯和伊卡里俄斯的名字互换，或许奥维德也有意混淆了二者，从而让牧夫座也成了伊卡洛斯的化身。在泛希腊时代的天文传说中，一个星座对应两个或多个人物并不罕见，例如处女座就有阿斯特莱娅和厄里戈涅两个来源。

1 乳娘的所有动作和这里的环境描写都把穆拉的乱伦之旅塑造成了一场典型的古罗马婚礼。乳娘相当于领着新娘入洞房（这里的"卧室"用的是同一个词 thalamus）的妇女（pronuba），"夜色"如同蒙在新娘脸上的面纱，"领"（ducitur）、"手"（manu）、"门槛"（limen）都是描绘古罗马婚礼的核心词语。Ziogas（2016）认为，穆拉的乱伦行为在古罗马有特别的背景，因为当时有众多年轻女子嫁给年龄如父亲的丈夫。

他或许喊了‘女儿’——与年龄相宜的称呼，
她或许叫了‘父亲’——头衔与罪孽相符。[1]
交合后离开父亲的卧室，她可怕的腹中
盛满秽乱的证据，孕育了罪恶的胎种。
第二夜她再次犯罪，这仍然不是尽头。
终于，喀倪剌斯在多次同房之后，
想知道情人究竟是谁，便命人掌灯，
发现了自己的女儿和罪孽。语言被苦痛
逼回，他从悬挂的鞘中拔出了寒剑。
穆拉逃走了，黑暗和盲夜的仁慈遮拦
让她免遭劫难。在广袤的田野上流浪，
她抛下盛产棕榈的阿拉伯和潘凯亚故乡，
月亮盈亏了九回，她一直四处漂泊，
最后她身心俱疲，在萨巴暂且停歇。[2]
她已难撑腹中的重负，不知道究竟
想要什么，既害怕死亡，又倦于生命，
她只好如此祷告：‘倘若哪位神肯垂听

1 Lowrie（1993）指出，穆拉和喀倪剌斯在这里不仅违反了乱伦禁忌，在古罗马读者看来，他们还违反了宗教禁忌，因为当时规定，谷神节期间不可以说“父亲”和“女儿”的名字。

2 萨巴（Sabae 或 Saba）是今天的也门，以没药等香料著名。Ziogas（2016）解释道，喀倪剌斯为何要杀女儿，穆拉为何要流浪，放在奥古斯都时代的语境中是不言自明的，根据《关于遏制通奸之尤利亚法》的规定，当场捉奸的父亲有权杀死自己的女儿（但必须同时杀死奸夫），而在这里奸夫就是父亲自己，所以自然的逻辑是，杀死穆拉之后喀倪剌斯就会自杀。奥维德没有告诉我们他结局如何，但在许基努斯《故事集》（*Fabulae* 242）中他的确自杀了。如果没有杀死通奸者，流放就是惩罚，所以穆拉的漂泊可以视为流放（如同屋大维的女儿和外孙女）。

忏悔的人，我认罪，也欣然接受严惩。
可是，别让我活着，也不要让我死去，
污染活人或死人的世界，将我驱逐出
这两个国度，让我变形，不生也不死！’
某位神垂听了她的告白，最末的祷辞
至少得到了神的允准。她还在说话，
泥土已封住她的腿，斜生的根将趾甲
崩开，向四面延伸，支撑高大的树干，
骨头化作了硬木，骨髓仍留在中间，
血变成汁液，手臂长成粗壮的大枝，
手指变小枝，皮肤凝固成硬实的树皮。
生长的树已经包围了她沉沉的子宫，
覆盖了她的乳房，即将蔓延至脖颈：
她忍受不了耽搁，主动沉下去，迎接
上升的木头，脸在树皮后面隐没。
虽然她失去原来的躯体、原来的感觉，
却还在哭泣，从树身渗出温泪一颗颗。
这些泪也不乏价值，木头分泌的没药
保留了主人的名字，将一直享受荣耀。

维纳斯与阿多尼斯（一）

但孽缘所结胎的婴孩仍然在树里发育，
并寻求摆脱母亲、进入世间的通途。
膨胀的子宫高高顶起大树的中部，
重负拉扯着母亲，她无言表达痛苦，
也无法呼求卢契娜女神助自己分娩。
但她仍然像在阵痛中挣扎，树身变弯，

发出反复的呻吟，被溅落的泪水濡湿。
卢契娜站在痉挛的树枝旁，满怀仁慈，
伸出手救援，口中念着催产的祷辞。
树皮裂开了缝隙，送出鲜活的孩子[1]，
他嘹亮哭喊，水泽仙女们将他置于
柔软的草地上，以母亲的泪水为他膏沐[2]。
即使‘嫉妒’都会赞美其容貌，恰似[3]
我们在画中见到的丘比特，赤裸着身体；
穿上衣服，也难以分清，如果你给他
轻巧的箭囊，或者夺走小爱神所挎。
带翅的时间欺骗着我们，悄然飞过，
没有什么比流年更迅疾：外祖父和姐姐[4]
诞下的他不久前还藏在树中，不久前
才出生，昨日还是最美的婴孩，转眼
已经成年，样貌甚至比小时更俊秀，
勾起维纳斯的欲念，为母亲的情殇报仇。[5]

---

1 这个孩子就是古希腊神话中著名的美少年阿多尼斯（Adonis）。

2 “母亲的泪水”即没药。

3 “嫉妒”指嫉妒女神利沃尔。

4 喀倪剌斯既是他父亲，也是外祖父；穆拉既是他母亲，也是姐姐。

5 许基努斯《故事集》(*Fabulae* 58)和伪阿波罗多洛斯的《神话汇编》(*Bibliotheca* 3.14.4.2ff）都指出，穆拉的畸形恋父情感是因为她曾经轻慢维纳斯而遭到了女神的报复。所以阿多尼斯引燃维纳斯的欲火算是为母亲报了仇。但奥维德在前面的记述中并没有暗示是神害了穆拉。Palmatier（1961）指出，莎士比亚的叙事诗《维纳斯与阿多尼斯》中阿多尼斯对待爱神的轻蔑与抗拒应该源于奥维德在这里强调的一个内容：维纳斯爱上却得不到阿多尼斯是一种报应，因为她制造了他母亲的悲剧。Bruzzone（2012）认为，通过文字的暗引，奥维德让

因为丘比特亲吻母亲时，未放下箭囊，
一支突出的羽箭意外刮破了她胸膛。
受伤的女神推开了儿子，伤口看起来
并不深，所以她自己起初都没有防备。
维纳斯被青年的美俘虏，已经不在意
库泰拉海岸，不留恋深海环抱的帕福斯、
多鱼的克尼多斯和产金属的阿玛托斯[1]。
她不再去天界，阿多尼斯比天界有魅力。
她总是抱着他，陪着他，虽然一直习惯
在树荫下休憩，习惯养护自己的容颜，
现在却翻山穿林，在荆棘密布的巉岩间
游荡，露膝盖，扎腰带，仿佛狄安娜一般，
催促猎犬，追逐着不会伤人的动物——
疾速奔逃的兔子、长着高角的雄鹿
或者羚羊，但远离凶悍的野猪、贪婪的
公狼和以利爪为武器的熊，也躲避暴虐
屠杀牛群、餍足了它们血肉的狮子。
她也告诫你，若告诫有用，阿多尼斯，
警惕猛兽。‘对胆怯的动物尽可勇敢，’
她说，‘对勇猛的动物勇猛却不安全。
亲爱的男孩，别莽撞，别让我为你担忧，

穆拉成为了欧里庇得斯剧作《希波吕托斯》中的淮德拉，两人都因为自己或亲人怠慢维纳斯而受到爱神的折磨，在乱伦的欲望中苦苦挣扎。后文维纳斯痴恋的阿多尼斯惨死则应验了《希波吕托斯》末尾狄安娜承诺的报复。

1 帕福斯、克尼多斯（Cnidos）和阿玛托斯都是塞浦路斯城市和维纳斯敬拜地。

不要去挑衅自然赋予了武器的野兽，
以免你得了荣耀，我损失惨重。年龄、
美貌、你打动维纳斯的一切都不会打动
狮子、野猪和任何猛兽的眼睛和性情。
凶狠的野猪在弯曲的獠牙里藏着雷霆，
棕色的狮子有无穷的冲力和愤怒，我憎恶
这些族类。’他问其中的缘故，她答复：
‘我说给你听，你会惊讶于这古老罪过的
奇异后果。不习惯劳累，我已经倦了，
你看，这儿正好有白杨的树荫，草地
正好做床，我可以和你在此处休息。’
于是她躺到地上，头枕着绿茵和爱人，
颈项斜倚在青年的怀里，一边亲吻
阿多尼斯，一边讲述下面的故事：

阿塔兰忒与希波墨涅斯

‘或许你曾经听说一位少女，迅疾
胜过所有的男子。此传言并非杜撰，
他们的确不如她。你同样很难判断，
她是因速度还是美貌而卓尔不群。
当她为择偶之事求神谕，阿波罗回应：
“阿塔兰忒，你无需丈夫，应避之不及[1]。
但避无可避，你活着就会失去自己。”
被神谕惊吓，她独自在幽暗林间生活，
激烈地抵制众多不肯罢休的求婚者，

1　这位阿塔兰忒是博奥蒂亚国王斯科俄纽斯的女儿。

她开出条件："要想娶走我，必须首先
在奔跑比赛中击败我。以速度与我争战：
胜利者将得到一位妻子和一场婚礼；
跑慢了，代价就是死。这就是我的协议。"
她确实无情，然而（她的美太有诱惑）
莽撞的求爱者并未被吓倒，络绎不绝。
希波墨涅斯曾经旁观这残忍的比赛[1]，
评论道："娶妻何必忍受如此的危殆？"
他谴责这些年轻人为欲望迷失了心智。
但当他看见她的脸和褪尽衣裳的身体[2]，
美丽就如我，或者你——倘若你变成女人，
顿然惊呆了，举手叹道："抱歉，我不应
如此武断地数落！刚才我不知你们
追逐的奖品多宝贵。"赞美时他已经动心，
只希望没有青年能跑得比她更快，
嫉妒催生恐惧。"我为何不参加比赛？"
他自问，"为何不尝试就放弃我的运气？
神总是帮助勇者。"希波墨涅斯在心里
思量着这些，带翼的少女掠过他身边。
在阿俄尼亚青年看来，斯基泰的飞箭
也不比她快，但他更崇拜的是她的美，
奔跑的英姿增添了阿塔兰忒的妩媚。

---

1 希波墨涅斯（Hippomenes）是最终赢得阿塔兰忒的青年，也有人说他的名字是梅拉尼昂（Melanion）。

2 古希腊体育比赛都是裸体举行。

迎面的清风拂动敏捷脚踝的翅羽[1]，
皓洁光滑的肩膀上纷乱的长发飘舞，
绣着彩色边沿的膝带也飞扬不停，
她雪白的处子之身透出一种红晕，
恰似紫色的篷幕悬挂于大理石厅堂
上方，给白色质地投射紫色的亮光。
异乡人犹在端详，她已到最后的终点，
获胜的阿塔兰忒戴上了荣耀的冠冕。
失败的对手叹息着，按约接受了死刑。
青年们的厄运并未让希波墨涅斯心惊，
他从人群中站起，凝视着少女的脸。
“为何与弱者比试，只寻求轻松的头衔？
与我一决高下吧！”他说，“如果我侥幸
赢了，败于如此的对手，你不会难为情。
我父亲是墨伽柔斯，祖父是翁刻斯托斯[2]，
曾祖父是涅普顿，我是海洋之王的后裔，
勇武也不比出身逊色。我若落下风，
战胜希波墨涅斯将为你换来荣名。”
以和善的眼神看着他，斯科俄纽斯之女[3]
有些犹豫，不知该征服还是被征服。
“哪位憎恨美少年的神竟想毁灭他？”

---

1 从这里的描述看，她的脚踝也长着墨丘利那样的小翅膀。

2 翁刻斯托斯（Onchestus）在博奥蒂亚建立了与自己同名的古代城市，墨伽柔斯（Megareus）曾经帮助尼索斯对抗米诺斯，并死于那场战争。

3 指阿塔兰忒。

她说，“非要命令他以宝贵生命为代价
来追逐这场婚姻？我哪里值得如此？
不是他的美打动我（这一点当然也可以
打动），不是他自己，而是青涩的年纪。
难道不也是因为他有勇气，不畏死？
不也是因为他乃涅普顿第四代子孙？
不也是因为他爱我，为了能与我结婚，
甘心舍命，如果运气不把我交给他？
异乡人，趁还有机会，赶紧离开，放下
血腥的联姻，与我结合太残酷，没有谁
愿意拒绝你，更明智的女孩会与你相随。
但我为何在乎你，那么多求爱者已丧命？
自己看顾自己吧！让他死，既然他已经
厌倦生活，无数人的灾难都不能吓阻。
他就这样死，因为他决定要与我共度
此生？无辜受死，这就是爱的报酬？
我的胜利将意味着无法承受的怨仇。
但这不是我的错。多希望你主动退出！
或者，既然你疯了，愿你有更快的速度！
啊，那年轻的脸庞与少女相去无多！
可怜的人，我宁愿你从来不曾见过我！
你本该活下去，如果我的命能够好些，
如果冷酷的命运没禁止我与人结合，
你就是我愿意分享床榻的唯一人选。”
她如此自语，初经情事，心初起波澜，

不知道已经爱上他，并未觉察这是爱。
此时，她父亲和观众都要求按惯例比赛，
涅普顿后裔希波墨涅斯以焦急的声音
向我祷告："但愿库泰拉女神能莅临[1]，
襄助我勇敢的挑战，催旺她点燃的火。"
体贴的风将柔和的话语送进我耳朵，
我承认自己被打动，但已无时间耽搁。
有一片当地人称为塔玛索斯的原野[2]，
是塞浦路斯最丰饶的部分，昔日的长老
将它献给我，决定用作与我的神庙
毗邻的圣地。原野中央有棵树，树叶
和噼啪作响的枝条都闪烁着点点金色。
我碰巧从树上摘了三只金苹果，在手中
拿着，往回走，唯他一人能看见我影踪。
我到了他身边，告诉他如何使用这些。
喇叭发信号，两人自起点猛然腾跃，
迅捷的足尖轻巧地掠过细沙的表层，
你会觉得他们能不湿脚在海面穿行，
闪亮的庄稼被他们踩过也依然挺直。
众人的助威、喝彩鼓舞了青年的士气，
他们喊着："发力的时候到了，就现在！
希波墨涅斯，加油！用尽全力，别懈怠！

1　库泰拉女神指维纳斯。

2　塔玛索斯（Tamasus 或 Tamassus）是塞浦路斯的一个城邦。

抓住机会！你一定能赢！”很难说清，
听到这些话，少男和少女谁更高兴[1]。
多少次，她在本可超越时，故意放慢
脚步，长久凝视他的脸，才狠心向前！
他已经疲惫不堪，口中焦渴地喘着气，
终点仍很远。涅普顿后裔这才想起
抛出树上摘来的三只苹果的第一只。
惊奇的少女渴望得到亮闪闪的果子，
偏离了跑道，奔逐着拾起滚动的金色。
希波墨涅斯超过她，观众席一阵欢悦。
她疾步追上，刚才失去的时间已弥补，
年轻人重新被甩在身后。苹果第二度
扔向远处，第二度耽误她的步伐，
她却再次追上并反超。赛程只余下
最后一段。“给我礼物的女神，”他祈求，
“帮帮我！”将灿烂的苹果朝着原野尽头
奋力斜掷出去，好让她往返更费时。
少女似乎很犹豫，是否要去捡，我迫使
她下定决心，并在拾起后添加了重量，
用来回的耽搁和苹果的负荷阻止她获胜。
我不想这故事像那场赛跑一样漫长，
总之少女失败了，胜利者得到了新娘。

1　“少男”对应的原文是 Megareius heros（墨伽柔斯的儿子），“少女”对应的原文是 virgo Schoeneia（斯科俄纽斯的处女）。

阿多尼斯，难道他不该感谢我，不该
向我献乳香？可是他忘恩负义，并未
致谢，也并未敬香。我不禁勃然大怒，
因遭轻慢而痛苦，为将来不再受羞辱，
决心惩罚他们俩，给世人做反面的榜样。
有一座神母庙宇，是昔日著名的厄喀昂[1]
为还愿而建，隐藏在浓密的树林之中，
他们从这里路过，旅途遥远，便决定
稍事休息，但一股不可遏止的情欲
忽然攫住了希波墨涅斯（是我施法术）。
神庙附近有一个极其幽暗的所在，
形如洞穴，上方有天然的浮石覆盖，
自古就是灵修的圣地，祭司在此处
储存了古代神祇的许多木质雕塑。
他钻进这里，用被禁的秽行玷污圣所，
神像都避开了目光，头戴塔冠的库柏勒[2]
思忖着罪人是否该投进斯堤克斯河——
这样的惩罚都嫌轻。所以方才还光滑的
脖颈蒙上了棕色的鬃毛，手指弯成
利爪，臂膀变成了前腿，全部的体重
聚集到胸膛，尾巴搅动覆着沙的地表。
脸露着怒容，不再会说话，只会咆哮，

1　神母即库柏勒。

2　头戴塔冠是库柏勒的标准形象。

没有卧室，在林间出没，让百兽惊怯，
却是女神的狮子，驯顺地衔辔拉车。
我亲爱的你，避开这些动物和所有
不会转身逃窜而挺胸战斗的猛兽，
以免让你的勇敢同时毁灭你和我。’

维纳斯与阿多尼斯（二）

她的确如此警告他，然后乘着天鹅车
腾空而去，但他的血气却不顾劝阻。
碰巧众猎犬循着确定的踪迹，追逐
一只野猪，它正准备自林中逃窜，
却被喀倪刺斯的后裔从侧面刺穿[1]。
它立刻用弯曲的獠牙拽出投枪（沾满
自己的鲜血），发狂地扑向浑身发颤、
寻找避难所的青年，长牙完全没入
他的阴部，让垂死的敌人仰卧于黄土。
维纳斯正穿越青苍，坐在轻巧的车里，
天鹅的翅膀还未带着她到塞浦路斯，
她远远听出了他的临终呻吟，令白鸟
掉转方向。当她从高高的天空看到
他已快断气，身体淹没在自己的血泊里，
她赶紧跃下，撕破衣裳，扯着发丝，
顾不得体面，手掌猛力捶打着胸口。
如此向命运抱怨：‘但并非一切都由
你们掌控，阿多尼斯，我痛苦的纪念物，

1 “喀倪刺斯的后裔”指阿多尼斯。

将永远存留。你的死亡会象征地重复，
年复一年，模拟我此刻痛苦的诀别。
可是你的血会变成一朵花。珀尔塞福涅，
你不是曾经获准将一位女人的肢体[1]
化作芬芳的薄荷吗？难道我就不可以
改变阿多尼斯的身躯？’说完这番话，
她在血中洒入馥郁的琼浆，一碰它，
血顿然翻腾，就如清澈的水泡从浑浊
泥浆中升起。此后不过一小时间隔，
便有一朵花从血里长出，颜色殷红，
恰似石榴（其种子在坚韧果皮下隐藏），
然而，欣赏它的时日很短暂，因为
它只是轻轻附着在枝头，很容易凋萎，
赋予它名字的那些风转眼就将它摧毁。[2]”

1 这是一位与普鲁托私通的宁芙，名叫门塔（Mentha），珀尔塞福涅将她变作了薄荷（mentha）。

2 这种花叫银莲花或风花（anēmone），源于古希腊语 anemos（风）。大普林尼说，它只有在刮风的时候才开，所以有此名。但奥维德却说，风很快将它摧毁。Anderson（1972）评论道，这种故意的说法在阿多尼斯短暂的生命和花之间建立了一种联系。

《变形记》

第十一卷

METAMORPHOSEON LIBER XI

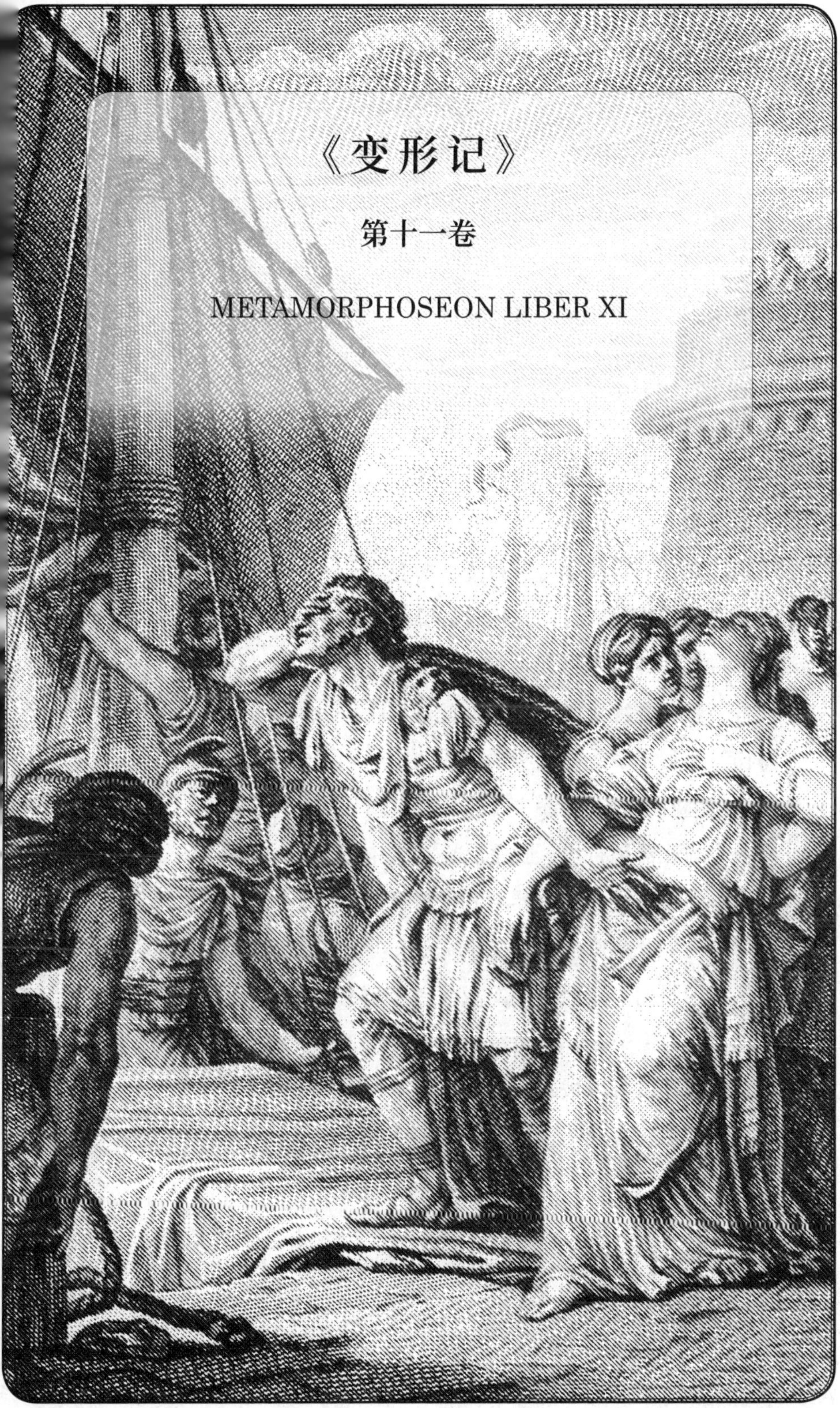

俄耳甫斯之死

正当色雷斯诗人以这样的歌声吸引
树木和顽石跟随，摄住野兽的心魂，
齐科涅斯的妇人们突然从一座山巅
（她们发狂的胸膛覆盖着兽皮）瞥见
俄耳甫斯在拨动琴弦，吟唱着诗篇。
其中一人在微风里甩动头发，大喊：
“看，看！鄙视我们的人就在此处！”
将长矛朝阿波罗先知动听的嘴投去。
但尖端缠着叶子，虽命中却未致伤，
另一人的武器是石块，脱手后还在空中
就失去力道，被和谐的琴声和嗓音征服，
它仿佛为如此疯癫的举动乞求宽恕，
拜伏在他脚前。然而冲动的战斗越来越
激烈，不再有节制，复仇欲统治了一切。
所有的武器本可以被歌声驯化，但是
巨大的喧嚣——喇叭、贝莱钦图斯木笛[1]、

1　这种笛子用黄杨木制成，一般用于神母库柏勒的敬拜，但酒神敬拜仪式的描写中也经常提到它，因为二者有相似之处，都以精神的狂乱为特征。

手鼓、狂女们拍打胸膛的声音和尖叫声
淹没了竖琴的旋律。听不见诗人的歌吟，
纷坠的石块终于被他的鲜血染红。
无数的飞鸟（仍然沉浸在他的歌声中）
最先受狂女攻击，还有蛇以及成群的
走兽——这些给俄耳甫斯荣耀的倾听者。
然后，她们才将滴血的右手转移到
诗人身上，鸟一般聚拢，仿佛见夜鸟[1]
突然在白昼游弋，又如在圆形剧场，
一只将死的公鹿站在早晨的细沙上[2]，
等待群犬的撕咬。她们冲向他，掷出
覆着绿叶的藤杖（这并非本来的用途）。
一些扔土块，一些扔树上折断的枝条，
一些扔燧石。似乎是唯恐疯狂缺少
武器，一些牛碰巧正负着犁头耕地，
不远处，臂膀健硕的农夫们挥洒汗滴，
为了丰收而辛勤耕作着硬实的田野。
看见这队疯女人，他们都惊惶藏躲，
抛下自己的工具，空荡的土地上随处
可见沉重的钉耙、长长的铁锹和木锄。

1 夜鸟被白昼的鸟视为敌人。

2 古罗马人喜欢观赏眼皮底下的狩猎表演（venatio）。“竞技场”（arena）一词原指圆形剧场或斗兽场的中间地带，因为铺着细沙（harena 或 arena）而得名。这些沙主要用于吸收野兽和人的血，因为一场表演会死很多大型动物、角斗士和犯人。

凶猛的女人们抓起这些，撕碎了以坚角
抵抗的牛群，再继续回去向诗人施暴。
俄耳甫斯伸出手，他的言语第一次
失去了效用，声音不再有感染的魔力——
渎神的狂女杀了他，朱庇特啊，从那张
岩石曾聆听、野兽也曾经理解的口中，
他的灵魂就这样逸出，飘散在空气里。[1]
飞鸟和无数走兽都为你，俄耳甫斯，
哀哭，坚硬的燧石和经常跟随你歌声的
森林痛悼你，树木褪尽了装饰，抛舍了
叶子，追念你，传说连江河都为你盈满
它们的泪水，山林和水泽的仙女也披散
头发，换上了颜色深暗的丧礼之服。
残肢散落在各处，头和竖琴都坠入
赫布罗斯河，神奇的是，当顺水而流，
琴竟然发出凄凉的乐音，死去的舌头
不知悲吟着什么，堤岸也伤感地应和。[2]
它们已卷入大海，离开家乡的那条河，

1　埃斯库罗斯失传的剧作《酒神狂女》（*Bassarids*）讲述了俄耳甫斯由于追随日神而被酒神信徒杀死的故事。奥维德却把他的死因归于同性恋，令人惊讶。

2　除了头以外，俄耳甫斯的残肢都被缪斯搜集起来，葬在马其顿的迪乌姆（Dium）。Holzberg（2001）指出，“不知悲吟着什么”（flebile nescio quid）的说法有强烈的滑稽效果，在维吉尔的《农事诗》里，俄耳甫斯的头念出的是妻子欧律狄刻的名字。

抵达了莱斯博斯岛的梅图姆纳岸边[1]。
这里，一条凶蛇袭击了在异国沙滩
曝晒的头颅和仍然滴着海水的头发。
福玻斯终于赶来，在最后时刻驱走它，
它的上下颚来不及咬合，就已经变成
石头，大张的嘴就这样永远地凝定。
诗人的鬼魂沉入地下，他认出曾经
见过的所有地方，在义人的福地搜寻[2]，
找到了欧律狄刻，热切地拥她入怀。
在阴间，夫妻俩有时并肩款步而来，
俄耳甫斯有时跟后面，有时走前面，
如今回头看欧律狄刻，再没有危险。

色雷斯妇女的变形

然而，酒神绝不能容忍这样的罪行[3]
不受惩罚，为失去吟唱圣礼的诗翁
伤心痛惜，立刻将目睹此事的色雷斯[4]
妇女全部用盘曲的树根绑在森林里。
他将她们的脚趾拉长，每条根扎多深，
就让趾尖插入坚实的泥土中多深。
正如在狡猾猎手布下的圈套里，小鸟

1　梅图姆纳（Methymna）是莱斯博斯岛的一座城市，是诗人阿里昂（Arion）的出生地，以葡萄酒闻名。

2　福地（Elysium）是有福之人死后在冥府的居处。

3　“酒神”对应的原文是 Lyaeus（吕埃俄斯）。

4　“色雷斯”对应的原文是 Edonidas，这个形容词来自 Edonia（厄多尼亚），这个地区因为其居民 Edoni（厄多尼人）而得名，是色雷斯的一部分。

被缠住了腿，意识到自己难以脱逃，
就会惊慌地扑腾，但绳子越来越紧，
当这些女人各自在地里牢牢锁定，
她们恐惧地挣扎，却无济于事：试图
往外跳，却被坚韧的树根死死箍住；
寻找趾头在哪里，脚和趾甲在哪里，
只看见优美的小腿被上升的木头吞噬；
想用悲伤的右手去捶击大腿，却愕然
触到坚硬的橡木。胸膛是橡木，双肩
是橡木，她们伸展的手臂会让你觉得
已是真正的枝条，这样想的确无错。

米达斯的故事

巴克斯仍未消气，他抛弃了这片山川，
带着更好的信徒往提摩罗斯的葡萄园
和帕克托洛斯奔去，虽然这条河彼时[1]
还不是金色，也无人觊觎它宝贵的沙子。
通常随侍的萨梯神和信众都陪在身旁，
但西勒诺斯不在。因年迈和酒酣而踉跄[2]，
他被佛里吉亚的众乡民拦住，饰以
花环，去见国王米达斯（俄耳甫斯
曾经向他和欧摩尔波斯传授秘仪）[3]。

---

1 提摩罗斯山和帕克托洛斯河都在小亚细亚的吕底亚。

2 西勒诺斯在文学作品中常是滑稽的角色。

3 米达斯（Midas）是佛里吉亚的国王，安卡拉（古时叫 Ancyra）可能也是他建立的。古希腊神话中有多位欧摩尔波斯（Eumolpus）。第一位是海神涅普顿的儿子，他的儿子伊斯马洛斯（Ismarus）娶了色雷斯国王特古里俄斯（Tegyrius）的女

他认出这是酒神圣礼的伙伴与同事，
马上摆开宴席，热情地款待客人，
一连十天十夜，为他尽情地欢庆。
晨光第十一次在高天驱散星辰的阵列，
国王满面春风地来到吕底亚原野，
将西勒诺斯交到他年轻的养子手里。
酒神为养父返回而快慰，允诺他可以
索要任意的恩惠（很诱人，却是无益）。
他命定将滥用这个机会。“无论我身体
碰到什么，”他说，“都让它变成黄金。”
利柏耳同意了，虽然礼物将于他有损，
为对方感到沮丧，没选择更好的东西。
米达斯兴高采烈地离开，为厄运欣喜[1]，
触摸各种物品，看神言是否已兑现。
他几乎不敢相信：从一棵矮栎树折断
一根绿枝条，枝条立刻变得金灿灿；
从地上捡起石头，石头也顿然亮闪闪；
他碰土块，魔力的接触转眼让土块
化作了金块；他摘下一些成熟的麦穗，
真是金色的收获；树上采撷的苹果

儿，在儿子和儿媳死后，他成了色雷斯国王。这里的欧摩尔波斯可能是他的色雷斯后代，诗人缪塞俄斯（Musaeus）之子、俄耳甫斯的学生。他们生活的年代之间还有一位同名人物。

1 “米达斯”对应的原文是 Berecyntius heros（贝莱钦图斯人），因为贝莱钦图斯山在佛里吉亚。

仿佛是西极仙女的礼物；手指倘若[1]
停歇于高大的廊柱，它们便赫然生光。
甚至当他在清澈的水中浸泡手掌，
掌间流过的液体都足以欺骗达那厄[2]。
他的心几乎盛不下自己的希望，梦想着
一切变黄金。兴奋之际，奴仆已摆好
满满的餐桌，都是珍馐和焦黄的面包。
这时，如果他用手去拿刻瑞斯的礼物[3]，
刻瑞斯的礼物就变得坚硬，如果他试图
用贪婪的牙齿去撕咬一块鲜美的肉，
牙齿一碰过，就只有一层金壳入口。[4]
他将纯水和巴克斯（礼物的赐予者）混合[5]：
你看见熔化的黄金流进他的上下颚。
奇异的灾难令他惊恐，富有却悲惨，
他只想摆脱财富，憎恶不久前的心愿。
丰盛的食物却无法充饥，喉咙如烈火
烤炙，自作自受，被可恨的黄金折磨。
向天空伸出金光夺目的手掌和手臂，

1 “西极仙女”（Hesperides）是住在日落之处的几位仙女，关于她们的父亲，众说纷纭，其中一种说法是，她们是阿特拉斯的女儿，她们看守的果园里有很多金苹果。参考本书第四卷 631—638 行。

2 影射朱庇特化作金雨与达那厄相会的事。

3 “刻瑞斯的礼物”指面包。

4 Hirst（1906）指出，119—124 行的描写可能参照了维吉尔《埃涅阿斯纪》中的两个地方（1. 173-179 和 7.108-115）。

5 “巴克斯”代指葡萄酒。

他哀求："饶恕我的罪，伟大的列奈俄斯[1]！
但请垂怜我，让我逃离这华丽的咒诅！"
神是仁慈的，他既已认罪，巴克斯便恢复
原来的情形，收回为践诺而送出的大礼。
"别因为愚蠢的愿望永远封装在黄金里！"
神说，"去萨尔迪斯大城附近的那条河[2]，
逆着奔流的河水，沿着岸边的山坡
行进，直到你抵达河源，你会看见
一处水不绝涌出、冒着泡沫的泉眼，
将头和全身沉进去，你的罪便可荡涤。"
国王来到神所说的水边，黄金的威力
碰到河，就从人身上转移到了水中。
甚至在今天，吸收了古老矿脉的田壤
因为金水的浸润，仍然又硬又金黄。
他憎恨财富，于是在林间地头游荡，
追随永远在山中洞穴居住的潘神，
但他的理解力依然低下，愚蠢的心
注定如从前，将再次伤害它的主人。
提摩罗斯山巍然耸立，海边的远景
尽收眼底，坡脊向两侧延伸，这方
与萨尔迪斯为邻，那方与许派裴接壤。
潘神在那里向娇柔的宁芙们卖弄歌声，

---

1 "列奈俄斯"（Lenaeus）也是酒神巴克斯的称号。

2 萨尔迪斯（Sardis）是吕底亚首都，著名国王克罗索斯（Croesus）的王宫所在地，帕克托洛斯河流经那里。

并用蜡粘成的芦笛吹出轻浮的乐音，
他竟然相信阿波罗的技艺远不如自己，
让提摩罗斯主持这实力悬殊的比试[1]。
年老的裁判坐在自己的山顶，让耳朵
摆脱树枝的纠缠，湛蓝的头发只戴着
橡叶冠，凹陷的双鬓悬挂着一些橡实。
他望向牧神，说道："我这位裁判早已
准备好了。"潘吹起那支乡野的芦管，
粗糙的旋律迷住了米达斯（演奏那天
他碰巧在场）。然后，提摩罗斯的脸庞
转向阿波罗。森林也随他转动方向。
日神的金头戴着帕纳索斯的桂冠，
浸染过推罗紫液的长袍扫过地面，
左手抱着一把嵌印度宝石和象牙的
绝美竖琴，右手则握着一支琴拨：
全然是艺术家的气度。他用灵巧的拇指
弹奏琴弦。叹服这音乐的甜美魔力，
提摩罗斯裁定，芦笛输给了竖琴。
所有听众都赞同山神的判断和决定，
却唯有米达斯一人质疑，大声宣称
这样的结果不公平。阿波罗不能容忍
他那双愚钝的耳朵保持人的外观，

1　这里的提摩罗斯指山神。

将它们拉长，并以灰色的茸毛填满，
让根部变得松脱，可以自在地转动。
其余部分仍是人，只一个部位受惩，
于是他戴上了一对与慢驴无异的耳朵。
他的确希望隐藏它们，竭力用紫色
头带遮掩给自己奇耻大辱的两鬓，
可是一位常给他打理长发的仆人
窥见了秘密。他渴望公布这个发现，
却不敢泄露国王的丑事，但也很难
保持沉默，于是溜到僻静处，挖开
地面，悄声讲述他看见主人有一对
怎样的耳朵，对着土坑窃窃私语。
然后他把土填回去，埋好泄密的证据，
抹平了坑洞，一言不发地离开现场。
芦苇摇曳的树丛开始在那里生长，
一年以后，它们刚刚成熟，就出卖了
栽种者。因为当温和的南风吹拂枝叶，
埋葬的话便复活，透露了耳朵的秘闻。

拉俄墨冬的欺骗

拉托娜之子报了仇，从提摩罗斯山启程[1]，

1 “拉托娜之子”即阿波罗。

穿过澄明的空气，到涅斐勒之女赫勒的
海峡这边，在拉俄墨冬的平原上暂歇[1]。
在右边的希盖文和左边的罗特翁岬地之间[2]，
有一座献给“全知雷霆神”的古老祭坛[3]。
从那里他看到拉俄墨冬刚开始建造
特洛伊，意识到这项宏伟的工程需要
极其巨大的资源，也面临空前的难题，
于是和翻卷海洋的三叉戟君王一起，
化身为凡人，替佛里吉亚统治者修筑
城墙，事先约定以黄金酬谢辛苦。[4]
作品已竣工，国王却拒绝支付这笔钱，
甚至欺骗到底，发誓此交易是虚言。
“你注定难逃惩罚。”大洋之主说，驱赶

---

1 云神涅斐勒（Nephele）是阿塔玛斯的前妻，她生下了龙凤胎佛里克索斯和赫勒（Helle）。为了害死他们，阿塔玛斯的后妻伊诺让忒拜妇女将烤过的种子交给她们的丈夫播种。庄稼颗粒无收，人们向德尔斐神谕求助，伊诺又买通信使，说神谕要求献祭佛里克索斯。兄妹俩被一只公羊驮走，途经达达尼尔海峡时赫勒从羊背跌下，坠海而死。所以这片海域叫 Hellepontus，意为“赫勒的海”，就是今天的达达尼尔海峡，连接爱琴海和马尔马拉海。参考奥维德《岁时记》（*Fasti* 3.854-876）。“拉俄墨冬的平原”即特洛伊。

2 希盖文（Sigeum）和罗特翁（Rhoeteum）都是特洛伊的城镇，分别在狭长海道的两侧。

3 “全知雷霆神”（Panomphaeo Tonanti）指朱庇特，朱庇特的武器是雷霆，所以被称为“雷霆神”（主格 Tonans）。Panomphaeus（主格形式）由古希腊语 pan（所有）和 omphē（声音）组成，或者指朱庇特被所有人的声音赞颂，或者指他能预言一切（这种可能性更大，因为在荷马作品中 omphē 只用于神的声音）。

4 传说阿波罗和涅普顿（“三叉戟君王”）参与了拉俄墨冬（“佛里吉亚统治者”）建造特洛伊的工程。

所有的波浪冲向吝啬特洛伊的海岸，
将远近的土地变成一片泽国，卷走
耕夫的收成与财富，以洪水摧毁田畴。
仅这项报复还不够：国王的女儿也即将[1]
献给海怪做祭品[2]。当她绑在巉岩上，
海格力斯救了她，并索要事先答应[3]
给他的马匹。大功的酬劳遭到否定，
他攻陷了两度被伪誓玷污的特洛伊城墙[4]。
并肩作战的特拉蒙也带着荣耀返乡[5]，

佩琉斯与忒提斯

赢得了赫西俄涅；佩琉斯则因为娶到
女神而扬名，岳父比祖父更让他骄傲[6]，
毕竟天底下不止一人是朱庇特之孙，
唯独他享有与一位女神成婚的好运。

---

1 “国王的女儿”指赫西俄涅（Hesione），拉俄墨冬的女儿，普里阿摩斯（Priamus）的妹妹，萨拉米斯（Salamis）国王特拉蒙的后妻。

2 这只海怪名叫 Cetus（古希腊语 ketos），后来这个词用来指鲸鱼。

3 “海格力斯”对应的原文是 Alcides，这是指代他的惯常名称，意为“阿尔凯俄斯（Alceus）的后裔”，因为名义上他是阿尔凯俄斯（安菲特律翁的父亲）的孙子。朱庇特劫走特洛伊王子盖尼米得后，作为补偿，送给拉俄墨冬很多好马，海格力斯救赫西俄涅的条件，就是得到这些马。

4 第一度是欺骗阿波罗和涅普顿，第二度是欺骗海格力斯。

5 特拉蒙和佩琉斯是兄弟，他们误杀自己同父异母的弟弟福科斯后逃到萨拉米斯，特拉蒙娶了国王库克柔斯（Cychreus）的女儿珀里波娅（Periboea），后者为他生下了著名的埃阿斯。后来库克柔斯让特拉蒙继承了王位。特拉蒙也参加了海格力斯的特洛伊之战，娶回了赫西俄涅。

6 佩琉斯的妻子是女神忒提斯（Thetis）。“岳父”指海神涅柔斯，“祖父”指朱庇特。涅柔斯是古老而尊贵的神，做他的女婿并不容易；神王朱庇特虽贵为至尊，但凡间后裔太多，做他的孙子并不稀奇。

因为年迈的普罗透斯曾对忒提斯说[1]：
“海神，怀孕吧，你的孩子在盛年将超过
父亲的成就，其名声将比父亲更卓越。”
所以，怕世界出现胜过朱庇特的角色，
神王虽然自己的胸中也欲焰如焚，
却不敢与海洋女神忒提斯肌肤相亲，
转而命令孙儿，即埃阿科斯之子[2]
替他圆了梦，与海中处女共赴枕席。
海摩尼亚有一处海湾，形如弯弓[3]，
双臂远伸，水若再深些，就可做良港，
可惜海面只勉强淹没了沙滩的表层。
岸滨的质地硬实，不留下任何足印，
不陷没行人的脚步，也没有覆盖海藻。
一片香桃木在附近，双色的浆果悬摇。
林中有一个洞，不知是自然还是技艺
所造，更像是技艺。你习惯裸体到此，
忒提斯，坐在驯顺的坐骑——海豚身上。
佩琉斯趁你沉在睡眠中，决意品尝
欢爱，他以蜜语诱惑你，却遭到抵抗，
便诉诸强力，用两只胳膊紧搂你颈项。
若非你使用惯常的法术，频繁变形，

1 普罗透斯擅长预言。

2 “埃阿科斯之子”指佩琉斯。

3 海摩尼亚即帖撒利亚。

胆大妄为的男子恐怕就已经得逞。
然而，你时而化作鸟（他仍握着鸟不放），
时而变一棵大树（佩琉斯紧紧依傍），
第三种形状是斑斓的猛虎，它终于吓坏
埃阿科斯之子，让手臂从身上松开。
此后，他往水面倒了酒，敬拜海神，
以绵羊内脏和乳香争取他们的欢心，
直到喀尔巴阡的先知从海中升起[1]，
说道："佩琉斯，你会赢得梦想的婚礼，
你只需在女神安眠于岩洞之中的时分，
用结实的绳子悄悄捆牢她的全身，
无论她怎样以百种不同的形态欺骗你，
你始终别松手，直到她恢复最初的样子。"
普罗透斯说完，就将脸藏进海水中，
任随自己的波浪在最后的话语上合拢。
太阳正沉落，马车的辕杆向下倾斜，
占据西极的海域，美丽的女神离开了[2]
水波，再次进入了自己习惯的卧室。
佩琉斯还未完全侵占她处女的身体，
她就改换了形状，但终于意识到四肢
被绑缚，双臂向两边摊开，无法用力，
只好叹道："若没有神助，你断不能赢。"

1 "喀尔巴阡的先知"指普罗透斯。喀尔巴阡海的名字源于卡尔巴忒斯岛（Carpathus），它在克里特岛和罗多斯岛之间。

2 "女神"对应的原文是Nereis（涅柔斯之女）。

重新变回忒提斯。他抱住认输的女神，
得偿所愿，孕育了伟大的阿喀琉斯。

佩琉斯的流亡

佩琉斯因为儿子和妻子享尽了福气[1]，
他本可称全福之人，倘若不曾犯过
杀害福科斯的罪。他身染弟弟之血，
被逐出故乡，辗转流落到特拉喀斯[2]。
刻宇克斯统治着那里，没有暴力[3]，
也没有屠戮。他是晨星之子，容貌
继承了父亲的俊美。此时他正在哀悼
失去的弟弟，只顾伤心，不似平日[4]。
因为遭际和漂泊而疲惫不堪的佩琉斯
到达这里，在少数随从陪伴下进了城，
并事先将一路驱赶而来的羊群与牛群
安置在离城墙不远的一处幽暗山谷中。
当获得机会觐见君主，他极其谦恭，
伸出裹着羊毛的橄榄枝，告知自己的[5]
家世，唯独隐瞒了他的罪行，编造了

1　Griffin（1981）指出，刻宇克斯的故事（266—748 行）是《变形记》中最长的单个故事。奥维德巧妙地将三个故事（代达利昂变鹰、普萨玛忒的狼变石头和刻宇克斯夫妇变翠鸟）连缀到一起，以代达利昂兄弟的故事为框架，用刻宇克斯对兄弟及其女儿的牵挂与中间故事里佩琉斯杀弟的行为相对照，突出了亲情的主题，刻宇克斯夫妇忠贞不渝的爱情与亲情主题相互补充，共同突出了虔敬的价值观。

2　特拉喀斯（Trachis 或 Trachin）是帖撒利亚的一座城市，在埃塔山上。

3　刻宇克斯（Ceyx）是特拉喀斯国王，晨星（Lucifer）的儿子，哈尔库俄涅的丈夫。

4　“失去的弟弟”指下文提到的代达利昂（Daedalion）。

5　“裹着羊毛的橄榄枝”在拉丁语中叫 velamenta，是和平的象征。

流放的原因，乞求国王允许他在城里
或郊野居住。对方听闻，以温和的言辞
对他说："即使卑微的平民都可享用
我们的便利，我也并非不好客的君王，
性情本如此，何况你是这样的身份，声名
遐迩，祖父是朱庇特。不必花时间陈情，
你所求都可以满足，你周遭所见都可以
视为你所有。真希望你见到更好的东西！"
他说着潸然垂泪。佩琉斯和同伴问他

代达利昂变鹰

如此哀伤有怎样的缘由。主人回答[1]：
"你们或许以为这只以掠夺为生、
震慑百鸟的猛禽一直有翅膀在身[2]，
其实它曾经是人（性格却未变）。那时
他便如此悍勇善战，总爱用武力，
代达利昂是其名。我们共同的父亲
就是召来奥罗拉、最后消隐的那颗星[3]。
我珍惜和平，所以一心维系和平，
保护婚姻，弟弟却只喜欢残酷的战争。
他曾以勇武征服众多君王与民族，

---

1 Rudd（2008）将刻宇克斯的长篇故事分成五部分：290—409 行是序幕，410—473 行刻宇克斯决定远行，474—582 行刻宇克斯遭遇海难淹死，583—673 行朱诺命睡神传死讯，674—748 行是结局。

2 它是代达利昂变成的鹰。

3 即晨星。

如今变了形，仍将提斯柏的鸽子追逐[1]。
喀俄涅是他的女儿，天生丽质，十四岁
待嫁之时，上千位求婚者渴望其青睐。
碰巧福玻斯离开德尔斐，迈娅之子[2]
也自库莱内山巅返回，两位神同时
看见这位少女，同时萌生了情欲。
阿波罗决定等夜幕降临再享受云雨，
墨丘利却不肯耽搁，以催眠金杖触碰
女孩的脸颊：强大的法力引发睡梦，
迷蒙中她被神奸淫。夜空已缀满星辰，
福玻斯乔装老妇，收获了迟到的欢欣。
当时日到来，唤醒子宫中成熟的果实，
从飞足之神的种子诞生了奥托吕科斯[3]，
他天性诡诈，擅长每一种偷盗的技巧，
总是能把黑变成白，把白变成黑，丝毫
不比父亲的本事逊色[4]。福玻斯也迎来
一位儿子（因为喀俄涅产下了双胞胎），
名叫腓兰蒙，以优美的歌声和琴艺闻名[5]。

---

1 提斯柏（Thisbe）是博奥蒂亚的一座小镇，名字源于埃索坡斯（Aesopus）的女儿提斯柏，这里的鸽子很出名。

2 “迈娅之子”即墨丘利。

3 这位奥托吕科斯（Autolycus）是大名鼎鼎的尤利西斯（Ulysses）的外祖父。

4 墨丘利擅长口才和偷盗。

5 阿波罗擅长音乐。腓兰蒙（Philammon）据说创立了赞美阿波罗和狄安娜的圣歌传统。

可是生下了两个孩子，取悦于两位神，
有一位勇敢的父亲，还有雷霆神做祖先[1]，
又如何？对于许多人，连荣耀都是灾难，
至少对她是灾难！她胆敢自视超过
狄安娜，挑剔女神的容貌。但女神怒火
中烧，说道：‘我会用行动让你满意！’
无片刻迟疑，她弯起雕弓，羽箭迅疾
离弦，射穿那条罪有应得的舌头。
舌头沉默，嗓子喑哑，言语也没有
跟随，她试图说话，血和生命已流散。
无助地抱着她，我心怀伤痛，如父亲一般，
对舐犊情深的弟弟也用尽了安慰之词！
但这些于他，就像海波声之于礁石，
他只是不住地为骤然夺走的女儿哀恸。
可当他看见尸体燃烧，曾四次猛冲，
想扑进火葬的柴堆，四次都被拦回后，
他发疯似的逃走，就仿佛一头公牛
脖颈上被马蜂的毒刺扎满伤口，径直
往无路之处狂奔。此时在我的眼里，
他的速度已非人，脚似乎长了翼翅。
于是，他抛下所有人，因为一心求死，
飞快地登上帕纳索斯峰顶。阿波罗

1 “雷霆神”指朱庇特，他是晨星的父亲、代达利昂的祖父和喀俄涅（Chione）的曾祖父。

怜悯他，正当代达利昂要坠崖自绝，
让他变成鸟，突然生出翅膀，悬停于
空中，赐给他曲喙，将弯爪装上双足，
勇敢仍如昔日，力量更超过身体。
现在他是一只鹰，对谁都怀着敌意，
对百鸟凶狠，自己哀戚，也制造哀戚。”

普萨玛忒的狼

正当晨星之子讲述着弟弟的奇事，
来自福基斯的俄涅托耳（他负责看管
牛羊）气喘吁吁地闯进来，一边高喊：
“佩琉斯，佩琉斯！你有祸了，我来报信！”
后者命他，无论什么事，都直接言明，
国王自己也表情惊恐，惴惴不安。
那人回忆说：“疲惫的牛群被我驱赶，
到了蜿蜒的海岸，这时天顶的太阳
正好在中点，往后往前路程都一样长。
部分公牛已经在金黄的沙滩上屈膝，
趴卧着观赏如原野的水面辽无涯际；
一些迈着舒缓的步子，四处徜徉，
另一些在游泳，高昂的头浮在波浪上。
海边有一座神庙，无黄金和大理石装饰，
由结实的木头建造，藏在古林的阴凉里，
它属于涅柔斯和他的女儿们，一位在岸滨
晾网的水手告诉我，是献给这些海神。
附近是沼泽，里面长着密密的柳树，
滞留的海水无法回返，就积成潟湖。

忽然，震耳欲聋的吼声让周遭惊怖，
一头巨兽，一只狼，从沼泽丛林窜出，
迸出雷霆的大嘴覆盖着白沫和已然
凝固的血块，双眼喷射赤红的火焰。
尽管其狂暴同时发源于饥饿与愤恨，
愤恨却更令它凶残，它无意屠戮牛群
来消除饥饿，餍足可怕的胃口，而是
仇敌般伤害每头牛，将它们掀翻在地。
我们也有人在保护牲畜时遭受致命的
撕咬，命丧当场。岸滩和最近的水波
都被血染红，沼泽回荡着牛群的哞声。
但耽搁会造成巨大的损失，情势已不容
犹豫，趁财产还没全毁，所有人携起手，
赶紧拿起武器，用武器共同战斗！”
那位牧人说。佩琉斯并不在意死牲畜，
而是想起他的罪，他认为丧子的仙女[1]
降这些灾祸是向死去的福科斯献祭。

刻宇克斯与哈尔库俄涅(一)

埃塔的国王命手下穿戴盔甲，手执[2]
锋利的武器，自己也打算与他们一同
前去。可是妻子哈尔库俄涅被骚动
惊起，未及整理好头发就冲出房门，
一片凌乱，紧紧搂住丈夫的脖颈，

1 “丧子的仙女”指福科斯的母亲普萨玛忒。佩琉斯和特拉蒙的母亲是恩德伊丝（Endeis）。三兄弟的父亲都是埃阿科斯。

2 “埃塔的国王”指刻宇克斯，因为他统治的特拉喀斯在埃塔山上。

以言辞和泪水哀求，让他只是派援军，
别亲身犯险，为了两条命顾惜一条命。
埃阿科斯之子说："王后，收起你真挚
动人的忧惧！你们的这份心让我感激，
但怎能让大家为了我与这新怪物搏杀？
我必须向海神祷告。"有一座高高的灯塔
在城堡顶部，总是给遇险的船只以希望。
他们登临此处，见牛的尸体在海滩上[1]
横陈，残酷的劫掠者嘴边淌着血滴，
长毛被血污染红，不禁一阵阵叹息。
于是佩琉斯向空阔的海岸伸出手，乞求
湛蓝的普萨玛忒终结她心里的怨仇[2]，
给自己帮助。但埃阿科斯之子的言语
没能打动她。忒提斯为丈夫说情，终于
获得宽恕。但是，那只狼并未停止
凶狠的屠杀，欲望被甜蜜的血腥磨砺，
直到它在咬紧一头重伤的母牛颈项时，
被仙女变成大理石。除了颜色，它保持
所有的特征。石头的白色表明，这不复
是一只恶狼，人们从此再无须恐惧。
然而，命运不允许流浪的佩琉斯安家

1 古代灯塔顶部有可以打开的窗户。

2 普萨玛忒是海洋仙女。

于此，漂泊的放逐者又逃往马格尼西亚[1]，
在那里被阿卡斯托斯洗净了谋杀之罪。[2]
这时，刻宇克斯为弟弟的无妄之灾
和后来的种种异事满怀忧虑，决心
向神谕（凡人的慰藉）寻求指点，亲身
去日神的居处，因为德尔斐神庙的通路
被福尔巴斯和弗勒古阿斯的拥趸盘踞[3]。
但他事先将自己的计划告知了你，
忠诚的哈尔库俄涅。瞬间，一股寒气
透入了她的骨髓，惨白的颜色罩住了
她的脸，涌出的泪水也从双颊滚落。
三次试图说话，三次哭湿了面庞，
深情的怨诉不时被抽噎打断，她这样

1　马格尼西亚（Magnesia）是帖撒利亚的一个地区。

2　阿卡斯托斯（Acastus）是珀利阿斯之子，在赶走伊阿宋和美狄亚之后，继任伊俄尔科斯国王。因为伊俄尔科斯在帖撒利亚，所以原文中还有 Haemonio（海摩尼亚的）这个修饰语。佩琉斯的净化其实分两步，他杀了福科斯之后，先逃到普提亚（Phthia），那里的国王欧律提昂（Eurytion）为他行了净化礼，并将女儿安提戈涅嫁给他。一次打猎时，佩琉斯误杀了岳父，被迫逃到马格尼西亚（伊俄尔科斯所在的地区），阿卡斯托斯又为他净化了杀欧律提昂的罪。奥维德在《岁时记》（*Fasti* 2.39-40）和这里都把两次净化礼弄混了。故事的后半部分是，阿卡斯托斯的妻子引诱佩琉斯不成，诬告他非礼自己。阿卡斯托斯将佩琉斯赤手空拳骗到佩里昂山上，希望他被半人马杀死，但喀戎或墨丘利帮助佩琉斯逃跑。佩琉斯和伊阿宋等人血洗了伊俄尔科斯，后来伊阿宋的儿子帖撒洛斯（Thessalus）成了新国王。

3　德尔斐神庙是离刻宇克斯最近的可以聆听神谕的地方，但去往德尔斐的道路被拉庇泰人（Lapithae）阻断。弗勒古阿斯（Phlegyas）是战神马尔斯的儿子、拉庇泰人的国王。福尔巴斯（Phorbas）也是拉庇泰人，擅长摔跤，最后被阿波罗击败并杀死。

阻拦爱人："夫君，我有何错，你竟已
改变心意？你以前对我的珍惜在哪里？
你竟能放心地将哈尔库俄涅独自抛下？
宁愿去远行？我不在身边你才会牵挂？
可是你如果选择陆路，我只会忧郁，
却不会害怕，烦扰中不会夹杂恐惧；
然而，大海阴森的样子让我战栗，
最近我刚在岸边见过船只的残体，
也常读到墓碑上的名字，坟中却空荡[1]。
你胸中不应怀着一种虚幻的希望，
希波塔斯之子是你的岳父，他能将[2]
强风关在牢狱中，能随意平息巨浪——
一旦风已经释放出来，控制了大海，
就无物可以阻遏，只能任它们主宰
每一片海陆，它们也搅动天上的云团，
以猛烈的碰撞激起一道道赤色的闪电。
越了解它们（我的确了解它们，孩提时
在父亲家中已见惯），我越觉应当警惕。
但如果没有哀求能改变你的决定，
如果你执意开启此行程，亲爱的夫君，
就让我同去！至少能一起在浪里颠簸，
我只需为自己的苦害怕，无论什么

1　这种没有尸骸的坟墓叫作 kenotaphos，类似中国的衣冠冢。

2　"希波塔斯之子"指埃俄洛斯，哈尔库俄涅是他的女儿（按照通行的说法，她是这位埃俄洛斯的祖父埃俄洛斯的女儿）。

两人都一起忍受，一起穿越阔海。”
埃俄洛斯女儿的眼泪和这番表白
令丈夫感动，他心中的爱也不逊于她[1]。
然而，他既不愿意放弃远航的计划，
也不忍心让哈尔库俄涅冒险同行，
只好用许多话宽慰她那颗担忧的心。
但她并不认可其理由，他又添加了
一句安抚的说辞，妻子才最后妥协：
“多久的分别对我们都太漫长，但我
以父亲的光发誓，只要命运能许可，
我一定在月亮两度满盈前回到你身旁。”
这个承诺给了她丈夫速归的希望，
他即刻下令从码头拖出一艘松木船，
放入海中，配上所需的缆绳与布帆。
看见它，哈尔库俄涅仿佛看见未来的
征兆，惊惧地颤抖，泪水不住地滚落，
抱住丈夫，失魂落魄，哀戚地说一声
“再见”，然后就浑身瘫软，倒在地上。
刻宇克斯仍然想拖延，但年轻的水手
已排成两列，桨柄抵住健硕的胸口[2]，
有节奏地挥动，划开海水。她抬起一对
泪眼，看见丈夫正站在弧形的船尾

1　这行原文还有一个修饰语 sidereus（星辰的），因为她丈夫是晨星之子。

2　说明刻宇克斯乘坐的是一艘有双排桨的船（biremis）。

向自己挥手，发出最初的信号，也向他
挥手作答。当陆地已被船远远抛下，
眼睛已无法辨识刻宇克斯的容颜，
她依旧尽其所能，追踪远去的松木船；
当船驶向更远处，与周遭混为一片，
她仍然凝视着桅杆顶端飘扬的布帆。
等到帆也望不见，她回到空荡的床上，
落寞地躺下。这张床和身边所见的景象
又让她掉泪，提醒她生活缺了哪部分。
他们已经出了港，风摇动船上的缆绳，
水手转动垂直的桨叶，收在身侧[1]，
将帆桁固定在顶部，完全张开桅杆的
亚麻布帆，好接受正在升起的风。
船已经走了一小半、至少未过半旅程，
此时它与两端的陆地距离都相当，
快入夜之际，海面突然翻起了巨浪，
白沫飞卷，强劲的东风越刮越猛。
“马上降低帆桁，”船长高声命令，
“缩起所有的布帆，全部紧贴桅杆！”
但是迎面冲来的风暴窒息了叫喊，
海浪的嘶吼淹没了任何其他声响。
然而有一些水手自发地收起了船桨，
一些封闭了桨孔，一些缩紧了布帆，

1　遇到强风，需要将桨收起来，以免风吹在桨叶上，增大阻力。

这位忙着舀水，将海水倒回海面，
那位迅速卸横桁。众人慌乱地应对，
风暴更加凌厉，狂飙从各方合围，
发动猛烈的战争，搅起浪涛的怒火。
船长也惊恐，承认他已经毫无把握，
不知该命令什么，该禁止什么，灾殃
如山压顶，他的技艺远不能抵抗。[1]
一片喧嚣：水手的叫嚷、绳缆的嘶鸣、
庞然巨浪撞击的轰响和天空的雷声。
海拱起涛山，仿佛已经与苍穹平齐，
低垂的黑云似乎都已被泡沫溅湿。
当它从洋底卷起黄沙，颜色就浑黄；
转眼又变黑，黑过斯堤克斯的波浪；
有时海面又摊平，随碎裂的水花泛白。
诸般更替中，特拉喀斯的这艘船仍在
挣扎：有时好像被托举到高山之巅，
俯瞰下方的深谷和阿刻戎的至低暗渊[2]；
而当它沉落，海水环伺如巨大的漩涡，
它又似从地府水泽仰望至高的天国；
波浪经常从两翼冲撞，在船身激起
震耳之声，不输铁制攻城槌和投石机
轰击遍体鳞伤的要塞时发出的巨响。

1　492—494 行与奥维德《哀歌集》(*Tristia* 1.2.31-32)描写海上风暴的措辞很相像。

2　阿刻戎河是冥界五大河之一，是苦难之河。

正如猛狮在奔跑途中增添了力量，
挺胸冲向人们举起的短剑与长枪，
当海水遭到迎面劲风的阻挠，也这样
攻打这艘船的城堞，从高处凌空砸下。
此时铆钉已松动，失去了覆盖的封蜡[1]，
木板张开了裂缝，迎接致命的海水。
看啊，滂沱大雨从洞开的墨云间急坠，
你简直会相信整个苍穹已掉落洋面，
坟然隆起的洋面已顶破高邈的诸天。
布帆浸透了暴雨，天空之水与大海
之水混成一片。广宇的星火已掩埋，
夜晚沦入时间和风暴的双重黑暗。
然而闪电在迸裂时撕开墨幕，乍现
亮光，波浪在雷火映照下似赤色烈焰。
此刻海水已涌入敞开的船身里面，
正如一位士兵，比所有同袍都优秀，
在多次跃起，冲击敌城的防御之后，
终于如愿，被渴求光荣的欲望驱动，
虽置身千人之中，却独自登上城墙，
当海浪已经九次撞击高耸的船舷，
第十浪也如此涌来，威力更令人心颤[2]，

1 封蜡是蜡、沥青和其他黏性物质的混合物，用来密封船的各种缝隙。

2 西方古人传说，每十个浪的最后一浪威力最大，参考奥维德《哀歌集》（*Tristia* 1.2.49-50）。

它不会停止进攻这艘疲惫的木舰，
直到降落在仿佛被夺取的舟城里边。
外面的海水仍试图侵入船内，而船内
海水也已经泛滥。所有人都万分惊骇，
恰似一座城，外面有人在挖毁城墙，
里面亦有人占领，怎能不弥漫着恐慌？
技艺已失效，勇气已沉陷，无数种死亡
仿佛随无数波浪涌过来，不停冲撞。
这人忍不住涕泣，那人愕然；这人
称葬礼等待的死者有福，那人向诸神
祷告，徒然向看不见的苍天伸出手臂，
祈求佑护；这人忆起了父母和兄弟，
那人思念家、孩子和抛在身后的一切。
刻宇克斯惦记的自然是哈尔库俄涅，
口中唯有她的名，虽然只想她，却庆幸
她不在身边。他也愿回望故国的海滨，
将最后的目光转向遥远的家，却不知
它在哪一边——海面巨大的漩涡如炽，
整个天空都隐匿在漆黑云层的暗影里，
海中的镜像无非是如墨夜晚的复制。
桅杆已经被裹挟着暴雨的旋风摧折，
舵轮也残损，犹如欣悦于战利品的胜者，
最后的狂浪傲视其同类，在半空高悬。

即使有谁将阿托斯或品多斯从底座掰断[1]，
把山体抛进大海，其威势也不会超凌
它轰顶崩塌的暴力——携着重量和冲劲，
将船直砸入洋底。大部分水手被庞然
漩涡吞噬，与船一起毁灭，再无缘
重见天日，少数人紧拽着船的碎片
与残肢。刻宇克斯自己用那只握惯
权杖的右手攥住浮木，徒然地呼求
父亲和岳父，但浮沉之间他多数时候
念叨着妻子哈尔库俄涅，想她，唤她，
盼波浪将他的尸体冲到她的眼皮下，
这样死了，也还能被至亲之手安葬。
挣扎着，每次波浪允许张口的空当，
他就高喊她的名，没入海中时则呢喃。
此刻，一道阴森的水拱在众浪之巅
猛然塌落，他的头埋入爆裂的波涛底。
那天晨星分外地晦暗，你无法辨识
其踪迹，因为职责不许可他离开穹苍，
他只能用层层浓云掩住自己的脸庞。[2]
哈尔库俄涅全然不知这可怕的灾厄[3]，

1　阿托斯是希腊卡尔齐迪克半岛的一座山。关于品多斯山，参考本书第一卷第570行的注释。

2　Bate（2004）指出，本卷的大段风暴描写从语言风格看属于史诗传统，但它却嵌在爱情哀歌体的典型情境中，可以理解为奥维德作品中体裁的交融与对话。

3　“哈尔库俄涅”对应的原文是 Aeolis（埃俄洛斯之女）。

仍旧倒数着日子，已加紧为他制作
居家的衣服，准备他返家之时自己
要穿的衫袍，在心里确认虚幻的归期。
她向所有的天神献上虔诚的香料，
尤其虔诚地前往朱诺的殿宇祝祷，
为了已经亡殁的丈夫站到祭坛前，
祈求他平安无虞，祈求他按时回返，
祈求自己仍然是他的至爱——可是
众多愿望中只有这一条遂了她的意。
但女神无法容忍她为一位死者祈愿，

睡神宫殿

以免她被死亡污染的手亵渎圣坛[1]，
便说："伊丽丝，我最忠诚的信使，立刻
去索姆努斯的催眠宫殿，命令其变作[2]
已经身故的刻宇克斯，向哈尔库俄涅
呈现幻象，让她明白真实的惨祸。"
话音刚落，伊丽丝就穿上千彩的衣服，
在天空画出弧形的拱门，一边按吩咐
前往隐藏在云层深处的睡神王宫。
在钦梅利伊人聚居地附近有一座深洞[3]，

1 所有刚参加过与葬礼相关活动的人从宗教仪式的角度看，都是不洁净的。

2 罗马神话中的索姆努斯（Somnus）对应着希腊神话中的睡神许普诺斯（Hypnos）。维吉尔《埃涅阿斯纪》中的睡眠也以神的形式出现（*Aeneid* 5.838-861）。

3 钦梅利伊人（Cimmerii）是古代色雷斯的一个民族，他们住在第聂伯河两岸、今天的克里米亚一带。

中空的山峰，这就是慵懒睡神的居处。
无论初升、落下还是在旅程的中途，
太阳都无法照进来。混合了黑氲的雾
从地面蒸起，暧昧的暮色萦绕不去。
没有警醒的戴冠的公鸡以嘹亮鸣声
唤来晨光，也没有戒惧的狗或者
更为聪明的大鹅以嗓音打破静默[1]；
没有野兽和牲畜，没有微风吹拂的
枝条或人类喧嚷的舌头发出声音：
阒寂栖居于此。但从山岩的底层
却有勒忒河涌出，它在石块之间[2]
淙淙流淌，让人不由得坠入睡眠。
洞穴外面盛开着许多罂粟花和无数棵
野草，湿润的夜晚采集它们的汁液，
酿制睡眠，将其散布于幽暗大地上。
整座宫殿都没有门，以免铰链转动，
发出声响，入口也没有一位门房。
中央放置着一张乌木制成的高床，
铺着深黑的羽毛，覆着深黑的绣毯，
神自己摊着慵倦的身体，躺在上边。
他周围散落着虚幻的梦，模仿各类

1　大鹅被称为“更为聪明的”是因为公元前 390 年，高卢人攻陷罗马，曼尼乌斯率军退守卡皮托山，敌人夜间偷袭时，养在朱诺神庙的鹅发出警讯，帮助了罗马军队。

2　勒忒河是冥界遗忘之河，与睡眠的联系很自然。

形状，数不胜数，多如丰收的麦穗，
森林绽放的绿叶，海岸抛撒的沙砾。
仙女一走进王宫，将挡路的梦影推至
两旁，神圣的建筑立刻被她的华衫
映亮。索姆努斯几乎睁不开被如山
睡意压迫的眼睛，一次次重新瘫倒，
胸膛上部被沉落的下巴反复碰敲。
他终于将自己震醒，肘撑着身体，只问
她为何而来（因为认得她）。仙女回应：
“给万物安宁的索姆努斯，最温柔的神，
灵魂的甘露，忧思的宿敌，你抚慰苦辛
耗损的肉身，为重返劳作而恢复力量，
请召唤一些模仿真实形状的幻象，
去找特拉喀斯的哈尔库俄涅，化作[1]
国王的形貌，要像一位沉船的遇难者。
这是朱诺的命令。”执行完自己的任务，
伊丽丝便离开（睡眠的魔力已无法继续
忍受），一感觉困意爬上四肢，就断然
逃跑，沿着来时刚走过的彩虹回返。
但睡神在千个儿子中唤醒了摩耳甫斯[2]，
他技艺非凡，擅长伪装成各种样子。

---

1 原文中特拉喀斯被称为 Herculea（海格力斯的），是因为特拉喀斯城在埃塔山上，海格力斯也死在埃塔山上。

2 摩耳甫斯（Morpheus）是睡神之子，他的名字源于古希腊语 morphē（形状），突出他善于变化的特点。

没有谁比他更善于表现人的步态、
面部表情和说话的声音，他还另外
添上每人最爱穿的衣服、最爱用的词。
但他只负责模仿人类。另一位兄弟
变作走兽、飞鸟和身形细长的蛇——
神称他伊刻罗斯，在凡间福柏托耳[1]
是其名。还有一位兄弟方塔索斯[2]，
掌握另一种技艺，能轻易变成土石、
水波、树木和一切没有灵魂的东西。
他们惯于在夜晚向国王和将领显示
面容，其他幻象则在平民间游荡。
睡神忽略了他们，在所有兄弟之中
只选择摩耳甫斯去执行伊丽丝的命令[3]，
然后他再次让自己沉入柔软的迷梦，
向下仰头，枕在高高的床榻上睡去。

刻宇克斯与哈尔库俄涅(二)

他的儿子悄无声息地扇动着翅羽，
在黑暗里飞翔，未过多久就已经到达
海摩尼亚的那座城[4]。他将双翼卸下，
变成刻宇克斯的模样，全身毫无

1 伊刻罗斯（Icelos）也是睡神之子，他的名字源于古希腊语 ikelos（像、似），体现了他善于变化的一面；另一个名字福柏托耳（Phobetor）则源于古希腊语 phobos（恐惧），因为他的任务是恐吓凡人。

2 方塔索斯（Phantasos）也是睡神之子，名字源于古希腊语 phatasis（幻想）。

3 “伊丽丝的”对应的原文是 Thaumantidos（陶玛斯之女的）。

4 “那座城”指特拉喀斯。

血色，像死人一样惨白，不着寸缕，
站在可怜妻子的床前。长髯看起来
已湿透，水从湿漉漉的发间如雨下坠。
然后他倚在床边，满脸泪滴，如此
说道："认得刻宇克斯吗，苦命的妻子？
抑或死已让我容貌大变？仔细看，你一定
认识，但你会发现，我只是丈夫的鬼魂。
哈尔库俄涅，你的祈祷对我有何益？
我死了！别相信我会返家，别欺骗自己！
带来乌云的南风在爱琴海上困住了
我的船，它在狂飙中翻腾、解体、覆灭，
海浪堵塞了我的嘴，我徒然唤你的名。
不是可疑的使者向你宣布这哀讯，
你也不是从隐约的传言听见这些，
是沉船遇难的我本人讲述自己的惨祸。
起来，起来，为我洒泪，换上丧服，
别让我未经葬礼就沦入空虚的冥府。"
摩耳甫斯配上的声音也酷似她丈夫，
她难以怀疑，他的眼泪似乎也非虚，
甚至其手势也与刻宇克斯无不同。
女人哀叹一声，流着泪，在梦中挥动
手臂，想抓住他的身体，却仅仅抱住
空气。她喊："停下！去哪里？我们一起去！"
被自己的声音和丈夫的影像惊起，睡意
顿消，先四下看看刚才见到的男子

是否还在，因为惊骇的仆人们闻声
拿来了灯盏。当她发现他无处可寻，
就以手拍自己的脸，撕掉胸前的衣衫，
捶打乳房。她顾不上松开头发，猛然
扯着它，奶娘问她为何事痛苦，她说：
“哈尔库俄涅已经死了，死了，和她的
刻宇克斯一起死了！谁也别安慰我！
他死于海难。我看见他了，我认出他了，
他要离开，我朝他伸手，想把他留住。
那只是鬼魂，但鬼魂真真切切属于
我丈夫。你若问我，我会说他的容颜
不似平时，也不像从前神采焕然，
可怜的我看见他苍白、赤裸，头发
直到现在还湿淋淋。不幸的人！当时他
就站在这儿。”（她在找他可能留下的脚印。）
“害怕的就是这个，我未卜先知的心！
我一再劝你不要离开我，不要追随风。
既然你执意冒死远行，我当时多希望
你至少能带我一同前去。对我来说，
那样多么好！既不用独自度过生命的
任何部分，离世时也不会与你分开。
现在我却要一人死，一人抛掷于大海，
在没有你的海中挣扎。我的心将比
大海更残忍，倘若我还要继续努力
延续这生命，在如此劫难后继续活着。

但我不会再挣扎，将可怜的你抛舍，
至少现在我将会陪伴你，等到入了坟，
尸灰瓮不能，铭文总可以连接我们，
骨头无法碰骨头，名字必定挨名字。”
她因为痛苦而凝噎，词语的间隙被哀泣
填满，呻吟从惊愕的胸中不断涌出。
已是早晨，她离开居所，神情凄苦，
来到那日在海边目送他远行的位置，
一边徘徊，一边自语：“他是在这里
解开船缆，在这里离开，与我吻别。”
当她回忆着此地发生的一幕幕情节，
眺望着海上，忽然在远处起伏的波浪间
看到某个像尸体的东西。最初她不敢
确定，当海水将它推到稍近的地方，
虽然还很远，但已显明尸体的形状。
她不知是谁，然而既是沉船者，难免
被触动，仿佛为陌生人洒泪，叹道：“可怜！
无论你是谁，你若有妻子，多惨！”波浪
将尸体冲到更近处，她越仔细地端详，
情绪越难以控制。此刻它已经靠近
她所在的岸边，已经可以清楚地辨认——
正是她丈夫。“是他！”她大喊，同时撕扯
自己的脸、头发和衣服，双手颤抖着，
伸向刻宇克斯，“就这样，亲爱的丈夫，
你就这样悲惨地回到我身边？”不远处

有一道人工修筑的堤坝，用来抗击
波浪最初的冲劲，削弱海水的破坏力。
她纵身跃上去，不可思议。其实不是跃，
是飞，她扇动新长的翅膀，拍打驯顺的
空气，一只悲情的鸟，在海面旋掠。
飞翔时，她细长的喙奏出尖厉的音乐，
就像一位伤痛中的人，充满了哀戚。
但触碰那具无声亦无血的尸体之时，
她却以自己的新翼翅拥抱挚爱的肉身，
徒劳地用变硬的嘴献上冰冷的吻。
刻宇克斯是否有感觉，抑或是他的脸
因波浪而抬起，人们难断定，但他确然
感觉到了。最后，众天神垂怜，将二人
都变成飞鸟。虽然遭受了相同的厄运，
他们的爱却未变，鸟身也没有拆散
夫妻的盟约，始终在一起生育繁衍。
每年冬季有七天的平静期，哈尔库俄涅
就会在漂浮于海面的巢中孵卵静坐。
这时海路很安全，埃俄洛斯禁止风
出来，严密看守，为孙子确保安宁。[1]

埃萨科斯

一位老者望见两只鸟在辽阔的海面
并飞，称赞他们的恋情忠贞难撼。

---

1 传说翡翠鸟孵卵时海面总是风平浪静，由此有了英文俗语 halcyon days（太平日子）。

此人或者旁边某人说：“你眼中那只
在海上飞掠、收起双腿的鸟——”（他手指
一只脖颈细长的海鸟。）“同样是王室
后裔。如果你希望详细考察其谱系，
我可以告诉你，他的先祖能追到伊卢斯、
被朱庇特劫走的盖尼米得、阿萨剌科斯、
年迈的拉俄墨冬和注定要目睹特洛伊
末日的普里阿摩斯。赫克托耳的弟弟[1]
就是他，倘若不曾在年轻时遭受怪运，
他或许会赢得不逊于赫克托耳的声名[2]。
狄玛斯的女儿是后者的母亲，埃萨科斯[3]
却传说是阿勒克西洛厄（河神格拉尼科斯[4]
之女）在幽暗的伊达山下悄悄分娩。
他憎恶城市，远离辉煌豪奢的宫殿，
喜欢出没于隐秘的山岭、谦卑的乡野，
极少与伊利昂的碌碌庸众一起作乐[5]。
然而他性情并不糙蛮，也并非不能
被爱打动。他经常穿越所有的森林，

---

1 伊卢斯二世（Ilus）、阿萨剌科斯（Assaracus）和盖尼米得都是特洛伊古代国王特洛斯（Tros）的儿子，拉俄墨冬是伊卢斯二世的儿子，特洛伊末代国王普里阿摩斯是拉俄墨冬的儿子。“赫克托耳的弟弟”指埃萨科斯（Aesacus）。

2 赫克托耳（Hector）是特洛伊的第一勇士，普里阿摩斯与赫库芭之子。

3 “狄玛斯的女儿”指特洛伊王后赫库芭（Hecuba），狄玛斯（Dymas）是她的父亲。

4 阿勒克西洛厄（Alexirhoe）是河神格拉尼科斯（Granicus）的女儿，“河神”对应的原文是 bicorni，意为“长着双角的”，这是河神的典型特征。

5 伊利昂即特洛伊。

追寻赫斯珀里亚，看见她在父神河岸[1]
将长发披散于双肩，在阳光下慢慢晒干。
被瞥见的宁芙惊逃，正如胆颤的雌鹿
躲避棕皮的凶狼，又如远离了旧湖，
水鸭躲避乍现的老鹰。追逐的双方
速度都极快，他因为爱欲，她因为恐慌。
飞奔之际，藏在草间的一条蛇用弯齿
扎破她的足，将毒液留在她的身体里。
逃跑和生命一起终止。失去了理智，
他抱着断气的女孩喊：‘实在不该追你！
但我没料想如此，也没刻意要取胜。
是我们两位毁了你：蛇的伤让你殒命，
事情的肇始却是我。它的罪不如我的罪，
但我会用我的死送给你死的安慰！’
说完，他从一块大浪蚀空的岩石上
跳入海里。忒堤斯怜悯他，减缓了冲撞，
当他在水中漂游时，又为他覆盖羽毛，
迫切盼望的死亡特权，他并未得到。
情人愤恨于自己被迫违心地活着，
神故意阻挠灵魂离开悲惨的居所，
当肩头添上新生的翅膀，他就先飞升，
再猛然俯冲，将身体再次摔向水中，

1　赫斯珀里亚（Hesperie 或 Hesperia）是河神 Cebren（克布伦）的女儿。克布伦是特洛伊附近的一条河。

但羽毛却阻止坠落。埃萨科斯狂怒，
又扑向深渊，不停地尝试死亡之路。
相思让他憔悴：腿关节相距奇远，
颈项一直都很长，头部躲避着躯干，
名唤‘潜水鸟’，因为爱海，总往水下钻。[1]”

1 埃萨科斯变成了鹏鹛（拉丁语 mergus），俗名“潜水鸟”。

《变形记》

第十二卷

METAMORPHOSEON LIBER XII

伊菲革涅娅在奥利斯

父亲普里阿摩斯不知他变作鸟，仍然[1]
活着，为他哀悼；刻着他名字的坟前，
赫克托耳和众兄弟也献上无用的祭礼。
帕里斯却没有参加这场悲伤的仪式，
他很快将与拐骗的妻子一道给故园
招来漫长的战争。千艘盟誓的战船[2]
将尾随而来，连同整个希腊民族[3]。
复仇本不会耽搁，若非海上的通路
被暴风阻断，博奥蒂亚的土地在鱼类
聚集的奥利斯留住了急欲远航的舰队。

---

1 学术界一般将《变形记》十二卷和十三卷的前三分之二合称为奥维德的“小《伊利亚特》”（12.1-13.622）。

2 特洛伊王子帕里斯（Paris）在停留斯巴达期间，拐走了国王墨涅拉俄斯的妻子海伦，引发了特洛伊战争。希腊人的“盟誓”呼应着更早的誓言。曾有无数希腊人追求第一美女海伦，最终墨涅拉俄斯通过抽签胜出。为了避免纷争，尤利西斯事前提议，所有竞争者郑重发誓，无论谁成为海伦的丈夫，其他人都要全力维护他。

3 “希腊民族”对应的原文是 Pelasgae（珀拉斯吉人）。

他们在此按祖先的规矩向朱庇特献祭[1]，
当火焰燃起，古老的祭坛光彩熠熠，
希腊人看见一条青蓝的大蛇爬上
悬铃木（它紧邻他们举行祭祀的地方）。
树顶有一个鸟巢，里面有八只幼雏，
蛇将它们和母鸟（绕孩子飞来飞去）
一并擒获，埋入那张贪婪的大嘴里。
所有人瞠目结舌。但预知未来的占卜师

1　本卷 11—23 行这个片段虽然短，却吸引了众多学者的目光。位于“小《伊利亚特》”的开端，它理当具备分量。Ben-Porat（1976）、Thomas（1986）等人都注意到它既模仿了荷马《伊利亚特》（*Iliad* 2.299-329）中奥德修斯回忆此征兆的文本，又在语言和意象层面暗引了维吉尔《埃涅阿斯纪》第二卷中的内容。作为后起的诗人和特洛伊的后裔，奥维德需要平衡希腊和罗马的视角，融合荷马和维吉尔的传统。Musgrove（1997）经过对比发现，他在这里的记述大体接近荷马的原文，但是非常浓缩。然而奥维德也略过了《伊利亚特》对应段落中的一些重要细节。在荷马笔下，母鸟眼睁睁看着雏鸟被大蛇吃掉，然后自己才被吃，这位古希腊诗人突出了鸟全家的悲惨境遇，从而唤起了读者对它们所象征的特洛伊人的怜悯。奥维德的版本似乎缺失了这个重要方面，但他通过微妙的措辞与维吉尔《埃涅阿斯纪》第二卷建立了联系，而维吉尔在那卷诗歌里围绕蛇的中心意象，连接了拉奥孔（Laocoon）一家被蛇吞噬和普里阿摩斯惨遭杀害（杀他的庇洛斯被维吉尔比作蛇）的情节。第 13 行开头的动词 serpere（爬，与表示蛇的 serpens 同源）和结尾的名词 draconem（大蛇）确立了这段文字与《埃涅阿斯纪》第二卷的联系，蛇的青蓝色（caeruleum）不同于荷马笔下的血红色，这个词指向维吉尔的措辞（*Aeneid* 2.378-82）。奥维德的描写与维吉尔笔下拉奥孔父子在祭坛上被蛇杀死相似，两处都是一家老小成为牺牲品。树、祭坛、蛇的组合还激活了另一个重要场景：普里阿摩斯在祭坛被庇洛斯屠戮时，王后赫库芭带着孩子躲在月桂树下。拉奥孔和普里阿摩斯的隐形在场表明，奥维德并未忘记荷马暗示的特洛伊人的苦难。Musgrove 评论道，这样写的效果是，当熟悉《埃涅阿斯纪》的罗马读者读到表层文本中卡尔卡斯兴奋的预言时，会自动在脑海中补出特洛伊人的悲惨结局。换言之，通过这样的安排，荷马的古希腊文本和维吉尔的古罗马文本在《变形记》中展开了对话。而且，从这里的戏剧情境看，作者需要突出的是先知卡尔卡斯的兴奋，直接移植出自奥德修斯之口的《伊利亚特》段落无法奏效。奥维德对荷马的段落做了微调，就以极其简洁的文字实现了上述各种艺术意图。

卡尔卡斯说：“庆祝吧，希腊人，我们将胜[1]，
特洛伊将败，但需忍受漫长的苦辛。”
他将九只鸟解释为战争将持续九载。
那条蛇缠着树的绿枝，则以此形态
变成了石头，石头保持着蛇的模样。
阿俄尼亚的海上，涅柔斯仍掀着狂浪[2]，
拒绝运送战船。有些人相信涅普顿
饶过了特洛伊，因为城墙是他的作品。
但卡尔卡斯知道真相，也无意沉默，
他说处女神的愤怒必须以处女之血[3]
来化解。当公共利益的考虑战胜亲情，
国王的身份压过了父亲，即将呈奉[4]
贞洁血液的伊菲革涅娅站在圣坛前，
祭司也垂泪。女神不忍心，以云雾遮掩
众目，趁着仪式的忙乱和祈祷者的喧语，
据说用一只母鹿替代了迈锡尼少女。
于是，当适宜的祭品抚平狄安娜的怨气，

---

1 卡尔卡斯（Calcas）是希腊军队中的先知，忒斯托耳（Thestor）的儿子。

2 海神涅柔斯代指大海。

3 处女神指狄安娜。参考欧里庇得斯的悲剧《伊菲革涅娅在奥利斯》（*Iphigenia at Aulis* 1100-1531）和埃斯库罗斯的悲剧《阿伽门农》（*Agamemnon* 228-247）。阿伽门农曾杀死月神狄安娜的一只圣鹿而冒犯了她，在舰队从奥利斯出海的时候，海面一丝风也没有。阿伽门农只好按照祭司的命令，杀死自己的女儿伊菲革涅娅来平息女神的怒火。最后关头，狄安娜用一只鹿换下了伊菲革涅娅，舰队才得以顺利起航。

4 国王指阿伽门农。

女神和大海的怒意就突然一起消弭，
强劲的风从后方推动这千艘战船，
它们在饱经磨难后抵达亚细亚的沙滩[1]。

“消息”女神的居处

在世界中央，陆地、大海和天空接壤
之处，三重宇宙的结合点，有一个地方，
任何事，无论多遥远，从这里都可窥见，
所有的话音都落入空荡的耳朵里面。
“消息”占据着此处，她在高山之巅[2]
选择了住所，添加了无数通道和上千
孔隙，却没有布置锁住入口的房门。
它日夜敞开，全部以传音的铜筑成，
处处回荡着声响，重复着听闻之音，
每部分都不会沉默，屋内永无安静。
但也并没有喧嚷，唯喁喁低语涌动，
如同谁在远处倾听时，大海波浪经常
发出的声音，或当朱庇特让云块相撞，
惊雷炸裂后留下的连绵拖曳的余响。
人群聚集于大厅，无常的庸众杂沓
往来，千万条流言四下纷飞，谎话
与真言混合，乱糟糟的词语卷作一团。
其中一些以闲谈将空洞的耳朵填满，
一些将道听途说传至别处，也杜撰

1 “亚细亚”对应的原文是 Phrygia（佛里吉亚）。

2 “消息”（Fama）在这里被视为一位女神。这种拟人化的处理也见于维吉尔《埃涅阿斯纪》（*Aeneid* 4.173-197）。

不少，每位讲述者都依次随意加添。
那里也同样住着“轻信”、莽撞的“错误”、
虚妄无根的“快乐”、仓皇失措的“恐惧”、
突然的“动乱”和来源无法判定的“私语”。[1]
“消息”自己则盯着天空、海洋和大陆
发生的一切，打探着整个宇宙的事情。

库格诺斯之死

希腊战舰与众勇士的远征，她已经让人[2]
知晓。武装的强敌并不是悄然出现，
特洛伊军队阻止其抢滩，守卫着海岸。
按命运的谕令，普罗特西拉俄斯最先
死于赫克托耳的长矛。[3]一开启战端，
希腊损失惨重，领教了赫克托耳的
骁勇；特洛伊也以血的代价体验了
对方的杀伤力。希盖文海滨已然变赤[4]，
涅普顿的儿子库格诺斯已然杀死[5]
千名兵士，阿喀琉斯正驾着战车，

---

1 这里“轻信”（Credulitas）、“错误”（Error）、“快乐”（Laetitia）、“恐惧”（Timores）、“动乱”（Seditio）和“私语”（Susurri）都被视为“消息”的侍从或同伴。

2 “她”指“消息”女神，

3 普罗特西拉俄斯（Protesilaus）是特洛伊战争中最先登岸的希腊人，也是第一个战死的希腊人。他死后拉俄达弥娅（Laodamia）自杀殉情。此前已有神谕说，在这场战争中，最先登岸的希腊人必定最先死去。

4 参考本书第十一卷第 197 行的注释。

5 这位库格诺斯（Cygnus）不是最先变天鹅的那位利古里亚国王（第二卷 367—380 行），也不是后来变天鹅的阿波罗之子（第七卷 371—379 行），而是海神涅普顿的儿子。

挥舞佩里昂长枪，将排排敌人收割[1]，
在阵列中寻觅赫克托耳或库格诺斯[2]，
他遭逢了后者，与前者的决战需要推至
第十年。于是他以轭紧按雪白的脖颈，
催动快马，掉转车头，朝对手猛冲，
一边用手臂晃动着武器，一边高喊：
“年轻人，无论你是谁，都别觉得遗憾，
因为是海摩尼亚的阿喀琉斯灭掉你！”
他只说了这些，沉重的标枪紧随言辞[3]。
尽管例不虚发的武器确实已瞄准，
掷出之后，锋利的尖头却徒劳无功，
只是像钝器一样，砸中胸膛而已。
“女神之子，通过传闻我早已认识你[4]，”
对手说，“何必惊诧刀枪不能伤害我？”
（他果真惊诧。）“并非你眼前插着棕色
马鬃的头盔，也非左手擎着的凹陷
盾牌保护我，它们唯一的用途是好看。
马尔斯穿戴甲胄也同理。即使剥掉
所有这些行头，我仍然不会伤分毫。

1 因为长枪的木杆是用佩里昂山的树制成的。

2 Mader（2013）认为，“赫克托耳或库格诺斯”表现的这种碰运气的态度是奥维德对阿喀琉斯的故意矮化，因为在荷马史诗中，他与赫克托耳的对决无疑是他一生最辉煌的瞬间。

3 “他”对应的原文是 Aeacides（埃阿科斯的后裔），因为阿喀琉斯是埃阿科斯的孙子。

4 “女神之子”指忒提斯的儿子阿喀琉斯。

涅柔斯外孙算得了什么，涅柔斯全家[1]
乃至天下的海洋都归我父亲管辖[2]。”
他说完，将投枪掷向埃阿科斯的孙子，
却注定陷在盾拱中，它穿透青铜外衣
和紧邻的九层牛皮，但被第十层阻挡。
阿喀琉斯拔出它，再次以强健的臂膀
投出颤动的兵器，敌人的身体却依旧
没有受伤。库格诺斯卸掉了甲胄，
任他攻击，第三支标枪仍滴血无收。
阿喀琉斯狂怒如开阔赛场里的公牛，
顶着可怕的尖角冲向挑衅的红布，
却发现它不停躲闪，无法制造伤处。[3]
但他仔细查看了矛尖的铁头，它并未
掉落。“难道是我的手变得柔弱，原来
拥有的力量面对此人时已经消失？
从前它的确强大，我攻陷吕尔涅索斯[4]

1 “涅柔斯外孙”也指阿喀琉斯。

2 “我父亲”指涅普顿。

3 Mader（2013）指出，奥维德在这里将阿喀琉斯比作公牛，已经为下一部分凯纽斯的故事做了铺垫。在阿喀琉斯与库格诺斯的战斗中，是库格诺斯刀枪不入，被阿喀琉斯扼死，并且化作鸟；在凯纽斯与半人马的厮杀中，则是凯纽斯刀枪不入，被半人马压死，也变成鸟。通过这样的置换，凯纽斯的故事乃至整场半人马之战就成了阿喀琉斯“英雄”事迹的戏仿，阿喀琉斯的角色就对应于野蛮残忍的半人马。

4 吕尔涅索斯（Lyrnesus）是特洛伊的一座城镇，阿伽门农和阿喀琉斯争夺的美女布里塞伊丝（Briseis）的出生地。

城墙，血洗忒涅多斯岛和埃厄提昂的[1]
忒拜；被屠民众的鲜血流淌如江河[2]，
染红卡伊科斯，泰勒颇斯两次体会[3]
我长矛的威力。无论何时，从未失败。
在此地我也已斩杀太多人，眼见尸山
堆满海岸，足以证明我一直善战。”
他如此自言，仿佛不相信刚才的断语，
将长矛向对面吕基亚的墨诺忒斯掷去[4]，
猛然洞穿了他的铠甲和下面的胸膛，
敌人垂死的头颅与坚硬的大地相撞。
他又从温热的伤口拔出那武器，说道：
“方才我获胜，就是依靠这只手，这支矛，
我还要用在他身上。我祈祷，结局也一样。”
他说着朝库格诺斯投去，白蜡木长枪
没有偏离目标，在左肩发出了闷响，
然后却弹回，仿佛碰到硬岩或厚墙。
但是在命中之处，阿喀琉斯已看见

1 忒涅多斯岛（Tenedos）在特洛伊附近。

2 这里的忒拜是小亚细亚的忒拜，不是希腊的忒拜，由国王埃厄提昂（Eetion）统治。埃厄提昂是赫克托耳妻子安德洛玛刻（Andromache）的父亲，因为援助特洛伊遭到希腊人报复。

3 卡伊科斯河在小亚细亚的米西亚，那里的居民也因为支持特洛伊被希腊人血洗。泰勒颇斯（Telephus）是海格力斯的儿子、透特兰托（Teuthrantus）的国王，被阿喀琉斯（Achilles）用长矛刺伤，后来两人和解，阿喀琉斯又用长矛的锈治好了他的伤口（神谕说他只能被伤他的人治好）。所以奥维德说他“两次体会”阿喀琉斯长矛的威力。

4 吕基亚也是特洛伊盟友。

库格诺斯流了血，他一阵兴奋，却徒然：
那并非伤口，不过是墨诺忒斯的血。
这时他怒吼着，径直跃下高高的战车，
操起闪亮的短剑，与毫无畏惧的敌人
贴身厮杀。他察觉对方的头盔和盾
已被刺穿，钢锋却受阻于顽抗的身体。
他再也无法忍受，挪开盾牌，三四次
用剑柄猛揍敌人面部和凹陷的太阳穴，
趁对方收缩，一路进逼，使其错愕，
无喘息之机。库格诺斯陷入了恐慌，
眼前晃动着黑影，一步步往后退让，
必经的田野中央却横着一块大石。
他仰靠着它，胸膛向上，阿喀琉斯
却使出蛮力将他翻转，摔到了地上。
然后，他用盾和如铁的膝盖死压不放，
并拉着头盔的系绳，从下颚狠狠紧锁，
扼住了他的咽喉，掐断了呼吸出入的
通路。正欲剥掉被征服敌人的装备，
他却只看见盔甲，海神将尸身变为
一只白鸟，他生前的名就是鸟的名。[1]
此番恶战导致了延续多日的和平，
双方都暂时休兵，放下武器。正当
一队警惕的卫士防守特洛伊的城墙，

---

1 这位库格诺斯和更早那两位库格诺斯一样，变成了天鹅。

另一队卫士同样巡逻在希腊战壕边，
节日降临。库格诺斯的征服者在这天[1]
宰杀了一头母牛，以血向帕拉斯祭献。
切好的脏腑摆上被火焰烘暖的圣坛，
诸神喜爱的香气也一直升入了天国，
他们享用后，剩余的部分就摆放餐桌。

凯纽斯的故事

众位头领卧在长椅上，用烤肉填满
胃肠，用美酒浇灭渴意，淹没忧烦。
没有齐塔拉琴声，没有曼妙的歌声，
也没有多孔的黄杨木笛愉悦他们，
但因为闲聊，夜晚不显得漫长，勇敢
是话题。他们回忆敌人和自己的旧战，
喜欢一再地讲述遭遇和降伏的危险。
不奇怪，阿喀琉斯还能有什么可谈？
在伟大的阿喀琉斯面前还能谈什么？
他们尤其忘不了击败库格诺斯的
这场新近的胜利，所有人颇觉惊奇，
任何武器都无法穿透青年的身体，
永远不会有伤口，甚至让钢锋变钝。
阿喀琉斯和其他希腊人都诧异万分。
这时涅斯托耳说：“你们此生只见过[2]

1　“库格诺斯的征服者”指阿喀琉斯。

2　涅斯托耳在荷马史诗中被尊为智者，因此他讲述的故事也颇具权威。但在《变形记》里，因为他在卡吕冬狩猎中的怯懦表现（8.365-368），此处他极力渲染的打斗场景却值得怀疑。

库格诺斯一人视刀剑如无物，身若
铜墙，我昔日却曾经目睹帖撒利亚人[1]
凯纽斯遭砍斫千次，依然无一处伤痕。
这位以功勋闻名的凯纽斯在俄特里斯[2]
居住，更令人讶然之处在于，出生时
他本是女人。”这样的异闻让众人难遏
好奇心，纷纷央求他细讲。阿喀琉斯说：
“快告诉我们，大家都愿意洗耳恭听，
善言的老者，我们时代智慧的化身！
凯纽斯是谁？因什么缘故变成了异性？
在哪场战争中你与他相识？谁是敌人？
他被谁打败，如果他能被任何人打败？”
老者答道：“漫长的暮年虽于我有害，
我虽已忘却年轻时见过的许多事情，
但多数仍记得。历经众多战争与和平，
却不曾有什么在我心中留下的烙印
比这还要深。如果高寿能让人见证
众多的大事，那么我可以算一例，
活过两百年，第三个百年也已经开始。
厄拉托斯的女儿凯尼丝以美貌闻名[3]，
是帖撒利亚最美的少女，邻近市镇

1 “帖撒利亚人”对应的原文是 Perrhaebum（珀莱比人的），珀莱比人（Perrhaebi）是居住在帖撒利亚坦佩一带的民族，这里代指帖撒利亚人。

2 关于凯纽斯，参考本书第八卷第 305 行的注释。俄特里斯山在帖撒利亚。

3 厄拉托斯（Elatus）是拉庇泰人的一位王子。

和你的故土（阿喀琉斯，她是你同乡）
无数追求者都枉然梦想做她的新郎。
或许佩琉斯也会来角逐这场爱恋，
若非那时他已经与你的母亲结缘，
或者已经订了婚。凯尼丝最终也没有
下嫁任何人，当她在偏僻的岸边闲游，
海神以暴力霸占了她（传闻如此说）。
涅普顿从她身上品尝完快乐，允诺：
‘无须担心，我不会拒绝你的祈愿，
想要什么，随便选。’（这也是传闻所言。）
‘非同寻常的渴望因你的伤害而诞生，
为避免再次遭受欺侮，别让我做女人！
我所求仅此一条。’吐出最后的话时，
她的声音已变沉，仿佛男人的嗓子——
他已是男子，深海的神主不仅同意了
祷告，还另外赠给他一份厚礼，任何
武器都不能让他受伤，不能让他死。
帖撒利亚人兴奋地离开，苦练武艺[1]，
如男子一般度日，在家乡原野上浪游。

1 “帖撒利亚人”指凯尼丝变成的凯纽斯，对应的原文是Atracides（阿特拉克斯人），阿特拉克斯（Atrax）是帖撒利亚的一条河。

庇里托俄斯已经与希波达墨牵手[1]，
在绿树掩映的一处洞穴布置好酒桌，
邀请从云中诞生的半人马氏族做客[2]。
海摩尼亚的显贵都在场，我也未缺席，
喜庆的宫殿里欢声鼎沸，笑语四溢。
众人唱着婚歌，厅堂里炉火兴旺，
年长的女人和新嫁的少妇簇拥着新娘，
其容貌堪称极品。我们都祝贺主人
幸运娶来了娇妻，吉言却险些未成真。
凶悍的半人马之中最为凶悍的一位，
欧律托斯，既因为酒意，也因为她的美[3]
而燃起烈焰，被酩酊和情欲共同统治。
突然他掀翻一张张桌子，搅乱了宴席，
揪住新娘的头发，野蛮地将她拖走。
他劫夺希波达墨，其他人也不甘落后，
疯抢中意的女子，情景如城市陷落，

1 “庇里托俄斯”对应的原文是 audaci Ixione natus（胆大妄为的伊克西翁的儿子），他是拉庇泰人的国王。希波达墨（Hippodame）也叫希波达米娅（Hippodamia），阿德拉斯托斯（Adrastus）之女、庇里托俄斯之妻，不是另一位希波达米娅，后者是阿伽门农祖父佩洛普斯的妻子。Mader（2013）指出，在《伊利亚特》中，涅斯托耳讲述半人马之战的故事是为了劝诫阿伽门农和阿喀琉斯不要为争夺女人而内讧，《变形记》引入这个故事却是为前文阿喀琉斯激战的史诗场景提供一个扭曲、夸张、臃肿的镜像。

2 参考本书第九卷第 123 行的注释。

3 原文 Euryte（欧律托斯）用的是呼格（第二人称），在这里翻译效果不好，所以处理为第三人称。这位欧律托斯既不是俄卡利亚国王（伊俄勒的父亲），也不是参与阿尔戈号远征的同名者，而是一位半人马。

到处回荡着妇人的叫喊。我们即刻
跃起，忒修斯首先喝道：‘你犯什么疯，
欧律托斯？竟敢在我未死之时就挑衅
庇里托俄斯，岂知伤害他就是伤害我？’
勇敢的英雄不希望如此空洞地威胁，
推开愤怒阻拦的半人马，夺回了新娘。
对方没答话，这样的行径的确不可能
用言辞辩解，但是他挥起无耻的拳头，
猛击守护者的脸部，还有高贵的胸口[1]。
碰巧旁边有一个古老的大酒缸，外面
刻着浮雕，忒修斯直起身，比它更巍然[2]，
奋力举起它，迎面朝敌人头部砸去。
血块、脑浆和酒液同时从他的伤处
和嘴里喷出，他仰面倒在潮湿的沙中，
双脚抽搐。兄弟之死让半人马骚动，
异口同声地嚷道，‘战斗！’，争着要动武。
酒壮胆量，在首轮攻击中，纷纷扔出
杯盏和易碎的瓦罐，圆形的铜盆也乱飞，
为宴饮设计的器具却用于厮杀和戕害。
俄菲翁的儿子第一个开始肆意毁坏[3]
宫殿的装饰，率先从神龛扯下烛台

1 “守护者”指忒修斯。

2 “忒修斯”对应的原文是 Aegides（埃勾斯之子）。

3 半人马俄菲翁（Ophion）的儿子指阿穆科斯（Amycus）。

（上面还密密插着摇曳的灯火），高举
空中，仿佛谁握着祭祀的斧头，正集聚
力气，即将击碎公牛雪白的脖颈——
他猛砸拉庇泰人刻拉冬的前额，只剩
塌陷的头颅和一张无法辨识的脸，
眼珠迸出，面部的骨头崩裂成碎片，
鼻子向后挤压，嵌在硬腭的中间。
佩拉人珀拉忒斯将枫木桌的腿扭断[1]，
又将他击倒在地，只见他下巴紧贴
胸膛，连同牙齿吐出一大口黑血，
因为这两处重伤，沉入幽暗的冥国。
革律纽斯正站在旁边，狰狞地盯着
冒烟的祭坛，喊道：‘这些为何不用？’
他立刻扛起巨大的祭坛，任火焰熊熊，
朝拉庇泰人的阵列掷去，玻若特阿斯
和奥里昂顿时被轰倒。后者的母亲乃是
密卡勒，人们都说，她经常凭借咒语
让月亮沉落，它虽挣扎，却无法抗拒。
‘你逃脱不了惩罚，只要我抓到武器！’
埃克撒底俄斯大吼，他果真寻得武器：
一棵高松上悬挂着一对献祭的鹿枝[2]。

---

1 佩拉是马其顿城市。

2 鹿枝经常用作献给猎神狄安娜的祭品。

他扎中革律纽斯的眼睛，然后猛力
扯出双目，其中一部分粘在鹿角上，
一部分流到胡须，变成凝血在摇荡。
这时，罗厄托斯从祭坛中央操起
一根熊熊燃烧的李木，从右侧攻击，
砸到了卡拉克索斯覆着黄发的鬓边。
如同干枯的庄稼遭遇暴烈的火焰，
头发在瞬间点亮，伤口的血被烹煮，
响起可怕的嗞嗞声，正如铁块被炼炉
烤得已炽热，又被工匠用弯曲的钳子
夹出来，放入冷却槽里面，浸没在水里，
它一边炙温液体，一边嗞嗞地鸣叫。
伤者从蓬乱的发间震落贪婪的焰苗，
拔掉门槛的大石，驮在自己的肩上，
然而它重如一辆马车，他没有力量
向敌人扔去。但站在近旁的科米忒斯
（卡拉克索斯的朋友）却被它压倒在地。
罗厄托斯忍不住喜悦。‘我祈求，’他高喊，
‘你们阵营的其他人都像你这般勇敢！’
他拿着烧过一半的木条继续伤害，
三四次狠狠击打对手头顶的天灵盖，
直到它塌陷，骨头沉入流淌的脑浆里。
得胜者又转向欧阿格罗斯、科律托斯

和德律阿斯[1]。三人中双颊刚长出茸毛的
科律托斯最先倒下，欧阿格罗斯说：
‘杀死小孩有什么光荣？’罗厄托斯
不许他再言，趁着他张嘴斥责之机，
将赤红的火焰从口间一直塞入胸腔。
残忍的德律阿斯，他也追逐你，火棒
在头颅周围挥舞，但你的结局不一样。
他正因为连续的杀戮而趾高气扬，
你却用过火的尖棍扎入其肩颈连接处。
他惨叫一声，从坚硬的骨头中费力拔出
木条，轮到自己浑身滴着血逃窜。
俄耳纽斯、吕卡巴斯也遁走，右肩
受伤的墨冬，还有庇瑟诺耳、陶玛斯[2]、
墨尔墨罗斯（不久前奔跑还堪称第一，
如今却因为带伤，行动已大为迟缓）、
福洛斯、梅拉纽斯、阿巴斯（野猪的梦魇）、
占卜师阿斯图洛斯（他徒然劝阻同伴
勿参战，还对恐惧伤口的涅索斯预言[3]：
‘别逃！你会留着命，等海格力斯的箭矢’）。
但欧律诺摩斯、吕基达斯、阿莱俄斯
和伊姆布柔斯未逃脱死亡，与德律阿斯

1　这位德律阿斯（Dryas）既不是色雷斯国王吕库古的儿子，也不是参与卡吕冬狩猎的英雄，而是一位拉庇泰人。

2　这位陶玛斯不是彩虹女神伊丽丝的父亲。

3　关于涅索斯和这则预言，参考本书第九卷 108—133 行。

对阵时，都被杀掉。柯瑞耐俄斯，虽然你
已转身奔逃，却在正面遭受了重创：
回望之际，致命的铁枪掷中了鼻梁
与前额交会的地方，恰在双目之间。
巨大的喧嚣之中，阿菲达斯却酣眠，
因为此前不停地饮酒，没有被吵醒。
倦怠的手仍抓着调酒碗，全身摊平，
枕着从奥萨山猎来的一张毛茸茸熊皮。
从远处看见他没有舞动任何武器，
福尔巴斯将手指插进投枪的绳带，
喊道：‘你用冥河水调酒吧，喝个痛快！’
标枪立刻朝青年飞去，装着铁头的
白蜡木径直扎入脖颈（他碰巧是俯卧）。
他毫无知觉地死掉，血从塞满的喉咙
流出，床榻和那只调酒碗都被染红。
我看见佩特莱俄斯试图从地上拔起
一棵橡树，当他抱着树，用尽力气
朝各个方向晃，树根已然摇摇欲倒，
庇里托俄斯对准他肋骨投出的长矛
将挣扎的胸膛紧紧钉在坚实的橡木上。
传说吕科斯因庇里托俄斯的勇武而殒亡，
克罗米斯也一样。但两人给予征服者的
荣耀比狄克堤斯和赫洛普斯逊色。
赫洛普斯被右边飞来的标枪杀死，
它穿透死者双鬓，一直抵达左耳际；

狄克堤斯从一处陡峭的山崖失足，
当时他正仓皇地被庇里托俄斯追逐，
头朝下坠落，沉重的身体砸断了一棵
巨大的白蜡树，残肢悬挂于撞毁的枝柯。
阿帕柔斯欲为他复仇，掰一块山石，
正准备抛出，埃勾斯之子却抢先偷袭[1]，
以一根橡木大棒拍碎他宽阔的肘骨。
他既没有闲暇也没有欲望继续荼毒
这具残废的躯体，转而跃上高大的
比厄诺耳的脊背（除了自己，未驮过
任何人），膝盖紧扼住双肋，左手揪住
其头发不放，用多结的橡木击碎脸部、
以恶语威胁的嘴和极其坚固的颞颥。
涅丁诺斯和标枪手吕科佩斯也死于
这根橡木棒，还有希帕索斯（胸前
覆满长须）、瑞甫斯（巍然傲视林巅）、
忒柔斯（他常在海摩尼亚山间捉熊，
拖它们回家，任它们挣扎，怒气冲冲）。
德谟列昂再不能容忍忒修斯安享
胜利的喜悦，他在茂密的荆棘丛中
用尽力气，想拔起一棵古老的松树，
却无法办到，就折下一段，朝敌人投去。

1 “埃勾斯之子”指忒修斯。

然而由于帕拉斯的警告，远处的忒修斯[1]
避开了飞来的武器（他愿意相信是如此）。
但松木并非徒然坠地，它从喉咙处
削断了高大克兰托耳的左肩和胸部[2]——
阿喀琉斯，他曾为你父亲背负甲胄，
多罗匹亚的国王阿闵托耳战败后，
将他赠给佩琉斯，作为和平的见证[3]。
后者遥遥望见他惨遭肢解。‘年轻人
之中最可爱的克兰托耳，’他说，‘至少
请收下祭礼！’向敌人瞄准白蜡木长矛，
他用强壮的臂膀和坚定的决心掷出去，
突破肋阵的工事，扎进骨头，不住
颤动。对方拔出了没有矛尖的木柄
（就连这也很难拔出），铁头却留在肺中。
疼痛本身激发了战意，他忍住剧痛，
暴跳起来，用自己的马蹄践踏英雄。
忒修斯以头盔和盾牌承受铿然的攻击，
护住一对肩膀，向前方伸出手臂，
透过胛骨，刺穿半人马的双重胸膛[4]。

1 帕拉斯即密涅瓦。

2 克兰托耳（Crantor）是为佩琉斯携带盔甲的侍从。

3 “佩琉斯”对应的原文是 Aeacidae（埃阿科斯之子）。多罗匹亚（Dolopia）在帖撒利亚，是多罗佩斯人（Dolopes）居住的地方，阿闵托耳（Amyntor）是他们的国王。

4 “双重胸膛”只是暗示半人马的双形特征，并非真的指两个胸膛。

此前弗勒格莱俄斯、许勒斯被他用投枪
消灭，伊菲诺俄斯和克拉尼斯则死于
近战。多律拉斯也殒命，用狼皮裹住
头部的两侧，一对突起的弯曲牛角
（用作残忍的武器）已被鲜血浸泡。
我朝他喊道（勇气给了我力量）：‘见识
一下，你的犄角远不如我的兵器！’
说完，我扔出标枪。眼见无可避让，
他伸出右手抵挡，以免额头受伤。
手却与额头钉在一起。他不禁惨叫，
可是佩琉斯趁敌人在重伤之痛中煎熬
（因为他就在附近），用剑洞穿了腹部。
受伤者向前跃起，愤怒地拖着脏腑
在地上前行，却将它们踩爆，腿也遭
它们绊住，腹腔已清空，身子栽倒。
战斗的库拉洛斯，美貌也未能拯救你[1]，

---

1 按照奥维德在这里的描述，库拉洛斯（Cyllarus）是半人马之中的俊男。DeBrohun（2004）注意到，奥维德在描写这一对半人马情侣的外貌时凸显了自然美（natura）与装扮美（cultus）的对照与融合：库拉洛斯的描写突出了天然美，许洛诺墨（Hylonome）的美突出了装扮美，后者暗中呼应着奥维德早期的说教诗《爱的艺术》（*Ars Amatoria*）第三卷。奥维德细致刻画半人马形象也影射了另一部说教诗——卢克莱修的《物性论》（*De Rerum Natura*），并且与他尊敬的这位诗人开了一个玩笑。卢克莱修在第二卷中明确声称，世界上不可能有半人马这种生物（2.700-702），在第四卷中又解释了我们脑海中产生这种幻象的原因是各种不同物体释放的极精微的膜像会组合成各种形象（4.739-44），在第五卷中他则从原理上论证了半人马这类双形生物为何不可存在——两部分的本性会彼此冲突（5.878-924）。奥维德却在这里描绘了一幅人与马的形象和本性和谐共存的画面。在早期科学兴盛的泛希腊时代之后，奥维德虽然并不相信古希腊神话的内容，却故意如 Hardie（1988）、

倘若你这种生物也能够形容为美丽。
他的髯刚开始生长，颜色金黄，发丝
也金黄，从他的肩膀一直垂到前臂。
那张脸充满英气，颈项、肩膀、胸膛、
双手和所有属于人的部分都仿佛巧匠
创作的雕塑，即使下半属于马的部分，
形貌也并不逊色，配上马首和马颈，
就无愧卡斯托尔[1]。他脊背适合骑乘，
胸膛肌肉雄健，躯干深黑赛沥青，
尾巴的颜色却雪白，四条腿也是白色。
同类中许多女性追求他，唯许洛诺墨
如愿以偿，高山森林中居住的半兽中
没有一位雌性的姿容能与她竞争。
她借助诱惑、柔情和种种爱情的宣言
独自拥有了库拉洛斯。她精于打扮
（堪称半人马的极致），头发梳得柔滑，
时而缀着迷迭香，时而戴着玫瑰花、
紫罗兰，再过一阵又换上素洁的百合。
每天两次，她会用帕加塞高山林樾
发源的泉水洗脸，两次在溪中沐浴，
只有悦目的、来自精选野兽的皮服，
她才会披在自己的肩膀或左侧身体上。

Gale（1994）、Myers（1994）、Miller（1997）等人所言，将它们“再神话化”（remythologize），为自己的艺术服务。

1 因为卡斯托尔擅长马术，所以奥维德如此说。

他们彼此钟情，总相伴在山间游荡，
相伴造访洞穴。进入拉庇泰的宫殿
也是一起，然后又一起参加恶战。
攻击者难以确定，但标枪从左边飞来，
刺中了你的胸膛与脖颈交接的部位，
库拉洛斯。心脏被扎穿一个小口，
拔出武器后，它和全身都迅速凉透。
许洛诺墨赶紧抱住他垂死的肉身，
用手抚摸、照料着伤口，唇印着唇，
竭力阻止生命的气息从那里脱逃。
眼见他亡殁，她大声喊着什么，喧嚣
却让我无法听清，然后她扑到嵌于
爱侣躯体的尖刃上，拥着丈夫死去。[1]
此刻，派俄科梅斯站在我眼前，裹着
六张厚厚的狮皮，以绳结彼此紧贴，
这样人和马两部分身躯都受到保护。
他已经扔出四头牛都难拉动的一棵树，

1 库拉洛斯和许洛诺墨生死相伴的故事与皮拉莫斯和提斯柏的故事形成了一种对称，只不过前者发生在半人马之间，后者发生在人之间。DeBrohun（2004）指出，这个故事不仅仅是血腥的半人马与拉庇泰族战争中间一段轻松的离题部分，更具有重要的主题和结构作用。奥维德借这个故事探讨了自然美 / 装扮美、男性 / 女性、人 / 动物、战争 / 爱情、哀歌体 / 史诗体等各种对照的话题。如 Solodow（1988）所言，用宁静的插曲暂时中断血腥战争的情节，早在荷马史诗里就经常采用。但 DeBrohun 认为，它在《变形记》第十二卷中还有特别的作用。库拉洛斯和许洛诺墨两情相悦的爱情与构成其直接框架的由野蛮抢婚引发的拉庇泰之战形成了鲜明对比，也与十二卷的大背景特洛伊战争的框架（帕里斯劫走海伦）形成了对比，从而形成了一个三层结构。

从头顶砸下，将泰克塔福斯砸成肉泥[1]。
后者阔头的穹顶已全然碎裂，从嘴里，
从空洞的鼻孔、眼睛和耳朵里，柔软脑浆
流出来，如同凝固的牛乳从橡枝的滤网
渗过，又似黏稠的液体因重量的作用，
从筛子缓缓滴下，穿透密密的小孔。
可是我，趁他欲剥掉死者兵甲的工夫
（你父亲可以做证），用短剑狠狠捅入
他的下腹。克托尼俄斯和泰勒博阿斯
也死于我剑下，前者手持分叉的大树枝，
后者用标枪战斗。标枪让我挂了彩，
你看这印痕，很久以前的伤疤依然在。
那时候他们真该派我去攻打特洛伊[2]，
即使我不能击败赫克托耳，也足以
抵挡其锋芒。可惜那时候他还未出世，
或者只是小孩子，而现在我垂垂老矣！
何必讲降伏庇莱托斯的珀里法斯[3]
或安庇科斯（四足的埃刻库洛斯与之
对阵，被没有铁尖的山茱萸长矛穿刺）？

1　这行原文中泰克塔福斯（Tectaphos）被称为Oleniden，意思是“奥列诺斯之子”。

2　“特洛伊”对应的原文是Pergama（佩尔加蒙，也叫Pergamum）。佩尔加蒙是特洛伊的要塞，这里代指特洛伊。

3　在这行的原文中，庇莱托斯（Pyraethi）还有修饰语gemini，此处意为“双形的”，暗指他是半人马，由于译文格律限制未译。

玛卡柔斯以撬棍瞄准厄里杜波斯[1]，
贯入其胸膛。我还记得涅索斯掷出
一支猎矛，埋进了库梅洛斯的阴部。
别以为安庇科斯的儿子莫普索斯[2]
只知道预言未来，他的投枪曾杀死
一位半人马——霍狄忒斯徒然想说话，
却被他连串钉住舌头、喉咙和下巴。
凯纽斯屠灭了斯提菲洛斯、布罗莫斯、
安提马科斯、埃吕摩斯和庇拉克忒斯[3]。
我记得名字和数目，记不清各自的伤处。
拉特柔斯（四肢最阔大，身躯最魁梧）
冲过来，他刚除掉哈莱索斯，佩戴着[4]
死者的兵甲。他在青年与老年的交界，
力气堪比年轻人，但双鬓已经花白。
圆盾、短剑和马其顿长枪让他分外[5]
惹眼，他转头轮流望向两边的敌人，

---

1 在原文中，厄里杜波斯（Erigdupus）还有修饰语 Pelethronius（珀列特洛尼亚的），珀列特洛尼亚（Pelethronia）是帖撒利亚境内拉庇泰人和半人马族居住的地区。厄里杜波斯的名字在古希腊语中意为“争斗之声”。

2 关于莫普索斯，参考本书第八卷第 316 行注释。

3 在这行的原文中，庇拉克忒斯（Pyracten）还有修饰语 securiferum，意为“持斧的”，由于译文格律限制未译。

4 在原文中，哈莱索斯（Halesi）还有修饰语 Emathii，意为“厄玛提亚的”，代指“马其顿的”，由于译文格律限制未译。

5 古代的马其顿长枪名为 sarisa，用于步兵方阵（phalanx），长达 24 英尺，极具冲杀力。

晃动着武器，绕着一个圈来回逡巡[1]，
朝空荡的风倾倒这许多挑衅的言辞：
‘我需要忍受你吗，凯尼丝？你在我眼里
永远是女人，永远是凯尼丝。难道你忘了
生时的样子，忘了是因为什么而获得
这奖赏，以什么代价换来男人的假象？
想想你天然的性别、可悲的遭遇，回到闺房，
拿起绕线杆、羊毛篮，用拇指捻纱去吧，
把战争留给男人！’他正沉醉于叫骂，
凯纽斯投来长矛，在奔驰中拉伸的侧腹——
人与马连接之处被刺穿。因剧痛而狂怒，
他持枪猛戳菲洛斯青年裸露的脸庞[2]。
长枪似冰雹一般被屋顶弹回，或者像
某人用一颗小石子敲打空洞的手鼓。
他上前贴身厮杀，竭力将短剑埋入
敌人坚硬的胁部，钢锋却无法突破。
‘但你终归逃不掉，既然剑头已钝了，
你就会死于剑刃！’他喊道，斜着剑去割
他的侧面，用长长的右臂将腰部紧扼。
仿佛打在大理石身体上，只听见闷颤，
剑刃与硬皮相撞，化作飞散的碎片。
向讶异的对手展示够了无伤的肢体，

1 “逡巡”对应的原文是 equitavit（骑行），因为拉特柔斯是半人马，相当于上半身的人骑着下半身的马。

2 “菲洛斯青年”指凯纽斯，菲洛斯（Phyllus）是帖撒利亚的一座城市。

凯纽斯喝道：‘现在轮到我用剑测试
你的身躯了！’致命的兵器捅进侧腹，
只留下剑柄，他翻转、搅动已经没入
脏腑的锋刃，在伤口里继续制造新伤口。
这时，半兽们怒不可遏，边冲边狂吼，
全部将武器对准他一人抛射、刺杀。
攻击全无效，撞钝的武器纷纷落下，
凯纽斯依然没有伤口，也没有血迹[1]。
奇迹惊呆了所有半人马。莫尼科斯
大嚷：‘真羞耻！整个部族被一个伪娘
碾压了——他倒算男人，我们如此颓唐，
反而是从前的他[2]。这庞然的身躯有何用？
双倍的力量有何用？在我们体内双重
本性结合了最强壮的活物，有什么意义？
我不信我们是女神和伊克西翁的儿子[3]——
他如此伟大，竟敢追逐至高的朱诺，
不男不女的敌人却轻易将我们击破。
往他身上堆巨石、大树和整座的山峰，
朝他扔成片的森林，挤出顽固的灵魂，
让森林扼断喉管，重量也可以杀人！’
说完，他碰巧找到一棵被暴烈南风

1 在这行的原文中，凯纽斯（Caeneus）还有修饰语 Elateius（厄拉托斯的），因为他是厄拉托斯的孩子。

2 “从前的他”意为“女人”。

3 关于半人马族的来源，参考本书第九卷第 123 行的注释。

刮倒的树，便对准强大的敌人掷去。
大家都仿效，眨眼间，俄特里斯的树木
全部消失，佩里昂也不再有任何绿荫。
被巨大木山埋葬，凯纽斯在重负下翻滚，
仍然用顽强的肩膀支撑着沉沉的橡树，
但压在脸上和头上的木头不断堆聚，
他已经无法吸入空气，时而快窒息，
时而徒劳地挣扎，竭力将头抬起，
竭力甩掉淹没了自己身体的森林。
有时他一阵摇晃，就像地震来临，
远处高峻的伊达山在我们眼中震颤。
他的结局不确定。有人说最终被木山
压死，他的身体被推进空荡的地府；
莫普索斯却否认，他看见一只翅羽
棕色的鸟从树堆下飞出，升入青天。
那种鸟我是初次看见，从此不曾见。
当它自在地翻飞，巡视着他的营地，
双翼的声响四处回荡，莫普索斯
目不转睛地盯着它，满怀深情地喊道：
‘向你致敬，凯纽斯，拉庇泰民族的骄傲，
最伟大的战士化身独一无二的鸟！’
先知的权威难置疑，怒气因悲伤而燃烧，
如此多的敌兵欺凌一人，我们不可能
容忍，于是用武器尽情宣泄着激愤，

直到杀死一大半，剩余的逃入夜色中。”[1]
涅斯托耳讲述着拉庇泰与半人马的这场[2]
战争，特勒波勒摩斯却因为他丝毫[3]
未提及海格力斯而颇感不平，便说道：
“真是奇怪，老人家，你竟然忘了叙说
海格力斯的功劳。至少父亲常为我
回忆他如何征服了云朵诞下的后裔。”
老者悲哀地答道：“你为何强迫我想起
往日的惨祸，翻出被岁月埋葬的痛苦，
非逼我承认对你父亲的仇恨与憎恶？
众神啊，他的确做出了超凡的奇迹，功勋
遍及天下（这一切我真希望能否认），

珀里克吕墨诺斯

1 许多学者对这段漫长的战斗描写评价都不高。Fränkel（1945）说：“它更像是卢卡努斯的作品，不像出自奥维德之手”，“场景沉闷且令人反胃”。Otis（1970）也认为它是全诗创造力的低点。但也有不少学者为奥维德辩护，认为他有自己的艺术设计。Latacz（1979）相信，奥维德在本卷中对史诗场景的夸张和扭曲是为了揭示所谓英雄战争中非英雄的反人性特质。Hardie（2000）和 Papaioannou（2007）则从中看出了奥维德批判盛行于古罗马环形剧场的血腥表演的用意。Mader（2013）概括了奥维德戏仿手法的三个目标：一是解构荷马的战斗叙事；二是以看似迎合的方式批判古罗马读者对惨烈场面的迷恋；三是以文学隐喻的手段呈现爱情哀歌体裁与史诗体裁的对峙。

2 “涅斯托耳”对应的原文是 Pylio（皮洛斯人），因为他是伯罗奔尼撒半岛皮洛斯城的国王。

3 特勒波勒摩斯（Tlepolemus）是海格力斯和阿斯提俄刻（Astioche）的儿子，特洛伊战争中罗多斯的首领，最后死于吕基亚国王萨尔珀冬（Sarpedon）之手。Mader（2013）评论道，特勒波勒摩斯指出的问题表明涅斯托耳绝非公正可靠的叙述者，也动摇了他此前叙述的权威性。

但我们不称赞德伊福玻斯、波吕达玛斯[1]
或赫克托耳，因为谁会称赞自己的仇敌？
你那位父亲曾经把墨塞涅夷为平地[2]，
摧毁厄里斯、皮洛斯这两座无辜的城市，
让我的宫殿遭受兵戈和火焰的蹂躏。
且不说他屠戮的旁人，我们兄弟十二人
都是涅琉斯的儿子，万众瞩目的青年[3]，
全部被海格力斯杀害，只有我幸免。
其他人注定不是对手，但惊奇的是，
珀里克吕墨诺斯竟然也死了，涅琉斯[4]
家族的始祖涅普顿曾经赐予他随意
变化并且随意恢复形状的能力。
当他发现此前的变形都没有效用，
就化作鸟的模样——总在弯曲的爪子中
握着闪电的那种鸟，最得神主的青睐。
凭借鹰的力量、翅膀、弧形的嘴喙
和带钩的利爪，他撕扯海格力斯的脸。
提林斯猛士拉开从未落空的弓弦[5]，

1 德伊福玻斯（Deiphobus）是普里阿摩斯和赫库芭的儿子，在帕里斯死后成为海伦的丈夫。波吕达玛斯（Polydamas）是特洛伊贵族，潘托俄斯（Panthous）的儿子，赫克托耳的朋友。

2 墨塞涅（Messene）是伯罗奔尼撒半岛的城市。

3 涅琉斯（Neleus）是涅普顿和仙女蒂罗（Tyro）的儿子，涅斯托耳的父亲，皮洛斯国王。

4 珀里克吕墨诺斯（Periclymenus）是涅斯托耳的兄长。

5 “提林斯猛士”指海格力斯。

瞄准他，射中在高云间时而舒展飞舞、
时而悬停的身体，刺入翼翅的根部。
伤并不严重，但被割断的肌腱再不能
履行职司，失去了动力，无法飞行。
他坠落泥地，孱弱的羽翼已经抓不住
空气，轻巧的箭矢黏着于翅膀之处，
因为重力的缘故，被撞进身体更深，
从胸膛上部一直戳入左侧的喉咙。
罗多斯舰队的英俊统领，现在你觉得[1]
我是否应当为你的海格力斯唱赞歌？
但我为兄弟复仇，仅限于对他的勇敢
保持沉默——你我的情谊牢不可撼。”
当涅斯托耳娓娓地讲完这段往事，
被老者闲谈打断的酒宴又重新开始，
然后众人起身，将余夜交付给酣眠。

阿喀琉斯之死

可是以三叉戟统治海洋的那位神仍然
沉浸在丧子之痛中（孩儿的身体已变成
帕厄同的鸟）[2]。他痛恨阿喀琉斯的残忍，
毫无节制地发泄绝不肯放下的仇怨。
伊利昂的战争几乎已经挨过了十年，

1　“罗多斯舰队的英俊统领”指特勒波勒摩斯。

2　“帕厄同的鸟”指天鹅，因为第一只天鹅是因为哀悼帕厄同的死才出现的，参考本书第二卷 367—380 行。

涅普顿如此怂恿披散头发的阿波罗[1]：
“弟弟的众多儿子中，你最让我喜悦，
你和我一起徒然建造了特洛伊的城堞。
眼见这些高塔马上就坍塌，你真的
不伤心？数万士兵为保卫这些墙而死，
你难道不难过？不必提及所有的名字，
可记得被绕城拖拽的赫克托耳的鬼魂[2]？
然而比战争本身还凶悍无情的那个人，
毁灭我们心血的阿喀琉斯，还活着！
把他交给我，定让他体会三叉戟的折磨，
可是既然我无权与自己的敌人对阵，
就请你用秘密的飞箭让他骤然丧命。”
日神同意了，既为满足自己，也为
满足伯父的心愿，藏在云衣里，混在
特洛伊阵中。一片血腥的厮杀中，他看见
帕里斯时不时朝某些无名的希腊人放箭，
便暴露神的身份，劝道：“何必为低贱者
浪费箭矢？你若想为自己人做点什么，
就射杀阿喀琉斯，告慰死去的兄弟！”
说完，他指着正用剑大肆砍杀特洛伊
兵士的佩琉斯之子，将弓转向他，对准，

1 “阿波罗”对应的原文是 Smintheus（斯闵透斯），这个名字源于特洛伊城市斯闵特（Sminthe 或 Sminthus）。也有人认为，这个词源于古希腊语 sminthos（老鼠），因为阿波罗替克里特岛消灭了鼠患。

2 这行原文的城名“佩尔加蒙”（Pergama，即特洛伊）因为译文格律限制未译。

用催命的右手引导无误的羽箭飞行。
自赫克托耳死后，这是普里阿摩斯
唯一的乐事。可是你，神勇的阿喀琉斯，
竟然被拐骗希腊妻子的懦夫杀死！
但若注定要亡于一位女人的武器，
你宁可倒在亚马逊战士的双刃斧下[1]。
佛里吉亚人的噩梦，希腊民族的光华
与坚盾，埃阿科斯之孙，无敌的军人，
已火葬，武装和焚化他的都是火神[2]。
他烧成一撮骨灰，如此伟大的将领
余下的东西却填不满一只小小的瓮。
但他的荣光活着，充溢了整个世界——
这才是衡量他的真正尺度，这才与
佩琉斯之子相称，不臣服空洞的冥府。
甚至他的盾都引发了争斗（你若想知悉
它落入谁手），有人为武器拿起武器。
狄俄墨得斯、俄伊琉斯之子埃阿斯[3]、

1　“亚马逊战士的”对应的原文是 Thermodontiaca（忒尔墨冬的），忒尔墨冬河代指亚马逊人（Amazones）。这里奥维德影射的是亚马逊女王、马尔斯之女彭忒西勒娅（Penthesilea）。她帮助特洛伊人对抗希腊人，被阿喀琉斯杀死。

2　火神伏尔甘应忒提斯的请求，为阿喀琉斯打造了盾牌，现在他又火葬了阿喀琉斯。

3　“狄俄墨得斯”对应的原文是 Tydides（堤丢斯之子）。狄俄墨得斯是特洛伊战争中希腊一方著名的勇士，在《伊利亚特》中，狄俄墨得斯曾受到雅典娜（密涅瓦）的激励和帮助，攻入敌人阵中，并击伤了阿佛洛狄忒（维纳斯）和阿瑞斯（马尔斯）两位神。参考《伊利亚特》（*Iliad* 5.881-884）。这里的埃阿斯被称为“小埃阿斯”，不是埃阿科斯的孙子，而是洛克里斯（Locris）

墨涅拉俄斯、阿伽门农或其余将士[1]
都不敢索要，唯有埃阿斯（特拉蒙之子）[2]
和尤利西斯相信自己配得上此光荣[3]。
不愿因裁决招来怨恨，阿伽门农[4]
召集希腊众将领在营帐中央商议，
让大家一起担责，处理两人的争执。

国王俄伊琉斯（Oileus）的儿子。他在密涅瓦神庙强奸特洛伊女祭司卡珊德拉（Cassandra），亵渎神灵，导致希腊舰队在返航途中遭受重创。他自己最终也因为傲慢被涅普顿用海难杀死。

1 “墨涅拉俄斯”对应的原文是 minor Atrides（阿特柔斯的小儿子），阿特柔斯（Atreus）是佩洛普斯的儿子。“阿伽门农”对应的原文是 bello maior et aevo，意为“战力和年龄都更大的（阿特柔斯儿子）”。

2 这位埃阿斯被称为“大埃阿斯”，他的名字（Aias）来自古希腊语 aetos（鹰）。

3 尤利西斯对应的原文是 creato Laerte（拉厄耳忒斯之子）。

4 “阿伽门农”对应的原文是 Tantalides（坦塔罗斯的后裔），因为他是坦塔罗斯的曾孙。

《变形记》

第十三卷

METAMORPHOSEON LIBER XIII

埃阿斯与尤利西斯之争

众将已落座，周围则站着普通兵士。
七层盾牌的主人埃阿斯一跃而起，
他难以按捺怒火，面色阴沉，回看
希盖文海滩和停泊于海滩的希腊舰船，
然后伸手道："朱庇特啊！我就以它们[1]
为背景自辩，尤利西斯竟然敢竞争！
他在赫克托耳的火攻前溜之大吉，
我却顽强抵抗，让舰队免遭损失。
所以，他靠花言巧语来争夺更安全，
而不是靠手来战斗。可我不善于论辩，
他也不擅长行动。我在激烈的厮杀中
如何勇武，他在言辞上就如何称雄。
但我没必要回忆功劳，希腊的将士，
你们都已经目睹，还是让尤利西斯
讲他那些唯黑暗可以做证的秘事吧[2]！

1 埃阿斯演说突兀的开头体现了他冲动的性格。

2 埃阿斯暗讽尤利西斯是懦夫，只敢在夜里行动，也暗示他的所谓功劳无人可以做证。

我承认所求的奖赏甚重，但对手让它
贬了值。尤利西斯渴望的任何珍宝，
埃阿斯即使拥有，也根本不值得炫耀。
他已经得到这场争斗的奖赏，那就是：
即使他输了，也可夸口曾与我为敌。
至于我，就算你们怀疑我的勇猛，
我的门第也堪称高贵，父亲特拉蒙
在强大的海格力斯麾下攻取了特洛伊[1]，
也曾坐帕加塞的船远航去科尔基斯[2]。
我父亲的父亲埃阿科斯负责为鬼魂
断案，在西西弗忍受重石压迫的幽冥。[3]
神王朱庇特承认，埃阿科斯是其子，
这样埃阿斯就是朱庇特第三代后裔。
可是希腊人啊，不用理会这世系家谱，
倘若我与伟大的阿喀琉斯并非同族：
他是我堂兄，我求堂兄的遗物[4]。而他，
西西弗的儿子，一样善于偷盗使诈[5]，

---

1 参考本书第十一卷 216—217 行。

2 指阿尔戈号远征寻找金羊毛的事。

3 埃阿科斯死后成为冥府的三位法官之一（另两位是米诺斯和拉达曼托斯兄弟）。“西西弗”对应的原文是 Aeoliden（埃俄洛斯之子）。西西弗的形象并非随意选择，而是影射尤利西斯母亲安提克勒亚（Anticlea）在与拉厄耳忒斯结婚前被西西弗诱奸的事。埃斯库罗斯等人甚至认为，奥德修斯（尤利西斯）是西西弗的儿子。

4 阿喀琉斯之父佩琉斯是埃阿斯之父特拉蒙的兄长。这行的 frater 意思不是“亲兄长”，而是“堂兄”。

5 关于“西西弗的儿子”，参考上文第 26 行的注释。

凭什么将外人插进埃阿科斯的族名里？
因为我无须人告密，就最先拿起武器[1]，
所以不给我武器？难道他竟比我有资格——
最后时刻才从军，装疯卖傻，想逃脱
战争，直到比他更精明却不会保护
自己的帕拉墨得斯出现，洞悉了骗局[2]，
强拽着怯懦的家伙拿起回避的兵戈？
难道不愿要武器，他竟能得到最好的
武器？我被剥夺荣誉和堂兄的厚礼，
竟因为最先冲向危险，不顾生死？
我宁愿他是真疯，或装疯没被识破，
也从未跟随我们攻打特洛伊的城堞，
这位罪恶的煽动者！那样你，波亚斯之子[3]，
就不会被我们可耻地遗弃在莱姆诺斯。
人们说，如今你仍然藏在森林的洞穴里，
哀吟声令岩石惊心，诅咒着尤利西斯

1 埃阿斯的这句话讽刺的是特洛伊战前尤利西斯胆怯装疯的事。他在海滩上耕田，把盐当作种子。但帕拉墨得斯（Palamedes）看穿了骗局，将尤利西斯襁褓中的儿子忒勒玛科斯（Telemachus，在古希腊语中意为“远离战争”）放到犁头的必经之路上，尤利西斯立刻转向一侧，由此暴露了他未疯的真相。“告密”指帕拉墨得斯戳穿尤利西斯诡计的行为。

2 “帕拉墨得斯”对应的原文是 Naupliades（瑙普利俄斯之子），Nauplius 是涅普顿之子、欧卑亚国王。“不会保护自己”（sibi inutilior）暗指帕拉墨得斯后来被尤利西斯栽赃陷害的事（见下文 56—60 行）。埃阿斯的意思是帕拉墨得斯揭穿尤利西斯对希腊联军有利，却对自己没好处。

3 “波亚斯之子”指菲罗克忒特斯（Philoctetes），他被箭射中，脚上的伤口发出恶臭，在尤利西斯的建议下，希腊同伴将他抛弃在莱姆诺斯岛，他在那里又被毒蛇咬伤，十年不愈。

（他活该如此），若有神，诅咒必应验。
这位与我们一起盟誓出征的同伴，
核心的将领，继承并使用海格力斯
弓箭的勇士，却被疾病和饥饿催逼，
靠飞禽获得衣食，用本该用来毁灭
特洛伊的箭镞瞄准小鸟，将它们射落。
但他还活着，幸亏未陪伴尤利西斯；
不幸的帕拉墨得斯宁愿留下的是自己，
那样他就不会死，至少死时没有污名。
装疯被揭穿，那恶徒一直怀恨在心，
制造他出卖希腊的假象，坐实了冤情，
展示了事先埋好的黄金——所谓的罪证。[1]
所以，用流放和谋杀消耗希腊的实力[2]，
这就是尤利西斯战斗和恐吓的方式。
虽然忠诚的涅斯托耳辩才不如他，
我却绝不会相信，将涅斯托耳抛下
竟不是罪行。当他向尤利西斯求助[3]，
战马受伤和年老体衰拖慢了速度，

1 尤利西斯伪造了一封特洛伊国王普里阿摩斯的信，感谢帕拉墨得斯支持特洛伊的计划，并提出给他一笔酬金。尤利西斯又贿赂帕拉墨得斯的仆人，在他营帐的地下埋了一些黄金。然后，尤利西斯制造出这封信被截获的假象，并报告阿伽门农。当帕拉墨得斯接受质询时，他还假意装作是后者的朋友。后来，黄金被找到，帕拉墨得斯被众人以石刑处死。

2 概括上文菲罗克忒特斯和帕拉墨得斯的遭遇。

3 涅斯托耳被帕里斯击伤，眼看要被赫克托耳追上，尤利西斯却抛下了他，幸亏狄俄墨得斯救了他。

竟遭到同伴背叛。狄俄墨得斯清楚，
这些指控并非我捏造，他反复直呼
其名，斥责这位逃跑的朋友太胆怯。
天神以公正的眼睛注视着世间一切，
不肯助人者也终于需要帮助，遗弃
别人，别人也遗弃他，自己开了先例。
他呼喊伙伴，我赶去，看见他浑身战栗，
脸色惨白，因迫近的死亡而恐惧不已。
我伸出巨大的盾牌，挡住躺着的懦夫，
救了他一命（然而这最不应该赞誉）。[1]
如果你执意与我争，我们就回到原处，
召回敌人、你的伤口和习惯的恐惧，
请你躲在盾牌后，从那里和我比拼。
可是我刚拯救他，方才还伤得不能
站立的这位，像无事一样没了影踪。[2]
赫克托耳携带着神牌冲入了战阵，
无论他杀到哪里，不只你尤利西斯，
勇者也胆怯，他就有如此可怕的威势。
他正为一连串血腥的胜利兴奋难抑，
我却用抛掷的巨石将他砸倒于地；
当他向我方叫阵，只有我一人对抗，
你们祷告这重任能落到我的肩上，

1　尤利西斯受伤时，埃阿斯在墨涅拉俄斯的请求下，用自己的盾保护了尤利西斯。

2　暗示尤利西斯是假装受重伤。

的确如你们所愿[1]。你们如果问这场
较量的结果，至少我没有居于下风。
特洛伊军队擎着剑、火把和朱庇特冲向
希腊的舰队，雄辩的尤利西斯在何方？
我却用胸膛保护了千艘战船——你们
返乡的希望，这些兵甲就仿佛赎金！
说实话，这荣誉并非为我，而是为堂兄的
兵甲而求，我和它们的光荣已连接，
不是我索求兵甲，是兵甲索求埃阿斯。
且让伊塔卡人拿怯弱的多隆、瑞索斯、
被俘的赫勒诺斯、被盗的帕拉斯来相比[2]：
都不是白昼所为，都依靠狄俄墨得斯。
如此卑贱的事情若得到如此的奖赏，
大半都应该分到狄俄墨得斯头上。
但为何给偷偷摸摸、从不用武器、总是
用诡计让敌人防不胜防的尤利西斯？

---

1 当赫克托耳向希腊人发起挑战时，希腊众将通过抓阄来决定谁与他对阵。

2 这两行概括的是尤利西斯所谓的功劳。“伊塔卡人”指尤利西斯。特洛伊人多隆（Dolon）为了得到阿喀琉斯的战马，独自潜入希腊军营，结果被狄俄墨得斯和尤利西斯杀死。瑞索斯（Rhesus）是缪斯之子、色雷斯国王，被狄俄墨得斯和尤利西斯在特洛伊城外杀死，马也被他们抢夺。赫勒诺斯（Helenus）是普里阿摩斯之子（所以原文中还有修饰语 Priamiden），因为擅长预言，被狄俄墨得斯和尤利西斯俘虏后没被杀死，并最终在卡俄尼亚做了国王。“被盗的帕拉斯”指牵连特洛伊命运的密涅瓦神像（Palladium）。这个木质神像是在特洛伊创建者伊卢斯一世时代从天而降，保护这座城。神谕说，只要这座神像还在城内，希腊人就无法夺取特洛伊，于是尤利西斯和狄俄墨得斯入城盗走了它。后来这座神像随埃涅阿斯到了意大利，最终运至罗马，安放在维斯塔神庙的圣火旁。

仅仅是这顶头盔上明亮黄金的光芒
就会暴露他的阴谋和藏匿的地方，
但杜里齐文的脑袋哪里能够承受[1]
阿喀琉斯的头盔，他的胳膊太阴柔，
如何拿得动佩里昂松木制成的重矛[2]？
这张盾镂刻了整个浩瀚宇宙的样貌[3]，
也不适合他那只为盗窃而生的左手。
恶徒，将会害你的礼物何必去追求？
如果希腊人错误地将这些东西判给你，
敌人绝不会怕你，你将是抢夺的靶子；
你这位懦夫击败世人的唯一法宝——
逃窜——也会受它们拖累，失去功效。
再说，你那张盾牌极少经历过搏杀，
依然完整如新，而我的已饱受击打，
露出了千道裂纹，必须用新盾替换。
总之，何必费口舌？让我们现场试验。
将那位勇敢英雄的兵甲扔进敌阵，
命我们去取，谁取回就应获得战利品！”
埃阿斯话音刚落，围观的众人便开始
议论，直到拉厄耳忒斯的儿子站起，
先低头看了地面一阵，然后才抬眼

1　“杜里齐文的脑袋”指尤利西斯的脑袋，因为杜里齐文（Dulichium）是伊塔卡附近的一座岛。

2　阿喀琉斯的长矛是用佩里昂山的松木所造，是喀戎送给佩琉斯的礼物。

3　这张著名的盾是火神伏尔甘的杰作。

望着诸头领，开始大家期待的发言，
滔滔不绝的话语伴着优雅的神情。
“如果我和你们的祷告真有用，希腊人，
这份珍贵的武器就不会引发争执，
你阿喀琉斯仍拥有它们，我们拥有你。
但既然不义的命运将他从我们身边
夺走，”他用手擦拭了似乎湿润的双眼，
“谁适合继承伟大的阿喀琉斯，除了
促使伟大的阿喀琉斯襄助希腊的智者？[1]
只是别让愚钝者因表现出愚钝而得利，
希腊人，别让我始终为你们谋利的天资
反而害了我。我所谓的辩才（倘若真有）
此时虽是为自己，却经常为你们开口。
请勿嫉妒它，也别让每个人荒废才能。
世系、祖先和别人所做的一切事情，
我本来不想牵扯，但既然埃阿斯吹嘘
他是朱庇特曾孙，我们家族的先祖
也是神王，我和他也是三代的距离：
父亲是拉厄耳忒斯，往上是阿克西俄斯[2]、

1 奥维德在这里影射的是后荷马时代流传的一个关于阿喀琉斯的故事。该故事的情节记录在伪阿波罗多洛斯的《神话汇编》（*Bibliotheca* 3.13.8）中。阿喀琉斯的母亲忒提斯（Thetis）在特洛伊战争爆发前得知了儿子会战死的命运，于是将他装扮成女人，藏在斯库洛斯（Scyros）国王吕科墨得斯（Lycomedes）的女儿中间。在此过程中，他和其中一位公主得伊达弥娅（Deidamia）产生了爱情。后来尤利西斯化装成小贩前来，在货物里混了一些武器，阿喀琉斯因为表现出对武器的兴趣而暴露了身份。参考下文 162—170 行。

2 阿克西俄斯（Arcesius）是尤利西斯的祖父。

朱庇特，祖父和父亲都未遭流放的判决[1]。
通过母亲，墨丘利的高贵血缘也与我
发生了关联，所以我父母皆出于神统[2]。
但我并非依凭母亲的出身更尊崇[3]，
或者父亲从未有杀害兄弟的罪孽[4]，
索要这兵甲。请以两人的功绩来裁决！
只是别将特拉蒙和佩琉斯是兄弟也算成
埃阿斯的功绩。在这场争讼中，不要追踪
血缘的次序，仅需考虑勇敢的荣名。
倘若按亲族的远近来寻求最佳继承人，
佩琉斯和皮洛士是阿喀琉斯的父亲和儿子，
哪轮到埃阿斯？该送到普提亚或斯库洛斯。[5]
透克罗斯同样是阿喀琉斯的堂弟[6]，
他可曾提出或指望拿走这些武器？

1　此处影射埃阿斯伯父佩琉斯和父亲特拉蒙误杀弟弟福科斯被放逐的事。

2　尤利西斯的母亲安提克勒亚（Anticlea）是奥托吕科斯的女儿，而奥托吕科斯是墨丘利和喀俄涅的儿子（参考本书第十一卷 301—315 行）。

3　与埃阿斯的母亲相比。

4　影射特拉蒙杀弟之事。

5　佩琉斯此时住在普提亚（Phthia）。皮洛士（Pyrrhus）是阿喀琉斯之子，此时住在斯库洛斯（Scyrus），后来被阿伽门农的儿子俄瑞斯忒斯（Orestes）杀死，尸骨被抛在安布拉奇亚（Ambracia）。

6　透克罗斯（Teucer）是特拉蒙与后妻赫西俄涅所生的儿子。特洛伊战争中，特拉蒙让自己的两个儿子埃阿斯和透克罗斯参加了希腊联军，事先要求兄弟俩必须一起回来。埃阿斯被密涅瓦逼疯后，屈辱自尽。战争结束后，特拉蒙坚决不允许透克罗斯单独回来，并将他流放。透克罗斯后来在塞浦路斯定居，并创建了一个新的萨拉米斯城。

好了，既然此争端纯粹是功劳的争端，
我敢说，我做得太多，实在无法用语言
轻易概括，但我还是按顺序来细讲。
身为海神的母亲预知他未来的死亡[1]，
用女装藏匿了儿子，众人全部上了当，
包括埃阿斯，都没看穿改扮的伎俩。
我把能打动男人心灵的武器混入
女人饰物中，这位英雄还没有脱去
闺秀的衣服，就用手握住长矛和圆盾。
‘女神的儿子，注定灭亡的佩尔加蒙
等着你，’我说，‘何不去摧毁大城特洛伊？’
我用手拽住他，迫使勇者做勇敢之事。
所以，他的功劳也归我。是我征服[2]
持矛的泰勒颇斯，求助时是我治愈。
忒拜陷落，是因我，夺取莱斯博斯、
忒涅多斯、克律萨和基拉（日神的城市）[3]、
斯库洛斯都靠我[4]。吕尔涅索斯的城楼
夷为平地，也应当归功于我的右手。

1　“身为海神的母亲”指忒提斯。

2　从这里开始，按照他刚才的逻辑，阿喀琉斯后来建立的所有功勋都被算到尤利西斯头上。参考本书第十二卷第108—112行的正文及注释。

3　忒涅多斯（Tenedos）、克律萨（Chryse或Chrysa）和基拉（Cilla）都是特洛伊附近的城市，以阿波罗敬拜闻名。

4　斯库洛斯是爱琴海上的一个岛，在欧卑亚对面。

且不论其他人，是我找到了赫克托耳的
克星，通过我这位著名的猛士才陨灭[1]。
用武器寻获了阿喀琉斯，我理所当然
索要这武器，他生前使用，死后应归还。
当一位希腊人的痛苦被所有希腊人感受[2]，
千艘舰船云集欧卑亚的奥利斯港口，
大家长久地等待，却无风或只有逆风，
此后，冷酷的神谕又命令阿伽门农
将无辜的女儿作为残忍狄安娜的祭品。
这位父亲拒绝了，并且怨恨诸神灵，
亲情盖过了国王的责任。是我用言辞
让柔软的父爱转向，考虑公共的福祉。
现在我承认（愿阿特柔斯之子原谅我[3]），
因为法官有偏私，当时实在难劝诫，
但民众的利益、弟弟的损失和统帅的威权
最终促使他决定以荣誉来平衡血缘。
你们还令我以计谋欺骗，而非说服
那位母亲[4]。倘若是特拉蒙之子前去，
恐怕到现在我们仍无法扬帆起航。
我这位勇敢的辩者也奉命出使伊利昂，

1 “赫克托耳的克星”指阿喀琉斯。

2 “一位希腊人”指墨涅拉俄斯，他因为妻子海伦被夺而痛苦。

3 “阿特柔斯之子”指阿伽门农。

4 “母亲”指克吕泰墨斯特拉。

进入宏伟特洛伊的议事大厅。那时
堂上依然挤满了英雄。我毫无怵惕，
自如地执行整个希腊托付我的任务，
谴责帕里斯，要求归还海伦和赃物，
并且打动了普里阿摩斯和安忒诺耳[1]。
然而帕里斯兄弟和帐下的盗匪险些
以罪恶之手攻击我，墨涅拉俄斯可做证。
从那天开始，我就与你们共入险境。
细述我在这场漫长的战争中，靠智力
和勇气所做的所有事情，未免太耗时。
两军初次对阵后，敌人一直固守在
城防后面，没有在野外厮杀的机会。
到了第十年，我们终于投入了战斗。
但你们只知道战斗，又哪里懂得计谋？
蛮勇有何用？你们若调查我的所为，
会发现我在设伏，在挖壕加固营垒，
在鼓舞盟军，好让他们平静地挨过
旷日持久的战事；我也教大家如何
补充营养和兵器；有需要的地方就有我。
按照朱庇特的旨意，统帅被梦中的幻觉[2]
欺骗，吩咐我们放弃已开始的战争。
他能用讯息的神圣源头辩护这军令，

1 安忒诺耳（Antenor）是特洛伊的领袖之一，主张归还海伦，避免战争，参考《伊利亚特》（*Iliad* 7.348-364）。

2 “统帅”指阿伽门农。

埃阿斯为何没反对，坚持摧毁特洛伊，
尽其力抗争[1]？为何不阻止同伴撤离？
为何不拿起武器，凝聚溃散的人心？
对只会夸口的他来说，这并不过分。
他自己也逃了，怎么说？我真耻于看见
你转身飞窜，准备升起那丢脸的帆。
我立刻高喊：‘你们干什么？怎样的疯狂
竟促使你们放弃唾手可得的伊利昂？
难道苦战了十年，只带着羞辱返乡？’
用此类的话（痛苦给了我雄辩的力量），
我劝服了大家，重新登岸，返回战阵。
阿伽门农集合起惊魂未定的盟军，
即使到这时，特拉蒙之子也不敢吭声，
忒尔西忒斯却敢冲出来，斥责众首领，
这放肆的家伙也是通过我受到惩处[2]。
我慷慨激昂地向恐慌的同袍演说，鼓舞
其战意，靠我的言辞，他们才恢复信心。
从此刻开始，被我拽回的那位逃兵[3]，
无论有什么勇武之举，全都属于我。
而且，哪位希腊人称赞你，与你投合？

1　这行的原文中“尽其力抗争”后还有一个小句 quodque potest，意为“这是他能够做的”，因为译文格律限制未译。

2　忒尔西忒斯（Thersites）是希腊军队中作战最怯懦、对上司却最无礼的人，后来被尤利西斯殴打，被阿喀琉斯杀死。

3　“那位逃兵”指埃阿斯。

可是狄俄墨得斯总与我一起行动，
称赞我，只要有我相伴，就成竹在胸。
万千希腊人里被狄俄墨得斯单独挑中，
绝非寻常，也并非抓阄选定我赴敌营。
但我不顾黑夜和深入虎穴的险况，
杀死了同样犯险的佛里吉亚人多隆，
但在此之前我已迫使他吐露一切，
获知了狡诈特洛伊正在谋划的计策[1]。
我已经一清二楚，无须继续查探，
本可以立刻返回，接受大家的称赞，
然而我意犹未尽，摸到瑞索斯营帐，
在他自己的老巢干掉了他和侍从。
于是，我如愿取得胜利，驾着俘获的
战车归来，仿佛一位喜庆的凯旋者。[2]
敌人曾把我的马视为夜探的报偿——
你们且拒绝我吧，将埃阿斯捧到天上！
我为何要提及吕基亚萨尔珀冬的兵士[3]
被我的剑横扫？我也曾血洗科厄拉诺斯[4]、

1　抓获多隆后，尤利西斯和狄俄墨得斯逼迫他透露了最新的军情，知道色雷斯国王瑞索斯最近已到达特洛伊军中。

2　这里，奥维德让尤利西斯“穿越”到了罗马，用罗马将领在军事大捷后享受的凯旋礼（triumphus）来形容他得胜的感觉。

3　吕基亚国王萨尔珀冬（Sarpedon）是朱庇特和欧罗巴的儿子，是特洛伊盟友，被阿喀琉斯的挚友帕特洛克罗斯（Patroclus）杀死。

4　原文中科厄拉诺斯（Coeranon）的同位语 Iphitiden（伊菲托斯之子）由于译文格律限制未译。

阿拉斯托耳、克洛米俄斯、哈里俄斯，
还有阿尔坎德尔、诺厄蒙、普瑞塔尼斯、
克尔西达马斯、托昂、卡罗佩斯以及
恩诺莫斯（被无情的命运苦苦追逼）[1]，
更多无名之辈也死于我的手，倒在
城墙下。各位公民，我也同样挂过彩，
也伤在光荣的地方。别轻信空洞的言辞，
你们请看！”他边说边撩开衣服。“这就是
一直为你们的事业忠心服务的胸膛。
相反，这么多年来，特拉蒙之子却不曾
为同伴流过一滴血，身上无一处伤迹。[2]
他声称自己为了希腊的舰队，拿起
武器对抗特洛伊和朱庇特，又有何益？
我承认此事不假，因为我向来无意
抹杀别人的善行，可是让他别独吞
众人的功劳，把部分荣誉也分给你们——
帕特洛克罗斯乔装成阿喀琉斯，无人[3]
敢敌，船和军队才免遭特洛伊火焚。

---

1 这些都是尤利西斯在特洛伊战争中消灭的敌人。

2 埃阿斯身上裹着海格力斯的“甲胄”——尼米亚狮子的皮，所以刀枪不入，这一点却被巧舌如簧的尤利西斯描述为他怯懦的证据。

3 “帕特洛克罗斯”对应的原文是 Actorides（阿克托耳的孙子），因为他父亲墨诺提俄斯（Menoetius）是阿克托耳之子。阿喀琉斯不在希腊军营时，特洛伊人攻了进来，他穿上阿喀琉斯的甲胄抵抗，被赫克托耳所杀，后来阿喀琉斯杀死赫克托耳，为他报了仇。

他以为只有他才敢与赫克托耳对抗[1]，
却忘了统帅、众位将领和我，事实上，
他被排在第九位，靠抓阄才赢得机会。
可是，最勇敢的人，这场决斗的胜败
如何？赫克托耳逃脱了，毫发无伤。[2]
多么痛苦啊，当我被迫在脑海中回放
那个时刻！希腊人的柱石——阿喀琉斯
倒下了，眼泪、哀痛和恐惧都没能阻止
我将他的尸体从地面高高地举起。
是的，我就是用这对肩膀扛他的尸体
和兵甲，我现在竭力争取获得的兵甲。
承受如此重物的力量，我绝不缺乏，
我更有一颗看护你们荣誉的灵魂。
海神母亲如此为儿子的前程操心，
难道就是为了让这些天赐的礼物，
这样精致的艺术品装饰一位愚鲁
糙野的莽夫？他全然不懂盾上的雕刻：
海洋，大地，深邃的天穹，星座，
昴星团，毕星团，永不沉水的大熊，点缀
各处的城市，还有奥里昂宝剑的寒辉。
他根本无法理解他坚持索要的器具。

1 “他”指埃阿斯。

2 事实上，埃阿斯和赫克托耳战成平手，并互赠礼物，但两份礼物最终都导致悲剧。埃阿斯送给赫克托耳的皮带最终被用来拽着后者的身体绕特洛伊拖行，赫克托耳送给埃阿斯的剑被后者用来自杀。

至于他指控我逃避残酷战争的义务，
等厮杀开始才姗姗来迟，难道他不知
自己也一并侮辱了勇敢的阿喀琉斯？
你若说伪装是罪，我们两人都有罪；
如果拖延该谴责，我至少比他先来。
我是被爱妻阻拦，他则被慈母留住。
我们的时间首先给她们，你们得其余。
即使无法为自己辩护，我也不介意
与这样的伟人同罪。但他被尤利西斯
看穿，尤利西斯却没被埃阿斯识破。
我们何必奇怪，如果他用愚蠢的长舌
肆意叱责我？他同样以可耻的言语攻击
你们。我炮制罪名指控帕拉墨得斯，
倘若算卑劣，你们判决他难道光荣？
但如此滔天的大罪帕拉墨得斯没能
替自己洗脱，你们也并非只是听见
证据，而是亲见了贿金，恶行昭然。
波亚斯之子滞留火神的莱姆诺斯岛[1]，
不该只怪我。你们也同意，所以也需要
为自己辩解！我不否认，我的确劝他
从艰苦的旅途和战争抽身，独自留下，
尝试以安静的休养治愈可怕的病症。
他听了，现在还活着。我不仅出于好心，

1　莱姆诺斯岛被称为“火神的”，参考本书第二卷第757行的注释。

结果也幸运，虽然有好心已经足矣。
既然先知说缺了他就无法毁灭特洛伊，
此任务就别交给我！最好派埃阿斯上场，
用口才安抚被疼痛和愤怒磨利的疯狂，
或者以别样的巧计带这位英雄回来。
西摩伊斯河会先倒流，绿装先离开[1]
伊达山，亚该亚转而承诺救援伊利昂[2]——
我的才华若不为你们服务，就别想
见到愚蠢的埃阿斯以智谋助益希腊。
顽固的菲罗克忒特斯，虽然你怨恨大家、
统帅和我本人，虽然你不停诅咒，盼我
不得好死，在痛苦中期待着机缘巧合，
我能落入你手中，你能饮干我的血，
正如我曾虐待你，你也有机会虐待我——
我仍愿去找你，努力让你随我返营。
我也会取回你的箭矢，若好运垂青，
就像我成功俘虏了达尔达尼亚的先知[3]，
发现了神谕，解开了特洛伊结局之谜，
也从敌人重围中劫走了藏于圣所的
密涅瓦神像。与我相比，埃阿斯算什么？
没有此物，命运就不许特洛伊沦陷。

---

1 西摩伊斯河（Simois）是特洛伊附近的一条小河。

2 列举 adynata（不可能之事）是奥维德特别喜欢的修辞手法。

3 达尔达尼亚（Darnania）即特洛伊，名称来自特洛伊先祖达尔达诺斯（Dardanus）。“先知”指赫勒诺斯。

勇敢的埃阿斯在哪里？这位大英雄的豪言
在哪里？他为何胆怯？为何尤利西斯
敢越过岗哨，没入黑夜的不测危险里，
冲破无情的剑阵，不只进入了敌城，
而且闯到了堡垒的至高处，从神庙之中
夺取了女神雕像，靠血战顺利带回？
我若未奏凯，这张七层牛皮的盾牌
挡在特拉蒙儿子的左手前，又有何益？
在那个夜晚，我已经锁定战争的胜利，
已经准备好条件，已经攻下特洛伊。
别用眼色和咕哝提醒我，狄俄墨得斯
是我的搭档。部分功劳的确属于他。
当你为保护盟军的舰队拿起盾厮杀，
你也有大群同伴，却只有一人助我。
倘若他不懂善战者其实不如善谋者，
奖赏并不应归于不屈不挠的武力，
他也会参与竞争，还有更克制的埃阿斯[1]、
悍勇的欧律皮洛斯和安德莱蒙之子[2]，
伊多梅纽斯和他的同乡墨里俄涅斯[3]

---

1 指小埃阿斯。

2 欧律皮洛斯（Eurypylus）是帖撒利亚的欧埃蒙（Euaemon）之子，“安德莱蒙之子”指埃托利亚人托阿斯（Thoas），两人各自带着四十艘战船前来特洛伊助阵。原文的安德莱蒙（Andraemon）还有修饰语 claro（著名的），由于译文格律限制未译。

3 伊多梅纽斯（Idomeneus）是克里特国王丢卡利昂的儿子，墨里俄涅斯（Meriones）是他的侄子和御夫。

也不会放弃，还有阿伽门农的弟弟——
这些都是勇士，论武艺绝不逊于你，
却因为我的智力而让贤。你在战场上
是悍将，但天性需要我引导；你有力量，
但缺乏计谋，而我却负责筹划未来；
你能拼杀，但拼杀的时机却由统帅
与我定夺。你只是以身体发挥效用，
我却以智性。正如控制航向的船长
重要性胜过桨手，将军胜过士兵，
我也同样优于你。我们体内的心灵
比手更强大，人之活力皆蕴含其内。
众头领，务必把奖赏给你们警觉的守卫。
多年来，我一直战战兢兢，忠心看护，
作为功劳的恰当补偿，请赐我这荣誉。
艰辛已接近终点，我推开了拦路的命运，
移除了高城的护身符，夺取了佩尔加蒙。[1]
我以共同的希望，以注定坍塌的特洛伊，
以我从敌人手中刚夺来的神灵的名义，
还有剩余的需要以智慧办成的任何事
（如果还有任何事需要我出生入死，
若你们相信，特洛伊还有任何转机），
我请求你们顾念我！若不肯给我兵器，
就给她！”他举起那尊致命的密涅瓦木雕。

1　从效果上看，尤利西斯的功劳锁定了希腊的胜局。

首领们被说动，口才的威力再次得到
印证，一位勇敢者的武器判给了雄辩者。[1]
多少回单挑赫克托耳，受过火、兵戈
和朱庇特考验的无敌英雄不仅被怒焰
摧虐，也终于被痛苦征服。他抓起短剑，
吼道："至少这属于我。尤利西斯总不会
连这也要抢？我就用它杀自己，它一再
让敌人喋血，现在却要饮主人的血——
除了埃阿斯，谁也不许把埃阿斯消灭！"
说完，他对准从未受过任何伤的胸膛，
将致命的剑狠狠一推，深深地埋葬。
手已经无力拔出嵌入肉中的武器，
它是被血流喷出。鲜血染红的大地
长出一朵紫花，绽放在青翠的草坪上，
从前它也曾诞生于许阿钦托斯的伤[2]。
花瓣间印着同样的字母，于这位英雄
是名字，于那位青年，则是表达哀痛[3]。

1 Hopkinson（2000）认为，尤利西斯在辩论中获胜的关键是，他努力说服的对象不是普通士兵，而是有决定权的高级将领。在娴熟运用各种语言游戏和雄辩技巧方面，他几乎是一位诗人。但 Hopkinson 否认埃阿斯的演说比尤利西斯逊色。按照 Clausen（1994）的说法，如果真是这样，奥维德就违反了古典诗歌的一个基本原则——主要人物之间的均衡。

2 "许阿钦托斯的"对应的原文是 Oebalio（俄巴罗斯之子）。

3 参考本书第十卷 194—216 行。

遂愿的尤利西斯扬帆，去许普西皮勒[1]
和著名托阿斯的国度（往昔因杀人的罪孽
而恶名远扬），取回提林斯勇士的弓箭。
当他带着武器和它们的新主人回返[2]，
便触发了这场漫漫战争的最后机枢。
特洛伊和普里阿摩斯一起倒下，失去
一切之后，可怜的赫库芭又失去人形[3]，
她奇怪的狂吠令异域的空气悚然心惊[4]
（细长的赫勒斯庞图斯在此缩成海峡[5]）。
伊利昂被烈焰包围，火势一直未消歇，
朱庇特祭坛浸透了年迈国王的衰血。
日神福玻斯的女祭司，被敌人拽着长发[6]，
向苍天伸出双手，却没有任何用处。
达尔达尼亚的妇女们竭力抱着先祖
传下的神像，蜷缩在熊熊燃烧的神庙中，
却都被希腊人拖走，作为战利品争抢。

赫库芭的痛苦

1 许普西皮勒（Hypsipyle）是莱姆诺斯岛的女王，在岛上女人决定杀光男人时，她保护了自己的父亲托阿斯（酒神巴克斯之子，不是安德莱蒙之子）。所以她的国度就是菲罗克忒特斯栖身的莱姆诺斯岛。

2 “提林斯勇士的弓箭”指海格力斯的弓箭，“它们的新主人”指菲罗克忒特斯，参考本书第九卷 229—233 行。

3 赫库芭是特洛伊王后。

4 “异域”指色雷斯。

5 赫勒斯庞图斯即达达尼尔海峡。

6 “日神福玻斯的女祭司”指卡珊德拉，她被小埃阿斯强奸后，沦为阿伽门农的俘虏，后被他妻子克吕泰墨斯特拉杀害。

阿斯蒂阿纳克斯也遭人自高塔推下[1]，
他常常在那里，顺着母亲的手指，俯察
远处为自己也为祖先奋战的父亲[2]。
玻瑞阿斯已经在催人们出发，顺风[3]
噼啪吹打着布帆，水手已准备启程。
“别了，特洛伊！我们不得已！”被掳女人
哭喊着，吻故国的泥土，抛下冒烟的房舍。
最后登船的是赫库芭（那场景催人泪落），
她是在众位儿子的墓茔间被敌军擒住，
紧攥着坟丘不放，亲吻着他们的尸骨，
尤利西斯却将她拖走。然而她挖出了
赫克托耳一人的灰烬，在怀中包裹，
在赫克托耳坟前也拔下了一绺银丝，
献上头发和眼泪，作为寒酸的祭礼。
在佛里吉亚对面有一块比斯托尼亚人[4]
居住的土地，波吕墨斯托耳豪奢的王宫[5]
就在那里。波吕多若斯，父亲秘密
将你交给他抚养，远离特洛伊的战事。

---

1 阿斯蒂阿纳克斯（Astyanax）是赫克托耳和安德洛玛刻唯一的儿子，特洛伊的王孙，城市陷落后被尤利西斯推下高塔摔死。

2 “母亲”和“父亲”分别指安德洛玛刻和赫克托耳。

3 “玻瑞阿斯”即北风。

4 比斯托尼亚（Bistonia）位于色雷斯境内。

5 波吕墨斯托耳（Polymestor），也叫波林涅斯托耳（Polymnestor），是色雷斯国王，普里阿摩斯女儿伊利俄涅（Ilione）的丈夫，普里阿摩斯幼子波吕多若斯（Polydorus）的姐夫。

方案很明智，倘若他不曾添上丰厚的
财物——罪行的报偿，怂恿贪欲的诱惑[1]。
听闻特洛伊覆灭，邪恶的色雷斯国王
立刻操起剑，扎进被监护孩子的喉咙。
仿佛谋杀能够与受害者的尸体一同
抹掉，他又将残躯从崖顶推入海浪。
阿伽门农命舰队停靠在色雷斯岸边，
等大海恢复平静，风向更适合回返。
在此地，突然，像他未死时一样魁梧，
阿喀琉斯从豁然开裂的土地中迸出，
面色阴暗狰狞，表情如同他持剑
狂暴而愤怒地挑战阿伽门农的那天[2]。
“希腊人，”他说，“你们就这样抛下我走了？
对所有功劳的感激就这样跟着我埋了？
决不能如此！我的坟墓不可以少了尊荣，
快杀掉波吕克塞娜，安抚我的鬼魂[3]！”
同伴遵从了无情幽灵的要求，从母亲
怀中夺走她在世间几乎仅存的命根——
坚强而不幸的少女，勇气远胜妇人，
被拽向坟前，变成残忍土堆的祭品。

---

1 波吕多若斯的名字（古希腊语 Polydōros）的意思就是“许多礼物”。

2 阿喀琉斯的愤怒是荷马史诗《伊利亚特》开篇的内容，在特洛伊战争中，他因为与统帅阿伽门农争夺女奴布里塞伊丝拔剑相向。

3 波吕克塞娜（Polyxena）是特洛伊国王普里阿摩斯之女，在希腊联军围城之时，特洛伊人假装讲和，让波吕克塞娜与阿喀琉斯订婚。

来到可怕的祭坛前，意识到凶蛮的仪式
正为自己而准备，她仍然保持着威仪。
见尼奥普托列墨斯正握剑站在身旁[1]，
一对眼睛牢牢锁定在自己的脸上，
“来吧”，她说，“让我这高贵的血流溅，
赶紧动手，喉咙还是胸膛，任你选！”
言毕，她扯开衣衫，露出喉咙和胸膛。
“任何人的奴隶波吕克塞娜都绝对不当！
但你们这样的献祭怎可能打动神灵？
我只是希望我的死能够瞒过母亲。
母亲是牵绊，冲淡死给我的快乐，虽然
她不该悲悼我的死，该哀叹她的残年。
只求你们站远些，好让我自由地加入
幽冥的鬼魂，若我所请算公平，切勿
用男人的手碰我的处子身！这样，不管
你们杀我是为了安抚谁，他才会欣然
接受我自由的鲜血。如果我最后的言辞
能打动任何人（这是国王的女儿，而不是
俘虏在祈求），请将我尸体无偿地交给
母亲，别让她用黄金，而是用眼泪换回
葬礼的伤心权利。她此前已付过赎金。”
虽然她未哭，围观的民众却情不自禁，

1 尼奥普托列墨斯（Neoptolemus）即阿喀琉斯之子皮洛士的别名，这个名字对应的古希腊语（Neoptolemos）意思是“新战士”，皮洛士（Pyrrhus）对应的古希腊语（Pyrrhos）意思则是“红发的”。

涕泗纵横，甚至祭司也忍不住悲伤，
违心地将利剑刺入迎上前来的胸膛。
她双膝已瘫软，身子沉向地面，刚毅
凛然的神色保持到生命终结之时。
甚至在倒下的瞬间，她还能刻意遮住
应隐藏的部位，守护贞洁品格的荣誉。
特洛伊妇女收殓了尸首，清点着王族
死去的人数，回顾着王室的血腥遭遇，
为你，少女，还有你，王后和母亲，哀吟！
仿佛在昨日，她还是繁盛亚细亚的化身，
现在却比普通的俘虏还可怜，若不是
她曾经诞下赫克托耳，连尤利西斯[1]
都不肯要她。儿子为母亲难觅到主人！
她搂着女儿的尸身（她那颗逝去的灵魂
多勇敢），也为她洒下一再为祖国、儿子
和丈夫洒下的泪水。泪落进她的伤口里，
吻覆遍她的脸，悲悼的手又一次捶击
乳房，如霜的白发扫过凝固的血迹。
她撕扯着胸膛，不住地倾泻哀伤之语：
“女儿啊，母亲最后的苦痛（我可有剩余？），
你死了，我看见你的伤口——我自己的伤口。
唯恐我有一个孩子不流血就丧命，你也有
伤口。可是我一直以为，你既然是女人，

1　赫库芭被分给了尤利西斯。

就不会挨剑，你最终还是在剑下断魂。
杀了你那么多兄弟，阿喀琉斯又杀你，
他毁了特洛伊，让我的残年孤苦无依。
帕里斯和日神的弓箭射死他之后，我暗自[1]
庆幸：‘至少从此再不用怕阿喀琉斯。’
然而到现在，我还得怕他。入土的灰烬
仍残害这个家族，在墓中他仍是敌人。
我如此多产，却为他忙活！宏伟的伊利昂
已沦陷，民族的悲剧以可怕的一幕收场，
但终于收场。佩尔加蒙只为我存留，
唯我的痛苦未结束。不久前显赫的王后，
被丈夫和众多孩儿、女婿、媳妇尊崇[2]，
此刻却远离亲族的坟茔，卑贱地流亡，
做珀涅罗珀的礼物[3]。她定会指着奴隶——
纺毛纱的我，对伊塔卡妇人说：‘这位就是
普里阿摩斯的妻子，赫克托耳的母亲。’
这么多儿子都死了，你本是唯一能减轻
我痛苦的人，却在仇敌的坟前被献祭。
为仇敌娩下了牺牲！如铁石长存有何益？
我为何不死？何苦留着我，衰朽的年纪？
残忍的众神，若不是让我见更多人消失，

1 参考本书第十二卷 597—606 行。

2 根据许基努斯的说法，普里阿摩斯共有五十四个孩子，其中赫库芭生了十七个。

3 珀涅罗珀是尤利西斯的妻子。

为何延老妪的寿数？谁又会相信，特洛伊
陷落后，人们还能说普里阿摩斯有福气？
他死了才真是有福，看不见你被人屠灭，
我的女儿，他同时失去了性命和王国。
王室的少女，我以为你会有像样的葬礼，
你的骸骨会葬在祖先的庄严陵墓里，
但这个家族无此好运！你仅有的祭物
是母亲的泪水，还有一抔异国的沙土。
我们失去了一切，但仍有支撑我继续
苟活少许年的理由，母亲最疼爱的幼雏，
昔日我众多男孩中仅存的、最小的嫩秧，
波吕多若斯，托付给这片海岸的国王[1]。
我为何还拖延，不将她残忍的伤口浸入
水中，赶紧洗净她脸上可怕的血污？”
说完，她迈着蹒跚的步履，朝海岸走去，
一边扯苍白的头发。不幸的母亲吩咐：
“特洛伊女人，给我罐子！”她准备盛水，
却看见冲上沙滩的波吕多若斯的尸骸[2]，
深阔的伤口显然是色雷斯长矛的作品。
特洛伊妇女尖叫，她却因痛苦而失声，
那巨大的悲伤同时吞噬了嗓音和眼里
翻涌的泪水。她像一块坚硬的岩石，

1　“这片海岸”指色雷斯，对应的原文是Ismario（伊斯马洛斯的），因为伊斯马洛斯山在色雷斯。

2　在欧里庇得斯的版本里，是一位侍女最先看见波吕多若斯的尸体。

麻木而茫然，时而盯着前方的地面，
时而抬起阴狠的目光，望向苍天，
时而端详儿子的脸庞，时而看伤处，
尤其是伤处。她拿起武器，积聚着愤怒。
当她被怒火点燃（仿佛她依然是王后），
便下定决心，并在想象中恣意复仇。
正如失去未断乳的幼崽而发狂的母狮，
发现了脚印，追踪着还没有目睹的恶敌，
赫库芭等到恨意与悲伤已难分彼此，
也是如此，未忘却怒气，却忘了年纪，
去找波吕墨斯托耳，冷血谋杀的策划者，
要求觐见，声称要告诉他一处隐藏的
宝藏，好让国王转交给自己的儿子。
贪财成性的色雷斯君主无丝毫怀疑[1]，
跟随她来到秘处，狡诈地以温言许诺：
“别犹豫，赫库芭，把你儿子的礼物给我！
你现在和以前给我的一切都会属于他，
请天神做证！”她眼露凶光，盯着他说话，
盯着他信誓旦旦，怒焰在胸中翻腾，
一把揪住他，召集被俘的女人们助阵，
亲自将手指插进他背信弃义的双目，
将它们从脸上抠出（愤怒使得她狠毒），
然后手直探进去，沾满作恶者的污血，

1　“色雷斯君主”对应的原文是 Odrysius（奥德鲁塞人）。

不是掏掉已不在的眼珠，而是眼窝。
国王遭惨祸，色雷斯臣民再无法忍耐，
纷纷抛出标枪和石块，攻击这位
特洛伊女人。她却沙哑地吼叫，咬住
扔来的石头。虽然为言语而生，试图
说话的嘴却发出狂吠。此地仍然在，
因此事而得名。[1] 她始终记得古老的悲哀，
一直在西托尼伊的原野凄厉地长嚎[2]。

奥罗拉与门农

她这番遭遇不仅触动了特洛伊同胞
和希腊敌人，甚至触动了所有神祇，
是的，所有神，就连朱庇特的姐姐和妻子
也认为赫库芭不应该承受这样的命运。
奥罗拉虽然曾经帮助过伊利昂大军，
却无暇为这个城市与赫库芭的灾难伤心。
身边的家事让她痛苦，她失去了门农[3]：
绛红的母亲看见他在佛里吉亚平原上
丧了命，死于阿喀琉斯的那杆长枪，
她目睹此景，为清晨渲染红霞的脸色
立刻变苍白，天空在浓云后面藏躲。
可是她不忍旁观儿子的肢体被火焰

1　斯特拉波说此地在色雷斯的克尔索涅索斯（Chersonesus），名叫 kynos sēma，意为“母狗的坟墓”。

2　西托尼伊人是古代色雷斯的一个民族。

3　门农（Memnon）是黎明女神奥罗拉和提托诺斯的儿子，埃塞俄比亚国王，率军援助特洛伊，后被阿喀琉斯所杀。

最终吞噬，顾不上仪容，任长发披散，
不惜放下尊严，跪在伟大的朱庇特
面前，一边哭，一边以这样的话劝说：
“虽然我比金色天穹所有的女神都卑贱
（整个世界上，献给我的神庙确实最少见），
见你的仍是一位神。我不求你赏我圣殿、
享受供奉的节庆和香火缭绕的祭坛，
但你若顾念我一介女流，劳绩却甚多，
每天黎明，都是我看牢黑夜的边界，
你就会觉得该给我报偿。然而这并非
奥罗拉所在意，我也不索要应得的荣辉——
我来是因为失去了门农，他徒然为叔父[1]
勇敢地拿起武器，却在青春的年数
（如你们所愿）被强大的阿喀琉斯屠戮。
至高的神王，求你多少赐他些荣誉，
告慰他的死，疗治一位母亲的伤口。”
朱庇特点头称善。门农高大的柴丘
和耸峙的火焰一起塌落，翻卷的黑烟
遮暗了天光，仿佛江河中蒸腾起片片
氤氲的雾气，不许阳光向下方渗透。
如墨的灰烬飞扬，逐渐汇聚成一个球，
慢慢成形，并且从火里摄取了热量

1　提托诺斯是上一任特洛伊国王拉俄墨冬的长子，普里阿摩斯也是拉俄墨冬的儿子，所以他是门农的叔父。

和生命。自身的轻盈赋予了它们翅膀，
开始只不过像鸟，很快就真的变成鸟，
扇动着羽翼。[1]无数的姐妹一起喧吵，
它们的生命全都从相同的源头开始。
绕柴堆三次，它们又齐声啼叫，三次
升入空中，第四次飞起则分开了阵营。
于是两大凶悍的部落便对垒交兵，
以嘴喙和弯曲的利爪彼此攻击，发泄
愤怒，翅翼和胸膛在冲撞中精疲力竭。
互为亲族的尸体纷纷坠落，为埋葬的
骨灰献祭品，纪念创生自己的勇者。
这些突然显现的飞鸟因为他而唤作
“门农女”[2]。等到太阳行尽十二个星座，
它们又重新以父亲之名战斗至死。
所以，别人都觉得赫库芭变犬很悲戚，
奥罗拉却沉浸在自己的伤痛中，怀念之泪

---

1 Hopkinson（2000）很欣赏这段文字，认为它用文字完美再现了从烟雾到鸟的变形。

2 这些鸟的名字是 Memnonides，意为“门农之女”，很可能是性情极其好斗的流苏鹬，其学名是 Philomachus pugnax，两部分的意思都是“好斗”，前一部分来自古希腊语，后一部分是拉丁语。

今天仍未绝，就是洒遍全世界的露水。[1]

阿尼俄斯的女儿们

然而，命运不允许特洛伊的希望与城墙[2]
一起毁灭，维纳斯的后裔在他的肩上[3]
扛着圣器和父亲——另一种神圣的负担[4]。
众多财富中，这件成了他虔敬的首选，
还有自己的阿斯卡尼俄斯[5]。随流亡的船只
从安坦得罗斯出海，他抛下罪恶的色雷斯[6]

---

1 Papaioannou（2003）认为门农这部分的情节作为“小《伊利亚特》”的终结，具有强烈的史诗色彩。奥维德在门农和特洛伊勇士赫克托耳之间建立了关联，两人都死于阿喀琉斯之手，《伊利亚特》结尾的赫克托耳葬礼也与此处的葬礼相似。奥罗拉的悲悼呼应着赫库芭的悲悼，奥维德在这个段落的开头与结尾也都将奥罗拉与赫库芭并置。虽然门农一直受到史诗作者的青睐，但 Forbes-Irving（1990）指出，门农死后变鸟的情节首次出现在奥维德的故事里。Papaioannou 分析说，这不是偶然的，它与第十四卷“小《埃涅阿斯纪》”结尾明显构成了平行关系。在这里，鸟从门农的火葬废墟里升起；在那里，鸟从沦陷城市阿尔代亚的废墟中升起。奥维德用“高大”（arduus）形容门农的柴丘并非偶然，因为阿尔代亚的名字（Ardea）的意思就是“高大”，换言之，这个柴丘影射着下一卷的阿尔代亚，增强了《变形记》两段史诗篇章的黏合力。

2 学术界一般将本书第十三卷后三分之一和第十四卷前三分之二（13.623-14.608）合称为奥维德的“小《埃涅阿斯纪》”，因为它的时间线基本与维吉尔的《埃涅阿斯纪》重合。但如 Tissol（1997）所言，奥维德的写法与维吉尔大不相同，维吉尔突出的是天意，奥维德却强调世界的多变。Segal（1969）指出，在这一部分，“本该”居于中心地位的历史事件退居边缘，埃涅阿斯的故事被篇幅更大、非历史、非史诗的情爱和变形故事包围，其严肃性被极度消解了。

3 “维纳斯的后裔”（Cythereius heros）指埃涅阿斯。

4 因为他父亲安喀塞斯是维纳斯的情人，所以是“神圣的负担”。

5 阿斯卡尼俄斯（Ascanius）又名尤卢斯（Iulus），是埃涅阿斯和前妻克鲁萨（Creusa）的孩子（维吉尔的说法），后来成为拉维尼昂（Lavinium）国王，并建立长白城（Alba Longa）。但李维认为，阿斯卡尼俄斯可能是埃涅阿斯后妻的孩子，出生在拉提乌姆。奥维德似乎认同了维吉尔的说法。

6 安坦得罗斯（Antandrus）是佛里吉亚的一个城市，在伊达山麓，埃涅阿斯在此建造了远航船只。

宫廷和流淌着波吕多若斯鲜血的土地，
在好风和顺遂潮水帮助下，与同伴一起
进入了属于阿波罗的城市，被阿尼俄斯[1]
（他既是统治臣民的国王，又是福玻斯
殷勤的祭司）迎进了神殿和宅邸。君主
向客人展示城市和那座著名的庙宇，
还有古昔拉托娜分娩时紧攥的两棵树[2]。
他们点燃乳香，浇上葡萄酒祷祝，
循例宰杀母牛，燔烧它们的内脏[3]，
然后返回王宫，卧在高高的长椅上，
伴着晶莹的佳酿，享用刻瑞斯的好礼。
虔敬的安喀塞斯说："日神选定的祭司，
我没记错吧？初次拜访这里的那年，
你有一个儿子、四个女儿在身边？"
阿尼俄斯摇晃缠绕着雪白发带的
双鬓，凄哀地答道："伟大的英雄，没错，
你上次见我，我的确是五位孩子的父亲，
可如今（无常的遭际就是这般捉弄人！）
我几乎失去了全部。仅存的儿子不能
相伴有何用？滞留的地方以他命名——

1　"属于阿波罗的城市"：因为这个城市在阿波罗出生地提洛岛上。阿尼俄斯（Anius）是这里的国王和日神祭司。

2　一棵是棕榈树，一棵是橄榄树。

3　据公元 5 世纪的墨高庇（Macrobius）说，提洛岛的阿波罗祭坛上从来不宰杀牺牲。

安德罗斯，他代替父亲统治着那里[1]。
日神给了他占卜的技艺，利柏耳又赏赐
我的女儿们超过希望和想象的天赋。
任何东西只要经她们的手一碰触，
立刻变成美酒、明亮的橄榄油和谷物[2]——
这样的奇特本领自然是很有用处。
当摧毁特洛伊的阿伽门农听闻此事
（不要以为你们的风暴完全未波及
我们这些无关者），便强行使用武力，
将她们从父亲膝下生生夺走，令其
以天赠的礼物供养希腊的整支舰队。
姐妹们竭力逃跑，欧卑亚接纳了两位，
另两位奔往兄长所在的安德罗斯。
敌军追来索要人，并以战争相威逼。
恐惧压倒了血肉情，他交出亲人的身体，
任她们受罚。兄长如此怯懦不稀奇：
毕竟没埃涅阿斯保卫那座城，也没
赫克托耳（你们依靠他才挺到第十载）。
对方已开始为俘虏准备绑缚的锁链，
她们将暂且自由的手臂伸向苍天，
喊道：‘尊神巴克斯，拯救我们[3]！’礼物的

1 安德罗斯（Andros）是爱琴海环形岛中的一个较大的岛屿，也是阿尼俄斯儿子的名字。

2 “橄榄油”对应的原文是 laticem Minervae（密涅瓦的液体）。

3 “尊神”对应的原文是 pater，这里只是一种对尊长的称呼，并非“父亲”的意思。

赠予者确乎施了援，倘若奇妙的毁灭
可称作帮助。当时我无从洞悉她们
如何失去了形状，现在我也难讲明。
我只知灾难的结局：她们长出了羽翼，
变成你伴侣钟爱的鸟类——雪白的鸽子[1]。”
他们一边聊这些，一边享用着酒席，
等到宴终，大家各自去卧室歇息。

奥里昂的女儿们

天亮后众人一起去聆听福玻斯的神谕，
日神令他们寻找古老的母亲和宗族
定居的海岸。国王遵命，赠远行之人
礼物：安喀塞斯得权杖，孙儿得披风[2]
和箭囊，埃涅阿斯得酒爵（是忒尔塞斯[3]
昔日从阿俄尼亚带给君主的见面礼）。
馈赠者是忒尔塞斯，却是阿尔孔所制[4]，
他在酒爵上刻镂了一则曲折的故事。
上面有一座城，你能指出七处城门，
无须明言，它已经向你揭示了地名[5]。
城外可看到葬礼、坟墓、火焰和柴堆，

1 鸽子是维纳斯的圣鸟。

2 “孙儿”指阿斯卡尼俄斯。

3 原文中忒尔塞斯（Therses）还有修饰语 Ismenius（伊斯梅诺斯人），代指阿俄尼亚人，由于译文格律限制未译。

4 原文中阿尔孔（Alcon）还有修饰语 Hyleus（许勒的），许勒是博奥蒂亚的一座城镇，这个词因为译文格律限制未译。

5 七座城门立刻让人联想到七将攻忒拜的著名故事。

妇女们披散着头发，袒露着乳房，悲哀
表露无遗。宁芙们似乎也在痛哭，
悼念干涸的泉水。失去了叶子，树木
光秃地矗立，山羊啃噬着枯瘠的石田。
奥里昂女儿们出现在雕刻的忒拜街坊间[1]，
这位在喉咙上捅出不属于女人的伤口，
那位笨拙地试图用梭子将自己扎透，
都是为民众牺牲，都在荣耀的队列中
穿过全城，在人群哀恸的注视里火葬。
后来，从少女的灰烬里蹦出一对孪生子
（仿佛怕家族灭绝），传说他们的名字
叫克洛诺斯，负责为母亲的骨灰领路。[2]
这些便是这古老青铜上熠熠的雕塑，
酒爵的顶部用黄金镂着多齿的莨菪[3]。
特洛伊客人回赠的物品也堪称珍宝，
给祭司国王一个盛放乳香的木奁，

1　“奥里昂女儿们”指墨尼珀（Menippe）和墨提俄刻（Metioche）。她们的父亲奥里昂曾是女神拉托娜的卫士，他在打猎时声称能征服一切野兽，触怒了地母盖娅，被她派去的蝎子杀死。但拉托娜把他变成了猎户座，参考奥维德《岁时记》（*Fasti* 5.537-544）。奥里昂死后，姐妹俩被母亲带大。后来家乡阿俄尼亚遭受瘟疫，神谕说必须向复仇女神献出两位处女才可平息，而且人牲必须是自愿的。墨尼珀和墨提俄刻主动献出生命，后来被冥王夫妇变作彗星。

2　因为有两位克洛诺斯，所以他们被合称为 Coroni（复数）。Wheeler（2002）认为，681—699 行暗示了奥维德在《变形记》全书建立的罗马与忒拜的关联，并指出古罗马白银时代史诗诗人卢卡努斯看到了这层关联，将忒拜史视为罗马史的神话原型，将《变形记》视为以内战为核心的普遍历史的模型，但其终点不是《变形记》的终点——恺撒封神，而是恺撒与庞培和小加图的内战。

3　莨菪（acanthus）是地中海沿岸的常见植物，其形象是古代欧洲流行的装饰图案。

埃涅阿斯的漂泊

还有酒盏和闪耀宝石与黄金的王冠。
想起特洛伊的血脉源于透克罗斯[1]，
他们从那里前往克里特，然而难以
长久忍受该地的气候，又只好抛下
百座城市，向奥索尼亚的港口进发[2]。
肆虐的风暴颠簸他们，逃入阴险的
“回转港”，众人又遭鸟身阿厄洛恐吓[3]。
他们已乘船经过了杜里齐文的海岬、
伊塔卡和萨梅，涅瑞托斯山所在，狡诈[4]
尤利西斯的王国，已看见安布拉奇亚
（众神争夺的对象）和裁判化作的石崖[5]
（如今此城因阿克提翁的阿波罗庙宇[6]

1 这位透克罗斯不是大埃阿斯的弟弟，而是俄刻阿诺斯和忒堤斯之子斯卡曼德洛斯（Scamander）的儿子和特洛伊先祖达尔达诺斯的女婿，后来成为特洛伊国王。他的部分后代生活在克里特。

2 奥索尼亚即意大利。

3 “回转港”（Strophadum portubus）中的“回转”是意译 Strophades，这两个岛的名字源于古希腊语 strophē，意思是“返回”，因为卡莱斯和泽托斯兄弟追赶鸟身女神到这里后，就遵照朱庇特之命回家了。阿厄洛（Aello）是鸟身女神中的一位。

4 萨梅（Same 或 Samos）是伊奥尼亚海的一个岛，归尤利西斯统治。涅瑞托斯（Neritus）是伊塔卡岛上的一座山名，也是附近的一个小岛名。

5 安布拉奇亚（Ambracia）是厄庇罗斯的一座名城（今天希腊的阿尔塔），曾是阿波罗、狄安娜和海格力斯争夺的对象。他们都曾佑护过这个城市，所以都认为自己有权拥有它。他们以比赛定输赢，海格力斯用大棒敲打岩石，温泉从地下涌出。担任裁判的老者克拉加列阿斯（Kragaleas）认定海格力斯获胜，阿波罗恼怒之下，将他变成岩石。

6 这是屋大维在公元前 31 年的阿克提翁战役中击败安东尼后建造的阿波罗神庙，阿波罗被他视为家族的保护神。

而著称），还有多多纳和它能言的橡树[1]、
卡俄尼亚的湾岸（莫洛索斯王的儿子们
在那里长出翅膀，从邪恶的火焰中脱身[2]），
然后又驶向果园遍布的派阿齐亚[3]，
再抵达厄庇罗斯和那位佛里吉亚
先知统治的布特罗托斯（翻版特洛伊）[4]。
因为普里阿摩斯的儿子赫勒诺斯
毫无保留的预言，他们知悉了未来，
转而进入西西里。它有三个角伸入海，
帕库努朝着多雨的南风，利吕拜昂
面对温和的西风，佩洛鲁斯则望向
永不沾水的大熊星座和极北之地。
透克罗斯人从这方登陆，趁涨潮奋力[5]
划桨，舰队在天黑时抵达赞科勒海滩[6]。
斯库拉在右边，喧腾的卡律布狄斯在左边[7]

---

1 参考本书第七卷第 623 行的注释。

2 莫洛索斯（Molossus）传说是阿喀琉斯之子尼奥普托列墨斯和安德洛玛刻的儿子，莫洛西人（Molossi）的祖先。这个故事所指不详。

3 派阿齐亚（Phaeacia）又名斯凯里亚（Scheria），是尤利西斯遇见瑙西卡（Nausicaa）公主的地方。

4 “佛里吉亚先知”指特洛伊王子赫勒诺斯，他在厄庇罗斯建立了布特罗托斯（Buthrotos 或 Buthrotum），这个城市几乎是特洛伊的复制品。

5 透克罗斯人即特洛伊人，因为透克罗斯是其先祖。

6 赞科勒（Zancle）的名字来自古希腊语 zanklon，是“镰刀”的意思。

7 Griffin（1983）指出，当《变形记》中从古希腊的神话世界过渡到古罗马的“历史”时代时，面临着严重的整合问题，奥维德的策略是一方面尽量压缩与埃涅阿斯相关的事件，一方面尽量嵌入古希腊的神话片段。例如这里在埃涅阿斯的

袭扰：后者总囫囵将船只吞下又吐回，
前者凶狠的腰部有一圈恶狗狂吠，
面庞却俨如少女，倘若诗人们的叙述
并非全然杜撰，她昔日还真是少女。
许多人追求，斯库拉一概拒绝，躲进
海洋宁芙的住处（她深得诸宁芙的心），
向她们描绘众青年失望而归的样子。

加拉泰娅与波吕斐摩斯

加拉泰娅在让人梳头的时候，如此[1]
对她说，一边说一边发出声声叹息：
“可是少女啊，向你求爱的人并不是
粗野之辈，你拒绝他们也没有危险。
而我，父亲是涅柔斯，海神多丽丝分娩
产下我，还有一群姐妹在身边守护，
摆脱独眼巨人的纠缠却必须以痛苦
为代价！”一阵抽泣噎住了她的话语。
少女用大理石般的手指为女神拭去
泪水，安慰她：“务必告诉我，至亲的朋友，
我对你如此忠心，别隐瞒悲伤的缘由。”
涅柔斯的女儿如此回答斯库拉的问询[2]：

旅程中嵌入斯库拉的故事，在斯库拉的故事里嵌入加拉泰娅的故事，在加拉泰娅的故事中又嵌入波吕斐摩斯的故事。

1 加拉泰娅（Galatea）是海神涅柔斯的女儿，她的名字在古希腊语中的意思是“像奶一样白”。

2 “斯库拉”对应的原文是 Crataeide natam（克拉泰伊丝的女儿），荷马等人说，斯库拉的母亲是克拉泰伊丝（Crataeis），也有人说她的母亲是赫卡忒或拉米娅（Lamia）。

“阿齐斯是法乌努和宁芙苏迈提丝所生[1]，
他带给父母太多的喜悦，予我的欢乐
更无与伦比，因为他的心单单恋着我。
这位英俊的少年已经年满十六岁，
柔嫩的脸颊开始被淡淡的绒毛覆盖。
库克洛普斯骚扰我，无休无止，你若问[2]，
我也难以回答，对库克洛普斯的恨
与对阿齐斯的爱，究竟哪一种更炽烈。
我觉得势均力敌。慈惠的维纳斯，你的
统治是多么强大！连那个残忍的、让森林
都惧怕的怪物，那个谁见了都要送命、
将奥林匹斯诸神都视为埃土的怪物，
竟也体会到爱是什么，为了我情欲
焚身，全然忘记了他的牛羊和山洞。
现在你，波吕斐摩斯，也在意容貌，渴望
留下好印象。你用耙子梳刚硬的发株，
喜欢用镰刀割掉蓬乱生长的髭须，
凝视水中的糙野脸庞，设计着表情。
你的凶悍，你的屠杀瘾，你的嗜血症，
都暂时消失，往来的船只安然无忧。

1 法乌努（Faunus）是古罗马本土的牧神。

2 库克洛普斯（Cyclops）是独眼巨人的通称，这里特指波吕斐摩斯（Polyphemus），他以凶残闻名，其名字在古希腊语里的意思是“有很多歌（或传说）的”。

欧律摩斯的儿子忒勒摩斯这时候[1]
恰好来到西西里的埃特纳，完美洞悉
预兆的人对可怕怪物说：‘尤利西斯
会夺去长在你额头上的唯一眼睛。’
他笑道：‘愚蠢的先知，你错了，一位女人
已经把它抢走了。’徒然揭秘的占卜者
遭到他嘲讽。他总在海岸跨着沉沉的
巨步徘徊，疲惫了就返回幽暗的洞室。
一座楔形的小山长长地伸入海里，
海浪冲刷着两边。野蛮的库克洛普斯
从这里登上峰顶，坐在中央的位置，
无人引领的绵羊跟在他身后。当他
把一棵松树（他的手杖，其实做桅杆架
更合适）在脚前的地上放好，就拿起笛子
（用千根芦苇制成），开始吹奏，顿时[2]
所有的山峦、所有的海浪都听到这位
牧人发出的声音。我藏在崖石间，斜倚在

1　忒勒摩斯（Telemus），欧律摩斯（Eurymus）的儿子，是出现在荷马史诗《奥德赛》中的一位先知。

2　Creese（2009）认为，波吕斐摩斯这支用“千根芦苇”做成的笛子代表了他失败的音乐变形。他在这个故事里经历了三方面的失败变形。他巨大丑陋的身形让他无法变成爱情哀歌体裁中的情人，他冗长臃肿的情歌让他无法变成真正的田园诗人，他这根巨大的笛子也并非真正的乐器。芦管传说是潘神发明，在泛希腊时代，它一般由四到十八根芦苇组成，千根是可怕的规模（当然与这位独眼巨人的身材相称）。然而大不等于美，声音高不等于就是音乐，波吕斐摩斯在所有方面都缺乏自知之明。

心爱的阿齐斯怀中，耳朵从远处捕捉到
这些词句，至今也没有从记忆中抹掉[1]：
‘比雪白的女贞花瓣更耀眼，加拉泰娅，
你比草地更妩媚，比修长的桤木更挺拔，
比玻璃更明亮，比柔嫩小羊更活泼顽皮，
比海水反复打磨的贝壳更光滑细腻，
比冬日的阳光、夏日的阴凉更令人喜欢，
比苹果更高贵，比直插蓝天的悬铃木更惹眼，
比冰还晶莹剔透，比成熟的葡萄还甜，
比天鹅的绒毛、凝结的牛乳还要柔软，
你若不躲开我，会比灌溉的花园更漂亮——
加拉泰娅，可是你比未驯的母牛更躁狂，
比古老橡树更坚硬，比水波更不可信赖，
比柳树枝条和白泻根的藤更坚韧难摘，
比这些岩石更顽固，比这河水更暴烈，
比受尽赞美的孔雀更骄傲，比火更炽热，
比荆棘还扎人，比怀孕的母熊还要凶狠，
比大海更聋，比遭到践踏的水蛇更残忍。
我尤其希望除去的、最让我沮丧的一点：
你跑得太快，胜过被怒吠群犬追赶
而惊窜的小鹿，甚至超过流风与轻飙！
可是你若深知我，就会因躲避而懊恼，

1 Griffin（1983）评论道，奥维德引入阿齐斯这个角色，并让这对幸福的情侣偷窥波吕斐摩斯的行为，偷听他无望的情歌，能够让读者在这种情境的反差中产生对独眼巨人的怜悯。

责备自己的犹疑，竭尽全力留住我。
我拥有山的一部分，悬挂活石的洞穴[1]，
在里面，盛夏感觉不到酷热，冬季
无须忍受寒冷，枝头有沉甸甸的果实，
长长的藤蔓上缀满葡萄，有些如黄金，
有些是紫色，这两种我都为你留存。
你将亲手采撷在树荫下生长的柔腴
浆果，还将摘取秋天献出的山茱萸，
还有李子，不仅有充满紫色浆液的
品种，还有稀罕的犹如新蜂蜡的鲜果。
我若做你的夫君，你不会缺乏栗子
或者野草莓果子，每棵树都会侍奉你。
这些牛羊都属于我，许多在山谷徜徉，
许多被林木遮盖，许多还关在洞中，
如果你问我，我也答不出它们的数目，
只有穷人才去数牲口。论它们的长处，
你不要信我，你可以亲眼见证，它们
丰饶的乳房多鼓胀，四腿几乎难支撑。
温暖的圈里还有更小品种的绵羊羔，
其他棚舍中也养着年龄相若的山羊羔。
我从不缺如雪的牛乳，一部分做饮料
保藏，一部分用液体凝剂固化为奶酪。
你有幸拥有的绝非能轻易获得的玩具、

1 活石（vivum saxum）指存在于自然中，仍然不断生长的岩石。

平常的礼物，例如小鹿、小山羊、小兔，
或一对鸽子，或从树顶取来的鸟巢。
可以与你嬉戏的是一对孪生熊宝，
彼此简直像复制，你几乎无法辨别，
我是在山巅找到这两个毛茸茸的家伙。
发现后我说：我要为爱人养这些宠物。
求你，加拉泰娅，快从湛蓝的海中探出
秀美的面庞，快来，别鄙薄我的馈赠。
我当然有自知之明，我最近刚在水中[1]
见到自己的倒影，我喜欢自己的模样。
你看，多么伟岸的身板！即使在天上，
朱庇特也难比我更魁梧（你们总爱讲
某位朱庇特在那里做王）。头发茂盛，
罩住我勇武的脸，如丛林盖住我肩膀。
我的身体粗糙，长满硬毛，不要想
这是丑陋——没有叶子的树才丑陋，
没有金鬃遮覆颈背的雄马才丑陋。
鸟裹着羽毛，绵羊以其白毛为装饰，
胡须和浓密的体毛给男人增添英气。
我头上只有独眼，可是它犹如巨盾。
仍然太奇怪？难道伟大的太阳从天顶
不能看见这一切？太阳不也是单眼？

1 Celentano（2017）提醒我们注意波吕斐摩斯的自恋与第三卷那喀索斯的有趣对照。

而且，你们的海洋是我父亲的地盘[1]，
我提议让他做你公公。只求你垂青，
倾听我的祷告，因为我唯臣服你一人。
我鄙视朱庇特、天庭和穿透万物的闪电，
却偏偏敬畏你，你的愤怒比雷霆更凶残。
可是我本可以更耐心地忍受你的轻蔑，
倘若你摒弃所有人。但你为何拒绝我，
爱上阿齐斯，躲避我，却投入阿齐斯怀里？
罢了，让他自鸣得意，让他讨好你
（尽管我满心不情愿），但只要找到机会，
我就会让他明白，巨力与巨身相配，
我会拽出他蹦跳的脏腑，将碎肢撒落
原野上，扔进你的波浪中（好与你相合）。
我为你发狂，越受伤，我的爱火越滚烫，
仿佛埃特纳火山连同它所有的力量
搬进了我胸中，可是你还是不为所动！'[2]
他枉然如此怨诉（一切都入我眼中），
又起身，如同母牛被夺走，暴怒的公牛
无法静立，只好在熟悉的林间浪游。
野蛮的怪物发现我和阿齐斯（我们不曾料
如此可怕的结局），吼道：'我已经看到
你们了，这将是你们的最后一次厮混！'

1　波吕斐摩斯的父亲是涅普顿。

2　Griffin(1983)指出，波吕斐摩斯的情歌部分地模仿了忒奥克里托斯(Theocritus)的田园诗第六首和第十一首，也融入了荷马史诗和维吉尔《牧歌》的内容。

咆哮声正如任何独眼巨人的咆哮声
一样恐怖，甚至埃特纳都一阵战栗。
但我在惊惶之下，扎进了旁边的海里，
苏迈提丝的孩子也转身，没命地飞奔。
‘加拉泰娅，救我，救我，父亲母亲！’
他喊道，‘让快死之人进入你们的领地！’
怪物紧追着，掰下一块山岩，朝情敌
扔来，虽然只是一小角最终砸中他，
阿齐斯却被石头的重量彻底压垮。
然而我做了命运允许的唯一之事，
让我的爱人获得昔日他祖父的法力。
紫红的血从岩石下流出，待到片刻
之后，那红色就开始消退，最初颜色
如同被骤雨搅浑的一条河，渐渐变得
澄清，再往后，抛扔的大石慢慢开裂，
一支挺拔鲜嫩的芦苇从缝隙中钻出，
岩石的开口有山泉喷涌，水声汩汩。
更令人称奇：一位青年的上身骤然
浮现，头顶的新角戴着灯芯草的冠冕。
除了体形更大，面容湛蓝，与阿齐斯
并无不同，但他仍是阿齐斯，只是
变成了河神，河依然保留从前的名字。”[1]

1　Farrell（1992）认为，阿齐斯、加拉泰娅和波吕斐摩斯的故事典型地表现了奥维德《变形记》体裁对话的特征。体裁对话意味着不是以一种体裁为主，融合另一种或多种体裁的元素，而是让多种体裁都作为平等的声音进入意义场，创

斯库拉与格劳科斯

加拉泰娅讲完了，听众也各奔东西，
涅柔斯的诸位女儿从宁静的水波游开。
斯库拉回了家，她其实不敢长留于深海，
所以或者赤身流连在湿润的沙滩上，
或者在疲惫之时，觅一片幽静的池塘，
将肢体没入平和的柔波里，消除困倦。
忽然，深海的一位新客划破水面，
格劳科斯来了，他刚在安泰东变了形[1]，
看见这位少女，立刻动了心，不肯
离去，说尽了自以为可以挽留她的话。
但她仍然逃跑了，因为受到了惊吓，
很快冲上了海岸附近的一处山巅。
石崖巨大，朝着波浪，顶部尖而险，
树林盖住的巉岩远远地凸向海中。

造出一种难以描述的新体裁。波吕斐摩斯的牧人身份和他的情歌，情节的自然背景和阿齐斯、加拉泰娅这对情侣的形象特征都指向田园诗；独眼巨人炽烈的情欲、强烈的排他性和他与阿齐斯的竞争则包含了爱情哀歌的要素；波吕斐摩斯巨大的形体、凶残的个性和阿齐斯惨烈的死亡则具有史诗的味道。整个故事就在这三种体裁的对话中展开，奥维德也通过或明或暗的引用不断提醒读者它们不同的来源。波吕斐摩斯的情歌原型是忒奥克里托斯的田园诗，波吕斐摩斯对自己外貌的在意影射奥维德《爱的艺术》，独眼巨人杀害阿齐斯的情节则模仿了《奥德赛》（*Odyssey* 9.481-5）。忒奥克里托斯的第十一首田园诗本身就不是单纯的田园诗，而是自如地将表面上与田园背景相冲突的荷马史诗元素纳入作品，让史诗为田园诗服务，造出一种幽默的效果。奥维德的这个片段中却没有任何一种体裁居于支配地位，阿齐斯的引入使得波吕斐摩斯失去了田园诗角色的地位，加拉泰娅作为叙述者，则同时否定了独眼巨人在田园诗语境中的合法性和情人的资格。Creese（2009）相信，阿齐斯的变形暗示了他与音乐的紧密联系（芦苇和水声），与上文波吕斐摩斯失败的音乐变形相对照。

1　这行的原文中，安泰东（Anthedone）还有修饰语 Euboica（欧卑亚的），由于译文格律限制未译。

她站在这里，受地形保护，不知他究竟
是怪物还是神，惊奇地端详他的颜色、
他的长发（双肩和背部都被覆遮），
发现他的下腹部竟连着弯曲的鱼尾。
对方意识到她在看，倚着一旁的石块，
说道："少女啊，我不是野兽，也非妖异，
而是水神。论海里的权力，普罗透斯、
特里同、阿塔玛斯的儿子都不能超过我[1]。
然而我以前是凡人，但即便那时，我也
与深海有密切的缘分，整日与它为伍，
形影不离，时而拽着网，兜住游鱼，
时而坐在礁石上，摆弄竹竿与钓绳。
我所在的那片海岸与青翠的草地相邻，
一边被水波包围，一边环绕着绿草，
从未有长角的母牛前来进食侵扰，
也没有平和的绵羊和长毛蓬乱的山羊，
辛勤的蜜蜂不曾在那里采花酝酿，
也无人编织节日的头冠，也没有手持
镰刀的人来收割。我是第一个在那里
歇息的人。当时我在晾晒湿漉漉的
钓绳和渔网，摊开细数捕来的收获，
无论这些鱼是被运气赶进了网口，

1　特里同是涅普顿的儿子。"阿塔玛斯的儿子"指帕莱蒙，参考本书第四卷512—542 行。

还是因为轻信衔住了我的弯钩。
此事仿佛是虚构，但杜撰于我有何益?
猎物一碰到青草，就开始恢复生机，
它们翻过身在地上挪动，仿佛在海中。
我正惊讶犹疑间，整群鱼都已逃逸，
回到水里，抛下海岸和它们的新主人。
我大为震撼，疑惑良久，揣摩着原因：
这是某位神的法术，还是草汁的效果?
‘可是什么草有这种力量?’我对自己说，
伸手摘了些叶子，用牙齿细细咀嚼。
我的喉咙还没有咽下未知的浆液，
脏腑里面就突然感觉到一阵悸动，
对另一种元素的渴望顿然充满心胸。
我无法长久停留。‘陆地，永别了，我永远
不会回来!’说完，我全身就扎入深渊。
海神接纳我，赐给我与他们相当的荣耀，
并请求俄刻阿诺斯与忒堤斯，为我除掉
一切凡人的成分。我受到他们的祝福，
为祛除我的罪，他们施了九遍咒语，
然后吩咐我在百条河流之中沐浴。
眨眼间，诸河从各个方向的泉水涌出，
整座整座的海洋倾倒在我的头顶。
到此为止我还能讲述发生的事情，
还记得细节，但后来我就失去了觉知。
等到我恢复意识，发现全身已不是

片刻前的样子，心灵的感受也剧烈改变。
我这才第一次看见自己的深绿色长髯
和拖曳着扫过辽阔水面的头发，看见
宽广的肩膀、湛蓝的双臂，而我的腿尖
已经弯曲并变细，如一尾长鳍的鱼。[1]
但化作此形、取悦海神有什么用处，
做神有何益，若这一切不能打动你？”
他说了这些，还欲说更多，斯库拉却已
离开这位神。他因为被拒而恼怒万分，
遂奔向太阳神女儿喀耳刻的奇异门庭[2]。

1 格劳科斯变成了海神。

2 “太阳神”对应的原文是 Titanidos（提坦的），即“赫利俄斯的”。

《变形记》

第十四卷

METAMORPHOSEON LIBER XIV

格劳科斯与斯库拉

此时，压在巨人喉咙上的埃特纳火山[1]
和库克洛普斯的原野（它们从不曾体验
鹤嘴锄和犁铧的侵犯，亏欠负轭的耕牛）
被劈波斩浪的格劳科斯抛在了身后[2]。
他也已路过赞科勒、对岸的瑞基雍以及[3]
沉船无数的海峡（那里，逼仄的峭壁
从两边锁住了奥索尼亚和西西里的地界）[4]。
然后，他挥动阔臂，穿越第勒尼安海，

1 “巨人”指堤丰。Lateiner（1996）以这一卷为例，说明奥维德在《变形记》中使用了极其丰富的非语言行为来刻画人物，推动情节。这些行为可分为五大类：（1）仪式化的常规手势、姿势、站位与声音表现；（2）展示行为的下意识手势、姿势和声音表现；（3）外部配合物——衣服、装扮以及礼物等交流工具；（4）对时间和空间的操控；（5）有意识的、非正式的手势、姿势和声音表现。通过对这些非语言行为的分析，Lateiner 得出结论：奥维德在《变形记》第十四卷里首先关注的不是伦理、形而上或者神学问题，甚至也不是人物的心理。他用一种近乎“邪恶”的幽默讽刺了奥古斯都时代如神灵般崇拜的历史先祖，将悲剧的天命与喜剧的偶然并置于同一个空间，让公共英雄主义的宣传和政治神话沦为笑柄。

2 “劈波斩浪的格劳科斯”对应的原文是 Euboicus tumidarum cultor aquarum（汹涌波浪的欧卑亚耕作者），以耕地比喻划过海面。

3 瑞基雍（Rhegium）是意大利南部卡拉布里亚的一座城市，在西西里岛对面。

4 指隔开西西里岛和意大利半岛，连接第勒尼安海和伊奥尼亚海的墨西拿海峡。

抵达绿草如茵的山坡和太阳神之女
喀耳刻那座充斥着各种野兽的宅府。[1]
看见女主人，一番寒暄之后，他说：
“女神，求你可怜另一位神吧，倘若
我值得同情，就只有你能缓和这爱症。
药草的效力有多大，提坦后裔，没有人[2]
比我更清楚，我变形就是拜它们所赐。
怕你不知晓我这场疯病的来由，告诉你，
我在意大利海岸，正对墨西拿的那边[3]，
看见了斯库拉。我的许诺、祈求和甜言
蜜语全遭她鄙夷，真耻于向你讲述！
可是你，要么用神圣的唇诵念咒语，
如果咒语有法力，要么用效果已得到
验证的草卉，如果草卉威力更霸道。
我并不求你治好我，让我的伤口愈合，
你无须终结这一切，但要她也受此折磨。”
然而喀耳刻（因为没有谁比她更容易

1 Segal（1969）指出，虽然奥维德沿用了维吉尔等奥古斯都诗人笔下埃涅阿斯从希腊到罗马的地理转移模型，但并未接受他们将其视为从神话到历史、从混沌到秩序的意识形态阐释。格劳科斯的旅程与埃涅阿斯的漂泊构成了对峙，他也是从希腊来到罗马，但却不是被建国的天命驱动，而是被《变形记》中占统治地位的力量——欲望——驱动。他、喀耳刻和斯库拉的三角恋和变形故事重新将读者拽回了激情、魔法和暴力的混沌世界。第十三卷的统一性并非体现于历史的主题，而是情爱的主题。

2 “提坦后裔”指喀耳刻。

3 墨西拿（Messena 或 Messene）是西西里岛的一个重要城市，紧邻对岸的亚平宁半岛。

动情，无论这是源于其天性，还是
维纳斯恨她父亲的告密，驱使她如此）[1]
却这般回答："你倒不如去追求与你
有同样梦想、同样难以自拔的女性。
你完全值得倾心，也必能赢得一颗心。
你若给盼头，相信我，就有恋慕者上门。
怕你怀疑，或者轻看了自己的英俊，
以我为例，虽是神，父亲乃辉煌的太阳，
我也能随意支配药草和咒语的力量，
却甘愿委身于你。鄙弃鄙弃者，接纳我，
请如此选择，让我们两位各得其所！"
面对诱惑，格劳科斯却答道："除非
叶子在海底生长，水藻将山巅覆盖，
我的爱不会改变，只要斯库拉还在！"
喀耳刻愤愤不平，但对神无法加害，
出于爱也不愿伤害，于是满腔怒火
转向他心仪的女人。恼恨于求爱受挫，
她立刻碾碎因可怕汁液而恶名昭彰的
各种植物，边搅拌边吟唱赫卡忒的魔歌。
披上湛蓝的长袍，穿过一队队向她
争相献殷勤的野兽，离开自己的家，
准备奔向赞科勒崖岸对面的瑞基雍。

1 奥维德这里没有区分太阳神赫利俄斯和太阳神阿波罗，喀耳刻的父亲是赫利俄斯，"告密"的是阿波罗。维纳斯和马尔斯通奸，无所不见的阿波罗向维纳斯丈夫伏尔甘告密，参考本书第四卷171—189行。

她径直步入波涛汹涌的大海，却如同
在坚实的陆地上从容行走，双足丝毫
不沾水，掠过渊面，轻盈地一路飞飘。
有一处小池塘，形如拉圆的弓，这是
斯库拉喜欢的秘境。她常在此处躲避
大海和天空的热气，当太阳的旅程行至
最高点，从头顶抛下的阴影可忽略不计。
女神提前污染了这片水体，掺入了
阴狠的毒药。她将恶根研磨的汁液
朝各方喷洒，用那张充满魔力的嘴
把繁复、奇诡的咒语念了三个九回。[1]
斯库拉来了，踏进水中，已没到腰部，
却突然发现小腹被吠叫的怪兽玷污，
最开始，她以为这些东西不是自己
身体的一部分，惊恐中使劲驱赶，竭力
挣脱狂暴的犬口，却根本挣脱不了，
粘在身体上。她检视大腿、小腿和脚，
它们已不在，只触到冥犬才有的上下颚。
她踩着疯癫的狗群，野兽的背脊包围着

1 Segal（1969）重点分析了喀耳刻的形象，她在《变形记》中非常重要，因为她就是“变形”的一种工具，而且制造的是从人到动物的“向下”变形。奥维德和维吉尔一样，都抹去了荷马笔下喀耳刻的温和一面，但《变形记》中的喀耳刻更具侵略性。维吉尔和荷马的喀耳刻都幽居世外，需要人去寻找，而奥维德的喀耳刻却会离开居处，主动发起攻击（例如对这里的斯库拉和后文的庇库斯），而且魔法格外强大。喀耳刻情节创造了一种混沌的氛围，与本卷末尾相对宁静的场景构成对照，让人对罗马能否将世界带入秩序产生怀疑。

已遭残害的阴部和仍然未变的腹部。
痴情的格劳科斯悲泣，喀耳刻狠毒
使用药草对付她，更让他心生憎恚。
斯库拉留在原地，向喀耳刻复仇的机会
一出现，她立刻除掉尤利西斯的同伴。
不久后特洛伊舰队本可能沉入深渊，
若不是她先变成了巉岩，直到现在
它还矗立着，过往的水手都会避开。
特洛伊船只从这里路过，也已穿越
贪婪的卡律布狄斯，奥索尼亚的地界
眼看快抵达，却被风卷回利比亚海岸。
西顿的女王将埃涅阿斯迎进宫殿[1]
和心底，她注定难承受佛里吉亚夫君[2]
离去，借口为圣礼搭起柴堆，绝望人
扑倒在一柄剑上，绝了所有人的希望。
埃涅阿斯又离开建在沙滩上的新城墙，
回到埃卢克斯和阿刻斯忒斯的友好[3]
土地，祭奠了父亲，给坟墓应有的荣耀[4]。

埃涅阿斯的漂泊

1 “西顿的女王”指迦太基女王狄多，因为西顿是腓尼基的重要城市，而迦太基是腓尼基人建立的国家。

2 “佛里吉亚夫君”指埃涅阿斯，佛里吉亚代指特洛伊。

3 关于埃卢克斯山，参考本书第五卷第363行的注释。根据维吉尔的《埃涅阿斯纪》第一卷，阿刻斯忒斯（Acestes或Egestes）是西西里河神克里尼索斯（Crinisus）和一位特洛伊女人的儿子。所以埃卢克斯和阿刻斯忒斯都代指西西里岛。

4 埃涅阿斯在西西里安葬了父亲，并为他创立了一年一度的庆典，事见维吉尔《埃涅阿斯纪》第五卷。

他解开险些被伊丽丝焚烧的船只，驶过[1]
希波塔斯之子的国度和硫黄蒸腾的[2]
地界，以及诸塞壬（阿刻罗俄斯之女）[3]
出没的山崖。失去引航员，松木舟继续[4]
沿伊纳里梅、普洛库特和坐落于荒山顶[5]、
因当地居民而得名的庇忒库塞行进[6]。
昔日，众神的父亲憎恨克尔科佩斯人[7]
奸诈无信，难容忍狡猾民族的恶行，
于是将他们变作丑陋的动物，既不像
人类，样子却又多少与人类相仿，
缩短他们的四肢，压扁他们的鼻子，
在他们脸上刻满皱纹，如老年的印迹，

---

1 这行的原文中伊丽丝（Iris）还有修饰语 Iunonia（朱诺的），因为译文格律限制未译。在维吉尔《埃涅阿斯纪》第五卷中，朱诺派遣伊丽丝下凡，煽动特洛伊女人烧毁船只，以阻止埃涅阿斯到达意大利半岛，但没有成功。

2 “希波塔斯之子的国度”指埃俄洛斯统治的埃俄里亚群岛（Aeolia），在西西里岛附近。

3 诸塞壬（Sirenes）是河神阿刻罗俄斯的女儿们，以歌声魅惑水手而闻名。“塞壬之岩”（Sirenum scopuli）是一些小岛的总称。

4 “引航员”指帕里努鲁斯（Palinurus），他是埃涅阿斯的舵手，因为掌舵时睡着被大浪卷下船，见《埃涅阿斯纪》（*Aeneid* 5.843-71）。

5 伊纳里梅（Inarime）是离意大利坎帕尼亚（Campania）海岸不远的一座岛。普洛库特（Prochyte）也是附近的一座小岛，据说是在一次地震中从伊纳里梅岛分裂出来的，其名 Prochyte 源于古希腊语 procheō（倾倒出来）。

6 庇忒库塞（Pithecusae）是第勒尼安海中的岛屿，按照奥维德的说法，可能源于古希腊语 pithēkos（猿猴），当地居民变猴的故事见下文。但大普林尼认为，这个地名源于古希腊语 pithos（陶罐），因为当地盛产陶器。

7 克尔科佩斯人（Cercopes）是生活在庇忒库塞岛上的居民。今日动物学中的猕猴科学名是 Cercopithecidae，恰好融合了 Cercopes 和 Pithecusae 这两个名称。

在全身覆盖黄色的毛，然后打发至
此地。但他已预先剥夺其说话的能力，
禁止他们使用为诓骗而生的舌头，
只许以沙哑刺耳的声音发出哀嚎。

西比尔

右边帕耳忒诺珀的城墙已抛在身后[1]，
埃涅阿斯在左岸停泊，先后来到
埃俄洛斯的音乐家儿子留下的坟茔[2]
和沼泽遍布的库迈海岸，进入长生
西比尔的洞穴，祈求穿过阿韦尔诺湖[3]，
去见父亲的亡魂。她良久盯着泥土，
最后终于抬起头，被神的灵感充满，
朗声道：“你所求甚大，英雄，你的刀剑
已见证你的勇武，火见证你的至情[4]。
特洛伊青年，别害怕，你能够心想事成，
在我引领下，你将目睹福地——世界[5]
最深的国度——还有亲爱父亲的魂魄。
没有道路向美德锁闭。”说完，她指着

---

1 帕耳忒诺珀（Parthenope）是那不勒斯的古称，据说同名的塞壬死后埋在那里，所以有此名。

2 “埃俄洛斯的音乐家儿子”指密瑟诺斯（Misenus），他擅长吹号，密瑟努姆（Misenum）海岬因他而得名。

3 古罗马神话中最著名的先知西比尔（Sibylla，有多位，奥维德在这里只描述了一位）住在坎帕尼亚海岸的库迈（Cumae）。关于“长生”，见下文 135—149 行。

4 “火见证你的至情”指埃涅阿斯在特洛伊陷落后，穿过火海将父亲和家神牌位救出的事情。

5 福地（Elysium，这里被称为 Elysias domos）是有福之人死后在冥府的居处。

冥后普洛塞庇娜圣林中的一根金色[1]
枝条，吩咐他从那棵树上将其攀折。
埃涅阿斯遵行了，可怕冥王的产业、
众祖先和高尚者安喀塞斯年迈的幽灵
就显现在眼前。他还获知此地的律令
和在新的战争中必须经受的危险[2]。
然后，他拖着倦怠的脚步循原路回返，
一边与库迈的引路者交谈，减缓辛劳。
当他在浓重黑暗中踏着阴森的冥道，
埃涅阿斯说：“你或者是神，或者蒙神宠，
但在我心里，你永远与神无异。我承认，
我活着应归功于你，是你允许我见到
死者的疆域，见到之后还安然脱逃。
为你的这些恩惠，等我回归阳界时，
要为你建造神庙，虔敬地焚香献礼。”
先知望着他，发出深深的叹息，说道：
“可惜我并非女神，神圣乳香的荣耀
一位凡人也不配。以免你因无知犯错，
告诉你，永恒的生命曾有机会属于我，
倘若我肯将童贞献给爱我的福玻斯。
当时他渴望拥有我，希冀我的心能用礼

1　“冥后普洛塞庇娜”对应的原文是 Iunonis Avernae（阿韦尔诺湖朱诺的）。阿韦尔诺湖代指地府，朱诺是比附，普洛塞庇娜在幽冥的地位相当于朱诺在天界的地位。

2　指他在意大利将要经历的战争。

收买，便许诺：‘库迈的少女，尽管说吧，
任何心愿我都能达成。’我指着一堆沙，
不假思索地提出，这里有多少沙粒，
我就为自己的一辈子讨要多少生日，
却忘了祈求在这些岁月里青春常驻。
然而他答应给我永恒的青春和寿数，
只要我与他交欢。我拒绝了他的条件，
独身到现在。如今那些幸福的华年
已离去，痛苦的老年已经颤巍巍来临。
我必须长久忍耐，如你所见，我已经
活过七百年，但为了与沙粒的数目一样，
我还要见证三百次秋收，三百次秋酿。
终有一天，岁月会让我舒展的身体
皱缩成微小的一团，被暮年耗尽的四肢
几乎失去重量。那时我仿佛从未被
爱过，从未取悦神，或许连福玻斯都会
认不出我来，或否认往日对我的痴恋。
我会变成那样子：没有眼睛能看见，
但通过声音为人知，命运会留存声音。”[1]
西比尔讲述着这些，沿陡峭的路上行，
特洛伊的埃涅阿斯也从斯堤克斯河畔

1 Segal（1969）指出，西比尔这位古罗马文化中最重要的先知在奥维德笔下也失去了光环，也被纳入情爱的主题，几乎成了一位虚度青春、晚景凄凉的怨妇。

波吕斐摩斯的愤怒

升入库迈城[1]。循例举行祭祀后，在那片
尚未以乳娘命名的海岸泊舟登陆[2]。
饱经磨难的玛卡柔斯已提前在此处[3]
滞留（他曾与尤利西斯一起漂泊），
他认出昔日被遗弃在埃特纳山崖间的
阿凯梅尼德斯，意外重逢，发现他尚存[4]，
惊讶地喊道："是怎样的奇遇或哪位神灵
救了你，阿凯梅尼德斯？为何一位希腊人
坐蛮族的船[5]？你们的船往哪里行进？"
他从前的同伴不再衣着褴褛，荆棘
不再扎满全身，已重获自由，如此
回答朋友的问询："我甘愿重新面对
波吕斐摩斯和他淌着人血的巨嘴，
倘若我爱家和伊塔卡胜过这艘船，
尊敬埃涅阿斯少于我父亲。就算
我献出一切，也无法报答他的恩情。
多亏他，我才能说话、呼吸、凝视天空

1　"库迈城"对应的原文是 Euboicam urbem（欧卑亚的城市），因为传说它是欧卑亚的卡尔基斯城（Chalcis）移民在意大利建立的。

2　埃涅阿斯的乳娘叫凯厄塔（Caieta），关于她的下葬，见下文 441—444 行。

3　这位玛卡柔斯（Macareus）不是埃俄洛斯之子（见奥维德《女杰书简》第十一首），也不是半人马（见本书第十二卷第 452 行），而是尤利西斯的同伴，原文还有修饰语 Neritius（涅瑞托斯的），因为涅瑞托斯山在尤利西斯的故乡伊塔卡。

4　阿凯梅尼德斯（Achaemenides）也是尤利西斯的同伴，见维吉尔《埃涅阿斯纪》（*Aeneid* 3.614）。埃涅阿斯救他的事，见下文 167—220 行。

5　"蛮族"指特洛伊人，因为在希腊人眼中，所有非希腊人都是蛮族。

和太阳，我怎么可能忘记，不知感激？
靠了他，我的这条命才没被库克洛普斯
吞掉，即使现在就告别阳间的亮光，
我也能进坟墓，绝不会葬于怪物腹中。
而那时，我的感受是什么，除非恐惧
抹掉了知觉与情感，当我被抛弃，目睹
你们驶向海中央？我真想大叫，却深恐
自己被敌人发现。尤利西斯的喊声
也险些毁灭你们的船。[1]我看见怪物
拔起一座山，高举巨岩朝波浪间掷去；
我同样看见他用庞然的手臂，恰似
投石机一般，源源不断地抛出大石。
我心惊胆战，生怕船被气流或海浪[2]
掀翻，全然忘记了自己并不在船上。
可是，当你们侥幸逃脱惨死的厄运，
他不停咆哮，在整个埃特纳来回逡巡，
手在森林里摸索，失去了唯一的眼睛，
他反复撞上岩石。向大海伸出被血腥
覆盖的臂膀，他狠命诅咒希腊民族：
‘我如果有机会重新将尤利西斯逮住——
他的同伙也可以，让我泄心头之恨，

1　在《奥德赛》第九卷中，尤利西斯已经逃上船，波吕斐摩斯追到岸边时，得意的尤利西斯喊出了自己的真名，巨人虽然看不见，却凭声音判断船的方位，朝船扔了许多大石头，差点把船弄沉。

2　指投石引发的气流和波浪。

让我啃食其内脏，让我用右手生生
扯断其四肢，用鲜血浸润我的咽喉，
用牙齿慢慢碾碎已被我撕裂的骨头，
那么，我失去眼睛的代价就不值一提！’
他凶狠地怒吼。我脸色惨白，心生寒意，
暗中偷窥着他仍然淌血的脸，那双
残忍的手，那只眼（再也见不到光亮），
他的四肢，他粘着人类血块的长髯。
死就在眼前，但死只是最小的灾难，
我想象他马上就会抓住我，将我的肚肠
塞进他自己的肚肠。脑海中一个景象
盘桓不去：我见他抓起我两位同伴，
三四次将他们的身体狠狠砸向地面，
他趴下身子，犹如一头毛蓬蓬的猛狮，
把内脏、肌肉、骨头（和白色骨髓一起）、
依然温热的四肢吞进他贪婪的肚子。
我浑身颤抖，面无血色地站在那里，
惊恐地看他时而咀嚼血淋淋的盛宴，
时而吐出混合葡萄酒的食物残片，
仿佛已见到自己惨遭同样的下场。
我一连藏匿多日，听到的每种声响
都让我战栗，我怕死，却又盼望早些死，
用橡子和掺杂树叶的青草勉强充饥，
孤独，无助，绝望，做死亡与苦难的猎物。
过了很久，我看到这艘船出现在远处，

用手势祈求救援，然后我奔向海滨，
说动了他们，特洛伊战船竟接纳希腊人！
最亲爱的朋友，也请讲述你自己以及
一起出海的首领和同伴有怎样的经历。”
玛卡柔斯回忆说，希波塔斯的儿子[1]
统治着图斯坎海域，他将风关在监狱里[2]，
装进一个牛皮袋，作为珍贵的礼物
送给尤利西斯[3]。得顺风相助，他连续
航行九天，已经望见期待的土地，
然而，等到第十个黎明到来之时，
嫉妒和对财物的贪恋却迷了同伴心窍，
他们以为有金子，就解开风袋的绳套。
风立刻将船刮向不久前穿过的波浪，
直至它返回国王埃俄洛斯的海港。

莱斯特里恭人

“此后，我们到达莱斯特里恭的古都[4]
拉莫斯，安提法忒斯是那片疆域的君主[5]。
我与两位同伴受委派一起去觐见他，

---

1 指埃俄洛斯。

2 “图斯坎海域”即第勒尼安海。传说各种风都被埃俄洛斯囚禁，需要的时候才放出来。

3 “尤利西斯”对应的原文是 Dulichium ducem（杜里齐文的首领）。

4 莱斯特里恭部族（Laestrygones）有食人的习惯，参考《奥德赛》（*Odyssey* 10.80-132）。他们的古都拉莫斯（Lamus）就是坎帕尼亚的福尔米埃（Formiae）。

5 安提法忒斯（Antiphates）是食人族的国王，见《奥德赛》（*Odyssey* 10.114-132）。

竭力逃跑，一人和我才未遭残杀，
另一人的血却涂红了莱斯特里恭部族
那些渎神的牙齿。安提法忒斯追逐
我们，催促着手下。聚集的敌兵纷纷
抛掷石块和梁木，船和人都被砸沉。
但载着我们和尤利西斯的那一艘侥幸

喀耳刻的魔法

逃脱。失去了众多伙伴，我们伤心
至极，不住哀叹，驶向了那片平陆
（从远处你就能看见），相信我，那座岛屿[1]
只该从远处看！还有你，正直无双的特洛伊人，
女神的后裔，埃涅阿斯（战争已结束，不应
再视你为敌人），听我劝，远离喀耳刻海岸。
当我们在她的岛上系好缆，泊好松木船，
因食人族和独眼巨人的事而心有余悸，
都不肯贸然进入那座未知的宅邸。
最后抓阄决定，我和忠诚的波里忒斯、
嗜酒如命的厄尔佩诺耳、欧律洛科斯[2]
以及其他十八人去往喀耳刻的殿宇。
我们一到达外墙，站在庭院门槛处，
千只狼还有熊、母狮就蜂拥上前问候，

1　指喀耳刻居住的岛，这里现在是海岬，因喀耳刻而得名喀耳凯昂（Circaeum），传说它原来是一个岛。

2　厄尔佩诺耳（Elpenor）是尤利西斯的同伴，在逃离喀耳刻的岛屿时，他正喝得大醉，躺在房顶上，匆忙中跌下，摔断脖子死了。后来尤利西斯下冥府时，最先见他的幽灵就是厄尔佩诺耳。

令我们胆寒，但它们都无须害怕，没有
任何一只猛兽想伤害我们的身体。
它们甚至还温柔地摇着尾巴，竭力
向我们献殷勤，依偎在脚边，直到女仆
出迎，领我们穿过大理石覆盖的堂屋，
来到女主人面前。她在美丽的幽秘处，
端坐于庄严的宝座上，身穿璀璨华服，
外面还裹着一件金丝织就的披风。
众海洋仙女和宁芙一道侍奉，她们
没有用灵巧的手指梳理羊毛，纺出纱，
而是在归置植物，将随意堆聚的花
和各色草卉分别放入不同的篮子里。
她督促大家各尽其职，自己也熟知
每种叶子的用处，混合后又有何效力，
在侍从为药草称重时专心致志地检视。
她看见我们，主客一番寒暄。她脸上
舒展着笑容，仿佛会满足我们的愿望，
并立即命人为我们摆下丰盛的宴席——
烤大麦面包、蜂蜜、醇酒和炼乳。但以
甜美的表象为掩护，她秘密添加了药汁。
我们接过她神圣的右手递来的杯子，
一饮而尽，滋润焦渴的喉咙，转眼
已被残忍的女神用魔杖触碰了发尖。
（我耻于讲述这一切。）我开始长出鬃毛，
再也说不出任何词语，只能嚎叫，

声音刺耳，整张脸趴伏，在地面磨蹭。
我还感觉到自己的嘴向前拱，变硬，
颈背隆起了肌肉，我的手片刻前还能
端起酒杯，此时却踩出一排蹄印。
我和其他同命者（魔药有如此强力！）
都关在猪圈里，发现唯有欧律洛科斯
未变成猪身，因为唯有他没接过酒杯。
倘若他也不曾幸免，我到现在也仍会
厕身于猪群间，尤利西斯也不会知晓
如此可怕的灾难，来找喀耳刻复仇。
库莱内的和平使者赠给他一株白花[1]，
天神称之为‘墨侣’，它从黑根萌芽[2]。
有它的保护，又获得墨丘利暗授机宜，
他来到喀耳刻的住所。当她劝尤利西斯
饮毒酒，试图用魔杖触碰头发的时候，
他一把推开，拔出剑，吓得她浑身颤抖。
然后双方以右手盟誓，他与她成婚，
作为嫁妆，他要求恢复同伴的人身。
她浇上某些神秘草卉的疗治汁液，
又掉转魔杖，敲击我们的头，并且
诵念咒语，效果与以前的正好相反。
她念得越久，我们的上身越远离地面，

1　“库莱内的和平使者”指墨丘利。

2　按照《奥德赛》第十卷的说法，“墨侣”（moly）的根是黑色的，花的颜色如奶。

越站越直，鬃毛褪去了，裂缝消失了，
脚不再分岔，肩膀和手臂都复归原来的
形状。我们哭泣着拥抱哭泣的拯救者，
搂住首领的脖子，除了向他致谢，
我们顾不上表达任何其他的感受。

喀耳刻与庇库斯

在岛上我们待了一年，滞留这么久，
我亲眼目睹许多事，也曾听闻许多事，
其中这一桩是某位女仆私下告知
（她和另三位受主人指派，负责圣礼）。
喀耳刻和我们的首领独享静谧之时，
她指着一尊雪白的大理石雕塑给我瞧，
形象是年轻人，头顶停着一只啄木鸟，
身上挂满花环，醒目地矗立在神庙中。
我好奇地询问这是谁，为何在此受供奉，
为何要与这只鸟相伴，女仆回答说：
‘玛卡柔斯，我们的主人如何了得，
你从这件事可见一斑。仔细听我讲。
庇库斯昔日曾是奥索尼亚的国王[1]，
他乃萨图尔努斯之子，酷爱战马，
相貌恰似眼前这般，但你若见他，
一定会觉得摹本终不如本人英俊。
他的心灵与容颜一样美，正值青春，

1　庇库斯（Picus）的名字在拉丁语中就是“啄木鸟”的意思。

还未曾四次观赏希腊厄里斯的角逐[1]，
但他的脸庞已吸引诞生于拉提乌姆[2]
山间的仙女，水泽仙女同样是恋慕者
（她们居于阿尔布拉河、努米丘斯河[3]、
阿尼奥河、流程极短的阿尔莫河、湍急的[4]
纳尔河、两岸树荫掩映的法尔法鲁斯河[5]
或者属于斯基泰狄安娜的林中池塘[6]
以及附近的湖泊）。然而他蔑视群芳，
只钟爱一位宁芙（据说是维尼里娅[7]
在帕拉丁山上为双面雅努斯诞下了她[8]）。
这位少女一长到成熟的年纪，就嫁给

1　意为未满十六岁。公元前776年，希腊厄里斯获得奥林匹克运动会的举办权（以前在皮萨举行），这项盛事四年一次，但按照古罗马首尾皆算的数数方法，就是五年一次，所以原文中用quinquennem（五年一次的）修饰pugnam（比赛）。然而，在庇库斯的时代，古代奥运会尚未出现。

2　拉提乌姆（Latium）是埃涅阿斯在意大利最先落脚的地方。

3　阿尔布拉河（Albula，意思是"白色的"）是台伯河的古称。努米丘斯河（Numicius）是拉提乌姆的一条小河。

4　阿尼奥河（Anio）是台伯河的一条支流。阿尔莫河（Almo）是台伯河源头附近的一条支流。

5　纳尔河（Nar）是翁布里亚（Vmbria）的一条河，汇入台伯河。法尔法鲁斯河（Farfarus）流经绿树成荫的萨宾山谷。

6　狄安娜被形容为"斯基泰"，是因为拉提乌姆的狄安娜崇拜据说是阿伽门农之子俄瑞斯忒斯从斯基泰带来的，斯基泰的敬拜中心是叨立斯（Tauris），当地有向狄安娜献祭人牲的传统，参考奥维德《黑海书简》（*Ex Ponto* 3.2.43-96）。

7　维尼里娅（Venilia）是双面神雅努斯（Ianus）之妻，埃涅阿斯主要敌人图尔努斯（Turnus）之母。

8　帕拉丁山（Palatium）是罗马七丘之一，屋大维皇宫所在地。雅努斯是古罗马的本土神，掌管门、通道和所有的开始。

庇库斯（所有求婚者里面他最受青睐）[1]。
她的美世所罕有，歌唱的技艺更罕有，
所以名曰“嘉音殊”[2]。她常用自己的歌喉
驱动森林和岩石，安抚野兽，让江河
停止奔流，让游弋的飞鸟静静地栖歇。
某一天，当她温婉地唱着小调，庇库斯
已经离开家门，去往劳伦顿的野地，
准备捕杀那里的野猪。他按着一匹
烈马的背脊，两支长矛握在左手里，
身披紫色的斗篷，用黄金的纽扣固定。
日神的女儿也已经走入同一片森林[3]，
想在丰饶的山上摘一些新鲜的草叶，
此时刚抛下以自己命名的喀耳刻原野。
被灌木遮挡的她一看见这位青年，
就目瞪口呆，方才采撷的植物从手间
滑落，仿佛有火焰烧透她的骨髓。
当她从这强烈的冲动里回过神来，
本想立刻就表白心意，却无法近前，
他的马太快，还有随从围在身边。

1 这行的原文中庇库斯（Picus）还有修饰语 Laurenti（劳伦顿的），由于译文格律限制未译，劳伦顿（Laurentum）是拉提乌姆的一个城市，在台伯河河口与拉维尼昂之间。

2 为了体现她的歌艺与名字之间的关系，Canens（拉丁语“歌唱”的意思）没有采用通常的音译，也没有直接意译成“歌唱者”，而是音义结合翻成“嘉音殊”。

3 “日神的女儿”指喀耳刻。

“你逃不了的，”她说，“即使风把你卷跑，
只要我深谙自己的本事，只要药草
未失去所有效力，咒语也不辜负我。”
她造出一头野猪的幻影，却让人感觉
有真实可触的形体，驱使它从国王眼际
穿过，仿佛钻进了一片浓密森林里，
藏进枝叶茂盛、马不能进入的地方。
庇库斯不明就里，紧跟猎物的影像，
并且迅速地跃下吐沫奋蹄的良骏，
追逐空洞的希望，在幽深林间搜寻。
她开始祈祷，诵念咒语，用奇怪的言辞
敬拜奇怪的神灵，她常以这样的方式
让月亮皎洁如雪的面庞骤然变暗，
让聚满湿气的乌云遮住父亲的脸。
随着咒语的吟唱，天空越来越阴郁，
大地蒸腾起黑雾，侍从在黑暗的道路
逐渐迷失，卫兵远离了他们的国君。
抓住地利和时机，她喊道：“英俊的年轻人，
以你的眼睛（它们俘虏了我的眼睛）
和容貌（它让我这位女神哀求你）为证，
请珍惜我的热情，让俯瞰万物的太阳神
做你的岳父，别残忍鄙弃喀耳刻的心。”
他怒气冲冲地推开她，拒绝了这番表白，
说道：“无论你是谁，我们都不能相配。
我痴恋另一位女子，并祷告长久如此，

也不会用外人的情爱玷污婚姻的盟誓，
只要命运还许我与雅努斯的女儿厮守。”
她一再恳求，仍无济于事，忍不住大吼：
“你必定会遭报应，再也回不到她身旁，
你会知道动心的女人受了伤会怎样
行事，而且是喀耳刻这位怨女受了伤！”
她两次转向西方，又两次转向东方，
三次用魔杖触碰青年，三次念咒语。
他转身逃跑，却愕然发现自己的速度
超过了平时，看见身体长出了翅膀，
突然变成拉提乌姆的森林间一种
新奇的飞鸟，他愤恨不已，用坚硬嘴喙
猛啄野生的橡树，在长枝上戳出一排排
伤口。翅翼保存了披风的紫色，系好
衣服的黄金纽扣已经化作了羽毛，
于是脖颈周围缠了金灿灿的一圈，
除了名字，庇库斯的一切都已改变。
侍从们在旷野各处徒然高声呼喊[1]
主人的名字，他的踪迹无处可寻见。
此时遇到了喀耳刻（她已让空气恢复
澄明，允许风和阳光驱散所有云雾）。
他们以确凿的罪证施压，索要国王，

1 Myers（2009）注意到，397—415 行喀耳刻的魔法与本书第十五卷恺撒死亡之前的预兆（783—798 行）有呼应关系。

并诉诸武力，准备用残酷的武器进攻。
她则朝对方喷洒各种可怕的毒汁，
从黑暗和混沌之境召唤诺克斯等神祇[1]，
并用悠长尖厉的号叫向赫卡忒致礼。
令人震惊：森林从各自的位置跃起，
土壤发出呻吟，邻近的树木战栗，
草地变得湿漉漉，叶刃溅满血滴，
石头似乎发出了沙哑的吼声，群犬
狂吠，无数污秽的黑蛇覆盖了地面，
缥缈虚幻的幽灵似乎在来回穿梭。
面对这样的异象，众人仓皇无措，
她拿带毒的魔杖触碰惊愕的脸庞，
眨眼之间，各种野兽的可怕形状
就传给这些青年，无人的样貌如从前。
即将沉落的太阳沐浴着西方的海岸[2]，
嘉音殊望眼欲穿，期盼着丈夫回来，
却是枉然。她的奴仆和臣民散落在
森林各处，擎着灯火，准备迎接他。
宁芙先是悲泣，撕扯头发，捶打
胸膛，但这些不足以发泄她的哀伤，
又冲出家门，疯疯癫癫，在荒野游荡。
一连六个晚上，六个黎明，她全然

1 诺克斯（Nox）是夜神。

2 “西方的”对应的原文是 Tartessia（塔尔特索斯的），因为塔尔特索斯是西班牙西海岸的一座城市。

忘记了睡觉，忘记了吃饭，翻越高山，
穿过深谷，漫无目的，在迷茫中行路。
台伯河最后见到她，因为痛苦和旅途
而疲惫不堪，躺在长长的河岸上休歇。
那里，她淌着眼泪，神情凄楚，不停地
以虚弱的声音唱着悲恸谱成的曲调，
就像将死的天鹅用挽歌将自己凭吊。
最后，细瘦的骨髓也在哀戚里消融，
她慢慢耗尽，逐渐散失在缥缈的风中。[1]
但此地已赢得恒久的名声，古代的缪斯[2]
恰当地称之为“嘉音殊”，纪念宁芙的名字。’
漫长的一年里，这样的事情我听过见过
许多。我们因悠闲而变得慵懒怠惰，
却突然得令，要重新跨海，重新扬帆。
喀耳刻早已告知，前面有难测的风险、
遥远的航程和狂暴大海的种种磨难。
我承认很恐惧，一到这里就滞留不前。”
玛卡柔斯讲完了。埃涅阿斯的乳娘
殓在大理石瓮中，简短的铭文刻墓上：
“孝顺的养子将我，凯厄塔，从希腊烈焰中

1 Papaioannou（2004）认为，嘉音殊临死前这段文字与维吉尔《埃涅阿斯纪》中描写库格诺斯变天鹅的场景（*Aeneid* 10.185-193）相呼应。

2 “缪斯”对应的原文是 Camenae（卡米奈），Camenae 是古罗马几位预言女神的合称，她们常被等同于古希腊的缪斯。

救出，又恭谨地遵循仪礼在此处火葬。”[1]

意大利的战火

他们在长满青草的堤坝解开船缆，
远避恶名昭彰的女神的诡计和宫殿[2]，
驶向意大利海边的丛林，绿荫簇拥的
台伯河在那里将棕黄的泥沙送入海波。
埃涅阿斯也娶到拉提努斯的闺女[3]，
却是以战争换来，被迫与剽悍的部族
拼杀，图尔努斯因未婚妻被夺而愤恨[4]。
整个埃特鲁里亚与拉提乌姆对阵[5]，
攻守激烈而持久，胜利迟迟未到来，
双方都依靠外部的盟友扩张军队，
鲁图里亚和特洛伊各自争取了许多
援兵。埃涅阿斯成功说动埃万德[6]，

狄俄墨得斯的回忆

---

1 这则铭文对照了毁灭的火（希腊战火）和虔敬的火（火葬）。Segal（1969）指出，这段本来可以表现埃涅阿斯虔敬品格的情节被奥维德处理得格外草率苍白，并且被前面浓墨重彩的庇库斯故事和后面狄俄墨得斯的回忆冲淡。

2 “恶名昭彰的女神”指喀耳刻。

3 “拉提努斯的闺女”指埃涅阿斯的后妻拉维尼娅（Lavinia）。拉提努斯（Latinus）是拉提乌姆的国王和拉维尼娅的父亲。原文中“拉提努斯的”（Latini）还有修饰语 Faunigenae（法乌努之子的），因为拉提努斯是古罗马牧神法乌努和宁芙玛丽卡（Marica）的儿子。这个词由于译文格律限制未译。

4 图尔努斯是维尼里娅和道努斯（Daunus）的儿子，鲁图里亚人（Rutuli）的国王。拉维尼娅在埃涅阿斯到达前曾被父亲许给图尔努斯，战争因此在埃涅阿斯和图尔努斯之间爆发。

5 埃特鲁里亚（Etruria）地区在意大利中部，与早期罗马国境接壤。这里很早就发展出较为先进的文化，城市众多，是早期罗马的主要对手。

6 埃万德（Evander）是墨丘利（也有别的说法）和女神卡尔门塔（Carmenta）的儿子，是古罗马传说中的文化英雄，在特洛伊战争前从阿卡迪亚将古希腊宗教、法律和文字带到了意大利。参考奥维德《岁时记》（*Fasti* 5.91-100）。

维努卢斯去流亡者狄俄墨得斯的城市[1]，
却空手而返。他的确受到道努斯支持[2]，
建立了一座大城，领有陪嫁的土地[3]，
但当维努卢斯传达了图尔努斯的旨意，
请求帮助，埃托利亚的英雄却声称[4]
资源不足：他不愿动用岳父的臣民[5]
参战，自己也没有足够的人马可以
武装。他说："你千万别以为这是托词。
虽然回忆会重新勾起痛苦，但是我
甘愿为你讲述。当宏伟的伊利昂化作

1 维努卢斯（Venulus）是图尔努斯的使臣。狄俄墨得斯在特洛伊战争后被不忠的妻子设计逐出故国，到了意大利的阿普里亚，娶了国王道努斯（Daunus）的女儿，并在意大利建立了十余座城市。Papaioannou（2004）指出，457—511 行的情节以维吉尔《埃涅阿斯纪》第十一卷 243—295 行为蓝本，但也有重要的改变。两个版本的主要内容都是狄俄墨得斯拒绝维努卢斯的请求，不肯与图尔努斯结盟。然而在维吉尔的故事里，狄俄墨得斯回忆的主要内容是特洛伊的战事，拒绝结盟的理由是他认为埃涅阿斯不仅勇敢，而且道德高尚。作为荷马笔下著名的勇士，他曾与埃涅阿斯交手，险些杀死他，又击伤前来救援的维纳斯。他对埃涅阿斯的评价无疑最具权威。而且，此时的他已经将上述的"光荣过往"视为罪孽，并认为自己的漂泊是一种报应，他在特洛伊之后的经历也与埃涅阿斯有诸多相似之处。Papaioannou 认为，借助这样的安排，维吉尔就用自己"勇敢加虔敬"的价值观取代了荷马史诗的"勇敢"价值观，创造了具备罗马特色的史诗。奥维德却让狄俄墨得斯的回忆聚焦在同伴变成鸟的奇迹上，从而与自己这部长诗的变形主题相一致。

2 "他"指狄俄墨得斯。这行的原文中道努斯（Dauno）还有修饰语 Iapyge（雅普克斯的），这里意为"阿普里亚的"，由于译文格律限制未译。雅普克斯（Iapyx）曾向阿波罗学习医术，在特洛伊战争中医治过埃涅阿斯，后来逃到意大利，建立了阿普里亚。参考维吉尔《埃涅阿斯纪》（*Aeneid* 12.391-402）。

3 "大城"指阿尔匹（Arpi）。

4 "埃托利亚的英雄"即狄俄墨得斯。

5 "岳父"指道努斯。

灰烬，佩尔加蒙战栗于希腊人的蹂躏，
因为埃阿斯强奸处女，冒犯了处女神[1]，
本当他独自承担的惩罚降给了所有人。
我们希腊人被狂风吹散，在怒海浮沉，
受尽雷电、黑暗、暴雨，受尽天空
与浪涛的催迫，欧卑亚则是灾难的巅峰[2]。
我无意详叙一桩桩悲惨的往事，总之，
那时的希腊人足以让普里阿摩斯涕泣[3]。
然而，多亏戎装密涅瓦的庇佑，我逃脱
巨浪的吞噬。但我又一次被驱离故国，
这是慈惠维纳斯的报复，她仍然没忘
我刺伤她的旧怨。[4]我已经遭受海上
和陆上如此可怕的苦楚和连绵的兵祸，
我经常形容昔日的同伴是幸福的死者，
风暴和无情的卡佩柔斯将他们共同[5]
葬在深渊里，我真愿自己也在其中。
幸存的朋友受尽了战争和风浪的折磨，

1　指小埃阿斯在密涅瓦神庙强奸卡珊德拉的事。“埃阿斯”对应的原文是 Narycius heros（纳卢科斯人），纳卢科斯（Naryx）是埃阿斯故国洛克里斯的一个城市。

2　欧卑亚国王瑙普利俄斯（Nauplius）的儿子帕拉墨得斯（Palamedes）被希腊人所杀，为了报仇，他在海岬上点满火炬，从特洛伊回来的希腊人以为是港口，纷纷靠岸，结果许多船撞礁沉没。原文的 Capherea 指卡佩柔斯，这是欧卑亚的一个海岬。

3　换言之，让敌人心生怜悯。

4　参考本书第十二卷第 622 行的注释。

5　参考上文第 472 行的注释。

失去了勇气，要求终止这样的漂泊。
阿克蒙天性冲动，也已烦透了厄运，
嚷道：‘伙伴们，还有什么灾殃是你们
无法忍耐的？就算维纳斯有此心，她能变
什么新花样？我们若害怕以后会更惨，
就总有受伤的余地，但坏运若到了极致，
我们就反而无所畏惧，全不怕祸事。
她听见何妨？恨（她的确也恨）狄俄墨得斯
手下的所有人又何妨？我们全都蔑视
她的恨——好像我们在意她伟大的本领！’
来自普琉戎的阿克蒙以这番言辞挑衅[1]
维纳斯，再次唤醒女神沉睡的怒火。
极少人赞同他的话，大多数朋友都斥责
阿克蒙的态度。他正欲回应我们，嗓音
和他的声道都越变越小，头发也变成
羽毛，并且渐渐覆盖了他的新颈项、
前胸和后背。手臂上生出的羽毛更长，
肘部慢慢弯曲，化作轻盈的翅膀。
脚趾连成蹼，占据双足大部分，脸庞
变硬，蒙上了角质，终止于尖喙的位置。
吕科斯、伊达斯、瑞克塞诺耳、尼克透斯、
阿巴斯惊讶地望着他，愕然之际，他们
也换上相同的形状，我的大多数友朋

1　普琉戎（Pleuron）是埃托利亚的一个城镇。

都升到空中，拍打着翅膀，绕船桨翻飞。
你若问这些可疑的鸟儿是什么种类，
我会说，它们不是天鹅，却像白天鹅。[1]
虽是道努斯的女婿，我的人手却少得
可怜，很难控制这座城和干旱的乡野。”

野橄榄的故事

狄俄墨得斯如是说[2]。维努卢斯告别了
卡吕冬地界、剖刻提亚湾和梅萨匹亚[3]。
在那里他看见一个洞穴，藏于密林下，
滴着细微的泉珠，如今半羊的潘神
居于此，昔日却曾被一群宁芙占领。
阿普里亚的一位牧人将她们从这里
吓跑。他最初的吓唬令仙女措手不及，
很快，她们恢复了镇定，鄙夷跟随者，
旁若无人地踏着节拍，跳舞作乐。
牧人羞辱她们，以笨拙的姿势模仿，
还一边用粗野的污言秽语肆意讪谤。

1 Papaioannou（2004）指出，虽然古代的各种传说都没有提及这些鸟与天鹅相似，奥维德却故意说它们“不是天鹅，却像白天鹅”。结合《变形记》中前面六处关于天鹅的描写以及它与《埃涅阿斯纪》的互文关系，可以推知这段文字有元诗色彩，表达了奥维德对自己作品在史诗传统中的定位：《变形记》与史诗相似，但不是传统意义上的史诗。

2 “狄俄墨得斯”对应的原文是Oenides（俄纽斯的后裔），因为他是俄纽斯的孙子。

3 这里的卡吕冬不是希腊的城邦，而是狄俄墨得斯在阿普里亚的领地（为纪念故乡卡吕冬）。剖刻提亚湾指剖刻提亚（Peucetia）海岸，阿普里亚被奥菲杜河（Aufidus）分成东边的剖刻提亚和西边的道尼亚（Daunia）两部分。梅萨匹亚（Messapia）是卡拉布里亚的一个地区，因为国王梅萨普斯（Messapus）而得名，此人曾经帮助图尔努斯对抗埃涅阿斯。

他骂个不停，直到其喉咙被树封锁：
他已变成树，汁液透露了他的品格。
没错，野橄榄苦涩的果实让人想起
他那条舌头，仿佛储存了恶毒的言辞。

船变仙女的奇迹

使臣返归，带回埃托利亚人不肯[1]
结盟的消息，鲁图里亚人便放弃空等，
继续顽强地战斗。双方都流血漂橹。
图尔努斯将饕餮的火把掷向松木
战舰，它们逃过了怒涛，却恐惧烈焰。
大火已点着沥青、蜂蜡和其他可燃[2]
之物，正沿高耸的桅杆向帆顶蔓延，
弯曲龙骨的横板冒出了团团黑烟。
记起这些松木皆采于伊达山之巅，
尊贵的神母突然让周遭的空气充满[3]
铙钹铿锵的撞击声和黄杨木笛的乐音。
她驾着驯顺的狮子在缥缈的空中穿行，
高喊："你渎神的右手枉然抛掷火炬，
图尔努斯！我会拯救船，我决不允许
贪婪的火焰吞噬我圣林的任何肢体！"
女神说话时，雷霆滚动，紧随着霹雳，
暴雨夹杂着跳跃的冰雹从天而降，

1 "埃托利亚人"指狄俄墨得斯和跟随他到达意大利的埃托利亚移民。

2 "大火"对应的原文是 Mulciber（火神伏尔甘的别称）。

3 神母即库柏勒。

阿斯特莱俄斯诸子搅动空气和海洋[1]，
掀起骤然的巨浪，匆忙冲向战场。
慈惠的神母借用其间一种风的力量，
首先刮断了佛里吉亚船只的缆索，
逼它们向前倾覆，在大海深处沉没。
这些船触水就变软，木料长成了身体，
弧形的船尾逐渐露出了头部的端倪，
桨慢慢消失，让位于脚趾和游泳的腿，
原来的侧舷留作侧腹，龙骨原来[2]
浸没在船的中线下，此时变作背脊，
绳子变柔软的头发，帆桁化为手臂。
她们的颜色仍然湛蓝，以前怕波浪，
现在是海洋仙女，无忧无虑地在水中
嬉戏。她们诞生在陡峻的山上，如今
在柔顺的海里聚居，起源未留下印痕。
但她们没有忘记在凶残的巨涛里忍受过
数不尽的危险，看见航船在海中颠簸，
经常施以援手，除非乘客是希腊人。
一直记得特洛伊的毁灭，她们憎恨[3]

1 “阿斯特莱俄斯诸子”指东风（Eurus）、西风（Zephyrus）、南风（Notus）和北风（Boreas）四位神。阿斯特莱俄斯（Astraeus）是第二代提坦神，和黎明女神奥罗拉生下了这些孩子。

2 在拉丁语中，船的侧舷和动物的侧腹都叫 latus。

3 “特洛伊”对应的原文是 Phrygiae（佛里吉亚）。

宿敌，欣然看尤利西斯舰队的残片[1]
在水面漂浮，欣然看阿尔喀诺俄斯的船[2]
逐渐变硬，木头被坚固的岩石封堵。
有人曾希望，船变活，化身海洋仙女，

鹭的由来

足以让鲁图里亚人胆寒，撤出战场。
但干戈未停，双方都有神助阵，双方
都有神一般的勇气[3]。不再为陪嫁的王国、
岳父的权杖或处女拉维尼娅而相搏，
他们只追求征服，停战的羞耻驱动
战争。最终维纳斯目睹儿子的阵营
获胜。图尔努斯殒亡，曾号称强大的
阿尔代亚也陷落[4]。野蛮的刀剑洗劫
城市，断壁被温热的火灰掩埋之后，
从废墟里飞出一只不为人知的鸟，
振动翅膀，猛烈地拍打地面的余烬。
它叫声凄哀，瘦削，苍白，与被占之城
相称的一切特征，甚至这座城的名字

1 “宿敌”对应的原文是 Pelasgos（珀拉斯吉人，代指希腊人）。“尤利西斯舰队”对应的原文是 Neritiaeque ratis（涅瑞托斯的船）。

2 阿尔喀诺俄斯（Alcinous）是斯凯里亚岛（Scheria）的国王，热情接待了尤利西斯，赠给他许多礼物，并派一艘船送他回家，但涅普顿为儿子波吕斐摩斯报仇，将船变成了岩石。

3 严格地说，“双方都有神一般的勇气”这句话对应原文的意思是“双方都有勇气，这一点的效果就像有神帮忙一样”。为了更简洁，如此处理。

4 阿尔代亚（Ardea）是鲁图里亚的一个城市，离罗马 23 英里。

都留在鸟身上，它用羽翼悲击着自己。[1]
埃涅阿斯的美德已感动所有的天神，
甚至朱诺也甘愿终结古老的仇恨，
既然成长中的尤卢斯基业已经无忧[2]，
维纳斯之子进入天庭就恰是时候[3]。
女神已游说众神，并且搂紧朱庇特的
脖子。“父亲，你从来不曾对我严厉过，”
她言道，“我求你这次也要大发善心。
论血缘，我的埃涅阿斯是你的外孙，
好父亲，请务必赏赐他一个神的位置，
多卑微都可以！阴森的冥府见过一次，
斯堤克斯河穿过一次，就已经足够。[4]”
诸神皆表示赞同，就连王后也没有
摆出冷若冰霜的面孔，欣然颔首。

埃涅阿斯封神

---

1 这种叫阿尔代亚（Ardea）的鸟是一种鹭。Papaioannou（2003）认为，阿尔代亚的废墟中飞出鸟，明显呼应着本书第十三卷中门农火葬后变成鸟的情节，从而与特洛伊和《伊利亚特》发生了关联。她还指出，奥维德的措辞表明，阿尔代亚与图尔努斯互为镜像，命运相连，图尔努斯就如同阿尔代亚变成的“鹭”，这一点也呼应着维吉尔在《埃涅阿斯纪》末尾（*Aeneid* 12.891-893）通过意象做出的暗示。O'Hara（1996）提到，奥维德在这段文字里玩了一个文字游戏，将阿尔代亚（Ardea）和“燃烧”（ardere）联系起来，而这个游戏又指向《埃涅阿斯纪》（7.623-31）中维吉尔类似的文字游戏，在维吉尔原作中，图尔努斯也通过措辞与火的形象相融合。总之，废墟和鸟的意象连接了荷马、维吉尔和奥维德，拓展了《变形记》的史诗深度。

2 尤卢斯即阿斯卡尼俄斯，恺撒所在的尤利亚（Iulia）家族据说就从他发源。

3 “维纳斯之子”指埃涅阿斯，对应的原文是 Cythereius heros（库泰拉女神的英雄）。

4 维纳斯的理由是，埃涅阿斯进入冥府又返回阳间，相当于象征性地死过一次，不应该再死了。

朱庇特答道："请求的你和你所代求
之人都堪配神位。女儿，你的心愿已获准。"
他如此宣布。她欢喜不已，谢过父亲，
乘坐鸽车越过轻盈的空气，降临在
劳伦提地界，那里，努米丘斯河在芦苇[1]
丛中蜿蜒，源源汇入附近的海波。
她吩咐河神为埃涅阿斯冲掉一切
必死的成分，无声地送入大洋深处。
长角的河神遵从维纳斯的命令，除去
埃涅阿斯所有的凡人元素，并喷水
清洗，但他杰出的本质依然存在。
母亲用神圣的香膏净化他的身躯，
又以仙果和仙酿混合的甜汁碰触
脸庞，将他变成神。奎里努斯的民众[2]
称他为"升天圣者"，建庙宇祭坛供奉[3]。
双名的阿斯卡尼俄斯此后统治长白城[4]

罗马先祖世系

---

1 根据古罗马史家李维的说法，埃涅阿斯在努米丘斯河附近阵亡。

2 奎里努斯（Quirinus）是罗马城建立者罗慕路斯升天后的名字。

3 "升天圣者"对应的原文是 Indigetem（主格 Indiges），按照西塞罗的说法，生前在凡间、死后生活在神中间的人叫作 Indiges，它源于拉丁语说法 in Diis agere（在神中间生活）。但一般的词源学家认为，这个词的意思应该是"本地的"，它源于古拉丁语词根 indu（在里面）和古希腊语动词 geinomai（出生），用于被尊为神、充当某地守护神的人。

4 "双名"：因为他也叫尤卢斯。长白城（Alba Longa）最初是埃涅阿斯的儿子阿斯卡尼俄斯建立的一个子城，隶属于埃涅阿斯最初落脚的拉维尼昂（Lavinium），后来罗马国王 Tullus Hostilius 摧毁了此城，将所有的居民迁至罗马城。

和拉丁国家，王位由西尔维乌斯继承[1]，
其后裔拉提努斯接过古老的权杖[2]，
恢复古老的名字。著名的阿尔巴继踵[3]，
然后是埃皮图斯。喀皮斯和卡尔佩图斯[4]
依次执政。他们之后，台伯里努斯
接掌王国，他在图斯坎河水中淹死[5]，
河从此更名。剽悍的雷慕路斯兄弟
是他的儿子。雷慕路斯更年长，竭力
与雷霆一比高下，却意外死于雷击[6]；
弟弟阿克洛塔性情稍收敛，传位给[7]
勇敢的阿文提努斯，后者最终长眠在
生前统治的山上，赋予它一个名字[8]。

---

1 尤卢斯的儿子，又名西尔维乌斯（Silvius），意为“森林人”。

2 这位后裔用了埃涅阿斯岳父的名字。根据卡斯托尔的《世代纪》，拉提努斯之后还有一位国王埃涅阿斯·西尔维乌斯。

3 阿尔巴（Alba）是拉提努斯的儿子。

4 埃皮图斯（Epytus）、喀皮斯（Capys）和卡尔佩图斯（Calpetus）是接下来的三代国王。

5 “图斯坎河水”指阿尔布拉河，传说因为台伯里努斯（Tiberinus）在里面淹死而更名为台伯河（Tiberis），然而更大的可能是，罗马这位先祖的名字是从台伯河名杜撰的。

6 雷慕路斯（Remulus）传说死于雷击。奥维德在《岁时记》（*Fasti*）中的说法与此不同，在台伯里努斯和雷慕路斯中间还有一位国王阿格里帕（Agrippa）。古罗马史家李维也说台伯里努斯的儿子是阿格里帕，在父亲之后继位。在李维的记载中，阿格里帕之后的国王是罗慕路斯·西尔维乌斯（Romulus Silvius）。卡斯托尔《世代纪》列出的这两代国王与李维的说法一致。

7 阿克洛塔（Acrota）的名字不见于李维的记载，也不见于奥维德自己的《岁时记》。

8 罗马的阿文丁山以阿文提努斯（Aventinus）命名，他的下一代是普洛卡（Proca）。

维尔图努斯求爱（一）

这时帕拉丁民众已轮到普洛卡统治[1]。
少女波莫娜生活在他掌权期间，打理[2]
花园的手艺胜过拉丁的山林仙子，
她对果树的热情也没有任何人能比，
所以有此名。她不爱幽林，不爱清溪，
只钟情乡村和挂满累累果实的枝条，
手握的不是标枪，而是弯弯的剪刀。
她时而除去过密的茎叶，时而削短
四处蔓延的树枝，时而割开木面，
插入柔条，为嫁接的新株提供养分。
她也不容许植物受渴，用沟渠滋润
吸水的盘曲树根。这是她的趣味，
她的追求。她也丝毫不盼望情爱。
害怕乡野之人的暴力，她封闭了果园，
阻止男性接近，躲避他们的纠缠。
喜好跳舞的年轻萨梯们什么事情
不曾做过——还有角缠松叶的牧神[3]，

1 “帕拉丁民众”代指古罗马民众（这时罗马城还未建立）。

2 波莫娜（Pomona）的名字源于拉丁语 pomum（果实、果树）。Segal（1969）评论道，维尔图努斯的求爱情节（包括他在下文讲述的阿纳科萨瑞忒的变形故事）明显喧宾夺主，让关于埃涅阿斯封神和罗马早期王族统治的记述相形见绌。但 Gildenhard-Zissos（2004）认为，与书中对雅典和忒拜王族世系的淡化处理相比，奥维德这里列出的罗马家谱巩固了在《变形记》宇宙中罗马相对于希腊的优越地位。Myers（2009）指出这个故事在《变形记》结构上的作用，这是本书最后一个情爱故事，与第一卷达芙妮的故事相对称。

3 原文 Panes 的复数形式表明，它不是指潘神，而是泛指牧神。

年纪已老、淫心永不老的西勒诺斯[1]，
以及用镰刀或阴茎吓窃贼的普里阿波斯[2]——
只要能得到她？可是维尔图努斯比他们[3]
更深陷情网，结局却并不比情敌幸运。
多少次，他扮作糙野的收割者，篮子装着
麦穗，貌似与真正的收割者毫无分别！
他常在双鬓缠着新鲜的干草，俨然
不久之前还在把割好的青草搅拌；
也常在僵硬的手里拿着赶牛棒，足可
诱使你发誓，他刚刚卸下耕牛的轭。
给他剪枝刀，他就变成园艺工、葡萄农；
扛来梯子，他似乎笃定爬苹果树上；
佩着剑，他是士兵；拾起竿，他是渔夫。
通过这种种伪装，他经常为自己争取
接近的机会，好享受端详芳容的欢欣。
他甚至曾经在前额缠上彩色的头巾，
拄着拐杖，花白的假发点缀着鬓边，
化身为老妪，走进精心照料的花园，
欣赏果子，并且说："你远比它们更美！"

1　西勒诺斯是酒神的同伴和导师，年纪虽大，却风流成性。在《岁时记》中，奥维德形容他，"放纵是阻止你真正衰老的秘密"（*Fasti* 1.414）。

2　普里阿波斯（Priapus）是维纳斯和巴克斯的儿子，掌管田野和花园，他的形象有一个突出特征，就是硕大的阳具。他也时常拿着镰刀吓唬闯入花园的人和动物。

3　维尔图努斯（Vertumnus），他是罗马掌管四季变化的神，象征着反复无常。

边称赞边吻了几下，真正的老妇绝不会
如此吻少女。她伛偻着腰，在草地坐下，
抬头望着被秋天的重量压弯的枝丫。
对面有一棵榆树，缠满炫目的葡萄，
夸了它和依附于它的藤蔓之后，他叹道：
“可如果这树始终独身，远离葡萄藤[1]，
它除了叶子，就没有什么可以吸引人；
和榆树结合、依靠它支撑的藤蔓也是，
倘若它拒绝婚姻，就只能趴伏于地。
你却未从这棵树的例子获得启示，
一直逃避性爱，不想与任何人合体。
但我真希望你愿意！向你求亲的人数
会超过海伦、引发拉庇泰之战的美女[2]
和勇战众多懦夫的尤利西斯的妻子[3]。
即使现在，虽然遭你厌恶和鄙弃，
也有一千位男人、半神和所有居于
长白城山间的神祇渴盼娶你做伴侣。
然而你如果明智，愿觅得佳偶，愿聆听
这位老奶奶的建议（我爱你远胜过他们，
甚至超过你想象），就别理凡庸的婚约，
而要选维尔图努斯与你共枕席。请让我

1　这段话明显模仿了卡图卢斯《歌集》（*Carmina* 62.49-58）。

2　“引发拉庇泰之战的美女”指希波达墨，参考本书第十二卷 210—535 行。

3　尤利西斯的妻子是珀涅罗珀。

做他的媒人！他对自己的了解都难以
与我相比。他从不在天涯海角浪迹，
只留在这片广土，也不像许多求婚者，
总迷上刚见的姑娘，他最初和最后的爱火
都是你，他的所有岁月都将会献给你。
再说，他正值青春，天生有优雅魅力，
而且能轻松地换上任何一种外形，
即使你叫他穷尽变化，他也会遵命。
你们的爱好难道有不同？你珍爱的果实
不是他最先尝，欢喜地接过你的厚礼？
可如今他渴望的既非树上采撷的硕果，
也非花园的香草（充满甜美的汁液），
或者他物，而是你。垂怜痴情者，请相信，
通过我之口祈求回应的就是他本人！
你也应敬畏复仇的诸神、憎恨冷酷
心肠的维纳斯和涅墨西斯持久的愤怒[1]。

阿纳科萨瑞忒的变形

为让你更知道忌惮（因为长寿给了我
阅历），我要讲在塞浦路斯家喻户晓的
故事，你应当很快转变，不再矜持。
高贵的少女阿纳科萨瑞忒乃透克罗斯[2]

1 “维纳斯”对应的原文是 Idalien（伊达利昂的神），因为塞浦路斯的伊达利昂山是维纳斯的圣地。“涅墨西斯”对应的原文是 Rhamnusidis（拉姆诺斯的），因为拉姆诺斯有涅墨西斯的神庙，参考本书第三卷第 406 行的注释。

2 透克罗斯在特洛伊战争后回到故乡，因为未能履行诺言，和兄长埃阿斯（被尤利西斯逼死）一起返家，被父亲特拉蒙放逐，流落到塞浦路斯，建立了新的萨拉米斯城。阿纳科萨瑞忒（Anaxarete）是他的后代。

之后，被出身贫寒的伊菲斯偶然瞥见。
他一见钟情，全身的骨髓都燃起烈焰。
挣扎多日，当他再不能用理性压倒
疯狂，只好去往她家的大门前求告。
时而向乳娘坦白无助的相思，望她能为
养女的未来打算，别对他冷眼相待；
时而向众多的奴仆轮流献上殷勤，
急切地游说他们为自己美言几声；
他经常托人捎去写着情话的蜡板，
经常在门柱上悬挂眼泪沾湿的花环，
任凭柔软的腰身枕着坚硬的门槛，
一边伤心地诅咒着冥顽不化的铜闩。
她狂暴胜过小羊星沉落时汹涌的海洋[1]，
刚硬胜过诺里库炉火冶炼的青钢[2]
和在树根禁锢中一直生长的岩石，
她鄙夷，嘲笑，不仅行为冷酷，言辞
也傲慢凶狠，让对方的一切希望破灭。
伊菲斯无法忍受长久痛苦的折磨，
站在她门前，说出最后的伤心话语：
‘你赢了，阿纳科萨瑞忒，不用因我之故
而继续烦恼。赶紧准备欢乐的凯旋，
唱响颂歌，为自己戴上耀眼的桂冠！

1　小羊星（Haedi）是属于御夫座的两颗亮星，沉落时正值地中海地区的暴雨季。

2　古罗马的诺里库（Noricum）行省以优质铁闻名，参考贺拉斯《颂诗集》（*Carmina* 1.16.10）。

你获胜，我欣然赴死。庆祝吧，铁石心肠！
如此，你总该承认我的爱有可赞的地方，
你会喜欢这一点，认可我的好品性。
可是别忘了，我对你的爱并未比生命
更早终结，我只能同时失去两种光。
不是别人的消息宣告我已经死亡，
而是我自己，我一定亲自向你做证，
好让你残忍的眼睛细品断气的尸身。
可是天神啊，你们若看见凡人的遭遇，
就请记住我（这条舌头已无法继续
祷告），让我的故事在世间长久传颂，
你们夺去的寿数，请加给我的名声！'
说完，他抬起一双泪眼，望向经常
用花环装饰的门柱。伸出苍白的臂膀，
他在最高的横梁上绕一圈绳索，问道：
'冷酷乖戾的姑娘，你看这花环可好？'
然后套住头，仍没忘记将脸转向她。
喉咙已扼断，不幸的重负在空中悬挂。
门扉被抽搐的双脚撞开，发出充满
不祥预兆的悲鸣，外面的惨景已呈现，
奴仆们高声惊叫，徒然将他拽下来，
送回他母亲家中（因为父亲已不在）。[1]

---

1 Gentilcore（1995）指出，奥维德嵌入的伊菲斯故事嘲讽了情欲的偏执和情人的可笑，伊菲斯之死象征着爱情哀歌体作为爱情指南和劝服手段的失败。

她接过孩子冰凉的肢体，紧紧搂住他，
说尽了失去骨肉的母亲都会说的话，
做尽了哀悼骨肉的母亲都会做的事，
又领着送葬的悲伤队伍穿过城市，
用棺架抬着苍白的尸身去郊外火化。
出殡的道路恰好在阿纳科萨瑞忒的家
附近，捶胸顿足的哭喊声难免传到
她耳中，一位复仇神已把她的魂搅扰。
心有所动，她说：‘去看看凄惨的葬礼！’
然后上楼，走进有宽大窗户的居室[1]。
刚瞥见躺在棺架上的伊菲斯，她的双眸
就已变僵硬，温热的血液迅速撤走，
苍白笼罩了全身。她试图往后挪步，
却仿佛在原地生根；又试图转过脸去，
这也办不到。渐渐地，早就占据她冷酷
胸膛的岩石本性攻陷了余下的身躯。
别以为我杜撰，萨拉米斯仍存着公主的
雕像，还有献给‘远眺维纳斯’的一座[2]
神庙。亲爱的宁芙，放下长久的傲慢，
听我劝告吧，与爱你的人携手相伴。
若果真如此，我衷心祝愿春寒不冻死
你初萌的嫩芽，狂风不摧折开花的树枝！”

维尔图努斯求爱（二）

1　西方古代房子的底层房间通常都没有窗户，光线依赖天井，第二层则一般有大窗户。

2　“远眺维纳斯”（Venus Prospiciens）是塞浦路斯城市萨拉米斯的一座维纳斯神庙。

假扮奶奶的神灵白费这番唇舌后，
变回年轻的本相，脱掉老妇的行头，
此时他展现在少女面前的英俊形象
就仿佛驱散云层的灿烂夺目的太阳，
再没有任何阻碍，光芒洒遍天宇。
他意欲用强，但已无必要，神的风度
俘虏了宁芙的心，她终于动了情思。[1]

罗马与萨宾的战争

此后，邪恶的阿穆利乌斯以军队控制
奥索尼亚。老迈的努米托尔赖外孙
之力恢复了王位。[2] 罗马的城墙筑成，
正值帕莱斯节庆。塔提乌斯和萨宾 [3]
父亲挑起战争；打开通往要塞的岗亭，

1 作为《变形记》的最后一个情爱故事，维尔图努斯求爱的情节吸引了众多学者的注意。Littlefield（1965）认为，奥维德在这里摒弃了类似情节中的强奸和欺骗元素，Fantazzi（1976）也相信，它表达了作者对两情相悦的肯定。Gentilcore（1995）则反驳说，这段文字的措辞、意象和叙事策略都不支持上述解读。欺骗的意图贯穿始终，维尔图努斯变形和讲述故事都是为了欺骗，而且他有使用暴力的打算，称它为两情相悦的故事显然错误，这是一个诱奸的故事，揭示了情欲的破坏性。

2 普洛卡去世后，本当继位的努米托尔（Numitor）被弟弟阿穆利乌斯（Amulius）夺去宝座，流亡在外。阿穆利乌斯故意选努米托尔的女儿伊利娅（Ilia）做维斯塔贞女，以让兄长家绝后。此后，伊利娅怀孕生下了罗慕路斯和雷穆斯，虽然她声称他们是战神马尔斯的儿子，但阿穆利乌斯还是下令活埋了她，并让人把孩子投入台伯河溺毙。后来两兄弟意外获救，经过一番曲折，恢复了努米托尔的王位。

3 帕莱斯（Pales）是庇佑牧人的女神。“帕莱斯节庆”指每年 4 月 21 日的帕里利亚节（Parilia），参考奥维德《岁时记》（*Fasti* 4.721-862）。塔提乌斯（Tatius）是萨宾国王。在罗马建国初期，周边部族都不愿与罗马通婚，为了增加人口，罗慕路斯以庆祝康苏斯节（8 月 21 日）为名，诱骗萨宾人参加，然后大规模掳掠萨宾妇女，引发了萨宾人的报复战争。

塔尔皮娅被战盾压死，遭到了报应[1]。
接着，库瑞斯士兵犹如沉默的狼群[2]，
紧咬嘴唇，扑向深陷于睡梦的敌人[3]，
朝伊利娅之子插好坚固铜闩的城门[4]
涌来，然而其中一座被朱诺亲自
打开，铰链转动时没发出丝毫声息。
只有维纳斯察觉门闩已掉落，本要
重新关好，可是神永远不可以取消
其他神所为。奥索尼亚的水泽仙女
在雅努斯神祠附近有一处冷泉幽居。
维纳斯向她们求助，众宁芙无法拒绝
女神的正当要求，引出了属于各自的
泉脉。但雅努斯庙宇的入口并未完全
堵住，通行的道路也没有被水切断。
她们在丰沛的泉眼下面放入硫黄，
燃烧沥青，为蜿蜒的水脉添加热量。
靠诸如此类的手段，蒸汽直渗到坑底。
水啊，方才你的冷还敢与阿尔卑斯
相抗衡，现在却已炽热不逊于火苗。

---

1 塔尔皮娅（Tarpeia）是当时罗马守城人之女。她索要萨宾士兵手上的东西（手镯），为他们打开了城门，但萨宾人憎恶她卖国，用盾牌（也是手上的东西）压死了她。

2 库瑞斯（Cures）是萨宾的一个部族，代指萨宾人。

3 “敌人”指罗马人。

4 “伊利娅之子”指罗慕路斯。

两边的立柱转眼被滚烫的水雾缭绕，
城门徒然为凶顽的萨宾士兵敞开，
却被涌出的泉水阻挡，马尔斯的军队[1]
趁机备好了剑盾。待罗慕路斯奋力
进攻，罗马土地便盖满萨宾人和自己
部族的尸体，无义的利刃斩断亲情，
女婿和岳丈的鲜血在沙场彼此相混。
但双方终于决定化干戈为玉帛，避免[2]
厮杀到最后，塔提乌斯也分享王权[3]。
在他身故后，罗慕路斯，你公平统治
两个部族。马尔斯取下头盔，如此

罗慕路斯封神

祈求所有神灵和凡人的主宰："父亲，
时辰到了，既然罗马国已经奠定
稳固的基业，不再仅依赖一人的指引，
请兑现奖赏（昔日你对我和争气的嗣孙[4]
有此承诺），将他从世间擢升天界。
在众神的某次议事会上，你曾经说过
（因为你慈爱的话语我始终铭记于心），
'他是你唯一可以带入湛蓝星穹的人。'
愿你现在就让那时的预言变成真！"

---

1 "马尔斯的军队"指罗马军队，因为当时的罗马国王罗慕路斯相传是战神马尔斯之子。温泉阻挡萨宾人进攻的情节可参考《岁时记》（*Fasti* 1.261-274）。

2 "化干戈为玉帛"的经过可参考《岁时记》（*Fasti* 3.201-228）。

3 罗马和萨宾的和约规定实行双王制，罗慕路斯和塔提乌斯都是王。

4 "嗣孙"指罗慕路斯。

全能的大神点头同意，派如墨的浓云
遮暗天空，以雷声和闪电惊吓尘寰。
战神看征兆，知晓儿子将如约升天[1]，
猛一撑长矛，无畏地跃上拉着染血
战车的骐骥，噼啪挥舞长鞭，急切
催促它们穿过陡峭的苍空下行，
然后停落在林木葱茏的帕拉丁山顶。
伊利娅之子正为公民仁慈地断案，
瞬间被父亲带走，抛下的凡躯逐渐
弥散入缥缈的风中，恰似宽阔投石机
发射的铅弹常常在半空熔化无迹；
他获得更美的形象，更与天神的躺椅[2]
相配，如身披紫色王袍的奎里努斯[3]。

赫尔西里娅封神

妻子正为他悲悼，神后朱诺却吩咐
伊丽丝踏彩虹来到赫尔西里娅的居处[4]，
向新寡的妇人如此传达她的命令：
“夫人，拉提乌姆和萨宾的荣耀之身，
你曾是一位伟大英雄的绝世佳偶，
如今又成了奎里努斯的无双良俦，
止住你的眼泪吧！你若盼望与丈夫

---

1 “战神”对应的原文是 Gradivus（行军神）。

2 这种神专用的躺椅叫 pulvinar。

3 奎里努斯即罗慕路斯。

4 “彩虹”对应的原文是 limite curvo（弯曲的路径）。罗慕路斯的妻子叫赫尔西里娅（Hersilia），原是萨宾人。

相聚，就随我去往奎里努斯山麓
遮护着罗马国王庙宇的苍翠树林。”
伊丽丝遵命，沿自己的七色弧桥莅临
人间，将朱诺的话告诉赫尔西里娅。
王后表情极恭谨，不敢抬眼端详她，
说道：“女神，虽然我难知晓你的身份，
但你显然就是神。请带我前往，让夫君
显现在我的眼前！如果命运容许我
再见他一次，我就会说领受了天国！”
她立刻跟随陶玛斯之女去罗慕路斯山[1]，
在那里，一颗星辰突然从穹苍之巅
坠落于地面，头发被撞击的火光点着，
赫尔西里娅与这颗星一起升入云霄。
罗马城市的创建者伸出熟悉的双手
迎接她，原来的身体和名字都不复保留，
她变成女神“霍拉”，与奎里努斯相守。[2]

1　“陶玛斯之女”指伊丽丝。

2　“霍拉”（Hora）的意思是“时辰”。在古希腊神话中本来就有多位合称 Horae（古希腊语 Horai）的女神，其中三位是宙斯（朱庇特）和忒弥斯的女儿，分别叫 Eunomia（和谐秩序）、Dike（正义）和 Eirene（和平），象征宇宙的秩序，另外三位是 Thallo（花神）、Auxo（生长神）和 Carpo（收获神）。不知道奥维德笔下的赫尔西里娅是其中一位，还是新增添的 Hora 神。Gildenhard-Zissos（2004）认为，奥维德的确是让赫尔西里娅成为“时辰”女神，这样她与奎里努斯的结合就意味着时间与罗马的结合，符合《变形记》全诗罗马成为普遍历史终点的主题。Cole（2004）指出，卡斯托尔《世代纪》中的罗马王室世系以王制结束时间为终点，但奥维德将罗慕路斯（第十四位拉丁－罗马国王）视为神话时代的终结。

《变形记》

第十五卷

METAMORPHOSEON LIBER XV

努玛的故事（一）

民众在问，谁能肩负如此的重任[1]，
谁能踵武伟大如罗慕路斯的国君？
名声为真相引路，选圣贤努玛延续[2]
罗马的王治。相信了解萨宾族习俗
还远远不够，他广阔的灵魂另藏宏图，
决意探究这世间万物的普遍规律。
因为这种追求，他离开祖居的库瑞斯[3]，
远赴海格力斯曾做客的那座城市[4]。

---

1 Fränkel（1945）和 Wilkinson（1955）觉得，在《变形记》最后四卷，尤其是最后一卷，奥维德的创造力明显下降，并将原因归于奥维德有意向更纯正的史诗靠拢。Otis（1966）认为，虽然《变形记》全书都与奥古斯都时期的意识形态相冲突，但最后一卷有所不同，因而充满了矛盾。一方面奥维德愿意使用同时代人的结构策略、语汇甚至道德观念，但另一方面他的诗歌才能却趋向反奥古斯都。换言之，他想写符合奥古斯都时代气候的史诗，却做不到。Segal（1969）却认为，包括第十五卷在内的《变形记》的历史部分（十一——十五卷）在精神旨趣和基本技法方面与前面各卷并无不同，奥维德的游戏性、颠覆性和对随机变形宇宙观的崇奉一以贯之。

2 努玛（Numa Pompilius）是古罗马第二任国王，以贤明睿智著称，奠定了古罗马文化和宗教的基础。

3 努玛是萨宾人。

4 指克罗同（Croton，也叫 Croto 或 Crotona）。根据公元前 1 世纪狄奥多罗斯（Diodorus Siculus）的说法，它是穆斯克洛斯（Myscelos）奉海格力斯之命建立的城市。详情见本卷下文。

克罗同的由来

他问是谁在意大利土地上筑起墉垣，
安顿希腊人，一位当地的长者（他熟谙
古代的历史）答道：“传说朱庇特之子
在伊比利亚抢夺众多公牛后，从海西[1]
返回，一路顺遂，抵达了拉钦尼昂[2]
岸边。当牲口恣意流连在鲜美的草场，
他走进伟大克罗同的家中，受到热情的[3]
款待，在长久奔波后终于惬意地休歇。
辞别时，他对主人说：‘你的孙辈将看见
此地变成一座城。’他的预言已应验。
阿戈利斯的穆斯克洛斯是阿列蒙之子，
在那时的凡人中间最符合众神心意。
当他陷于沉沉的睡梦里，海格力斯[4]
站在身旁说：‘起来，快去远方鹅卵石
遍布的艾萨河，速速离开你的故国[5]！’
担心他不听，又添加许多可怕的威胁。
然后，神和睡意都离开了这位年轻人。
起了床，他默默回忆刚才的那幕场景，
针锋相对的念头在脑海中长久争战：

1 “海西”（Oceanus）这里指伊比利亚（西班牙）以西的海（即大西洋）。

2 拉钦尼昂（Lacinium）是意大利卡拉布里亚的一处海岬，距克罗同不远。

3 克罗同（Croton）是当地的重要人士，后来的城市就是以他的名字命名。

4 “海格力斯”对应的原文是 claviger（持棍者），这个词是海格力斯的常用别称或修饰语。

5 艾萨河（Aesar）是卡拉布里亚的一条小河。

神命令他远行，法律却禁止离开家园，
谁若想更换国度，死刑就是其下场。
太阳灿烂夺目的头颅已藏进大洋，
幽黑的夜晚已露出缀满星辰的面容，
同一位神灵仿佛又莅临，旨意也相同，
并发出严厉的警示，倘若他拒不服从。
他万分惊骇，正准备将祖先牌位迁往
新的居住地，城里却突然传言四起，
他因为犯罪被告上法庭。当控方业已
陈述完案情，无需证人，罪名已成立，
衣冠不整的被告望着天，伸出手臂。
‘因为十二项功业而进入天国的神[1]，’
他喊道，‘救救我！我为你才成戴罪之身。’
古代的习俗是用白石和黑石表态，
黑裁断犯人有罪，白意味被告无罪。
此事也是由这种悲惨的投票来判决，
而投入无情陶瓮的石子全是黑色。
可是将它们倒出、准备清点的一刻，
所有的石子都从黑色变成了白色。
海格力斯的神力扭转了残酷的结局，
穆斯克洛斯终获赦免。他谢过恩主[2]

1 指海格力斯。

2 这一行的 parenti（与格）不是“父母”的意思，而是“恩主”的意思。

安菲特律翁之子，乘着顺风穿越[1]
伊奥尼亚海，途经斯巴达侨民建立的
塔伦顿、叙巴里斯、萨兰顿的涅埃托斯河[2]、
图里昂海湾、特梅萨和雅普克斯的原野[3]。
他方才将这些濒海的地方抛在身后，
就找到天命为自己指定的艾萨河入口。
距此不远有一座坟丘，下面的泥土
埋着克罗同的圣骨。于是他遵行神嘱，
在附近筑城，并以安葬的伟人命名。”
根据权威的说法，这就是此地确定
无疑的起源，希腊从此在意大利定居。

毕达哥拉斯的教诲

有一位男子，生于萨摩斯，却逃离故土[4]
和那里的王公，因为憎恨暴政而自愿
流放。虽然他与天界隔绝，在灵魂里面
却能与诸神沟通，自然不允许人眼

1 “安菲特律翁之子”指海格力斯，因为名义上他是安菲特律翁的儿子。

2 塔伦顿（Tarentum）即是今天意大利南部的著名城市塔兰托，传说是海神涅普顿的儿子塔拉斯（Taras）所建，后来被斯巴达的帕兰托斯（Phalanthus）扩建，所以奥维德说它是“斯巴达侨民建立的”。叙巴里斯（Sybaris）是希腊人在意大利半岛南端建立的一座城市，以奢靡放纵闻名。萨兰顿（Sallentinum）是意大利半岛东南角的海岬，在今天的萨伦托（Salento）附近，涅埃托斯河（Neaethus）是附近的一条河。

3 图里昂（Thurium，也叫 Thuria 或 Thurion）是卡拉布里亚的一座城市。特梅萨（Temesa 或 Temese，后来叫 Tempsa）也是意大利半岛南端的城市。“雅普克斯的”相当于说“阿普里亚的”，这一带也叫雅普吉亚（Iapygia），参考本书第十四卷第 458 行的注释。

4 指古希腊著名哲学家毕达哥拉斯（Pythagoras），据说他为了躲避萨摩斯国王波吕克拉忒斯（Polycrates）的暴政，逃到了意大利南部。

看到的东西，他却以灵视尽情窥探。
当他以理性和缜密的思辨洞悉了万事，
便毫无保留地公之于世，向沉默聚集、
惊佩聆听的众人娓娓地讲解浩瀚
宇宙的起源、各种现象的肇因，自然
和神为何物，雪和闪电从何来，云层
撕裂时，是风还是朱庇特制造雷声，
是什么摇撼大地，星辰运行和隐匿
遵循怎样的法则。也是他最先抗议[1]
将动物摆上餐桌，最先以博学的嘴唇
说出这样的话语（可是没有人相信）[2]：
“别用渎神的食物污染你们的身体[3]，

1 奥维德在这里影射了卢克莱修的《物性论》。在 62—72 行，毕达哥拉斯几乎被塑造成伊壁鸠鲁的形象，不仅用心灵之眼洞见遥远的真相，而且向人类传授关于世界本质的真知（参考 *De Rerum Natura* 1.72-77）。

2 毕达哥拉斯基于自己的灵魂转世说（metempsychosis），提出了素食主义的主张。

3 毕达哥拉斯的长篇演说（75—478 行）出现在《变形记》最后一卷中，并占据了如此大的篇幅，自然不可忽略。Otis（1966）认为，这篇演说才是全诗的高潮，而恺撒和屋大维封神只是其附属情节。Anderson（1963）觉得，它平衡了作品此前无尽的变形和欲望，象征着自我约束、理性和哲学战胜激情与自私的可能性。Alfonsi（1958）将它乃至整个第十五卷视为理性化“变形”的努力，让“变形”不再仅仅是一种传说的猎奇，并且为普遍历史找到一种阐释框架：人类和万物从最初的混沌演化到罗马统治下的秩序。但 Segal（1969）则指出，这段文字的多处夸张暗示了幽默的意图。在奥维德的罗马甚至公元前 4 世纪的希腊，毕达哥拉斯的转世学说和素食主义通常都是被嘲笑的对象，奥维德将毕达哥拉斯深奥系统的哲学简化为素食主义，无疑是一种漫画式的揶揄。Hardie（1995）指出，由于毕达哥拉斯本人并无作品传世，而世人皆称恩培多克勒是其门徒，所以奥维德借毕达哥拉斯之口表达的多是恩培多克勒的观点。后者的著作片段存在于两首诗里，一首是宣扬灵魂转世说、主张弃绝肉食和动物献祭的《论净化》（*Katharmoi*），一首是论述四元素学说、以冲突与爱解释宇宙变化的《论

人类啊！世界上还有谷物，还有压低
枝条的苹果，藤蔓上悬挂的丰满葡萄，
有甘甜爽口的草卉，还有各种靠烹调
变得嫩软的蔬菜；也没有法令禁止
你们饮用牛奶和百里香酿制的蜂蜜。
富饶的大地奉献着取之不尽的美餐，
准备了无须拿流血屠杀来交换的盛宴。
的确有野兽以肉充饥，但并非全部：
事实上绵羊、马和牛都把草作为食物，
只有那些天性就野蛮凶残的物种，
亚美尼亚的老虎、易怒的狮子，还有熊
和狼，才嗜好这类沾满鲜血的食谱。
这是多可怕的罪孽，将脏腑埋进脏腑，
将肉身塞进另一具贪婪膨胀的肉身，

自然》（*Peri Physeos*）。这两大部分的思想都体现在《变形记》第十五卷中。Hardie 称，奥维德引用恩培多克勒还有一个更重要的原因，那就是重塑拉丁语史诗的谱系：一条不是源自荷马，而是源自恩培多克勒的说教诗谱系，它通过恩尼乌斯、卢克莱修和部分的维吉尔到达奥维德。奥维德将毕达哥拉斯的演说置于第十五卷后半段的罗马历史之前，从结构上说与恩尼乌斯在长诗《编年纪》（*Annales*）开头记述的荷马显形之梦对应，作用相似，但位置不同。而荷马显形之梦又启发过维吉尔《埃涅阿斯纪》第六卷安喀塞斯对埃涅阿斯的演说。但安喀塞斯演说中的哲学仅仅是历史的序曲，毕达哥拉斯演说中的罗马历史仅仅是宇宙普遍变迁的一个例子。奥维德对毕达哥拉斯的称赞则与卢克莱修在《物性论》中对伊壁鸠鲁的称赞相似，在具体论述中他也多次暗引《物性论》。通过这种种联系，奥维德呈现了拉丁语科学史诗的传统。

保存一条命，却要搭上更多的命！[1]
大地这最好的母亲提供了如此丰富的
资源，难道你只喜欢用冷酷牙齿咬啮
悲惨的伤口，重温库克洛普斯的习性？
除非先毁灭另一个生命，难道你断不能
取悦你那副与饕餮怪兽无异的肠胃？
但我们口中的那个古老的黄金时代
之所以幸福，是因为树上挂满果实，
地里长满草卉，没有血玷污口齿。
彼时鸟儿安全地在空中扇动翅膀，
兔子毫无恐惧地在原野中间徜徉，
鱼类不会因为太轻信而命丧钓钩，
所有生灵都远离陷阱，不担心计谋，
内心安宁。某位自命不凡的引领者
（无论他是何人）嫉妒狮子的生活，
将尸体当作佳肴，吞进贪婪的腹中，
便开了罪恶之路。或许有这种可能：
最初染红刀剑的是被杀野兽的温血
（这一点可以接受）。我承认，处死威胁

1　88—90 行是用卢克莱修的风格和逻辑反对卢克莱修的思想，后者在《物性论》中称：“自然总是以一物再造另一物，除非 / 有旧物之死助产，也不许新物诞生”（*De Rerum Natura* 1.263-264）。因为从原则上说，宇宙万物的物质和生死是循环的，“脏腑”总会变成“脏腑”，“肉身”总需要吸收别的“肉身”（参考 2.72-79，3.964-970，5.828-836）。但在奥维德的毕达哥拉斯看来，这绝不意味着我们要主动去吞噬脏腑和肉身，因为他宣扬的循环不只是物质循环，还有灵魂的循环。

人类生命的动物无损我们的虔敬，
然而它们应该杀，却不应该食用。
这种恶日益加深。最早的祭品是猪[1]，
大家认为它活该，因为它用嘴挖出
播下的种子，毁掉值得期待的收成；
据说山羊咬坏了葡萄藤，受酒神严惩，
沦为牺牲。这两种动物都罪有应得！
可是你们绵羊有何辜？本性温和，
生来为人类效劳，满盈的乳房盛着奶，
奉献织成柔衣的羊毛，为我们遮盖，
你们活着比死了对我们更有帮助。
为何牛也遭受此难？淳朴无欺的动物，
善良，单纯，天然就适合承受艰辛。
人的确薄情，不配拥有庄稼的馈赠，
刚卸下弯犁的重负，就能冷血地杀死
为自己耕地的牛，狠心用利斧猛击
被劳作磨秃的脖颈——借它之力，他曾
多少次划开硬土，种下多少憧憬！
他们并未满足于犯下如此的恶行，
居然悖妄地将罪归于神，并假意相信
天界的居民也喜欢屠戮辛勤的畜类！
毫无瑕疵、样貌最出众的牺牲（越美
越招致毁灭），头缠彩带，角贴黄金，

1 这段讨论动物祭品的文字可以与《岁时记》（*Fasti* 1.349-456）对比。

站在祭坛前，听着全然不懂的祷文，
看见人在它双角之间的额头撒上
自己生产的谷物[1]。当它倒下，血染红
此前或许在清澈池水中映现的刀斧。[2]
祭司立刻从依然抽搐的胸中拽出
内脏，希望在其中读出神灵的安排。[3]
人类对被禁之物的疯狂食欲从何来？
凡胎啊，你们就敢肆意饕餮？千万别
如此行事，专心听我的这一番告诫，
你们杀死牛，将砍碎的肢体送入口中，
一定别忘了，你们在咀嚼自己的耕农。
既然神鼓动我说话，我必当遵从这位
鼓动我的神，敞开我的德尔斐，打开
天界之门，揭示神圣心灵的秘密。
我将要吟唱古人未探察的宏大主题
和长久隐藏的事物：在崇高星辰间漫步
是一种欢愉，抛下大地和窒闷的尘居，
乘着云飞升，站在阿特拉斯的巨肩上
远远地俯瞰没有理性、茫然游荡、
内心惶恐、畏惧死亡的庸众，鼓舞

1 谷物也是牛的劳动成果。

2 这个画面奥维德在《岁时记》（*Fasti* 1.327-328）中也用过。

3 根据动物内脏占卜吉凶是古罗马流行的做法。

他们，展开命运的卷轴，是一种欢愉。[1]
被冰冷死神吓得瘫痪的凡夫俗子，
为何怕斯堤克斯河、黑暗、空洞的名字
（诗人的陈词滥调）和乌有世界的折磨？
无论被火葬的烈焰吞噬，还是因岁月
朽烂，请相信，肉身都不会再受伤害；
灵魂则根本不会死，从原来的居所离开，
它们总是会寻找新的家，永生无殆。[2]
至于我自己，我清楚记得，在特洛伊时代
曾是欧福耳玻斯，当我与墨涅拉俄斯
对战时，他的重矛扎进了我的胸膛里。[3]
最近我去过阿戈斯的朱诺神庙，很快[4]
认出了昔日我左手所持的那块盾牌！
一切皆变，无物会毁灭：灵魂四处
迁徙，从这里到那里，随意占据身躯，

---

1 146—152 行明显模仿了卢克莱修《物性论》（*De Rerum Natura* 2.7-14）。

2 Segal（1969）评论道，虽然奥维德笔下的毕达哥拉斯反复强调灵魂不死，但这种不朽并不能导向某种上升，某种神性，如维吉尔等人作品所宣扬的那样，而是在不分善恶的宇宙中、在人与动物植物之间毫无目的地无限循环。更可笑的是，灵魂不死沦为了素食主义的论据，失去了任何崇高感。而这样的思想与《变形记》前面十四卷描绘的世界本质上是一致的，并没有冲突。

3 作为自己灵魂转世说的证据，毕达哥拉斯声称自己是特洛伊人潘托俄斯（Panthous）之子欧福耳玻斯（Euphorbus），被墨涅拉俄斯所杀。根据第欧根尼·拉尔修（Diogenes Laertius）的《名哲言行录》，毕达哥拉斯曾进入墨涅拉俄斯当年祭献欧福耳玻斯之盾的神庙，一眼就认出了那把盾牌，并据此声称自己就是欧福耳玻斯转世。参考贺拉斯《颂诗集》（*Carmina* 1.28.9-10）。

4 这行原文中的阿戈斯（Argis）还有修饰语 Abanteis（阿巴斯的），因为阿巴斯（Abas）是阿戈斯的国王，这个词由于译文格律限制未译。

既可从野兽进入人的肉体，也可以
从人转回到野兽，任何时候都不死。
正如柔软的蜡能塑成各种新东西，
总是在变化，并未保留原来的样子，
但蜡的本质仍在，我告诉你们，灵魂
也始终如一，只是移居到不同的肉身。
所以，为避免口腹之欲违背天律，
我警告你们，别以这罪恶的杀戮驱逐
亲族的灵魂，切勿用鲜血滋养鲜血。
既然我正行驶在无垠的海上，高扬着
风帆，整个世界就无物可以停顿。
万物皆流，所有的形象都在更新。
时间本身也在片刻不停地流逝，
恰似一条河，因为无论江河还是
迅疾的光阴都无法驻留。正如前浪
被后浪裹挟，又与前方的浪冲撞，
时间也这样逃遁，这样前后相随，
永远以新替旧。才在的瞬间已不在，
不在的瞬间已经在，如此循环运行。
你看见夜晚过尽，就会迎来黎明，
这灿烂的日光就会取代暗黑的夜；
万物疲惫地沉睡与明亮晨星骑着
白马显现的时候，两种天空的面目

各异，它还会改换样子，当帕拉斯之女[1]
预先涂红即将转交给福玻斯的世界。
日神圆盾在早晨从地面升起的时刻[2]
是红色，沉落地底的时候也是红色，
但在天顶却白得耀眼，因为那里的
空气更纯净，它能远离污浊的大地。
主宰夜晚的狄安娜也不能永远保持
相同或相似的形象，若在盈期，今天
总比明天小，若在亏期，就正好相反。
还有，你难道没看见一年有四种外观
相轮替，模仿着我们人类的各个阶段？
在早春时节，它柔嫩稚气，犹如一位
小孩子。然后，新鲜的茎芽拱出泥土，
还欠力量和硬度，却给农夫以希望。
接着，各种花竞相绽放，富饶的原野上
五彩缤纷，但此时叶子仍缺乏生机。
春天过去，年更趋强健，转至夏季，
如同茁壮的后生。事实上，没有时节
更充满力度，更丰盛，更加激情四射。
年轻的热忱消退，秋天来临，它内敛，
成熟，性情介于青春和暮年的中间
地带，双鬓已经点缀了稀疏的白发。

1 “帕拉斯之女”指黎明女神奥罗拉。

2 日神圆盾指太阳。

再往后，衰老可怕的冬天颤巍巍到达，
或者头发已落尽，或者满头霜雪。
我们自己的身体也始终毫不停息地
变化，我们昔日和今日所是的一切
留不到明日。曾有一日，我们只不过
是人的种子和初芽，栖居于母亲子宫。
自然伸来灵巧的双手，决心不让
身体痛苦地禁锢在母亲隆起的腹中，
将我们从旧家送入自由无拘的清风。
最初躺在天光里，婴儿娇弱无力，
很快就像野兽般挪动自己的四肢。
渐渐地，依靠仍然孱弱的膝盖站起，
摇摇晃晃，一边向外物寻求支持。
然后他步入强壮敏捷的青春年岁，
等到中年的时光也已过去，他就会
沿着垂暮之日的陡坡滑向尽头。
晚年侵蚀、摧毁更早时期的所有
力量：老迈的米隆哭泣，当他目睹 [1]
自己的手臂（健硕的肌肉曾经堪与
海格力斯相比）已变得松垮虚弱；
海伦也哀哭，当她在镜中看见深陷的 [2]

1　克罗同的米隆（Milo 或 Milon）是古代著名的运动员，据说他年轻时能一拳打死一头牛，并能将其尸体轻松扛上肩。

2　“海伦”对应的原文是 Tyndaris（廷达瑞俄斯之女），因为她名义上的父亲是廷达瑞俄斯。

皱纹，追问自己两次遭劫的答案。
吞噬万物的时间，还有你，嫉妒的老年，
你们毁灭着一切。它们被岁月的牙齿
逐渐咬残，终于在缓慢的死亡中消失。
我们称之为元素的东西也不会长存，
它们经历怎样的变化，请专注倾听。
永恒的宇宙包含着四种始基性的物质，
其中两种，土和水，因为结构致密，
被它们自身的重量拽向较低的地方；
另外两种因为很轻盈，又无物阻挡，
便升向高空，就是风和比风还纯的火。
它们从彼此发源（虽然空间上相分隔），
又返归彼此。土一旦分解，就趋向稀疏，
化作流动的水；而水若蒸发，就会消融于
风和空气中；如果夺去空气的重量，
最精微的风就变成星火，飞往穹苍。
然后，它们又按相反的顺序演替：
火如果收缩，就化作更为浓稠的空气；
它再变成水，水极度密集，就固化为土。
没一种物体的外观不变，自然持续
更新着万物，不断从旧形造出新形；
全宇宙没有任何东西真正灭亡，请相信，
只是改变和替换样貌。所谓生，就是
开始成为以前所不是的他物；所谓死，
就是停止做自己。虽然这些或许去

那里，那些来这里，万物总体却如故。[1]
我确信，万物都不能永葆同样的形态，
所以，黄金时代会演化到黑铁时代，
各个地方的运气也会一再地变迁。
我见过昔日最坚实的大地变成深渊[2]，
也见过深渊变成大地。海中的贝壳
曾经散落在远离海洋的内陆，古老的
船锚曾经出现在高山的顶部。河流
反复冲刷，将原来的平原侵蚀成深沟，
奔腾而下的洪水又把山削为平原。
潮湿的沼泽蒸干了，留下一层沙面，
忍受过旱魃的田野如今遍地沼泽。
自然在这里开启了新泉，却又关闭了
那里的旧泉；地层深处震动，许多
溪河跃出，许多溪河被彻底掩没。
于是吕科斯河在被一条地缝吞噬后[3]，
在遥远的地方重生，寻得新的出口；
壮观的厄拉西诺斯河有时消失，有时[4]
在地下潜流，在阿戈斯原野重见天日；

---

1 252—258 行再现了卢克莱修的思想，可参考《物性论》（*De Rerum Natura* 2.297-304）。

2 这一段对各种神奇现象的描述与卢克莱修《物性论》第六卷的写法相似。

3 这里所指的吕科斯河（Lycus）在吕底亚境内，也叫玛绪阿斯河（Marsyas）。

4 厄拉西诺斯河（Erasinus）是阿卡迪亚的一条河，从斯廷法洛斯沼泽发源，开始叫斯廷法洛斯河，然后成为地下河，在阿戈斯重回地上，叫厄拉西诺斯河。

传说穆索斯河厌弃当初的堤岸和源头，
如今变身卡伊科斯河，在别处奔流[1]；
阿梅纳努斯河此刻丰盈地流过西西里
细沙，偶尔却堵住泉眼，干涸无迹[2]。
阿尼格罗斯河水昔日可饮用，但现在
你定然不愿碰，只因（除非诗人断不该
相信）双身的半人马曾经在此地清洗
伤口，当他中了海格力斯的弓矢[3]。
还有从斯基泰群山发源的叙帕尼斯河，
不也是往日很甜，后来却咸苦难喝[4]？
安提萨、帕洛斯和腓尼基王国的推罗远古
都曾被海浪包围，如今都不是岛屿[5]。
古人居住时，琉卡斯原是大陆一部分[6]，
现在却隔海相望。据说赞科勒曾经[7]

---

1 卡伊科斯河（Caicus）在小亚细亚米西亚境内，根据奥维德的说法，它是穆索斯河（Mysus）改道后形成的。

2 阿梅纳努斯河（Amenanus）是西西里的一条小河，从埃特纳火山发源，在卡塔尼亚（Catania）附近入海。

3 阿尼格罗斯河（Anigros）从阿卡迪亚的拉庇塔山（Lapitha）发源，河水气味难闻，没有鱼能够生存。“半人马”指喀戎（一说波涅诺耳）。“海格力斯”对应的原文是 clavigeri（持棍者）。

4 叙帕尼斯河（Hypanis）就是现在乌克兰的南布格河（Southern Bug），注入黑海。

5 据说爱琴海上的安提萨岛（Antissa）曾经是莱斯博斯岛的一部分，帕洛斯岛（Pharos）曾经与埃及大陆相连，腓尼基王国的推罗曾经是近海岛屿，后来被亚历山大大帝连接到大陆。最后一个例子无助于证明毕达哥拉斯的观点。

6 琉卡斯岛（Leucas）曾经是阿卡纳尼亚海岸的一个半岛。

7 “赞科勒”这里或许指代整个西西里岛。古罗马人相信，它曾经是意大利半岛的一部分。

连着意大利半岛，直到海水切断
相邻的区域，涌入的波浪将其推远。
你若寻找亚该亚城市赫利刻与布里斯，
它们已沉入海下，船员们时至今日
仍习惯指点城墙埋葬于水底的地方[1]。
庇透斯统治的特洛曾附近有处岩嶂[2]，
高峻无树，昔日是一片完美的平原，
现在却巍然隆起——其原委令人胆寒：
狂风的野蛮力量被关在地下的暗穴里[3]，
渴望觅到发泄口，能享受自由的空气，
徒劳地苦苦挣扎，却发现整座监狱
没有任何罅隙，气流无任何通路，
便只能拱起地面，正如口中的气息
吹胀某个动物的膀胱或一张山羊皮[4]。
强行推升的巨岩从此留下来，保存
高山的形状，在漫长岁月里变得坚硬。
我虽然想到许多听说或知晓的奇闻，
却只举几例。难道水不能变化产生

---

1 据大普林尼的说法，赫利刻（Helice）与布里斯（Buris）原来是科林斯海湾的城市，后来在地震中塌陷，沉入海中。

2 参考本书第六卷第418行的注释。

3 奥维德的解释让人想起卢克莱修关于地震成因的第四种说法，见《物性论》（*De Rerum Natura* 6. 577-607）。

4 动物的膀胱如同今日的气球，山羊皮常被古人制成装酒的皮囊。

令人讶异的性质[1]？长角的阿蒙神，你的
井水在正午寒凉，日升日落时却温热。[2]
据说阿塔马尼亚妇女会浇水点燃
木头，当亏缺的月亮几乎退出视线。[3]
齐科涅斯人有条河，饮后内脏就变成
岩块，东西一碰水就被大理石囚封。[4]
本土的克拉提斯河和附近的叙巴里斯河
让头发染上与琥珀和黄金相似的颜色。[5]
更令人称奇的是，某些河的水不仅能
改变身体，甚至能改变我们的灵魂。
谁不曾听说萨尔玛琪斯的邪恶水坑[6]
和埃塞俄比亚的湖泊[7]？任何人如果啜饮，
癫狂或无比昏沉的睡眠就如影相伴。

1 “性质”对应的原文是 figuras，从下文的讨论可知，这个词在这里的意思不是指形状，而是指性质。

2 阿蒙神庙（位于利比亚）附近的井水白天凉，晚上热。这口井在古代西方很出名，参考希罗多德《历史》（*Histories* 4.181.3-4）和大普林尼《自然史》（*Historia Naturalis* 2.103.228）。

3 阿塔马尼亚（Athamania）在厄庇罗斯，奥维德可能指的是多多纳（也在厄庇罗斯）附近一处泉水的奇怪现象。参考大普林尼《自然史》（*Historia Naturalis* 2.103.228）和卢克莱修《物性论》（*De Rerum Natura* 6.879-905）。

4 这种说法的出处不详，奥维德可能指的是赫布罗斯河（Hebrus）。齐科涅斯人生活在色雷斯。

5 克拉提斯河（Crathis）和叙巴里斯河（Sybaris）都在意大利的卡拉布里亚，都在克罗同附近入海。大普林尼引用特奥弗拉斯托斯（Theophrastus）的话说，这两条河的水能让人和动物的肤色分别变白和变黑。

6 参考本书第四卷 285—286 行。

7 “埃塞俄比亚的湖泊”所指不详。

焦渴者倘若灌下克利托尔的山泉[1]，
就会憎恶酒，只爱清水，拒绝酩酊，
无论是因为这水有对抗温酒的特性，
还是如当地人所说，阿密塔昂的儿子[2]
用咒语和植物为普罗托斯的女儿根治[3]
疯病后，将所有净化心灵的药草倒入
水中，这里的山泉从此不与酒为伍。
林克司提斯的河水效果则全然不同[4]，
任何人如果不加节制地狂饮，就会像
喝了没有兑水的烈酒，如醉汉摇晃。
阿卡迪亚有一处古名菲纽斯的地方[5]，
水性多变，让世人警惕。晚间需小心：
夜里喝危害健康，白天喝却不伤身。
湖泊与河流便是如此，各自有各自的

1　克利托尔（Clitor）是阿卡迪亚的一个城镇。大普林尼引述瓦罗的话，提到了奥维德所言的现象。

2　阿密塔昂（Amithaon）的儿子指梅朗坡斯（Melampus）。他医好了阿戈斯国王普罗托斯（Proetus）四位女儿的疯病，据说她们夸耀自己美貌胜过维纳斯，遭到女神惩罚，得了此疯病，以为自己是奶牛。

3　相传梅朗坡斯用了嚏根草（elleborus）。后来西方人就认为嚏根草是治疗疯病的特效药，参考贺拉斯《闲谈集》（*Sermones* 2.3.82-83）。

4　林克司提斯河（Lyncestis）的效果出处不详。林克司提人住在厄庇罗斯的林克斯城（Lyncus）。

5　菲纽斯（Pheneos）即诺纳克里斯。根据保萨尼阿斯的说法，当地附近有一处渗水的岩石，其水被希腊人称为“斯堤克斯水”，在某些时候它会致命，并能融化一切金属。但只有奥维德说它日夜的性质不同。

性质。俄耳堤奎亚昔日在海上漂泊[1]，
现在却固着于原地。阿尔戈曾经害怕
彼此撞击、浪花四溅的辛普列加达[2]，
如今却不畏狂风的攻击，岿然不动。
在硫黄炼炉中翻滚的埃特纳不会始终
如此燃烧，也并非一直这样炽热。
因为要么大地是活着的动物，有许多
呼吸的孔道散布各处，喷出火舌，
那它就可以更换气孔，每当它腾挪，
都能够关闭这些，打开那些孔隙；
要么有疾风禁锢在此山根部的洞穴里，
驱使岩石与岩石乱撞，抛掷包含
火种的物质，它在激烈摩擦中点燃，
但等风耗尽动能，洞穴又恢复清凉；
要么这样的大火是来自沥青的力量，
或者由于少烟的硫黄在暗中闷烧，
如此，当大地再无法为火焰提供养料
和食物，它的能量在漫长年代里趋于
穷竭，自然的贪婪本性已难以满足，
它将受不了饥馑，绝望地抛弃这些火。

1　俄耳堤奎亚是提洛岛的古名。

2　辛普列加达（Symplegadae）的名字在古希腊语中意为“碰撞到一起”，是黑海入口的两处相对的巨岩，传说会移动位置，挤碎经过的船只。

传说有一个部族生活在极北的帕勒涅[1]，
他们的身体总会长出雪白的翅羽，
如果已九次潜入属于密涅瓦的湖[2]；
我并不相信，但据记载，斯基泰女人
在身上洒某种药汁，也能如此变形。
然而，我们若愿意相信验证的事实，
难道你不曾见，因热力分解或时间流逝
而腐败的任何身体都化作微小的动物？
在沟里埋几具上好公牛的尸体（此风俗
广为人知），从溃烂脏腑中会四下飞出
一群群采花的蜜蜂，它们习性如‘父母’，
在乡野居住，喜好劳作，憧憬着收成[3]；
若葬入好战的马，则会孕育出马蜂[4]；
如果剪断海岸边螃蟹拱卫的钳子，
将其余部分放入土中，掩埋的肢体
会变成毒蝎，摇动弯尾，准备进攻；
习惯用洁白丝线覆盖树叶的蛾虫
（农夫们经常观察到这个现象）最终

1 “极北”对应的原文是 Hyperborea，意为在北风（Boreas）之国以外的地方。帕勒涅（Pallene）是色雷斯的山名，也是城市名。

2 “属于密涅瓦的湖”指附近的特里同湖（Triton），这里的“特里同”与密涅瓦的别称特里托尼娅有关。这个传说可能起源于当地多雪的天气。

3 这个说法在古代西方广为流传，参考维吉尔《农事诗》（*Georgics* 1.281-314）和奥维德《岁时记》（*Fasti* 1.376-380）。

4 大普林尼和瓦罗称，蜜蜂和马蜂都能从马的尸体中诞生，大普林尼还说，甲虫是驴子的尸体变出的。

将更换形状，变成失去生命的蛹。
淤泥中包含制造绿色青蛙的种子，
出生时，它们没有脚，很快长出适宜
游泳的四肢，为了能够轻松地跃远，
它们的后腿很长，前腿相应地变短。
母熊刚分娩的幼崽根本不是小熊，
只是半死的一团肉，借妈妈舔舐之功，
才显出躯干、手足、与母亲相似的体形。[1]
难道你不曾见，六角蜂巢庇护的幼蜂
最初诞下时都只有残缺不全的身体，
等到后来才长出它们的腿和双翼？
朱诺的宠鸟孔雀（长尾似群星熠熠）[2]、
保管神王武器的雄鹰、维纳斯的鸽子[3]，
还有所有的飞禽，最初都是一枚蛋，
若非事先已知晓，谁又会相信这点？
当人的脊柱在密闭坟墓中腐烂，里面的
骨髓（有些人如此相信）就会变成蛇。[4]
但所有这些物类的起始都依赖他物，
有一种奇鸟却能让自己更新和重续：

1　这也是西方古代流行的说法。

2　这行原文中没有出现“孔雀”（pavo），但“朱诺的鸟”就是孔雀。

3　据说朱庇特的雷霆由鹰保管。

4　公元前3世纪的安提戈诺斯（Antigonus Carystius）在《奇闻录》中讲过这样的事，并且说这些人生前就能凭嗅觉闻到蛇的存在。

亚述人称它为凤凰；它不食谷物或草叶[1]，
只肯啜饮乳香的泪珠和豆蔻的汁液。
当它已度过漫长一生的五个百年，
就会在栎树枝条间或棕榈摇晃的顶端，
用爪子和洁净的喙为自己搭建一座巢，
在里面铺上丁香、温和甘松的细条、
捣碎的肉桂和金黄的没药，然后卧在
这张芬芳萦绕的床上，静静地离开。
人们传说，从逝去的母体又会生出
一只小凤凰，它也会获得相同的寿数。
当年岁赋予它力气，足以承受重负，
它便为伸向云天的树枝卸去包袱，
虔诚地驮着自己的摇篮和前辈的坟墓，
穿过朗空，向许珀里翁的城市飞去[2]，
将它放置于太阳神庙肃穆的大门前。
如果这些事我们已觉得新奇稀罕，
我们就更应惊叹鬣狗可变性，现在
是雄狗，方才却是雌狗，与雄狗交配。[3]
还有那种以空气和风为食的动物[4]，

1　凤凰（phoenix，古希腊语 phoinix）是古希腊罗马传说中的神鸟，它与太阳相关，五百年重生一次，有些人说它在火中重生，有些人（比如奥维德）说它在自己解体后重生。

2　许珀里翁（Hyperion）代指太阳。

3　这是西方古代民间流传的说法，亚里士多德曾经批驳过。

4　指变色龙（chamaeleon），其对应的古希腊语 chamaileōn，意思是“地上的狮子”。西方古代人有此说法，可能是因为变色龙总是张着嘴捕食蚊子和其他昆虫。

碰到任何东西，马上就变色易服。
战败的印度把猞猁献给挂着葡萄的
巴克斯，传说它们膀胱排出的尿液
一进入空气就会凝固，化作石子[1]。
珊瑚也是如此，刚接触空气，立即
变硬，而在水下，它却是柔软的植株。
即使到白昼结束，福玻斯在深海沐浴
气喘吁吁的马匹，我仍难讲完一切
旧物变新形的例子。同样，时代在更迭[2]，
那些国家的力量在增长，这些却步入
衰落。特洛伊也曾繁荣过，无论财富
或人口，能够在十年间承受惨重的伤亡，
但还是沦为废墟，唯余下古老的颓墙，
再不能手指资财，只能指祖先的坟茔。
斯巴达曾闻名遐迩，迈锡尼也曾兴盛，
刻克罗普斯和安菲翁的城市不也如此[3]？
斯巴达已变贱土，宏伟的迈锡尼成荒地，
俄狄浦斯的忒拜剩什么，除了空名？

1 大普林尼说，猞猁（lynx）的尿变硬后就成为红色的宝石，叫作“猞猁石”（lyncurium），现在这个词指琥珀。

2 Jacobson（2007）指出，420—435 行的评论明显有希罗多德《历史》的痕迹（*Histories* 1.5.4）。

3 刻克罗普斯的城市是雅典，安菲翁的城市是忒拜。

除了空名，潘迪翁的雅典有什么残存？[1]
如今有传言，特洛伊的罗马正在崛起[2]，
发源于亚平宁山脉的台伯河附近的土地
被选作堂皇都城和伟大国家的根基。
它自然也会在成长中变化，终有一日，
荣升广袤世界的霸主。人们说，先知
和神谕已如此预言。至少在我的记忆里，
特洛伊陷落之际，当埃涅阿斯为命运
未卜而哭泣，赫勒诺斯曾劝他莫忧心[3]：
‘女神的儿子，如果你牢记我灵魂的预测，
只要你无恙，特洛伊就不会完全毁灭：
火焰和刀剑将为你让路；你能够离开，
并带着故乡的残余，直到你抵达善待[4]
特洛伊和你，甚至比家乡还友好的异国。

1　自 Heinsius 以来，许多注者都认为 426—430 行是窜入的文本，应当删除，因为在毕达哥拉斯的时代，这些城市都还处于繁盛期。当然奥维德也有可能忘了他是在通过毕达哥拉斯之口发表感慨，而从公元 1 世纪初的罗马人角度来评论。Tarrant（2000）则推测，这里描绘的是公元前 8 世纪左右这些城市被战火洗劫之后的惨状，并非指它们在后世的彻底衰落。Gildenhard-Zissos（2004）提出，仅仅因为时代错位就认为文本不真实，缺乏依据，《变形记》中时代错位的例子还有很多，而且毕达哥拉斯很可能是将他看到的这些城市的现状与他心目中的繁盛往昔作比较。更重要的是，《变形记》系统化地削弱了希腊城邦的历史地位和文化影响（最为明显的是雅典和忒拜），而且在此处，这些城市的衰落恰好是为罗马的崛起做背景。

2　“特洛伊”对应的原文是 Dardaniam（达尔达尼亚的）。Segal（1969）指出，以历史上著名城市、著名文明的兴衰为背景来预言罗马的兴盛，是奥维德一种自我消解的策略，他在实质上否定了同时代罗马人流行的“永恒之城”的说法。

3　“赫勒诺斯”对应的原文是 Priamides（普里阿摩斯之子）。

4　“故乡的残余”对应的原文是 Pergama rapta（救出的那部分佩尔加蒙）。

我已经看见特洛伊子嗣注定要建造的[1]
那座城，过去、现在和未来都无与伦比。
悠长岁月中，众多英杰将为它助力，
但成为世界的主宰是仰赖尤卢斯的某位
后裔[2]。在尘世享受其统治之后，上界
也将迎接他，天国将是其最终休歇地。’
我记得埃涅阿斯流亡时，赫勒诺斯
如此吟唱过。亲族的城墙渐巍峨，特洛伊
虽败于希腊，终有善果，真令我欣喜[3]。
但我们别离题太远，信马由缰，忘了
奔目标而去——苍穹和苍穹之下的一切
都变化形状，大地及其负载物也如此。
既然我们是世界的部分，不仅是躯体，
同样还是飞翔的灵魂，而且我们能
进入兽身的居所，藏在牛羊的胸膛中，
就应该保护和尊重动物：它们或许
容纳着我们父母或兄弟的灵魂，亦或许
曾是有其他纽带的亲朋，至少前世
可能做过人，别饕餮图埃斯特的美食[4]！
多么邪恶的习惯，多么逆天悖德，

1　“特洛伊”对应的原文是 Phrygios（佛里吉亚的）。

2　“尤卢斯的某位后裔”指屋大维。

3　“希腊”对应的原文是 Pelasgos（珀拉斯吉人）。

4　图埃斯特（Thyestes）和阿特柔斯都是佩洛普斯的儿子。图埃斯特与嫂嫂埃罗佩（Aerope）通奸，阿特柔斯为了报复，将图埃斯特的儿子做成菜肴给弟弟吃。

与屠杀人类何异！无论谁用刀猛割
牛犊的喉咙，对它的惨叫充耳不闻，
还是面对小山羊发出的孩子般的哭声，
依然能狠心宰杀，还是能咀嚼自己
亲手喂养的鸡鸭！与极端的罪行相比，
这样做有多大差别？这条路引向何方？
让牛耕田吧，或让它因衰老自然死亡；
让绵羊为我们提供抵御寒冬的衣裳[1]，
让山羊向挤奶的手献上满盈的乳房。
抛弃网、陷阱、绳套和各种诡诈的伎俩，
别用抹了胶水的树枝引小鸟上当，
别在枝头挂羽毛，欺骗受惊的小鹿[2]，
别在诱饵下藏匿弯钩，谋害游鱼。
若有何物伤害你，杀死它，但只是杀死，
决不要吃它，去找更温和文明的饭食！”[3]

1　“寒冬”对应的原文是 horriferum Borean（令人颤抖的北风）。

2　这种羽毛（经常用绳子系着）叫 formido，意为“恐吓物”。

3　Segal（1969）提出，毕达哥拉斯从希腊逃到罗马的经历让他与埃涅阿斯相似，从而完成了全诗东方与西方、希腊与罗马的交汇。但在更深的层次上，这种交汇是希腊的循环宇宙观与罗马的线性宇宙观的交汇，一边是无穷无尽的神话变形，一边是朝向既定天命的进步之旅。从结构而言，《变形记》一至十一卷更偏希腊色彩的“神话传说”也与十二至十五卷更具罗马色彩的“历史主题”相交汇。但毕达哥拉斯的演说意味着希腊最终胜出，而非罗马和奥古斯都的文化秩序。Myers（1994）认为，毕达哥拉斯“讨论”的许多奇迹都已在《变形记》其他的地方“叙述”过。这样，这位哲学家就成了诗人自己的镜像，一种卢克莱修式哲学诗人与奥古斯都时代灵感式诗人的结合。本卷中毕达哥拉斯的“伪科学”与本书其他部分的神话化叙事构成了一种平行关系，奥维德借此说明，无论诗人还是哲学家都无法充分解释世界，这种对照也体现了《变形记》内部的体裁冲突。Harrison（1996）则相信，这种冲突毋宁说是奥维德拒绝任何一

人们说，在胸中装满诸如此类的教诲[1]，
努玛返回自己的故土。等使者前来
延请，他便接受了统辖罗马的重任。
幸运的国王有仙妻相助，有缪斯引领[2]，
传授祭祀的仪式，将适宜和平的艺术
在习惯血腥战争的民族心里常驻。
当努玛的统治和生命在高寿之年结束，
拉提乌姆的妇女、平民和元老院贵族
都哀悼他的去世，王后却离开罗马城，
藏身在阿里齐亚山谷的茂密森林中[3]，
用悲叹干扰俄瑞斯忒斯引入的敬拜
狄安娜的圣礼[4]。丛林和湖泊的宁芙一再
劝她别如此，说了许多安慰的话语。
当她哭泣时，忒修斯之子也一再安抚[5]：
“请节哀，并非只有你的遭遇值得
伤心。想想其他人遭受的类似灾厄，
你就会释然。多希望能用别人的例子

努玛的故事（二）

埃革里娅与维尔比乌斯

种长诗传统垄断其作品的姿态。

1 虽然努玛曾接受毕达哥拉斯教诲的说法在古罗马广为流传，但从时间上看是不可能的。努玛生活在公元前 8 世纪，毕达哥拉斯生活在公元前 6 世纪。

2 仙妻指宁芙埃革里娅（Egeria）。

3 阿里齐亚（Aricia）是拉提乌姆的一个城镇。

4 关于狄安娜的圣礼，参考本书第十四卷第 331 行的注释。

5 忒修斯之子指希波吕托斯（Hyppolytus）。奥维德在这里讲述的故事在欧里庇得斯的悲剧《希波吕托斯》中有更具感染力的再现。

减轻你痛苦，但我的遭遇也足以济事。
我想，你或许曾听闻某位希波吕托斯，
因为父亲的轻信和淫邪继母的诡计
而横死。你会震惊，我也难提供证据，
但我就是他。昔日，帕西法厄之女[1]
勾引我玷污父亲的床榻却没有得逞，
便颠倒事实，诬告我欲行她所欲行
（是怕我揭发还是因被拒而恼羞成怒？），
于是我惨遭父亲冤枉，从城市放逐，
我上路之后，他又发下无情的咒诅。
乘着马车，我飞速驰往庇透斯的国都[2]
特洛曾，当时正沿着科林斯海岸行进，
海突然汹涌起来，巨大的波浪如山顶
一般拱起，并不断增高，摇摇欲坠，
突然发出震耳的轰鸣，从巅峰崩碎。
裂开的狂涛间冲出一头长角的公牛，
探出海面，昂首高立，直至胸口，
鼻孔和大张的嘴都喷出滔滔水柱。
同伴们都惊慌失措，我却毫无恐惧，
只惦记流放之事，但几匹烈马却将头

1 帕西法厄之女指淮德拉（Phaedra）。忒修斯抛弃她姐姐阿里阿德涅之后，又将她拐走，并与她结婚。后来忒修斯爱上了亚马逊女王希波吕塔，淮德拉则爱上了忒修斯的儿子希波吕托斯，她求爱遭拒后向忒修斯指控他企图强奸自己。忒修斯将儿子放逐后又发出诅咒，最终造成了儿子的惨死。

2 庇透斯是佩洛普斯的儿子，是忒修斯母亲埃特拉的父亲，所以是希波吕托斯的曾外祖父。

转向大海，双耳倒竖，浑身颤抖，
因为害怕那怪物而全然丧失了神智，
猛拉着马车径直冲下巉岩。我竭力
用手勒紧覆盖着白沫的缰绳，身体
后倾，想把它从险境拽回，却无济于事。
然而，众马的疯狂本难敌我的力量，
若不是一只车轮与挡路的木桩相撞，
环绕在长轴上的毂碎裂，使它脱落。
我被抛出了马车，缰绳死死缠着
躯体，你可见颤动的脏腑拖曳在地面，
肌腱挂在木桩上，四肢部分成碎片，
部分残留在各方，断裂的骨头发出
闷响。我已经奄奄一息，已没有一处
你能够辨认，全身是伤，毫无间隔。
宁芙，难道你能或者敢与我的惨祸
相比较？我也曾见过至暗的冥府禁地，
在佛勒革同河清洗过残缺不全的身体[1]，
若非阿波罗之子高超的医术，我也[2]
不可能还魂。当我通过强力的草液
和医术重获生命（普鲁托极为愤怒）[3]，

1 关于佛勒革同河，参考本书第五卷第 544 行的注释。

2 阿波罗之子指医神埃斯库拉庇乌斯（Aesculapius）。

3 关于希波吕托斯被救的事，参考《岁时记》（*Fasti* 6.737-760）。“医术”对应的原文是 ope Paeonia，意为“派昂的帮助”，派昂（Paeon 或 Paean）是阿波罗作为医神的称号。

怕我的出现让他又想起这份礼物，
更添火气，钦提娅用浓云将我罩住[1]。
为让我平安，万一被发现也能无虞，
她又增加了我的年纪，变易了容貌。
究竟该让我拥有克里特还是提洛岛，
她踌躇许久，最后觉两处都不合适，
就将我放这里；她还命令我更换名字，
因为它让人想起我的马[2]。‘希波吕托斯
是旧名，’她说，‘如今你是维尔比乌斯。’[3]
从此我就在这片丛林里做一位小神，
在主神的保护下藏身，将她忠心侍奉[4]。”

埃革里娅变形

但别人的苦难并不能缓和埃革里娅
自己的悲伤，她长卧不起，在大山脚下
溶化成一摊泪水，直到狄安娜感动于
她的哀痛和痴情，将她冰冷的身躯
化作清池，将四肢化作长流的清溪。

塔格斯

此事令众宁芙惊异，亚马逊女人之子[5]

1 钦提娅即狄安娜。

2 “想起我的马”：因为希波吕托斯的名字对应的古希腊语 hippolytos 就是“松开马”的意思。

3 维尔比乌斯（Virbius）的名字由拉丁语 vir（男人）和 bis（两次）变来，意思是“重生的男人”。Segal（1969）评论道，希波吕托斯—维尔比乌斯的故事也符合从希腊到罗马的迁移模型，而且他也经历了较低等次的封神过程，但他惨烈的死亡才是奥维德刻意渲染的部分。

4 “主神”指狄安娜。

5 “亚马逊女人之子”指希波吕托斯，因为他母亲是希波吕塔或者安提俄珀（Antiope），两人都是战神马尔斯的女儿和亚马逊人。

也愕然，正如那位埃特鲁里亚耕夫[1]
在田野中央看见揭示命运的一块土[2]，
最初在没有任何外力的情况下移动，
很快又变成人形，抛弃泥土的旧容[3]，
开启新生的口唇，宣告注定的未来
（当地人称他为塔格斯，是他最先教会
埃特鲁里亚民族占卜和预言的技术）；

罗慕路斯之矛

也像从前的罗慕路斯发现他植于[4]
帕拉丁山里的长矛忽然萌出叶子，
不再靠插入的铁尖，而是靠新根直立，
已不是武器，而是一棵树，枝条坚韧，
向惊叹的观者献上意料之外的绿荫；

齐普斯的传说

或者像齐普斯在河中见到一对犄角[5]
（他确实见到），相信只是倒影的花招，

---

1 塔格斯（Tages）是创立埃特鲁里亚宗教的先知，他的神奇诞生见下文，“耕夫”指最先见证他出现的农夫。

2 “揭示命运”：因为这块土最终会变成先知。

3 传说塔格斯是以小孩的形象出现的，参考西塞罗的《论占卜》（*De Divinatione* 2.50-51）。

4 这个神迹也记录于普鲁塔克的《罗慕路斯传》（*Romulus* 20.5）。

5 虽然被医神埃斯库拉庇乌斯移居罗马的故事隔开，齐普斯（Cipus）主动放弃称王机会的故事与恺撒封神的故事无疑形成了鲜明对照，这种并置暗中批评了恺撒的政治野心，甚至包含了对作为变相王制的罗马新帝制的质疑。Galinsky（1967）指出，齐普斯的故事绝非简单的过渡，而是体现出巧妙的匠心。奥维德为它设置的框架也值得揣摩。塔格斯的典故强化了情节的天命色彩，罗慕路斯的典故暗示它与王制的关联。除了奥维德的版本，齐普斯的故事只存在于瓦莱里乌斯·马克西穆斯（Valerius Maximus）的《杰出言行录》（*De Factis Dictisque Memorabilibus* 5.6.3）。Galinsky 认为，《杰出言行录》着力突出了齐普斯对祖国的忠诚，奥维德的故事却态度暧昧，并多处影射屋大维。

一再抬起手指摸自己额头，却触到
所见的东西，再不能责备眼力不好。
他站在那里，仿佛征服了敌人，得胜
归来，伸出双手，眼睛凝望着天空。
“众神啊，我不管这个征兆预示什么，
若是吉，就请应验于我的民、我的国；
若是凶，就罚我一人！”他用绿色的草皮
造了青翠的圣坛，点起火，焚香献祭。
摆好盛满酒的碗，宰杀绵羊，他希冀
仍在颤动的脏腑能显明兆象的真意。
埃特鲁里亚民族的肠卜师一端详纹理[1]，
就明白其中蕴含着某种大事的肇始，
详情却难以洞悉。但当他敏锐的目光
从绵羊内脏挪到齐普斯长角的头上，
他立刻喊道：“致敬，国王！这片土地[2]
和罗马都将服从你和这对角，齐普斯。
你只需停止拖延，冲进敞开的大门，
命运如此要求你。因为一旦入了城，
你就是国王，而且权力将稳固而久长。”
他却往后撤，冷峻的目光避开城墙，

1 “埃特鲁里亚”对应的原文是Tyrrhenae gentis（图勒尼人），图勒尼人（Tyrrheni）是从希腊移居到意大利的一个民族，构成了埃特鲁里亚人的一部分。肠卜师（haruspex）是古罗马的一种占卜师。古罗马有多种占卜术（auspicium），“看羊内脏”是畜占（ex quadrupedibus），“听雷霆”是天占（ex caelo），“辨识鸟的叫声和飞行”是鸟占（ex avibus）。

2 或许因为“角”（cornua）与“王冠”（corona）的拼写相近。

如此祷告："求众神赶走这样的兆象，
越远越好！我宁可终生流亡于异乡，
也绝对不让卡皮托圣山见证我掌权[1]。"
他说完立刻召集民众和尊贵的元老院，
但事先用象征和平的月桂遮住双角。[2]
站在勇敢士兵垒起的土丘上，他按照
古代祖先的方式向诸神祈祷后，宣布：
"这里有一人，你们若不将他逐出去，
他就会称王。我不提他的名字，只透露
此人额头长着角。根据先知的占卜，
如果他进入罗马，就会让你们做奴隶。
他的确有机会闯进未闭的城门，但是
我拦住了他，尽管没有人与他的渊源
比我更深。罗马人，别让他入城为乱！
或者，这位命定的暴君若罪当严办，
就给他套上镣铐，或处死，永绝后患。"
正如狂暴的东风呼啸之际，挺拔的
松林涌起飒飒声，又如大海的涛波
发出喧响，传入远方谛听的耳朵，

1 卡皮托山（Capitolium）是罗马传统宗教的圣地，尤其是朱庇特神庙所在地。

2 Galinsky（1967）评论说，奥维德刻意模糊处理了此事发生的地点，如果齐普斯是在城内召集会议，他已经在创造让先知的预言实现的条件（换言之，他其实想称王）。即使在城外开会，他故意露出头上的角也有试探民意之嫌，动机未必纯粹。双角在这个故事里显然象征着王冠，恺撒生前曾经拒绝希腊国干的王冠，却接受了埃特鲁里亚国王的王冠。屋大维比养父隐藏得更深，他特别喜欢在头上戴桂冠，他保留共和制的形式，暗中实行帝制的行为，就如同齐普斯用月桂遮住双角。

民众也一阵骚动。但一个声音越过
嘈杂混乱的议论，清晰地浮起：“他是谁？”
大家都互看额头，寻预言中长角的异类。
齐普斯又说：“你们要找的人在这里！”
他扔掉鬓边的叶冠，不顾民众阻止，
将赫然长着双角的额头展示给全场。
所有人都垂下眼睛，喟然叹息，非常
不情愿地再次望向那张因功勋卓著
而闻名的脸（谁能相信？），不忍他继续
蒙羞，重新给他戴上节庆的头饰。
齐普斯，既然罗马从此已向你关闭，
元老院便以土地表示敬意，承诺
无论为你负轭的牛从日升到日落
能犁过多么广袤的田亩，全部都归你。
他们还在青铜门柱上用雕刻铭记
那对神奇的犄角，让它们永远流芳。[1]

埃斯库拉庇乌斯到罗马

诸位缪斯，诗人的守护神，现在请吟唱
（因为你们知晓，古昔也不能隐匿）：
被深深的台伯河水环绕的岛屿从何地
将科洛尼丝之子迎入罗马城的神祠[2]。

---

1 Galinsky（1967）认为，如果这对犄角象征着王权，那么它也暗指屋大维根据元老院决议在自己官邸前种的两棵月桂树，这个习俗发源于罗马的古代国王，同样可以视为王权的标志。

2 科洛尼丝之子指医神埃斯库拉庇乌斯，关于阿波罗和科洛尼丝的故事，参考本书第二卷 542—630 行。

悲惨的瘟疫曾污染拉提乌姆的空气，
夺命的恶疾留下苍白而脏秽的尸身。
被太多的死亡累垮，国民发现无论
世人的尝试还是医者的技艺都无用，
转而寻求上天的帮助，派人去往
世界中央的德尔斐，聆听福玻斯神谕，
求日神施援，给他们如何治病的答复，
为一个如此伟大的城市终结灾殃。[1]
庙宇、月桂和阿波罗身上佩戴的箭囊
同时颤动，三脚凳从神祠最深处传回[2]
这样的声音，震撼他们惊恐的心怀：
“罗马人，从这里所求的能在更近之处
寻见，快去那里吧。无须阿波罗帮助
你们减轻痛苦，只需阿波罗的儿子。[3]
走吧，祝你们好运，去邀请我的后裔。”
睿智的元老院知悉了神的吩咐，随即
查明福玻斯年轻的血脉住哪座城市，

1 Barchiesi（1997）认为，这里奥维德用罗马的瘟疫呼应卢克莱修《物性论》第六卷结尾描绘的雅典瘟疫，医神最终拯救罗马的结局也与雅典的灾难形成对比。这种处理，仍然延续了前面各卷贬抑雅典、崇奉罗马的态度。

2 三脚凳（cortina）是德尔斐女祭司在宣告神谕时所坐的器具，因为覆盖它的蟒皮（corium）而得名，这皮来自阿波罗杀死的大蟒皮同，所以女祭司叫皮提娅（Pythia）。参考本书第一卷 438—449 行。

3 Galinsky（1967）说，这里奥维德也影射了屋大维。根据苏埃托尼乌斯的《屋大维传》（*Augustus* 94），阿波罗化身为蛇与屋大维的母亲阿提娅交配，后来才有了屋大维。所以奥古斯都时代的人也将屋大维看作阿波罗的儿子。

并派人取水路前往厄庇道鲁斯海岸[1]。
众使者乘坐弧形大船一抵达终点，
就与希腊议事会和当地的长老磋商，
请求将神赠予他们，希望借神的力量
终结罗马的悲剧，这也是神谕所明言。
对方意见不一，有人说如此的救援
不可拒绝，许多人主张为自己保存
宝贵的资源，不应向外族让渡这位神。
争执之间，残留的天光已经被夜色
驱散，大地的暗影蒙住了整个世界，
救死扶伤的那位神仿佛忽然出现
在你梦中，罗马人，立于床前，俨然
与他在庙中的圣像无异，左手握住
一根乡野的木杖，右手捋着长须，
从温和慈悲的胸中吐出这样的话语：
“别怕！我跟你们走，只留下我的金塑。
只是你要仔细看盘在杖上的这条蛇，
牢记其模样，这样再见时，你就能认得。
我将变成它，但会更大，我的尺寸
与天界身体变化时应有的规模相称。”
言毕，话音和神一道隐去了，睡意
也同时消失，祥和的晨光随之漫溢。
重新莅临的奥罗拉放逐了昨夜的星火，

1 此处的厄庇道鲁斯是阿戈利斯的城市。

犹豫不决的贵族们聚集到所请之神的
奢华庙宇中，祈求他以某种奇迹显示
自己究竟愿意居住在两地的哪一地。
他们方才祷告完，金色的神就化为
一条蛇，冠子巍峨，嗞嗞宣告其到来。
当他降临之时，雕像、祭坛、大门、
大理石地面、金色房顶全都在剧震。
他在神庙的中央抬起身，直至胸膛，
用喷着明亮火焰的眼睛扫视着四方。
众人一片惊恐，用白色束带系好
洁净头发的祭司认出了神迹，喊道：
“看，神在这里！大家请摒弃杂念，
保持肃静！最俊美的神，愿你的显现
预示吉祥，求你庇佑信奉你的人民！”
在场者都遵嘱膜拜莅临的神，所有人
诵念着祭司的祷辞，埃涅阿斯的后裔
同样用心灵和言语献上虔诚的敬意。
神颔首回礼，摇晃冠子，表示确认，
并用跃动的舌头反复发出嗞嗞声。
接着，他滑下皓白的台阶，向后转头，
在临别之际回望古老的祭坛，问候
自己熟悉的旧家和栖居已久的庙宇。
他爬过铺满鲜花的地面，庞大的身躯
盘曲成圈行进，穿过城市的中央，
一直来到被蜿蜒长堤护住的海港。

他在这里停下，仿佛用平静的表情
示意跟随的祭司和民众无须再远送，
转身登上奥索尼亚的木舟。那艘船
感觉到神的重量，顿然往下一颤。
罗马人欢欣鼓舞，在岸上杀牛谢神，
然后为挂满花环的船解开了缆绳。
此时，轻柔的风已开始在船的后面吹，
神高昂着头，脖颈倚靠在弧形的船尾，
俯瞰湛蓝的水波。伴着温和的西风，
他穿过伊奥尼亚海，第六天黎明已经[1]
到达意大利水域，驶过了拉钦尼昂
（因为朱诺神庙而闻名）和斯库拉刻昂[2]，
抛下雅普吉亚，避开左边的安菲萨[3]
巉岩和右边矗立的克伦尼亚悬崖[4]，
行经罗墨提昂、考隆和纳瑞齐亚[5]，
穿越大海和西西里佩洛鲁斯海峡，
路过埃俄洛斯的国都和特梅萨矿山[6]，

---

1 “第六天黎明”对应的原文是 sextae Pallantidos ortu，意为“帕拉斯之女的第六次升起”。

2 斯库拉刻昂（Scylaceum）是卡拉布里亚的一座城市，据说是雅典人所建。

3 安菲萨（Amphissa）是希腊洛克里斯的一座城市，这里的文本可能有讹误。

4 克伦尼亚（Celennia）所指不详。

5 罗墨提昂（Romethium）所指不详。考隆（Caulon）是亚该亚人在卡拉布里亚建立的城市。纳瑞齐亚（Narycia）也是卡拉布里亚的一个城市。

6 “埃俄洛斯的”对应的原文是 Hippotadae regis（希波塔斯之子、国王的）。特梅萨（Temese）是卡拉布里亚的一座城市，附近有多处铜矿。

转向琉科西亚和温暖派斯顿的玫瑰园[1]。
接着，他驶过卡普勒埃、密涅瓦岬角[2]、
苏伦顿丘陵（那里到处都种着葡萄）[3]、
海格力斯的城市、斯塔比埃、为闲逸[4]
而建的帕耳忒诺珀和库迈的西比尔神祠[5]。
然后他经过拜亚温泉和遍布玛蒂树的[6]
利特尔农、泥沙翻涌的沃尔图努斯河[7]、
有无数白鸽聚集流连的锡纽萨、不宜[8]
居住的闵图奈、养子安葬乳娘之地[9]、
安提法忒斯的家园、特拉卡斯（修筑于[10]

1　琉科西亚（Leucosia）是派斯顿（Paestum）附近的一处海岛，派斯顿位于意大利卢卡尼亚（Lucania）地区，以温和的气候和玫瑰著称。

2　卡普勒埃（Capreae）是那不勒斯附近的一座岛。密涅瓦岬角（promunturium Minervae）在意大利坎帕尼亚海岸，正对着卡普勒埃岛，是那不勒斯湾的最南端。

3　苏伦顿（Surrentum）是坎帕尼亚的一座城市，以葡萄酒闻名。

4　“海格力斯的城市”指维苏威火山脚下的海格拉内昂（Herculaneum），公元 79 年火山喷发时被埋葬。斯塔比埃（Stabiae）是坎帕尼亚的一座城市，在同盟者战争（公元前 91—公元前 88 年）中被苏拉摧毁，后来重建。

5　帕耳忒诺珀即那不勒斯，是古罗马的度假城市，所以奥维德说“为闲逸而建”。

6　拜亚（Baiae）温泉是古罗马最著名的温泉，拜亚是度假胜地。玛蒂树（lentiscus）出产一种天然树脂。

7　利特尔农（Liternum）也是坎帕尼亚的城市。沃尔图努斯河（Vulturnus）是坎帕尼亚的一条河，流经卡普亚（Capua）。

8　锡纽萨（Sinuessa）是坎帕尼亚的城市，当地以鸽子闻名。

9　闵图奈（Minturnae）是拉提乌姆的城市，附近的沼泽产生很多瘴疠之气，所以“不宜居住”。“养子安葬乳娘之地”指埃涅阿斯安葬凯厄塔之地。

10　“安提法忒斯的家园”是拉莫斯。特拉卡斯（Trachas）是拉提乌姆的一座城市，建在沼泽间。

沼泽间）、喀耳刻之岛和拥挤的安提乌姆[1]。
当水手们将张着布帆的船驶到这里
（因为海上起了浪），神松开蜷曲的身子，
散作许多弧线和大圆圈，滑行于水面，
直奔位于金黄沙滩边的阿波罗神殿[2]。
等海恢复了平静，他离开父亲的祭坛[3]。
享受完一位亲族神的款待，他拽动鳞片，
发出阵阵擦刮声，在沙岸留下深痕，
游回海中，然后背靠着舵轮，头枕
高高的船尾，直到他抵达卡斯特隆[4]、
拉维尼昂的圣址和台伯河入海的地方。[5]
罗马所有的民众，男女老少，从各处
涌来迎接他，还有为你，维斯塔，守护[6]
火种的祭司，向这位新神欢呼致意。
疾行的木船逆流而上，两边的长堤
都事先搭好了许多祭坛，连绵相继，
乳香噼啪爆裂，青烟熏甜了空气，

---

1 “喀耳刻之岛”指喀耳凯昂。安提乌姆（Antium）是古代沃尔斯齐人（Volsci）的首都。

2 “阿波罗神殿”对应的原文是 templa parentis（父亲的神殿）。

3 “他”对应的原文是 Epidaurius（厄庇道鲁斯的神）。

4 卡斯特隆（Castrum）是鲁图里亚人居住的古城。

5 Segal（1969）认为，719—728 行的描述有意呼应了维吉尔《埃涅阿斯纪》中大蛇从海中游出、吞噬拉奥孔一家的惊悚场面（*Aeneid* 2.203-208）。

6 维斯塔是古罗马最重要的神之一，神庙中有象征罗马国运的圣火。原文中还有修饰语 Troica（特洛伊的），因为相传是埃涅阿斯将她从特洛伊带到意大利。

宰杀牺牲的利刀被它们的血煨热。
他已经进入罗马（它统御整个世界），
这时蛇直起身，转动倚着桅杆顶端的
脖颈，为自己搜寻适合安身的住所。
河水在一处分作了两道，形成环状，
这里名为“岛”，向两边伸出等长的臂膀[1]，
中间则是坚实的陆地。福玻斯之子，
变身为蛇的医神，离开松木船，在此
安家。他随即恢复了上界原形，结束了
这场瘟疫，成为迁居城市的拯救者。[2]

恺撒封神

然而，他在我们庙宇中是一位外族神，
恺撒却在自己的城市封了神。无论
武功或文治，都堪称卓越，但与其说是
凯旋的战争、国内的善政以及迅疾
崛起的名声让他化作了崭新的彗星，
不如说是他的子嗣。恺撒的众多功业中，

---

1 这个岛即台伯河中间著名的 Insula Sacra（圣岛）。

2 Segal（1969）指出，埃斯库拉庇乌斯迁居罗马是十四至十五卷最后一个从东到西的迁移故事，虽然 Heinze（1919）认为这段记述非常庄重，Segal 却相信奥维德的刻意夸张戳破了表层的肃穆假象，尤其是医神化成的蛇类似观光客的做派和它对罗马度假休闲地点（710—715 行）的熟悉，与史诗的严肃感极不协调。Keith（1992）提醒我们，在本书第二卷第 642 行，埃斯库拉庇乌斯曾被描述为“世界的拯救者”，而在这里，他又被称为“城市的拯救者”，“世界”和“城市”的这种置换符合当时罗马人的普遍观念，那就是罗马等于全世界。Gildenhard-Zissos（2004）则相信，《变形记》中诸多的西迁例子（例如埃涅阿斯、希波吕托斯、埃斯库拉庇乌斯和毕达哥拉斯）表现了历史时代霸权的转移，赞颂了罗马作为世界帝国的中心地位。

最辉煌的一件是成为当今皇帝的父亲。[1]
难道征服群海环绕的不列颠蛮民[2]，
率胜利的舰船驶入盛产纸草的七脉
尼罗河，并且让反叛的努米底亚军队、
利比亚的尤巴王国、米特拉达梯横行[3]
无忌的庞图斯臣服于奎里努斯的人民[4]，
取得众多的大捷，举行数次凯旋礼，
比培养如此的伟人更重要？借他的统治，
诸神啊，你们赐给人类丰盛的福分！
为避免这位圣者的父亲仅仅是凡人，
恺撒就必须封神。当埃涅阿斯的母亲[5]
明白这一点，也看见残杀大祭司的罪行[6]
正在酝酿，密谋者的军队蠢蠢欲动，
脸色变得煞白，苦劝她遇见的每位神：

---

1 “当今皇帝”指恺撒的养子屋大维。Galinsky（1967）认为，奥维德在这里也影射了前面的齐普斯故事，暗示屋大维做成了恺撒没做成的事（消灭共和制，恢复王制）。

2 752—757 行列举的都是恺撒的功劳。恺撒曾于公元前 55—公元前 54 年渡过英吉利海峡，攻打不列颠，取得了一些胜利，但未占领。

3 恺撒在内战中击败庞培，追击到埃及，扶持克里奥帕特拉，摧毁原国王托勒密十三世的军队。公元前 46 年，恺撒在北非击败庞培余党和努米底亚（Numidia）尤巴王的联军。

4 公元前 47 年，恺撒东征庞图斯（Pontus，在黑海地区），击败了国王法尔纳克斯二世（Phaenaces II），他是曾对罗马构成严重威胁的前国王米特拉达梯六世（Mithridates VI）的儿子。“奎里努斯的人民”指罗马人。

5 “埃涅阿斯的母亲”指维纳斯。

6 大祭司（Pontifex Maximus）是古罗马最高宗教职位，这里指恺撒。

“看看吧，针对我的这场动乱多可怕，
恶徒们多么阴险，处心积虑地谋划，
要夺走我现在仅有的源自尤卢斯的骨血[1]。
难道唯有我永远被切肤的痛苦折磨？
时而被堤丢斯之子用卡吕冬长矛扎伤[2]，
时而哀悼特洛伊终于被攻破的城墙，
还目睹自己的儿子被迫长久地漂泊，
在风浪之中颠簸，去沉默幽灵的居所[3]，
与图尔努斯作战，如果说实话，就是
和朱诺对阵！[4]为何要提起我的孩子
往日的苦楚？眼前的恐惧不许我回忆。
你们没看见正为我而磨的罪恶武器？
挡开它们，我请求，阻止这罪行，别让
维斯塔圣火淹没在被杀祭司的鲜血中！”
忧心如焚的维纳斯枉然在整个天庭
泣诉，众神的确被打动，但却不能
破坏命运三女神的钢铁律令，只好[5]
为即将发生的灾难降下显明的征兆。

---

1 原文尤卢斯（Iulo，夺格）还有修饰语 Dardanio（达尔达尼亚的），由于译文格律限制未译。

2 “堤丢斯之子”指狄俄墨得斯，他是卡吕冬人。

3 指埃涅阿斯下地府的事。

4 朱诺因为憎恨朱庇特的同性情人、特洛伊王子盖尼米得，也因为帕里斯在女神选美竞赛中没有判她获胜，一直仇视特洛伊，作为特洛伊后裔的埃涅阿斯，在漂泊和建国过程中，也处处受到朱诺的迫害和阻挠。

5 “命运三女神的”对应的原文是 veterum sororum（老姐妹们的）。

人们说，黑云之间铿然碰撞的刀枪，
空中传来的喇叭和号角的恐怖声响，
都预示罪恶。太阳也换上惨淡的面庞，
向惊惶不安的大地射出病恹恹的光。
时常仿佛有火炬在星辰队列中闪亮，
还时常有血水伴着暴雨从天而降。
晨星变暗了，脸上散布暗红的锈点，
月亮的洁白战车上面也溅满血斑。
斯堤克斯的夜枭在千处发出哀鸣，
千座象牙雕塑在落泪，神圣的丛林
据说也能听见哀歌和威胁的恶言。
没有牺牲显示出吉兆，肝表明大难
将至，尖端总是被误切，混入血肉。
传言罗马广场上，民宅和神庙四周，
群犬终夜吠叫，沉默死者的幽灵
出了坟游荡，地震一再摇撼整座城。
然而，诸神的警告并不能阻止背叛
和正在迫近的命运，早已出鞘的刀剑
藏进了元老院大厅，城里的任何地方
都不如这里适合做滔天大罪的现场。
这时维纳斯用双手捶打自己的胸膛[1]，
试图用一朵云将埃涅阿斯的后代隐藏，
当年也靠它，帕里斯摆脱了墨涅拉俄斯，

1 “维纳斯”对应的原文是 Cytherea（库泰拉女神）。

埃涅阿斯没有被狄俄墨得斯杀死[1]。
父亲对她说：“女儿，你竟想独自更改
不可战胜的命运？你可以造访三位
姐妹的住所，你会看见一切事件
都镌刻于青铜和坚钢铸成的巨大书卷，
它们不惧苍穹的震动、闪电的暴怒，
也不惧任何灾难，万世长存无虞。
在那里，你能发现后代的天命镂印于
永恒坚钢上。我曾读过，并且已记住。
我讲给你听，以免你仍然不识未来。
你为之忧心的人已经穷尽其年岁，
他在尘世间应享的寿数已经耗尽。
你，还有他儿子，将助他上天封神[2]，
在庙宇接受敬拜。这个家族的继承人
将独自承担重负和父亲被杀的仇恨，
充满勇气地复仇，并以我们为盟军。[3]
被他统领的军队围困，穆提纳将承认[4]

1 在《伊利亚特》第三卷中，维纳斯从墨涅拉俄斯手里救走了帕里斯。在第五卷中，维纳斯从狄俄墨得斯手中救走了受伤的埃涅阿斯。

2 “他儿子”指屋大维。

3 屋大维曾表示，他一生的主要任务就是惩罚恺撒的谋杀者，参考他自己撰写的《功德录》（*Res Gestae* 2）。

4 公元前 43 年，在穆提纳（Mutina）战役中，屋大维击败了安东尼。但严格地说，这并不属于为恺撒复仇之战，因为安东尼在恺撒生前是其副手，也未参与谋杀恺撒的行动。屋大维和安东尼的争斗只是权力之争。

战败并求和。法尔萨里亚将感受其气魄，
厄玛提亚的腓立比将再次浸透鲜血[1]，
‘伟大’之名号将在西西里海波中湮灭[2]，
罗马将军的埃及妻子也终将陨落[3]，
错信这一场婚姻，徒然狂妄地发誓，
我们的卡皮托必侍奉她的卡诺珀斯[4]。
我何必向你细数各蛮国和大洋两岸的
那些民族？可居之陆地包含的一切
都将属于他，大海也将是他的臣虏。
赐予世界和平后，他将致力于颁布
公民权利的律令，成为最公正的立法者，
还将以身垂范，移风易俗，并为了
未来世代和罗马后裔的长久福祉，
提前安排圣洁皇后所诞下的孩子[5]

1　这里，奥维德使用了诗人的特权，并未忠实于历史或地理。法尔萨里亚（Pharsalia）指法尔萨洛斯（Pharsalus），在希腊帖撒利亚，是公元前 48 年恺撒战胜庞培的地方，与屋大维无关，除非奥维德借法尔萨洛斯之战来比拟公元前 42 年的腓立比（Philippi）战役。腓立比在厄玛提亚（即马其顿），屋大维和安东尼在此击败了共和派领袖布鲁图斯和卡西乌斯(刺杀恺撒的两位主谋）的军队。“再次”意味着奥维德将相隔数百公里的战场合并成一个地方。在奥维德列举的三场战役中，只有腓立比战役称得上是为恺撒复仇。

2　公元前 37—公元前 36 年的西西里战争中，庞培之子（Sextus Pompeius）被屋大维的军队击败。因为他继承了父亲“伟大”（Magnus）的名号，所以他的失败让此名号“在西西里海波中湮灭”。

3　“罗马将军的埃及妻子”指安东尼的后妻、埃及女王克里奥帕特拉。安东尼在公元前 31 年的阿克提翁战役中惨败后，屋大维的军队最终在公元前 30 年攻占了埃及，安东尼夫妇双双自杀。

4　卡诺珀斯（Canopus）是下埃及尼罗河口的一座城市，以奢华著称。

5　“皇后”指屋大维后妻利维娅（Livia Drusilla）。利维娅与前夫尼禄（Ti. Claudius

同时继承自己的名字和治国的重担。
在享尽与涅斯托耳相同的寿数之前[1]，
他不会进入天居，造访亲族的星辰。
现在，你先将从被害肉身救出的灵魂
变成一颗星，让神圣的尤里乌斯永远[2]
从高邈苍穹俯瞰我们的广场和卡皮托山。”
话音未落，慈惠的维纳斯（没有任何人
觉察）已经站在元老院大厅的中心，
抢走刚从恺撒身体逸出的灵魂，不许
它在空气里消散，将它带上了天宇。
同行之时，她发现它在发光燃烧，
便从怀中释放，它飞得比月亮还高，
在身后拖着一条长长的火焰轨迹，
已经是闪耀的星。当恺撒目睹儿子
成就的一切，自叹不如，并为他欣喜。[3]
儿子禁止将父亲的功业置于自己

赞美与祷告

Nero）离婚后嫁给了屋大维，三个月后便诞下了德鲁苏（Drusus）。罗马人传言德鲁苏并非尼禄的儿子、屋大维的继子，而是他的亲生儿子，参考苏埃托尼乌斯《奥古斯都传》（*Vita Divi Augusti* 62, 69）。“孩子”指德鲁苏的哥哥提比略（Tiberius）。

1 “涅斯托耳”对应的原文是 Pylios（皮洛斯的）。

2 尤里乌斯（Iulius）是恺撒名字的一部分。

3 Segal（1969）指出，在《变形记》的世界里，封神并不是特别值得夸耀的事情，更与道德、功业无关，例如第二卷的卡里斯托、第四卷的伊诺和梅里凯尔特斯都变成了神，第十二卷的格劳科斯甚至因为误食魔草莫名其妙变成了神。所以恺撒（和屋大维）封神并不表明奥维德进入了“严肃的”罗马历史和宗教领域，更不能表示他对皇族的忠诚。

之下，但无拘的名声不服从任何命令，
仍极力擢升他，唯在此事上拒绝恭顺。
论荣耀，阿特柔斯也不如阿伽门农，
埃勾斯逊于忒修斯，阿喀琉斯战胜
佩琉斯，还有无愧神灵尊严的例子，
萨图尔努斯也不及朱庇特。[1] 神王统治
天国的府邸和三重宇宙的全部疆土，
尘世归奥古斯都，皆是父亲和君主。
我祈求你们，陪伴埃涅阿斯、剑与火
畏服的众神，诸位本土神，创建罗马的[2]
奎里努斯，无敌奎里努斯的父亲
马尔斯，备受恺撒尊崇的维斯塔女神[3]，
与维斯塔同受祭拜的皇室家神阿波罗[4]，
庙宇高踞塔尔皮亚岩之上的朱庇特，
以及诗人们可以虔诚呼求的其他神：
愿那天晚些到来，等我们终结此生，
再让奥古斯都离开他管辖的凡尘，
进入天国，并继续庇佑祷告的人民！

1　奥维德用神话中尘世和天界的著名父子为例，说明屋大维成就在恺撒之上。

2　“众神”指埃涅阿斯从特洛伊带到意大利的家神。

3　恺撒和屋大维都曾担任掌管维斯塔神庙的大祭司。罗马的大祭司按规矩应该住在维斯塔神庙旁边的努玛官殿，屋大维继任大祭司后，却没有搬家，而是在帕拉丁山上的宅邸里建了一座维斯塔神祠。

4　屋大维将阿波罗视为家族守护神，特别敬重，在阿克提翁和罗马的帕拉丁山上都建了阿波罗神庙。于公元前 17 年举行的世纪庆典（ludi saeculares）也是献给阿波罗和狄安娜的。

我的作品已完成，朱庇特的愤怒、烈火、
刀剑、饕餮的时间都不能将它毁灭。[1]
死亡的时辰仅仅能支配这具肉身，
任凭它终结我在世上难料的寿命：
但我更好的部分却不朽，将在崇高
星辰之上闪耀，我的名也无法抹掉。
在罗马权力所及的一切被征服之地，
民众都会诵读我，倘若诗人的预示
非虚言，我的声望将活在所有世纪。[2]

1 在《变形记》的神话框架中，这些威胁不能简单理解为套话，而都有对应的“事实”来印证。“朱庇特的愤怒”我们至少在吕卡翁、大洪水（第一卷）和佛里吉亚被淹（第八卷）的三个故事中见过，“烈火”指向第二卷中帕厄同引发的浩劫，“刀剑”概括了书中众多的杀戮，“饕餮的时间”让我们想起虽然长寿但最终将化作声音的西比尔（第十四卷）。正因如此，奥维德这段话的效果超过了贺拉斯、莎士比亚等众多诗人的自夸。此外，仅仅十几行之前（858—860行），奥维德刚把屋大维比作朱庇特，读者很难不想到，屋大维是否站在朱庇特背后，尤其当我们知道在他的《哀歌集》（*Tristia*）与《黑海书简》（*Ex Ponto*）中，朱庇特和屋大维一直可以互换。Haupt-Korn-Ehwald（1902）甚至据此认为，这段诗可能作于奥维德被屋大维流放黑海（公元 8 年）之后。

2 Mainero（2007）归纳了本卷末尾部分的三种封神：恺撒变成星的封神，借助反讽、拐弯抹角的游戏和暧昧语言实现的屋大维封神，诗人自己通过永恒名声的封神，最后一种无疑最真实、最可靠。Segal（1969）指出，从体裁上说，奥维德在类似史诗的长篇作品末尾预言自己不朽是不恰当的，这不同于贺拉斯在更具个人色彩的《颂诗集》最后立起自己的“纪念碑”（*Carmina* 3.30），但这种僭越恰好表现了他叛逆的勇气。作品最后一个词是第一人称的动词 vivam（我将活着），表明了诗人面对皇权和混沌世界的胜利。但 Ginsberg（1989）提醒我们，奥维德不朽的命运系于一个假设句，“倘若诗人的预示非虚言”，然而无论是柏拉图在《理想国》里还是奥维德在《变形记》中都已经显示，诗人几乎总是编造者、杜撰者，所以在看似坚定的预言中，我们也可以听到奥维德自嘲的笑声。

拉丁语原诗

METAMORPHOSEON LIBER I
《变形记》
第一卷

In nova fert animus mutatas dicere formas
corpora: di, coeptis (nam vos mutastis et illas[1])
adspirate meis primaque ab origine mundi
ad mea perpetuum deducite tempora carmen.
Ante mare et terras et, quod tegit omnia, caelum
unus erat toto naturae vultus in orbe,
quem dixere Chaos, rudis indigestaque moles
nec quicquam nisi pondus iners congestaque eodem
non bene iunctarum discordia semina rerum.
Nullus adhuc mundo praebebat lumina Titan,
nec nova crescendo reparabat cornua Phoebe,
nec circumfuso pendebat in aere tellus
ponderibus librata suis, nec bracchia longo
margine terrarum porrexerat Amphitrite,
utque erat et tellus illic et pontus et aer,
sic erat instabilis tellus, innabilis unda,
lucis egens aer: nulli sua forma manebat,

---

1 illas=illa

obstabatque aliis aliud, quia corpore in uno
frigida pugnabant calidis, umentia siccis,
mollia cum duris, sine pondere habentia pondus.
Hanc deus et melior litem natura diremit;
nam caelo terras et terris abscidit undas
et liquidum spisso secrevit ab aere caelum;
quae postquam evoluit caecoque exemit acervo,
dissociata locis concordi pace ligavit.
Ignea convexi vis et sine pondere caeli
emicuit summaque locum sibi fecit in arce;
proximus est aer illi levitate locoque,
densior his tellus elementaque grandia traxit
et pressa est gravitate sua; circumfluus umor
ultima possedit solidumque coercuit orbem.
Sic ubi dispositam, quisquis fuit ille deorum,
congeriem secuit sectamque in membra redegit,
principio terram, ne non aequalis ab omni
parte foret, magni speciem glomeravit in orbis;
tum freta diffudit rapidisque tumescere ventis
iussit et ambitae circumdare litora terrae.
Addidit et fontes et stagna immensa lacusque
fluminaque obliquis cinxit declivia ripis,
quae diversa locis partim sorbentur ab ipsa,
in mare perveniunt partim campoque recepta
liberioris aquae pro ripis litora pulsant.

Iussit et extendi campos, subsidere valles,
fronde tegi silvas, lapidosos surgere montes;
utque duae dextra caelum totidemque sinistra
parte secant zonae, quinta est ardentior illis,
sic onus inclusum numero distinxit eodem
cura dei, totidemque plagae tellure premuntur.
Quarum quae media est, non est habitabilis aestu;
nix tegit alta duas: totidem inter utrumque locavit
temperiemque dedit mixta cum frigore flamma.
Inminet his aer; qui, quanto est pondere terrae,
pondere aquae levior, tanto est onerosior igni.
Illic et nebulas, illic consistere nubes
iussit et humanas motura tonitrua mentes
et cum fulminibus facientes frigora[1] ventos.
His quoque non passim mundi fabricator habendum
aera permisit; vix nunc obsistitur illis,
cum sua quisque regant diverso flamina tractu,
quin lanient mundum: tanta est discordia fratrum.
Eurus ad Auroram Nabataeaque regna recessit
Persidaque et radiis iuga subdita matutinis;
vesper et occiduo quae litora sole tepescunt
proxima sunt Zephyro; Scythiam Septemque triones
horrifer invasit Boreas; contraria tellus

1 frigora=fulgora

nubibus adsiduis pluviaque madescit ab Austro.
Haec super inposuit liquidum et gravitate carentem
aethera nec quicquam terrenae faecis habentem.
Vix ita limitibus dissaepserat omnia certis,
cum, quae pressa diu fuerant caligine caeca,
sidera coeperunt toto effervescere caelo;
neu regio foret ulla suis animalibus orba,
astra tenent caeleste solum formaeque deorum,
cesserunt nitidis habitandae piscibus undae,
terra feras cepit, volucres agitabilis aer.
Sanctius his animal mentisque capacius altae
deerat adhuc et quod dominari in cetera posset:
natus homo est, sive hunc divino semine fecit
ile opifex rerum, mundi melioris origo,
sive recens tellus seductaque nuper ab alto
aethere cognati retinebat semina caeli;
quam satus Iapeto mixtam pluvialibus undis
finxit in effigiem moderantum cuncta deorum,
pronaque cum spectent animalia cetera terram,
os homini sublime dedit caelumque videre
iussit et erectos ad sidera tollere vultus.
Sic, modo quae fuerat rudis et sine imagine, tellus
induit ignotas hominum conversa figuras.
Aurea prima sata est aetas, quae vindice nullo,
sponte sua, sine lege fidem rectumque colebat.

Poena metusque aberant nec verba minantia fixo
aere legebantur nec supplex turba timebat
iudicis ora sui, sed erant sine vindice tuti.
Nondum caesa suis, peregrinum ut viseret orbem,
montibus in liquidas pinus descenderat undas,
nullaque mortales praeter sua litora norant.
Nondum praecipites cingebant oppida fossae,
non tuba directi, non aeris cornua flexi,
non galeae, non ensis erat: sine militis usu
mollia securae peragebant otia gentes.
Ipsa quoque inmunis rastroque intacta nec ullis
saucia vomeribus per se dabat omnia tellus,
contentique cibis nullo cogente creatis
arbuteos fetus montanaque fraga legebant
cornaque et in duris haerentia mora rubetis
et, quae deciderant patula Iovis arbore, glandes.
Ver erat aeternum, placidique tepentibus auris[1]
mulcebant Zephyri natos sine semine flores;
mox etiam fruges tellus inarata ferebat,
nec renovatus ager gravidis canebat aristis;
flumina iam lactis, iam flumina nectaris ibant,
flavaque de viridi stillabant ilice mella.
Postquam Saturno tenebrosa in Tartara misso

1 auris=austris

sub Iove mundus erat, subiit argentea proles,
auro deterior, fulvo pretiosior aere.
Iuppiter antiqui contraxit tempora veris
perque hiemes aestusque et inaequalis autumnos
et breve ver spatiis exegit quattuor annum.
Tum primum siccis aer fervoribus ustus
canduit, et ventis glacies adstricta pependit;
tum primum subiere domos: domus antra fuerunt
et densi frutices et vinctae cortice virgae;
semina tum primum longis Cerealia sulcis
obruta sunt, pressique iugo gemuere iuvenci.
Tertia post illam successit aenea proles,
saevior ingeniis et ad horrida promptior arma,
non scelerata tamen; de duro est ultima ferro.
Protinus inrupit venae peioris in aevum
omne nefas, fugere pudor verumque fidesque;
in quorum subiere locum fraudesque dolique
insidiaeque et vis et amor sceleratus habendi.
Vela dabat ventis nec adhuc bene noverat illos
navita, quaeque diu steterant in montibus altis,
fluctibus ignotis insultavere[1] carinae,
communemque prius ceu lumina solis et auras
cautus humum longo signavit limite mensor.

1 insultavere=exsultavere

Nec tantum segetes alimentaque debita dives
poscebatur humus, sed itum est in viscera terrae
Quasque recondiderat Stygiisque admoverat umbris,
effodiuntur opes, inritamenta malorum;
iamque nocens ferrum ferroque nocentius aurum
prodierat: prodit bellum, quod pugnat utroque,
sanguineaque manu crepitantia concutit arma.
Vivitur ex rapto; non hospes ab hospite tutus,
non socer a genero, fratrum quoque gratia rara est.
Inminet exitio vir coniugis, illa mariti;
lurida terribiles miscent aconita novercae;
filius ante diem patrios inquirit in annos[1].
Victa iacet pietas, et virgo caede madentes,
ultima caelestum, terras Astraea reliquit.
Neve foret terris securior arduus aether,
adfectasse ferunt regnum caeleste Gigantas
altaque congestos struxisse ad sidera montes.
Tum pater omnipotens misso perfregit Olympum
fulmine et excussit subiectae Pelion Ossae;
obruta mole sua cum corpora dira iacerent,
perfusam multo natorum sanguine Terram
Inmaduisse ferunt calidumque animasse cruorem
et, ne nulla suae stirpis monimenta manerent,

1 inquirit in annos=incurrit in annos=desiderat annos

in faciem vertisse hominum. Sed et illa propago
contemptrix superum saevaeque avidissima caedis
et violenta fuit: scires e sanguine natos.
Quae pater ut summa vidit Saturnius arce,
Ingemit et facto nondum vulgata recenti
foeda Lycaoniae referens convivia mensae[1]
ingentes animo et dignas Iove concipit iras
conciliumque vocat; tenuit mora nulla vocatos.
Est via sublimis caelo manifesta sereno:
Lactea nomen habet candore notabilis ipso;
Hac iter est superis ad magni tecta Tonantis
Regalemque domum: dextra laevaque deorum
atria nobilium valvis celebrantur apertis,
plebs habitat diversa locis: hac parte potentes
caelicolae clarique suos posuere penates;
hic locus est, quem, si verbis audacia detur,
haud timeam magni dixisse Palatia caeli.
Ergo ubi marmoreo superi sedere recessu,
celsior ipse loco sceptroque innixus eburno
terrificam capitis concussit terque quaterque
caesariem, cum qua terram, mare, sidera movit;
talibus inde modis ora indignantia soluit:
'Non ego pro mundi regno magis anxius illa

1 mensae=cenae

tempestate fui, qua centum quisque parabat
inicere anguipedum captivo bracchia caelo.
Nam quamquam ferus hostis erat, tamen illud ab uno
corpore et ex una pendebat origine bellum;
nunc mihi, qua totum Nereus circumsonat orbem,
perdendum est mortale genus: per flumina iuro
infera sub terras Stygio labentia luco,
cuncta prius temptata, sed inmedicabile corpus[1]
ense recidendum est, ne pars sincera trahatur.
Sunt mihi semidei, sunt, rustica numina, Nymphae
Faunique Satyrique et monticolae Silvani,
quos, quoniam caeli nondum dignamur honore,
quas dedimus certe terras habitare sinamus.
An satis, o superi, tutos fore creditis illos,
cum mihi, qui fulmen, qui vos habeoque regoque,
struxerit insidias notus feritate Lycaon?'
Confremuere[2] omnes studiisque ardentibus ausum
talia deposcunt: sic, cum manus inpia saevit
sanguine Caesareo Romanum extinguere nomen,
attonitum tanto subitae terrore ruinae
humanum genus est totusque perhorruit orbis,
nec tibi grata minus pietas, Auguste, tuorum est,

1 corpus=vulnus

2 Confremuere=Contremuere

quam fuit illa Iovi. Qui postquam voce manuque
murmura conpressit, tenuere silentia cuncti.
Substitit ut clamor pressus gravitate regentis,
Iuppiter hoc iterum sermone silentia rupit:
‘Ille quidem poenas (curam hanc dimittite) soluit;
quod tamen admissum, quae sit vindicta, docebo.
Contigerat nostras infamia temporis aures;
quam cupiens falsam summo delabor Olympo
et deus humana lustro sub imagine terras.
Longa mora est, quantum noxae sit ubique repertum,
enumerare: minor fuit ipsa infamia vero.
Maenala transieram latebris horrenda ferarum
et cum Cyllene gelidi pineta Lycaei:
Arcadis hinc sedes et inhospita tecta tyranni
ingredior, traherent cum sera crepuscula noctem.
Signa dedi venisse deum, vulgusque precari
coeperat: inridet primo pia vota Lycaon,
mox ait “Experiar, deus hic, discriminc apcrto,
an sit mortalis; nec erit dubitabile verum.”
Nocte gravem somno necopina perdere morte
me parat: haec illi placet experientia veri.
Nec contentus eo est: missi de gente Molossa
obsidis unius iugulum mucrone resoluit
atque ita semineces partim ferventibus artus
mollit aquis, partim subiecto torruit igni.

Quod simul inposuit mensis, ego vindice flamma
in domino dignos[1] everti tecta penates;
territus ipse fugit nactusque silentia ruris
exululat frustraque loqui conatur; ab ipso
colligit os rabiem solitaeque cupidine caedis
utitur in pecudes et nunc quoque sanguine gaudet.
In villos abeunt vestes, in crura lacerti:
fit lupus et veteris servat vestigia formae;
canities eadem est, eadem violentia vultus,
idem oculi lucent, eadem feritatis imago est.
Occidit una domus, sed non domus una perire
digna fuit; qua terra patet, fera regnat Erinys.
In facinus iurasse putes; dent ocius omnes
quas meruere pati, sic stat sententia, poenas.'
Dicta Iovis pars voce probant stimulosque frementi
adiciunt, alii partes adsensibus inplent;
est tamen humani generis iactura dolori
omnibus, et, quae sit terrae mortalibus orbae
forma futura, rogant, quis sit laturus in aras
tura, ferisne paret populandas tradere terras.
Talia quaerentes (sibi enim fore cetera curae)
rex superum trepidare vetat subolemque priori
dissimilem populo promittit origine mira.

---

1 domino dignos=dominum dignosque

Iamque erat in totas sparsurus fulmina terras;
sed timuit, ne forte sacer tot ab ignibus aether
conciperet flammas longusque[1] ardesceret axis.
Esse quoque in fatis reminiscitur adfore tempus,
quo mare, quo tellus correptaque regia caeli
ardeat et mundi moles operosa[2] laboret.
Tela reponuntur manibus fabricata Cyclopum:
Poena placet diversa, genus mortale sub undis
perdere et ex omni nimbos demittere caelo.
Protinus Aeoliis Aquilonem claudit in antris
et quaecumque fugant inductas flamina nubes,
emittitque Notum: madidis Notus evolat alis
terribilem picea tectus caligine vultum:
barba gravis nimbis, canis fluit unda capillis,
fronte sedent nebulae, rorant pennaeque sinusque;
utque manu late pendentia nubila pressit,
fit fragor: hinc densi funduntur ab aethere nimbi.
Nuntia Iunonis varios induta colores
concipit Iris aquas alimentaque nubibus adfert:
sternuntur segetes et deplorata colonis
vota iacent longique perit labor inritus anni.
Nec caelo contenta suo est Iovis ira, sed illum

1 longusque=totusque

2 moles operosa=moles onerosa=moles obsessa=proles obsessa

caeruleus frater iuvat auxiliaribus[1] undis.
Convocat hic amnes. Qui postquam tecta tyranni
intravere sui, 'Non est hortamine longo
nunc' ait 'utendum: vires effundite vestras;
sic opus est. Aperite domos ac mole remota
fluminibus vestris totas inmittite habenas.'
Iusserat; hi redeunt ac fontibus ora relaxant
et defrenato voluuntur in aequora cursu.
Ipse tridente suo terram percussit, at illa
intremuit motuque vias patefecit aquarum.
Exspatiata ruunt per apertos flumina campos
cumque satis arbusta simul pecudesque virosque
tectaque cumque suis rapiunt penetralia sacris.
Siqua domus mansit potuitque resistere tanto
indeiecta malo, culmen tamen altior huius
unda tegit, pressaeque latent sub gurgite turres;
iamque mare et tellus nullum discrimen habebant:
omnia pontus erant, deerant quoque litora ponto.
Occupat hic collem, cumba sedet alter adunca
et ducit remos illic, ubi nuper ararat;
ille supra segetes aut mersae culmina villae
avigat, hic summa piscem deprendit in ulmo;
figitur in viridi, si fors tulit, ancora prato,

1 auxiliaribus=auxiliantibus

aut subiecta terunt curvae vineta carinae,
et, modo qua graciles gramen carpsere capellae,
nunc ibi deformes ponunt sua corpora phocae.
Mirantur sub aqua lucos urbesque domosque
Nereides, silvasque tenent delphines et altis
incursant ramis agitataque robora[1] pulsant.
Nat lupus inter oves, fulvos vehit unda leones,
unda vehit tigres, nec vires fulminis apro,
crura nec ablato prosunt velocia cervo,
quaesitisque diu terris, ubi sistere possit,
in mare lassatis volucris vaga decidit alis.
Obruerat tumulos inmensa licentia ponti,
pulsabantque novi montana cacumina fluctus.
Maxima pars unda rapitur: quibus unda pepercit,
illos longa domant inopi ieiunia victu.
Separat Aonios Oetaeis[2] Phocis ab arvis,
terra ferax, dum terra fuit, sed tempore in illo
pars maris et latus subitarum campus aquarum;
mons ibi verticibus petit[3] arduus astra duobus,
nomine Parnasus, superantque cacumina[4] nubes:
hic ubi Deucalion (nam cetera texerat aequor)

1 robora=corpora

2 Oetaeis=Actaeis

3 petit=ferit=stetit

4 cacumina=cacumine

cum consorte tori parva rate vectus adhaesit,
Corycidas nymphas et numina montis adorant
fatidicamque Themin, quae tunc oracla tenebat:
non illo melior quisquam nec amantior aequi
vir fuit aut illa metuentior ulla deorum.
Iuppiter ut liquidis stagnare paludibus orbem
et superesse virum de tot modo milibus unum
et superesse videt de tot modo milibus unam,
innocuos ambo, cultores numinis ambo,
nubila disiecit nimbisque aquilone remotis
et caelo terras ostendit et aethera terris.
Nec maris ira manet, positoque tricuspide telo
mulcet aquas rector pelagi supraque profundum
exstantem atque umeros innato murice tectum
caeruleum Tritona vocat conchaeque sonanti
inspirare iubet fluctusque et flumina signo
iam revocare dato: cava bucina sumitur illi,
tortilis, in latum quae turbine crescit ab imo,
bucina, quae medio concepit ubi aera ponto,
litora voce replet sub utroque iacentia Phoebo.
Tunc quoque, ut ora dei madida rorantia barba
contigit et cecinit iussos inflata receptus[1],
omnibus audita est telluris et aequoris undis

1 receptus=recessus

et, quibus est undis audita, coercuit omnes.
Iam mare litus habet, plenos capit alveus amnes,
flumina subsidunt collesque exire videntur,
surgit humus, crescunt loca decrescentibus undis,
postque diem longam nudata cacumina silvae
ostendunt limumque tenent in fronde relictum.
Redditus orbis erat; quem postquam vidit inanem
et desolatas agere alta silentia terras,
Deucalion lacrimis ita Pyrrham adfatur obortis:
'O soror, o coniunx, o femina sola superstes,
quam commune mihi genus et patruelis origo,
deinde torus iunxit, nunc ipsa pericula iungunt,
terrarum, quascumque vident occasus et ortus,
nos duo turba sumus: possedit cetera pontus.
Haec quoque adhuc vitae non est fiducia nostrae
certa satis; terrent etiam nunc nubila mentem.
Quis tibi, si sine me fatis erepta fuisses,
nunc animus, miseranda, foret? Quo sola timorem
ferre modo posses? Quo consolante doleres?
Namque ego, crede mihi, si te quoque pontus haberet,
te sequerer, coniunx, et me quoque pontus haberet.
O utinam possim populos reparare[1] paternis
artibus atque animas formatae infundere terrae!

1 reparare=formare

Nunc genus in nobis restat mortale duobus
(Sic visum superis) hominumque exempla manemus.'
Dixerat, et flebant; placuit caeleste precari
numen et auxilium per sacras quaerere sortes.
Nulla mora est: adeunt pariter Cephisidas undas,
ut nondum liquidas, sic iam vada nota secantes.
Inde ubi libatos inroravere liquores
vestibus et capiti, flectunt vestigia sanctae
ad delubra deae, quorum fastigia turpi
pallebant musco stabantque sine ignibus arae.
Ut templi tetigere gradus, procumbit uterque
pronus humi gelidoque pavens dedit oscula saxo,
atque ita 'si precibus' dixerunt 'numina iustis
victa remollescunt, si flectitur ira deorum,
dic, Themi, qua generis damnum reparabile nostri
arte sit, et mersis fer opem, mitissima, rebus.'
Mota dea est sortemque dedit: 'Discedite templo
et velate caput cinctasque resoluite vestes
ossaque post tergum magnae iactate parentis.'
Obstipuere diu, rumpitque silentia voce
Pyrrha prior iussisque deae parere recusat,
detque sibi veniam, pavido rogat ore pavetque[1]
laedere iactatis maternas ossibus umbras.

1 pavido=timido; pavetque=timetque=cavetque=pigetque

Interea repetunt caecis obscura latebris
verba datae sortis secum inter seque volutant.
Inde Promethides placidis Epimethida dictis
mulcet et ‘Aut fallax’ ait ‘est sollertia nobis,
aut (pia sunt nullumque nefas oracula suadent)
magna parens terra est: lapides in corpore terrae
ossa reor dici; iacere hos post terga iubemur.’
Coniugis augurio quamquam Titania mota est,
spes tamen in dubio est: adeo caelestibus ambo
diffidunt monitis. Sed quid temptare nocebit?
Discedunt velantque caput tunicasque recingunt
et iussos lapides sua post vestigia mittunt.
Saxa (quis hoc credat, nisi sit pro teste vetustas?)
ponere duritiem coepere suumque rigorem
mollirique mora mollitaque ducere formam.
Mox ubi creverunt naturaque mitior illis
contigit, ut quaedam, sic non manifesta videri
forma potest hominis, sed, uti de marmore coepta[1],
non exacta satis rudibusque simillima signis.
Quae tamen ex illis aliquo pars umida suco
et terrena fuit, versa est in corporis usum;
quod solidum est flectique nequit, mutatur in ossa;
quae modo vena fuit, sub eodem nomine mansit;

1 coepta=coeptis

inque brevi spatio superorum numine saxa
missa viri manibus faciem traxere virorum,
et de femineo reparata est femina iactu.
Inde genus durum sumus experiensque laborum
et documenta damus, qua simus origine nati.
Cetera diversis tellus animalia formis
sponte sua peperit, postquam vetus umor ab igne
percaluit solis caenumque udaeque paludes
intumuere aestu fecundaque semina rerum
vivaci nutrita solo ceu matris in alvo
creverunt faciemque aliquam cepere morando.
Sic, ubi deservit madidos septemfluus agros
Nilus et antiquo sua flumina reddidit alveo
aetherioque recens exarsit sidere limus,
plurima cultores versis animalia glaebis
inveniunt et in his quaedam modo coepta[1] per ipsum
nascendi spatium, quaedam inperfecta suisque
trunca vident numeris, et eodem in corpore saepe
altera pars vivit, rudis est pars altera tellus.
Quippe ubi temperiem sumpsere umorque calorque,
concipiunt, et ab his oriuntur cuncta duobus,
cumque sit ignis aquae pugnax, vapor umidus omnes[2]

1 coepta=nata

2 umidus omnes=umidus igni

res creat, et discors concordia fetibus apta est.
Ergo ubi diluvio tellus lutulenta recenti
solibus aetheriis altoque[1] recanduit aestu,
edidit innumeras species partimque figuras
rettulit antiquas, partim nova monstra creavit.
Illa quidem nollet, sed te quoque, maxime Python,
tum genuit, populisque novis, incognite serpens,
terror eras: tantum spatii de monte tenebas.
Hunc deus arquitenens et numquam talibus armis
ante nisi in dammis capreisque fugacibus usus
mille gravem telis, exhausta paene pharetra,
perdidit effuso per vulnera nigra veneno.
Neve operis famam posset delere vetustas,
instituit sacros celebri certamine ludos
Pythia perdomitae serpentis nomine dictos.
Hic iuvenum quicumque manu pedibusque rotave
vicerat, aesculeae capiebat frondis honorem;
nondum laurus erat, longoque decentia crine
tempora cingebat de qualibet arbore Phoebus.
Primus amor Phoebi Daphne Peneia: quem non
fors ignara dedit, sed saeva Cupidinis ira.
Delius hunc nuper, victo serpente superbus,
viderat adducto flectentem cornua nervo

1 altoque=almoque

'Quid' que 'tibi, lascive puer, cum fortibus armis?'
dixerat, 'ista decent umeros gestamina nostros,
qui dare certa ferae, dare vulnera possumus hosti,
qui modo pestifero tot iugera ventre prementem
stravimus innumeris[1] tumidum Pythona sagittis.
Tu face nescio quos esto contentus amores
inritare tua nec laudes adsere nostras.'
Filius huic Veneris 'Figat tuus omnia, Phoebe,
te meus arcus' ait, 'quantoque animalia cedunt
cuncta deo, tanto minor est tua gloria nostra.'
Dixit et eliso percussis aere pennis
inpiger umbrosa Parnasi constitit arce
eque sagittifera prompsit duo tela pharetra
diversorum operum: fugat hoc, facit illud amorem;
quod facit, auratum est et cuspide fulget acuta,
quod fugat, obtusum est et habet sub harundine plumbum.
Hoc deus in nympha Peneide fixit, at illo
laesit Apollineas traiecta per ossa medullas:
protinus alter amat, fugit altera nomen amantis
silvarum latebris captivarumque ferarum
exuviis gaudens innuptaeque aemula Phoebes;
vitta coercebat positos sine lege capillos.
Multi illam petiere, illa aversata petentes

1 innumeris=innocuis

Inpatiens expersque viri nemora avia lustrat
nec, quid Hymen, quid Amor, quid sint conubia, curat.
Saepe pater dixit 'Generum mihi, filia, debes,'
Saepe pater dixit 'Debes mihi, nata, nepotes':
Illa velut crimen taedas exosa iugales
pulchra verecundo subfuderat ora rubore
inque patris blandis haerens cervice lacertis
'Da mihi perpetua, genitor carissime,' dixit
'virginitate frui: dedit hoc pater ante Dianae.'
Ille quidem obsequitur; sed te decor iste, quod optas,
esse vetat, votoque tuo tua forma repugnat.
Phoebus amat visaeque cupit conubia Daphnes,
quodque cupit, sperat, suaque illum oracula fallunt;
utque leves stipulae demptis[1] adolentur aristis,
ut facibus saepes ardent, quas forte viator
vel nimis admovit vel iam sub luce reliquit,
sic deus in flammas abiit, sic pectore toto
uritur et sterilem sperando nutrit amorem.
Spectat inornatos collo pendere capillos
et 'Quid, si comantur?' ait; videt igne micantes
sideribus similes oculos, videt oscula, quae non
est vidisse satis; laudat digitosque manusque
bracchiaque et nudos media plus parte lacertos:

1 demptis=densis

siqua latent, meliora putat. Fugit ocior aura
illa levi neque ad haec revocantis verba resistit:
'Nympha, precor, Penei, mane! Non insequor hostis;
Nympha, mane! Sic agna lupum, sic cerva leonem,
sic aquilam penna fugiunt trepidante columbae,
hostes quaeque suos; amor est mihi causa sequendi.
Me miserum! Ne prona cadas indignave laedi
crura notent sentes, et sim tibi causa doloris.
Aspera, qua properas, loca sunt: moderatius, oro,
curre fugamque inhibe: moderatius insequar ipse.
Cui placeas, inquire tamen; non incola montis,
non ego sum pastor, non hic armenta gregesque
horridus observo. Nescis, temeraria, nescis
quem fugias, ideoque fugis. Mihi Delphica tellus
et Claros et Tenedos Patareaque regia servit;
Iuppiter est genitor. Per me, quod eritque fuitque
estque, patet; per me concordant carmina nervis[1].
Certa quidem nostra est, nostra tamen una sagitta
certior, in vacuo quae vulnera pectore fecit[2].
Inventum medicina meum est, opiferque per orbem
dicor, et herbarum subiecta potentia nobis:
ei mihi, quod nullis amor est sanabilis[3] herbis,

---

1 nervis=verbis

2 fecit=figit

3 sanabilis=medicabilis

nec prosunt domino, quae prosunt omnibus, artes!'
Plura locuturum timido Peneia cursu
fugit cumque ipso verba inperfecta reliquit,
tum quoque visa decens; nudabant corpora venti,
obviaque adversas vibrabant flamina vestes,
et levis inpulsos retro dabat aura capillos,
auctaque forma fuga est. Sed enim non sustinet ultra
perdere blanditias iuvenis deus, utque monebat[1]
ipse amor, admisso sequitur vestigia passu.
Ut canis in vacuo leporem cum Gallicus arvo
vidit, et hic praedam pedibus petit, ille salutem
(alter inhaesuro similis iam iamque tenere
sperat et extento stringit vestigia rostro;
alter in ambiguo est, an sit conprensus, et ipsis
morsibus eripitur tangentiaque ora relinquit):
sic deus et virgo; est hic spe celer, illa timore.
Qui tamen insequitur, pennis adiutus amoris
ocior est requiemque negat tergoque fugacis
inminet et crinem sparsum cervicibus adflat.
Viribus absumptis expalluit illa citaeque
victa labore fugae, spectans Peneidas undas
'Fer, pater,' inquit 'opem, si flumina numen habetis!
Qua nimium placui, mutando perde figuram!'

---

1 monebat=movebat

Vix prece finita torpor gravis occupat artus:
mollia cinguntur tenui praecordia libro,
in frondem crines, in ramos bracchia crescunt;
pes modo tam velox pigris radicibus haeret,
ora cacumen habet: remanet nitor unus in illa.
Hanc quoque Phoebus amat positaque in stipite dextra
sentit adhuc trepidare novo sub cortice pectus
conplexusque suis ramos, ut membra, lacertis
oscula dat ligno: refugit tamen oscula lignum.
Cui deus 'At quoniam coniunx mea non potes esse,
arbor eris certe' dixit 'mea. Semper habebunt
te coma, te citharae, te nostrae, laure, pharetrae.
Tu ducibus Latiis[1] aderis, cum laeta triumphum
vox canet et visent longas Capitolia pompas.
Postibus Augustis eadem fidissima custos
ante fores stabis mediamque tuebere quercum,
utque meum intonsis[2] caput est iuvenale capillis,
tu quoque perpetuos semper gere frondis honores.'
Finierat Paean: factis modo laurea ramis
adnuit utque caput visa est agitasse cacumen.
Est nemus Haemoniae, praerupta quod undique claudit
silva: vocant Tempe. Per quae Peneus ab imo

1 Latiis=laetis

2 intonsis=intonsum

effusus Pindo spumosis volvitur undis
deiectuque gravi tenues agitantia fumos
nubila conducit summisque adspergine silvis[1]
inpluit et sonitu plus quam vicina fatigat:
haec domus, haec sedes, haec sunt penetralia magni
amnis; in his residens facto de cautibus antro
undis iura dabat nymphisque colentibus undas.
Conveniunt illuc popularia flumina primum,
nescia, gratentur consolenturne parentem,
populifer Sperchios et inrequietus Enipeus
Apidanusque senex lenisque Amphrysos et Aeas,
moxque amnes alii, qui, qua tulit impetus illos,
in mare deducunt fessas erroribus undas.
Inachus unus abest imoque reconditus antro
fletibus auget aquas natamque miserrimus Io
luget ut amissam; nescit, vitane fruatur
an sit apud manes, sed quam non invenit usquam,
esse putat nusquam atque animo peiora veretur.
Viderat a patrio redeuntem Iuppiter illam
flumine et 'O virgo Iove digna tuoque beatum
nescio quem factura toro, pete' dixerat 'umbras
altorum nemorum' (et nemorum monstraverat umbras)
'dum calet et medio sol est altissimus orbe.

1 summisque...silvis=summasque...silvas

Quodsi sola times latebras intrare ferarum,
praeside tuta deo nemorum secreta subibis,
nec de plebe deo, sed qui caelestia magna
sceptra manu teneo, sed qui vaga fulmina mitto.
Ne fuge me!' fugiebat enim. Iam pascua Lernae
consitaque arboribus Lyrcea reliquerat arva,
cum deus inducta latas caligine terras
occuluit tenuitque fugam rapuitque pudorem.
Interea medios Iuno despexit in Argos[1],
et noctis faciem nebulas fecisse volucres
sub nitido mirata die non fluminis illas
esse nec umenti sensit tellure remitti
atque, suus coniunx ubi sit, circumspicit, ut quae
deprensi totiens iam nosset furta mariti.
Quem postquam caelo non repperit, 'Aut ego fallor
aut ego laedor' ait delapsaque ab aethere summo
constitit in terris nebulasque recedere iussit.
Coniugis adventum praesenserat inque nitentem
Inachidos vultus mutaverat ille iuvencam
(Bos quoque formosa est): speciem Saturnia vaccae,
quamquam invita, probat nec non, et cuius et unde
quove sit armento, veri quasi nescia quaerit;
Iuppiter e terra genitam mentitur, ut auctor

1 Argos=agros

desinat inquiri: petit hanc Saturnia munus.
Quid faciat? Crudele suos addicere amores,
non dare suspectum est: pudor est, qui suadeat illinc,
hinc dissuadet amor. Victus pudor esset amore,
sed, leve si munus sociae generisque torique
vacca negaretur, poterat non vacca videri.
Paelice donata non protinus exuit omnem
diva metum timuitque Iovem et fuit anxia furti,
donec Arestoridae servandam tradidit Argo.
Centum luminibus cinctum caput Argus habebat:
inde suis vicibus capiebant bina quietem,
cetera servabant atque in statione manebant.
Constiterat quocumque modo, spectabat ad Io:
ante oculos Io, quamvis aversus, habebat.
Luce sinit pasci; cum sol tellure sub alta est,
claudit et indigno circumdat vincula collo.
Frondibus arboreis et amara pascitur herba
proque toro terrae non semper gramen habenti
incubat infelix limosaque flumina potat;
Illa etiam supplex Argo cum bracchia vellet
tendere, non habuit, quae bracchia tenderet Argo,
et conata queri[1] mugitus edidit ore
pertimuitque sonos propriaque exterrita voce est.

1 queri=loqui

Venit et ad ripas, ubi ludere saepe solebat,
Inachidas ripas, novaque ut conspexit in unda
cornua, pertimuit seque exsternata refugit.
Naides ignorant, ignorat et Inachus ipse,
quae sit; at illa patrem sequitur sequiturque sorores
et patitur tangi seque admirantibus offert.
Decerptas senior porrexerat Inachus herbas:
illa manus lambit patriisque dat oscula palmis
nec retinet lacrimas, et, si modo verba sequantur,
oret opem nomenque suum casusque loquatur;
littera pro verbis, quam pes in pulvere duxit,
corporis indicium mutati triste peregit.
'Me miserum!' exclamat pater Inachus inque gementis
cornibus et niveae pendens cervice iuvencae
'Me miserum!' ingeminat, 'Tune es quaesita per omnes
nata mihi terras? Tu non inventa reperta
luctus eras levior. Retices nec mutua nostris
dicta refers, alto tantum suspiria ducis
pectore, quodque unum potes, ad mea verba remugis.
At tibi ego ignarus thalamos taedasque parabam,
spesque fuit generi mihi prima, secunda nepotum:
de grege nunc tibi vir et de grege natus habendus.
Nec finire licet tantos mihi morte dolores,
sed nocet esse deum, praeclusaque ianua leti
aeternum nostros luctus extendit in aevum.'

Talia maerentem stellatus submovet Argus,
ereptamque patri diversa in pascua natam
abstrahit; ipse procul montis sublime cacumen
occupat, unde sedens partes speculatur in omnes.
Nec superum rector mala tanta Phoronidos ultra
ferre potest natumque vocat, quem lucida partu
Pleias enixa est, letoque det imperat Argum.
Parva mora est alas pedibus virgamque potenti
somniferam sumpsisse manu tegumenque capillis;
haec ubi disposuit, patria Iove natus ab arce
desilit in terras. Illic tegumenque removit
et posuit pennas, tantummodo virga retenta est:
hac agit ut pastor per devia rura capellas,
dum venit, adductas et structis cantat avenis.
Voce nova captus custos Iunonius arte
'Quisquis es, hoc poteras mecum considere saxo,'
Argus ait, 'neque enim pecori fecundior ullo
herba loco est, aptamque vides pastoribus umbram.'
Sedit Atlantiades et euntem multa loquendo
detinuit sermone diem iunctisque canendo
vincere harundinibus servantia lumina temptat.
Ille tamen pugnat molles evincere somnos
et, quamvis sopor est oculorum parte receptus,
parte tamen vigilat; quaerit quoque (namque reperta
fistula nuper erat), qua sit ratione reperta.

Tum deus 'Arcadiae gelidis in montibus' inquit
'inter hamadryadas celeberrima Nonacrinas
naias una fuit, nymphae Syringa vocabant.
Non semel et satyros eluserat illa sequentes
et quoscumque deos umbrosaque silva feraxque
rus habet; Ortygiam studiis ipsaque colebat
virginitate deam; ritu quoque cincta Dianae
falleret et posset credi Latonia, si non
corneus huic arcus, si non foret aureus illi;
sic quoque fallebat. Redeuntem colle Lycaeo
Pan videt hanc pinuque caput praecinctus acuta
talia verba refert'—restabat verba referre
et precibus spretis fugisse per avia nympham,
donec harenosi placidum Ladonis ad amnem
venerit: hic illam cursum inpedientibus undis,
ut se mutarent, liquidas orasse sorores,
Panaque, cum prensam sibi iam Syringa putaret,
corpore pro nymphae calamos tenuisse palustres,
dumque ibi suspirat, motos in harundine ventos
effecisse sonum tenuem similemque querenti;
arte nova vocisque deum dulcedine captum
'Hoc mihi conloquium tecum' dixisse 'manebit,'
atque ita disparibus calamis conpagine cerae
inter se iunctis nomen tenuisse puellae.
Talia dicturus vidit Cyllenius omnes

succubuisse oculos adopertaque lumina somno;
supprimit extemplo vocem firmatque soporem
languida permulcens medicata lumina virga.
Nec mora, falcato nutantem vulnerat ense,
qua collo est confine caput, saxoque cruentum
deicit et maculat praeruptam sanguine rupem.
Arge, iaces, quodque in tot lumina lumen habebas,
exstinctum est, centumque oculos nox occupat una.
Excipit hos volucrisque suae Saturnia pennis
conlocat et gemmis caudam stellantibus inplet.
Protinus exarsit nec tempora distulit irae
horriferamque oculis animoque obiecit Erinyn
paelicis Argolicae stimulosque in pectore caecos
condidit et profugam per totum terruit[1] orbem.
Ultimus inmenso restabas, Nile, labori;
quem simulac tetigit, positisque in margine ripae
procubuit genibus resupinoque ardua collo,
quos potuit solos, tollens ad sidera vultus
et gemitu et lacrimis et luctisono mugitu
cum Iove visa queri finemque orare malorum.
Coniugis ille suae complexus colla lacertis,
finiat ut poenas tandem, rogat 'In' que 'futurum
pone metus' inquit, 'numquam tibi causa doloris

1 terruit=circuit=exercuit

haec erit' et Stygias iubet hoc audire paludes.
Ut lenita dea est, vultus capit illa priores
fitque, quod ante fuit: fugiunt e corpore saetae,
cornua decrescunt, fit luminis artior orbis,
contrahitur rictus, redeunt umerique manusque
ungulaque in quinos dilapsa absumitur ungues:
de bove nil superest formae nisi candor in illa;
officioque pedum nymphe contenta duorum
erigitur metuitque loqui, ne more iuvencae
mugiat, et timide verba intermissa retemptat.
Nunc dea linigera colitur celeberrima turba,
nunc Epaphus magni genitus de semine tandem
creditur esse Iovis perque urbes iuncta parenti
templa tenet. Fuit huic animis aequalis et annis
Sole satus Phaethon; quem quondam magna loquentem
nec sibi cedentem Phoeboque parente superbum
non tulit Inachides 'Matri' que ait 'omnia demens
credis et es tumidus genitoris imagine falsi.'
erubuit Phaethon iramque pudore repressit
et tulit ad Clymenen Epaphi convicia matrem
'Quo' que 'magis doleas, genetrix,' ait 'ille ego liber,
ille ferox tacui. Pudet haec opprobria nobis
et dici potuisse et non potuisse refelli;
at tu, si modo sum caelesti stirpe creatus,
ede notam tanti generis meque adsere caelo.'

Dixit et inplicuit materno bracchia collo
perque suum Meropisque caput taedasque sororum
traderet oravit veri sibi signa parentis.
Ambiguum, Clymene precibus Phaethontis an ira
mota magis dicti sibi criminis utraque caelo
bracchia porrexit spectansque ad lumina solis
'Per iubar hoc' inquit 'radiis insigne coruscis,
nate, tibi iuro, quod nos auditque videtque,
hoc te, quem spectas, hoc te, qui temperat orbem,
Sole satum. Si ficta loquor, neget ipse videndum
se mihi, sitque oculis lux ista novissima nostris.
Nec longus patrios labor est tibi nosse penates:
unde oritur, domus est terrae contermina nostrae;
si modo fert animus, gradere et scitabere ab ipso!'
Emicat extemplo laetus post talia matris
dicta suae Phaethon et concipit aethera mente
Aethiopasque suos positosque sub ignibus Indos
sidereis transit patriosque adit inpiger ortus.

METAMORPHOSEON LIBER II

《变形记》

第二卷

Regia Solis erat sublimibus alta columnis,
clara micante auro flammasque imitante pyropo;
cuius ebur nitidum fastigia summa tegebat,
argenti bifores radiabant lumine valvae.
Materiam superabat opus; nam Mulciber illic
aequora caelarat medias cingentia terras
terrarumque orbem caelumque, quod imminet orbi.
Caeruleos habet unda deos, Tritona canorum
Proteaque ambiguum ballenarumque prementem
Aegaeona suis immania terga lacertis
Doridaque et natas, quarum pars nare videtur,
pars in mole sedens viridis siccare capillos,
pisce vehi quaedam; facies non omnibus una,
non diversa tamen, qualem decet esse sororum.
Terra viros urbesque gerit silvasque ferasque
fluminaque et nymphas et cetera numina ruris.
Haec super imposita est caeli fulgentis imago
signaque sex foribus dextris totidemque sinistris.
Quo simul acclivi Clymeneia limite proles

venit et intravit dubitati tecta parentis,
protinus ad patrios sua fert vestigia vultus
consistitque procul; neque enim propiora ferebat
lumina; purpurea velatus veste sedebat
in solio Phoebus claris lucente smaragdis.
A dextra laevaque Dies et Mensis et Annus
Saeculaque et positae spatiis aequalibus Horae
Verque novum stabat cinctum florente corona,
stabat nuda Aestas et spicea serta gerebat,
stabat et Autumnus, calcatis sordidus uvis,
et glacialis Hiems, canos hirsuta capillos.
Inde[1] loco medius rerum novitate paventem
Sol oculis iuvenem, quibus adspicit omnia, vidit:
'Quae'que 'viae tibi causa? Quid hac' ait 'arce petisti,
progenies, Phaethon, haud infitianda parenti?'
Ille refert: 'O lux immensi publica mundi,
Phoebe pater, si das usum mihi nominis huius
nec falsa Clymene culpam sub imagine celat,
pignora da, genitor, per quae tua vera propago
credar et hunc animis errorem detrahe nostris.'
dixerat; at genitor circum caput omne micantes
deposuit radios propiusque accedere iussit
amplexuque dato: 'Nec tu meus esse negari

---

1 Inde=Ipse

dignus es et Clymene veros' ait 'edidit ortus;
quoque minus dubites, quodvis pete munus, ut illud
me tribuente feras; promissis[1] testis adesto
dis iuranda palus, oculis incognita nostris.'
Vix bene desierat; currus rogat ille paternos
inque diem alipedum ius et moderamen equorum.
Paenituit iurasse patrem, qui terque quaterque
concutiens illustre caput: 'Temeraria' dixit
'vox mea facta tua est. Utinam promissa liceret
Non dare! Confiteor, solum hoc tibi, nate, negarem.
Dissuadere licet; non est tua tuta voluntas;
magna petis, Phaethon, et quae nec viribus istis
munera conveniant nec tam puerilibus annis.
Sors tua mortalis; non est mortale quod optas.
Plus etiam quam quod superis contingere possit
nescius affectas; placeat sibi quisque licebit,
non tamen ignifero quisquam consistere in axe
me valet excepto; vasti quoque rector Olympi,
qui fera terribili iaculatur fulmina dextra,
non aget hos currus; et quid Iove maius habemus?
Ardua prima via est et qua vix mane recentes
enituntur equi; media est altissima caelo,
unde mare et terras ipsi mihi saepe videre

1 promissis=promissi

sit timor et pavida trepidet formidine pectus[1];
ultima prona via est et eget moderamine certo;
tunc etiam quae me subiectis excipit undis
ne ferar in praeceps Tethys solet ipsa vereri.
Adde quod assidua rapitur vertigine caelum
sideraque alta trahit celerique volumine torquet.
Nitor in adversum nec me, qui cetera, vincit
impetus et rapido contrarius evehor orbi.
Finge datos currus; quid ages? Poterisne rotatis
obvius ire polis, ne te citus auferat axis?
Forsitan et lucos illic urbesque deorum
concipias animo delubraque ditia donis
esse; per insidias iter est formasque ferarum.
Utque viam teneas nulloque errore traharis,
per tamen adversi gradieris cornua Tauri
Haemoniosque arcus violentique ora Leonis
saevaque circuitu curvantem bracchia longo
Scorpion atque aliter curvantem bracchia Cancrum.
Nec tibi quadripedes animosos ignibus illis,
quos in pectore habent, quos ore et naribus efflant,
in promptu regere est; vix me patiuntur, ut acres
incaluere animi, cervixque repugnat habenis.
At tu, funesti ne sim tibi muneris auctor,

1 sit=fit; trepidet=trepidat

nate, cave, dum resque sinit, tua corrige vota.
Scilicet ut nostro genitum te sanguine credas,
pignora certa petis? Do pignora certa timendo
et patrio pater esse metu probor. Adspice vultus
ecce meos; utinamque oculos in pectora posses
inserere et patrias intus deprendere curas!
Denique quicquid habet dives, circumspice, mundus
deque[1] tot ac tantis caeli terraeque marisque
posce bonis aliquid; nullam patiere repulsam.
Deprecor hoc unum, quod vero nomine poena,
non honor est; poenam, Phaethon, pro munere poscis.
Quid mea colla tenes blandis, ignare, lacertis?
Ne dubita, dabitur (Stygias iuravimus undas)
quodcumque optaris; sed tu sapientius opta.'
Finierat monitus; dictis tamen ille repugnat
propositumque premit flagratque cupidine currus.
Ergo qua licuit genitor cunctatus ad altos
deducit iuvenem, Vulcania munera, currus.
Aureus axis erat, temo aureus, aurea summae
curvatura rotae, radiorum argenteus ordo;
per iuga chrysolithi positaeque ex ordine gemmae
clara repercusso reddebant lumina Phoebo.
Dumque ea magnanimus Phaethon miratur opusque

1 deque=eque

perspicit, ecce vigil nitido[1] patefecit ab ortu
purpureas Aurora fores et plena rosarum
atria; diffugiunt stellae, quarum agmina cogit
Lucifer et caeli statione novissimus exit.
Quem petere ut terras mundumque rubescere vidit
cornuaque extremae velut evanescere lunae,
iungere equos Titan velocibus imperat Horis.
Iussa deae celeres peragunt ignemque vomentis,
ambrosiae suco saturos, praesepibus altis
quadripedes ducunt adduntque sonantia frena.
Tum pater ora sui sacro medicamine nati
contigit et rapidae fecit patientia flammae
imposuitque comae radios praesagaque luctus
pectore sollicito repetens suspiria dixit:
'Si potes his saltem monitis parere parentis,
parce, puer, stimulis et fortius utere loris;
sponte sua properant; labor est inhibere volentes.
Nec tibi directos[2] placeat via quinque per arcus;
sectus in obliquum est lato curvamine limes,
zonarumque trium contentus fine polumque
effugit australem iunctamque aquilonibus Arcton;
hac sit iter; manifesta rotae vestigia cernes.

1 nitido=rutilo

2 directos=derectos

Utque ferant aequos et caelum et terra calores,
nec preme nec summum molire per aethera currum,
altius egressus caelestia tecta cremabis,
inferius terras; medio tutissimus ibis.
Neu te dexterior tortum declinet ad Anguem,
Neve sinisterior pressam rota ducat ad Aram,
inter utrumque tene; Fortunae cetera mando,
quae iuvet et melius, quam tu tibi, consulat opto.
Dum loquor, Hesperio positas in litore metas
umida nox tetigit; non est mora libera nobis;
poscimur et fulget tenebris Aurora fugatis.
Corripe lora manu, vel, si mutabile pectus
est tibi, consiliis, non curribus utere nostris,
dum potes et solidis etiamnunc sedibus astas
dumque male optatos nondum premis inscius axes.
Quae tutus spectes, sine me dare lumina terris.'
Occupat ille levem iuvenali corpore currum
statque super manibusque leves[1] contingere habenas
gaudet et invito grates agit inde parenti.
Interea volucres Pyrois et Eous et Aethon,
Solis equi, quartusque Phlegon hinnitibus auras
flammiferis implent pedibusque repagula pulsant.
Quae postquam Tethys, fatorum ignara nepotis,

1 leves=datas

reppulit et facta est immensi copia caeli,
corripuere viam pedibusque per aera motis
obstantes scindunt nebulas pennisque levati
praetereunt ortos isdem de partibus Euros.
Sed leve pondus erat nec quod cognoscere possent
Solis equi solitaque iugum gravitate carebat;
utque labant curvae iusto sine pondere naves
perque mare instabilis nimia levitate feruntur,
sic onere adsueto vacuus dat in aere saltus
succutiturque alte similisque est currus inani.
Quod simul ac sensere, ruunt tritumque relinquunt
quadriiugi spatium nec, quo prius, ordine currunt.
Ipse pavet nec qua commissas flectat habenas,
nec scit qua sit iter, nec, si sciat, imperet illis.
Tum primum radiis gelidi caluere Triones
et vetito frustra temptarunt aequore tingi
quaeque polo posita est glaciali proxima Serpens,
frigore pigra prius nec formidabilis ulli,
incaluit sumpsitque novas fervoribus iras.
Te quoque turbatum memorant fugisse, Boote,
quamvis tardus eras et te tua plaustra tenebant.
Ut vero summo despexit ab aethere terras
infelix Phaethon penitus penitusque patentis[1],

1 patentis=iacentes

palluit et subito genua intremuere timore
suntque oculis tenebrae per tantum lumen obortae;
et iam mallet equos numquam tetigisse paternos,
iam cognosse genus piget et valuisse rogando;
iam Meropis dici cupiens ita fertur ut acta
praecipiti pinus Borea, cui victa remisit
frena suus rector, quam dis votisque reliquit.
Quid faciat? Multum caeli post terga relictum,
ante oculos plus est; animo metitur utrumque
et modo, quos illi fatum contingere non est,
prospicit occasus, interdum respicit ortus;
quidque agat ignarus stupet et nec frena remittit
nec retinere valet nec nomina novit equorum.
Sparsa quoque in vario passim miracula caelo
vastarumque videt trepidus simulacra ferarum.
Est locus in geminos ubi bracchia concavat arcus
Scorpius et cauda flexisque utrimque lacertis
porrigit in spatium signorum membra duorum.
Hunc puer ut nigri madidum sudore veneni
vulnera curvata minitantem cuspide vidit,
mentis inops gelida formidine lora remisit.
Quae postquam summum tetigere iacentia tergum,
exspatiantur equi nulloque inhibente per auras
ignotae regionis eunt, quaque impetus egit,
hac sine lege ruunt altoque sub aethere fixis

incursant stellis rapiuntque per avia currum
et modo summa petunt, modo per declive viasque
praecipites spatio terrae propiore feruntur;
inferiusque suis fraternos currere Luna
admiratur equos ambustaque nubila fumant.
Corripitur flammis, ut quaeque altissima, tellus
fissaque agit rimas et sucis aret ademptis;
pabula canescunt, cum frondibus uritur arbor
materiamque suo praebet seges arida damno.
Parva queror; magnae pereunt cum moenibus urbes
cumque suis totas populis incendia gentes[1]
in cinerem vertunt. Silvae cum montibus ardent,
ardet Athos Taurusque Cilix et Tmolus et Oete
et tum sicca, prius creberrima fontibus, Ide
virgineusque IIelicon et nondum Oeagrius Haemus.
Ardet in immensum geminatis ignibus Aetna
Parnasusque biceps et Eryx et Cynthus et Othrys
et tandem nivibus Rhodope caritura Mimasque
Dindymaque et Mycale natusque ad sacra Cithaeron.
Nec prosunt Scythiae sua frigora; Caucasus ardet
Ossaque cum Pindo maiorque ambobus Olympus
aeriaeque Alpes et nubifer Appenninus.
Tum vero Phaethon cunctis e partibus orbem

1 gentes=gentis

adspicit accensum nec tantos sustinet aestus
ferventisque auras velut e fornace profunda
ore trahit currusque suos candescere sentit;
et neque iam cineres eiectatamque favillam
ferre potest calidoque involuitur undique fumo
quoque eat, aut ubi sit, picea caligine tectus,
nescit et arbitrio volucrum raptatur equorum.
Sanguine tum credunt in corpora summa vocato
Aethiopum populos nigrum traxisse colorem;
tum facta est Libye raptis umoribus aestu
arida, tum nymphae passis fontesque lacusque
deflevere comis; quaerit Boeotia Dircen,
Argos Amymonen, Ephyre Pirenidas undas.
Nec sortita loco distantes flumina ripas
tuta manent; mediis Tanais fumavit in undis
Peneusque senex Teuthranteusque Caicus
et celer Ismenos cum Phegiaco Erymantho
arsurusque iterum Xanthus flavusque Lycormas
Quique recurvatis ludit Maeandrus in undis
Mygdoniusque Melas et Taenarius Eurotas.
Arsit et Euphrates Babylonius, arsit Orontes
Thermodonque citus Gangesque et Phasis et Hister.
Aestuat Alpheos, ripae Spercheides ardent;
quodque suo Tagus amne vehit, fluit ignibus aurum
et quae Maeonias celebrarant carmine ripas

flumineae volucres medio caluere Caystro.
Nilus in extremum fugit perterritus orbem
occuluitque caput, quod adhuc latet; ostia septem
pulverulenta vacant, septem sine flumine valles.
Fors eadem Ismarios Hebrum cum Strymone siccat
Hesperiosque amnes Rhenum Rhodanumque Padumque,
cuique fuit rerum promissa potentia, Thybrim.
Dissilit omne solum penetratque in Tartara rimis
lumen et infernum terret cum coniuge regem
et mare contrahitur siccaeque est campus harenae
quod modo pontus erat; quosque altum texerat aequor,
exsistunt montes et sparsas Cycladas augent.
Ima petunt pisces nec se super aequora curvi
tollere consuetas audent delphines in auras;
corpora phocarum summo resupina profundo
exanimata natant. Ipsum quoque Nerea fama est
Doridaque et natas tepidis latuisse sub antris.
Ter Neptunus aquis cum torvo bracchia vultu
exserere ausus erat; ter non tulit aeris ignes.
Alma tamen Tellus, ut erat circumdata ponto,
inter aquas pelagi contractos undique fontes,
qui se condiderant in opacae viscera matris,
sustulit oppressos collo tenus arida vultus
opposuitque manum fronti magnoque tremore
omnia concutiens paulum subsedit et infra,

quam solet esse, fuit sacraque ita voce locuta est:
'Si placet hoc meruique, quid o tua fulmina cessant,
summe deum? Liceat periturae viribus ignis
igne perire tuo clademque auctore levare.
Vix equidem fauces haec ipsa in verba resolvo';
(presserat ora vapor) 'Tostos en adspice crines
inque oculis tantum, tantum super ora favillae!
Hosne mihi fructus, hunc fertilitatis honorem
officiique refers, quod adunci vulnera aratri
rastrorumque fero totoque exerceor anno,
quod pecori frondes alimentaque mitia, fruges,
humano generi, vobis quoque tura ministro?
Sed tamen exitium fac me meruisse; quid undae,
quid meruit frater? Cur illi tradita sorte
aequora decrescunt et ab aethere longius absunt?
Quodsi nec fratris nec te mea gratia tangit,
at caeli miserere tui; circumspice utrumque,
fumat uterque polus; quos si vitiaverit ignis,
atria vestra ruent. Atlans en ipse laborat
vixque suis umeris candentem sustinet axem.
Si freta, si terrae pereunt, si regia caeli,
in chaos antiquum confundimur. Eripe flammis
siquid adhuc superest et rerum consule summae.'
Dixerat haec Tellus; neque enim tolerare vaporem
ulterius potuit nec dicere plura suumque

rettulit os in se propioraque manibus antra.
At pater omnipotens, superos testatus et ipsum
qui dederat currus, nisi opem ferat, omnia fato
interitura gravi summam petit arduus arcem,
unde solet nubes latis inducere terris,
unde movet tonitrus vibrataque fulmina iactat.
Sed neque quas posset terris inducere nubes
tunc habuit nec quos caelo demitteret imbres.
Intonat et dextra libratum fulmen ab aure
misit in aurigam pariterque animaque rotisque
expulit et saevis compescuit ignibus ignes.
Consternantur equi et saltu in contraria facto
colla iugo eripiunt abruptaque lora relinquunt.
Illic frena iacent, illic temone revulsus
axis, in hac radii fractarum parte rotarum
sparsaque sunt late laceri vestigia currus.
At Phaethon, rutilos flamma populante capillos,
volvitur in praeceps longoque per aera tractu
fertur, ut interdum de caelo stella sereno,
etsi non cecidit, potuit cecidisse videri.
Quem procul a patria diverso maximus orbe
excipit Eridanus fumantiaque abluit ora.
Naides Hesperiae trifida fumantia flamma
corpora dant tumulo, signant quoque carmine saxum:
'Hic situs est Phaethon currus auriga paterni;

quem si non tenuit, magnis tamen excidit ausis.'
Nam pater obductos, luctu miserabilis aegro,
condiderat vultus et, si modo credimus, unum
isse diem sine sole ferunt; incendia lumen
praebebant aliquisque malo fuit usus in illo.
At Clymene, postquam dixit quaecumque fuerunt
in tantis dicenda malis, lugubris et amens
et laniata sinus totum percensuit orbem
exanimesque artus primo, mox ossa requirens,
repperit ossa tamen peregrina condita ripa
incubuitque loco nomenque in marmore lectum
perfudit lacrimis et aperto pectore fovit.
Nec minus Heliades lugent et inania morti
munera dant lacrimas et caesae pectora palmis
non auditurum miseras Phaethonta querellas
nocte dieque vocant asternunturque sepulchro.
Luna quater iunctis implerat cornibus orbem;
Illae more suo (nam morem fecerat usus)
plangorem dederant. E quis Phaethusa, sororum
maxima, cum vellet terra procumbere, questa est
deriguisse pedes; ad quam conata venire
candida Lampetie subita radice retenta est;
tertia, cum crinem manibus laniare pararet,
avellit frondes; haec stipite crura teneri,
illa dolet fieri longos sua bracchia ramos.

Dumque ea mirantur, complectitur inguina cortex
perque gradus uterum pectusque umerosque manusque
ambit et exstabant tantum ora vocantia matrem.
Quid faciat mater, nisi, quo trahit impetus illam,
huc eat atque illuc et, dum licet, oscula iungat?
Non satis est; truncis avellere corpora temptat
et teneros manibus ramos abrumpit; at inde
sanguineae manant, tamquam de vulnere, guttae.
'Parce, precor, mater,' quaecumque est saucia clamat,
'Parce, precor; nostrum laceratur in arbore corpus.
Iamque vale.' Cortex in verba novissima venit.
Inde fluunt lacrimae stillataque sole rigescunt
de ramis electra novis, quae lucidus amnis
excipit et nuribus mittit gestanda Latinis.
Adfuit huic monstro proles Stheneleia Cygnus,
qui tibi materno quamvis a sanguine iunctus,
mente tamen, Phaethon, propior fuit. Ille relicto
(nam Ligurum populos et magnas rexerat urbes)
imperio, ripas virides amnemque querelis[1]
Eridanum implerat silvamque sororibus auctam,
cum vox est tenuata viro canaeque capillos
dissimulant plumae collumque a pectore longe
porrigitur digitosque ligat iunctura rubentis,

1 querelis=querellis

penna latus velat, tenet os sine acumine rostrum.
Fit nova Cygnus avis nec se caeloque Iovique
credit, ut iniuste missi memor ignis ab illo;
stagna petit patulosque lacus ignemque perosus
quae colat, elegit contraria flumina flammis.
Squalidus interea genitor Phaethontis et expers
ipse sui decoris, qualis, cum deficit orbem,
esse solet, lucemque odit seque ipse diemque
datque animum in luctus et luctibus adicit iram
officiumque negat mundo. 'Satis' inquit 'ab aevi
sors mea principiis fuit irrequieta pigetque
actorum sine fine mihi, sine honore laborum.
Quilibet alter agat portantes lumina currus!
Si nemo est omnesque dei non posse fatentur,
ipse agat, ut saltem, dum nostras temptat habenas,
orbatura patres aliquando fulmina ponat.
Tum sciet, igniferum vires expertus equorum,
non meruisse necem qui non bene rexerit illos.'
Talia dicentem circumstant omnia Solem
numina, neve velit tenebras inducere rebus,
supplice voce rogant; missos quoque Iuppiter ignes
excusat precibusque minas regaliter addit.
Colligit amentes et adhuc terrore paventes

Phoebus equos stimuloque dolens et verbere caedit[1];
saevit enim natumque obiectat et imputat illis.
At pater omnipotens ingentia moenia caeli
circuit et, ne quid labefactum viribus ignis
corruat, explorat. Quae postquam firma suique
roboris esse videt, terras hominumque labores
perspicit. Arcadiae tamen est impensior illi
cura suae; fontesque et nondum audentia labi
flumina restituit, dat terrae gramina, frondes
arboribus laesasque iubet revirescere silvas.
Dum redit itque frequens, in virgine Nonacrina
haesit et accepti caluere sub ossibus ignes.
Non erat huius opus lanam mollire trahendo
nec positu variare comas; ubi fibula vestem,
vitta coercuerat neglectos alba capillos
et modo leve manu iaculum, modo sumpserat arcum,
miles erat Phoebes, nec Maenalon attigit ulla
gratior hac Triviae; sed nulla potentia longa est.
Ulterius medio spatium sol altus habebat,
Cum subit illa nemus, quod nulla ceciderat aetas.
Exuit hic umero pharetram lentosque retendit
arcus inque solo, quod texerat herba, iacebat
et pictam posita pharetram cervice premebat.

1 caedit=saevit

Iuppiter ut vidit fessam et custode vacantem:
'Hoc certe furtum coniunx mea nesciet' inquit
'aut si rescierit, sunt, o sunt iurgia tanti!'
Protinus induitur faciem cultumque Dianae
atque ait: 'O comitum, virgo, pars una mearum,
in quibus es venata iugis?' de caespite virgo
se levat et: 'Salve, numen, me iudice,' dixit
'audiat ipse licet, maius Iove.' Ridet et audit
et sibi praeferri se gaudet et oscula iungit
nec moderata satis nec sic a virgine danda.
Qua venata foret silva narrare parantem
impedit amplexu nec se sine crimine prodit.
Illa quidem contra, quantum modo femina posset,
(adspiceres utinam, Saturnia! mitior esses)
illa quidem pugnat; sed quem superare puella,
quisve Iovem poterat superum? Petit aethera victor
Iuppiter; huic odio nemus est et conscia silva;
unde pedem referens paene est oblita pharetram
tollere cum telis et, quem suspenderat, arcum.
Ecce suo comitata choro Dictynna per altum
Maenalon ingrediens et caede superba ferarum
adspicit hanc visamque vocat; clamata refugit
et timuit primo, ne Iuppiter esset in illa.
Sed postquam pariter nymphas incedere vidit,
sensit abesse dolos numerumque accessit ad harum.

Heu quam difficile est crimen non prodere vultu!
Vix oculos attollit humo nec, ut ante solebat,
iuncta deae lateri nec toto est agmine prima;
sed silet et laesi dat signa rubore pudoris;
et, nisi quod virgo est, poterat sentire Diana
mille notis culpam; nymphae sensisse feruntur.
Orbe resurgebant lunaria cornua nono,
cum dea venatu fraternis languida flammis,
nacta nemus gelidum, de quo cum murmure labens
ibat et attritas versabat rivus harenas.
Ut loca laudavit, summas pede contigit undas;
his quoque laudatis: 'Procul est' ait 'arbiter omnis;
nuda superfusis tingamus corpora lymphis.'
Parrhasis erubuit; cunctae velamina ponunt;
una moras quaerit; dubitanti vestis adempta est,
qua posita nudo patuit cum corpore crimen.
Attonitae manibusque uterum celare volenti:
'I procul hinc' dixit 'nec sacros pollue fontis,'
Cynthia deque suo iussit secedere coetu.
Senserat hoc olim magni matrona Tonantis
distuleratque graves in idonea tempora poenas.
Causa morae nulla est et iam puer Arcas (id ipsum
indoluit Iuno) fuerat de paelice natus.
Quo simul obvertit saevam cum lumine mentem:
'Scilicet hoc etiam restabat, adultera,'dixit

'ut fecunda fores fieretque iniuria partu
nota Iovisque mei testatum dedecus esset.
Haud impune feres; adimam tibi namque figuram
qua tibi quaque places nostro, importuna, marito.'
Dixit et adversam prensis a fronte capillis
stravit humi pronam. Tendebat bracchia supplex;
bracchia coeperunt nigris horrescere villis
curvarique manus et aduncos crescere in unguis
officioque pedum fungi laudataque quondam
ora Iovi lato fieri deformia rictu.
Neve preces animos et verba precantia[1] flectant,
posse loqui eripitur; vox iracunda minaxque
plenaque terroris rauco de gutture fertur.
Mens antiqua manet (facta quoque mansit in ursa)
assiduoque suos gemitu testata dolores
qualescumque manus ad caelum et sidera tollit
ingratumque Iovem, nequeat cum dicere, sentit.
A! quotiens, sola non ausa quiescere silva,
ante domum quondamque suis erravit in agris!
A! quotiens per saxa canum latratibus acta est
venatrixque metu venantum territa fugit!
Saepe feris latuit visis, oblita quid esset,
ursaque conspectos in montibus horruit ursos

1 precantia=potentia=querentia

pertimuitque lupos, quamvis pater esset in illis.
Ecce, Lycaoniae proles ignara parentis,
Arcas adest, ter quinque fere natalibus actis;
dumque feras sequitur, dum saltus eligit aptos
nexilibusque plagis silvas Erymanthidas ambit,
incidit in matrem, quae restitit Arcade viso
et cognoscenti similis fuit; ille refugit
immotosque oculos in se sine fine tenentem
nescius extimuit propiusque accedere aventi
vulnifico fuerat fixurus pectora telo.
Arcuit omnipotens pariterque ipsosque nefasque
sustulit et pariter raptos per inania vento
imposuit caelo vicinaque sidera fecit.
Intumuit Iuno, postquam inter sidera paelex
fulsit et ad canam descendit in aequora Tethyn
Oceanumque senem, quorum reverentia movit
saepe deos, causamque viae scitantibus infit:
'Quaeritis aetheriis quare regina deorum
sedibus hic adsim? Pro me tenet altera caelum.
Mentior, obscurum nisi nox cum fecerit orbem,
nuper honoratas summo, mea vulnera, caelo
videritis stellas illic, ubi circulus axem
ultimus extremum spatioque brevissimus ambit.

Et vero quisquam[1] Iunonem laedere nolit
offensamque tremat, quae prosum sola nocendo?
O ego quantum egi! quam vasta potentia nostra est
esse hominem vetui, facta est dea. Sic ego poenas
sontibus impono, sic est mea magna potestas.
Vindicet antiquam faciem vultusque ferinos
detrahat, Argolica quod in ante Phoronide fecit!
Cur non et pulsa ducit Iunone meoque
collocat in thalamo socerumque Lycaona sumit?
At vos si laesae tangit contemptus alumnae,
gurgite caeruleo septem prohibete triones
sideraque in caelo stupri mercede recepta
pellite, ne puro tingatur in aequore paelex.'
Di maris adnuerant; habili Saturnia curru
ingreditur liquidum pavonibus aethera pictis,
tam nuper pictis caeso pavonibus Argo
quam tu nuper eras, cum candidus ante fuisses,
corve loquax, subito nigrantis versus in alas.
Nam fuit haec quondam niveis argentea pennis
ales, ut aequaret totas sine labe columbas
nec servaturis vigili Capitolia voce
cederet anseribus nec amanti flumina cygno.
Lingua fuit damno; lingua faciente loquaci,

1 Et vero quisquam=Est vero quis qui

qui color albus erat nunc est contrarius albo.
Pulchrior in tota quam Larissaea Coronis
non fuit Haemonia; placuit tibi, Delphice, certe,
dum vel casta fuit vel inobservata; sed ales
sensit adulterium Phoebeius utque latentem
detegeret culpam, non exorabilis index
ad dominum tendebat iter; quem garrula motis
consequitur pennis, scitetur ut omnia, cornix
auditaque viae causa: 'Non utile carpis'
inquit 'iter; ne sperne meae praesagia linguae.
Quid fuerim quid simque vide, meritumque require;
invenies nocuisse fidem. Nam tempore quodam
Pallas Erichthonium, prolem sine matre creatam,
clauserat Actaeo texta de vimine cista
virginibusque tribus gemino de Cecrope natis
et legem dederat, sua ne secreta viderent.
Abdita fronde levi densa speculabar ab ulmo
quid facerent; commissa duae sine fraude tuentur,
Pandrosos atque Herse; timidas vocat una sorores
Aglauros nodosque manu diducit et intus
infantemque vident apporrectumque draconem.
Acta deae refero; pro quo mihi gratia talis
redditur ut dicar tutela pulsa Minervae
et ponar post noctis avem. Mea poena volucres
admonuisse potest ne voce pericula quaerant.

At, puto, non ultro nec quicquam tale rogantem
Me petiit! Ipsa licet hoc a Pallade quaeras;
quamvis irata est, non hoc irata negabit.
Nam me Phocaica clarus tellure Coroneus,
nota loquor, genuit fueramque ego regia virgo
divitibusque procis, ne me contemne, petebar.
Forma mihi nocuit; nam cum per litora lentis
passibus, ut soleo, summa spatiarer harena,
vidit et incaluit pelagi deus; utque precando
tempora cum blandis absumpsit inania verbis,
vim parat et sequitur. Fugio densumque relinquo
litus et in molli nequiquam lassor harena
inde deos hominesque voco nec contigit ullum
vox mea mortalem; mota est pro virgine virgo
auxiliumque tulit. Tendebam bracchia caelo;
bracchia coeperunt levibus nigrescere pennis.
Reicere ex umeris vestem molibar; at illa
pluma erat inque cutem radices egerat imas.
Plangere nuda meis conabar pectora palmis;
sed neque iam palmas nec pectora nuda gerebam.
Currebam nec, ut ante, pedes retinebat harena,
sed summa tollebar humo. Mox acta per auras
evehor et data sum comes inculpata Minervae.
Quid tamen hoc prodest, si diro facta volucris
crimine Nyctimene nostro successit honori?

An, quae per totam res est notissima Lesbon,
non audita tibi est, patrium temerasse cubile
Nyctimenen? Avis illa quidem, sed conscia culpae
conspectum lucemque fugit tenebrisque pudorem
celat et a cunctis expellitur aethere toto.'
Talia dicenti: 'Tibi' ait 'revocamina' corvus
'sint precor ista malo; nos vanum spernimus omen.'
Nec coeptum dimittit iter dominoque iacentem
cum iuvene Haemonio vidisse Coronida narrat.
Laurea delapsa est audito crimine amantis
et pariter vultusque deo plectrumque colorque
excidit; utque animus tumida fervebat ab ira,
arma adsueta capit flexumque a cornibus arcum
tendit et illa suo totiens cum pectore iuncta
indevitato traiecit pectora telo.
Icta dedit gemitum tractoque a corpore ferro
candida puniceo perfudit membra cruore
et dixit: 'Potui poenas tibi, Phoebe, dedisse,
sed peperisse prius; duo nunc moriemur in una.'
Hactenus et pariter vitam cum sanguine fudit;
corpus inane animae frigus letale secutum est.
Paenitet heu! Sero poenae crudelis amantem
seque quod audierit, quod sic exarserit, odit;
odit avem per quam crimen causamque dolendi
scire coactus erat nec non arcumque manumque

odit cumque manu temeraria tela, sagittas;
collapsamque fovet seraque ope vincere fata
nititur et medicas exercet inaniter artes.
Quae postquam frustra temptata rogumque parari
vidit et arsuros supremis ignibus artus,
tum vero gemitus (neque enim caelestia tingui
ora licet lacrimis) alto de corde petitos
edidit, haud aliter quam cum, spectante iuvenca,
Lactentis vituli dextra libratus ab aure
tempora discussit claro cava malleus ictu.
Ut tamen ingratos in pectora fudit odores
et dedit amplexus iniustaque iusta peregit,
non tulit in cineres labi sua Phoebus eosdem
semina, sed natum flammis uteroque parentis
eripuit geminique tulit Chironis in antrum
sperantemque sibi non falsae praemia linguae
inter aves albas vetuit consistere corvum.
Semifer interea divinae stirpis alumno
laetus erat mixtoque oneri gaudebat honore.
Ecce venit rutilis umeros protecta capillis
filia Centauri, quam quondam nympha Chariclo
fluminis in rapidi ripis enixa vocavit
Ocyrhoen. Non haec artes contenta paternas
edidicisse fuit; fatorum arcana canebat.
Ergo ubi vaticinos concepit mente furores

incaluitque deo, quem clausum pectore habebat,
adspicit infantem: 'Toto' que 'salutifer orbi
cresce, puer;' dixit 'tibi se mortalia saepe
corpora debebunt, animas tibi reddere ademptas
fas erit idque semel dis indignantibus ausus,
posse dare hoc iterum flamma prohibebere avita
eque deo corpus fies exsangue deusque,
qui modo corpus eras, et bis tua fata novabis.
Tu quoque, care pater, nunc immortalis et aevis
omnibus ut maneas, nascendi lege creatus,
posse mori cupies, tum cum cruciabere dirae
sanguine serpentis per saucia membra recepto;
teque ex aeterno patientem numina mortis
efficient triplicesque deae tua fila resolvent.'
Restabat fatis aliquid; suspirat ab imis
pectoribus lacrimaeque genis labuntur obortae;
atque ita: 'Praevertunt' inquit 'me fata vetorque
plura loqui vocisque meae praecluditur usus.
Non fuerant artes tanti, quae numinis iram
contraxere mihi; mallem nescisse futura.
Iam mihi subduci facies humana videtur,
iam cibus herba placet, iam latis currere campis
impetus est; in equam cognataque corpora vertor.
Tota tamen quare? Pater est mihi nempe biformis.'

Talia dicenti pars est extrema querelae[1]
intellecta parum confusaque verba fuerunt;
mox nec verba quidem nec equae sonus ille videtur,
sed simulantis equam; parvoque in tempore certos
edidit hinnitus et bracchia movit in herbas.
Tum digiti coeunt et quinos alligat ungues
perpetuo cornu levis ungula crescit et oris
Et colli spatium; longae pars maxima pallae
cauda fit, utque vagi crines per colla iacebant,
In dextras abiere iubas; pariterque novata est
et vox et facies; nomen quoque monstra dedere.
Flebat opemque tuam frustra Philyreius heros,
Delphice, poscebat; nam nec rescindere magni
iussa Iovis poteras, nec, si rescindere posses,
tunc aderas; Elim Messeniaque arva colebas.
Illud erat tempus quo te pastoria pellis
texit onusque fuit baculum silvestre sinistrae,
alterius dispar septenis fistula cannis.
Dumque amor est curae, dum te tua fistula mulcet,
incustoditae Pylios memorantur in agros
processisse boves; videt has Atlantide Maia
natus et arte sua silvis occultat abactas.
Senserat hoc furtum nemo nisi notus in illo

1 querelae=querellae

rure senex; Battum vicinia tota vocabant[1].
Divitis hic saltus herbosaque pascua Nelei
nobiliumque greges custos servabat equarum.
Hunc timuit blandaque manu seduxit et illi:
'Quisquis es, hospes,' ait 'si forte armenta requiret
haec aliquis, vidisse nega; neu gratia facto
nulla rependatur, nitidam cape praemia vaccam';
et dedit. Accepta, voces has reddidit hospes:
'Tutus eas; lapis iste prius tua furta loquetur.'
Et lapidem ostendit. Simulat Iove natus abire;
mox redit et versa pariter cum voce figura:
'Rustice, vidisti siquas hoc limite' dixit
'ire boves, fer opem furtoque silentia deme;
iuncta suo pariter dabitur tibi femina tauro.'
At senior, postquam est merces geminata: 'Sub illis
montibus' inquit 'erunt'; et erant sub montibus illis.
Risit Atlantiades et 'Me mihi, perfide, prodis?
Me mihi prodis?' ait; periuraque pectora vertit
in durum silicem, qui nunc quoque dicitur index,
inque nihil merito vetus est infamia saxo.
Hinc se sustulerat paribus Caducifer alis
Munychiosque volans agros gratamque Minervae

1 vocabant=vocabat

despectabat humum cultique arbusta Lycei[1].
Illa forte die castae de more puellae
vertice supposito festas in Palladis arces
pura coronatis portabant sacra canistris.
Inde revertentes deus adspicit ales iterque
non agit in rectum, sed in orbem curvat eundem.
Ut volucris visis rapidissima milvus extis,
dum timet et densi circumstant sacra ministri,
flectitur in gyrum nec longius audet abire
spemque suam motis avidus circumvolat alis;
sic super Actaeas agilis Cyllenius arces
inclinat cursus et easdem circinat auras.
Quanto splendidior quam cetera sidera fulget
Lucifer et quanto quam Lucifer aurea Phoebe,
tanto virginibus praestantior omnibus Herse
ibat eratque decus pompae comitumque suarum.
Obstipuit forma Iove natus et aethere pendens
non secus exarsit quam cum Balearica plumbum
funda iacit; volat illud et incandescit eundo
et, quos non habuit, sub nubibus invenit ignis.
Vertit iter caeloque petit terrena relicto
nec se dissimulat; tanta est fiducia formae.
Quae quamquam iusta est, cura tamen adiuvat illam

1 Lycei=Lycaei

permulcetque comas chlamydemque, ut pendeat apte,
collocat, ut limbus totumque appareat aurum,
ut teres in dextra, qua somnos ducit et arcet,
virga sit, ut tersis niteant talaria plantis.
Pars secreta domus ebore et testudine cultos
tris[1] habuit thalamos, quorum tu, Pandrose, dextrum,
Aglauros laevum, medium possederat Herse.
Quae tenuit laevum venientem prima notavit
Mercurium nomenque dei scitarier ausa est
et causam adventus. Cui sic respondit Atlantis
Pleionesque nepos: 'Ego sum, qui iussa per auras
verba patris porto; pater est mihi Iuppiter ipse.
Nec fingam causas; tu tantum fida sorori
esse velis prolisque meae matertera dici.
Herse causa viae; faveas oramus amanti.'
Adspicit hunc oculis isdem quibus abdita nuper
viderat Aglauros flavae secreta Minervae
proque ministerio magni sibi ponderis aurum
postulat; interea tectis excedere cogit.
Vertit ad hanc torvi dea bellica luminis orbem
et tanto penitus traxit suspiria motu
ut pariter pectus positamque in pectore forti
aegida concuteret. Subit hanc arcana profana

1 tris=tres

detexisse manu tum cum sine matre creatam
Lemnicolae stirpem contra data foedera vidit
et gratamque deo fore iam gratamque sorori
et ditem sumpto, quod avara poposcerat, auro.
Protinus Invidiae nigro squalentia tabo
tecta petit; domus est imis in vallibus huius
abdita, sole carens, non ulli pervia vento,
tristis et ignavi plenissima frigoris et quae
igne vacet semper, caligine semper abundet.
Huc ubi pervenit belli metuenda virago,
constitit ante domum, neque enim succedere tectis
fas habet, et postes extrema cuspide pulsat.
Concussae patuere fores; videt intus edentem
vipereas carnes, vitiorum alimenta suorum,
Invidiam visaque oculos avertit. At illa
surgit humo pigra semesarumque relinquit
corpora serpentum passuque incedit inerti;
utque deam vidit formaque armisque decoram,
ingemuit vultumque ima[1] ad suspiria duxit.
pallor in ore sedet, macies in corpore toto,
nusquam recta acies, livent rubigine dentes,
pectora felle virent, lingua est suffusa veneno;
risus abest, nisi quem visi movere dolores,

---

1 ima=deae

nec fruitur somno, vigilantibus excita curis,
sed videt ingratos, intabescitque videndo,
successus hominum carpitque et carpitur una
suppliciumque suum est. Quamvis tamen oderat illam,
talibus affata est breviter Tritonia dictis:
'Infice tabe tua natarum Cecropis unam.
Sic opus est; Aglauros ea est.' Haud plura locuta
fugit et impressa tellurem reppulit hasta.
Illa deam obliquo fugientem lumine cernens
murmura parva dedit successurumque Minervae
indoluit baculumque capit, quod spinea totum
vincula cingebant, adopertaque nubibus atris,
quacumque ingreditur, florentia proterit arva
exuritque herbas et summa cacumina carpit
afflatuque suo populos urbesque domosque
polluit; et tandem Tritonida conspicit arcem
ingeniis opibusque et festa pace virentem
vixque tenet lacrimas, quia nil lacrimabile cernit.
Sed postquam thalamos intravit Cecrope natae,
iussa facit pectusque manu ferrugine tincta
tangit et hamatis praecordia sentibus implet
inspiratque nocens virus piceumque per ossa
dissipat et medio spargit pulmone venenum.
Neve mali causae spatium per latius errent,
germanam ante oculos fortunatumque sororis

coniugium pulchraque deum sub imagine ponit
cunctaque magna facit. Quibus irritata, dolore
Cecropis occulto mordetur et anxia nocte,
anxia luce gemit lentaque miserrima tabe
liquitur, ut glacies incerto saucia sole,
felicisque bonis non lenius uritur Herses
quam cum spinosis ignis supponitur herbis,
quae neque dant flammas lenique tepore cremantur.
Saepe mori voluit, ne quicquam tale videret,
saepe, velut crimen, rigido narrare parenti;
denique in adverso venientem limine sedit
exclusura deum. Cui blandimenta precesque
verbaque iactanti mitissima: 'Desine;' dixit
'hinc ego me non sum nisi te motura repulso.'
'Stemus' ait 'pacto' velox Cyllenius 'isto';
caelestique fores virga patefecit; at illi
surgere conanti partes, quascumque sedendo
flectitur, ignava nequeunt gravitate moveri.
Illa quidem pugnat recto se attollere trunco,
sed genuum iunctura riget frigusque per ungues
labitur et pallent amisso sanguine venae;
utque malum late solet immedicabile cancer
serpere et illaesas vitiatis addere partes,
sic letalis hiems paulatim in pectora venit

vitalesque vias et respiramina clusit[1];
nec conata loqui est nec, si conata fuisset,
vocis habebat iter; saxum iam colla tenebat
oraque duruerant signumque exsangue sedebat;
nec lapis albus erat; sua mens infecerat illam.
Has ubi verborum poenas mentisque profanae
cepit Atlantiades, dictas a Pallade terras
linquit et ingreditur iactatis aethera pennis.
Sevocat hinc genitor nec causam fassus amoris:
'Fide minister' ait 'iussorum, nate, meorum,
pelle moram solitoque celer delabere cursu
quaeque tuam matrem tellus a parte sinistra
suspicit (indigenae Sidonida nomine dicunt),
hanc pete, quodque procul montano gramine pasci
armentum regale vides, ad litora verte.'
Dixit et expulsi iamdudum monte iuvenci
litora iussa petunt, ubi magni filia regis
ludere virginibus Tyriis comitata solebat.
Non bene conveniunt nec in una sede morantur
maiestas et amor; sceptri gravitate relicta,
ille pater rectorque deum, cui dextra trisulcis
ignibus armata est, qui nutu concutit orbem,
induitur faciem tauri mixtusque iuvencis

1 clusit=clausit

mugit et in teneris formosus obambulat herbis.
Quippe color nivis est, quam nec vestigia duri
calcavere pedis nec soluit aquaticus Auster.
Colla toris exstant, armis palearia pendent;
cornua parva quidem, sed quae contendere possis
facta manu puraque magis perlucida gemma.
Nullae in fronte minae nec formidabile lumen;
pacem vultus habet. Miratur Agenore nata
quod tam formosus, quod proelia nulla minetur;
sed quamvis mitem, metuit contingere primo.
Mox adit et flores ad candida porrigit ora.
Gaudet amans et, dum veniat sperata voluptas,
oscula dat manibus; vix iam, vix cetera differt.
Et nunc alludit viridique exsultat in herba
nunc latus in fulvis niveum deponit harenis;
paulatimque metu dempto, modo pectora praebet
virginea plaudenda manu, modo cornua sertis
impedienda novis. Ausa est quoque regia virgo,
nescia quem premeret, tergo considere tauri,
cum deus a terra siccoque a litore sensim
falsa pedum primo vestigia ponit in undis,
inde abit ulterius mediique per aequora ponti
fert praedam. Pavet haec litusque ablata relictum
respicit et dextra cornum tenet, altera dorso
imposita est; tremulae sinuantur flamine vestes.

METAMORPHOSEON LIBER III

《变形记》

第三卷

Iamque deus posita fallacis imagine tauri
se confessus erat Dictaeaque rura tenebat,
cum pater ignarus Cadmo perquirere raptam
imperat et poenam, si non invenerit, addit
exilium, facto pius et sceleratus eodem.
Orbe pererrato (quis enim deprendere possit[1]
furta Iovis?) profugus patriamque iramque parentis
vitat Agenorides, Phoebique oracula supplex
consulit et, quae sit tellus habitanda, requirit.
'Bos tibi' Phoebus ait 'solis occurret in arvis,
nullum passa iugum curvique inmunis aratri:
hac duce carpe vias et, qua requieverit herba,
moenia fac condas Boeotiaque illa vocato.'
Vix bene Castalio Cadmus descenderat[2] antro,
incustoditam lente[3] videt ire iuvencam
nullum servitii signum cervice gerentem;

1 possit=posset

2 descenderat=descenderet=discesserat

3 lente=longe

subsequitur pressoque legit vestigia passu[1]
auctoremque viae Phoebum taciturnus adorat.
Iam vada Cephisi Panopesque evaserat arva:
bos stetit[2] et tollens speciosam cornibus altis
ad caelum frontem mugitibus inpulit auras
atque ita respiciens comites sua terga sequentis
procubuit teneraque latus submisit in herba[3].
Cadmus agit grates peregrinaeque oscula terrae
figit et ignotos montes agrosque salutat;
sacra Iovi facturus erat: iubet ire ministros[4]
et petere e vivis libandas fontibus undas.
Silva vetus stabat nulla violata securi
et specus in medio, virgis ac vimine densus[5]
efficiens humilem lapidum conpagibus arcum,
uberibus fecundus aquis; ubi conditus antro
Martius anguis erat cristis praesignis et auro:
igne micant oculi, corpus tumet omne veneno[6],
tresque vibrant[7] linguae, triplici stant ordine dentes.
Quem postquam Tyria lucum de gente profecti

---

1 passu=gressu

2 bos stetit=constitit et

3 herba=herbas

4 ministros=ministris

5 et=est; medio=media; ac vimine=aculmine

6 veneno=venenis

7 vibrant=micant

infausto tetigere gradu demissaque in undas
urna dedit sonitum, longo caput extulit antro
caeruleus serpens horrendaque sibila misit:
effluxere urnae manibus, sanguisque relinquit[1]
corpus et attonitos subitus tremor occupat artus.
Ille volubilibus squamosos nexibus orbes
torquet et inmensos saltu sinuatur in arcus[2]
ac media plus parte leves erectus in auras
despicit omne nemus tantoque est corpore, quanto,
si totum spectes, geminas qui separat Arctos.
Nec mora, Phoenicas, sive illi tela parabant
sive fugam, sive ipse timor prohibebat utrumque,
occupat: hos morsu, longis complexibus[3] illos,
hos necat adflatu funesti[4] tabe veneni.
Fecerat exiguas iam sol altissimus umbras:
quae mora sit sociis, miratur Agenore natus
vestigatque viros. Tegumen derepta leoni[5]
pellis erat, telum splendenti lancea ferro
et iaculum teloque animus praestantior omni.

1 urnae=undae; relinquit=reliquit

2 inmensos=inmenso; arcus=orbes

3 complexibus=amplexibus

4 funesti=funesta

5 Tegumen=Tegimen; derepta=direpta; leoni=leonis

Ut nemus intravit letataque[1] corpora vidit
victoremque supra spatiosi corporis hostem
tristia sanguinea lambentem vulnera lingua,
'Aut ultor vestrae, fidissima corpora, mortis,
aut comes' inquit 'ero.' Dixit dextraque molarem
sustulit et magnum magno conamine misit;
illius inpulsu cum turribus ardua celsis
moenia mota forent: serpens sine vulnere mansit,
loricaeque modo squamis defensus et atrae
duritia pellis validos cute reppulit[2] ictus.
At non duritia iaculum quoque vicit eadem:
quod medio lentae spinae curvamine fixum
constitit et totum descendit in ilia ferrum.
Ille dolore ferox caput in sua terga retorsit
vulneraque adspexit fixumque hastile momordit,
idque, ubi vi multa partem labefecit in omnem,
vix tergo eripuit; ferrum tamen ossibus haesit[3].
Tunc vero, postquam solitas accessit ad iras
causa recens, plenis tumuerunt guttura venis,
spumaque pestiferos circumfluit albida rictus,
terraque rasa sonat squamis quique halitus exit

1 letataque=leto data

2 reppulit=depulit

3 haesit=haeret

ore niger Stygio, vitiatas inficit auras[1].
Ipse modo inmensum spiris facientibus orbem
cingitur, interdum longa trabe rectior adstat[2],
impete nunc vasto ceu concitus imbribus amnis
fertur et obstantes proturbat pectore silvas.
Cedit Agenorides paulum spolioque leonis
sustinet incursus instantiaque[3] ora retardat
cuspide praetenta; furit ille et inania duro
vulnera dat ferro figitque in acumine dentes;
iamque venenifero sanguis manare palato
coeperat et virides adspergine tinxerat herbas:
sed leve vulnus erat, quia se retrahebat ab ictu
laesaque colla dabat retro plagamque sedere
cedendo arcebat nec longius ire sinebat,
donec Agenorides coniectum in gutture ferrum
usque sequens pressit, dum retro quercus eunti
obstitit et fixa est pariter cum robore cervix.
Pondere serpentis curvata est arbor et imae
parte flagellari gemuit sua robora caudae.
Dum spatium victor victi considerat hostis,
vox subito audita est (neque erat cognoscere promptum,
unde, sed audita est): 'Quid, Agenore nate, peremptum

---

1 auras=herbas

2 adstat=extat=exit

3 instantiaque=iactantique

serpentem spectas? Et tu spectabere serpens.'
Ille diu pavidus pariter cum mente[1] colorem
perdiderat, gelidoque comae terrore rigebant;
ecce viri fautrix superas delapsa per auras
Pallas adest motaeque[2] iubet supponere terrae
vipereos dentes, populi incrementa futuri.
Paret et, ut presso[3] sulcum patefecit aratro,
spargit[4] humi iussos, mortalia semina, dentes.
Inde (fide maius) glaebae coepere moveri,
primaque de sulcis acies apparuit hastae,
tegmina mox capitum picto nutantia cono,
mox umeri pectusque onerataque bracchia telis
exsistunt, crescitque seges clipeata virorum.
Sic ubi tolluntur festis aulaea theatris,
surgere signa solent primumque ostendere vultus,
cetera paulatim, placidoque educta tenore
tota patent imoque pedes in margine ponunt.
territus hoste novo Cadmus capere arma parabat.
'Ne[5] cape' de populo, quem terra creaverat, unus
exclamat 'nec te civilibus insere bellis.'

1 mente=voce

2 motaeque=mitique=matrique

3 ut presso=upresso=in presso–impresso

4 spargit=sparget

5 Ne=Nec

Atque ita terrigenis rigido de fratribus unum
comminus ense ferit; iaculo cadit eminus ipse.
Hunc[1] quoque qui leto dederat, non longius illo
vivit et exspirat, modo quas acceperat, auras,
exemploque pari furit omnis turba, suoque
Marte cadunt subiti per mutua vulnera fratres;
iamque brevis vitae spatium sortita iuventus
sanguineam tepido plangebant[2] pectore matrem
quinque superstitibus: quorum fuit unus Echion.
Is sua iecit humo[3] monitu Tritonidis arma
fraternaeque fidem pacis petiitque deditque.
Hos operis comites habuit Sidonius hospes,
cum posuit iussus Phoebeis sortibus urbem[4].
Iam stabant Thebae: poteras iam, Cadme, videri
exilio felix: soceri tibi Marsque Venusque
contigerant; huc adde genus de coniuge tanta,
tot natas natosque et, pignora cara, nepotes[5],
hos quoque iam iuvenes, sed scilicet ultima semper
exspectanda dies homini est[6], dicique beatus

1 Hunc=Hic

2 plangebant=plangebat=tangebant

3 humo=humi

4 cum posuit=composuit; iussus=iussam

5 nepotes=nepotum

6 homini est=hominem=hominis=homini

ante obitum nemo supremaque funera debet.
Prima nepos inter tot res tibi, Cadme, secundas
causa fuit luctus alienaque cornua fronti
addita vosque, canes, satiatae[1] sanguine erili;
at bene si quaeras, fortunae crimen in illo,
non scelus invenies; quod[2] enim scelus error habebat?
Mons erat infectus variarum caede ferarum,
iamque dies medius rerum contraxerat umbras
et sol ex aequo meta distabat utraque,
cum iuvenis placido per devia lustra vagantes[3]
participes operum conpellat Hyantius ore:
'Lina madent, comites, ferrumque cruore ferarum,
fortunamque[4] dies habuit satis. Altera lucem
cum croceis invecta[5] rotis Aurora reducet,
propositum repetemus opus, nunc Phoebus utraque
distat idem terra finditque vaporibus arva[6]:
sistite opus praesens nodosaque tollite lina.'
Iussa viri faciunt intermittuntque laborem.
Vallis erat piceis et acuta densa cupressu,

1 satiatae=satiati

2 quod=quid

3 vagantes=vacantes

4 fortunamque=fortunaeque

5 invecta=infesta

6 idem=item; terra=meta

nomine Gargaphie, succinctae sacra Dianae,
cuius in extremo est antrum nemorale recessu
arte laboratum nulla: simulaverat artem
ingenio natura suo; nam pumice vivo
Et levibus tofis nativum duxerat arcum.
Fons sonat a dextra tenui perlucidus unda,
margine gramineo patulos succinctus[1] hiatus:
hic dea silvarum venatu fessa solebat
virgineos artus liquido perfundere rore.
Quo postquam subiit, nympharum tradidit uni
armigerae iaculum pharetramque arcusque retentos;
altera depositae subiecit bracchia pallae;
vincla duae pedibus demunt[2]; nam doctior illis
Ismenis Crocale sparsos per colla capillos
conligit in nodum, quamvis erat ipsa solutis.
Excipiunt laticem Nepheleque[3] Hyaleque Ranisque
Et Psecas et Phiale funduntque capacibus urnis.
Dumque ibi perluitur solita Titania lympha,
ecce nepos Cadmi dilata parte laborum
per nemus ignotum non certis passibus errans
pervenit in lucum: sic illum fata ferebant[4].

---

1 succinctus=succinctos=incinctus=distinctus

2 demunt=detrahunt

3 Nepheleque=nimphaeque=nimphae

4 ferebant=trahebant

Qui simul intravit rorantia fontibus antra,
sicut erant, viso nudae sua pectora[1] nymphae
percussere viro subitisque ululatibus omne
inplevere nemus circumfusaeque Dianam
corporibus texere suis; tamen altior illis
ipsa dea est colloque tenus supereminet omnes.
Qui color infectis adversi solis ab ictu
nubibus esse solet aut purpureae Aurorae,
is fuit in vultu visae sine veste Dianae,
quae quamquam comitum turba[2] stipata suarum
in latus obliquum tamen adstitit[3] oraque retro
flexit et, ut vellet promptas habuisse sagittas,
quas habuit, sic hausit aquas vultumque virilem
perfudit spargensque comas ultricibus undis
addidit haec cladis praenuntia verba futurae:
'Nunc tibi me posito visam velamine narres,
si poteris narrare, licet.' Nec plura minata
dat sparso capiti vivacis cornua cervi,
dat spatium collo summasque cacuminat aures
cum pedibusque manus, cum longis bracchia mutat
cruribus et velat maculoso vellere corpus;
additus et pavor est. Fugit Autonoeius heros

1 pectora=corpora

2 turba=turba est

3 adstitit=astitit

et se tam celerem cursu miratur in ipso.
Ut vero vultus et cornua vidit in unda,
'Me miserum!' dicturus erat: vox nulla secuta est;
ingemuit: vox illa fuit, lacrimaeque per ora
non sua fluxerunt; mens tantum pristina mansit.
Quid faciat? Repetatne domum et regalia tecta
an lateat silvis? Timor hoc, pudor[1] inpedit illud.
Dum dubitat, videre canes: primique[2] Melampus
Ichnobatesque sagax latratu signa dedere[3],
Gnosius Ichnobates, Spartana gente Melampus;
inde ruunt alii rapida velocius aura,
Pamphagos et Dorceus et Oribasos, Arcades omnes,
Nebrophonosque valens et trux cum Laelape Theron
et pedibus Pterelas et naribus utilis Agre
Hylaeusque ferox[4] nuper percussus ab apro
deque lupo concepta Nape pecudesque secuta
Poemenis et natis comitata Harpyia duobus
et substricta gerens Sicyonius ilia Ladon
et Dromas et Canache[5] Sticteque et Tigris et Alce
et niveis Leucon et villis Asbolos atris

1 Timor hoc, pudor=Pudor hoc, timor

2 primique=primusque=primumque

3 dedere=dederunt

4 ferox=fero

5 Canache=Canace

praevalidusque Lacon et cursu fortis Aello
et Thoos et Cyprio velox cum fratre Lycisce
et nigram medio frontem distinctus ab albo
Harpalos et Melaneus hirsutaque corpore Lachne
et patre Dictaeo, sed matre Laconide nati
Labros et Agriodus[1] et acutae vocis Hylactor
quosque referre mora est: ea turba cupidine praedae
per rupes scopulosque adituque carentia saxa,
quaque est difficilis, quaque est via nulla, sequuntur.
Ille fugit, per quae fuerat loca saepe secutus,
heu famulos fugit ipse suos! Clamare libebat:
'Actaeon ego sum, dominum cognoscite vestrum!'
Verba animo desunt: resonat latratibus aether.
Prima Melanchaetes in tergo vulnera fecit,
proxima Therodamas[2], Oresitrophos haesit in armo:
tardius exierat[3], sed per conpendia montis
anticipata[4] via est; dominum retinentibus illis
cetera turba coit confertque in corpore dentes.
Iam loca vulneribus desunt, gemit ille sonumque,
etsi non hominis, quem non tamen edere possit
cervus, habet maestisque replet iuga nota querelis

1 Agriodus=Argiodus

2 Therodamas=Theridamas

3 exierat=exierant

4 anticipata=praecipitata

et genibus pronis supplex similisque roganti
circumfert tacitos tamquam sua bracchia vultus.
At comites rabidum solitis hortatibus agmen[1]
ignari instigant oculisque Actaeona quaerunt
et velut absentem certatim Actaeona clamant
(ad nomen caput ille refert) et abesse queruntur
nec capere oblatae segnem spectacula praedae.
Vellet abesse quidem, sed adest, velletque videre[2],
non etiam sentire canum fera facta suorum.
Vndique circumstant mersisque in corpore[3] rostris
dilacerant falsi dominum sub imagine cervi,
nec nisi finita per plurima vulnera vita
ira pharetratae fertur satiata Dianae.
Rumor in ambiguo est: aliis violentior aequo
visa dea est, alii laudant dignamque severa
virginitate vocant; pars invenit utraque causas.
Sola Iovis coniunx non tam, culpetne probetne,
eloquitur, quam clade domus ab Agenore ductae
gaudet et a Tyria collectum paelice transfert
in generis socios odium: subit ecce priori
causa recens, gravidamque dolet de semine magni

1 rabidum=rapidum; hortatibus=latratibus=clamoribus

2 videre=videri

3 corpore=viscera

esse Iovis Semelen: tum[1] linguam ad iurgia soluit.
'Profeci quid enim totiens per iurgia!' dixit.
'Ipsa petenda mihi est; ipsam, si maxima Iuno
rite vocor, perdam, si me gemmantia dextra
sceptra tenere decet, si sum regina Iovisque
et soror et coniunx, certe soror. At, puto, furto est
contenta, et thalami brevis est iniuria nostri.
Concipit! Id deerat! Manifestaque crimina pleno
fert utero et mater, quod vix mihi contigit, uno[2]
de Iove vult fieri: tanta est fiducia formae.
Fallat eam faxo, nec sum Saturnia, si non
ab Iove mersa suo Stygias penetrabit[3] in undas.'
Surgit ab his solio fulvaque recondita nube
limen adit Semeles nec nubes ante removit,
quam simulavit anum posuitque ad tempora canos
sulcavitque cutem rugis et curva trementi
membra tulit passu[4], vocem quoque fecit anilem
ipsaque erat Beroe, Semeles Epidauria nutrix.
Ergo ubi captato sermone diuque loquendo
ad nomen venere Iovis, suspirat et 'Opto,
Iuppiter ut sit' ait, 'metuo tamen omnia: multi

1 tum=tunc=dum

2 uno=uni

3 penetrabit=penetrarit

4 passu=gressu

nomine divorum thalamos iniere pudicos.
Nec tamen esse Iovem satis est; det pignus amoris,
si modo verus is est, quantusque et qualis ab alta
Iunone excipitur, tantus talisque, rogato,
det tibi conplexus suaque ante insignia sumat.'
Talibus ignaram Iuno Cadmeida dictis
formarat: rogat illa Iovem sine nomine munus.
Cui deus 'elige' ait, 'nullam patiere repulsam,
quoque magis credas, Stygii quoque conscia sunto
numina torrentis; timor et deus ille deorum est[1].'
Laeta malo nimiumque potens perituraque amantis
obsequio Semele 'Qualem Saturnia' dixit
'te solet amplecti, Veneris cum foedus initis,
Da mihi te talem.' Voluit deus ora loquentis
opprimere: exierat iam vox properata sub auras.
Ingemuit; neque enim non haec optasse, neque ille
non iurasse potest. Ergo maestissimus altum
aethera conscendit vultuque sequentia traxit
nubila, quis nimbos inmixtaque fulgura ventis
addidit et tonitrus et inevitabile fulmen.
Qua tamen usque potest, vires sibi demere temptat
nec, quo centimanum deiecerat igne Typhoea,
nunc armatur eo: nimium feritatis in illo est.

1 deorum est=deorum

Est aliud levius fulmen, cui dextra Cyclopum
saevitiae flammaeque minus, minus addidit irae:
tela secunda vocant superi; capit illa domumque
intrat Agenoream: corpus mortale tumultus
non tulit aetherios donisque iugalibus arsit.
Inperfectus adhuc infans genetricis ab alvo
eripitur patrioque tener, si credere dignum est,
insuitur femori maternaque tempora conplet.
Furtim illum primis Ino matertera cunis
educat: inde datum nymphae Nyseides antris
occulvere suis lactisque alimenta dedere.
Dumque ea per terras fatali lege geruntur
tutaque bis geniti sunt incunabula Bacchi,
forte Iovem memorant diffusum nectare curas
seposuisse gravis vacuaque agitasse remissos
cum Iunone iocos et 'Maior vestra profecto est
quam, quae contingit maribus' dixisse 'voluptas.'
Illa negat; placuit quae sit sententia docti
quaerere Tiresiae: Venus huic erat utraque nota.
Nam duo magnorum viridi coeuntia silva
corpora serpentum baculi violaverat ictu
deque viro factus, mirabile, femina septem
egerat autumnos; octavo rursus eosdem
vidit et 'Est vestrae si tanta potentia plagae,'
dixit 'ut auctoris sortem in contraria mutet,

nunc quoque vos feriam.' Percussis anguibus isdem
forma prior rediit genetivaque venit imago.
Arbiter hic igitur sumptus de lite iocosa
dicta Iovis firmat; gravius Saturnia iusto
nec pro materia fertur doluisse suique
iudicis aeterna damnavit lumina nocte.
At pater omnipotens (neque enim licet inrita cuiquam
facta dei fecisse deo) pro lumine adempto
scire futura dedit poenamque levavit honore.
Ille per Aonias fama celeberrimus urbes
irreprehensa dabat populo responsa petenti;
prima fide vocisque ratae temptamina sumpsit[1]
caerula Liriope, quam quondam flumine curvo
implicuit clausaeque suis Cephisos in undis
vim tulit. Enixa est utero pulcherrima pleno
infantem nymphe, iam tunc qui posset amari,
Narcissumque vocat; de quo consultus, an esset
tempora maturae visurus longa senectae,
fatidicus vates 'si se non noverit' inquit.
Vana diu visa est vox auguris, exitus illam
resque probat letique genus novitasque furoris.
Namque ter ad quinos unum Cephisius annum
addiderat poteratque puer iuvenisque videri:

1 fide=fidei=fidem; ratae=datae

multi illum iuvenes, multae cupiere puellae;
sed (fuit in tenera tam dura superbia forma)
nulli illum iuvenes, nullae tetigere puellae.
Adspicit hunc trepidos agitantem in retia cervos
vocalis nymphe, quae nec reticere loquenti
nec prius ipsa loqui didicit, resonabilis Echo.
Corpus adhuc Echo, non vox erat; et tamen usum
garrula non alium, quam nunc habet, oris habebat,
reddere de multis ut verba novissima posset.
Fecerat hoc Iuno, quia, cum deprendere posset
sub Iove saepe suo nymphas in monte iacentis,
illa deam longo prudens sermone tenebat,
dum fugerent nymphae. Postquam hoc Saturnia sensit,
'Huius' ait 'linguae, qua sum delusa, potestas
parva tibi dabitur vocisque brevissimus usus,'
reque minas firmat; tamen haec in fine loquendi
ingeminat voces auditaque verba reportat.
Ergo ubi Narcissum per devia rura vagantem
vidit et incaluit, sequitur vestigia furtim,
quoque magis sequitur, flamma propiore calescit,
non aliter, quam cum summis circumlita taedis
admotas rapiunt vivacia sulphura flammas.
O quotiens voluit blandis accedere dictis
et mollis adhibere preces! Natura repugnat
nec sinit, incipiat; sed, quod sinit, illa parata est

exspectare sonos, ad quos sua verba remittat.
Forte puer, comitum seductus ab agmine fido
dixerat 'Ecquis adest?', et 'Adest' responderat Echo.
Hic stupet, utque aciem partes dimittit in omnis[1],
voce 'Veni' magna clamat: vocat illa vocantem.
Respicit et rursus nullo veniente 'Quid' inquit
'me fugis?' et totidem, quot dixit, verba recepit.
Perstat et alternae deceptus imagine vocis
'Huc coeamus' ait, nullique libentius umquam
responsura sono 'Coeamus' rettulit Echo,
et verbis favet ipsa suis egressaque silva
ibat, ut iniceret sperato bracchia collo.
Ille fugit fugiensque 'Manus conplexibus aufer!
Ante' ait 'emoriar, quam sit tibi copia nostri.'
Rettulit illa nihil nisi 'Sit tibi copia nostri.'
Spreta latet silvis pudibundaque frondibus ora
protegit et solis ex illo vivit in antris;
sed tamen haeret amor crescitque dolore repulsae:
et tenuant[2] vigiles corpus miserabile curae,
adducitque cutem macies, et in aera sucus
corporis omnis abit; vox tantum atque ossa supersunt:
vox manet; ossa ferunt lapidis traxisse figuram.

1 utque=atque; dimittit=dimisit

2 et tenuant=attenuant

Inde latet silvis nulloque in monte videtur,
omnibus auditur: sonus est, qui vivit in illa.
Sic hanc, sic alias undis aut montibus ortas
luserat hic nymphas, sic coetus ante viriles;
inde manus aliquis despectus ad aethera tollens
'Sic amet ipse licet, sic non potiatur amato!'
dixerat: adsensit precibus Rhamnusia iustis.
Fons erat inlimis, nitidis argenteus undis,
quem neque pastores neque pastae monte capellae
contigerant aliudve pecus, quem nulla volucris
nec fera turbarat nec lapsus ab arbore ramus;
gramen erat circa, quod proximus umor alebat,
silvaque sole locum passura tepescere nullo.
Hic puer et studio venandi lassus et aestu
procubuit faciemque loci fontemque secutus,
dumque sitim sedare cupit, sitis altera crevit,
dumque bibit, visae correptus imagine formae
spem sine corpore amat, corpus putat esse, quod unda est.
Adstupet[1] ipse sibi vultuque inmotus eodem
haeret ut e Pario formatum marmore signum.
Spectat humi positus geminum, sua lumina, sidus
et dignos Baccho[2], dignos et Apolline crines

1 Adstupet=Astupet=At stupet

2 et dignos Baccho=dignas Baccho, dignas=digitos Baccho, dignos=dignos Baccho, digitos

inpubesque genas et eburnea colla decusque
oris et in niveo mixtum candore ruborem
cunctaque miratur, quibus est mirabilis ipse.
Se cupit inprudens et, qui probat, ipse probatur,
dumque petit, petitur pariterque accendit et ardet.
Inrita fallaci quotiens dedit oscula fonti!
In mediis[1] quotiens visum captantia collum
bracchia mersit aquis[2] nec se deprendit in illis!
Quid videat, nescit, sed, quod videt, uritur illo[3]
atque oculos idem, qui decipit, incitat error.
Credule, quid frustra simulacra fugacia captas?
Quod petis, est nusquam; quod amas, avertere, perdes.
Ista repercussae, quam cernis, imaginis umbra est:
nil habet ista sui: tecum venitque manetque,
tecum discedet, si tu discedere possis.
Non illum Cereris, non illum cura quietis
abstrahere inde potest, sed opaca fusus in herba
spectat inexpleto mendacem lumine formam
perque oculos perit ipse suos paulumque levatus[4],
ad circumstantes tendens sua bracchia silvas
'Ecquis, io silvae, crudelius' inquit 'amavit?

1 mediis=medias

2 aquis=aquas

3 quod videt, uritur illo=quod videtur in illo=quod videatur in illo est

4 levatus=levatos=levata=levatas

Scitis enim et multis latebra opportuna fuistis.
Ecquem, cum vestrae tot agantur saecula vitae,
qui sic tabuerit, longo meministis in aevo?
Et placet et video, sed, quod videoque placetque,
non tamen invenio: tantus tenet error amantem!
Quoque magis doleam, nec nos mare separat ingens
nec via nec montes nec clausis moenia portis:
exigua prohibemur aqua! Cupit ipse teneri!
Nam quotiens liquidis porreximus oscula lymphis,
hic totiens ad me resupino nititur ore;
posse putes tangi: minimum est, quod amantibus obstat.
Quisquis es, huc exi! Quid me, puer unice, fallis
quove petitus abis? Certe nec forma nec aetas
est mea, quam fugias, et amarunt me quoque nymphae.
Spem mihi nescio quam vultu promittis amico,
cumque ego porrexi tibi[1] bracchia, porrigis ultro;
cum risi, arrides; lacrimas quoque saepe notavi
me lacrimante tuas; nutu quoque signa remittis
et, quantum motu formosi suspicor oris,
verba refers aures non pervenientia nostras.
Iste ego sum! Sensi; nec me mea fallit imago:
uror amore mei, flammas moveoque feroque.
Quid faciam? Roger, anne rogem? Quid deinde rogabo?

1 tibi=mea

Quod cupio, mecum est: inopem me copia fecit.
O utinam a nostro secedere corpore possem!
Votum in amante novum: vellem, quod amamus, abesset!
Iamque dolor vires adimit, nec tempora vitae
longa meae superant, primoque exstinguor in aevo.
Nec mihi mors gravis est, posituro morte dolores:
hic, qui diligitur, vellem, diuturnior esset!
Nunc duo concordes anima moriemur in una.'
Dixit et ad faciem rediit male sanus eandem
et lacrimis turbavit aquas, obscuraque moto
reddita forma lacu est. Quam cum vidisset abire,
'Quo refugis? Remane nec me, crudelis, amantem
desere!' clamavit 'Liceat, quod tangere non est,
adspicere et misero praebere alimenta furori!'
Dumque dolet, summa vestem deduxit[1] ab ora
nudaque marmoreis percussit pectora palmis.
Pectora traxerunt roseum[2] percussa ruborem,
non aliter quam poma solent, quae candida parte,
parte rubent, aut ut variis solet vua racemis
ducere purpureum nondum matura colorem[3].
Quae simul adspexit liquefacta rursus in unda,
non tulit ulterius, sed, ut intabescere flavae

1 summa vestem deduxit=vestem summo reduxit=summo vestemque reduxit

2 roseum=rostum=tenuem

3 colorem=ruborem

igne levi cerae matutinaeque pruinae
sole tepente solent, sic attenuatus amore
liquitur et tecto paulatim carpitur igni,
et neque iam color est mixto candore rubori
nec vigor et vires et quae modo visa placebant,
nec corpus remanet, quondam quod amaverat Echo.
Quae tamen ut vidit, quamvis irata memorque
indoluit, quotiensque puer miserabilis 'eheu'
dixerat, haec resonis iterabat vocibus 'eheu.'
Cumque suos manibus percusserat ille lacertos,
haec quoque reddebat sonitum plangoris eundem.
Ultima vox solitam fuit haec spectantis in undam:
'Heu frustra dilecte puer!', totidemque remisit
verba locus, dictoque vale 'vale' inquit et Echo.
Ille caput viridi fessum submisit in herba,
lumina mors clausit domini mirantia formam.
Tum quoque se, postquam est inferna sede receptus,
in Stygia spectabat aqua. Planxere sorores
naides et sectos fratri posuere[1] capillos,
planxerunt dryades: plangentibus adsonat Echo.
Iamque rogum quassasque faces feretrumque parabant:
nusquam corpus erat, croceum pro corpore florem
inveniunt foliis medium cingentibus albis.

---

1 posuere=imposuere

Cognita res meritam vati[1] per Achaidas urbes
attulerat famam, nomenque erat auguris ingens.
Spernit Echionides tamen hunc ex omnibus unus,
contemptor superum Pentheus, praesagaque ridet
verba senis tenebrasque et cladem lucis ademptae
obicit. Ille movens albentia tempora canis
'Quam felix esses, si tu quoque luminis huius
orbus' ait 'fieres, ne Bacchica sacra videres!
Namque dies aderit, quam non procul[2] auguror esse,
qua novus huc veniat, proles Semeleia, Liber;
quem nisi templorum fueris dignatus honore,
mille lacer spargere locis et sanguine silvas
foedabis matremque tuam matrisque sorores.
Eveniet[3]! neque enim dignabere numen honore,
meque sub his tenebris nimium vidisse quereris.'
Talia dicentem proturbat Echione natus.
Dicta fides sequitur, responsaque vatis aguntur.
Liber adest, festisque fremunt ululatibus agri:
turba ruit, mixtaeque viris matresque nurusque
vulgusque proceresque[4] ignota ad sacra feruntur.
'Quis furor, anguigenae, proles Mavortia, vestras

1 vati=vatis

2 quam non procul=iam haud procul

3 Eveniet=Eveniat=Et veniet

4 vulgusque proceresque=et vulgus proceresque=vulgus et proceres

attonuit[1] mentes?' Pentheus ait 'Aerane tantum
aere repulsa valent et adunco tibia cornu
et magicae fraudes, ut, quos non bellicus ensis,
non tuba terruerit, non strictis agmina telis,
femineae voces et mota insania vino
obscenique greges et inania tympana vincant?
Vosne, senes, mirer, qui longa per aequora vecti
hac Tyron[2], hac profugos posuistis sede Penates,
nunc sinitis sine Marte capi? Vosne, acrior aetas[3],
O iuvenes, propiorque meae, quos arma tenere,
non thyrsos, galeaque tegi, non fronde decebat?
Este, precor, memores, qua sitis stirpe creati,
illiusque animos, qui multos perdidit unus,
sumite serpentis! Pro fontibus[4] ille lacuque
interiit: at vos pro fama vincite vestra!
Ille dedit leto fortes, vos pellite molles
et patrium retinete decus! Si fata vetabant[5]
stare diu Thebas, utinam tormenta virique
moenia diruerent, ferrumque ignisque sonarent!
Essemus miseri sine crimine, sorsque querenda,

1 attonuit=attollit

2 hac Tyron=a tyro=huc tyro

3 Vosne, acrior aetas=vos carior aetas

4 fontibus=frondibus

5 vetabant=vetabunt

non celanda foret, lacrimaeque pudore carerent:
at nunc a puero Thebae capientur[1] inermi,
quem neque bella iuvant nec tela nec usus equorum,
sed madidus murra crinis[2] mollesque coronae
purpuraque et pictis intextum vestibus aurum.
Quem quidem ego actutum (modo vos absistite) cogam
adsumptumque patrem commentaque sacra fateri.
An satis Acrisio est animi contemnere vanum
numen et Argolicas venienti claudere portas,
Penthea terrebit cum totis advena Thebis?
Ite citi'—famulis hoc imperat—'ite ducemque
attrahite huc vinctum! Iussis mora segnis abesto!'
Hunc avus, hunc Athamas, hunc cetera turba suorum
corripiunt dictis frustraque inhibere laborant;
acrior admonitu est inritaturque retenta
et crescit rabies, moderaminaque[3] ipsa nocebant:
sic ego torrentem, qua nil obstabat eunti,
lenius et modico strepitu decurrere vidi;
at quacumque trabes obstructaque saxa tenebant,
spumeus et fervens et ab obice saevior ibat.
Ecce cruentati redeunt et, Bacchus ubi esset,
quaerenti domino Bacchum vidisse negarunt;

1 capientur=capiuntur

2 madidus murra crinis=medius murra crinis=madidi murra crines

3 moderaminaque=remoraminaque

'Hunc' dixere 'tamen comitem famulumque sacrorum
cepimus' et tradunt manibus post terga ligatis
sacra dei quondam Tyrrhena gente secutum[1].
Adspicit hunc Pentheus oculis, quos ira tremendos
fecerat et, quamquam poenae vix tempora differt,
'O periture tuaque aliis documenta dature
morte' ait, 'ede tuum nomen nomenque parentum
et patriam morisque novi cur sacra frequentes.'
Ille metu vacuus 'nomen mihi' dixit 'Acoetes,
patria Maeonia est, humili de plebe parentes.
Non mihi quae duri colerent pater arva iuvenci,
lanigerosve greges, non ulla armenta reliquit;
pauper et ipse fuit linoque solebat et hamis
decipere et calamo salientes ducere pisces.
Ars illi sua census erat; cum traderet artem,
"Accipe, quas habeo, studii successor et heres,"
dixit "opes," moriensque mihi nihil ille reliquit
praeter aquas; unum hoc possum appellare paternum.
Mox ego, ne scopulis haererem semper in isdem,
addidici regimen dextra moderante carinae
flectere et Oleniae sidus pluviale[2] Capellae
Taygetenque Hyadasque oculis Arctonque notavi

---

1 quondam=quendam; Tyrrhena=Thyrrenae

2 pluviale=fluviale

ventorumque domos et portus puppibus aptos[1].
Forte petens Delon[2] Chiae telluris ad oras
adplicor et dextris adducor litora remis
doque leves saltus udaeque inmittor harenae.
Nox ubi consumpta est (Aurora rubescere primo
coeperat), exsurgo laticesque inferre recentes
admoneo monstroque viam, quae ducat[3] ad undas.
Ipse quid aura mihi tumulo promittat ab alto
prospicio comitesque voco repetoque carinam.
"Adsumus en!" inquit sociorum primus Opheltes,
utque putat, praedam deserto nactus in agro
virginea puerum ducit per litora forma.
Ille mero somnoque gravis titubare videtur
vixque sequi; specto cultum faciemque gradumque:
nil ibi, quod credi posset mortale, videbam.
et sensi et dixi sociis: "Quod numen in isto
corpore sit, dubito, sed corpore numen in isto est.
Quisquis es, o faveas nostrisque laboribus adsis.
His quoque des veniam." "Pro nobis mitte precari"
Dictys ait, quo non alius conscendere summas
ocior antemnas prensoque rudente relabi;
hoc Libys, hoc flavus, prorae tutela, Melanthus,

1 aptos=altos

2 Delon=Delum

3 ducat=ducit

hoc probat Alcimedon et, qui requiemque modumque
voce dabat remis, animorum hortator, Epopeus,
hoc omnes alii: praedae tam caeca cupido est.
"Non tamen hanc sacro violari pondere pinum
perpetiar" dixi; "pars hic mihi maxima iuris,"
inque aditu obsisto. Furit audacissimus omni
de numero Lycabas, qui Tusca pulsus ab urbe
exilium dira[1] poenam pro caede luebat.
Is mihi, dum resto, iuvenali guttura pugno
rupit[2] et excussum misisset in aequora, si non
haesissem quamvis amens in fune retentus.
Inpia turba probat factum; tum denique Bacchus
(Bacchus enim fuerat), veluti clamore solutus
sit sopor aque[3] mero redeant in pectora sensus,
"Quid facitis? Quis clamor?" ait "qua, dicite, nautae,
huc ope perveni? Quo me deferre paratis?"
"Pone metum" Proreus "et quos contingere portus
ede velis" dixit: "Terra sistere petita."
"Naxon" ait Liber "cursus advertite vestros!
Illa mihi domus est, vobis erit hospita tellus."
Per mare fallaces perque omnia numina iurant
sic fore meque iubent pictae dare vela carinae.

1 dira=dura

2 rupit=raptat

3 aque=atque

Dextera[1] Naxus erat: dextra mihi lintea danti
"Quid facis, o demens? Quis te furor—" inquit Opheltes[2];
pro se quisque, "tenet?[3] Laevam pete!" maxima nutu
pars mihi significat, pars, quid velit, aure susurrat.
Obstipui "Capiat" que "aliquis moderamina!" dixi
meque ministerio scelerisque artisque removi.
Increpor a cunctis, totumque inmurmurat agmen;
e quibus Aethalion "Te scilicet omnis in uno
nostra salus posita est" ait et subit ipse meumque
explet opus Naxoque petit diversa relicta.
Tum deus inludens, tamquam modo denique fraudem
senserit, e puppi pontum prospectat adunca
et flenti similis "Non haec mihi litora, nautae,
pomisistis" ait, "non haec mihi terra rogata est.
Quo merui poenam facto? Quae gloria vestra est,
si puerum iuvenes, si multi fallitis unum?"
Iamdudum flebam: lacrimas manus inpia nostras
ridet et inpellit properantibus aequora remis.
Per tibi nunc ipsum (nec enim praesentior illo
est deus) adiuro, tam me tibi vera referre
quam veri maiora fide: stetit aequore puppis
haud aliter, quam si siccum navale teneret.

---

1 Dextera=Dextra

2 inquit Opheltes=inquit, "Acoete?"

3 pro se quisque, "tenet ?=pro se quisque timet="persequiturve timor"

Illi admirantes remorum in verbere perstant
velaque deducunt geminaque ope currere[1] temptant.
Inpediunt hederae remos nexuque recurvo
serpunt et gravidis distingunt vela corymbis.
Ipse racemiferis frontem circumdatus uvis
pampineis agitat velatam frondibus hastam;
quem circa tigres simulacraque inania lyncum
pictarumque iacent fera corpora pantherarum.
Exsiluere viri, sive hoc insania fecit
sive timor, primusque Medon nigrescere coepit
corpore et expresso[2] spinae curvamine flecti.
Incipit huic Lycabas: "In quae miracula" dixit
"verteris?" et lati[3] rictus et panda loquenti
naris erat squamamque cutis durata trahebat.
At Libys obstantes dum vult obvertere remos,
in spatium resilire manus breve vidit et illas
iam non esse manus, iam pinnas[4] posse vocari.
Alter ad intortos cupiens dare bracchia funes
bracchia non habuit truncoque repandus in undas
corpore desiluit: falcata novissima cauda est,

1 currere=vincere

2 et expresso=et presso=sed presso

3 lati=late

4 pinnas=pennas

qualia dimidiae[1] sinuantur cornua lunae.
Undique dant saltus multaque adspergine rorant
emerguntque iterum redeuntque sub aequora rursus
inque chori ludunt speciem lascivaque iactant
corpora et acceptum patulis mare naribus efflant.
De modo viginti (tot enim ratis illa ferebat)
restabam solus: pavidum gelidumque[2] trementi
corpore vixque meum[3] firmat deus "Excute" dicens
"corde metum Diamque[4] tene." Delatus in illam
accessi sacris Baccheaque sacra frequento.'
'Praebuimus longis' Pentheus 'ambagibus aures'
inquit, 'ut ira mora vires absumere posset.
Praecipitem famuli rapite hunc cruciataque diris[5]
corpora tormentis Stygiae demittite nocti[6]!'
Protinus abstractus solidis Tyrrhenus Acoetes
clauditur in tectis; et dum crudelia iussae
instrumenta necis ferrumque ignesque parantur,
sponte sua patuisse fores lapsasque lacertis
sponte sua fama est nullo solvente catenas.

---

1 dimidiae=dividuae

2 pavidum gelidumque=pavidusque gelidusque

3 meum=meo=me tum=animum

4 Diamque=Chiamque=Chionque

5 diris=duris

6 demittite=dimittite; nocti=morti

Perstat Echionides nec iam iubet ire, sed ipse
vadit, ubi electus[1] facienda ad sacra Cithaeron
cantibus et clara bacchantum voce sonabat.
Ut fremit acer equus, cum bellicus aere canoro
signa dedit tubicen, pugnaeque adsumit amorem,
Penthea sic ictus longis ululatibus aether
movit, et audito clamore recanduit ira.
Monte fere medio est cingentibus ultima silvis,
purus ab arboribus, spectabilis undique campus.
Hic oculis illum cernentem sacra profanis
prima videt, prima est insano concita cursu,
prima suum misso violavit Penthea thyrso
mater et 'O geminae' clamavit 'adeste sorores!
Ille aper, in nostris errat qui maximus agris,
ille mihi feriendus aper.' Ruit omnis in unum
turba furens: cunctae coeunt trepidumque sequuntur
iam trepidum, iam verba minus violenta loquentem,
iam se damnantem, iam se peccasse fatentem.
Saucius ille tamen 'fer opem, matertera' dixit
'Autonoe! Moveant animos Actaeonis umbrae!'
Illa, quis Actaeon, nescit dextramque precantis
abstulit, Inoo lacerata est altera raptu.
Non habet infelix, quae matri bracchia tendat,

1 electus=festus=natus

trunca sed ostendens deiectis vulnera membris
'Adspice, mater!' ait. Visis ululavit Agave
collaque iactavit movitque per aera crinem
avulsumque caput digitis conplexa cruentis
clamat 'Io comites, opus hoc victoria nostra est[1]!'
Non citius frondes autumni frigore tactas
iamque male haerentes alta rapit arbore ventus,
quam sunt membra viri manibus direpta nefandis.
Talibus exemplis monitae nova sacra frequentant
turaque dant sanctasque colunt Ismenides aras.

1 hoc=haec; nostra=nostrum

METAMORPHOSEON LIBER IV

《变形记》

第四卷

At non Alcithoe Minyeias orgia censet
accipienda dei, sed adhuc temeraria Bacchum
progeniem negat esse Iovis sociasque sorores
impietatis habet. Festum celebrare sacerdos
immunesque operum famulas dominasque suorum
pectora pelle tegi, crinalis solvere vittas,
serta coma, manibus frondentis sumere thyrsos
iusserat et saevam laesi fore numinis iram
vaticinatus erat. Parent matresque nurusque
telasque calathosque infectaque pensa reponunt
turaque dant Bacchumque vocant Bromiumque Lyaeumque
ignigenamque satumque iterum solumque bimatrem;
additur his Nyseus indetonsusque Thyoneus
et cum Lenaeo genialis consitor uvae
Nycteliusque Eleleusque parens et Iacchus et Euhan
et quae praeterea per Graias plurima gentes
nomina, Liber, habes; tibi enim inconsumpta iuventa est,
tu puer aeternus, tu formosissimus alto
conspiceris caelo; tibi, cum sine cornibus adstas,

virgineum caput est; Oriens tibi victus adusque
decolor extremo qua cingitur India Gange;
Penthea tu, venerande, bipenniferumque Lycurgum
sacrilegos mactas Tyrrhenaque mittis in aequor
corpora; tu biiugum pictis insignia frenis
colla premis lyncum; Bacchae Satyrique sequuntur
quique senex ferula titubantis ebrius artus
sustinet et pando non fortiter haeret asello.
Quacumque ingrederis, clamor iuvenalis et una
femineae voces impulsaque tympana palmis
concavaque aera sonant longoque foramine buxus.
Placatus mitisque rogant Ismenides adsis
iussaque sacra colunt; solae Minyeides intus
intempestiva turbantes festa Minerva
aut ducunt lanas, aut stamina pollice versant,
aut haerent telae famulasque laboribus urgent.
E quibus una levi deducens pollice filum:
'Dum cessant aliae commentaque sacra frequentant,
nos quoque, quas Pallas, melior dea, detinet,' inquit
'Utile opus manuum vario sermone levemus
Perque vices aliquid, quod tempora longa videri
non sinat, in medium vacuas referamus ad aures.'
Dicta probant primamque iubent narrare sorores.
Illa quid e multis referat (nam plurima norat)
cogitat et dubia est de te, Babylonia, narret,

Derceti, quam versa squamis velantibus artus
stagna Palaestini credunt celebrasse figura;
an magis ut sumptis illius filia pennis
extremos albis in turribus egerit annos;
Nais an ut cantu nimiumque potentibus herbis
verterit in tacitos iuvenalia corpora pisces,
donec idem passa est; an, quae poma alba ferebat,
ut nunc nigra ferat contactu sanguinis arbor.
Hoc placet; haec quoniam vulgaris fabula non est,
talibus orsa modis, lana sua fila sequente.
'Pyramus et Thisbe, iuvenum pulcherrimus alter,
altera, quas Oriens habuit, praelata puellis,
contiguas tenuere domos, ubi dicitur altam
coctilibus muris cinxisse Semiramis urbem.
Notitiam primosque gradus vicinia fecit;
tempore crevit amor; taedae quoque iure coissent,
sed vetuere patres; quod non potuere vetare,
ex aequo captis ardebant mentibus ambo.
Conscius omnis abest; nutu signisque loquuntur,
quoque magis tegitur, tectus magis aestuat ignis.
Fissus erat tenui rima, quam duxerat olim,
cum fieret, paries domui communis utrique.
Id vitium, nulli per saecula longa notatum
(Quid non sentit amor?), primi vidistis, amantes,
et vocis fecistis iter; tutaeque per illud

murmure blanditiae minimo transire solebant.
Saepe, ubi constiterant hinc Thisbe, Pyramus illinc,
inque vices fuerat captatus anhelitus oris:
"Invide" dicebant "paries, quid amantibus obstas?
Quantum erat ut sineres toto nos corpore iungi,
aut, hoc si nimium est, vel ad oscula danda pateres?
Nec sumus ingrati; tibi nos debere fatemur
quod datus est verbis ad amicas transitus aures."
Talia diversa nequiquam sede locuti
sub noctem dixere vale, partique dedere
oscula quisque suae non pervenientia contra.
Postera nocturnos aurora removerat ignes
solque pruinosas radiis siccaverat herbas;
ad solitum coiere locum. Tum murmure parvo
multa prius questi, statuunt ut nocte silenti
fallere custodes foribusque excedere temptent
cumque domo exierint, urbis quoque tecta relinquant;
neve sit errandum lato spatiantibus arvo,
conveniant ad busta Nini lateantque sub umbra
arboris; arbor ibi niveis uberrima pomis,
ardua morus, erat, gelido contermina fonti.
pacta placent; et lux, tarde discedere visa,
praecipitatur aquis et aquis nox exit ab isdem.
Callida per tenebras, versato cardine, Thisbe
egreditur fallitque suos adopertaque vultum

pervenit ad tumulum dictaque sub arbore sedit;
audacem faciebat amor. Venit ecce recenti
caede leaena boum spumantis oblita rictus,
depositura sitim vicini fontis in unda.
Quam procul ad lunae radios Babylonia Thisbe
vidit et obscurum timido pede fugit in antrum;
dumque fugit, tergo velamina lapsa reliquit.
Ut lea saeva sitim multa compescuit unda,
dum redit in silvas, inventos forte sine ipsa
ore cruentato tenues laniavit amictus.
Serius egressus vestigia vidit in alto
pulvere certa ferae totoque expalluit ore
Pyramus; ut vero vestem quoque sanguine tinctam
repperit: "Una duos" inquit "nox perdet amantes;
e quibus illa fuit longa dignissima vita,
nostra nocens anima est; ego te, miseranda, peremi,
in loca plena metus qui iussi nocte venires
nec prior huc veni. Nostrum divellite corpus
et scelerata fero consumite viscera morsu,
O quicumque sub hac habitatis rupe, leones.
Sed timidi est optare necem." Velamina Thisbes
tollit et ad pactae secum fert arboris umbram
utque dedit notae lacrimas, dedit oscula vesti:
"Accipe nunc" inquit "nostri quoque sanguinis haustus."
Quoque erat accinctus, demisit in ilia ferrum,

nec mora, ferventi moriens e vulnere traxit
et[1] iacuit resupinus humo; cruor emicat alte,
non aliter quam cum vitiato fistula plumbo
scinditur et tenui stridente foramine longas
eiaculatur aquas atque ictibus aera rumpit.
Arborei fetus adspergine caedis in atram
vertuntur faciem madefactaque sanguine radix
purpureo tingit pendentia mora colore.
Ecce metu nondum posito, ne fallat amantem,
illa redit iuvenemque oculis animoque requirit
quantaque vitarit narrare pericula gestit;
utque locum et visa cognoscit in arbore formam,
sic facit incertam pomi color; haeret, an haec sit.
Dum dubitat, tremebunda videt pulsare cruentum
membra solum retroque pedem tulit oraque buxo
pallidiora gerens, exhorruit aequoris instar,
quod tremit, exigua cum summum stringitur aura.
Sed postquam remorata suos cognovit amores,
percutit indignos claro plangore lacertos
et laniata comas amplexaque corpus amatum
vulnera supplevit lacrimis fletumque cruori
miscuit et gelidis in vultibus oscula figens:
"Pyrame," clamavit "quis te mihi casus ademit?

1 et=ut

Pyrame, responde; tua te carissima Thisbe
nominat; exaudi vultusque attolle iacentis[1]."
Ad nomen Thisbes oculos iam morte gravatos
Pyramus erexit visaque recondidit illa.
Quae postquam vestemque suam cognovit et ense
vidit ebur vacuum: "Tua te manus" inquit "amorque
perdidit, infelix! Est et mihi fortis in unum
hoc manus, est et amor; dabit hic in vulnera vires.
Persequar exstinctum letique miserrima dicar
causa comesque tui; quique a me morte revelli
heu sola poteras, poteris nec morte revelli.
Hoc tamen amborum verbis estote rogati,
O multum miseri, meus illiusque parentes,
ut quos certus amor, quos hora novissima iunxit,
componi tumulo non invideatis eodem.
At tu, quae ramis arbor miserabile corpus
nunc tegis unius, mox es tectura duorum,
signa tene caedis pullosque et luctibus aptos
semper habe fetus, gemini monumenta cruoris."
Dixit et aptato pectus mucrone sub imum
incubuit ferro, quod adhuc a caede tepebat.
Vota tamen tetigere deos, tetigere parentes;
nam color in pomo est, ubi permaturuit, ater,

1 iacentis=iacentes

quodque rogis superest, una requiescit in urna.'
Desierat; mediumque fuit breve tempus et orsa est
dicere Leuconoe; vocem tenuere sorores.
'Hunc quoque, siderea qui temperat omnia luce,
cepit amor Solem; Solis referemus amores.
Primus adulterium Veneris cum Marte putatur
hic vidisse deus; videt hic deus omnia primus.
Indoluit facto Iunonigenaeque marito
furta tori furtique locum monstravit. At illi
et mens et quod opus fabrilis dextra tenebat
excidit; extemplo graciles ex aere catenas
retiaque et laqueos, quae lumina fallere possent,
elimat; non illud opus tenuissima vincant
stamina, non summo quae pendet aranea tigno;
utque levis tactus momentaque parva sequantur
efficit et lecto circumdata collocat apte[1].
Ut venere torum coniunx et adulter in unum,
arte viri vinclisque nova ratione paratis
in mediis ambo deprensi amplexibus haerent.
Lemnius extemplo valvas patefecit eburnas
admisitque deos; illi iacuere ligati
turpiter; atque aliquis de dis non tristibus optat
sic fieri turpis; superi risere diuque

1 apte=arte

haec fuit in toto notissima fabula caelo.
Exigit indicii memorem Cythereia poenam
inque vices illum, tectos qui laesit amores,
laedit amore pari. Quid nunc, Hyperione nate,
forma colorque tibi radiataque lumina prosunt?
Nempe tuis omnes qui terras ignibus uris,
ureris igne novo; quique omnia cernere debes,
Leucothoen spectas et virgine figis in una,
quos mundo debes, oculos. Modo surgis Eoo
temperius caelo, modo serius incidis undis
spectandique mora brumalis porrigis horas;
deficis interdum vitiumque in lumina mentis
transit et obscurus mortalia pectora terres.
Nec, tibi quod lunae terris propioris imago
obstiterit, palles; facit hunc amor iste colorem.
Diligis hanc unam; nec te Clymeneque Rhodosque
nec tenet Aeaeae genetrix pulcherrima Circes
quaeque tuos Clytie quamvis despecta petebat
concubitus ipsoque illo grave vulnus habebat
tempore; Leucothoe multarum oblivia fecit,
gentis odoriferae quam formosissima partu
edidit Eurynome; sed postquam filia crevit,
quam mater cunctas, tam matrem filia vicit.
Rexit Achaemenias urbes pater Orchamus isque
septimus a prisco numeratur origine Belo.

Axe sub Hesperio sunt pascua Solis equorum;
ambrosiam pro gramine habent; ea fessa diurnis
membra ministeriis nutrit reparatque labori.
Dumque ibi quadripedes caelestia pabula carpunt
Noxque vicem peragit, thalamos deus intrat amatos
versus in Eurynomes faciem genetricis et inter
bis sex Leucothoen famulas ad limina[1] cernit
levia versato ducentem stamina fuso.
Ergo ubi ceu mater carae dedit oscula natae,
"Res" ait "arcana est: famulae, discedite neve
eripite arbitrium matri secreta loquendi."
Paruerant; thalamoque deus sine teste relicto:
"Ille ego sum" dixit "qui longum metior annum,
omnia qui video, per quem videt omnia tellus,
mundi oculus. Mihi, crede, places." Pavet illa metuque
et colus et fusi digitis cecidere remissis.
Ipse timor decuit. Nec longius ille moratus
in veram rediit speciem solitumque nitorem;
at virgo, quamvis inopino territa visu,
victa nitore dei posita vim passa querella est.
Invidit Clytie (neque enim moderatus in illa
Solis amor fuerat) stimulataque paelicis ira
vulgat adulterium diffamatumque parenti

1 limina=lumina

indicat. Ille ferox immansuetusque precantem
tendentemque manus ad lumina Solis et "Ille
vim tulit invitae" dicentem defodit alta
crudus humo tumulumque super gravis addit harenae.
Dissipat hunc radiis Hyperione natus iterque
dat tibi, qua possis defossos promere vultus;
nec tu iam poteras enectum[1] pondere terrae
tollere, nympha, caput corpusque exsangue iacebas.
Nil illo fertur volucrum moderator equorum
post Phaethonteos vidisse dolentius ignes.
Ille quidem gelidos radiorum viribus artus,
si queat, in vivum temptat revocare calorem;
sed quoniam tantis fatum conatibus obstat,
nectare odorato sparsit corpusque locumque
multaque praequestus: "Tanges tamen aethera" dixit.
Protinus imbutum caelesti nectare corpus
delicuit terramque suo madefecit odore;
virgaque per glebas sensim radicibus actis
turea surrexit tumulumque cacumine rupit.
At Clytien, quamvis amor excusare dolorem
indiciumque dolor poterat, non amplius auctor
lucis adit Venerisque modum sibi fecit in illa.
Tabuit ex illo dementer amoribus usa

1 enectum=depressum=deiectum=evexum=evectum=iniecto

nympharum impatiens et sub Iove nocte dieque
sedit humo nuda nudis incompta capillis
perque novem luces expers undaeque cibique
rore mero lacrimisque suis ieiunia pavit
nec se movit humo; tantum spectabat euntis
ora dei vultusque suos flectebat ad illum.
Membra ferunt haesisse solo partemque coloris
luridus exsangues pallor convertit in herbas;
est in parte rubor violaeque simillimus ora
flos tegit; illa suum, quamvis radice tenetur,
vertitur ad Solem mutataque servat amorem.'
Dixerat et factum mirabile ceperat auris;
pars fieri potuisse negant, pars omnia veros
posse deos memorant; sed non et Bacchus in illis.
Poscitur Alcithoe, postquam siluere sorores.
Quae radio stantis percurrens stamina telae:
'Vulgatos taceo' dixit 'pastoris amores
Daphnidis Idaei, quem nymphe paelicis ira
contulit in saxum; tantus dolor urit amantes;
nec loquor ut quondam, naturae iure novato,
ambiguus fuerit modo vir, modo femina Sithon.
Te quoque, nunc adamas, quondam fidissime parvo,
Celmi, Iovi largoque satos Curetas ab imbri
et Crocon in parvos versum cum Smilace flores
praetereo dulcique animos novitate tenebo.

Unde sit infamis, quare male fortibus undis
Salmacis enervet tactosque remolliat artus,
discite; causa latet; vis est notissima fontis.
Mercurio puerum diva Cythereide natum
naides Idaeis enutrivere sub antris;
cuius erat facies in qua materque paterque
cognosci possent; nomen quoque traxit ab illis.
Is tria cum primum fecit quinquennia, montes
deservit patrios Idaque altrice relicta
ignotis errare locis, ignota videre
flumina gaudebat, studio minuente laborem.
Ille etiam Lycias urbes Lyciaeque propinquos
Caras adit; videt hic stagnum lucentis ad imum
usque solum lymphae; non illic canna palustris
nec steriles ulvae nec acuta cuspide iunci;
perspicuus liquor est; stagni tamen ultima vivo
caespite cinguntur semperque virentibus herbis.
Nympha colit, sed nec venatibus apta nec arcus
flectere quae soleat nec quae contendere cursu
solaque naiadum celeri non nota Dianae.
Saepe suas illi fama est dixisse sorores:
"Salmaci, vel iaculum, vel pictas sume pharetras
et tua cum duris venatibus otia misce."
Nec iaculum sumit nec pictas illa pharetras
nec sua cum duris venatibus otia miscet;

sed modo fonte suo formosos perluit artus,
saepe Cytoriaco deducit pectine crines
et quid se deceat spectatas consulit undas.
Nunc perlucenti circumdata corpus amictu
mollibus aut foliis aut mollibus incubat herbis;
saepe legit flores. Et tunc quoque forte legebat,
cum puerum vidit visumque optavit habere.
Nec tamen ante adiit, etsi properabat adire,
quam se composuit, quam circumspexit amictus
et finxit vultum et meruit formosa videri.
Tunc sic orsa loqui: "Puer o dignissime credi
esse deus, seu tu deus es, potes esse Cupido,
sive es mortalis, qui te genuere, beati
et frater felix et fortunata profecto,
siqua tibi soror est, et quae dedit ubera nutrix;
sed longe cunctis longeque beatior illa,
siqua tibi sponsa est, siquam dignabere taeda!
Haec tibi sive aliqua est, mea sit furtiva voluptas;
seu nulla est, ego sim thalamumque ineamus eundem."
Nais ab his tacuit; pueri rubor ora notavit
(nescit enim quid amor); sed et erubuisse decebat.
Hic color aprica pendentibus arbore pomis
aut ebori tincto est aut sub candore rubenti
cum frustra resonant aera auxiliaria, lunae.
Poscenti nymphae sine fine sororia saltem

oscula iamque manus ad eburnea colla ferenti:
“Desinis? an fugio tecumque” ait “ista relinquo?”
Salmacis extimuit: “Loca” que “haec tibi libera trado,
hospes” ait simulatque gradu discedere verso;
tum quoque respiciens fruticumque recondita silva
delituit flexumque genu submisit. At ille,
scilicet ut vacuis et inobservatus in herbis,
huc it et hinc illuc et in alludentibus undis
summa pedum taloque tenus vestigia tingit;
nec mora, temperie blandarum captus aquarum
mollia de tenero velamina corpore ponit.
Tum vero placuit nudaeque cupidine formae
Salmacis exarsit; flagrant quoque lumina nymphae,
non aliter quam cum puro nitidissimus orbe
opposita speculi referitur imagine Phoebus;
vixque moram patitur, vix iam sua gaudia differt,
iam cupit amplecti, iam se male continet amens.
Ille cavis velox applauso corpore palmis
desilit in latices alternaque bracchia ducens
in liquidis translucet aquis, ut eburnea siquis
signa tegat claro vel candida lilia vitro.
“Vicimus et meus est!” exclamat Nais et, omni
veste procul iacta, mediis immittitur undis
pugnantemque tenet luctantiaque oscula carpit
subiectatque manus invitaque pectora tangit

et nunc hac iuveni, nunc circumfunditur illac.
Denique nitentem contra elabique volentem
implicat ut serpens quam regia sustinet ales
sublimemque rapit; pendens caput illa pedesque
alligat et cauda spatiantes implicat alas;
utve solent hederae longos intexere truncos,
utque sub aequoribus deprensum polypus hostem
continet ex omni dimissis parte flagellis.
Perstat Atlantiades sperataque gaudia nymphae
denegat; illa premit commissaque corpore toto
sicut inhaerebat: "Pugnes licet, improbe," dixit
"non tamen effugies; ita di iubeatis et istum
nulla dies a me nec me deducat ab isto!"
Vota suos habuere deos; nam mixta duorum
corpora iunguntur faciesque inducitur illis
una. Velut, siquis conducat cortice ramos,
crescendo iungi pariterque adolescere cernit;
sic ubi complexu coierunt membra tenaci,
nec duo sunt sed forma duplex, nec femina dici
nec puer ut possit; neutrumque et utrumque videtur[1].
Ergo ubi se liquidas, quo vir descenderat, undas
semimarem fecisse videt mollitaque in illis
membra, manus tendens, sed iam non voce virili,

1 videtur=videntur

Hermaphroditus ait: “Nato date munera vestro,
et pater et genetrix, amborum nomen habenti;
quisquis in hos fontes vir venerit, exeat inde
semivir et tactis subito mollescat in undis.”
Motus uterque parens nati rata verba biformis
fecit et incesto fontem medicamine tinxit.’
Finis erat dictis; et adhuc Minyeia proles
urget opus spernitque deum festumque profanat,
tympana cum subito non apparentia raucis
obstrepuere sonis et adunco tibia cornu
tinnulaque aera sonant et olent murraeque crocique;
resque fide maior, coepere virescere telae
inque hederae faciem pendens frondescere vestis.
Pars abit in vites et quae modo fila fuerunt
palmite mutantur; de stamine pampinus exit;
purpura fulgorem pictis accommodat uvis.
Iamque dies exactus erat tempusque subibat,
quod tu nec tenebras nec posses dicere lucem,
sed cum luce tamen dubiae confinia noctis;
tecta repente quati pinguesque ardere videntur
lampades et rutilis collucere ignibus aedes
falsaque saevarum simulacra ululare ferarum.
Fumida iamdudum latitant per tecta sorores
diversaeque locis ignes ac lumina vitant;
dumque petunt tenebras, parvos membrana per artus

porrigitur tenuique includunt[1] bracchia penna;
nec qua perdiderint veterem ratione figuram,
scire sinunt tenebrae. Non illas pluma levavit;
sustinuere tamen se perlucentibus alis
conataeque loqui minimam et pro corpore vocem
emittunt peraguntque leves stridore querellas.
Tectaque, non silvas, celebrant lucemque perosae
nocte volant seroque trahunt a vespere nomen.
Tum vero totis Bacchi memorabile Thebis
numen erat magnasque novi matertera vires
narrat ubique dei de totque sororibus expers
una doloris erat, nisi quem fecere sorores.
Adspicit hanc natis thalamoque Athamantis habentem
sublimes animos et alumno numine Iuno
nec tulit et secum: 'Potuit de paelice natus
vertere Maeonios pelagoque immergere nautas
et laceranda suae nati dare viscera matri
et triplices operire novis Minyeidas alis;
Nil poterit Iuno nisi inultos flere dolores?
Idque mihi satis est? Haec una potentia nostra est?
Ipse docet quid agam; fas est et ab hoste doceri;
quidque furor valeat Penthea caede satisque
ac super ostendit; cur non stimuletur eatque

1 includunt=includit

per cognata suis exempla furoribus Ino?'
Est via declivis funesta nubila taxo;
ducit ad infernas per muta silentia sedes;
Styx nebulas exhalat iners umbraeque recentes
descendunt illac simulacraque functa sepulcris.
Pallor hiemsque tenent late loca senta novique,
qua sit iter, manes, Stygiam qua ducat ad urbem,
ignorant, ubi sit nigri fera regia Ditis.
Mille capax aditus et apertas undique portas
urbs habet; utque fretum de tota flumina terra,
sic omnes animas locus accipit ille nec ulli
exiguus populo est turbamve accedere sentit.
Errant exsangues sine corpore et ossibus umbrae
parsque forum celebrant, pars imi tecta tyranni,
pars aliquas artes, antiquae imitamina vitae,
exercent, aliam partem sua poena coercet.
Sustinet ire illuc, caelesti sede relicta,
(tantum odiis iraeque dabat), Saturnia Iuno.
Quo simul intravit sacroque a corpore pressum
ingemuit limen, tria Cerberus extulit ora
et tres latratus semel edidit. Illa sorores
Nocte vocat genitas, grave et implacabile numen.
Carceris ante fores clausas adamante sedebant
deque suis atros pectebant crinibus angues;
quam simul agnorunt inter caliginis umbras,

surrexere deae. Sedes scelerata vocatur;
viscera praebebat Tityos lanianda novemque
iugeribus distractus erat; tibi, Tantale, nullae
deprenduntur aquae quaeque imminet effugit arbor;
aut petis aut urges rediturum, Sisyphe, saxum;
voluitur Ixion et se sequiturque fugitque;
molirique suis letum patruelibus ausae
assiduae repetunt, quas perdant, Belides undas.
Quos omnes acie postquam Saturnia torva
vidit et ante omnes Ixiona, rursus ab illo
Sisyphon adspiciens: 'Cur hic e fratribus' inquit
'perpetuas patitur poenas, Athamanta superbum
regia dives habet, qui me cum coniuge semper
sprevit?' et exponit causas odiique viaeque
quidque velit; quod vellet, erat ne regia Cadmi
staret et in facinus traherent Athamanta furores[1].
Imperium, promissa, preces confundit in unum
sollicitatque deas. Sic haec Iunone locuta,
Tisiphone, canos ut erat turbata capillos,
movit et obstantes reiecit ab ore colubras
atque ita: 'Non longis opus est ambagibus' inquit;
'Facta puta quaecumque iubes. Inamabile regnum
desere teque refer caeli melioris ad auras.'

1 furores=sorores

Laeta redit Iuno, quam caelum intrare parantem
roratis lustravit aquis Thaumantias Iris.
Nec mora, Tisiphone madefactam sanguine sumit
importuna facem fluidoque cruore rubentem
induitur pallam tortoque incingitur angue
egrediturque domo. Luctus comitatur euntem
et Pavor et Terror trepidoque Insania vultu.
Limine constiterat; postes tremvisse feruntur
Aeolii pallorque fores infecit acernas
Solque locum fugit. Monstris exterrita coniunx,
territus est Athamas; tectoque exire parabant;
obstitit infelix aditumque obsedit Erinys
nexaque vipereis distendens bracchia nodis
caesariem excussit; motae sonuere colubrae
parsque iacent umeris, pars circum pectora lapsae
sibila dant saniemque vomunt linguisque coruscant.
Inde duos mediis abrumpit crinibus angues
pestiferaque manu raptos immisit; at illi
Inoosque sinus Athamanteosque pererrant
inspirantque graves animas; nec vulnera membris
ulla ferunt: mens est quae diros sentiat ictus.
Attulerat secum liquidi quoque monstra veneni,
oris Cerberei spumas et virus Echidnae
erroresque vagos caecaeque oblivia mentis
et scelus et lacrimas rabiemque et caedis amorem,

omnia trita simul, quae sanguine mixta recenti
coxerat aere cavo, viridi versata cicuta;
dumque pavent illi, vertit furiale venenum
pectus in amborum praecordiaque intima movit.
Tum face iactata per eundem saepius orbem,
consequitur motis velociter ignibus ignes.
Sic victrix iussique potens ad inania magni
regna redit Ditis sumptumque recingitur anguem.
Protinus Aeolides media furibundus in aula
clamat: 'Io, comites, his retia tendite silvis!
Hic modo cum gemina visa est mihi prole leaena';
utque ferae sequitur vestigia coniugis amens
deque sinu matris ridentem et parva Learchum
bracchia tendentem rapit et bis terque per auras
more rotat fundae rigidoque infantia saxo
discutit ora ferox. Tum denique concita mater,
seu dolor hoc fecit seu sparsi causa veneni,
exululat passisque fugit male sana capillis
teque ferens parvum nudis, Melicerta, lacertis:
'Euhoe Bacche', sonat; Bacchi sub nomine Iuno
risit et: 'Hos usus praestet tibi' dixit 'alumnus.'
Imminet aequoribus scopulus; pars ima cavatur
fluctibus et tectas defendit ab imbribus undas,
summa riget frontemque in apertum porrigit aequor.
Occupat hunc (vires insania fecerat) Ino

seque super pontum nullo tardata timore
mittit onusque suum; percussa recanduit unda.
At Venus immeritae neptis miserata labores,
sic patruo blandita suo est: 'O numen aquarum,
proxima cui caelo cessit, Neptune, potestas,
magna quidem posco, sed tu miserere meorum,
iactari quos cernis in Ionio immenso,
et dis adde tuis. Aliqua et mihi gratia ponto est,
si tamen in medio quondam concreta profundo
spuma fui Graiumque manet mihi nomen ab illa.'
Annuit oranti Neptunus et abstulit illis
quod mortale fuit maiestatemque verendam
imposuit nomenque simul faciemque novavit
Leucotheeque[1] deum cum matre Palaemona dixit.
Sidoniae comites, quantum valuere, secutae
signa pedum, primo videre novissima saxo;
nec dubium de morte ratae, Cadmeida palmis
deplanxere domum, scissae cum veste capillos,
utque parum iustae nimiumque in paelice saevae
invidiam fecere deae. Convicia Iuno
non tulit et: 'Faciam vos ipsas maxima' dixit
'saevitiae monimenta meae.' Res dicta secuta est.
Nam quae praecipue fuerat pia: 'Persequar' inquit

1 Leucotheeque=Leucothoeque

'in freta reginam' saltumque datura moveri
haud usquam potuit scopuloque affixa cohaesit.
Altera, dum solito temptat plangore ferire
pectora, temptatos sensit riguisse lacertos;
illa, manus ut forte tetenderat in maris undas,
saxea facta manus in easdem porrigit undas;
huius, ut arreptum laniabat vertice crinem,
duratos subito digitos in crine videres;
quo quaeque in gestu deprensa est, haesit in illo.
Pars volucres factae; quae nunc quoque gurgite in illo
aequora destringunt summis Ismenides alis.
Nescit Agenorides natam parvumque nepotem
aequoris esse deos; luctu serieque malorum
victus et ostentis, quae plurima viderat, exit
conditor urbe sua, tamquam fortuna locorum,
non sua se premeret; longisque erroribus actus
contigit Illyricos profuga cum coniuge fines.
Iamque malis annisque graves, dum prima retractant
fata domus releguntque suos sermone labores:
'Num sacer ille mea traiectus cuspide serpens'
Cadmus ait 'fuerat, tum cum Sidone profectus
vipereos sparsi per humum, nova semina, dentes?
Quem si cura deum tam certa vindicat ira,
ipse precor serpens in longam porrigar alvum.'
Dixit et ut serpens in longam tenditur alvum

durataeque cuti squamas increscere sentit
nigraque caeruleis variari corpora guttis
in pectusque cadit pronus commissaque in unum
paulatim tereti tenuantur acumine crura.
Bracchia iam restant; quae restant bracchia tendit
et lacrimis per adhuc humana fluentibus ora:
'Accede, o coniunx, accede, miserrima' dixit
'dumque aliquid superest de me, me tange manumque
accipe, dum manus est, dum non totum occupat anguis.'
Ille quidem vult plura loqui, sed lingua repente
in partes est fissa duas; nec verba loquenti
sufficiunt, quotiensque aliquos parat edere questus,
sibilat; hanc illi vocem natura reliquit.
Nuda manu feriens exclamat pectora coniunx:
'Cadme, mane, teque, infelix, his exue monstris.
Cadme, quid hoc? Ubi pes? Ubi sunt umerique manusque
et color et facies et, dum loquor, omnia? Cur non
me quoque, caelestes, in eandem vertitis anguem?'
Dixerat; ille suae lambebat coniugis ora
inque sinus caros, veluti cognosceret, ibat
et dabat amplexus assuetaque colla petebat.
Quisquis adest (aderant comites) terretur; at illa
lubrica permulcet cristati colla draconis
et subito duo sunt iunctoque volumine serpunt,
donec in appositi nemoris subiere latebras.

Nunc quoque nec fugiunt hominem nec vulnere laedunt,
quidque prius fuerint placidi meminere dracones.
Sed tamen ambobus versae solacia formae
magna nepos dederat, quem debellata colebat
India, quem positis celebrabat Achaia templis.
Solus Abantiades ab origine cretus eadem
Acrisius superest, qui moenibus arceat urbis
Argolicae contraque deum ferat arma genusque
non putet esse deum; neque enim Iovis esse putabat
Persea, quem pluvio Danae conceperat auro.
Mox tamen Acrisium (tanta est praesentia veri)
tam violasse deum quam non agnosse nepotem
paenitet; impositus iam caelo est alter: at alter,
viperei referens spolium memorabile monstri,
aera carpebat tenerum stridentibus alis;
cumque super Libycas victor penderet harenas,
Gorgonei capitis guttae cecidere cruentae,
quas humus exceptas varios animavit in angues,
Unde frequens illa est infestaque terra colubris.
inde, per immensum ventis discordibus actus,
nunc huc nunc illuc exemplo nubis aquosae
fertur et ex alto seductas aethere longe
despectat terras totumque supervolat orbem.
Ter gelidas Arctos, ter Cancri bracchia vidit;
saepe sub occasus, saepe est ablatus in ortus.

Iamque cadente die, veritus se credere nocti,
constitit Hesperio, regnis Atlantis, in orbe
exiguamque petit requiem, dum Lucifer ignes
evocet Aurorae, currus Aurora diurnos.
Hic hominum cunctos ingenti corpore praestans
Iapetionides Atlas fuit; ultima tellus
rege sub hoc et pontus erat, qui Solis anhelis
aequora subdit equis et fessos excipit axes.
Mille greges illi totidemque armenta per herbas
errabant et humum vicinia nulla premebant.
Arboreae frondes auro radiante nitentes
ex auro ramos, ex auro poma tegebant.
'Hospes,' ait Perseus illi 'seu gloria tangit
te generis magni, generis mihi Iuppiter auctor;
sive es mirator rerum, mirabere nostras;
hospitium requiemque peto.' Memor ille vetustae
sortis erat; Themis hanc dederat Parnasia sortem:
'Tempus, Atla, veniet, tua quo spoliabitur auro
arbor et hunc praedae titulum Iove natus habebit.'
Id metuens solidis pomaria clauserat Atlas
moenibus[1] et vasto dederat servanda draconi
arcebatque suis externos finibus omnes.
Huic quoque: 'Vade procul, ne longe gloria rerum,

1 moenibus=montibus

quam mentiris,' ait 'longe tibi Iuppiter absit';
vimque minis addit manibusque expellere temptat
cunctantem et placidis miscentem fortia dictis.
Viribus inferior (quis enim par esset Atlantis
viribus?): 'At quoniam parvi tibi gratia nostra est,
accipe munus,' ait laevaque a parte Medusae
ipse retroversus squalentia protulit ora.
Quantus erat, mons factus Atlas; nam barba comaeque
in silvas abeunt, iuga sunt umerique manusque,
quod caput ante fuit summo est in monte cacumen,
Ossa lapis fiunt. Tum partes altus in omnes
crevit in immensum (sic di statuistis) et omne
cum tot sideribus caelum requievit in illo.
Clauserat Hippotades aeterno carcere ventos
admonitorque operum caelo clarissimus alto
Lucifer ortus erat; pennis ligat ille resumptis
parte ab utraque pedes teloque accingitur unco
et liquidum motis talaribus aera findit.
Gentibus innumeris circumque infraque relictis,
Aethiopum populos Cepheiaque conspicit arva.
Illic immeritam maternae pendere linguae
Andromedan poenas iniustus iusserat Ammon.
Quam simul ad duras religatam bracchia cautes
vidit Abantiades (nisi quod levis aura capillos
moverat et tepido manabant lumina fletu,

marmoreum ratus esset opus), trahit inscius ignes
et stupet; eximiae correptus imagine formae
paene suas quatere est oblitus in aere pennas.
Ut stetit: 'O' dixit 'non istis digna catenis,
sed quibus inter se cupidi iunguntur amantes,
pande requirenti nomen terraeque tuumque
et cur vincla geras.' Primo silet illa nec audet
appellare virum virgo manibusque modestos
celasset vultus, si non religata fuisset;
lumina, quod potuit, lacrimis implevit obortis.
Saepius instanti, sua ne delicta fateri
nolle videretur, nomen terraeque suumque,
quantaque maternae fuerit fiducia formae,
indicat; et nondum memoratis omnibus unda
insonuit veniensque immenso belua ponto
imminet et latum sub pectore possidet aequor.
Conclamat virgo; genitor lugubris et una
mater adest, ambo miseri, sed iustius illa.
Nec secum auxilium, sed dignos tempore fletus
plangoremque ferunt, vinctoque in corpore adhaerent,
cum sic hospes ait: 'Lacrimarum longa manere
tempora vos poterunt; ad opem brevis hora ferendam est.
Hanc ego si peterem Perseus Iove natus et illa
quam clausam implevit fecundo Iuppiter auro,
Gorgonis anguicomae Perseus superator et alis

aetherias[1] ausus iactatis ire per auras,
praeferrer cunctis certe gener; addere tantis
dotibus et meritum, faveant modo numina, tempto.
Ut mea sit servata mea virtute, paciscor.'
Accipiunt legem (quis enim dubitaret?) et orant
promittuntque super regnum dotale parentes.
Ecce velut navis praefixo concita rostro
sulcat aquas, iuvenum sudantibus acta lacertis,
sic fera, dimotis impulsu pectoris undis,
tantum aberat scopulis quantum Balearica torto
funda potest plumbo medii transmittere caeli,
cum subito iuvenis pedibus tellure repulsa
arduus in nubes abiit. Ut in aequore summo
umbra viri visa est, visa fera saevit in umbra[2];
utque Iovis praepes, vacuo cum vidit in arvo
praebentem Phoebo liventia terga draconem,
occupat aversum, neu saeva retorqueat ora,
squamigeris avidos figit cervicibus ungues,
sic celeri missus praeceps per inane volatu
terga ferae pressit dextroque frementis in armo
Inachides ferrum curvo tenus abdidit hamo.
Vulnere laesa gravi modo se sublimis in auras

1 aetherias=aerias

2 visa...umbra=visam...umbram

attollit, modo subdit aquis, modo more ferocis
versat apri, quem turba canum circumsona terret.
Ille avidos morsus velocibus effugit alis;
quaque patet, nunc terga cavis super obsita conchis,
nunc laterum costas, nunc qua tenuissima cauda
desinit in piscem, falcato vulnerat ense.
Belua puniceo mixtos cum sanguine fluctus
ore vomit; maduere graves adspergine pennae;
nec bibulis ultra Perseus talaribus ausus
credere conspexit scopulum, qui vertice summo
stantibus exstat aquis, operitur ab aequore moto.
Nixus eo rupisque tenens iuga prima sinistra,
ter quater exegit repetita per ilia ferrum.
Litora cum plausu clamor superasque deorum
implevere domos; gaudent generumque salutant
auxiliumque domus servatoremque fatentur
Cassiope Cepheusque pater; resoluta catenis
incedit virgo, pretiumque et causa laboris.
Ipse manus hausta victrices abluit unda;
anguiferumque caput dura ne laedat harena,
mollit humum foliis natasque sub aequore virgas
sternit et imponit Phorcynidos ora Medusae.
Virga recens bibulaque etiamnunc viva medulla
vim rapuit monstri tactuque induruit huius
percepitque novum ramis et fronde rigorem.

At pelagi nymphae factum mirabile temptant
pluribus in virgis et idem contingere gaudent
seminaque ex illis ut erant iactata per undas,
nunc quoque curaliis eadem natura remansit,
duritiam tacto capiant ut ab aere, quodque
vimen in aequore erat, fiat super aequora saxum.
Dis tribus ille focos totidem de caespite ponit,
laevum Mercurio, dextrum tibi, bellica virgo;
ara Iovis media est; mactatur vacca Minervae,
alipedi vitulus, taurus tibi, summe deorum.
Protinus Andromedan et tanti praemia facti
indotata rapit; taedas Hymenaeus Amorque
praecutiunt; largis satiantur odoribus ignes
sertaque dependent tectis et ubique lyraeque
tibiaque et cantus, animi felicia laeti
argumenta, sonant; reseratis aurea valvis
atria tota patent pulchroque instructa paratu
Cepheni proceres ineunt convivia regis.
Postquam epulis functi generosi munere Bacchi
diffudere animos, cultusque genusque locorum
quaerit Lyncides[1]: quaerenti protinus unus
narrat Cephenum[2] moresque animumque virorum.

1 Lyncides=Abantiades

2 Cephenum=Lyncides

Quae simul edocuit, 'Nunc, o fortissime' dixit
'fare precor, Perseu, quanta virtute quibusque
artibus abstuleris crinita draconibus ora.'
Narrat Agenorides gelido sub Atlante iacentem
esse locum solidae tutum munimine molis;
cuius in introitu geminas habitasse sorores
Phorcidas, unius partitas luminis usum;
id se sollerti furtim, dum traditur, astu
supposita cepisse manu perque abdita longe
deviaque et silvis horrentia saxa fragosis
Gorgoneas tetigisse domos; passimque per agros
perque vias vidisse hominum simulacra ferarumque
in silicem ex ipsis visa conversa Medusa;
se tamen horrendae clipei, quod laeva gerebat,
aere repercusso formam adspexisse Medusae;
dumque gravis somnus colubrasque ipsamque tenebat,
eripuisse caput collo pennisque fugacem
Pegason et fratrem matris de sanguine natos.
Addidit et longi non falsa pericula cursus,
quae freta, quas terras sub se vidisset ab alto
et quae iactatis tetigisset sidera pennis.
Ante exspectatum tacuit tamen; excipit unus
ex numero procerum, quaerens cur sola sororum
gesserit alternis immixtos crinibus angues.
Hospes ait: 'Quoniam scitaris digna relatu,

accipe quaesiti causam. Clarissima forma
multorumque fuit spes invidiosa procorum
illa, neque in tota conspectior ulla capillis
pars fuit; inveni, qui se vidisse referret.
Hanc pelagi rector templo vitiasse Minervae
dicitur; aversa est et castos aegide vultus
nata Iovis texit; neve hoc impune fuisset,
Gorgoneum crinem turpes mutavit in hydros.
Nunc quoque, ut attonitos formidine terreat hostes,
pectore in adverso, quos fecit, sustinet angues.'

METAMORPHOSEON LIBER V

《变形记》

第五卷

Dumque ea Cephenum medio Danaeius heros
agmine commemorat, fremida regalia turba[1]
atria conplentur, nec coniugialia[2] festa
qui canat est clamor, sed qui fera nuntiet arma,
inque repentinos convivia versa tumultus
adsimilare freto possis, quod saeva quietum
ventorum rabies motis exasperat undis.
Primus in his Phineus, belli temerarius auctor,
fraxineam quatiens aeratae cuspidis hastam,
'En' ait 'en adsum praereptae coniugis ultor,
nec mihi te pennae nec falsum versus in aurum
Iuppiter eripiet.' Conanti mittere Cepheus
'Quid facis?' exclamat 'Quae te, germane, furentem
mens agit in facinus? Meritisne haec gratia tantis
redditur? Hac vitam servatae[3] dote rependis?
Quam tibi non Perseus, verum si quaeris, ademit,

1 fremida regalia turba=fremitu regalia turbae

2 coniugialia=coniugalia

3 servatae=servatam

sed grave Nereidum numen, sed corniger Ammon,
sed quae visceribus veniebat belua ponti
exsaturanda meis. Illo tibi tempore rapta est,
Quo peritura fuit, nisi si crudelis id ipsum
exigis, ut pereat, luctuque levabere nostro.
Scilicet haud satis est, quod te spectante revincta est
et nullam quod opem patruus sponsusve tulisti:
insuper, a quoquam quod sit servata, dolebis
praemiaque eripies? Quae si tibi magna videntur,
ex illis scopulis, ubi erant adfixa[1], petisses.
Nunc sine, qui petiit, per quem haec non orba senectus,
ferre, quod et meritis et voce est pactus, eumque
non tibi, sed certae praelatum intellege morti.'
Ille nihil contra, sed et hunc et Persea vultu
alterno spectans petat hunc ignorat an illum
cunctatusque brevi contortam viribus hastam,
quantas ira dabat, nequiquam in Persea misit.
Ut stetit illa toro, stratis tum denique Perseus
exsiluit teloque ferox inimica remisso
pectora rupisset, nisi post altaria Phineus
isset: et (indignum) scelerato profuit ara.
Fronte tamen Rhoeti non inrita cuspis adhaesit;
qui postquam cecidit ferrumque ex osse revulsum est,

1 adfixa=confixa

calcitrat et positas adspergit[1] sanguine mensas.
Tum vero indomitas ardescit vulgus in iras
telaque coniciunt et sunt, qui Cephea dicunt
cum genero debere mori; sed limine tecti
exierat Cepheus testatus iusque fidemque
hospitiique deos ea se prohibente moveri.
Bellica Pallas adest et protegit aegide fratrem
datque animos. Erat Indus Athis, quem flumine Gange
edita Limnaee[2] vitreis peperisse sub undis
creditur, egregius forma, quam divite cultu
augebat bis adhuc octonis integer annis,
indutus chlamydem Tyriam, quam limbus obibat
aureus; ornabant aurata monilia collum
et madidos murra curvum crinale[3] capillos;
ille quidem iaculo quamvis distantia misso
figere doctus erat, sed tendere doctior arcus.
Tum quoque lenta manu flectentem cornua Perseus
stipite, qui media positus fumabat in ara,
perculit et fractis confudit in ossibus ora.
Hunc ubi laudatos[4] iactantem in sanguine vultus
Assyrius vidit Lycabas, iunctissimus illi

---

1 adspergit=asparsit

2 Limnaee=limnate=limniate=limitade=Limnatis

3 curvum crinale=cohibebat mitra

4 laudatos=foedatos

et comes et veri non dissimulator amoris,
postquam exhalantem sub acerbo[1] vulnere vitam
deploravit Athin, quos ille tetenderat arcus
adripit et 'mecum tibi sint certamina' dixit,
'Nec longum pueri fato laetabere, quo plus
invidiae quam laudis habes.' Haec omnia nondum
dixerat, emicuit nervo penetrabile telum
vitatumque tamen sinuosa veste pependit.
Vertit in hunc harpen spectatam[2] caede Medusae
Acrisioniades adigitque in pectus; at ille
iam moriens oculis sub nocte natantibus atra
circumspexit Athin seque adclinavit ad illum
et tulit ad manes iunctae solacia mortis.
Ecce Syenites[3], genitus Metione, Phorbas
et Libys Amphimedon, avidi committere pugnam,
sanguine, quo late tellus madefacta tepebat,
conciderant lapsi; surgentibus obstitit ensis,
alterius costis, iugulo Phorbantis adactus.
At non Actoriden Erytum, cui lata bipennis
telum erat, admoto[4] Perseus petit ense, sed altis
exstantem signis multaeque in pondere massae

1 acerbo=acervo

2 spectatam=spectatum

3 Syenites=Suenites

4 admoto=ammoto=admotum=hamato

ingentem manibus tollit cratera duabus
infligitque viro: rutilum vomit ille cruorem
et resupinus humum moribundo vertice pulsat.
Inde Semiramio Polydegmona sanguine cretum
Caucasiumque Abarim Sperchionidenque Lycetum
intonsumque comas Helicem Phlegyamque Clytumque
sternit et exstructos[1] morientum calcat acervos.
Nec Phineus ausus concurrere comminus hosti
intorquet iaculum: quod detulit error in Idan
expertem frustra belli et neutra arma secutum.
Ille tuens oculis inmitem Phinea torvis
'Quandoquidem in partes' ait 'abstrahor, accipe, Phineu,
quem fecisti hostem, pensaque hoc vulnere vulnus!'
Iamque remissurus tractum de vulnere telum[2]
sanguine defectos cecidit conlapsus in artus.
Tum quoque Cephenum post regem primus Hodites
ense iacet Clymeni; Prothoenora percutit Hypseus,
Hypsea Lyncides. Fuit et grandaevus in illis
Emathion, aequi cultor timidusque deorum,
qui, quoniam prohibent anni bellare, loquendo
pugnat et incessit sceleratque devovet[3] arma.
Huic Chromis amplexo tremulis altaria palmis

1 exstructos=instructos=extinctos

2 vulnere=corpore; telum=ferrum

3 devovet=devocat

decutit[1] ense caput, quod protinus incidit arae
atque ibi semianimi verba exsecrantia lingua
edidit et medios animam exspiravit in ignes.
Hinc gemini fratres Broteasque et caestibus Ammon
invicti, vinci si possent caestibus enses,
Phinea cecidere manu Cererisque sacerdos
Ampycus albenti velatus tempora vitta;
tu quoque, Lampetide, non hos adhibendus ad usus,
sed qui, pacis opus, citharam cum voce moveres:
iussus eras celebrare dapes festumque canendo.
quem procul adstantem plectrumque inbelle tenentem
Paetalus[2] inridens 'Stygiis cane cetera' dixit
'manibus' et laevo mucronem tempore fixit[3];
concidit et digitis morientibus ille retemptat
fila lyrae, casuque fuit[4] miserabile carmen.
Nec sinit hunc inpune ferox[5] cecidisse Lycormas
raptaque de dextro robusta repagula posti
ossibus inlisit[6] mediae cervicis, at ille
procubuit terrae mactati more iuvenci.

1 decutit=demetit

2 Paetalus=Pettalus

3 fixit=figit

4 fuit=canit=ferit

5 ferox=ferus

6 inlisit=illisit=elisit=inmisit

Demere temptabat laevi quoque robora postis
Cinyphius Pelates: temptanti dextera fixa est
cuspide Marmaridae Corythi lignoque cohaesit;
haerenti latus hausit Abas, nec corruit ille,
sed retinente manum[1] moriens e poste pependit.
Sternitur et Melaneus Perseia castra secutus
et Nasamoniaci Dorylas ditissimus agri,
dives agri Dorylas, quo non possederat alter
latius aut totidem tollebat turis[2] acervos.
Huius in obliquo missum[3] stetit inguine ferrum:
letifer ille locus; quem postquam vulneris auctor
singultantem animam et versantem lumina vidit
Bactrius Halcyoneus, 'Hoc, quod premis' inquit 'habeto
de tot agris terrae' corpusque exsangue reliquit.
Torquet in hunc hastam calido de vulnere raptam
ultor Abantiades, media quae nare recepta
cervice exacta est in partesque eminet ambas,
dumque manum Fortuna iuvat, Clytiumque Claninque
matre satos una diverso vulnere fudit;
nam Clytii per utrumque gravi librata lacerto[4]
fraxinus acta femur, iaculum Clanis ore momordit.

---

1 manum=manu

2 turis=farris

3 missum=mersum

4 gravi=gravi est=gravis; librata= vibrata; lacerto=lacerto est

Occidit et Celadon Mendesius, occidit Astreus
matre Palaestina, dubio genitore creatus,
Aethionque sagax quondam ventura videre,
tunc ave deceptus falsa, regisque Thoactes
armiger et caeso genitore infamis Agyrtes.
Plus tamen exhausto[1] superest; namque omnibus unum
opprimere est animus, coniurata undique pugnant[2]
agmina pro causa meritum inpugnante fidemque.
Hac pro parte socer frustra pius et nova coniunx
cum genetrice favent ululatuque atria conplent,
sed sonus armorum superat gemitusque cadentum,
pollutosque simul multo Bellona penates
sanguine perfundit[3] renovataque proelia miscet.
Circueunt unum Phineus et mille secuti[4]
Phinea; tela volant hiberna grandine plura
praeter utrumque latus praeterque et lumen et aures.
Adplicat hic[5] umeros ad magnae saxa columnae
tutaque terga gerens adversaque in agmina versus
sustinet instantes; instabat parte sinistra

1 exhausto=exhaustis

2 pugnant=cernant

3 perfundit=perfudit=profundit

4 Circueunt=Circumeunt; secuti=sequentes

5 hic=hinc

Choanius Molpeus, dextra Nabataeus Echemmon[1].
Tigris ut auditis diversa valle duorum
exstimulata fame mugitibus armentorum
nescit, utro potius ruat, et ruere ardet utroque:
sic dubius Perseus, dextra laevane feratur,
Molpea traiecti summovit vulnere[2] cruris
contentusque fuga est; neque enim dat tempus Echemmon;
sed furit et cupiens alto dare vulnera collo
non circumspectis exactum viribus ensem
fregit, et extrema percussae parte columnae
lammina dissiluit dominique in gutture fixa est.
Non tamen ad letum causas satis illa valentes
plaga dedit: trepidum Perseus et inertia[3] frustra
bracchia tendentem Cyllenide confodit harpe.
Verum ubi virtutem turbae succumbere vidit,
'Auxilium' Perseus 'quoniam sic cogitis ipsi,'
dixit 'Ab hoste petam. Vultus avertite[4] vestros,
siquis amicus adest' et Gorgonis extulit ora.
'Quaere alium, tua quem miracula[5] moveant' dixit
Thescelus, utque manu iaculum fatale parabat

---

1 Choanius=Chaonius; Echemmon=Ethemon

2 Molpea traiecti summovit vulnere=mollia traiecti summovit vulnera

3 inertia=inermia=inania

4 avertite=convertite

5 miracula=oracula

mittere, in hoc haesit signum de marmore gestu.
Proximus huic Ampyx animi plenissima magni
pectora Lyncidae gladio petit, inque petendo
dextera deriguit nec citra mota nec ultra est.
At Nileus, qui se genitum septemplice Nilo
ementitus erat, clipeo quoque flumina septem
argento partim, partim caelaverat auro,
'Adspice,' ait 'Perseu, nostrae primordia gentis!
Magna feres tacitas solacia mortis ad umbras,
a tanto cecidisse viro'—pars ultima vocis
in medio suppressa sono est, adapertaque velle
ora loqui credas, nec sunt ea pervia verbis.
Increpat hos 'Vitio' que 'animi, non viribus' inquit
'Gorgoneis torpetis' Eryx, 'incurrite mecum
et prosternite humi iuvenem magica arma moventem!'
Incursurus erat: tenuit vestigia tellus,
inmotusque silex[1] armataque mansit imago.
Hi tamen ex merito poenas subiere, sed unus
miles erat Persei, pro quo dum pugnat, Aconteus,
Gorgone conspecta saxo concrevit oborto;
quem ratus Astyages etiamnum vivere, longo
ense ferit: sonuit tinnitibus ensis acutis;
dum stupet Astyages, naturam traxit eandem

1 silex=silet

marmoreoque manet vultus mirantis in ore.
Nomina longa mora est media de plebe virorum
dicere: bis centum restabant corpora pugnae,
Gorgone bis centum riguerunt corpora visa.
Paenitet iniusti tunc denique Phinea belli.
Sed quid agat? Simulacra videt diversa figuris
agnoscitque suos et nomine quemque vocatum
poscit opem credensque parum sibi proxima tangit
corpora: marmor erant; avertitur atque ita supplex
confessasque[1] manus obliquaque bracchia tendens
'Vincis,' ait 'Perseu! Remove tua monstra, tuaeque
saxificos vultus, quaecumque ea, tolle Medusae:
tolle, precor. Non nos odium regnique cupido
conpulit ad bellum: pro coniuge movimus arma;
causa fuit meritis melior tua, tempore nostra.
Non cessisse piget; nihil, o fortissime, praeter
hanc animam concede mihi, tua cetera sunto.'
Talia dicenti neque eum, quem voce rogabat,
respicere audenti 'Quod' ait, 'timidissime Phineu,
et possum tribuisse et magnum est munus inerti,
(pone metum) tribuam: nullo violabere ferro;
quin etiam mansura dabo monimenta per aevum,
inque domo soceri semper spectabere nostri,

1 confessasque=conversasque

ut mea se sponsi soletur imagine coniunx.'
Dixit et in partem Phorcynida transtulit illam,
ad quam se trepido Phineus obverterat ore.
Tum quoque conanti sua vertere[1] lumina cervix
deriguit, saxoque oculorum induruit umor;
sed tamen os timidum vultusque in marmore supplex
submissaeque manus faciesque obnoxia mansit.
victor Abantiades patrios cum coniuge muros
intrat et inmeriti vindex ultorque parentis
adgreditur Proetum: nam fratre per arma fugato
Acrisioneas Proetus possederat arces,
sed nec ope armorum nec, quam male ceperat, arce
torva colubriferi superavit lumina monstri.
Te tamen, o parvae rector, Polydecta, Seriphi,
nec iuvenis virtus per tot spectata labores
nec mala mollierant, sed inexorabile durus
exerces odium, nec iniqua finis in ira est.
Detrectas etiam laudem fictamque Medusae
arguis esse necem. 'Dabimus tibi pignora veri.
Parcite luminibus!' Perseus ait oraque regis
ore Medusaeo silicem sine sanguine fecit.
Hactenus aurigenae comitem Tritonia fratri
se dedit: inde cava circumdata nube Seriphon

1 vertere=flectere

deserit, a dextra Cythno Gyaroque relictis,
quaque super pontum via visa brevissima, Thebas
virgineumque Helicona petit; quo monte potita
constitit et doctas sic est adfata sorores:
'Fama novi fontis nostras pervenit ad aures,
dura Medusaei quem praepetis ungula rupit.
Is mihi causa viae: volui mirabile factum
cernere; vidi ipsum materno sanguine nasci.'
Excipit Uranie: 'Quaecumque est causa videndi
has tibi, diva, domos, animo gratissima nostro es.
Vera tamen fama est: est Pegasus huius origo
fontis,' et ad latices deduxit Pallada sacros.
Quae mirata diu factas pedis ictibus undas
silvarum lucos circumspicit antiquarum,
antraque et innumeris distinctas floribus herbas
felicesque vocat pariter studioque locoque
Mnemonidas; quam sic adfata est una sororum:
'O, nisi te virtus opera ad maiora tulisset,
in partem ventura chori Tritonia nostri,
vera refers, meritoque probas artesque locumque,
et gratam sortem, tutae modo simus, habemus.
Sed (vetitum est adeo sceleri nihil) omnia terrent
virgineas mentes, dirusque ante ora Pyreneus
vertitur, et nondum tota me mente recepi.
Daulida Threicio Phoceaque milite rura

ceperat ille ferox iniustaque regna tenebat.
Templa petebamus Parnasia: vidit euntes
nostraque fallaci veneratus numina vultu
"Mnemonides" (cognorat enim) "consistite" dixit
"Nec dubitate, precor, tecto grave sidus et imbrem"
(imber erat) "Vitare meo: subiere minores
saepe casas superi." Dictis et tempore motae
adnuimusque viro primasque intravimus aedes.
Desierant imbres, victoque aquilonibus austro
fusca repurgato fugiebant nubila caelo;
inpetus ire fuit: claudit sua tecta Pyreneus
vimque parat; quam nos sumptis effugimus alis.
Ipse secuturo similis stetit arduus arce
"Qua" que "via est vobis, erit et mihi" dixit "eadem,"
seque iacit vecors e summae culmine turris
et cadit in vultus discussisque ossibus oris
tundit humum moriens scelerato sanguine tinctam.'
Musa loquebatur: pennae sonuere per auras,
voxque salutantum ramis veniebat ab altis.
Suspicit et linguae quaerit tam certa loquentes
unde sonent hominemque putat Iove nata locutum.
Ales erat, numeroque novem sua fata querentes
institerant ramis imitantes omnia picae.
Miranti sic orsa deae dea: 'Nuper et istae
auxerunt volucrum victae certamine turbam.

Pieros has genuit Pellaeis dives in arvis;
Paeonis Euippe mater fuit: illa potentem
lucinam noviens, noviens paritura, vocavit.
Intumuit numero stolidarum turba sororum
perque tot Haemonias et per tot Achaidas urbes
huc venit et tali committit proelia voce:
“Desinite indoctum vana dulcedine vulgus
fallere. Nobiscum, siqua est fiducia vobis[1],
Thespiades, certate, deae. Nec voce nec arte
vincemur totidemque sumus. Vel cedite victae
fonte Medusaeo et Hyantea Aganippe,
vel nos Emathiis ad Paeonas usque nivosos
cedamus campis. Dirimant certamina nymphae.”
Turpe quidem contendere erat, sed cedere visum
turpius; electae iurant per flumina[2] nymphae
factaque de vivo pressere sedilia saxo.
Tunc sine sorte prior, quae se certare professa est,
bella canit superum falsoque in honore Gigantas
ponit et extenuat magnorum facta deorum,
emissumque ima de sede Typhoea terrae
caelitibus fecisse metum cunctosque dedisse
terga fugae, donec fessos Aegyptia tellus

1 vobis=verbis

2 flumina=numina

ceperit et septem discretus in ostia Nilus.
Huc quoque terrigenam venisse Typhoea narrat
et se mentitis superos celasse figuris
“Dux” que “gregis” dixit “fit Iuppiter, unde recurvis
nunc quoque formatus Libys est cum cornibus Ammon;
Delius in corvo[1] est, proles Semeleia capro,
fele soror Phoebi, nivea Saturnia vacca,
pisce Venus latuit, Cyllenius ibidis alis.”
Hactenus ad citharam vocalia moverat ora:
poscimur Aonides—sed forsitan otia non sint,
nec nostris praebere vacet tibi cantibus aures.’
‘Ne dubita vestrumque mihi refer ordine carmen’
Pallas ait nemorisque levi consedit in umbra.
Musa refert: ‘Dedimus summam certaminis uni.
Surgit et inmissos hedera collecta capillos
Calliope querulas praetemptat pollice chordas
atque haec percussis subiungit carmina nervis:
“Prima Ceres unco glaebam dimovit aratro,
prima dedit fruges alimentaque mitia terris,
prima dedit leges: Cereris sunt omnia munus.
Illa canenda mihi est; utinam modo dicere possim
carmina digna dea! Certe dea carmine digna est.

1 corvo=cervo

Vasta Giganteis ingesta[1] est insula membris
Trinacris et magnis subiectum molibus urget
aetherias ausum sperare[2] Typhoea sedes.
Nititur ille quidem pugnatque[3] resurgere saepe,
dextra sed Ausonio manus est subiecta Peloro,
laeva, Pachyne, tibi, Lilybaeo crura premuntur;
degravat Aetna caput; sub qua resupinus harenas
eiectat flammamque ferox vomit ore Typhoeus.
Saepe remoliri luctatur pondera terrae
oppidaque et magnos devoluere corpore montes:
inde tremit tellus, et rex pavet ipse silentum,
ne pateat latoque solum retegatur hiatu
inmissusque dies trepidantes terreat umbras.
Hanc metuens cladem tenebrosa sede tyrannus
exierat curruque atrorum vectus equorum
ambibat Siculae cautus fundamina terrae;
postquam exploratum satis est loca nulla labare
depositoque metu videt hunc Erycina vagantem,
monte suo residens natumque amplexa volucrem
'Arma manusque meae, mea, nate, potential' dixit,
'Illa, quibus superas omnes, cape tela, Cupido,
inque dei pectus celeres molire sagittas,

1 ingesta=iniecta=coniecta

2 sperare=spectare

3 pugnatque=temptatque

cui triplicis cessit fortuna novissima regni[1].
Tu superos ipsumque Iovem, tu numina ponti
victa domas ipsumque, regit qui numina ponti.
Tartara quid cessant? cur non matrisque tuumque
imperium profers? agitur pars tertia mundi!
Et tamen in caelo, quae iam patientia nostra est,
spernimur, ac mecum vires minuuntur Amoris.
Pallada nonne vides iaculatricemque Dianam
abscessisse mihi? Cereris quoque filia virgo,
si patiemur, erit: nam spes adfectat easdem.
At tu pro socio, siqua est ea gratia, regno
iunge deam patruo!' Dixit Venus. Ille pharetram
soluit et arbitrio matris de mille sagittis
unam seposuit, sed qua nec acutior ulla
nec minus incerta est nec quae magis audiat arcum[2],
oppositoque genu curvavit flexile cornum
inque cor hamata percussit harundine Ditem.
Haud procul Hennaeis lacus est a moenibus altae,
nomine Pergus, aquae; non illo plura Caystros
carmina cygnorum labentibus edit in undis[3].
Silva coronat aquas cingens latus omne suisque

1 regni=mundi

2 audiat arcum=audiat arcus=avolat arcu=advolat arcu

3 labentibus=paventibus; edit=audit

frondibus ut velo Phoebeos submovet ictus[1].
Frigora dant rami, Tyrios[2] humus umida flores:
perpetuum ver est. Quo dum Proserpina luco
ludit et aut violas aut candida lilia carpit,
dumque puellari studio calathosque sinumque
inplet et aequales certat superare legendo,
paene simul visa est dilectaque raptaque Diti:
usque adeo est properatus amor. Dea territa maesto
et matrem et comites, sed matrem saepius, ore
clamat, et, ut summa vestem laniarat ab ora[3],
conlecti flores tunicis cecidere remissis,
tantaque simplicitas puerilibus adfuit annis:
haec quoque virgineum movit iactura dolorem.
Raptor agit currus et nomine quemque vocando
exhortatur equos, quorum per colla iubasque
excutit obscura tinctas ferrugine habenas,
perque lacus altos et olentia sulphure fertur
stagna Palicorum rupta ferventia terra
et qua Bacchiadae, bimari gens orta Corintho,
inter inaequales posuerunt moenia portus.
Est medium Cyanes et Pisaeae Arethusae,
quod coit angustis inclusum cornibus aequor:

1 ictus=ignes

2 Tyrios=varios

3 summa...ora=summo...ore

hic fuit, a cuius stagnum quoque nomine dictum est,
inter Sicelidas Cyane celeberrima nymphas;
gurgite quae medio summa tenus exstitit alvo
agnovitque deam. 'Nec longius ibitis!' inquit,
'Non potes invitae Cereris gener esse: roganda,
non rapienda fuit. Quodsi conponere magnis
parva mihi fas est, et me dilexit Anapis,
exorata tamen, nec, ut haec, exterrita nupsi.'
Dixit et in partes diversas bracchia tendens
obstitit. Haud ultra tenuit Saturnius iram
terribilesque hortatus equos in gurgitis ima
contortum valido sceptrum regale lacerto
condidit. Icta viam tellus in Tartara fecit
et pronos currus medio cratere recepit.
At Cyane raptamque deam contemptaque fontis
iura sui maerens, inconsolabile vulnus
mente gerit tacita lacrimisque absumitur omnis
et, quarum fuerat magnum modo numen, in illas
extenuatur aquas: molliri membra videres,
Ossa pati flexus, ungues posuisse rigorem,
primaque de tota tenuissima quaeque liquescunt,
caerulei crines digitique et crura pedesque:
nam brevis in gelidas membris exilibus undas
transitus est; post haec umeri tergusque latusque
pectoraque in tenues abeunt evanida rivos;

denique pro vivo vitiatas sanguine venas
lympha subit, restatque nihil, quod prendere posses.
Interea pavidae nequiquam filia matri
omnibus est terris, omni quaesita profundo:
illam non udis[1] veniens Aurora capillis
cessantem vidit, non Hesperus; illa duabus
flammiferas pinus manibus succendit ab Aetna
perque pruinosas tulit inrequieta tenebras.
Rursus ubi alma dies hebetarat[2] sidera, natam
solis ab occasu solis quaerebat ad ortus.
Fessa labore sitim conceperat, oraque nulli
conluerant fontes, cum tectam stramine vidit
forte casam parvasque fores pulsavit; at inde
prodit anus divamque videt lymphamque roganti
dulce dedit, tosta quod texerat ante polenta.
Dum bibit illa datum, duri puer oris et audax
constitit ante deam risitque avidamque vocavit.
Offensa est neque adhuc epota parte loquentem
cum liquido mixta perfudit diva polenta;
conbibit os maculas et, quae modo bracchia gessit,
crura gerit, cauda est mutatis addita membris,
inque brevem formam, ne sit vis magna nocendi[3],

1 udis=nitidis=rutilis

2 hebetarat=tenebrarat

3 nocendi=loquendi

contrahitur, parvaque minor mensura lacerta est.
Mirantem flentemque et tangere monstra parantem[1]
fugit anum latebramque petit aptumque colori[2]
nomen habet variis stellatus corpora guttis.
Quas dea per terras et quas erraverit undas,
dicere longa mora est: quaerenti defuit orbis.
Sicaniam repetit, dumque omnia lustrat eundo,
venit et ad Cyanen; ea ni mutata fuisset,
omnia narrasset, sed et os et lingua volenti
dicere non aderant, nec qua loqueretur habebat;
signa tamen manifesta dedit notamque parenti
illo forte loco delapsam in gurgite sacro
Persephones zonam summis ostendit in undis.
Quam simul agnovit, tamquam tunc denique raptam
sciset, inornatos laniavit diva capillos
et repetita suis percussit pectora palmis.
Nescit adhuc, ubi sit; terras tamen increpat omnes
ingratasque vocat nec frugum munere dignas,
Trinacriam ante alias, in qua vestigia damni
repperit. Ergo illic saeva vertentia glaebas
fregit aratra manu parilique irata[3] colonos
ruricolasque boves leto dedit arvaque iussit

1 parantem=paventem

2 colori=pudori

3 parilique irata=parilique aetate=pariterque irata

fallere depositum vitiataque semina fecit.
Fertilitas terrae latum vulgata per orbem
falsa[1] iacet: primis segetes moriuntur in herbis,
et modo sol nimius, nimius modo corripit imber,
sideraque ventique nocent, avidaeque volucres
semina iacta legunt; lolium tribulique fatigant
triticeas messes et inexpugnabile gramen.
Tum caput Eleis Alpheias extulit undis
rorantesque comas a fronte removit ad aures
atque ait: 'O toto quaesitae virginis orbe
et frugum genetrix, inmensos siste labores,
neve tibi fidae violenta irascere terrae!
Terra nihil meruit patuitque invita rapinae;
nec sum pro patria supplex: huc hospita veni.
Pisa mihi patria est et ab Elide ducimus ortus;
Sicaniam peregrina colo, sed gratior omni
haec mihi terra solo est: hos nunc Arethusa penates,
hanc habeo sedem; quam tu, mitissima, serva!
Mota loco cur sim tantique per aequoris undas
advehar Ortygiam, veniet narratibus hora
tempestiva meis, cum tu curaque levata
et vultus melioris eris. Mihi pervia tellus
praebet iter subterque imas ablata cavernas

1 falsa=sparsa

hic caput attollo desuetaque sidera cerno.
Ergo dum Stygio sub terris gurgite labor,
visa tua est oculis illic Proserpina nostris:
illa quidem tristis neque adhuc interrita vultu,
sed regina tamen, sed opaci maxima mundi,
sed tamen inferni pollens matrona tyranni.'
Mater ad auditas stupuit ceu saxea voces
attonitaeque diu similis fuit, utque dolore
pulsa gravi gravis est amentia, curribus auras
exit in aetherias. Ibi toto nubila vultu
ante Iovem passis[1] stetit invidiosa capillis,
'Pro' que 'meo veni supplex tibi, Iuppiter,' inquit
'Sanguine proque tuo. Si nulla est gratia matris,
nata patrem moveat, neu sit tibi cura precamur
vilior illius, quod nostro est edita partu.
En quaesita diu tandem mihi nata reperta est,
si reperire vocas amittere certius, aut si
scire, ubi sit, reperire vocas. Quod rapta, feremus,
dummodo reddat eam! Neque enim praedone marito
filia digna tua est, si iam mea filia non est.'
Iuppiter excepit: 'Commune est pignus onusque
nata mihi tecum; sed si modo nomina rebus
addere vera placet, non hoc iniuria factum,

1 passis=sparsis

verum amor est, neque erit nobis gener ille pudori,
Tu modo, diva, velis. Ut desint cetera, quantum est
esse Iovis fratrem! Quid quod non cetera desunt
nec cedit nisi sorte mihi! Sed tanta cupido
si tibi discidii est, repetet Proserpina caelum,
lege tamen certa, si nullos contigit illic
ore cibos; nam sic Parcarum foedere cautum est.'
Dixerat, at Cereri certum est educere natam.
Non ita fata sinunt, quoniam ieiunia virgo
soluerat et, cultis dum simplex errat in hortis,
puniceum[1] curva decerpserat arbore pomum
sumptaque pallenti septem de cortice grana
presserat ore suo; solusque ex omnibus illud
Ascalaphus vidit, quem quondam dicitur Orphne,
inter Avernales haud ignotissima nymphas,
ex Acheronte suo silvis peperisse sub atris;
vidit et indicio reditum crudelis ademit.
Ingemuit regina Erebi testemque profanam
fecit avem sparsumque caput Phlegethontide lympha
in rostrum et plumas et grandia lumina vertit.
Ille sibi ablatus fulvis amicitur in alis
inque caput crescit longosque reflectitur ungues
vixque movet natas per inertia bracchia pennas

1 puniceum=poeniceum

foedaque fit volucris, venturi nuntia luctus,
ignavus bubo, dirum mortalibus omen.
Hic tamen indicio poenam linguaque videri
commeruisse potest: vobis, Acheloides, unde
pluma pedesque avium, cum virginis ora geratis?
An quia, cum legeret vernos Proserpina flores,
in comitum numero, doctae Sirenes, eratis?
Quam postquam toto frustra quaesistis in orbe,
protinus, ut vestram sentirent aequora curam,
posse super fluctus alarum insistere remis
optastis facilesque deos habuistis et artus
vidistis vestros subitis flavescere pennis;
ne tamen ille canor mulcendas natus ad aures
tantaque dos oris linguae deperderet usum,
virginei vultus et vox humana remansit.
At medius fratrisque sui maestaeque sororis
Iuppiter ex aequo volventem dividit annum:
nunc dea, regnorum numen commune duorum,
cum matre est totidem, totidem cum coniuge menses.
Vertitur extemplo facies et mentis et oris;
nam, modo quae poterat Diti quoque maesta videri,
laeta deae frons est, ut sol, qui tectus aquosis
nubibus ante fuit, victis e nubibus exit.
Exigit alma Ceres, nata secura recepta,
'Quae tibi causa fugae, cur sis, Arethusa, sacer fons?'

Conticuere undae, quarum dea sustulit alto
fonte caput viridesque manu siccata capillos
fluminis Elei veteres narravit amores.
'Pars ego nympharum, quae sunt in Achaide,' dixit,
'Una fui: nec me studiosius altera saltus
legit nec posuit studiosius altera casses.
Sed quamvis formae numquam mihi fama petita est,
quamvis fortis eram, formosae nomen habebam.
Nec mea me facies nimium laudata iuvabat,
quaque aliae gaudere solent, ego rustica dote
corporis erubui crimenque placere putavi.
Lassa revertebar (memini) Stymphalide silva:
aestus erat, magnumque labor geminaverat aestum.
Invenio sine vertice aquas, sine murmure euntes,
perspicuas ad humum, per quas numerabilis alte
calculus omnis erat, quas tu vix ire putares;
cana salicta dabant nutritaque populus unda
sponte sua natas ripis declivibus umbras:
accessi primumque pedis vestigia tinxi,
poplite deinde tenus neque eo contenta recingor
molliaque inpono salici velamina curvae
nudaque mergor aquis; quas dum ferioque trahoque
mille modis labens excussaque bracchia iacto,
nescio quod medio sensi sub gurgite murmur
territaque insisto propiori margine fontis.

“Quo properas, Arethusa?” suis Alpheus ab undis,
“Quo properas?” iterum rauco mihi dixerat ore.
Sicut eram, fugio sine vestibus: altera vestes
ripa meas habuit. Tanto magis instat et ardet,
et, quia nuda fui, sum visa paratior illi.
Sic ego currebam, sic me ferus ille premebat,
ut fugere accipitrem penna trepidante columbae,
ut solet accipiter trepidas urgere columbas.
Usque sub Orchomenon Psophidaque Cyllenenque
Maenaliosque sinus gelidumque Erymanthon et Elim
currere sustinui, nec me velocior ille;
sed tolerare diu cursus ego viribus inpar
non poteram, longi patiens erat ille laboris.
Per tamen et campos, per opertos arbore montes
saxa quoque et rupes et, qua via nulla, cucurri.
Sol erat a tergo: vidi praecedere longam
ante pedes umbram, nisi si timor illa videbat;
sed certe sonitusque pedum terrebat, et ingens
crinalis vittas adflabat anhelitus oris.
Fessa labore fugae “Fer opem, deprendimur” inquam,
“armigerae, Diana, tuae, cui saepe dedisti
ferre tuos arcus inclusaque tela pharetra.”
Mota dea est spissisque ferens e nubibus unam
me super iniecit: lustrat caligine tectam
amnis et ignarus circum cava nubila quaerit

bisque locum, quo me dea texerat, inscius ambit
et bis "Io Arethusa, io Arethusa!" vocavit.
Quid mihi tunc animi miserae fuit? anne quod agnae est,
siqua lupos audit circum stabula alta frementes,
aut lepori, qui vepre latens hostilia cernit
ora canum nullosque audet dare corpore motus?
Non tamen abscedit; neque enim vestigia cernit
longius ulla pedum: servat nubemque locumque.
Occupat obsessos sudor mihi frigidus artus
caeruleaeque cadunt toto de corpore guttae,
quaque pedem movi, manat lacus[1], eque capillis
ros cadit, et citius, quam nunc tibi facta renarro,
in latices mutor. Sed enim cognoscit amatas
amnis aquas positoque viri, quod sumpserat, ore
vertitur in proprias, ut se mihi misceat, undas.
Delia rupit humum, caecisque ego mersa cavernis
advehor Ortygiam, quae me cognomine divae
grata meae superas eduxit prima sub auras.'
Hac Arethusa tenus; geminos dea fertilis angues
curribus admovit frenisque coercuit ora
et medium caeli terraeque per aera vecta est
atque levem currum Tritonida misit in urbem
Triptolemo partimque rudi data semina iussit

1 lacus=locus

spargere humo, partim post tempora longa recultae.
Iam super Europen sublimis et Asida terram
vectus erat iuvenis: Scythicas advertitur oras.
Rex ibi Lyncus erat; regis subit ille penates.
Qua veniat causamque viae nomenque rogatus
et patriam 'Patria est clarae mihi' dixit 'Athenae,
Triptolemus nomen; veni nec puppe per undas,
nec pede per terras: patuit mihi pervius aether.
Dona fero Cereris, latos quae sparsa per agros
frugiferas messes alimentaque mitia reddant.'
Barbarus[1] invidit, tantique ut muneris auctor
ipse sit, hospitio recipit somnoque gravatum
adgreditur ferro. Conantem figere pectus
lynca Ceres fecit rursusque per aera iussit
Mopsopium iuvenem sacros agitare iugales."
Finierat doctos e nobis maxima cantus;
at nymphae vicisse deas Helicona colentes
concordi dixere sono; convicia victae
cum iacerent, "Quoniam" dixi[2] "certamine vobis
supplicium meruisse parum est maledictaque culpae
additis et non est patientia libera nobis,
ibimus in poenas et, qua vocat ira, sequemur."

1 Barbarus=Barbaras

2 dixi=dixit

Rident Emathides spernuntque minacia verba
conantesque loqui et[1] magno clamore protervas
intentare manus pennas exire per ungues
adspexere suos, operiri bracchia plumis,
alteraque alterius rigido concrescere rostro
ora videt volucresque novas accedere silvis,
dumque volunt plangi, per bracchia mota levatae
aere pendebant, nemorum convicia, picae.
Nunc quoque in alitibus facundia prisca remansit
raucaque garrulitas studiumque inmane loquendi.'

1 loqui et=oculis

METAMORPHOSEON LIBER VI

《变形记》

第六卷

Praebuerat dictis Tritonia talibus aures[1],
carminaque Aonidum iustamque probaverat iram.
Tum secum 'Laudare parum est, laudemur et ipsae
numina[2] nec sperni sine poena nostra sinamus,'
Maeoniaeque animum fatis intendit Arachnes,
quam sibi lanificae non cedere laudibus artis
audierat. Non illa loco nec origine gentis
clara sed arte fuit; pater huic Colophonius Idmon
Phocaico bibulas tingebat murice lanas;
occiderat mater, sed et haec de plebe suoque
aequa viro fuerat. Lydas tamen illa per urbes
quaesierat studio nomen memorabile, quamvis
orta domo parva parvis habitabat Hypaepis.
Huius ut adspicerent opus admirabile saepe
deseruere sui nymphae dumeta[3] Timoli,
deseruere suas nymphae Pactolides undas.

---

1 aures=aurem

2 numina=munera

3 dumeta=vineta

Nec factas solum vestes, spectare iuvabat
tum quoque cum fierent (tantus decor adfuit arti),
sive rudem primos lanam glomerabat[1] in orbes,
seu digitis subigebat[2] opus repetitaque longo
vellera mollibat nebulas aequantia tractu,
sive levi teretem versabat pollice fusum,
seu pingebat acu: scires a Pallade doctam.
Quod tamen ipsa negat tantaque offensa magistra
'Certet' ait 'mecum! nihil est, quod victa recusem.'
Pallas anum simulat falsosque in tempora canos
addit et infirmos baculo quoque[3] sustinet artus.
Tum sic orsa loqui: 'Non omnia grandior aetas,
quae fugiamus, habet: seris venit usus ab annis.
Consilium ne sperne meum. Tibi fama petatur
inter mortales faciendae maxima lanae[4]:
cede deae veniamque tuis, temeraria, dictis
supplice voce roga: veniam dabit illa roganti.'
Adspicit hanc torvis inceptaque fila relinquit[5]
vixque manum[6] retinens confessaque vultibus iram

1 glomerabat=glomeravit

2 subigebat=subiebat

3 baculo quoque=baculo quos

4 lanae=telae

5 relinquit=reliquit

6 manum=manu=manus

talibus obscuram resecuta est Pallada dictis:
'Mentis inops longaque[1] venis confecta senecta
et nimium vixisse diu nocet. Audiat istas,
siqua tibi nurus est, tibi siqua est filia, voces.
Consilii satis est in me mihi; neve monendo
profecisse putes, eadem est sententia nobis.
Cur non ipsa venit? cur haec certamina vitat?'
Tum dea: 'Venit' ait formamque removit anilem
Palladaque exhibuit. Venerantur numina nymphae
Mygdonidesque nurus, sola est non territa virgo;
sed tamen erubuit, subitusque invita notavit
ora rubor[2] rursusque evanuit, ut solet aer
purpureus fieri, cum primum aurora movetur,
et breve post tempus candescere solis ab ortu[3].
Perstat in incepto stolidaeque cupidine palmae[4]
in sua fata ruit[5]: neque enim Iove nata recusat
nec monet ulterius nec iam[6] certamina differt.
Haud mora, constituunt[7] diversis partibus ambae
et gracili geminas intendunt stamine telas:

1 longaque=tardaque

2 rubor=pudor

3 ortu=ictu

4 in=et; stolidaeque=stolidaque

5 ruit=redit

6 iam=tunc

7 constituunt=consistunt

tela iugo vincta est, stamen secernit harundo,
inseritur medium radiis subtemen acutis,
quod digiti expediunt, atque inter stamina ductum
percusso paviunt[1] insecti pectine dentes.
Utraque festinant[2] cinctaeque ad pectora vestes
bracchia docta movent, studio fallente[3] laborem.
Illic et Tyrium quae purpura sensit[4] aenum
texitur et tenues parvi[5] discriminis umbrae,
qualis ab imbre solet percussis solibus arcus
inficere ingenti longum curvamine caelum,
in quo diversi niteant cum mille colores,
transitus ipse tamen spectantia lumina fallit:
usque adeo, quod tangit, idem est; tamen ultima distant.
Illic et lentum filis immittitur aurum
et vetus in tela deducitur argumentum.
Cecropia Pallas scopulum Mavortis in arce
pingit et antiquam de terrae nomine litem.
Bis sex caelestes medio Iove sedibus altis
augusta gravitate sedent; sua quemque deorum
inscribit facies: Iovis est regalis imago.

---

1 paviunt=pavent=feriunt

2 festinant=festinat

3 fallente=minuente

4 sensit=sentit

5 tenues parvi=tenuis parvae

Stare deum pelagi longoque ferire tridente
aspera saxa facit medioque e vulnere saxi
exsiluisse fretum[1], quo pignore vindicet urbem;
at sibi dat clipeum, dat acutae cuspidis hastam,
dat galeam capiti; defenditur aegide pectus,
percussamque sua simulat de cuspide terram
edere[2] cum bacis fetum canentis olivae
mirarique deos; operi victoria finis.
Ut tamen exemplis intellegat aemula laudis,
quod pretium speret[3] pro tam furialibus ausis,
quattuor in partes certamina quattuor addit
clara colore suo, brevibus distincta sigillis.
Threiciam Rhodopen habet angulus unus et Haemum,
nunc gelidos[4] montes, mortalia corpora quondam,
nomina summorum sibi qui tribuere deorum.
Altera Pygmaeae fatum miserabile[5] matris
pars habet: hanc Iuno victam certamine iussit
esse gruem populisque suis indicere bellum[6].
Pinxit[7] et Antigonen ausam contendere quondam

1 fretum=ferum

2 edere=prodere

3 speret=spectet

4 gelidos=gelidi

5 miserabile=mirabile

6 bellum=bella

7 Pinxit=finxit

cum magni consorte Iovis, quam regia Iuno
in volucrem vertit, nec profuit Ilion illi
Laomedonve pater, sumptis quin candida pennis
ipsa sibi plaudat crepitante ciconia rostro.
Qui superest solus, Cinyran habet angulus orbum,
Isque gradus templi[1], natarum membra suarum,
amplectens saxoque iacens lacrimare videtur.
Circuit extremas oleis pacalibus oras
(is modus est) operisque[2] sua facit arbore finem.
Maeonis elusam designat imagine tauri
Europam: verum taurum, freta vera putares;
ipsa videbatur terras spectare relictas[3]
et comites clamare[4] suas tactumque vereri
adsilientis aquae timidasque reducere plantas[5].
Fecit et Asterien aquila luctante teneri,
fecit olorinis Ledam recubare sub alis;
addidit, ut satyri celatus imagine pulchram
Iuppiter implerit[6] gemino Nycteida fetu,
Amphitryon fuerit, cum te, Tirynthia, cepit,

---

1 Isque=Inque; gradus=gradu

2 operisque=operique

3 relictas=paternas

4 clamare=spectare

5 adsilientis=at salientis=insilientis; reducere=recondere=recludere

6 implerit=implevit=impleret

aureus[1] ut Danaen, Asopida luserit ignis,
Mnemosynen pastor, varius Deoida serpens.
Te quoque mutatum torvo, Neptune, iuvenco
virgine in Aeolia posuit, tu visus Enipeus
gignis Aloidas[2], aries Bisaltida fallis;
et te flava comas frugum mitissima mater
sensit equum[3], sensit volucrem crinita colubris
mater equi volucris, sensit delphina Melantho:
omnibus his faciemque suam faciemque locorum
reddidit[4]. Est illic agrestis imagine Phoebus,
utque modo accipitris pennas, modo terga leonis
gesserit, ut pastor Macareida luserit Issen,
Liber ut Erigonen falsa deceperit uva,
ut Saturnus equo geminum Chirona crearit.
Ultima pars telae tenui circumdata limbo,
nexilibus flores hederis habet intertextos[5].
Non illud Pallas, non illud carpere Livor
possit opus: doluit successu flava virago
et rupit pictas, caelestia crimina, vestes;
utque Cytoriaco radium de monte tenebat,

1 aureus=igneus

2 gignis Aloidas=amnis in Aolidam

3 sensit equum=te sensit volucrem=te sensit avem=te sensit equum

4 reddidit=reddit et

5 intertextos=intermixtos

ter quater Idmoniae frontem percussit Arachnes.
Non tulit infelix laqueoque animosa ligavit
guttura; pendentem[1] Pallas miserata levavit
atque ita: 'Vive quidem, pende tamen, improba' dixit
'lexque eadem poenae, ne sis secura futuri[2],
dicta tuo generi serisque nepotibus esto!'
Post ea discedens sucis Hecateidos herbae
sparsit, et extemplo tristi medicamine tactae
defluxere comae, cum quis et naris et aures,
fitque caput minimum, toto quoque[3] corpore parva est;
in latere exiles digiti pro cruribus haerent,
cetera venter habet, de quo tamen illa remittit
stamen et antiquas exercet aranea telas.
Lydia tota fremit Phrygiaeque per oppida facti
rumor it et magnum sermonibus occupat orbem.
Ante suos Niobe thalamos cognoverat illam,
tum cum Maeoniam virgo Sipylumque colebat;
nec tamen admonita est poena popularis Arachnes
cedere caelitibus verbisque minoribus uti.
Multa dabant animos, sed enim nec coniugis artes[4]
nec genus amborum magnique potentia regni

---

1 pendentem=pendenti

2 futuri=futurae

3 toto quoque=totoque est

4 artes=arces

sic placuere illi, quamvis ea cuncta placerent,
ut sua progenies, et felicissima matrum
dicta foret Niobe, si non sibi visa fuisset.
Nam sata Tiresia, venturi praescia Manto,
per medias fuerat, divino concita motu,
vaticinata vias: 'Ismenides, ite frequentes
et date Latonae Latonigenisque duobus
cum prece tura pia lauroque innectite crinem[1].
Ore meo Latona iubet.' Paretur, et omnes
Thebaides iussis sua tempora frondibus ornant
turaque dant sanctis et verba precantia flammis.
Ecce venit comitum Niobe celeberrima[2] turba,
vestibus intexto Phrygiis spectabilis auro
et, quantum ira sinit, formosa movensque decoro
cum capite inmissos umerum per utrumque capillos
constitit; utque[3] oculos circumtulit alta superbos,
'Quis furor, auditos' inquit 'praeponere visis
caelestes? aut cur colitur Latona per aras,
numen adhuc sine ture meum est? Mihi Tantalus auctor,
cui licuit soli superorum tangere mensas;
Pleiadum soror est genetrix mea; maximus Atlas
est avus, aetherium qui fert cervicibus axem;

1 crinem=crines

2 celeberrima=creberrima

3 utque=atque

Iuppiter alter avus: socero quoque glorior illo.
Me gentes metuunt Phrygiae, me regia Cadmi
sub domina est, fidibusque mei commissa mariti
moenia cum populis a meque viroque reguntur.
In quamcumque domus adverti lumina partem,
inmensae spectantur opes. Accedit eodem
digna dea facies; huc natas adice septem
et totidem iuvenes et mox generosque nurusque.
Quaerite nunc, habeat quam nostra superbia causam[1],
nescio quoque audete satam[2] Titanida Coeo
Latonam praeferre mihi, cui maxima quondam
exiguam sedem pariturae terra negavit!
Nec caelo nec humo nec aquis dea vestra recepta est:
exsul erat mundi[3], donec miserata vagantem:
"Hospita tu terris erras, ego" dixit "in undis,"
instabilemque locum Delos dedit. Illa duorum
facta parens: uteri pars haec est septima nostri.
Sum felix (quis enim neget hoc?) felixque manebo
(hoc quoque quis dubitet[4]?): tutam me copia fecit.
Maior sum, quam cui possit Fortuna nocere;

---

1 causam=laudem

2 nescio quoque audete satam=nescio quoque audere satam=nescio quo aude satam=quoque modo audetis genitam

3 mundi=mundo

4 dubitet=dubitat

multaque ut eripiat, multo mihi plura relinquet.
Excessere metum mea iam bona: fingite demi
huic aliquid populo natorum posse meorum,
non tamen ad numerum redigar spoliata duorum,
Latonae turbam: qua quantam distat ab orba[1]?
Ite †satis propere sacris[2]† laurumque capillis
ponite.' Deponunt et sacra infecta relinquunt,
quodque licet, tacito venerantur murmure numen.
Indignata dea est summoque in vertice Cynthi
talibus est dictis gemina cum prole locuta:
'En ego, vestra parens, vobis animosa creatis[3]
et nisi Iunoni nulli cessura dearum,
an dea sim, dubitor[4] perque omnia saecula cultis
arceor, o nati, nisi vos succurritis, aris.
Nec dolor hic solus: diro convicia facto
Tantalis adiecit vosque est postponere natis
ausa suis et me, quod in ipsam reccidat[5], orbam
dixit et exhibuit linguam scelerata paternam.'
Adiectura preces erat his Latona relatis:
'Desine' Phoebus ait, 'poenae mora longa querella est.'

---

1 turbam=turba=turbae; qua=quae=quo=quoque; distat=distabit=distabat

2 satis propere sacris=sat est propere

3 creatis=creatrix

4 dubitor=dubito

5 reccidat=recidat=decidat

Dixit idem Phoebe celerique per aera lapsu
contigerant tecti Cadmeida nubibus arcem.
Planus erat lateque patens prope moenia campus,
adsiduis pulsatus equis, ubi turba rotarum
duraque mollierat[1] subiectas ungula glaebas.
Pars ibi[2] de septem genitis Amphione fortes
conscendunt in equos Tyrioque rubentia suco[3]
terga premunt auroque graves moderantur habenas[4].
E quibus Ismenus, qui matri sarcina quondam
prima suae fuerat, dum certum flectit in orbem
quadripedis cursus spumantiaque ora coercet;
'Ei mihi!' conclamat[5] medioque in pectore fixa
tela gerit frenisque manu moriente remissis
in latus a dextro paulatim defluit armo.
Proximus audito sonitu per inane pharetrae
frena dabat Sipylus, veluti cum praescius imbris[6]
nube fugit visa pendentiaque undique rector
carbasa deducit, ne qua levis effluat aura[7];

1 mollierat=mollierant

2 ibi=ubi

3 suco=fuco

4 auroque graves...habenas=auro gravidis...habenis=auro gravidas...habenas

5 conclamat=cum clamat

6 frena=terga; imbris=imbres

7 deducit=diducit; effluat=effluit

frena tamen dantem[1] non evitabile telum
consequitur summaque tremens cervice sagitta
haesit et exstabat nudum de gutture ferrum[2].
Ille, ut erat pronus, per crura[3] admissa iubasque
voluitur et calido tellurem sanguine foedat.
Phaedimus infelix et aviti nominis heres
Tantalus, ut solito finem inposuere labori,
transierant[4] ad opus nitidae iuvenale palaestrae
et iam contulerant arto luctantia nexu
pectora pectoribus; contento[5] concita nervo,
sicut erant iuncti, traiecit utrumque sagitta.
Ingemuere simul, simul incurvata dolore
membra solo posuere, simul suprema iacentes[6]
lumina versarunt, animam simul exhalarunt.
Adspicit Alphenor laniataque pectora plangens
advolat[7], ut gelidos complexibus adlevet artus,
inque pio cadit officio; nam Delius illi
intima fatifero rupit praecordia ferro[8].

---

1 tamen dantem=tamen tandem=tamen dantem hunc=dabat tamen hunc

2 nudum=nudo; gutture=pectore

3 crura=colla

4 transierant=transierunt

5 contento=contorto=cum tento

6 iacentes=gementes

7 advolat=evolat

8 ferro=telo

Quod simul eductum est, pars est pulmonis in hamis[1]
eruta cumque anima cruor est effusus in auras.
At non intonsum[2] simplex Damasichthona vulnus
adficit: ictus erat, qua crus esse incipit et qua
mollia nervosus[3] facit internodia poples,
dumque manu temptat trahere exitiabile telum,
altera per iugulum pennis tenus acta sagitta est;
expulit hanc sanguis seque eiaculatus[4] in altum
emicat et longe terebrata[5] prosilit aura.
Ultimus Ilioneus non profectura[6] precando
bracchia sustulerat 'di' que 'o communiter omnes'
dixerat ignarus non omnes esse rogandos,
'parcite!' motus erat, cum iam revocabile telum
non fuit, arquitenens: minimo tamen occidit ille
vulnere, non alte percusso corde sagitta.
Fama mali[7] populique dolor lacrimaeque suorum
tam subitae matrem certam fecere ruinae
mirantem potuisse irascentemque, quod ausi
hoc essent superi, quod tantum iuris haberent;

---

1 eductum=evulsum; est=et

2 intonsum=infossum

3 nervosus=nodosus

4 seque eiaculatus=seque iaculatus=se qui iaculatus

5 terebrata=tenebrata

6 non profectura=inprofectura=non prefectura

7 mali=malum

nam pater Amphion ferro per pectus adacto
finierat moriens pariter cum luce[1] dolorem.
Heu quantum haec Niobe Niobe distabat ab illa,
quae modo Latois populum submoverat aris
et mediam tulerat gressus resupina per urbem,
invidiosa suis, at nunc miseranda vel hosti.
Corporibus gelidis incumbit et ordine nullo
oscula dispensat natos suprema per omnes;
a quibus ad caelum liventia bracchia tollens
'Pascere, crudelis, nostro, Latona, dolore[2],
Pascere' ait 'satiaque meo tua pectora luctu
corque ferum satia!' dixit; 'per funera septem
efferor. Exsulta victrixque inimica triumpha!
Cur autem victrix? Miserae mihi plura supersunt
quam tibi felici: post tot quoque funera vinco.'
Dixerat et sonuit contento nervus ab arcu,
qui praeter Nioben unam conterruit omnes:
illa malo est audax. Stabant cum vestibus atris
ante toros[3] fratrum demisso crine sorores.
E quibus una trahens haerentia viscere tela[4]
inposito fratri moribunda relanguit ore;

1 luce=voce

2 dolore=cruore

3 toros=rogos

4 viscere tela=viscera telo

altera solari miseram conata parentem
conticuit subito duplicataque vulnere caeco[1] est.
[Oraque compressit, nisi postquam spiritus ibat[2]]
Haec frustra fugiens collabitur, illa sorori
inmoritur; latet haec, illam trepidare videres;
sexque datis leto diversaque vulnera passis
ultima restabat: quam toto corpore mater,
tota veste tegens 'Unam minimamque relinque!
De multis minimam posco' clamavit 'et unam[3].'
Dumque rogat, pro qua rogat, occidit. Orba resedit
exanimes inter natos natasque[4] virumque
deriguitque malis: nullos movet aura capillos[5],
in vultu color est sine sanguine, lumina maestis
stant inmota genis; nihil est in imagine vivum[6].
Ipsa quoque interius cum duro lingua palato
congelat, et venae desistunt posse moveri;
nec flecti cervix nec bracchia reddere motus[7]
nec pes ire potest; intra quoque viscera saxum est.
Flet tamen et validi circumdata turbine venti

---

1 caeco=toto=tota

2 nisi=sibi; ibat=exit

3 clamavit et unam=clamaverat unam

4 natos natasque=natas natosque

5 deriguitque=deriguit ex; movet=movit

6 vivum=vivi

7 reddere=tendere; motus=gestus

in patriam rapta est; ibi fixa cacumine montis
liquitur et lacrimas[1] etiam nunc marmora manant.
Tunc vero cuncti manifestam numinis iram
femina virque timent, cultuque inpensius[2] omnes
magna gemelliparae venerantur numina divae,
utque fit, a facto propiore priora renarrant[3].
E quibus unus ait: 'Lyciae[4] quoque fertilis agris
non inpune deam veteres sprevere coloni.
Res obscura quidem est ignobilitate[5] virorum,
mira tamen. Vidi praesens stagnumque locumque[6]
prodigio notum; nam me iam grandior aevo
inpatiensque viae genitor deducere lectos[7]
iusserat inde boves gentisque illius eunti
ipse ducem dederat; cum quo dum pascua lustro,
ecce lacu[8] medio sacrorum nigra favilla
ara vetus stabat tremulis circumdata cannis.
Restitit et pavido[9] "faveas mihi" murmure dixit

---

1 lacrimas=lacrimis

2 cultuque inpensius=cultu propensius

3 propiore priora=propriora priore; renarrant=retractant

4 Lyciae=Libiae

5 ignobilitate=et nobilitate=nobilitate=etinobilitate

6 locumque=lacumque

7 lectos=fessos

8 lacu=lacus

9 pavido=paulo=parvo

dux meus, et simili “faveas” ego murmure dixi[1].
Naiadum Faunine foret tamen ara rogabam
indigenaene dei, cum talia rettulit[2] hospes:
“Non hac, o iuvenis, montanum numen in ara est:
illa suam vocat hanc, cui quondam regia coniunx
orbem interdixit, quam vix erratica Delos
orantem[3] accepit, tum cum levis insula nabat.
Illic incumbens cum Palladis arbore palmae
edidit invita geminos Latona noverca.
Hinc quoque Iunonem fugisse puerpera fertur
inque suo portasse sinu[4], duo numina, natos.
Iamque Chimaeriferae, cum sol gravis ureret arva,
finibus in Lyciae longo dea fessa labore
sidereo siccata sitim collegit[5] ab aestu,
uberaque ebiberant avidi lactantia nati.
Forte lacum mediocris aquae prospexit in imis[6]
vallibus: agrestes illic fruticosa legebant
vimina cum iuncis gratamque paludibus ulvam.
Accessit positoque genu Titania terram

1 et=ut; ego=mihi

2 rettulit=reddidit

3 orantem=errantem

4 suo...sinu=suos...sinus=sinu...suos

5 collegit=concepit

6 lacum=locum; prospexit=perspexit=conspexit

pressit, ut hauriret gelidos potura liquoris;
rustica turba vetat, dea sic affata vetantes:
'Quid prohibetis aquis[1]? Usus communis aquarum est;
nec solem proprium natura nec aera fecit
nec tenues undas: ad publica munera veni,
quae tamen ut detis, supplex peto. Non ego nostros
abluere hic artus lassataque membra parabam,
sed relevare[2] sitim. Caret os umore loquentis
et fauces arent vixque est via vocis in illis.
Haustus aquae mihi nectar erit, vitamque fatebor
accepisse simul: vitam dederitis in unda[3].
Hi quoque vos moveant, qui nostro bracchia tendunt
parva sinu.' Et casu tendebant bracchia nati.
Quem[4] non blanda deae potuissent verba movere?
Hi tamen orantem perstant prohibere minasque,
ni procul abscedat, conviciaque insuper addunt;
nec satis est, ipsos etiam pedibusque manuque
turbavere lacus imoque e gurgite mollem
huc illuc limum saltu movere maligno.
Distulit[5] ira sitim; neque enim iam filia Coei

---

1 aquis=aquas

2 relevare=revelare

3 unda=undis

4 Quem=quos

5 Distulit=Sustulit

supplicat indignis nec dicere sustinet ultra
verba minora dea tollensque ad sidera palmas
'Aeternum stagno' dixit 'vivatis in isto!'
Eveniunt[1] optata deae: iuvat esse sub undis
et modo tota cava submergere membra palude,
nunc proferre caput, summo modo gurgite nare,
Saepe super ripam stagni considere, saepe
in gelidos resilire lacus; sed nunc quoque turpes
litibus exercent linguas pulsoque pudore,
quamvis sint sub aqua, sub aqua[2] maledicere temptant.
Vox quoque iam rauca est inflataque colla tumescunt
ipsaque dilatant patulos convicia rictus.
terga caput tangunt[3], colla intercepta videntur,
spina viret, venter, pars maxima corporis, albet
limosoque novae saliunt in gurgite ranae."'
Sic ubi nescio quis Lycia de gente virorum
rettulit exitium, satyri reminiscitur alter,
quem Tritoniaca Latous harundine victum
adfecit poena. 'Quid me mihi detrahis?' inquit;
'A! piget, a! Non est' clamabat 'tibia tanti!'
Clamanti cutis est summos direpta[4] per artus

1 Eveniunt=et veniunt

2 sub aqua=linguis=semper

3 terga...tangunt=turpe...tendunt

4 direpta=derepta

nec quicquam nisi vulnus erat; cruor undique manat
detectique patent nervi trepidaeque sine ulla
pelle micant venae; salientia viscera possis[1]
et perlucentes numerare in pectore fibras.
Illum ruricolae, silvarum numina, Fauni
et satyri fratres et tunc quoque carus[2] Olympus
et nymphae flerunt, et quisquis montibus illis
lanigerosque greges armentaque bucera pavit.
Fertilis inmaduit madefactaque terra caducas
concepit lacrimas ac venis perbibit imis;
quas ubi fecit aquam, vacuas emisit in auras.
Inde petens rapidum[3] ripis declivibus aequor
Marsya nomen habet, Phrygiae liquidissimus amnis.
Talibus extemplo[4] redit ad praesentia dictis
vulgus et exstinctum cum stirpe Amphiona luget[5];
mater in invidia est; hanc tunc[6] quoque dicitur unus
flesse Pelops umeroque, suas a pectore[7] postquam
deduxit vestis, ebur ostendisse sinistro.

1 possis=poscis=posses

2 carus=clarus

3 rapidum=rapidus

4 extemplo=exemplis

5 luget=lugent

6 hanc tunc=tamen hanc

7 a pectore=ad pectora

Concolor hic umerus nascendi tempore dextro[1]
corporeusque fuit; manibus mox caesa paternis
membra ferunt iunxisse deos, aliisque repertis,
qui[2] locus est iuguli medius summique lacerti,
defuit: impositum est non conparentis[3] in usum
partis ebur, factoque Pelops fuit integer illo.
Finitimi proceres coeunt, urbesque propinquae
oravere suos ire ad solacia reges,
Argosque et Sparte Pelopeiadesque Mycenae
et nondum torvae Calydon invisa Dianae
Orchomenosque ferax et nobilis aere Corinthus
Messeneque ferox Patraeque humilesque Cleonae[4]
et Nelea Pylos neque adhuc Pittheia Troezen,
quaeque urbes aliae bimari clauduntur ab Isthmo,
exteriusque sitae bimari spectantur ab Isthmo.
Credere quis posset? Solae cessastis Athenae.
Obstitit officio bellum, subvectaque[5] ponto
barbara Mopsopios[6] terrebant agmina muros.
Threicius Tereus haec auxiliaribus armis

---

1 hic=huic; nascendi=nascentis; tempore=in tempore

2 qui=cui

3 conparentis=convenientis

4 ferox=ferax; Patraeque=patereque

5 subvectaque=subiectaque

6 Mopsopios=Cecropios

fuderat et clarum vincendo nomen habebat;
quem sibi Pandion opibusque virisque potentem
et genus a magno ducentem forte Gradivo
conubio Procnes iunxit; non pronuba Iuno,
non Hymenaeus adest, non illi Gratia lecto[1]:
Eumenides tenuere faces de funere raptas,
Eumenides stravere torum tectoque profanus
incubuit bubo thalamique in culmine sedit.
Hac ave coniuncti Procne Tereusque, parentes
hac ave[2] sunt facti; gratata est scilicet illis
Thracia, disque ipsis grates egere diemque[3],
quaque data est claro Pandione nata tyranno
quaque erat ortus Itys, festum[4] iussere vocari:
usque adeo latet utilitas!—iam tempora Titan
quinque per autumnos repetiti duxerat anni[5],
cum blandita viro Procne 'Si gratia' dixit
'ulla mea est, vel me visendam mitte sorori[6],
vel soror huc veniat! Redituram tempore parvo
promittes socero; magni mihi muneris instar

1 non illi=illi non; illi...lecto=illis...lecti

2 ave=face

3 disque=dis; ipsis=ipsi

4 festum=festam

5 repetiti...anni=repetitis...annis

6 mea=mei; visendam=visendae

germanam vidisse dabis.' Iubet ille carinas
in freta deduci veloque et remige portus
Cecropios intrat Piraeaque litora tangit.
Ut primum soceri data copia, dextera dextrae
iungitur et fausto committitur omine sermo[1].
Coeperat adventus causam[2], mandata referre
coniugis et celeres missae spondere recursus:
ecce venit magno dives Philomela paratu,
divitior forma, quales audire solemus
naidas et dryadas mediis incedere silvis,
si modo des illis cultus similesque paratus[3].
Non secus exarsit conspecta virgine Tereus,
quam siquis canis ignem supponat aristis
aut frondem[4] positasque cremet faenilibus herbas.
Digna quidem facies, sed et hunc innata libido
exstimulat pronumque genus regionibus illis
in venerem est: flagrat vitio gentisque suoque.
Inpetus est illi comitum corrumpere curam
nutricisque fidem nec non ingentibus ipsam
sollicitare datis totumque inpendere regnum,
aut rapere et saevo raptam defendere bello.

---

1 et fausto=infausto=in fausto; omine=ordine

2 causam=causas=causam et=causae

3 des illis=detur eis; similesque=similisque

4 frondem=fronde=frondes

Et nihil est, quod non effreno[1] captus amore
ausit, nec capiunt inclusas pectora flammas.
Iamque[2] moras male fert cupidoque revertitur ore
ad mandata Procnes[3] et agit sua vota sub illa.
Facundum faciebat amor quotiensque rogabat
ulterius iusto, Procnen ita velle ferebat;
addidit et lacrimas, tamquam mandasset et illas.
Pro superi, quantum mortalia pectora[4] caecae
noctis habent! Ipso sceleris molimine Tereus
creditur esse pius laudemque a crimine sumit.
Quid quod idem Philomela cupit patriosque lacertis
blanda tenens umeros, ut eat visura sororem,
perque suam contraque suam petit ipsa salutem[5].
Spectat eam Tereus praecontrectatque videndo
osculaque et collo circumdata bracchia cernens[6]
omnia pro stimulis facibusque ciboque furoris
accipit et, quotiens amplectitur illa parentem,
esse parens vellet: neque enim minus inpius esset.
Vincitur ambarum[7] genitor prece: gaudet agitque

---

1 effreno=inopino

2 Iamque=Dumque

3 ad mandata Procnes=ad prognes mandata=mandata ad procnes

4 pectora=corpora

5 perque suam=proque sua; ipsa=usque=illa

6 cernens=tendens

7 ambarum=amborum

illa patri grates et successisse duabus
id putat infelix, quod erat lugubre duabus.
Iam labor exiguus Phoebo restabat equique
pulsabant pedibus spatium declivis Olympi:
regales epulae mensis et Bacchus in auro
ponitur; hinc placido dantur sua corpora[1] somno.
At rex Odrysius, quamvis secessit, in[2] illa
aestuat et, repetens faciem motusque manusque,
qualia vult, fingit, quae nondum vidit et ignes
ipse suos nutrit cura removente soporem.
Lux erat, et generi dextram conplexus euntis
Pandion comitem lacrimis commendat obortis:
'Hanc ego, care gener, quoniam pia causa coegit,
ut voluere ambae, voluisti tu quoque, Tereu,
do tibi perque fidem cognataque pectora[3] supplex,
per superos[4] oro, patrio ut tuearis amore
et mihi sollicito[5] lenimen dulce senectae
quam primum (omnis erit nobis mora longa) remittas.
Tu quoque quam primum (satis est procul esse sororem),
si pietas ulla est, ad me, Philomela, redito.'

---

1 corpora=tempora

2 secessit, in= secesserat=secesserit

3 pectora=pignora

4 per superos=per superosque

5 sollicito=sollicitae

Mandabat pariterque suae dabat oscula natae,
et lacrimae mites inter mandata cadebant,
utque fide pignus dextras utriusque poposcit[1]
inter seque datas iunxit natamque nepotemque
absentes pro se memori rogat ore salutent
supremumque vale pleno singultibus ore
vix dixit timuitque suae praesagia mentis.
Ut semel[2] inposita est pictae Philomela carinae
admotumque[3] fretum remis tellusque repulsa est,
'Vicimus!' exclamat 'mecum mea vota feruntur!'
Exultatque et vix animo sua gaudia differt
barbarus et nusquam lumen detorquet[4] ab illa,
non aliter, quam cum pedibus praedator obuncis[5]
deposuit nido leporem Iovis ales in[6] alto:
nulla fuga est capto, spectat sua praemia raptor.
Iamque iter effectum[7] iamque in sua litora fessis
puppibus exierant, cum rex Pandione natam
in stabula alta trahit silvis obscura vetustis
atque ibi pallentem trepidamque et cuncta timentem

---

1 utque fide=ut fidei; utriusque=utrasque

2 Ut semel=Ut simul=At simul

3 admotumque=immotumque

4 lumen detorquet=sua lumina torquet=lumen deflectet

5 obuncis=aduncis

6 in=ab

7 effectum=effectum est=affectum=affectum est

et iam cum lacrimis, ubi sit germana, rogantem
includit[1] fassusque nefas et virginem et unam
vi superat frustra clamato saepe parente,
saepe sorore sua, magnis super omnia divis.
Illa tremit velut agna pavens, quae saucia cani
ore excussa lupi nondum sibi tuta videtur,
utque columba suo madefactis sanguine plumis[2]
horret adhuc avidosque timet, quibus haeserat, ungues.
Mox, ubi mens rediit, passos[3] laniata capillos,
lugenti similis, caesis plangore lacertis,
intendens palmas 'O diris barbare factis!
O crudelis!' ait 'nec te mandata parentis
cum lacrimis movere piis nec cura sororis,
nec mea virginitas nec coniugialia iura.
Omnia turbasti: paelex ego facta sororis,
tu geminus coniunx, hostis mihi debita Procne[4]!
Quin animam hanc, ne quod facinus tibi, perfide, restet,
eripis? Atque utinam fecisses ante nefandos
concubitus! Vacuas habuissem criminis umbras.
Si tamen haec superi cernunt, si numina divum
sunt aliquid, si non perierunt omnia mecum,

---

1 includit=inclusit

2 plumis=pennis

3 passos=sparsos

4 hostis=non haec; Procne=poena

quandocumque mihi poenas dabis. Ipsa pudore
proiecto tua facta loquar: si copia detur,
in populos veniam; si silvis clausa tenebor,
inplebo silvas et conscia saxa movebo[1].
Audiet[2] haec aether et si deus ullus in illo est.'
Talibus ira feri postquam commota tyranni,
nec minor hac[3] metus est, causa stimulatus utraque,
quo fuit accinctus, vagina liberat[4] ensem
adreptamque[5] coma flexis post terga lacertis
vincla pati cogit; iugulum Philomela parabat
spemque suae mortis viso conceperat ense:
ille indignantem[6] et nomen patris usque vocantem
luctantemque loqui conprensam[7] forcipe linguam
abstulit ense fero[8]; radix micat ultima linguae,
ipsa iacet terraeque tremens inmurmurat atrae,
utque salire solet mutilatae cauda colubrae,
palpitat et moriens[9] dominae vestigia quaerit.

1 movebo=querelis

2 Audiet=Audiat

3 hac=huic

4 liberat=deripit

5 adreptamque=arreptaque

6 indignantem=indignanti

7 conprensam=compressam

8 fero=ferox

9 et moriens=atque movens

Hoc quoque post facinus (vix ausim credere) fertur
saepe sua lacerum repetisse libidine corpus.
Sustinet ad Procnen post talia facta reverti,
coniuge quae viso germanam quaerit; at ille
dat gemitus fictos commentaque funera narrat;
et lacrimae fecere fidem. Velamina Procne
deripit[1] ex umeris auro fulgentia lato
induiturque atras vestes et inane sepulcrum
constituit falsisque piacula manibus infert
et luget non sic lugendae fata sororis.
Signa deus bis sex acto lustraverat anno:
quid faciat Philomela? Fugam custodia claudit,
structa rigent solido stabulorum moenia saxo,
os mutum facti caret indice. Grande doloris
ingenium est, miserisque venit sollertia rebus.
Stamina barbarica suspendit callida[2] tela
purpureasque notas filis intexuit albis,
indicium sceleris, perfectaque tradidit uni,
utque ferat dominae, gestu rogat; illa[3] rogata
pertulit ad Procnen: nescit, quid tradat in illis[4].

1 deripit=diripit

2 callida=pallida=candida

3 illa=ille

4 nescit=nes scit; in illis=at illa

Evoluit vestes saevi matrona tyranni[1]
Fortunaeque[2] suae carmen miserabile legit
et (mirum potuisse) silet: dolor ora repressit,
verbaque quaerenti satis indignantia linguae
defuerunt[3], nec flere vacat, sed fasque nefasque
confusura ruit poenaeque in imagine tota est.
Tempus erat, quo sacra solent trieterica Bacchi
Sithoniae celebrare nurus: nox conscia sacris.
Nocte sonat Rhodope tinnitibus aeris acuti;
nocte sua est egressa domo regina deique
ritibus instruitur furialiaque accipit[4] arma:
vite caput tegitur, lateri cervina sinistro
vellera dependent, umero levis incubat hasta.
Concita per silvas turba comitante suarum
terribilis Procne furiisque agitata doloris,
Bacche, tuas simulat; venit ad stabula avia tandem[5]
exululatque euhoeque sonat portasque refringit
germanamque rapit raptaeque insignia Bacchi
induit et vultus hederarum frondibus abdit

1 Evoluit=Vt volvit; vestes=vestem

2 Fortunaeque=germanaeque

3 defuerunt=defuerant

4 accipit=instruit

5 tuas=vias; stabula avia=stabularia

attonitamque trahens intra sua moenia[1] ducit.
Ut sensit tetigisse domum Philomela nefandam,
horruit[2] infelix totoque expalluit ore;
nacta locum Procne sacrorum pignora demit
oraque develat miserae pudibunda sororis
amplexumque petit; sed non attollere contra
sustinet haec oculos, paelex sibi visa sororis,
deiectoque in humum vultu iurare volenti
testarique deos, per vim sibi dedecus illud
illatum, pro voce manus fuit. Ardet et iram
non capit ipsa suam Procne fletumque sororis
corripiens 'Non est lacrimis hoc' inquit 'agendum,
sed ferro, sed siquid habes, quod vincere ferrum
possit. In omne nefas ego me, germana, paravi;
aut ego, cum facibus regalia tecta cremabo,
artificem mediis inmittam Terea flammis,
aut linguam aut oculos, et[3] quae tibi membra pudorem
abstulerunt[4], ferro rapiam aut per vulnera mille
sontem animam expellam. Magnum[5] quodcumque paravi:
quid sit, adhuc dubito.' Peragit dum talia Procne,

1 moenia=limina

2 horruit=corruit

3 et=aut

4 abstulerunt=abstulerant=abstulerint

5 Magnum=Magnum est

ad matrem veniebat Itys: quid possit, ab illo
admonita est oculisque tuens inmitibus 'A, quam
es similis patri!' dixit nec plura locuta
triste parat facinus tacitaque exaestuat ira.
Ut tamen accessit natus matrique salutem
attulit et parvis adduxit colla lacertis
mixtaque blanditiis puerilibus oscula iunxit,
mota quidem est genetrix infractaque constitit ira,
invitique oculi lacrimis maduere coactis;
sed simul ex nimia mentem pietate labare[1]
sensit, ab hoc iterum est ad vultus[2] versa sororis;
inque vicem spectans ambos 'cur admovet' inquit
'Alter blanditias, rapta silet altera lingua?
quam vocat hic matrem, cur non vocat illa sororem?
Cui sis nupta, vide, Pandione nata, marito.
Degeneras! Scelus est pietas in coniuge Tereo.'[3]
Nec mora, traxit Ityn, veluti Gangetica cervae
lactentem fetum per silvas tigris opacas,
utque domus altae partem tenuere remotam,
tendentemque manus et[4] iam sua fata videntem
Et 'mater, mater' clamantem et colla petentem

1 ex nimia=et nimia=eximia; mentem=mortem=matrem ex

2 vultus=vultum

3 Degeneras=Degenera; Tereo=Terei

4 et=sed

ense ferit Procne, lateri qua pectus adhaeret,
nec vultum[1] vertit; satis illi ad fata vel unum
vulnus erat, iugulum ferro Philomela resoluit;
vivaque adhuc animaeque aliquid retinentia membra
dilaniant: pars inde cavis exsultat aenis,
pars veribus stridunt[2]; manant penetralia tabo.
His adhibet coniunx ignarum Terea mensis
et patrii moris sacrum mentita, quod uni
fas sit adire viro, comites famulosque removit.
Ipse sedens solio Tereus sublimis avito[3]
vescitur inque suam sua viscera congerit alvum.
Tantaque nox animi est: 'Ityn huc accersite' dixit.
Dissimulare nequit crudelia gaudia Procne;
iamque suae cupiens exsistere nuntia cladis
'Intus habes, quem[4] poscis' ait. Circumspicit ille
atque, ubi sit, quaerit: quaerenti iterumque vocanti,
sicut erat sparsis furiali caede capillis,
prosiluit[5] Ityosque caput Philomela cruentum
misit in ora patris nec tempore maluit ullo

1 vultum=vultus

2 stridunt=strident=stridet

3 avito=in alto=in auro

4 quem=quod

5 prosiluit=prosiliit

posse loqui et meritis[1] testari gaudia dictis.
Thracius ingenti mensas clamore repellit[2]
vipereasque ciet[3] Stygia de valle sorores
et modo, si posset[4], reserato pectore diras
egerere inde dapes inmersaque[5] viscera gestit,
flet[6] modo seque vocat bustum miserabile nati;
nunc sequitur nudo genitas Pandione ferro.
Corpora Cecropidum pennis pendere putares:
pendebant pennis. Quarum petit altera silvas,
altera tecta subit; neque adhuc de pectore caedis
excessere notae, signataque sanguine pluma est.
Ille dolore suo[7] poenaeque cupidine velox
vertitur in volucrem, cui stant in vertice cristae,
prominet inmodicum pro longa[8] cuspide rostrum:
nomen epops volucri[9], facies armata videtur.
Hic dolor ante diem[10] longaeque extrema senectae

---

1 meritis=mentis

2 repellit=replevit

3 ciet=movet

4 posset=possit

5 inmersaque=emersaque=semesaque=immensaque

6 flet=it

7 suo=furens

8 pro longa=praelonga

9 volucri=volucri est=volucris

10 ante diem=et luctus

tempora Tartareas Pandiona misit ad umbras;
sceptra loci rerumque capit moderamen Erechtheus,
iustitia dubium[1] validisne potentior armis.
Quattuor ille quidem iuvenes totidemque crearat
femineae sortis, sed erat par forma duarum;
e quibus Aeolides Cephalus te coniuge felix
Procri, fuit; Boreae Tereus Thracesque nocebant,
dilectaque diu caruit deus Orithyia,
dum rogat et precibus mavult quam viribus uti.
Ast ubi blanditiis agitur nihil, horridus ira,
quae solita est illi nimiumque domestica vento,
'Et merito!' dixit 'quid enim mea tela reliqui,
saevitiam et vires iramque animosque minaces
admovique preces, quarum me dedecet usus?
apta mihi vis est: vi[2] tristia nubila pello,
vi freta concutio nodosaque robora verto[3]
induroque nives et terras grandine pulso[4];
idem ego cum fratres caelo sum nactus aperto
(nam mihi campus is est), tanto molimine luctor,
ut medius nostris concursibus insonet aether
exsiliantque cavis elisi nubibus ignes;

---

1 dubium=dubium est

2 vi=ut=et=haec=hac

3 vi=ut=et=haec=hac; verto=vertam

4 induroque...pulso=induremque...pulsem

idem ego, cum subii[1] convexa foramina terrae
supposuique[2] ferox imis mea terga cavernis,
sollicito manes totumque tremoribus orbem.
Hac ope debueram thalamos petiisse, socerque
non orandus erat mihi, sed faciendus Erechtheus[3].'
Haec Boreas aut his non inferiora locutus
excussit[4] pennas, quarum iactatibus omnis
afflata est tellus latumque[5] perhorruit aequor,
pulvereamque trahens per summa cacumina pallam[6]
verrit[7] humum pavidamque metu caligine tectus
Orithyian amans[8] fulvis amplectitur alis.
Dum volat arserunt agitati fortius ignes,
nec prius aerii cursus subpressit habenas,
quam Ciconum tenuit populos et moenia raptor.
Illic et gelidi[9] coniunx Actaea tyranni
et genetrix facta est, partus enixa gemellos,

1 subii=subeo

2 supposuique=supponoque

3 orandus=optandus; mihi, sed=sed vi

4 excussit=concussit

5 latumque=totumque

6 pallam=pellem

7 verrit=vertit

8 amans=adamans=clamans=rapiens

9 et gelidi=egelidi

cetera qui matris, pennas genitoris haberent[1].
Non tamen has una memorant cum corpore natas,
barbaque dum rutilis aberat subnixa capillis,
inplumes Calaisque puer Zetesque[2] fuerunt;
mox pariter pennae ritu coepere volucrum
cingere utrumque latus, pariter flavescere malae.
Ergo ubi concessit tempus puerile[3] iuventae,
vellera cum Minyis nitido radiantia villo
per mare non notum[4] prima petiere carina.

1 haberent=habebant

2 Zetesque=zethosque=zetusque

3 puerile=iuvenile

4 notum=motum=tutum

METAMORPHOSEON LIBER VII

《变形记》

第七卷

Iamque fretum Minyae Pagasaea[1] puppe secabant,
perpetuaque trahens inopem sub nocte senectam
Phineus visus erat, iuvenesque Aquilone creati
virgineas volucres miseri senis ore fugarant,
multaque perpessi claro sub Iasone tandem
contigerant rapidas limosi Phasidos undas[2];
dumque adeunt regem Phrixeaque vellera poscunt
lexque datur Minyis magnorum horrenda laborum[3],
concipit interea validos Aeetias ignes
et luctata diu, postquam ratione furorem
vincere non poterat, 'Frustra, Medea, repugnas:
nescio quis deus obstat' ait 'mirumque quid hoc est[4],
aut aliquid certe simile huic, quod amare vocatur.
Nam cur iussa patris nimium mihi dura videntur?
Sunt quoque dura nimis! Cur, quem modo denique vidi,

---

1 Pagasaea=Pegasaea

2 limosi=limosae; Phasidos=Phasidis

3 lexque datur Minyis=visque datur numeris; laborum=malorum

4 obstat=obstet=optat; quid=nisi

Ne pereat, timeo? Quae tanti causa timoris[1]?
Excute virgineo conceptas pectore flammas,
si potes, infelix. Si possem, sanior essem;
sed trahit[2] invitam nova vis, aliudque cupido,
mens aliud suadet: video meliora proboque,
deteriora sequor! Quid in hospite, regia virgo,
ureris et thalamos alieni concipis orbis?
Haec quoque terra potest, quod ames, dare. Vivat an ille
occidat, in dis est; vivat tamen! idque precari
vel sine amore licet; quid enim commisit Iason?
Quem nisi crudelem non tangat Iasonis aetas
et genus et virtus? Quem non, ut cetera desint,
ore[3] movere potest? Certe mea pectora movit.
At nisi opem tulero, taurorum adflabitur ore[4]
concurretque suae segetis[5] tellure creatis
hostibus aut avido dabitur fera[6] praeda draconi.
Hoc ego si patiar, tum me de tigride natam,
tum ferrum et scopulos gestare in corde fatebor.
Cur non et specto[7] pereuntem oculosque videndo

1 timoris=doloris=furoris

2 trahit=gravat

3 ore=forma

4 ore=igne

5 segetis=segeti

6 fera=mera

7 non et specto=et non specto=non exspecto

conscelero? Cur non tauros exhortor in illum
terrigenasque feros insopitumque draconem?
Di meliora velint. Quamquam non ista precanda,
sed facienda mihi. Prodamne ego[1] regna parentis,
atque ope nescio quis servabitur advena nostra,
ut per me sospes sine me det lintea ventis
virque sit alterius, poenae Medea relinquar?
Si facere hoc aliamve potest praeponere nobis,
occidat ingratus! Sed non is vultus in illo,
non ea nobilitas animo est, ea gratia formae,
ut timeam fraudem meritique oblivia nostri.
Et dabit ante fidem cogamque in foedera testes
esse deos. Quid[2] tuta times? Accingere et omnem
pelle moram! Tibi se semper debebit Iason,
te face sollemni iunget sibi, perque Pelasgas
servatrix urbes matrum celebrabere turba.
Ergo ego germanam fratremque patremque deosque
et natale solum ventis ablata relinquam?
Nempe pater saevus, nempe est mea barbara tellus,
frater adhuc infans. Stant mecum vota sororis,
maximus intra me deus est. Non magna relinquam,
magna sequar: titulum servatae pubis[3] Achivae

1 Prodamne ego=Prodam nego

2 Quid=Quin

3 pubis=pupis=puppis

notitiamque loci[1] melioris et oppida, quorum
hic quoque fama viget, cultusque artesque locorum,
quemque ego cum rebus, quas totus possidet orbis,
Aesoniden mutasse velim, quo coniuge felix
et dis cara ferar et vertice sidera tangam.
Quid quod nescio qui mediis occurrere in undis
dicuntur montes ratibusque inimica Charybdis
nunc sorbere fretum, nunc reddere, cinctaque[2] saevis
Scylla rapax canibus Siculo latrare profundo?
Nempe tenens, quod amo, gremioque in Iasonis haerens
per freta longa ferar: nihil illum amplexa verebor[3],
aut, siquid metuam, metuam de coniuge solo.
Coniugiumne putas[4] speciosaque nomina culpae
inponis[5], Medea, tuae?—quin adspice, quantum
adgrediare nefas, et, dum licet, effuge crimen.'
Dixit, et ante oculos rectum pietasque pudorque
constiterant, et victa dabat iam terga Cupido.
Ibat ad antiquas Hecates Perseidos aras,
quas nemus umbrosum secretaque silva tegebat,

1 loci=soli

2 cinctaque=cunctaque

3 verebor=timebo

4 putas=vocas

5 inponis=praeponis

et iam fortis erat, pulsusque resederat ardor[1],
cum videt Aesoniden, extinctaque flamma reluxit.
Erubuere genae, totoque recanduit[2] ore,
utque solet ventis alimenta adsumere, quaeque
parva sub inducta latuit[3] scintilla favilla,
crescere et in veteres agitata resurgere vires,
sic iam lenis[4] amor, iam quem languere putares,
ut vidit iuvenem, specie praesentis inarsit,
et casu solito[5] formosior Aesone natus
Illa luce fuit: posses ignoscere[6] amanti.
Spectat et in vultu veluti tum denique viso
lumina fixa tenet nec se mortalia demens
ora videre putat nec se declinat ab illo.
Ut vero coepitque loqui dextramque prehendit
hospes et auxilium submissa voce rogavit
promisitque torum, lacrimis ait illa profusis:
'Quid faciam, video, nec me[7] ignorantia veri
decipiet, sed amor. Servabere munere nostro:
servatus promissa dato!' Per sacra triformis

---

1 fortis=fractus; resederat= residerat=recesserat=quieverat

2 recanduit=excanduit

3 latuit=patuit=patimur

4 lenis=lentus ex

5 solito=subito

6 posses ignoscere=ignosci possit

7 nec me=non

ille deae, lucoque foret quod numen in illo,
perque patrem soceri cernentem cuncta futuri[1]
eventusque suos et tanta pericula iurat;
creditus accepit cantatas protinus herbas
edidicitque usum laetusque in tecta recessit.
Postera depulerat stellas aurora micantes:
conveniunt populi sacrum Mavortis in arvum
consistuntque iugis; medio rex ipse resedit
agmine purpureus sceptroque insignis eburno.
Ecce adamanteis Vulcanum naribus efflant[2]
aeripedes tauri, tactaeque vaporibus herbae
ardent; utque solent pleni resonare camini,
aut ubi terrena silices fornace soluti
concipiunt ignem liquidarum adspergine aquarum,
pectora sic intus clausas volventia flammas
gutturaque usta sonant. Tamen illis Aesone natus
obvius it: vertere truces venientis ad ora
terribiles vultus praefixaque cornua ferro
pulvereumque solum pede pulsavere bisulco
fumificisque locum mugitibus impleverunt.
Deriguere metu Minyae; subit ille nec illos[3]

1 futuri=futura

2 efflant=afflant

3 illos=ignes

sensit anhelantes[1] (tantum medicamina possunt)
pendulaque audaci mulcet palearia dextra
suppositosque iugo pondus grave cogit aratri
ducere et insuetum ferro proscindere campum.
Mirantur Colchi, Minyae clamoribus augent
adiciuntque animos. Galea tum sumit aena
vipereos dentes et aratos spargit in agros.
Semina mollit humus valido praetincta veneno,
et crescunt fiuntque sati nova corpora dentes;
utque hominis speciem materna sumit in alvo
perque suos intus numeros conponitur infans
nec nisi maturus communes exit in auras,
sic, ubi visceribus gravidae telluris imago
effecta est hominis, feto consurgit in arvo,
quodque magis mirum est, simul edita concutit arma.
Quos ubi viderunt praeacutae cuspidis hastas
in caput Haemonii iuvenis torquere parantes,
demisere metu vultumque animumque Pelasgi.
Ipsa quoque extimuit, quae tutum fecerat illum,
utque peti vidit iuvenem tot ab hostibus unum,
palluit et subito sine sanguine frigida sedit;
neve parum valeant a se data gramina, carmen
auxiliare canit secretasque advocat artes.

1 anhelantes=anhelatus=anhelatos

Ille gravem medios silicem iaculatus in hostes
a se depulsum Martem convertit in ipsos:
terrigenae pereunt per mutua vulnera fratres
civilique cadunt acie. Gratantur Achivi
victoremque tenent avidisque amplexibus haerent.
Tu quoque victorem complecti, barbara, velles;
obstitit incepto pudor. At conplexa fuisses,
sed te, ne faceres, tenuit reverentia famae[1]:
quod licet, adfectu tacito laetaris agisque
carminibus grates et dis auctoribus[2] horum.
Pervigilem superest herbis sopire draconem,
Qui crista linguisque tribus praesignis et uncis
dentibus horrendus custos erat arboris aureae.
Hunc postquam sparsit Lethaei gramine[3] suci
verbaque ter dixit placidos facientia somnos,
quae mare turbatum, quae concita flumina sistunt,
somnus in ignotos oculos subrepit[4], et auro
heros Aesonius potitur spolioque superbus
muneris auctorem secum, spolia altera, portans[5],

1 Order of line 145 and line 146 reverted in Anderson.

2 auctoribus=actoribus

3 gramine=carmine

4 subrepit=ubi venit=obrepit=sibi venit

5 altera=alta=arte; portans=reportans

victor Iolciacos[1] tetigit cum coniuge portus.
Haemoniae matres pro gnatis dona receptis
grandaevique ferunt patres congestaque flamma
tura liquefaciunt, inductaque cornibus aurum
victima vota facit[2]; sed abest gratantibus Aeson
iam propior leto fessusque senilibus annis,
cum sic Aesonides: 'O cui debere salutem
confiteor, coniunx, quamquam mihi cuncta dedisti
excessitque fidem meritorum summa tuorum,
si tamen hoc possunt (quid enim non carmina possunt?),
deme meis annis et demptos adde parenti!'
Nec tenuit lacrimas: mota est pietate rogantis,
dissimilemque animum subiit Aeeta relictus;
nec tamen adfectus tales confessa 'Quod' inquit
'excidit ore tuo[3], coniunx, scelus? Ergo ego cuiquam
posse tuae videor spatium transcribere vitae?
Nec sinat hoc Hecate, nec tu petis aequa, sed isto,
quod petis, experiar maius dare munus, Iason.
Arte mea soceri longum temptabimus aevum,
non annis renovare[4] tuis, modo diva triformis
adiuvet et praesens ingentibus adnuat ausis.'

1 Iolciacos=Cholchiacos=Cecropios

2 facit=litat=cadit

3 tuo=pio

4 renovare=revocare

Tres aberant noctes, ut cornua tota coirent
efficerentque orbem. Postquam plenissima fulsit
et solida terras spectavit imagine luna,
egreditur tectis vestes induta recinctas[1],
nuda pedem, nudos[2] umeris infusa capillos,
fertque vagos mediae per muta silentia noctis
incomitata gradus. Homines volucresque ferasque
soluerat alta quies: nullo cum murmure saepes[3],
inmotaeque[4] silent frondes, silet umidus aer;
sidera sola micant; ad quae sua bracchia tendens
ter se convertit, ter sumptis flumine crinem
inroravit aquis ternisque ululatibus[5] ora
soluit et in dura submisso poplite terra
'Nox' ait 'arcanis fidissima, quaeque diurnis
aurea cum luna succeditis ignibus astra,
tuque triceps Hecate, quae coeptis conscia nostris
adiutrixque venis cantusque artisque magorum,
quaeque magos, Tellus, pollentibus instruis herbis[6],
auraeque et venti montesque amnesque lacusque

1 induta=inducta=exuta; recinctas=relictas=relictis

2 nudos=nudis

3 saepes=serpit=serpens=serpunt=stertunt. In some verions, there is a line 186a: sopitae similis, nullo cum murmure serpens/saepes.

4 inmotaeque=immixtaeque

5 ululatibus=hiatibus=iatibus

6 pollentibus=pallentibus; herbis=armis

dique omnes nemorum dique omnes noctis adeste.
Quorum ope, cum volui, ripis mirantibus amnes
in fontes rediere suos, concussaque sisto,
stantia concutio cantu freta, nubila pello
nubilaque induco, ventos abigoque vocoque,
vipereas rumpo verbis et carmine fauces,
vivaque saxa sua convulsaque robora terra
et silvas moveo iubeoque tremescere montes
et mugire solum manesque exire sepulcris.
Te quoque, Luna, traho, quamvis Temesaea[1] labores
aera tuos minuant; currus quoque carmine nostro
pallet avi[2], pallet nostris Aurora venenis.
Vos mihi taurorum flammas hebetastis et unco
inpatiens[3] oneris collum pressistis aratro,
vos serpentigenis in se fera[4] bella dedistis
custodemque rudem somno sopistis et aurum[5]
vindice decepto Graias misistis in urbes.
Nunc opus est sucis, per quos renovata[6] senectus
in florem redeat primosque reconligat annos.

1 Temesaea=temerata

2 avi=aut=et=at

3 inpatiens=haud patiens

4 fera=nova

5 rudem=rubrum; somno=somni

6 renovata=revocata

Et dabitis! Neque enim micuerunt sidera frustra
nec frustra volucrum tractus cervice draconum
currus adest.' Aderat demissus ab aethere currus.
Quo simul adscendit frenataque colla draconum
permulsit manibusque leves agitavit habenas,
sublimis rapitur subiectaque Thessala Tempe
despicit et certis regionibus adplicat angues[1]
et, quas Ossa tulit, quas altus Pelion herbas
Othrysque Pindusque et Pindo maior Olympus,
perspicit et placitas[2] partim radice revellit,
partim succidit curvamine falcis aenae.
Multa quoque Apidani[3] placuerunt gramina ripis,
multa quoque Amphrysi, neque eras inmunis, Enipeu;
nec non Peneos, nec non Spercheides undae
contribuere aliquid iuncosaque litora Boebes[4].
Carpsit et Euboica vivax Anthedone gramen,
nondum mutato vulgatum corpore Glauci.
Et iam nona dies curru pennisque draconum
nonaque nox omnes lustrantem viderat agros,
cum rediit; neque erant tacti nisi odore dracones
et tamen annosae pellem posuere senectae.

1 despicit=dispicit; certis==cretis=creteis=Cretes

2 placitas=placita=placidas

3 Apidani=eridani

4 Boebes=phebes

Constitit adveniens citra limenque foresque
et tantum caelo tegitur refugitque viriles
contactus statuitque aras e caespite binas,
dexteriore Hecates, ast laeva parte Iuventae.
Has ubi verbenis silvaque incinxit agresti,
haud procul egesta[1] scrobibus tellure duabus
sacra facit cultrosque in guttura velleris atri
conicit et patulas perfundit[2] sanguine fossas.
Tum super invergens liquidi carchesia vini[3]
alteraque invergens tepidi carchesia lactis[4]
verba simul fundit terrenaque numina lenit[5]
umbrarumque rogat rapta cum coniuge regem,
ne properent artus anima fraudare senili[6].
Quos ubi placavit precibusque et murmure[7] longo,
Aesonis effetum proferri corpus ad auras[8]
iussit et in plenos resolutum carmine somnos
exanimi similem stratis porrexit in herbis.
Hinc procul Aesoniden, procul hinc iubet ire ministros,

---

1 egesta=eiecta

2 perfundit=perfudit=profundit

3 liquidi=tepidi; vini=mellis=lactis=bacchi

4 alteraque=aereaque=hereaque=era quoque; tepidi...lactis=liquidi...mellis

5 fundit=fudit; lenit=civit

6 senili=seniles

7 murmure=carmine

8 proferri=produci; auras=aras

et monet arcanis oculos removere profanos.
Diffugiunt iussi, passis[1] Medea capillis
Bacchantum ritu flagrantes circuit aras
multifidasque faces in fossa sanguinis atra[2]
tingit et infectas geminis accendit in aris
terque senem flamma, ter aqua, ter sulphure lustrat.
Interea validum posito medicamen aeno
fervet et exsultat spumisque tumentibus albet.
Illic Haemonia radices valle resectas
seminaque floresque et sucos incoquit atros[3].
Adicit extremo lapides Oriente petitos
et, quas Oceani refluum mare lavit, harenas[4];
addit et exceptas luna pernocte[5] pruinas
et strigis infames ipsis cum carnibus alas
inque virum soliti vultus mutare ferinos
ambigui prosecta lupi; nec defuit illis
squamea Cinyphii tenuis membrana chelydri
vivacisque iecur cervi, quibus insuper addit
ora[6] caputque novem cornicis saecula passae.

1 passis=sparsis

2 atra=atri

3 atros=acres

4 et quas Oceani refluum mare lavit harenas=et quos oceani reflui maris unda relavit

5 pernocte=de nocte=sub nocte

6 ora=ova

His et mille aliis postquam sine nomine rebus
propositum instruxit mortali barbara maius,
arenti ramo iampridem mitis olivae
omnia confudit summisque inmiscuit ima.
Ecce vetus calido versatus stipes aeno
fit viridis primo nec longo tempore frondes
induit et subito gravidis oneratur olivis;
at quacumque cavi spumas eiecit aeni
ignis et in terram guttae cecidere calentes,
vernat humus, floresque et mollia pabula surgunt[1].
Quae simul ac vidit, stricto Medea recludit[2]
ense senis iugulum veteremque exire cruorem
passa replet sucis; quos postquam conbibit Aeson
aut ore acceptos aut vulnere, barba comaeque
canitie posita nigrum rapuere colorem[3],
pulsa fugit macies, abeunt pallorque situsque,
adiectoque cavae supplentur corpore rugae,
membraque luxuriant: Aeson miratur et olim
ante quater denos hunc se reminiscitur annos.
Viderat ex alto tanti miracula monstri
Liber et admonitus iuvenes nutricibus annos

1 surgunt=crescunt

2 recludit=recidit=reclusit

3 colorem=cruorem

posse suis reddi capit hoc a Colchide[1] munus.
Neve doli cessent, odium cum coniuge falsum
Phasias adsimulat Peliaeque ad limina supplex
confugit, atque illam, quoniam gravis ipse senecta est,
excipiunt natae; quas tempore callida parvo
Colchis amicitiae mendacis[2] imagine cepit,
dumque refert inter meritorum maxima demptos
Aesonis esse situs atque hac in parte moratur,
spes est virginibus Pelia subiecta creatis
arte suum parili revirescere[3] posse parentem,
idque petunt pretiumque iubent sine fine pacisci.
Illa brevi spatio silet et dubitare videtur
suspenditque animos ficta gravitate rogantes;
mox, ubi pollicita est, 'Quo sit fiducia maior
muneris huius' ait, 'qui vestras maximus aevo est
dux gregis inter oves, agnus medicamine fiet.'
Protinus innumeris effetus[4] laniger annis
attrahitur flexo circum cava[5] tempora cornu;
cuius ut Haemonio marcentia guttura[6] cultro

1 Colchide=Thetide=Tetheia=Aeetide

2 mendacis=fallacis

3 revirescere=iuvenescere

4 effetus=effectus

5 cava=sua

6 guttura=corpora

fodit et exiguo maculavit sanguine ferrum,
membra simul pecudis validosque venefica sucos
mergit in aere cavo: minuunt ea corporis artus
cornuaque exurunt nec non cum cornibus annos,
et tener auditur medio balatus aeno;
nec mora, balatum mirantibus exsilit agnus
lascivitque fuga[1] lactantiaque ubera quaerit.
Obstipuere satae Pelia, promissaque postquam
exhibuere fidem, tum vero inpensius instant.
ter iuga Phoebus equis in Hibero flumine mersis
dempserat, et quarta radiantia nocte micabant
sidera, cum rapido fallax Aeetias igni
inponit purum laticem et sine viribus herbas;
iamque neci similis resoluto corpore regem
et cum rege suo custodes somnus habebat,
quem dederant cantus magicaeque potentia linguae;
intrarant iussae cum Colchide limina natae
ambierantque torum: 'Quid nunc dubitatis inertes?
Stringite' ait 'gladios veteremque haurite cruorem,
ut repleam vacuas iuvenali sanguine venas.
In manibus vestris vita est aetasque parentis:
si pietas ulla est nec spes agitatis inanes,
officium praestate patri telisque senectam

1 lascivitque fuga=aggrediturque fugam

exigite et saniem coniecto emittite ferro!'
His, ut quaeque pia est, hortatibus inpia prima est
et, ne sit scelerata, facit scelus; haud tamen ictus
ulla suos spectare potest, oculosque reflectunt
caecaque dant saevis aversae vulnera dextris.
Ille cruore fluens cubito[1] tamen adlevat artus
semilacerque toro temptat consurgere et inter
tot medius gladios pallentia bracchia tendens
'Quid facitis, gnatae? quis vos in fata parentis
armat?' ait: cecidere illis animique manusque;
plura locuturo cum verbis guttura Colchis
abstulit et calidis laniatum mersit in undis.
Quodnisi pennatis serpentibus isset in auras,
non exempta foret poenae: fugit alta superque
Pelion umbrosum, Philyreia tecta, superque
Othryn et eventu veteris loca nota Cerambi:
hic ope nympharum sublatus in aera pennis,
cum gravis infuso tellus foret obruta ponto,
Deucalioneas effugit inobrutus undas.
Aeoliam Pitanen a laeva parte reliquit
factaque de saxo longi simulacra draconis
Idaeucmque nemus, quo nati[2] furta, iuvencum,

1 cubito=subito=subitos

2 nati=prati=raptum

occuluit Liber falsi sub imagine cervi,
quaque pater Corythi[1] parva tumulatus harena est,
et quos Maera novo latratu terruit agros,
Eurypylique urbem, qua Coae cornua matres
gesserunt, tum cum discederet Herculis agmen,
Phoebeamque Rhodon et Ialysios Telchinas,
quorum oculos ipso vitiantes[2] omnia visu
Iuppiter exosus fraternis subdidit undis.
Transit et antiquae Cartheia moenia Ceae,
qua pater Alcidamas placidam de corpore natae
miraturus erat nasci potuisse columbam.
Inde lacus Hyries videt et Cycneia Tempe,
quae subitus celebravit olor: nam Phyllius illic
imperio pueri volucresque ferumque leonem[3]
tradiderat domitos; taurum quoque vincere iussus
vicerat et spreto[4] totiens iratus amore
praemia poscenti taurum suprema negabat;
ille indignatus 'cupies dare' dixit et alto
desiluit saxo. Cuncti cecidisse putabant:
factus olor niveis pendebat in aere[5] pennis.

---

1 Corythi=coridi

2 vitiantes=vitantes=minitantes=mutantes

3 leonem=draconem

4 spreto=stricto

5 aere=aera=area

At genetrix Hyrie, servati[1] nescia, flendo
delicuit stagnumque suo de nomine fecit.
adiacet his Pleuron, in qua trepidantibus alis
Ophias effugit natorum vulnera Combe.
Inde Calaureae Letoidos adspicit arva
in volucrem versi cum coniuge conscia regis.
dextra Cyllene est, in qua cum matre Menephron
concubiturus erat saevarum more ferarum.
Cephison procul hinc deflentem fata nepotis
respicit in tumidam phocen ab Apolline versi
Eumelique domum lugentis in aere natum.
Tandem vipereis Ephyren Pirenida pennis
contigit: hic aevo veteres mortalia primo
corpora vulgarunt pluvialibus edita fungis.
Sed postquam Colchis arsit nova nupta venenis
flagrantemque domum regis mare vidit utrumque,
sanguine natorum perfunditur inpius ensis,
ultaque se male mater Iasonis effugit arma.
Hinc Titaniacis ablata draconibus intrat
Palladias arces, quae te, iustissima Phene,
teque, senex Peripha, pariter videre volantes
innixamque novis neptem Polypemonis[2] alis.

1 servati=servari=servatum

2 Polypemonis=Polyphemonis

Excipit hanc Aegeus facto damnandus in uno;
nec satis hospitium est: thalami quoque foedere iungit.
Iamque aderat Theseus, proles ignara parenti,
et[1] virtute sua bimarem pacaverat Isthmon:
huius in exitium miscet Medea, quod olim
attulerat secum Scythicis aconiton ab oris.
Illud Echidneae[2] memorant e dentibus ortum
esse canis; specus est tenebroso caecus hiatu,
est via declivis, per quam Tirynthius heros
restantem contraque diem radiosque micantes
obliquantem oculos nexis adamante catenis
Cerberon abstraxit, rabida[3] qui concitus ira
inplevit pariter ternis latratibus auras
et sparsit virides spumis albentibus agros;
has concresse putant nactasque alimenta feracis
fecundique soli vires cepisse nocendi,
quae quia nascuntur dura vivacia caute,
agrestes aconita vocant; ea coniugis astu
ipse parens Aegeus nato porrexit ut hosti.
Sumpserat ignara Theseus data[4] pocula dextra,
cum pater in capulo gladii cognovit eburno

1 et=qui

2 Echidneae=lethaei=Echidnaeae

3 rabida=rapida

4 data=sacra

signa sui generis facinusque excussit ab ore;
effugit illa necem nebulis per carmina motis.
At genitor, quamquam laetatur sospite nato,
attonitus tamen est ingens[1] discrimine parvo
committi potuisse nefas; fovet ignibus aras[2]
muneribusque deos inplet, feriuntque secures
colla torosa boum vinctorum tempora[3] vittis.
Nullus Erechthidis fertur celebratior illo
inluxisse dies; agitant convivia patres
et medium vulgus, nec non et carmina vino
ingenium faciente canunt: 'Te, maxime Theseu,
mirata est Marathon Cretaei sanguine tauri,
quodque suis securus arat Cromyona colonus,
munus opusque tuum est; tellus Epidauria per te
clavigeram vidit Vulcani occumbere prolem,
vidit et inmitem Cephisias ora Procrusten;
Cercyonis letum vidit Cerealis Eleusin.
Occidit ille Sinis magnis male viribus usus,
Qui poterat curvare trabes et agebat ab alto
ad terram late sparsuras corpora pinus.
Tutus ad Alcathoen, Lelegeia moenia, limes
conposito Scirone patet, sparsisque latronis

---

1 ingens=geniti=genti=ingeniti

2 aras=aram

3 tempora=corpora=cornua

terra negat sedem, sedem negat ossibus unda,
quae iactata diu fertur durasse vetustas
in scopulos; scopulis nomen Scironis[1] inhaeret.
Si titulos annosque[2] tuos numerare velimus,
facta premant annos. Pro te, fortissime, vota
publica suscipimus, Bacchi tibi sumimus haustus.'
Consonat adsensu populi precibusque faventum
regia, nec tota tristis locus ullus in urbe est.
Nec tamen (usque adeo nulla est sincera[3] voluptas,
sollicitumque aliquid laetis intervenit) Aegeus
gaudia percepit nato secura recepto:
bella parat Minos; qui quamquam milite, quamquam
classe valet, patria tamen est firmissimus ira
Androgeique necem iustis ulciscitur armis.
Ante tamen bello vires adquirit amicas,
quaque potens habitus[4], volucri freta classe pererrat.
Hinc Anaphen sibi iungit et Astypaleia regna,
promissis Anaphen, regna Astypaleia bello;
hinc humilem Myconon cretosaque rura Cimoli
florentemque thymo Syron planamque Seriphon[5]

1 Scironis=Chironis

2 annosque=animosque

3 nulla est sincera=sincera est nulla

4 potens habitus=patens aditus=patent aditus

5 Syron=Cythnon=Ciphon=Cyprum; planamque=parvamque=plantaque

marmoreamque Paron, quamque inpia prodidit Arne
Sithonis[1]: accepto, quod avara poposcerat, auro
mutata est in avem, quae nunc quoque diligit aurum,
nigra pedes, nigris velata monedula pennis.
At non Oliaros Didymeque et Tenos[2] et Andros
et Gyaros nitidaeque ferax Peparethos olivae
Gnosiacas iuvere rates. Latere inde sinistro
Oenopiam Minos petit, Aeacideia regna:
Oenopiam veteres appellavere, sed ipse
Aeacus Aeginam genetricis nomine dixit.
Turba ruit tantaeque virum cognoscere famae
expetit; occurrunt illi Telamonque minorque
quam Telamon Peleus et proles tertia Phocus,
ipse quoque egreditur tardus gravitate senili
Aeacus et, quae sit veniendi causa, requirit.
Admonitus patrii luctus suspirat et illi
dicta refert rector populorum talia centum:
'Arma iuves oro pro gnato sumpta piaeque
pars sis militiae: tumulo solacia posco.'
Huic Asopiades 'Petis inrita' dixit 'et urbi
non facienda meae; neque enim coniunctior ulla
Cecropidis quam est haec tellus: ea foedera nobis.'

---

1 Sithonis=Sithon=Siphnon et

2 Tenos=senos

Tristis abit 'Stabunt' que 'tibi tua foedera magno'
dixit et utilius bellum putat esse minari,
quam gerere atque suas ibi praeconsumere vires.
Classis ab Oenopiis etiamnum Lyctia muris
spectari poterat, cum pleno concita velo
Attica puppis adest in portusque intrat amicos,
quae Cephalum patriaeque simul mandata ferebat.
Aeacidae longo iuvenes post tempore visum
agnovere tamen Cephalum dextrasque dedere
inque patris duxere domum. Spectabilis heros
et veteris retinens etiamnum pignora formae
ingreditur ramumque tenens[1] popularis olivae
et[2] dextra laevaque duos aetate minores
maior habet, Clyton et Buten, Pallante creatos.
Postquam congressus primi sua verba tulerunt[3],
Cecropidae Cephalus peragit mandata rogatque
auxilium foedusque refert et iura parentum
imperiumque peti[4] totius Achaidos addit.
Sic ubi mandatam iuvit facundia causam,
Aeacus in capulo sceptri[5] nitente sinistra

1 tenens=ferens

2 et=a

3 tulerunt=dederunt

4 peti=pati

5 sceptri=regni

'Ne petite auxilium, sed sumite,' dixit, 'Athenae,
nec dubie vires, quas haec habet insula, vestras
dicite, et omnia, quae rerum status iste mearum.
Robora non desunt: superat mihi miles et hosti[1].
Gratia dis, felix et inexcusabile tempus.'
'Immo ita sit,' Cephalus 'crescat tua civibus opto
urbs[2]' ait; 'adveniens equidem modo gaudia cepi,
cum tam pulchra mihi, tam par aetate iuventus
obvia processit; multos tamen inde requiro,
quos quondam vidi vestra prius urbe receptus.'
Aeacus ingemuit tristique ita voce locutus:
'Flebile principium melior fortuna secuta est:
hanc utinam possem vobis memorare sine illo!
Ordine nunc repetam, neu longa ambage morer vos:
ossa cinisque iacent, memori quos mente requiris;
et quota pars illi rerum periere mearum!
Dira lues ira populis Iunonis iniquae
incidit exosae dictas a paelice terras.
Dum visum mortale malum tantaeque latebat
causa nocens cladis, pugnatum est arte medendi[3];
exitium superabat opem, quae victa iacebat.
Principio caelum spissa caligine terras

1 hosti=hostis=hoc est

2 urbs=res

3 medendi=medenti

pressit et ignavos inclusit nubibus aestus,
dumque quater iunctis explevit cornibus orbem[1]
luna, quater plenum tenuata retexuit orbem,
Letiferis calidi spirarunt aestibus[2] austri.
Constat et in fontes vitium venisse lacusque,
miliaque incultos serpentum multa[3] per agros
errasse atque suis fluvios temerasse venenis.
Strage canum primo volucrumque oviumque[4] boumque
inque feris subiti deprensa potentia morbi.
Concidere infelix validos miratur arator
inter opus tauros medioque recumbere sulco;
lanigeris gregibus balatus dantibus aegros
sponte sua lanaeque cadunt et corpora tabent;
acer equus quondam magnaeque in pulvere famae
degenerat palmas veterumque oblitus honorum
ad praesepe gemit leto[5] moriturus inerti;
non aper irasci meminit, non fidere cursu
cerva nec armentis incurrere fortibus ursi.
Omnia languor[6] habet: silvisque agrisque viisque

1 iunctis=plenis; explevit=complevit=implevit

2 aestibus=flatibus

3 multa=mille

4 oviumque=aviumque

5 leto=longo=morbo

6 languor=plangor

corpora foeda iacent, vitiantur odoribus aurae[1].
Mira loquar: non illa canes avidaeque volucres,
non cani tetigere lupi; dilapsa liquescunt,
adflatuque nocent et agunt contagia late.
Pervenit ad miseros damno graviore colonos
pestis et in magnae dominatur moenibus urbis.
Viscera torrentur primo, flammaeque latentis[2]
indicium rubor est et ductus anhelitus; igni[3]
aspera lingua tumet, tepidisque arentia ventis[4]
ora patent, auraeque graves captantur hiatu.
Non stratum, non ulla pati velamina possunt,
dura[5] sed in terra ponunt praecordia, nec fit
corpus humo gelidum, sed humus de corpore fervet,
nec moderator adest, inque ipsos saeva medentes
erumpit clades, obsuntque auctoribus artes.
Quo propior quisque est servitque fidelius aegro,
in partem leti citius venit, utque[6] salutis
spes abiit finemque vident in funere morbi,
indulgent animis et nulla, quid utile, cura est:

---

1 aurae=herbae

2 flammaeque latentis=flammaque faceque=flammisque fatiscunt

3 igni=igne=ris=aegre

4 tepidisque=trepidis; ventis=venis=flammis

5 dura=nuda

6 utque=atque=hincque

utile enim nihil est. Passim positoque pudore
fontibus et fluviis puteisque capacibus haerent,
nec sitis est extincta prius quam vita bibendo;
inde graves multi[1] nequeunt consurgere et ipsis
inmoriuntur aquis; aliquis tamen haurit et illas.
Tantaque sunt miseris invisi taedia lecti:
prosiliunt aut, si prohibent consistere[2] vires,
corpora devoluunt in humum fugiuntque penates
quisque suos, sua cuique domus funesta videtur
et, quia causa latet, locus est in crimine parvus[3].
Semianimes errare viis, dum stare valebant,
adspiceres, flentes alios terraque iacentes
lassaque versantes supremo lumina motu
membraque pendentis tendunt ad sidera caeli[4],
hic illic, ubi mors deprenderat, exhalantes.
Quid mihi tunc animi fuit? an, quod debuit esse,
ut vitam odissem et cuperem pars esse meorum[5]?
Quo se cumque acies oculorum flexerat, illic
vulgus erat stratum, veluti cum putria motis
poma cadunt ramis agitataque ilice glandes.

---

1 multi=morbo

2 consistere=consurgere

3 in crimine parvus=in crimine notis=in crimine parvos

4 pendentis=perdentis; tendunt ad sidera=tendentia sidere=tendentes sidera=tendentes ad sidera; caeli=laeti=leti

5 ut=ni; vitam odissem=vita ut movissem; pars=par

Templa vides contra gradibus sublimia longis
(Iuppiter illa tenet): quis non altaribus illis
inrita tura dedit[1]? Quotiens pro coniuge coniunx,
pro gnato genitor, dum verba precantia dicit,
non exoratis animam finivit in aris,
inque manu turis pars inconsumpta[2] reperta est!
Admoti[3] quotiens templis, dum vota sacerdos
concipit et fundit purum inter cornua vinum,
haud exspectato[4] ceciderunt vulnere tauri!
Ipse ego sacra Iovi pro me patriaque tribusque
cum facerem natis, mugitus victima diros
edidit et subito conlapsa sine ictibus ullis
exiguo tinxit subiectos[5] sanguine cultros.
Exta[6] quoque aegra notas veri monitusque deorum
perdiderant: tristes penetrant ad viscera[7] morbi.
Ante sacros vidi proiecta cadavera postes;
ante ipsas, quo mors foret invidiosior, aras.
Pars animam laqueo claudunt mortisque timorem

1 dedit=tulit

2 inconsumpta=inconcussa

3 Admoti=Admoniti

4 exspectato=inspectato

5 exiguo tinxit subiectos=exiguo tinguit subiectos=latos haud tangit subiectos=tingit subiectos exiguo=tingit subiectos effuso

6 Exta=Fibra

7 viscera=sidera

morte fugant ultroque vocant venientia fata.
Corpora missa neci nullis de more feruntur
funeribus: neque enim capiebant funera portae;
aut inhumata premunt terras aut dantur in altos
indotata rogos. Et iam reverentia nulla est,
deque rogis pugnant alienisque ignibus ardent.
Qui lacriment, desunt, indefletaeque vagantur[1]
natorumque virumque[2] animae iuvenumque senumque,
nec locus in tumulos, nec sufficit arbor in ignes.
Attonitus tanto miserarum turbine rerum
"Iuppiter o!" dixi "si te non falsa loquuntur
dicta sub amplexus Aeginae Asopidos isse
nec te, magne pater, nostri pudet esse parentem,
aut mihi redde meos, aut me quoque conde sepulcro."
Ille notam fulgore dedit tonitruque secundo:
"Accipio, sintque ista, precor, felicia mentis
signa tuae" dixi; "quod das mihi, pigneror omen[3]."
Forte fuit iuxta patulis rarissima[4] ramis
sacra Iovi quercus de semine Dodonaeo:
hic nos frugilegas adspeximus agmine longo
grande onus exiguo formicas ore gerentes

1 vagantur=feruntur

2 virumque=patrumque

3 pigneror omen=pigneris omen=pignera numen=pignoris omen=pignora numen

4 rarissima=latissima

rugosoque suum servantes cortice callem;
dum numerum miror, “Totidem, pater optime,” dixi
“tu mihi da cives et inania moenia supple.”
Intremuit ramisque sonum sine flamine motis
alta dedit quercus: pavido mihi membra timore
horruerant stabantque comae; tamen oscula terrae
roboribusque dedi nec me sperare fatebar,
sperabam tamen atque animo mea vota fovebam.
Nox subit, et curis exercita corpora somnus
occupat: ante oculos eadem mihi quercus adesse
et ramis totidem[1] totidemque animalia ramis
ferre suis visa est pariterque[2] tremescere motu
graniferumque agmen subiectis spargere in arvis,
crescere desubito et maius maiusque videri[3]
ac se tollere humo rectoque adsistere trunco
et maciem numerumque pedum nigrumque colorem
ponere et humanam membris inducere formam.
Somnus abit. Damno vigilans mea visa querorque
in superis opis esse nihil; at in aedibus ingens
murmur erat, vocesque hominum exaudire videbar
iam mihi desuetas. Dum suspicor has quoque somni

---

1 ramis totidem=promittere idem=promittit idem=rami totidem=totidem rami=totidem pro formicis=ramos totidem

2 pariterque=parilique

3 desubito=quod subito; videri=videtur

esse, venit Telamon properus foribusque reclusis
“Speque fideque, pater,” dixit “maiora videbis.
Egredere!” Egredior, qualesque in imagine somni
visus eram vidisse viros, ex ordine tales
adspicio noscoque[1]: adeunt regemque salutant.
Vota Iovi soluo populisque recentibus urbem
partior et vacuos priscis cultoribus agros
Myrmidonasque voco nec origine nomina fraudo.
Corpora vidisti: mores, quos ante gerebant[2],
nunc quoque habent; parcum genus est patiensque laborum
quaesitique tenax et quod quaesita reservet.
Hi te ad bella pares annis animisque sequentur,
cum primum, qui te feliciter attulit, eurus’
(eurus enim attulerat) ‘fuerit mutatus in austros.’
Talibus atque aliis longum sermonibus illi
inplevere diem: lucis pars ultima[3] mensae
est data, nox somnis; iubar aureus extulerat sol;
flabat adhuc eurus redituraque vela tenebat:
ad Cephalum Pallante sati, cui grandior aetas,
ad regem Cephalus simul et Pallante creati
conveniunt, sed adhuc regem sopor altus habebat.

1 noscoque=nos hiique=nos mox

2 gerebant=regebant

3 ultima=optima

Excipit Aeacides illos in limine[1] Phocus;
nam Telamon fraterque viros ad bella legebant[2].
Phocus in interius spatium pulchrosque recessus
Cecropidas ducit, cum quis simul ipse resedit.
Adspicit Aeoliden ignota ex arbore factum
ferre manu iaculum, cuius fuit aurea cuspis;
pauca prius mediis sermonibus ante[3] locutus
'Sum nemorum studiosus' ait 'caedisque ferinae;
qua tamen e silva teneas hastile recisum,
iamdudum dubito: certe, si fraxinus esset,
fulva colore foret; si cornus, nodus inesset;
unde sit, ignoro. Sed non formosius isto
viderunt oculi telum iaculabile[4] nostri.'
Excipit Actaeis e fratribus alter et 'Usum
maiorem specie mirabere' dixit 'in isto.
Consequitur, quodcumque petit, fortunaque missum
non regit, et revolat nullo referente cruentum.'
Tum vero iuvenis Nereius omnia quaerit,
cur sit et unde datum, quis tanti muneris auctor;
quae petit, ille refert et cetera: nota pudori[5],

1 limine=limite

2 legebant=gerebant=regebant=monebant=movebant=parabant

3 ante=ille=ipse

4 iaculabile=iactabile

5 et cetera: nota pudori=et cetera nota pudore=ceterum narrare pudori=sed quae narrare pudori Heinsius=sed enim narrare pudori

qua tulerit mercede, silet tactusque dolore[1]
coniugis amissae lacrimis ita fatur obortis:
'Hoc me, nate dea, (quis possit credere?) telum
flere facit facietque diu, si vivere nobis
fata diu dederint: hoc me cum coniuge cara
perdidit; hoc utinam carvissem munere semper!
Procris erat, si forte magis pervenit ad aures
Orithyia tuas, raptae[2] soror Orithyiae,
si faciem moresque velis conferre duarum,
dignior ipsa rapi. Pater hanc mihi iunxit Erechtheus,
hanc mihi iunxit amor: felix dicebar eramque;
non ita dis visum est, aut nunc quoque forsitan essem.
Alter agebatur post sacra[3] iugalia mensis,
cum me cornigeris tendentem retia cervis
vertice de summo semper florentis Hymetti
lutea mane videt pulsis Aurora tenebris
invitumque rapit. Liceat mihi vera referre
pace deae: quod sit roseo spectabilis ore,
quod teneat lucis, teneat confinia noctis,
nectareis quod alatur aquis, ego—Procrin amabam:
pectore Procris erat, Procris mihi semper in ore.
Sacra tori coitusque novos thalamosque recentes

1 dolore=pudore

2 raptae=spartae=magnae

3 sacra=acta

primaque deserti referebam foedera lecti;
mota dea est et “Siste tuas, ingrate, querellas:
Procrin habe!” dixit, “quodsi mea provida mens est,
non habuisse voles” meque illi irata remisit.
Dum redeo mecumque deae memorata retracto,
esse metus coepit, ne iura iugalia coniunx
non bene servasset: facies aetasque iubebat
credere adulterium, prohibebant credere mores;
sed tamen afueram, sed et haec erat, unde redibam,
criminis exemplum, sed cuncta timemus amantes.
Quaerere, quod doleam, statuo[1] donisque pudicam
sollicitare fidem. Favet huic Aurora timori
inmutatque[2] meam (videor sensisse) figuram.
Palladias ineo non cognoscendus Athenas
ingrediorque domum: culpa domus ipsa carebat
castaque signa dabat dominoque erat anxia rapto;
vix aditus per mille dolos ad Erechthida factus.
Ut vidi, obstipui meditataque paene reliqui
temptamenta fide; male me, quin vera faterer,
continui, male, quin, ut oportuit, oscula ferrem.
Tristis erat (sed nulla tamen formosior illa
esse potest tristi) desiderioque dolebat[3]

1 statuo=studeo

2 inmutatque=mutatamque

3 dolebat=calebat

coniugis abrepti. Tu conlige, qualis in illa,
Phoce, decor fuerit, quam sic dolor ipse decebat.
Quid referam, quotiens temptamina nostra pudici
reppulerint mores, quotiens "Ego" dixerit "uni
servor; ubicumque est, uni mea gaudia servo?"
Cui non ista fide satis experientia sano
magna foret? Non sum contentus et in mea pugno
vulnera; dum census dare me pro nocte loquendo[1]
muneraque augendo tandem dubitare coegi,
exclamo male victor: "Adest male fictus[2] adulter,
verus eram coniunx: me, perfida, teste teneris!"
Illa nihil; tacito tantummodo victa pudore
insidiosa malo cum coniuge limina fugit
offensaque mei genus omne perosa virorum
montibus errabat studiis operata Dianae.
Tum mihi deserto violentior ignis ad ossa
pervenit: orabam veniam et peccasse fatebar
et potuisse datis simili succumbere[3] culpae
me quoque muneribus, si munera tanta darentur.
Haec mihi confesso, laesum prius ulta pudorem[4],

1 pro nocte=promitto; loquendo=paciscor

2 male victor: adest male fictus=male fictor adest male fictor=mala pectora detego=mala pacta nego male pactus=mala pectora sum male pactus=male victor: ego en, ego fictus

3 succumbere=succurrere

4 pudorem=dolorem

redditur et dulces concorditer exigit annos.
Dat mihi praeterea, tamquam se parva dedisset
dona, canem munus, quem cum sua traderet illi
Cynthia, "Currendo superabit" dixerat "omnes."
Dat simul et iaculum, quod nos, ut[1] cernis, habemus.
Muneris alterius quae sit fortuna, requiris?
Accipe mirandum[2]: novitate movebere facti.
Carmina Laiades non intellecta priorum
soluerat ingeniis, et praecipitata iacebat
inmemor ambagum vates obscura suarum;
[scilicet alma Themis, nec talia linquit inulta]
protinus Aoniis inmittitur altera[3] Thebis
pestis[4], et exitio multi pecorumque suoque
rurigenae pavere feram[5]: vicina iuventus
venimus et latos indagine cinximus agros.
Illa levi velox superabat retia saltu
summaque transibat positarum lina plagarum.
Copula detrahitur[6] canibus, quos illa sequentes
effugit et coetum[7] non segnior alite ludit.

1 quod nos, ut=manibus quod

2 mirandum=mirandi e

3 inmittitur altera=immissa est

4 pestis=cessit

5 rurigenae=rurigenam=ruricolae=indigenae; pavere=favere

6 detrahitur=distrahitur

7 coetum=centum=cetum=canum=cursu

Poscor et ipse meum consensu Laelapa magno:
muneris hoc nomen; iamdudum vincula pugnat
exuere ipse sibi colloque morantia tendit.
Vix bene missus erat, nec iam poteramus, ubi esset,
scire; pedum calidus vestigia pulvis habebat,
ipse oculis ereptus erat: non ocior illo
hasta nec exutae[1] contorto verbere glandes
nec Gortyniaco calamus levis exit ab arcu.
Collis apex medii subiectis inminet arvis:
tollor eo capioque novi spectacula cursus,
quo modo deprendi, modo se subducere ab ipso
vulnere visa fera est; nec limite callida recto
in spatiumque fugit, sed decipit ora sequentis
et redit in gyrum, ne sit suus impetus hosti;
inminet hic sequiturque parem similisque tenenti
non tenet et vanos exercet in aera motus[2].
Ad iaculi vertebar opem; quod dextera librat
dum mea, dum digitos amentis addere[3] tempto,
lumina deflexi revocataque rursus eodem
rettuleram: medio (mirum) duo marmora campo
adspicio: fugere hoc, illud latrare[4] putares.

1 exutae=exuta=excusso=excussae

2 vanos=vacuos; aera=aere; motus=morsus

3 addere=indere

4 latrare=captare

Scilicet invictos ambo certamine cursus
esse deus voluit, siquis deus adfuit illis.'
Hactenus, et tacuit. 'iaculo quod crimen in ipso est?'
Phocus ait; iaculi sic crimina reddidit ille:
'Gaudia principium nostri sunt, Phoce, doloris:
Illa prius referam. Iuvat o meminisse beati
temporis, Aeacida, quo primos rite per annos
coniuge eram felix, felix erat illa marito:
mutua cura duos et amor socialis habebat,
nec Iovis illa meo thalamos praeferret amori,
nec, me quae caperet, non si Venus ipsa veniret,
ulla erat; aequales urebant pectora flammae.
Sole fere radiis feriente cacumina primis
venatum in silvas iuvenaliter ire solebam,
nec mecum famuli nec equi[1] nec naribus acres
ire canes nec lina sequi nodosa solebant[2]:
tutus eram iaculo; sed cum satiata ferinae
dextera caedis erat, repetebam frigus et umbras[3]
et quae de gelidis exibat vallibus auram[4].
Aura petebatur medio mihi lenis in aestu,
auram exspectabam, requies erat illa labori.

1 famuli...equi=famulos...equos

2 solebant=sinebam

3 umbras=auras

4 exibat...auram=exhalat...aura=exhalat...auram

"Aura" (recordor enim) "venias[1]" cantare solebam,
"Meque iuves intresque sinus, gratissima, nostros,
utque facis, relevare velis, quibus urimur, aestus."
Forsitan addiderim (sic me mea fata trahebant)
blanditias plures et "Tu mihi magna[2] voluptas"
dicere sim solitus "tu me reficisque fovesque,
tu facis, ut silvas, ut amem loca sola, meoque
spiritus iste tuus semper capiatur[3] ab ore."
Vocibus ambiguis deceptam praebuit aurem
nescio quis nomenque aurae tam saepe vocatum
esse putat nymphae, nympham me credit amare[4].
Criminis extemplo ficti temerarius index[5]
Procrin adit linguaque refert audita susurra.
Credula res amor est: subito conlapsa dolore,
ut mihi narratur, cecidit longoque refecta
tempore se miseram, se fati dixit iniqui
deque fide questa est et crimine concita vano,
quod nihil est, metuit, metuit sine corpore nomen
et dolet infelix veluti de paelice vera.

---

1 venias=nenias

2 magna=blanda

3 capiatur=captatur=captetur

4 me...amare=mihi...amari=mihi...amori

5 extemplo=exemplo; ficti=facti

Saepe tamen dubitat speratque[1] miserrima falli
indiciique[2] fidem negat et, nisi viderit ipsa,
damnatura sui non est delicta mariti.
Postera depulerant Aurorae lumina noctem[3]:
egredior silvasque peto victorque per herbas
"Aura, veni" dixi "nostroque medere labori!"
Et subito gemitus inter mea verba videbar
nescio quos audisse: "Veni" tamen "optima" dicens[4],
fronde levem rursus strepitum faciente caduca
sum ratus esse feram telumque volatile misi:
Procris erat medioque tenens in pectore vulnus
"Ei mihi!" conclamat. Vox est ubi cognita fidae
coniugis, ad vocem praeceps amensque cucurri:
semianimem et sparsas foedantem sanguine vestes[5]
et sua (me miserum!) de vulnere dona trahentem
invenio corpusque meo mihi carius ulnis
mollibus[6] attollo scissaque a pectore vestes
vulnera saeva ligo conorque inhibere cruorem,
neu me morte sua sceleratum deserat, oro.

---

1 speratque=speransque=sperasse=metuitque

2 indiciique=indictique=indicioque

3 Postera=Postquam; depulerant=detulerant

4 dicens=dixi

5 sparsas...vestes=sparsos...vultus

6 mollibus=sontibus

Viribus illa carens et iam moribunda coegit
haec se pauca loqui: "Per nostri foedera lecti
perque deos supplex oro superosque meosque,
per siquid merui de te bene, perque manentem
nunc quoque, cum pereo, causam mihi mortis, amorem,
ne thalamis Auram patiare innubere nostris."
Dixit, et errorem tum denique nominis esse
et sensi et docui. Sed quid docuisse iuvabat?
Labitur, et parvae fugiunt cum sanguine vires.
Dumque aliquid spectare potest, me spectat et in me
infelicem animam nostroque exhalat in ore;
sed vultu meliore mori secura videtur.'
Flentibus haec lacrimans heros memorabat: et ecce
Aeacus ingreditur duplici cum prole novoque
milite, quem Cephalus cum fortibus accipit armis.

METAMORPHOSEON LIBER VIII
《变形记》
第八卷

Iam nitidum retegente diem noctisque fugante
tempora Lucifero cadit eurus, et umida surgunt
nubila: dant placidi cursum redeuntibus austri
Aeacidis Cephaloque, quibus feliciter acti
ante exspectatum[1] portus tenuere petitos.
Interea Minos Lelegeia litora vastat,
praetemptatque sui vires Mavortis in urbe
Alcathoe, quam Nisus habet, cui splendidus ostro
inter honoratos medioque in[2] vertice canos
crinis inhaerebat, magni fiducia regni.
Sexta resurgebant orientis cornua lunae,
et pendebat adhuc belli fortuna, diuque
inter utrumque volat dubiis Victoria pennis.
Regia turris erat vocalibus[3] addita muris,
in quibus auratam proles Letoia fertur
deposuisse lyram: saxo sonus eius inhaesit;

1 exspectatum=spectatum=spectatos=conspectatum

2 medioque in=medio sub=medio de

3 vocalibus=regalibus=resonantibus

saepe illuc solita est adscendere filia Nisi
et petere exiguo resonantia saxa lapillo,
tum cum pax esset; bello quoque saepe solebat
spectare ex illa rigidi certamina Martis;
iamque mora belli procerum quoque nomina norat,
armaque equosque habitusque Cydonaeasque pharetras.
Noverat ante alios faciem ducis Europaei,
plus etiam, quam nosse sat est. Hac iudice Minos,
seu caput abdiderat cristata casside pennis,
in galea formosus erat; seu sumpserat aere[1]
fulgentem clipeum, clipeum sumpsisse decebat;
torserat adductis hastilia lenta lacertis:
laudabat virgo iunctam cum viribus artem;
inposito calamo patulos sinuaverat arcus:
sic Phoebum sumptis iurabat stare sagittis;
cum vero faciem dempto nudaverat aere
purpureusque albi stratis insignia pictis
terga premebat equi spumantiaque ora regebat,
vix sua, vix sanae virgo Niseia compos
mentis erat: felix iaculum, quod tangeret ille,
quaeque manu premeret, felicia frena vocabat.
Impetus est illi, liceat modo, ferre per agmen
virgineos hostile gradus, est impetus illi

1 aere=auro

turribus e summis in Gnosia mittere corpus
castra vel aeratas hosti recludere portas,
vel siquid Minos aliud velit. Utque sedebat
candida Dictaei spectans tentoria regis,
'Laeter' ait 'doleamne geri lacrimabile bellum[1],
in dubio est: doleo, quod Minos hostis amanti est;
sed nisi bella forent, numquam mihi cognitus esset.
Me tamen accepta poterat deponere bellum
obside: me comitem, me pacis pignus haberet.
Si quae te peperit, talis, pulcherrime regum[2],
qualis es ipse, fuit, merito deus arsit in illa.
O ego ter felix, si pennis lapsa per auras
Gnosiaci possem castris insistere[3] regis
fassaque me flammasque meas qua dote rogarem
vellet emi! Tantum patrias ne posceret arces!
Nam pereant potius sperata cubilia, quam sim
proditione potens! Quamvis saepe utile vinci
victoris placidi fecit clementia multis.
Iusta gerit certe pro nato bella perempto
et causaque valet causamque tenentibus[4] armis,

1 bellum=ferrum

2 regum=rerum

3 insistere=consistere

4 tenentibus=tuentibus

et, puto, vincemur. Qui si[1] manet exitus urbem,
cur suus haec illi reseret mea moenia Mavors
et non noster amor? Melius sine caede moraque
inpensaque sui poterit superare cruoris.
Non metuam certe, ne quis tua pectora, Minos,
vulneret inprudens: qui si tam durus, ut in te
dirigere inmitem non inscius[2] audeat hastam?
Coepta placent et stat sententia tradere mecum
dotalem patriam finemque inponere bello.
Verum velle parum est! Aditus custodia servat,
Claustraque portarum genitor tenet; hunc ego solum
infelix timeo, solus mea vota[3] moratur.
Di facerent, sine patre forem! Sibi quisque profecto
est deus; ignavis precibus Fortuna repugnat.
Altera iamdudum succensa cupidine tanto
perdere[4] gauderet, quodcumque obstaret amori.
Et cur ulla foret me fortior? Ire per ignes
et gladios ausim! nec in hoc tamen ignibus ullis
aut gladiis opus est, opus est mihi crine paterno.
Illa[5] mihi est auro pretiosior, illa beatam

1 Qui si=Quis enim

2 non inscius=nisi inscius=nisi nescius

3 vota=fata

4 perdere=pendere=prodere

5 Illa=Ille

purpura me votique mei factura potentem.'
Talia dicenti, curarum maxima nutrix,
nox intervenit, tenebrisque audacia crevit.
Prima quies aderat, qua curis fessa diurnis
pectora somnus habet: thalamos taciturna paternos
intrat et (heu facinus!) fatali[1] nata parentem
crine suum spoliat praedaque potita nefanda
fert secum spolium[2] sceleris progressaque porta
per medios hostes (meriti fiducia tanta est)
pervenit ad regem; quem sic adfata paventem est:
'Suasit amor facinus: proles ego regia[3] Nisi
Scylla tibi trado patriaeque meosque penates.
Praemia nulla peto nisi te. Cape pignus amoris
purpureum crinem nec me nunc tradere crinem,
sed patrium tibi crede caput,' scelerataque dextra
munera porrexit. Minos porrecta refugit
turbatusque novi respondit imagine facti:
'Di te submoveant, o nostri infamia saecli,
orbe suo, tellusque tibi pontusque[4] negetur!
Certe ego non patiar Iovis incunabula, Creten,
qui meus est orbis, tantum contingere monstrum.'

---

1 fatali=vitali

2 spolium=pretium=pignus

3 regia=gloria=filia

4 pontusque=caelumque

Dixit et, ut leges captis iustissimus auctor
hostibus inposuit, classis retinacula solui
iussit et aeratas inpelli[1] remige puppes.
Scylla freto postquam deductas nare carinas
nec praestare ducem sceleris sibi praemia vidit,
consumptis precibus violentam transit in iram
intendensque manus fusis[2] furibunda capillis
'Quo fugis' exclamat 'meritorum auctore relicta,
O patriae praelate meae, praelate parenti?
Quo fugis, inmitis, cuius victoria nostrum
et scelus et meritum est? Nec te data munera nec te
noster amor movit, nec quod spes omnis in unum
te mea congesta est? Nam quo deserta revertar?
In patriam? Superata iacet. Sed finge manere:
proditione mea clausa est mihi. Patris ad ora?
Quem tibi donavi! Cives odere merentem,
finitimi exemplum metuunt. Exponimur orbae[3]
terrarum; nobis ut Crete sola pateret!
Hac quoque si prohibes et nos, ingrate, relinquis,
non genetrix Europa tibi est, sed inhospita Syrtis
Armeniae tigresque austroque agitata Charybdis!
Nec Iove tu natus, nec mater imagine tauri

1 inpelli=impelli=impleri

2 fusis=fossis=passis=sparsis

3 Exponimur=Exponimus=Obstruximus; orbae=orbem=orbi

ducta[1] est: generis falsa est ea fabula; verus
et ferus et captus nullius amore iuvencae,
qui te progenuit, taurus fuit. Exige poenas,
Nise pater! Gaudete malis, modo prodita, nostris,
moenia! Nam fateor, merui et sum digna perire.
Sed tamen ex illis aliquis, quos inpia laesi,
me perimat. Cur, qui vicisti crimine nostro,
insequeris crimen? Scelus hoc patriaeque patrique,
officium tibi sit. Te vero coniuge digna est,
quae torvum ligno decepit adultera taurum
discordemque utero fetum tulit. Ecquid ad aures
perveniunt mea dicta tuas? an inania venti
verba ferunt idemque tuas, ingrate, carinas?
Iamiam Pasiphaen non est mirabile taurum
praeposuisse tibi: tu plus feritatis habebas.
Me miseram! Properare iubet, divulsaque remis[2]
unda sonat; mecum simul, ah, mea terra recedit.
Nil agis, o frustra meritorum oblite meorum:
insequar invitum puppimque amplexa recurvam
per freta longa trahar.' Vix dixerat, insilit undis
consequiturque rates faciente cupidine vires
Gnosiacaeque haeret comes invidiosa carinae.

1 ducta=capta=lusa

2 iubet=iuvat; divulsaque=divolsaque=divisaque

Quam pater ut vidit (nam iam pendebat in aura
et modo factus erat fulvis haliaeetus alis),
ibat, ut haerentem rostro laceraret adunco.
Illa metu puppim dimisit, et aura cadentem
sustinuisse levis, ne tangeret aequora, visa est;
pluma fuit[1]: plumis in avem mutata vocatur
Ciris et a tonso[2] est hoc nomen adepta capillo.
Vota Iovi Minos taurorum corpora[3] centum
soluit, ut egressus ratibus Curetida terram
contigit, et spoliis decorata est regia fixis.
Creverat opprobrium generis, foedumque patebat
matris adulterium monstri novitate biformis;
destinat hunc Minos thalamis removere pudorem
multiplicique domo caecisque includere tectis;
Daedalus ingenio fabrae celeberrimus artis
ponit opus turbatque notas et lumina[4] flexu
ducit in errorem variarum ambage viarum.
Non secus ac liquidus Phrygius Maeandrus in arvis[5]
ludit et ambiguo lapsu refluitque fluitque
occurrensque sibi venturas adspicit undas

1 pluma fuit=spuma ruit

2 a tonso=ab rapto

3 corpora=sanguine

4 lumina=limina

5 liquidus=liquidis; arvis=undis

et nunc ad fontes, nunc ad mare versus apertum
incertas exercet aquas, ita Daedalus inplet
innumeras errore vias vixque ipse reverti
ad limen potuit: tanta est fallacia tecti.
Quo postquam geminam tauri iuvenisque figuram
clausit et Actaeo bis pastum sanguine monstrum
tertia sors annis domuit repetita novenis,
utque ope virginea nullis iterata priorum
ianua difficilis filo est inventa relecto,
protinus Aegides rapta Minoide Diam
vela dedit comitemque suam crudelis in illo
litore destituit. Desertae et multa querenti
amplexus et opem Liber tulit, utque perenni
sidere clara foret, sumptam de fronte coronam
inmisit caelo. Tenues volat illa per auras,
dumque volat, gemmae nitidos[1] vertuntur in ignes
consistuntque loco specie remanente coronae,
qui medius Nixique genu est Anguemque tenentis.
Daedalus interea Creten longumque perosus
exilium tactusque loci natalis amore
clausus erat pelago. 'Terras licet' inquit 'et undas
obstruat, at caelum certe patet; ibimus illac!
Omnia possideat, non possidet aera Minos.'

1 nitidos=subitos

Dixit et ignotas animum dimittit in artes
naturamque novat. Nam ponit in ordine pennas,
a minima coeptas, longam breviore sequenti[1],
ut clivo crevisse putes: sic rustica quondam
fistula disparibus paulatim surgit avenis.
Tum lino medias et ceris adligat imas,
atque ita conpositas parvo curvamine flectit,
ut veras imitetur aves. Puer Icarus una
stabat et ignarus sua se tractare pericla
ore renidenti[2] modo, quas vaga moverat aura,
captabat plumas, flavam modo pollice ceram
mollibat lusuque suo mirabile patris
inpediebat opus. Postquam manus ultima coepto
inposita est, geminas opifex libravit in alas
ipse suum corpus motaque pependit in aura.
Instruit et natum 'Medio' que 'ut limite curras,
Icare,' ait 'moneo, ne, si demissior ibis,
unda gravet pennas, si celsior, ignis adurat.
Inter utrumque vola, nec te spectare Booten
aut Helicen iubeo strictumque Orionis ensem:
me duce carpe viam.' Pariter praecepta volandi
tradit et ignotas umeris accommodat alas.

---

1 sequenti=sequente

2 renidenti=renitenti

Inter opus monitusque genae maduere seniles,
et patriae tremuere manus. Dedit oscula nato
non iterum repetenda suo pennisque levatus
ante volat comitique timet, velut ales, ab alto
quae teneram prolem produxit in aera nido,
hortaturque sequi damnosasque erudit artes
et movet ipse suas et nati respicit alas.
Hos aliquis, tremula dum captat harundine pisces,
aut pastor baculo stivave innixus arator
vidit et obstipuit, quique aethera carpere possent,
credidit esse deos. Et iam Iunonia laeva
parte Samos (fuerant Delosque Parosque relictae),
dextra Lebinthos erat fecundaque melle Calymne,
cum puer audaci coepit gaudere volatu
deservitque ducem caelique cupidine tractus[1]
altius egit iter: rapidi vicinia solis
mollit odoratas[2], pennarum vincula, ceras.
Tabuerant cerae: nudos quatit ille lacertos
remigioque carens non ullas percipit auras,
oraque caerulea patrium clamantia nomen
excipiuntur aqua, quae nomen traxit ab illo.
At pater infelix nec iam pater 'Icare' dixit,

1 tractus=tactus=captus

2 odoratas=adornatas

'Icare' dixit 'ubi es? Qua te regione requiram?'
'Icare' dicebat: pennas adspexit in undis
devovitque suas artes corpusque sepulcro
condidit, et tellus a nomine dicta sepulti.
Hunc miseri tumulo ponentem corpora nati
garrula limoso prospexit ab elice[1] perdix
et plausit pennis testataque gaudia cantu est:
unica tunc volucris nec visa prioribus annis
factaque nuper avis, longum tibi, Daedale, crimen.
Namque huic tradiderat fatorum ignara docendam
progeniem germana suam, natalibus actis
bis puerum senis, animi ad praecepta capacis[2].
Ille etiam medio spinas in pisce notatas
traxit in exemplum ferroque incidit[3] acuto
perpetuos dentes et serrae repperit usum
primus et ex uno duo ferrea bracchia nodo
vinxit[4], ut aequali spatio distantibus illis
altera pars staret, pars altera duceret orbem.
Daedalus invidit sacraque ex arce Minervae
praecipitem misit lapsum mentitus; at illum,
quae favet ingeniis, excepit Pallas avemque

1 limoso...elice=ramosa...ilice

2 capacis=rapacis

3 incidit=indicit=inducit

4 vinxit=iunxit

reddidit et medio velavit in aere pennis;
sed vigor ingenii quondam velocis in alas
inque pedes abiit: nomen, quod et ante, remansit.
Non tamen haec alte volucris sua corpora tollit
nec facit in ramis altoque cacumine nidos;
propter humum volitat ponitque in saepibus ova
antiquique memor metuit sublimia casus.
Iamque fatigatum tellus Aetnaea[1] tenebat
Daedalon, et sumptis pro supplice Cocalus armis
mitis habebatur, iam lamentabile Athenae
pendere desierant Thesea laude tributum:
templa coronantur, bellatricemque Minervam
cum Iove disque vocant aliis, quos sanguine voto
muneribusque datis et acervis[2] turis honorant.
Sparserat Argolicas nomen vaga fama per urbes
Theseos, et populi, quos dives Achaia cepit,
huius opem magnis inploravere periclis:
huius opem Calydon, quamvis Meleagron haberet,
sollicita supplex petiit prece. Causa petendi
sus erat, infestae famulus vindexque Dianae[3].
Oenea namque ferunt pleni successibus anni
primitias frugum Cereri, sua vina Lyaeo,

1 Aetnaea=Hennaea

2 acervis=acerris

3 famulus=vulnus; vindexque=iudexque

Palladios flavae latices libasse Minervae;
coeptus ab agricolis superos pervenit ad omnes
ambitiosus[1] honor: solas sine ture relictas
praeteritas cessasse ferunt Latoidos aras.
Tangit et ira deos. 'At non inpune feremus,
quaeque inhonoratae, non et dicemur inultae'
inquit et Oenios[2] ultorem spreta per agros
misit aprum, quanto maiores herbida tauros
non habet Epiros, et[3] habent Sicula arva minores.
Sanguine et igne micant oculi, riget ardua[4] cervix,
et saetae similes rigidis hastilibus horrent.
[Stantque velut vallum, velut alta hastilia saetae]
fervida cum rauco latos stridore per armos
spuma fluit, dentes aequantur dentibus Indis;
fulmen ab ore venit, frondes adflatibus ardent.
Is modo crescentes segetes proculcat in herba,
nunc matura metit fleturi vota coloni
et Cererem in spicis intercipit; area frustra
et frustra exspectant promissas horrea messes[5].
Sternuntur gravidi longo cum palmite fetus

1 ambitiosus=invidiosus

2 Oenios=Oeneos=in plenos

3 et=sed

4 ardua=horrida

5 messes=fruges

bacaque cum ramis semper frondentis[1] olivae;
saevit et in pecudes: non has pastorve canisve,
non armenta truces possunt defendere tauri.
Diffugiunt populi nec se nisi moenibus urbis
esse putant tutos, donec Meleagros et una
lecta manus iuvenum coiere[2] cupidine laudis:
Tyndaridae gemini, spectandus caestibus alter,
alter equo, primaeque ratis molitor Iason
et cum Pirithoo, felix concordia, Theseus
et duo Thestiadae prolesque Aphareia, Lynceus
et velox Idas, et iam non femina Caeneus
Leucippusque ferox iaculoque insignis Acastus
Hippothousque Dryasque et cretus Amyntore Phoenix
Actoridaeque pares et missus ab Elide Phyleus.
Nec Telamon aberat magnique creator Achillis
cumque Pheretiade et Hyanteo Iolao
inpiger Eurytion et cursu invictus Echion
Naryciusque Lelex Panopeusque Hyleusque feroxque
Hippasus et primis etiamnum Nestor in annis[3],
et quos Hippocoon antiquis misit Amyclis,
Penelopaeque[4] socer cum Parrhasio Ancaeo,

1 frondentis=florentis

2 coiere=caluere

3 annis=armis

4 Penelopaeque=Penelopesque

Ampycidesque sagax et adhuc a coniuge tutus
Oeclides nemorisque decus Tegeaea Lycaei.
Rasilis huic summam mordebat fibula vestem,
crinis erat simplex, nodum collectus in unum;
ex umero pendens resonabat eburnea laevo
telorum custos, arcum quoque laeva tenebat.
Talis erat cultu, facies, quam dicere vere
virgineam in puero, puerilem in virgine possis.
Hanc pariter vidit, pariter Calydonius heros
optavit renuente deo flammasque latentes
hausit et 'O felix, siquem dignabitur' inquit
'ista virum!' nec plura sinit tempusque pudorque
dicere: maius opus magni certaminis urget.
Silva frequens trabibus, quam nulla ceciderat[1] aetas,
incipit a plano devexaque prospicit arva;
quo postquam venere viri, pars retia tendunt,
vincula pars adimunt canibus, pars pressa sequuntur
signa pedum cupiuntque suum reperire periclum.
Concava vallis erat, quo se demittere rivi
adsuerant pluvialis aquae: tenet ima lacunae
lenta salix ulvaeque leves iuncique palustres
viminaque et longa parvae sub harundine cannae.
Hinc aper excitus medios violentus in hostes

1 ceciderat=exciderat

fertur ut excussis elisi nubibus ignes.
Sternitur incursu nemus et propulsa fragorem
silva dat: exclamant iuvenes praetentaque forti
tela tenent dextra lato vibrantia ferro.
Ille ruit spargitque canes, ut quisque furenti
obstat, et obliquo latrantes dissipat ictu[1].
Cuspis Echionio primum contorta[2] lacerto
vana fuit truncoque dedit leve vulnus acerno;
proxima, si nimiis mittentis viribus usa
non foret, in tergo visa est haesura petito:
longius it; auctor[3] teli Pagasaeus Iason.
'Phoebe' ait Ampycides, 'si te coluique coloque,
da mihi, quod petitur, certo contingere telo!'
Qua potuit, precibus deus adnuit: ictus ab illo est,
sed sine vulnere, aper; ferrum Diana volanti
abstulerat iaculo: lignum sine acumine venit.
Ira feri mota est, nec fulmine lenius arsit:
emicat ex oculis, spirat quoque pectore flamma,
utque volat moles adducto concita nervo,
cum petit aut muros aut plenas milite turres,
in iuvenes certo[4] sic impete vulnificus sus

1 ictu=ore

2 contorta=contracta

3 auctor=actor

4 certo=vasto

fertur et Eupalamon[1] Pelagonaque dextra tuentes
cornua prosternit: socii rapuere iacentes;
at non letiferos effugit Enaesimus ictus
Hippocoonte satus: trepidantem et terga parantem
vertere succiso liquerunt poplite nervi.
Forsitan et Pylius citra Troiana perisset
tempora, sed sumpto posita conamine ab hasta
arboris insiluit, quae stabat proxima, ramis
despexitque loco tutus, quem fugerat, hostem.
Dentibus ille ferox in querno stipite tritis
inminet exitio fidensque recentibus armis
Eurytidae[2] magni rostro femur hausit adunco.
At gemini, nondum caelestia sidera, fratres,
ambo conspicui, nive candidioribus ambo[3]
vectabantur equis, ambo vibrata per auras
hastarum tremulo quatiebant spicula motu;
vulnera fecissent, nisi saetiger inter opacas
nec iaculis isset nec equo loca pervia silvas.
Persequitur Telamon studioque incautus eundi
pronus ab arborea cecidit radice retentus;
dum levat hunc Peleus, celerem Tegeaea sagittam
inposuit nervo sinuatoque expulit arcu:

---

1 Eupalamon=Hippalmon

2 Eurytidae=othriadae=orthiadae=orithiae=oriciae

3 ambo=alba

fixa sub aure feri summum destrinxit harundo
corpus et exiguo rubefecit sanguine saetas.
Nec tamen illa sui successu laetior ictus
quam Meleagros erat: primus vidisse putatur
et primus sociis visum ostendisse[1] cruorem
et 'Meritum' dixisse 'feres virtutis honorem.'
Erubuere viri seque exhortantur et addunt
cum clamore animos iaciuntque sine ordine tela:
turba nocet iactis et, quos petit, inpedit ictus.
Ecce furens contra sua fata bipennifer Arcas
'Discite, femineis quid tela virilia praestent,
O iuvenes, operique meo concedite!' dixit;
'Ipsa suis licet hunc Latonia protegat armis,
invita tamen hunc perimet[2] mea dextra Diana.'
Talia magniloquo tumidus[3] memoraverat ore
ancipitemque manu tollens utraque securim
institerat digitis primos suspensus in artus:
occupat audentem, quaque est via proxima leto,
summa ferus geminos direxit ad inguina dentes;
concidit Ancaeus, glomerataque sanguine multo

1 ostendisse=monstrasse

2 perimet=vel rapiet

3 tumidus=iuvenis

viscera lapsa fluunt, madefactaque terra cruore est[1].
Ibat in adversum proles Ixionis hostem
Pirithous, valida quatiens venabula dextra;
cui 'Procul' Aegides 'o me mihi carior' inquit
'pars animae consiste meae! Licet eminus esse
fortibus: Ancaeo nocuit temeraria virtus.'
Dixit et aerata torsit grave cuspide cornum;
quo bene librato votique potente futuro
obstitit aesculea[2] frondosus ab arbore ramus;
misit et Aesonides iaculum, quod casus ab illo
vertit in inmeriti fatum latrantis[3] et inter
ilia coniectum tellure per ilia fixum est.
At manus Oenidae variat, missisque duabus
hasta prior terra, medio stetit altera tergo.
Nec mora, dum saevit, dum corpora versat in orbem
stridentemque novo spumam cum sanguine fundit,
vulneris auctor adest hostemque inritat ad iram
splendidaque adversos venabula condit in armos.
gaudia testantur socii clamore secundo
victricemque petunt dextrae coniungere dextram
inmanemque ferum multa tellure iacentem

---

1 madefactaque terra cruore est=madefacta est terra cruore=madefacta terra cruore est=madefactaque sanguine terra est

2 aesculea=abscisa

3 latrantis=geladantem

mirantes spectant neque adhuc contingere tutum
esse putant, sed tela tamen sua quisque cruentat.
Ipse pede inposito caput exitiabile pressit
atque ita 'Sume mei spolium, Nonacria, iuris'
dixit 'et in partem veniat mea gloria tecum.'
Protinus exuvias rigidis horrentia saetis
terga dat et magnis insignia dentibus ora.
Illi laetitiae est cum munere muneris auctor,
invidere alii, totoque erat agmine murmur.
E quibus ingenti tendentes bracchia voce
'Pone age nec titulos intercipe, femina, nostros'
Thestiadae clamant 'nec te fiducia formae
decipiat, ne sit longe tibi captus amore
auctor,' et huic adimunt munus, ius muneris illi.
Non tulit et tumida frendens Mavortius ira
'Discite, raptores alieni' dixit 'honoris,
facta minis quantum distent' hausitque nefando
pectora Plexippi nil tale timentia ferro;
Toxea, quid faciat, dubium pariterque volentem
ulcisci fratrem fraternaque fata timentem
haud patitur dubitare diu calidumque priori
caede recalfecit consorti sanguine telum.
Dona deum templis nato victore ferebat,
cum videt extinctos fratres Althaea referri;
quae plangore dato maestis clamoribus urbem

inplet et auratis mutavit vestibus atras;
at simul est auctor necis editus, excidit omnis
luctus et a lacrimis in poenae versus amorem est.
Stipes erat, quem, cum partus enixa iaceret
Thestias, in flammam triplices posuere sorores
staminaque inpresso fatalia pollice nentes
'Tempora' dixerunt 'eadem lignoque tibique,
O modo nate, damus.' Quo postquam carmine dicto
excessere deae, flagrantem mater ab igne
eripuit ramum sparsitque liquentibus undis.
Ille diu fuerat penetralibus abditus imis
servatusque tuos, iuvenis, servaverat annos;
protulit hunc genetrix taedasque et fragmina poni
imperat et positis inimicos admovet ignes.
Tum conata quater flammis inponere ramum
coepta quater tenuit: pugnat materque sororque,
et diversa trahunt unum duo nomina pectus.
Saepe metu sceleris pallebant ora futuri,
saepe suum fervens oculis dabat ira ruborem,
et modo nescio quid similis crudele minanti
vultus erat, modo quem misereri credere posses;
cumque ferus lacrimas animi siccaverat ardor,
inveniebantur lacrimae tamen, utque carina,
quam ventus ventoque rapit contrarius aestus,
vim geminam sentit paretque incerta duobus,

Thestias haud aliter dubiis adfectibus errat
inque vices ponit positamque resuscitat iram.
Incipit esse tamen melior germana parente
et, consanguineas ut sanguine leniat umbras,
inpietate pia est; nam postquam pestifer ignis
convaluit, 'Rogus iste cremet mea viscera' dixit,
utque manu dira lignum fatale tenebat,
ante sepulcrales infelix adstitit aras,
'poenarum' que 'deae triplices, furialibus' inquit
'Eumenides, sacris vultus advertite vestros.
Ulciscor facioque nefas. Mors morte pianda est,
in scelus addendum scelus est, in funera funus.
Per coacervatos pereat domus inpia luctus!
An felix Oeneus nato victore fruetur,
Thestius orbus erit? Melius lugebitis ambo.
Vos modo, fraterni manes animaeque recentes,
officium sentite meum magnoque paratas
accipite inferias, uteri mala pignora nostri.
Ei mihi! quo rapior? Fratres ignoscite matri!
Deficiunt ad coepta manus. Meruisse fatemur
illum, cur pereat: mortis mihi displicet auctor.
Ergo inpune feret vivusque et victor et ipso
successu tumidus regnum Calydonis habebit,
vos cinis exiguus gelidaeque iacebitis umbrae?
Haud equidem patiar. Pereat sceleratus et ille

spemque patris regnumque trahat patriaeque ruinam.
Mens ubi materna est? ubi sunt pia iura parentum
et quos sustinui bis mensum quinque labores?
O utinam primis arsisses ignibus infans,
idque ego passa forem! Vixisti munere nostro,
nunc merito moriere tuo. Cape praemia facti
bisque datam, primum partu, mox stipite rapto
redde animam vel me fraternis adde sepulcris.
Et cupio et nequeo. Quid agam? Modo vulnera fratrum
ante oculos mihi sunt et tantae caedis[1] imago,
nunc animum pietas maternaque nomina frangunt.
Me miseram! Male vincetis, sed vincite, fratres,
dummodo, quae dedero vobis, solacia vosque
ipsa sequar.' Dixit dextraque aversa[2] trementi
funereum torrem medios coniecit in ignes.
Aut dedit aut visus gemitus est ille dedisse
stipes et invitis correptus ab ignibus arsit.
Inscius atque absens flamma Meleagros ab illa
uritur et caecis torreri viscera sentit
ignibus ac magnos superat virtute dolores;
quod tamen ignavo cadat et sine sanguine[3] leto,
maeret et Ancaei felicia vulnera dicit

1 caedis=cladis

2 aversa=adversa

3 sanguine=vulnere

grandaevumque patrem fratresque piasque sorores
cum gemitu sociamque tori vocat ore supremo[1],
forsitan et matrem. Crescunt ignisque dolorque
languescuntque iterum: simul est extinctus uterque,
inque leves abiit paulatim spiritus auras
paulatim cana prunam velante favilla.
Alta iacet Calydon: lugent iuvenesque senesque,
vulgusque proceresque gemunt, scissaeque capillos
planguntur matres Calydonides Eveninae.
Pulvere canitiem genitor vultusque seniles
foedat humi fusus[2] spatiosumque increpat aevum;
nam de matre manus diri sibi conscia facti
exegit poenas acto per viscera ferro.
Non, mihi si centum deus ora sonantia linguis
ingeniumque capax totumque Helicona dedisset,
tristia persequerer miserarum vota[3] sororum.
Inmemores decoris liventia[4] pectora tundunt,
dumque manet corpus, corpus refoventque foventque,
oscula dant ipsi, posito dant oscula lecto;
post cinerem cineres haustos ad pectora pressant[5]

---

1 supremo=supino

2 fusus=fessus

3 vota=dicta=facta=voce

4 liventia=plangentia=lugentia

5 pressant=versant

adfusaeque iacent tumulo signataque saxo
nomina conplexae lacrimas in nomina fundunt.
Quas Parthaoniae[1] tandem Latonia clade
exsatiata domus praeter Gorgenque nurumque
nobilis Alcmenae natis in corpore pennis
adlevat et longas per bracchia porrigit alas
corneaque ora facit versasque per aera mittit.
Interea Theseus sociati parte laboris
functus Erechtheas Tritonidos ibat ad arces.
Clausit iter fecitque moras Achelous eunti
imbre tumens. ‘Succede meis’ ait, ‘inclite, tectis,
Cecropida, nec te committe rapacibus undis.
Ferre trabes solidas obliquaque voluere magno
murmure saxa solent. Vidi contermina ripae
cum gregibus stabula alta trahi, nec fortibus illic
profuit armentis nec equis velocibus esse.
Multa quoque hic torrens nivibus de monte solutis
corpora turbineo iuvenalia vertice[2] mersit.
Tutior est requies, solito dum flumina currant
limite, dum tenues capiat suus alveus undas.’
Adnuit Aegides ‘Utor’ que ‘Acheloe, domoque
consilioque tuo’ respondit et usus utroque est.

1 Parthaoniae=porthaoniae=post aoniae

2 vertice=culmine=flumine

Pumice multicavo nec levibus atria tophis[1]
structa subit: molli tellus erat umida musco,
summa lacunabant alterno murice conchae.
Iamque duas lucis partes Hyperione menso
discubuere toris Theseus comitesque laborum:
hac Ixionides, illa Troezenius heros
parte Lelex, raris iam sparsus tempora canis,
quosque alios parili fuerat dignatus honore
amnis Acarnanum laetissimus hospite tanto.
Protinus adpositas nudae vestigia nymphae
instruxere epulis mensas dapibusque remotis
in gemma posuere merum. Tum maximus heros
aequora prospiciens oculis subiecta 'Quis' inquit
'ille locus?' (digitoque ostendit) 'et insula nomen
quod gerit illa, doce, quamquam non una videtur.'
Amnis ad haec 'Non est' inquit, 'quod cernitis, unum;
quinque iacent terrae: spatium discrimina fallit.
Quoque minus spretae factum mirere Dianae,
naides hae fuerant, quae cum bis quinque iuvencos
mactassent rurisque deos ad sacra vocassent,
inmemores nostri festas duxere choreas.
Intumui, quantusque, feror cum plurimus umquam,
tantus eram pariterque animis inmanis et undis

1 tophis=tectis

a silvis silvas et ab arvis arva revelli
cumque loco nymphas memores tum denique nostri
in freta provolui. Fluctus nosterque marisque
continuam diduxit humum pariterque revellit[1]
in totidem mediis quot cernis Echinadas undis.
Ut tamen ipse vides, procul en procul una recessit
insula, grata mihi: Perimelen navita dicit.
Huic ego virgineum dilectae nomen ademi;
quod pater Hippodamas aegre tulit inque profundum
propulit[2] e scopulo periturae corpora natae.
Excepi nantemque ferens "O proxima mundi
regna vagae" dixi "sortite tridentifer undae,
[in quo desinimus, quo sacri currimus amnes,
huc ades atque audi placidus, Neptune, precantem!
Huic ego, quam porto, nocui. Si mitis et aequus,
si pater Hippodamas, aut si minus inpius esset,
debuit illius misereri, ignoscere nobis.][3]
Adfer opem mersaeque, precor, feritate paterna
da, Neptune, locum vel sit locus ipsa, licebit.
[Hanc quoque conplectar." Movit caput aequoreus rex
concussitque suis omnes adsensibus undas.
Extimuit nymphe, nabat tamen; ipse natantis

1 diduxit=deduxit; pariterque=partesque; revellit=resolvit

2 propulit=protulit

3 Line 600b: cui quondam tellus clausa est feritate paterna.

pectora tangebam trepido salientia motu[1].
Dumque ea contrecto, totum durescere sensi
corpus et inductis condi praecordia terris.]
Dum loquor, amplexa est artus nova terra natantes
et gravis increvit mutatis insula membris.'
Amnis ab his tacuit; factum mirabile cunctos
moverat: inridet credentes, utque deorum
spretor erat mentisque ferox, Ixione natus
'Ficta refers nimiumque putas, Acheloe, potentes
esse deos' dixit, 'si dant adimuntque figuras.'
Obstipuere omnes nec talia dicta probarunt,
ante omnesque Lelex animo maturus et aevo
sic ait: 'Inmensa est finemque potentia caeli
non habet et, quidquid superi voluere, peractum est.
Quoque minus dubites, tiliae contermina quercus
collibus est Phrygiis, modico circumdata muro:
ipse locum vidi; nam me Pelopeia Pittheus
misit in arva suo quondam regnata parenti.
Haud procul hinc stagnum est, tellus habitabilis olim,
nunc celebres mergis fulicisque palustribus undae.
Iuppiter huc specie mortali cumque parente
venit Atlantiades positis caducifer alis;
mille domos adiere locum requiemque petentes,

1 motu=metu

mille domos clausere serae; tamen una recepit,
parva quidem stipulis et canna tecta palustri,
sed pia Baucis anus parilique aetate Philemon
illa sunt annis iuncti iuvenalibus, illa
consenuere casa paupertatemque fatendo[1]
effecere levem nec iniqua mente ferendo.
Nec refert, dominos illic famulosne requiras:
tota domus duo sunt, idem parentque iubentque.
Ergo ubi caelicolae parvos tetigere penates
submissoque humiles intrarunt vertice postes,
membra senex posito iussit relevare sedili,
quo superiniecit[2] textum rude sedula Baucis,
inque foco tepidum cinerem dimovit et ignes
suscitat hesternos foliisque et cortice sicco
nutrit et ad flammas anima producit anili
multifidasque faces ramaliaque arida tecto
detulit et minuit parvoque admovit aeno,
quodque suus coniunx riguo collegerat horto,
truncat holus foliis; furca levat illa bicorni
sordida terga suis nigro pendentia tigno
servatoque diu resecat de tergore partem
exiguam sectamque domat ferventibus undis.

---

1 fatendo=favendo=ferendo

2 superiniecit=superimposuit

Interea medias fallunt sermonibus horas
sentirique moram prohibent. Erat alveus illic
fagineus, dura[1] clavo suspensus ab ansa:
is tepidis inpletur aquis artusque fovendos
accipit. In medio torus est de mollibus ulvis[2]
inpositus lecto sponda pedibusque salignis.[3]
Vestibus hunc velant, quas non nisi tempore festo
sternere consuerant, sed et haec vilisque vetusque
vestis erat lecto non indignanda saligno:
adcubuere dei. Mensam succincta tremensque
ponit anus, mensae sed erat pes tertius inpar:
testa parem fecit; quae postquam subdita clivum
sustulit, aequatam mentae tersere virentes.
Ponitur hic bicolor sincerae baca Minervae
conditaque in liquida corna autumnalia faece
intibaque et radix et lactis massa coacti
ovaque non acri leviter versata favilla,
omnia fictilibus; post haec caelatus eodem
sistitur argento crater fabricataque fago
pocula, qua cava sunt, flaventibus inlita ceris.
Parva mora est, epulasque foci misere calentes,
nec longae rursus referuntur vina senectae

1 dura=curta

2 Line 655a: concutiuntque torum de molli fluminis ulva

3 Line 656a: inposito lecto sponda pedibusque salignis

dantque locum mensis paulum seducta secundis.
Hic nux, hic mixta est rugosis carica palmis
prunaque et in patulis redolentia[1] mala canistris
et de purpureis conlectae vitibus uvae;
candidus in medio favus est: super omnia vultus
accessere boni nec iners pauperque voluntas.
Interea totiens haustum[2] cratera repleri
sponte sua per seque vident succrescere vina:
attoniti novitate pavent manibusque supinis
concipiunt Baucisque preces timidusque Philemon
et veniam dapibus nullisque paratibus orant.
Unicus anser erat, minimae custodia villae,
quem dis hospitibus domini mactare parabant;
ille celer penna tardos aetate fatigat
eluditque diu tandemque est visus ad ipsos
confugisse[3] deos: superi vetuere necari
“Di” que “sumus, meritasque luet vicinia poenas
inpia” dixerunt; “vobis inmunibus huius
esse mali dabitur. Modo vestra relinquite tecta
ac nostros comitate gradus et in ardua montis

1 redolentia=volentia=olentia

2 totiens haustum=exhaustum totiens

3 confugisse=pervenisse

ite simul." Parent ambo baculisque levati[1]
nituntur longo vestigia ponere clivo.
Tantum aberant summo, quantum semel ire[2] sagitta
missa potest: flexere oculos et mersa palude
cetera prospiciunt, tantum sua tecta manere.[3]
Dumque ea mirantur, dum deflent fata suorum[4],
illa vetus, dominis etiam casa parva duobus
vertitur in templum: furcas subiere columnae,
stramina flavescunt, adopertaque marmore tellus
caelataeque fores aurataque[5] tecta videntur.
Talia tum placido Saturnius edidit ore:
"Dicite, iuste senex et femina coniuge iusto
digna, quid optetis." Cum Baucide pauca locutus
iudicium superis aperit commune Philemon:
"Esse sacerdotes delubraque vestra tueri
poscimus, et quoniam concordes egimus annos,
auferat hora duos eadem[6], nec coniugis umquam
busta meae videam neu sim tumulandus ab illa."
Vota fides sequitur: templi tutela fuere,

1 Line 693a: ite simul." Parent et dis praeeuntibus ambo; line 693b: membra levant baculis tardique senilibus annis.

2 semel ire=finire

3 Line 697a: mersa vident quaeruntque suae pia culmina villae.

4 Line 698a: sola loco stabant. Dum deflent fata/facta suorum,

5 aurataque=ornataque

6 eadem=sedes

donec vita data est; annis aevoque soluti
ante gradus sacros cum starent forte locique
narrarent[1] casus, frondere Philemona Baucis,
Baucida conspexit senior frondere Philemon.
Iamque super geminos crescente cacumine vultus
mutua, dum licuit, reddebant dicta "vale" que
"O coniunx" dixere simul, simul abdita texit
ora frutex: ostendit adhuc Thyneius illic
incola de gemino vicinos corpore truncos.
Haec mihi non vani (neque erat, cur fallere vellent)
narravere senes; equidem pendentia vidi
serta super ramos ponensque recentia dixi:
"Cura deum di sint[2], et qui coluere, colantur."'
Desierat, cunctosque et res et moverat auctor,
Thesea praecipue; quem facta audire volentem
mira deum innixus cubito Calydonius amnis[3]
talibus adloquitur: 'Sunt, o fortissime, quorum
forma semel mota est et in[4] hoc renovamine mansit;
sunt, quibus in plures ius est transire figuras,
ut tibi, complexi terram maris incola[5], Proteu.

1 narrarent=narrassent=inciperent

2 sint=sunt

3 amnis=heros

4 semel mota est et in=semel renovata et in

5 incola=improbe

Nam modo te iuvenem, modo te videre leonem;
nunc violentus aper, nunc, quem tetigisse timerent,
anguis eras; modo te faciebant cornua taurum;
saepe lapis poteras, arbor quoque saepe videri;
interdum faciem liquidarum imitatus aquarum
flumen eras, interdum undis contrarius ignis.
Nec minus Autolyci coniunx, Erysichthone nata,
iuris habet. Pater huius erat, qui numina divum
sperneret et nullos aris adoleret odores[1].
Ille etiam Cereale nemus violasse securi
dicitur et lucos ferro temerasse vetustos.
Stabat in his ingens annoso robore quercus,
una nemus; vittae mediam memoresque tabellae
sertaque cingebant, voti argumenta potentis.
Saepe sub hac dryades festas duxere choreas,
saepe etiam manibus nexis[2] ex ordine trunci
circuiere modum, mensuraque roboris ulnas
quinque ter inplebat, nec non et cetera tantum
silva sub hac omnis, quantum fuit herba sub omni.
Non tamen idcirco ferrum Triopeius[3] illa
abstinuit famulosque iubet succidere sacrum

---

1 odores=honores

2 nexis=vinctis

3 Triopeius=Driopeius

robur et, ut iussos cunctari vidit[1], ab uno
edidit haec rapta sceleratus verba securi:
"Non dilecta deae solum, sed et ipsa licebit
sit dea, iam tanget frondente cacumine terram."
Dixit et, obliquos dum telum librat in ictus,
contremuit gemitumque dedit Deoia[2] quercus,
et pariter frondes, pariter pallescere glandes
coepere ac longi pallorem ducere[3] rami.
Cuius ut in trunco fecit manus inpia vulnus,
haud aliter fluxit discusso cortice sanguis,
quam solet, ante aras ingens ubi victima taurus
concidit, abrupta cruor e cervice profundi.
Obstipuere omnes, aliquisque ex omnibus audet
deterrere nefas saevamque inhibere bipennem.
Adspicit hunc "Mentis" que "piae cape praemia" dixit
Thessalus inque virum convertit ab arbore ferrum
detruncatque caput repetitaque robora caedit,
editus[4] et medio sonus est de robore talis:
"Nympha sub hoc ego sum Cereri gratissima ligno,
quae tibi factorum[5] poenas instare tuorum

1 ut iussos cunctari vidit=et iusso retrahi se videt

2 Deoia=Deoida=decidua

3 pallorem ducere=sudore madescere

4 editus=redditus

5 factorum=fatorum

vaticinor moriens, nostri solacia leti."
Persequitur scelus ille suum, labefactaque tandem
ictibus innumeris adductaque funibus[1] arbor
corruit et multam prostravit pondere silvam.
Attonitae dryades damno nemorumque suoque,
omnes germanae, Cererem cum vestibus atris
maerentes adeunt poenamque Erysichthonis orant.
adnuit his capitisque sui pulcherrima motu
concussit gravidis oneratos messibus agros[2]
moliturque genus poenae miserabile, si non
ille suis esset nulli miserabilis actis,
pestifera lacerare Fame. Quae quatinus ipsi
non adeunda deae est (neque enim Cereremque Famemque
Fata coire sinunt), montani numinis unam
talibus agrestem conpellat oreada[3] dictis:
"Est locus extremis Scythiae glacialis in oris,
triste solum, sterilis, sine fruge, sine arbore tellus;
Frigus iners illic habitant Pallorque Tremorque
et ieiuna Fames: ea se in praecordia condat
sacrilegi scelerata, iube, nec copia rerum
vincat eam superetque meas certamine vires;
neve viae spatium te terreat, accipe currus,

1 funibus=nubibus

2 concussit=concussitque=conclusit; gravidis=gravibus

3 oreada=horrida

accipe, quos frenis alte moderere, dracones,"
et dedit. Illa dato subvecta[1] per aera curru
devenit in Scythiam rigidique cacumine montis
(Caucason appellant) serpentum colla levavit
quaesitamque Famem lapidoso vidit in agro
unguibus et raras[2] vellentem dentibus herbas.
Hirtus erat crinis, cava lumina, pallor in ore,
labra incana situ, scabrae rubigine fauces[3],
dura cutis, per quam spectari viscera possent;
ossa sub incurvis exstabant arida lumbis,
ventris erat pro ventre locus; pendere putares
pectus et a spinae tantummodo crate teneri;
auxerat articulos macies, genuumque tumebat
orbis, et inmodico prodibant tubere[4] tali.
Hanc procul ut vidit (neque enim est accedere iuxta
ausa), refert mandata deae paulumque morata,
quamquam aberat longe, quamquam modo venerat illuc,
visa tamen sensisse famem est, retroque dracones[5]
egit in Haemoniam versis sublimis habenis.
Dicta Fames Cereris, quamvis contraria semper

---

1 subvecta=subiecta

2 raras=raris=duris

3 incana=huic cana; scabrae...fauces=scabri...dentes

4 tubere=tubera=vulnere

5 sensisse=sevisse=sentire; retroque=maestosque

illius est operi, peragit perque aera vento[1]
ad iussam delata domum est et protinus intrat
sacrilegi thalamos altoque sopore solutum
(noctis enim tempus) geminis amplectitur ulnis[2]
seque viro inspirat faucesque et pectus et ora
adflat et in vacuis peragit ieiunia venis
functaque mandato fecundum deserit orbem
inque domos inopes adsueta revertitur antra[3].
Lenis adhuc somnus placidis Erysichthona pennis
mulcebat: petit ille dapes sub imagine somni
oraque vana movet dentemque in dente fatigat
exercetque cibo delusum[4] guttur inani
proque epulis tenues nequiquam devorat auras;
ut vero est expulsa quies, furit ardor edendi
perque avidas fauces inmensaque[5] viscera regnat.
Nec mora, quod pontus, quod terra, quod educat aer,
poscit et adpositis queritur ieiunia mensis
inque epulis epulas quaerit, quodque urbibus esse
quodque satis poterat populo, non sufficit uni,
plusque cupit, quo plura suam demittit in alvum,

---

1 vento=vecta

2 ulnis=alis

3 antra=arva

4 delusum=desuetum

5 inmensaque=incensaque

utque fretum recipit de tota flumina terra
nec satiatur[1] aquis peregrinosque ebibit amnes,
utque rapax ignis non umquam alimenta recusat
innumerasque faces[2] cremat et, quo copia maior
est data, plura petit turbaque voracior ipsa est,
sic epulas omnes Erysichthonis ora profani
accipiunt poscuntque simul: cibus omnis in illo
causa cibi est semperque locus fit inanis edendo.
Iamque fame patrias altaque voragine ventris[3]
attenuarat opes, sed inattenuata manebat
tum quoque dira fames inplacataeque vigebat
flamma gulae; tandem demisso in viscera censu
filia restabat non illo digna parente.
Hanc quoque vendit inops. Dominum generosa recusat
et vicina suas tendens super aequora palmas
“Eripe me domino, qui raptae praemia nobis
virginitatis habes” ait; haec Neptunus habebat.
Qui prece non spreta, quamvis modo visa sequenti
esset ero, formamque novat vultumque virilem
induit et cultus[4] piscem capientibus aptos.
Hanc dominus spectans “O qui pendentia parvo

1 satiatur=saturatur

2 faces=cremans=trabes

3 alta=altas; ventris=vestras

4 cultus=vultus

aera cibo celas, moderator harundinis," inquit
"sic mare compositum, sic sit tibi piscis in unda
credulus et nullus nisi fixus sentiat hamos:
quae modo cum vili turbatis veste capillis
litore in hoc steterat (nam stantem in litore vidi),
dic ubi sit; neque enim vestigia longius extant."
Illa dei munus bene cedere sensit et a se
se quaeri gaudens his est resecuta rogantem:
"Quisquis es, ignoscas: in nullam lumina partem
gurgite ab hoc flexi studioque operatus[1] inhaesi.
Quoque minus dubites, sic has deus aequoris artes
adiuvet, ut nemo iamdudum litore in isto,
me tamen excepto, nec femina constitit ulla."
Credidit et verso dominus pede pressit harenam
elususque abiit, illi sua reddita forma est.
Ast ubi habere suam transformia corpora sensit,
saepe pater dominis Triopeida tradit, at illa
nunc equa, nunc ales, modo bos, modo cervus abibat
praebebatque avido non iusta alimenta parenti.
Vis tamen illa mali postquam consumpserat omnem
materiam dederatque gravi nova pabula morbo[2],
ipse suos artus lacero divellere morsu

1 operatus=oneratus

2 dederatque=deerantque; pabula=pocula

coepit et infelix minuendo corpus alebat.
Quid moror externis? Etiam mihi saepe novandi est
corporis, o iuvenis, numero finita potestas.
Nam modo, qui nunc sum, videor, modo flector in anguem,
armenti modo dux vires in cornua sumo,
cornua, dum potui[1]. Nunc pars caret altera telo
frontis, ut ipse vides.' Gemitus sunt verba secuti.

1 potui=sumpsi

METAMORPHOSEON LIBER IX

《变形记》

第九卷

Quae gemitus truncaeque deo Neptunius heros
causa rogat frontis, cum sic Calydonius amnis
coepit inornatos redimitus harundine crines:
'Triste petis munus. Quis enim sua proelia victus
commemorare velit? Referam tamen ordine, nec tam
turpe fuit vinci, quam contendisse decorum est,
magnaque dat nobis tantus solacia victor.
Nomine siqua suo tandem[1] pervenit ad aures
Deianira tuas, quondam pulcherrima virgo
multorumque fuit spes invidiosa[2] procorum;
cum quibus ut soceri domus est intrata petiti,
"Accipe me generum" dixi, "Parthaone[3] nate."
Dixit et Alcides; alii cessere duobus.
Ille Iovem socerum dare se famamque laborum,
et superata suae referebat iussa novercae;
contra ego "Turpe deum mortali cedere" dixi

1 tandem=fando

2 invidiosa=ambitiosa

3 Parthaone=Porthaone

(nondum erat ille deus): "Dominum[1] me cernis aquarum
cursibus obliquis inter tua[2] regna fluentem;
nec gener externis hospes tibi missus ab oris,
sed popularis ero et rerum pars una tuarum.
Tantum ne noceat, quod me nec regia Iuno
odit et omnis abest iussorum poena laborum!
Nam, quo te iactas, Alcmena nate[3], creatum,
Iuppiter aut falsus pater est aut crimine verus;
matris adulterio patrem petis: elige, fictum
esse Iovem malis, an te per dedecus ortum."
Talia dicentem iamdudum lumine torvo
spectat et accensae non fortiter imperat irae
verbaque tot reddit: "Melior mihi dextera lingua!
Dummodo pugnando superem, tu vince loquendo,"
congrediturque ferox. Puduit modo magna locutum
cedere: reieci viridem de corpore vestem
bracchiaque opposui tenuique a pectore varas[4]
in statione manus et pugnae membra paravi.
Ille cavis hausto spargit me pulvere palmis
inque vicem fulvae tactu flavescit harenae

1 Dominum=Regem=Numen

2 inter tua=in tertia=intra tua

3 nate=matre

4 pectore=corpore; varas=baras=claras=versas=curvas

et modo cervicem, modo crura micantia[1] captat,
aut captare putes, omnique a parte lacessit.
Me mea defendit gravitas frustraque petebar,
haud secus ac moles, quam magno murmure fluctus[2]
oppugnant: manet illa suoque est pondere tuta.
Digredimur paulum rursusque ad bella coimus
inque gradu stetimus certi non cedere, eratque
cum pede pes iunctus, totoque ego pectore pronus
et digitos digitis et frontem fronte premebam.
Non aliter vidi fortes concurrere tauros,
cum pretium pugnae toto nitidissima saltu
expetitur coniunx: spectant armenta paventque
nescia, quem maneat tanti victoria regni[3].
Ter sine profectu voluit nitentia contra
reicere Alcides a se mea pectora, quarto
excutit amplexus adductaque bracchia soluit
inpulsumque manu (certum est mihi vera fateri)
protinus avertit tergoque onerosus inhaesit.
Siqua fides neque ficta mihi nunc gloria voce
quaeritur, inposito pressus mihi monte videbar.
Vix tamen inserui sudore fluentia[4] multo

---

1 micantia=trementia=modo ilia=madentia=natantia

2 fluctus=venti

3 regni=belli

4 fluentia=manantia=sudentia

bracchia, vix solui duros a corpore[1] nexus;
instat anhelanti prohibetque resumere vires
et cervice mea potitur. Tum denique tellus
pressa genu nostro est, et harenas ore momordi.
Inferior virtute meas devertor ad artes
elaborque viro longum formatus in anguem.
Qui postquam flexos sinuavi corpus in orbes
cumque fero movi linguam stridore bisulcam[2],
risit et inludens nostras Tirynthius artes
"Cunarum labor est angues superare mearum"
dixit, "et ut vincas alios, Acheloe, dracones,
pars quota Lernaeae serpens eris unus Echidnae?
vulneribus fecunda suis erat illa, nec ullum
de comitum[3] numero caput est inpune recisum,
quin gemino cervix herede valentior esset.
Hanc ego ramosam natis e caede colubris
crescentemque malo domui domitamque reclusi[4].
Quid fore te credis, falsum qui versus in anguem
arma aliena moves, quem forma precaria celat?"
Dixerat et summo digitorum vincula collo
inicit: angebar ceu guttura forcipe pressus

1 corpore=pectore

2 bisulcam=trisulcam

3 comitum=centum=capitum

4 reclusi=reduxi=revinxi=peremi=subegi=perussi=praeussi=redussi=redegi

pollicibusque meas pugnabam evellere fauces.
Sic quoque devicto restabat tertia tauri
forma trucis: tauro mutatus membra rebello.
Induit ille toris a laeva parte lacertos
admissumque trahens sequitur depressaque dura
cornua figit humo meque alta sternit harena.
Nec satis hoc fuerat: rigidum fera dextera cornu
dum tenet, infregit truncaque a fronte revellit.
Naides hoc pomis et odoro flore repletum
sacrarunt, divesque meo Bona Copia cornu est.'
Dixerat, et nymphe ritu succincta Dianae,
una ministrarum, fusis utrimque capillis,
incessit totumque tulit praedivite cornu
autumnum et mensas, felicia poma, secundas.
Lux subit[1], et primo feriente cacumina sole
discedunt iuvenes; neque enim, dum flumina pacem
et placidos habeant lapsus totaeque[2] residant
opperiuntur, aquae. Vultus Achelous agrestes
et lacerum cornu mediis caput abdidit undis.
Hunc tamen ablati domuit[3] iactura decoris,
cetera sospes habet[4]; capitis quoque fronde saligna

1 subit=fugit

2 totaeque=motaeque

3 Hunc...domuit =Huic...doluit=Haud...nocuit=Hunc...minuit=Hunc...doluit

4 habet=erat

aut superinposita celatur harundine damnum;
at te, Nesse ferox, eiusdem virginis ardor
perdiderat volucri traiectum terga sagitta.
Namque nova repetens patrios cum coniuge muros
venerat Eueni rapidas Iove natus ad undas.
Uberior solito nimbis hiemalibus auctus
verticibusque frequens erat atque inpervius amnis.
Intrepidum pro se, curam de coniuge agentem[1]
Nessus adit membrisque valens scitusque vadorum,
'Officio' que 'meo ripa sistetur in illa
Haec' ait, 'Alcide. Tu viribus utere nando.'
Pallentemque metu fluviumque ipsumque timentem
tradidit Aonius pavidam Calydonida Nesso.
Mox, ut erat, pharetraque gravis spolioque leonis
(nam clavam et curvos trans ripam miserat[2] arcus)
'Quandoquidem coepi, superentur flumina' dixit
nec dubitat nec, qua sit clementissimus amnis,
quaerit et obsequio deferri spernit aquarum.
Iamque tenens ripam, missos cum tolleret arcus,
coniugis agnovit[3] vocem, Nessoque paranti
fallere depositum 'Quo te fiducia' clamat
'vana pedum, violente, rapit? Tibi, Nesse biformis,

1 agentem=habentem

2 miserat=iecerat

3 agnovit=audivit

dicimus. Exaudi, nec res intercipe nostras.
Si te nulla mei reverentia movit, at orbes[1]
concubitus vetitos poterant inhibere paterni.
Haud tamen effugies, quamvis ope fidis equina;
vulnere, non pedibus te consequar.' Ultima dicta
re probat, et missa fugientia terga sagitta
traicit: exstabat ferrum de pectore aduncum.
Quod simul evulsum est, sanguis per utrumque foramen
emicuit mixtus Lernaei tabe veneni.
Excipit hunc Nessus; 'Neque enim moriemur inulti'
secum ait et calido velamina tincta cruore
dat munus raptae velut inritamen amoris.
Longa fuit medii mora temporis, actaque magni
Herculis inplerant terras odiumque novercae.
Victor ab Oechalia Cenaeo sacra parabat
vota Iovi, cum Fama loquax praecessit[2] ad aures,
Deianira, tuas, quae veris addere falsa
gaudet et e minimo[3] sua per mendacia crescit,
Amphitryoniaden Ioles ardore teneri.
Credit amans Venerisque novae perterrita fama
indulsit primo lacrimis flendoque dolorem
diffudit miseranda suum, mox deinde 'Quid autem

1 at orbes=amoris

2 praecessit=processit

3 minimo=minima

flemus?' ait 'paelex lacrimis laetabitur istis.
Quae quoniam adveniet[1], properandum aliquidque novandum est,
dum licet et nondum thalamos tenet altera nostros.
Conquerar an sileam? repetam Calydona morerne?
Excedam tectis an, si nihil amplius, obstem?
Quid, si me, Meleagre, tuam memor[2] esse sororem
forte paro facinus, quantumque iniuria possit[3]
femineusque dolor, iugulata paelice testor?'
In cursus animus varios abit: omnibus illis
praetulit inbutam Nesseo[4] sanguine vestem
mittere, quae vires defecto reddat amori,
ignaroque Lichae, quid tradat, nescia luctus
ipsa suos tradit blandisque miserrima verbis,
dona det illa viro, mandat. Capit inscius heros
induiturque umeris Lernaeae virus echidnae.
Tura dabat primis et verba precantia flammis
vinaque marmoreas patera fundebat in aras:
incaluit vis illa[5] mali resolutaque flammis
Herculeos abiit late dilapsa[6] per artus.

1 adveniet=adveniat=adventat

2 memor=memorem=memoro=memini

3 possit=poscit

4 Nesseo=Lernaeo

5 illa=inde

6 dilapsa=dispersa=diffusa

Dum potuit, solita gemitum virtute repressit;
victa malis postquam est patientia, reppulit aras
inplevitque suis nemorosam vocibus Oeten.
Nec mora, letiferam[1] conatur scindere vestem;
qua trahitur, trahit ille cutem, foedumque relatu,
aut haeret membris frustra temptata revelli
aut laceros artus et grandia detegit ossa.
Ipse cruor, gelido ceu quondam lammina candens
tincta lacu, stridit coquiturque ardente veneno.
Nec modus est, sorbent avidae praecordia flammae,
caeruleusque fluit toto de corpore sudor,
ambustique sonant nervi, caecaque medullis
tabe liquefactis tollens ad sidera palmas
'Cladibus' exclamat 'Saturnia, pascere nostris!
Pascere et hanc pestem specta, crudelis, ab alto
corque ferum satia. Vel si miserandus et hosti[2],
hoc est, si tibi sum, diris cruciatibus aegram[3]
invisamque animam natamque laboribus aufer.
Mors[4] mihi munus erit: decet haec dare dona novercam.
Ergo ego foedantem peregrino templa cruore[5]

---

1 letiferam=pestiferam

2 hosti=hostis

3 hoc est=hostis=hostis enim; diris=duris

4 Mors=Hoc

5 peregrino templa cruore=peregrino sanguine templa

Busirin domui saevoque alimenta parentis
Antaeo eripui nec me pastoris Hiberi
forma triplex nec forma triplex tua, Cerbere, movit?
Vosne, manus, validi pressistis cornua tauri?
Vestrum opus Elis habet, vestrum Stymphalides undae
Partheniumque nemus, vestra virtute relatus
Thermodontiaco caelatus balteus auro
pomaque ab insomni concustodita[1] dracone?
Nec mihi Centauri potuere resistere nec mi
Arcadiae vastator aper, nec profuit hydrae
crescere per damnum geminasque resumere vires?
Quid, cum[2] Thracis equos humano sanguine pingues
plenaque corporibus laceris praesepia vidi
visaque deieci dominumque ipsosque peremi?
His elisa iacet moles Nemeaea lacertis[3],
hac caelum cervice tuli. Defessa iubendo est
saeva Iovis coniunx, ego sum indefessus agendo.
Sed nova pestis adest, cui nec virtute resisti
nec telis armisque potest; pulmonibus errat
ignis edax imis perque omnes pascitur artus.
At valet Eurystheus! Et sunt, qui credere possint[4]

1 concustodita=cumcustodita=non custodita

2 cum=quod

3 Line 197a: his Cacus horrendum Tiberino litore monstrum

4 At valet=Advolet=Id volet; credere=cedere; possint=possunt

esse deos?' Dixit perque altam saucius Oeten
haud aliter graditur, quam si venabula taurus[1]
corpore fixa gerat factique refugerit auctor.
Saepe illum gemitus edentem, saepe frementem[2],
saepe retemptantem totas infringere vestes
sternentemque trabes irascentemque videres
montibus aut patrio tendentem bracchia caelo.
Ecce Lichan trepidum latitantem rupe cavata
adspicit, utque dolor rabiem conlegerat omnem,
'Tune, Licha,' dixit 'feralia dona dedisti?
Tune meae necis auctor eris?' Tremit ille pavetque
pallidus et timide verba excusantia dicit;
dicentem genibusque manus adhibere parantem
corripit Alcides et terque quaterque rotatum
mittit in Euboicas tormento fortius undas.
Ille per aerias pendens induruit auras,
utque ferunt imbres gelidis concrescere ventis,
inde nives fieri, nivibus quoque molle[3] rotatis
adstringi et spissa glomerari grandine corpus,
sic illum validis iactum[4] per inane lacertis
exsanguemque metu nec quicquam umoris habentem

---

1 taurus=tigris

2 frementem=trementem=timentem

3 molle=mole

4 iactum=actum

in rigidos versum silices prior edidit aetas.
Nunc quoque in Euboico scopulus brevis eminet alto
gurgite et humanae servat vestigia formae,
quem, quasi sensurum, nautae calcare verentur[1]
appellantque Lichan—at tu, Iovis inclita proles,
arboribus caesis, quas ardua gesserat Oete,
inque pyram structis arcum pharetramque capacem
regnaque visuras[2] iterum Troiana sagittas
ferre iubes[3] Poeante satum, quo flamma ministro
subdita, dumque avidis comprenditur ignibus agger,
congeriem silvae Nemeaeo vellere summam
sternis et inposita clavae cervice recumbis,
haud alio vultu, quam si conviva iaceres[4]
inter plena meri redimitus pocula sertis.
Iamque valens et in omne latus diffusa sonabat,
securosque artus contemptoremque petebat
flamma suum: timuere dei pro vindice terrae[5],
quos ita (sensit enim) laeto Saturnius ore
Iuppiter adloquitur: 'Nostra est timor iste voluptas[6],

1 verentur=videntur

2 visuras=versuras

3 iubes=iuves

4 iaceres=sederes

5 terrae=mundi

6 voluptas=voluntas

O superi, totoque libens mihi pectore grator[1],
quod memoris populi dicor rectorque paterque
et mea progenies vestro quoque tuta favore est.
Nam quamquam ipsius datur hoc immanibus actis
obligor ipse tamen. Sed enim ne[2] pectora vano
fida metu paveant, Oetaeas spernite flammas[3]!
Omnia qui vicit, vincet, quos cernitis, ignes,
nec nisi materna Vulcanum parte potentem
sentiet: aeternum est, a me quod traxit, et expers
atque inmune necis nullaque domabile flamma[4],
idque ego defunctum terra caelestibus oris
accipiam cunctisque meum laetabile factum
dis fore confido; siquis tamen Hercule, siquis
forte deo doliturus erit, data praemia nolet,
sed meruisse dari sciet invitusque probabit.'
Adsensere dei; coniunx quoque regia visa est
cetera non duro, duro tamen ultima vultu
dicta tulisse Iovis seque indoluisse notatam.
Interea, quodcumque fuit populabile flammae,
Mulciber[5] abstulerat, nec cognoscenda remansit

1 grator=laetor

2 ne=nec

3 Oetaeas spernite flammas=istas ne spernite flammas=istas nunc spernite flammas=istas contemnite flammas=istis ne credite flammis

4 necis=simul; nullaque...flamma=nullique...flammae

5 Mulciber=mulcifer

Herculis effigies, nec quicquam ab imagine ductum
matris habet, tantumque Iovis vestigia servat;
utque novus serpens posita cum pelle senecta
luxuriare solet squamaque nitere[1] recenti,
sic, ubi mortales Tirynthidus exuit artus,
parte sui meliore viget maiorque videri
coepit et augusta fieri gravitate verendus.
Quem pater omnipotens inter cava nubila raptum
quadriiugo curru radiantibus intulit astris.
Sensit Atlas pondus, neque adhuc Stheneleius iras[2]
soluerat Eurystheus odiumque in prole paternum
exercebat atrox; at longis anxia curis
Argolis Alcmene, questus ubi ponat aniles,
cui referat nati testatos orbe labores
cuive suos casus, Iolen habet; Herculis illam
imperiis thalamoque animoque receperat Hyllus
inpleratque uterum generoso semine[3], cum sic
incipit Alcmene: 'Faveant tibi numina saltem
corripiantque moras tum, cum matura vocabis[4]
praepositam timidis parientibus[5] Ilithyiam,

1 nitere=virere

2 iras=iram=heros=hostis

3 semine=germine

4 vocabis=rogabis

5 parientibus=patientibus

quam mihi difficilem Iunonis gratia fecit.
Namque laboriferi cum iam natalis adesset
Herculis et decimum premeretur sidere signum,
tendebat gravitas uterum mihi, quodque ferebam,
tantum erat, ut possis auctorem dicere tecti[1]
ponderis esse Iovem, nec iam tolerare labores[2]
ulterius poteram: quin nunc quoque frigidus artus,
dum loquor, horror habet[3], parsque est meminisse doloris.
Septem ego per noctes, totidem cruciata diebus,
fessa malis tendensque ad caelum bracchia magno
Lucinam Nixosque pares clamore vocabam[4].
Illa quidem venit, sed praecorrupta meumque
quae donare caput Iunoni vellet iniquae.
Utque meos audit gemitus, subsedit in illa
ante fores ara dextroque a poplite laevum
pressa genu digitis inter se pectine iunctis
sustinuit partus; tacita quoque carmina voce
dixit et inceptos tenuerunt carmina partus.
Nitor et ingrato facio convicia demens
vana Iovi cupioque mori moturaque[5] duros

1 tecti=tanti

2 labores=laborem=dolores

3 habet=adit

4 Nixosque=nixusque=nisusque=nexusque=nexosque=adnexos=Nixasque; pares=lares=patres

5 moturaque=morituraque

verba queror[1] silices; matres Cadmeides adsunt,
votaque suscipiunt exhortanturque dolentem.
Una ministrarum, media de plebe, Galanthis
flava comas aderat faciendis strenua iussis,
officiis dilecta suis. Ea sensit iniqua
nescio quid Iunone geri, dumque exit et intrat
saepe fores, divam residentem vidit in ara
bracchiaque in genibus digitis conexa tenentem
et “Quaecumque es” ait “dominae gratare! Levata est
Argolis Alcmene potiturque puerpera voto.”
Exsiluit iunctasque manus pavefacta remisit
diva potens uteri, vinclis levor ipsa remissis.
Numine decepto risisse Galanthida fama est;
ridentem prensamque ipsis dea saeva capillis
traxit et e terra corpus relevare volentem
arcuit[2] inque pedes mutavit bracchia primos.
Strenuitas antiqua manet, nec terga colorem
amisere suum: forma est diversa priori.
Quae quia mendaci parientem iuverat ore,
ore parit nostrasque domos, ut et ante, frequentat.’
Dixit et admonitu veteris commota ministrae
ingemuit; quam sic nurus est adfata dolentem[3]:

---

1 queror=loquor

2 arcuit=arguit

3 dolentem=loquentem

'Te tamen, o genetrix, alienae sanguine vestro[1]
rapta movet facies. Quid, si tibi mira sororis
fata meae referam? Quamquam lacrimaeque dolorque
inpediunt prohibentque loqui. Fuit unica matri
(me pater ex alia genuit) notissima forma
Oechalidum Dryope. Quam virginitate carentem
vimque dei passam Delphos Delonque tenentis[2]
excipit Andraemon et habetur coniuge felix.
Est lacus adclivis devexo margine formam
litoris efficiens, summum myrteta coronant.
Venerat huc Dryope fatorum nescia, quoque
indignere magis, nymphis latura coronas;
inque sinu puerum, qui nondum inpleverat annum,
dulce ferebat onus tepidique ope lactis alebat.
Haud procul a stagno Tyrios imitata colores
in spem bacarum florebat aquatica lotos.
Carpserat hinc Dryope, quos oblectamina nato
porrigeret, flores, et idem factura videbar
(namque aderam); vidi guttas e flore cruentas
decidere et tremulo ramos horrore moveri.
Scilicet, ut referunt tardi nunc denique agrestes,
Lotis in hanc nymphe fugiens obscena Priapi

1 sanguine=pectore; vestro=nostro

2 Delphos=Delos; Delonque=Delumque=telumque

contulerat versos, servato[1] nomine, vultus.
Nescierat soror hoc; quae cum perterrita retro
ire et adoratis vellet discedere nymphis,
haeserunt radice pedes; convellere[2] pugnat
nec quicquam nisi summa movet. Subcrescit ab imo,
totaque paulatim lentus premit inguina cortex.
Ut vidit, conata manu laniare capillos
fronde manum inplevit: frondes caput omne tenebant[3].
At puer Amphissos (namque hoc avus Eurytus illi
addiderat nomen) materna rigescere sentit
ubera, nec sequitur ducentem lacteus umor.
Spectatrix aderam fati[4] crudelis opemque
non poteram tibi ferre, soror, quantumque valebam,
crescentem truncum ramosque amplexa morabar
et, fateor, volui sub eodem cortice condi.
Ecce vir Andraemon genitorque miserrimus adsunt
et quaerunt Dryopen: Dryopen[5] quaerentibus illis
ostendi loton[6]. Tepido dant oscula ligno
adfusique[7] suae radicibus arboris haerent.

1 servato=sato=sublato

2 convellere=cum vellere

3 tenebant=tegebant

4 fati=facti

5 Dryopen: Dryopen=ubi sit Dryope

6 loton=quercum=robur=lignum=truncum

7 adfusique=diffusique

Nil nisi iam faciem, quod non foret arbor, habebat
cara soror: lacrimae misero[1] de corpore factis
inrorant foliis, ac, dum[2] licet oraque praestant
vocis iter, tales effundit in aera questus:
“Siqua fides miseris[3], hoc me per numina iuro
non meruisse nefas; patior sine crimine poenam.
Viximus innocuae; si mentior, arida perdam,
quas habeo, frondes, et caesa securibus urar.
Hunc tamen infantem maternis demite ramis
et date nutrici nostraque sub arbore saepe
lac facitote bibat nostraque sub arbore ludat.
Cumque loqui poterit, matrem facitote salutet,
et tristis dicat: ‘Latet hoc in stipite mater.’
Stagna[4] tamen timeat nec carpat ab arbore flores
et frutices omnes corpus putet esse dearum[5].
Care vale coniunx et tu, germana, paterque,
qui, siqua est pietas, ab acutae vulnere falcis[6],
a pecoris morsu frondes defendite nostras.
Et quoniam mihi fas ad vos incumbere non est,

1 misero=verso

2 ac, dum=quod adhuc=et dum

3 miseris=superis

4 Stagna=Signa

5 dearum=deorum

6 falcis=faucis

erigite huc artus et ad oscula nostra venite,
dum tangi possunt, parvumque attollite natum.
Plura loqui nequeo. Nam iam per candida mollis
colla liber serpit, summoque cacumine condor.
Ex oculis removete manus! Sine munere[1] vestro
contegat inductus morientia lumina cortex."
Desierant simul ora loqui, simul esse. Diuque
corpore mutato rami caluere recentes.'
Dumque refert Iole factum mirabile, dumque
Eurytidos lacrimas admoto pollice siccat
Alcmene (flet et ipsa tamen[2]), conpescuit omnem
res nova tristitiam. Nam limine constitit alto
paene puer dubiaque tegens lanugine malas
ora reformatus primos Iolaus in annos.
Hoc illi dederat Iunonia muneris Hebe
victa viri precibus; quae cum iurare pararet,
dona tributuram post hunc se talia nulli,
non est passa Themis. 'Nam iam discordia Thebae
bella movent' dixit, 'Capaneusque nisi ab Iove vinci
haud poterit, fientque[3] pares in vulnere fratres,
subductaque suos manes tellure videbit
vivus adhuc vates, ultusque parente parentem

1 munere=crimine

2 flet et ipsa tamen=flens ipsa; tamen

3 fientque=flebuntque=flent atque=deflentque

natus erit facto pius et sceleratus eodem
attonitusque malis, exul mentisque domusque,
vultibus Eumenidum matrisque agitabitur umbris,
donec eum coniunx fatale poposcerit aurum
cognatumque latus Phegeius hauserit ensis[1].
Tum demum magno petet hos Acheloia supplex
ab Iove Callirhoe natis infantibus annos;
neve necem sinat esse diu victoris inultam[2],
Iuppiter his motus privignae dona[3] nurusque
praecipiet facietque viros inpubibus annis.'
Haec ubi faticano venturi praescia dixit
ore Themis, vario superi sermone fremebant,
et, cur non aliis eadem dare dona liceret,
murmur erat: queritur veteres Pallantias annos
coniugis esse sui, queritur canescere mitis
Iasiona[4] Ceres, repetitum Mulciber aevum
poscit Erichthonio, Venerem quoque cura futuri
tangit et Anchisae renovare paciscitur annos.
Cui studeat[5], deus omnis habet; crescitque favore
turbida seditio, donec sua Iuppiter ora

---

1 hauserit ensis=auserit nensis

2 neve necem sinat esse diu victoris inultam=neu genitorque necem sui esse parentis=addat neve necem sui esse victoris=addat neve necem sui esse ultoris

3 dona=vota

4 Iasiona=iasona fere=aesona flava=et lasciva

5 studeat=faveat

soluit et 'O nostri siqua est reverentia[1]' dixit,
'Quo ruitis? Tantumne aliquis sibi posse videtur,
fata quoque ut superet? Fatis Iolaus in annos,
quos egit, rediit, fatis iuvenescere debent
Callirhoe geniti, non ambitione nec armis.
Vos etiam, quoque hoc animo meliore feratis,
me quoque fata regunt, quae si mutare valerem,
nec nostrum seri[2] curvarent Aeacon anni,
perpetuumque aevi florem Rhadamanthus haberet
cum Minoe meo, qui propter amara[3] senectae
pondera despicitur nec, quo prius, ordine regnat.'
Dicta Iovis movere deos; nec sustinet[4] ullus,
cum videat fessos Rhadamanthon et Aeacon annis
et Minoa, queri; qui, dum fuit integer aevi,
terruerat magnas ipso quoque nomine gentes;
tunc erat invalidus Deionidenque iuventae
robore Miletum Phoeboque parente superbum
pertimuit credensque suis insurgere regnis
haud tamen est patriis arcere penatibus ausus.
Sponte fugis, Milete, tua celerique carina
Aegaeas metiris aquas et in Aside terra

---

1 reverentia=fiducia

2 seri=miseri

3 amara=magna=multa=seva

4 nec sustinet=nec se tenet

moenia constituis positoris habentia nomen.
Hic tibi, dum sequitur patriae curvamina ripae,
filia Maeandri totiens redeuntis eodem
cognita Cyanee, praestantia corpora forma[1],
Byblida cum Cauno, prolem est enixa gemellam.
Byblis in exemplo est, ut ament concessa puellae,
Byblis Apollinei correpta cupidine fratris:
non soror ut fratrem, nec qua debebat, amabat.
Illa quidem primo nullos intellegit ignes
nec peccare putat, quod saepius oscula iungat,
quod sua fraterno circumdet bracchia collo,
mendacique diu pietatis fallitur umbra.
Paulatim declinat amor, visuraque fratrem
culta venit nimiumque cupit formosa videri,
et siqua est illic formosior, invidet illi.
Sed nondum manifesta sibi est nullumque sub illo
igne facit votum; verumtamen aestuat intus.
Iam dominum appellat, iam nomina sanguinis odit:
Byblida iam mavult quam se vocet ille sororem.
Spes tamen obscenas animo demittere non est
ausa suo vigilans; placida resoluta quiete
saepe videt, quod amat; visa est quoque iungere fratri
corpus et erubuit, quamvis sopita iacebat.

1 praestantia corpora=praestanti corpore=praestanti corpora=praestanti pignora; forma=nympha

Somnus abit: silet illa diu repetitque quietis
ipsa suae speciem, dubiaque ita mente profatur:
'Me miseram! Tacitae quid vult sibi noctis imago?
Quam nolim rata sit! Cur haec ego somnia vidi?
Ille quidem est oculis quamvis formosus iniquis
et placet, et possim, si non sit frater, amare,
et me dignus erat; verum nocet esse sororem.
Dummodo tale nihil vigilans committere temptem,
saepe licet simili redeat sub imagine somnus:
testis abest somno, nec abest imitata voluptas.
Pro Venus et tenera[1] volucer cum matre Cupido,
gaudia quanta tuli! Quam me manifesta libido
contigit! Ut iacui totis[2] resoluta medullis!
Ut meminisse iuvat! Quamvis brevis illa voluptas
noxque fuit praeceps et coeptis invida nostris.
O ego, si liceat mutato nomine iungi,
Quam bene, Caune, tuo poteram nurus esse parenti!
Quam bene, Caune, meo poteras gener esse parenti!
Omnia, di facerent, essent communia nobis,
praeter avos; tu me vellem generosior esses!
Nescio quam facies igitur, pulcherrime, matrem;
at mihi, quae male sum, quos tu, sortita parentes,

1 tenera=veneris

2 totis=tutis

nil nisi frater eris. Quod obest, id habebimus unum.
Quid mihi significant ergo mea visa? Quod autem
somnia pondus habent? An habent et somnia pondus?
Di melius!—di nempe suas habuere sorores.
Sic Saturnus Opem iunctam sibi sanguine duxit[1],
Oceanus Tethyn, Iunonem rector Olympi.
Sunt superis sua iura! Quid ad caelestia ritus
exigere humanos diversaque foedera tempto?
Aut nostro vetitus de corde fugabitur ardor
aut, hoc si nequeo, peream, precor[2], ante toroque
mortua conponar, positaeque det oscula frater!
Et tamen arbitrium quaerit res ista duorum.
Finge placere mihi: scelus esse videbitur illi.
At non Aeolidae thalamos timuere[3] sororum.
Unde sed hos novi[4]? Cur haec exempla paravi?
Quo feror? Obscenae procul hinc discedite flammae,
nec nisi qua fas est germanae frater ametur.
Si tamen ipse mei captus prior esset amore,
forsitan illius possem indulgere furori.
Ergo ego, quae fueram non reiectura[5] petentem,

1 duxit=iunxit

2 precor=licet

3 timuere=tenuere=renuere

4 novi=movi

5 reiectura=neglectura

ipsa petam? Poterisne loqui? Poterisne fateri?
Coget amor, potero; vel, si pudor ora tenebit,
littera celatos arcana fatebitur ignes.'
Hoc placet, haec dubiam vicit sententia mentem;
in latus erigitur cubitoque innixa sinistro
'Viderit[1]: insanos' inquit 'fateamur amores.
Ei mihi! quo labor? quem mens mea concipit ignem?'
Et meditata manu conponit verba trementi[2]:
dextra tenet ferrum, vacuam tenet altera ceram.
Incipit et dubitat; scribit damnatque tabellas;
et notat et delet; mutat culpatque probatque
inque vicem sumptas ponit positasque resumit.
Quid velit, ignorat; quidquid factura videtur,
displicet; in vultu est audacia mixta pudori.
Scripta 'soror' fuerat: visum est delere 'sororem'
verbaque correptis[3] incidere talia ceris:
'Quam, nisi tu dederis, non est habitura salutem,
hanc tibi mittit amans; pudet, a, pudet edere nomen[4]
et si, quid cupiam, quaeris, sine nomine vellem
posset agi mea causa meo nec cognita Byblis
ante forem, quam spes votorum certa fuisset.

1 Viderit=Sedit et

2 trementi=timenti

3 correptis=correctis

4 pudet, a, pudet edere nomen=pudet ad te credere nomen

Esse quidem laesi poterat tibi pectoris index
et color et macies et vultus et umida saepe
lumina nec causa suspiria mota patenti[1]
et crebri amplexus et quae, si forte notasti,
oscula sentiri non esse sororia possent:
ipsa tamen, quamvis animi[2] grave vulnus habebam,
quamvis intus erat furor igneus, omnia feci[3]
(sunt mihi di testes), ut tandem sanior essem,
pugnavique diu violenta Cupidinis arma
effugere infelix et plus, quam ferre puellam
posse putes, ego dura tuli. Superata fateri
cogor opemque tuam timidis exposcere votis:
tu servare potes, tu perdere solus amantem.
Elige, utrum facias. Non hoc inimica precatur,
sed quae, cum tibi sit iunctissima, iunctior esse
expetit et vinclo tecum propiore ligari.
Iura senes norint et, quid liceatque nefasque
fasque sit, inquirant legumque[4] examina servent:
conveniens Venus est annis[5] temeraria nostris!
Quid liceat, nescimus adhuc et cuncta licere

1 mota=nota; patenti=patente=petentis=potenti

2 animi=animo=animum=memini=me iam

3 feci=sensi

4 legumque=rerumque

5 annis=rebus

credimus et sequimur magnorum exempla deorum.
Nec nos aut durus pater aut reverentia famae
aut timor inpediet: tantum absit[1] causa timendi!
Dulcia fraterno sub nomine furta tegemus:
est mihi libertas tecum secreta loquendi,
et damus amplexus et iungimus oscula coram[2].
Quantum est, quod desit[3]? Miserere fatentis amorem
et non fassurae, nisi cogeret ultimus ardor,
neve merere meo subscribi causa sepulcro.'
Talia nequiquam perarantem plena reliquit
cera manum summusque in margine versus adhaesit.
Protinus inpressa signat sua crimina[4] gemma,
Quam tinxit lacrimis (linguam defecerat umor),
deque suis unum famulis pudibunda vocavit
et pavidum[5] blandita 'Fer has, fidissime, nostro'
dixit et adiecit longo post tempore 'fratri.'
Cum daret, elapsae manibus cecidere tabellae;
omine turbata est, misit tamen. Apta minister
tempora nactus adit traditque latentia[6] verba.

1 tantum absit=tantum sit=tamen ut sit

2 coram=contra=cara

3 desit=defit

4 crimina=nomina=carmina

5 pavidum=paulum

6 latentia=fatentia

Attonitus subita iuvenis Maeandrius ira
proicit acceptas lecta sibi parte tabellas
vixque manus retinens trepidantis ab ore ministri,
'Dum licet, o vetitae scelerate libidinis auctor,
effuge' ait, 'qui, si nostrum tua fata pudorem
non traherent tecum, poenas mihi morte dedisses.'
Ille fugit pavidus dominaeque ferocia Cauni
dicta refert. Palles audita, Bybli, repulsa,
et pavet obsessum glaciali frigore corpus[1];
mens tamen ut rediit, pariter rediere furores,
linguaque vix tales icto dedit aere voces[2]:
'Et merito! Quid enim temeraria vulneris huius
indicium feci? Quid, quae celanda fuerunt,
tam cito commisi properatis verba tabellis?
Ante erat ambiguis animi sententia dictis
praetemptanda mihi. Ne non sequeretur euntem,
parte aliqua veli, qualis foret aura, notare
debueram tutoque[3] mari decurrere, quae nunc
non exploratis inplevi lintea ventis.
Auferor in scopulos igitur subversaque toto[4]
obruor oceano, neque habent mea vela recursus.

1 corpus=pectus

2 vix=tunc; icto=secto

3 tutoque=totoque

4 Auferor=Nunc feror; subversaque=submersaque

Quid, quod et ominibus certis prohibebar amori
indulgere meo, tum cum mihi ferre iubenti
excidit et fecit spes nostras cera caducas?
Nonne vel illa dies fuerat vel tota voluntas[1],
sed potius mutanda dies? Deus ipse monebat
signaque certa dabat, si non male sana fuissem.
Et tamen ipsa loqui nec me committere cerae
debueram praesensque meos aperire furores!
Vidisset lacrimas, vultum vidisset amantis;
plura loqui poteram, quam quae cepere tabellae[2].
Invito[3] potui circumdare bracchia collo
et, si reicerer, potui moritura videri
amplectique pedes adfusaque poscere vitam.
Omnia fecissem, quorum si singula duram
flectere non poterant, potuissent omnia, mentem.
Forsitan et missi sit quaedam culpa ministri:
non adiit apte nec legit idonea, credo,
tempora nec petiit horamque animumque vacantem.
Haec nocuere mihi; neque enim est de tigride natus
nec rigidas silices solidumve in pectore ferrum
aut adamanta gerit nec lac bibit ille leaenae.
Vincetur! Repetendus erit, nec taedia coepti

---

1 voluntas=voluptas

2 quam quae cepere tabellae=quam nostrae cera tabellae

3 Invito=Et toto

ulla mei capiam, dum spiritus iste manebit.
Nam primum, si facta mihi revocare liceret,
non coepisse fuit, coepta expugnare secundum est.
Quippe nec ille potest, ut iam mea vota relinquam,
non tamen ausorum semper memor esse meorum.
Et, quia desierim, leviter voluisse videbor
aut etiam temptasse illum insidiisque petisse:
vel certe non hoc, qui plurimus urget et urit[1]
pectora nostra, deo, sed victa libidine credar!
Denique iam nequeo nil commisisse nefandum;
et scripsi et petii: temerata est nostra voluntas[2];
ut nihil adiciam, non possum innoxia dici.
Quod superest, multum est in vota, in crimina parvum.'
Dixit, et (incertae tanta est discordia mentis)
cum pigeat temptasse, libet temptare, modumque[3]
exit et infelix committit saepe repelli.
Mox ubi finis abest, patriam fugit ille nefasque
inque peregrina ponit nova moenia terra.
Tum vero maestam tota Miletida mente
defecisse ferunt, tum vero a[4] pectore vestem

1 urget et urit=urit et ussit=ussit et urit

2 temerata=reserata; voluntas=voluptas

3 modumque=domumque

4 tum vero a=tenero de

diripuit planxitque suos furibunda lacertos[1],
iamque palam est demens inconcessamque[2] fatetur
spem veneris, sine qua[3] patriam invisosque penates
deserit et profugi sequitur vestigia fratris,
utque tuo motae, proles Semeleia, thyrso
Ismariae celebrant repetita triennia[4] bacchae,
Byblida non aliter latos ululasse per agros
Bubasides videre nurus; quibus illa relictis
Caras et armiferos Lelegas Lyciamque pererrat.
Iam Cragon et Limyren Xanthique reliquerat undas,
quoque Chimaera iugo mediis in partibus ignem[5],
pectus et ora leae, caudam serpentis habebat:
deficiunt silvae, cum tu lassata sequendo
concidis et dura positis[6] tellure capillis,
Bybli, iaces frondesque tuo premis ore caducas.
Saepe etiam[7] nymphae teneris Lelegeides ulnis
tollere conantur; saepe, ut medeantur amori,
praecipiunt surdaeque adhibent solacia menti.
Muta iacet viridesque suis tenet unguibus herbas

---

1 diripuit=deripuit; planxitque=plangitque=plausitque

2 inconcessamque=inconcessaeque

3 sine qua=siquidem

4 triennia=trieterica

5 ignem=iugum=hircum

6 positis=passis

7 etiam=illam

Byblis, et umectat lacrimarum gramina rivo[1].
Naidas his venam, quae numquam arescere posset,
supposuisse ferunt: quid enim dare maius habebant?
Protinus, ut secto piceae de cortice guttae
utve tenax gravida[2] manat tellure bitumen,
utque sub adventu[3] spirantis lene favoni
sole remollescit, quae frigore constitit, unda,
Sic lacrimis consumpta suis Phoebeia Byblis
vertitur in fontem, qui nunc quoque vallibus illis[4]
nomen habet dominae nigraque sub ilice manat.
Fama novi centum Cretaeas forsitan urbes
inplesset monstri, si non miracula nuper
Iphide mutata Crete propiora tulisset.
Proxima Gnosiaco nam quondam Phaestia regno
progenuit tellus ignotum nomine Ligdum,
ingenua de plebe virum; nec census in illo
nobilitate sua maior, sed vita[5] fidesque
inculpata fuit. Gravidae qui coniugis aures
vocibus his monuit, cum iam prope partus adesset:

1 rivo=rivus

2 gravida=liquida

3 adventu=adventum

4 illis=imis

5 vita=iura

‘Quae voveam, duo sunt: minimo ut relevere dolore[1],
utque marem parias. Onerosior altera sors[2] est,
et vires fortuna[3] negat: quod abominor, ergo,
edita forte tuo fuerit si femina partu,
(invitus mando: pietas, ignosce) necetur.’
Dixerat, et lacrimis vultum lavere profusis
tam qui mandabat, quam cui mandata dabantur;
sed tamen usque suum vanis Telethusa maritum
sollicitat precibus, ne spem sibi ponat in arto[4];
certa sua est Ligdo sententia. Iamque ferendo
vix erat[5] illa gravem maturo pondere ventrem,
cum medio noctis spatio sub imagine somni
Inachis ante torum pompa comitata sacrorum[6]
aut stetit aut visa est: inerant lunaria fronti
cornua cum spicis nitido flaventibus auro
et regale decus; cum qua latrator Anubis
sanctaque Bubastis variusque coloribus Apis,
quique premit vocem digitoque silentia suadet;
sistraque erant, numquamque satis quaesitus Osiris

1 minimo=nimio; dolore=labore

2 sors=res

3 fortuna=natura

4 in arto=in arcto=in apto=inertem

5 vix erat=vixerat=vinxerat=duxerat=viderat=vexerat

6 sacrorum=suorum=suarum

plenaque somniferis serpens peregrina venenis.
Tum velut excussam somno et manifesta videntem
sic adfata dea est: ‘Pars o Telethusa mearum,
pone graves curas mandataque falle mariti;
nec dubita, cum te partu Lucina levarit,
tollere, quidquid erit. Dea sum auxiliaris opemque
exorata fero, nec te coluisse quereris
ingratum numen.’ Monuit thalamoque recessit.
Laeta toro surgit purasque ad sidera supplex
Cressa manus tollens, rata sint sua visa, precatur.
Ut dolor increvit seque ipsum pondus in auras
expulit et nata est ignaro femina patre,
iussit ali mater puerum mentita; fidemque
res habuit, neque erat ficti[1] nisi conscia nutrix.
Vota pater soluit nomenque inponit avitum:
Iphis avus fuerat, gavisa est nomine mater,
quod commune foret nec quemquam falleret illo.
Inde incepta[2] pia mendacia fraude latebant:
cultus erat pueri, facies, quam sive puellae
sive dares puero, fieret formosus uterque.
Tertius interea decimo successerat annus,
cum pater, Iphi, tibi flavam despondit Ianthen,

---

1 ficti=facti

2 Inde incepta=Inde cepta=Indetecta

inter Phaestiadas quae laudatissima formae
dote fuit virgo, Dictaeo nata Teleste.
Par aetas, par forma fuit, primasque magistris
accepere artes, elementa aetatis, ab isdem;
hinc amor ambarum tetigit rude pectus et aequum
vulnus utrique dedit, sed erat fiducia dispar:
coniugium pactaeque exspectat tempora taedae,
quamque virum putat esse, virum fore credit Ianthe;
Iphis amat, qua posse frui desperat, et auget
hoc ipsum flammas ardetque in virgine virgo,
vixque tenens lacrimas 'Quis me manet exitus' inquit,
'Cognita quam nulli, quam prodigiosa novaeque
cura tenet Veneris? Si di mihi parcere vellent[1],
parcere debuerant; si non, et perdere vellent,
naturale malum saltem et de more dedissent!
Nec vaccam vaccae, nec equas amor urit equarum[2];
urit oves aries, sequitur sua femina cervum;
sic et aves coeunt, interque animalia cuncta
femina femineo correpta cupidine nulla est.
Vellem nulla forem! Ne non tamen omnia Crete
monstra ferat, taurum dilexit filia Solis,
femina nempe marem: meus est furiosior illo,

1 vellent=nollent

2 equarum=aquarum

si verum profitemur, amor; tamen illa secuta est
spem Veneris, tamen illa dolis et imagine vaccae
passa bovem est, et erat, qui deciperetur, adulter.
Huc licet e toto sollertia confluat orbe,
ipse licet revolet ceratis Daedalus alis,
quid faciet? Num me puerum de virgine doctis
artibus efficiet? Num te mutabit, Ianthe?
Quin animum firmas teque ipsa reconligis, Iphi,
consiliique inopes et stultos excutis ignes?
Quid sis nata, vide, nisi te quoque decipis ipsam,
et pete, quod fas est, et ama, quod femina debes.
Spes est, quae capiat, spes est, quae pascit amorem[1];
hanc[2] tibi res adimit: non te custodia caro
arcet ab amplexu nec cauti cura mariti,
non patris asperitas, non se negat ipsa roganti;
nec tamen est potiunda tibi, nec, ut omnia fiant[3],
esse potes felix, ut dique hominesque laborent.
Nunc quoque votorum nulla est pars vana[4] meorum,
dique mihi faciles, quidquid valuere, dederunt,
quodque ego[5], vult genitor, vult ipsa socerque futurus;

---

1 capiat=captat=faciat; pascit=pascat; amorem=amantem

2 hanc=spes=spem

3 potiunda=potienda; fiant=fallas

4 vana=una

5 quodque ego=quod volo

at non vult natura, potentior omnibus istis,
quae mihi sola nocet. Venit ecce optabile tempus,
luxque iugalis adest, et iam mea fiet[1] Ianthe—
nec mihi continget: mediis sitiemus in undis.
Pronuba quid Iuno, quid ad haec, Hymenaee, venitis
sacra, quibus qui ducat[2] abest, ubi nubimus ambae?'
Pressit ab his vocem, nec lenius[3] altera virgo
aestuat, utque celer venias, Hymenaee, precatur.
Quod[4] petit haec, Telethusa timens modo tempora differt,
nunc ficto languore moram trahit, omina saepe[5]
visaque causatur; sed iam consumpserat omnem
materiam ficti[6], dilataque tempora taedae
institerant, unusque dies restabat: at illa
crinalem capiti vittam nataeque sibique[7]
detrahit et passis aram complexa capillis
'Isi, Paraetonium Mareoticaque arva Pharonque
quae colis et septem digestum in cornua[8] Nilum,
fer, precor,' inquit 'opem nostroque medere timori!

1 mea fiet=me flevit

2 ducat=nubat

3 lenius=secius

4 Quod=Quae

5 trahit=dat; omina=se somnia=somnia

6 ficti=effecti=tecti=facti

7 capiti=capitis; sibique=suoque

8 cornua=flumina

Te, dea, te quondam tuaque haec insignia vidi
cunctaque[1] cognovi, sonitum comitesque facesque...
sistrorum memorique animo tua iussa notavi[2].
Quod videt haec lucem, quod non ego punior, ecce[3]
consilium munusque tuum est[4]: miserere duarum
auxilioque iuva.' Lacrimae sunt[5] verba secutae.
Visa dea est movisse suas (et moverat) aras,
et templi tremuere fores imitataque lunam
cornua fulserunt crepuitque sonabile[6] sistrum.
Non secura quidem, fausto tamen omine laeta
mater abit templo, sequitur comes[7] Iphis euntem,
quam solita est, maiore gradu; nec candor in ore
permanet, et vires augentur, et acrior ipse est
vultus et incomptis brevior mensura capillis,
plusque vigoris adest, habuit quam femina. Nam quae
femina nuper eras, puer es. Date munera templis,
nec timida gaudete fide! Dant munera templis,
addunt et titulum, titulus breve carmen habebat:

1 cunctaque=visaque

2 sistrorum=sacrorum; iussa=visa

3 quod non ego=thalamo quod; punior=ponor in=non ego=pellor; ecce=ipsa=hocque=hoc est=ignem=ponor

4 munusque tuum est=monitusque tui=monitumque tuum est=monitumque tuum=natique tuum=matrisque tuum=iussumque tuum

5 sunt=sua

6 crepuitque sonabile=crepuitque solubile=crepuit resonabile

7 comes=puer

'DONA[1] PUER SOLVIT QUAE FEMINA VOVERAT IPHIS.'
Postera lux radiis latum patefecerat orbem,
cum Venus et Iuno sociusque[2] Hymenaeus ad ignes
conveniunt, potiturque sua puer Iphis Ianthe.

1 DONA=VOTA

2 sociusque=sociosque

METAMORPHOSEON LIBER X
《变形记》
第十卷

Inde per immensum croceo velatus amictu
aethera digreditur Ciconumque Hymenaeus ad oras
tendit et Orphea nequiquam voce vocatur.
Adfuit ille quidem, sed nec sollemnia verba
nec laetos vultus nec felix attulit omen;
fax quoque, quam tenuit, lacrimoso stridula fumo
usque fuit nullosque invenit motibus ignes.
Exitus auspicio gravior. Nam nupta per herbas
dum nova naiadum turba comitata vagatur,
occidit in talum serpentis dente recepto.
Quam satis ad superas postquam Rhodopeius auras
deflevit vates, ne non temptaret et umbras,
ad Styga Taenaria est ausus descendere porta
perque leves populos simulacraque functa sepulcro
Persephonen adiit inamoenaque regna tenentem
umbrarum dominum pulsisque ad carmina nervis
sic ait: 'O positi sub terra numina mundi,

in quem reccidimus, quidquid mortale creamur[1],
si licet et falsi positis ambagibus oris
vera loqui sinitis, non huc, ut opaca viderem
Tartara, descendi, nec uti villosa colubris
terna Medusaei vincirem guttura monstri;
causa viae est coniunx, in quam calcata venenum
vipera diffudit crescentesque abstulit annos.
Posse pati volui nec me temptasse negabo:
vicit[2] Amor. Supera deus hic bene notus in ora est;
an sit et hic, dubito. sed et hic tamen auguror esse,
famaque si veteris non est mentita rapinae,
vos quoque iunxit Amor. Per ego haec loca plena timoris,
per Chaos hoc ingens vastique silentia regni,
Eurydices, oro, properata retexite fata!
Omnia debentur[3] vobis paulumque morati
serius aut citius sedem properamus ad unam.
tendimus huc omnes, haec est domus ultima, vosque
humani generis longissima regna tenetis.
Haec quoque, cum iustos matura peregerit annos,
iuris erit vestri: pro munere poscimus usum.
Quod si fata negant veniam pro coniuge, certum est
nolle redire mihi: leto gaudete duorum.'

1 reccidimus=recidimus=decidimus; creamur=creatur

2 vicit=vincit

3 debentur=debemur=debemus

Talia dicentem nervosque ad verba moventem
exsangues flebant animae: nec Tantalus undam
captavit refugam stupuitque Ixionis orbis,
nec carpsere iecur volucres, urnisque vacarunt
Belides, inque tuo sedisti, Sisyphe, saxo.
Tunc primum lacrimis victarum carmine fama est
Eumenidum maduisse genas, nec regia coniunx
sustinet oranti nec, qui regit ima, negare
Eurydicenque vocant. umbras erat illa recentes
inter et incessit passu de vulnere tardo.
Hanc simul et legem Rhodopeius accipit Orpheus,
ne flectat retro sua lumina, donec Avernas
exierit valles; aut irrita dona futura.
Carpitur adclivis per muta silentia trames,
arduus, obscurus, caligine densus opaca.
Nec procul abfuerant telluris margine summae:
hic, ne deficeret, metuens avidusque videndi
flexit amans oculos: et protinus illa relapsa est
bracchiaque intendens prendique et prendere certans
nil nisi cedentes infelix adripit auras.
Iamque iterum moriens non est de coniuge quicquam
questa suo (quid enim nisi se quereretur amatam?)
supremumque 'vale,' quod iam vix auribus ille
acciperet, dixit revolutaque rursus eodem est.
Non aliter stupuit gemina nece coniugis Orpheus,

quam tria qui timidus, medio portante catenas,
colla canis vidit; quem non Pavor ante reliquit,
quam natura prior, saxo per corpus oborto;
quique in se crimen traxit voluitque videri
Olenos esse nocens, tuque, o confisa figurae,
infelix Lethaea, tuae, iunctissima quondam
pectora, nunc lapides, quos umida sustinet Ide.
Orantem frustraque iterum transire volentem
portitor arcuerat; septem tamen ille diebus
squalidus in ripa Cereris sine munere sedit:
cura dolorque animi lacrimaeque alimenta fuere[1].
Esse deos Erebi crudeles questus in altam
se recipit Rhodopen pulsumque aquilonibus Haemum.
Tertius aequoreis inclusum Piscibus annum
finierat Titan, omnemque refugerat Orpheus
femineam Venerem, seu quod male cesserat illi,
sive fidem dederat; multas tamen ardor habebat
iungere se vati: multae doluere repulsae.
Ille etiam Thracum populis fuit auctor amorem
in teneros transferre mares citraque iuventam
aetatis breve ver et primos carpere flores.
Collis erat collemque super planissima campi
area, quam viridem faciebant graminis herbae.

1 fuere=dedere

Umbra loco deerat; qua postquam parte resedit
dis genitus vates et fila sonantia movit,
umbra loco venit: non Chaonis abfuit arbor,
non nemus Heliadum, non frondibus aesculus altis,
nec tiliae molles, nec fagus et innuba laurus
et coryli fragiles et fraxinus utilis hastis
enodisque abies curvataque glandibus ilex
et platanus genialis acerque coloribus inpar
amnicolaeque simul salices et aquatica lotos
perpetuoque virens buxum tenuesque myricae
et bicolor myrtus et bacis caerula tinus.
Vos quoque, flexipedes hederae, venistis et una
pampineae vites et amictae vitibus ulmi
ornique et piceae pomoque onerata rubenti
arbutus et lentae, victoris praemia, palmae
et succincta comas hirsutaque vertice pinus,
grata deum matri, siquidem Cybeleius Attis
exuit hac hominem truncoque induruit illo.
Adfuit huic turbae metas imitata cupressus,
nunc arbor, puer ante deo dilectus ab illo,
qui citharam nervis et nervis temperat arcum.
Namque sacer nymphis Carthaea tenentibus arva
ingens cervus erat lateque patentibus altas
ipse suo capiti praebebat cornibus umbras;
cornua fulgebant auro, demissaque in armos

pendebant tereti gemmata[1] monilia collo;
bulla super frontem parvis argentea loris
vincta movebatur parilique aetate, nitebant
auribus e geminis circum cava tempora bacae.
Isque metu vacuus naturalique pavore
deposito celebrare domos mulcendaque colla
quamlibet ignotis manibus praebere solebat;
sed tamen ante alios, Ceae pulcherrime gentis,
gratus erat, Cyparisse, tibi. Tu pabula cervum
ad nova, tu liquidi ducebas fontis ad undam,
tu modo texebas varios per cornua flores,
nunc eques in tergo residens huc laetus et illuc
mollia purpureis frenabas ora capistris.
Aestus erat mediusque dies, solisque vapore
concava litorei fervebant bracchia Cancri:
fessus in herbosa posuit sua corpora terra
cervus et arborea frigus ducebat ab umbra.
Hunc puer inprudens iaculo Cyparissus acuto
fixit et, ut saevo morientem vulnere vidit,
velle mori statuit. Quae non solacia Phoebus
dixit et, ut leviter pro materiaque doleret,
admonuit! Gemit ille tamen munusque supremum
hoc petit a superis, ut tempore lugeat omni.

1 gemmata=demissa=pretiosa

Iamque per inmensos egesto sanguine fletus
in viridem verti coeperunt membra colorem
et, modo qui nivea pendebant fronte capilli,
horrida caesaries fieri sumptoque rigore
sidereum gracili spectare cacumine caelum.
Ingemuit tristisque deus 'Lugebere nobis,
lugebisque alios aderisque dolentibus' inquit.
Tale nemus vates attraxerat inque ferarum
concilio medius turba volucrumque sedebat;
ut satis inpulsas temptavit pollice chordas
et sensit varios, quamvis diversa sonarent,
concordare modos, hoc vocem carmine movit:
'Ab Iove, Musa parens, (cedunt Iovis omnia regno)
carmina nostra move. Iovis est mihi saepe potestas
dicta prius: cecini plectro graviore Gigantas
sparsaque Phlegraeis victricia fulmina campis;
nunc opus est leviore lyra, puerosque canamus
dilectos superis, inconcessisque puellas
ignibus attonitas meruisse libidine poenam.
Rex superum Phrygii quondam Ganymedis amore
arsit, et inventum est aliquid, quod Iuppiter esse,
quam quod erat, mallet. Nulla tamen alite verti
dignatur, nisi quae posset sua fulmina ferre.
Nec mora, percusso mendacibus aere pennis
abripit Iliaden, qui nunc quoque pocula miscet

invitaque Iovi nectar Iunone ministrat.
Te quoque, Amyclide, posuisset in aethere Phoebus,
tristia si spatium ponendi fata dedissent;
qua licet, aeternus tamen es, quotiensque repellit
ver hiemem Piscique Aries succedit aquoso,
tu totiens oreris viridique in caespite flores.
Te meus ante omnes genitor dilexit, et orbe
in medio positi caruerunt praeside Delphi,
dum deus Eurotan inmunitamque frequentat
Sparten. Nec citharae nec sunt in honore sagittae:
inmemor ipse sui non retia ferre recusat,
non tenuisse canes, non per iuga montis iniqui
ire comes longaque alit adsuetudine flammas.
Iamque fere medius Titan venientis et actae
noctis erat spatioque pari distabat utrimque:
corpora veste levant et suco pinguis olivi
splendescunt latique ineunt certamina disci,
quem prius aerias libratum Phoebus in auras
misit et oppositas disiecit pondere nubes;
reccidit in solidam longo post tempore terram
pondus et exhibuit iunctam cum viribus artem.
Protinus inprudens actusque cupidine lusus
tollere Taenarides orbem properabat, at illum

dura repercussum subiecit ab aere[1] tellus
in vultus, Hyacinthe, tuos. Expalluit aeque
quam puer ipse deus conlapsosque excipit artus
et modo te refovet, modo tristia vulnera siccat,
nunc animam admotis fugientem sustinet herbis:
nil prosunt artes; erat inmedicabile vulnus.
Ut, siquis violas riguoque[2] papaver in horto
liliaque infringat fulvis horrentia linguis,
marcida demittant subito caput illa gravatum[3]
nec se sustineant spectentque cacumine terram,
sic vultus moriens iacet, et defecta vigore
ipsa sibi est oneri cervix umeroque recumbit.
“Laberis, Oebalide, prima fraudate iuventa,”
Phoebus ait “videoque tuum, mea crimina, vulnus.
Tu dolor es facinusque meum; mea dextera leto
inscribenda tuo est. Ego sum tibi funeris auctor.
Quae mea culpa tamen? Nisi si lusisse vocari
culpa potest, nisi culpa potest et amasse vocari.
Atque utinam pro te vitam tecumque liceret[4]
reddere! Quod quoniam fatali lege tenemur,

1 repercussum...ab aere= repercusso...in aere=repercussum...in aera=repercusso...verbere =repercusso...pondere

2 riguoque=rigidumve

3 gravatum=quietum=vietum

4 pro te=merito; vitam tecumque=vitam tecumve=tecumque vitamque=tecumque mori vitamque

semper eris mecum memorique haerebis in ore.
Te lyra pulsa manu, te carmina nostra sonabunt,
flosque novus scripto gemitus imitabere nostros.
Tempus et illud erit, quo se fortissimus heros
addat in hunc florem folioque legatur eodem."
Talia dum vero memorantur Apollinis ore,
ecce cruor, qui fusus humo signaverat herbas,
desinit esse cruor, Tyrioque nitentior ostro
flos oritur formamque capit quam lilia, si non
purpureus color his, argenteus esset in illis.
Non satis hoc Phoebo est (is enim fuit auctor honoris):
ipse suos gemitus foliis inscribit et AI AI
flos habet inscriptum, funestaque littera ducta est.
Nec genuisse pudet Sparten Hyacinthon, honorque
durat in hoc aevi, celebrandaque more priorum
annua praelata redeunt Hyacinthia pompa.
At si forte roges fecundam Amathunta metallis,
an genuisse velit Propoetidas, abnuat aeque
atque illos, gemino quondam quibus aspera cornu
frons erat; unde etiam nomen traxere Cerastae.
Ante fores horum stabat Iovis Hospitis ara
inlugubris sceleris[1], quam siquis sanguine tinctam
advena vidisset, mactatos crederet illic

1 inlugubris sceleris=ignarus sceleris=in lugurbis celeri

lactantes vitulos Amathusiacasque bidentes:
hospes erat caesus! Sacris offensa nefandis
ipsa suas urbes Ophiusiaque arva parabat
deserere alma Venus. “Sed quid loca grata, quid urbes
peccavere meae? Quod” dixit “crimen in illis?
Exilio poenam potius gens inpia pendat
vel nece vel siquid medium est mortisque fugaeque.
Idque quid esse potest, nisi versae poena figurae?”
Dum dubitat, quo mutet eos, ad cornua vultum
flexit et admonita est haec illis posse relinqui
grandiaque in torvos transformat membra iuvencos.
Sunt tamen obscenae Venerem Propoetides ausae
esse negare deam; pro quo sua, numinis ira,
corpora cum forma primae vulgasse feruntur[1]:
utque pudor cessit sanguisque induruit oris,
in rigidum parvo silicem discrimine versae.
Quas quia Pygmalion aevum per crimen agentis
viderat, offensus vitiis, quae plurima menti
femineae natura dedit, sine coniuge caelebs
vivebat thalamique diu consorte carebat.
Interea niveum mira feliciter arte
sculpsit ebur formamque dedit, qua femina nasci
nulla potest, operisque sui concepit amorem.

---

1 forma=fama; vulgasse=mutasse

Virginis est verae facies, quam vivere credas
et, si non obstet reverentia, velle moveri:
ars adeo latet arte sua. Miratur et haurit
pectore Pygmalion simulati corporis ignes.
Saepe manus operi temptantes admovet, an sit
corpus an illud ebur, nec adhuc ebur esse fatetur.
Oscula dat reddique putat loquiturque tenetque
et credit tactis digitos insidere membris
et metuit, pressos veniat ne livor in artus,
et modo blanditias adhibet, modo grata puellis
munera fert illi conchas teretesque lapillos
et parvas volucres et flores mille colorum
liliaque pictasque pilas et ab arbore lapsas
Heliadum lacrimas; ornat quoque vestibus artus:
dat digitis gemmas, dat longa monilia collo;
aure leves bacae, redimicula pectore pendent:
cuncta decent; nec nuda minus formosa videtur.
Conlocat hanc stratis concha Sidonide tinctis
appellatque tori sociam adclinataque colla
mollibus in plumis tamquam sensura reponit.
Festa dies Veneris tota celeberrima Cypro
venerat, et pandis inductae cornibus aurum
conciderant ictae nivea cervice iuvencae,
turaque fumabant, cum munere functus ad aras
constitit et timide "Si, di, dare cuncta potestis,

sit coniunx, opto," non ausus "eburnea virgo"
dicere Pygmalion "similis mea" dixit "eburnae."
Sensit, ut ipsa suis aderat Venus aurea festis,
vota quid illa velint, et, amici numinis omen,
flamma ter accensa est apicemque per aera duxit.
Ut rediit, simulacra suae petit ille puellae
incumbensque toro dedit oscula: visa tepere est;
admovet os iterum, manibus quoque pectora temptat:
temptatum mollescit ebur positoque rigore
subsidit digitis ceditque, ut Hymettia sole
cera remollescit tractataque pollice multas
flectitur in facies ipsoque fit utilis usu.
Dum stupet et dubie[1] gaudet fallique veretur,
rursus amans rursusque manu sua vota retractat;
corpus erat: saliunt temptatae pollice venae.
Tum vero Paphius plenissima concipit heros
verba, quibus Veneri grates agat, oraque tandem
ore suo non falsa premit dataque oscula virgo
sensit et erubuit timidumque ad lumina lumen
attollens pariter cum caelo vidit amantem.
Coniugio, quod fecit, adest dea, iamque coactis
cornibus in plenum noviens lunaribus orbem
illa Paphon genuit, de qua tenet insula nomen.

1 dubie=medio

Editus hac ille est, qui, si sine prole fuisset,
Inter felices Cinyras potuisset haberi.
Dira canam: procul hinc natae, procul este parentes,
aut, mea si vestras mulcebunt carmina mentes,
desit in hac mihi parte fides, nec credite factum;
vel, si credetis, facti quoque credite poenam.
Si tamen admissum sinit hoc natura videri,
gentibus Ismariis et nostro gratulor orbi,
gratulor huic terrae, quod abest regionibus illis,
quae tantum genuere nefas: sit dives amomo,
cinnamaque costumque suum sudataque ligno
tura ferat floresque alios Panchaia tellus,
dum ferat et murram: tanti nova non fuit arbor.
Ipse negat nocuisse tibi sua tela Cupido,
Myrrha, facesque suas a crimine vindicat isto:
stipite te Stygio tumidisque adflavit echidnis
e tribus una soror. Scelus est odisse parentem;
hic amor est odio maius scelus—undique lecti
te cupiunt proceres, totoque oriente iuventus
ad thalami certamen adest. Ex omnibus unum
elige, Myrrha, virum: dum ne sit in omnibus unus!
Illa quidem sentit foedoque repugnat amori
et secum "Quo mente feror? Quid molior?" inquit
"Di, precor, et pietas sacrataque iura parentum,
hoc prohibete nefas scelerique resistite nostro,

si tamen hoc scelus est. Sed enim damnare negatur
hanc Venerem pietas, coeuntque animalia nullo
cetera delicto, nec habetur turpe iuvencae
ferre patrem tergo; fit equo sua filia coniunx,
quasque creavit, init pecudes caper, ipsaque, cuius
semine concepta est, ex illo concipit ales.
Felices, quibus ista licent! Humana malignas
cura dedit leges, et, quod natura remittit,
invida iura negant. Gentes tamen esse feruntur,
in quibus et nato genetrix et nata parenti
iungitur, et pietas geminato crescit[1] amore.
Me miseram, quod non nasci mihi contigit illic
fortunaque loci laedor! Quid in ista revoluor?
Spes interdictae discedite! Dignus amari
ille, sed ut pater, est—ergo si filia magni
non essem Cinyrae, Cinyrae concumbere possem;
nunc, quia iam meus est, non est meus, ipsaque damno
est mihi proximitas: aliena potentior essem.
Ire libet procul hinc patriaeque relinquere fines,
dum scelus effugiam. Retinet malus ardor[2] amantem,
ut praesens spectem Cinyram tangamque loquarque
osculaque admoveam, si nil conceditur ultra;

1 et...crescit=ut...crescat

2 ardor=error

ultra autem sperare[1] aliquid potes, inpia virgo,
et, quot confundas et iura et nomina, sentis?
Tune eris et matris paelex et adultera patris?
Tune soror nati genetrixque vocabere fratris?
Nec metues atro crinitas angue sorores,
quas facibus saevis oculos atque ora petentes
noxia corda vident? At tu, dum corpore non es
passa nefas, animo ne concipe, neve potentis
concubitu vetito naturae pollue foedus.
Velle puta: res ipsa vetat. Pius ille memorque est
moris—et o vellem similis furor esset in illo!"
Dixerat, at Cinyras, quem copia digna procorum,
quid faciat, dubitare facit, scitatur ab ipsa
nominibus dictis, cuius velit esse mariti;
illa silet primo patriisque in vultibus haerens
aestuat et tepido suffundit lumina rore.
Virginei Cinyras haec credens esse timoris
flere vetat siccatque genas atque oscula iungit;
Myrrha datis nimium gaudet consultaque, qualem
optet habere virum, "Similem tibi" dixit; at ille
non intellectam vocem conlaudat et "Esto
tam pia semper" ait. Pietatis nomine dicto
demisit vultus sceleris sibi conscia virgo.

1 sperare=spectare=respectare

Noctis erat medium, curasque et corpora somnus
soluerat; at virgo Cinyreia pervigil igni
carpitur indomito furiosaque vota retractat
et modo desperat, modo vult temptare, pudetque
et cupit et, quid agat, non invenit, utque securi
saucia trabs ingens, ubi plaga novissima restat,
quo cadat, in dubio est omnique a parte timetur,
sic animus vario labefactus vulnere nutat
huc levis atque illuc momentaque sumit utroque.
Nec modus et[1] requies, nisi mors, reperitur amoris:
mors placet. Erigitur laqueoque innectere fauces
destinat et zona summo de poste revincta
"Care vale Cinyra causamque intellege mortis"
dixit et aptabat pallenti vincula collo.
Murmura verborum fidas nutricis ad aures
pervenisse ferunt limen servantis alumnae;
surgit anus reseratque fores mortisque paratae
instrumenta videns spatio conclamat eodem
seque ferit scinditque sinus ereptaque collo
vincula dilaniat. Tum denique flere vacavit[2],
tum dare conplexus laqueique requirere causam.
Muta silet virgo terramque inmota tuetur

1 et=nec=aut

2 vacavit=vetavit

et deprensa dolet tardae[1] conamina mortis;
instat anus canosque suos et inania nudans
ubera per cunas alimentaque prima precatur,
ut sibi committat, quidquid dolet: illa rogantem[2]
aversata gemit; certa est exquirere nutrix
nec solam spondere fidem. "Dic" inquit "opemque
me sine ferre tibi; non est mea pigra senectus:
seu furor est, habeo, quae carmine sanet et herbis;
sive aliquis nocuit, magico lustrabere ritu;
ira deum sive est, sacris placabilis ira.
Quid rear ulterius? Certe fortuna domusque
sospes et in cursu est: vivit genetrixque paterque."
Myrrha patre audito suspiria duxit[3] ab imo
pectore, nec nutrix etiamnum concipit ullum
mente nefas aliquemque tamen praesentit amorem
propositique tenax, quodcumque est, orat, ut ipsi
indicet, et gremio lacrimantem tollit anili
atque ita conplectens infirmis membra lacertis
"Sensimus" inquit, "amas! Et in hoc mea (pone timorem)
sedulitas erit apta tibi, nec sentiet umquam
hoc pater." Exsiluit gremio furibunda torumque
ore premens "Discede, precor, miseroque pudori

---

1 tardae=atrae=timet

2 rogantem=roganti

3 duxit=traxit

parce" ait; instanti "Discede, aut desine" dixit
"quaerere, quid doleam: scelus est, quod scire laboras."
Horret anus tremulasque manus annisque metuque
tendit et ante pedes supplex procumbit alumnae
et modo blanditur, modo, si non conscia fiat,
terret et indicium laquei coeptaeque minatur
mortis et officium commisso spondet amori.
Extulit illa caput lacrimisque inplevit obortis
pectora nutricis conataque saepe fateri
saepe tenet vocem pudibundaque vestibus[1] ora
texit et "O" dixit "felicem coniuge matrem!"
hactenus, et gemuit. Gelidos[2] nutricis in artus
ossaque (sensit enim) penetrat tremor, albaque toto
vertice canities rigidis stetit hirta capillis,
multaque, ut excuteret diros, si posset, amores,
addidit; at virgo scit se non falsa moneri,
certa mori tamen est, si non potiatur amore[3].
"Vive" ait haec, "potiere tuo"—et non ausa "parente"
dicere conticuit promissaque numine firmat.
Festa piae Cereris celebrabant annua matres
illa, quibus nivea velatae corpora veste
primitias frugum dant spicea serta suarum

1 pudibundaque vestibus=pudibundis questibus

2 Gelidos=Gelidus

3 amore=amato

perque novem noctes Venerem tactusque viriles
in vetitis numerant. Turba Cenchreis in illa
regis adest coniunx arcanaque sacra frequentat.
Ergo, legitima vacuus dum coniuge lectus,
nacta gravem vino Cinyram male sedula nutrix
nomine mentito veros exponit amores
et faciem laudat; quaesitis virginis annis
"Par" ait "est Myrrhae." Quam postquam adducere iussa est
utque domum rediit, "Gaude, mea" dixit "alumna:
vicimus!" Infelix non toto pectore sentit
laetitiam virgo, praesagaque pectora maerent,
sed tamen et gaudet: tanta est discordia mentis.
Tempus erat, quo cuncta silent interque Triones[1]
flexerat obliquo plaustrum temone[2] Bootes:
ad facinus venit illa suum. Fugit aurea caelo
luna, tegunt nigrae latitantia sidera nubes,
nox caret igne suo; primus[3] tegis, Icare, vultus
Erigoneque pio sacrata parentis amore.
Ter pedis offensi signo est revocata, ter omen
funereus[4] bubo letali carmine fecit:
it tamen; et tenebrae minuunt noxque atra pudorem,

1 Triones=Trionem

2 plaustrum temone=temone plaustra

3 primus=primos

4 funereus=infandus

nutricisque manum laeva tenet, altera motu
caecum iter explorat. Thalami iam limina tangit,
iamque fores aperit, iam ducitur intus; at illi
poplite succiduo genua intremuere, fugitque
et color et sanguis, animusque relinquit euntem[1];
quoque suo propior sceleri est, magis horret; et ausi[2]
paenitet et vellet non cognita posse reverti.
Cunctantem longaeva manu deducit et alto
admotam lecto cum traderet, “Accipe” dixit,
“ista tua est, Cinyra” devotaque corpora iunxit.
Accipit obsceno genitor sua viscera lecto
virgineosque metus levat hortaturque timentem.
Forsitan aetatis quoque nomine “filia” dixit[3]:
dixit[4] et illa “pater,” sceleri ne nomina desint.
Plena patris thalamis excedit[5] et inpia diro
semina fert utero conceptaque crimina portat.
Postera nox facinus geminat, nec finis in illa est;
cum tandem Cinyras avidus[6] cognoscere amantem
post tot concubitus inlato lumine vidit

---

1 animusque=animumque; relinquit=reliquit

2 ausi=ausam

3 dixit=dicat

4 dixit=dicat

5 excedit=hec cedit

6 avidus=cupidus

et scelus et natam verbisque dolore retentis
pendenti nitidum vagina deripit[1] ensem;
Myrrha fugit tenebrisque et caecae munere noctis
intercepta neci est latosque vagata per agros
palmiferos Arabas Panchaeaque rura reliquit
perque novem erravit redeuntis cornua lunae,
cum tandem terra requievit fessa Sabaea;
vixque uteri portabat onus. Tum nescia voti
atque inter mortisque metus et[2] taedia vitae
est tales conplexa preces: "O siqua patetis[3]
numina confessis, merui nec triste recuso
supplicium. Sed ne violem vivosque superstes
mortuaque extinctos, ambobus pellite regnis
mutataeque mihi vitamque necemque negate."
Numen confessis aliquod patet: ultima certe
vota suos habuere deos; nam crura loquentis
terra supervenit, ruptosque obliqua per ungues
porrigitur radix, longi[4] firmamina trunci,
ossaque robur agunt, mediaque manente medulla
sanguis it in[5] sucos, in magnos bracchia ramos,

1 deripit=diripit

2 mortisque metus et=motisque motumque et

3 patetis=patent his

4 longi=longe

5 it in=init

in parvos digiti; duratur cortice pellis.
Iamque gravem crescens uterum praestrinxerat[1] arbor
pectoraque obruerat collumque operire parabat:
non tulit illa[2] moram venientique obvia ligno
subsedit mersitque suos in cortice vultus.
quae quamquam amisit veteres cum corpore sensus,
flet tamen, et tepidae manant ex arbore guttae.
Est honor et lacrimis, stillataque robore[3] murra
nomen erile tenet nulloque tacebitur aevo.
At male conceptus sub robore creverat infans
quaerebatque viam, qua se genetrice relicta
exsereret; media gravidus tumet arbore venter,
tendit onus matrem, neque habent sua verba dolores,
nec Lucina potest parientis voce vocari[4].
Nitenti tamen est similis curvataque crebros
dat gemitus arbor lacrimisque cadentibus[5] umet.
Constitit ad ramos mitis Lucina dolentes
admovitque manus et verba puerpera dixit.
Arbor agit rimas et fissa[6] cortice vivum

1 praestrinxerat=perstrinxerat=constrinxerat=praecinxerat

2 illa=ille

3 robore=corpore=cortice

4 vocari=rogari

5 cadentibus=madentibus

6 fissa=fisso

reddit onus, vagitque puer; quem mollibus herbis
naides inpositum lacrimis unxere parentis.
Laudaret faciem Livor quoque: qualia namque
corpora nudorum tabula pinguntur Amorum,
talis erat, sed, ne faciat discrimina cultus,
aut huic adde leves aut illi deme pharetras[1].
Labitur occulte fallitque volatilis aetas,
et nihil est annis velocius: ille sorore
natus avoque suo, qui conditus arbore nuper,
nuper erat genitus, modo formosissimus infans,
iam iuvenis, iam vir, iam se[2] formosior ipso est,
iam placet et Veneri matrisque ulciscitur ignes.
Namque pharetratus dum dat puer oscula matri,
inscius exstanti destrinxit harundine pectus:
laesa manu natum dea reppulit; altius actum
vulnus erat specie primoque fefellerat ipsam.
Capta viri forma non iam Cythereia curat
litora, non alto[3] repetit Paphon aequore cinctam
Piscosamque Cnidon gravidamque Amathunta metallis;
abstinet et caelo: caelo praefertur Adonis.
Hunc tenet, huic comes est, adsuetaque semper in umbra
indulgere sibi formamque augere colendo,

1 aut=haud; leves=levis

2 iam se=etiam

3 alto=alio

per iuga, per silvas dumosaque saxa vagatur
fine genu[1] vestem ritu succincta Dianae
hortaturque canes tutaeque animalia praedae
aut pronos lepores aut celsum in cornua cervum
aut agitat dammas: a fortibus abstinet apris
raptoresque lupos armatosque unguibus ursos
vitat et armenti saturatos caede leones.
Te quoque, ut hos timeas, siquid prodesse monendo
posset, Adoni, monet "Fortis" que "fugacibus esto"
inquit, "in audaces non est audacia tuta.
Parce meo, iuvenis, temerarius esse periclo,
neve feras, quibus arma dedit natura, lacesse,
stet mihi ne magno tua gloria. Non movet aetas
nec facies nec, quae Venerem movere, leones
saetigerosque sues oculosque animosque ferarum.
Fulmen habent acres et[2] aduncis dentibus apri,
inpetus est fulvis et vasta leonibus ira,
invisumque mihi genus est." Quae causa roganti
"Dicam" ait "et veteris monstrum mirabere culpae;
sed labor insolitus iam me lassavit, et, ecce,
opportuna sua blanditur populus umbra
datque torum caespes: libet hac requiescere tecum."

---

1 fine genu=fine genus=fune genu=funiculo=usque genu=inde venus=nuda genu

2 et=in

Et requievit humo pressitque et gramen et ipsum
inque sinu iuvenis posita cervice reclinis[1]
sic ait ac mediis interserit oscula verbis[2]:
“Forsitan audieris[3] aliquam certamine cursus
veloces superasse viros: non fabula rumor
ille fuit (superabat enim), nec dicere posses[4],
laude pedum formaene bono praestantior esset.
Scitanti deus huic de coniuge ‘coniuge’ dixit
‘Nil[5] opus est, Atalanta, tibi. Fuge coniugis usum.
Nec tamen effugies teque ipsa viva carebis.’
Territa sorte dei per opacas innuba silvas
vivit et instantem[6] turbam violenta procorum
condicione fugat, ‘Nec sum potienda[7], nisi’ inquit
‘Victa prius cursu. Pedibus contendite mecum:
praemia veloci coniunx thalamique dabuntur,
mors pretium tardis. Ea lex certaminis esto.’
Illa quidem inmitis, sed (tanta potentia formae est)
venit ad hanc legem temeraria turba procorum.
Sederat Hippomenes cursus spectator iniqui

1 reclinis=reclinans=renidens

2 verbis=labris

3 audieris=audieras

4 posses=possis

5 Nil=Non

6 instantem=instantum

7 potienda=potiunda

et 'Petitur cuiquam per tanta pericula coniunx?'
dixerat ac nimios iuvenum damnarat amores;
ut faciem et posito corpus velamine vidit,
quale meum, vel quale tuum, si femina fias,
obstipuit tollensque manus 'Ignoscite' dixit
'Quos modo culpavi! Nondum mihi praemia nota,
quae peteretis, erant.' Laudando concipit ignes[1]
et ne quis iuvenum currat velocius optat
invidiaque timet. 'Sed cur certaminis huius
intemptata mihi fortuna relinquitur?' inquit,
'Audentes deus ipse iuvat.' Dum talia secum
exigit Hippomenes, passu volat alite virgo.
Quae quamquam Scythica non setius[2] ire sagitta
Aonio visa est iuveni, tamen ille decorem[3]
miratur magis, et cursus facit ille decorem[4].
Aura refert ablata[5] citis talaria plantis,
tergaque iactantur crines per eburnea, quaeque
poplitibus suberant[6] picto genualia limbo,
inque puellari corpus candore ruborem

1 ignes=ignem

2 setius=secius=segnius

3 decorem=decoris

4 miratur=mirator; et=est; ille=ipse

5 ablata=allata=oblata

6 suberant=superant

traxerat, haud aliter, quam cum super atria velum
candida purpureum simulatas inficit umbras[1].
Dum notat haec hospes, decursa novissima meta est,
et tegitur festa victrix Atalanta corona.
Dant gemitum victi penduntque ex foedere poenas.
Non tamen eventu iuvenis deterritus horum
constitit in medio vultuque in virgine fixo
'Quid facilem titulum superando quaeris inertes?
Mecum confer' ait, 'seu me fortuna potentem
fecerit, a tanto non indignabere vinci:
namque mihi genitor Megareus Onchestius, illi
est Neptunus avus, pronepos ego regis aquarum,
nec virtus citra genus est; seu vincar, habebis
Hippomene victo magnum et memorabile nomen.'
Talia dicentem molli Schoeneia[2] vultu
adspicit et dubitat, superari an vincere malit,
atque ita 'Quis deus hunc formosis' inquit 'iniquus
perdere vult caraeque iubet discrimine[3] vitae
coniugium petere hoc? Non sum me iudice tanti.
Nec forma tangor (poteram tamen hac[4] quoque tangi),

---

1 simulatas inficit umbras=similatas inficit umbras=similis dat inficit umbras=similem dat et inficit umbram=simul edat et inficit umbram=simul edit et inficit umbram

2 molli Schoeneia=mollis coeneia=molli ceneia

3 discrimine=discrimina

4 hac=hoc

sed quod adhuc puer est: non me movet ipse, sed aetas.
Quid, quod inest virtus et mens interrita leti?
Quid, quod ab aequorea numeratur origine quartus?
Quid, quod amat tantique putat conubia nostra,
ut pereat, si me fors illi dura negarit?
Dum licet, hospes, abi thalamosque relinque cruentos!
Coniugium crudele meum est: tibi nubere nulla
nolet[1], et optari potes a sapiente puella.
Cur tamen est mihi cura tui tot iam ante peremptis?
Viderit! Intereat, quoniam tot caede procorum
admonitus non est agiturque in taedia vitae.
Occidet hic igitur, voluit quia vivere mecum[2],
indignamque necem pretium patietur amoris?
Non erit invidiae victoria nostra ferendae[3].
Sed non culpa mea est. Utinam desistere velles!
Aut, quoniam es demens, utinam velocior esses!
A[4] quam virgineus puerili vultus in ore est!
A, miser Hippomene, nollem tibi visa fuissem[5]!
Vivere dignus eras; quodsi felicior essem
nec mihi coniugium fata inportuna negarent,

1 nolet=nollet

2 voluit=vetuit=vovit; quia=qui

3 ferendae=ferenda

4 A=At

5 fuissem=fuisse

unus eras, cum quo sociare cubilia vellem.'
Dixerat, utque rudis primoque cupidine tacta,
quid[1] facit, ignorans amat et non sentit amorem.
Iam solitos poscunt cursus populusque paterque,
cum me sollicita proles Neptunia voce
invocat Hippomenes 'Cytherea' que 'conprecor[2] ausis
adsit[3]' ait 'nostris et, quos dedit, adiuvet ignes.'
Detulit aura preces ad me non invida blandas,
motaque sum, fateor, nec opis mora longa dabatur.
Est ager, indigenae Tamasenum[4] nomine dicunt,
telluris Cypriae pars optima, quam mihi prisci
sacravere senes templisque accedere dotem
hanc iussere meis; medio nitet arbor in arvo,
fulva coma[5], fulvo ramis crepitantibus auro.
Hinc tria forte mea veniens[6] decerpta ferebam
aurea poma manu nullique videnda nisi ipsi
Hippomenen adii docuique, quis usus in illis.
Signa tubae dederant, cum carcere pronus uterque
emicat et summam celeri pede libat harenam[7]:

---

1 quid=quod

2 conprecor=cum precor

3 adsit=assit

4 Tamasenum=Damasenum

5 coma=comam=comas

6 veniens=iuveni

7 summam celeri pede libat harenam=summa celeris pendebat harena

posse putes illos sicco freta radere[1] passu
et segetis canae stantes percurrere aristas.
Adiciunt animos iuveni clamorque favorque
verbaque dicentum ‘nunc, nunc incumbere tempus,
Hippomene, propera! Nunc viribus utere totis!
Pelle moram! Vinces!’ Dubium, Megareius heros
gaudeat an virgo magis his[2] Schoeneia dictis.
O quotiens, cum iam posset transire, morata est
spectatosque diu vultus invita reliquit!
Aridus e lasso veniebat anhelitus ore,
metaque erat longe: tum denique de tribus unum
fetibus arboreis proles Neptunia misit.
Obstipuit virgo nitidique cupidine pomi
declinat cursus aurumque volubile tollit.
Praeterit Hippomenes: resonant spectacula plausu.
Illa moram celeri cessataque tempora cursu
corrigit atque iterum iuvenem post terga relinquit
et rursus pomi iactu remorata secundi
consequitur transitque virum. Pars ultima cursus
restabat; ‘Nunc’ inquit ‘ades, dea muneris auctor!’
Inque latus campi, quo tardius illa rediret,
iecit ab obliquo nitidum iuvenaliter aurum.

---

1 radere=laedere

2 gaudeat...magis his=audiat...magis hos

An peteret, virgo visa est dubitare: coegi
tollere et adieci sublato pondera malo
inpediique oneris pariter gravitate moraque,
neve meus sermo cursu sit tardior ipso,
praeterita est virgo: duxit sua praemia victor.
Dignane, cui[1] grates ageret, cui turis honorem
ferret, Adoni, fui? Nec grates inmemor egit
nec mihi tura dedit. Subitam convertor in iram[2]
contemptuque[3] dolens, ne sim spernenda futuris,
exemplo caveo meque ipsa[4] exhortor in ambos.
Templa, deum Matri quae quondam clarus Echion
fecerat ex voto, nemorosis abdita silvis,
transibant, et iter longum requiescere suasit.
Illic concubitus intempestiva cupido[5]
occupat Hippomenen a numine concita nostro.
Luminis exigui fuerat prope templa recessus
speluncae similis, nativo pumice tectus,
religione sacer prisca, quo multa sacerdos
lignea contulerat veterum simulacra deorum:
hunc init et vetito temerat sacraria probro.

1 Dignane, cui=digna nec ut

2 Subitam...in iram=Subita...in ira

3 contemptuque=contemnique ex

4 ipsa=ipsam

5 cupido=libido

Sacra retorserunt oculos, turritaque Mater
an Stygia sontes dubitavit mergeret unda;
poena levis visa est. Ergo modo levia fulvae
colla iubae[1] velant, digiti curvantur in ungues,
ex umeris armi fiunt, in pectora totum
pondus abit, summae cauda verruntur harenae.
Iram vultus habet, pro verbis murmura reddunt,
pro thalamis celebrant silvas aliisque timendi
dente premunt domito Cybeleia frena leones.
Hos tu, care mihi, cumque his genus omne ferarum,
quod non terga fugae, sed pugnae pectora praebet[2],
effuge, ne virtus tua sit damnosa duobus."
Illa quidem monuit iunctisque per aera cygnis
carpit iter, sed stat monitis contraria virtus.
Forte suem[3] latebris vestigia certa secuti
excivere canes, silvisque exire parantem
fixerat obliquo iuvenis Cinyreius ictu;
protinus excussit pando venabula rostro
sanguine tincta suo trepidumque et tuta petentem
trux aper insequitur totosque sub inguine dentes
abdidit[4] et fulva moribundum stravit harena.

---

1 iubae=comae

2 quod...praebet=quod...praebent=quae...praebent

3 suem=suis

4 abdidit=addidit

Vecta levi curru medias Cytherea per auras
Cypron olorinis nondum pervenerat alis:
agnovit longe gemitum[1] morientis et albas
flexit aves illuc, utque aethere vidit ab alto
exanimem inque suo iactantem sanguine corpus,
desiluit pariterque sinum pariterque capillos
rupit et indignis percussit pectora palmis
questaque cum fatis "At[2] non tamen omnia vestri
iuris erunt" dixit; "luctus monimenta manebunt
semper, Adoni, mei, repetitaque mortis imago[3]
annua plangoris peraget simulamina nostri.
At[4] cruor in florem mutabitur. An tibi quondam
femineos artus in olentes vertere mentas,
Persephone, licuit, nobis Cinyreius heros
invidiae[5] mutatus erit?" Sic fata cruorem
nectare odorato sparsit[6], qui tactus ab illo
intumuit sic, ut fulvo perlucida caeno[7]
surgere[8] bulla solet, nec plena longior hora

1 gemitum=gemitus

2 At=Et=Est

3 mei=meo; repetitaque=recitataque=reparataque=redivivaque

4 At=Et

5 invidiae=invidia

6 sparsit=spargit

7 fulvo=pluvio; caeno=caelo

8 surgere=spargere

facta mora est, cum flos de sanguine concolor ortus,
qualem, quae lento celant sub cortice granum[1],
punica ferre solent, brevis est tamen usus in illo;
namque male haerentem et nimia levitate caducum
excutiunt idem, qui praestant nomina, venti.'

1 granum=grana

METAMORPHOSEON LIBER XI

《变形记》

第十一卷

Carmine dum tali silvas animosque ferarum
Threicius vates et saxa sequentia ducit[1],
ecce nurus Ciconum tectae lymphata ferinis
pectora velleribus tumuli de vertice cernunt
Orphea percussis sociantem carmina nervis.
E quibus una leves iactato crine per auras[2]
'En' ait 'en, hic est nostri contemptor!' et hastam
vatis Apollinei vocalia misit in ora[3],
quae foliis praesuta notam sine vulnere fecit;
alterius telum lapis est, qui missus in ipso
aere concentu victus vocisque lyraeque est,
ac veluti supplex pro tam furialibus ausis
ante pedes iacuit. Sed enim temeraria crescunt
bella, modusque abiit, insanaque regnat Erinys.
Cunctaque tela forent cantu mollita, sed ingens

1 ducit=traxit

2 leves...auras=levem...auram

3 vocalia...ora=vocali...ore

clamor et infracto[1] Berecyntia tibia cornu
tympanaque et plausus et Bacchei ululatus
obstrepuere sono citharae. Tum denique saxa
non exauditi rubuerunt sanguine vatis.
Ac primum attonitas etiamnum voce canentis
innumeras volucres anguesque agmenque ferarum
Maenades Orphei titulum rapuere theatri[2].
Inde cruentatis vertuntur in Orphea dextris
et coeunt, ut aves, si quando luce vagantem
noctis avem cernunt, structoque utrimque theatro
Ceu[3] matutina cervus periturus harena
praeda canum est; vatemque petunt et fronde virentes[4]
coniciunt thyrsos non haec in munera factos.
Hae glaebas, illae direptos arbore ramos,
pars torquent silices; neu desint tela furori,
forte boves presso subigebant vomere terram,
nec procul hinc multo fructum sudore parantes
dura lacertosi fodiebant arva coloni;
agmine qui[5] viso fugiunt operisque relinquunt
arma sui, vacuosque iacent dispersa per agros

1 infracto=inflato=inflexo

2 titulum=populum; theatri=triumphi

3 Ceu=Cum=Ut=Vel

4 virentes=virentis=virenti

5 qui=quo

sarculaque rastrique graves longique ligones[1].
Quae postquam rapuere ferae cornuque minaci
divulsere[2] boves, ad vatis fata recurrunt
tendentemque manus atque illo tempore primum
inrita dicentem nec quicquam voce moventem[3]
sacrilegae perimunt, perque os, pro Iuppiter, illud
auditum saxis intellectumque ferarum
sensibus in ventos anima exhalata recessit.
Te maestae volucres, Orpheu, te turba ferarum,
te rigidi silices, tua carmina saepe secutae
fleverunt silvae; positis te frondibus arbor
tonsa comas[4] luxit; lacrimis quoque flumina dicunt
increvisse suis, obstrusaque[5] carbasa pullo
naides et dryades passosque[6] habuere capillos.
Membra iacent diversa locis, caput, Hebre, lyramque
excipis, et (mirum!), medio dum labitur amne,
flebile nescio quid queritur lyra, flebile lingua
murmurat exanimis, respondent flebile ripae.
Iamque mare invectae flumen populare relinquunt

1 longique ligones=longique minaci=taurique minaces

2 divulsere=divellere

3 moventem=monentem

4 comas=coma=comam

5 obstrusaque=obscuraque=abstrusaque

6 passosque=sparsosque=sparsos

et Methymnaeae[1] potiuntur litore Lesbi:
hic ferus expositum[2] peregrinis anguis harenis
os petit et sparsos stillanti rore capillos[3].
tandem Phoebus adest morsusque inferre parantem
arcet et in lapidem rictus serpentis apertos
congelat et patulos, ut erant, indurat hiatus.
Umbra subit terras et, quae loca viderat ante,
cuncta recognoscit quaerensque per arva piorum
invenit Eurydicen cupidisque amplectitur ulnis.
Hic modo coniunctis[4] spatiantur passibus ambo:
nunc praecedentem sequitur, nunc praevius anteit
Eurydicenque suam iam tuto respicit Orpheus[5].
Non inpune tamen scelus hoc sinit esse Lyaeus
amissoque dolens sacrorum vate suorum
protinus in silvis matres Edonidas omnes,
quae videre nefas, torta radice ligavit.
Quippe pedum digitos, in quantum est quaeque secuta,
traxit et in solidam detrusit acumina[6] terram,
utque suum laqueis, quos callidus abdidit auceps,

1 Methymnaeae=Methymnaei

2 expositum=expositus=exposito=expositis

3 os petit=obstitit; sparsos...capillos=sparsis...capillis; stillanti=stillantes=stillantior; line 57a: Lambit et hymniferos inhiat divellere vultus

4 coniunctis=coniuncti=compunctis

5 tuto=tutus; respicit=recipit

6 acumina=acumine

crus ubi commisit volucris sensitque teneri,
plangitur ac trepidans adstringit vincula motu,
sic, ut quaeque[1] solo defixa cohaeserat harum,
exsternata fugam frustra temptabat; at illam
lenta tenet radix exsultantemque coercet,
dumque ubi sint digiti, dum pes ubi quaerit et ungues[2],
adspicit in teretes lignum succedere[3] suras
et conata femur maerenti plangere[4] dextra
robora percussit: pectus quoque robora fiunt,
robora sunt umeri, porrectaque[5] bracchia veros
esse putes ramos et non fallere[6] putando.
Nec satis hoc Baccho est: ipsos quoque deserit agros
cumque choro meliore sui vineta[7] Timoli
Pactolonque petit, quamvis non aureus illo
tempore nec caris erat invidiosus harenis.
Hunc adsueta cohors Satyri Bacchaeque frequentant,
at Silenus abest. Titubantem annisque meroque
ruricolae cepere Phryges vinctumque coronis
ad regem duxere Midan, cui Thracius Orpheus

1 ut quaeque=et quaeque=quaecumque

2 ungues=unguis=inguis

3 succedere=succrescere

4 plangere=tangere

5 porrectaque=longos quoque=lignosaque=frondosaque=digitosque

6 fallere=fallare

7 vineta=pineta=peneta=spineta

orgia tradiderat cum Cecropio Eumolpo.
Quem[1] simul agnovit socium comitemque sacrorum,
hospitis adventu festum genialiter egit
per bis quinque dies et iunctas ordine noctes.
Et iam stellarum sublime coegerat agmen
Lucifer undecimus, Lydos cum laetus in agros
rex venit et iuveni Silenum reddit alumno.
Huic deus optandi gratum, sed inutile fecit
muneris arbitrium gaudens altore recepto.
Ille male usurus donis ait: 'Effice, quidquid
corpore contigero, fulvum vertatur in aurum.'
Adnuit optatis nocituraque munera soluit
Liber et indoluit, quod non meliora petisset.
Laetus abit gaudetque malo Berecyntius heros
pollicitique fidem tangendo singula temptat,
vixque sibi credens, non alta fronde virentem
ilice detraxit virgam: virga aurea facta est;
tollit humo saxum: saxum quoque palluit auro;
contigit et glaebam: contactu glaeba potenti
massa[2] fit; arentes Cereris decerpsit aristas:
aurea messis erat; demptum tenet arbore pomum:
Hesperidas donasse putes; si postibus altis

1 Quem=Qui

2 massa=missa

admovit digitos, postes radiare videntur.
Ille etiam liquidis palmas ubi[1] laverat undis,
unda fluens palmis Danaen eludere posset[2].
vix spes ipse suas animo capit aurea fingens
omnia; gaudenti mensas posuere ministri
exstructas dapibus nec tostae frugis egentes.
Tum vero, sive ille sua Cerealia dextra
munera contigerat, Cerealia dona rigebant;
sive dapes avido convellere dente parabat,
lammina fulva dapes admoto dente premebat[3];
miscuerat puris auctorem muneris undis:
fusile per rictus aurum fluitare videres.
Attonitus novitate mali divesque miserque
effugere optat opes et, quae modo voverat, odit.
Copia nulla famem relevat, sitis arida guttur
urit, et inviso meritus torquetur ab auro
ad caelumque manus et splendida bracchia tollens
'Da veniam, Lenaee pater! Peccavimus' inquit,
'sed miserere, precor, speciosoque eripe damno!'
Mite deum numen: Bacchus peccasse fatentem
restituit factique[4] fide data munera soluit.

1 palmas ubi=ubi palmas

2 posset=possit; line 117a: Corporis et membris resplenduit aurea vestis

3 premebat=nitebant=sonabant=rigebant

4 factique=factaque=pactique

'Neve male optato maneas[1] circumlitus auro,
vade' ait 'ad magnis vicinum Sardibus amnem
perque iugum ripae[2] labentibus obvius undis
carpe viam[3], donec venias ad fluminis ortus,
spumigeroque tuum fonti, qua plurimus exit,
subde caput corpusque simul, simul elue crimen.'
Rex iussae succedit aquae; vis aurea tinxit
flumen et humano de corpore cessit in amnem.
Nunc quoque iam veteris percepto semine venae
arva rigent auro madidis pallentia glaebis.
Ille perosus opes silvas et rura colebat
Panaque montanis habitantem semper in antris[4],
pingue sed ingenium mansit, nocituraque, ut ante,
rursus erant domino stultae[5] praecordia mentis.
Nam freta prospiciens late riget arduus alto
Tmolus in ascensu clivoque extensus utroque
Sardibus hinc, illinc parvis finitur Hypaepis.
Pan ibi dum teneris iactat sua carmina[6] nymphis
et leve cerata modulatur harundine carmen

---

1 maneas=maneat=veniat

2 ripae=Lydum=rapae=vitae=nitens=repens

3 viam=vias

4 antris=arvis

5 stultae=stolidae=solidae

6 carmina=numina=munera

ausus Apollineos prae se contemnere cantus,
iudice sub Tmolo certamen venit ad inpar.
Monte suo senior iudex consedit et aures
liberat arboribus; quercu coma caerula tantum
cingitur, et pendent circum cava tempora glandes.
Isque deum[1] pecoris spectans 'In iudice' dixit
'nulla mora est.' Calamis agrestibus insonat ille
barbaricoque Midan (aderat nam forte canenti)
carmine delenit; post hunc sacer ora retorsit[2]
Tmolus ad os Phoebi; vultum sua silva secuta est.
Ille caput flavum lauro Parnaside vinctus
verrit humum Tyrio saturata murice palla
instructamque fidem gemmis et dentibus Indis[3]
sustinet a laeva; tenuit manus altera plectrum:
artificis status ipse fuit; tum stamina docto
pollice sollicitat, quorum dulcedine captus
Pana iubet Tmolus citharae submittere cannas.
Iudicium sanctique placet sententia montis
omnibus; arguitur tamen atque iniusta vocatur
unius sermone Midae. Nec Delius aures
humanam stolidas patitur retinere figuram,

1 deum=deus

2 delenit=delinit; retorsit=resolvit

3 instructamque=instrictamque=distinctamque; fidem=lyram

sed trahit in spatium villisque albentibus[1] inplet
instabilesque imas[2] facit et dat posse moveri;
cetera sunt hominis: partem damnatur in unam
induiturque aures lente gradientis aselli.
Ille quidem celare cupit turpique[3] pudore
tempora purpureis temptat velare tiaris;
sed solitus longos ferro resecare capillos
viderat hoc famulus; qui cum nec prodere visum
dedecus auderet cupiens efferre sub auras
nec posset[4] reticere tamen, secedit humumque
effodit et, domini quales aspexerit[5] aures,
voce refert parva terraeque inmurmurat haustae
indiciumque suae vocis tellure regesta
obruit et scrobibus tacitus discedit opertis.
Creber harundinibus tremulis ibi surgere lucus
coepit et, ut primum pleno maturuit anno,
prodidit agricolam[6]: leni nam motus ab austro
obruta verba refert dominique coarguit aures.
Ultus abit Tmolo liquidumque per aera vectus

1 albentibus=ardentibus

2 imas=ime=uno=illas=illos

3 turpique=turpisque

4 posset=possit

5 aspexerit=aspexerat

6 agricolam=agricola=auricolam

angustum citra pontum Nepheleidos Helles
Laomedonteis Latoius adstitit arvis;
dextera Sigei, Rhoetei laeva profundi
ara Panomphaeo[1] vetus est sacrata Tonanti.
Inde novae primum moliri moenia Troiae
Laomedonta videt susceptaque magna labore
crescere difficili nec opes exposcere parvas
cumque tridentigero tumidi genitore profundi
mortalem induitur formam Phrygiaeque[2] tyranno
aedificat muros pactus pro moenibus aurum[3].
Stabat opus: pretium rex infitiatur et addit,
perfidiae cumulum, falsis periuria verbis.
'Non inpune feres' rector maris inquit et omnes
inclinavit aquas ad avarae litora Troiae
inque freti formam terras convertit[4] opesque
abstulit agricolis et fluctibus obruit agros[5].
Poena neque haec satis est: regis quoque filia monstro
poscitur aequoreo. Quam dura ad saxa revinctam
vindicat[6] Alcides promissaque munera dictos

1 Panomphaeo=Panopeo

2 Phrygiaeque=Phrygioque=Phrygiique

3 aedificat...pactus...aurum=aedificant...pacti...aurum=aedificant...pacto...auro

4 convertit=complevit

5 agros=arva

6 vindicat=vendicat

poscit equos, tantique operis mercede negata
bis periura[1] capit superatae moenia Troiae.
Nec pars militiae, Telamon, sine honore recessit
Hesioneque data potitur; nam coniuge Peleus
clarus erat diva nec avi[2] magis ille superbit
nomine quam soceri, siquidem Iovis esse nepotem[3]
contigit haud uni, coniunx dea contigit uni.
Namque senex Thetidi Proteus 'Dea' dixerat 'undae,
concipe: mater eris iuvenis, qui fortibus annis[4]
acta patris vincet maiorque vocabitur illo.'
Ergo, ne quicquam mundus Iove maius haberet,
quamvis haud tepidos sub pectore senserat ignes,
Iuppiter aequoreae Thetidis conubia fugit[5]
in suaque Aeaciden succedere vota nepotem
iussit et amplexus in virginis ire marinae.
Est sinus Haemoniae curvos falcatus in arcus;
bracchia procurrunt, ubi[6], si foret altior unda,
portus erat; summis inductum est aequor harenis.
Litus habet solidum, quod nec vestigia servet

1 periura=peritura

2 nec avi=neque enim

3 nomine=numine; nepotem=nepoti

4 annis=armis=actis

5 fugit=vitat

6 ubi=qui

nec remoretur iter nec opertum[1] pendeat alga;
Myrtea silva subest bicoloribus obsita bacis.
Est specus in medio, natura factus an arte,
ambiguum, magis arte tamen: quo saepe venire
frenato delphine sedens, Theti, nuda solebas.
Illic te Peleus, ut somno victa[2] iacebas,
occupat et, quoniam precibus temptata repugnas,
vim parat innectens ambobus colla lacertis;
quodnisi[3] venisses variatis saepe figuris
ad solitas artes, auso foret ille potitus;
sed modo tu volucris (volucrem tamen ille tenebat[4]),
nunc gravis arbor eras: haerebat in arbore Peleus;
tertia forma fuit maculosae tigridis: illa
territus Aeacides a corpore bracchia soluit.
Isque deos pelagi vino super aequora fuso
et pecoris fibris et fumo turis adorat,
donec Carpathius medio de gurgite vates
'Aeacide,' dixit 'thalamis potiere petitis,
tu modo, cum rigido sopita quiescit in antro[5],
ignaram laqueis vincloque innecte tenaci.

1 opertum=operta

2 victa=vincta

3 quodnisi=quae nisi

4 tenebat=premebat

5 rigido=gelido; quiescit=quiescet

Nec te decipiat centum mentita figuras[1],
sed preme, quidquid erit, dum, quod fuit ante reformet.'
Dixerat haec Proteus et condidit aequore vultum
admisitque suos in verba novissima fluctus.
Pronus erat Titan inclinatoque tenebat[2]
Hesperium temone fretum, cum pulchra relicto[3]
Nereis ingreditur consueta cubilia ponto[4].
Vix bene virgineos Peleus invaserat[5] artus,
illa novat formas, donec sua membra teneri
sentit et in partes diversas bracchia tendi[6];
tum demum ingemuit, 'Neque' ait 'sine numine vincis,'
exhibita estque Thetis. Confessam amplectitur heros
et potitur votis ingentique inplet Achille[7].
Felix et nato, felix et coniuge Peleus,
et cui, si demas iugulati crimina Phoci,
omnia contigerant. Fraterno sanguine sontem
expulsumque domo patria Trachinia tellus
accipit. Hic regnum sine vi, sine caede regebat[8]

1 figuras=figuris

2 tenebat=petebat

3 relicto=relecto

4 ponto=saxo

5 invaserat=evinxerat=evixerat=devinxerat

6 sentit=sensit, tendi=tendit=tendens

7 ingentique...Achille=ingentemque...Achillem

8 regebat=tenebat=parabat

Lucifero genitore satus patriumque nitorem
ore ferens Ceyx, illo qui tempore maestus
dissimilisque[1] sui fratrem lugebat ademptum.
Quo postquam Aeacides fessus curaque viaque
venit et intravit paucis comitantibus urbem,
quosque greges pecorum, quae secum armenta trahebat,
haud procul a muris sub opaca valle reliquit,
copia cum facta est adeunti tecta[2] tyranni,
velamenta manu praetendens supplice, qui sit
quoque satus, memorat, tantum sua crimina celat
mentiturque[3] fugae causam: petit, urbe vel agro
se iuvet[4]. Hunc contra placido Trachinius ore
talibus adloquitur: 'Mediae quoque commoda plebi
nostra patent, Peleu, nec inhospita regna tenemus.
Adicis huic animo momenta[5] potentia, clarum
nomen avumque Iovem. Ne[6] tempora perde precando.
Quod petis, omne feres tuaque haec pro parte vocato[7],
qualiacumque vides. Utinam meliora videres!'
Et flebat. Moveat tantos quae causa dolores,

1 dissimilisque=dissimilemque

2 tecta=prima

3 mentiturque=mentitusque

4 iuvet=tuat=tuet

5 momenta=monimenta

6 Ne=Nec

7 vocato=teneto=videto

Peleusque[1] comitesque rogant; quibus ille profatur:
'Forsitan hanc volucrem, rapto quae vivit et omnes
terret aves, semper pennas habuisse putetis[2]:
vir fuit et (tanta est animi constantia) iam tum[3]
acer erat belloque ferox ad vimque paratus,
nomine Daedalion. Illo genitore creatis[4],
qui vocat Auroram caeloque novissimus exit,
cura mihi pax est, pacis mihi cura[5] tenendae
coniugiique fuit, fratri fera bella placebant.
Illius virtus reges gentesque subegit,
quae nunc Thisbaeas agitat mutata columbas.
Nata erat huic Chione, quae dotatissima[6] forma
mille procos habuit bis septem nubilis annis.
Forte revertentes Phoebus Maiaque creatus,
ille suis Delphis, hic vertice Cylleneo,
videre hanc pariter, pariter traxere calorem.
Spem Veneris differt in tempora noctis Apollo;
non fert ille moras virgaque movente soporem
virginis os tangit: tactu iacet illa potenti

1 Peleusque=Peleus=Et peleus=Peleusque et

2 putetis=putatis

3 iam tum=tantum=quantum

4 creatis=creatus=creamur

5 cura=culta=culpa

6 quae dotatissima=quaedam notissima=quae laudatissima

vimque dei patitur; nox caelum sparserat astris:
Phoebus anum simulat praereptaque gaudia sumit.
Ut sua maturus conplevit tempora venter,
alipedis de stirpe dei versuta propago
nascitur Autolycus, furtum ingeniosus ad omne,
candida de nigris et de candentibus atra
qui facere adsuerat[1], patriae non degener artis,
nascitur e Phoebo (namque est enixa gemellos)
carmine vocali clarus citharaque Philammon.
Quid peperisse duos et dis placuisse duobus
et forti genitore et progenitore Tonanti[2]
esse satam prodest? An obest quoque gloria multis?[3]
Obfuit huic certe! Quae se praeferre Dianae
sustinuit faciemque deae culpavit. At illi
ira ferox mota est "Factis" que "placebimus" inquit.
Nec mora, curvavit cornu nervoque sagittam
inpulit et meritam traiecit harundine linguam.
Lingua tacet[4], nec vox temptataque verba sequuntur,
conantemque loqui cum sanguine vita reliquit.
Quam miser amplexans ego tum patrioque dolorem[5]

1 adsuerat=assuerat=assuevit

2 Tonanti=tonante

3 gloria multis?=gloria? Multis

4 tacet=iacet

5 miser amplexans=miseram amplexans=miseram plexans=miser amplexus=miser o pietas=misero pietas e; patrioque=patriumque=patrisque=patruique=patruoque

corde tuli fratrique pio solacia dixi!
Quae pater haud aliter quam cautes murmura ponti
accipit et natam delamentatur ademptam;
ut vero ardentem vidit, quater inpetus illi
in medios fuit ire rogos; quater inde repulsus
concita membra fugae mandat similisque iuvenco
spicula crabronum pressa cervice gerenti[1],
qua via nulla, ruit[2]. Iam tum mihi currere visus
plus homine est, alasque pedes sumpsisse putares[3].
Effugit ergo omnes veloxque cupidine leti
vertice Parnasi potitur; miseratus Apollo,
cum se Daedalion saxo misisset ab alto,
fecit avem et subitis pendentem sustulit alis
oraque adunca dedit, curvos dedit unguibus hamos,
virtutem antiquam[4], maiores corpore vires.
Et nunc accipiter, nullis satis aequus, in omnes[5]
saevit aves aliisque dolens fit causa dolendi.'
Quae dum Lucifero genitus miracula narrat
de consorte suo, cursu festinus anhelo
advolat armenti custos Phoceus Onetor

1 crabronum=scrabonum; pressa=laesa

2 ruit=fuit=fugit

3 putares=putasses

4 virtutem antiquam=virtute antiqua

5 Et=Ut; nullis=nulli

et 'Peleu, Peleu! Magnae tibi nuntius adsum
cladis' ait. Quodcumque ferat, iubet edere Peleus;
pendet et ipse metu trepidi Trachinius oris[1].
Ille refert: 'Fessos ad litora curva iuvencos
adpuleram, medio cum Sol altissimus orbe
tantum respiceret, quantum superesse videret,
parsque boum fulvis genua inclinarat harenis
latarumque iacens campos spectabat aquarum,
pars gradibus tardis illuc errabat et illuc;
nant alii celsoque exstant[2] super aequora collo.
Templa mari subsunt nec marmore clara neque auro,
sed trabibus densis lucoque umbrosa vetusto:
Nereides Nereusque tenent; hos navita ponti
edidit esse deos, dum retia litore siccat[3].
Iuncta palus huic est densis[4] obsessa salictis,
quam restagnantis fecit maris unda paludem.
Inde fragore gravi strepitu loca proxima terret[5]
belua vasta, lupus, silvisque palustribus exit[6]
oblitus et spumis et crasso sanguine rictus[7],

1 trepidi...oris=trepidat...heros

2 exstant=instant

3 siccat=sicco

4 densis=raris

5 gravi=gravis; strepitu=strepita=strepitans=strepitus=et strepitu=strepit et

6 silvisque=niveisque=ulvisque=mucisque; palustribus=paludibus

7 crasso=sparsus; rictus=rictos

fulmineus[1], rubra suffusus lumina flamma;
qui quamquam saevit pariter rabieque fameque,
acrior est rabie. Neque enim ieiunia curat
caede boum diramque famem finire, sed omne
vulnerat armentum sternitque hostiliter omne[2];
pars quoque de nobis funesto saucia morsu,
dum defensamus, leto est data. Sanguine litus
undaque prima rubet demugitaeque paludes.
Sed mora damnosa est, nec res dubitare remittit:
dum superest aliquid, cuncti coeamus et arma,
arma capessamus coniunctaque tela feramus.'
Dixerat agrestis, nec Pelea damna movebant,
sed memor admissi Nereida conligit orbam
damna sua[3] inferias extincto mittere Phoco.
Induere arma viros violentaque sumere tela
rex iubet Oetaeus[4]; cum quis simul ipse parabat
ire, sed Alcyone coniunx excita tumultu
prosilit et nondum totos[5] ornata capillos
disicit[6] hos ipsos colloque infusa mariti,

---

1 fulmineus=fulmineos

2 omne=omnes

3 sua=suo=sui

4 Oetaeus=aethereus

5 totos=tortos

6 disicit=dissicit=dissecat=dissidit=discidit

mittat ut auxilium sine se, verbisque precatur
et lacrimis, animasque duas ut servet in una.
Aeacides illi: 'Pulchros, regina, piosque
pone metus! Plena est promissi gratia vestri.
Non placet arma mihi contra nova monstra moveri[1]:
numen adorandum pelagi est.' Erat ardua turris,
arce focus[2] summa, fessis loca grata carinis.
Adscendunt illuc stratosque in litore tauros
cum gemitu adspiciunt vastatoremque cruento
ore ferum longos infectum sanguine villos.
Inde manus tendens in aperti litora ponti
caeruleam Peleus Psamathen, ut finiat iram,
orat, opemque ferat. Nec vocibus illa rogantis
flectitur Aeacidae[3]: Thetis hanc pro coniuge supplex
accepit veniam. Sed enim revocatus ab acri[4]
caede lupus perstat dulcedine sanguinis asper,
donec inhaerentem lacerae cervice iuvencae
marmore mutavit; corpus praeterque[5] colorem
omnia servavit: lapidis color indicat illum
iam non esse lupum, iam non debere timeri.

1 moveri=movere

2 focus=loci=locus

3 Aeacidae=Aeacidis=Aeacidos

4 ab acri=ab agri=in agris

5 praeterque=pariterque

Nec tamen hac profugum consistere Pelea terra
fata sinunt: Magnetas adit vagus exul et illic
sumit ab Haemonio purgamina caedis Acasto.
Interea fratrisque sui fratremque secutis
anxia prodigiis turbatus pectora Ceyx,
consulat ut sacras, hominum oblectamina, sortes,
ad Clarium parat ire deum; nam templa profanus
invia cum Phlegyis faciebat Delphica Phorbas.
Consilii tamen ante sui, fidissima, certam
te facit, Alcyone; cui protinus intima frigus
ossa receperunt buxoque simillimus ora
pallor obit, lacrimisque genae maduere profusis.
Ter conata loqui ter fletibus ora rigavit
singultuque pias interrumpente querellas
'Quae mea culpa tuam' dixit[1], 'carissime, mentem
vertit? Ubi est[2], quae cura mei prior esse solebat?
Iam potes Alcyone securus abesse relicta?
Iam via longa placet? Iam sum tibi carior absens?
At, puto, per terras iter est, tantumque dolebo,
non etiam metuam, curaeque timore carebunt.
Aequora me terrent et ponti tristis imago;
et laceras nuper tabulas in litore vidi

1 dixit=vertit

2 vertit? Ubi est=est ubinam

et saepe in tumulis sine corpore nomina legi.
Neve tuum fallax animum fiducia tangat,
quod socer Hippotades tibi sit, qui carcere fortes
contineat ventos et, cum velit, aequora placet[1].
Cum semel emissi tenuerunt aequora venti,
nil illis vetitum est, incommendataque tellus
omnis et omne fretum est; caeli quoque nubila vexant
excutiuntque feris[2] rutilos concursibus ignes:
quo magis hos novi (nam novi et saepe paterna
parva domo vidi), magis hos[3] reor esse timendos.
Quod[4] tua si flecti precibus sententia nullis,
care, potest, coniunx, nimiumque es certus eundi,
me quoque tolle simul. Certe iactabimur una,
nec, nisi quae patiar, metuam; pariterque feremus,
quidquid erit, pariter super aequora lata feremur.'
Talibus Aeolidis dictis lacrimisque movetur
sidereus coniunx; neque enim minor ignis in ipso est.
Sed neque propositos pelagi dimittere cursus
nec vult Alcyonen in partem adhibere pericli
multaque respondit timidum solantia pectus.

---

1 contineat ventos=ventos contineat; placet=placat

2 feris=fere

3 hos=hoc

4 Quod=Quo

Non tamen idcirco causam probat; addidit illis[1]
hoc quoque lenimen, quo solo flexit amantem:
'Longa quidem est nobis omnis mora, sed tibi iuro
per patrios ignes, si me modo fata remittant,
ante reversurum, quam luna bis[2] inpleat orbem.'
His ubi promissis spes est admota recursus,
protinus eductam[3] navalibus aequore tingi
aptarique[4] suis pinum iubet armamentis.
Qua rursus visa[5] veluti praesaga futuri
horruit Alcyone lacrimasque emisit[6] obortas
amplexusque dedit tristique miserrima tandem
ore 'Vale' dixit conlapsaque corpore toto est.
At[7] iuvenes quaerente moras Ceyce reducunt
ordinibus geminis ad fortia pectora remos
aequalique ictu scindunt freta. Sustulit illa
umentes oculos stantemque in puppe recurva[8]
concussaque manu dantem sibi signa maritum
prima videt redditque notas; ubi terra recessit

1 illis=illi

2 luna bis=bis luna

3 eductam=adductam

4 aptarique=aptari=armari

5 rursus visa=visa rursus

6 emisit=remisit

7 At=Ast

8 recurva=relicta

longius atque oculi nequeunt cognoscere vultus,
dum licet, insequitur fugientem lumine pinum.
haec quoque ut haud poterat spatio summota videri[1],
vela tamen spectat summo fluitantia malo;
ut nec vela videt, vacuum petit anxia lectum
seque toro ponit: renovat lectusque locusque
Alcyonae lacrimas et quae pars admonet absit[2].
Portibus exierant, et moverat aura rudentes:
obvertit lateri pendentes navita remos
cornuaque in summa locat arbore totaque malo
carbasa deducit venientesque accipit auras.
Aut[3] minus aut certe medium non amplius aequor
puppe secabatur, longeque erat utraque tellus,
cum mare sub noctem tumidis albescere coepit
fluctibus et praeceps spirare valentius eurus.
'Ardua iamdudum demittite[4] cornua' rector
clamat 'et antemnis totum subnectite[5] velum!'
Hic iubet: inpediunt adversae iussa procellae,
nec sinit audiri vocem fragor aequoris ullam;
sponte tamen properant alii subducere remos,

1 spatio summota=spatiosum mota; videri=videre

2 Alcyonae=Alcyones; absit=abstit=abstat

3 Aut=Haud

4 demittite=dimittite=demittere=dimittere

5 subnectite=subnectere=demittite

pars munire latus, pars ventis vela negare.
Egerit hic fluctus aequorque refundit in aequor,
hic rapit antemnas; quae dum sine lege geruntur[1],
aspera crescit hiems, omnique e parte feroces
bella gerunt venti fretaque indignantia miscent.
Ipse pavet nec se, qui[2] sit status, ipse fatetur
scire ratis rector nec quid iubeatve vetetve[3]:
tanta mali moles tantoque potentior arte est.
Quippe sonant clamore viri, stridore rudentes,
undarum incursu gravis unda, tonitribus aether;
fluctibus erigitur caelumque aequare videtur
pontus et inductas adspergine tangere nubes,
et modo, cum fulvas ex imo vertit harenas,
concolor est illis, Stygia modo nigrior unda,
sternitur interdum spumisque sonantibus albet.
Ipsa quoque his agitur vicibus Trachinia puppis
et nunc sublimis veluti de vertice montis
despicere in valles imumque Acheronta videtur,
nunc, ubi demissam[4] curvum circumstetit aequor,
suspicere inferno summum de gurgite caelum.

1 geruntur=reguntur

2 qui=quis

3 vetetve=velitve

4 demissam=dimissam=dimissae

Saepe dat ingentem fluctu latus[1] icta fragorem
nec levius pulsata sonat, quam ferreus olim
cum laceras aries balistave concutit arces,
utque solent sumptis incursu[2] viribus ire
pectore[3] in arma feri protentaque tela leones,
sic, ubi se ventis admiserat[4] unda coortis,
ibat in arma ratis multoque erat altior illis.
Iamque labant cunei, spoliataque tegmine cerae[5]
rima patet praebetque viam letalibus undis.
Ecce cadunt largi[6] resolutis nubibus imbres,
inque fretum credas totum descendere caelum
inque plagas caeli tumefactum ascendere[7] pontum.
Vela madent nimbis, et cum caelestibus undis
aequoreae miscentur aquae. Caret ignibus aether,
caecaque nox premitur tenebris hiemisque suisque.
Discutiunt tamen has praebentque micantia[8] lumen
fulmina: fulmineis ardescunt ignibus undae[9].

---

1 latus=gravis

2 incursu=incursus=in cursus=in cursu

3 pectore=pectora

4 admiserat=amiserat=commiserat

5 cerae=caedae

6 largi=late

7 ascendere=scandere

8 micantia=minantia=minatia=minancia=minacia

9 undae=ignes

Dat quoque iam saltus intra cava texta carinae
fluctus et, ut miles numero praestantior omni,
cum saepe adsiluit defensae moenibus urbis,
spe potitur tandem laudisque accensus amore
inter mille viros murum tamen occupat unus,
sic, ubi pulsarunt noviens[1] latera ardua fluctus,
vastius insurgens decimae ruit inpetus undae,
nec prius absistit fessam oppugnare carinam,
quam velut in captae descendat moenia navis.
Pars igitur temptabat adhuc invadere pinum,
pars maris intus erat. Trepidant haud segnius[2] omnes,
quam solet urbs aliis murum fodientibus extra
atque aliis murum trepidare tenentibus[3] intus.
Deficit ars, animique cadunt, totidemque videntur,
quot veniunt[4] fluctus, ruere atque inrumpere mortes.
Non tenet hic lacrimas, stupet hic; vocat ille beatos,
funera quos maneant, hic votis numen adorat
bracchiaque ad caelum, quod non videt, inrita tollens
poscit opem; subeunt illi fraterque parensque,
huic cum pignoribus domus et quodcumque[5] relictum est.

---

1 noviens=celsi=caeli=puppis=noveni=caeci

2 segnius=setius

3 tenentibus=tuentibus

4 veniunt=veniant

5 quodcumque=quod cuique=quodcuicumque

Alcyone Ceyca movet, Ceycis in ore
nulla nisi Alcyone est et, cum desideret[1] unam,
gaudet abesse tamen. Patriae quoque vellet ad oras
respicere inque domum supremos vertere vultus,
verum ubi sit, nescit; tanta vertigine pontus
fervet, et inducta piceis e nubibus umbra
omne latet caelum, duplicataque noctis[2] imago est.
Frangitur incursu nimbosi turbinis arbor,
frangitur et regimen, spoliisque animosa superstes[3]
unda velut victrix sinuataque despicit[4] undas,
nec levius, quam siquis Athon Pindumve revulsos
sede sua totos in apertum everterit[5] aequor,
praecipitata cadit pariterque et pondere et ictu
mergit in ima ratem, cum qua pars magna virorum
gurgite pressa gravi neque in aera[6] reddita fato
functa suo est; alii partes et membra carinae
trunca tenent, tenet ipse manu, qua sceptra solebat,
fragmina navigii Ceyx socerumque patremque
invocat, heu, frustra; sed plurima nantis in ore est[7]

---

1 desideret=desiderat

2 noctis=mortis

3 spoliisque=spoliis; superstes=superstans=superbit

4 despicit=dispicit

5 everterit=everteret=verterit=verteret=mitteret

6 aera=aere

7 sed=nam; ore est=ora=ore

Alcyone coniunx: illam meminitque refertque,
illius ante oculos ut agant sua corpora fluctus,
optat, et exanimis manibus tumuletur amicis;
dum natat, absentem, quotiens sinit hiscere fluctus,
nominat Alcyonen ipsisque inmurmurat undis.
Ecce super medios fluctus niger arcus aquarum
frangitur et rupta mersum caput obruit unda.
Lucifer obscurus nec quem cognoscere posses
illa luce[1] fuit, quoniamque excedere caelo
non licuit, densis texit sua[2] nubibus ora.
Aeolis interea tantorum ignara malorum
dinumerat noctes et iam, quas induat ille,
festinat vestes, iam quas, ubi venerit ille,
ipsa gerat, reditusque sibi promittit inanes.
Omnibus illa quidem superis pia tura ferebat,
ante tamen cunctos Iunonis[3] templa colebat,
proque viro, qui nullus erat, veniebat ad aras,
utque foret sospes coniunx suus utque rediret,
optabat, nullamque sibi praeferret; at illi
hoc de tot[4] votis poterat contingere solum.

1 luce=nocte

2 texit sua=sua texit=contexit

3 Iunonis=Iunonia

4 de tot=tot de

At dea non ultra pro functo[1] morte rogari
sustinet, utque manus funestas arceat aris,
'Iri, meae' dixit 'fidissima nuntia vocis,
vise soporiferam Somni velociter aulam
exstinctique iube Ceycis imagine mittat
somnia ad Alcyonen veros narrantia casus.'
Dixerat, induitur velamina mille colorum
Iris et arcuato caelum curvamine signans
tecta petit iussi sub nube latentia regis.
Est prope Cimmerios longo spelunca recessu,
mons cavus, ignavi domus et penetralia Somni:
quo numquam radiis oriens mediusve cadensve
Phoebus adire potest; nebulae caligine mixtae
exhalantur humo dubiaeque crepuscula lucis.
Non vigil ales ibi cristati[2] cantibus oris
evocat Auroram, nec voce silentia rumpunt
sollicitive canes canibusve sagacior anser;
non fera, non pecudes, non moti flamine rami
humanaeve sonum[3] reddunt convicia linguae:
muta quies habitat; saxo tamen exit ab imo
rivus aquae Lethes, per quem cum murmure labens
invitat somnos crepitantibus unda lapillis.

1 functo=functi

2 cristati=cristantis=cristanti

3 sonum=somnum=sono

Ante fores antri fecunda papavera florent
innumeraeque herbae, quarum de lacte soporem
nox legit et spargit per opacas umida terras;
ianua, ne verso stridorem cardine reddat[1]:
nulla domo tota est[2], custos in limine nullus;
in medio torus est ebeno sublimis in atro[3],
plumeus, unicolor[4], pullo velamine tectus,
quo cubat ipse deus membris languore solutis.
Hunc circa passim varias imitantia formas
somnia vana iacent totidem, quot messis aristas,
silva gerit frondes, eiectas litus harenas.
Quo simul intravit manibusque obstantia virgo
somnia dimovit, vestis fulgore reluxit
sacra[5] domus, tardaque deus gravitate iacentes
vix oculos tollens iterumque iterumque relabens
summaque percutiens nutanti pectora mento
excussit tandem sibi se cubitoque levatus,
quid veniat (cognovit enim), scitatur; at illa:
'Somne, quies rerum, placidissime, Somne, deorum,
pax animi, quem cura fugit, qui corpora duris

1 ne...reddat=nec...reddit=ne...reddit; stridorem=stridores

2 tota est=tota

3 in=et=at; atro=antro=atra

4 unicolor=atque color=atricolor

5 sacra=atra

fessa ministeriis mulces reparasque labori,
somnia, quae veras aequant imitamine[1] formas,
Herculea Trachine iube sub imagine regis[2]
Alcyonen adeant simulacraque naufraga fingant.
Imperat hoc Iuno.' Postquam mandata peregit,
Iris abit (neque enim ulterius tolerare soporis[3]
vim[4] poterat), labique ut somnum sensit in artus,
effugit et remeat, per quos modo venerat arcus.
At pater e populo natorum mille suorum
excitat artificem simulatoremque figurae
Morphea. Non illo quisquam sollertius alter[5]
exprimit incessus vultumque sonumque loquendi;
adicit et vestes et consuetissima cuique[6]
verba, sed hic solos homines imitatur; at alter
fit fera, fit volucris, fit longo corpore[7] serpens:
hunc Icelon superi, mortale Phobetora vulgus
nominat; est etiam diversae tertius artis
Phantasos[8]: ille in humum saxumque undamque trabemque,

1 imitamine=imitantua

2 Herculea=Herculeam=Heoliam; Trachine=Thracena=Thracen

3 soporis=vaporem

4 vim=vi

5 Morphea=Morthea; illo=illic; quisquam=iussos=iussus

6 cuique=quaeque

7 corpore=tempore=tergore

8 Phantasos=panthasos

quaeque vacant anima, fallaciter omnia transit[1];
regibus hi[2] ducibusque suos ostendere vultus
nocte solent[3], populos alii plebemque pererrant.
Praeterit hos senior cunctisque e fratribus unum
Morphea, qui peragat[4] Thaumantidos edita, Somnus
eligit et rursus molli languore solutus
deposuitque caput stratoque recondidit alto.
Ille volat nullos strepitus facientibus alis
per tenebras intraque morae breve tempus in urbem
pervenit Haemoniam positisque e corpore pennis
in faciem Ceycis abit sumptaque figura
luridus, exanimi[5] similis, sine vestibus ullis
coniugis ante torum miserae stetit; uda videtur
barba viri madidisque gravis fluere unda capillis.
Tum lecto incumbens, fletu super ora profuso[6],
haec ait: 'Agnoscis Ceyca, miserrima coniunx?
An mea mutata est facies nece[7]? Respice: nosces
inveniesque tuo pro coniuge coniugis umbram.
Nil opis, Alcyone, nobis tua vota tulerunt:

1 anima=animo=animi; fallaciter=feliciter

2 hi=hii=hic

3 solent=solet

4 peragat=peragit

5 exanimi=exsangui

6 ora=ore; profuso=refuso

7 nece=nunc

Occidimus! Falso tibi me promittere noli.
Nubilus Aegaeo deprendit in aequore navem
Auster et ingenti iactatam flamine soluit,
oraque nostra tuum frustra[1] clamantia nomen
inplerunt fluctus. Non haec tibi nuntiat auctor
ambiguus, non ista vagis rumoribus audis:
ipse ego fata tibi praesens mea naufragus edo.
Surge, age, da lacrimas lugubriaque indue nec me
indeploratum sub inania Tartara mitte.'
Adicit his vocem Morpheus, quam coniugis illa
crederet esse sui; fletus quoque fundere veros
visus erat gestumque manus[2] Ceycis habebat.
Ingemit Alcyone; lacrimans movet atque lacertos
per somnum corpusque petens amplectitur auras
exclamatque 'Mane! Quo te rapis? Ibimus una.'
Voce sua specieque viri turbata soporem
excutit et primo si sit circumspicit illic[3],
qui modo visus erat; nam moti voce ministri
intulerant[4] lumen. Postquam non invenit usquam,
percutit ora manu laniatque a pectore vestes
pectoraque ipsa ferit; nec crines soluere curat,

---

1 frustra=nostra

2 manus=manu

3 illic=ille

4 intulerant=tulerant=attulerant

scindit et altrici, quae luctus causa, roganti
'Nulla est Alcyone, nulla est' ait, 'occidit una
cum Ceyce suo. Solantia tollite verba!
Naufragus interiit. Vidi agnovique manusque
ad discedentem cupiens retinere tetendi[1].
Umbra fuit, sed et umbra tamen manifesta virique
vera mei. Non ille quidem, si quaeris, habebat
adsuetos vultus nec, quo prius, ore nitebat;
pallentem nudumque et adhuc umente capillo
infelix vidi: stetit hoc miserabilis ipso[2],
ecce, loco' (et quaerit, vestigia siqua supersint).
'Hoc erat, hoc, animo quod divinante timebam,
et ne me fugeres, ventos sequerere, rogabam[3].
At certe vellem, quoniam periturus[4] abibas,
me quoque duxisses tecum: fuit utile tecum[5]
ire mihi. Neque enim de vitae[6] tempore quicquam
non simul egissem, nec mors discreta fuisset.
Nunc absens perii[7], iactor quoque fluctibus absens

1 ad=ac=at=et; tetendi=tenenti

2 ipso=ipse

3 fugeres=fugiens; rogabam=timebam

4 periturus=moriturus

5 tecum=fuit ha=fuit hoc=multum=quoniam

6 de vitae=vitae de

7 perii=pereo=ponti

et sine te me pontus habet. Crudelior ipso[1]
sit mihi mens pelago, si vitam ducere nitar
longius et tanto pugnem superesse dolori;
sed neque pugnabo nec te, miserande, relinquam
et tibi nunc saltem veniam comes, inque sepulcro
si non urna, tamen iunget nos[2] littera, si non
ossibus ossa meis, at nomen nomine tangam.'
Plura dolor prohibet verboque intervenit omni
plangor, et attonito gemitus a corde trahuntur.
Mane erat: egreditur tectis ad litus et illum
maesta locum repetit, de quo spectarat euntem,
dumque moratur ibi dumque 'Hic[3] retinacula soluit,
hoc mihi discedens dedit oscula litore' dicit[4]
dumque notata locis[5] reminiscitur acta fretumque
prospicit[6], in liquida spatio distante tuetur
nescio quid quasi corpus aqua, primoque, quid illud[7]
esset, erat dubium; postquam paulum adpulit unda,
et, quamvis aberat, corpus tamen esse liquebat,

1 te me=me me; ipso=isto
2 iunget nos=nos iunget
3 Hic=Hinc
4 dicit=dixit
5 dumque notata locis=quae dum tota locis
6 prospicit=aspicit
7 aqua=erat; quid=quod

qui foret, ignorans, quia naufragus, omine mota est[1]
et, tamquam ignoto lacrimam daret, 'Heu! Miser' inquit,
'Quisquis es, et siqua est coniunx tibi.' Fluctibus actum
fit propius corpus; quod quo magis illa tuetur,
hoc minus et minus est mentis sua[2], iamque propinquae
admotum terrae, iam quod cognoscere posset,
cernit: erat coniunx. 'Ille est!' exclamat et una
ora, comas, vestem lacerat tendensque trementes
ad Ceyca manus 'Sic, o carissime coniunx,
sic ad me, miserande, redis?' ait. Adiacet undis
facta manu moles, quae primas aequoris undas
frangit et incursus quae praedelassat[3] aquarum:
insilit huc. Mirumque fuit potuisse: volabat,
percutiensque levem modo natis aera pennis
stringebat summas ales miserabilis undas,
dumque volat, maesto similem plenumque querellae
ora dedere sonum tenui crepitantia rostro.
Ut vero tetigit mutum et sine sanguine corpus,
dilectos artus amplexa recentibus alis
frigida nequiquam duro dedit oscula rostro.
Senserit hoc Ceyx an vultum motibus undae[4]

1 qui=quis=quid; omine=homine

2 sua=suae=iam

3 quae praedelassat=quae praede lassat=qua praedam

4 Senserit=Senserat; an=ad=at

tollere sit[1] visus, populus dubitabat; at ille
senserat, et, tandem superis miserantibus, ambo
alite mutantur. Fatis obnoxius isdem
tunc quoque mansit amor, nec coniugiale[2] solutum est
foedus in alitibus: coeunt fiuntque parentes,
perque dies placidos hiberno tempore septem
incubat Alcyone pendentibus aequore nidis.
Tum via tuta[3] maris: ventos custodit et arcet
Aeolus egressu praestatque nepotibus aequor.
Hos aliquis senior iunctim[4] freta lata volantes
spectat et ad finem servatos laudat amores.
Proximus, aut idem, si fors tulit, 'hic quoque' dixit,
'Quem mare carpentem substrictaque crura gerentem
adspicis,' (ostendens spatiosum in guttura mergum)
'regia progenies: et si descendere ad ipsum
ordine perpetuo quaeris, sunt huius origo
Ilus et Assaracus raptusque Iovi Ganymedes
Laomedonve senex Priamusque novissima Troiae
tempora sortitus. Frater fuit Hectoris iste:
qui nisi sensisset prima nova fata iuventa[5],

1 tollere sit=tollere sed=tollere sunt=tolleret et=tolleret sed

2 coniugiale=coniugale

3 Tum via tuta=tunc iacet unda=tum mutata

4 iunctim=circum=cum per

5 qui=cui; sensisset=cessisset=cessissent; prima=primo

forsitan inferius non Hectore nomen haberet,
quamvis est illum proles enixa Dymantis,
Aesacon umbrosa furtim peperisse sub Ida
fertur Alexirhoe, Granico nata[1] bicorni.
Oderat hic urbes nitidaque remotus ab aula
secretos montes et inambitiosa colebat
rura nec Iliacos coetus nisi rarus adibat.
Non agreste tamen nec inexpugnabile amori
pectus habens silvas captatam saepe per omnes
adspicit Hesperien[2] patria Cebrenida ripa
iniectos umeris siccantem sole[3] capillos.
Visa fugit nymphe, veluti perterrita fulvum
cerva lupum longeque lacu deprensa relicto
accipitrem fluvialis anas; quam Troius heros
insequitur celeremque metu celer urget[4] amore.
Ecce latens herba coluber fugientis adunco
dente pedem strinxit virusque in corpore liquit[5];
cum vita suppressa fuga est: amplectitur amens
exanimem clamatque: "Piget, piget esse[6] secutum!

1 Granico nata=gracili conata=gracili cognata

2 Hesperien=Eperien

3 iniectos...sole=inlectos...sola

4 urget=auget=anget

5 strinxit=stringit; liquit=linquit

6 piget esse=sese esse=me te esse

Sed non hoc timui, neque erat mihi vincere tanti.
Perdidimus miseram nos te duo: vulnus ab angue,
a me causa data est. Ego sum sceleratior illo,
qui tibi morte mea mortis solacia mittam."
Dixit et e scopulo, quem rauca subederat unda[1],
decidit in pontum; Tethys miserata cadentem[2]
molliter excepit nantemque per aequora pennis
texit, et optatae non est data copia mortis[3].
Indignatur amans invitum vivere cogi[4]
obstarique animae misera de sede volenti
exire; utque novas umeris adsumpserat alas[5],
subvolat atque iterum corpus super aequora mittit.
Pluma levat casus. Furit Aesacos, inque profundum
pronus abit letique viam sine fine retemptat.
Fecit amor maciem: longa internodia crurum,
longa manet cervix, caput est a corpore longe;
aequor amat, nomenque manet, quia mergitur illo[6].'

1 scopulo, quem=scopulo quo=scopulos qua; subederat=insederat

2 decidit=se dedit; Tethys=Thetis

3 mortis=morti

4 invitum=invitus=se invitum=indignum; cogi=cogit

5 umeris=superis; adsumpserat=assumeret=adimeret

6 aequor=aequora; manet=tenet; illo=illi=illic

METAMORPHOSEON LIBER XII

《变形记》

第十二卷

Nescius assumptis Priamus pater Aesacon alis
vivere, lugebat; tumulo quoque nomen habenti
inferias dederat cum fratribus Hector inanis[1].
Defuit officio Paridis praesentia tristi,
postmodo qui rapta longum cum coniuge bellum
attulit in patriam; coniurataeque sequuntur
mille rates gentisque simul commune Pelasgae.
Nec dilata foret vindicta, nisi aequora saevi
invia fecissent venti Boeotaque tellus
Aulide piscosa puppes tenuisset ituras.
Hic patrio de more Iovi cum sacra parassent,
ut vetus accensis incanduit ignibus ara,
serpere caeruleum Danai videre draconem
in platanum, coeptis quae stabat proxima sacris.
Nidus erat volucrum bis quattuor arbore summa,
quas simul et matrem circum sua damna volantem
corripuit serpens avidoque recondidit ore.

1 inanis=inanes

Obstipuere omnes; at veri providus augur
Thestorides: 'Vincemus'; ait 'gaudete, Pelasgi;
Troia cadet, sed erit nostri mora longa laboris,'
atque novem volucres in belli digerit annos.
Ille, ut erat virides amplexus in arbore ramos,
fit lapis et servat serpentis imagine saxum.
Permanet Aoniis Nereus violentus in undis
bellaque non transfert et sunt qui parcere Troiae
Neptunum credant, quia moenia fecerat urbi.
At non Thestorides; nec enim nescitve tacetve
sanguine virgineo placandam virginis iram
esse deae. Postquam pietatem publica causa
rexque patrem vicit castumque datura cruorem
flentibus ante aram stetit Iphigenia ministris,
victa dea est nubemque oculis obiecit et inter
officium turbamque sacri vocesque precantum
supposita fertur mutasse Mycenida cerva.
Ergo ubi, qua decuit, lenita est caede Diana
et pariter Phoebes, pariter maris ira recessit,
accipiunt ventos a tergo mille carinae
multaque perpessae Phrygia potiuntur harena.
Orbe locus medio est inter terrasque fretumque
caelestesque plagas, triplicis confinia mundi,
unde quod est usquam, quamvis regionibus absit,
inspicitur penetratque cavas vox omnis ad aures.

Fama tenet summaque domum sibi legit in arce
innumerosque aditus ac mille foramina tectis
addidit et nullis inclusit limina portis;
nocte dieque patet; tota est ex aere sonanti,
tota fremit vocesque refert iteratque quod audit;
nulla quies intus nullaque silentia parte.
Nec tamen est clamor, sed parvae murmura vocis,
qualia de pelagi, siquis procul audiat, undis
esse solent, qualemve sonum, cum Iuppiter atras
increpuit nubes, extrema tonitrua reddunt.
Atria turba tenet; veniunt, leve vulgus, euntque
mixtaque cum veris passim commenta vagantur
milia rumorum confusaque verba volutant;
e quibus hi vacuas implent sermonibus aures,
hi narrata ferunt alio mensuraque ficti
crescit et auditis aliquid novus adicit auctor.
Illic Credulitas, illic temerarius Error
vanaque Laetitia est consternatique Timores
Seditioque repens dubioque auctore Susurri.
Ipsa, quid in caelo rerum pelagoque geratur
et tellure, videt totumque inquirit in orbem.
Fecerat haec notum Graias cum milite forti
adventare rates; neque inexpectatus in armis
hostis adest; prohibent aditus litusque tuentur
Troes et Hectorea primus fataliter hasta,

Protesilae, cadis; commissaque proelia magno
stant Danais fortisque animae nece cognitus Hector;
nec Phryges exiguo, quid Achaica dextera posset,
sanguine senserunt; et iam Sigea rubebant
litora, iam leto proles Neptunia Cygnus
mille viros dederat, iam curru instabat Achilles
totaque Peliacae sternebat cuspidis ictu
agmina; perque acies aut Cygnum aut Hectora quaerens
congreditur Cygno; decimum dilatus in annum
Hector erat; tum colla iugo candentia pressos
exhortatus equos, currum direxit in hostem
concutiensque suis vibrantia tela lacertis:
'Quisquis es, o iuvenis,' dixit 'solamen habeto
mortis, ab Haemonio quod sis iugulatus Achille.'
Hactenus Aeacides; vocem gravis hasta secuta est.
Sed quamquam certa nullus fuit error in hasta,
nil tamen emissi profecit acumine ferri;
utque hebeti pectus tantummodo contudit ictu.
'Nate dea, nam te fama praenovimus,' inquit
ille 'quid a nobis vulnus miraris abesse?'
(mirabatur enim) 'Non haec, quam cernis, equinis
fulva iubis cassis neque onus cava parma sinistrae
auxilio mihi sunt; decor est quaesitus ab istis.

Mars quoque ob hoc capere arma solet; removebitur omne[1]
tegminis officium; tamen indestrictus abibo.
Est aliquid non esse satum Nereide, sed qui
Nereaque et natas et totum temperat aequor.'
Dixit et haesurum clipei curvamine telum
misit in Aeaciden, quod et aes et proxima rupit
terga novena boum, decimo tamen orbe moratum est.
Excutit hoc heros rursusque trementia forti
tela manu torsit; rursus sine vulnere corpus
sincerumque fuit. Nec tertia cuspis apertum
et se praebentem valuit destringere Cygnum.
Haud secus exarsit quam circo taurus aperto,
cum sua terribili petit irritamina cornu,
Poeniceas vestes elusaque vulnera sentit.
Num tamen exciderit ferrum, considerat, hastae;
haerebat ligno. 'Manus est mea debilis ergo,
Quasque' ait 'ante habuit vires, effudit in uno?
Nam certe valuit, vel cum Lyrnesia primum
moenia deieci, vel cum Tenedonque suoque
Eetioneas implevi sanguine Thebas,
vel cum purpureus populari caede Caicus
fluxit opusque meae bis sensit Telephus hastae.
Hic quoque tot caesis, quorum per litus acervos

1 omne=huius

et feci et video, valuit mea dextra valetque.'
Dixit et, ante actis veluti male crederet, hastam
misit in adversum Lycia de plebe Menoeten
loricamque simul subiectaque pectora rupit;
quo plangente gravem moribundo vertice terram,
extrahit illud idem calido de vulnere telum
atque ait: 'Haec manus est, haec, qua modo vicimus, hasta:
utar in hoc isdem; sit in hoc, precor, exitus idem.'
Sic fatur Cygnumque[1] petit, nec fraxinus errat
inque umero sonuit non evitata sinistro;
inde velut muro solidaque a caute repulsa est.
Qua tamen ictus erat, signatum sanguine Cygnum
viderat et frustra fuerat gavisus Achilles;
vulnus erat nullum; sanguis fuit ille Menoetae.
Tum vero praeceps curru fremebundus ab alto
desilit et nitido securum comminus hostem
ense petens, parmam gladio galeamque cavari
cernit et in duro laedi quoque corpore ferrum.
Haud[2] tulit ulterius clipeoque adversa reducto
ter quater ora viri capulo et cava tempora pulsat
cedentique sequens instat turbatque ruitque
attonitoque negat requiem; pavor occupat illum

1 Cygnumque=Cygnum

2 Haud=Haut

ante oculosque natant tenebrae retroque ferenti
aversos passus medio lapis obstitit arvo;
quem super impulsum resupino corpore Cygnum
vi multa vertit terraeque afflixit Achilles.
Tum clipeo genibusque premens praecordia duris
vincla trahit galeae; quae presso subdita mento
elidunt fauces et respiramen iterque
eripiunt animae. victum spoliare parabat;
arma relicta videt; corpus deus aequoris albam
contulit in volucrem, cuius modo nomen habebat.
Hic labor, haec requiem multorum pugna dierum
attulit et positis pars utraque substitit armis.
Dumque vigil Phrygios servat custodia muros
et vigil Argolicas servat custodia fossas,
festa dies aderat, qua Cygni victor Achilles
Pallada mactatae placabat sanguine vaccae.
Cuius ut imposuit prosecta calentibus aris
e dis acceptus penetravit in aethera nidor,
sacra tulere suam, pars est data cetera mensis.
Discubuere toris proceres et corpora tosta
carne replent vinoque levant curasque sitimque.
Non illos citharae, non illos carmina vocum
longave multifori delectat tibia buxi,
sed noctem sermone trahunt virtusque loquendi
materia est; pugnans referunt hostisque suasque

inque vices adita atque exhausta pericula saepe
commemorare iuvat; quid enim loqueretur Achilles,
aut quid apud magnum potius loquerentur Achillem?
Proxima praecipue domito victoria Cygno
in sermone fuit; visum mirabile cunctis,
quod iuveni corpus nullo penetrabile telo
invictumque a vulnere erat ferrumque terebat.
Hoc ipse Aeacides, hoc mirabantur Achivi,
cum sic Nestor ait: 'Vestro fuit unicus aevo
contemptor ferri nulloque forabilis ictu
Cygnus; at ipse olim patientem vulnera mille
corpore non laeso Perrhaebum Caenea vidi,
Caenea Perrhaebum, qui factis inclitus Othryn
incoluit; quoque id mirum magis esset in illo,
femina natus erat.' Monstri novitate moventur
quisquis adest, narretque rogant; quos inter Achilles:
'Dic age, nam cunctis eadem est audire voluntas,
o facunde senex, aevi prudentia nostri
quis fuerit Caeneus, cur in contraria versus,
qua tibi militia, cuius certamine pugnae
cognitus, a quo sit victus, si victus ab ullo est.'
Tum senior: 'Quamvis obstet mihi tarda vetustas
multaque me fugiant primis spectata sub annis,
plura tamen memini; nec quae magis haereat ulla
pectore res nostro est inter bellique domique

acta tot; ac siquem potuit spatiosa senectus
spectatorem operum multorum reddere, vixi
annos bis centum; nunc tertia vivitur aetas.
Clara decore fuit proles Elateia Caenis,
Thessalidum virgo pulcherrima, perque propinquas
perque tuas urbes (tibi enim popularis, Achille)
multorum frustra votis optata procorum.
Temptasset Peleus thalamos quoque forsitan illos;
sed iam aut contigerant illi conubia matris,
aut fuerant promissa, tuae; nec Caenis in ullos
denupsit thalamos secretaque litora carpens
aequorei vim passa dei est; ita fama ferebat;
utque novae Veneris Neptunus gaudia cepit:
“Sint tua vota licet” dixit “secura repulsae;
elige quid voveas”; (eadem hoc quoque fama ferebat)
“Magnum” Caenis ait “facit haec iniuria votum,
tale pati iam posse nihil; da femina ne sim,
omnia praestiteris.” Graviore novissima dixit
verba sono poteratque viri vox illa videri,
sicut erat; nam iam voto deus aequoris alti
annuerat dederatque super, ne saucius ullis
vulneribus fieri ferrove occumbere posset.
Munere laetus abit studiisque virilibus aevum
exigit Atracides Peneiaque arva pererrat.
Duxerat Hippodamen audaci Ixione natus

nubigenasque feros positis ex ordine mensis
arboribus tecto discumbere iusserat antro.
Haemonii proceres aderant, aderamus et ipsi,
festaque confusa resonabat regia turba.
Ecce canunt Hymenaeon et ignibus atria fumant
cinctaque adest virgo matrum nuruumque caterva,
praesignis facie. Felicem diximus illa
coniuge Pirithoum, quod paene fefellimus omen.
Nam tibi saevorum saevissime Centaurorum,
Euryte, quam vino pectus tam virgine visa
ardet et ebrietas geminata libidine regnat.
Protinus eversae turbant convivia mensae
raptaturque comis per vim nova nupta prehensis.
Eurytus Hippodamen, alii, quam quisque probabant,
ut poterant, rapiunt; captaeque erat urbis imago.
Femineo clamore sonat domus; ocius omnes
surgimus et primus: "Quae te vecordia," Theseus
"Euryte, pulsat," ait "qui me vivente lacessas
Pirithoum violesque duos ignarus in uno?"
Neve ea magnanimus frustra memoraverit heros[1],
summovet instantes raptamque furentibus aufert.
Ille nihil contra, neque enim defendere verbis
talia facta potest; sed vindicis ora protervis

1 heros=ore

insequitur manibus generosaque pectora pulsat.
Forte fuit iuxta signis extantibus asper
antiquus crater, quem surgens vastior ipse
sustulit Aegides adversaque misit in ora;
sanguinis ille globos pariter cerebrumque merumque
vulnere et ore vomens madida resupinus harena
calcitrat. Ardescunt germani caede bimembres
certatimque omnes uno ore “Arma, arma” loquuntur.
Vina dabant animos et prima pocula pugna
missa volant fragilesque cadi curvique lebetes,
res epulis quondam, tum bello et caedibus aptae.
Primus Ophionides Amycus penetralia donis
haud[1] timuit spoliare suis et primus ab aede
lampadibus densum rapuit funale coruscis
elatumque alte, veluti qui candida tauri
rumpere sacrifica molitur colla securi,
illisit fronti Lapithae Celadontis et ossa
non agnoscendo confusa reliquit in ore.
Exsiluere oculi disiectisque ossibus oris
acta retro naris medioque est fixa palato.
Hunc pede convulso mensae Pellaeus acernae
stravit humi Pelates, deiecto in pectora mento,
cumque atro mixtos sputantem sanguine dentes

1 haud=haut

vulnere Tartareas geminato mittit ad umbras.
Proximus ut steterat, spectans altaria vultu
fumida terribili, “Cur non” ait “utimur istis?”
Cumque suis Gryneus immanem sustulit aram
ignibus et medium Lapitharum iecit in agmen
depressitque duos, Brotean et Orion; Orio
mater erat Mycale, quam deduxisse canendo
saepe reluctantis constabat cornua lunae.
“Non impune feres, teli modo copia detur!”
Dixerat Exadius telique habet instar, in alta
quae fuerant pinu, votiui cornua cervi.
Figitur hinc duplici Gryneus in lumina ramo
eruiturque oculos, quorum pars cornibus haeret,
pars fluit in barbam concretaque sanguine pendet.
Ecce rapit mediis flagrantem Rhoetus ab aris
pruniceum torrem dextraque a parte Charaxi
tempora perstringit fulvo protecta capillo.
Correpti rapida, veluti seges arida, flamma
arserunt crines et vulnere sanguis inustus
terribilem stridore sonum dedit, ut dare ferrum
igne rubens plerumque solet, quod forcipe curva
cum faber eduxit, lacubus demittit; at illud
stridet et in tepida summersum sibilat unda.
Saucius hirsutis avidum de crinibus ignem
excutit inque umeros limen tellure revulsum

tollit, onus plaustri, quod ne permittat in hostem,
ipsa facit gravitas; socium quoque saxea moles
oppressit spatio stantem propiore Cometen.
Gaudia nec retinet Rhoetus: "Sic, comprecor," inquit
"cetera sit fortis castrorum turba tuorum!"
Semicremoque novat repetitum stipite vulnus,
terque quaterque gravi iuncturas verticis ictu
rupit et in liquido sederunt ossa cerebro.
Victor ad Euagrum Corythumque Dryantaque transit,
e quibus ut prima tectus lanugine malas
procubuit Corythus, "Puero quae gloria fuso
parta tibi est?" Euagrus ait; nec dicere Rhoetus
plura sinit rutilasque ferox in aperta loquentis
condidit ora viri, perque os in pectora, flammas.
Te quoque, saeve Drya, circum caput igne rotato
insequitur; sed non in te quoque constitit idem
exitus; assiduae successu caedis ovantem,
qua iuncta est umero cervix, sude figis obusta.
Ingemuit duroque sudem vix osse revellit[1]
Rhoetus et ipse suo madefactus sanguine fugit.
Fugit et Orneus Lycabasque et saucius armo
dexteriore Medon et cum Pisenore Thaumas;
quique pedum nuper certamine vicerat omnes,

1 revellit=revulsit

Mermeros accepto tum vulnere tardius ibat;
et Pholus et Melaneus et Abas praedator aprorum,
quique suis frustra bellum dissuaserat, augur
Astylos[1]; ille etiam metuenti vulnera Nesso:
"Ne fuge; ad Herculeos" inquit "servaberis arcus."
At non Eurynomus Lycidasque et Areos et Imbreus
effugere necem; quos omnes dextra Dryantis
perculit adversos. Adversum tu quoque, quamvis
terga fugae dederas, vulnus, Crenaee, tulisti;
nam grave respiciens inter duo lumina ferrum,
qua naris fronti committitur, accipis, imae.
In tanto fremitu cunctis sine fine iacebat
sopitus venis et inexperrectus Aphidas
languentique manu carchesia mixta tenebat,
fusus in Ossaeae villosis pellibus ursae.
Quem procul ut vidit frustra nulla arma moventem,
inserit amento digitos "Miscenda" que dixit,
"cum Styge vina bibes" Phorbas; nec plura moratus
in iuvenem torsit iaculum ferrataque collo
fraxinus, ut casu iacuit resupinus, adacta est.
Mors caruit sensu plenoque e gutture fluxit
inque toros inque ipsa niger carchesia sanguis.
Vidi ego Petraeum conantem tollere terra

1 Astylos=Asbolus

glandiferam quercum; quam dum complexibus ambit
et quatit huc illuc labefactaque robora iactat,
lancea Pirithoi costis immissa Petraei
pectora cum duro luctantia robore fixit.
Pirithoi cecidisse Lycum virtute ferebant,
Pirithoi virtute Chromim; sed uterque dederunt
victori titulum quam Dictys Helopsque minorem;
fixus Helops iaculo, quod pervia tempora fecit
et missum a dextra laevam penetravit ad aurem;
Dictys ab ancipiti delapsus acumine montis,
dum fugit instantem trepidans Ixione natum,
decidit in praeceps et pondere corporis ornum
ingentem fregit suaque induit ilia fractae.
Ultor adest Aphareus saxumque e monte revulsum
mittere conatur; mittentem stipite querno
occupat Aegides cubitique ingentia frangit
ossa; nec ulterius dare corpus inutile leto
aut vacat aut curat tergoque Bienoris alti
insilit, haud[1] solito quemquam portare nisi ipsum;
opposuitque genu costis prensamque sinistra
caesariem retinens, vultum minitantiaque ora
robore nodoso praeduraque tempora fregit.
Robore Nedymnum iaculatoremque Lycopen

1 haud=haut

sternit et immissa protectum pectora barba
Hippason et summis extantem Rhiphea silvis
Thereaque, Haemoniis qui prensos montibus ursos
ferre domum vivos indignantesque solebat.
Haud tulit utentem pugnae successibus ultra
Thesea Demoleon; solido divellere dumo[1]
annosam pinum magno molimine temptat;
quod quia non potuit, praefractam misit in hostem.
Sed procul a telo Theseus veniente recessit
Pallados admonitu (credi sic ipse volebat);
non tamen arbor iners cecidit; nam Crantoris alti
abscidit iugulo pectusque umerumque sinistrum.
Armiger ille tui fuerat genitoris, Achille,
quem Dolopum rector bello superatus Amyntor
Aeacidae dederat pacis pignusque fidemque.
Hunc procul ut foedo disiectum vulnere Peleus
vidit: "At inferias, iuvenum gratissime Crantor,
accipe" ait; validoque in Demoleonta lacerto
fraxineam misit, mentis quoque viribus, hastam,
quae laterum cratem perrupit, et ossibus haerens
intremuit; trahit ille manu sine cuspide lignum;
id quoque vix sequitur; cuspis pulmone retenta est.
Ipse dolor vires animo dabat; aeger in hostem

1 solido divellere dumo=solidoque revellere trunco

erigitur pedibusque virum proculcat equinis.
Excipit ille ictus galea clipeoque sonantis[1]
defensatque umeros praetentaque sustinet arma
perque armos uno duo pectora perforat ictu.
Ante tamen leto dederat Phlegraeon et Hylen
eminus, Iphinoum collato Marte Claninque.
Additur his Dorylas, qui tempora tecta gerebat
pelle lupi saevique vicem praestantia teli
cornua vara boum multo rubefacta cruore.
Huic ego, nam vires[2] animus dabat: “Adspice” dixi
“quantum concedant nostro tua cornua ferro”;
et iaculum torsi; quod cum vitare nequiret,
opposuit dextram passurae vulnera fronti.
Affixa est cum fronte manus; fit clamor; at illum
haerentem Peleus et acerbo vulnere victum
(stabat enim propior) mediam ferit ense sub alvum.
Prosiluit terraque ferox sua viscera traxit
tractaque calcavit calcataque rupit et illis
crura quoque impediit et inani concidit alvo.
Nec te pugnantem tua, Cyllare, forma redemit,
si modo naturae formam concedimus illi.
Barba erat incipiens, barbae color aureus, aurea

1 sonantis=sonantes=sonanti

2 vires=viris

ex umeris medios coma dependebat in armos.
Gratus in ore vigor; cervix umerique manusque
pectoraque artificum laudatis proxima signis
et quacumque vir est; nec equi mendosa sub illo
deteriorque viro facies; da colla caputque,
Castore dignus erit; sic tergum sessile, sic sunt
pectora celsa toris; totus pice nigrior atra,
candida cauda tamen, color est quoque cruribus albus.
Multae illum petiere sua de gente, sed una
abstulit Hylonome, qua nulla decentior inter
semiferos altis habitavit femina silvis;
haec et blanditiis et amando et amare fatendo
Cyllaron una tenet; cultus quoque, quantus in illis
esse potest membris, ut sit coma pectine levis,
ut modo rore maris, modo se violave rosave
implicet, interdum candentia lilia gestet,
bisque die lapsis Pagasaeae vertice silvae
fontibus ora lavet, bis flumine corpora tingat[1],
nec nisi quae deceant, electarumque ferarum
aut umero aut lateri praetendat vellera laevo.
Par amor est illis; errant in montibus una,
antra simul subeunt; et tum Lapitheia tecta
intrarant pariter, pariter fera bella gerebant.

---

1 tingat=tinguat

Auctor in incerto est; iaculum de parte sinistra
venit et inferius, qua collo pectora subsunt,
Cyllare, te fixit; parvo cor vulnere laesum
corpore cum toto post tela educta refrixit.
Protinus Hylonome morientes excipit artus,
impositaque manu vulnus fovet oraque ad ora
admovet atque animae fugienti obsistere temptat.
Ut videt exstinctum, dictis quae clamor ad aures
arcuit ire meas, telo, quod inhaeserat illi
incubuit moriensque suum complexa maritum est.
Ante oculos stat et ille meos, qui sena leonum
vinxerat inter se conexis vellera nodis,
Phaeocomes, hominemque simul protectus equumque;
codice[1] qui misso, quem vix iuga bina moverent,
Tectaphon Oleniden a summo vertice fregit.
[Fracta volubilitas capitis latissima perque os
perque cavas nares oculosque auresque cerebrum
molle fluit veluti concretum vimine querno
lac solet, utve liquor rari sub pondere cribri
manat et exprimitur per densa foramina spissus.]
Ast ego, dum parat hic armis nudare iacentem
(scit tuus hoc genitor), gladium spoliantis in ima
ilia demisi. Chthonius quoque Teleboasque

1 codice=caudice

ense iacent nostro; ramum prior ille bifurcum
gesserat, hic iaculum; iaculo mihi vulnera fecit;
signa vides, apparet adhuc vetus inde cicatrix.
Tunc ego debueram capienda ad Pergama mitti;
tum poteram magni, si non superare, morari
Hectoris arma meis; illo sed tempore nullus,
aut puer Hector erat; nunc me mea deficit aetas.
Quid tibi victorem gemini Periphanta Pyraethi,
Ampyca quid referam, qui quadripedantis Echecli
fixit in adverso cornum sine cuspide vultu?
Vecte Pelethronium Macareus in pectus adacto
stravit Erigdupum; memini et venabula condi
inguine Nesseis manibus coniecta Cymeli.
Nec tu credideris tantum cecinisse futura
Ampyciden Mopsum; Mopso iaculante biformis
accubuit[1] frustraque loqui temptavit Hodites,
ad mentum lingua mentoque ad guttura fixo.
Quinque neci Caeneus dederat, Styphelumque Bromumque
Antimachumque Elymumque securiferumque Pyracten[2].
Vulnera non memini numerum nomenque notavi.
Provolat Emathii spoliis armatus Halesi,
quem dederat leto, membris et corpore Latreus

1 accubuit=occubuit

2 Pyracten=Pyracmon

maximus; huic aetas inter iuvenemque senemque,
vis iuvenalis erat, variabant tempora cani.
Qui clipeo gladioque Macedoniaque sarisa
conspicuus faciemque obversus in agmen utrumque
armaque concussit certumque equitavit in orbem
verbaque tot fudit vacuas animosus in auras:
“Et te, Caeni, feram? Nam tu mihi femina semper,
tu mihi Caenis eris. Nec te natalis origo
commonuit mentemque subit, quo praemia facto
quaque viri falsam speciem mercede parasti?
Quid sis nata, vide, vel quid sis passa; columque,
i, cape cum calathis et stamina pollice torque;
bella relinque viris.” Iactanti talia Caeneus
extentum cursu missa latus eruit hasta,
qua vir equo commissus erat; furit ille dolore,
nudaque Phyllei iuvenis ferit ora sarisa.
Non secus haec resilit quam tecti a culmine grando,
aut siquis parvo feriat cava tympana saxo.
Comminus aggreditur laterique recondere duro
luctatur gladium; gladio loca pervia non sunt.
“Haud[1] tamen effugies; medio iugulaberis ense,
quandoquidem mucro est hebes” inquit; et in latus ensem
obliquat longaque amplectitur ilia dextra.

1 Haud=Haut

Plaga facit gemitus in corpore marmoris icti[1]
fractaque dissiluit percusso lammina callo.
Ut satis illaesos miranti praebuit artus:
“Nunc age,” ait Caeneus “nostro tua corpora ferro
temptemus”; capuloque tenus demisit in armos
ensem fatiferum caecumque[2] in viscera movit
versavitque manu[3] vulnusque in vulnere fecit.
Ecce ruunt vasto rabidi clamore bimembres
telaque in hunc omnes unum mittuntque feruntque.
Tela retusa cadunt, manet imperfossus ab omni
inque cruentatus Caeneus Elateius ictu.
Fecerat attonitos nova res. “Heu dedecus ingens!”
Monychus exclamat; “populus superamur ab uno
vixque viro; quamquam ille vir est, nos segnibus actis,
quod fuit ille, sumus. Quid membra immania prosunt?
Quid geminae vires et quod fortissima rerum
in nobis duplex natura animalia iunxit?
Nec nos matre dea, nec nos Ixione natos
esse reor, qui tantus erat, Iunonis ut altae
spem caperet; nos semimari superamur ab hoste.
Saxa trabesque super totosque involvite montes
vivacemque animam missis elidite silvis;

1 icti-icto

2 caecumque=caecamque

3 manu=manum

silva[1] premat fauces, et erit pro vulnere pondus."
Dixit et insanis deiectam viribus Austri
forte trabem nactus, validum coniecit in hostem
exemplumque fuit parvoque in tempore nudus
arboris Othrys erat, nec habebat Pelion umbras.
Obrutus immani tumulo, sub pondere Caeneus
aestuat arboreo congestaque robora duris
fert umeris; sed enim postquam super ora caputque
crevit onus, neque habet quas ducat spiritus auras,
deficit interdum, modo se super aera frustra
tollere conatur iactasque evoluere silvas
interdumque movet, veluti, quam cernimus, ecce
ardua si terrae quatiatur motibus Ide.
Exitus in dubio est; alii sub inania corpus
Tartara detrusum silvarum mole ferebant;
abnuit Ampycides medioque ex aggere fulvis
vidit avem pennis liquidas exire sub auras,
quae mihi tunc primum, tunc est conspecta supremum.
Hanc ubi lustrantem leni sua castra volatu
Mopsus et ingenti circum clangore sonantem
adspexit pariterque animis oculisque secutus:
"O salve," dixit "Lapithaeae gloria gentis,
maxime vir quondam, sed avis nunc unica, Caeneu!"

---

1 silva=massa

Credita res auctore suo est; dolor addidit iram
oppressumque aegre tulimus tot ab hostibus unum;
nec prius abstitimus ferro exercere dolorem,
quam data pars leto, partem fuga noxque removit.'
Haec inter Lapithas et semihomines Centauros
proelia Tlepolemus Pylio referente dolorem
praeteriti Alcidae tacito non pertulit ore
atque ait: 'Herculeae mirum est oblivia laudis
acta tibi, senior; certe mihi saepe referre
nubigenas domitos a se pater esse solebat.'
Tristis ad haec Pylius: 'Quid me meminisse malorum
cogis et obductos annis rescindere luctus
inque tuum genitorem odium offensasque fateri?
Ille quidem maiora fide, di, gessit et orbem
implevit meritis, quod mallem posse negare;
sed neque Deiphobum nec Polydamanta nec ipsum
Hectora laudamus; quis enim laudaverit hostem?
Ille tuus genitor Messenia moenia quondam
stravit et immeritas urbes Elimque Pylumque[1]
diruit inque meos ferrum flammamque penatis
impulit; utque alios taceam, quos ille peremit,
bis sex Nelidae fuimus, conspecta iuventus;
bis sex Herculeis ceciderunt, me minus uno,

---

1 Elimque Pylumque=Elinque Pylonque

viribus; atque alios vinci potuisse ferendum est;
mira Periclymeni mors est, cui posse figuras
sumere quas vellet rursusque reponere sumptas
Neptunus dederat, Nelei sanguinis auctor.
Hic ubi nequiquam est formas variatus in omnes,
vertitur in faciem volucris, quae fulmina curvis
ferre solet pedibus, divum gratissima regi:
viribus usus avis pennis rostroque redunco
hamatisque viri laniaverat unguibus ora;
tendit in hunc nimium certos Tirynthius arcus
atque inter nubes sublimia membra ferentem
pendentemque ferit, lateri qua iungitur ala.
Nec grave vulnus erat; sed rupti vulnere nervi
deficiunt motumque negant viresque volandi.
Decidit in terram, non concipientibus auras
infirmis pennis, et qua levis haeserat alae,
corporis affixi pressa est gravitate sagitta
perque latus summum iugulo est exacta sinistro.
Nunc videor debere tui praeconia rebus
Herculis, o Rhodiae rector pulcherrime classis?
Nec tamen ulterius, quam fortia facta silendo
ulciscor fratres; solida est mihi gratia tecum.'
Haec postquam dulci Neleius edidit ore,
a sermone senis repetito munere Bacchi,
surrexere toris; nox est data cetera somno.

At deus aequoreas qui cuspide temperat undas,
in volucrem corpus nati Phaethontida versum
mente dolet patria saevumque perosus Achillem
exercet memores plus quam civiliter iras.
Iamque fere tracto duo per quinquennia bello,
talibus intonsum compellat Sminthea dictis:
'O mihi de fratris longe gratissime natis,
irrita qui mecum posuisti moenia Troiae,
ecquid, ubi has iam iam casuras adspicis arces,
ingemis? Aut ecquid tot defendentia muros
milia caesa doles? Ecquid, ne persequar omnes,
Hectoris umbra subit circum sua Pergama tracti?
Cum tamen ille ferox belloque cruentior ipso
vivit adhuc, operis nostri populator, Achilles.
Det mihi se; faxo, triplici quid cuspide possim,
sentiat; at quoniam concurrere comminus hosti
non datur, occulta necopinum perde sagitta.'
Annuit atque animo pariter patruique suoque
Delius indulgens nebula velatus in agmen
pervenit Iliacum; mediaque in caede virorum
rara per ignotos spargentem cernit Achivos
tela Parim; fassusque deum: 'Quid spicula perdis
sanguine plebis?' ait 'Siqua est tibi cura tuorum,
vertere in Aeaciden caesosque ulciscere fratres.'
Dixit et ostendens sternentem Troica ferro

corpora Peliden arcus obvertit in illum
certaque letifera direxit spicula dextra.
Quod Priamus gaudere senex post Hectora posset,
hoc fuit. Ille igitur tantorum victor, Achille,
victus es a timido Graiae raptore maritae!
At si femineo fuerat tibi Marte cadendum,
Thermodontiaca malles cecidisse bipenni.
Iam timor ille Phrygum, decus et tutela Pelasgi
nominis, Aeacides, caput insuperabile bello,
arserat; armarat deus idem idemque cremabat[1].
Iam cinis est et de tam magno restat Achille
nescio quid, parvam[2] quod non bene compleat urnam;
at vivit totum quae gloria compleat orbem.
Haec illi mensura viro respondet et hac est
par sibi Pelides nec inania Tartara sentit.
Ipse etiam, ut cuius fuerit cognoscere posses,
bella movet clipeus deque armis arma feruntur.
Non ea Tydides, non audet Oileos Aiax,
non minor Atrides, non bello maior et aevo
poscere, non alii; solis Telamone creato[3]
Laerteque[4] fuit tantae fiducia laudis.

1 cremabat=cremarat

2 parvam=parvum

3 creato=creatis

4 Laerteque=Laertaque

A se Tantalides onus invidiamque removit
Argolicosque duces mediis considere castris
iussit et arbitrium litis traiecit in omnes.

METAMORPHOSEON LIBER XIII

《变形记》第十三卷

Consedere duces et vulgi stante corona
surgit ad hos clipei dominus septemplicis Aiax;
utque erat impatiens irae, Sigeia torvo
litora respexit[1] classemque in litore vultu
intendensque manus: 'Agimus, pro Iuppiter!' inquit
'ante rates causam et mecum confertur Ulixes!
At non Hectoreis dubitavit cedere flammis,
quas ego sustinui, quas hac a[2] classe fugavi.
Tutius est igitur fictis contendere verbis,
quam pugnare manu. Sed nec mihi dicere promptum,
nec facere est isti; quantumque ego Marte feroci,
quantum acie valeo, tantum valet iste loquendo.
Nec memoranda tamen vobis mea facta, Pelasgi,
esse reor; vidistis enim; sua narret Ulixes,
quae sine teste gerit, quorum nox conscia sola est.
Praemia magna peto, fateor, sed demit honorem

1 respexit=rexpexit=respecxit=prospexit

2 hac a=hac hac=hacac=hac ac=hac hac a

aemulus; Aiaci non est tenuisse superbum,
sit licet hoc ingens, quidquid speravit Ulixes.
Iste tulit pretium iam nunc temptaminis huius,
quod, cum victus erit, mecum certasse feretur.
Atque ego, si virtus in me dubitabilis esset,
nobilitate potens essem, Telamone creatus,
moenia qui forti Troiana sub Hercule cepit
litoraque intravit Pagasaea Colcha carina.
Aeacus huic pater est, qui iura silentibus illic
reddit ubi Aeoliden saxum grave Sisyphon urget;
Aeacon agnoscit summus prolemque fatetur
Iuppiter esse suam; sic ab Iove tertius Aiax.
Nec tamen haec series in causam[1] prosit, Achivi,
si mihi cum magno non est communis Achille;
frater erat, fraterna peto. Quid sanguine cretus
Sisyphio furtisque et fraude simillimus illi,
inseris Aeacidis alienae nomina gentis?
An quod in arma prior nulloque sub indice veni,
arma neganda mihi? Potiorque videbitur illis
ultima qui cepit detractavitque furore
militiam ficto, donec sollertior isto
et sibi inutilior timidi commenta retexit
Naupliades animi vitataque traxit ad arma?

1 causam=causa

Optima num sumat, quia sumere noluit ulla,
nos inhonorati et donis patruelibus orbi,
obtulimus quia nos ad prima pericula, simus?
Atque utinam aut verus furor ille, aut creditus esset,
nec comes hic Phrygias umquam venisset ad arces
hortator scelerum! Non te, Poeantia proles,
expositum Lemnos nostro cum crimine haberet,
qui nunc, ut memorant, silvestribus abditus antris
saxa moves gemitu, Laertiadaeque precaris
quae meruit; quae, si di sunt[1], non vana precaris.
Et nunc ille eadem nobis iuratus in arma,
heu, pars una ducum, quo successore sagittae
Herculis utuntur, fractus morboque fameque
velaturque aliturque avibus volucresque petendo
debita Troianis exercet spicula fatis.
Ille tamen vivit, quia non comitavit Ulixen;
mallet et infelix Palamedes esse relictus;
viveret aut certe letum sine crimine haberet.
Quem male convicti nimium memor iste furoris
prodere rem Danaum finxit fictumque probavit
crimen et ostendit, quod iam praefoderat, aurum.
Ergo aut exilio vires subduxit Achivis[2]

1 si di sunt=dissident =sissident=si desunt=dii si sunt

2 Achivis=Achivas=Achivus

aut nece; sic pugnat, sic est metuendus Ulixes.
Qui licet eloquio fidum quoque Nestora vincat,
haud tamen efficiet desertum ut[1] Nestora crimen
esse rear nullum, qui cum imploraret Ulixen
vulnere tardus equi fessusque senilibus annis,
proditus a socio est; non haec mihi crimina fingi
scit bene Tydides, qui nomine saepe vocatum
corripuit trepidoque fugam exprobravit amico.
Adspiciunt oculis superi mortalia iustis;
en eget auxilio qui non tulit; utque reliquit,
sic linquendus erat; legem sibi dixerat ipse[2].
Conclamat socios; adsum videoque trementem
pallentemque metu et trepidantem[3] morte futura.
Opposui molem clipei texique iacentem
servavique animam (minimum est hoc laudis) inertem.
Si perstas certare, locum redeamus in illum;
redde hostem vulnusque[4] tuum solitumque timorem
post clipeumque late et mecum contende sub illo.
At[5] postquam eripui, cui standi vulnera vires

1 ut=aut

2 ipse=istam=ipsam

3 trepidantem=trepidentem=trepidante=metuentem

4 vulnusque=vultumque

5 At=Ast=Sed

non dederant, nullo tardatus vulnere fugit[1].
Hector adest secumque deos in proelia ducit
quaque ruit, non tu tantum terreris, Ulixe,
sed fortes etiam; tantum trahit ille timoris[2].
Hunc ego sanguineae successu caedis ovantem
eminus[3] ingenti resupinum pondere fudi;
hunc ego poscentem, cum quo concurreret, unus
sustinui sortemque meam vovistis[4], Achivi,
et vestrae valuere preces. Si quaeritis huius
fortunam pugnae, non sum superatus ab illo.
Ecce ferunt Troes ferrumque ignisque Iovemque
in Danaas classes; ubi nunc facundus Ulixes?
Nempe ego mille meo protexi pectore puppes,
spem[5] vestri reditus; date pro tot navibus arma.
Quod si vera licet mihi dicere, quaeritur istis
quam mihi maior honos coniunctaque gloria nostra est,
atque Aiax armis, non Aiaci arma petuntur.
Conferat his Ithacus Rhesum imbellemque Dolona
Priamidenque Helenum rapta cum Pallade captum[6];

---

1 fugit=fugis

2 timoris=furoris=timores

3 eminus=comminus

4 vovistis=voluistis=novistis=vidistis=noluistis=movistis=fovistis

5 spem=spes

6 captum=capta=raptum=raptam=captus

luce nihil gestum, nihil est Diomede remoto.
Si semel ista datis meritis tam vilibus arma,
dividite et pars sit maior Diomedis in illis.
Quo[1] tamen haec Ithaco, qui clam, qui semper inermis
rem gerit et furtis incautum decipit hostem?
ipse nitor galeae claro radiantis ab auro
insidias prodet manifestabitque latentem[2].
Sed neque Dulichius sub Achillis casside vertex
pondera tanta feret, nec non onerosa gravisque
Pelias hasta potest imbellibus esse lacertis,
nec clipeus vasti caelatus[3] imagine mundi
conveniet timidae nataeque ad furta sinistrae.
Debilitaturum quid te petis, improbe, munus?
Quod tibi si populi donaverit error Achivi,
cur spolieris, erit, non cur metuaris[4] ab hoste
et fuga, qua sola cunctos, timidissime, vincis,
tarda futura tibi est gestamina tanta trahenti.
Adde quod iste tuus, tam raro proelia[5] passus,
integer est clipeus; nostro, qui tela ferendo
mille patet plagis, novus est successor habendus.

---

1 Quo=Quid

2 latentem=iacentem=paventem

3 caelatus=concretus

4 metuaris=timearis

5 proelia=vulnera

Denique, quid verbis opus est? Spectemur agendo;
arma viri fortis medios mittantur in hostis;
inde iubete peti et referentem ornate relatis[1].'
Finierat Telamone satus vulgique secutum
ultima murmur erat, donec Laertius heros
astitit atque oculos paulum tellure moratos
sustulit ad proceres expectatoque resoluit
ora sono; neque abest facundis gratia dictis[2].
'Si mea cum vestris valuissent vota, Pelasgi,
non foret ambiguus tanti certaminis heres
tuque tuis armis, nos te poteremur, Achille.
Quem quoniam non aequa mihi vobisque negarunt
fata' (manuque simul veluti lacrimantia tersit
lumina) 'quis magno melius succedat Achilli
quam per quem magnus Danais successit[3] Achilles?
Huic modo ne prosit, quod, ut est, hebes esse videtur[4],
neve mihi noceat, quod vobis semper, Achivi,
profuit ingenium; meaque haec facundia, siqua est,
quae nunc pro domino, pro vobis saepe locuta est,
invidia careat, bona nec sua quisque recuset.
Nam genus et proavos et quae non fecimus ipsi,

---

1 relatis=lacertis=petitis=coronis=relictis

2 dictis=verbis

3 successit=succedit

4 videtur=fatetur=videntur

vix ea nostra voco; sed enim quia rettulit Aiax
esse[1] Iovis pronepos, nostri quoque sanguinis auctor
Iuppiter est totidemque gradus distamus ab illo.
Nam[2] mihi Laertes pater est, Arcesius illi,
Iuppiter huic, neque in his quisquam damnatus et exul.
Est quoque per matrem Cyllenius addita nobis
altera[3] nobilitas; deus est in utroque parente.
Sed neque materno quod sum generosior ortu,
nec mihi quod pater est fraterni sanguinis insons,
proposita arma peto; meritis expendite causam,
dummodo quod fratres Telamon Peleusque fuerunt
Aiacis meritum non sit, nec sanguinis ordo,
sed virtutis honor spoliis quaeratur in istis.
Aut si proximitas primusque requiritur heres,
est genitor Peleus, est Pyrrhus filius illi;
quis locus Aiaci? Phthiam haec Scyrumve ferantur,
nec minus est isto Teucer patruelis Achilli;
num petit ille tamen, num si petat, auferat illa?
Ergo operum quoniam nudum certamen habetur,
plura quidem feci, quam quae comprendere dictis
in promptu mihi sit[4]; rerum tamen ordine ducar.

---

1 esse=ipse

2 Nam=Iam

3 altera=addita

4 sit=sint

Praescia venturi genetrix Nereia leti
dissimulat cultu natum et deceperat omnes,
in quibus Aiacem, sumptae fallacia vestis.
Arma ego femineis animum motura virilem
mercibus inserui; neque adhuc proiecerat heros
virgineos habitus, cum parmam hastamque tenenti
“Nate dea,” dixi “tibi se peritura reservant
Pergama; quid dubitas ingentem evertere[1] Troiam?”
Iniecique manum fortemque ad fortia misi[2].
Ergo opera illius mea sunt; ego Telephon hasta
pugnantem domui, victum orantemque refeci.
Quod Thebae cecidere, meum est; me credite Lesbon,
me Tenedon Chrysenque et Cillan, Apollinis urbes,
et Scyrum cepisse; mea concussa putate
procubuisse solo Lyrnesia moenia dextra.
Utque alios[3] taceam, qui saevum perdere posset
Hectora, nempe dedi, per me iacet inclitus Hector.
Illis haec armis, quibus est inventus Achilles,
arma peto; vivo dederam, post fata reposco.
Ut dolor unius Danaos pervenit ad omnes,
Aulidaque Euboicam complerunt mille carinae,
expectata diu, nulla aut contraria classi

1 evertere=vertere

2 misi=movi=missi=duxi

3 alios=alias

flamina erant; duraeque iubent Agamemnona sortes
immeritam saevae natam mactare Dianae.
Denegat hoc genitor divisque irascitur ipsis,
atque in rege tamen pater est; ego mite parentis
ingenium verbis ad publica commoda verti.
Nunc equidem fateor fassoque ignoscat Atrides,
difficilem tenui sub iniquo iudice causam;
hunc[1] tamen utilitas populi fraterque datique
summa movet sceptri, laudem ut cum sanguine penset.
Mittor et ad matrem, quae non hortanda, sed astu
decipienda fuit; quo si Telamonius isset,
orba suis essent etiamnum lintea ventis.
Mittor et Iliacas audax orator ad arces
visaque et intrata est altae mihi curia Troiae
plenaque adhuc erat illa viris; interritus egi,
quam mihi mandarat[2] communis Graecia, causam
accusoque Parim[3] praedamque Helenamque reposco
et moveo Priamum Priamoque Antenora iunctum.
Et Paris et fratres et qui rapuere sub illo
vix tenuere manus, scis hoc, Menelae, nefandas;
primaque lux nostri tecum fuit illa pericli.
Longa referre mora est quae consilioque manuque

---

1 hunc=nunc

2 mandarat=mandavitt

3 Parim=Parin

utiliter feci spatiosi tempore[1] belli.
Post acies primas urbis se moenibus hostes
continuere diu, nec aperti copia Martis
ulla fuit; decimo demum pugnavimus anno.
Quid facis interea, qui nil, nisi proelia, nosti?
Quis tuus usus erat? Nam si mea facta requiris,
hostibus insidior, fossas munimine cingo,
consolor socios, ut longi taedia belli
mente ferant placida; doceo, quo simus alendi
armandique[2] modo; mittor, quo postulat usus.
Ecce Iovis monitu, deceptus imagine somni[3],
rex iubet incepti curam dimittere belli.
Ille potest auctore suam defendere vocem;
non sinat hoc Aiax delendaque Pergama poscat,
quodque potest, pugnet! Cur non remoratur ituros?
Cur non arma capit, dat quod vaga turba sequatur?
Non erat hoc nimium numquam nisi magna loquenti.
Quid quod et ipse fugit? Vidi, puduitque videre,
cum tu terga dares inhonestaque vela parares.
Nec mora: "Quid facitis[4]? Quae vos dementia" dixi
"concitat, o socii, captam dimittere Troiam?

---

1 tempore=in tempore

2 armandique=amandique

3 monitu...somni=monitos...somnos

4 facitis=fugitis

Quidve domum fertis[1] decimo, nisi dedecus, anno?"
Talibus atque aliis, in quae dolor ipse disertum
fecerat, aversos profuga de classe reduxi[2].
Convocat Atrides socios terrore paventes
nec Telamoniades etiam nunc hiscere quicquam
audet; at ausus erat reges incessere dictis
Thersites, etiam per me haud impune protervus.
Erigor et trepidos cives exhortor in hostem
amissamque mea virtutem voce reposco.
Tempore ab hoc, quodcumque potest fecisse videri
fortiter iste, meum est, qui dantem terga retraxi.
Denique de Danais quis te laudatve petitve?
At sua Tydides mecum communicat acta,
me probat, et socio semper confidit Ulixe.
Est aliquid de tot Graiorum milibus unum
a Diomede legi. Nec me sors ire iubebat;
sic tamen, et[3] spreto noctisque hostisque periclo,
ausum eadem, quae nos, Phrygia de gente Dolona
interimo, non ante tamen quam cuncta coegi
prodere et edidici quid perfida Troia pararet.
Omnia cognoram, nec quod specularer habebam,
et iam promissa poteram cum laude reverti

1 fertis=quaeritis

2 reduxi=retraxi

3 sic tamen, et=sponte mea

haud contentus eo[1] petii tentoria Rhesi
inque suis ipsum castris comitesque peremi;
atque, ita captiuo, victor votisque potitus,
ingredior curru laetos imitante triumphos.
Cuius equos pretium pro nocte poposcerat hostis,
arma negate mihi fueritque benignior Aiax.
Quid Lycii referam Sarpedonis agmina ferro
devastata meo? Cum multo sanguine fudi
Coeranon Iphitiden et Alastoraque Chromiumque
Alcandrumque Haliumque Noemonaque Prytanimque,
exitioque dedi cum Chersidamante Thoona
et Charopem fatisque immitibus Ennomon actum,
quique minus celebres nostra sub moenibus urbis
procubuere manu. Sunt et mihi vulnera, cives,
ipso pulchra loco; nec vanis credite verbis.
Adspicite en!' Vestemque manu deduxit[2] et 'Haec sunt
pectora semper' ait 'vestris exercita rebus.
At nil impendit per tot Telamonius annos
sanguinis in socios et habet sine vulnere corpus.
Quid tamen hoc refert, si se pro classe Pelasga
arma tulisse refert contra Troasque Iovemque?
Confiteorque, tulit, neque enim benefacta maligne

1 eo=ego

2 deduxit=diduxit

detractare meum est; sed ne communia solus
occupet atque aliquem vobis quoque reddat honorem,
reppulit Actorides sub imagine tutus Achillis
Troas ab arsuris cum defensore carinis.
Ausum etiam Hectoreis solum concurrere telis
se putat, oblitus regisque ducumque meique,
nonus in officio et praelatus munere sortis.
Sed tamen eventus vestrae, fortissime, pugnae
quis fuit? Hector abit violatus vulnere nullo.
Me miserum! Quanto cogor meminisse dolore
temporis illius, quo, Graium murus, Achilles
procubuit, nec me lacrimae luctusque timorque
tardarunt quin corpus humo sublime referrem.
His umeris, his, inquam, umeris ego corpus Achillis
et simul arma tuli, quae nunc quoque ferre laboro.
Sunt mihi, quae valeant in talia pondera, vires,
est animus certe vestros sensurus honores.
Scilicet idcirco pro nato caerula mater
ambitiosa suo fuit, ut caelestia dona,
artis opus tantae, rudis et sine pectore miles
indueret? Neque enim clipei caelamina novit,
Oceanum et terras cumque alto sidera caelo
Pleiadasque Hyadasque immunemque aequoris Arcton
diversasque urbes nitidumque Orionis ensem;
postulat ut capiat, quae non intellegit, arma.

Quid quod me[1] duri fugientem munera belli
arguit incepto serum accessisse labori,
nec se magnanimo maledicere sentit Achilli?
Si simulasse vocas[2] crimen, simulavimus ambo
si mora pro culpa est, ego sum maturior illo.
Me pia detinuit coniunx, pia mater Achillem;
primaque sunt illis data tempora, cetera vobis.
Haud timeo, si iam nequeam defendere, crimen
cum tanto commune viro; deprensus Ulixis
ingenio tamen ille, at non Aiacis Ulixes.
Neve in me stolidae convicia fundere[3] linguae
admiremur eum, vobis quoque digna pudore
obicit; an falso Palameden crimine turpe est
accusasse mihi, vobis damnasse decorum est?
Sed neque Naupliades facinus defendere tantum
tamque patens valuit, nec vos audistis in illo
crimina; vidistis pretioque obiecta patebant.
Nec Poeantiaden quod habet Vulcania Lemnos,
esse reus merui; factum[4] defendite vestrum,
consensistis enim; nec me suasisse negabo,
ut se subtraheret bellique viaeque labori,

1 quod me=memet

2 vocas=vocat

3 fundere=reddere

4 factum=crimen

temptaretque feros requie finire[1] dolores.
Paruit et vivit; non haec sententia tantum
fida, sed et felix, cum sit satis esse fidelem.
Quem quoniam vates delenda ad Pergama poscunt,
ne mandate mihi; melius Telamonius ibit
eloquioque virum morbis iraque furentem
molliet, aut aliqua producet callidus arte.
Ante retro Simois fluet et sine frondibus Ide
stabit et auxilium promittet Achaia Troiae,
quam, cessante meo pro vestris pectore rebus,
Aiacis stolidi Danais sollertia prosit.
Sis licet infestus sociis regique mihique,
dure[2] Philoctete; licet exsecrere meumque
devoveas sine fine caput cupiasque dolenti
me tibi forte dari nostrumque haurire cruorem,
utque tui mihi, sic fiat tibi copia nostri;
te tamen aggrediar mecumque reducere nitar;
tamque tuis potiar, faveat[3] Fortuna, sagittis,
quam sum Dardanio, quem cepi, vate potitus,
quam responsa deum Troianaque fata retexi,
quam rapui Phrygiae signum penetrale Minervae
hostibus e mediis. Et se mihi comparat Aiax?

1 finire=lenire

2 dure=iure=duro=duri

3 faveat=faveas

Nempe capi Troiam prohibebant fata sine illo.
Fortis ubi est Aiax? Ubi sunt ingentia magni
verba viri? Cur hic metuis? Cur audet Ulixes
ire per excubias et se committere nocti
perque feros enses non tantum moenia Troum,
verum etiam summas arces intrare suaque
eripere aede deam raptamque afferre per hostes?
Quae nisi fecissem, frustra Telamone creatus
gestasset laeva taurorum tergora septem.
Illa nocte mihi Troiae victoria parta[1] est;
Pergama tunc vici, cum vinci posse coegi.
Desine Tydiden vultuque et murmure nobis
ostentare meum; pars est sua laudis in illo.
Nec tu, cum socia clipeum pro classe tenebas,
solus eras; tibi turba comes, mihi contigit unus.
Qui nisi pugnacem sciret sapiente minorem
esse nec indomitae deberi praemia dextrae,
ipse quoque haec peteret, peteret moderatior Aiax
Eurypylusque ferox claroque Andraemone natus,
nec minus Idomeneus patriaque creatus eadem
Meriones, peteret maioris frater Atridae;
quippe manu fortes nec sunt tibi Marte secundi,
consiliis cessere meis. Tibi dextera bello

1 parta=parata=pecta=perta

utilis; ingenium est, quod eget moderamine nostro;
tu vires sine mente geris, mihi cura futuri;
tu pugnare potes, pugnandi tempora mecum
eligit Atrides; tu tantum corpore prodes,
nos animo; quantoque ratem qui temperat anteit
remigis officium, quanto dux milite maior,
tantum[1] ego te supero; nec non in corpore nostro
pectora sunt potiora manu; vigor omnis in illis.
At vos, o proceres, vigili date praemia vestro
proque tot annorum cura, quibus anxius egi,
hunc titulum meritis pensandum reddite nostris.
Iam labor in fine est; obstantia fata removi
altaque posse capi faciendo Pergama cepi.
Per spes nunc socias casuraque moenia Troum
perque deos oro, quos hosti nuper ademi,
per siquid superest, quod sit sapienter agendum,
siquid adhuc audax[2] ex praecipitique petendum est,
si Troiae fatis aliquid restare putatis,
este mei memores; aut, si mihi non datis arma,
huic date' et ostendit signum fatale Minervae.
Mota manus procerum est et, quid facundia posset,
re patuit; fortisque viri tulit arma disertus.

---

1 tantum=tanto

2 audax=audex

Hectora qui solus, qui ferrum ignesque Iovemque
sustinuit totiens, unam non sustinet iram;
invictumque virum vicit dolor; arripit ensem
et: 'Meus hic certe est; an et[1] hunc sibi poscit Ulixes?
Hoc' ait 'utendum est in me mihi; quique cruore
saepe Phrygum maduit, domini nunc caede madebit,
ne quisquam Aiacem possit superare nisi Aiax.'
Dixit et in pectus tum demum[2] vulnera passum
qua patuit ferro, letalem condidit ensem.
Nec valuere manus infixum educere telum[3];
expulit ipse cruor; rubefactaque sanguine tellus
purpureum viridi genuit de caespite florem,
qui prius Oebalio fuerat de vulnere natus.
Littera communis mediis pueroque viroque
inscripta est foliis, haec nominis, illa querellae.
Victor ad Hypsipyles patriam clarique Thoantis
et veterum terras infames caede virorum
vela dat, ut referat Tirynthia tela, sagittas.
Quae postquam ad Graios, domino comitante, revexit
imposita est sero tandem manus ultima bello.
Troia simul Priamusque cadunt; Priameia coniunx
perdidit infelix hominis post omnia formam

---

1 et=en

2 demum=denique

3 telum=ferrum

externasque novo latratu terruit auras,
longus in angustum qua clauditur Hellespontus.
Ilion ardebat neque adhuc consederat ignis
exiguumque senis Priami Iovis ara cruorem
combiberat; tractata comis antistita Phoebi
non profecturas tendebat ad aethera palmas.
Dardanidas matres patriorum signa deorum,
dum licet, amplexas succensaque templa tenentes
invidiosa trahunt victores praemia Grai.
Mittitur Astyanax illis de turribus, unde
pugnantem pro se proavitaque regna tuentem[1]
saepe videre patrem monstratum a matre solebat.
Iamque viam suadet Boreas flatuque secundo
carbasa mota sonant, iubet uti navita ventis[2].
'Troia, vale! Rapimur' clamant; dant oscula terrae
Troades et patriae fumantia tecta relinquunt.
Ultima conscendit classem (miserabile[3] visu)
in mediis Hecube natorum inventa sepulcris;
prensantem tumulos atque ossibus oscula dantem
Dulichiae traxere[4] manus; tamen unius hausit
inque sinu cineres secum tulit Hectoris haustos

1 tuentem=tenentem

2 ventis=velis

3 miserabile=mirabile

4 traxere=rapuere

Hectoris in tumulo canum de vertice crinem,
inferias inopes, crinem[1] lacrimasque reliquit.
Est, ubi Troia fuit, Phrygiae contraria tellus
Bistoniis habitata viris; Polymestoris illic
regia dives erat, cui te commisit alendum
clam, Polydore, pater Phrygiisque removit ab armis[2],
consilium sapiens, sceleris nisi praemia magnas
adiecisset opes, animi irritamen avari.
Ut cecidit fortuna Phrygum, capit impius ensem
rex Thracum iuguloque sui demisit alumni;
et, tamquam tolli cum corpore crimina possent,
exanimem scopulo subiectas misit in undas.
Litore Threicio classem religarat Atrides,
dum mare pacatum[3], dum ventus amicior esset.
Hic subito, quantus cum viveret esse solebat,
exit humo late rupta similisque minanti
temporis illius vultum referebat Achilles,
quo ferus iniusto petiit Agamemnona ferro
'Immemores' que 'mei disceditis,' inquit 'Achivi,
obrutaque est mecum virtutis gratia[4] nostrae?
Ne facite; utque meum non sit sine honore sepulcrum,

1 crinem=crimen=cineres

2 armis=arvis=agris=amis=aurus=horis=aris

3 pacatum=placatum

4 gratia=gloria

placet Achilleos mactata[1] Polyxena manes.'
Dixit et immiti sociis parentibus umbrae
rapta sinu matris, quam iam prope sola fovebat,
fortis et infelix et plus quam femina virgo
ducitur ad tumulum diroque fit hostia busto.
Quae memor ipsa sui, postquam crudelibus aris
admota est sensitque sibi fera sacra parari
utque Neoptolemum stantem ferrumque tenentem
utque suo vidit figentem lumina vultu[2]:
'Utere iamdudum generoso sanguine'; dixit
'nulla mora est; aut tu iugulo vel pectore telum
conde meo'; iugulumque simul pectusque retexit.
'Scilicet haud ulli servire Polyxena vellem;
haud per tale sacrum numen placabitis ullum.
Mors tantum[3] vellem matrem mea fallere posset;
mater obest minuitque necis mihi gaudia, quamvis
non mea mors illi, verum sua vita gemenda[4] est.
Vos modo, ne Stygios adeam non libera manes,
este procul, si iusta peto, tactuque viriles
virgineo removete manus; acceptior illi,
quisquis is est, quem caede mea placare paratis,

1 mactata=intacta

2 suo=suos; lumina vultu=lumine vultus

3 tantum=tandem

4 gemenda=cremanda=tremenda

liber erit sanguis; siquos tamen ultima nostri
verba[1] movent oris (Priami vos filia regis,
non[2] captiva rogat) genetrici corpus inemptum
reddite; neve auro redimat ius triste sepulcri,
sed lacrimis. Tunc, cum poterat, redimebat et auro.'
Dixerat; at populus lacrimas, quas illa tenebat,
non tenet; ipse etiam flens invitusque sacerdos
praebita coniecto rupit praecordia ferro.
Illa, super terram defecto poplite labens,
pertulit intrepidos ad fata novissima vultus.
Tunc quoque cura fuit partes velare tegendas[3],
cum[4] caderet, castique decus servare pudoris.
Troades excipiunt deploratosque recensent
Priamidas et quid dederit domus una cruoris;
teque gemunt, virgo, teque, o modo regia coniunx,
regia dicta parens, Asiae florentis imago,
nunc etiam praedae mala sors, quam victor Ulixes
esse suam nollet, nisi quod tamen Hectora partu
ediderat; dominum matri vix repperit Hector.
Quae corpus complexa animae tam fortis inane,
quas totiens patriae dederat natisque viroque,

---

1 verba=vota

2 non=nunc

3 velare tegendas=celare pudendas

4 cum=dum

huic quoque dat lacrimas; lacrimas in vulnere fundit
osculaque ore tegit consuetaque pectora plangit
canitiemque suam concreto in sanguine verrens[1],
plura quidem, sed et haec laniato pectore dixit:
'Nata, tuae (quid enim superest?) dolor ultime matris
nata, iaces; videoque tuum, mea vulnera, vulnus[2].
Et, ne perdiderim quemquam sine caede meorum,
tu quoque vulnus habes. At te, quia femina, rebar
a ferro tutam; cecidisti et femina ferro;
totque tuos idem fratres[3], te perdidit idem,
exitium Troiae nostrique orbator, Achilles.
At postquam cecidit Paridis Phoebique sagittis,
"nunc certe," dixi, "non est metuendus Achilles";
nunc quoque mi metuendus erat; cinis ipse sepulti
in genus hoc saevit[4]; tumulo quoque sensimus hostem;
Aeacidae fecunda fui. Iacet Ilion ingens
eventuque gravi finita est publica clades,
sed[5] finita tamen; soli mihi Pergama restant
in cursuque meus dolor est. Modo maxima rerum,
tot generis gnatisque potens nuribusque viroque,

1 concreto in sanguine verrens=concretam sanguine vellensconcretam sanguine verrens

2 tuum mea vulnera vulnus=tuum mea vulnera pectus= =meum tua vulnera vulnus=meum tua vulnera pectus

3 idem fratres=idem est fratres=fratresque idem

4 saevit=pugnat

5 sed=si

nunc trahor exul, inops, tumulis avolsa meorum,
Penelopae munus; quae me data pensa trahentem
matribus ostendens Ithacis: “Haec Hectoris illa est
clara parens, haec est” dicet “Priameia coniunx.”
Postque tot amissos tu nunc, quae sola levabas
maternos luctus, hostilia busta piasti.
Inferias hosti peperi. quo ferrea resto?
Quidve moror? Quo me servas, annosa[1] senectus?
Quo, di crudeles, nisi quo nova funera cernam,
vivacem differtis anum? Quis posse putaret
felicem Priamum post diruta Pergama dici?
Felix morte sua est; nec te, mea nata, peremptam
adspicit et vitam pariter regnumque[2] reliquit.
At, puto, funeribus donabere, regia virgo,
condeturque tuum monumentis corpus avitis.
Non haec est fortuna domus; tibi munera matris
contingent fletus peregrinaeque haustus harenae.
Omnia perdidimus; superest, cur vivere tempus
in breve sustineam, proles gratissima matri,
nunc solus, quondam minimus de stirpe virili,
has datus Ismario regi Polydorus in oras.
Quid moror interea crudelia vulnera lymphis

1 annosa=animosa

2 vitam pariter regnumque=regnumpariter vitamque=vitam regnum pariterque=vitam pariter patriamque

abluere et sparsos immiti[1] sanguine vultus?'
Dixit et ad litus passu processit anili,
albentes lacerata[2] comas. 'Date, Troades, urnam'
dixerat infelix, liquidas hauriret ut undas
adspicit eiectum Polydori in litore corpus
factaque Threiciis ingentia vulnera telis.
Troades exclamant; obmutuit illa dolore
et pariter vocem[3] lacrimasque introrsus obortas
devorat ipse dolor; duroque simillima saxo
torpet et adversa figit modo lumina terra,
interdum torvos sustollit ad aethera vultus,
nunc positi spectat vultum, nunc vulnera nati,
vulnera praecipue; seque armat et instruit iram[4].
Qua simul exarsit, tamquam regina maneret,
ulcisci statuit poenaeque in imagine tota est;
utque furit catulo lactente orbata leaena,
signaque nancta pedum[5] sequitur, quem non videt, hostem,
sic Hecube, postquam cum luctu miscuit iram,
non oblita animorum, annorum oblita suorum,
vadit ad artificem dirae, Polymestora, caedis

1 immiti=insonti

2 lacerata=lacerat=laceratque=lacerate=laceta=laniata

3 vocem=voces

4 iram=ira

5 pedum=locum

colloquiumque petit; nam se monstrare relictum
velle latens illi, quod nato redderet, aurum.
Credidit Odrysius praedaeque assuetus[1] amore
in secreta venit. Tum blando callidus ore:
'Tolle moras, Hecube'; dixit 'da munera nato;
omne fore illius quod das, quod et ante dedisti,
per superos iuro.' Spectat truculenta loquentem
falsaque iurantem tumidaque exaestuat ira
atque ita correpto captivarum agmina matrum
invocat[2] et digitos in perfida lumina condit
expilatque genis oculos (facit ira nocentem[3])
immergitque manus foedataque sanguine sonti
non lumen (neque enim superest) loca luminis haurit.
Clade sui Thracum gens irritata tyranni
Troada telorum lapidumque incessere iactu
coepit; at haec missum rauco cum murmure saxum
morsibus insequitur rictuque in verba parato
latravit, conata loqui; locus extat et ex re
nomen habet veterumque diu memor illa malorum
tum quoque Sithonios ululavit maesta per agros.
Illius Troasque suos hostesque Pelasgos,
illius fortuna deos quoque moverat omnes,

1 assuetus=adductus=augentis

2 invocat=involat

3 nocentem=potentem

sic omnes[1], ut et ipsa Iovis coniunxque sororque
eventus Hecubam meruisse negaverit[2] illos.
Non vacat Aurorae, quamquam isdem faverat armis
cladibus et casu Troiaeque Hecubaeque moveri.
Cura deam propior luctusque domesticus angit
Memnonis amissi, Phrygiis quem lutea campis
vidit Achillea pereuntem cuspide mater;
vidit et ille color, quo matutina rubescunt
tempora, palluerat latuitque in nubibus aether.
At non impositos supremis ignibus artus
sustinuit spectare parens, sed crine soluto,
sicut erat, magni genibus procumbere non est
dedignata Iovis lacrimisque has addere voces
'Omnibus inferior, quas sustinet aureus aether
(nam mihi sunt totum rarissima templa per orbem),
diva tamen veni, non ut delubra diesque[3]
des mihi sacrificos[4] calituras que ignibus aras:
si tamen adspicias, quantum tibi femina praestem,
tum cum luce nova noctis confinia servo,
praemia danda putes; sed non ea cura neque hic est
nunc status Aurorae, meritos ut poscat honores

1 sic omnes=et homines

2 negaverit=negaverat

3 diesque=deisque

4 sacrificos=sacrificum=sacrificis=sacrificas

Memnonis orba mei venio, qui fortia frustra
pro patruo tulit arma suo primisque sub annis
occidit a forti (sic vos voluistis[1]) Achille.
Da, precor, huic aliquem, solacia mortis, honorem,
summe deum rector, maternaque vulnera leni.'
Iuppiter annuerat, cum Memnonis arduus alto
corruit igne rogus nigrique volumina fumi
infecere diem, veluti cum flumina natas
exhalant nebulas, nec sol admittitur infra;
atra favilla volat glomerataque corpus in unum
densetur faciemque capit sumitque calorem
atque animam ex igni; levitas sua praebuit alas
et primo similis volucri, mox vera[2] volucris
insonuit pennis; pariter sonuere sorores
innumerae, quibus est eadem natalis origo;
terque rogum lustrant et consonus exit in auras
ter plangor; quarto seducunt castra volatu.
Tum duo diversa populi de parte feroces
bella gerunt rostrisque et aduncis unguibus iras
exercent alasque adversaque pectora lassant[3];
inferiaeque cadunt cineri cognata sepulto
corpora seque viro forti meminere creatas.

---

1 voluistis=statuistis=noluistis

2 vera=prima

3 lassant=iactant

Praepetibus subitis nomen facit auctor; ab illo
Memnonides dictae, cum sol duodena peregit
signa, parentali moriturae voce rebellant.
Ergo aliis latrasse Dymantida flebile visum;
luctibus est Aurora suis intenta piasque
nunc quoque dat lacrimas et toto rorat in orbe.
Non tamen eversam Troiae cum moenibus esse
spem quoque fata sinunt; sacra[1] et, sacra altera, patrem
fert umeris, venerabile onus, Cythereius heros.
De tantis opibus praedam pius eligit illam
Ascaniumque suum profugaque per aequora classe
fertur ab Antandro scelerataque limina Thracum
et Polydoreo manantem sanguine terram
linquit et utilibus ventis aestuque secundo
intrat Apollineam sociis comitantibus urbem.
Hunc Anius, quo rege homines, antistite Phoebus
rite colebatur, temploque domoque recepit
urbemque ostendit delubraque nota duasque
Latona quondam stirpes pariente retentas.
Ture dato flammis vinoque in tura profuso
caesarumque boum fibris de more crematis,
regia tecta petunt, positique tapetibus altis
munera cum liquido capiunt Cerealia Baccho.

1 sacra=sacer

Tum pius Anchises: 'O Phoebi lecte sacerdos,
fallor an et natum, cum primum haec moenia vidi,
bisque duas natas, quantum[1] reminiscor, habebas?'
Huic Anius niveis circumdata tempora vittis
concutiens et tristis ait: 'Non falleris, heros
maxime; vidisti natorum quinque parentem,
quem nunc (tanta homines rerum inconstantia versat!)
paene vides orbum. Quod enim mihi filius absens
auxilium, quem dicta suo de nomine tellus
Andros habet, pro patre locumque et regna tenentem?
Delius augurium dedit huic; dedit altera Liber
femineae stirpi[2] voto maiora fideque
munera; nam tactu natarum cuncta mearum
in segetem laticemque meri canaeque Minervae
transformabantur, divesque erat usus in illis.
Hoc ubi cognovit Troiae populator Atrides,
ne non ex aliqua vestram sensisse procellam
nos quoque parte putes, armorum viribus usus
abstrahit invitas gremio genitoris alantque
imperat Argolicam caelesti munere classem[3].
Effugiunt quo quaeque potest; Euboea duabus
et totidem natis Andros fraterna petita est.

---

1 quantum=tantum

2 stirpi=stirpe

3 classem=gentem

Miles adest et, ni dedantur, bella minatur.
Victa metu pietas consortia corpora poenae
dedidit et timido possis ignoscere fratri;
non hic Aeneas, non, qui defenderet Andron,
Hector erat, per quem decimum durastis in annum.
Iamque parabantur captivis vincla lacertis:
illae tollentes etiamnunc libera caelo
bracchia: "Bacche pater, fer opem" dixere; tulitque
muneris auctor opem, si miro perdere more
ferre vocatur opem; nec qua ratione figuram
perdiderint, potui scire aut nunc dicere possum;
summa mali nota est; pennas sumpsere, tuaeque
coniugis in volucres[1], niveas abiere columbas.'
Talibus atque aliis postquam convivia dictis
implerunt, mensa somnum petiere[2] remota;
cumque die surgunt adeuntque oracula Phoebi
qui petere antiquam matrem cognataque iussit
litora; prosequitur rex et dat munus ituris,
Anchisae sceptrum, chlamydem pharetramque nepoti,
cratera Aeneae, quem quondam transtulit[3] illi
hospes ab Aoniis Therses Ismenius[4] oris.

---

1 volucres=volucrem

2 somnum petiere=somni meminere

3 transtulit=transtulerat

4 Ismenius=Minyeius

Miserat hunc illi Therses, fabricaverat Alcon
Hyleus et longo caelaverat argumento.
Urbs erat et septem posses ostendere portas
hae pro nomine erant et, quae foret illa, docebant.
Ante urbem exequiae tumulique ignesque rogique
effusaeque comas et apertae pectora matres
significant luctum; nymphae quoque flere videntur
siccatosque queri fontes; sine frondibus arbor
nuda riget; rodunt[1] arentia saxa capellae.
Ecce facit mediis natas Orione Thebis,
hanc non femineum iugulo dare vulnus[2] aperto,
illam demisso per inertia vulnera telo
pro populo cecidisse suo pulchrisque per urbem
funeribus ferri celebrique in parte cremari.
Tum de virginea geminos exire favilla,
ne genus intereat, iuvenes, quos fama Coronos[3]
nominat, et cineri materno ducere pompam.
Hactenus antiquo signis fulgentibus aere,
summus inaurato crater erat asper acantho.
Nec leviora datis Troiani dona remittunt
dantque sacerdoti custodem turis acerram,

1 rodunt=lambunt

2 vulnus=pectus

3 Coronos=coronas=colonos=coronis==corona=corones=coronat=coranos=cerastas=corondas=corindas=corondos

dant pateram claramque auro gemmisque coronam.
Inde recordati Teucros a sanguine Teucri
ducere principium, Cretam tenuere locique
ferre diu nequiere Iovem centumque relictis
urbibus Ausonios optant contingere portus.
Saevit hiems iactatque viros; Strophadumque receptos
portubus infidis exterruit ales Aello.
Et iam Dulichios portus Ithacamque Samonque[1]
Neritiasque domus, regnum fallacis Ulixis,
praeter erant vecti; certatam lite deorum
Ambraciam versique vident sub imagine saxum
iudicis, Actiaco quae nunc ab Apolline nota est,
vocalemque sua terram Dodonida quercu
Chaoniosque sinus, ubi nati rege Molosso
impia subiectis fugere incendia pennis.
Proxima Phaeacum felicibus obsita pomis
rura petunt; Epiros ab his regnataque vati
Buthrotos Phrygio simulataque Troia tenetur.
Inde futurorum certi, quae cuncta fideli
Priamides Helenus monitu praedixerat, intrant
Sicaniam; tribus haec excurrit in aequora pennis,
e quibus imbriferos est versa Pachynos ad Austros,
mollibus expositum Zephyris Lilybaeon, ad Arctos

1 Samonque=Samenque

aequoris expertes spectat Boreamque Peloros.
Hac subeunt Teucri et remis aestuque secundo
sub noctem potitur Zanclaea classis harena.
Scylla latus dextrum, laevum irrequieta Charybdis
infestat; vorat haec raptas[1] revomitque carinas,
illa feris atram canibus succingitur alvum,
virginis ora gerens[2], et, si non omnia vates
ficta reliquerunt, aliquo quoque tempore virgo.
Hanc multi petiere proci; quibus illa repulsis,
ad pelagi nymphas, pelagi gratissima nymphis,
ibat et elusos iuvenum narrabat amores.
Quam[3], dum pectendos praebet Galatea capillos,
talibus alloquitur, repetens suspiria, dictis:
'Te tamen, o virgo, genus haud immite virorum
expetit, utque facis, potes his impune negare;
at mihi, cui pater est Nereus, quam caerula Doris
enixa est, quae sum turba quoque tuta sororum,
non nisi per luctus[4] licuit Cyclopis amorem
effugere'; et lacrimae vocem impediere loquentis.
Quas ubi marmoreo detersit pollice virgo
et solata deam est: 'Refer, o carissima,' dixit

1 raptas=receptas=tractas=sorptas=raptat

2 gerens=carens

3 Quam=Cui

4 luctus=luctos=luctum

'neve tui causam tege (sic sum fida) doloris!'
Nereis his contra resecuta Crataeide natam est:
'Acis erat Fauno nymphaque Symaethide cretus,
magna quidem patrisque sui matrisque voluptas,
nostra tamen maior; nam me sibi iunxerat[1] uni.
Pulcher et octonis iterum natalibus actis
signarat teneras dubia lanugine malas.
Hunc ego, me Cyclops nulla cum fine petebat;
nec, si quaesieris, odium Cyclopis amorne
Acidis in nobis fuerit praestantior edam;
par utrumque fuit. Pro! quanta potentia regni
est, Venus alma, tui! Nempe ille immitis et ipsis
horrendus silvis et visus ab hospite nullo
impune et magni cum dis contemptor Olympi,
quid sit amor, sensit, nostrique cupidine captus
uritur, oblitus pecorum antrorumque suorum.
Iamque tibi formae, iamque est tibi cura placendi,
iam rigidos pectis rastris, Polypheme, capillos;
iam libet hirsutam tibi falce recidere barbam
et spectare feros in aqua et componere vultus.
Caedis amor feritasque sitisque immensa cruoris
cessant et tutae veniunt abeuntque[2] carinae.

1 nam me sibi iunxerat=sibi me coniunxerat

2 veniunt abeuntque=abeunt veniuntque

Telemus interea Siculam delatus ad Aetnen,
Telemus Eurymides, quem nulla fefellerat ales,
terribilem Polyphemon adit; "Lumen" que "quod unum
fronte geris media, rapiet tibi" dixit "Ulixes."
Risit et: "O vatum stolidissime, falleris"; inquit
"Altera iam rapuit." Sic frustra vera monentem
spernit et aut gradiens ingenti litora passu
degravat, aut fessus sub opaca revertitur antra[1].
Prominet in pontum cuneatus acumine longo
collis; utrumque latus circumfluit aequoris unda.
Huc ferus ascendit Cyclops mediusque[2] resedit
lanigerae pecudes nullo ducente secutae.
Cui postquam pinus, baculi quae praebuit usum,
ante pedes posita est, antemnis apta ferendis,
sumptaque harundinibus compacta est fistula centum,
senserunt toti pastoria sibila montis,
senserunt undae. Latitans ego rupe meique
Acidis in gremio residens procul auribus hausi
talia dicta meis auditaque verba notavi:
"Candidior folio nivei, Galatea, ligustri,
floridior pratis, longa procerior alno,
splendidior vitro, tenero lascivior haedo

1 antra=umbra

2 mediusque=mediosque=mediumque

levior assiduo detritis aequore conchis,
solibus hibernis, aestiva gratior umbra,
nobilior pomis, platano conspectior alta,
lucidior glacie, matura dulcior uva,
mollior et cygni plumis et lacte coacto
et, si non fugias, riguo formosior horto
saevior indomitis eadem Galatea iuvencis,
durior annosa quercu, fallacior undis,
lentior et salicis virgis et vitibus albis,
his immobilior scopulis, violentior amne,
laudato pavone superbior, acrior igni,
asperior tribulis, feta truculentior ursa,
surdior aequoribus, calcato immitior hydro,
et, quod praecipue vellem tibi demere possem,
non tantum cervo claris latratibus acto,
verum etiam ventis[1] volucrique fugacior aura!
At, bene si noris, pigeat fugisse morasque
ipsa tuas damnes et me retinere labores.
Sunt mihi, pars montis, vivo pendentia saxo
antra, quibus nec sol medio sentitur in aestu,
nec sentitur hiems; sunt poma gravantia ramos,
sunt auro similes longis in vitibus uvae,
sunt et purpureae; tibi et has servamus et illas.

1 ventis=vento

Ipsa tuis manibus silvestri nata sub umbra
mollia fraga leges, ipsa autumnalia corna
prunaque, non solum nigro liventia suco,
verum etiam generosa novasque imitantia ceras.
Nec tibi castaneae me coniuge, nec tibi deerunt
arbutei fetus; omnis tibi serviet arbor.
Hoc pecus omne meum est; multae quoque vallibus errant,
multa silva tegit, multae stabulantur in antris;
nec, si forte roges, possim tibi dicere, quot sint[1];
pauperis est numerare pecus. De laudibus harum
nil mihi credideris; praesens potes ipsa videre,
ut vix circumeant distentum cruribus uber.
Sunt, fetura minor, tepidis in ovilibus agni;
sunt quoque, par aetas, aliis in ovilibus haedi.
Lac mihi semper adest niveum; pars inde bibenda
servatur, partem liquefacta coagula durant.
Nec tibi deliciae faciles vulgataque tantum
munera contingent, dammae leporesque capraeque,
parve columbarum, demptusve[2] cacumine nidus.
Inveni geminos, qui tecum ludere possint,
inter se similes, vix ut dignoscere possis[3],
villosae catulos in summis montibus ursae;

---

1 possim tibi dicere, quot sint=numerum tibi dicere possim=tibi possum dicere quot sunt

2 demptusve=domitusve

3 vix ut dignoscere possis=et vix dignoscere quos sit

inveni et dixi: dominae servabimus istos.
Iam modo caeruleo nitidum caput exsere ponto,
iam, Galatea, veni, nec munera despice nostra.
Certe ego me novi liquidaeque in imagine vidi
nuper aquae placuitque mihi mea forma videnti.
Adspice, sim quantus; non est hoc corpore maior
Iuppiter in caelo (nam vos narrare soletis
nescio quem regnare Iovem); coma plurima torvos
prominet in vultus umerosque ut lucus obumbrat.
Nec mea quod rigidis horrent densissima saetis
corpora, turpe puta; turpis sine frondibus arbor,
turpis equus, nisi colla iubae flaventia velent;
pluma tegit volucres, ovibus sua lana decori est:
barba viros hirtaeque decent in corpore saetae.
Unum est in media lumen mihi fronte, sed instar
ingentis clipei. Quid? Non haec omnia magnus
sol videt e caelo? Soli tamen unicus orbis,
adde quod in vestro genitor meus aequore regnat:
hunc tibi do socerum. Tantum miserere precesque
supplicis exaudi; tibi enim succumbimus uni;
quique Iovem et caelum sperno et penetrabile fulmen,
Nerei, te veneror; tua fulmine saevior ira est.
Atque ego contemptus essem[1] patientior huius,

1 essem=te essem

si fugeres omnes; sed cur, Cyclope repulso,
Acin amas praefersque meis complexibus Acin?
Ille tamen placeatque sibi, placeatque licebit,
quod nollem, Galatea, tibi; modo copia detur,
sentiet esse mihi tanto pro corpore vires;
viscera viva traham, divisaque membra per agros
perque tuas spargam (sic se tibi misceat!) undas.
Uror enim laesusque exaestuat acrius ignis,
cumque suis videor translatam viribus Aetnam
pectore ferre meo; nec tu, Galatea, moveris."
Talia nequiquam questus (nam cuncta videbam),
surgit et, ut taurus vacca furibundus adempta,
stare nequit silvaque et notis saltibus[1] errat;
cum ferus ignaros nec quicquam tale timentes
me videt atque Acin: "Video" que exclamat "et ista
ultima sit, faciam, Veneris concordia vestrae."
Tantaque vox, quantam Cyclops iratus habere
debuit, ilia fuit; clamore perhorruit Aetne.
Ast ego vicino pavefacta sub aequore mergor;
terga fugae dederat conversa Symaethius heros
et: "Fer opem, Galatea, precor, mihi; ferte, parentes,"
dixerat "et vestris periturum admittite regnis."
Insequitur Cyclops partemque e monte revulsam

1 saltibus=montibus

mittit et extremus quamvis pervenit ad illum
angulus e saxo, totum tamen obruit Acin.
At nos, quod fieri solum per fata licebat,
fecimus ut vires assumeret Acis avitas.
Puniceus de mole cruor manabat et intra
temporis exiguum rubor evanescere coepit
fitque color primo turbati fluminis imbre
purgaturque mora; tum moles iacta[1] dehiscit
vivaque per rimas proceraque surgit harundo,
osque cavum saxi sonat exsultantibus undis;
miraque res, subito media tenus extitit alvo
incinctus iuvenis flexis nova cornua cannis,
qui, nisi quod maior, quod toto caerulus ore,
Acis erat; sed sic quoque erat tamen Acis in amnem
versus et antiquum tenuerunt flumina nomen.'
Desierat Galatea loqui coetuque soluto
discedunt placidisque natant Nereides undis[2].
Scylla redit, neque enim medio se credere ponto
audet et aut bibula sine vestibus errat harena,
aut, ubi lassata est, seductos nacta recessus
gurgitis, inclusa[3] sua membra refrigerat unda.

1 iacta=tacta

2 placidisque...undis=placidasque...undas

3 inclusa=inclusi

Ecce fretum scindens[1], alti novus incola ponti,
nuper in Euboica versis Anthedone membris,
Glaucus adest visaeque cupidine virginis haeret
et, quaecumque putat fugientem posse morari,
verba refert; fugit illa tamen veloxque timore
pervenit in summum positi prope litora montis.
Ante fretum est ingens, apicem collectus in unum,
longa sub arboribus convexus in aequora vertex.
Constitit hic et tuta loco, monstrumne deusne
ille sit ignorans, admiraturque[2] colorem
caesariemque umeros subiectaque terga tegentem,
ultimaque excipiat quod tortilis inguina piscis.
Sensit et innitens, quae stabat proxima, moli:
'Non ego prodigium nec sum fera belua, virgo,
sed deus' inquit 'aquae; nec maius in aequore Proteus
ius habet et Triton Athamantiadesque Palaemon.
Ante tamen mortalis eram, sed scilicet altis
deditus[3] aequoribus, iam tum exercebar in illis.
Nam modo ducebam[4] ducentia retia pisces,
nunc in mole sedens moderabar harundine linum.
Sunt viridi prato confinia litora, quorum

1 fretum scindens=freto stridens

2 ignorans, admiraturque=ignorans, admiratusque=ignorat admiraturque

3 deditus=debitus

4 ducebam=tendebam

altera pars undis, pars altera cingitur herbis,
quas neque cornigerae morsu laesere iuvencae,
nec placidae carpsistis, oves hirtaeve capellae
non apis inde tulit collectos sedula flores,
non data sunt capiti genialia serta, neque umquam
falciferae secuere manus. Ego primus in illo
caespite consedi, dum lina madentia sicco,
utque recenserem, captivos ordine pisces
insuper exposui[1], quos aut in retia casus
aut sua credulitas in aduncos egerat hamos.
Res similis fictae; sed quid mihi fingere prodest?
gramine contacto coepit mea praeda moveri
et mutare latus terraque ut in aequore niti;
dumque moror mirorque simul, fugit omnis in undas
turba suas dominumque novum litusque relinquunt.
Obstipui dubitoque diu causamque requiro[2],
num deus hoc aliquis, num sucus fecerit herbae.
"Quae tamen has," inquam "vires habet herba?" manuque
pabula decerpsi decerptaque dente momordi.
Vix bene combiberant ignotos guttura sucos,
cum subito trepidare intus praecordia sensi
alteriusque rapi naturae pectus amore.

1 insuper exposui=diversos posui

2 Obstipui dubitoque diu causamque requiro=dubiusque, fugae quae causa requiro

Nec potui restare diu[1]; “Repetenda” que “numquam
terra, vale!” dixi corpusque sub aequora mersi.
Di maris exceptum socio dignantur honore,
utque mihi quaecumque feram mortalia, demant,
Oceanum Tethynque rogant; ego lustror ab illis
et, purgante nefas novies mihi carmine dicto,
pectora fluminibus iubeor supponere centum.
Nec mora, diversis lapsi de partibus amnis
totaque vertuntur supra caput aequora nostrum.
Hactenus acta tibi possum memoranda referre,
hactenus haec memini, nec mens mea cetera sensit.
Quae postquam rediit, alium me corpore toto
ac fueram[2] nuper, neque eundem mente recepi.
Hanc ego tum primum viridem ferrugine barbam
caesariemque meam, quam longa per aequora verro,
ingentesque umeros et caerula bracchia vidi
cruraque pinnigero curvata novissima pisce.
Quid tamen haec species, quid dis placuisse marinis[3],
quid iuvat esse deum, si tu non tangeris istis?’
Talia dicentem, dicturum plura, reliquit

1 diu=divi

2 fueram=fuerat

3 quid=quod; placuisse=placuisset

Scylla deum; furit ille irritatusque repulsa[1]
prodigiosa petit Titanidos atria Circes[2].

1 furit=fuerit; ille=illa; repulsa=repusa

2 prodigiosa=prodisa; atria=antra

METAMORPHOSEON LIBER XIV

《变形记》

第十四卷

Iamque Giganteis iniectam faucibus Aetnen
arvaque Cyclopum, quid rastra, quid usus aratri
nescia nec quicquam iunctis debentia bubus
liquerat Euboicus tumidarum cultor aquarum
liquerat et Zanclen adversaque moenia Rhegi[1]
navifragumque fretum, gemino quod litore pressum
Ausoniae Siculaeque tenet confinia terrae.
Inde manu magna Tyrrhena per aequora vectus
herbiferos adiit colles atque atria Glaucus
Sole satae Circes, variarum[2] plena ferarum.
Quam simul adspexit, dicta acceptaque salute
'Diva, dei miserere, precor; nam sola levare
tu potes hunc' dixit 'videar modo dignus, amorem[3].
Quanta sit herbarum, Titani, potentia, nulli
quam mihi cognitius, qui sum mutatus ab illis;
neve mei non nota tibi sit causa furoris,

1 Rhegi=Regi

2 variarum=vanarum

3 dignus amorem= dignior esse

litore in Italico, Messenia moenia contra,
Scylla mihi visa est; pudor est promissa precesque
blanditiasque meas contemptaque verba referre.
At tu, sive aliquod regnum est in carmine, carmen
ore move sacro; sive expugnacior herba est,
utere temptatis operosae viribus herbae.
Nec medeare mihi sanesque haec vulnera mando
fineque[1] nil opus est; partem ferat illa caloris.'
At Circe (neque enim flammis habet aptius ulla
talibus ingenium seu causa est huius in ipsa,
seu Venus indicio facit hoc offensa paterno)
talia verba refert: 'Melius sequerere volentem
optantemque eadem parilique cupidine captam.
Dignus eras ultro, poteras certeque, rogari;
et, si spem dederis, mihi crede, rogaberis ultro.
Neu dubites absitque tuae fiducia formae;
en ego, cum dea sim, nitidi cum filia Solis,
gramine cum tantum, tantum quoque carmine possim[2],
ut tua sim, voveo. Spernentem sperne, sequenti
redde vices unoque duas ulciscere facto.'
Talia temptanti: 'Prius' inquit 'in aequore frondes'
Glaucus, 'et in summis nascentur montibus algae,

1 fineque=fine

2 gramine=carmine; carmine=gramine

sospite quam Scylla nostri mutentur amores.'
Indignata dea est; et laedere quatenus ipsum
non poterat nec vellet amans, irascitur illi
quae sibi praelata est; Venerisque offensa repulsa
protinus horrendis infamia pabula sucis
conterit et tritis Hecateia carmina miscet
caerulaque induitur velamina perque ferarum
agmen adulantum media procedit ab aula
oppositumque petens contra Zancleia saxa
Rhegion[1] ingreditur ferventes aestibus undas,
in quibus ut solida ponit vestigia terra
summaque decurrit pedibus super aequora siccis.
Parvus erat gurges, curvos sinuatus in arcus,
grata quies Scyllae, quo se referebat ab aestu
et maris et caeli, medio cum plurimus orbe
sol erat et minimas a vertice fecerat umbras.
Hunc dea praevitiat portentificisque venenis
inquinat; hic pressos latices radice nocenti
spargit et obscurum verborum ambage novorum
ter noviens carmen magico demurmurat ore.
Scylla venit mediaque tenus descenderat alvo,
cum sua foedari latrantibus inguina monstris
adspicit; ac primo credens non corporis illas

1 Rhegion=Region

esse sui partes refugitque abigitque timetque
ora proterva canum; sed, quos fugit, attrahit una
et corpus quaerens femorum crurumque pedumque
Cerbereos rictus pro partibus invenit illis;
statque canum rabie subiectaque terga ferarum
inguinibus truncis uteroque extante coercet.
Flevit amans Glaucus nimiumque hostiliter usae
viribus herbarum fugit conubia Circes.
Scylla loco mansit, cumque est data copia primum,
in Circes odium sociis spoliavit Ulixen[1];
mox eadem Teucras fuerat mersura carinas,
ni prius in scopulum, qui nunc quoque saxeus extat,
transformata foret; scopulum quoque navita vitat.
Hunc ubi Troianae remis avidamque Charybdim[2]
evicere rates, cum iam prope litus adessent
Ausonium, Libycas vento referuntur ad oras.
Excipit Aenean illic animoque domoque,
non bene discidium Phrygii latura mariti,
Sidonis inque pyra sacri sub imagine facta
incubuit ferro deceptaque decipit omnes.
Rursus harenosae fugiens nova moenia terrae
ad sedemque Erycis fidumque relatus Acesten,

1 Ulixen=Ulixem

2 Charybdim=Charybdin

sacrificat tumulumque sui genitoris honorat,
quasque rates Iris Iunonia paene cremarat,
solvit et Hippotadae regnum terrasque calenti
sulphure fumantis Acheloiadumque relinquit
Sirenum scopulos orbataque praeside pinus
Inarimen Prochytenque legit sterilique locatas
colle Pithecusas, habitantum nomine dictas.
Quippe deum genitor, fraudem et periuria quondam
Cercopum exosus gentisque admissa dolosae,
in deforme viros animal mutavit, ut idem
dissimiles homini possent similesque videri;
membraque contraxit naresque a fronte resimas
contudit et rugis peraravit anilibus ora
totaque velatos flaventi corpora villo
misit in has sedes; nec non prius abstulit usum
verborum et natae dira in periuria linguae;
posse queri tantum rauco stridore reliquit.
Has ubi praeteriit et Parthenopeia dextra
moenia deservit, laeva de parte canori
Aeolidae tumulum et loca feta palustribus undis[1],
litora Cumarum vivacisque antra Sibyllae
intrat et ad manes veniat per Averna paternos
orat; at illa diu vultum tellure moratum

1 undis=ulvis

erexit tandemque deo furibunda recepto
'Magna petis,' dixit 'vir factis maxime, cuius
dextera per ferrum est, pietas spectata per ignes.
Pone tamen, Troiane, metum; potiere petitis
Elysiasque domos et regna novissima mundi
me duce cognosces simulacraque cara parentis
invia virtuti nulla est via' dixit et auro
fulgentem ramum in silva Iunonis Avernae
monstravit iussitque suo divellere trunco.
Paruit Aeneas, et formidabilis Orci
vidit opes atavosque suos umbramque senilem
magnanimi Anchisae; didicit quoque iura locorum,
quaeque novis essent adeunda pericula bellis.
Inde ferens lassos adverso tramite passus,
cum duce Cumaea mollit sermone laborem.
Dumque iter horrendum per opaca crepuscula carpit
'Seu dea tu praesens, seu dis gratissima,' dixit
'numinis instar eris semper mihi meque fatebor
muneris esse tui, quae me loca mortis adire,
quae loca me visae voluisti evadere mortis;
pro quibus aerias meritis evectus ad auras
templa tibi statuam, tribuam tibi turis honores.'
Respicit hunc vates et suspiratibus haustis:
'Nec dea sum,' dixit 'nec sacri turis honore
humanum dignare caput; neu nescius erres,

lux aeterna mihi carituraque fine dabatur,
si mea virginitas Phoebo patuisset amanti.
Dum tamen hanc sperat, dum praecorrumpere donis
me cupit, “Elige,” ait “virgo Cumaea, quid optes;
optatis potiere tuis.” Ego pulveris hausti
ostendi[1] cumulum; quot haberet corpora pulvis,
tot mihi natales contingere vana rogavi;
excidit, ut peterem iuvenes quoque protinus annos.
Hos tamen ille mihi dabat aeternamque iuventam,
si Venerem paterer; contempto munere Phoebi
innuba permaneo; sed iam felicior aetas
terga dedit tremuloque gradu venit aegra senectus,
quae patienda diu est; nam iam mihi saecula septem
acta vides; superest, numeros ut pulveris aequem,
ter centum messes, ter centum musta videre.
Tempus erit, cum de tanto me corpore parvam
longa dies faciet consumptaque membra senecta
ad minimum redigentur onus; nec amata videbor
nec placuisse deo; Phoebus quoque forsitan ipse
vel non cognoscet, vel dilexisse negabit;
usque adeo mutata ferar; nullique videnda,
voce tamen noscar; vocem mihi fata relinquent.’
Talia convexum per iter memorante Sibylla,

1 ostendi=ostendens

sedibus Euboicam Stygiis emergit in urbem
Troius Aeneas; sacrisque ex more litatis,
litora adit nondum nutricis habentia nomen.
Hic quoque substiterat post taedia longa laborum
Neritius Macareus, comes experientis Ulixei[1];
desertum quondam mediis sub rupibus Aetnae
noscit Achaemeniden improvisoque repertum
vivere miratus: 'Qui te casusve deusve
servat, Achaemenide? Cur' inquit 'barbara Graium
prora vehit? Petitur vestra quae terra carina?'
Talia quaerenti iam non hirsutus amictu,
iam suus et spinis conserto tegmine nullis,
fatur Achaemenides: 'Iterum Polyphemon et illos
adspiciam fluidos humano sanguine rictus,
hac mihi si potior domus est Ithacique carina,
si minus Aenean veneror genitore; nec umquam
esse satis potero, praestem licet omnia, gratus.
Quod loquor et spiro caelumque et sidera solis
respicio, possimne ingratus et impius esse?
Ille dedit, quod non anima haec Cyclopis in ora
venit; et, ut iam nunc lumen vitale relinquam,
aut tumulo aut certe non illa condar in alvo.
Quid mihi tunc animi, nisi si timor abstulit omnem

1 Ulixei=Ulixis

sensum animumque, fuit, cum vos petere alta relictus
aequora conspexi? Volui inclamare, sed hosti
prodere me timui; vestrae quoque clamor Ulixis
paene rati nocuit. Vidi, cum monte revolsum[1]
immanem scopulum medias permisit in undas;
vidi iterum veluti tormenti viribus acta
vasta Giganteo iaculantem saxa lacerto
et, ne deprimeret fluctus ventusve carinam,
pertimui iam me non esse oblitus in illa.
Ut vero fuga vos ab acerba[2] morte reduxit,
ille quidem totam gemebundus obambulat Aetnam
praetemptatque manu silvas et luminis orbus
rupibus incursat foedataque bracchia tabo
in mare protendens gentem exsecratur Achivam
atque ait: “O si quis referat mihi casus Ulixen,
aut aliquem e sociis, in quem mea saeviat ira,
viscera cuius edam, cuius viventia dextra
membra mea laniem, cuius mihi sanguis inundet
guttur et elisi trepident sub dentibus artus,
quam nullum aut leve sit damnum mihi lucis ademptae!”
Haec et plura ferox; me luridus occupat horror
spectantem vultus etiamnum caede madentes

1 revolsum=revulsum

2 acerba=certa

crudelesque manus et inanem luminis orbem
membraque, et humano concretam sanguine barbam.
Mors erat ante oculos, minimum tamen illa malorum;
et iam prensurum, iam nunc mea viscera rebar
in sua mersurum; mentique haerebat imago
temporis illius, quo vidi bina meorum
ter quater affligi sociorum corpora terrae,
cum super ipse iacens hirsuti more leonis
visceraque et carnes cumque albis ossa medullis
semianimesque artus avidam condebat in alvum.
Me tremor invasit; stabam sine sanguine maestus
mandentemque videns eiectantemque cruentas
ore dapes et frusta mero glomerata vomentem,
talia fingebam misero mihi fata parari;
perque dies multos latitans omnemque tremiscens
ad strepitum mortemque timens cupidusque moriri,
glande famem pellens et mixta frondibus herba,
solus, inops, exspes, leto poenaeque relictus,
hanc procul adspexi longo post tempore navem
oravique fugam gestu ad litusque cucurri
et movi; Graiumque ratis Troiana recepit.
Tu quoque pande tuos, comitum gratissime, casus
et ducis et turbae quae tecum est credita ponto.'
Aeolon ille refert Tusco regnare profundo,
Aeolon Hippotaden, cohibentem carcere ventos

quos bovis inclusos tergo, memorabile munus,
Dulichium sumpsisse ducem flatuque secundo
lucibus isse novem et terram adspexisse petitam
proxima post nonam cum sese aurora moveret,
invidia socios praedaeque cupidine victos
esse ratos aurum, dempsisse ligamina ventis;
cum quibus isse retro, per quas modo venerat undas,
Aeoliique ratem portus repetisse tyranni.
'Inde Lami veterem Laestrygonis' inquit 'in urbem
venimus; Antiphates terra regnabat in illa.
Missus ad hunc ego sum, numero comitante duorum;
vixque fuga quaesita salus comitique mihique;
tertius e nobis Laestrygonis impia tinxit
ora cruore suo. Fugientibus instat et agmen
concitat Antiphates; coeunt et saxa trabesque
coniciunt merguntque viros merguntque[1] carinas.
Una tamen, quae nos ipsumque vehebat Ulixen[2],
effugit; amissa sociorum parte dolentes
multaque conquesti terris allabimur illis
quas procul hinc cernis; procul hinc, mihi crede, videnda est[3]
insula, visa mihi; tuque, o iustissime Troum,
nate dea (neque enim finito Marte vocandus

1 merguntque=franguntque

2 Ulixen=Ulixem

3 videnda est=videnda

hostis es, Aenea) moneo, fuge litora Circes.
Nos quoque Circaeo religata in litore pinu,
Antiphatae memores immansuetique Cyclopis,
ire negabamus tecta ignota subire.
Sorte sumus lecti; sors me fidumque Politen
Eurylochumque simul nimiique Elpenora vini
bisque novem socios Circaea ad moenia misit.
Quae simul attigimus stetimusque in limine tecti,
mille lupi mixtique lupis ursique leaeque
occursu fecere metum; sed nulla timenda,
nullaque erat nostro factura in corpore vulnus:
quin etiam blandas movere per aera caudas
nostraque adulantes comitant vestigia, donec
excipiunt famulae perque atria marmore tecta
ad dominam ducunt. Pulchro sedet illa recessu
sollemni solio pallamque induta nitentem
insuper aurato circumvelatur amictu.
Nereides nymphaeque simul, quae vellera motis
nulla trahunt digitis nec fila sequentia ducunt,
gramina disponunt sparsosque sine ordine flores
secernunt calathis variasque coloribus herbas.
Ipsa, quod hae faciunt, opus exigit; ipsa, quis usus
quoque[1] sit in folio, quae sit concordia mixtis,

1 quoque=quove

novit et advertens pensas examinat herbas.
Haec ubi nos vidit, dicta acceptaque salute,
diffudit vultus et reddidit omina votis[1];
nec mora, misceri tosti iubet hordea grani
mellaque vimque meri cum lacte coagula passo,
quique sub hac lateant furtim dulcedine, sucos
adicit. Accipimus sacra data pocula dextra.
Quae simul arenti sitientes hausimus ore
et tetigit summos virga dea dira capillos,
(et pudet et referam) saetis horrescere coepi,
nec iam posse loqui pro verbis edere raucum
murmur et in terram toto procumbere vultu;
osque meum sensi pando occallescere rostro,
colla tumere toris et, qua modo pocula parte
sumpta mihi fuerant, illa vestigia feci;
cumque eadem passis (tantum medicamina possunt!)
claudor hara; solumque suis carvisse figura
vidimus Eurylochum; solus data pocula fugit.
Quae nisi vitasset, pecoris pars una manerem
nunc quoque saetigeri, nec tantae cladis ab illo
certior ad Circen ultor venisset Ulixes.
Pacifer huic dederat florem Cyllenius album:
Moly vocant superi; nigra radice tenetur.

---

1 votis=voce

Tutus eo monitisque simul caelestibus intrat
ille domum Circes et ad insidiosa vocatus
pocula, conantem virga mulcere capillos
reppulit et stricto pavidam deterruit ense.
Inde fides dextraeque datae; thalamoque receptus
coniugii dotem sociorum corpora poscit.
Spargimur ignotae sucis melioribus herbae
percutimurque caput conversae verbere virgae
verbaque dicuntur dictis contraria verbis;
quo magis illa canit, magis hoc tellure levati
erigimur saetaeque cadunt bifidosque relinquit
rima pedes redeunt umeri et subiecta lacertis
bracchia sunt; flentem flentes amplectimur ipsi
haeremusque ducis collo; nec verba locuti
ulla priora sumus quam nos testantia gratos.
Annua nos illic tenuit mora multaque praesens
tempore tam longo vidi, multa auribus hausi,
hoc quoque cum multis, quod clam mihi rettulit una
quattuor e famulis ad talia sacra paratis.
Cum duce namque meo Circe dum sola moratur,
illa mihi niveo factum de marmore signum
ostendit iuvenale, gerens in vertice picum,
aede sacra positum multisque insigne coronis.
Quis foret et quare sacra coleretur in aede,
cur hanc ferret avem, quaerenti et scire volenti

"Accipe," ait "Macareu, dominaeque potentia quae sit,
hinc quoque disce meae; tu dictis adice mentem.
Picus in Ausoniis, proles Saturnia, terris
rex fuit, utilium bello studiosus equorum.
Forma viro, quam cernis, erat; licet ipse decorem
adspicias fictaque probes ab imagine veram[1].
Par animus formae; nec adhuc spectasse per annos
quinquennem poterat Graia quater Elide pugnam.
Ille suos dryadas Latiis in montibus ortas
verterat in vultus, illum fontana petebant
numina, naiades, quas Albula quasque Numici,
quas Anienis aquae cursuque brevissimus Almo
Narve tulit praeceps et opacae Farfarus umbrae,
quaeque colunt Scythicae stagnum nemorale Dianae
finitimosque lacus; spretis tamen omnibus, unam
ille colit nymphen, quam quondam in colle Palati
dicitur ancipiti peperisse Venilia Iano.
Haec ubi nubilibus primum maturuit annis,
praeposito cunctis Laurenti tradita Pico est,
rara quidem facie, sed rarior arte canendi,
unde Canens dicta est; silvas et saxa movere
et mulcere feras et flumina longa morari
ore suo volucresque vagas retinere solebat.

1 veram=verum

Quae dum feminea modulatur carmina voce,
exierat tecto Laurentis Picus in agros,
indigenas fixurus apros, tergumque premebat
acris equi laevaque hastilia bina ferebat,
Poeniceam fulvo chlamydem contractus ab auro.
Venerat in silvas et filia Solis easdem,
utque novas legeret fecundis collibus herbas,
nomine dicta suo Circaea reliquerat arva.
Quae simul ac iuvenem, virgultis abdita, vidit,
obstipuit; cecidere manu, quas legerat, herbae
flammaque per totas visa est errare medullas.
Ut primum valido mentem collegit ab aestu,
quid cuperet, fassura fuit; ne posset adire
cursus equi fecit circumfususque satelles.
'Non' ait 'effugies, vento rapiare licebit,
si modo me novi, si non evanuit omnis
herbarum virtus et non mea carmina fallunt.'
Dicit[1] et effigiem nullo cum corpore falsi
finxit apri praeterque oculos transcurrere regis
iussit et in densum trabibus nemus ire videri,
plurima qua silva est et equo loca pervia non sunt.
Haud mora, continuo praedae petit inscius umbram
Picus equique celer spumantia terga relinquit

1 Dicit=Dixit

spemque sequens vanam silva pedes errat in alta.
Concipit illa preces et verba precantia dicit
ignotosque deos ignoto carmine adorat,
quo solet et niveae vultum confundere Lunae
et patrio capiti bibulas subtexere nubes.
Tum quoque cantato densetur carmine caelum
et nebulas exhalat humus caecisque vagantur
limitibus comites et abest custodia regis.
Nacta locum tempusque: 'Per, o, tua lumina,' dixit
'quae mea ceperunt, perque hanc, pulcherrime, formam,
quae facit, ut supplex tibi sim dea, consule nostris
ignibus et socerum, qui pervidet omnia, Solem
accipe, nec durus Titanida despice Circen.'
Dixerat; ille ferox ipsamque precesque repellit[1]
et: 'Quaecumque es,' ait 'non sum tuus; altera captum
me tenet et teneat per longum, comprecor, aevum,
nec Venere externa socialia foedera laedam,
dum mihi Ianigenam servabunt fata Canentem.'
Saepe retemptatis precibus Titania frustra
'Non impune feres, neque' ait 'reddere Canenti;
laesaque quid faciat, quid amans, quid femina, disces
rebus,' ait 'sed amans et laesa et femina Circe.'
Tum bis ad occasus, bis se convertit ad ortus,

1 repellit=relinquit

ter iuvenem baculo tetigit, tria carmina dixit.
Ille fugit, sed se solito velocius ipse
currere miratur; pennas in corpore vidit,
seque novam subito Latiis accedere silvis
indignatus avem, duro fera robora rostro
figit et iratus longis dat vulnera ramis.
Purpureum chlamydis pennae traxere colorem,
fibula quod fuerat vestemque momorderat aurum,
pluma fit et fulvo cervix praecingitur auro,
nec quicquam antiquum Pico nisi nomina restant[1].
Interea comites, clamato saepe per agros
nequiquam Pico nullaque in parte reperto,
inveniunt Circen (nam iam tenuaverat auras
passaque erat nebulas ventis ac sole recludi)
criminibusque premunt veris regemque reposcunt
vimque ferunt saevisque parant incessere telis.
Illa nocens spargit virus sucosque veneni
et Noctem Noctisque deos Ereboque Chaoque[2]
convocat et longis Hecaten ululatibus orat.
Exsiluere loco (dictu mirabile) silvae,
ingemuitque solum vicinaque palluit arbor
sparsaque sanguineis maduerunt pabula guttis

1 restant=restat

2 Ereboque Chaoque=Erebumque Chaosque

et lapides visi mugitus edere raucos
et latrare canes et humus serpentibus atris
squalere et tenues animae volitare videntur[1].
Attonitum monstris vulgus pavet; illa paventis
ora venenata tetigit mirantia virga,
cuius ab attactu variarum monstra ferarum
in iuvenes veniunt; nulli sua mansit imago.
Sparserat occiduus Tartessia litora Phoebus
et frustra coniunx oculis animoque Canentis
expectatus erat; famuli populusque per omnes
discurrunt silvas atque obvia lumina portant.
Nec satis est nymphae flere et lacerare capillos
et dare plangorem; facit haec tamen omnia seque
proripit ac Latios errat vesana per agros.
Sex illam noctes, totidem redeuntia solis
lumina viderunt inopem somnique cibique
per iuga, per valles, qua fors ducebat, euntem.
Ultimus adspexit Thybris luctuque viaque
fessam et iam longa ponentem corpora ripa.
Illic cum lacrimis ipso modulata dolore
verba sono tenui maerens fundebat, ut olim
carmina iam moriens canit exequialia cygnus.
Luctibus extremis tenues liquefacta medullas

1 videntur=silentum

tabuit inque leves paulatim evanuit auras.
Fama tamen signata loco est, quem rite Canentem
nomine de nymphae veteres dixere Camenae."
Talia multa mihi longum narrata per annum
visaque sunt; resides et desuetudine tardi
rursus inire fretum, rursus dare vela iubemur;
ancipitesque vias et iter Titania vastum
dixerat et saevi restare pericula ponti.
Pertimui, fateor, nactusque hoc litus adhaesi.'
Finierat Macareus; urnaque Aeneia nutrix
condita marmorea[1] tumulo breve carmen habebat;
'Hic me Caietam notae pietatis alumnus
ereptam Argolico, quo debuit, igne cremavit.'
Solvitur herboso religatus ab aggere funis
et procul insidias infamataeque relinquunt
tecta deae lucosque petunt, ubi nubilus umbra
in mare cum flava prorumpit Thybris harena
Faunigenaeque domo potitur nataque Latini,
non sine Marte tamen; bellum cum gente feroci
suscipitur, pactaque furit pro coniuge Turnus.
Concurrit Latio Tyrrhenia tota diuque
ardua sollicitis victoria quaeritur armis.
Auget uterque suas externo robore vires

1 marmorea=marmoreo

et multi Rutulos, multi Troiana tuentur
castra; neque Aeneas Evandri ad limina frustra,
at Venulus frustra profugi Diomedis ad urbem
venerat; ille quidem sub Iapyge maxima Dauno
moenia condiderat dotaliaque arva tenebat;
sed Venulus Turni postquam mandata peregit,
auxilium petiit, vires Aetolius heros
excusat; nec se aut soceri committere pugnae
velle sui populos, aut quos e gente suorum
armet, habere ullos: 'Neve haec commenta putetis,
admonitu quamquam luctus renoventur amari,
perpetiar memorare tamen. Postquam alta cremata est
Ilion et Danaas paverunt Pergama dextras[1]
Naryciusque heros, a virgine virgine rapta,
quam meruit poenam solus, digessit in omnes,
spargimur et ventis inimica per aequora rapti
fulmina, noctem, imbres, iram caelique marisque
perpetimur Danai cumulumque Capherea cladis.
Neve morer referens tristes ex ordine casus,
Graecia tum potuit Priamo quoque flenda videri.
Me tamen armiferae servatum cura Minervae
fluctibus eripuit; patriis sed rursus ab agris[2]

1 Ilion=Ilios; dextras=flammas

2 agris=Argis

pellor et antiquo memores de vulnere poenas
exigit alma Venus; tantosque per alta labores
aequora sustinui, tantos terrestribus armis,
ut mihi felices sint illi saepe vocati
quos communis hiems importunusque Caphereus
mersit aquis vellemque horum pars una fuissem.
Ultima iam passi comites belloque fretoque
deficiunt finemque rogant erroris; at Acmon
fervidus ingenio, tum vero et cladibus asper;
"Quid superest, quod iam patientia vestra recuset
ferre, viri?" dixit "Quid habet Cytherea, quod ultra,
velle puta, faciat? Nam dum peiora timentur,
est locus in vulnus; sors autem ubi pessima rerum,
sub pedibus timor est securaque summa malorum.
Audiat ipsa licet et, quod facit, oderit omnes
sub Diomede viros: odium tamen illius omnes
spernimus et magno[1] stat magna potentia nobis!"
Talibus iratam[2] Venerem Pleuronius Acmon
instimulat verbis stimulisque resuscitat iram.
Dicta placent paucis; numeri maioris amici
Acmona corripimus; cui respondere volenti
vox pariter vocisque via est tenuata comaeque

1 magno=parvo

2 iratam=inritans

in plumas abeunt, plumis nova colla teguntur
pectoraque et tergum; maiores bracchia pennas
accipiunt cubitusque levis sinuatur in alas;
magna pedis digitos pars occupat oraque cornu
indurata rigent finemque in acumine ponunt.
Hunc Lycus, hunc Idas et cum Rhexenore Nycteus,
hunc miratur Abas; et dum mirantur, eandem
accipiunt faciem numerusque ex agmine maior
subvolat et remos plausis circumvolat alis;
si volucrum quae sit dubiarum forma requiris,
ut non cygnorum, sic albis proxima cygnis.
Vix equidem has sedes et Iapygis arida Dauni
arva gener teneo minima cum parte meorum.'
Hactenus Oenides; Venulus Calydonia regna
Peucetiosque sinus Messapiaque arva relinquit.
In quibus antra videt, quae multa nubila silva
et levibus guttis manantia[1] semicaper Pan
nunc tenet, at quodam tenuerunt tempore nymphae.
Apulus has illa pastor regione fugatas
terruit et primo subita formidine movit;
mox, ubi mens rediit et contempsere sequentem,
ad numerum motis pedibus duxere choreas.
Improbat has pastor saltuque imitatus agresti

1 guttis manantia=cannis latitantia

addidit obscenis convicia rustica dictis;
nec prius os tacuit, quam guttura condidit arbor:
arbor enim est sucoque licet cognoscere mores.
Quippe notam linguae bacis oleaster amaris
exhibet; asperitas verborum cessit in illas.
Hinc ubi legati rediere, negata ferentes
arma Aetola sibi, Rutuli sine viribus illis
bella instructa gerunt; multumque ab utraque cruoris
parte datur; fert ecce avidas in pinea Turnus
texta faces ignesque timent quibus unda pepercit.
Iamque picem et ceras alimentaque cetera flammae
Mulciber urebat perque altum ad carbasa malum
ibat et incurvae fumabant transtra carinae,
cum, memor has pinus Idaeo vertice caesas,
sancta deum genetrix tinnitibus aera pulsi
aeris et inflati complevit murmure buxi
perque leves domitis invecta leonibus auras:
'Irrita sacrilega iactas incendia dextra,
Turne!'; ait 'Eripiam, nec me patiente cremabit
ignis edax nemorum partes et membra meorum.'
Intonuit dicente dea tonitrumque secuti
cum saliente graves ceciderunt grandine nimbi
aeraque et tumidum subitis concursibus aequor
Astraei turbant et eunt in proelia fratres.
E quibus alma parens unius viribus usa,

stuppea praerupit Phrygiae retinacula puppis[1]
fertque rates pronas medioque sub aequore mergit.
Robore mollito lignoque in corpora verso,
in capitum facies puppes mutantur aduncae,
in digitos abeunt et crura natantia remi,
quodque prius fuerat, latus est mediisque carina
subdita navigiis spinae mutatur in usum,
lina comae molles, antemnae bracchia fiunt;
caerulus, ut fuerat, color est; quasque ante timebant,
illas virgineis exercent lusibus undas
Naides aequoreae; durisque in montibus ortae
molle fretum celebrant, nec eas sua tangit origo;
non tamen oblitae, quam multa pericula saevo[2]
pertulerint pelago, iactatis saepe carinis
supposuere manus, nisi siqua vehebat Achivos.
Cladis adhuc Phrygiae memores, odere Pelasgos
Neritiaeque ratis viderunt fragmina laetis
vultibus et laetis videre rigescere puppem[3]
vultibus Alcinoi saxumque increscere ligno.
Spes erat, in nymphas animata classe marinas,
posse metu monstri Rutulum desistere bello;
perstat habetque deos pars utraque, quodque deorum est

---

1 puppis=classis

2 saevo=saepe

3 puppem=puppim

instar, habent animos; nec iam dotalia regna
nec sceptrum soceri, nec te, Lavinia virgo,
sed vicisse petunt deponendique pudore
bella gerunt; tandemque Venus victricia nati
arma videt; Turnusque cadit, cadit Ardea, Turno
sospite dicta potens; quem postquam barbarus ensis[1]
abstulit et tepida patuerunt tecta favilla,
congerie e media tum primum cognita praepes
subvolat et cineres plausis everberat alis;
et sonus et macies et pallor et omnia, captam
quae deceant urbem, nomen quoque mansit in illa
urbis et ipsa suis deplangitur Ardea pennis.
Iamque deos omnes ipsamque Aeneia virtus
Iunonem veteres finire coegerat iras,
cum, bene fundatis opibus crescentis Iuli,
tempestivus erat caelo Cythereius heros.
Ambieratque Venus superos colloque parentis
circumfusa sui: 'Numquam mihi' dixerat 'ullo
tempore dure pater, nunc sis mitissimus, opto,
Aeneaeque meo, qui te de sanguine nostro
fecit avum, quamvis parvum des, optime, numen,
dummodo des aliquod; satis est inamabile regnum
adspexisse semel, Stygios semel isse per amnes.'

---

1 quem=quam; ensis=ignis

Assensere dei; nec coniunx regia vultus
immotos tenuit placatoque annuit ore.
Tum pater: 'Estis' ait 'caelesti numine digni,
quaeque petis, pro quoque petis; cape, nata, quod optas.'
Fatus erat; gaudet gratesque agit illa parenti;
perque leves auras iunctis invecta columbis
litus adit Laurens, ubi tectus harundine serpit
in freta flumineis vicina Numicius undis.
Hunc iubet Aeneae quaecumque obnoxia morti
abluere et tacito deferre sub aequora cursu;
corniger exsequitur Veneris mandata, suisque,
quicquid in Aenea fuerat mortale, repurgat
et respergit aquis; pars optima restitit illi.
Lustratum genetrix divino corpus odore
unxit et ambrosia cum dulci nectare mixta
contigit os fecitque deum; quem turba Quirini
nuncupat Indigetem temploque arisque recepit.
Inde sub Ascanii dicione binominis Alba
resque Latina fuit. Succedit Silvius illi,
quo satus antiquo tenuit repetita Latinus
nomina cum sceptro; clarus subit Alba Latinum;
Epytus ex illo est; post hunc Capetusque Capysque,
sed Capys ante fuit. Regnum Tiberinus ab illis
cepit et in Tusci demersus fluminis undis
nomina fecit aquae; de quo Remulusque feroxque

Acrota sunt geniti. Remulus maturior annis
fulmineo periit, imitator fulminis, ictu;
fratre suo sceptrum moderatior Acrota forti
tradit Aventino, qui, quo regnarat, eodem
monte iacet positus tribuitque vocabula monti.
Iamque Palatinae summam Proca gentis habebat;
rege sub hoc Pomona fuit, qua nulla Latinas
inter hamadryadas coluit sollertius hortos
nec fuit arborei studiosior altera fetus,
unde tenet nomen; non silvas illa nec amnes,
rus amat et ramos felicia poma ferentes.
Nec iaculo gravis est, sed adunca dextera falce,
qua modo luxuriem premit et spatiantia passim
bracchia compescit, fisso modo cortice lignum[1]
inserit et sucos alieno praestat alumno;
nec sentire sitim patitur bibulaeque recurvas
radicis fibras labentibus irrigat undis;
hic amor, hoc studium; Veneris quoque nulla cupido est.
Vim tamen agrestum metuens pomaria claudit
intus et accessus prohibet refugitque viriles.
Quid non et Satyri, saltatibus apta iuventus,
fecere et pinu praecincti cornua Panes,

1 lignum=virgam

Silenusque[1], suis semper iuvenilior annis,
quique deus fures vel falce vel inguine terret,
ut poterentur ea? Sed enim superabat amando
hos quoque Vertumnus, neque erat felicior illis.
O quotiens habitu duri messoris aristas
corbe tulit verique fuit messoris imago!
Tempora saepe gerens faeno religata recenti
desectum poterat gramen versasse videri;
saepe manu stimulos rigida portabat, ut illum
iurasses[2] fessos modo disiunxisse iuvencos.
Falce data frondator erat vitisque putator;
induerat scalas, lecturum poma putares;
miles erat gladio, piscator harundine sumpta;
denique per multas aditum sibi saepe figuras
repperit, ut caperet spectatae gaudia formae.
Ille etiam picta redimitus tempora mitra,
innitens baculo, positis per tempora canis,
adsimulavit anum cultosque intravit in hortos
pomaque mirata est: 'Tanto' que 'potentior!' inquit,
paucaque laudatae dedit oscula, qualia numquam
vera dedisset anus; glebaque incurva resedit,
suspiciens pandos autumni pondere ramos.

1 Silenusque=Silvanusque

2 iurasses=iurares

Ulmus erat contra speciosa nitentibus uvis;
quam socia postquam pariter cum vite probavit:
'At si staret' ait 'caelebs sine palmite truncus,
nil praeter frondes, quare peteretur, haberet;
haec quoque, quae iuncta vitis requiescit in ulmo:
si non nupta foret, terrae acclinata iaceret.
Tu tamen exemplo non tangeris arboris huius
concubitusque fugis, nec te coniungere curas.
Atque utinam velles! Helene non pluribus esset
sollicitata procis, nec quae Lapitheia movit
proelia, nec coniunx timidis audacis Ulixei[1].
Nunc quoque, cum fugias averserisque petentes,
mille viri cupiunt et semideique deique
et quaecumque tenent Albanos numina montes.
Sed tu si sapies, si te bene iungere anumque
hanc audire voles, quae te plus omnibus illis,
plus quam credis, amo, vulgares reice taedas
Vertumnumque tori socium tibi selige. Pro quo
me quoque pignus habes; neque enim sibi notior ille est,
quam mihi; nec passim toto vagus errat in orbe;
haec loca magna colit; nec, uti pars magna procorum,
quam modo vidit, amat; tu primus et ultimus illi
ardor eris solique suos tibi devovet annos.

---

1 timidis audacis=timidi, haud audacis=prudens audacis; Ulixei=Ulixis

Adde quod est iuvenis, quod naturale decoris
munus habet formasque apte fingetur in omnes,
et quod erit iussus, iubeas licet omnia, fiet.
Quid quod amatis idem? Quod, quae tibi poma coluntur,
primus habet laetaque tenet tua munera dextra?
Sed neque iam fetus desiderat arbore demptos,
nec, quas hortus alit, cum sucis mitibus herbas,
nec quicquam, nisi te. Miserere ardentis et ipsum
quod petit ore meo praesentem crede precari.
Ultoresque deos et pectora dura perosam
Idalien memoremque time Rhamnusidis iram.
Quoque magis timeas (etenim mihi multa vetustas
scire dedit), referam tota notissima Cypro
facta, quibus flecti facile et mitescere possis.
Viderat a veteris generosam sanguine Teucri
Iphis Anaxareten, humili de stirpe creatus;
viderat et totis perceperat ossibus aestum.
Luctatusque diu, postquam ratione furorem
vincere non potuit, supplex ad limina venit;
et modo nutrici miserum confessus amorem,
ne sibi dura foret, per spes oravit alumnae;
et modo de multis blanditus cuique ministris
sollicita petiit propensum voce favorem;
saepe ferenda dedit blandis sua verba tabellis,
interdum madidas lacrimarum rore coronas

postibus intendit posuitque in limine duro
molle latus tristisque serae convicia fecit.
Saevior illa freto surgente cadentibus Haedis,
durior et ferro, quod Noricus excoquit ignis,
et saxo, quod adhuc vivum radice tenetur,
spernit et irridet; factisque immitibus addit
verba superba ferox et spe quoque fraudat amantem.
Non tulit impatiens longi tormenta doloris
Iphis et ante fores haec verba novissima dixit:
"Vincis, Anaxarete, neque erunt tibi taedia tandem
ulla ferenda mei; laetos molire triumphos
et Paeana voca nitidaque incingere lauru!
Vincis enim moriorque libens; age, ferrea, gaude!
Certe aliquid laudare mei cogeris amoris,
quo tibi sim gratus meritumque fatebere nostrum.
Non tamen ante tui curam excessisse memento,
quam vitam geminaque simul mihi luce carendum.
Nec tibi fama mei ventura est nuntia leti;
ipse ego, ne dubites, adero praesensque videbor,
corpore ut exanimi crudelia lumina pascas.
Si tamen, o superi, mortalia facta videtis,
este mei memores (nihil ultra lingua precari
sustinet) et longo facite ut narremur in aevo,
et quae dempsistis vitae, date tempora famae!"
Dixit et ad postis ornatos saepe coronis

umentis[1] oculos et pallida brachia tollens,
cum foribus laquei religaret vincula summis,
"Haec tibi serta placent, crudelis et impia?" dixit
inseruitque caput, sed tum quoque versus ad illam,
atque onus infelix elisa fauce pependit.
Icta pedum motu trepidantum et multa gementem[2]
visa dedisse sonum est adapertaque ianua factum
prodidit; exclamant famuli frustraque levatum
(nam pater occiderat) referunt ad limina matris.
Accipit illa sinu complexaque frigida nati
membra sui postquam miserorum verba parentum
edidit et matrum miserarum facta peregit,
funera ducebat mediam lacrimosa per urbem
luridaque arsuro portabat membra feretro.
Forte viae vicina domus, qua flebilis ibat
pompa, fuit duraeque sonus plangoris ad aures
venit Anaxaretes, quam iam deus ultor agebat.
Mota tamen: "Videamus" ait "miserabile funus"
et patulis iniit tectum sublime fenestris
vixque bene impositum lecto prospexerat Iphin:
deriguere oculi calidusque e corpore sanguis,
inducto pallore, fugit; conataque retro

1 umentis=umentes

2 trepidantum=trepidantem; et multa gementem=aperire iubentem

ferre pedes, haesit; conata avertere vultus,
hoc quoque non potuit, paulatimque occupat artus,
quod fuit in duro iam pridem pectore saxum.
Neve ea ficta putes, dominae sub imagine signum
servat adhuc Salamis; Veneris quoque nomine templum
Prospicientis habet. Quorum memor, o mea, lentos
pone, precor, fastus et amanti iungere, nymphe.
Sic tibi nec vernum nascentia frigus adurat
poma, nec excutiant rapidi florentia venti.'
Haec ubi nequiquam formae deus aptus anili
edidit, in iuvenem rediit et anilia demit
instrumenta sibi talisque apparuit illi,
qualis ubi oppositas nitidissima solis imago
evicit nubes nullaque obstante reluxit.
Vimque parat; sed vi non est opus inque figura
capta dei nymphe est et mutua vulnera sensit.
Proximus Ausonias iniusti miles Amuli
rexit opes; Numitorque senex amissa nepotis
munere regna capit festisque Palilibus urbis
moenia conduntur; Tatiusque patresque Sabini
bella gerunt arcisque via Tarpeia reclusa
dignam animam poena congestis exuit armis.
Inde sati Curibus tacitorum more luporum
ore premunt voces et corpora victa sopore
invadunt portasque petunt, quas obice firmo

clauserat Iliades; unam tamen ipsa reclusit,
nec strepitum verso Saturnia cardine fecit;
sola Venus portae cecidisse repagula sensit
et clausura fuit, nisi quod rescindere numquam
dis licet acta deum. Iano loca iuncta tenebant
naides Ausoniae gelido rorantia fonte;
has rogat auxilium; nec nymphae iusta petentem
sustinuere deam venasque et flumina fontis
elicuere sui; nondum tamen invia Iani
ora patentis erant, neque iter praecluserat unda:
lurida supponunt fecundo sulphura fonti
incenduntque cavas fumante bitumine venas.
Viribus his aliisque vapor penetravit ad ima
fontis et Alpino modo quae certare rigori
audebatis, aquae, non ceditis ignibus ipsis.
Flammifera gemini fumant adspergine postes;
portaque, nequiquam rigidis promissa Sabinis,
fonte fuit praestructa novo, dum Martius arma
indueret miles; quae postquam Romulus ultro
obtulit et strata est tellus Romana Sabinis
corporibus strata estque suis, generique cruorem
sanguine cum soceri permiscuit impius ensis,
pace tamen sisti bellum nec in ultima ferro
decertare placet Tatiumque accedere regno.
Occiderat Tatius, populisque aequata duobus,

Romule, iura dabas, posita cum casside Mavors
talibus affatur divumque hominumque parentem:
'Tempus adest, genitor, quoniam fundamine magno
res Romana valet nec praeside pendet ab uno,
praemia (sunt promissa mihi dignoque nepoti)
solvere et ablatum terris imponere caelo.
Tu mihi, concilio quondam praesente deorum,
(nam memoro memorique animo pia verba notavi)
"Unus erit, quem tu tolles in caerula caeli"
dixisti; rata sit verborum summa tuorum.'
Annuit omnipotens et nubibus aera caecis
occuluit tonitruque et fulgure terruit orbem.
Quae sibi promissae sensit rata signa rapinae
innixusque hastae pressos temone cruento
impavidus conscendit equos Gradivus et ictu
verberis increpuit pronusque per aera lapsus
constitit in summo nemorosi colle Palati;
reddentemque suo non regia iura Quiriti
abstulit Iliaden; corpus mortale per auras
dilapsum est[1] tenues, ut lata plumbea funda
missa solet medio glans intabescere caelo;
pulchra subit facies et pulvinaribus altis
dignior et qualis trabeati forma Quirini.

1 dilapsum est=dilapsum

Flebat ut amissum coniunx, cum regia Iuno
Irin ad Hersiliam descendere limite curvo
imperat et viduae sua sic mandata referre:
'O et de Latia, o et de gente Sabina
praecipuum, matrona, decus, dignissima tanti
ante fuisse viri, coniunx nunc esse Quirini,
siste tuos fletus, et, si tibi cura videndi
coniugis est, duce me lucum pete, colle Quirini
qui viret et templum Romani regis obumbrat.'
Paret et in terram pictos delapsa per arcus,
Hersiliam[1] iussis compellat vocibus Iris.
Illa verecundo vix tollens lumina vultu:
'O dea, namque mihi nec, quae sis, dicere promptum est,
et liquet esse deam, duc, o duc' inquit 'et offer
coniugis ora mihi. Quem[2] si modo posse videre
fata semel dederint, caelum accepisse fatebor!'
Nec mora, Romuleos cum virgine Thaumantea
ingreditur colles ibi sidus ab aethere lapsum
decidit in terras, a cuius lumine flagrans
Hersilia[3] crinis cum sidere cessit in auras.
Hanc manibus notis Romanae conditor urbis

1 Hersiliam=Hersilien

2 Quem=Quae

3 Hersilia=Hersiliae=Hersilie

excipit et priscum pariter cum corpore nomen
mutat Horamque vocat, quae nunc dea iuncta Quirino est.

METAMORPHOSEON LIBER XV

《变形记》

第十五卷

Quaeritur interea, quis tantae pondera molis
sustineat tantoque queat succedere regi;
destinat imperio clarum praenuntia veri
Fama Numam. Non ille satis cognosse Sabinae
gentis habet ritus: animo maiora capaci
concipit et, quae sit rerum natura, requirit.
Huius amor curae patria Curibusque relictis
fecit, ut Herculei penetraret ad hospitis urbem;
Graia quis Italicis auctor posuisset in oris
moenia, quaerenti sic e senioribus unus
rettulit indigenis veteris non inscius aevi:
'Dives ab Oceano bubus Iove natus Hiberis
litora felici tenuisse Lacinia cursu
fertur et armento teneras errante per herbas
ipse domum magni nec inhospita tecta Crotonis
intrasse et requie longum relevasse laborem
atque ita discedens, "Aevo" dixisse "nepotum
hic locus urbis erit," promissaque vera fuerunt.
Nam fuit Argolico generatus Alemone quidam

Myscelos, illius dis acceptissimus aevi.
Hunc super incumbens pressum gravitate soporis
claviger adloquitur: "Lapidosas Aesaris undas,
i, pete diversi; patrias, age, desere sedes!"
et, nisi paruerit, multa ac metuenda minatur.
Post ea discedunt pariter somnusque deusque;
surgit Alemonides tacitaque recentia mente
visa refert, pugnatque diu sententia secum:
numen abire iubet, prohibent discedere leges
poenaque mors posita est patriam mutare volenti.
Candidus Oceano nitidum caput abdiderat Sol,
et caput extulerat densissima sidereum Nox:
visus adesse idem deus est eademque monere
et, nisi paruerit, plura et graviora minari.
Pertimuit patriumque simul transferre parabat
in sedes penetrale novas: fit murmur in urbe,
spretarumque agitur legum reus; utque peracta est
causa prior crimenque patet sine teste probatum,
squalidus ad superos tollens reus ora manusque
"O cui ius caeli[1] bis sex fecere labores,
fer, precor" inquit "opem! Nam tu mihi criminis[2] auctor."
Mos erat antiquus niveis atrisque lapillis,

1 cui ius caeli=cuius caelum

2 criminis=muneris

his damnare reos, illis absoluere culpam;
tunc quoque sic lata est sententia tristis, et omnis
calculus inmitem demittitur ater in urnam.
Quae simul effudit numerandos versa lapillos,
omnibus e nigro color est mutatus in album,
candidaque Herculeo sententia numine facta
soluit Alemoniden; grates agit ille parenti
Amphitryoniadae ventisque faventibus aequor
navigat Ionium, Lacedaemoniumque Tarentum[1]
praeterit et Sybarin Sallentinumque Neaethum[2]
Thurinosque sinus Temesenque et Iapygis arva[3];
vixque pererratis, quae spectant litora, terris
invenit Aesarei fatalia fluminis ora
nec procul hinc tumulum, sub quo sacrata Crotonis
ossa tegebat humus, iussaque ibi moenia terra
condidit et nomen tumulati traxit in urbem.'
Talia constabat certa primordia fama
esse loci positaeque Italis in finibus urbis.
Vir fuit hic ortu Samius; sed fugerat una
et Samon et dominos odioque tyrannidis exul
sponte erat; isque licet caeli regione remotus
mente deos adiit et, quae natura negabat

1 Lacedaemoniumque Tarentum=Sallentinumque Neretum

2 Sallentinumque Neaethum=Sallentinumque Neretum=Lacedaemoniumque Tarentum

3 Thurinosque=Sirinosque; Temesenque=Nemesenque=Crimisenque

visibus humanis, oculis ea pectoris hausit.
Cumque animo et vigili perspexerat[1] omnia cura,
in medium discenda dabat coetusque silentum
dictaque mirantum magni primordia mundi
et rerum causas et, quid natura, docebat,
quid deus, unde nives, quae fulminis esset origo,
Iuppiter an venti discussa nube tonarent,
quid quateret terras, qua sidera lege mearent,
et quodcumque latet; primusque animalia mensis
arcuit[2] inponi, primus quoque talibus ora
docta quidem soluit, sed non et credita, verbis:
'Parcite, mortales, dapibus temerare nefandis
corpora! Sunt fruges, sunt deducentia ramos
pondere poma suo tumidaeque in vitibus uvae;
sunt herbae dulces, sunt, quae mitescere flamma
mollirique queant, nec vobis lacteus umor
eripitur nec mella thymi redolentia flore;
prodiga divitias alimentaque mitia tellus
suggerit atque epulas sine caede et sanguine praebet[3].
Carne ferae sedant ieiunia, nec tamen omnes:
quippe equus et pecudes armentaque gramine vivunt;
At quibus ingenium est inmansuetumque ferumque,

1 perspexerat=prospexerat

2 arcuit=arguit

3 praebet=tradit

Armeniae tigres iracundique leones
cumque lupis ursi, dapibus cum sanguine gaudent.
Heu quantum scelus est in viscera viscera condi
congestoque avidum pinguescere corpore corpus
alteriusque animantem animantis vivere leto!
Scilicet in tantis opibus, quas optima matrum
terra parit, nil te nisi tristia mandere saevo
vulnera dente iuvat ritusque referre Cyclopum?
Nec, nisi perdideris alium, placare voracis
et male morati poteris ieiunia ventris?
At vetus illa aetas, cui fecimus aurea nomen,
fetibus arboreis et, quas humus educat, herbis
fortunata fuit nec polluit ora cruore.
Tunc et aves tutae movere per aera pennas,
et lepus inpavidus mediis erravit in arvis,
nec sua credulitas piscem suspenderat hamo;
cuncta sine insidiis nullamque timentia fraudem
plenaque pacis erant. Postquam non utilis auctor
victibus invidit, quisquis fuit ille, leonum[1],
corporeasque dapes avidam demersit in alvum,
fecit iter sceleri, primoque e caede ferarum
incaluisse potest maculatum sanguine ferrum
(idque satis fuerat) nostrumque petentia letum

1 leonum=deorum

corpora missa neci salva pietate fatemur.
Sed quam danda neci, tam non epulanda fuerunt.
Longius inde nefas abiit, et prima putatur
hostia sus meruisse mori, quia semina pando
eruerit rostro spemque interceperit anni.
Vite caper morsa Bacchi mactatus ad aras
dicitur ultoris: nocuit sua culpa duobus!
Quid meruistis oves, placidum pecus inque tuendos
natum homines, pleno quae fertis in ubere nectar,
mollia quae nobis vestras velamina lanas
praebetis vitaque magis quam morte iuvatis?
Quid meruere boves, animal sine fraude dolisque,
innocuum, simplex, natum tolerare labores?
Inmemor est demum nec frugum munere dignus,
qui potuit curvi dempto modo pondere aratri
ruricolam mactare suum, qui trita labore
illa, quibus totiens durum renovaverat arvum[1],
tot dederat messes, percussit colla securi.
Nec satis est, quod tale nefas committitur: ipsos
inscripsere deos sceleri numenque supernum
caede laboriferi credunt gaudere iuvenci!
Victima labe carens et praestantissima forma
(nam placuisse nocet) vittis insignis et auro

1 durum=nudum; renovaverat=removerat; arvum=annum

sistitur ante aras auditque ignara precantem
inponique suae videt inter cornua fronti,
quas coluit, fruges percussaque sanguine cultros
inficit in liquida praevisos forsitan unda.
Protinus ereptas viventi pectore fibras
inspiciunt mentesque deum scrutantur in illis.
Unde[1] fames homini vetitorum tanta ciborum est?
Audetis vesci, genus o mortale? Quod, oro,
ne facite et monitis animos advertite nostris,
cumque boum dabitis caesorum membra palato,
mandere vos vestros scite et sentite colonos.
Et quoniam deus ora movet, sequar ora moventem
rite deum Delphosque meos ipsumque recludam
aethera et augustae reserabo oracula mentis.
Magna nec ingeniis investigata priorum,
quaeque diu latuere, canam: iuvat ire per alta
astra, iuvat terris et inerti sede relicta
nube vehi validique umeris insistere Atlantis,
palantesque homines passim et rationis egentes
despectare procul trepidosque obitumque timentes
sic exhortari seriemque evoluere fati.
O genus attonitum gelidae formidine mortis!
Quid Styga, quid tenebras et nomina vana timetis,

1 Unde=Inde

materiem vatum, falsique pericula mundi?
Corpora, sive rogus flamma seu tabe vetustas
abstulerit, mala posse pati non ulla putetis:
morte carent animae semperque priore relicta
sede novis domibus vivunt habitantque receptae.
Ipse ego (nam memini) Troiani tempore belli
Panthoides Euphorbus eram, cui pectore quondam
haesit in adverso gravis hasta minoris Atridae.
Cognovi clipeum, laevae gestamina nostrae,
nuper Abanteis templo Iunonis in Argis!
Omnia mutantur, nihil interit: errat et illinc
huc venit, hinc illuc et quoslibet occupat artus
spiritus eque feris humana in corpora transit
inque feras noster, nec tempore deperit ullo,
utque novis facilis signatur cera figuris
nec manet, ut fuerat, nec formas servat easdem,
sed tamen ipsa eadem est, animam sic semper eandem
esse sed in varias doceo migrare figuras.
Ergo, ne pietas sit victa cupidine ventris,
parcite, vaticinor, cognatas caede nefanda
exturbare animas, nec sanguine sanguis alatur.
Et quoniam magno feror aequore plenaque ventis
vela dedi: nihil est toto, quod perstet, in orbe.
Cuncta fluunt, omnisque vagans formatur imago.
Ipsa quoque adsiduo labuntur tempora motu,

non secus ac flumen. Neque enim consistere flumen
nec levis hora potest, sed ut unda inpellitur unda
urgeturque eadem veniens urgetque priorem,
tempora sic fugiunt pariter pariterque sequuntur
et nova sunt semper; nam quod fuit ante, relictum est,
fitque, quod haud fuerat, momentaque cuncta novantur.
Cernis et emensas in lucem tendere noctes,
et iubar hoc nitidum nigrae succedere nocti;
nec color est idem caelo, cum lassa quiete
cuncta iacent media cumque albo Lucifer exit
clarus equo, rursusque alius, cum praevia lucis
tradendum Phoebo Pallantias inficit orbem.
Ipse dei clipeus, terra cum tollitur ima,
mane rubet, terraque rubet cum conditur ima;
candidus in summo est, melior natura quod illic
aetheris est terraeque procul contagia fugit.
Nec par aut eadem nocturnae forma Dianae
esse potest umquam semperque hodierna sequente,
si crescit, minor est, maior, si contrahit orbem.
Quid? Non in species succedere quattuor annum
adspicis, aetatis peragentem imitamina nostrae?
Nam tener et lactens puerique simillimus aevo
vere novo est: tunc herba recens[1] et roboris expers

1 recens=nitens

turget et insolida est et spe delectat agrestes.
Omnia tunc florent, florumque coloribus almus
ludit ager, neque adhuc virtus in frondibus ulla est.
Transit in aestatem post ver robustior annus
fitque valens iuvenis: neque enim robustior aetas
ulla nec uberior nec, quae magis ardeat, ulla est.
Excipit autumnus posito fervore iuventae
maturus mitisque inter iuvenemque senemque
temperie medius, sparsus quoque tempora canis.
Inde senilis hiems tremulo venit horrida passu
aut spoliata suos, aut, quos habet, alba capillos.
Nostra quoque ipsorum semper requieque sine ulla
corpora vertuntur, nec, quod fuimusve sumusve,
cras erimus. Fuit illa dies, qua, semina tantum
spesque hominum primae, matris habitavimus alvo.
Artifices natura manus admovit et angi
corpora visceribus distentae condita matris
noluit eque domo vacuas emisit in auras.
Editus in lucem iacuit sine viribus infans;
mox quadripes rituque tulit sua membra ferarum,
paulatimque tremens et nondum poplite firmo
constitit adiutis aliquo conamine nervis;
inde valens veloxque fuit spatiumque iuventae
transit, et emeritis medii quoque temporis annis
labitur occiduae per iter declive senectae.

Subruit haec aevi demoliturque prioris
robora, fletque Milon senior, cum spectat inanes
illos, qui fuerant solidorum mole tororum
Herculeis similes, fluidos pendere lacertos.
Flet quoque, ut in speculo rugas adspexit aniles,
Tyndaris et secum, cur sit bis rapta, requirit.
Tempus edax rerum, tuque, invidiosa vetustas,
omnia destruitis vitiataque dentibus aevi
paulatim lenta[1] consumitis omnia morte.
Haec quoque non perstant, quae nos elementa vocamus:
quasque vices peragant, (animos adhibete) docebo.
quattuor aeternus genitalia corpora mundus
continet. Ex illis duo sunt onerosa suoque
pondere in inferius, tellus atque unda, feruntur,
et totidem gravitate carent nulloque premente
alta petunt, aer atque aere purior ignis.
Quae quamquam spatio distant, tamen omnia fiunt
ex ipsis et in ipsa cadunt, resolutaque tellus
in liquidas rarescit aquas, tenuatus[2] in auras
aeraque umor abit, dempto quoque pondere rursus
in superos aer tenuissimus emicat ignes.
Inde retro redeunt, idemque retexitur ordo:

1 lenta=nigra

2 tenuatus=tenuatur

Ignis enim densum spissatus[1] in aera transit,
hic in aquas, tellus glomerata cogitur[2] unda.
Nec species sua cuique manet, rerumque novatrix
ex aliis alias reparat natura figuras,
nec perit in toto quicquam, mihi credite, mundo,
sed variat faciemque novat, nascique vocatur
incipere esse aliud, quam quod fuit ante, morique
desinere illud idem. Cum sint huc forsitan illa,
haec translata illuc, summa tamen omnia constant.
Nil equidem durare diu sub imagine eadem
crediderim: sic ad ferrum venistis ab auro,
saecula; sic totiens versa est fortuna locorum.
Vidi ego, quod fuerat quondam solidissima tellus,
esse fretum, vidi factas[3] ex aequore terras,
et procul a pelago conchae iacuere marinae,
et vetus inventa est in montibus ancora summis;
quodque fuit campus, vallem decursus aquarum
fecit, et eluvie mons est deductus in aequor,
eque paludosa siccis humus aret harenis,
quaeque sitim tulerant, stagnata paludibus ument.
Hic fontes natura novos emisit, at illic

1 spissatus=sufflatus

2 cogitur=cingitur

3 factas=fractas=fractasque

clausit, et imis commota[1] multa tremoribus orbis
flumina prosiliunt aut excaecata[2] residunt.
Sic ubi terreno Lycus est epotus hiatu,
exsistit procul hinc alioque renascitur ore;
sic modo conbibitur, tecto modo[3] gurgite lapsus
redditur Argolicis ingens Erasinus in arvis[4],
et Mysum capitisque sui ripaeque prioris
paenituisse ferunt, alia nunc ire Caicum.
Nec non Sicanias volvens Amenanus harenas
nunc fluit, interdum suppressis fontibus aret.
Ante bibebatur, nunc, quas contingere nolis,
fundit Anigros aquas, postquam (nisi vatibus omnis
eripienda fides) illic lavere bimembres
vulnera, clavigeri quae fecerat Herculis arcus.
Quid? Non et Scythicis Hypanis de montibus ortus,
qui fuerat dulcis, salibus vitiatur amaris[5]?
Fluctibus ambitae fuerant Antissa Pharosque
et Phoenissa Tyros, quarum nunc insula nulla est.
Leucada continuam veteres habuere coloni:

1 imis commota=antiquis tam

2 excaecata=exsiccata

3 tecto modo=tecto quoque=tacito modo=toto modo=modo toto

4 arvis=agris=argis=undis

5 salibus...amaris=sale nunc...amaro

nunc freta circumeunt[1]. Zancle quoque iuncta fuisse
dicitur Italiae, donec confinia pontus
abstulit et media tellurem reppulit unda.
Si quaeras Helicen et Burin, Achaidas urbes,
invenies sub aquis, et adhuc ostendere nautae
inclinata solent cum moenibus oppida mersis.
Est prope Pittheam tumulus Troezena, sine ullis
arduus arboribus, quondam planissima campi
area, nunc tumulus: nam (res horrenda relatu)
vis fera ventorum, caecis inclusa cavernis,
exspirare aliqua cupiens luctataque frustra
liberiore frui caelo, cum carcere rima
nulla foret toto nec pervia flatibus esset,
extentam tumefecit humum, ceu spiritus oris
tendere vesicam solet aut derepta bicorni[2]
terga capro[3]; tumor ille loci permansit et alti
collis habet speciem longoque induruit aevo.
Plurima cum subeant audita aut cognita nobis,
pauca super referam. Quid? Non et lympha figuras
datque capitque novas? Medio tua, corniger Ammon,
unda die gelida est, ortuque obituque calescit.
Admotis Athamanas aquis accendere lignum

1 circumeunt=circueunt

2 bicorni=bicornis

3 capro=capri

narratur, minimos cum luna recessit in orbes.
Flumen habent Cicones, quod potum saxea reddit
viscera, quod tactis inducit marmora rebus.
Crathis et hinc Sybaris nostris conterminus oris
electro similes faciunt auroque capillos.
Quodque magis mirum est, sunt, qui non corpora tantum,
verum animos etiam valeant mutare liquores.
Cui non audita est obscenae Salmacis undae
Aethiopesque lacus? Quos siquis[1] faucibus hausit,
aut furit aut patitur mirum gravitate soporem.
Clitorio quicumque sitim de fonte levavit,
vina fugit gaudetque meris abstemius undis,
seu vis est in aqua calido contraria vino,
sive, quod indigenae memorant, Amythaone natus,
Proetidas attonitas postquam per carmen et herbas
eripuit furiis, purgamina mentis in illas
misit aquas odiumque meri permansit in undis.
Huic fluit effectu dispar Lyncestius amnis,
quem quicumque parum moderato gutture traxit,
haud aliter titubat, quam si mera vina bibisset.
Est locus Arcadiae (Pheneon dixere priores)
ambiguis suspectus aquis, quas nocte timeto:
nocte nocent potae, sine noxa luce bibuntur.

1 siquis=quisquis

Sic alias aliasque lacus et flumina vires
concipiunt. Tempusque fuit quo navit in undis,
nunc sedet Ortygie. Timuit concursibus Argo
undarum sparsas Symplegadas elisarum,
quae nunc inmotae perstant ventisque resistunt.
Nec, quae sulphureis ardet fornacibus, Aetne
ignea semper erit; neque enim fuit ignea semper.
Nam sive est animal tellus et vivit habetque
spiramenta locis flammam exhalantia multis,
spirandi mutare vias, quotiensque movetur,
has finire potest, illas aperire cavernas;
sive leves imis venti cohibentur in antris
saxaque cum saxis et habentem semina flammae
materiam iactant, ea concipit ictibus ignem,
antra relinquentur sedatis frigida ventis;
sive bitumineae rapiunt incendia vires,
luteave exiguis ardescunt sulphura fumis:
nempe, ubi terra cibos alimentaque pinguia flammae
non dabit absumptis per longum viribus aevum
naturaeque suum nutrimen deerit edaci,
non feret illa famem, desertaque deseret ignis.
Esse viros fama est in Hyperborea Pallene,
qui soleant niveis velari corpora pennis[1],

1 niveis...pennis=levibus...plumis

cum Tritoniacam noviens subiere paludem;
haud equidem credo: sparsae quoque membra venenis
exercere artes Scythides memorantur easdem.
Siqua fides rebus tamen est addenda probatis,
nonne vides, quaecumque mora fluidove calore
corpora tabescunt, in parva animalia verti?
In scrobe[1] delectos mactatos obrue tauros
(cognita res usu): de putri viscere passim
florilegae nascuntur apes, quae more parentum
rura colunt operique favent in spemque laborant;
pressus humo bellator equus crabronis origo est;
concava litoreo si demas bracchia cancro,
cetera supponas terrae, de parte sepulta
scorpius exibit caudaque minabitur unca;
quaeque solent canis frondes intexere filis[2]
agrestes tineae (res observata colonis),
ferali mutant cum papilione figuram.
Semina limus habet virides generantia ranas
et generat truncas pedibus, mox apta natando
crura dat, utque eadem sint longis saltibus apta,
posterior superat partes mensura priores.
Nec catulus, partu quem reddidit ursa recenti,

1 In scrobe=I quoque

2 solent canis frondes intexere filis=solent caecis intexere folia filis

sed male viva caro est: lambendo mater in artus
fingit et in formam, quantam capit ipsa, reducit.
Nonne vides, quos cera tegit sexangula, fetus
melliferarum apium sine membris corpora nasci
et serosque pedes serasque adsumere pennas?
Iunonis volucrem, quae cauda sidera portat,
armigerumque Iovis Cythereiadasque columbas
et genus omne avium mediis e partibus ovi,
ni sciret fieri, quis nasci posse putaret?
Sunt qui, cum clauso putrefacta est spina sepulcro,
mutari credant humanas angue medullas.
Haec tamen ex aliis generis primordia ducunt,
una est, quae reparet seque ipsa reseminet, ales:
Assyrii phoenica vocant; non fruge neque herbis,
sed turis lacrimis et suco vivit amomi.
Haec ubi quinque suae conplevit saecula vitae,
ilicis in ramis tremulaeque cacumine palmae
unguibus et puro nidum sibi construit ore.
Quo simul ac casias et nardi lenis aristas
quassaque cum fulva substravit cinnama murra,
se super inponit finitque in odoribus aevum.
Inde ferunt, totidem qui vivere debeat annos,
corpore de patrio parvum phoenica renasci.
Cum dedit huic aetas vires onerique ferendo est,
ponderibus nidi ramos levat arboris altae

fertque pius cunasque suas patriumque sepulcrum,
perque leves auras Hyperionis urbe potitus
ante fores sacras Hyperionis aede reponit.
Si tamen est aliquid mirae novitatis in istis,
alternare vices et, quae modo femina tergo
passa marem est, nunc esse marem miremur hyaenam.
Id quoque, quod ventis animal nutritur et aura,
protinus adsimulat, tetigit quoscumque, colores.
Victa racemifero lyncas dedit India Baccho;
e quibus, ut memorant, quidquid vesica remisit,
vertitur in lapides et congelat aere tacto.
Sic et curalium, quo primum contigit auras
tempore, durescit; mollis fuit herba sub undis.
Desinet ante dies, et in alto Phoebus anhelos
aequore tinguet[1] equos, quam consequar omnia verbis
in species translata novas. Sic tempora verti
cernimus atque illas adsumere[2] robora gentes,
concidere has; sic magna fuit censuque virisque,
perque decem potuit tantum dare sanguinis annos,
nunc humilis veteres tantummodo Troia ruinas
et pro divitiis tumulos ostendit avorum.
Clara fuit Sparte, magnae viguere Mycenae,

1 tinguet=tinget

2 atque illas adsumere=atque alias sibi sumere

nec non et Cecropis, nec non Amphionis arces:
vile solum Sparte est, altae cecidere Mycenae;
Oedipodioniae quid sunt, nisi nomina[1], Thebae?
Quid Pandioniae restant, nisi nomen, Athenae?
Nunc quoque Dardaniam fama est consurgere Romam,
Appenninigenae quae proxima Thybridis undis
mole sub ingenti rerum fundamina ponit.
Haec igitur formam crescendo mutat et olim
inmensi caput orbis erit. Sic dicere vates
faticinasque ferunt sortes; quantumque recordor,
dixerat Aeneae, cum res Troiana labaret,
Priamides Helenus flenti dubioque salutis:
"Nate dea, si nota satis praesagia nostrae
mentis habes, non tota cadet te sospite Troia:
flamma tibi ferrumque dabunt iter; ibis et una
Pergama rapta feres, donec Troiaeque tibique
externum patria contingat amicius arvum.
Urbem etiam cerno Phrygios debere nepotes,
quanta nec est nec erit nec visa prioribus annis.
Hanc alii proceres per saecula longa potentem,
sed dominam rerum de sanguine natus Iuli
efficiet; quo cum tellus erit usa, fruentur
aetheriae sedes, caelumque erit exitus illi."

1 nomina=fabula

Haec Helenum cecinisse penatigero Aeneae
mente memor refero cognataque moenia laetor
crescere et utiliter Phrygibus vicisse Pelasgos.
Ne tamen oblitis ad metam tendere[1] longe
exspatiemur equis, caelum et quodcumque sub illo est
inmutat formas tellusque et quidquid in illa est;
nos quoque, pars mundi, quoniam non corpora solum,
verum etiam volucres animae sumus inque ferinas
possumus ire domos pecudumque in pectora[2] condi,
corpora, quae possunt animas habuisse parentum
aut fratrum aut aliquo iunctorum foedere nobis
aut hominum certe, tuta esse et honesta sinamus
neve Thyesteis cumulemus viscera mensis!
Quam male consuescit, quam se parat ille cruori
inpius humano, vituli qui guttura ferro
rumpit et inmotas praebet mugitibus aures,
aut qui vagitus similes puerilibus haedum
edentem iugulare potest aut alite vesci,
cui dedit ipse cibos! Quantum est, quod desit in istis
ad plenum facinus? Quo transitus inde paratur?
Bos aret aut mortem senioribus inputet annis,
horriferum contra Borean ovis arma ministret,

1 tendere=tangere

2 pectora=pectore=corpora

ubera dent saturae manibus pressanda capellae.
Retia cum pedicis laqueosque artesque dolosas
tollite, nec volucrem viscata fallite virga
nec formidatis cervos inludite[1] pennis
nec celate cibis uncos fallacibus hamos.
Perdite, siqua nocent, verum haec quoque perdite tantum;
ora vacent epulis alimentaque mitia[2] carpant!'
Talibus atque aliis instructo pectore[3] dictis
in patriam remeasse ferunt ultroque petitum
accepisse Numam populi Latialis habenas;
coniuge qui felix nympha ducibusque Camenis
sacrificos docuit ritus gentemque feroci
adsuetam bello pacis traduxit ad artes.
Qui postquam senior regnumque aevumque peregit,
extinctum Latiaeque nurus populusque patresque
deflevere Numam; nam coniunx urbe relicta
vallis Aricinae densis latet abdita silvis
sacraque Oresteae gemitu questuque Dianae
inpedit. A, quotiens nymphae nemorisque lacusque,
ne faceret, monuere et consolantia verba
dixerunt! Quotiens flenti Theseius heros
'Siste modum' dixit, 'neque enim fortuna querenda

1 inludite=illudite=includite

2 mitia=vitia=congrua

3 instructo pectore=instructum pectore=instructum pectora

sola tua est; similes aliorum respice casus:
mitius ista feres; utinamque exempla dolentem
non mea te possent relevare, sed et mea possunt.
Fando aliquem Hippolytum vestras, puto[1], contigit aures
credulitate patris, sceleratae fraude novercae
occubuisse neci: mirabere, vixque probabo,
sed tamen ille ego sum. Me Pasiphaeia quondam
temptatum frustra patrium temerare cubile,
quod voluit, finxit voluisse et[2], crimine verso
(indiciine metu magis offensane repulsae?)
damnavit, meritumque[3] nihil pater eicit urbe
hostilique caput prece detestatur euntis.
Pittheam profugo curru Troezena petebam
iamque Corinthiaci carpebam litora ponti,
cum mare surrexit cumulusque inmanis aquarum
in montis speciem curvari et crescere visus
et dare mugitus summoque cacumine findi.
Corniger hinc taurus ruptis expellitur undis
pectoribusque tenus molles erectus in auras
naribus et patulo partem maris evomit ore.
Corda pavent comitum, mihi mens interrita mansit

1 puto=si

2 finxit voluisse et=voluisse infelix

3 damnavit, meritumque=arguit immeritumque

exiliis contenta[1] suis, cum colla feroces
ad freta convertunt adrectisque auribus horrent
quadripedes monstrique metu turbantur et altis
praecipitant currum scopulis, ego ducere vana
frena manu spumis albentibus oblita luctor
et retro lentas tendo resupinus habenas.
Nec vires tamen has rabies superasset equorum,
ni rota, perpetuum quae circumvertitur axem,
stipitis occursu fracta ac disiecta fuisset.
Excutior curru, lorisque tenentibus artus
viscera viva trahi, nervos in stipe teneri,
membra rapi partim, partim reprensa relinqui,
ossa gravem dare fracta sonum[2] fessamque videres
exhalari animam nullasque in corpore partes,
noscere quas posses, unumque erat omnia vulnus.
Num potes aut audes cladi conponere nostrae,
nympha, tuam? Vidi quoque luce carentia regna
et lacerum fovi Phlegethontide corpus in unda,
nec nisi Apollineae valido medicamine prolis
reddita vita foret; quam postquam fortibus herbis
atque ope Paeonia Dite indignante recepi,
tum mihi, ne praesens augerem muneris huius

1 contenta=intenta

2 dare fracta sonum=sonum fracta dare

invidiam, densas obiecit Cynthia nubes,
utque forem tutus possemque inpune videri,
addidit aetatem nec cognoscenda reliquit
ora mihi Cretenque diu dubitavit habendam
traderet an Delon; Delo Creteque relictis
hic posuit nomenque simul, quod possit equorum
admonuisse, iubet deponere, "Qui" que "fuisti
Hippolytus" dixit, "nunc idem Virbius esto!"
Hoc nemus inde colo de disque minoribus unus
numine sub dominae lateo atque accenseor illi.'
Non tamen Egeriae luctus aliena levare
damna valent, montisque iacens radicibus imis
liquitur in lacrimas, donec pietate dolentis
mota soror Phoebi gelidum de corpore fontem
fecit et aeternas artus tenuavit in undas.
Et nymphas tetigit nova res, et Amazone natus
haud aliter stupuit, quam cum Tyrrhenus arator
fatalem glaebam mediis adspexit in arvis
sponte sua primum nulloque agitante moveri,
sumere mox hominis terraeque amittere formam
oraque venturis aperire recentia fatis:
indigenae dixere Tagen, qui primus Etruscam
edocuit gentem casus aperire futuros;
utve Palatinis haerentem collibus olim
cum subito vidit frondescere Romulus hastam,

quae radice nova, non ferro stabat adacto
et iam non telum, sed lenti viminis arbor
non exspectatas dabat admirantibus umbras;
aut sua fluminea cum vidit Cipus in unda
cornua (vidit enim) falsamque in imagine credens
esse fidem digitis ad frontem saepe relatis,
quae vidit, tetigit, nec iam sua lumina damnans
restitit, ut victor domito veniebat ab hoste,
ad caelumque manus et eodem lumina[1] tollens
'Quidquid' ait, 'superi, monstro portenditur isto,
seu laetum est, patriae laetum populoque Quirini,
sive minax, mihi sit!' Viridique e caespite factas
placat odoratis herbosas ignibus aras
vinaque dat pateris mactatarumque bidentum,
quid sibi significent, trepidantia consulit exta.
Quae simul adspexit[2] Tyrrhenae gentis haruspex,
magna quidem rerum molimina vidit in illis[3],
non manifesta tamen. Cum vero sustulit acre
a pecudis fibris ad Cipi cornua lumen,
'Rex' ait 'o salve! Tibi enim, tibi, Cipe, tuisque
hic locus et Latiae parebunt cornibus arces.
Tu modo rumpe moras portasque intrare patentes

1 manus et eodem lumina=oculos et eodem cornua=oculos et eodem bracchia

2 adspexit=inspexit

3 molimina=velamina; vidit=sensit

adpropera: sic fata iubent. Namque urbe receptus
rex eris et sceptro tutus potiere perenni.'
Rettulit ille pedem torvamque a moenibus urbis
avertens faciem 'Procul, a, procul omina[1]' dixit
'talia di pellant, multoque ego iustius aevum
exsul agam, quam me videant Capitolia regem.'
Dixit et extemplo populumque gravemque senatum
convocat; ante tamen pacali cornua lauro
velat et aggeribus factis a milite forti
insistit priscoque deos e more precatus
'Est' ait 'hic unus, quem vos nisi pellitis urbe,
rex erit. Is qui sit, signo, non nomine dicam:
cornua fronte gerit; quem vobis indicat augur,
si Romam intrarit, famularia iura daturum.
Ille quidem potuit portas inrumpere apertas,
sed nos obstitimus, quamvis coniunctior illo
nemo mihi est. Vos urbe virum prohibete, Quirites,
vel, si dignus erit, gravibus vincite catenis
aut finite metum fatalis morte tyranni.'
Qualia succinctis, ubi trux insibilat eurus,
murmura pinetis fiunt, aut qualia fluctus
aequorei faciunt, siquis procul audiat illos,
tale sonat populus; sed per confusa frementis

1 omina=omnia

verba tamen vulgi vox eminet una 'Quis ille est?'
et spectant[1] frontes praedictaque cornua quaerunt.
Rursus ad hos Cipus 'Quem poscitis' inquit 'habetis'
et dempta capiti populo prohibente corona
exhibuit gemino praesignia tempora cornu.
Demisere oculos omnes gemitumque dedere,
atque illud meritis clarum[2] (quis credere possit?)
inviti videre caput nec honore carere
ulterius passi festam inposuere coronam;
at proceres, quoniam muros intrare vetaris,
ruris honorati tantum tibi, Cipe, dedere,
quantum depresso subiectis bubus aratro
conplecti posses ad finem lucis ab ortu,
cornuaque aeratis miram referentia formam
postibus insculpunt longum mansura per aevum.
Pandite nunc, Musae, praesentia numina vatum,
(scitis enim, nec vos fallit spatiosa vetustas)
unde Coroniden circumflua Thybridis alti
insula Romuleae sacris adiecerit urbis.
Dira lues quondam Latias vitiaverat auras,
pallidaque exsangui squalebant[3] corpora morbo.
Funeribus fessi postquam mortalia cernunt

1 et spectant=expectant

2 meritis clarum=clarum meritis

3 squalebant=pallebant

temptamenta nihil, nihil artes posse medentum,
auxilium caeleste petunt mediamque tenentes
orbis humum Delphos adeunt, oracula Phoebi,
utque salutifera miseris succurrere rebus
sorte velit tantaeque urbis mala finiat, orant.
Et locus et laurus et, quas habet ipse pharetras,
intremuere simul, cortinaque reddidit imo
hanc adyto vocem pavefactaque pectora[1] movit:
'Quod petis hinc, propiore loco, Romane, petisses
et pete nunc propiore loco. Nec Apolline vobis,
qui minuat luctus, opus est, sed Apolline nato.
Ite bonis avibus prolemque accersite nostram.'
Iussa dei prudens postquam accepere senatus,
quam colat, explorant, iuvenis Phoebeius urbem,
quique petant ventis Epidauria litora, mittunt.
Quae simul incurva missi tetigere carina,
concilium Graiosque patres adiere, darentque[2]
oravere deum, qui praesens funera gentis
finiat Ausoniae; certas ita dicere sortes.
Dissidet et variat sententia, parsque negandum
non putat auxilium, multi retinere suamque
non emittere opem nec numina tradere suadent.

1 pectora=corpora

2 concilium=consilium; patres adiere, darentque=adiere patresque darentque

Dum dubitant, seram pepulere crepuscula lucem
umbraque telluris tenebras induxerat orbi,
cum deus in somnis opifer consistere visus
ante tuum, Romane, torum, sed qualis in aede
esse solet, baculumque tenens agreste sinistra
caesariem longae dextra deducere barbae
et placido tales emittere pectore voces:
'Pone metus! Veniam simulacraque nostra relinquam;
hunc modo serpentem, baculum qui nexibus ambit,
perspice et usque nota, visu[1] ut cognoscere possis.
Vertar in hunc, sed maior ero tantusque videbor,
in quantum verti caelestia corpora debent.'
Extemplo cum voce deus, cum voce deoque
somnus abit, somnique fugam lux alma secuta est.
Postera sidereos Aurora fugaverat ignes:
incerti, quid agant, proceres ad templa petiti
conveniunt[2] operosa dei, quaque ipse morari
sede velit, signis caelestibus indicet, orant.
Vix bene desierant, cum cristis aureus altis
in serpente deus praenuntia sibila misit
adventuque suo signumque arasque foresque
marmoreumque solum fastigiaque aurea movit

1 visu=visum

2 conveniunt=perveniunt

pectoribusque tenus media sublimis in aede
constitit atque oculos circumtulit igne micantes.
Territa turba pavet; cognovit numina castos
evinctus vitta crines albente sacerdos:
'En, deus est, deus est! Animis linguisque favete,
quisquis ades,' dixit, 'sis, o pulcherrime, visus
utiliter populosque iuves tua sacra colentes.'
Quisquis adest, visum[1] veneratur numen, et omnes
verba sacerdotis referunt geminata piumque
Aeneadae praestant et mente et voce favorem.
Adnuit his motisque deus rata pignora cristis
et repetita dedit vibrata sibila lingua.
Tum gradibus nitidis delabitur oraque retro
flectit et antiquas abiturus respicit aras
adsuetasque domos habitataque templa salutat.
Inde per iniectis adopertam floribus ingens
serpit humum flectitque sinus mediamque per urbem
tendit ad incurvo munitos aggere portus.
Restitit hic agmenque suum turbaeque sequentis
officium placido visus dimittere vultu
corpus in Ausonia posuit rate; numinis illa
sensit onus pressa estque dei gravitate carina.
Aeneadae gaudent caesoque in litore tauro

1 visum=iussum

torta coronatae soluunt retinacula navis.
Inpulerat levis aura ratem: deus eminet alte
inpositaque premens puppim cervice recurvam
caeruleas despectat aquas modicisque per aequor
Ionium zephyris sextae Pallantidos ortu
Italiam tenuit praeterque Lacinia templo
nobilitata deae Scylaceaque litora fertur;
linquit Iapygiam laevisque Amphissia[1] remis
saxa fugit, dextra praerupta Celennia[2] parte
Romethiumque legit Caulonaque Naryciamque
evincitque fretum Siculique angusta Pelori
Hippotadaeque domos regis Temesesque metalla
Leucosiamque petit tepidique rosaria Paesti.
Inde legit Capreas promunturiumque Minervae
et Surrentino generosos palmite colles
Herculeamque urbem Stabiasque et in otia natam
Parthenopen et ab hac Cumaeae templa Sibyllae.
Hinc calidi fontes lentisciferumque tenetur
Liternum multamque trahens sub gurgite harenam
Volturnus niveisque frequens Sinuessa columbis[3]
Minturnaeque graves et quam tumulavit alumnus
Antiphataeque domus Trachasque obsessa palude

1 Amphissia=Amphrisia

2 Celennia=Ceraunia=Cocinthia

3 columbis=colubris

et tellus Circaea et spissi litoris Antium.
Huc ubi veliferam nautae advertere carinam
(asper enim iam pontus erat), deus explicat orbes
perque sinus crebros et magna volumina labens
templa parentis init flavum tangentia litus.
Aequore placato patrias Epidaurius aras
linquit et hospitio iuncti sibi numinis usus
litoream tractu squamae crepitantis harenam
sulcat et innixus moderamine navis in alta
puppe caput posuit, donec Castrumque sacrasque
Lavini sedes Tiberinaque ad ostia venit.
Huc omnes populi passim matrumque patrumque
obvia turba ruit, quaeque ignes, Troica, servat[1],
Vesta, tuos, laetoque deum clamore salutant;
quaque per adversas navis cita ducitur undas,
tura super ripas aris ex ordine factis
parte ab utraque sonant et odorant aera fumis,
ictaque coniectos incalfacit hostia cultros.
Iamque, caput rerum, Romanam intraverat urbem:
erigitur serpens, summoque adclinia malo
colla movet sedesque sibi circumspicit aptas.
Scinditur in geminas partes circumfluus amnis
(insula nomen habet) laterumque a parte duorum

1 servat=servant

porrigit aequales media tellure lacertos.
Huc se de Latia pinu Phoebeius anguis
contulit et finem specie caeleste resumpta
luctibus inposuit venitque salutifer urbi.
Hic tamen accessit delubris advena nostris:
Caesar in urbe sua deus est; quem Marte togaque
praecipuum non bella magis finita triumphis
resque domi gestae properataque gloria rerum
in sidus vertere novum stellamque comantem,
quam sua progenies. Neque enim de Caesaris actis
ullum maius opus quam quod pater exstitit huius.
Scilicet aequoreos plus est domuisse Britannos
perque papyriferi septemflua flumina Nili
victrices egisse rates Numidasque rebelles
Cinyphiumque Iubam Mithridateisque tumentem
nominibus Pontum populo adiecisse Quirini
et multos meruisse, aliquos egisse triumphos,
quam tantum genuisse virum? Quo praeside rerum
humano generi, superi, favistis abunde.
Ne foret hic igitur mortali semine cretus,
ille deus faciendus erat; quod ut aurea vidit
Aeneae genetrix, vidit quoque triste parari
pontifici letum et coniurata arma moveri,
palluit et cunctis, ut cuique erat obvia, divis
'Adspice' dicebat, 'quanta mihi mole parentur

insidiae quantaque caput cum fraude petatur,
quod de Dardanio solum mihi restat Iulo.
Solane semper ero iustis exercita curis?
Quam modo Tydidae Calydonia vulneret hasta,
nunc male defensae confundant moenia Troiae;
quae videam natum longis erroribus actum
iactarique freto sedesque intrare silentum
bellaque cum Turno gerere, aut, si vera fatemur,
cum Iunone magis! Quid nunc antiqua recordor
damna mei generis? Timor hic meminisse priorum
non sinit: in me acui[1] sceleratos cernitis enses?
Quos prohibete, precor, facinusque repellite neve
caede sacerdotis flammas extinguite Vestae!'
Talia nequiquam toto Venus anxia caelo
verba iacit superosque movet; qui rumpere quamquam
ferrea non possunt veterum decreta sororum,
signa tamen luctus dant haud incerta futuri.
Arma ferunt inter nigras crepitantia nubes
terribilisque tubas auditaque cornua caelo
praemonuisse nefas. Solis quoque tristis imago
lurida sollicitis praebebat lumina terris.
Saepe faces visae mediis ardere sub astris,
saepe inter nimbos guttae cecidere cruentae;

1 in me acui=in mea cui=en me acui=en acui

caerulus et vultum ferrugine Lucifer atra
sparsus erat, sparsi lunares sanguine currus;
tristia mille locis Stygius dedit omina bubo,
mille locis lacrimavit ebur, cantusque feruntur
auditi sanctis et verba minantia[1] lucis.
Victima nulla litat, magnosque instare tumultus
fibra monet, caesumque caput reperitur in extis;
inque foro circumque domos et templa deorum
nocturnos ululasse canes umbrasque silentum
erravisse[2] ferunt motamque tremoribus urbem.
Non tamen insidias venturaque vincere fata
praemonitus potuere deum, strictique feruntur
in templum gladii; neque enim locus ullus in urbe
ad facinus diramque placet nisi curia caedem.
Tum vero Cytherea manu percussit utraque
pectus et Aeneaden molitur condere nube,
qua prius infesto Paris est ereptus Atridae
et Diomedeos Aeneas fugerat enses.
Talibus hanc genitor: 'Sola insuperabile fatum,
nata, movere paras[3]? Intres licet ipsa sororum
tecta trium: cernes illic molimine vasto
ex aere et solido rerum tabularia ferro,

1 minantia=sonantia=vocantia

2 erravisse=eripuisse

3 paras=putas

quae neque concussum caeli neque fulminis iram
nec metuunt ullas tuta atque aeterna ruinas:
invenies illic incisa adamante perenni
fata tui generis. Legi ipse animoque notavi
et referam, ne sis etiamnum ignara futuri.
Hic sua conplevit, pro quo, Cytherea, laboras,
tempora, perfectis, quos terrae debuit, annis.
Ut deus accedat caelo templisque colatur,
tu facies natusque suus, qui nominis[1] heres
inpositum feret unus onus caesique parentis
nos in bella suos fortissimus ultor habebit.
Illius auspiciis obsessae moenia pacem
victa petent Mutinae, Pharsalia sentiet illum,
Emathiaque iterum madefient caede Philippi,
et Magnum Siculis nomen superabitur undis,
Romanique ducis coniunx Aegyptia taedae
non bene fisa cadet, frustraque erit illa minata,
servitura suo Capitolia nostra Canopo.
Quid tibi barbariem[2] gentesque ab utroque iacentes
oceano numerem? Quodcumque habitabile tellus
sustinet, huius erit; pontus quoque serviet illi.
Pace data terris animum ad civilia vertet

---

1 nominis=numinis

2 barbariem=barbariam=barbaricas

iura suum legesque feret iustissimus auctor
exemploque suo mores reget inque futuri
temporis aetatem venturorumque nepotum
prospiciens prolem sancta de coniuge natam
ferre simul nomenque suum curasque iubebit[1]
nec, nisi cum senior Pylios[2] aequaverit annos,
aetherias sedes cognataque sidera tanget.
Hanc animam interea caeso de corpore raptam
fac iubar, ut semper Capitolia nostra forumque
divus ab excelsa prospectet Iulius aede.'
Vix ea fatus erat, media cum sede senatus
constitit alma Venus nulli cernenda suique
Caesaris eripuit membris neque in aera solui
passa recentem animam caelestibus intulit astris,
dumque tulit, lumen capere atque ignescere sensit
emisitque sinu: luna volat altius illa
flammiferumque trahens spatioso limite crinem
stella micat natique videns bene facta fatetur
esse suis maiora et vinci gaudet ab illo.
Hic sua praeferri quamquam vetat acta paternis,
libera fama tamen nullisque obnoxia iussis
invitum praefert unaque in parte repugnat.

1 iubebit=videbit

2 senior Pylios=senior similes=imperio similes=senior meritis=senior titulis

Sic magni cedit titulis Agamemnonis Atreus,
Aegea sic Theseus, sic Pelea vicit Achilles,
denique, ut exemplis ipsos aequantibus utar,
sic et Saturnus minor est Iove: Iuppiter arces
temperat aetherias et mundi regna triformis,
terra sub Augusto est; pater est et rector uterque.
Di, precor, Aeneae comites, quibus ensis et ignis
cesserunt, dique Indigetes genitorque Quirine
urbis et invicti genitor Gradive Quirini
Vestaque Caesareos inter sacrata Penates
et cum Caesarea tu, Phoebe domestice, Vesta,
quique tenes altus Tarpeias Iuppiter arces,
quosque alios vati fas appellare piumque est:
tarda sit illa dies et nostro serior aevo,
qua caput Augustum, quem temperat, orbe relicto,
accedat caelo faveatque precantibus absens!
Iamque opus exegi, quod nec Iovis ira nec ignes
nec poterit ferrum nec edax abolere vetustas.
Cum volet, illa dies, quae nil nisi corporis huius
ius habet, incerti spatium mihi finiat aevi:
parte tamen meliore mei super alta perennis
astra ferar, nomenque erit indelebile[1] nostrum,
quaque patet domitis Romana potentia terris,

1 indelebile=indeflebile

ore legar populi, perque omnia saecula fama,
siquid habent veri vatum praesagia, vivam.

专名汇总

- 阿比斯（Apis），埃及牛神。
- 阿波罗（Apollo），朱庇特与拉托娜之子，日神，也称提洛神。
- 阿蒂斯（Attis），佛里吉亚的植物神，常被视为神母库柏勒的配偶或祭司。
- 阿多尼斯（Adonis），穆拉与喀倪剌斯之子，维纳斯的情人。
- 阿尔代亚（Ardea）是鲁图里亚的城市，从其灰烬中变出一只鹭。
- 阿尔甫斯（Alpheus），河名，河神，阿瑞图萨的情人。
- 阿尔喀托厄（Alcithoe），奥尔科美诺斯国王闵亚斯之女。
- 阿尔克梅涅（Alcmene），安菲特律翁之妻，海格力斯之母。
- 阿尔孔（Alcon），博奥蒂亚工匠。
- 阿尔涅（Arne），背叛祖国的女人，被神变成鸟。
- 阿尔泰娅（Althaea），俄纽斯之妻，墨勒阿革洛斯和德伊阿尼拉之母。
- 阿耳戈斯（Argus），百眼巨人，被墨丘利杀死。
- 阿佛洛狄忒（Aphrodite），见“维纳斯”。
- 阿高厄（Agave），卡德摩斯之女，彭透斯之母。
- 阿戈斯（Argos），伯罗奔尼撒城市。
- 阿革诺耳（Agenor），涅普顿之子，卡德摩斯和欧罗巴之父。
- 阿葛劳若丝（Aglauros），雅典国王刻克罗普斯之女，赫尔塞之妹。
- 阿喀琉斯（Achilles），佩琉斯与忒提斯之子，特洛伊战争中的希腊英雄。
- 阿卡迪亚（Arcadia），伯罗奔尼撒的地区。
- 阿卡斯（Arcas），朱庇特与卡里斯托之子，变成小熊座。
- 阿凯梅尼德斯（Achaemenides），尤利西斯的同伴，被埃涅阿斯拯救。
- 阿科厄特斯（Acoetes），引航员，酒神巴克斯的追随者。
- 阿刻罗俄斯（Achelous），河名，河神，诸塞壬之父。
- 阿刻戎（Acheron），冥河名，河神，阿斯卡拉颇斯之父。
- 阿刻斯忒斯（Acestes 或 Egestes），西西里国王，埃涅阿斯的朋友。

- 阿克里西俄斯（Acrisius），阿戈斯国王，阿巴斯之子，达那厄之父。
- 阿克蒙（Acmon），狄俄墨得斯的同伴。
- 阿克泰昂（Actaeon），卡德摩斯外孙，奥托诺厄之子。
- 阿拉克涅（Arachne），伊德蒙之女，与密涅瓦比赛，被变成蜘蛛。
- 阿里阿德涅（Ariadne），米诺斯之女，巴克斯之妻，曾被忒修斯抛弃。
- 阿蒙（Ammon），埃及神，与朱庇特混同。
- 阿穆利乌斯（Amulius），长白城国王，篡夺了兄长努米托尔的王位。
- 阿纳科萨瑞忒（Anaxarete），透克罗斯的后代，拒绝伊菲斯求爱的少女。
- 阿纳匹斯（Anapis），西西里河名，河神，库阿涅之夫。
- 阿尼俄斯（Anius），提洛岛国王，阿波罗祭司。
- 阿努比斯（Anubis），埃及神，人身胡狼头。
- 阿齐斯（Acis），加拉泰娅的情人，法乌努之子。
- 阿伽门农（Agamemnon），迈锡尼国王，阿特柔斯之子，墨涅拉俄斯之兄。
- 阿瑞图萨（Arethusa），厄里斯宁芙，被阿尔甫斯追求，化成泉。
- 阿斯蒂阿纳克斯（Astyanax），赫克托耳和安德洛玛刻之子。
- 阿斯卡拉颇斯（Ascalaphus），阿刻戎与宁芙奥尔弗涅之子。
- 阿斯卡尼俄斯（Ascanius），又名尤卢斯，埃涅阿斯和前妻克鲁萨之子。
- 阿斯特莱娅（Astraea），阿斯特莱俄斯与奥罗拉之女，正义女神。
- 阿塔兰忒（Atalante），雅西俄斯之女，曾参与卡吕冬狩猎。
- 阿塔兰忒（Atalante），博奥蒂亚国王斯科俄纽斯之女，希波墨涅斯的情人，被库柏勒变成狮子。
- 阿塔玛斯（Athamas），埃俄洛斯之子，伊诺之夫。
- 阿特拉斯（Atlas），伊阿佩托斯之子，昴星团七仙女之父。
- 阿特柔斯（Atreus），佩洛普斯之子，阿伽门农和墨涅拉俄斯之父。
- 阿托斯（Athos 或 Atho），希腊卡尔齐迪克半岛的一座山。
- 阿韦尔诺湖（Avernus），在那不勒斯附近，传说中的地府入口。
- 埃阿科斯（Aeacus），朱庇特与埃吉娜之子，佩琉斯、特拉蒙和福科斯之父。

- 埃阿斯（Aias），特拉蒙之子（大埃阿斯）。
- 埃阿斯（Aias），俄伊琉斯之子（小埃阿斯）。
- 埃俄洛斯（Aeolus），阿塔玛斯之父，希波塔斯之子。
- 埃厄忒斯（Aeetes），科尔基斯国王，赫利俄斯之子，美狄亚之父。
- 埃盖昂（Aegaeon），百臂巨人之一。
- 埃革里娅（Egeria），宁芙，罗马国王努玛之妻。
- 埃勾斯（Aegeus），雅典国王，潘迪翁之子，忒修斯之父。
- 埃吉娜（Aegina），埃阿科斯之母；城市名。
- 埃卢克斯（Eryx），西西里山名、城市名，维纳斯圣地。
- 埃涅阿斯（Aeneas），安喀塞斯与维纳斯之子，阿斯卡尼俄斯之父，罗马先祖，死后被尊为“升天圣者”。
- 埃萨科斯（Aesacus），普里阿摩斯与阿勒克西洛厄之子。
- 埃斯库拉庇乌斯（Aesculapius），阿波罗与科洛尼丝之子，医神。
- 埃宋（Aeson），伊阿宋之父。
- 埃塔（Oeta），山名，在帖撒利亚境内，海格力斯在此自焚。
- 埃特鲁里亚（Etruria），意大利中部地区，与早期罗马国境接壤，早期罗马的主要对手。
- 埃托利亚（Aetolia），希腊中部的地区。
- 埃万德（Evander），墨丘利与卡尔门塔之子，古罗马传说中的文化英雄。
- 安德莱蒙（Andraemon），德瑞俄珀之夫，俄克绪洛斯之子。
- 安德罗杰俄斯（Androgeos），克里特国王米诺斯之子。
- 安德罗墨达（Andromeda），埃塞俄比亚国王刻甫斯之女，被珀尔修斯拯救。
- 安菲索斯（Amphissus），德瑞俄珀之子。
- 安菲特律翁（Amphitryon），阿尔克梅涅之夫，海格力斯名义上的父亲。
- 安菲翁（Amphion），忒拜国王，尼俄柏之夫，十四个孩子的父亲。
- 安喀塞斯（Anchises），维纳斯的情人，埃涅阿斯之父。
- 安凯俄斯（Ancaeus），阿卡迪亚国王吕库古之子，参与卡吕冬狩猎。

- 安泰俄斯（Antaeus），地母盖娅之子。
- 安提法忒斯（Antiphates），食人族莱斯特里恭人的国王。
- 安提戈涅（Antigone），特洛伊国王拉俄墨冬之女，变成鹳。
- 奥尔弗涅（Orphne），宁芙，冥府河神阿刻戎的情人，阿斯卡拉颇斯之母。
- 奥古斯都（Augustus），罗马皇帝，即屋大维，恺撒养子。
- 奥里昂（Orion），墨尼珀和墨提俄刻之父，曾是女神拉托娜的卫士，他在打猎时声称能征服一切野兽，触怒了地母盖娅，被她派去的蝎子杀死。但拉托娜把他变成了猎户座。
- 奥利斯（Aulis），博奥蒂亚港口。
- 奥林匹斯（Olympus），山名，在帖撒利亚境内，众神居所。
- 奥罗拉（Aurora），黎明女神，提托诺斯的情人，门农之母。
- 奥普斯（Ops），第二代神王萨图尔努斯的妻子和姐姐（或妹妹），也叫瑞娅（Rhea）或库柏勒（Cybele）。
- 奥萨（Ossa），山名，在帖撒利亚境内。
- 奥索尼亚（Ausonia），意大利南部或整个意大利的古称。
- 奥托吕科斯（Autolycus），墨丘利与喀俄涅之子，梅斯特拉之夫，尤利西斯外祖父。
- 奥托诺厄（Autonoe），卡德摩斯之女，阿克泰昂之母。
- 奥西里斯（Osiris），埃及神，伊西斯之夫，被弟弟赛特切成了十四块，妻子只找回十三块，所以他无法继续活在阳间，后来成为冥界主宰。
- 巴克斯（Bacchus），朱庇特与塞墨勒之子，酒神。
- 巴齐亚代（Bacchiadae），希腊科林斯王族。
- 半人马族（Centauri），伊克西翁与朱诺形状的云的后代。
- 鲍齐丝（Baucis），虔诚的老妇，腓列蒙之妻，后来变成树。
- 贝里迪斯（Belides），达那俄斯五十位女儿的统称，其中四十九位在新婚夜杀死了丈夫。
- 贝罗娜（Bellona），古罗马女战神。
- 毕布利丝（Byblis），库阿妮叶与米勒托斯之女，卡乌诺斯的孪生姐姐。
- 庇厄罗斯（Pierus），挑战缪斯的九位少女的父亲。

- 庇库斯（Picus），拉提乌姆国王，萨图尔努斯之子，嘉音殊之夫，被喀耳刻变成啄木鸟。
- 庇拉（Pyrrha），厄庇米修斯之女，丢卡利昂之妻。
- 庇莱内（Pirene），科林斯的著名泉水，传说是飞马珀加索斯踩出来的，也是缪斯的圣泉。
- 庇勒纽斯（Pyreneus），色雷斯国王，试图强奸缪斯未遂，从塔顶跳下摔死。
- 庇里托俄斯（Pirithous），拉庇泰国王，伊克西翁之子，忒修斯挚友。
- 庇透斯（Pittheus），特洛曾国王，佩洛普斯之子。
- 玻瑞阿斯（Boreas），北风神。
- 波吕多若斯（Polydorus），特洛伊国王普里阿摩斯与赫库芭幼子，被色雷斯国王波吕墨斯托耳杀害。
- 波吕克塞娜（Polyxena），特洛伊国王普里阿摩斯之女，曾与阿喀琉斯订婚。后来被阿喀琉斯的鬼魂索婚，作为祭品惨遭杀害。
- 波吕墨斯托耳（Polymestor），普里阿摩斯女儿伊利俄涅的丈夫，因为谋害波吕多若斯被赫库芭杀死。
- 波吕斐摩斯（Polyphemus），凶残的独眼巨人，单恋加拉泰娅，杀死了情敌阿齐斯。后来被尤利西斯用计弄瞎，但杀死了他的许多同伴。
- 波莫娜（Pomona），拉提乌姆的宁芙，维尔图努斯的情人。
- 博奥蒂亚（Boeotia），希腊中部的地区。
- 布巴斯提斯（Bubastis），埃及神，头部是猫或狮子，也叫巴斯特（Bast）。
- 布西里斯（Busiris），埃及国王，被海格力斯杀死。
- 晨星（Lucifer），刻宇克斯之父。
- 达那俄斯（Danaus），阿戈斯国王，贝里迪斯之父。
- 达那厄（Danae），阿克里西俄斯之女，为朱庇特生下了珀尔修斯。
- 达芙妮（Daphne），珀纽斯之女，阿波罗的初恋，变成了月桂。
- 达芙尼斯（Daphnis），墨丘利之子，佛里吉亚牧人，变成了石头。
- 代达利昂（Daedalion），晨星之子，刻宇克斯之弟，喀俄涅之父。
- 代达罗斯（Daedalus），雅典巧匠，伊卡洛斯之父，珀尔迪克斯的舅舅。

- 道里斯（Daulis），福基斯的城市。
- 德尔斐（Delphi），福基斯的城市，阿波罗神谕所在地。
- 德柯提丝（Dercetis），巴比伦女神，亚述女王塞密拉米丝之母。
- 德瑞俄珀（Dryope），俄卡利亚国王欧律托斯之女，安德莱蒙之妻，为阿波罗生下了安菲索斯，后来变成一棵树。
- 德伊阿尼拉（Deianira），俄纽斯之女，墨勒阿革洛斯之妹，海格力斯之妻。
- 德伊福玻斯（Deiphobus），特洛伊国王普里阿摩斯与赫库芭之子。
- 堤丰（Typhoeus 或 Typhon），企图推翻朱庇特统治的巨人，战败后被压在埃特纳火山下。
- 狄安娜（Diana），月神，也叫福柏（Phoebe），朱庇特与拉托娜之女。
- 狄俄墨得斯（Diomedes），特洛伊战争中的希腊英雄，战后在意大利建立了十余座城市。
- 迪斯（Dis），冥府主宰，也叫普鲁托（Pluto），萨图尔努斯之子，普洛塞庇娜之夫。
- 迪亚（Dia），纳克索斯岛的别名。
- 丢卡利昂（Deucalion），普罗米修斯之子，庇拉之夫，大洪水幸存者。
- 多多纳（Dodona），厄庇罗斯城市，朱庇特神谕所在地。
- 多丽丝（Doris），俄刻阿诺斯之女，海神涅柔斯之妻。
- 多隆（Dolon），被尤利西斯和狄俄墨得斯抓获的特洛伊探子。
- 俄狄浦斯（Oedipus），解出斯芬克斯谜题的人，忒拜国王。
- 俄耳甫斯（Orpheus），阿波罗（或色雷斯国王俄阿格罗斯）与缪斯神卡利俄柏之子，欧律狄刻之夫，著名诗人、音乐家。
- 俄耳卡摩斯（Orchamus），亚述国王，欧律诺墨之夫，琉科托厄和克吕提厄之父。
- 俄刻阿诺斯（Oceanus），古老的大洋神，忒堤斯之夫。
- 俄库罗厄（Ocyrhoe），半人马喀戎与水泽仙女卡里克洛之女，先知，被神变成马。
- 俄纽斯（Oeneus），卡吕冬国王，阿尔泰娅之夫，墨勒阿革洛斯和德伊阿尼拉之父。
- 俄瑞堤伊娅（Orithyia），雅典国王厄瑞克透斯之女，被北风神玻瑞阿斯劫走，为他生下了卡莱斯和泽特斯兄弟。
- 俄特里斯（Othrys），山名，在帖撒利亚境内。

- 厄庇道鲁斯（Epidaurus），伯罗奔尼撒半岛的著名城市，医神埃斯库拉庇乌斯的圣地。
- 厄尔佩诺耳（Elpenor），尤利西斯的同伴。
- 厄喀昂（Echion），从卡德摩斯种下的龙牙变出的武士，阿高厄之夫，彭透斯之父。
- 厄喀那得斯（Echinades），原是五位宁芙，被河神阿刻罗俄斯变成阿卡纳尼亚海岸的五个小岛。
- 厄科（Echo），山林仙女，被朱诺剥夺了说话能力，单恋那喀索斯。
- 厄里戈涅（Erigone），伊卡里俄斯之女，死后变成处女座。
- 厄里克托尼俄斯（Erichthonius），伏尔甘精液变成的孩子，由密涅瓦抚养，后来成为雅典国王。
- 厄里斯（Elis），伯罗奔尼撒西部城市。
- 厄律西克同（Erysichthon），帖撒利亚国王特里俄帕斯之子，梅斯特拉之父。
- 厄尼剖斯（Enipeus），河名，在帖撒利亚境内。
- 厄帕福斯（Epaphus），朱庇特与伊俄之子。
- 厄瑞波斯（Erebus），黑暗的化身，最古老的神祇之一，常代指地府。
- 厄瑞克透斯（Erechtheus），雅典国王，普罗克里丝和俄瑞堤伊娅之父。
- 法尔萨里亚（Pharsalia），在希腊帖撒利亚，是公元前 48 年恺撒战胜庞培的地方。
- 法乌努（Faunus），罗马本土牧神，常与希腊的潘混同。
- 腓立比（Philippi），马其顿城市，屋大维和安东尼在此战胜布鲁图斯和卡西俄斯。
- 腓列蒙（Philemon），虔诚的老者，鲍齐丝之夫，后来变成树。
- 菲利俄斯（Phylius），许里厄之子库格诺斯的情人。
- 菲罗克忒特斯（Philoctetes），波亚斯之子，海格力斯弓箭的继承者，特洛伊战争初，因为受伤被希腊同伴遗弃在莱姆诺斯岛。
- 菲洛墨拉（Philomela），潘迪翁之女，普洛克涅之妹，被姐夫色雷斯国王特柔斯强奸并割舌。惨烈报复他后，变成夜莺。
- 菲纽斯（Phineus），埃塞俄比亚国王刻甫斯的弟弟，安德罗墨达的未婚夫，被珀尔修斯变成石头；色雷斯（或阿卡迪亚）的一位国王，阿尔戈号上的盲人先知。
- 凤凰（Phoenix），每五百年可以重生的鸟。

- 佛勒革同（Phlegethon），冥界五大河之一，意为“火焰之河”。
- 佛里吉亚（Phrygia），小亚细亚的一个地区，库柏勒敬拜中心。
- 伏尔甘（Vulcanus），火神，朱诺之子，维纳斯之夫。
- 福柏（Phoebe），见“狄安娜”。
- 福玻斯（Phoebus），见“阿波罗”。
- 福尔科斯（Phorcus 或 Phorcys），戈耳工之父。
- 福基斯（Phocis），博奥蒂亚与埃托利亚之间的地区。
- 福科斯（Phocus），埃吉娜国王埃阿科斯与仙女普萨玛忒之子，佩琉斯和特拉蒙的同父异母弟。
- 复仇女神（Furiae，Erinys 或 Eumenides），三位神的名字分别是阿列克托（Alecto）、提西丰涅（Tisiphone）和墨该拉（Megaera）。
- 盖尼米得（Ganymede），特洛伊王子，被朱庇特抢去做情人和斟酒者。
- 戈耳工（Gorgon），福尔科斯女儿的通称，三姐妹的名字分别是梅杜萨、斯忒诺和欧律阿勒。
- 格拉尼科斯（Granicus），河神，阿勒克西洛厄之父。
- 格劳科斯（Glaucus），原是安泰东的渔夫，后来变成海神，斯库拉的追求者。
- 革律翁（Geryon），有三具身体的怪物，被海格力斯杀死。
- 哈波克拉底（Harpocrates），埃及神，其形象是一个把手指放在嘴唇上的小男孩。
- 哈尔库俄涅（Halcyone），埃俄洛斯之女，刻宇克斯之妻。
- 哈尔莫尼娅（Harmonia），马尔斯与维纳斯之女，卡德摩斯之妻。
- 哈耳庇埃（Harpyiae），半鸟形半人形的几位女神。
- 海格力斯（Hercules），朱庇特与阿尔克梅涅之子，德伊阿尼拉和赫柏之夫，特勒波勒摩斯和许罗斯之父。
- 海伦（Helene），丽达与朱庇特之女，墨涅拉俄斯之妻，后被特洛伊王子帕里斯拐走。
- 海摩斯（Haemus），色雷斯国王，因为自比朱庇特而被变成同名的山。
- 赫柏（Hebe，拉丁文 Iuventas），朱诺单独育出的女儿，青春神，海格力斯之妻。
- 赫布罗斯（Hebrus），色雷斯的主要河流，注入爱琴海。
- 赫耳墨斯（Hermes），见“墨丘利”。

- 赫尔塞（Herse），雅典国王刻克罗普斯之女。
- 赫尔西里娅（Hersilia），罗慕路斯之妻，后来成为“霍拉”女神。
- 赫卡忒（Hecate），地府掌管巫术的女神。
- 赫克托耳（Hector），特洛伊第一勇士，普里阿摩斯与赫库芭之子。
- 赫库芭（Hecuba），特洛伊国王普里阿摩斯之妻，赫克托耳、波吕克塞娜、波吕多若斯之母。
- 赫勒诺斯（Helenus），普里阿摩斯之子，擅长预言。
- 赫利阿迪斯（Heliades），赫利俄斯诸位女儿的合称。她们有三位，名字分别是帕厄图萨（Phaethusa）、兰佩提厄（Lampetie）和福柏（Phœbe），后来都变成白杨树。
- 赫利孔（Helicon），山名，在博奥蒂亚境内，缪斯居处。
- 霍拉（Hora），见“赫尔西里娅”。
- 迦尔加菲厄（Gargaphie），博奥蒂亚城市博拉泰亚附近的山谷。
- 加拉泰娅（Galatea），海神涅柔斯之女，阿齐斯的情人，波吕斐摩斯的单恋对象。
- 加兰提丝（Galanthis），阿尔克梅涅的侍女，被伊利图伊娅变成黄鼠狼（一说猫）。
- 嘉音殊（Canens），维尼里娅与双面神雅努斯之女。
- 酒神狂女（Maenades），巴克斯的狂热女性追随者统称。
- 喀俄涅（Chione），代达利昂之女，墨丘利和阿波罗的情人，腓兰蒙和奥托吕科斯之母。
- 喀耳刻（Circe），太阳神赫利俄斯与柏尔萨之女，擅长魔法。
- 喀迈拉（Chimaera），会喷火的女妖，狮头、羊身、蛇尾。
- 喀倪剌斯（Cinyras），皮格马利翁之孙，穆拉和阿多尼斯之父。
- 喀戎（Chiron），智慧的半人马，俄库罗厄之父。
- 喀泰戎（Cithaeron），山名，位于博奥蒂亚地区。
- 卡德摩斯（Cadmus），阿革诺耳之子，欧罗巴之兄，哈尔莫尼娅之夫，塞墨勒、奥托诺厄、伊诺、阿高厄之父，忒拜城建立者。
- 卡里克洛（Chariclo），水泽仙女，俄库罗厄之母。
- 卡里斯托（Callisto），吕卡翁之女，朱庇特情人，阿卡斯之母，变成大熊座。

- 卡利俄柏（Calliope），掌管史诗的缪斯，俄耳甫斯之母。
- 卡利洛俄（Callirrhoe），河神阿刻罗俄斯之女，阿尔克迈昂之妻。
- 卡吕冬（Calydon），埃托利亚城市，墨勒阿革洛斯的家乡。
- 卡律布狄斯（Charybdis），意大利半岛和西西里岛之间的漩涡，被拟人化为海妖。
- 卡诺珀斯（Canopus），埃及尼罗河口的一座城市。
- 卡帕纽斯（Capaneus），进攻忒拜的七位将领之一，被朱庇特的雷霆劈死。
- 卡佩柔斯（Caphereus），欧卑亚的海岬。
- 卡斯托尔（Castor），朱庇特与丽达之子，珀鲁克斯孪生兄弟。
- 卡乌诺斯（Caunus），库阿妮叶与米勒托斯之子，毕布利丝的孪生弟弟。
- 卡西俄珀（Cassiope），埃塞俄比亚国王刻甫斯之妻，安德罗墨达之母。
- 卡伊科斯（Caicus），河名，在小亚细亚的米西亚境内。
- 卡伊斯特（Cayster），河名，在吕底亚境内，以天鹅闻名。
- 凯厄塔（Caieta），埃涅阿斯的乳娘。
- 凯纽斯（Caeneus），帖撒利亚女孩，原名凯尼丝，后变成男子。
- 恺撒（Caesar），全名尤里乌斯·恺撒，罗马将领、政治家，屋大维养父。
- 科尔库昂（Cercyon），埃琉西斯恶棍，总是强迫过路人与自己摔跤，拒绝者或失败者都被他杀死，后被忒修斯消灭。
- 科洛尼丝（Coronis），阿波罗的情人，医神埃斯库拉庇乌斯之母。
- 克罗同（Croton，Croto 或 Crotona），接待海格力斯的人；同名城市。
- 克洛科斯（Crocus），一位青年，变成藏红花。
- 克洛诺斯（Coroni），从奥里昂两位女儿尸灰中变出的两位男孩。
- 克吕墨涅（Clymene），海洋仙女，埃塞俄比亚国王墨洛普斯之妻，为日神赫利俄斯生下帕厄同。
- 克吕提厄（Clytie），琉科托厄之妹，阿波罗的情人，死后变成随太阳旋转的花。
- 刻耳柏洛斯（Cerberus），守卫冥府入口的三头犬。
- 刻菲索斯（Cephisus），河名，河神，那喀索斯之父。
- 刻甫斯（Cepheus），埃塞俄比亚国王，安德罗墨达之父。

- 刻克罗普斯（Cecrops），雅典国王，潘德洛索丝、赫尔塞和阿葛劳若丝之父。
- 刻帕罗斯（Cephalus），埃俄洛斯之孙，普罗克里丝之夫。
- 刻瑞斯（Ceres），谷物神，朱庇特之姐，为他生下了普洛塞庇娜。
- 刻宇克斯（Ceyx），特拉喀斯国王，哈尔库俄涅之夫。
- 肯克瑞伊丝（Cenchreis），喀倪剌斯之妻，穆拉之母。
- 库阿妮叶（Cyanee），河神迈安得洛斯之女，毕布利丝和卡乌诺斯之母。
- 库阿涅（Cyane），西西里宁芙，也指她化成的一处泉水。
- 库柏勒（Cybele），见“奥普斯”。
- 库格诺斯（Cygnus），利古里亚国王斯忒涅罗斯的儿子，哀悼帕厄同，悲伤过度，变成天鹅；阿波罗与许里厄之子，与情人争吵跳崖，变成天鹅；涅普顿与卡那刻之子，被阿喀琉斯杀死后变成天鹅。
- 库克洛普斯（Cyclopes），为伏尔甘冶炼武器的独眼巨人的统称，经常特指波吕斐摩斯。
- 库拉洛斯（Cyllarus），半人马，许洛诺墨的情人。
- 库莱内（Cyllene），山名，在阿卡迪亚境内，墨丘利出生地。
- 库迈（Cumae），坎帕尼亚城市，先知西比尔居处。
- 库帕里索斯（Cyparissus），阿波罗热恋的青年，死后化成柏树。
- 库瑞斯（Cures），萨宾的一个部族，代指萨宾人；萨宾主要城市名，努玛的家乡。
- 库泰拉（Cythera），岛名，在爱琴海上，维纳斯圣地。
- 奎里努斯（Quirinus），罗慕路斯封神之后的名字。
- 拉庇泰人（Lapithae），帖撒利亚民族，与半人马族曾有一场恶斗。
- 拉达曼托斯（Rhadamanthus），朱庇特与欧罗巴之子，克里特国王米诺斯之弟。
- 拉提努斯（Latinus），拉维尼昂国王，拉维尼娅之父，埃涅阿斯的岳父。
- 拉提乌姆（Latium），罗马先祖在意大利登陆的地区。
- 拉托娜（Latona），提坦神科俄斯与福柏之女，为朱庇特生下了阿波罗和狄安娜。
- 拉维尼娅（Lavinia），拉提努斯之女，埃涅阿斯的后妻。
- 莱斯博斯（Lesbos），岛名，在爱琴海上。
- 莱斯特里恭人（Laestrygones），食人部落。

- 勒阿尔科斯（Learchus），阿塔玛斯与伊诺之子，被父亲杀死。
- 里格多斯（Ligdus），克里特人伊菲斯之父，特勒图萨之夫。
- 利柏耳（Liber），罗马植物神，后来与巴克斯混同。
- 利卡斯（Lichas），海格力斯的侍从，变成石头。
- 利里俄珀（Liriope），俄刻阿诺斯与忒堤斯之女，那喀索斯之母。
- 丽达（Leda），斯巴达国王廷达瑞俄斯之妻，为朱庇特生下了卡斯托尔、珀鲁克斯、海伦和克吕泰墨斯特拉。
- 林科斯（Lyncus），斯基泰国王，被谷神刻瑞斯变成猞猁。
- 琉科诺厄（Leuconoe），奥尔科美诺斯国王闵亚斯之女。
- 琉科托厄（Leucothoe），亚述国王俄耳卡摩斯与欧律诺墨之女，阿波罗的情人，死后变成乳香树。
- 卢契娜（Lucina），掌管分娩的女神，经常与朱诺或狄安娜等同。
- 鲁图里亚人（Rutuli），拉丁民族，埃涅阿斯时期特洛伊人在意大利的主要敌人。
- 罗多彼（Rhodope），色雷斯王后，因为自比朱诺，被变成同名的山。
- 罗慕路斯（Romulus），战神马尔斯与伊利娅之子，雷穆斯孪生兄弟，赫尔西里娅之夫，罗马城建立者和首任国王，死后成为奎里努斯神。
- 洛提丝（Lotis），宁芙，为了躲避乡野守护神普里阿波斯的追求，变成水莲花。
- 吕底亚（Lydia），小亚细亚的古国名，后来成为一个地区。
- 吕卡翁（Lycaon），阿卡迪亚国王，卡里斯托之父，被朱庇特变成狼。
- 吕库古（Lycurgus），埃多尼国王，因为反对酒神，巴克斯让他精神失常，杀死了儿子。
- 马尔斯（Mars），朱庇特与朱诺之子，战神。
- 马尔斯之岩（Areopagus），古代雅典审判重罪的地方。
- 玛卡柔斯（Macareus），尤利西斯的同伴。
- 玛绪阿斯（Marsyas），向阿波罗挑战音乐技艺、被日神剥皮的萨梯。
- 迈安得洛斯（Maeander），河名，在佛里吉亚境内，河神，库阿妮叶之父。
- 迈奥尼亚（Maeonia），吕底亚古名，荷马的家乡。
- 迈锡尼（Mycenae），阿戈利斯城市，阿伽门农的家乡。

- 曼托（Manto），女先知，忒瑞西阿斯之女，莫普索斯之母。
- 梅杜萨（Medusa），福尔科斯之女，在密涅瓦神庙被涅普顿强奸后，被女神变成蛇发女怪，后被珀尔修斯杀死，血生出珀加索斯和克律萨俄耳这两匹飞马。
- 梅里凯尔特斯（Melicertes），阿塔玛斯与伊诺之子，后变成海神帕莱蒙。
- 美狄亚（Medea），巫女，埃厄忒斯之女，伊阿宋的情人。
- 美惠神（Gratiae），维纳斯的三位侍从。
- 门农（Memnon），奥罗拉与提托诺斯之子，被阿喀琉斯所杀，死后变出名为“门农女”的鸟。
- 门农女（Memnonides），从门农火葬灰烬中飞出的一群鸟，可能是流苏鹬。
- 米达斯（Midas），佛里吉亚的愚蠢国王。
- 米勒托斯（Miletus），阿波罗与德伊俄涅之子，毕布利丝和卡乌诺斯之父，米利都的建立者。
- 米隆（Milo 或 Milon），古代著名的运动员。
- 米诺斯（Minos），克里特国王，朱庇特与欧罗巴之子，帕西法厄之夫，安德罗杰俄斯、阿里阿德涅、淮德拉之父。
- 米诺陶（Minotaurus），帕西法厄与涅普顿赠送的公牛生下的牛头人身的怪物，后被忒修斯杀死。
- 米特拉达梯六世（Mithridates VI），庞图斯国王，被庞培击败。
- 密涅瓦（Minerva），也叫帕拉斯，朱庇特之女，智慧与技艺女神。
- 闵亚斯（Minyas），奥尔科美诺斯（在博奥蒂亚地区）国王。
- 命运女神（Parcae 或 Fata），三位女神的名字分别是克洛托（Clotho）、拉刻西斯（Lachesis）和阿特洛波斯（Atropos）。
- 缪斯神（Musae），朱庇特与谟涅摩绪涅的九位女儿，掌管文艺。
- 摩耳甫斯（Morpheus），睡神索姆努斯之子。
- 谟涅摩绪涅（Mnemosyne），记忆女神，为朱庇特生下了九位缪斯神。
- 墨勒阿革洛斯（Meleager），俄纽斯与阿尔泰娅之子，卡吕冬著名的勇士，被母亲烧死。
- 墨洛普斯（Merops），埃塞俄比亚国王，克吕墨涅之夫，帕厄同名义上的父亲。
- 墨涅拉俄斯（Menelaus），阿伽门农之弟，海伦之夫。

- 墨丘利（Mercury），朱庇特与迈娅之子，诸神信使，奥托吕科斯之父。
- 墨西拿（Messena 或 Messene），西西里岛的重要城市。
- 牧夫座（Bootes），星座名，伊卡里俄斯（或伊卡洛斯）所化。
- 穆拉（Myrrha），喀倪剌斯之女，与父亲乱伦，变成没药树后生下阿多尼斯。
- 穆斯克洛斯（Myscelos），奉海格力斯之命建立克罗同的人。
- 那喀索斯（Narcissus），河神刻菲索斯与宁芙利里俄珀之子，因自恋而死，变成水仙花。
- 纳克索斯（Naxos），爱琴海环形岛中最大的一个岛。
- 尼俄柏（Niobe），坦塔罗斯之女，忒拜国王安菲翁之妻，十四位孩子都被阿波罗和狄安娜杀死，自己变成石头。
- 尼克提莫涅（Nyctimene），被父亲厄波剖斯强奸或诱奸，深以为耻，逃至森林，被密涅瓦变成猫头鹰。
- 尼奥普托列墨斯（Neoptolemus），阿喀琉斯之子，又名皮洛士。
- 尼萨（Nysa），传说是阿拉伯（或印度）的城市名（或山名）。
- 尼索斯（Nisus），墨伽拉国王，斯库拉之父。
- 涅琉斯（Neleus），皮洛斯国王，涅普顿之子，涅斯托耳、珀里克吕墨诺斯之父。
- 涅墨西斯（Nemesis），希腊神话中的公平和复仇女神。
- 涅普顿（Neptunus），萨图尔努斯之子，安菲特里忒之夫，统治海洋的神。
- 涅柔斯（Nereus），海神，众多海洋仙女的父亲。
- 涅斯托耳（Nestor），涅琉斯之子，特洛伊战争中最年长的希腊人。
- 涅索斯（Nessus），企图劫走德伊阿尼拉、被海格力斯射死的半人马。
- 诺纳克里斯（Nonacris），山名、城市名，位于阿卡迪亚。
- 努玛（Numa），罗马第二代国王，埃革里娅之夫。
- 努米底亚（Numidia），北非王国，被恺撒击败。
- 努米托尔（Numitor），长白城国王，被弟弟阿穆利乌斯夺去宝座，流亡在外，后来外孙罗慕路斯和雷穆斯为他夺回了王位。
- 欧罗巴（Europa），阿革诺耳之女，为朱庇特生下米诺斯和拉达曼托斯。
- 欧律狄刻（Eurydice），俄耳甫斯之妻。

- 欧律洛科斯（Eurylochus），尤利西斯的同伴。
- 欧律诺墨（Eurynome），亚述国王俄耳卡摩斯之妻，琉科托厄和克吕提厄之母。
- 欧伊珀（Euippe），庇厄罗斯之妻，与缪斯比试的九位少女的母亲。
- 帕耳忒诺珀（Parthenope），那不勒斯的古称。
- 帕厄同（Phaethon），日神赫利俄斯与克吕墨涅之子，驾驶父亲的马车点燃天空，被朱庇特的闪电击杀。
- 帕福斯（Paphos），皮格马利翁之子，也是塞浦路斯的岛名和城市名。
- 帕克托洛斯（Pactolus），河名，在吕底亚境内，以产金闻名。
- 帕拉丁（Palatium），罗马七丘之一，屋大维皇宫和阿波罗神庙所在地。
- 帕拉墨得斯（Palamedes），在特洛伊战前揭穿尤利西斯装疯的骗局，后来遭尤利西斯陷害，被希腊将士石刑处死。
- 帕拉斯（Pallas），见“密涅瓦”。
- 帕莱蒙（Palaemon），见“梅里凯尔特斯”。
- 帕里斯（Paris），特洛伊国王普里阿摩斯与赫库芭之子，海伦的情夫。
- 帕纳索斯（Parnasus），山名，在福基斯境内，阿波罗和缪斯的圣地。
- 帕西法厄（Pasiphae），太阳神赫利俄斯之女，克里特国王米诺斯之妻，淮德拉、阿里阿德涅、米诺陶之母。
- 潘（Pan），牧神，半人形半山羊形。
- 潘迪翁（Pandion），雅典国王，普洛克涅和菲洛墨拉的父亲。
- 庞图斯（Pontus），黑海沿岸的一个王国。
- 佩尔加蒙（Pergamum 或 Pergama），特洛伊的要塞，常代指特洛伊。
- 佩里昂（Pelion），山名，在帖撒利亚境内，半人马喀戎居处。
- 佩琉斯（Peleus），埃吉娜国王埃阿科斯之子，特拉蒙之兄，福科斯同父异母的兄长，海神忒提斯之夫，阿喀琉斯之父。
- 佩洛普斯（Pelops），坦塔罗斯之子，尼俄柏之兄，阿特柔斯、图埃斯特和庇透斯之父，曾被父亲肢解，做成菜肴给神吃，后来被众神恢复身体复活。
- 彭透斯（Pentheus），忒拜国王，厄喀昂与阿高厄之子，因反对酒神敬拜，被母亲和姨母撕成碎片。

- 皮格马利翁（Pygmalion），塞浦路斯雕塑家，爱上了自己雕塑的少女。
- 皮拉莫斯（Pyramus），巴比伦青年，提斯柏的恋人。
- 皮洛斯（Pylos），伯罗奔尼撒半岛的城市，涅斯托耳的家乡。
- 皮同（Python），阿波罗杀死的大蟒。
- 品多斯（Pindus），山名，在帖撒利亚境内。
- 珀尔迪克斯（Perdix），代达罗斯外甥，后来被密涅瓦变成山鹑。
- 珀尔塞福涅（Persephone），也叫普洛塞庇娜，刻瑞斯与朱庇特之女，被冥王普鲁托劫入地府，成为冥后。
- 珀尔修斯（Perseus），朱庇特与达那厄之子，杀死了梅杜萨，拯救了安德罗墨达。
- 珀加索斯（Pegasus），梅杜萨血中诞生的飞马。
- 珀里克吕墨诺斯（Periclymenus），涅斯托耳的兄长，能随意变化，后被海格力斯射死。
- 珀里墨勒(Perimele),希波达马斯之女,阿刻罗俄斯追求的宁芙,后来变成一个岛。
- 珀利阿斯（Pelias），埃宋之弟，废黜了埃宋，自己成为伊俄尔科斯国王，后被美狄亚用计害死。
- 珀涅罗珀（Penelope），伊塔卡国王尤利西斯之妻。
- 珀纽斯（Peneus），河名，在帖撒利亚境内，河神，达芙妮之父。
- 普里阿波斯（Priapus），维纳斯与巴克斯之子，掌管田野和花园的神。
- 普里阿摩斯（Priamus），特洛伊末代国王，拉俄墨冬之子，赫库芭之夫。
- 普罗克里丝(Procris),雅典国王厄瑞克透斯之女,俄瑞堤伊娅之姐,刻帕罗斯之妻。
- 普罗米修斯（Prometheus），伊阿佩托斯之子，丢卡利昂之父，曾用泥土造人。
- 普罗珀厄提蒂斯(Propoetides),塞浦路斯人普罗珀厄托斯女儿的合称,变成石头。
- 普罗特西拉俄斯（Protesilaus），特洛伊战争中第一个战死的希腊人。
- 普罗透斯（Proteus），善于变形和预言的海神。
- 普洛克鲁斯特斯（Procrustes），根据床的长度强行削短或拉长俘虏的身体，后被忒修斯杀死。
- 普洛克涅（Procne），潘迪翁之女，菲洛墨拉的姐姐，特柔斯之妻，伊堤斯之母，后来变成燕子。

- 普洛塞庇娜（Proserpina），见“珀尔塞福涅”。
- 普萨玛忒（Psamathe），海洋仙女，埃阿科斯的情人，福科斯之母。
- 齐普斯（Cipus），罗马政治家，主动放弃称王的机会。
- 钦提娅（Cynthia），见“狄安娜”。
- 钦图斯（Cynthus），山名，在提洛岛上，狄安娜出生地。
- 丘比特（Cupido，也称 Amor），爱神维纳斯的儿子。
- 瑞基雍（Rhegium），意大利南部卡拉布里亚的城市，在西西里岛对面。
- 瑞索斯（Rhesus），特洛伊战争中被尤利西斯和狄俄墨得斯杀死的色雷斯国王。
- 萨宾（Sabini），意大利中部的民族，多次与罗马发生战争。
- 萨尔迪斯（Sardis），吕底亚首都。
- 萨尔玛琪斯(Salmacis),热恋赫尔玛佛洛狄托斯的宁芙,最后与他变成雌雄同体人。
- 萨摩斯（Samos），岛名，在爱琴海上，毕达哥拉斯的家乡。
- 萨梯（satyri），山羊蹄的森林神，以淫邪著名，经常陪伴酒神巴克斯。
- 萨图尔努斯（Saturnus），第二代神王，乌拉诺斯与盖娅之子，奥普斯之夫，朱庇特、朱诺、涅普顿、普鲁托之父。
- 塞里福斯（Seriphus），岛名，在爱琴海上，珀尔修斯长大的地方。
- 塞墨勒（Semele），卡德摩斯之女，酒神巴克斯之母，死于情人朱庇特的闪电。
- 塞密拉米丝（Semiramis），传说中公元前 9 世纪的亚述王后，丈夫尼诺斯死后成为女王。
- 塞壬（Sirenes），河神阿刻罗俄斯女儿的统称，以歌声魅惑水手而闻名。
- 色雷斯（Thracia），国名、地区名，在马其顿东北方。
- 升天圣者（Indiges），见“埃涅阿斯”。
- 双子座（Gemini），星座名。
- 水泽仙女（Naiades），生活于河流、山泉、湖泊的宁芙。
- 斯芬克斯（Sphinx），人面、鸟翼、狮身，蛇身女怪厄喀德那和巨人堤丰之女，因为谜题被俄狄浦斯破解，跳崖而死。
- 斯基泰（Scythia），泛指色雷斯以北的广大北方地区。
- 斯库拉(Scylla),墨伽拉国王尼索斯之女,因为迷恋米诺斯背叛祖国,最后变成鸟;

被格劳科斯追求的宁芙，被情敌喀耳刻变成恶犬缠腰的怪物。

- 斯密拉克丝（Smilax），一位少女，变成了菝葜。
- 斯堤克斯（Styx），河名，冥界五大河之一。
- 塔尔皮娅（Tarpeia），罗马守城人之女，向萨宾士兵索贿，为他们打开了城门，但萨宾人憎恶她卖国，用盾牌压死了她。
- 塔格斯（Tages），创立埃特鲁里亚宗教的先知，从泥土变成人。
- 塔古斯（Tagus），河名，在西班牙，古代以产金闻名。
- 塔提乌斯（Tatius），萨宾国王，先发动对罗马的战争，后来与罗马国王罗慕路斯联合，成为双王之一。
- 台伯（Tiberis），流经罗马城的河流，又名阿尔布拉河。
- 台伯里努斯（Tiberinus），长白城国王，在阿尔布拉河淹死，河从此改名。
- 坦佩（Tempe），帖撒利亚的山谷名；博奥蒂亚的山谷名。
- 坦塔罗斯（Tantalos），朱庇特之子，尼俄柏和佩洛普斯之父。因为杀死佩洛普斯让众神吃，被罚入地府，水永远在他边上，他却永远喝不到水。
- 陶玛斯（Thaumas），海神，彩虹女神伊丽丝之父；一位半人马。
- 特拉蒙（Telamon），埃吉娜国王埃阿科斯之子，佩琉斯之弟，福科斯同父异母的兄长。
- 特勒波勒摩斯（Tlepolemus），海格力斯与阿斯提俄刻之子，特洛伊战争中罗多斯的首领。
- 特勒图萨（Telethusa），克里特人里格多斯之妻，伊菲斯之母。
- 特里普托勒摩斯（Triptolemus），埃琉西斯国王凯琉斯之子，谷神刻瑞斯传给他农业的技艺。
- 特里同（Triton），海神，涅普顿与安菲特里忒之子，负责为涅普顿开道。
- 特洛曾（Troezen），伯罗奔尼撒城市。
- 特柔斯（Tereus），色雷斯国王，普洛克涅之夫，伊堤斯之父，因为强奸妻妹菲洛墨拉遭到两姐妹报复，最后变成戴胜。
- 忒拜（Thebae），卡德摩斯在博奥蒂亚建立的城市。
- 忒堤斯（Tethys），海洋女神，大洋神俄刻阿诺斯之妻。
- 忒尔西忒斯（Thersites），希腊军队中作战最怯懦、对上司却最无礼的人，被阿

喀琉斯杀死。

- 忒弥斯（Themis），乌拉诺斯与盖娅之女，代表神圣法律的女神，擅长预言。
- 忒瑞西阿斯（Tiresias），古希腊神话中著名的先知，曾做过七年女人。
- 忒提斯（Thetis），涅柔斯与多丽丝之女，佩琉斯之妻，阿喀琉斯之母。
- 忒修斯（Theseus），雅典国王埃勾斯之子，阿里阿德涅的情人，淮德拉之夫，希波吕托斯之父，杀死了米诺陶。
- 提堤俄斯（Tityos），地母盖娅之子，因企图强奸拉托娜，被罚在冥府中天天被秃鹫啄肝，但肝总是重新长出。
- 提洛岛（Delos），爱琴海上被环形岛包围的岛，拉托娜产下阿波罗和狄安娜的地方。
- 提摩罗斯（Timolus 或 Tmolus），山名，在吕底亚境内。
- 提斯柏（Thisbe），巴比伦少女，皮拉莫斯的恋人；博奥蒂亚的小镇名。
- 提坦神（Titani 或 Titanes），宇宙古老的神灵，乌拉诺斯与盖娅的孩子；提坦也可指太阳或日神。
- 提托诺斯（Tithonus），黎明女神奥罗拉的情人，门农之父。
- 提西丰涅（Tisiphone），复仇女神之一。
- 帖撒利亚（Thessalia），希腊东北部的一个地区。
- 透克罗斯（Teucer），特拉蒙与后妻赫西俄涅之子。
- 图尔努斯（Turnus），鲁图里亚人的国王，拉维尼娅的未婚夫，埃涅阿斯的主要敌人。
- 维尔比乌斯（Virbius），见“希波吕托斯”。
- 维尔图努斯（Vertumnus），罗马掌管四季变化的神。
- 维纳斯（Venus），爱神，朱庇特与狄俄涅之女，火神伏尔甘之妻，安喀塞斯的情人，丘比特、埃涅阿斯之母。
- 维斯塔（Vesta），罗马灶神，其圣火关系罗马国运。
- 乌拉尼娅（Urania），掌管天文的缪斯神。
- 希波达墨（Hippodame），阿德拉斯托斯之女，庇里托俄斯之妻。
- 希波吕托斯（Hippolytus），忒修斯之子，死后复活成为维尔比乌斯。
- 希波墨涅斯（Hippomenes），墨伽柔斯之子，阿塔兰忒的情人，被库柏勒变成狮子。
- 西比尔（Sibylla），住在库迈的阿波罗先知，有多位，《变形记》中只出现一位。

- 西顿（Sidon），腓尼基城市。
- 西极仙女（Hesperides），住在日落之处的几位仙女，父亲可能是阿特拉斯，负责看守有金苹果的果园。
- 西勒诺斯（Silenus），酒神巴克斯的同伴和导师。
- 西摩伊斯（Simois），河名，在特洛伊附近。
- 西西弗（Sisyphus），埃俄洛斯之子，永远在地府推石头上坡。
- 辛尼斯（Sinis），阿提卡强盗，被忒修斯用铁棍打死。
- 辛普列加达（Symplegadae），黑海入口的两处相对的巨岩，传说会移动位置，挤碎经过的船只。
- 许阿钦托斯（Hyacinthos），斯巴达王子，阿波罗的情人，死后变成风信子。
- 许德拉（Hydra），在勒尔纳沼泽被海格力斯杀死的多头蛇形怪物。
- 许里厄（Hyrie），库格诺斯之母，化作同名的湖泊。
- 许罗斯（Hyllus），海格力斯与德伊阿尼拉之子，伊俄勒之夫。
- 许洛诺墨（Hylonome），半人马，库拉洛斯的情人。
- 许梅托斯（Hymettus），山名，在雅典附近，以产蜂蜜闻名。
- 许墨奈俄斯（Hymenaeus），古罗马婚姻神，又名许门（Hymen）。
- 许派裴（Hypaepae），吕底亚城镇，阿拉克涅的家乡。
- 许珀里翁（Hyperion），十二提坦神之一，有时被视为最古老的太阳神，但更多时候他的儿子赫利俄斯才被看作第一代太阳神和太阳的化身。
- 绪任克丝（Syrinx），阿卡迪亚宁芙，拒绝了潘神追求，最后变成芦管。
- 雅典卫城（Acropolis），雅典的城堡。
- 雅努斯（Ianus），罗马的双面神，掌管门、通道和所有的开始。
- 亚该亚（Achaea），伯罗奔尼撒的地区或代指整个希腊。
- 伊阿科斯（Iacchus），酒神巴克斯别称。
- 伊阿佩托斯（Iapetus），提坦神，普罗米修斯、厄庇米修斯、阿特拉斯之父。
- 伊阿宋（Iason），埃宋之子，美狄亚之夫，乘阿尔戈号寻找金羊毛的众英雄的首领。
- 伊安忒（Ianthe），克里特人伊菲斯之妻。
- 伊达（Ida），山名，克里特和特洛伊附近各有一座。

- 伊德蒙（Idmon），阿拉克涅之父。
- 伊堤斯（Itys），特柔斯与普洛克涅之子，被母亲做成菜肴给父亲吃。
- 伊俄（Io），伊纳科斯之女，朱庇特情人，后来变成神，与埃及的伊西斯混同。
- 伊俄劳斯（Iolaus），伊菲克勒斯之子，海格力斯的侄子。
- 伊俄勒（Iole），俄卡利亚国王欧律托斯之女，被海格力斯劫走，后与许罗斯结婚。
- 伊菲革涅娅（Iphigenia），阿伽门农与克吕泰墨斯特拉之女，被父亲献祭给狄安娜时被女神用一头鹿换下。
- 伊菲斯（Iphis），里格多斯和特勒图萨之女，后变成男子；塞浦路斯男子，单恋阿纳科萨瑞忒，求爱失败后自杀。
- 伊卡洛斯（Icarus），代达罗斯之子；厄里戈涅之父，变成牧夫座。
- 伊克西翁（Ixion），拉庇泰国王，庇里托俄斯之父，因为强奸朱诺未遂在地府永受惩罚。
- 伊利昂（Ilium），特洛伊别称。
- 伊丽丝（Iris），彩虹女神，朱诺侍从。
- 伊纳科斯（Inachus），帖撒利亚河名，河神，伊俄之父。
- 伊诺（Ino），卡德摩斯之女，阿塔玛斯之妻，酒神巴克斯姨母，后变成琉科忒娅女神。
- 伊西斯（Isis），埃及女神，与伊俄混同。
- 伊塔卡（Ithaca），岛名，在伊奥尼亚海上，尤利西斯的家乡。
- 蚁人（Myrmidones），朱庇特在埃吉娜用蚂蚁创造的居民。
- 尤里乌斯（Iulius），见“恺撒”。
- 尤利西斯（Ulysses），伊塔卡国王，拉厄耳忒斯之子，珀涅罗珀之夫，以多谋善辩著称。
- 尤卢斯（Iulus），见“阿斯卡尼俄斯”。
- 长角男（Cerastae），一群长角的塞浦路斯男人，被维纳斯变成牛。
- 朱庇特（Iuppiter），萨图尔努斯之子，朱诺之夫，天界统治者。
- 朱诺（Iuno），萨图尔努斯之女，朱庇特的姐姐和妻子。